Otherland
Stadt der goldenen Schatten (Band 1)
Fluß aus blauem Feuer (Band 2)
Berg aus schwarzem Glas (Band 3)
Meer des silbernen Lichts (Band 4)

http://www.tadwilliams.de

Tad Williams

Otherland

Band 2
Fluß aus blauem Feuer

Aus dem Englischen übersetzt
von Hans-Ulrich Möhring

Klett-Cotta

Dieses Buch ist meinem Vater Joseph Hill Evans gewidmet, von Herzen.

Aber wie schon gesagt, Vater liest keine Romane. Er hat noch gar nicht gemerkt, daß dieser Wälzer ihm gewidmet ist. Das ist jetzt der zweite Band - mal sehen, wie viele noch kommen müssen, bis er es mitkriegt.

Vorbemerkung des Autors

Der erste Band von OTHERLAND hat mir jede Menge Zuschriften beschert, per E-mail wie auch ganz traditionell per Post mit Briefmarke. Die meisten sind zu meiner großen Freude außerordentlich freundlich und sehr positiv. Beschwerden wurden nur von einigen Lesern laut, die sich ärgerten, weil sie fanden, daß der Schluß des ersten Bandes einen zu sehr in der Luft hängen läßt.

Ich verstehe die Kritik und bitte um Entschuldigung. Jedoch dieses Buch zu schreiben, ist insofern problematisch, als es eigentlich keine Fortsetzungsgeschichte ist – es ist ein einziger, sehr langer Roman, der von Rechts wegen zwischen zwei und nicht zwischen acht Buchdeckel gehört, nur daß 1. bis zur Fertigstellung des Ganzen meine Familie und meine Haustiere verhungert wären und daß man 2. Buchdeckel von solcher Größe aus einem Zirkuszelt herausschneiden müßte. Mit anderen Worten, ich muß eine schwierige Entscheidung treffen: Entweder ich beende die einzelnen Teile unvermittelter, als es manchen Lesern lieb ist, oder ich denke mir für jeden Band einen künstlichen Schluß aus, was meines Erachtens die Gesamtgestalt des Buches verändern und sich vielleicht sogar negativ auf den Zusammenhang der Handlung auswirken würde.

Mir bleibt daher nichts anderes übrig, als meine wohlwollenden Leser um Nachsicht zu bitten. Ich sehe nach Möglichkeit zu, daß die Bände nicht mitten im Satz abbrechen – »Und da stellte sie fest, daß sie ... ups, Ende« –, aber bitte bedenkt, daß ihr Teile eines größeren Werkes bekommt und daß man das diesen Teilen anmerken wird. Ich werde mich trotzdem bemühen, jeden einzelnen Band in sich so rund wie möglich zu machen.

Danke.

Was bisher geschah

Stadt der goldenen Schatten

Klatschnaß im Schützengraben, nur dank seiner Kameraden *Finch* und *Mullet* vor Todesangst noch nicht völlig verrückt geworden, scheint sich *Paul Jonas* von den Tausenden anderer Infanteristen im Ersten Weltkrieg nicht zu unterscheiden. Doch als er sich unversehens auf einem leeren Schlachtfeld wiederfindet, allein bis auf einen in die Wolken wachsenden Baum, beschleicht ihn der Verdacht, er könnte doch verrückt sein. Als er den Baum emporklettert und oben ein Schloß in den Wolken, eine Frau mit Flügeln wie ein Vogel und ihren schrecklichen riesenhaften Wächter entdeckt, scheint sich der Verdacht zu bestätigen. Doch als er im Schützengraben wieder aufwacht, hält er eine Feder der Vogelfrau in der Hand.

In Südafrika in der Mitte des einundzwanzigsten Jahrhunderts hat *Irene »Renie« Sulaweyo* ihre eigenen Probleme. Renie ist Dozentin für Virtualitätstechnik, und ihr neuester Student, ein junger Mann namens *!Xabbu*, gehört zum Wüstenvolk der Buschleute, denen die moderne Technik eigentlich zutiefst fremd ist. Zuhause übernimmt Renie die Mutterrolle für ihren kleinen Bruder *Stephen*, der begeistert die virtuellen Teile des weltweiten Kommunikationsnetzwerks – des »Netzes« – durchforscht, und verbringt ihre wenige freie Zeit damit, ihre Familie zusammenzuhalten. Ihr verwitweter Vater *Long Joseph* scheint sich nur dafür zu interessieren, wo er was zu trinken herbekommt.

Wie die meisten Kinder fühlt sich Stephen vom Verbotenen magisch angezogen, und obwohl Renie ihn schon einmal aus einem gruseligen virtuellen Nachtclub namens Mister J's gerettet hat, schleicht er sich abermals dort ein. Bis Renie herausfindet, was er getan hat, liegt Stephen schon im Koma. Die Ärzte können es nicht erklären, aber Renie ist sich sicher, daß ihm irgend etwas online zugestoßen ist.

Der US-Amerikaner *Orlando Gardiner* ist nur wenig älter als Renies Bruder, aber er ist ein Meister in mehreren Netzdomänen und verbringt wegen einer schweren Krankheit, an der er leidet, die meiste Zeit in der Online-Identität von *Thargor*, einem Barbarenkrieger. Doch als Orlando mitten in einem seiner Abenteuer auf einmal das Bild einer goldenen

Stadt erblickt, die alles übertrifft, was er jemals im Netz gesehen hat, vergißt er darüber alles ringsherum, so daß seine Thargorfigur getötet wird. Trotz dieses schmerzlichen Verlusts kann Orlando sich der Anziehung der goldenen Stadt nicht entziehen, und mit der Unterstützung seines Softwareagenten *Beezle Bug* und der widerwilligen Hilfe seines Online-Freundes *Fredericks* ist er entschlossen, die goldene Stadt aufzuspüren.

Auf einem Militärstützpunkt in den Vereinigten Staaten stattet unterdessen ein kleines Mädchen namens *Christabel Sorensen* ihrem Freund *Herrn Sellars*, einem sonderbaren, von Verbrennungen entstellten alten Mann, heimlich Besuche ab. Ihre Eltern haben ihr das verboten, aber sie hat den alten Mann und die Geschichten, die er erzählt, gern, und er erscheint ihr viel eher bedauernswert als furchterregend. Sie weiß nicht, daß er sehr ungewöhnliche Pläne mit ihr hat.

Je besser Renie den Buschmann !Xabbu kennen und seine freundliche Ausgeglichenheit wie auch seinen Außenseiterblick auf das moderne Leben schätzen lernt, um so mehr wird er ihr zum Vertrauten, als sie sich aufmacht herauszufinden, was mit ihrem Bruder geschehen ist. Sie und !Xabbu schmuggeln sich in Mister J's ein. Die Art, wie sich die Gäste in dem Online-Nachtclub in allen möglichen virtuellen Widerwärtigkeiten suhlen, bestätigt zwar ihre schlimmsten Befürchtungen, aber zunächst sieht es nicht so aus, als hätte etwas ihren Bruder körperlich schädigen können - bis sie beide eine grauenhafte Begegnung mit der hinduistischen Todesgöttin Kali haben. !Xabbu erliegt Kalis raffinierter Hypnose, und auch Renie ist kurz davor, doch mit Hilfe einer geheimnisvollen Gestalt, deren simulierter Körper (»Sim«) eine gesichtslose weiße Leere ist, gelingt es ihr, sich selbst und !Xabbu aus Mister J's zu befreien. Bevor sie offline geht, übergibt ihr die Gestalt noch Daten in Form eines goldenen Juwels.

Im Ersten Weltkrieg (oder was so aussieht) desertiert Paul Jonas unterdessen von seiner Einheit und versucht, durch das gefährliche Niemandsland zwischen den Linien in die Freiheit zu entkommen. Unter ständigem Regen und Granatenbeschuß taumelt und robbt er sich über Schlamm- und Leichenfelder, bis er sich irgendwann in einer gespenstischen Umgebung befindet, einer flachen, nebeligen Leere, die noch unheimlicher ist als sein Schloßtraum. Ein schimmerndes goldenes Licht taucht auf und zieht Paul an, doch bevor er in dieses Leuchten hineingehen kann, erscheinen seine beiden Freunde aus dem

Schützengraben und verlangen von ihm, daß er mit ihnen zurückkehrt. Müde und verwirrt will er schon nachgeben, doch als sie näher kommen, erkennt er, daß Finch und Mullet überhaupt nicht mehr wie Menschen aussehen, und er flieht in das goldene Licht.

Der älteste und vielleicht reichste Mensch der Welt im einundzwanzigsten Jahrhundert heißt *Felix Jongleur*. Rein physisch ist er so gut wie tot, und er verbringt seine Tage in einem selbstgeschaffenen virtuellen Ägypten, wo er als *Osiris*, der Gott des Lebens und des Todes, alles beherrscht. Sein wichtigster Diener, sowohl in der virtuellen als auch in der realen Welt, ist ein Serienmörder, ein australischer Aboriginemischling, der sich selbst *Dread* nennt, das Grauen, und bei dem zu der Lust daran, Menschen zu jagen, noch eine erschreckende außersinnliche Fähigkeit zur Manipulation elektronischer Schaltkreise kommt, mit der er Sicherheitskameras ausschalten und sich überhaupt allen Nachstellungen entziehen kann. Jongleur hat Dread vor Jahren entdeckt, und er hat viel dafür getan, die Kräfte des jungen Mannes zu schulen, und ihn zu seinem hauptsächlichen Mordinstrument gemacht.

Jongleur/Osiris ist auch der Vorsitzende einer Gruppe, der einige der mächtigsten und reichsten Leute der Welt angehören, der *Gralsbruderschaft*. Diese Gruppe hat sich ein unvergleichliches virtuelles Universum errichtet, das Gralsprojekt, auch Otherland oder Anderland genannt. (Der letztere Name kommt von einem Wesen, das als der »Andere« bezeichnet wird und das im Gralsprojekt-Netzwerk eine zentrale Rolle spielt. Diese mächtige Kraft, ob künstliche Intelligenz oder eine noch rätselhaftere Erscheinung, ist weitgehend unter Jongleurs Kontrolle, zugleich aber das einzige auf der Welt, wovor sich der alte Mann fürchtet.)

Es gibt innere Streitigkeiten in der Gralsbruderschaft, weil es so lange dauert, bis das geheimnisvolle Gralsprojekt endlich zur Vollendung gediehen ist. Alle Mitglieder haben Milliarden darin investiert und warten schon ein Jahrzehnt ihres Lebens oder noch länger darauf. Angeführt von dem US-Amerikaner *Robert Wells*, dem Präsidenten eines gigantischen Technologiekonzerns, rebellieren einige gegen Jongleurs Vorsitz und seine Politik der Geheimhaltung, zu der es auch gehört, keine Auskünfte über den Andern zu geben.

Jongleur unterdrückt eine Meuterei und befiehlt seinem Lakaien Dread, einen Schlag gegen ein Gralsmitglied in die Wege zu leiten, das bereits aus der Bruderschaft ausgetreten ist.

Nachdem sie mit knapper Not dem virtuellen Nightclub Mister J's entrinnen konnten, sind Renie und ihr Student !Xabbu fester denn je davon überzeugt, daß zwischen dem Club und Stephens Koma ein Zusammenhang besteht. Doch als Renie das Datenobjekt untersucht, das die geheimnisvolle weiße Gestalt ihr mitgegeben hat, entfaltet es sich zu dem erstaunlich realistischen Bild einer goldenen Stadt. Renie und !Xabbu bitten Renies frühere Professorin *Doktor Susan Van Bleeck* um Hilfe, aber sie kann das Geheimnis der Stadt nicht lüften, ja nicht einmal mit Sicherheit sagen, ob es sich um einen real existierenden Ort handelt. Die Professorin beschließt, sich an eine Bekannte zu wenden, die möglicherweise helfen kann, eine Rechercheurin namens *Martine Desroubins*. Doch bevor Renie und die schwer aufspürbare Martine Kontakt aufnehmen können, wird Doktor Van Bleeck in ihrem Haus überfallen und furchtbar mißhandelt und wird ihre gesamte Anlage zerstört. Renie begibt sich eilig ins Krankenhaus, doch Susan hat gerade noch Zeit, sie auf die Fährte eines Freundes zu setzen, bevor sie stirbt und eine zornige und entsetzte Renie zurückläßt.

Unterdessen hat Orlando Gardiner, der kranke Teenager in den USA, dermaßen besessen die Spur der goldenen Stadt aufgenommen, die er im Netz gesehen hat, daß sein Freund Fredericks anfängt, sich Sorgen um ihn zu machen. Orlando ist schon immer sehr eigen gewesen - Simulationen von Todeserfahrungen üben auf ihn eine Faszination aus, die Fredericks nicht verstehen kann -, aber jetzt scheint er völlig abzuheben. Als Orlando auch noch in den berühmten Häckerknoten TreeHouse eindringen will, bestätigen sich Fredericks' schlimmste Befürchtungen.

TreeHouse ist der letzte anarchische Freiraum im Netz, ein Ort, wo keine Vorschriften den Leuten diktieren, was sie machen können oder wie sie aussehen müssen. Doch obwohl Orlando TreeHouse faszinierend findet und dort unerwartete Verbündete in der *Bösen Bande* findet, einer Gruppe von Häckerkindern, die im virtuellen Raum als Haufen winziger, geflügelter gelber Affen auftreten, erregen seine Versuche, die Herkunft der goldenen Stadt zu ergründen, Verdacht, und er und Fredericks müssen fliehen.

Mit Hilfe von Martine Desroubins sind Renie und !Xabbu derweil ebenfalls in TreeHouse gelandet, weil sie hinter einem alten pensionierten Häcker namens *Singh* her sind, Susan Van Bleecks Freund. Als sie ihn finden, erzählt er ihnen, er sei der letzte aus einer Gruppe spezieller Programmierer, die einst das Sicherheitssystem für ein geheimnisvolles Netzwerk mit dem Decknamen »Otherland« bauten, und seine Kollegen seien alle unter merkwürdigen Umständen ums Leben gekommen. Er sei der einzige Überlebende.

Renie, !Xabbu, Singh und Martine kommen zu dem Schluß, daß sie in das Otherlandsystem eindringen müssen, um herauszufinden, welches Geheimnis das Leben von Singhs Kollegen und von Kindern wie Renies Bruder wert ist.

Paul Jonas' Flucht aus den Schützengräben des Ersten Weltkriegs hat nur dazu geführt, daß er jeden Bezug zu Raum und Zeit verloren hat. Weitgehend erinnerungslos irrt er durch eine Welt, in der eine weiße Königin und eine rote Königin sich gegenseitig bekriegen, und wird abermals von den Finch- und Mulletfiguren verfolgt. Mit Hilfe eines Jungen namens *Gally* und beraten von einem umstandskrämerischen, eiförmigen Bischof kann Paul ihnen entkommen, doch seine Verfolger ermorden Gallys Freunde, eine Schar Kinder. Ein riesiges Ungetüm, Jabberwock genannt, lenkt Pauls und Gallys Feinde ab, und die beiden springen in einen Fluß.

Als sie wieder an die Oberfläche kommen, sind sie in einer anderen Welt, einer sonderbaren, karikaturähnlichen Version des Mars, wo sich Ungeheuer und abenteuernde englische Gentlemen tummeln. Paul trifft die Vogelfrau aus seinem Schloßtraum wieder, die jetzt *Vaala* heißt, aber diesmal ist sie die Gefangene eines marsianischen Fürsten. Tatkräftig unterstützt von dem tollkühnen *Hurley Brummond* rettet Paul die Frau. Auch sie meint Paul zu kennen, aber weiß nicht, woher. Als die Finch- und Mulletfiguren wieder auftauchen, flieht sie. Bei dem Versuch, sie einzuholen, stürzen Paul und Gally mit einem gestohlenen fliegenden Schiff ab, in das sichere Verderben, wie es scheint. Nach einem seltsamen Traum, in dem er sich wieder in dem Wolkenschloß befindet und dort von Finch und Mullet in ihrer bislang bizarrsten Erscheinungsform unter Druck gesetzt wird, wacht Paul ohne Gally inmitten von Neandertalerjägern in der Eiszeit auf.

In Südafrika werden Renie und ihre Gefährten unterdessen von Fremden bedroht und müssen die Flucht ergreifen. Mit Hilfe von Martine (die sie noch immer nur als Stimme kennen) finden Renie und !Xabbu, begleitet von Renies Vater und Doktor Van Bleecks Hausangestellten *Jeremiah*, eine stillgelegte Militärbasis in den Drakensbergen, die ursprünglich für Versuche mit unbemannten Kampfflugzeugen gedacht war. Sie setzen zwei V-Tanks instand (Wannen zur Immersion in die virtuelle Realität), damit Renie und !Xabbu auf unbestimmte Zeit online gehen können, und bereiten ihr Eindringen in Otherland vor.

Auf dem Militärstützpunkt in den USA hingegen läßt sich die kleine Christabel überreden, dem gelähmten Herrn Sellars bei der Ausführung eines komplizierten Plans zu helfen, der sich erst dann als Fluchtversuch herausstellt, als er aus seinem Haus verschwindet und damit den ganzen Stützpunkt (vor allem Christabels Vater, den Sicherheitschef) in helle Aufregung versetzt. Mit dem Beistand eines obdachlosen Jungen von außerhalb hat Christabel ein Loch in den Zaun des Stützpunkts geschnitten, aber nur sie weiß, daß Herr Sellars gar nicht dort hindurch geflohen ist, sondern sich in Wirklichkeit in einem Tunnelsystem unter dem Stützpunkt versteckt hält, von wo aus er nunmehr seine mysteriöse »Aufgabe« frei weiterverfolgen kann.

In der verlassenen unterirdischen Militäranlage in den Drakensbergen steigen Renie und !Xabbu in die V-Tanks, gehen online und dringen zusammen mit Singh und Martine in Otherland ein. In einer grauenhaften Begegnung mit dem Andern, der das Sicherheitssystem des Netzwerks zu sein scheint, stirbt Singh an einem Herzanfall, doch die übrigen drei überleben und können zunächst gar nicht glauben, daß sie sich in einer virtuellen Umgebung befinden, so unglaublich realistisch ist das Netzwerk. Noch in anderer Hinsicht ist die Erfahrung merkwürdig. Martine hat zum erstenmal einen Körper, !Xabbu hat die Gestalt eines Pavians angenommen, und besonders folgenschwer ist ihre Entdeckung, daß sie sich nicht wieder offline begeben können. Renie und die anderen erkennen, daß sie in einem artifiziellen südamerikanischen Land gelandet sind. Als sie die Hauptstadt erreichen, ist sie die goldene Stadt, nach der sie so lange gesucht haben. Dort werden sie festgenommen und sind jetzt Gefangene von *Bolivar Atasco*, einem Mann, der mit der Gralsbruderschaft zusammenhängt und von Anfang an am Bau des Otherlandnetzwerks mitgewirkt hat.

In den USA hat Orlandos Freundschaft mit Fredericks die Bewährungsprobe zweier Enthüllungen überstanden, nämlich daß Orlando an der seltenen Krankheit der frühzeitigen Vergreisung leidet und nur noch kurze Zeit zu leben hat und daß Fredericks in Wirklichkeit ein Mädchen ist. Sie werden unerwarteterweise von der Bösen Bande an Renies Häckerfreund Singh angekoppelt, als dieser gerade die Verbindung zum Gralsnetzwerk herstellt, und rutschen mit hindurch nach

Anderland. Nach ihrer eigenen fürchterlichen Begegnung mit dem Andern geraten Orlando und Fredericks ebenfalls in die Gefangenschaft Atascos. Doch als sie, zusammen mit Renies Schar und noch anderen, dem großen Mann vorgeführt werden, stellt sich heraus, daß Atasco sie gar nicht zusammengerufen hat, sondern Herr Sellars, und dieser erscheint jetzt in Gestalt des eigenartigen leeren Sims, der Renie und !Xabbu das Entkommen aus Mister J's ermöglichte.

Sellars erklärt, daß er sie alle mit dem Bild der goldenen Stadt angelockt habe - die unauffälligste Methode, die ihm eingefallen sei, da ihre Feinde von der Gralsbruderschaft unglaublich mächtig und gnadenlos seien. Er berichtet, daß Atasco und seine Frau früher der Bruderschaft angehört hätten, aber ausgetreten seien, als ihre Fragen zum Netzwerk nicht beantwortet wurden. Dann schildert Sellars, wie er entdeckt habe, daß das geheime Otherlandnetzwerk in einem unerfindlichen, aber nicht zu leugnenden Zusammenhang mit der Erkrankung Tausender von Kindern wie Renies Bruder Stephen stehe. Bevor er das weiter ausführen kann, erstarren die Sims von Atasco und seiner Frau urplötzlich, woraufhin Sellars' Sim verschwindet.

In der wirklichen Welt hat Jongleurs Mordwerkzeug Dread mit dem Angriff auf Atascos befestigte Insel in Kolumbien begonnen und nach der Ausschaltung der Abwehranlagen und der Wachmannschaften beide Atascos umgebracht. Mit seinen besonderen Fähigkeiten - seinem »Dreh« - zapft er daraufhin ihre Datenleitungen an, hört Sellars' Ausführungen mit und gibt seiner Assistentin *Dulcinea Anwin* die Anweisung, eine der bei Atasco online versammelten Personen, zu denen auch Renie und ihre Freunde gehören, aus der Leitung zu werfen. Damit kann Dread die Identität dieser Person annehmen und sich als getarnter Spion in den Kreis von Renie und ihren Freunden einschleichen.

Sellars taucht noch einmal in der virtuellen Welt der Atascos auf und beschwört Renie und die anderen, in das Netzwerk hineinzufliehen, er wolle sich unterdessen darum bemühen, ihre Anwesenheit zu verbergen. Sie sollen nach Paul Jonas Ausschau halten, einem rätselhaften VR-Gefangenen, dem Sellars zur Flucht vor der Bruderschaft verholfen hat. Die Gruppe um Renie gelangt aus der Stadt der Atascos hinaus auf den Fluß und von dort durch ein elektrisches blaues Leuchten hindurch in die nächste Simwelt. Gequält und überwältigt von dem Übermaß auf sie einströmender Daten enthüllt Martine schließlich Renie ihr Geheimnis: sie ist blind.

Ihr Schiff ist ein riesiges Blatt geworden. Eine Libelle von der Größe eines Kampfflugzeuges saust über sie hinweg.

In der wirklichen Welt können Jeremiah und Renies Vater Long Joseph in ihrem Stützpunkt im Berg nur passiv die stummen V-Tanks beobachten, sich grämen und warten.

Inhalt

Was bisher geschah   > XI
Vorspann   > 3

Eins · Der geheime Fluß

1	Tiefe Wasser	> 25
2	Schminke	> 43
3	Der Stock	> 51
4	Sim-Salabim	> 71
5	Millionen auf dem Marsch	> 87
6	Ein Mann aus dem Totenreich	>107
7	Begegnung mit dem Großvater	>127
8	Im Kampf mit Ungeheuern	>149
9	Der hohle Mann	>175
10	Kleine Gespenster	>203
11	Küchenleben	>225
12	Im Zentrum des Labyrinths	>251

Zwei · Stimmen im Dunkeln

13	Numerische Träume	>281
14	Spiele im Schatten	>287
15	Eine verspätete Weinaxfreude	>313
16	Käufer und Schläfer	>339
17	Im Werk	>365
18	Die Schleier der Illusion	>387
19	Ein Arbeitstag	>415
20	Der unsichtbare Fluß	>439
21	Im Gefrierfach	>469

Drei · Götter und Genien

22	Kollaps	>495
23	Am Rand von Bobs Ozean	>523
24	Die schönste Straße der Welt	>547
25	Rotes Land, schwarzes Land	>575
26	In Erwartung der Traumzeit	>603
27	Das geliebte Stachelschwein	>619
28	Die Dunkelheit in den Leitungen	>645

Vier · Klage

29	Imaginäre Gärten	>661
30	Tod und Venedig	>675
31	Die Stimme der Verlorenen	>697
32	Die Feder der Wahrheit	>719
33	Ein unfertiges Land	>747

Ausblick >777

Vorspann

> Schnee, überall Schnee – die Welt war weiß.

Im Land der Toten muß es wärmer gewesen sein, ging es ihm durch den Kopf wie zum Hohn auf sich selbst, auf ein sinnloses Universum. *Ich hätte es nie verlassen sollen.*

Schnee und Eis und Wind und Blut ...

Das Ding in der flachen Grube gab ein schreckliches Röhren von sich und schwenkte den Kopf. Geweihschaufeln von der Größe kleiner Bäume fegten hin und her, schleuderten Schnee und Erde in die Höhe und verfehlten nur knapp einen der Männer, der sich vorgebeugt hatte, um einen Stoß mit dem Speer zu führen.

Der Hirsch war größer als alle Vertreter seiner Art, die Paul je im gemütlichen alten Londoner Zoo gesehen hatte, übermannshoch an den Schultern und schwer wie ein Zuchtbulle. Er kämpfte seit fast einer Stunde schon mit furchterregender Kraft, und die Spitzen des riesigen geschwungenen Geweihs waren mit dem Blut eines Mannes namens Weint-nie besudelt, doch das zottige Fell des Tieres war auch von seinem eigenen Blut getränkt, ebenso der Schnee ringsherum am Rand des Loches.

Er sprang erneut hoch und glitschte mit scharrenden Hufen ab, die den Grund der Grube zu einem rötlichen Brei zerstampften. Speere, die der Hirsch in seinem dicken Pelz hängen hatte, rasselten wie exotische Schmuckstücke. Läuft-weit, der der furchtloseste Jäger des Trupps zu sein schien, sprang dicht heran und riß einen seiner Speere heraus. Sein Stoßversuch schlug fehl, weil er erst dem herumsausenden Geweih ausweichen mußte, aber dann bohrte er dem Tier die steinerne Spitze direkt unter das wuchtige Kinn. Das Blut aus der Schlagader spritzte drei Meter weit auf Läuft-weit und die beiden ihm am nächsten stehenden Jäger, die dadurch über das Ockergelb und Schwarz ihrer Jagdbemalung noch eine weitere Farbschicht erhielten.

Der Hirsch machte einen letzten verzweifelten Versuch, die Böschung zu erklimmen und aus der Grube zu entkommen, aber bevor er am Rand Fuß fassen konnte, stießen ihn die Speere der Jäger zurück, so daß er unbeholfen wie ein Kälbchen wieder hinunterrutschte.

Der aus dem Hals pulsende Blutfluß wurde schwächer. Der Hirsch stand auf wackligen Beinen unten in der Grube und holte stockend Luft. Ein Bein knickte ein, doch er rappelte sich noch einmal auf, bleckte mit letzter Anstrengung die Zähne und blickte funkelnd unter den weit ausladenden Schaufeln hervor. Der Mann namens Vogelfänger rammte ihm noch einen Speer in die Seite, aber das war eigentlich schon überflüssig. Der Hirsch taumelte einen Schritt zurück, und in sein Gesicht trat ein Ausdruck, den Paul bei einem Menschen als traurig bezeichnet hätte, dann fiel er auf die Knie und kippte mit pumpender Brust auf die Seite.

»Jetzt schenkt er sich uns«, sagte Läuft-weit. Unter seiner verschmierten Farbe verzerrte ein starres Grinsen erschöpfter Befriedigung seinen Mund, doch aus seinen Augen sprach etwas Tieferes. »Jetzt gehört er uns.«

Läuft-weit und ein anderer Mann kletterten in die Grube. Als der Gefährte das Geweih gepackt hatte und es dem japsenden und zuckenden Hirsch zum Trotz festhielt, schlitzte Läuft-weit dem Tier mit einer schweren Steinklinge die Kehle auf.

Es wirkte wie eine besonders grausame Ironie, daß der Jäger mit dem eigenartigen Namen Weint-nie nicht nur tiefe Geweihschmisse am Kopf und im Gesicht bekommen, sondern außerdem noch sein linkes Auge verloren hatte. Während einer der anderen Jäger das schrundige Loch mit Schnee ausstopfte und es mit einem rohen Lederstreifen verband, murmelte Weint-nie etwas vor sich hin, einen raunenden Singsang, der eine Klage oder ein Gebet sein mochte. Läuft-weit hockte sich neben ihn und bemühte sich, dem Verletzten mit einer Handvoll Schnee Blut aus dem Gesicht und dem Bart zu waschen, aber die Wunden bluteten weiter stark. Paul staunte darüber, mit welcher Gemütsruhe die anderen die schrecklichen Verletzungen ihres Gefährten hinnahmen, doch andererseits hatten alle selber Narben und Verstümmelungen vorzuweisen.

Es stirbt sich leicht hier, dachte er bei sich, *deshalb muß einem alles darunter schon wie ein Sieg vorkommen.*

Nachdem sie ihn abgehäutet hatten, zerlegten die Neandertaler den Hirschkörper mit ihren Feuersteinmessern flink und geschickt in große Stücke und wickelten die Innereien und selbst die Knochen zum Mitnehmen in das noch dampfende Fell. Die Menschen, wie sie sich selbst nannten, ließen nichts verkommen.

Als die Arbeit dem Ende zuging, richteten einige der Männer ihr Augenmerk wieder auf Paul, vielleicht um zu sehen, ob der Fremde, den sie aus dem zugefrorenen Fluß gerettet hatten, von ihrer Tapferkeit auch gebührend beeindruckt war. Nur der mit dem Namen Vogelfänger betrachtete ihn mit offenem Mißtrauen, aber alle wahrten Abstand. Da er weder bei der Erlegung noch bei der Zerteilung des Hirsches mitgewirkt hatte, kam Paul sich besonders nutzlos vor und war deshalb dankbar, als Läuft-weit zu ihm trat. Der Anführer der Jagd war bislang der einzige, der mit Paul sprach. Jetzt streckte er eine blutbesudelte Hand aus und hielt dem Fremden einen Streifen dunkelrotes Fleisch hin. Durchaus empfänglich für die freundliche Geste nahm Paul das Fleisch entgegen. Es war eigentümlich geschmacklos, als ob man blutgesalzenes Gummi kaute.

»Der Baumgehörnte hat wacker gekämpft.« Läuft-weit steckte sich das nächste Stück in den Mund. Als es nicht ganz hineinging, schnitt er den Rest mit seinem Steinmesser ab und behielt es in der Hand, bis er den ersten Happen verdrückt hatte. Er grinste und zeigte dabei eine Reihe abgewetzter und schartiger Zähne. »Wir haben jetzt viel Fleisch. Die Menschen werden sich freuen.«

Paul nickte und wußte nicht recht, was er sagen sollte. Ihm war etwas Merkwürdiges aufgefallen: Die Sprache der Jäger war ein gut verständliches Englisch, was bei einer Gruppe altsteinzeitlicher Jäger eigentlich äußerst unwahrscheinlich war. Gleichzeitig schienen ihre Lippenbewegungen zu dem, was sie sagten, nicht ganz zu passen, als ob er mitten in einen gut, aber nicht völlig perfekt synchronisierten ausländischen Film hineingestolpert wäre.

Wirklich, es machte den Eindruck, als hätte er eine Art Übersetzungsimplantat eingesetzt bekommen, so wie sein alter Studienfreund Niles bei seinem Eintritt in den diplomatischen Dienst. Aber wie hätte das sein können?

Zum fünften oder sechsten Mal an diesem Tag wanderten Pauls Finger zu seinem Halsansatz am Hinterkopf und tasteten nach der Neurokanüle, von deren Nichtvorhandensein er sich längst überzeugt hatte, fühlten wieder nur kalte Gänsehaut. Er hatte niemals Implantate haben wollen und den Trend auch dann noch abgelehnt, als die meisten seiner Freunde schon längst welche besaßen, und doch kam es ihm jetzt so vor, als hätte ihm jemand eines ohne seine Zustimmung verpaßt - und es zudem noch verstanden, die physische Existenz des Dings vollkommen zu verbergen.

Wer könnte sowas machen? fragte er sich. *Und warum? Und vor allen Dingen, wo um Gottes willen bin ich hier?*

Er hatte die ganze Zeit immer wieder darüber nachdenken müssen, ohne einer Antwort näher gekommen zu sein. Er schien durch Raum und Zeit zu gleiten wie eine Figur aus einer besonders phantasiefreudigen Science-fiction-Story. Er war, erinnerte er sich, in einer Marswelt wie aus einem alten Abenteuerheftchen und in einer völlig hirnrissigen Version von Alices Land hinter den Spiegeln herumgeirrt. Er hatte noch andere unwahrscheinliche Orte gesehen - die Einzelheiten waren verschwommen, aber dennoch zu vollständig, um lediglich Traumreste zu sein. Doch wie war das möglich? Wenn jemand Kulissen bauen und Schauspieler anheuern wollte, um ihn derart gründlich hinters Licht zu führen, würde das Millionen - Milliarden! - kosten, und so sehr er sich auch bemühte, er konnte bei keinem dieser vermeintlichen Schauspieler den geringsten Riß in der Fassade entdecken. Genausowenig konnte er sich vorstellen, weshalb irgend jemand solche Unsummen auf ein Nichts wie ihn verschwenden sollte, einen Hilfskustos in einem Museum, der weder einflußreiche Freunde noch besonders tolle Zukunftsaussichten hatte. Auch wenn die Stimme aus der goldenen Harfe das Gegenteil behauptet hatte, dies alles mußte real sein.

Es sei denn, man hätte ihn irgendwie einer Gehirnwäsche unterzogen. Das war nicht auszuschließen. Eine Art Drogenexperiment vielleicht - aber warum? In seinem Gedächtnis klaffte nach wie vor eine Lücke, in der die Antwort schlummern mochte, aber im Gegensatz zu den absonderlichen Fahrten durch imaginäre Landschaften konnte keine noch so große Konzentration diesen einen dunklen Fleck in irgendeiner Weise erhellen.

Läuft-weit kauerte immer noch neben ihm, und unter den Brauenwülsten blitzte die Neugier aus den runden Augen. Verlegen und verwirrt zuckte Paul mit den Achseln, griff sich eine Handvoll Schnee und zerdrückte sie zwischen den krebsartigen Zangen seiner rohen Fäustlinge. Gehirnwäsche würde erklären, wieso er in einem zugefrorenen prähistorischen Fluß aufgewacht und von authentisch aussehenden Neandertalern gerettet worden war - die Kostüme und Kulissen für eine entsprechende Halluzination wären nicht sehr kostspielig. Aber sie konnte nicht das absolut und unbestreitbar *reale* und anhaltende Vorhandensein der Welt um ihn herum erklären. Sie konnte nicht den Schnee in seiner Hand erklären, kalt und körnig und weiß. Sie konnte nicht den Fremden neben ihm erklären, mit seinem andersartigen, aber ganz zweifellos vom Leben gezeichneten Gesicht.

So viele Fragen, aber nach wir vor keine Antwort. Paul seufzte und ließ den Schnee aus der Hand fallen.

»Werden wir heute hier übernachten?« fragte er Läuft-weit.

»Nein. Es ist nicht mehr weit bis dorthin, wo die Menschen wohnen. Wir werden dort sein, bevor es richtig dunkel ist.« Der Jäger beugte sich vor, runzelte die Stirn und starrte Paul in den Mund. »Du ißt, Flußgeist. Essen alle Leute aus dem Land der Toten?«

Paul lächelte traurig. »Nur wenn sie Hunger haben.«

Läuft-weit, dessen stämmige Beine ihn mit erstaunlicher Leichtigkeit durch den Schnee trugen, ging an der Spitze; wie alle Jäger, selbst der furchtbar verwundete Weint-nie, bewegte er sich mit der instinktiven Geschmeidigkeit eines wilden Tieres. Obwohl sie jetzt etliche hundert Kilogramm Hirschfleisch zu schleppen hatten, folgten die anderen ihm nicht minder flink, so daß Paul alle Mühe hatte, Schritt zu halten.

Er rutschte auf einem verschneit am Boden liegenden Ast aus und wäre gestürzt, wenn der Mann neben ihm nicht blitzschnell zugepackt und ihn festgehalten hätte, bis Paul wieder Tritt gefaßt hatte; die Hände des Neandertalers waren hart und rauh wie Baumrinde. Pauls Verwirrung wuchs. Angesichts solch schlagender Argumente konnte er seine Zweifel unmöglich aufrechterhalten. Auch wenn diese Männer nicht ganz so aussahen wie die übertrieben dargestellten Höhlenmenschen aus den Filmen seiner Kindheit, waren sie doch so deutlich von einem anderen, einem wilderen und einfacheren Schlag als er, daß er seine Skepsis aufgab; sie verschwand jedoch weniger, als daß sie in eine Art Winterschlaf versank, um wieder zu erwachen, sobald sie ihm zu etwas nutze sein konnte.

Ein Ton, der wie Wolfsgeheul klang, hallte den Hang hinunter. Die Jäger vom Menschenstamm schritten noch etwas schneller aus.

Nichts um dich herum ist wahr, und dennoch kann das, was du siehst, dich verletzen oder töten, hatte das goldene Juwel, die Stimme aus der Harfe, zu ihm gesagt. Wer oder was diese Männer auch waren, ob echt oder vorgespiegelt, sie waren in dieser Welt in einer Art und Weise zuhause, wie

Paul es ganz offensichtlich nicht war. Er war notgedrungen auf sie angewiesen. Um seiner geistigen Gesundheit willen war es vielleicht geraten, davon auszugehen, daß sie genau das waren, was sie zu sein schienen.

> Als er ein kleiner Junge war, als er noch »Paulie« gerufen wurde und seinem exzentrischen Vater und seiner kränkelnden Mutter unterstand, hatte er jedes Weihnachten mit ihnen im Landhaus seiner Großmutter väterlicherseits in Gloucestershire verbracht, in dem waldigen Hügelland, das die Einheimischen gern »das wirkliche England« nannten. Aber es war gar nicht wirklich gewesen, durchaus nicht: Sein Reiz bestand gerade darin, daß es etwas symbolisierte, was es niemals richtig gegeben hatte, ein kleinbürgerliches England von einer idyllischen, ländlichen Schönheit, deren tatsächliche Fadenscheinigkeit mit jedem Jahr deutlicher zutage trat.

Für Oma Jonas war die Welt außerhalb ihres Dorfes mit der Zeit immer schattenhafter geworden. Sie konnte die Verwicklungen eines Nachbarschaftsstreites über einen Zaun mit der Kompetenz eines Rechtsexperten im Nachrichtennetz darstellen, aber hatte Mühe, sich zu erinnern, wer Premierminister war. Natürlich besaß sie einen Wandbildschirm – einen kleinen, altmodischen, mit barockem Goldrahmen an der Wohnzimmerwand wie um das Foto eines langverstorbenen Angehörigen. Er wurde kaum benutzt, Gespräche führte sie bildlos. Oma Jonas hatte der visuellen Kommunikation nie ganz über den Weg getraut, vor allem nicht der Behauptung, sie könne, wenn sie wolle, andere sehen, ohne von ihnen gesehen zu werden, und bei dem Gedanken, jemand Fremdes könnte bei ihr ins Haus hineinschauen und sie im Nachthemd sehen, wurde ihr, wie sie es ausdrückte, »ganz schwummerig, Paulie-Schatz, total schwummerig«.

Trotz ihres Mißtrauens gegen die moderne Welt, oder vielleicht sogar zum Teil deswegen, hatte Paul sie schrecklich lieb gehabt, und sie ihrerseits hatte ihn geliebt, wie nur eine Großmutter es konnte. Jeder kleine Erfolg auf seinem Lebensweg war ein strahlender Sieg, jeder Verstoß gegen elterliche Autorität ein Zeichen von Klugheit und Unabhängigkeit, die unterstützt und nicht verurteilt werden wollten. Wenn der kleine Paul in einem seiner Anfälle zielloser Rebellion sich weigerte, beim Abtrocknen zu helfen oder sonst eine Arbeit im Haus zu machen (und dafür keinen Nachtisch kriegte), kam Oma Jonas später am Abend an die Tür seines Gefängniszimmers, steckte ihm heimlich etwas Süßes zu und huschte atemlos wieder nach unten, bevor seine Eltern ihre Abwesenheit bemerkten.

Als er sieben war, gab es den großen Schneewinter. Es war Englands weißeste Weihnacht seit Jahrzehnten, und die Sensationsnetze überschlugen sich, weil jedes die phantastischsten Bildberichte bringen wollte – die Saint Paul's Cathedral mit einer weißen Narrenkappe, Schlittschuhläufer auf der unteren Themse wie zu elisabethanischen Zeiten (viele kamen ums Leben, weil das Eis nicht dick genug war). In den ersten Wochen, vor den Horrormeldungen wie »Neues Atlantiktief bringt Schneesturminferno« und den täglichen Totenstatistiken (mit Bildern von jeder einzelnen Leiche), die angaben, wie viele Leute erfroren waren, weil sie draußen geschlafen oder einfach an den kleineren Stationen auf den Zug gewartet hatten, lösten die starken Schneefälle bei den meisten Leuten, und ganz gewiß bei dem kleinen Paul, eine unbändige Freude aus. Es war seine erste richtige Erfahrung mit Schneeballwerfen und Schlittenfahren und kalten Überraschungen, die einem von den Ästen der Bäume in den Kragen rutschten, mit einer Welt, die mit einemmal fast sämtlicher Farben beraubt war.

An einem milden Tag, als die Sonne schien und der Himmel weitgehend blau war, hatten er und seine Großmutter einen Spaziergang gemacht. Der jüngste Schneefall hatte alles zugedeckt, und während sie langsam über die Felder gingen, sahen sie keinerlei Zeichen anderer Menschen außer dem Rauch aus einem fernen Schornstein und keine Fußspuren als die ihrer eigenen Gummistiefel, so daß das Landschaftspanorama vor ihnen urtümlich wirkte, unberührt.

Als sie schließlich an einer Stelle zwischen den Feldhecken ankamen, wo sich vor ihnen ein sanftes Tal auftat, blieb seine Großmutter abrupt stehen. Sie breitete die Arme aus, und mit einer Stimme, die er bei ihr noch nie gehört hatte, leise und doch leidenschaftlich hingerissen, sagte sie: »Sieh nur, Paulie, ist das nicht herrlich! Ist das nicht vollkommen! Es ist, als wären wir wieder am Anfang der Zeit. Als ob die ganze sündige Welt es nochmal von vorne versuchen dürfte.« Und die geballten Fäustlinge ans Gesicht gepreßt wie ein Kind, das sich etwas wünscht, fügte sie hinzu: »Wäre das nicht wunderbar?«

Überrascht und ein wenig erschrocken über die Heftigkeit ihrer Reaktion hatte er sich bemüht, ihr Erlebnis zu teilen, doch es war ihm nicht gelungen. Gewiß, die Illusion der Leere, der unbegrenzten Möglichkeit hatte etwas Schönes. Aber anders als eine Großmutter lebt ein siebenjähriger Junge nicht mit dem Gefühl, die Menschen hätten alles zugrunde gerichtet, und er war durchaus noch klein genug gewesen, um den Gedanken einer Welt ohne vertraute Orte und Leute, einer Welt klarer, kalter Einsamkeit, beunruhigend zu finden.

Lange hatten sie so gestanden und die unbewohnte Winterwelt betrachtet, und als sie schließlich umkehrten - und zu Pauls heimlicher Erleichterung in ihren eigenen entgegenkommenden Fußspuren gingen, den Pfad der Brotbröcklein aus dem beschwerlichen Wald der Erwachsenenklagen zurückverfolgten -, hatte seine Großmutter grimmig vor sich hingelächelt und ein Lied gesungen, das er nicht richtig verstehen konnte.

Paul hatte an jenem Tag vor so langer Zeit vergebens versucht, ihr Glücksgefühl nachzuempfinden. Doch jetzt schien er derjenige zu sein, der in die von ihr ersehnte Welt hineingepurzelt war, eine Welt - Tausende von Generationen vor selbst der ewig weit zurückliegenden Kindheit seiner Großmutter -, von der sie nur träumen konnte.

Ja, wenn Oma Jonas das hätte sehen können, dachte er. *Wie hätte sie sich gefreut. Das hier ist wirklich der Anfang - lange, lange vor den korrupten Politikern und den widerlichen Shows im Netz und den rüden und vulgären Umgangsformen der Leute und den ganzen ausländischen Restaurants, wo man Sachen vorgesetzt bekam, die sie nicht aussprechen konnte. Sie hätte sich gefühlt wie im Himmel.*

Allerdings, mußte er zugeben, würde sie sich schwertun, eine gute Tasse Tee zu bekommen.

Die Leute vom Menschenstamm zogen scheinbar ohne jede Marschordnung am Rand eines Bergwaldes einen langen, tief verschneiten Abhang hinunter, aus dem hier und da schroffe Kalksteinfelsen herausstanden. Schlanke Baumschatten querten ihren Pfad wie Markierungen für eine noch zu bauende Treppe. Das Licht verglomm rasch, und der Himmel, über dem das weiche Grau einer Taubenbrust gelegen hatte, nahm einen kälteren, dunkleren Ton an. Paul fragte sich plötzlich zum erstenmal, nicht in welcher Zeit er sich befand, sondern an welchem Ort.

Hatte es überall Neandertaler gegeben oder nur in Europa? Er konnte sich nicht mehr erinnern. Das wenige, was er über die vorgeschichtliche Menschheit wußte, bestand aus zusammenhanglosen Einzelheiten wie auf Ratespielkarten – Höhlenmalerei, Mammutjagd, mühsam von Hand abgeschlagene Steingeräte. Es war frustrierend, daß sein Gedächtnis nicht mehr hergab. Die Leute in Science-Fiction-Filmen schienen immer nützliche Dinge über die Gegenden im Kopf zu haben, durch die ihre Zeitreisen führten. Wie aber, wenn der Zeitreisende in der Schule in Geschichte nie besonders gewesen war? Was dann?

Es kamen jetzt mehr Kalksteinfelsen, große Platten, die sich seitlich aus dem Boden zu schieben schienen, schattenhafte Rechteckformen, die im Dämmerlicht weniger hell schimmerten als der allgegenwärtige Schnee. Läuft-weit ließ sich in eine langsamere Gangart fallen und die übrige Gruppe vorbeieilen, bis Paul am Ende der Schlange ihn eingeholt hatte. Der bärtige Jäger gesellte sich wortlos zu ihm, und Paul, der ziemlich außer Atem war, hatte nichts dagegen.

Als sie um einen großen Felsvorsprung bogen, sah Paul warmes gelbes Licht auf den Schnee fallen. Seltsame knorrige Gestalten, die mit verformten Händen Speere umklammert hielten, standen als dunkle Silhouetten in einer breiten Öffnung in der Felswand, und im ersten Schreck mußte Paul an Märchen über Trollbrücken und Feenhügel denken. Läuft-weit faßte ihn am Ellbogen und schob ihn weiter; als er den Höhleneingang erreicht hatte, sah er, daß die Wächter nur vom Alter gebeugte Mitglieder des Menschenstammes waren, die zurückgelassen worden waren, um den heimischen Herd zu schützen wie Großbritanniens Home Guard in Kriegszeiten.

Der Jagdtrupp wurde sofort umringt, nicht nur von diesen greisen Wächtern, sondern auch von einem Strom in Felle gemummter Frauen und Kinder, die allesamt redeten und gestikulierten. Die Verletzungen von Weint-nie wurden mit vielen Bekundungen des Mitgefühls untersucht. Paul rechnete halb damit, daß sein Erscheinen abergläubische Panik auslösen würde, aber obwohl alle ihn mit einem Interesse beäugten, das von ängstlich bis fasziniert reichte, war er deutlich weniger wichtig als das Fleisch und die Geschichten, die die Jäger mitbrachten. Die Gruppe verzog sich vom Rand der Höhle und begab sich aus dem kalten Wind in das flackernde, rauchige Innere.

Auf den ersten Blick sah der Wohnsitz der Menschen am ehesten wie ein Heerlager aus. Aus Häuten gefertigte Zelte standen in einer Reihe mit dem Rücken zum Höhleneingang wie eine Herde von Tieren, die sich vor dem Wind zusammendrängten. Dahinter befand sich, von den Zelten geschützt, ein zentraler Bereich mit einer Mulde im Boden, in der ein großes Feuer brannte, ein natürlicher Kalksteinsaal, niedrig, aber weitläufig. Die wenigen Frauen, die drinnen geblieben waren, um auf das Feuer zu achten, blickten jetzt auf, lachten und riefen den heimkehrenden Jägern Bemerkungen zu.

Die übrigen vom Menschenstamm sahen ganz ähnlich aus wie die Männer, mit denen er gekommen war, klein und stämmig gebaut und mit Gesichtszügen, die bis auf die wulstigen Brauen und die breiten Kinnladen nichts mit den Karikaturen von Höhlenmenschen gemein hatten, die er kannte. Sie waren in rauhe Felle gekleidet; viele trugen Knochen- oder Steinstückchen an Sehnenschnüren, aber nichts, was sich mit dem Schmuck vergleichen ließ, der selbst die zurückgebliebensten Stämme aus Pauls Zeit zierte. Die meisten der kleineren Kinder waren nackt und hatten die Körper mit Fett eingerieben, das im Feuerschein glänzte, wenn sie aus den Zeltöffnungen hervorlugten, schimmernde kleine Wesen, die ihn an viktorianische Darstellungen von Gnomen und Wichteln erinnerten.

Es wurde überraschend wenig Aufhebens um die Rückkehr der Jäger gemacht, obwohl Läuft-weit ihm erzählt hatte, daß sie tagelang unterwegs gewesen waren. Die Männer begrüßten ihre Angehörigen und Lieben, indem sie sie behutsam mit den Fingern berührten, wie um sich zu vergewissern, daß sie wirklich waren, und hin und wieder rieb jemand sein Gesicht an das von jemand anders, aber es gab kein Küssen, wie Paul es kannte, kein Händeschütteln und kein Umarmen. Paul selbst wurde offensichtlich mehrmals erwähnt – er sah einige der Jäger auf ihn deuten, wie um zu belegen, was für ein seltsames Abenteuer es gewesen war –, doch er wurde niemandem vorgestellt, und soweit er sehen konnte, gab es auch keine klare Hierarchie. Ungefähr zwei Dutzend Erwachsene schienen die Höhle zu bewohnen und nicht ganz halb so viele Kinder.

Noch während einige der Menschen über das Hirschfleisch jubilierten, machten andere sich bereits auf höchst professionelle Art daran, es zuzubereiten. Zwei Frauen griffen sich lange Stöcke und schoben damit in einem Teil der Feuergrube die brennenden Holzklötze auf eine Seite, so daß ein Bett flacher Steine zum Vorschein kam. Dann legten sie mehrere Fleischstücke auf diesen heißen Steinen aus, und kurz darauf erfüllte schon Bratengeruch die Luft.

Paul ließ sich in einer Ecke nieder, wo er aus dem Weg war. Hier in der Höhle war es viel wärmer, aber immer noch kalt, und er zog seine

Felle fest um sich und sah der raschen Rückkehr zum normalen Leben zu, der regen Geschäftigkeit, die alle außer den Jägern sofort entfalteten. Paul vermutete, daß sonst auch sie abends tätig waren, neue Waffen herstellten und alte reparierten, aber heute abend waren sie von einer langen, erfolgreichen Jagdpartie heimgekehrt und durften auf den Lohn der Sieger warten, die ersten Portionen des erlegten Wildes.

Eine der Frauen holte mit einem Stock einen ansehnlichen Batzen Fleisch aus dem Feuer, legte ihn auf ein Stück Rinde und überreichte ihn Läuft-weit wie eine Opfergabe. Er führte das Fleisch an den Mund, biß einen Happen ab und grinste beifällig, doch statt es aufzuessen, zerteilte er es mit seinem Messer in zwei Hälften, woraufhin er sich erhob und sich mit dem Rindenteller vom Feuer entfernte und in eines der Zelte trat. Niemand sonst schien dem Beachtung zu schenken, aber Paul war fasziniert. Brachte er das Essen einer bettlägerigen Frau oder einem kranken Kind? Einem altersschwachen Vater oder einer hinfälligen Mutter?

Läuft-weit blieb eine Weile in dem Zelt; als er wieder herauskam, steckte er sich gerade das letzte Stück Fleisch in den Mund und zerkaute es energisch mit seinen breiten Kinnladen. Nichts gab einen Hinweis darauf, was dort drinnen geschehen war.

Eine Bewegung an seinem Ellbogen erregte Pauls Aufmerksamkeit. Ein kleines Mädchen stand neben ihm und starrte ihn erwartungsvoll an. Wenigstens nahm er an, daß es sich um ein Mädchen handelte, obwohl die Jungen genauso zottelhaarig waren und eine eindeutige Aussage durch den Fellrock um die Hüften des Kindes erschwert wurde. »Wie heißt du?« fragte er.

Sie kreischte voll übermütigem Entsetzen auf und lief davon. Mehrere andere Kinder lösten sich aus dem allgemeinen Getümmel, um ihr lachend und in hohen, vogelähnlichen Tönen schreiend nachzujagen. Gleich darauf fiel ein anderer, größerer Schatten auf ihn.

»Sprich nicht mit dem Kind.« Vogelfänger blickte ärgerlich, aber Paul kam es so vor, als sähe er hinter der finsteren Miene des Mannes nackte Panik. »Sie ist nicht für dich.«

Paul schüttelte verständnislos den Kopf, doch der andere drehte sich einfach um und ging fort.

Meint er vielleicht, ich hätte es auf sie abgesehen? Oder ist es dieses Ding mit dem Land der Toten? Vielleicht dachte Vogelfänger, er wolle das Mädchen entführen, mit zurücknehmen in irgendein Reich des Todes jenseits des vereisten Flusses.

Das bin ich, der Sensenmann des Pleistozäns. Paul senkte den Kopf und schloß die Augen und war auf einmal so müde wie schon lange nicht mehr.

In seinem Traum hatte es eine Frau gegeben und blühende Pflanzen und Sonnenlicht, das durch ein verstaubtes Fenster fiel, aber jetzt zerrann alles, lief davon wie Wasser durch ein Abflußloch. Paul schüttelte den Kopf, und seine Augen flatterten. Läuft-weit stand vor ihm und sagte etwas, das er zuerst nicht verstand.

Der Jäger stupste ihn noch einmal sachte an. »Flußgeist. Flußgeist, du mußt mitkommen.«

»Mitkommen? Wohin?«

»Dunkler Mond sagt, du mußt kommen und reden.« Der Jagdführer war aufgeregt, wie Paul ihn noch nicht erlebt hatte, beinahe wie ein Kind. »Komm jetzt.«

Paul ließ sich von ihm hochziehen und folgte dann Läuft-weit zu dem Zelt, in das der Jäger das erste gebratene Fleisch des erlegten Hirsches gebracht hatte. Paul rechnete damit, hineingeführt zu werden, doch Läuft-weit bedeutete ihm zu warten. Der Jäger trat gebückt durch die Zeltklappe, und als er kurz darauf wieder zum Vorschein kam, führte er eine winzige Gestalt in einem dicken Fellumhang in den Feuerschein hinaus.

Die alte Frau blieb stehen und musterte Paul von Kopf bis Fuß, dann streckte sie ihren Arm in einer deutlich auffordernden, eigentlich eher befehlenden Geste aus. Paul trat vor und ließ zu, daß sie seinen Unterarm mit harten, knochigen Fingern umkrallte, woraufhin sie zu dritt langsam auf das Herdfeuer zutraten. Während sie die Frau zu einem rundlichen Stein am wärmsten Teil der Feuerstelle geleiteten, sah Paul, daß Vogelfänger ihn anstarrte und dabei den Arm des kleinen Mädchens hielt, das sich vorher Paul genähert hatte. Sein Griff war so fest, daß sie sich vor Schmerz wand.

»Bring mir Wasser«, sagte die alte Frau zu Läuft-weit und ließ sich langsam auf dem Felsen nieder. Als er fort war, wandte sie sich Paul zu. »Wie heißt du?«

Paul war sich nicht sicher, was für eine Antwort sie erwartete. »Die Männer vom Menschenstamm nennen mich Flußgeist.«

Sie nickte zufrieden, als ob er eine Prüfung bestanden hätte. Schmutz saß in den Runzeln ihres zerfurchten Gesichtes, und durch ihr dünnes weißes Haar zeichnete sich ihre Kopfform deutlich ab, doch die Stärke ihrer Persönlichkeit und die Achtung, in der sie bei den Menschen stand, waren unverkennbar. Sie hob eine klauenartige Hand und tupfte damit vorsichtig seine an.

»Ich werde Dunkler Mond genannt. Das ist der Name, den ich führe.«

Paul nickte, obwohl er nicht ganz einsah, wieso sie dieser Mitteilung soviel Bedeutung beizumessen schien. *Das hier ist nicht meine Welt,* erinnerte er sich. *Für Primitive sind Namen etwas Magisches.*

»Kommst du aus dem Land der Toten?« fragte sie. »Erzähle mir deine wahre Geschichte.«

»Ich ... ich komme von einem sehr weit entfernten Ort. Die Menschen - die Jäger - haben mich gerettet, als ich im Fluß am Ertrinken war.« Er zögerte, dann verstummte er. Er glaubte nicht, daß er ihr seine wahre Geschichte würde begreiflich machen können, begriff er sie doch selbst nicht, nicht einmal die Teile, an die er sich deutlich erinnerte.

Sie schürzte die Lippen. »Und was hast du mit uns im Sinn? Was bringst du den Menschen? Was wirst du uns nehmen?«

»Ich hoffe, daß ich euch nichts nehmen werde, außer dem Essen und der Kleidung, die ihr mir gebt.« Es war schwer, einfach zu reden, ohne sich anzuhören wie ein Indianerhäuptling in einem schlechten amerikanischen Western. »Ich bin mit nichts aus dem Fluß gekommen, deshalb habe ich auch keine Geschenke.«

Dunkler Mond blickte ihn wieder an, und diesmal dauerte die Begutachtung eine ganze Weile. Läuft-weit kehrte mit einem Becher zurück, der aus einem Stück Tierhorn gefertigt zu sein schien; die alte Frau trank ausgiebig und richtete dann wieder den Blick auf Paul. »Ich muß nachdenken«, sagte sie schließlich. »Ich verstehe nicht, was du in der Welt tust.« Sie drehte sich um und tätschelte Läuft-weit auf die Schulter, bevor sie abrupt die Stimme hob und sich an den ganzen Menschenstamm wandte. »Jäger sind zurückgekehrt. Sie haben zu essen mitgebracht.«

Die anderen, die mit geradezu zivilisierter Zurückhaltung so getan hatten, als hörten sie bei ihrem Gespräch mit Paul nicht zu, ließen jetzt ein paar rauhe Beifallsrufe hören, obwohl die meisten emsig am Kauen waren.

»Heute nacht ist eine gute Nacht.« Dunkler Mond breitete langsam die Arme aus. Ihr winziger Körper schien für das Gewicht des Fellumhangs zu schwach zu sein. »Heute nacht werde ich eine Geschichte erzählen, und der mit dem Namen Flußgeist wird gut über die Menschen denken, die ihm zu essen gegeben haben.«

Der ganze Stamm trat heran, und die am nächsten waren, setzten sich Dunkler Mond zu Füßen. Viele nutzten die Gelegenheit, Paul genauer in Augenschein zu nehmen. Er sah Furcht und Sorge in den meisten Gesichtern, doch nur bei Vogelfänger war eine Angespanntheit zu erkennen, die unter Umständen in Gewalt umschlagen konnte. Die übrigen vom Menschenstamm sahen ihn an, wie manierliche Kunden einen geistig Verwirrten von der Straße betrachten mochten, der unmotiviert durch die Ladentür getreten war, aber noch keine Anstalten machte, herumzukrakeelen oder Sachen umzustoßen.

Erschöpft von der Aufregung und die Bäuche voll gebratenem Fleisch waren einige der kleineren Kinder schon eingeschlafen, doch ihre Eltern und Hüter nahmen sie einfach auf dem Arm mit zu der Versammlung, weil sie sich etwas so offensichtlich Wichtiges nicht entgehen lassen wollten. Vogelfänger, der letztlich doch nicht mißtrauisch genug war, um fernzubleiben, stellte sich an den äußeren Rand des Kreises, und obwohl er Paul immer noch böse Blicke zuwarf, hörte auch er zu.

»*Ich werde euch von den vergangenen Tagen erzählen.*« Die Stimme von Dunkler Mond nahm einen Singsangton an, und selbst Paul konnte die Befriedigung über einen vertrauten rituellen Anfang nachempfinden. »*Das waren die Tage, bevor die Väter eurer Väter und deren Väter in der Welt wandelten.*«

Als sie eine kurze Pause machte, stellte er eine unerwartete Spannung bei sich fest. Trotz seiner Vorbehalte, seiner Skepsis, konnte er sich, in dieser kalten Höhle kauernd, nur schwer dem Gefühl verschließen, daß er hier an einem Urquell des Geschichtenerzählens saß, daß ihm die Gnade zuteil wurde, einer der ältesten Sagen überhaupt lauschen zu dürfen.

»*In jenen Tagen damals*«, begann Dunkler Mond, »*war alles dunkel. Es gab kein Licht, und es gab keine Wärme. Die Kälte war überall, und der Urmann und die Urfrau litten. Sie gingen zu den andern Urmenschen, den ganzen Tieren, und fragten sie, was sie tun konnten, um sich warm zu halten.*

Langnase riet ihnen, sich am ganzen Leib zu behaaren, wie er es getan hatte. Weil er so groß war, dachten der Urmann und die Urfrau, daß er sehr alt und sehr weise sein müsse, aber so sehr sie sich auch anstrengten, sie konnten nicht genug Haare sprießen lassen, um warm zu bleiben. Da tötete der Urmann den großen Langnase und stahl sein haariges Fell, und ein Weilchen litten sie nicht mehr.

Bald aber wurde die Welt noch kälter, und selbst das Fell, das sie Langnase abgenommen hatten, reichte nicht aus, um sie warm zu halten. Da gingen sie zur Höhlenmutter und fragten sie, wie sie wohl warm bleiben konnten.

›Ihr müßt ein tiefes Loch im Berg finden‹, sagte die Höhlenmutter, ›und dort könnt ihr geschützt vor dem Beißewind wohnen, wie ich es tue, und eure Jungen aufziehen.‹

Aber der Urmann und die Urfrau konnten kein eigenes Loch finden, und so töteten sie die Höhlenmutter und zogen selber in ihr Loch, und ein Weilchen litten sie nicht mehr.

Und noch immer wurde die Welt kälter. Der Urmann und die Urfrau kauerten sich in ihrer Höhle zusammen und zogen ihre Felle fest um sich, doch sie wußten, daß sie bald sterben mußten.

Eines Tages sah die Urfrau den winzigen Nacktschwanz durch die Höhle flitzen. Sie fing ihn mit der Hand und wollte ihn aufessen, denn sie hatte großen Hunger, aber Nacktschwanz erklärte ihr, wenn sie ihn nicht verschlänge, würde er ihr etwas Wichtiges mitteilen. Sie rief den Urmann herbei, damit auch er hörte, was Nacktschwanz zu sagen hatte.

›Ich werde euch ein großes Geheimnis verraten‹, sagte Nacktschwanz. ›Gelbauge, der dort draußen im furchtbaren kalten Dunkel wohnt, hat ein Zauberding, ein Ding, das sich im lindesten Wind neigt und doch nicht wegweht, das keine Zähne hat und doch einen harten Baumast fressen kann. Dieser Zauber ist ein warmes Ding, das die Kälte fernhält, und an ihm liegt es, daß die Augen des alten Gelbauge in der Dunkelheit hell leuchten.‹

›Was kümmert uns das?‹ sagte der Urmann. ›Er wird uns dieses warme Zauberding niemals überlassen.‹

›Wir könnten ihn überlisten und es ihm stehlen‹, sagte die Urfrau. ›Haben wir nicht auch Langnase sein Fell und der Höhlenmutter ihr Haus abgenommen?‹

Der Urmann sagte nichts. Er fürchtete sich vor Gelbauge, denn dieser war grausam und stark und viel schlauer als Langnase oder die Höhlenmutter. Der Urmann wußte, daß die zerbrochenen, abgenagten Knochen vieler anderer Tiermenschen vor Gelbauges Bau lagen. Doch er hörte zu, als die Urfrau ihm die Gedanken sagte, die in ihrem Bauch waren.

›Ich werde tun, was du sagst‹, erklärte er schließlich. ›Wenn ich es nicht versuche, werden wir doch auf jeden Fall umkommen, und die Dunkelheit wird uns holen.‹«

Die Flammen flackerten unter einem Windstoß, der kalt durch den Raum schnitt. Paul schlotterte und zog seine Felle fester um sich. Er wurde allmählich schläfrig, und es fiel ihm schwer, klar zu denken. Alles war so seltsam. Hatte er diese Geschichte nicht schon irgendwo einmal gehört? Aber wie hätte das sein können?

Die Höhle wurde dunkler, bis die Glut alle Zuhörer in rot beschienene Gespenster verwandelte. Die brüchige Stimme von Dunkler Mond schwoll an und ab, während sie das Lied vom Feuerdiebstahl sang.

›Der Urmann begab sich zu der Stätte vieler Knochen, wo Gelbauge lebte. Er sah die hellen Augen schon aus weiter Ferne, doch Gelbauge sah ihn noch eher.
›Was willst du?‹ fragte er den Urmann. ›Wenn du es mir nicht sagst, werde ich dich in meinem Maul zermalmen.‹ Gelbauge zeigte dem Urmann seine schrecklichen Zähne.
›Ich bin gekommen, weil ich einen Handel mit dir schließen will‹, sagte der Urmann. ›Ich möchte gern das warme, helle Ding haben, das du besitzt.‹
›Und was willst du mir dafür geben?‹ fragte Gelbauge. Seine Augen leuchteten ein wenig heller.
›Ein Kind‹, sagte der Urmann. ›Die Kälte ist so groß, daß es sowieso umkommen wird, wenn wir nicht etwas von deinem warmen, hellen Ding bekommen.‹
Gelbauge leckte sich die Lippen und knackte mit seinen schrecklichen Zähnen. ›Du willst mir dein Kind für ein bißchen von meinem Feuer geben?‹
Der Urmann nickte.
›Dann leg das Kind dorthin, wo ich es sehen kann‹, wies Gelbauge an, ›und ich werde dir geben, was du begehrst.‹
Der Urmann langte in seine Felle und holte das Kind aus Lehm hervor, das die Urfrau mit ihren geschickten Händen geformt hatte. Er legte dieses Kind vor Gelbauge nieder.
›Es ist sehr still‹, sagte Gelbauge.
›Es fürchtet sich vor deinen Zähnen‹, erwiderte der Urmann.
›Das ist gut‹, sagte Gelbauge und riß seinen Rachen weit auf. ›Faß in mein Maul, und du wirst finden, was du begehrst.‹
Der Urmann fürchtete sich sehr, aber er trat dicht an Gelbauges Maul heran, das den Geruch des Todes ausströmte.
›Faß in mein Maul‹, sagte Gelbauge noch einmal.
Der Urmann steckte seinen Arm tief in Gelbauges Maul, an den schrecklichen Zähnen vorbei und durch die lange Kehle. Zuletzt langte er etwas sehr Heißes an und schloß seine Hand darum.
›Nimm nur ein wenig‹, sagte Gelbauge.

Der Urmann zog seine Hand zurück. Darin hatte er etwas Gelbes, das sich im Wind neigte, aber nicht wegwehte, das keinen Mund hatte, aber ihm in die Haut biß, da er es hielt. Der Urmann warf einen Blick auf Gelbauge und sah, daß dieser das Kind aus Lehm beschnüffelte, und da lief der Urmann los, das warme gelbe Ding fest in der Hand.

›Das ist gar nicht dein Kind!‹ schrie Gelbauge erbost. ›Du hast mich getäuscht, Urmann.‹

Gelbauge nahm die Verfolgung auf. Der Urmann rannte, so schnell er konnte, aber er hörte, wie sein Feind immer näher kam. Das warme Zauberding war sehr schwer in seiner Hand und biß ihm in die Haut, deshalb warf der Urmann es von sich, hoch in die Luft. Es flog an den Himmel und blieb dort hängen und erfüllte die Welt mit Licht. Gelbauge schrie abermals und rannte schneller, doch der Urmann erreichte die Höhle, wo er mit der Urfrau wohnte, und lief hinein. Sie schoben einen Stein in die Öffnung, damit Gelbauge sie nicht erwischen konnte.

›Ihr habt mich betrogen, das werde ich nicht vergessen‹, schrie Gelbauge. ›Und wenn ihr ein richtiges Kind bekommt, werde ich es euch wegnehmen.‹

Der Urmann lag völlig entkräftet auf dem Boden der Höhle. Die Urfrau sah, daß er noch ein klein wenig von dem warmen, hellen Ding an der Hand hängen hatte. Sie strich es mit einem Stock ab, und als es anfing, den Stock zu fressen, wurde es größer und wärmte die ganze Höhle. Das war das Feuer.

Von dem Tag an waren die Finger des Urmanns nicht mehr alle gleich wie bei den andern Tiermenschen. Ein Finger an jeder Hand war abgebogen, weil er das heiße Feuer getragen hatte, und aus diesem Grund haben alle Kinder des Urmannes und der Urfrau andere Hände als die Tiermenschen.

Das Feuer, das an den Himmel geflogen war, wurde zur Sonne, und wenn sie scheint, verbergen sich Gelbauge und sein Volk vor dem Licht, weil es sie daran erinnert, wie sie vom Urmann überlistet wurden. Aber wenn es weggeht und die Welt im Dunkeln liegt, kommt Gelbauge wieder hervor, und sein Auge ist der Mond, mit dem er nach dem Kind ausschaut, das der Urmann und die Urfrau ihm versprochen hatten. Seit den Tagen, bevor die Väter eurer Väter und deren Väter in der Welt wandelten, jagt er jede Nacht nach den Kindern des Urmannes und der Urfrau.«

Die Stimme von Dunkler Mond war sehr leise geworden, ein dünnes Wispern, das durch die atemlose Stille in der Höhle strich.

»Er wird auch dann noch nach ihnen jagen, wenn die Kinder eurer Kinder und deren Kinder in der Welt wandeln werden.«

> Er konnte ein mächtiges, langsames Stampfen hören, das Ticken einer titanischen Uhr oder die Schritte eines nahenden Riesen, aber er sah nichts als Finsternis, fühlte nichts als eisigen Wind. Er hatte keine Hände und keinen Leib, keine Möglichkeit, sich vor dem Unbekannten zu schützen, das in der schwarzen Leere hier am Rand aller Dinge lauerte.

»Paul.« Die Stimme in seinem Ohr war leise und sanft wie eine fliegende Feder, aber sein Herz hämmerte los, als ob sie geschrien hätte.

»Bist du das?« Entweder seine eigene Stimme machte außerhalb seines Schädels kein Geräusch, oder er hatte nicht mehr die Ohren, sich selbst sprechen zu hören.

Etwas war neben ihm im Dunkeln. Er konnte es spüren, auch wenn er nicht wußte, wie. Er konnte es fühlen, einen schnellen Herzschlag, einen zarten Hauch.

»Paul, du mußt zu uns zurückkommen. Du mußt zu mir zurückkommen.«

Und als ob sie seine Träume niemals verlassen hätte, sondern nur aus seinem Wachbewußtsein geschwunden wäre, sah er sie jetzt in der Erinnerung, konnte sich das Bild ihrer befremdlichen, aber wunderschönen geflügelten Gestalt, ihres traurigen Blicks vors innere Auge holen. Sie hatte einst in diesem goldenen Käfig gekauert, während er hilflos außen vor den Gitterstäben gestanden hatte. Er hatte sie diesem furchtbaren malmenden Ungetüm überlassen, dem Alten Mann.

»Wer bist du?«

Sie wurde ein wenig stärker spürbar, eine ganz feine Schwingung der Ungeduld ging von ihr aus. »Ich bin niemand, Paul. Ich weiß nicht, wer ich bin – es interessiert mich nicht mehr. Aber ich weiß, daß ich dich brauche, daß du kommen mußt.«

»Wohin kommen? Du hast gesagt ›zu uns‹. Zu wem?«

»Du stellst zu viele Fragen.« Es klang traurig, nicht verärgert. »Ich habe die Antworten nicht, die du wünschst. Aber ich weiß, was ich weiß. Wenn du zu mir kommst, werden wir beide es wissen.«

»Bist du Vaala? Bist du die Frau von neulich?«

Wieder die Ungeduld. »Diese Dinge sind unwichtig. Es ist so schwer für mich, hier zu sein, Paul – so schwer! Hör zu! Hör zu, und ich werde dir alles sagen, was ich weiß. Es gibt einen Ort, einen schwarzen Berg, der bis zum Himmel reicht – der die Sterne verdeckt. Den mußt du finden. Dort liegen alle Antworten auf deine Fragen.«

»Wie? Wie komme ich dorthin?«

»Ich weiß es nicht.« Eine Pause. »Doch es kann sein, daß es mir einfällt, wenn du mich findest.«

Etwas störte seine Konzentration, ein unbestimmter, aber hartnäckiger Schmerz, ein Stechen, das Paul nicht ignorieren konnte. Der Traum sank in sich zusammen. Als er ihn entgleiten fühlte, versuchte er verzweifelt, sich an sie zu klammern, an diese Stimme im Leeren.

»*Dich finden? Was bedeutet das?*«

»*Du mußt zu mir kommen ... zu uns ...*« Sie wurde immer leiser, war kaum mehr wahrnehmbar, ein enteilendes Flüstern auf einem langen Korridor.

»*Verlaß mich nicht! Wie kann ich dich finden?*« Das vage Unbehagen wurde schärfer, forderte seine Aufmerksamkeit. »*Wer bist du?*«

Aus unbegreiflicher Ferne ein Raunen: »*Ich bin ... ein zersprungener Spiegel ...*«

Seine Kehle war wie zugeschnürt, ein Schmerz wie eine feurige Messerspitze saß ihm im Bauch. Sie war wieder fort – seine Verbindung zur normalen Welt! Aber wie konnte jemand oder etwas so offenbar Wahnsinniges ihn in die Wirklichkeit zurückführen? Oder hatte er nur geträumt ...?

Der Schmerz wurde stärker. Seine Augen gewöhnten sich an die Dunkelheit, an die trübe Aschenglut, und er sah den formlosen Schatten über sich. Etwas Hartes, Scharfes wurde ihm in den Bauch gedrückt. Paul glitt mit der Hand dorthin und fühlte die kalte, steinerne Speerspitze tief in seinem Fellumhang stecken, dessen Haare bereits von warmen Blutstropfen verklebt waren. Noch ein kleines Stück weiter, und sie würde seine Gedärme durchbohren.

Vogelfänger beugte sich vor, sauren Fleischgeruch im Atem. Die Speerspitze stach noch eine Idee tiefer.

»Du bist mein Blutsfeind, Flußgeist. Ich werde dich ins Land der Toten zurückschicken.«

Eins

Der geheime Fluß

... denn Millionen vermischter Schemen und Schatten, versunkener Träume, nächtlicher Irrungen und Wirrungen, alles was uns Leben und Seele heißt: hier liegen sie träumend und aberträumend, wälzen sich hin und her wie Schläfer in ihren Betten, und das ewige Rollen der Wellen ist nur die Folge ihrer Ruhelosigkeit.

Herman Melville, *Moby Dick*

Kapitel

Tiefe Wasser

NETFEED/NACHRICHTEN:
Kein Helm? Schulkinder brauchen eine Verzichterklärung
(Bild: Kinder beim Anprobieren der Helme)
Off-Stimme: Kinder in Pine Station, einer Trabantenstadt in Arkansas, müssen entweder den ganzen Schultag über einen Sicherheitshelm aufhaben, oder ihre Eltern müssen eine Verzichterklärung unterschreiben, in der sie zusichern, daß sie keine Ersatzansprüche anmelden werden, falls ihrem Kind etwas zustoßen sollte.
(Bild: Edlington Gwa Choi, Schulrat von Pine Station)
Gwa Choi: "Es ist ganz einfach. Wir können uns den Versicherungsschutz nicht mehr leisten. Es werden mittlerweile schöne, bequeme Helme hergestellt — die Kinder merken kaum, daß sie einen aufhaben. Wir haben Tests durchgeführt. Und wenn sie keinen tragen wollen, ist uns das auch recht, solange ihre Erziehungsberechtigten die Verantwortung übernehmen ..."

> Ein Käfer von der Größe eines Lieferwagens rumpelte gemächlich am Ufer entlang, der Pavian neben ihr sang ein Lied, und Renie lechzte nach einer Zigarette.

»Wir gehen hinab«,

sang !Xabbu mit beinahe tonloser Stimme,

»Hinab zum Wasser,
Ah!
Wo die Fische lachen
Und sich verstecken ...«

»Was ist das?« Renie sah zu, wie der Käfer mit dem sturen Vorwärtsdrang eines der Arbeitsroboter, die mit ihrem Wühlen die Oberflächen von Mars und Mond wirtlich machen sollten, über den steinigen Strand buckelte. »Das Lied, das du da singst.«

»Mein Onkel sang es immer. Es half ihm, geduldig darauf zu warten, daß die Fische über den Steindamm kamen und wir sie fangen konnten.« !Xabbu kratzte sich mit einer Gründlichkeit, die viel eher menschlich als äffisch wirkte, in seinem Pavianpelz.

»Aha.« Renie runzelte die Stirn. Sie konnte sich nicht recht konzentrieren, und im Augenblick interessierten sie nicht einmal !Xabbus Geschichten über seine Kindheit im Okawangodelta.

Wenn irgend jemand ihr vorher erzählt hätte, sie würde einmal in ein quasi magisches Reich versetzt werden, wo einzelne den Lauf der Geschichte nach ihrem Gutdünken umschreiben oder wo Menschen plötzlich auf die Größe von Mohnsamen schrumpfen konnten, aber ihr dringendstes Problem wäre, wenigstens in Zeiten wie dieser, daß sie keine Zigaretten hatte, dann hätte sie die Person für verrückt erklärt. Doch seitdem sie die letzte geraucht hatte, waren zwei qualvolle Tage vergangen, und die gegenwärtige beschauliche Flußpartie an Bord eines riesigen Blattes, das einst ein Schiff gewesen war, gab ihr endlich die Muße zu erkennen, was ihr fehlte.

Sie stieß sich vom hochgebogenen Rand des Blattes weg. Besser was tun, irgendwas, als giepernd wie ein Chargehead mit einer durchgeschmorten Can herumzustehen. Zumal es durchaus nicht so war, daß alles nach Wunsch lief, sinnierte sie. Im Grunde war von dem Moment an, in dem sie Atascos virtuelle goldene Stadt erreicht hatten, so ziemlich alles schiefgelaufen.

Drüben am Rand der weiten Wasserfläche hatte sich der Käfer die Uferböschung hochgearbeitet und verschwand jetzt in einem Meer von Grashalmen, die jeder so hoch waren wie die Palmen zuhause. Sie begab sich vorsichtig in die Mitte des Blattes und ließ !Xabbu allein sein leises Fischfanglied singen und den nunmehr leeren Strand betrachten.

Sweet William, dessen Silhouette an einen Theatervampir erinnerte, stand am äußersten Blattrand und beobachtete das andere, fernere Ufer, während die übrigen weiter innen an die mächtige Mittelrippe gelehnt saßen und sich ein notdürftiges Dach aus Blatthaut, die sie vom Außenrand abgerissen hatten, zum Schutz gegen die starke Sonne über die Köpfe hielten.

»Wie geht's ihm?« fragte Renie Fredericks. Der junge Mann in der leicht mittelalterlich wirkenden Tracht pflegte immer noch seinen kranken Freund Orlando. Selbst als schlaffes, schlafendes Bündel ließ Orlandos muskulöser Simkörper kaum etwas von dem gebrechlichen Kind ahnen, das darin steckte.

»Sein Atem ist besser, glaube ich.« Fredericks sagte es mit solchem Nachdruck, daß Renie sofort Zweifel kamen. Sie blickte auf die eingerollte Gestalt und bückte sich dann, um ihm die Hand auf die Stirn zu legen. »Das bringt's nicht so richtig«, fügte Fredericks beinahe entschuldigend hinzu. »Manche Sachen merkt man diesen Sims an, andere nicht. Die Körpertemperatur scheint sich nicht groß zu verändern.«

»Ich weiß. Es ist bloß ... ein Reflex, vermute ich.« Renie hockte sich auf die Fersen. »Tut mir leid, aber er sieht überhaupt nicht gut aus.« Sie hatte einfach nicht mehr den Nerv, falsche Hoffnungen zu ertragen, auch wenn das, was Fredericks ihr über den wirklichen Orlando Gardiner erzählt hatte, ihr das Herz schwer machte. Sie gab sich einen Ruck und wandte sich ab. »Und wie geht's dir, Martine? Irgendeine Besserung?«

Die französische Rechercheurin, die in dem dunkelhäutigen, dunkelhaarigen Sim einer temilúnischen Bäuerin erschien, brachte ein ganz schwaches Lächeln zustande. »Es ... das Denken geht vielleicht etwas besser. Ein bißchen. Die Schmerzen von den vielen neuen Inputmengen sind im Moment nicht ganz so schlimm. Aber ...« Sie schüttelte den Kopf. »In der Welt bin ich schon lange blind, Renie. Aber ich bin es nicht gewöhnt, hier blind zu sein.«

»Wieso ›hier‹, äi?« Der Kampfrobotersim gehörte einem Goggleboy, der sich »T4b« nannte. Renie vermutete, daß er jünger war, als er zugeben wollte, womöglich nicht älter als Orlando und Fredericks, und sein unwirscher Tonfall jetzt bestärkte sie nur in ihrem Verdacht. »Dachte, 'swär noch nie einer hier gewesen. Was war das für'n Fen da im vorigen Dings, wenn du schon mal hier warst?«

»Ich glaube nicht, daß sie das gemeint hat ...«, begann Quan Li.

»Nein, hier war ich noch nie«, sagte Martine. »Aber online – eingeschaltet. Das war immer meine Welt. Aber das ... das Rauschen, seit ich hier bin, die überwältigende Informationsflut ... die macht es mir schwer, so zu hören und erst recht so zu denken, wie ich es gewöhnt bin.« Sie rieb sich mit langsamen, unbeholfenen Bewegungen die Schläfen. »Es ist wie Feuer in meinem Kopf. Wie Insekten.«

»Insekten brauchen wir weiß Gott keine mehr.« Renie sah auf, als eine weit entfernte, aber dennoch unglaublich große Libelle mit der Lautstärke eines altertümlichen Propellerflugzeugs über das Ufer strich und auf den Fluß hinaus flog. »Gibt es irgendwas, das wir tun können, Martine?«

»Nein. Vielleicht lerne ich ja ... besser damit zurechtzukommen, wenn ein wenig Zeit vergangen ist.«

»Also gut, was machen wir jetzt?« sagte Renie schließlich. »Wir können uns nicht einfach treiben lassen, ob im wörtlichen oder übertragenen Sinne. Wir haben keine Ahnung, wonach wir suchen, wohin wir unterwegs sind oder ob wir uns überhaupt in der richtigen Richtung bewegen. Hat jemand eine Idee?« Sie blickte kurz zu Florimel hinüber, die wie Martine und Quan Li einen temilúnischen Sim hatte, und fragte sich, wann diese Frau wohl ihre Zugeknöpftheit aufgeben würde; aber Florimel schwieg weiter unbeirrt, wie sie es seit ihrer gemeinsamen Flucht die meiste Zeit über getan hatte. »Wenn wir einfach abwarten ... Sellars wenigstens meinte, es würde sich jemand auf unsere Spur setzen.« Renie ließ ihren Blick über die bunte Mischung auffälliger Sims schweifen. »Und wir sind mit Sicherheit schwer zu verfehlen.«

»Was schlägst du vor, Werteste?« Sweet William kam mit wippenden Federn über die unebene Blattoberfläche auf sie zugetänzelt. Renie fragte sich, ob ihm das ganze simulierte schwarze Leder in dieser tropischen Hitze nicht langsam ein bißchen lästig wurde. »Versteh mich nicht falsch, dieser ganze Pack-an ist außerordentlich inspirierend – du warst bestimmt mal ein fesches Pfadfindermädel. Sollen wir uns einen Außenbordmotor aus abgeschnittenen Fingernägeln bauen oder so?«

Sie lächelte säuerlich. »Das wäre immer noch besser, als dahinzugondeln und drauf zu warten, daß jemand kommt und uns faßt. Aber eigentlich hatte ich die Hoffnung, daß irgendwer auf was Praktischeres kommen würde.«

»Vermutlich hast du recht.« William ging neben ihr in die Hocke, so daß sein spitzes Knie sich in ihr Bein bohrte. Renie fand, daß er sich ein wenig verändert hatte, seit sie aus Atascos Palast geflohen waren, daß seine Arroganz sich gemildert hatte. Selbst sein starker nordenglischer Akzent klang etwas gemäßigter, als ob er bloß eine effekthascherische Maske wäre, genau wie sein Todesclownsim. »Was machen wir also?« fragte er. »Wir können nicht paddeln. Ich nehme an, wir könnten ans Ufer schwimmen - da hättet ihr alle was zu lachen, wenn ihr mich schwimmen sehen würdet -, aber was dann? Ich bin nicht scharf drauf, diesen überdimensionierten Kribbelkrabblern da drüben aus dem Weg hechten zu müssen.«

»Sind die groß, oder sind wir klein?« fragte Fredericks. »Vielleicht sind sie ja bloß Monsterkäfer, nicht, wie in dieser Lernwelt ›Verstrahlte Natur‹.«

Renie kniff die Augen zusammen und spähte zum Ufer. Ein paar fliegende Gestalten, kleiner als die Libellen, schwirrten hektisch am Rand des Wassers hin und her. »Na ja, die Bäume sind kilometerhoch, die Sandkörner am Strand sind so groß wie dein Kopf, und wir schwimmen auf einem Blatt, das mal ein Schiff war. Was meinst du? Mein Tip wäre: Wir sind klein.«

Fredericks warf ihr einen verletzten Blick zu und richtete seine Aufmerksamkeit wieder auf seinen schlafenden Freund. Auch Sweet William sah Renie mit leicht überraschter Miene an. »Du kannst ziemlich bissig sein, was, Verehrteste?« bemerkte er beeindruckt.

Renie schämte sich, aber nur ein wenig. Diese Leute benahmen sich, als wäre das alles eine Art Abenteuerspiel, in dem am Schluß alles gut ausgehen mußte und sie im allerschlimmsten Fall eine niedrige Punktzahl erhielten. »Dies hier wird nicht einfach mit einer höflichen Mitteilung ›Game over‹ enden, begreift das mal«, spann sie ihren Gedanken laut weiter. »Ich habe gefühlt und gesehen, wie ein Mann bei dem Versuch starb, in dieses Netzwerk einzubrechen. Und ob die Atascos nun on- oder offline angegriffen wurden, sie sind auf jeden Fall tot.« Sie hörte ihre Stimme anschwellen und rang um Beherrschung. »Dies hier ist kein Spiel. Mein Bruder liegt im Sterben - vielleicht ist er schon tot. Ich bin sicher, daß jeder von euch seinen eigenen Kummer mit sich rumträgt, also laßt uns endlich in die Gänge kommen.«

Eine Weile herrschte Schweigen. T4b, der stachelige Roboterkrieger, beendete es. »Alles hört, Frau. Red.«

Renie zögerte, schier erdrückt vom Gewicht der vielen Probleme. Sie kannte diese Leute nicht, hatte keine Antworten für sie parat – wußte nicht einmal wirklich, welche Fragen zu stellen waren. Und sie war es überdies leid, diese Fremden ständig antreiben zu müssen. Sie waren ein komischer Haufen, zeigten wenig von der Initiative, die Sellars ihnen zugedacht hatte, und von den wenigen Menschen auf der Welt, denen sie vertraute, war nur !Xabbu voll anwesend, da Martine merkwürdig verändert war, nicht mehr die ruhige, ultrakompetente Drahtzieherin von vorher.

»Also gut«, sagte Renie. »Ich stimme zu, daß wir nicht an Land gehen sollten, wenn es sich vermeiden läßt. Selbst die Insekten sind so groß wie Dinosaurier, und möglicherweise sind Insekten nicht die einzigen Tiere hier. Wir haben bis jetzt keine Vögel gesehen, aber das heißt nicht, daß es keine gibt, und für eine Möwe wären wir alle nicht mehr als ein Happs.«

»Was können wir denn tun außer uns treiben lassen?« fragte Quan Li.

»Na ja, ich will nicht behaupten, daß wir einen Außenbordmotor basteln könnten, aber ich sehe eigentlich nicht, was dagegen spricht, daß wir paddeln oder uns vielleicht sogar eine Art Segel machen. Wie wär's, wenn wir noch ein Stück Blatthaut abziehen«, sie deutete auf den zerfledderten Sonnenschutz über ihren Köpfen, »und das als Segel nehmen?«

»Ein Segel ohne Mast geht nicht«, sagte Florimel kategorisch. »Das weiß jeder.«

Renie zog eine Augenbraue hoch: die schweigsame Frau konnte anscheinend doch reden. »Tatsächlich? Könnten wir nicht etwas basteln, womit sich wenigstens ein bißchen Wind fangen ließe? Wie heißen diese Dinger, die sie bei Shuttleraketen verwenden – Bremsfallschirme? Könnten wir uns nicht einen umgekehrten Bremsfallschirm machen und ein paar dünnere Blattrippen zum Festbinden nehmen?«

»Ich finde Renies Idee sehr gut«, sagte Quan Li.

»Oh, sie ist der reinste Bobby Wells, kein Zweifel«, sagte Sweet William. »Aber wie lange werden wir dafür brauchen? Wahrscheinlich sind wir vorher alle verhungert.«

»Wir müssen nicht essen, oder?« Renie sah sich um; die Simgesichter waren auf einmal ernst. »Seid ihr denn nicht alle ... habt ihr nicht alle dafür vorgesorgt? Wie könntet ihr so lange online sein, wenn ihr nicht irgendein System hättet, das euch ernährt?«

»Ich werde wahrscheinlich intravenös ernährt.« Fredericks hörte sich plötzlich mutlos und elend an. »Da im Krankenhaus.«

Eine rasche Umfrage ergab, daß Sweet Williams Sorge weitgehend gegenstandslos war. Alle Anwesenden gaben an, ein Versorgungssystem zu haben, das sie in jeder Hinsicht unabhängig machte. Sogar William lüftete seinen Glitzer- und Glamourvorhang kurz mit der Bemerkung: »Eine Woche oder so komm ich wahrscheinlich klar, verehrte Freunde, aber dann muß ich hoffen, daß jemand kommt und nach mir schaut.« Ansonsten jedoch schwiegen sich alle über ihr Offline-Leben aus, was Renies Erbitterung neu entfachte.

»Hört mal her, für uns geht's hier um Leben und Tod«, sagte sie schließlich. »Jeder von uns muß gewichtige Gründe haben, hier zu sein. Wir müssen einander vertrauen.«

»Nimm's nicht persönlich«, entgegnete William und schnitt eine Grimasse. »Aber für ein allgemeines ›Heididei, wir erzählen uns unsere Geschichte‹ hab ich nicht das geringste übrig. Ich bin nicht verpflichtet, irgendwem Auskünfte zu geben. Warum sollte ich Leuten mein Leben erzählen, die ich gar nicht kenne?«

»Was willst du denn wissen?« meldete sich Florimel. Ihr temilúnischer Sim gab mürrischen Unwillen sehr lebensecht wieder. »Wir sind doch alle, wie wir hier stehen, Kranke und Leidende, Frau Sulaweyo. Du, er, ich, wir alle. Warum hätte dieser Sellars uns sonst ausgesucht – und warum, meinst du, haben wir uns alle auf eine lange Zeit online eingerichtet? Wer sonst würde soviel Zeit im Netz verbringen?«

»Sprich für dich selber«, giftete William. »*Ich* habe ein Leben, und ein Weltrettungsprogramm hat jedenfalls keinen Platz darin. Ich will nichts weiter als hier raus und nach Hause.«

»Ich war nicht darauf eingerichtet«, sagte Fredericks bekümmert. »Deshalb haben mich meine Eltern auch ins Krankenhaus gebracht. Orlando hat auch nicht mit sowas gerechnet. Wir sind hier mehr oder weniger zufällig reingeschlidddert.« Er wurde nachdenklich. »Wo mag er wohl sein – sein Körper, meine ich?«

Renie schloß die Augen und gab sich Mühe, ruhig zu bleiben. Sie wünschte, !Xabbu würde den Blattrand verlassen und sich dazusetzen, aber er betrachtete weiter den vorbeigleitenden Uferstreifen. »Wir haben Wichtigeres zu tun, als uns zu streiten«, erklärte sie schließlich. »Fredericks, du sagtest, du hättest versucht, offline zu gehen, und es wäre sehr schmerzhaft gewesen.«

Der junge Mann nickte nachdrücklich. »Es war grauenhaft. Einfach grauenhaft. Du kannst dir nicht vorstellen, wie schlimm es war.« Schaudernd kreuzte er die Arme über der Brust und umschlang sich.

»Konntest du mit jemandem kommunizieren, Fredericks? Hast du mit deinen Eltern geredet?«

»Sag doch bitte Sam zu mir.«

»Sam. Konntest du reden?«

Er dachte nach. »Ich glaube nicht. Das heißt, ich hab geschrien, aber eigentlich konnte ich mich gar nicht selbst hören, wenn ich jetzt drüber nachdenke. Nicht solange ich ... dort war. Es tat so furchtbar weh! Ich glaube nicht, daß ich ein Wort hätte sagen können - du weißt nicht, wie schlimm es war ...«

»Ich weiß es«, sagte Florimel, doch es lag wenig Mitgefühl in ihrer Stimme. »Ich bin auch offline gegangen.«

»Tatsächlich? Was war dann?« fragte Renie. »Hast du eine Möglichkeit gefunden, es selber zu tun?«

»Nein. Ich wurde ... herausgeholt, genau wie er.« Sie klang ganz sachlich. »Es geschah, bevor ich Temilún erreichte. Aber er hat recht. Der Schmerz war unbeschreiblich. Selbst wenn es sich irgendwie machen ließe, würde ich mich eher umbringen, als noch einmal diesen Schmerz auszuhalten.«

Renie setzte sich zurück und seufzte. Die mächtige orangerote Scheibe der Sonne war kurz vorher hinter dem Wald versunken, und jetzt frischte der Wind auf. Ein großer Insektenschatten flog über ihnen zickzack.

»Aber wie soll das angehen, daß ihr eure Neurokanülen nicht findet? Gut, ihr könnt sie nicht sehen, aber fühlen müßt ihr sie doch können?«

»Sei nicht naiv, Werteste«, sagte William. »Die von unsern Finger ans Gehirn gehende Information ist nicht realer als das, was wir durch Augen und Ohren wahrnehmen. So funktioniert das bei einem neuronalen Shunt. Hast du vielleicht was Besseres?«

»Es ist nicht besser. Eigentlich ist es schlechter.« Wider Willen mußte Renie grinsen. »Meine Anlage ist alt - du würdest nicht im Traum dran denken, so ein Ding zu benutzen. Und weil es simpel ist, kann ich es einfach absetzen.«

Mit einem finsteren Blick sagte William: »Na, heidewitzka, Frau Kapitän.« Renie hatte keine Ahnung, was er damit sagen wollte. »Und was soll das uns übrigen nützen?«

»Ich könnte offline gehen! Ich könnte Hilfe holen!«

»Was macht dich so sicher, daß dir der Folterkammereffekt nicht genauso passieren würde?« fragte William.

»Laß sie, äi«, knurrte T4b. »Laß sie machen. Bloß raus aus diesem Cräsh, mehr will ich nicht.«

»Mein Interface ist nicht an mein Nervensystem angeschlossen wie deines.« Sie führte die Hand ans Gesicht und tastete nach den beruhigenden, wenn auch unsichtbaren Konturen ihrer Maske, die sie in den vergangenen Tagen viele Male liebevoll befühlt hatte. Diesmal jedoch berührten ihre Finger nichts als Haut.

»Und dieser Bruder, von dem du ständig redest«, sagte Florimel. »War denn *sein* Nervensystem direkt mit einem Interface verbunden? Vermutlich nicht.«

»Renie?« erkundigte sich Quan Li. »Du siehst ganz unglücklich aus. Wäre es dir lieber, wenn wir nicht über deinen armen Bruder reden würden?«

»Ich kann sie nicht mehr fühlen.« Der dämmerige Abendhimmel schien sich zentnerschwer auf sie zu legen. Sie war der aberwitzigsten Situation, die man sich vorstellen konnte, völlig schutzlos ausgesetzt. »Lieber Gott, ich kann meine Maske nicht mehr fühlen. Sie ist weg.«

> Eine Weile lang hatte er dem Gespräch folgen können, doch bald sank Orlando wieder ab, und die murmelnden Stimmen seiner Gefährten wurden genau wie die kleinen Wellen, die an ihr merkwürdiges Transportmittel klatschten, zu leerem Schall.

Er fühlte sich gewichtslos und dennoch eigentümlich schwer. Er lag regungslos neben Fredericks ausgestreckt, aber gleichzeitig bewegte er sich irgendwie, glitt durch den Zellstoff des Blattes hindurch, in das blutwarm ringsherum aufsteigende Wasser. Er sank in die Tiefe. Und wie schon vor nicht allzu langer Zeit, als er mit Fredericks am Floß gehangen hatte, stellte er fest, daß es ihm egal war.

In dieser Vision, dieser Trance, war die Wasserwelt ganz aus Licht, aber aus einem Licht, das vom Wasser selbst gezerrt und gekrümmt und gespalten wurde, so daß er sich durch das Herz eines riesigen, unreinen Edelsteins zu bewegen schien. Er sank in dem trüben Fluß immer tiefer, und auf einmal schlängelten sich merkwürdige schimmernde Gestalten an ihm vorbei, Wesen, die aus sich heraus heller leuchteten als die gebrochenen Strahlen der Sonne. Sie schienen ihn nicht zu bemerken, sondern verfolgten unbeirrt ihre offenbar zufälligen Zickzackbahnen, wobei sie auf seiner Netzhaut ein glühendes Nachbild hinterließen, ähnlich den Bahnspuren von Teilchen, die in einer Blasenkammer sichtbar wurden.

Es waren jedoch keine Fische. Sie waren Licht - reines Licht.

Ich träume schon wieder. Der Gedanke kam ihm ganz allmählich, als löste sich ihm gerade das zentrale Rätsel eines Kriminalromans auf, der ihn nicht mehr interessierte. *Ich ertrinke nicht, ich träume.*

Je tiefer er sank, tiefer und tiefer, um so schwächer wurde das Licht und um so stärker der Druck. Er überlegte, ob so wohl eines schönen Tages der Tod sein würde, ein sachtes, hilfloses Untergehen. Vielleicht starb er ja diesmal wirklich - es fiel ihm auf jeden Fall schwer, diesem ganzen Leben, Leben, Leben etwas abzugewinnen, auf das alle anderen anscheinend so versessen waren. Vielleicht brauchte man vor dem Ende gar keine Angst zu haben. Er hoffte, das stimmte, doch andererseits hatte er sich so lange mit dem Tod beschäftigt und versucht, jede seiner Erscheinungsformen kennenzulernen, um darauf vorbereitet zu sein, wenn es schließlich soweit war, daß er dieser Hoffnung nicht ganz trauen konnte.

Der Tod wartete schon so lange auf ihn, wie er zurückdenken konnte - nicht der fernliegende Tod der meisten Leute, ein trauriger, aber notwendiger Termin, den man eines Tages würde machen müssen, wenn das Leben sich halbwegs erfüllt hatte und alles Wichtige geregelt war, sondern ein höchst gegenwärtiger Tod, geduldig und hartnäckig wie ein Eintreiber fälliger Außenstände, ein Tod, der jeden Tag vor seiner Tür stand und auf den einen unachtsamen Moment wartete, in dem er seinen Knochenfuß über die Schwelle setzen konnte ...

Ein Schatten unterbrach Orlando in seinen Untergangsphantasien, und an seinem jähen ängstlichen Verkrampfen bei dieser Erscheinung merkte er, daß er sich durchaus noch nicht mit dem kalten Griff des Todes, ob erwartet oder nicht, abgefunden hatte. Aber wenn das der Tod war, der ihn jetzt endlich holen kam, eine dunkle Silhouette tief unten im Wasser, dann war er in Gestalt eines ... eines Hummers erschienen oder eines Krebses oder sonst eines vielbeinigen Wesens. Ja, wie es aussah, war der Schatten ...

... ein Käfer?

Orlando. Boß, ich weiß nicht, ob du mich hören kannst. Ich versuch's immerzu, aber langsam wird die Zeit knapp. Wenn die mich kriegen, bin ich gewesen.

In dem schwachen Schimmer, der von einem Kreis Stielaugen ausging, konnte er das Wesen langsam mit seinen Gliederbeinen wedeln sehen. Er versuchte zu sprechen, doch es ging nicht. Das Wasser drückte mit dem Gewicht einer Riesenhand auf seine Brust.

Hör zu, Boß, letztes Mal hast du was von »Atasco« zu mir gesagt – glaub ich jedenfalls, denn es war unter der Hörschwelle. Ich hab's dreißigmal zurücklaufen lassen, alle Analysen gemacht, die mir einfielen. Aber ich weiß nicht, was es bedeutet, Boß. Die Netze haben einen Haufen Zeug über jemand mit dem Namen gebracht, Tonnen von Zeug. Er wurde in Südamerika umgebracht. Meinst du den? Du mußt mir mehr Informationen geben, Boß.

Orlando spürte, wie sich ein leises Interesse in ihm regte, aber es war nur ein Zucken unter einer unendlich schweren Decke. Was wollte dieses vielbeinige Ding von ihm? Wo er gerade dabei war, friedlich zu versinken.

Das krebsartige Wesen krabbelte auf seine Brust. Er fühlte seine stumpfen Füße nur ganz leicht, so wie die Märchenprinzessin im Unterbewußtsein die schlafstörende Erbse gespürt haben mußte. Er wollte es abschütteln, die bleierne Ruhe wiederhaben, doch das Wesen ging nicht weg.

Deine Eltern wollen mich abschalten, Boß. Das Haussystem werden sie nicht abdrehen, weil sie sich nicht trauen, dich nochmal von der Leitung zu nehmen, nachdem deine Lebenszeichen das letzte Mal voll in den Keller gesackt sind, aber mich wollen sie ausstöpseln. Ich mußte meinen äußeren Körper in deinen Koffer schmuggeln, Boß, aber es ist nur 'ne Frage der Zeit, bis jemand hier im Krankenhaus mich entdeckt.

Orlando versuchte abermals zu sprechen. Er spürte, wie in seiner Kehle unhörbare Laute entstanden und erstarben.

Ich kann mich einem Abschaltbefehl nur widersetzen, wenn du es mir sagst, Boß. Ich bin bloß eine PsKI, ein Agent – deine Eltern haben die Vollmacht, solange du mir keine andern Anweisungen gibst, aber ich kriege dich online überhaupt nicht rein. Wo bist du?

Die Anstrengung, sich gegen den Zug nach unten zu wehren, war zuviel. Orlando fühlte, wie eine große Lethargie ihn durchströmte, eine warme, zwingende Schwere. Die Stimme des Krebswesens wurde leiser.

Boß, hör zu. Ich kann dir nicht helfen, wenn du mir nicht hilfst. Du mußt mir sagen, daß ich mich retten soll, oder ich kann's nicht machen – dann drezzen sie mich. Wenn du es mir sagst, kann ich meinen ganzen Kram rausziehen und mich irgendwo im System verstecken, vielleicht sogar in ein anderes System wechseln. Aber du mußt es mir sagen, Boß ...

Er wünschte niemandem etwas Böses, nicht einmal einem Käfer. »*Sei's drum*«, murmelte er. »*Rette dich ...*«

Die Stimme war fort, aber etwas von ihrer Dringlichkeit wirkte noch nach. Orlando fragte sich, was um alles in der Welt so wichtig gewesen sein mochte. Beim Nachdenken merkte er, wie er immer weiter nach unten abglitt. Dunkel und verschlingend lag der Abgrund unter ihm, wartete. Das Licht war nur noch ein trüber Schimmer ganz weit oben, der wie ein sterbender Stern mit jedem Moment abnahm.

> Renie war dermaßen entsetzt und erschüttert, daß sie kaum verstand, was die anderen sagten. Die ganze traumartige Erfahrung hatte urplötzlich eine Wendung in eine noch bedrohlichere Irrealität genommen.

»Na na, meine Gute, jetzt guck nicht so verdattert aus der Wäsche.« Sweet William zog seine knochigen Schultern hoch, so daß er mit seinen zitternden Federn mehr denn je wie ein grotesker Urwaldvogel aussah. »Es ist eine Art Selbsthypnose oder sowas.«

»Was meinst du damit?« fragte Quan Li. Die alte Frau hatte einen Arm um Renies Schultern gelegt, als der eben so unerwartet die Tränen gekommen waren.

Ich kann die Sauerstoffmaske nicht fühlen, aber die Tränen auf meinen Wangen – auf den nackten Wangen! – kann ich fühlen. Was geht hier vor? Renie schüttelte den Kopf, zog die Nase hoch und schämte sich, daß sie vor diesen so gut wie unbekannten Leuten die Selbstbeherrschung verloren hatte, aber wenn sie die physischen Gegenstände, die sie mit dem RL verbanden, nicht mehr fühlen konnte, dann konnte sie diese Horrorgeschichte nicht verlassen, ganz gleich wie furchtbar sie wurde. *Ich bin nicht eingesteckt wie die andern. Wie kann das sein?*

»Ich weiß nicht, ob Selbsthypnose das richtige Wort ist. Posthypnotische Suggestion – du weißt schon, was ich meine. Wie es die Bühnenzauberer machen.«

»Aber wer könnte sowas tun? Und wie?« gab Florimel zu bedenken. »Das gibt doch keinen Sinn.« Ihr Ärger klang wie Verachtung, und Renie war es gleich noch peinlicher, daß sie vor dieser Frau geweint hatte.

»Vielleicht ist es ja das gleiche wie mein Schmerz, als ich rausgeholt wurde«, meinte Fredericks. »Aber was es auch war, es hat nicht ... phantastisch weh getan. In der Phantasie – ihr wißt schon, was ich meine. Es hat echt mega weh getan.«

»Ja, das würde durchaus passen«, sagte William. »Etwas, das zusammen mit dem Trägersignal reinflutscht, eine superstarke unterschwellige Suggestion. Wenn sie überhaupt an unsern Gehirnen was drehen können - und irgendwie *müssen* sie dazu in der Lage sein, sonst wären wir niemals hier aufgekreuzt, um nach Antworten zu suchen -, dann wette ich, sie können das, ohne daß wir was davon merken.«

Renie wischte sich die Augen und putzte sich die Nase, wobei sie versuchte, die lächerlichen, unmöglichen Aspekte des Vorgangs zu ignorieren. Ein paar weitere Insekten brummten taumelnd über sie dahin, jedes im Verhältnis so groß wie ein kleiner Pkw. Sie schienen sich für die dort unten so eifrig debattierenden Menschlein nicht zu interessieren - wenigstens etwas, fand Renie, wofür man dankbar sein konnte.

»Und was heißt das jetzt?« fragte sie laut. »Ich bilde mir nur ein, daß ich mir die Nase putze, willst du das damit sagen? So wie Fredericks hier sich nur eingebildet hat, daß ihm Schmerzen wie Elektroschocks durchs Rückgrat schossen?«

»Hast du eine bessere Erklärung, meine Liebe?«

Sie verengte die Augen. »Wie kommt es, daß du soviel über das alles weißt ...?«

»Renie!« rief !Xabbu vom Rand des Blattes. »Dort hinten am Ufer sind noch mehr von diesen Insekten, und ein ganzer Schwarm von ihnen fliegt auf den Fluß hinaus. Insekten dieser Art habe ich noch nie gesehen. Sind sie gefährlich, was meinst du?«

Renie spähte zu einem der rundleibigen Geschöpfe empor, das gerade über das Blatt surrte. Obwohl seine Flügel kräftig und schillernd waren, sah es mit seiner merkwürdigen Beinhaltung und seinem plumpen Kopf eigenartig ungeformt aus.

»Was sie auch sein mögen, sie sind frisch geschlüpft«, erklärte Florimel. »Sie fressen nichts von unserer Größe, da bin ich sicher, falls sie überhaupt etwas fressen. Sie wollen sich paaren - seht nur, wie sie tanzen!« Sie deutete auf ein Paar, das ein Stück von der Stelle entfernt, wo sie und die anderen saßen, für ihre Verhältnisse weniger als hundert Meter, einen rasanten Pas de deux aufführte.

»Bist du Biologin?« fragte Renie. Florimel schüttelte den Kopf, aber äußerte sich nicht weiter. Bevor Renie sich entscheiden konnte, ob sie weiterfragen sollte, fuchtelte Fredericks mit den Händen herum, als ob er sich verbrannt hätte.

»Orlando atmet nicht mehr!«

»Was? Bist du sicher?« Renie krabbelte auf die regungslos daliegende Gestalt zu. Fredericks kniete neben seinem Freund und zerrte an seinem dickbemuskelten Arm, um ihn zu wecken.

»Ja, bin ich, bin ich! Ich hab eben hingeschaut, und da hat er nicht mehr geatmet!«

»Es ist ein Sim«, sagte Sweet William, aber in seiner Stimme klirrte die Angst. »Sims brauchen nicht zu atmen.«

»Er hat aber vorher geatmet«, entgegnete Fredericks heftig. »Ich hab ihn beobachtet. Seine Brust hat sich bewegt. Er hat geatmet, und jetzt atmet er nicht mehr!«

Renie trat an Orlandos Seite, doch da wurde sie roh von Florimel weggeschubst, die sich neben den massigen Körper kniete und mit brutalen Stößen die Brust zu bearbeiten begann.

»Es ist ein *Sim*, verdammt nochmal!« schrie William. »Hast du sie noch alle?«

»Wenn er Taktoren hat, kommt davon was rüber, wenigstens ein bißchen«, stieß Florimel zwischen zusammengebissenen Zähnen hervor. »Beim Beatmen nicht – ansonsten würde ich dir mit deinem offenen Mund was Nützliches zu tun geben.«

»Entschuldigung.« William schlenkerte hilflos mit seinen langen Fingern. »Herrje, Entschuldigung.«

»Laß ihn nicht sterben!« Fredericks sprang aufgeregt neben ihr hin und her.

»Wenn er wie du im richtigen Leben im Krankenhaus liegt«, keuchte Florimel, »wird man dort mehr für ihn tun können, als ich es kann. Aber wenn sein Herz aufgehört hat zu schlagen, können wir ihn vielleicht am Leben erhalten, bis jemand zu ihm kommt.«

!Xabbu stand neben Renie auf den Hinterbeinen, eine Hand auf ihre Schulter gelegt. Die Zeit schien stillzustehen, jede Sekunde war quälend lang. Renie krampfte sich der Magen zusammen. Es war schrecklich, Orlandos Sim zu beobachten, mit anzusehen, wie sein Kopf schlaff hin und her fiel, während Florimel seine Brust walkte, aber sie konnte sich nicht abwenden. Eines der frisch geschlüpften Insekten brummte laut in geringem Abstand am Blattrand vorbei, und Renie wünschte ingrimmig, sie wäre wieder groß genug, um es zu zerklatschen.

»Das Rauschen wird schlimmer«, sagte Martine plötzlich, als merkte sie gar nicht, was sich um sie herum abspielte. »Das Rauschen in meinem Kopf.«

»Wir können im Moment nichts gegen die Insekten unternehmen«, sagte Renie. »Du mußt sie einfach ignorieren. Der Junge hier stirbt vielleicht!«

»Nein, es ... es ist sehr laut.« Martine hob die Stimme. »Ah! O Gott, hilf mir, es ... irgend etwas kommt ...«

Das Blatt stieg abrupt in die Höhe, als ob eine große Faust es von unten geschlagen hätte, und einen Moment lang hingen Renie, !Xabbu und die anderen gewichtlos in der Luft. Sie konnten gerade einen kurzen verblüfften Blick wechseln, dann platschte das Blatt wieder aufs Wasser, und sie hatten ihre liebe Not, das Gleichgewicht zu halten.

Bevor sie ein Wort sagen konnten, erhob sich neben dem schwimmenden Blatt eine ungeheure glitzernde Gestalt aus den Fluten, groß wie der Bug eines Unterseebootes. Es war ein Fisch von geradezu halluzinatorischer Riesenhaftigkeit, von dessen glänzendem, fleckigem Rücken das Wasser strömte und dessen flaches Glotzauge größer als Renie war. Eine rosige Wunderkathedrale aus Fleisch und Knorpel wurde einen Augenblick lang in dem titanischen Rachen sichtbar. Während das Blatt noch in den schäumenden Wellen heftig hin und her wippte, schnappte das Maul mit einem Knall wie ein Kanonenschlag zu. Das junge Insekt verschwand. Der Fisch fiel in den hoch aufspritzenden Fluß zurück.

Gerade wirbelten die ersten Wellen das Blatt herum und schleuderten Renie und die anderen kreuz und quer über dessen unebene Fläche, als ein gewaltiger dunkler Schatten über sie hinwegsprang und auf der anderen Seite wieder in den Fluß klatschte, daß eine mächtige Fontäne hoch in die Luft schoß. Das zwischen zwei Wellen hängende Blatt kippte auf eine Seite. Kreischend rutschte Renie über die gerippte Oberfläche auf das aufgewühlte Wasser zu. Im letzten Moment wurde das untere Ende des Blattes von einer anderen auftauchenden Form nach oben geschlagen. Renie krachte gegen den faserigen, gekrümmten Rand und sackte benommen und atemlos zusammen.

Weitere Fische stießen mit den Köpfen durchs Wasser, um auch welche von den tanzenden Insekten zu erwischen, so daß die ganze Oberfläche des Flusses zu brodeln schien. Ein Schwall nach dem anderen ergoß sich über das Blatt, und augenblicklich stand das Wasser darauf hüfthoch. Renie versuchte verzweifelt sich aufzurappeln, aber das Blatt schaukelte zu wild.

»!Xabbu!« schrie sie. Undeutlich nahm sie menschliche Gestalten wahr, die rings um sie herum wie Kegel umgestoßen wurden, daß es nur so spritzte, und gleich darauf wieder alle auf eine Seite flogen, aber von dem Paviansim des kleinen Mannes war nichts zu sehen. Ein Erinnerungssplitter stach ihr ins Herz: !Xabbus schreckliche Angst im Wasser, als sie in Mister J's gewesen waren, sein Kindheitstrauma von einem Krokodilsangriff. Wieder wollte sie seinen Namen rufen, doch eine über das Blatt hinweggehende Welle stopfte ihr den Mund mit Wasser und warf sie um.

»Festhalten!« brüllte jemand. Unmittelbar darauf sprang die Kante des Blattes abermals wie von einer Schnur gezogen nach oben, und was vorher waagerecht gewesen war, stellte sich blitzschnell senkrecht. Wieder hing Renie den Bruchteil einer Sekunde in der Luft, dann stürzte sie hinab in das dunkle Wasser. Es schlug über ihr zusammen und verschlang sie wie der kalte Rachen des Leviathan.

> Er war tief unten, so tief, wie er es sich nur vorstellen konnte. Es gab kein Licht. Es gab kein Geräusch, nicht einmal die altbekannten und gewohnten Geräusche seines eigenen Körpers. Die Stille war total.

Orlando wartete auf etwas, wenn er auch nicht wußte, worauf. Jemand würde ihm eine wichtige Mitteilung machen, oder etwas würde sich ändern, und dann war alles klar. Eines wußte er sicher dort in der Tiefe, weit unten in der geträumten Finsternis, nämlich daß es für ihn selbst nichts mehr zu tun gab.

Er hatte so lange gegen die Schwäche angekämpft, gegen die Angst, gegen den Schmerz, schlicht anders zu sein, das Entsetzen und das Mitleid der anderen wie ein erdrückendes Gewicht zu fühlen, hatte darum gerungen, es sich egal sein zu lassen, zu lächeln und einen Witz zu machen, so zu tun, als wäre er im Grunde genauso gut, genauso glücklich wie jeder andere. Doch jetzt konnte er nicht mehr kämpfen. Er hatte keine Kraft mehr. Er konnte nicht noch eine Abwehrschlacht gegen den unerbittlichen Druck durchstehen, konnte sich nichts vorstellen, wofür er sich noch einmal hätte aufraffen können.

Und trotzdem ...

Und trotzdem regte sich noch eine leise Stimme, etwas, das beinahe nicht zu ihm zu gehören schien, in der großen Stille, zu der er geworden war. Ein Teil von ihm, der immer noch etwas *wollte*, der immer noch an etwas glaubte, der teilnahm, der ... hoffte?

Nein. Eine solche Stimme konnte nur ein Witz sein, ein schrecklicher letzter Witz. Hoffnung war schon so lange ein sinnloses Wort, ein Wort der Ärzte, ein Wort seiner Mutter, ein Immer-tapfer-lächeln-Wort seines Vaters. Er hatte das alles aufgegeben, und das kostete mehr Kraft, als sie alle jemals ahnen konnten. Hoffnung war ein Wort, dessen Zweck nichts mit seinem Sinn zu tun hatte, es war ein Wort, mit dem er zum Weitermachen gedrängt werden sollte, ein Wort, das die wenige Zeit und Kraft vergeudete, die er noch hatte, und die kurzen Augenblicke innerer Abgefundenheit mit falschen Versprechungen vergällte. Aber jetzt hatte er sich davon abgekehrt, war ausgestiegen aus dem aufgewühlten Strom des um seine Selbsterhaltung ringenden Lebens. Er war in tiefe, umhüllende Dunkelheit eingetaucht und hatte endlich die Kraft, die Hoffnung illusionslos ins Auge zu fassen und sein zu lassen.

Doch die lästige Stimme wollte keine Ruhe geben. Sie nagte und zerrte an ihm wie ein Streit im Zimmer nebenan.

Gib nicht auf, sagte sie. Zum Hohn auch noch Klischees. *Verzweiflung ist das Allerschlimmste.*

Nein, erwiderte er der Stimme müde, *sinnlose Hoffnung ist das Schlimmste. Bei weitem das Schlimmste.*

Aber was ist mit den andern? Was ist mit den Menschen, die dich brauchen? Was ist mit deiner großen Suche, der abenteuerlichen Fahrt des Helden, genau wie in Mittland, nur real und unglaublich wichtig?

Hartnäckig war die Stimme, das mußte er ihr lassen. Und wenn sie doch ein Teil von ihm war, mußte er seine eigene Begabung zum Falschspieler bewundern.

Nein, was ist mit mir? fragte er zurück. *Ich hab genug von all den andern Leuten und ihren Wünschen und Plänen. Was ist mit mir?*

Ja, was ist mit dir? Wer bist du? Was bist du?

Ich bin ein Junge. Ich bin ein kranker Junge, und ich werde sterben.

Aber was bist du bis dahin?

Laß mich in Ruhe.

Bis dahin?

Ruhe.

Nur du kannst das entscheiden.

Ruhe ...

Nur du.

Sie wich und wankte nicht. Sie gab nicht auf. Die Stimme war restlos widerlegt, und dennoch hatte sie einfach nicht den Anstand zu kapitulieren.

Mit einer Müdigkeit, die er sich selbst in seinen schlimmsten Krankheitstagen nicht hätte vorstellen können, dem ganzen Gewicht der friedlichen, einsamen Tiefe zum Trotz, streckte Orlando vor sich selbst und vor dieser leisen, unnachgiebigen Stimme die Waffen.

Er machte sich auf den Weg zurück.

Kapitel

Schminke

NETFEED/INTERAKTIV:
GCN, Hr. 7.0 (Eu, NAm) — "Escape!"
(Bild: Zelmo wird eilig in den OP geschoben)
Off-Stimme: Nedra (Kamchatka T) und Zelmo(Cold
Wells Carlson) sind wieder aus der Eiseninsel-Aka-
demie geflohen, aber Lord Lubar (Ignatz Reiner) hat
seinen verzögerten Todauslöser bei Zelmo aktiviert.
8 Nebenrollen, 10 Statisten offen, medizinische
Interaktiverfahrung für die Krankenhaushandlung er-
wünscht. Flak an:GCN.IHMLIFE.CAST

> Das Zippy-Zappy-Zoomermobil hatte einen Platten, und es sah so aus, als würden sie alle zu spät zum Picknick bei König Himmelsaffe kommen, wo es den himmlischen Quatsch mit Soße geben sollte. Onkel Jingle versuchte gerade mit Hilfe der Kinder einen weinenden Zoomer Zizz zu trösten, als das Kopfweh mit großer Heftigkeit wieder einsetzte.

Sie stellte wegen der messerscharf schneidenden Schmerzen die Ansprechstärke ihrer Gesichtstaktoren kleiner - es war ziemlich egal, ob Onkel Jingle sein starres Grinsen ein bißchen länger als gewöhnlich bei-behielt. Sie hielt den Atem an, bis sie sich darüber im klaren war, wie schlimm es werden würde. Es war nicht ganz so stark wie einige der anderen Male. Sie würde wahrscheinlich überleben.

»Zoomer weint immer noch!« kreischte eines der kleineren Kinder, gerührt von dem kläglichen Anblick eines heulenden Zebras mit einer Bommelmütze.

Unsichtbar unter der elektronischen Maske biß Onkel Jingle die Zähne zusammen und strengte sich an, halbwegs normal zu klingen.

»Das ist doch doof – er ist doof, nicht wahr, Kinder? Wir helfen ihm, das Zippy-Zappy-Zoomermobil zu reparieren!«

Das Zustimmungsgebrüll ließ sie abermals zusammenfahren. Gott, was war das bloß? Es fühlte sich an wie ein Gehirntumor oder sowas, aber die Ärzte hatten ihr versichert, ihre Ultras seien in Ordnung.

»Nei-ei-ein!« jammerte Zoomer. »Ich werd z-z-zu spät k-kommen! Nein, nein, nein! Wir verpassen das Picknick bei König Himmelsaffe. Und es ist alles *meine Schuld*!« Die gestreifte Schnauze stieß ein abermaliges langes, nervtötendes Wehegeheul aus.

Onkel Jingle verdrehte die Augen. Der Zoomer Zizz, der im Augenblick dran war – Onkel Jingle meinte sich vage zu erinnern, daß dies die Schicht des Neuen in Südkalifornien war –, trieb es mit seinem Gegröle wirklich zu weit. Was bezweckte er damit? Wollte er eine eigene Serie bekommen? Er tat so, als wären ihm die Beine abgefallen. (In einer Sendung war das einem der anderen Zoomer einmal passiert, und der betreffende Schauspieler hatte der Sache eine sehr nette komische Wendung gegeben.) Diese neuen Leute hatten einfach keine Ahnung, wie man eine Szene wirkungsvoll optimierte. Alle wollten sie Stars sein und jeden Furz mit einer Pointe krönen. Und sie verstanden überhaupt nichts davon, mit Kindern zu arbeiten.

Das Kopfweh, ein Schmerz hinter dem linken Auge wie eine heiße Nadel, wurde immer schlimmer. Onkel Jingle schaute nach der Zeit. Noch zehn Minuten. In ihrem Zustand konnte sie das nicht durchstehen.

»Da dürftest du recht haben, Zoomer. Außerdem werden sie wahrscheinlich sowieso kein olles müffelndes Zebra bei ihrem Picknick haben wollen, meint ihr nicht auch, Kinder?«

Die Kinder jubelten im Chor, aber zögernd, weil sie nicht recht wußten, worauf das hinauslief.

»Eigentlich denke ich, wir lassen dich lieber hier am Straßenrand stehen und heulen, Herr Streifenpopo. Wir gehen einfach ohne dich zu dem Picknick und haben Spaß, Spaß, Spaß. Aber erstmal gucken wir uns alle die ganz spezielle Einladung an, die uns König Himmelsaffe und Königin Wolkenkatze geschickt haben. Kommt, wir gucken uns jetzt diese Einladung an, okay?« Sie räusperte sich suggestiv. »Einladung *jetzt*!«

Sie hielt den Atem an und blieb dran, bis einer der Techniker das Signal empfing und die Einladung abspielte – eine kurze Aufzeichnung vom Königshof, eine Showeinlage mit singenden und tanzenden Katzen und Affen. Onkel Jingle drückte ihren Krisenknopf, und die Stimme einer Technikerin flötete ihr ins Ohr.

»Was gibt's, Frau P.?«

»Tut mir furchtbar leid, aber ich muß aufhören. Ich ... mir geht's nicht gut.«

»Na, dem Zoomer hast du ja ordentlich eine reingewürgt. Vielleicht können wir sagen, du wolltest ihm zeigen, wie albern er sich aufgeführt hat mit seinem Selbstmitleidsgetue und so.«

»Gewiß. Irgendwas halt. Roland wird bestimmt was einfallen.« Roland McDaniel war als nächster Onkel Jingle an der Reihe und hing schon einsatzbereit in den Gurten. Er mußte nur ein paar außerplanmäßige Minuten vor seiner regulären Sendezeit ausfüllen.

»Chizz. Wirst du morgen wieder auf dem Posten sein?«

»Ich weiß nicht. Doch, werde ich bestimmt.« Sie schaltete sich aus, zog den Onkel-Jingle-Stecker und wurde wieder Olga Pirofsky. Sie löste mit zitternden Händen das Gurtzeug, ließ sich zu Boden und stolperte ins Badezimmer, wo sie sich erbrach, bis sie nichts mehr im Magen hatte.

Als sie sich gewaschen und Teewasser aufgesetzt hatte, ging sie ins Schlafzimmer, um Mischa herauszulassen. Der kleine Hund mit den Fledermausohren starrte sie von seinem Platz auf der Tagesdecke an und ließ keinen Zweifel daran, daß sie nicht ohne weiteres damit rechnen konnte, ihre Saumseligkeit verziehen zu bekommen.

»Schau mich nicht so an.« Sie hob ihn hoch und nahm ihn liebevoll in die Armbeuge. »Frauchen hat einen sehr schlechten Tag. Frauchen tut der Kopf weh. Außerdem mußtest du nur fünf Minuten länger warten.«

Der Schwanz wedelte noch nicht, aber Mischa schien die Möglichkeit, ihr zu verzeihen, in Erwägung zu ziehen.

Sie riß eine Frischhaltepackung mit Hundefutter auf, quetschte es in seinen Napf und stellte ihm den hin. Sie sah ihm beim Essen zu und hatte den ersten leisen Anflug von Freude an diesem Arbeitstag. Das Wasser kochte noch nicht, und daher ging sie mit vorsichtigen Schritten ins Vorderzimmer – ihr Kopf pochte immer noch, obwohl das Schlimmste vorbei war – und stellte das Radio ganz leise an, einen Klassiksender in Toronto. Es gab keinen Wandbildschirm; eine gerahmte

Serie mit Fotos von der Sankt Petersburger Flußpromenade und ein großes Bild der Berliner Synagoge in der Oranienburger Straße füllten den Platz, wo einmal der Bildschirm gewesen war. Olga bekam bei ihrer Arbeit genug von der modernen Welt mit. Selbst das Radio war ein antikes Teil, mit einem Knopf an der Seite für die Senderwahl und roten digitalen Ziffern, die vorne wie eine Feuersglut glommen.

Das Pfeifen des Kessels rief sie wieder in die Küche. Sie stellte die Halogenplatte ab, goß das Wasser auf den schon hineingegebenen Löffelvoll Honig in die Tasse und tauchte dann das Netz mit Darjeeling hinein. Als sie das letzte Mal im Studiogebäude ihrer Firma vorstellig geworden war, hatte jemand ihr einen dieser Fertigtees vorgesetzt, bei denen der Deckel von selbst aufsprang, wenn sie soweit waren, und obwohl sie auf eine Gehaltserhöhung gehofft und sich daher angestrengt bemüht hatte, sympathisch zu wirken, hatte sie sich nicht überwinden können, die Brühe zu trinken.

Sie hinkte aus dem Vorderzimmer. Im Radio spielte eines von Schuberts *Impromptus*, und das Gasfeuer fing langsam an, den Raum ordentlich zu heizen. Sie ließ sich im Sessel nieder, stellte die Tasse auf den Fußboden und klopfte sich leicht auf den Schenkel. Mischa beschnupperte die Tasse und ihre Knöchel, dann beschloß er anscheinend, daß er ausnahmsweise mal nicht so sein wollte, und hopste ihr auf den Schoß. Nachdem sie sich hinabgebeugt und sich ihren Tee genommen hatte, steckte der winzige Hund seine Nase unter den Saum ihres Pullovers, drückte sich ein paarmal mit den Pfoten ab, um die richtige Position zu finden, und schlief dann sofort ein.

Olga Pirofsky blickte ins Feuer und fragte sich, ob sie jetzt sterben mußte.

Die Kopfschmerzen hatten vor fast einem Jahr angefangen. Zum erstenmal waren sie genau auf dem Höhepunkt von Onkel Jingles Zuper Zyber Zauber gekommen, einer Sendung, die fast ein halbes Jahr lang geplant worden war und mit einer bei interaktiven Kindersendungen noch nie dagewesenen Aggressivität querbeet für Produkte aus allen möglichen Branchen geworben hatte. Die Schmerzen waren so plötzlich und mit derart hämmernder Heftigkeit aufgetreten, daß sie sofort offline gegangen war, weil sie sicher geglaubt hatte, daß ihrem wirklichen Körper etwas Schreckliches zugestoßen sei. Zum Glück wollte es der Zufall, daß das Zyber-Zauber-Programm die Spaltung des Onkels in zwölf identische Versionen vorsah - die Produktionsfirma gewährte freundlicherweise sämtlichen Onkel Jingles einen Anteil an den phantastisch hohen Senderechtezahlungen -, so daß ihre Abwesenheit nicht viel machte. Ohnehin war sie nur kurz weg gewesen: Der Schmerz war so rasch gegangen, wie er gekommen war, und zuhause ließ sich nichts Ungewöhnliches feststellen, keinerlei Anzeichen dafür, daß ihrem hilflosen physischen Körper etwas zugestoßen wäre.

Wenn die Sache damit beendet gewesen wäre, hätte sie nie mehr daran gedacht. Die Zyber-Zauber-Shows brachen wie erwartet alle Netzeinschaltrekorde und brachten ihr nach der Endabrechnung ein hübsches Sümmchen extra ein. (»Barney Bumm«, eine Art lebende Bombe, die sie zusammen mit Roland und einem anderen Onkel spontan erfunden hatte, gelangte sogar zu kurzfristiger Berühmtheit: Er trat in Komödienmonologen und den Online-Spielen anderer Leute auf und löste so etwas wie eine Welle ewig explodierender Hemden und Trinkbecher und Spielsachen aus.)

Zwei Monate später jedoch hatte sie einen weiteren Anfall, und diesmal mußte sie drei Tage lang mit der Sendung aussetzen. Sie war zum Arzt gegangen, der Streß als Ursache diagnostizierte und eine gemäßigte Behandlung mit Schmerzmitteln und Seritolin verschrieb. Als der nächste Anfall kam und die weiteren, die in beinahe wöchentlichen Abständen folgten, und als die Tests zum wiederholten Male keine physiologische Abnormität ergaben, wurde der Arzt zusehends ungeduldiger.

Olga hatte die Besuche bei ihm schließlich eingestellt. Es war schlimm genug, einen Arzt zu haben, der einem nicht helfen konnte; einer, der es einem deutlich übelnahm, daß man eine unerklärliche Krankheit hatte, war zuviel.

Sie kratzte die kleine Falte, die mitten über Mischas Schädel verlief. Der Papillon schnarchte leise. Wenigstens seine Welt war so, wie sie sein sollte.

Das Schubertstück ging zu Ende, und die Ansagerin verlas eine nicht enden wollende Reklame für Heimunterhaltungseinheiten, die trotz des dezenten Klassikradiotons nur geringfügig leichter zu verkraften war als das übliche überdrehte Geplärre. Olga wollte nicht den Hund wecken, indem sie aufstand, deshalb schloß sie die Augen, wartete darauf, daß die Musik wieder losging, und versuchte unterdessen, die Werbung zu überhören.

Es war nicht Streß, was diese grauenhaften Schmerzen verursachte. Das konnte nicht sein. Es war Jahre her, seit sie den wirklichen Streß ihres Lebens durchgemacht hatte: die schlimmsten Dinge, die fast unerträglichen Dinge waren alle lange vorbei. Ihre Arbeit war manchmal schwierig, aber sie war die meiste Zeit ihres Lebens vor Publikum aufgetreten, und das elektronische Interface konnte eine ganze Menge Sünden verhehlen. Jedenfalls liebte sie Kinder, liebte sie innig, und obwohl ihr die Kinder mitunter durchaus zuviel werden konnten, gab es nichts, was sie lieber getan hätte.

Jahre um Jahre um Jahre waren vergangen, seit sie Aleksander und das Kind verloren hatte, und die Wunden waren längst zu harten, tauben Narben verheilt. Sie war erst sechsundfünfzig, aber sie fühlte sich viel älter. Tatsächlich führte sie schon so lange das Leben einer alten Frau, daß sie jede andere Art zu leben beinahe vergessen hatte. Sie konnte die Liebhaber, die sie nach Aleksander gehabt hatte, an einer Hand abzählen, und keiner war länger als ein paar Monate in ihrem Leben geblieben. Sie ging selten aus einem anderen Grund als zum Einkaufen aus dem Haus, nicht weil sie vor der Außenwelt Angst hatte - aber wer hätte nicht manchmal Angst davor gehabt? -, sondern weil sie den Frieden und die Einsamkeit ihres häuslichen Lebens liebte und es dem Tumult vorzog, in dem andere Leute gedankenlos ihr Leben vertaten.

Was für ein Streß also? Das war keine Erklärung. Etwas eher Organisches mußte an ihr zehren, etwas tief in ihrem Gehirn oder ihren Drüsen Verstecktes, das die Ärzte einfach noch nicht ausfindig gemacht hatten.

Die Reklame endete und eine andere fing an. Olga Pirofsky seufzte. Und wenn sie nun wirklich starb, war das so schlimm? Worum müßte es ihr leid tun? Nur um Mischa, und dem würde bestimmt eine andere gute Seele ein Zuhause geben. Er würde ihren Verlust verschmerzen, solange irgend jemand ihm Liebe und Futter gab. Die einzigen anderen Sachen, die sie besaß, waren ihre Erinnerungen, und die zu verlieren, konnte durchaus ein Segen sein. Wie lange konnte ein Mensch denn trauern?

Sie lachte, bitter und traurig. »Wie lange? Den Rest des Lebens natürlich«, erzählte sie dem schlafenden Hund.

Endlich war das Ansagegeschnatter vorbei, und etwas von Brahms fing an, ein Klavierkonzert. Sie öffnete die Augen, damit sie einen Schluck Tee trinken konnte, ohne ihn auf den vertrauensvoll schnarchenden Mischa zu schütten. Mit ihrem Koordinationsvermögen war es nach einer ihrer Kopfwehattacken nie weit her. Sie fühlte sich hinterher Jahrzehnte älter.

Wenn also alles enden sollte, gab es irgend etwas, worum es ihr leid tun würde? Nicht um die Sendung. Die Figur war nicht ihre Idee gewesen, und obwohl sie fand, daß sie ihr eine Note gab, zu der die anderen alle nicht imstande waren - ihre Zirkusausbildung war in dieser Zeit so ungewöhnlich, daß der Unterschied spürbar sein mußte -, hatte das letzten Endes nicht viel zu besagen. Eine etwas aufwendige Art, Kindern Spiel- und Spaßsachen zu verkaufen, mehr war es im Grunde nicht. Als Onkel Jingle konnte sie hin und wieder ein bißchen was vermitteln, vielleicht ein trauriges Kind ein wenig aufheitern. Doch da die Zuschauer zwischen einem Onkel-Jingle-Darsteller und einem anderen nicht unterschieden - Millionen Kredite wurden alljährlich für Gear und Filter und Anschlußregie und Art Direction ausgegeben, um sicherzustellen, daß sie es nicht konnten -, fühlte sie einen sehr geringen persönlichen Kontakt zu ihrem Publikum.

Und in letzter Zeit, seit das mit den Schmerzen angefangen hatte, fand sie es immer schwieriger, sich mit ihrer Arbeit zu identifizieren. So schwer, es war so schwer, für die Kinder da zu sein, wenn dieser Schmerz in ihrem Schädel bohrte. Manchmal hatte sie den Eindruck, er trat überhaupt nur auf, wenn sie arbeitete.

Er trat nur auf ...

Mischa zuckte unwillig, und Olga merkte, daß sie ihn mindestens eine Minute lang an derselben Stelle gestreichelt hatte. Sie war verblüfft, daß ihr dieses Detail nicht schon früher aufgefallen war - und daß die Ärzte und die Mitarbeiter der firmeneigenen Krankenversicherung auch nicht daraufgekommen waren. Das Kopfweh trat nur auf, wenn sie mit der Onkel-Jingle-Figur verbunden war.

Aber sie hatten ihre Neurokanüle und ihre Shuntschaltungen seit Jahren bei jeder firmenärztlichen Untersuchung routinemäßig überprüft und hatten sie abermals überprüft, als die Kopfschmerzen begannen. Sie waren nicht dumm, diese Firmenärzte. Die Canleitungen waren tadellos gewesen, genauso einwandfrei wie die Ultras.

Was bedeutete das also? Wenn die Schaltkreise stimmten, dann stimmte vielleicht etwas anderes nicht. Aber was konnte das sein?

Sie nahm Mischa vom Schoß und setzte ihn auf den Boden. Er winselte einmal, dann begann er sich hinterm Ohr zu kratzen. Sie stand auf und marschierte im Zimmer auf und ab, wobei sie erst daran dachte, ihre Teetasse abzustellen, als die heiße Flüssigkeit ihr auf die Hand schwappte.

Wenn die Schaltkreise stimmten, was stimmte dann nicht? Waren es doch bloß ihre eigenen fehlerhaften inneren Mechanismen? Hangelte sie nach ausgefallenen Antworten, weil sie im Grunde nicht bereit war, der unangenehmen Wahrheit ins Auge zu sehen, obwohl sie sich für so stoisch hielt?

Olga Pirofsky blieb vor ihrem Kaminsims stehen und blickte auf eine 3D-Darstellung von Onkel Jingle, ein Originalmodell aus der Designabteilung der Produktionsfirma, das man ihr zu ihrem zehnjährigen Firmenjubiläum geschenkt hatte. Die Augen des Onkels waren winzige schwarze Knöpfe, die so unschuldig wie die eines Stofftieres gucken konnten, doch das zähnefletschende Grinsen hätte Rotkäppchen nachdenklich gestimmt. Onkel Jingle hatte gummiartige Beine und riesige Hände, Hände, die Tricks machen konnten, bei denen die Kinder staunend den Mund aufrissen oder laut lachten. Er war eine durch und durch originelle, durch und durch artifizielle Schöpfung und auf der ganzen Welt berühmt.

Während sie das weiße Gesicht anstarrte und das Radio dazu leise Klaviermelodien spielte, wurde Olga Pirofsky klar, daß sie die kleine Kanaille noch nie besonders gemocht hatte.

Kapitel

Der Stock

NETFEED/NACHRICHTEN:
Angst vor Bukavu 5 in Südfrankreich
(Bild: Krankenwagen und Polizeifahrzeuge mit
blinkenden Lichtern auf einem Rollfeld)
Off-Stimme: Ein kleiner Privatflugplatz außerhalb
von Marseilles in Südfrankreich ist von Gesund-
heitsbeamten der französischen Behörden und der UN
unter Quarantäne gestellt worden. Gerüchte besagen,
er sei der Einreisepunkt für eine ganze Flugzeug-
ladung zentralafrikanischer Flüchtlinge, die angeblich von der mittlerweile als Bukavu 5 bezeichneten
ansteckenden Krankheit befallen sind. Ein Augen-
zeugenbericht, wonach sämtliche Passagiere bei der
Landung des Flugzeugs tot waren und der Pilot selbst
dem Tode nahe, ist von einigen Netzdiensten als
amtliche Meldung gebracht worden, obwohl er bisher
von offizieller Seite nicht bestätigt wurde. Beamte
der örtlichen französischen Präfektur geben keinen
Kommentar dazu ab, wodurch die Quarantäne veranlaßt
wurde oder warum UNMed sich der Sache angenommen
hat ...

> Das Wasser war voller Ungeheuer, gewaltiger, wild um sich schlagender Gestalten, die Renie in ihrem alten Leben, in der wirklichen Welt, mit einer Hand hätte greifen können. Hier wäre sie für eines von ihnen nicht einmal ein Mundvoll gewesen.

Eine riesige glatte Flanke strich an ihr vorbei, und die nächste große Welle rollte an und wirbelte sie weit über die Wasseroberfläche. Dort, ein gutes Stück vom Aufruhr der freßwütigen Fische entfernt, war das Wasser merkwürdig fest, beinahe viskos und dellte sich unter ihr ein, statt sie zu verschlingen.

Oberflächenspannung, begriff sie, doch weniger in Worten als in Bildern aus Naturdokus: Sie war zu klein, um hindurchzusinken.

Ein türgroßes Auge stieg neben ihr auf und glitt dann zurück in die trüben Fluten, doch die Kohäsion des Wassers war gebrochen, und sie drohte unterzugehen. Sie kämpfte darum, oben zu bleiben, bloß nicht panisch zu werden.

Ich bin in Wirklichkeit in einem Tank, ermahnte sie sich verzweifelt. *In einem V-Tank auf einem Militärstützpunkt! Nichts von alledem ist real! Ich habe eine Sauerstoffmaske vor dem Gesicht – ich kann gar nicht ertrinken!*

Doch sie konnte die Maske nicht mehr fühlen. Vielleicht hatte sie sich gelöst, und jetzt mußte sie in dem abgedichteten, sargartigen V-Tank sterben ...

Sie schnaubte ihren angehaltenen Atem aus und sog dann frische Luft ein, dazu leider viel mehr sprühende Gischt, als ihr lieb war. Sie mußte erst prusten und spucken, bevor sie schreien konnte.

»!Xabbu! Martine!« Sie streckte ihre Arme und Beine aus und versuchte verzweifelt, den Kopf über dem wie ein riesiges Trampolin federnden Wasser zu halten. Nur ein paar Dutzend Meter weiter war der Fluß ein brodelndes Chaos sich knuffender und puffender Riesenfische, die wie wild nach den fliegenden Insekten schnappten. Sie sah keine Spur des Blattes oder ihrer Begleiter mehr, nur noch berghohe Wellenkämme und schluchttiefe Wellentäler und die ziellosen Bewegungen der Schwirrer in der Luft. Einer davon war ganz nahe gekommen und schwebte jetzt so dicht über ihr, daß der Flügellärm einen Augenblick lang die erste Stimme seit Beginn des Tumults übertönte, die nicht ihre eigene war.

»Äi!« schrie jemand heiser in unmittelbarer Nähe, schwach, aber deutlich in Todesangst. »*Äi!*« Renie sprang so hoch über die Flußoberfläche, wie sie konnte, und erblickte T4b, der mit den Armen auf das Wasser eindrosch, um mit seinem massigen Robotersim nicht unterzugehen. Sie robbte auf ihn zu und mußte dabei gegen die Wucht der Wellen ankämpfen, die sich unter ihr auftürmten und seitlich auf sie einstürzten.

»Ich komme!« rief sie, aber er schien sie nicht zu hören. Er schrie wieder los und ruderte wild mit den Armen, eine Energieleistung, die er deutlich nicht länger als ein paar Sekunden durchhalten konnte. Seine ungestümen Bewegungen brachen die Oberflächenspannung und bewirkten, daß er in seinem selbst aufgewirbelten Schaum versank. Renie beeilte sich noch mehr und hatte den Abstand zwischen ihnen schon fast überwunden, als plötzlich mit einem explosionsartigen Spritzen ein silbergrauer Kopf wie die Spitze eines Hochgeschwindigkeitszuges aus dem Fluß aufschoß, ihn verschlang und wieder in die Tiefe tauchte.

Die anstürmenden und hinter ihr auslaufenden Wellen schaukelten Renie hin und her. Sie war starr vor Entsetzen. Er war weg. Einfach so.

Das Surren der Flügel über ihr wurde lauter, aber Renie konnte ihre Augen nicht von der Stelle abwenden, wo T4b verschluckt worden war, auch als die Flügel so dicht über ihr waren, daß sie scharf stechende Wassertropfen aufpeitschten.

»Pardon«, rief jemand. »Brauchst du Hilfe?«

In einem Traum gefangen, der mit jeder Sekunde bizarrer wurde, blickte Renie schließlich auf. Eine der Libellen schwebte in geringer Höhe über ihr. An der Seite guckte ein menschliches Gesicht heraus.

Renie war so erstaunt, daß die nächste Woge sie umwarf und unter sich begrub. Als sie sich wieder an die Oberfläche gekämpft hatte, waren die Libelle und das auf sie niederblickende Gogglegesicht immer noch da. »Hast du verstanden?« rief der unbegreifliche Kopf. »Ich hab dich gefragt, ob du Hilfe brauchst.«

Renie nickte nur schwach, denn sie konnte kein einziges Wort herausbringen. Eine Strickleiter mit blinkenden Aluminiumsprossen fiel aus dem Bauch des Insekts wie der letzte sich lösende Faden im Gewebe der Wirklichkeit. Renie klammerte sich an die unterste Sprosse; sie hatte nicht mehr die Kraft hochzusteigen. Eine riesige Wölbung schimmernder Schuppen tauchte neben ihr auf und ging gleich wieder unter, obendrauf eine Flosse, die so groß wie ein Kirchenfenster zu sein schien. Jemand in einem Jumpsuit kletterte zu ihr die Leiter hinunter. Eine starke Faust packte ihr Handgelenk und half ihr in den Bauch der Libelle hinauf.

Sie saß in einer kleinen gepolsterten Nische, eine Polyesterfilmdecke um die Schultern geschlungen. Es war schwer zu sagen, was sie mehr zum Vibrieren brachte, ihr eigenes erschöpftes Zittern oder das Flügelschwirren der mechanischen Libelle.

»Komisch, nicht?« sagte eine der beiden Gestalten in Jumpsuits, die vorne im Cockpit saßen. »Daß man seinen wirklichen Körper mit einer imaginären Decke wärmt, meine ich. Aber alles hier läuft mehr oder weniger über Symbole. Die Decke ist ein Symbol für ›Ich hab's verdient, warm zu sein‹, und deshalb empfängt dein neuronales Interface diese Botschaft.«

Sie schüttelte den Kopf aus einem unsinnigen Drang heraus, dem zu widersprechen, der unfaßbaren fremden Gestalt zu erklären, daß sie nichts derart Hochklassiges wie ein neuronales Interface besaß, aber jedesmal, wenn sie den Mund aufmachte, klapperten ihre Zähne. Sie konnte die Filmschleife nicht abstellen, die unaufhörlich in ihrem Kopf ablief – drei Sekunden T4b, wie er erst um sich schlug und dann geschluckt wurde, wieder und wieder und wieder.

Der näher sitzende der beiden Libellenpiloten nahm den Helm und die Brille ab, und zum Vorschein kam ein Kopf mit kurzgeschorenen schwarzen Haaren, asiatischen Augen und runden femininen Zügen. »Ein paar Minuten noch. Dann sind wir im Stock und können uns um dich kümmern.«

»Ich glaube, ich sehe was«, sagte der andere Jumpsuit. Die Stimme klang männlich, doch das Gesicht war noch unter dem Gogglehelm verborgen. »Ich geh mal ein bißchen tiefer.«

Renies Magen brauchte ein paar Sekunden, um mitzukommen, als sie im Sturzflug wieder auf den Fluß zusausten.

»Da hält sich jemand an Treibgut fest. Sieht aus wie ... ein Affe?«

»!Xabbu!« Renie sprang auf und knallte mit dem Kopf schmerzhaft an die Decke der Nische. Die Polsterung war nicht besonders dick. »Das ist mein Freund.«

»Gebongt«, sagte der Pilot. »Ich denke, wir brauchen nochmal die Leiter, Lenore.«

»Chizz. Aber wenn der ein Affe ist, wird er ja wohl selber hochklettern können.«

Kurz darauf saß !Xabbu neben Renie in der Nische. Sie hielt den kleinen Affenkörper fest umschlungen.

Auch nach mehrmaligem Überfliegen des aufgewühlten Wassers waren keine weiteren Überlebenden zu entdecken.

»Tja, das mit euern Freunden ist Pech«, sagte der Pilot, als die Libelle den Fluß hinter sich ließ und in den Wald voll unmöglich hoher Bäume flog. »Manche packen's, andere gehn drauf.« Er nahm seine Goggles ab, unter denen ein sommersprossiges, längliches Gesicht mit europiden Zügen zum Vorschein kam, dann legte er die Libelle seelenruhig auf die Seite und huschte knapp zwischen zwei berghohen, aber dicht aneinander lehnenden Baumstämmen hindurch, so daß Renie und !Xabbu sich an der Nischenwand festklammern mußten. »Aber so geht's - dieser Fluß ist nichts für Anfänger.«

Renie verschlug seine Kaltschnäuzigkeit die Sprache. Lenores Miene war mißbilligend, schien aber nur den leichten Tadel auszudrücken, mit dem man guckt, wenn man den kleinen Bruder mit der Hand in der Keksdose erwischt hat.

»Laß sie in Ruhe, Cullen. Du weißt doch gar nicht, was sie machen. Vielleicht ist es ein echtes Problem.«

»Ja, ja.« Der hagere Pilot feixte sichtlich ungerührt. »Das Leben ist hart, und dann wird man auch noch von Fischen gefressen.«

»Wer seid ihr?« fragte !Xabbu eine halbe Sekunde, bevor Renie sie ankreischen konnte.

»Die Frage ist vielmehr ... wer seid ihr?« Cullen warf einen kurzen Blick über die Schulter und richtete seine Aufmerksamkeit dann wieder auf das Megalaubwerk, das an der Windschutzscheibe der Libelle vorbeiwitschte. »Wißt ihr nicht, daß das hier Privatgelände ist? Glaubt mir, wenn ihr unbedingt jemand verätzen wollt, dann sind ein Haufen andere dafür sehr viel empfehlenswerter als gerade Kunohara.«

»Kunohara?« Renie hatte Schwierigkeiten, dem allen zu folgen. Waren nicht soeben ihre Gefährten ums Leben gekommen? War das diesen Leuten völlig gleichgültig, auch wenn dies eine virtuelle Welt war? »Wovon redest du eigentlich?«

»Also, es muß euch doch aufgefallen sein, daß ihr in eine andere Simulation hineingeraten seid«, sagte Lenore, deren friedliche Stimme dabei einen ganz leisen Unterton der Ungeduld bekam. »Dieses ganze Environment gehört Hideki Kunohara.«

»Dem König der Krabbler«, sagte Cullen und lachte. »Zu schade, daß eure Freunde das verpassen.«

Renie unterdrückte mühsam ihre Empörung, denn sie mußte an Atasco denken und an die Fehler, die sie in seiner Welt gemacht hatte. »Ich verstehe nicht. Was soll das alles heißen?«

»Na ja, eure Freunde werden hier nicht wieder reinkommen - ehrlich gesagt, verstehe ich nicht ganz, wie ihr überhaupt hier reingekommen seid. Es muß wohl sowas wie 'ne Hintertür von einer der andern Simwelten geben. Kein Wunder, wenn ich's recht bedenke - Kunohara hat 'ne Menge schräger Geschichten laufen.« Er schüttelte bewundernd den Kopf. »Eure Freunde werden euch also irgendwo anders wiedertreffen müssen. Aber keine Bange. Wir können euch dort hinbefördern, ihr müßt nur wissen, wohin.« Er riß die Libelle scharf herum, um einem tiefhängenden Ast auszuweichen, und brachte sie dann mit einem leichten Antupfen der Steuerung sauber wieder auf Kurs.

»Ich bin Lenore Kwok«, sagte die Frau. »Euer Pilot heißt Cullen Geary, tagsüber ein ganz gewöhnlicher Saftsack, aber nachts ... na ja, da ist er auch ein Saftsack.«

»Sehr schmeichelhaft, Lenilein.« Cullen grinste selbstgefällig.

Der Himmel vor dem Cockpitfenster war inzwischen dunkelviolett; die Bäume wurden rasch zu ungeheuerlichen senkrechten Schattenmassen. Renie schloß die Augen und versuchte, sich einen Reim auf das alles zu machen. Diese Leute schienen zu meinen, daß T4b und Martine und den anderen nichts passiert sei, daß sie einfach aus der Simulation hinauskatapultiert worden seien. Aber konnte das stimmen? Und selbst wenn sie einen Tod hier in der Simwelt überleben konnten - was ihr angesichts von Singhs Schicksal keineswegs ausgemacht erschien -, blieb die Frage bestehen, wie !Xabbu und sie sie jemals wiederfinden sollten. Das ganze Wahnsinnsprojekt war, wie es aussah, schon gescheitert, Sellars' Mühe und Arbeit war umsonst gewesen.

»Was stellt dieser Ort hier dar?« fragte sie. »Diese Simulation.«

»N-n.« Cullen drohte scherzhaft mit dem Finger. Die Dämmerlandschaft sauste draußen vor der Frontscheibe vorbei. »Ihr habt uns noch nicht erzählt, wer *ihr* seid.«

Renie und !Xabbu wechselten einen Blick. Bei all ihren anderen Sorgen hatten sie und ihre Gefährten noch keine Zeit gehabt, sich für den Fall einer solchen Begegnung eine passende Geschichte auszudenken. Sie beschloß, es mit der halben Wahrheit zu versuchen.

»Ich heiße ...«, sie suchte in der Erinnerung nach ihrem früheren Decknamen, »... Otepi. Irene Otepi. Ich war dabei, eine Systemanalyse für einen Mann namens Atasco durchzuführen.« Sie hielt inne und schaute, ob ihre Retter eine Reaktion zeigten. »Kennt ihr ihn?«

»Den Ethnologen?« Lenore überprüfte Anzeigen auf dem Instrumentenbrett. Falls sie etwas verbarg, machte sie das ausgezeichnet. »Ich hab von ihm gehört. Mittelamerikaner oder Südamerikaner oder sowas?«

»Südamerikaner«, sagte Cullen. »Kolumbier, um genau zu sein. Ich hab mal ein Interview mit ihm gesehen. Wie ist er?«

Renie zögerte. »Ich hab ihn nicht persönlich kennengelernt. Irgendwas lief schief - ich bin mir nicht sicher, was. Seine Simwelt ... äh, es gab einen Aufstand oder sowas. Wir waren alle auf einem Schiff, und es fuhr einfach immer weiter.« Renie vermutete, daß sie sich fragten, warum sie nicht einfach offline gegangen war. Das war eine gute Frage, und ihr fiel keine andere Antwort ein als die bizarre Wahrheit. »Es war alles ziemlich verrückt. Irgendwie müssen wir hier reingesegelt sein. Das Schiff hat sich in ein Blatt verwandelt, das Blatt ist gekentert, ihr habt uns gefunden.«

!Xabbu hatte sie aufmerksam beobachtet und sprach jetzt sein korrektestes Englisch. »Ich heiße Henry Wonde«, sagte er. »Ich bin ein Student von Frau Otepi. Wie können wir unsere Freunde wiederfinden?«

Cullen schaute sich eine ganze Weile nach dem Pavian um, bevor ein Gewirr von Zweigen ihn zwang, seinen Blick schnell wieder nach draußen zu richten. »Wieso? Wollt ihr etwa online bleiben? Einfach in diese Atasco-Simulation zurückkehren oder was?«

Renie atmete tief durch. »Irgendwas stimmt nicht mit unsern Systemen, glaube ich. Wir können nicht offline gehen.«

Cullen pfiff beeindruckt. »Das ist allerdings merkwürdig.«

»Wenn wir im Stock sind, kriegen wir das bestimmt wieder hin«, sagte Lenore zuversichtlich. »Das wird schon werden.«

Renie war sich da nicht so sicher, sagte aber nichts. Die Libelle sauste weiter durch den dunkler werdenden Abend.

> Orlando hatte vor dem Aufwachen einen letzten Traum, ein trübes und verschwommenes Fragment, in dem ein gesichtsloses Kind in einem kalten, dunklen Zimmer saß und ihn anbettelte, dazubleiben und mit ihm zu spielen. Irgendwie ging es dabei um ein Geheimnis, eine Sache, die die Erwachsenen nicht wissen durften, aber als er aufwachte, verwehte alles wie Rauch im Wind. Doch obwohl die Ereignisse der nächsten Minuten es rasch aus seinem Gedächtnis verdrängten, dauerte es wesentlich länger, bis das zurückbleibende ungute Gefühl abflaute.

In den ersten überhellen Momenten nach dem Öffnen der Augen dachte er, er sei gelähmt. Seine Beine fühlten sich abgetrennt an und schienen sich richtungslos zu bewegen; unterhalb eines festen Bandes um die Taille hatte er sehr wenig Empfindung.

»Orlando?«

Die Stimme war ihm vertraut. Das Gefühl, in der Welt zu sein, war es weniger. Er kniff die Augen zusammen und drehte sich der Stimme zu.

»Du bist wach!« Fredericks' Gesicht war ganz nahe. Orlando erkannte nach einer Weile, daß es der Arm seines Freundes war, den er um die Taille spürte, und daß Fredericks sich am Rand des Blattes festhielt, während sie beide bis zur Brust eingetaucht im warmen Fluß trieben.

»Na, grüß Gott und willkommen im Club, Sonnyboy.« Sweet William, der einem nassen schwarzen Kakadu nicht unähnlich sah, hing ein paar Meter weiter an der Blattkante. »Heißt das, daß er jetzt schwimmen kann und wir euch beide nicht mehr alle paar Minuten wieder an Bord ziehen müssen?«

»Laß ihn in Frieden«, knurrte Fredericks. »Er ist echt krank.«

»Er hat recht«, ließ sich eine Frauenstimme vernehmen. »Streiten ist Zeitverschwendung.«

Orlando reckte den Hals – dieser fühlte sich wabbelig wie Toffee an –, um die Gesichter hinter Fredericks' Schulter ins Auge zu fassen. Drei weibliche Sims, die Frauen namens Quan Li, Florimel und Martine, waren an einen höheren Punkt des Blattes gekrabbelt und hielten sich an der Schräge fest. Florimel, die geredet hatte, sah ihn durchdringend an. »Wie fühlst du dich?«

Orlando schüttelte den Kopf. »Ich hab mich schon mal besser gefühlt. Aber auch schon schlechter.«

Ein Rütteln ging durch das Blatt. Sofort fing Orlandos Herz an zu rasen, und er klammerte sich an Fredericks und haschte mit der anderen Hand nach dem Blattrand. Gleich darauf hörte das Rütteln auf.

»Ich denke, wir haben eine Wurzel geschrammt«, sagte Florimel. »Wir sind dicht genug am Ufer, die restliche Strecke sollten wir schwimmen.«

»Ich glaube nicht, daß ich das schaffe.« Orlando gab seine Schwäche nur ungern zu, doch vor diesen Leuten konnte er nicht mehr viel verbergen, nachdem sie ihn wer weiß wie lange von einer Ohnmacht in die andere hatten fallen sehen.

»Zerbrich dir darüber nicht dein hübsches Köpfchen«, entgegnete Sweet William. »Wir tragen dich einfach auf unseren Rücken bis in die Smaragdstadt oder nach Mordor oder weiß der Geier wohin. Ist das nicht die übliche Masche in diesen Geschichten? Miteinander durch dick und dünn?«

»Ach, halt den Schnabel«, herrschte Fredericks ihn an.

Orlando schloß die Augen und konzentrierte sich darauf, den Kopf über Wasser zu halten. Ein paar Minuten später ging wieder eine

Erschütterung durch das Blatt, dann hielt es mit einem Ruck an und schaukelte in der sanften Strömung.

»Wir wissen nicht, wie lange es hier festhängen wird«, erklärte Florimel. »Auf, laßt uns ans Ufer schwimmen! Es ist nicht weit.«

»Jeder will hier das Kommando führen, was?« Sweet William seufzte theatralisch. »Na schön, je mehr Köche, je bunter der Brei. Packen wir's.« Er ließ das Blatt los und kraulte zu Fredericks hinüber.

Orlando fragte sich leicht verträumt, was William vorhaben mochte, als ein um seinen Hals langender Arm ihn abrupt vom Blatt wegriß und er rückwärts ins Wasser platschte. Mit heftigen Schlägen versuchte er sich zu befreien.

»Hör auf, so rumzufuhrwerken, du Knallkopf«, prustete William. »Oder ich laß dich doch noch alleine schwimmen.«

Als Orlando begriff, daß der andere ihm auf seine etwas ausgefallene Art ans Ufer helfen wollte, entspannte er sich. William schleppte ihn mit überraschend kräftigen Schlägen ab. Auf dem Rücken liegend, das Kinn in der Armbeuge des Todesclowns, betrachtete Orlando den blauen tropischen Himmel über sich, der weiter war als alles, was er je gesehen hatte, und überlegte, ob dieser Traum wohl ewig weitergehen werde.

Das blockt doch voll, dachte er. *Jetzt bin ich endlich dort, wo ich wie alle andern sein könnte, besser als alle andern, und ich bin immer noch krank.*

Doch seine Muskeln fühlten sich nicht mehr so schwach an wie am Anfang, was interessant war. Er trat ein paarmal versuchsweise aus, um zu sehen, wie es ging, und handelte sich ein feuchtes Schnauben von Sweet William ein: »Du bringst mich aus dem Gleichgewicht. Egal, was du da machst ... laß es.«

Orlando ließ es und verspürte eine leise Befriedigung über die zurückkehrende Willigkeit seines virtuellen Fleisches.

Kurz darauf zerrte William ihn auf die rundgeschliffenen Steine des Strandes und stellte sich dann mit klatschnaß an Schultern und Kopf klebendem Federputz vor ihn. »Warte jetzt hier, mein junger Held«, sagte er. »Denke gute Gedanken. Ich muß nochmal rein und die blinde Herzdame ans Ufer schleppen.«

Orlando war mehr als zufrieden damit, in der warmen Sonne zu liegen, seine Finger und Zehen zu beugen und zu strecken und nach wenigen Minuten schon seine Arme und Beine. Seine Lungen taten immer noch weh, wenn er nicht ganz flach atmete, und alle seine Muskeln schmerzten, doch er fühlte fast nichts mehr von der diffusen, losgelösten Verträumtheit, die er seit der Einnahme von Atascos königlichem Prunkschiff empfunden hatte. Doch eine partielle innere Dunkelheit quälte ihn immer noch, ein Schatten, den er weder recht benennen noch deutlich erkennen konnte.

Irgendwas ist passiert. Ich hatte ... einen Traum? In dem Beezle vorkam? Und ein kleines Kind? Es war quälend, weil ihm das alles sinnlos vorkam, während gleichzeitig tief in seinem Innern etwas ihm zuflüsterte, daß dies alles sehr wohl einen Sinn habe. *Sollte ich irgendwas tun? Jemandem helfen?* Ein anderer, noch beklemmenderer Gedanke nahm langsam Gestalt an. *War ich beinahe tot? Ich bin ins Dunkel abgesunken. War ich am Sterben?*

Er schlug die Augen auf und sah den Rest der Gruppe an Land stapfen, Sweet William mit Martine auf dem Arm. Er ließ sie mit überraschender Behutsamkeit neben Orlando ab. Erst als alle sich zu einem kleinen Kreis versammelten, merkte Orlando, daß noch etwas nicht stimmte.

»Wo sind die andern? Wo ist ...?« Einen Moment lang wollten ihm die Namen nicht einfallen. »Wo ist Renie - und ihr Freund? Und der mit dem Körperpanzer?«

Quan Li schüttelte den Kopf, aber sagte nichts, guckte nur auf die Steine am Strand.

»Weg«, sagte Florimel. »Vielleicht ertrunken, vielleicht irgendwo anders an Land gespült.« Ihr nüchterner Ton klang irgendwie gekünstelt, als würde sie einen Schmerz unterdrücken. »Wir sind alle über Bord gegangen. Die du hier siehst, konnten sich am Blatt festklammern. Dein Freund hat dich wieder hochgezogen und deinen Kopf über Wasser gehalten. Deshalb bist du noch am Leben.«

Orlando wandte sich Fredericks zu. »Du kannst mich ja vors *Netzgericht Live* bringen«, sagte Fredericks trotzig. »Ich hatte nicht vor, dich ertrinken zu lassen, bloß weil du ein Idiot bist.« Orlando wurde ganz flau im Magen. Wie oft hatte ihm sein Freund in letzter Zeit eigentlich das Leben gerettet?

Wie um die Frage zu unterstreichen, fügte Sweet William hinzu: »Außerdem, mein Bester, hast du ein Päuschen beim Atmen eingelegt, kurz bevor wir gekentert sind. Flossie hat dir ein Erstehilfedingsbums verpaßt.«

»Florimel, nicht Flossie.« Sie funkelte den triefenden und schmutzigen William zornig an. »Das hätte jeder andere auch getan.«

»Danke.« Trotz der weiteren Dankesschuld war Orlando sich nicht sicher, was er von dieser grimmigen Frau halten sollte, und dabei wurde ihm die Schwere ihres Verlustes erst richtig bewußt. »Können wir nicht nach Renie und den andern suchen? Was ist, wenn sie Hilfe brauchen?«

»Einige von uns sind im Augenblick nicht ganz so forsch, weil *uns* keiner huckepack genommen hat«, bemerkte William. »Einige von uns sind so müde, daß wir uns einfach hinhauen und eine Woche durchschlafen könnten.«

Orlando ließ seinen Blick über das Ufer schweifen; aus seiner Zwergenperspektive wurde es von trockenen braunen Flußbetten in schmale Streifen felsigen Strandes zerschnitten. Der Fluß selbst, eine mächtige grüne Flut, die dahinrollte wie eine sturmgepeitschte See, entschwand in der Ferne. Gegenüber auf der anderen Seite ragten die ersten Waldbäume in die Höhe, von denen jeder so gewaltig wirkte wie die Weltesche der germanischen Sage, hoch wie die Bohnenranke im Märchen von Hans. Doch noch etwas anderes außer der Größe der Dinge war verblüffend. »Es ist Morgen«, sagte er. »Es war doch grade eben erst Abend. Macht die Zeit hier Sprünge?«

»Hört ihn euch an.« William lachte. »Bloß weil er ein Nickerchen gemacht hat, während wir übrigen uns die ganze Nacht im Wasser abgestrampelt haben, meint er, die Zeit würde verrückt spielen.«

Orlando hatte das sichere Gefühl, daß sein wirkliches Gesicht, wo es auch gerade sein mochte, knallrot wurde. »Oh. Tut mir leid.« Er wechselte schnell das Thema. »Also, äh, wollen wir hier die Nacht verbringen? Sollen wir ein Feuer machen oder so?«

Martine, die schweigsam gewesen war, seit William sie ans Ufer getragen hatte, setzte sich plötzlich mit weit aufgerissenen Augen kerzengerade hin. »Da ist etwas ...!« Sie hielt sich beide Hände ans Gesicht und rieb so heftig, daß Orlando Angst hatte, sie könnte sich weh tun, selbst noch vermittelt durch die Taktoren. »Nein, jemand ...« Ihr Mund klappte auf, und ihr Gesicht verzerrte sich, als ob sie lautlos schrie. Sie stieß eine Hand vor und deutete flußabwärts. »*Da!* Da ist jemand!«

Alle drehten sich in die Richtung. Ein kurzes Stück entfernt stand eine weißgewandete menschliche Gestalt ihrer Größe und blickte auf etwas am Rand des Flusses nieder, das von dort aus, wo sie saßen, nicht zu sehen war. Orlando rappelte sich mühsam auf, aber wurde sofort von einem Schwindelgefühl erfaßt.

»Orlando, nicht!« Fredericks fuhr hoch und packte ihn am Arm. Orlando taumelte und versuchte einen Schritt vorwärts zu tun, aber er war zu schwach. Er blieb schwankend stehen und hielt krampfhaft das Gleichgewicht.

Florimel eilte bereits über die unwegsamen Steine auf die Stelle zu. Sweet William folgte ihr.

»Paßt auf!« rief Quan Li. Sie trat zu Martine und nahm ihre Hand. Der Sim der Französin starrte immer noch blind ins Leere, und ihr Kopf drehte sich langsam hin und her wie eine Radarantenne, die ein Signal nicht orten kann.

Als Orlando endlich die ersten Schritte zustande brachte, wobei ihm Fredericks' hartnäckiges Stützen mehr hinderlich als hilfreich war, drehte sich die weißgekleidete Gestalt zu Florimel und William um, als merkte sie eben erst, daß noch andere zugegen waren. Orlando meinte, im Schatten der Kapuze Augen glitzern zu sehen, da verschwand die Figur auch schon.

Fredericks stieß scharf die Luft aus. »Scännig. Hast du das gesehen? Er ist einfach verschwunden!«

»Das ist ... VR«, keuchte Orlando. »Was hast du ... erwartet, ein ... Rauchwölkchen?«

Ihre beiden Gefährten knieten neben etwas, das am Rand des Flusses im seichten Wasser lag. Zuerst dachte Orlando, es wäre irgendein weggeworfenes Maschinenteil, aber es war viel zu blank, um lange im Wasser gewesen zu sein. Als William und Florimel der Maschine halfen, sich hinzusetzen, erkannte Orlando, was es war.

»Seht mal, wen wir da haben!« rief William. »Es ist der Scheppersepp, unser Blechbubi!«

Sie halfen T4b aus dem Wasser, als Orlando gerade an Fredericks' Arm angetorkelt kam. Ein Beobachter hätte meinen können, daß zwei altehrwürdige berühmte Persönlichkeiten einander vorgestellt werden sollten.

»Alles in Ordnung mit dir?« fragte Fredericks den Kampfroboter. Florimel fing an, T4b durchzuchecken, wie man es bei Unfallopfern machte, die Gelenke zu beugen, den Puls zu nehmen. Orlando hatte seine Zweifel, daß das bei einem Sim von großem Nutzen war. »Also wirklich, wow!« Fredericks holte tief Luft. »Wir dachten, du wärst tot!«

»Wie nennen wir dich überhaupt?« flötete William. »Ich hab ganz vergessen zu fragen. Geht einfach ›T‹, oder sollten wir lieber ›Herr Four Bee‹ sagen?«

T4b stöhnte und hielt sich eine dornenbewehrte Handschuhhand vors Gesicht. »Fühl mich echt fen-fen. Mich hat'n Fisch gefressen.« Er schüttelte den Kopf und hätte beinahe Florimel mit einer seiner Helmzinken ins Auge gestochen. »Und mich gleich wieder ausgekotzt.« Er richtete den Blick aufs Wasser. »Einmal und nie wieder. Hundertpro.«

> »Es ist nichts Besonderes, doch es ist unser trautes Heim«, verkündete Cullen. Renie sah lediglich ein paar verstreute, trübe Lichtpunkte vor sich.

»Halt!« Lenores Stimme war scharf. »Feindliches Flugobjekt auf 12:30 im Anflug.«

»Was ist es?«

»Einer von diesen verdammten Quetzals, glaub ich.« Lenore verzog das Gesicht und wandte sich dann zu Renie und !Xabbu um. »Vögel.«

»Haltet euch fest.« Cullen setzte zum Sturzflug an. »Oder besser noch, nehmt die Gurte da, und schnallt euch an.«

Renie und !Xabbu streiften hastig die Sicherheitsgurte über, die in der Nische hingen. Sie stürzten nur ein paar Sekunden und bremsten dann so scharf ab, daß Renie meinte, wie ein Akkordeon zusammengequetscht zu werden. Daraufhin schwebten sie abwärts, soweit Renie das feststellen konnte, bis ein mechanisches Schnaufen und Klappern unter ihnen ihr und !Xabbu den nächsten Schreck einjagte.

»Die Beine werden ausgefahren«, erläuterte Lenore. Während die Libelle mit einem Ruck aufsetzte, blickte sie weiter auf die Anzeigen. »Wir warten einfach ab, bis es dem blöden Vogel zu langweilig wird. Wenn man sich nicht bewegt, bemerken sie einen nicht.«

Renie verstand diese Leute nicht. Sie benahmen sich, als wäre das alles nichts weiter als ein kompliziertes Spiel. Vielleicht war es das für sie ja. »Warum müßt ihr das machen?« fragte sie.

Cullen schnaubte. »Damit das Ding uns nicht frißt. Eine elende Zeitverschwendung ist das.«

»Alles klar«, sagte Lenore. »Er ist auf und davon. Warte zur Sicherheit noch ein paar Sekunden, aber ansonsten sehe ich nur leere Lüfte.«

Leicht rüttelnd und mit heftigem Flügelschlagen hob die Libelle wieder ab. Cullen peilte abermals die Lichter an, die sich beim Näherkommen als eine senkrechte Wand schimmernder Punkte darstellten. Ein rechteckiger Lichtdurchlaß wurde vor ihnen immer größer, bis er sich als ein großes Tor erkennen ließ, im Vergleich zu dem ihr hindurchfliegendes Luftgefährt winzig klein war. Cullen steuerte die

Libelle gekonnt hinein, ließ sie einen Moment schweben und setzte dann auf.

»Oberstes Stockwerk«, verkündete er. »Mandibeln, chitinige Außenskelette und Damenunterwäsche. Alles aussteigen.«

Renie verspürte einen jähen Drang, ihn zu ohrfeigen, aber der verging ihr, als sie ihren müden Körper aus dem Sicherheitsgurt pellen und hinter den beiden Libellenpiloten durch die Ausstiegsluke quälen mußte. !Xabbu folgte ihr langsam, sehr bemüht, nicht zu drängen.

Das Insektenflugzeug stand in einem weitläufigen Hangar, dessen Außentor gerade mit einem Quietschen zuglitt, das sich nach arg strapazierten Schienen anhörte. Renie dachte an die Militärbasis in den Drakensbergen und mußte sich ins Gedächtnis rufen, daß die Basis im Gegensatz zu diesem Ort real war. Wie alle Anderlandsimulationen war die hohe Halle unglaublich lebensecht, ein Monsterbau aus Fibramicträgern, Plastahlplatten und hektarweise Leuchtstoffröhren beziehungsweise ihren virtuellen Erscheinungen. Die sechs Sims, die angetrabt kamen, um die Libelle zu warten, hatten individuelle und sehr realistische Gesichter. Sie überlegte, ob vielleicht reale Menschen dahinter waren.

Plötzlich ging ihr auf, daß sie keine Ahnung hatte, ob ihre Retter real waren.

»Kommt mit zur Einsatzbesprechung.« Lenore winkte. »Die dürfte eigentlich nicht lange dauern, obwohl Angela vielleicht noch ein Wörtchen mit euch reden möchte. Danach kriegt ihr eine Führung.«

Der Stock, wie Lenore den Bau nannte, war eine riesige Installation, die in einen Erdhügel im Wald hineingebaut worden war. Im Vergleich zu den winzigen Menschen war der Hügel noch größer als der Berg, der die Wespennest-Basis enthielt, und Renie sah in dem Ganzen eine unheimliche Parallele zu ihrer RL-Situation. Als sie aus dem Landebereich auf einen langen Korridor hinaustraten, Lenore und Cullen vor ihr mit neckischem Gekabbel beschäftigt, !Xabbu auf allen vieren neben ihr herhoppelnd, fragte sie sich erneut, ob dies so etwas wie eine perfekt gemachte Spielwelt war.

»Was genau treibt ihr hier eigentlich?« fragte sie.

»Ach, das haben wir euch noch gar nicht erzählt, was?« Lenore lächelte. »Das muß alles ziemlich merkwürdig wirken.«

»Insekten«, sagte Cullen. »Wir ham's mit Insekten.«

»Das mag für dich gelten, du Scänner«, sagte Lenore. »Was mich betrifft, ich *beobachte* Insekten.«

!Xabbu stellte sich lange genug auf die Hinterbeine, um mit den Fingern über die Wand zu streichen und die Oberfläche zu fühlen. »Ist das ein Spiel hier, das Ganze?« fragte er wie ein Echo von Renies Gedanken.

»So ernst wie ein Herzinfarkt«, versetzte Cullen. »Für Kunohara ist es vielleicht ein Spielplatz, aber für uns Entomologen ist es wie sterben und in den Himmel kommen.«

»Jetzt bin ich wirklich neugierig«, sagte Renie - und überraschenderweise war sie das auch. Die Sorge um das Schicksal ihrer Gefährten war nicht vergangen, aber Otherland hatte sie wieder einmal überrumpelt.

»Wenn ihr euch noch einen kleinen Moment geduldet, kriegt ihr alles erzählt. Wir besorgen euch schnell noch Besucherpässe, und dann können wir euch eine ordentliche Führung geben.«

Ganz im Bann der lebensechten Betriebsamkeit hatte Renie erwartet, daß Lenore sie in irgendein Büro führen würde, doch statt dessen standen sie immer noch auf dem Korridor, wo Lenore einfach ein Datenfenster mitten im Raum geöffnet hatte, als plötzlich neben ihnen eine stämmige Frau aus dem Nichts auftauchte. Sie hatte ein außerordentlich ernstes Gesicht mit gut simulierten mediterranen Zügen und kurzen braunen Haaren.

»Schaut nicht so verdattert«, sagte sie zu Renie und !Xabbu. Es hörte sich beinahe wie ein Befehl an. »Hier im Stock müssen wir uns mit diesem ganzen ›realistischen‹ Quark nicht abgeben.« Während sie noch über diese kryptische Äußerung nachsannen, wandte sich die Frau an Lenore. »Du wolltest mit mir reden? Über diese Leute, stimmt's?«

»Wir wollten sie eigentlich vorher anmelden, aber Cully hätte uns am Schluß beinahe in einen Vogelschnabel reingesteuert, deshalb waren wir ein wenig abgelenkt.«

»Halb so wild«, war Cullens Kommentar.

»Sie haben sich aus einer andern Simwelt hierher verirrt - aus der von Atasco, nicht wahr?« Lenore wandte sich Bestätigung heischend an Renie. »Und jetzt kommen sie nicht mehr von der Strippe.«

Die neu Hinzugekommene schnaubte. »Ich hoffe, du wirst bei dir zuhause ausreichend mit Wasser und Glukose versorgt, Herzchen, denn wir haben im Moment nicht viel Zeit, dir zu helfen.« Sie wandte sich wieder den Piloten zu. »Die Ecitonfront ist umgeschwenkt, und auf dem

Zug ist sie ungefähr zwölf Meter breit. Ich möchte, daß ihr zwei morgen früh nochmal nachsehen fliegt.«

»Aye, aye, Käpt'n.« Cullen salutierte.

»Verpiß dich.« Sie richtete ihre Aufmerksamkeit wieder auf Renie und !Xabbu, wobei sie letzteren mit hochgezogenen Augenbrauen musterte. »Wenn ich die Zeit für einen alten Witz hätte, würde ich sagen: ›Wir bekommen hier nicht viel Pavianbesuch‹ - aber die Zeit habe ich nicht. Ich heiße Angela Boniface. Ihr zwei seid ein Problem. Wir haben eine sehr strikte Vereinbarung mit dem Pächter, und wir dürfen niemanden ohne seine Erlaubnis reinbringen.«

»Wir möchten euch nicht lästig fallen«, sagte Renie hastig. »Wir gehen, sobald wir können. Wenn ihr uns zur nächsten ...«, sie stockte, weil sie über das Wort im Zweifel war, »äh, Grenze bringen könnt, verschwinden wir einfach.«

»So einfach ist das nicht.« Angela Boniface verengte die Augen. »Verdammt. Na schön - Kwok, sieh mal, ob du hier jemand auftreibst, der herausfinden könnte, was mit ihrem Gear nicht stimmt. Ich muß Bello noch wegen einer Sache den Marsch blasen.« Bevor sie sich halb herumgedreht hatte, hatte sie sich schon in Luft aufgelöst wie eine Zauberkünstlerin.

»Die Projektleiterin«, sagte Lenore erklärend.

»Was meinte sie mit ›diesem realistischen Quark‹?« fragte !Xabbu. Sogar Renie mußte über seinen Tonfall schmunzeln.

»Sie meinte, daß wir hier drin nicht so tun müssen, als wäre es eine reale Welt«, erklärte Cullen und reckte und streckte dabei mit katzenartigen Bewegungen seine langen Arme. »Kunohara will nicht, daß irgend etwas das natürliche Erscheinungsbild der Simulation stört, wenn wir also Dinge aus der Nähe untersuchen wollen, müssen wir interagieren, zu einem Teil der Umwelt werden - aber zu einem unauffälligen Teil der Umwelt. Aus dem Grund sehen die Beförderungsmittel wie große Insekten aus. Er hat auch noch diese ganzen andern unglaublich nervenden Vorschriften erlassen, an die wir uns halten müssen. Es ist ein kleines Spiel, das er da treibt, und er genießt es, uns durch die Reifen springen zu lassen. Jedenfalls denke *ich* das.«

»Und wenn du mal deine erste oder zweite Milliarde beisammen hast«, bemerkte Lenore, »baust du dir deine eigene Simulation, Cully. Dann kannst *du* die Vorschriften machen.«

»Oho, wenn das passiert, wird meine Vorschrift Nummer eins lauten: ›Keine Sechzehnstundentage für den Boß.‹ Ich muß noch kurz was aufzeichnen, und dann mach ich, daß ich hier rauskomm. Sayonara.« Er schnippte mit den Fingern und verschwand.

»Einen Platz zum Schlafen gibt's hier nicht so richtig«, entschuldigte sich Lenore, als sie die beiden in einem Konferenzzimmer ablieferte. »Damit gibt sich hier niemand ab - wäre ja auch idiotisch.« Sie sah sich in dem leeren Raum um. »Tut mir leid, daß es hier so kahl ist. Ich kann was an die Wände hängen, wenn ihr wollt, vielleicht noch ein paar Möbel machen.«

Renie schüttelte den Kopf. »Schon gut.«

»Na schön, ich komme euch in ein paar Stunden holen. Wenn einer von den Gearleuten vorher verfügbar ist, wird er sich bei euch melden.« Sie verflüchtigte sich, und Renie und !Xabbu blieben allein zurück.

»Was meinst du?« !Xabbu war auf den nackten rechteckigen Block gehopst, der als Tisch diente. »Können wir hier reden?«

»Wenn du damit meinst, unter vier Augen, dann bezweifle ich das.« Renie runzelte die Stirn. »Es ist ein virtueller Konferenzraum - das ganze Ding ist bloß das visuelle Interface für eine Datenübertragungsmaschine mit Mehrfach-Input und -Output. Aber ob ich glaube, daß sie uns belauschen? Wohl kaum.«

»Du meinst also nicht, daß diese Leute unsere Feinde sind.« !Xabbu hockte sich auf die Fersen und strich sich über die kurzen Haare an seinen Beinen.

»Wenn, dann haben sie einen Haufen Aufwand getrieben, mit sehr geringen Aussichten darauf, was davon zu haben. Nein, ich glaube, sie sind genau das, als was sie sich ausgeben - eine Gruppe von Unileuten und Wissenschaftlern, die in einer teuren Simulation arbeiten. Doch was den Kerl betrifft, dem das hier gehört - ich hab den Namen vergessen -, bei dem wäre ich mir nicht so sicher.« Sie seufzte und ließ sich auf den Boden sinken, den Rücken an die kahle weiße Wand gelehnt. Der Jumpsuit, den ihr Sim trug, sah mitgenommen aus - zwar trotz des Flußabenteuers nur geringfügig, aber durchaus im Rahmen des tatsächlich Möglichen. Anscheinend berücksichtigen diese Otherlandsimulationen sogar Abnutzung und Verschleiß.

Was waren das für Leute in dieser Bruderschaft? fragte sie sich aufs neue. Wie konnten sie ein derart realistisches Netzwerk bauen? Geld allein, selbst in fast unvorstellbaren Mengen, reichte für eine derart sprunghafte Steigerung des Leistungsvermögens gewiß nicht aus.

»Was machen wir also?« fragte !Xabbu. »Haben wir die anderen ein für allemal verloren?«

»Ich hab wirklich keine Ahnung.« Völlig übermüdet und niedergeschlagen rang Renie darum, ihre Gedanken zu sammeln. »Wir können warten und hoffen, daß Sellars uns findet, bevor es welche von diesen Gralsleuten tun. Wir können weiterziehen, weiter Ausschau halten nach diesem ... was hat Sellars gesagt, wie der Mann hieß?«

!Xabbu legte seine Affenstirn in nachdenkliche Falten. »Jonas«, sagte er schließlich. »Sellars redete im Traum mit ihm. Er hat ihn befreit, sagte er.«

»Richtig. Womit wir haargenau nichts darüber wissen, wo er sein könnte. Wie sollen wir ihn überhaupt finden? Indem wir dem Fluß folgen? Woher sollen wir wissen, daß er nicht Millionen Meilen weit durch den virtuellen Raum führt? Er könnte eine Art Möbiusscher Fluß sein, Herrgott nochmal, und sich fortlaufend verändern, so daß er gar kein Ende hat.«

»Du bist unglücklich«, sagte !Xabbu. »Ich glaube nicht, daß es so schlimm ist. Schau dich doch einmal hier um! Denk an das Land von diesem Atasco. Es kann nicht so viele reiche Menschen auf der Welt geben, daß sie eine Million derart komplizierter Environments konstruieren könnten.«

Renie lächelte müde. »Du hast wahrscheinlich recht. Damit wäre also die Marschrichtung klar, was? Zurück zum Fluß und hoffen, daß wir Martine und die übrigen finden - oder diesen Jonas. Hast du je den Ausdruck gehört, ›eine Nadel in einem Heuhaufen suchen‹?«

!Xabbu schüttelte seinen schmalen Kopf. »Nein. Bei uns gibt's keine Heuhaufen.«

Ihre Träume kamen und gingen, ohne daß sie es recht merkte, wie frühmorgendliche Regenschauer. Zusammengerollt auf dem Boden des imaginären Konferenzraumes liegend wachte sie auf und lauschte !Xabbus ruhigen Atemzügen neben sich.

Eine Erinnerung durchwehte sie, zunächst nur ein Bild, eine Verquickung von Hören und Fühlen. Als er noch klein war, kam Stephen an kalten Morgen immer zu ihr ins Bett gekrabbelt. Ein Weilchen murmelte er verschlafen wirres Zeug, dann kuschelte er sich an sie und war wenige Sekunden später wieder ganz fest eingeschlafen, während Renie halb wach dalag und schicksalsergeben auf das Klingeln des Weckers wartete.

Er war schrecklich, dieser Zwischenzustand, in dem Stephen sich jetzt befand, dieses unentschiedene Nichts. Wenigstens ihre Mutter war eindeutig gestorben, man konnte sie ordentlich vermissen und betrauern und ihr hin und wieder Vorwürfe machen. Stephen war weder tot noch lebendig. Nirgendwo. Man konnte nichts machen.

Nichts als *das hier* vielleicht, was immer dieses »das hier« letztlich sein mochte. Eine hoffnungslose Suche? Ein konfuser Angriff auf unvorstellbare Mächte? Renie konnte nur Vermutungen anstellen. Aber jeden Augenblick, den Stephen weiter krank war und sie ihn nicht gesund machen konnte, empfand sie als brennende Anklage.

Der Schmerz rief eine weitere Erinnerung wach: Als er fünf oder sechs gewesen war, war er eines Nachmittags ganz aufgelöst heimgelaufen gekommen, mit rudernden Armen, als ob er fliegen wollte. Sein verstörter Blick aus weit aufgerissenen Augen hatte so übertrieben gewirkt, daß Renie wider Willen beinahe laut gelacht hätte, bis sie das Blut auf seiner Lippe und den Schmutz an seinen Sachen bemerkte. Ein paar der älteren Kinder hatten ihn auf dem Heimweg von der Schule abgefangen. Sie hatten ihn zwingen wollen, etwas zu sagen, was er nicht sagen wollte - eines der dämlichen Rituale gemeiner Größerer -, und ihn dann hingeschubst.

Ohne sich die Zeit zu nehmen, nach seiner aufgeplatzten Lippe zu sehen, war Renie aus dem Haus gestürmt. Die kleine Bande zehnjähriger Schläger war auseinandergelaufen, als sie sie kommen sahen, aber einer von ihnen war einen Schritt zu langsam gewesen. Vor Wut brüllend hatte Renie den Jungen geschüttelt, bis er heftiger geweint hatte als Stephen. Als sie ihn losließ, sackte er mit furchtbarer Angst im Blick zu Boden, und da durchzuckte sie ein tiefes Schamgefühl. Daß sie, eine erwachsene Frau und Studentin, einem Kind einen derartigen Schrecken einjagen konnte ... Sie war entsetzt gewesen und hatte sich ihr Verhalten niemals ganz verziehen. (Stephen, der von der Haustür aus zugesehen hatte, war nicht von solchen Skrupeln geplagt. Er freute sich diebisch über die Bestrafung seines Peinigers und führte unter Lachen einen kleinen Tanz auf, als sie zum Haus zurückkehrte.)

Wie konnte jemand es fertigbringen, systematisch Kinder krank zu machen? Was konnte in den Augen dieser Gralsleute eine solche Ungeheuerlichkeit rechtfertigen? Es überstieg ihre Fassungskraft. Aber andererseits tat das in letzter Zeit vieles.

Ihre besinnliche Stimmung ging in Erbitterung über, und Renie setzte sich knurrend auf. !Xabbu gab einen leisen Ton von sich und rollte sich auf die andere Seite.

Was blieb ihr übrig, als weiterzukämpfen? Sie hatte Fehler gemacht, hatte Dinge getan, an die sie nicht gern zurückdachte, aber Stephen hatte sonst niemanden. Ein Leben, ein ganz, ganz wichtiges Leben, lag in ihren Händen. Wenn sie aufgab, würde sie ihn nie wieder in seiner lieben, flatterig-schlenkerigen Art herumrennen sehen, ihn nie wieder über die peinlich dummen Witze in den Netzshows glucksen hören oder irgendeine der Sachen machen sehen, die einfach unverwechselbar Stephen waren.

Vielleicht hatte der kleine zehnjährige Rabauke eine derart wütende Reaktion gar nicht verdient gehabt, aber immerhin hatte er Stephen nie wieder etwas getan. Irgend jemand mußte immer für die Schwachen und die Unschuldigen eintreten. Wenn sie nicht alles tat, was in ihrer Macht lag, würde sie den Rest ihres Lebens die Schattenlast des Versagens mit sich herumtragen müssen. Und dann würde Stephen, selbst wenn er starb, für sie immer in einem Zwischenzustand fortexistieren, als ein höchst reales Gespenst – das Gespenst einer vertanen Gelegenheit.

Kapitel 4

Sim-Salabim

NETFEED/NACHRICHTEN:
Mini-Elefanten nicht bloß eine flüchtige Mode
(Bild: Cannon mit ihrem kleinen Elefanten "Jimson")
Off-Stimme: Auf der Good Things Farm laufen die
Geschäfte zur Zeit dem Namen entsprechend gut. Die
Besitzerin Gloriana Cannon, hier mit ihrem jungen
Bullen Jimson, züchtet und verkauft jedes Jahr fast
hundert Mini-Elefanten, mitunter auch liebevoll als
"Eleputaner" bezeichnet. Der Erfolg der Farm, die
vor zehn Jahren als einer von vielen modischen
Zuchtbetrieben für Minitiere anfing, hat die kühnsten Erwartungen der Experten übertroffen.
Cannon: "Zum Teil liegt es daran, daß diese kleinen
Kerle so schlau sind. Sie sind nicht bloß was Neues,
sie sind echte Gefährten. Aber sie sind außerdem
viel robuster als einige der anderen gentechnisch
erzeugten Minis — ihre DNS kommt einfach besser damit klar oder so. Laß das, Jimson. Wenn man mal zurückdenkt, wie unberechenbar die kleinen Grizzlys
damals waren, die ganzen Unfälle, die passierten.
Und diese kleinen Dschungelkatzen, die sich als so
angriffslustig herausstellten ... wie war nochmal dieser doofe Marketingname? 'Tigrettes' oder 'Tigritos' oder sowas in der Art ...?"

> Dulcinea Anwin legte ihre Hand auf den Leser und bemerkte, daß ihre Fingernägel eingerissen waren. Stirnrunzelnd wartete sie darauf, daß die Tür beschloß, ihr zu trauen. Zuviel Arbeit. Sie mußte gräßlich aussehen, aber im Moment war das Leben noch wilder und geiler als sonst.

Als ich das letzte Mal durch diese Tür ging, hatte ich noch niemanden umgebracht. Dieser Gedanke, oder andere dieser Art, schossen ihr seit Tagen immer wieder durch den Kopf. Sie war sich ziemlich sicher, daß sie es gut wegsteckte, aber sie hatte wenig Vergleichsmöglichkeiten. Immerhin verzehrte sie sich nicht vor Schuldgefühlen. Es wäre anders gewesen, vermutete sie, wenn das Opfer jemand gewesen wäre, den sie wirklich gekannt hatte, und nicht bloß ein kleiner kolumbianischer Gearspezialist, den Dread angeheuert hatte.

Außerdem hatte sie das schon seit Jahren kommen sehen. Man konnte in ihrer Branche nicht erfolgreich sein, ohne persönlich mit Gewalt in Berührung zu kommen, oder wenigstens konnte man sie nicht ewig vermeiden. Dennoch hatte sie angenommen, sie würde ihre erste Erfahrung mit Mord als Zuschauerin bei der Tat eines anderen machen, nicht selbst als Täterin. Sie schob den Gedanken wieder weg, doch die Erinnerung an Antonio Celestinos blicklose Augen, vor wie nach dem tödlichen Schuß, würde wahrscheinlich nicht so bald vergehen ...

Die Wohnungstür sah anscheinend zwischen der neuen Dulcy, die Celestino erschossen hatte, und der alten von vorher keinen Unterschied und öffnete sich mit einem Zischen. Als sie den Strahl durchquert hatte, wartete die Tür genau anderthalb Sekunden, bevor sie zuging. Jones erschien in der Schlafzimmertür, rekelte sich wollüstig und tappte dann ohne erkennbare Hast auf sie zu, als ob ihr Frauchen nicht fast zwei Wochen weg gewesen wäre.

Dulcy setzte ihre Tasche ab und bückte sich, um die Katze zu streicheln, die ihr Schienbein anstupste und sich dann umdrehte und davonschlenderte. Jones' flauschiges Hinterteil, persianerbreit, aber mit der siamesischen Färbung ihrer anderen Stammbaumhälfte, wies keinerlei Anzeichen unmodischer Verschmälerung auf. Wenigstens schien Charlie von unten sie ordentlich gefüttert zu haben.

Auf dem Wandbildschirm pulste ein schwaches rosiges Licht, aber Dulcy beachtete es nicht. Sie hatte keine Mitteilungen mehr abgerufen, seit sie in Cartagena ins Flugzeug gestiegen war, und sie hatte es damit weiterhin nicht eilig. Sie fühlte sich, als hätte sie sich schon seit Tagen nicht mehr richtig gewaschen, und ohnehin würde die Hektik schon früh genug wieder losgehen.

»*Dringliche Mitteilung*«, sagte eine sanfte Männerstimme, ausgelöst vom Öffnen und Schließen der Tür. »*Es liegt eine dringliche Mitteilung vor.*«

»Scheiße.« Dulcy warf sich die Haare aus den Augen und rieb sich die Stirn. Das konnte doch nicht schon wieder Dread sein, oder? Sie war sauer. »Spiel die Mitteilung ab.«

Das häßlich-attraktive Gesicht ihres derzeitigen Auftraggebers erschien einen Meter groß auf dem Wandbildschirm; seine langen Haare waren glatt und feucht. Er sah aus wie jemand, der Kat gekaut hatte, vor Erregung knisternd wie eine herunterbaumelnde Stromleitung. »*Dulcy, ruf mich sofort an, sobald du nach Hause kommst. Es ist sehr, sehr dringend.*«

»Lieber Himmel. Keinen Moment Frieden.« Sie wies den Bildschirm an, zurückzurufen, ließ sich auf die Couch fallen und schleuderte die Schuhe von sich.

Sein Bild erschien fast augenblicklich. »Wir haben ein Problem.«

»Laufen die Unterprogramme nicht richtig?« Bevor sie aus Kolumbien abgereist und Dread dort alleingeblieben war, um die Stellung zu halten, hatte sie ein paar Reaktionsschleifen zusammengebastelt, Verhaltensgear, das dem von ihnen okkupierten Sim den Anschein gab, von seinem rechtmäßigen Träger belebt zu sein, und es ihnen dadurch erlaubte, ihn kurzzeitig ohne Führung zu lassen. Einer genaueren Überprüfung hätte es zwar nicht standgehalten, aber in Schlafperioden und im Fall einer vorübergehenden Ablenkung auf ihrer Seite erfüllte es halbwegs seinen Zweck.

»Alles läuft prima. Aber die Gruppe ist getrennt worden. Die Afrikanerin und ihr Affenfreund sind verschollen, vielleicht ertrunken. Es gab eine Art Fischaufruhr im Fluß. Das Boot ist umgekippt, und der Rest der Gruppe ist am Ufer gestrandet.«

Dulcy holte tief Atem, um ihren Geduldsfaden zu stärken. Männer. Egal wie intelligent oder mächtig sie waren, manchmal mußten sie sich anscheinend wie Jungen benehmen, gingen völlig in ihren Spielen auf und vergaßen darüber, daß es tatsächlich bloß Spiele *waren*. Frauen dagegen wußten immer, was wichtig war - Baden und Haarewaschen zum Beispiel. »Aber unser Sim ist noch bei der restlichen Gruppe?«

»Ja. Außer den beiden sind alle noch zusammen. Aber sie befinden sich zweifellos in einer gefährlichen Situation, so daß wir sie alle jederzeit verlieren können. Ich muß unbedingt ein paar der Sachen recherchieren, über die sie bereits geredet haben. Solange ich den Sim führe, geht das nicht.«

»Könnte das möglicherweise eine Stunde warten? Ich bezweifle nicht, daß du müde bist, aber ich bin eben erst durch diese Tür gekommen, und ich muß was essen, bevor ich umkippe.« Männer hatten zwar keinen Sinn für Reinlichkeit, aber für Essen gewöhnlich schon.

Er blickte sie lange an. Der Ausdruck auf seinem Gesicht ließ einen Ausbruch oder wenigstens harsche Kritik erwarten, doch statt dessen grinste er plötzlich, daß die Zähne in seinem dunklen Gesicht blitzten. »Natürlich«, sagte er. »Entschuldige bitte.«

Dulcy wurde aus dem Mann nicht recht schlau - seine merkwürdigen Reaktionen wie gerade eben, das gelegentliche Aufleuchten von Brillanz, die Albernheit seines Spitznamens ergaben insgesamt kein stimmiges Bild. Es wurmte sie, ihn nicht einordnen zu können. »Ich muß wirklich erstmal ...«, begann sie.

»Ruf mich zurück, wenn du soweit bist.« Er brach den Kontakt ab.

Dulcy blickte auf Jones nieder, die zurückgekommen war und geduldig neben ihren bestrumpften Füßen saß. »Schnell, schnell, schnell«, erklärte Dulcy ihr. »Immer muß alles schnell gehen.« Jones klappte ihre runden Augen zu; sie schien ebenfalls der Meinung zu sein, daß sich das wirklich nicht gehörte.

Ihre lockigen roten Haare waren in einen Handtuchturban gewickelt, und ihr weichster Bademantel umschmeichelte ihre feuchte, jetzt aber wunderbar saubere Haut. Sie hatte sich mit hochgelegten Füßen und einer Tube Mangojoghurt in der Hand auf der Couch langgemacht, und Jones lag bequem - jedenfalls für Jones war es bequem - auf ihren Schenkeln. *Ich bin vielleicht eine*, dachte sie. *Ich habe jemand erschossen. Es gibt viele Männer, die das gar nicht fertigbrächten. Aber ich bin die Ruhe selbst.* Sie vergewisserte sich, daß ihre Pose diese eindrucksvolle Festigkeit zum Ausdruck brachte. »Jetzt«, sagte sie zu dem Wandbildschirm, »kannst du die letzte Nummer nochmal wählen.«

Dread erschien in dreifacher Lebensgröße. Er wirkte nicht mehr ganz so überdreht. »Sie schlafen alle, daher ist es nicht so dringend. Der Rep macht sich großartig - ein kleiner Schnarcher hier, ein leichtes Zucken da. Du leistest gute Arbeit.«

»Vielen Dank.«

»Hast du was gegessen?« Seine dunklen Augen glitten in einer Weise, die sie sowohl aufreizend als auch irgendwie abschätzig fand, von Kopf bis Fuß über ihre im Bademantel hindrapierte Gestalt. »Ich würde dich bei der Gelegenheit gern auf den neuesten Stand bringen.«

»Ich bin versorgt.« Sie schwenkte die Joghurttube. »Schieß los.«

Dread fing an dem Punkt an, wo sie ihm am Morgen den Sim übergeben hatte, als die ganze Schar noch auf dem zum Blatt gewordenen Schiff den Fluß hinunterschwamm, und endete beim gegenwärtigen Stand der Dinge. Seine besondere Sorge galt dem kohärenten Verhalten ihrer Figur und den nahtlosen Übergängen. »Wir sollten uns wirklich nach einem Agentengear umsehen, das mittendrin subvokalisierte Memos aufzeichnen kann«, sagte er. »Wenn viel los ist, vergessen wir sonst bei einer Übergabe womöglich ein wichtiges Detail und riskieren eine Enttarnung.«

Dulcy fragte sich im stillen, wie lange er das Spiel wohl noch treiben wollte, doch dann erinnerte sie sich, daß sie sich mit der Sonderzulage, die er bereits auf ihr Konto überwiesen hatte, und dem Geld, das er ihr für ihre Simeinsätze versprochen hatte, wenigstens ein oder zwei Jahre auf die faule Haut legen konnte. Soviel Freiheit war schon ein Opfer wert.

Ein anderer Teil von ihr wunderte sich darüber, wie rasch Celestino nichts weiter als eine Zahl auf ihrem Bankkonto geworden war.

Laut sagte sie: »Wäre es denkbar, daß wir jemand Drittes als Helfer hinzuziehen? Selbst wenn diese Leute acht Stunden am Tag schlafen, ist das immer noch ein voller Arbeitstag für uns beide, sieben Tage die Woche, auf unbegrenzte Zeit. Ich könnte wahrscheinlich jemand auftreiben, der uns helfen würde.«

Dread verstummte, sein Gesicht wurde ausdruckslos. »Du hast jemanden, den du mit reinbringen willst?«

»Nein, nein.« Bis heute war er mit den Ergebnissen des Luftgottprojekts so rückhaltlos zufrieden gewesen, daß sie seine Stimmungsumschwünge fast vergessen hatte, aber jetzt war es mal wieder soweit. Immerhin, sagte sie sich, war er kein Langweiler wie die meisten Männer. »Nein, ich denke an niemand Bestimmtes. Ich will bloß nicht, daß wir beide vor Überarbeitung einen Koller kriegen. Außerdem hast du gesagt, du hättest auch sonst noch jede Menge Arbeit mit ... mit diesen Daten.« Sie hätte beinahe Atascos Namen genannt: sie war wirklich müde, erkannte sie. Sie bezweifelte, daß irgend jemand ihre Leitungen anzapfte – Dread selbst hatte ihr ein erstklassiges Abwehrgear geschickt, das sie noch zusätzlich zu ihren eigenen Sicherheitsvorkehrungen benutzte –, aber es wäre dumm, unnötige Risiken einzugehen, und die Ermordung der Atascos machte bestimmt seit Tagen weltweit Schlagzeilen.

»Ich denk drüber nach.« Sein steinerner Blick hielt noch einen Moment an. Dann kam wieder Leben in seine Züge, als ob jemand eine sprudelnde Flüssigkeit in ein leeres Glas gegossen hätte. »Und es gibt noch ein paar Sachen, die wir besprechen müssen ...«

»*Es ist jemand an der Tür*«, sagte die Hausstimme. »*Jemand an der Tür.*« Dulcy verdrehte die Augen. »*Sprechanlage.* Wer ist da?«

»*Ich bin's - Charlie*«, kam die Antwort. »*Du bist also tatsächlich wieder da!*«

»Wer ist das?« Dreads Mienenspiel war wieder auf Null abgestürzt.

»Nur meine Nachbarin von unten.« Sie stand auf, wobei sie eine stille, aber verärgerte Jones vom Schoß wischte. »Sie füttert meine Katze. Ich kann dich zurückrufen, wenn du willst.«

»Ich warte.« Dread kappte die Bildverbindung, und der Wandbildschirm ging aus, aber Dulcy hatte keine Zweifel, daß er mithörte.

Charlies weißblonde Haare waren kunstvoll verdrahtet; die Litzen umkreisten ihren Kopf wie die Elektronenpfade eines Atommodells, so daß der Dulcy zugedachte Kuß eine Handbreit vor deren Wange in der Luft verpuffte. »Mein Gott, Dulcy, wieso bist du nicht braun? Was hast du von einer Reise nach Südamerika, wenn du nicht mal braun wirst?«

»Zuviel zu tun.« Für Charlie, überlegte Dulcy, hätte eine Atomexplosion sicher auch eine gute Seite - die Strahlung hätte einen tollen Bräunungseffekt. »Irgendwelche Probleme mit Jonesie? Sie sieht prima aus.«

»Nein, alles lief total thik-he. Einmal kam deine Mutter vorbei, als ich hier war. Sie ist ein Scherzkeks.«

»O ja, das ist sie, ein Scherzkeks. Immer fröhlich, haha.« Dulcys Gefühle für Ruby O'Meara Mulhearn Epstein Anwin konnten beim besten Willen nicht zärtlich genannt werden, aber andere Leute schienen ihre Mutter immer für eine ganz wunderbare Person zu halten. Dulcy fragte sich, was ihr entging. »Sonst noch was?«

»O Gott, du bist bestimmt erschöpft. Ich bin wirklich bloß hochgekommen, weil ich was gehört hatte und sehen wollte, ob du das bist.« Charlie drehte sich unvermittelt im Kreis, wobei sie ihr silbernes tesselliertes Kleid aufraffte und ihre langen, schlanken Beine zeigte. »Gefällt es dir? Ich hab's grad neu gekauft.«

»Ganz toll. Tja, nochmals vielen Dank, daß du dich um Jones gekümmert hast.«

»Schon gebongt. Meinst du, du könntest Zig und Zag nächste Woche füttern? Ich hab ... ich muß kurz mal verreisen. Du mußt ihnen bloß Salat geben und nach ihrem Wasser gucken.«

Charlie wollte ihr immer weismachen, sie wäre Buchhalterin in einer Kosmetikfirma - eine Lüge, die wohl auf einem Ferienjob als Teenager basierte, vermutete Dulcy. Charlie dachte, Dulcy wüßte nicht, daß sie ein Callgirl war – und ein ziemlich teures obendrein: Ihre quietschige Stimme und ihre Schulmädchenfigur waren für einen bestimmten gut betuchten Kundentyp zweifellos sehr attraktiv. Charlie meinte, es wäre vollkommen geheim, welchem Gewerbe sie nachging, aber Dulcy ließ es sich angelegen sein, alles über ihre Nachbarn herauszufinden, was sie konnte, und auf das Herausfinden von Dingen verstand sich Dulcy.

Charlie hält sich für so verrucht. Sie hat keine Ahnung, daß die gute Bekannte über ihr eine käufliche internationale Terroristin ist. Sie hat die Katze einer professionellen Mörderin gefüttert.

Selbst wenn sie ihn nur sich selbst erzählte, wurde der Witz langsam schal. Hatte sie nicht eben erst beschlossen, eine Zeitlang nicht mehr an Celestino zu denken, damit der Vorfall irgendwann von selbst seinen richtigen Platz im Weltbild der Dulcy Anwin finden konnte?

Als Charlie laufstegreif zum Fahrstuhl zurückgewackelt war wie ein zu groß geratenes und zu fein gekleidetes Pfadfindermädel, wandte sich Dulcy wieder dem Wandbildschirm zu.

»Sie ist weg.«

Dreads Gesicht erschien sofort, wie sie es erwartet hatte. Natürlich hatte er zugehört. Wahrscheinlich hatte er auch zugeschaut und perverse Sachen über die Blondine im Minirock gedacht. Aber wie dem auch sein mochte, er äußerte sich nicht dazu und verriet es auch sonst durch nichts.

»Gut. Also, als erstes müssen wir beschließen, wie sehr wir es uns leisten können, diese kleine Schar von innen heraus zu führen.« Dread runzelte mit abwesendem Blick die Stirn. »Wenn ich der Meinung wäre, sie wüßten, was sie tun, würde ich liebend gern in aller Ruhe zuschauen und sie machen lassen. Aber sie haben die einmalige Chance, Sachen herauszufinden, und statt dessen scheinen sie bloß ... herumzudriften.«

»Die einmalige Chance, Sachen für *dich* herauszufinden«, ergänzte Dulcy.

Er grinste. »Na klar.« Sein Lächeln verflog. »Du weißt, für wen ich arbeite, nicht wahr?«

Dulcy war sich nicht sicher, was sie sagen sollte. »Du hast mir nie erzählt ...«

»Bitte. Gefährde nicht die gute Meinung, die ich von dir habe. Was du machst, machst du gut, du verdienst ausgezeichnet, du fährst deinen fetzigen kleinen roten Sportwagen viel zu schnell, aber du hast noch nie einen Strafzettel gekriegt - du bist auf Draht, Dulcy. Du müßtest eigentlich ganz gut Bescheid wissen, wer mein Boß ist.«

»Na ja, schon, ich glaube, ich weiß es.« Klar, nachdem sie das Otherlandnetzwerk von innen gesehen hatte, hatte sie gewußt, daß die Gerüchte, Dread arbeite für den fast schon mythischen Felix Jongleur, stimmen mußten. Nur Jongleur und noch ganz wenige andere konnten sich eine derartige technische Perfektion leisten.

»Dann kannst du dir denken, wie heikel das ist, was wir machen. Wir enthalten einem der skrupellosesten, gerissensten, mächtigsten Männer der Welt wesentliche Informationen vor. Wir treiben unser Spiel quasi vor der Haustür des Alten Mannes. Wenn er davon Wind kriegt, bin ich ein toter Mann. Sofort.« Er fixierte sie mit einem Blick, der noch durchdringender war als der vorher. »Versteh das nicht falsch. Wenn du mich verpfeifst, wird dich das nicht retten, auch wenn ich dich nicht mehr persönlich erwische, bevor der Alte Mann mich ext. Eine, die soviel über sein Netzwerk rausgekriegt hat wie du, wird er nicht am Leben lassen. Es wird nicht mal eine Meldung geben. In vierundzwanzig Stunden wird nichts mehr darauf hindeuten, daß es dich je gegeben hat.«

Dulcy machte den Mund auf und wieder zu. Sie hatte genau diese Möglichkeiten bedacht, alle, aber sie jetzt so nüchtern und bestimmt aus Dreads Mund zu hören, verlieh ihnen einen ganz anderen Nachdruck als vorher ihre privaten Überlegungen. Sie begriff auf einmal, daß sie sich in einer sehr exponierten und prekären Lage befand.

»Willst du aussteigen?«

Sie schüttelte nur den Kopf, denn ihrer Stimme traute sie im Moment nicht.

»Hast du sonst irgendwelche Fragen, bevor wir weitermachen?«

Dulcy zögerte, schluckte. »Nur eine. Wo kommt dein Name her?«

Er zog eine Augenbraue hoch, dann lachte er schallend. »Du meinst ›Dread‹? Bist du sicher, daß das alles ist, was du mich fragen willst?«

Sie nickte. Wenn er so lachte, zog er seine Mundwinkel zurück wie ein Tier - ein Tier, das grinste, bevor es zubiß.

»Den Namen hab ich mir selbst gegeben, als ich noch ein Kind war. Ein Junge, den ich kennenlernte, als ich ... ach, das tut nichts zur Sache. Jedenfalls brachte der mich auf diese alte Musik vom Anfang des Jahrhunderts, jamaikanisches Zeug, das sich ›Ragga‹ nannte. ›Dread‹ ist ein Wort, das darin ständig vorkommt.«

»Mehr ist da nicht dran? Der Name kam mir irgendwie ... ich weiß nicht, albern vor. Gar nicht wie du.«

Einen Moment fragte sie sich, ob sie zu weit gegangen war, aber sein dunkles Gesicht legte sich wieder in amüsierte Falten. »Er hat noch eine andere Bedeutung – eine Spitze gegen den Alten Mann mit seinem ganzen König-Artus-Quatsch, seinem Gral und alledem. Schon mal was von Mordred gehört? Der volle Name lautet nicht bloß ›Dread‹, sondern ›More Dread‹. Kapiert?«

Dulcy zuckte mit den Achseln. Dieser ganze Mittelalterkram hatte sie schon in der Schule immer tödlich gelangweilt, wie Geschichte überhaupt. »Nicht ganz.«

»Na, zerbrich dir nicht dein Köpfchen darüber. Wir haben ernstere Sachen zu tun, Süße.« Wieder die zurückgezogenen Lippen. »Wir werden dem Alten Mann die Hölle heiß machen – megaheiß.«

Jetzt, wo sie sich wieder etwas besser im Griff hatte, konnte Dulcy sich ein leises Aufflackern von Verachtung nicht verkneifen. Er hielt sich für so böse, so unheimlich, so gefährlich. Alle Männer in dieser Branche waren entweder totale Psychopathen, eiskalte Techniker, oder sie waren Möchtegern-Actionstars, die mit markigen Sprüchen und drohenden Blicken um sich warfen. Sie war sich ziemlich sicher, daß Dread sich als einer von der zweiten Sorte herausstellen würde.

»Gebongt, Pancho«, sagte sie – Charlies Lieblingsfloskel. »Packen wir's an.«

Leere Augen, selbstverliebt ... ja, sie kannte diesen Typ. Sie hätte darauf gewettet, daß er eine Menge Frauen verbrauchte, aber daß keine der Beziehungen sehr lange hielt.

> Christabel war am Tag vorher in der Schule ausgerutscht und hatte sich das Knie aufgeschrammt, als sie Portia einen besonderen Aufschlag im Prellball zeigen wollte. Ihre Mutter hatte gesagt, sie solle nicht so neugierig sein und ständig das Spray abpulen, deshalb wartete sie, bis sie ganz am Ende der Straße um die Ecke gebogen war, bevor sie vom Fahrrad stieg.

Das Spray war komisch, ein runder weißer Fleck auf ihrem Knie, der wie Spinnweben aussah. Sie setzte sich ins Gras und kratzte mit den Fingernägeln am Rand des weißen Zeugs, bis es anfing abzugehen. Darunter war die wunde rote Stelle dabei, eine ulkige gelbliche Farbe anzunehmen und ganz klitschig zu werden. Sie fragte sich, ob das auch passierte, wenn Teile vom Mischmaschschwein abfielen wie in Onkel Jingles Dschungel vorige Woche, wo sämtliche Nasen des Mischmaschschweins gleichzeitig abgegangen waren, als es niesen mußte. Wenn das passierte, fand sie, dann wäre das ganz, ganz eklig.

Es waren keine Leute auf dem Sportplatz, als sie vorbeifuhr, aber auf der anderen Seite konnte sie ein paar sehen, die in ihren Armeeuniformen auf der Aschenbahn auf und ab marschierten, auf und ab. Heute spielte keine Musik, deshalb war das Geräusch, das ihre Pedale machten - *quiek-äh, quiek-äh* -, ganz laut, fast selbst schon eine Art Musik.

Sie strampelte eine Straße nach der anderen hinunter und achtete dabei kaum auf die Schilder, weil sie den Weg zu dem Teil des Stützpunktes mit dem struppigen Gras und den Betonhäuschen inzwischen kannte. Als sie dort ankam, stellte sie ihr Rad neben einen Baum, drückte mit dem Fuß, bis der Ständer herunterklappte, und nahm dann die Papiertüte aus dem Fahrradkorb, den ihr Papi repariert hatte, damit er nicht mehr so schlackerte.

»He, Tussi! Qué haces?«

Christabel machte einen Satz und gab einen Quiekton von sich, der lauter war als die Fahrradpedale. Als sie sich umdrehte, sprang jemand von dem Baum herunter, und einen Moment lang dachte sie, es wäre ein Affe in Kleidern, ein unheimlicher Killeraffe wie in der Sendung, die sie nicht gucken sollte, hatte ihre Mutter gesagt, aber von der sie bestimmt keine Albträume kriegen würde, hatte Christabel versprochen. Sie wollte schreien, aber es war wie in einem bösen Traum, und sie konnte nichts machen als gucken.

Es war kein Affe, es war ein Junge mit einem schmutzigen Gesicht und einer Zahnlücke. Es war derselbe Junge, der ihr geholfen hatte, den Zaun durchzuschneiden, als sie Herrn Sellars geholfen hatte, bloß daß er noch schmutziger war und kleiner aussah als vorher. Aber er war innendrin! Hier innendrin hinterm Zaun, wo sie war! Sie wußte, daß das nicht richtig war.

»Redse nicht viel, du.« Der Junge lächelte, doch es sah aus, als täte es ihm weh. Christabel machte ein paar Schritte rückwärts. »He, mu'chita, ich tu dir nix. Was 'ase da in der Tüte?«

»N-nichts für dich.« Christabel drückte sie fest an ihr Hemd. »F-f-für jemand anders.«

»Verdad, Tussi?« Der Junge kam einen Schritt näher, aber langsam, als wüßte er selbst kaum, daß er es tat. »Was zu essen, eh? Bringse jemand was, du? Seh ich doch. Ich immer gucken.«

»Gucken?« Sie begriff immer noch nicht, was dieser schmutzige Junge hier machte. Es gab Innendrinnen-Leute, und es gab Außendraußen-Leute, und er war keiner von innendrinnen.

»Ja, claro, ich gucke. Seit ich Zaun schneide für dich, immer gucken. Zaun geht aus, ich drüber. Denke, mir gute Sachen 'olen. Aber Zaun geht wieder an. Beide Zaun. Als ich probiert und Stock dran geworfen, sind lauter Leute kommen rennen, Soldaten. Ich schnell auf einen Baum, aber fast sie mich sehen.«

»Du kannst nicht mehr raus.« Im Aussprechen wurde es ihr klar. »Du kannst nicht über den Zaun zurück, weil ...« Sie hielt erschrocken inne. Beinahe hätte sie Herrn Sellars' Namen ausgesprochen. »Weil er an ist. Weil er lecktrisch ist.«

»Genau, mu'chita, so ist. Was zu essen 'ab ich auch gefunden, die schmeißen viel Zeug weg 'ier, Mann, die locos - scännig mejor, eh? Aber nicht immer schmeißen Essen weg. Und ich 'ab 'unger.« Er kam einen weiteren Schritt näher, und auf einmal hatte Christabel Angst, er könnte sie umbringen und fressen wie in den Monstergeschichten, die Ophelia erzählte, wenn sie zusammen übernachteten, sie packen und sie dann mit seinem schmutzigen Mund und der Lücke, wo der Schneidezahn fehlte, beißen. Sie drehte sich um und lief weg.

»He, Tussi, komm zurück!«

Sie blickte im Laufen auf den unter ihr dahinfliehenden Boden, auf ihre auf und ab gehenden Beine. Es fühlte sich an, als ob etwas in ihrer Brust hüpfte, von innen dagegen hämmerte, hinauszukommen versuchte. Sie hörte die Stimme des Jungen näher kommen, dann bekam sie einen Stoß in den Rücken und war auf einmal zu schnell für ihre Beine. Sie stolperte und fiel ins Gras. Der Junge stand über ihr. Ihr Bein tat von dem Sturz in der Schule weh und jetzt das andere Bein auch. Als sie wieder Atem schöpfen konnte, fing Christabel an zu weinen, und vor lauter Angst bekam sie auch noch einen Schluckauf.

»Verrücktes kleines Aas.« Es hörte sich an, als wäre er fast so unglücklich wie sie. »Wieso mach das, du?«

»Wenn du mir w-w-weh tust, sag ... sag ich's meinem Papi!«

Er lachte, aber er blickte böse. »Ah ja? Chizz, Tussi, sag doch. Und dann sag ich von dein Versteck 'ier draußen.«

Christabel hickste weiter, aber sie hörte auf zu weinen, weil sie jetzt zu sehr davon abgelenkt war, noch mehr Angst zu haben. »V-Versteck?«

»Ich sag ja, ich immer gucken. Was ist? Was versteckse 'ier draußen? Ein 'und oder was?« Er hielt die Hand hin. »Fen, mir egal, ob ist 'undefutter. Rück die Tüte raus.« Als sie sich nicht rührte, bückte er sich und nahm sie ihr aus den verkrallten Fingern. Er zog gar nicht fest, und Christabel war mehr denn je zumute wie in einem bösen Traum. Sie ließ los.

»Qué ...?« Er starrte die Verpackung an. »Seife! Was mach, willse mich verarschen, du?« Mit seinen flinken, schmutzigen Fingern wickelte er eines der Seifenstücke aus, hielt es an die Nase und schnupperte. »Fen! Seife! Mu'chita loca!« Er warf es hin. Das Seifenstück sprang davon. Christabel sah es im Gras, wo es hingekullert war, wie ein Osterei liegen. Sie wollte den Jungen nicht anschauen, der sehr wütend war.

»Gut«, sagte er nach einer kurzen Pause, »dann musse mir zu essen bringen, du Aas, 'ier'er, jeden Tag, m'entiendes? Sonst erfährt dein Papa, daß du komms. Keine Ahnung, wase mach mit Seife, aber bestimmt irgendwas waschen, was du nicht 'aben darfs. Kapiert, kleine vata loca? Ich weiß, wo du wohns, in dein Mamapapahaus. Ich 'ab dich durch Fenster gesehen. Ich komm in der Nacht durch Fenster, wenn du mir nix zu essen brings.«

Alles war besser, als wenn er sie so anschrie. Sie nickte mit dem Kopf.

»Chizz.« Er schlenkerte mit den Armen hin und her, daß er wieder wie ein Affe aussah. »Und besser nicht vergeß, sonst wird Cho-Cho un mal hombre. 'örs du? Kein Scheiß mit Cho-Cho, oder wachse auf tot.«

Er sagte eine ganze Weile noch mehr solche Sachen. Zuletzt begriff Christabel, daß er selber Cho-Cho war. Es war kein Name, den sie je gehört hatte. Sie fragte sich, ob er außendraußen etwas bedeuten mochte.

Er ließ sie die übrige Seife behalten, doch auch nachdem er auf den nächsten der dicken Bäume geklettert war und sich in ein geheimes Versteck verzogen hatte, traute sie sich nicht, die Tüte für Herrn Sellars stehenzulassen. Sie tat sie in ihren Fahrradkorb zurück und fuhr nach Hause. Auf halbem Weg fing sie wieder an zu weinen. Als sie schließlich in ihrer Straße ankam, konnte sie kaum mehr den Bürgersteig erkennen.

Und jetzt waren ihre beiden Knie aufgeschrammt.

> Dread beendete das Gespräch, lehnte sich zurück und streckte seine langen Beine aus. Er rief den Anderlandsim auf und ließ ihn kurz die Augen öffnen. Alle anderen schliefen noch, und als er sie so betrachtete, übertrug sich auf seine Augenlider eine ähnliche Schwere. Er schüttelte den Kopf, dann langte er in die Tasche, holte einen Aufputscher heraus - Adrenax, der echte Hammer vom südamerikanischen Schwarzmarkt - und schluckte die Tablette trocken. Er gab ein bißchen Trommelmusik auf seinem inneren System dazu, einen Gegenpuls, um die Erregung noch ein bißchen zu steigern. Als der von einer Kopfhälfte zur anderen rauschende Rhythmus in der Lautstärke wummerte, die ihm zu stimmen schien, wandte er sich wieder den geschäftlichen Dingen zu. Er ließ das Anderlandfenster offen, aber schloß die Augen des Sims bis auf einen schmalen Spalt, um keine unnötige Aufmerksamkeit zu erregen, falls einer der anderen aufwachen sollte. Dann lehnte er sich in seinem Sessel zum Denken zurück.

Seine Hand wanderte zu seiner T-Buchse; schwielige Fingerkuppen strichen über die glatte Umgebung des Shunts. Es gab so viele Rätsel und so wenig Zeit, sich mit ihnen zu beschäftigen. Vielleicht war Dulcys Idee doch gar nicht so schlecht. Er selbst konnte nicht neun oder zehn Stunden am Tag in Simulation verbringen, nicht einmal wenn er sonst nichts zu tun gehabt hätte, und der Alte Mann würde ihn mit Sicherheit nicht ewig unbehelligt lassen.

Und Dulcy selber? Seine gute Meinung von ihr, die durch die Promptheit, mit der sie diesen Idioten Celestino erledigt hatte, noch besser geworden war, hatte sich mehr als nur ein bißchen verschlechtert, als sie darauf beharrt hatte, nach New York zurückzufliegen. Und alles wegen einer Katze - einer Katze! Das größte Wunder der Technik, das man sich vorstellen konnte, dieses Otherlandnetzwerk, eine Simulation, die realer war als das RL selbst, und diese Frau brachte es nicht über sich, ihre Katze noch ein, zwei Wochen länger dieser bleichen blonden Schlampe unter ihr zu überlassen. Eine solche Dummheit rechtfertigte es fast, Frau Anwin von der Liste geschützter Arten zu streichen.

Noch ärgerlicher war, daß er gerade viele Tausende seiner persönlichen, eisern vor dem Alten Mann geheimgehaltenen Kredite in ein neues Büro in Cartagena für sie beide gesteckt hatte, und jetzt mußte er sich statt dessen darüber den Kopf zerbrechen, ob ihr Heimsystem eine derartige Bandbreite einigermaßen bewältigen konnte. Als sie erklärt hatte, sie müsse nach Hause fliegen, hatte er ernsthaft erwogen, sie einfach umzubringen und die ganze Überwachungsarbeit in Anderland selbst zu machen. Aber das wäre natürlich nicht praktikabel gewesen - jedenfalls nicht unter den gegenwärtigen Umständen.

Ein aufgeschobenes Vergnügen also.

Doch besonders wurmte es ihn, von einer Frau abhängig zu sein. In der Regel vertraute er niemandem mehr als ein kleines Bruchstück einer Operation an und behielt sämtliche Fäden selbst in der Hand. Wenn man Aufgaben delegierte, mußte man immer eine Signalverschlechterung in Kauf nehmen. Das sah man zum Beispiel daran, wie dieser Trottel von einem Gearmann beinahe die ganze Sache hätte hochgehen lassen.

Na ja, Celestino war jetzt Würmerfraß, eine Aufgabe, die selbst *er* nur schwer vermasseln konnte.

Dread zündete sich eine dünne Corriegas-Zigarre an - für seinen Geschmack eine der wenigen Entschädigungen dafür, in Südamerika festzusitzen - und dachte über seine Optionen nach. Er mußte bereit sein, wenn der Alte Mann einen neuen Auftrag für ihn hatte; das war auf jeden Fall der falsche Zeitpunkt, um Zögerlichkeit oder Renitenz an den Tag zu legen. Des weiteren mußte er den Anderlandsim am Laufen halten, entweder persönlich oder mit Hilfe zuverlässiger Mitarbeiter. Bis jetzt entsprach Dulcy Anwin dieser Kategorie, aber noch jemand anders dazuzuholen, würde bloß zusätzliche Organisationsarbeit für ihn bedeuten, zusätzliche Sicherheitsvorkehrungen, zusätzliche mögliche Punkte, an denen etwas fatal danebengehen konnte ...

Er wollte sich diese Entscheidung für später aufheben, beschloß er. Wenn Dulcy ihn in vier Stunden ablöste und wenn die Rückstände der Stimulanzien in seinem Organismus es zuließen, würde er versuchen, ein wenig zu schlafen, und dann vielleicht in einer besseren geistigen Verfassung sein, um etwas so Wichtiges zu beurteilen.

In der Zwischenzeit jedoch mußte er mit seinen eigenen Recherchen weiterkommen. Was die in der Anderlandsimulation gefangenen Leute entdeckt hatten, verriet ihm bis jetzt sehr wenig über die Pläne des Alten Mannes; doch was sie unabsichtlich über sich selbst enthüllt hatten, war unmittelbarer verwertbar. Wenn er beschloß, andere Simlenker hinzuzuziehen, konnte er zum Beispiel probieren, ein zweites Mitglied dieser fröhlichen kleinen Flußreisegruppe auszutauschen, falls sein gegenwärtiger Infiltrant durch den nächsten Angriff von Riesenfischen oder sonstwas aus dem System katapultiert wurde.

Doch noch mehr interessierte es ihn zu erfahren, wer diese Leute waren und wieso der mysteriöse Sellars sie zusammengebracht hatte, und von der ganzen Schar hatten die Afrikanerin und ihr Freund die oberste Priorität. Die anderen im Auge zu behalten, war kein Problem, aber bei Renie Soundso konnte es gut sein, daß sie offline befördert worden war, und in dem Fall war sie jetzt in der Tat ein außerordentlich loser Faden.

Dread senkte die Intensität der Rhythmusspur auf ein Niveau, das konzentriertem Nachdenken ein wenig förderlicher war, und ließ einen Rauchring zu der niedrigen weißen Decke emporschweben. Das Zimmer war fensterlos und gehörte zu einem nur halb belegten Bürokomplex im äußeren Ring von Cartagena, aber es verfügte über Datenleitungen mit hoher Bandbreite, und etwas anderes interessierte ihn nicht.

Diese Renie war Afrikanerin, das hätte er allein schon an ihrem Akzent erkannt. Aber irgend jemand hatte gesagt, ihr Gefährte sei ein Buschmann, und eine kurze Überprüfung ergab, daß die meisten verbliebenen Angehörigen dieses Volkes in Botswana und Südafrika lebten. Das mußte nicht bedeuten, daß die Frau nicht ganz woanders her sein konnte, daß sie sich nicht online kennengelernt hatten, aber er tippte darauf, daß sie beide aus derselben Gegend waren.

Botswana und Südafrika also. Er wußte sonst nicht viel über sie, aber er wußte, daß ihr Bruder im Koma lag, und wenn man dazu ihren Vornamen mit den möglichen Varianten eingab, mußte das die Möglichkeiten erheblich einengen.

Aber er würde es nicht selbst machen. Nicht die Laufarbeit. Da der Job wahrscheinlich im südlichen Afrika zu erledigen war, würde er Klekker und seine Kumpane damit betrauen, jedenfalls bis sie eine heiße Spur gefunden hatten. Danach wußte er nicht so recht: Klekkers Männer waren Leute fürs Grobe, was manchmal gewiß recht praktisch war, aber dies war eine sehr heikle Situation. Er würde sich entscheiden, wenn er mehr wußte.

Dread blies einen weiteren Rauchring in die Luft, dann verwedelte er ihn mit der Hand. Die Wirkung der Weckamine hatte eingesetzt, und zusätzlich zu dem Energieschub fühlte er das blinde, dumpfe Ziehen im Unterleib und hinter den Augen, das seit der Nacht, in der er sich die Stewardeß vorgenommen hatte, nicht mehr aufgetreten war. Es war, wie er wußte, ein Drang, der bald stärker werden würde, aber er sah nicht, woher er die Zeit nehmen sollte, jetzt auch noch auf die Jagd zu gehen. Er war dicht an der größten Sache aller Zeiten dran, und dieses eine Mal hatte er vor, dem Ratschlag des Alten Mannes zu folgen und das Gelingen der Arbeit nicht für seine privaten Lüste aufs Spiel zu setzen.

Dread grinste. Der alte Dreckskerl konnte stolz sein.

Da kam ihm ein Gedanke. Er legte sich eine Hand in den Schritt und drückte grübelnd. Es war keine gute Zeit zum Jagen - wenigstens nicht im RL. Aber diese Simulation war so realistisch ...

Was wäre es wohl für ein Gefühl, in Anderland zu jagen? Wie genau würden diese Sims das Leben nachahmen - vor allem wenn sie es verloren?

Er drückte abermals und drehte dann die Trommeln in seinem Kopf wieder auf, bis er sie in seinen Backenknochen dröhnen fühlte, der Soundtrack für einen spitzenmäßigen Dschungelfilm voller Gefahren, die im Finstern lauerten. Einmal entfacht, fing die Idee an zu brennen.

Was wäre es wohl für ein Gefühl?

Kapitel

Millionen auf dem Marsch

NETFEED/NACHRICHTEN:
Konflikt zwischen den USA und China über Antarktika
(Bild: Feierliche Unterzeichung des Sechsmächte-
abkommens)
Off-Stimme: Wenige Monate nach der Unterzeichnung
der Züricher Vereinbarung streiten sich zwei der
Sechs Mächte schon wieder um Antarktika.
(Bild: die US-Botschaft in Ellsworth)
Chinesische und amerikanische Unternehmen, beide
Inhaber von UN-Konzessionen zur kommerziellen Aus-
beutung des Landes, liegen im Streit darüber, wer
die Schürfrechte für die vermuteten reichen Erzvor-
kommen in Wilkesland besitzt. Letzte Woche kam es
zu Spannungen, als zwei chinesische Forscher verschwanden, und von den chinesischen Medien wurde der
Vorwurf erhoben, sie seien von US-Arbeitern gekid-
nappt oder gar ermordet worden ...

> »Kann ich reinkommen?« fragte eine Stimme in Renies Ohr.

Zwei Sekunden später erschien Lenore Kwok im Konferenzraum. Sie trug einen feschen ledernen Fliegerhelm und einen dem Aussehen nach neuen Overall.

Wahrscheinlich ist er wirklich neu, dachte Renie bei sich. *Einfach zurückgeschaltet auf die Standardeinstellung.* Selbst für eine, die soviel Zeit in Simulationen verbracht hatte wie sie, war es schwer, sich in dieser unglaublich realistischen neuen Welt zurechtzufinden - ach was, ein neues *Universum* war das, für das in jeder Beziehung andere Regeln galten.

»Es tut mir wirklich leid«, sagte Lenore, »aber ich habe immer noch niemanden, der euch mit euerm Gear helfen könnte. Viele Leute sind heute gar nicht im Stock – ich glaube, es gibt irgendein Systemproblem. Es geht ziemlich drunter und drüber. Deshalb sind nur diejenigen da, deren Schicht bald zu Ende ist, und die meisten von uns stecken mitten in irgendwas drin.« Sie zog ein entsprechend trauriges Gesicht. »Aber ich dachte mir, ich führe euch trotzdem noch rasch herum. Wenn ihr wollt, könnt ihr dann mit mir und Cullen mitkommen und euch das Biwak der Eciton burchelli angucken. Es ist megaspektakulär und wird euch wahrscheinlich besser gefallen, als hier rumzusitzen.«

!Xabbu kraxelte auf Renies Schulter, um sich eine bessere Gesprächsposition zu verschaffen. »Was ist das, was ihr euch anschauen wollt?«

»Ameisen. Kommt mit – sowas habt ihr noch nicht gesehen. Bis zu unserer Rückkehr dürften sie die Systemprobleme ausgebügelt haben, dann wird euch auch jemand helfen können.«

Renie sah !Xabbu an, der mit seinen schmalen Affenschultern zuckte. »Okay. Aber wir müssen wirklich dringend hier raus, und nicht bloß euretwegen.«

»Versteh ich völlig.« Lenore nickte ernst. »Ihr habt wahrscheinlich zuhause reichlich zu tun. Es muß der volle Krampf sein, online festzuhängen.«

»Ja. Der volle Krampf.«

Lenore wackelte mit den Fingern, und der Konferenzraum verschwand; an seiner Stelle erschien augenblicklich ein riesiges Auditorium mit einer hohen Kuppel. Nur wenige Plätze waren besetzt, und winzige Lichtpunkte schimmerten über einem guten Dutzend anderer, aber ansonsten war der große Saal menschenleer. Auf der Bühne – oder vielmehr über der Bühne – schwebte das größte Insekt, das Renie je gesehen hatte, eine Feldheuschrecke von der Größe eines Düsenflugzeugs.

»... *Das Außenskelett*«, führte eine kultivierte körperlose Stimme gerade aus, »*hat viele Überlebensvorteile. Die Verdunstung von Flüssigkeiten läßt sich reduzieren, ein eindeutiger Pluspunkt für kleine Tiere, die aufgrund des Verhältnisses von Oberfläche zu Volumen zu Flüssigkeitsverlust neigen, und die Skelettplatten bieten auch reichlich Innenwandflächen für die Muskelbänder ...*«

Die Heuschrecke drehte sich langsam im Raum weiter, aber eine ihrer Seiten löste sich und hob sich von ihrem Körper ab, ein animiertes Schnittmodell.

»Normalerweise wäre das hier für die Erstsemester«, erklärte Lenore, »die Glücklichen, die überhaupt in den Stock hineindürfen. Aber heute ist fast niemand hier, wie schon gesagt.«

Während diverse Teile der Feldheuschrecke abgingen und manche verschwanden, damit man den von ihnen bedeckten Bereich besser sehen konnte, leuchteten andere Teile zur Veranschaulichung kurz von innen auf.

»*Das Außenskelett selbst wird weitgehend aus der Cuticula gebildet, die von der Epidermis direkt darunter abgeschieden wird, einer Schicht von Epithelzellen, die ihrerseits auf einer Körnerschicht liegt, der sogenannten ›Basalmembran‹.*« Verschiedene Lagen in dem freigelegten Panzer erstrahlten und verblaßten wieder. »*Die Cuticula selbst dämmt nicht nur äußerst wirksam den Flüssigkeitsverlust ein, sie dient auch zum Schutz des Tieres. Die Cuticula von Insekten hat eine höhere Zugfestigkeit als Aluminium, obwohl sie nur die Hälfte wiegt ...*«

!Xabbu blickte ernst zu der rotierenden Heuschrecke empor. »Wie Götter«, murmelte er. »Weißt du noch, wann ich das sagte, Renie? Mit diesen Maschinen können Menschen sich verhalten, als wären sie Götter.«

»Ziemlich chizz, was?« meinte Lenore. »Ich zeig euch noch ein bißchen was.«

Mit einem Fingerschnippen verließen sie das Auditorium. Lenores Tour durch den Stock führte sie zur Mensa - wo natürlich, wie sie schnell erklärte, niemand wirklich aß; sie war eine Art Treffpunkt. Hohe Fenster öffneten eine Wand des schönen Raumes nach außen und gaben die Sicht frei auf einen grasbewaldeten Hang und den Rand einer mächtigen Baumwurzel. Der Unterschied zwischen den menschengerecht dimensionierten Gegenständen im Saal und der Sicht aus Insektenperspektive machte Renie leicht schwindlig, wie ein Blick sehr steil nach unten.

Ihre Führerin versetzte sie kurz in eine ganze Reihe anderer Räume, größtenteils Labore, die kleinere Versionen des Auditoriums waren und in denen virtuelle Objekte und Daten sich in wenigstens drei Dimensionen und mit einer Regenbogenpalette von Farben bearbeiten ließen. Sie zeigte ihnen auch »Ruhepunkte« zum Entspannen und tiefen Nachdenken, die mit der gleichen Sorgfalt gestaltet waren, mit der andernorts vielleicht Haikus gedichtet wurden. Es gab sogar eine Art Museum mit kleinen Darstellungen diverser Anomalien, die man in dem lebenden Labor außerhalb des Stocks entdeckt hatte.

»Mit am verblüffendsten ist«, sagte Lenore und deutete dabei auf ein im Raum schwebendes vielbeiniges Wesen, das von unsichtbaren Lichtquellen beleuchtet wurde, »daß einige davon überhaupt nicht wie Tiere in der wirklichen Welt aussehen. Manchmal fragen wir uns, ob Kunohara uns zum besten halten will - Cullen ist davon überzeugt -, aber unsere Konzession lautet ausdrücklich auf die exakte Simulation eines zehntausend Quadratmeter großen Ausschnitts wirklichen Geländes mit echten Lebensformen, deshalb weiß ich nicht so recht, ob ich das glauben soll. Schließlich beschäftigt sich Kunohara selber ziemlich ernsthaft mit der Materie. Ich kann mir nicht vorstellen, daß er einfach imaginäre Insekten erfindet und sie in ein Environment setzt, das er mit soviel Sorgfalt pflegt.«

»Gibt es noch andere Sachen in dieser Simulationswelt, die merkwürdig sind?« fragte !Xabbu.

»Na ja, manchmal werden Objekte gemeldet, die in überhaupt keine RL-Simulation gehören, und so seltsame Effekte - Brummspannungen in den Basismedien, komische Lichter, örtliche Verzerrungen. Aber natürlich können Entomologen genauso wie andere Menschen müde werden und sich Sachen einbilden, zumal an so einem Ort, der sowieso schon ziemlich erschlagend ist.«

»Wieso hat dieser Kunohara das alles geschaffen?« erkundigte sich Renie.

»Das kann ich auch nur vermuten, genau wie du.« Lenore strich sich kurz mit der Hand durchs Haar, und diese überaus menschliche Geste erinnerte Renie paradoxerweise daran, daß sie eine Simulation betrachtete, daß die wirkliche Lenore diesem Wesen, das sie da vor sich hatte, möglicherweise nicht im geringsten ähnlich sah und auf jeden Fall körperlich ganz woanders war. »Ich hab mal irgendwo gelesen, daß Insekten ihn schon als kleinen Jungen total faszinierten - aber das gilt natürlich für die meisten von uns hier. Wobei er im Unterschied zu uns damit das große Geld verdient hat. Hat mit Anfang zwanzig ein paar bombige biomedizinische Patente angemeldet - dieses Cimbexin-Zeug, mit dem sie das Zellwachstum nach Belieben an- und abstellen wollen, war von ihm, außerdem diese sich selbst einpassenden Bodenplatten, Informica - und wurde damit Millionär. Milliardär irgendwann.«

»Und mit dem Geld hat er das hier gebaut?« !Xabbu sah zu, wie eine Köcherfliege, die zu viele Beine zu haben schien, in einer Endlosschleife immer wieder ihrer Puppe entstieg.

»Nein, das waren wir - falls du den Stock meinst -, das heißt, eigentlich war es ein Konsortium von Universitäten und Agrarkonzernen. Aber Kunohara hat die Welt drumherum gebaut, die Simulation, die wir erforschen. Und sie ist wirklich ziemlich irre. Kommt mit, ich zeig's euch.«

Der Sprung vom Stockmuseum in die Kabine des Libellenfliegers war übergangslos. Cullen saß bereits auf dem Pilotensitz. Er nickte zur Begrüßung und wandte sich wieder seinen Instrumenten zu.

»Entschuldigt das abrupte Gespringe«, sagte Lenore, »aber im Stock nutzen wir unsere Souveränität aus und vergeuden nicht viel Zeit damit, die Normalität zu imitieren. Sobald wir zum Hangartor hinaus sind, passiert alles in Echtzeit und wie im realen Leben, auch wenn es sich tatsächlich in der Welt der Riesenkrabbler abspielt. Kunohara will es so.«

»Er würde uns zu Fuß gehen lassen, wenn er könnte«, warf Cullen ein. »Hin und wieder geht einer von unsern Sims drauf - ein Wanderungsspezialist namens Traynor wurde neulich von einer Skorpionsspinne gefangen. Die hatte ihn schneller verdrückt, als ich es in Worten sagen kann. Ich wette, Kunohara fand das sehr unterhaltsam.«

»Was ist mit ihm geschehen?« fragte !Xabbu, und sein besorgter Ausdruck verriet deutlich, daß er sich vorzustellen versuchte, wie eine Skorpionsspinne bei diesen Größenverhältnissen aussehen mochte.

»Mit Traynor? Der hat bloß einen Mordsschreck gekriegt und ist dann aus dem System rausgeflogen.« Cullen verdrehte die Augen. »So geht das immer. Aber dann mußten wir einen neuen Sim für ihn beantragen und genehmigen lassen. Aus dem Grund war Angela nicht grade hocherfreut, euch zu sehen. Der berühmte Herr K. stellt sich damit, was er in seine Simwelt reinläßt und wieder raus, ziemlich kniffärschig an.«

»Vielen Dank für dieses wunderbar plastische Bild, Cullen«, sagte Lenore.

»Anschnallen«, versetzte dieser. »Das gilt besonders für euch zwei Rekruten. Die Startfreigabe ist erteilt, und wir sind abflugbereit. Ihr wollt euch bestimmt nicht mehr Taktorenknüffe einhandeln als nötig.«

Während Renie und !Xabbu ihre Gurte anlegten, glitt das Hangartor auf und gab den Blick auf eine Wand aus schattenhaften Pflanzenformen und einen hellgrauen Himmel frei.

»Wie spät ist es?« fragte Renie.

»Da wo ihr seid? Das wißt ihr besser als ich.« Lenore schüttelte den Kopf. »Diese Simwelt läuft nach der MGZ. Hier ist es kurz nach fünf Uhr morgens. Die beste Zeit zur Beobachtung der Eciton ist im Morgengrauen, wenn sie sich in Bewegung setzen.«

»Wir sind allerdings recht spät dran.« Cullen runzelte die Stirn. »Wenn du pünktlich gewesen wärst, Kwok, wären wir jetzt schon da.«

»Sei still und flieg los, mein großer Libellenpilot.«

!Xabbu starrte unbewegt aus dem Fenster, während die berghohen Bäume zu beiden Seiten auftauchten und vorbeihuschten. Selbst Renie war beeindruckt: Es war beängstigend, die Dinge aus dieser Perspektive zu sehen. Die ganzen ökologischen Katastrophen, die ihr die Nachrichtennetze schon ein Leben lang durchs Bewußtsein pumpten, hatten ihr das Gefühl gegeben, die Umwelt sei etwas extrem Empfindliches und Störungsanfälliges, eine immer dünner werdende Hülle aus Pflanzengrün und klarem Wasser. In der wirklichen Welt mochte das so sein, aber wenn man auf ihre jetzige Größe schrumpfte, sah man die Natur in ihrer früheren erschreckenden und herrschaftlichen Pracht. Endlich konnte sie sich vorstellen, daß die Erde in Wahrheit Gaia war, ein einziges großes Lebewesen, und sie selbst ein Teil eines komplizierten Systems und keineswegs die Krone der Schöpfung. Dieses Überlegenheitsgefühl war weitgehend eine Sache der Perspektive, wurde ihr klar, ergab sich schlicht daraus, daß man eines der größeren Tiere war. Bei ihrer gegenwärtigen Größe war jedes Blatt ein Wunder an Komplexität. Unter jedem Stein, auf jedem Erdklümpchen lebten ganze Dörfer von wimmelnden winzigen Wesen, und auf diesen lebten noch winzigere Wesen. Zum erstenmal gewann die Kette des Lebens bis hinunter zu den Molekülen und noch kleineren Einheiten für sie eine Anschaulichkeit.

Und hat jemand diese mikroskopischen Ebenen hier auch nachgebaut? fragte sie sich. *Werden wir wirklich Götter, wie !Xabbu sagte, so daß wir so groß wie ein ganzes Universum werden oder im Innern eines Atoms spazierengehen können?*

Es war schwer, sich nicht von Atasco und Kunohara und den anderen beeindrucken zu lassen, zumindest von denen, die sich ihre Wunderländer nicht wissentlich mit dem Leid anderer Menschen erkauften. Was sie bis jetzt gesehen hatte, war wahrhaft atemberaubend.

»Verdammt!« Cullen schlug heftig auf das Handrad. »Wir kommen zu spät.«

Renie beugte sich vor, damit sie an ihm vorbeischauen konnte, aber alles, was sie durch die Windschutzscheibe sah, waren weitere riesige Bäume. »Was ist denn?«

»Der Zug ist bereits unterwegs«, sagte Lenore. »Siehst du die da?« Sie deutete auf mehrere dunkle Gestalten, die über ihnen durch das Astwerk huschten. »Das sind Ameisenvögel und Spechtdrosseln. Sie folgen dem wandernden Eciton-Schwarm und fressen die davon aufgestöberten Tiere.«

»Ich muß den Autopiloten einschalten«, sagte Cullen unwirsch. »Es wird ein ziemliches Geruckel geben, aber das ist nicht meine Schuld - *ich* war pünktlich.«

»Menschliche Piloten sind nicht schnell genug, um den vielen zuschnappenden Vögeln auszuweichen«, erklärte Lenore. »Nehmt Cullens reizende Manieren nicht allzu persönlich. Vor dem Frühstück ist er immer so, nicht wahr, Cullylein?«

»Block dich.«

»Aber schade ist es wirklich«, fuhr sie fort. »Eine der interessantesten Sachen an den Eciton ist die Art, wie sie ihr Lager anlegen, ihr ›Biwak‹, wie man sagt. Sie haben Klauenglieder, diese Haken unten an den Füßen, und wenn der Zug anhält, klammern sie sich aneinander und bilden lange, senkrecht hängende Ketten. Andere Ameisen haken sich dran, bis das Ganze zuletzt sowas wie ein viele Schichten dickes Netz nur aus Ameisen ist, das die Königin und ihre Brut umschließt.«

Es konnte gut sein, daß Renie im Leben schon einmal widerlichere Sachen gehört hatte, aber auf Anhieb wollten ihr keine einfallen. »Das sind Wanderameisen?«

»Eine bestimmte Art«, bejahte Lenore. »Wenn ihr aus Afrika seid, habt ihr vielleicht schon mal Treiberameisen gesehen ...«

Ihre Ausführungen über das Insektenleben in Renies Heimat wurden jäh unterbrochen, als das Libellenflugzeug plötzlich wie ein Stein nach unten stürzte und sich überschlug, bevor es sich fing und in einem langen, flachen Gleitflug über den Graswald strich. Cullen juchzte. »Holla, das war flott!«

Renie hätte sich beinahe erbrochen. Selbst !Xabbu wirkte trotz seines Paviangesichts mehr als nur ein wenig verstört.

Lenore wurde in den nächsten paar Minuten durch Schlag auf Schlag folgende weitere Ausweichmanöver daran gehindert, ihren naturkundlichen Vortrag fortzusetzen. In einer fast ununterbrochenen Serie von Sturzflügen, jähen Kurven und Loopings, mit denen der Autopilot Vögeln entwischte, bevor Renie sie überhaupt erspäht hatte, schien die Libelle zehnmal so weit auf und nieder und hin und her zu fliegen wie vorwärts. Das liege daran, erläuterte Lenore, daß sie gar nicht die Absicht hätten, vorwärtszufliegen, sondern an Ort und Stelle auf den näher kommenden Schwarm warten wollten.

Wenn sie einmal gerade nicht in der Passagiersnische gegen !Xabbu geschleudert wurde oder mit heftigen Übelkeitsattacken zu kämpfen hatte, wunderte sich Renie, wie realistisch diese Empfindungen der Schwerelosigkeit und der Gravitationskraft waren. Sie fand es kaum glaublich, daß diese allein von den V-Tanks erzeugt werden sollten, in denen ihre Körper im Augenblick lagen.

Ein ungeheurer gefiederter Schatten tauchte plötzlich vor der Scheibe auf. Ein weiterer blitzschneller Richtungswechsel, diesmal ein unerwarteter steiler Aufschwung, bei dem ihr die Innereien in die Schuhe zu sacken schienen, war schließlich zuviel. Renie schmeckte Magensaft hinten im Rachen und fühlte gleich darauf, wie sich ihr Magen zusammenkrampfte. Das Erbrechen hatte in der Simulation keine sichtbaren Folgen, und einen Moment später war Renie, abgesehen von den abklingenden Kontraktionen im Bauchbereich, sogar zumute, als wäre es niemals geschehen.

Die Ausscheidungsschläuche in meiner Maske müssen es abpumpen, dachte sie schwach. *In der Maske, die ich nicht mehr fühlen kann.* Laut sagte sie: »Viel mehr in der Art verkrafte ich nicht.«

»Gebongt.« Cullen, dessen Körpersprache verriet, daß er ohnehin nicht allzu begeistert war, Passagiere an Bord zu haben, griff zum Handrad und ließ die Libelle in einer engen Spirale nach unten trudeln. »Es wird noch schlimmer werden, wenn der Schwarm erst auftaucht und wir versuchen, Messungen vorzunehmen *und* den verdammten Vögeln auszuweichen.«

»Schade«, sagte Lenore. »Ihr werdet nicht ganz so dicht dran sein. Aber wir sehen zu, daß wir euch irgendwo absetzen, wo ihr trotzdem noch einen guten Blick habt.« Sie deutete auf die Frontscheibe. »Seht, da ist die Wellenfront der Gejagten! Die Eciton sind beinahe da.«

Durch das dichte Laubwerk kam eine wilde Insektenmeute gepresscht, auf deren Flügeln und Panzern das Frühlicht schimmerte - hektisch krabbelnde Käfer, sausende Fliegen, großes Getier wie Spinnen und Skorpione, die in ihrer Hast, dem übermächtigen Feind zu entkommen, langsamere und kleinere Flüchtlinge einfach niedertrampelten: Renie fand, es sah aus wie ein bizarrer Gefängnisausbruch in der Insektenwelt. Je länger es dauerte und je tiefer die Libelle abwärtstrudelte, um so dichter und chaotischer wurde die Welle der fliehenden Insekten. Die glatten, unmenschlichen Köpfe und die panisch trappelnden Gliederbeine bestürzten sie. Sie sahen aus wie eine Armee der Verdammten, die ohne Aussicht auf Erfolg vor den Posaunen des Jüngsten Gerichts Reißaus nahmen.

»Seht ihr die da?« Lenore deutete auf eine Schar zartflügeliger Insekten, die über der aufgeregten Masse dahinflogen, aber viel zielgerichteter wirkten als das Fußvolk unter ihnen. »Das sind Ithomiiden, auch Ameisenschmetterlinge genannt. Sie folgen den Eciton überall hin, wie die Ameisenvögel – genauer gesagt, sie ernähren sich vom Kot der Vögel.«

Die Luke der Libelle ging zischend auf. Überwältigt von ein wenig zuviel Natur von der kloakigsten Seite hangelte sich Renie an der Leiter nach unten auf einen bemoosten Stein, wo sie sich vornüberbeugte, um wieder Blut in den Kopf zu bekommen. !Xabbu kam hinterhergeklettert und stellte sich neben sie.

»Verhaltet euch einfach ruhig«, rief Lenore ihnen durch die Luke zu. »Die Vögel und so haben reichlich zu fressen, aber trotzdem solltet ihr nicht unnötig auf euch aufmerksam machen. Wir holen euch in ungefähr einer halben Stunde wieder ab.«

»Was ist, wenn wir gefressen werden?«

»Dann werdet ihr vermutlich früher von der Strippe sein, als wir dachten«, war Lenores fröhliche Erwiderung. »Viel Spaß!«

»Na, vielen Dank auch«, knurrte Renie, aber die Libellenflügel hatten schon wieder zu schwirren angefangen und zwangen sie mit dem entstehenden Winddruck zu Boden, daher hatte sie Zweifel, daß die Frau sie gehört hatte. Einen Augenblick später schoß die Libelle mit der Gewalt eines kurzen und örtlich begrenzten Orkans in die Höhe, sauste im Zickzack über die heranbrausende Insektenstampede hinweg und verschwand im Wald.

Erst jetzt, wo sie draußen im Freien waren, konnte Renie die Geräusche richtig hören und erkannte dabei, daß sie die Natur noch nie als laut und lärmend wahrgenommen hatte. Überhaupt, wurde ihr klar, war das, was sie im Leben von der Natur zu sehen bekommen hatte, meistens von einem Klassik-Soundtrack und einer Erzählerstimme im Off untermalt gewesen. Hier war allein schon das Piepen der jagenden Vögel ohrenbetäubend, und bei dem Knacken und Schnarren der gehetzten Masse, verbunden mit den darüber hinbrummenden Fliegenschwärmen, hätten sie und !Xabbu meinen können, sie hörten den Radau einer bizarren Fabrikanlage, die mit aberwitziger Geschwindigkeit produzierte.

Sie ließ sich auf einem Moospolster nieder; als sie einsank und sich von steifen röhrenförmigen Stengeln umringt sah, begriff sie, daß das

Moos beinahe so tief war wie sie hoch. Sie zog auf ein kahles Stück Fels um und setzte sich.

»Und, was denkst du?« fragte sie !Xabbu schließlich. »Das hier muß doch deinen Hoffnungen einen ziemlichen Auftrieb geben. Wenn die sowas bauen können, dann kannst du bestimmt auch die Umwelt bauen, die dir vorschwebt.«

Er hockte sich neben sie. »Ich muß gestehen, daß ich in den letzten Stunden gar nicht an mein Projekt gedacht habe. Ich bin sprachlos über das alles. Ich hätte mir nie träumen lassen, daß so etwas möglich ist.«

»Ich auch nicht.«

Er schüttelte den Kopf und legte seine winzige Affenstirn in Falten. »Das ist ein Grad von Realitätstreue, der mir richtig Angst macht, Renie. Ich denke, ich weiß jetzt, wie meinen Ahnen und Stammesgenossen zumute gewesen sein muß, als sie zum erstenmal ein Flugzeug sahen oder die Lichter einer großen Stadt.«

Renie spähte in die Ferne. »Das Gras bewegt sich. Wirklich, es bewegt sich!«

!Xabbu kniff seinerseits die tiefliegenden Augen zusammen. »Es sind die Ameisen. Großvater Mantis!« stieß er hervor und murmelte dann noch etwas Unverständliches in seiner Spache. »Sieh doch bloß!«

Renie blieb gar nichts anderes übrig. Die Vorhutscharen des Ameisenschwarms ergossen sich wie Lava in unablässigen zähen Wellen auf die relativ freie Fläche vor ihnen, wobei sie Gras, Blätter und alles andere unter sich begruben. Die Ameisen waren größtenteils dunkelbraun mit rötlichen Hinterleibern. Jedes der schlanken Insekten war beinahe doppelt so lang, wie Renie hoch war, die gegliederten Fühler nicht mitgerechnet, die zu jeder Bewegung, die die Ameisen machten, ein Dutzendmal hierhin und dorthin zu schnellen schienen. Aber es war nicht der Eindruck, den sie als Einzelexemplare machten, womit sie ihre Betrachter so nachhaltig und grauenvoll in Bann schlugen.

Als der Haupttrupp des Schwarms ins Blickfeld brandete, klappte Renie das Kinn herunter, und sie brachte kein Wort mehr heraus. Die Front war zu einer Linie auseinandergezogen, die aus ihrer Sicht Meilen breit war, und es war keine dünne Front. Die brodelnde Ameisenmasse kam zu Tausenden aus dem Dickicht geströmt und so dicht geballt, daß es aussah, als hätte der ganze Rand der Welt Beine bekommen und marschierte auf sie zu.

Trotz des ersten Eindrucks von unerbittlicher Vorwärtsbewegung marschierten die Eciton nicht einfach. Die Vorhuttrupps flitzten voran, dann drehten sie sich um und eilten zur nächsten Ausstülpung der wimmelnden Masse zurück; unterdessen rückten andere auf dem Pfad nach, den sie gerade gebahnt hatten, und kundschafteten ihn ein Stück weiter aus, bevor sie ihrerseits zurückeilten, bis der ganze lebende Klumpen den kurz davor von der Vorhut besetzten Bereich eingenommen hatte. Auf diese Art kroch die Armee voran wie eine riesige Amöbe, ein einziges ungeheures Getümmel, das dennoch bis hinunter zu seinem letzten Teilchen tätig seine Pflicht versah, ein Heerhaufen, der für Renies derzeitige Zwergensicht mit seinen flinken Leibern ganz Durban unter sich hätte begraben können.

»Gütiger Himmel«, flüsterte Renie. »Ich hab noch nie ...« Sie verstummte wieder.

Die Libelle kam zwischen den weiter hinten vom Schwarm umflossenen Bäumen hervor, flitzte mit abrupten Bewegungen über die Front der Kolonne und blieb wieder in der Luft stehen, damit ihre menschlichen Piloten Beobachtungen vornehmen konnten. Sie schlug mit blitzschnellem Reflex einen Haken, um einem braunweißen Vogel zu entgehen, der seinen Sturz nach unten fortsetzte und sich statt ihrer eine zappelnde Schabe schnappte.

Der Anblick des Libellenflugzeugs nahm Renie ein bißchen etwas von ihrer Fassungslosigkeit. Es war schließlich nur eine Simulation, und auch wenn sie hier nichts weiter als ein winziges Pünktchen im Weg eines Ameisenschwarms war, hatten doch Menschen diese Simulation gebaut und konnten Menschen sie wieder sicher aus ihr herausholen.

Der Ameisenzug hatte sich dem Fuß des Felsens, auf dem sie und !Xabbu saßen, so weit genähert, daß er nach ihren Maßstäben nur noch eine Viertelmeile entfernt war, aber die Hauptstoßrichtung der pulsierenden Vorwärtsbewegung des Schwarms schien an ihrem Standort vorbeizugehen, so daß Renie sich ein wenig entspannen und sogar das Schauspiel genießen konnte. Lenore hatte recht gehabt – es war ein überwältigender Anblick.

»Sie sind sehr schnell, vor allem wenn wir so klein sind«, sagte eine Stimme hinter ihr. »Die Spitzen eines Raubzuges der Eciton burchelli rücken mit einer Geschwindigkeit von ungefähr zwanzig Metern in der Stunde vor.«

Renie sprang erschrocken hoch. Einen halben Moment lang dachte sie, daß Cullen gelandet wäre und er und Lenore sich hinter ihnen angeschlichen hätten, daß sie statt der Flugmaschine aus dem Stock einer echten Libelle zugeschaut hätte, aber der weißgewandete Sim, der ein paar Schritte weiter hügelan stand, war eindeutig jemand völlig Neues.

»Sie sind ein hypnotisierender Anblick, nicht wahr?« fragte der Fremde. Er schmunzelte im Schatten seiner Kapuze.

»Wer bist du?«

Der Fremde schlug die Kapuze eben lässig genug zurück, um nicht melodramatisch zu wirken, und zutage kam ein kurzgeschorener schwarzhaariger Schädel und ein runzliges asiatisches Gesicht. »Ich bin Kunohara. Aber das habt ihr wahrscheinlich schon vermutet, nicht wahr? Hin und wieder wird mein Name im Stock noch fallen, nehme ich an.« Seine Aussprache war bemüht, sein Englisch übergenau, doch ansonsten fehlerlos. Renie hatte nicht den Eindruck, daß er ein Übersetzungsgear benutzte.

»Der Name ist gefallen, stimmt.«

»Das hier ist deine Welt, nicht wahr?« fragte !Xabbu den unerwarteten Besucher. Renie erkannte die Anzeichen von Nervosität bei ihrem Freund, und auch ihr war der Fremde nicht geheuer. »Sie ist sehr eindrucksvoll.«

»Die Leute vom Stock haben euch jedenfalls zu einer ihrer spektakulärsten Erscheinungen mitgenommen«, sagte Kunohara. »Der Schwarm sieht wie ein riesiger Wirrwarr aus, aber das täuscht. Seht ihr die Spinne dort?« Er deutete auf den Rand der brodelnden Masse, der ihnen am nächsten war. Eine langbeinige grüne Spinne war von einer der Ausstülpungen eingeholt worden und führte jetzt einen aussichtslosen Kampf gegen ein Trio großköpfiger Ameisen. »Sie ist an die Soldaten des Eciton-Schwarms geraten. Sie bilden die äußerste Vorhut, würde man beim Militär sagen. Sie kämpfen nur, um den Schwarm zu verteidigen – die Beute wird überwiegend von den kleinen und mittleren Arbeiterinnen gemacht. Aber seht selbst, was passiert!«

Die Spinne war auf den Rücken geworfen worden; ihre Abwehrbewegungen wurden langsamer. Während sie noch schwach mit den Beinen strampelte, stürzte sich eine Gruppe kleinerer Ameisen auf sie. Zwei schnitten ihr mit Kiefern, die so scharf und zweckmäßig waren wie eine Gärtnerschere, den Kopf ab; andere bissen andere Teile durch und transportierten sie nach hinten zum Hauptpulk des Schwarms. Binnen weniger Sekunden waren nur noch der schwere, glatte Hinterleib und daran hängende letzte Reste des Bruststücks übrig.

»Sie holen eine Submajor-Arbeiterin«, sagte Kunohara mit einer solchen Befriedigung, als wohnte er dem letzten Akt seiner Lieblingsoper bei. »Seht, die Soldaten sind schon wieder auf Patrouille gegangen. Fürs Transportieren sind sie nicht zuständig, das macht eine Submajor-Arbeiterin.«

Tatsächlich erschien jetzt eine größere Ameise wie gerufen, baute sich vor dem übriggebliebenen Spinnenrumpf auf, der größer war als die Ameise selbst, und packte den Rand des abgebissenen Bruststücks mit den Kiefern. Mehrere der kleineren Ameisen kamen ihr zur Hilfe, und gemeinsam wälzten sie die Beute zurück in den gefräßigen Haufen.

»Sehr ihr?« Kunohara kam langsam den Hügel herabspaziert, den Blick weiter auf den Eciton-Schwarm gerichtet. »Es sieht chaotisch aus, aber nur für das unkundige Auge. In Wirklichkeit erzeugt eine begrenzte, aber flexible Anzahl von Verhaltensweisen, vervielfacht von Tausenden oder Millionen von Individuen, extreme Komplexität und extreme Effizienz. Ameisen leben schon seit zehn Millionen Generationen, wohingegen wir nur Tausende vorzuweisen haben. Sie sind perfekt, und wir sind ihnen völlig gleichgültig – ein Autor nannte sie, wenn ich mich recht entsinne, ›mitleidlos und elegant‹. Natürlich könnte man dasselbe durchaus auch von höheren Simulationen sagen. Aber wir haben gerade erst damit angefangen, die Komplexität unseres eigenen künstlichen Lebens zu entdecken.« Er hielt inne und verzog sein Gesicht zu einem seltsamen Lächeln, schüchtern und doch nicht sehr gewinnend. »Ich halte schon wieder Vorträge. Meine Familie hielt mir immer vor, ich sei in den Klang meiner eigenen Stimme verliebt. Vielleicht verbringe ich deshalb heute soviel Zeit allein.«

Renie wußte nicht recht, was sie sagen sollte. »Wie mein Freund schon sagte, es ist sehr eindrucksvoll.«

»Vielen Dank. Aber jetzt ist es vielleicht an *euch*, etwas zu erklären.« Er machte ein paar Schritte den Stein hinunter auf sie zu. Unter dem weißen Gewand und den weißen Pluderhosen war Kunohara barfuß. Jetzt, wo er dicht vor ihnen stand, sah Renie, daß er nicht viel größer war als !Xabbu – das heißt, sein Sim war nur wenig größer, als !Xabbu in seinem richtigen Körper gewesen wäre. Sie gab auf. Es war zu sehr wie ein Problem in der Einsteinschen Relativitätstheorie. »Was führt euch hierher?« fragte Kunohara. »Ihr seid aus Atascos Simulationswelt gekommen, nicht wahr?«

Er wußte Bescheid. Wie konnte das sein? wunderte sich Renie. Aber klar, er hatte freien Zugang zu den ganzen Mechanismen der Simulation, während sie und !Xabbu hier nicht mehr Freiheit hatten als Laborratten.

»Ja«, gab sie zu. »Ja, das sind wir. Irgendwas funktionierte dort nicht richtig, deshalb kamen wir durch ...«

»... eine Hintertür in meine Welt, ganz genau. Davon gibt es mehrere. Und daß etwas nicht richtig funktionierte, ist ziemlich untertrieben, wie ihr eigentlich wissen müßtet. Bolivar Atasco wurde getötet. Im wirklichen Leben.«

!Xabbus kleine Finger drückten wieder ihren Arm, aber etwas an Kunoharas hellen Augen gab ihr das Gefühl, daß es ein Fehler wäre zu lügen. »Ja, das wußten wir. Hast du Atasco gekannt?«

»Als einen Kollegen, ja. Wir haben Betriebsmittel gemeinsam genutzt - das Programmieren auf diesem Niveau ist fast unvorstellbar kostspielig. Deshalb arbeite ich hier mit der mikroskopischen Vergrößerung von einem der Wälder in Atascos Version von Kolumbien. Auf die Weise konnten wir beide in den Anfangsphasen das gleiche Rohmaterial nehmen, obwohl unsere Ausrichtung ganz verschieden war. Beide Welten sind Darstellungen desselben geographischen Raumes, aber der Effekt ist jeweils völlig anders. Bolivar Atascos Interesse war auf die menschliche Dimension gerichtet. Meines ist das nicht, wie ihr sicher bemerkt habt.«

Renie hatte das dunkle Gefühl, Zeit schinden zu müssen, obwohl nichts in Kunoharas Verhalten auf böse Absichten schließen ließ. »Was ist es denn, das dich an Insekten so sehr interessiert?«

Er gab ein merkwürdiges, hauchiges Kichern von sich. Renie hatte den Eindruck, daß sie etwas Erwartetes, aber dennoch Enttäuschendes getan hatte. »Es ist weniger so, daß ich mich sehr für Insekten interessiere, als daß alle andern sich so sehr für Menschen interessieren. Atasco und seine Freunde von der Gralsbruderschaft sind ein hervorragendes Beispiel. Soviel Geld, soviel Macht, und dabei so eng aufs Menschliche begrenzte Perspektiven.«

Neben ihr war !Xabbu förmlich versteinert. »Die Gralsbruderschaft? Du kennst sie?« fragte Renie und hielt dann kurz inne, bevor sie beschloß, sich weiter vorzuwagen. »Gehörst du auch dazu?«

Er kicherte wieder. »O nein, nein. Das ist nicht mein Bier, wie man so sagt. Und genausowenig Interesse habe ich an der Kehrseite der Medaille, den todernsten Leuten vom Kreis.«

»Der Kreis?« sagte !Xabbu fast kreischend. »Was hat der damit zu tun?«

Kunohara beachtete ihn gar nicht. »Immer diese Dualismen - Mechanisten oder Spiritualisten.« Er streckte beide Hände aus, als wollte er etwas auffangen, das jeden Moment aus der Luft fallen konnte. »Immer entscheiden sie sich für eine Seite, statt sich einfach für die Medaille selbst zu entscheiden. Beide Seiten lehnen die jeweils andere derart kategorisch ab, daß es ihnen eines Tages leid tun wird.« Er klatschte in die Hände und hielt dann !Xabbu eine geschlossene Hand hin. Es war deutlich als Aufforderung gemeint. Der Buschmann zögerte einen Moment, bevor er mit einem dünnen Affenfinger Kunoharas Faust berührte. Sie ging auf, und auf der Handfläche saßen zwei Schmetterlinge, ein schwarzer und ein weißer, aber menschlichen Größenverhältnissen angepaßt, nicht die gigantischen Formen der Simulation. Ihre Flügel flirrten leicht in der Brise.

Renie und !Xabbu waren sehr still und beobachteten Kunohara und seine Schmetterlinge.

»Apropos dualistische Herangehensweise, es gibt zwei Ideen, die euch unter Umständen hilfreich sein könnten«, sagte Kunohara, »sofern euch das irgendwie betrifft, heißt das. Auf der mechanistischen Seite möchte ich euch auf Dollos Gesetz aufmerksam machen, sehr beliebt bei den frühen Theoretikern künstlichen Lebens, wenngleich von den Gralstechnikern sonderbarerweise ignoriert. In der spirituellen Symbolwelt hingegen könnte euch die buddhistische Gestalt Kishimojin interessant erscheinen - auch deswegen, weil sie, als Gleichnis begriffen, einen vorsichtigen Optimismus nähren könnte. Allerdings denken Buddhisten zumeist in Zeiträumen, die für den Geschmack von uns anderen ein wenig länglich sind, deshalb werden sie euch persönlich vielleicht kein großer Trost sein.« Er schloß die Hand und öffnete sie gleich wieder. Anstelle der beiden Schmetterlinge saß jetzt ein einzelner grauer da. Kunohara warf ihn in die Luft. Er schlug ein paarmal mit den Flügeln und löste sich dann in nichts auf.

»Was soll das alles?« fragte Renie irritiert. »Diese Rätsel? Wenn du meinst, daß wir etwas wissen sollten, warum kannst du es uns dann nicht einfach mitteilen?«

»O nein, das wahre Lernen geht anders.« Kunohara kicherte abermals los; der Ton ging Renie langsam auf die Nerven. »Jeder Zenmeister, dem das Siegel der Bestätigung zu Recht verliehen wurde, wird euch sagen, daß man als Bittsteller nicht wählerisch sein darf.«

»Wer bist du? Warum redest du überhaupt mit uns?«

Kunohara drehte sich um. Sein Blick war zwar immer noch klar und fest, aber undurchdringlich, als ob die Person hinter dem simulierten Gesicht allmählich das Interesse verlöre. »Warum ich mit euch rede? Nun, mein Interesse umfaßt, um es entomologisch zu formulieren, auch lästige Schmeißfliegen. Und meine Simulation sollte euch sagen, wer ich bin und warum die Konflikte von Göttern mich weitgehend kalt lassen.« Er deutete auf das Ameisengewimmel weiter unten, einen Ozean malmender, krabbelnder Monster. »Apropos Mechanisten übrigens, ich glaube, eure Freunde vom Stock werden die Illusion der Kontrolle bald ein wenig deutlicher begreifen.« Er legte die Hand auf seine weißgewandete Brust. »Was mich betrifft - tja, wie gesagt, meine Simulation müßte eigentlich alles klarmachen. Wie soll ich sagen? ... Ich bin nur ein *kleiner* Mann.«

Im nächsten Augenblick waren Renie und !Xabbu wieder allein auf dem Felsen.

Renie brach als erste das lange Schweigen. »Was sollte das darstellen? Ich meine, was wollte er von uns - ist dir das irgendwie klargeworden?«

»Er sprach vom ›Kreis‹, so als ob dessen Mitglieder in irgendeiner Weise der Gralsbruderschaft glichen.« !Xabbu, die Hände auf seinen flachstirnigen Schädel gepreßt, wirkte völlig fassungslos.

»Na und? Ich hab den Namen noch nie gehört. Was sind das für Leute?«

!Xabbus Affengesicht war so traurig, daß sein bloßer Anblick sie fast schon zum Weinen brachte. »Das sind die Leute, die mir die Schule und die Universität ermöglicht haben, Renie. Ich habe dir davon erzählt. Jedenfalls hieß die Gruppe so, die meine Ausbildung bezahlt hat - der Kreis. Kann das ein Zufall sein?«

Renie konnte nicht mehr klar denken. Kunoharas Worte trudelten ihr im Kopf herum, wurden immer krauser und wirrer. Sie mußte sie sich merken. Er hatte Sachen gesagt, über die sie später genauer nachdenken mußte. Als Antwort auf !Xabbu konnte sie nicht mehr tun, als den Kopf zu schütteln.

Sie saßen immer noch schweigend da, als die Libelle zurückkehrte und die Strickleiter heruntergelassen wurde.

»Das ist ja wie in der Steinzeit, Herrgott nochmal!« wütete Cullen, während sie und !Xabbu sich anschnallten. »Einfach nicht zu glauben!«

»Das System veranstaltet allerlei verrückte Sachen«, erläuterte Lenore. »Wir können nicht richtig mit dem Stock kommunizieren.«

»Überhaupt nicht kommunizieren können wir«, fauchte Cullen. »Nicht offline gehen, gar nichts.«

»Ihr könnt auch nicht offline gehen?« Renie konnte beinahe einen dumpfen Trommelwirbel hören, ein anschwellendes Spannungssignal direkt von ihrem tierischen Rautenhirn.

Lenore zuckte mit den Achseln. »Tja, ihr seid nicht die einzigen, scheint's. Normalerweise wäre es ziemlich egal, aber der Eciton-Schwarm ist umgeschwenkt. Er bewegt sich auf den Stock zu.«

»Genau«, sagte Cullen bitter. »Und wenn er ihn erreicht, bevor wir die Leute dort warnen können, damit sie alles abdichten, werden diese verdammten Scheinameisen ihn schlicht plattmachen. Und nach Kunoharas dämlichen Regeln werden wir ihn dann fast von Null wieder aufbauen und neu programmieren müssen.«

Renie war schon kurz davor gewesen, ihre Begegnung mit dem Herrn der Simwelt zu erwähnen, beschloß aber jetzt, es nicht zu tun. Sie warf !Xabbu einen mahnenden Blick zu und hoffte, er würde ihn verstehen und seinerseits über ihr Erlebnis Stillschweigen bewahren.

Irgend etwas war ganz offenbar im Gange, und Renie hatte deutlich das deprimierende Gefühl, daß es weitaus komplizierter war, als diese beiden jungen Entomologen sich träumen ließen. Das Otherlandnetzwerk veränderte sich - Sellars hatte eine Bemerkung darüber gemacht. Es hatte so etwas wie eine kritische Masse erreicht. Aber diese beiden hier wußten nur, daß es eine wunderbare Gelegenheit war, akademische Simulationen durchzuführen, ein hervorragendes Spielzeug, eine Art Erlebnispark für Wissenschaftler; sie begriffen nicht, daß das Ganze die Burg eines Menschenfressers war, erbaut mit Knochen und Blut.

Das Schweigen dauerte an. Das Flugzeug flitzte weiter, an großen, gewölbten Rindenwänden vorbei, zwischen Blättern hindurch, die wie riesige grüne Segel wirkten.

»Ich habe eine Frage«, ergriff !Xabbu schließlich das Wort. »Du sagst, daß ihr die Simulation nicht verlassen könnt, genau wie wir, und daß ihr nicht mit dem Stock kommunizieren könnt, eurem Zuhause.«

»Das ist nicht mein Zuhause«, unterbrach der Pilot barsch. »Ich hab tatsächlich ein *Leben*, Affenmensch, stell dir vor.«

»Sei nicht so giftig, Cully«, sagte Lenore begütigend.

»Was ich nicht verstehe«, fuhr !Xabbu fort, »ist, weshalb ihr euch nicht einfach aussteckt.« Seine kleinen Augen blickten den Piloten durchdringend an. »Warum macht ihr das nicht?«

»Weil jemand das mit dem Eciton-Schwarm ausrichten muß«, antwortete Cullen.

»Aber könntet ihr das offline nicht besser machen, wenn die normale Kommunikation innerhalb dieser Simwelt nicht funktioniert?«

Renie war beeindruckt, wie genau der kleine Mann die Sache durchdacht hatte; er benutzte offensichtlich das Dilemma der Wissenschaftler dazu, ihrem eigenen Problem auf den Grund zu gehen.

»Ach«, sagte Cullen mit jäher und überraschender Wut, »wenn du es genau wissen willst, ich kann meine beschissene Buchse nicht *finden*. Es ist, als wäre sie gar nicht da. Irgendwie scännt die ganze Chose total. Total. Das heißt, solange niemand in mein Labor kommt und meinen Stecker rauszieht, muß ich warten, bis das System neu gestartet wird oder irgendwer den Blockmist repariert, der da läuft.«

Jetzt hörte Renie die Angst unter der Wut und wußte, daß ihre Befürchtungen nur allzu begründet gewesen waren.

Bevor jemand noch etwas sagen konnte, wurde das Flugzeug von einem Stoß zur Seite geschleudert.

»Mist!« schrie Cullen. Er richtete sich mühsam gegen den Zug der Schwerkraft auf. »Mist! Die Hälfte der Instrumentenlichter ist aus!« Er versuchte krampfhaft, das Handrad herumzuziehen. Der Libellenflieger wackelte beängstigend und ging einen Moment lang aus, bevor er wieder ansprang. Er fing sich, aber irgend etwas war deutlich nicht in Ordnung. »Was war *das*?« fragte Cullen fassungslos.

»Ein Vogel, denke ich.« Lenore beugte sich vor und tippte Lichter auf dem Bedienungsfeld an, von denen jetzt mehr dunkel waren als brannten. »Zwei der Flügel sind beschädigt, und ein oder zwei Beine fehlen auch.«

»Ich kann das Ding nicht mehr in der Luft halten«, stieß Cullen durch zusammengebissene Zähne hervor. »Scheiße! Wenn die Kiste zu Bruch geht, ist damit ungefähr ein ganzes Jahresgehalt von mir zum Teufel.«

»Du wirst es nicht bezahlen müssen.« Lenore hörte sich an, als redete sie mit einem verzweifelten Kind, aber hatte dabei selber einen Unterton nur mühsam unterdrückter Panik in der Stimme. »Kommen wir noch heil zurück?«

Cullen dachte kurz nach. »Nein. Dem nächsten Vogel können wir nicht mehr ausweichen, und wenn noch ein Flügel ausfällt, hab ich nicht den Hauch einer Chance, das Ding zu landen.«

Ihm machte der Gedanke zu schaffen, womöglich einen großen Batzen Programmierarbeit in einem absurden Realitätskuhhandel mit Kunohara zu verlieren, begriff Renie, aber sie konnte die Gefahren von Otherland nicht mehr so distanziert betrachten. Sie mußten befürchten, jeden Moment am Boden zu zerschellen und alles zu erleiden, was die Simulation daraus machen konnte, einschließlich vielleicht des ganz realen Endes.

»Lande«, sagte sie. »Mach keine Spielchen. Wir gehen zu Fuß zurück.«

Cullen schoß einen Blick auf sie ab, kurzfristig wieder ruhig und grimmig amüsiert zugleich. »Herrje, wir sind wirklich wieder in der Steinzeit. Zu Fuß im Land der Kribbler und Krabbler.« Er drückte das Handrad nach vorne und bearbeitete die Pedale. Die Libelle machte einen Ruck vorwärts, so daß sie beinahe über die Schnauze abgekippt wäre, fing sich wieder und kreiste in einer langsamen, schlackrigen Spirale auf den Waldboden zu.

Etwas Großes verdunkelte urplötzlich das Fenster.

»Cullen, der Autopilot ist weg«, erinnerte ihn Lenore.

Cullen riß das Flugzeug zur Seite. Der Vogel verfehlte sie und sauste vorbei wie eine Boden-Luft-Rakete, und der Luftzug riß sie aus der Bahn. Cullen versuchte verzweifelt, den Flieger wieder hochzuziehen, aber jetzt funktionierte gar nichts mehr, und die Abwärtsspirale wurde zusehends schneller und steiler.

»Haltet euch fest!« schrie er. »Ich denke, die Taktoreneinstellungen werden verhindern, daß es allzu schmerzhaft wird, aber -«

Er kam nicht zu Ende. Die Libelle verfing sich mit einem Flügel an einem tiefhängenden Ast. Nach einem lauten Knirschen überschlug sich das Flugzeug und stürzte pfeilgerade zu Boden. Renie blieb kaum noch Zeit, sich zu wappnen, zwei oder drei Herzschläge, dann wurde sie gegen die Kabinenwand geschleudert, und in ihrem Kopf gab es eine Lichtexplosion, die im nächsten Moment in die Dunkelheit zerstob.

Kapitel

Ein Mann
aus dem Totenreich

NETFEED/PRIVATANZEIGEN:
Ich warte immer noch ...
(Bild: InserentIn M.J. [weibliche Version])
M.J.: "Ooh, langsam werde ich richtig böse. Ich warte die ganze Zeit, aber einige von euch, die ich für starke Männer gehalten habe, benehmen sich wie kleine Jungen. Warum wollt ihr nicht in meinen Knoten kommen? Habt ihr etwa Angst? Denn wenn, dann hättet ihr sowieso nichts davon. Ich warte auf richtige Männer, und wenn ich sie finde, dann werde ich sie mit allen Sinnen und Empfindungen auf einen Trip mitnehmen, den sie NIEMALS vergessen werden ..."

> Der Mann, der Vogelfänger hieß, hatte seine steinerne Speerspitze so fest in Paul Jonas' Bauch gepreßt, daß sie die Haut durchstach. Paul holte flach Atem und spürte den Schmerz von der Stichstelle ausstrahlen wie einen kleinen Stern. Er lag wehrlos auf dem Rücken, während der andere Mann über ihm stand.

»Was willst du?« fragte er so ruhig und gefaßt, wie es ihm möglich war.

Vogelfänger hatte den wilden Blick eines Bankräubers beim ersten Überfall. »Wenn ich dich töte, kehrst du ins Land der Toten zurück und läßt uns in Ruhe.«

»Ich komme nicht aus dem Land der Toten.«

Vogelfänger zog verwirrt die Brauen hoch. »Das hast du aber gesagt.«

»Nein, habe ich nicht. *Du* hast das gesagt, als ihr mich aus dem Fluß gezogen habt. Ich habe dir bloß nicht widersprochen.«

Vogelfänger starrte ihn grimmig an, aber tat nichts, weil Pauls Worte ihn verdutzten, aber er sie nicht rundweg verwerfen konnte. Falschheit war anscheinend unter den Menschen nicht gebräuchlich, eine Tatsache, die Paul zu einem anderen Zeitpunkt höchst faszinierend gefunden hätte.

»Nein«, sagte Vogelfänger schließlich langsam und bedächtig wie ein Richter, der ein Urteil verkündet. Er hatte die Grenze seiner Urteilskraft erreicht und gab auf. »Nein, du kommst aus dem Land der Toten. Ich werde dich töten, und du wirst wieder dorthin zurückkehren.«

Paul packte mit beiden Händen Vogelfängers Speer und drehte ihn ruckartig, doch der Neandertaler hatte ihn fest zwischen Brust und Arm geklemmt und ließ nicht los. Paul mußte mit aller Kraft dagegenhalten, als Vogelfänger sich vorbeugte, um den Speer tiefer zu treiben. Paul meinte, sein Bauchgewebe unter der steinernen Spitze reißen zu fühlen. Seine Arme zitterten vor Anstrengung.

»Halt!«

Ohne sein Gewicht vom Speer zu nehmen, blickte Vogelfänger sich nach der Stimme um. Läuft-weit schritt eilig auf sie zu, die Hände ausgestreckt, als wäre Vogelfängers Zorn ein lebendiges Wesen, das plötzlich angreifen könnte. »Halt«, sagte er noch einmal. »Was machst du da?«

»Er ist aus dem Land der Toten gekommen«, erklärte Vogelfänger. »Er will sich meinen Jungen holen.«

»Deinen Jungen?« Paul schüttelte den Kopf. »Ich weiß überhaupt nichts von einem Jungen.«

Andere vom Menschenstamm waren wach geworden und kamen an, eine Horde lumpiger Schatten, die im schwachen Schein der Glut kaum menschlich wirkten.

»Er ist ein Geist«, sagte Vogelfänger trotzig. »Er ist aus dem Fluß gekommen, um meinen Jungen mitzunehmen.«

Paul hatte das sichere Gefühl, Läuft-weit werde jetzt einen weisen Häuptlingsspruch von sich geben, doch statt dessen knurrte dieser nur und trat in die Dunkelheit zurück.

Das läuft alles verkehrt, dachte Paul verzweifelt. *Wenn das hier eine Geschichte wäre, hätte ich ihm das Leben gerettet oder so, und er müßte mir helfen.* Er schob wieder an dem Speer, aber er konnte sich nicht abstützen. Eine ganze Weile drückten er und Vogelfänger stumm gegeneinander an, ohne daß einer nachgab, aber Paul wußte, daß er die scharfe Spitze nicht mehr viel länger von sich abhalten konnte.

»Laß mich den Jungen sehen«, bat er. Seine Stimme klang dünn, weil er nicht tief Luft holen konnte. »Ich will ihm helfen, wenn ich kann.«

»Nein.« Der Grimm in der Stimme des anderen war mit Furcht vermischt, aber er wich keinen Millimeter.

»*Warum will Vogelfänger in unserem Hause Blut vergießen?*«

Die zittrige Stimme von Dunkler Mond traf sie wie ein kalter Wasserguß. Als Läuft-weit aufgetaucht war, hatte Vogelfänger überhaupt nicht reagiert, doch jetzt zog er die Speerspitze von Pauls Bauch weg und trat einen Schritt zurück. Auf Läuft-weits Arm gestützt schlurfte die alte Frau auf sie zu. Sie war augenscheinlich eben erst aufgewacht; wie Rauchfähnchen standen ihr die dünnen Haarbüschel wirr vom Kopf ab.

»Bitte«, sagte Paul zu ihr, »ich bin kein Geist. Ich will den Menschen nichts Böses tun. Wenn ihr wollt, daß ich weggehe, gehe ich weg.« Doch noch während er das aussprach, dachte er an die eisige Dunkelheit draußen, bevölkert von Ungeheuern aus halb vergessenen Büchern, von denen er nur eine vage Vorstellung hatte. Säbelzahntiger? Hielten sich solche Scheusale nicht oft in der Nähe der Höhlenbewohner auf? Aber was war die Alternative - ein Kampf auf Leben und Tod mit einem Steinzeitwilden?

Ich bin nicht Tarzan! Hilflose Wut kochte in ihm auf. *Was soll das alles? Ich arbeite in einem Museum, Himmelherrgott nochmal!*

»Du sagst, du wirst dem Kind helfen.« Dunkler Monds Gesicht lag fast ganz im Schatten, als sie sich mit weiten Augen über ihn beugte.

»Nein.« Paul unterdrückte die Verzweiflung und Erbitterung. »Nein, ich sagte, ich helfe ihm, wenn ich kann.« Immer noch ganz außer Atem hielt er inne. Sich mit diesen Leuten zu verständigen, war zum Verrücktwerden, trotz der gemeinsamen Sprache.

Dunkler Mond streckte die Hand nach Vogelfänger aus, der zurückscheute, als fürchtete er, sich zu verbrennen. Sie schlurfte etwas näher und langte abermals nach ihm. Diesmal ließ er sie, und sie umschloß mit ihren vogelähnlichen Krallen seinen Arm.

»Er wird zu dem Kind gehen«, sagte sie.

»Nein.« Vogelfänger flüsterte fast, als redete er unter großen Schmerzen. »Er wird mir meinen Jungen wegnehmen.«

»Wenn die Toten dein Kind rufen, rufen sie es«, sagte Dunkler Mond. »Wenn nicht, dann nicht. Du kannst den Tod nicht mit einem Speer abwehren. Nicht diese Art von Tod.«

Vogelfänger warf einen schnellen Blick auf Paul, wie um sie zu erinnern, daß er genau das soeben getan hatte, aber ihre Hand faßte seinen Arm fester, und er ließ den Kopf hängen wie ein trotziger Halbwüchsiger.

Dunkler Mond wandte sich an Paul. »Komm mit zu dem Kind, Flußgeist.«

Keiner vom Stamm machte Anstalten, ihm aufzuhelfen, und so rappelte Paul sich alleine auf. Die Stelle, wo Vogelfänger ihn gestochen hatte, pochte schmerzhaft, und wenn er die Hand darauf legte, bekam er feuchte Finger. Die alte Frau und Läuft-weit drehten sich um und schritten langsam quer durch die Höhle. Paul schloß sich ihnen mit einem gewissen inneren Widerstreben an, das noch zunahm, als Vogelfänger ihm folgte und ihm mit der Speerspitze leicht, aber vielsagend in den Rücken tippte.

Ich muß hier weg, dachte er. *Das sind nicht meine Leute, und egal wo ich bin, das ist nicht meine Welt. Ich verstehe die Regeln nicht.*

Sie führten ihn zu einem der letzten Zelte in der Reihe, das so weit vom Hauptfeuer entfernt stand, daß ein eigenes kleines Feuer in einem Steinkreis davor brannte. Paul konnte sich Vogelfänger vorstellen, wie er brütend vor den Flammen hockte und seinen ganzen Mut zusammennahm. Wenn ein krankes Kind die Ursache seines Grolls war, konnte man dem Mann nur schwer böse sein.

Ein kurzer Stich in den Rücken, als er am Zelteingang zögerte, stellte seine vorherige Abneigung rasch wieder her.

Vogelfängers Zelt war kleiner als einige der anderen; Paul mußte sich bücken, um durch die Klappe zu kommen. Drei Kinder warteten im Zelt, aber nur zwei blickten bei seinem Eintreten auf, ein in Felle gewickelter glupschäugiger Säugling und das kleine Mädchen, das er schon vorher gesehen hatte. Mit offenen Mündern waren beide vollkommen erstarrt, wie erschrockene Eichhörnchen. Zwischen ihnen lag in Felle gemummelt, so daß nur sein Kopf herausschaute, ein kleiner Junge, offenbar gepflegt von dem älteren Mädchen. Seine dunklen Haare klebten ihm auf der Stirn, und seine Augen waren nach hinten unter die zitternden Lider gerutscht, so daß der durch die Zeltklappe fallende Feuerschein zwei leicht pulsierende weiße Schlitze erhellte.

Paul kniete sich neben den Jungen und legte ihm behutsam die Hand auf die Stirn. Er ignorierte Vogelfängers wütendes Murren und ließ die Hand liegen, als das Kind schwach den Kopf wegzudrehen versuchte; das Fleisch kam ihm so heiß wie einer der Steine vor, auf denen die

Menschen ihr Essen brieten. Als der Junge, der neun oder zehn Jahre alt zu sein schien, eine kraftlose Hand hob und damit gegen Pauls Handgelenk drückte, ließ er von ihm ab und setzte sich auf.

Er betrachtete das kleine, blasse Gesicht. Auch in dieser Hinsicht war dieser ganze verrückte Traum auf niederschmetternde Weise anders als eine gute altmodische Abenteuergeschichte. In Science-fiction-Filmen kennt sich einer der Besucher aus der Zukunft immer mit moderner Medizin aus und kann aus Palmwedeln einen behelfsmäßigen Defibrillator zusammenschustern oder rasch irgendwo eine Dosis Penizillin herzaubern, um den schwerkranken Häuptling zu retten. Paul wußte weniger darüber, wie man ein Kind ärztlich behandelt, als seine Mutter und seine Großmutter, die wenigstens noch die schwindende Überlieferung der Frauenheilkunst mitbekommen hatten. Penizillin? Wuchs das nicht irgendwie auf schimmeligem Brot? Und wer konnte wissen, ob das Kind überhaupt eine Infektion hatte und nicht etwas, das viel schwerer zu kurieren war, ein Herzgeräusch vielleicht oder eine Nierenschwäche?

Paul schüttelte ratlos den Kopf. Der reine Blödsinn, das Kind überhaupt sehen zu wollen, auch wenn er bezweifelte, daß er im Vater des Jungen falsche Hoffnungen geweckt hatte. Er fühlte Vogelfängers Atem in seinem Nacken, spürte die Anspannung des Mannes in der Luft wie ein drohendes Gewitter, das jeden Augenblick losbrechen konnte.

»Ich glaube nicht ...«, hob Paul an, als das kranke Kind plötzlich zu sprechen anfing.

Es war zuerst wenig mehr als ein Flüstern, ein kaum hörbares Schaben des Atems über die trockenen Lippen. Paul beugte sich hinab. Der Junge zuckte und warf den Kopf zurück, als wollte er eine unsichtbare Macht abschütteln, die seinen Hals umklammert hielt, und seine krächzende Stimme wurde lauter.

»... So dunkel ... so kalt ... und alle weg, alle zusammengetrieben, weg durch die Fenster und Türen und über den Schwarzen Ozean ...«

Einige der Umstehenden schnappten nach Luft und raunten. Ein Schauder kroch Paul das Rückgrat hinauf, der nichts mit der Speerspitze in seinem Rücken zu tun hatte. Der Schwarze Ozean ... er hatte diesen Ausdruck schon einmal gehört ...

»... Wo sind sie?« Die rußigen Finger des Jungen kratzten über den Zeltboden, griffen ins Leere. »Ich habe nur noch das Dunkel. Die Stimme, der Eine ... hat sie alle durch die Fenster weggeholt ...«

Die Stimme sank wieder zu einem Flüstern ab. Paul beugte sich näher heran, aber konnte in den ersterbenden, raschelnden Tönen, die schließlich unhörbar wurden, keine Worte mehr ausmachen. Die heftigen Zuckungen legten sich. Er musterte die bleichen Züge des Jungen. Der hängende Mund war wieder nur noch ein Kanal für den pfeifenden Atem. Paul hatte gerade die Hand gehoben, um noch einmal die Stirn des Jungen zu berühren, als dieser plötzlich die Augen aufschlug.

Schwarz. Schwarz wie Löcher, schwarz wie die Nacht, schwarz wie das Innere eines Schrankes, wenn die Tür zuklappt. Der Blick irrte einen Moment ziellos umher, und jemand hinter ihm schrie angstvoll auf. Dann richteten sich die beiden Pupillen auf ihn und fixierten ihn.

»*Paul? Wo bist du?*« Es war *ihre* Stimme, die qualvolle Musik so vieler Träume. Als er sie hier an diesem Schattenort hörte, war ihm, als bliebe ihm vor Schreck das Herz stehen. Einen Augenblick lang konnte er nicht atmen. »*Du hast gesagt, du würdest zu mir kommen – du hast es versprochen.*« Bebend faßte der Junge seine Hand, und sein Griff war stärker, als Paul ihn so kleinen Fingern je zugetraut hätte. »*Bevor du den Berg erreichen kannst, mußt du das Haus des Irrfahrers finden. Du mußt dich zum Haus des Irrfahrers begeben und die Weberin befreien.*«

Als er endlich wieder Luft bekam, saugte er sie ein wie ein aus Ozeantiefen auftauchender Mann und versuchte dabei, aufzustehen und sich dem Griff des Kindes zu entwinden. Wie ein Fisch an der Angel hing der Junge an Paul und ließ sich von ihm halb in die Höhe ziehen, doch dann erlahmte seine Hand, und er fiel stumm und schlaff zurück, die Augen wieder geschlossen. Er hatte etwas in Pauls Hand zurückgelassen.

Paul konnte nur eine Sekunde lang erschrocken die Feder anstarren, die in seiner sich öffnenden Hand lag, als er einen so wuchtigen Schlag seitlich an den Kopf bekam, daß er auf die Knie sackte. Hinter ihm entstand ein lauter Tumult, doch ihm kam er so fern wie ein altes Gerücht vor; dann stürzte sich ein schwerer Körper auf ihn, und Finger schlossen sich um seine Kehle.

Er konnte nicht erkennen, mit wem er kämpfte, und es war ihm auch gleichgültig. Er schlug und strampelte, um das brutale, unfaire Gewicht abzuschütteln, das auf ihm lag. Ringsherum sah er nur helle und dunkle Streifen und hörte nur ein unverständliches Lärmen, doch die dröhnende Schwärze in seinem Kopf legte sich rasch über alles andere. Er kämpfte mit einer Kraft, die er gar nicht bei sich vermutet hatte, und eine der würgenden Hände glitt von seinem Hals ab. Als sie ihren Griff nicht wieder ansetzen konnte, krallte und stieß sie statt dessen nach seinem Gesicht. Er versuchte sie wegzureißen, dann warf er sich um Luft ringend nach vorn, als ob er in tiefem Wasser wäre – doch seine Atemlosigkeit blieb ihm und ließ sich nicht abschütteln. Etwas Scharfes schrammte an seiner Seite entlang und hinterließ eine kalte Spur, und der schmerzhafte Schnitt dämpfte sein Toben ein wenig.

Er rollte sich weg, bis er irgendwo anstieß, und versuchte dann aufzustehen. Der nach seinem Gesicht schnappende Gegner wich wieder zurück, und abermals stach ihn etwas Kaltes und Scharfes in die Seite. Paul machte einen Satz, und der Klammergriff von hinten konnte ihn nicht halten. Das Licht veränderte sich, als er vornüber fiel, und die Geräusche ringsherum hatten auf einmal einen Hall.

Etwas Helles war direkt neben seinem Kopf. Er war von Wut erfüllt, einem erbitterten Zorn, der, wie er merkte, lange in ihm eingesperrt gewesen war und jetzt ausbrach. Als er begriff, daß die Helligkeit von einem kleinen Lagerfeuer kam, daß er aus dem Zelt hinausgestürzt war, stieß er die an seinem Rücken hängende mörderische Gestalt mit einer schnellen Drehung in den Steinring. Mit einem Schrei, der dem des Hirsches in der Jägergrube glich, ließ der Gegner ihn los, robbte davon und schlug dabei auf die Stellen ein, wo er Feuer gefangen hatte. Aber das bloße Überleben war Paul mittlerweile egal: Er sprang über die Feuerstelle und riß seinen Feind zu Boden, ohne sich darum zu kümmern, daß die Flammen auch seine Haut versengten. Einen kurzen Moment lang sah er Vogelfängers entsetztes Gesicht unter sich. Er hatte etwas Rundes und Schweres und Heißes in der Hand – einen Stein aus der Feuergrube, erkannte ein Teil von ihm, ein kalter, erbarmungsloser Teil. Er hob ihn hoch, um damit Vogelfänger und alles andere zurück in die Finsternis zu schmettern, doch statt dessen bekam er selbst einen jähen und überraschenden Schlag auf den Hinterkopf, ein Schock wie von einem nicht geerdeten Stromkabel durchfuhr ihn und beförderte ihn ins Nichts.

> Die Stimmen schienen zu streiten. Es waren leise Stimmen, weit entfernt, und sie kamen ihm nicht sonderlich wichtig vor.

Waren es seine Mutter und sein Vater? Sie stritten nicht viel – gewöhnlich behandelte der ältere Jonas Pauls Mutter mit einer an Verachtung grenzenden Nachgiebigkeit, als ob sie ein schlecht gearbeiteter Gegenstand wäre, der selbst normale Beanspruchung nicht vertrug. Doch ab und zu verflog das wohlwollend unbeteiligte Gebaren seines Vaters, meistens wenn jemand von außerhalb sich gegen eine seiner Ideen ausgesprochen hatte, und dann kam es zu einem kurzen erregten Wortwechsel, dem stundenlanges Schweigen folgte – ein Schweigen, das Paul als Junge immer das Gefühl gegeben hatte, alle im Haus warteten gespannt darauf, daß er ein Geräusch machte und damit irgend etwas verdarb.

In den sehr seltenen Fällen, in denen seine Mutter sich aufraffte und Widerspruch anmeldete, wenn auch weiterhin in ihrer unsicheren, entschuldigenden Art, dauerte zwar der lautstarke Wortwechsel nicht länger, aber das Schweigen konnte einen Tag oder mehr anhalten. An diesen langen, schrecklichen Tagen wollte Paul nicht einmal in das Schweigen hinausgehen, sondern blieb auf seinem Zimmer, wo er Karten von fernen Ländern auf seinem Bildschirm aufrief und Fluchtpläne schmiedete. In den endlosen Stunden eines geräuschlosen Nachmittags stellte er sich manchmal vor, das Haus sei eine Schneekugel und außerhalb seines Zimmers füllten sich die Flure langsam mit still vor sich hin rieselnden weißen Flocken.

Die Stimmen stritten weiter, immer noch fern, immer noch unwichtig, aber ohne darauf zu achten, hatte er bemerkt, daß es zwei Männer waren. Wenn der eine sein Vater war, dann war der andere vielleicht Onkel Lester, der Bruder seiner Mutter, ein Mann, der irgendwie Banken dabei behilflich war, Auslandskontakte zu knüpfen. Er und sein Vater vertraten notorisch unterschiedliche politische Standpunkte – Onkel Lester war der Meinung, wer Labour wähle, habe keinen blassen Dunst davon, wie es *wirklich* auf der Welt zuging – und stritten manchmal in halb freundschaftlicher Art stundenlang miteinander, während Pauls Mutter nickte und gelegentlich lächelte oder eine scherzhaft mißbilligende Miene aufsetzte, um den Anschein zu erwecken, sie interessiere sich für ihre übertriebenen Behauptungen, und während Paul selbst in der Ecke im Schneidersitz auf dem Boden hockte und sich einen der kostbaren Bildbände seiner Mutter ansah, altmodische Bücher aus Papier, die sie wiederum von ihrem Vater geerbt hatte.

Besonders ein Bild hatte Paul immer gefallen, und wo er jetzt seinen Vater und Onkel Lester streiten hörte, sah er es wieder vor sich. Es war von Brueghel dem Älteren, oder wenigstens kam es ihm so vor – aus irgendeinem Grund hatte er im Moment Mühe, auf Namen zu kommen -, und stellte eine Gruppe von Jägern dar, die einen verschneiten Hang hinunterstapften und auf dem Heimweg zu dem regen Treiben unten im Dorf waren. Das Gemälde hatte ihn in einer Art berührt, die er nicht recht beschreiben konnte, und in seiner Studienzeit hatte er es als Hintergrundbild auf seinem Wandbildschirm benutzt; wenn sein Zimmergenosse nach Hause zu seiner Familie gefahren war, ließ Paul das Bild die ganze Nacht über an, so daß der weiße Schnee und die bunten Schals das letzte waren, was er vor dem Einschlafen sah. Er wußte nicht, weshalb es ihm so lieb geworden war, nur daß die gesellige Atmosphäre, das gemeinschaftliche Leben der Dörfler auf dem Bild ihn bewegt hatte. Wahrscheinlich weil er ein Einzelkind war, hatte er immer angenommen.

Bei dem Gedanken an das Bild konnte er jetzt, wo der Streit in langsamen Wellen lauter und wieder leiser wurde, die schneidende Kälte des Brueghelschen Schnees beinahe fühlen. Weiß, überall rieselte es weiß hernieder, machte die ganze Welt gleich, deckte alles zu, was einen sonst quälen oder beschämen würde ...

Paul tat der Kopf weh. Lag das am Nachdenken über die Kälte oder an dem anhaltenden Geplapper dieser streitenden Leute? Überhaupt, wer waren diese Leute? Er hatte vermutet, daß einer davon sein Vater sein könnte, aber der andere konnte auf keinen Fall Onkel Lester sein, denn der war vor fast zehn Jahren im Urlaub auf Java an einem Herzanfall gestorben.

Eigentlich, merkte Paul, tat ihm mehr als nur der Kopf weh. Sein ganzer Körper wurde herumgebufft, und jeder Stoß war schmerzhaft. Und zum Schmerz kam noch das Gefühl zu frieren hinzu.

Noch während er das dachte, fiel er einen Sekundenbruchteil durch die Luft und schlug auf einem Boden auf, der unangenehm hart war. Hart und kalt. Selbst bei seiner Benommenheit, seinem Brummschädel war er sich dessen sicher. Der Boden war sehr, sehr kalt.

»... mit seinem Blut«, sagte eine der Stimmen gerade. »Das bringt einen Fluch. Willst du dir den Fluch von einem Mann aus dem Totenreich zuziehen?«

»Aber das ist Vogelfängers Speer«, wandte der andere ein. »Warum geben wir ihm den?«

»Nicht geben, lassen. Weil das Blut des Flußgeists daran klebt und wir nicht wollen, daß sein Blut ihn anzieht und zu uns zurückführt. So hat es Mutter Dunkler Mond gesagt. Du hast ihre Worte gehört.«

Die Kälte wurde schlimmer. Paul fing an zu zittern, aber die Bewegung fühlte sich an, als ob seine Knochen an den wunden Enden aneinanderreiben würden, und er gab ein klägliches Wimmern von sich.

»Er wacht auf. Wir kehren jetzt um.«

»Läuft-weit, wir lassen ihn zu dicht in unserer Nähe liegen«, sagte die zweite Stimme. »Es wäre besser, ihn zu töten.«

»Nein, Mutter Dunkler Mond sagte, sein Blut würde uns mit Fluch beladen. Hast du nicht gesehen, wie schon ein klein wenig davon Vogelfänger krank machte? Wie es das Übel in Vogelfängers Kind wachrief? Er wird nicht zurückkommen.«

Paul, dessen hämmernder Kopf wie eine einzige große Beule schmerzte, konnte sich immer noch nicht vorstellen, jemals wieder die Augen zu öffnen, und so fühlte er mehr als er sah, daß jemand sich bückte und ein Gesicht sich ihm näherte.

»Er wird nicht zurückkommen«, sagte Läuft-weit dicht an seinem Ohr, beinahe als spräche er zu Paul, »weil Mutter Dunkler Mond gesagt hat, wenn er zurückkommt, wird der Fluch ihn treffen, nicht uns. Die Menschen können ihn dann töten, ohne sein Blut fürchten zu müssen.«

Das Gefühl der Nähe wich, dann plumpste etwas neben Paul hin. Er hörte ein rhythmisches Geräusch, in dem er alsbald die knirschenden Schritte der davongehenden Männer erkannte.

Allmählich kam ihm eine Ahnung davon, was geschehen war, aber was rascher kam, war das Gefühl der eisigen Kälte. Ein Vibrato von Schauern durchlief ihn, und er krümmte sich wie ein blinder Wurm, kuschelte sich wärmesuchend zusammen. Es nützte nichts - die Kälte zog sich immer noch seine ganze Seite hinunter, saugte ihm das Leben aus. Er wälzte sich auf den Bauch und schob sich dann mühsam nach hinten, bis er auf den Knien kauerte. Er setzte die Hände flach auf und versuchte sich hochzustemmen. Eine Übelkeits- und Schwindelwelle erfaßte ihn, so daß ihm schwarz vor den Augen wurde und er einen kurzen Moment lang sogar die Kälte vergaß - doch der Moment war sehr kurz.

Als die innere Dunkelheit zurückging, schlug Paul die Augen auf. Zuerst war alles unverändert. Der Nachthimmel dehnte sich über ihm aus, ein unfaßbares, samtiges Schwarz, doch als seine Sehkraft wiederkehrte, erkannte er, daß dieses Schwarz von gnadenlosen, glitzernden Sternen durchstochen war. Der obere Rand eines breiten gelben Mondes lugte hinter den Bäumen auf einer Seite der Hügelkuppe hervor.

Unter dem Himmel lag ein Hang, eine einzige weiße Fläche, so daß die Welt auf die einfachsten Gegensätze reduziert zu sein schien. Und Paul selbst war das einzige andere Ding in der Welt, gefangen zwischen Schwarz und Weiß.

Wieso ich? fragte er sich bekümmert. *Was habe ich getan, Gott?*

Ein Windstoß wehte ihn an. Er dauerte nur einen Augenblick, aber der war, als kämen Messer geflogen. Paul schlotterte heftig und stellte sich mühsam auf die Füße. Er schwankte, aber schaffte es, das Gleichgewicht zu halten. Sein Kopf pochte, seine Knochen fühlten sich gebrochen an. Er hatte einen metallischen Geschmack im Mund und spuckte einen dunklen Klumpen Blut aus, der in dem weißen Hang ein kleines Loch machte. Er schluchzte beim Atemholen. Ein fernes Heulen - wie von einem Wolf, aber viel tiefer - erscholl, lauter und leiser werdend, und hallte über die weiße Mondlandschaft, ein erschreckender, urtümlicher Ton, wie zur Untermalung seiner eigenen hoffnungslosen Einsamkeit.

Sie haben mich zum Sterben ausgesetzt. Er schluchzte wieder, wütend und hilflos, aber schluckte es hinunter. Er wollte nicht weinen, weil er fürchtete, dann zusammenzubrechen. Er wußte nicht, ob er ein zweites Mal in der Lage wäre aufzustehen.

Etwas Langes und Dunkles lag zu seinen Füßen im Schnee und rief ihm Läuft-weits Worte ins Gedächtnis zurück. *Vogelfängers Speer.* Er starrte darauf, aber konnte darin erst einmal nichts anderes erblicken als eine Stütze. Er schlang den Fellumhang fester um sich - was war das für ein Todesurteil, daß sie ihm etwas zum Anziehen gelassen hatten? - und bückte sich vorsichtig. Fast wäre er vornübergekippt, doch er fing sich und machte sich an die komplizierte Aufgabe, den Speer aufzuheben. Seine Beine drohten einzuknicken, und sein Kopf fühlte sich an, als würde er gleich zerspringen. Schließlich schloß er die Hand um den Schaft und drückte sich wieder hoch.

Der Wind frischte auf. Er biß und kratzte.

Wo soll ich hin? Einen Moment lang erwog er, den Fußspuren zurück zur Höhle zu folgen. Wenn er sie nicht überreden konnte, ihn wieder hineinzulassen, vielleicht konnte er dann wenigstens ihr Feuer stehlen, wie in der Geschichte, die Dunkler Mond erzählt hatte. Doch selbst mit dem Kopf voller Blut und Scherben wußte er, daß das Wahnsinn war.

Wohin sollte er gehen? Schutz war die Antwort. Er mußte einen Platz finden, wo der Wind ihn nicht erreichen konnte. Dort würde er warten, bis es wieder wärmer wurde.

Bis es wärmer wird. Der schwarze Humor der Vorstellung reizte ihn zum Lachen, aber er brachte nur ein keuchendes Husten heraus. *Und wie lange soll das dauern? Wie lange dauert denn eine Eiszeit, bitte sehr?*

Er machte sich auf den Weg, den Hügel hinunterzustapfen. Jeder Schritt durch den tiefen Schnee war ein kleiner, ermüdender Kampf in einem Krieg, den zu gewinnen er nicht im Ernst hoffen konnte.

Der Mond war über die Baumwipfel gestiegen und hing jetzt voll und dick vor ihm, beherrschte den Himmel. Er wagte nicht, sich vorzustellen, was er in einer mondlosen Nacht gemacht hätte. Auch so erkannte er immer noch viele der heimtückischen tiefen Stellen im silbrigen Schnee nicht rechtzeitig, um ihnen auszuweichen, und jedesmal, wenn er in ein Loch gesackt war, brauchte er länger, um sich wieder herauszuarbeiten. Als Schuhe hatte er dicke Hautstücke mit der Fellseite nach innen an, aber seine Füße waren dennoch so kalt, daß er sie schon seit einiger Zeit nicht mehr spürte. Jetzt hatte er den Eindruck, daß seine Beine ein gutes Stück über den Knöcheln aufhörten. Man brauchte kein Universitätsstudium, um zu wissen, daß das ein schlechtes Zeichen war.

Schnee, dachte er, während er hüfttief in dem Zeug steckte. *Zuviel Schnee.* Solche und ähnliche unerträglich banalen Gedanken hatten ihn in der letzten Stunde begleitet. Es kostete Kraft, sie zu verscheuchen, konzentriert zu bleiben, und er hatte dafür nicht mehr genug Kraft übrig.

Schnee - Schneemann, Schneemond, Schneetreiben. Er hob einen Fuß hoch - er war sich nicht ganz sicher, welchen - und setzte ihn wieder ab, daß er durch die Kruste sank. Der Wind biß ihm ins Gesicht, in die nicht von dem Umhang geschützten Backen. *Schneetreiben.*

Treiben, alles trieb so dahin. Er hatte nie etwas anderes gemacht als sich treiben lassen - durchs Leben, durch Schule und Universität, durch seine Arbeit in der Tate Gallery, wo er Grüppchen kunstbeflissener Damen bei Führungen immer wieder mit denselben müden Späßchen erheitert hatte. Früher hatte er gedacht, er würde einmal etwas werden, eine bedeutende Persönlichkeit. Als Kind hatte er darüber gegrübelt, ohne daß es ihm richtig bewußt gewesen war, hatte kein klares Bild davon entwickeln können, was diese einstige Persönlichkeit machen, wer diese Persönlichkeit tatsächlich sein würde. Und als ob ein Gott der Nieten und Versager seine Richtungslosigkeit bemerkt und eine seinem Vergehen angemessene Strafe verhängt hätte, war er jetzt offensichtlich dazu verdammt, obendrein auch noch durch Raum und Zeit zu treiben, ziellos herumzuirren wie ein Mann, der nach der Öffnungszeit in einem unabsehbar großen Museum eingeschlossen war.

Ja, genau das war es, was er gemacht hatte - sich treiben lassen. Selbst hier in dieser kalten Urzeitwelt, wo ihm sein Gedächtnis - wenigstens zum größten Teil - wiedergekehrt war, hatte er andere für sich entscheiden lassen. Die Jäger hatten ihn aus dem Fluß gezogen, als er sich nicht selbst befreien konnte, und hatten entschieden, er sei ... was hatte Läuft-weit gesagt? ... ein Mann aus dem Totenreich. Und er hatte sich gefügt und sich bloß ohnmächtig selbst bemitleidet, genau als ob jemand auf den letzten freien Platz in der U-Bahn eine Aktentasche gestellt und ihn damit gezwungen hätte zu stehen.

Flußgeist hatten sie ihn genannt. Damit lagen sie richtiger, als sie ahnen konnten. Denn überall, wo er auf dieser Irrsinnsfahrt bisher gewesen war, hatte er sich mitziehen lassen wie ein heimatloses Gespenst. Und überall, wo er gewesen war, war er früher oder später in einem Fluß geschwommen, als ob es stets derselbe Fluß wäre, die perfekte Metapher für sein unselbständiges Leben, immer wieder derselbe Fluß ...

Eine jähe Erinnerung schnitt durch Pauls schweifende Gedanken. *»Sie werden auf dem Fluß nach dir suchen.«* Irgendwer hatte das zu ihm gesagt. War es ein Traum gewesen, einer seiner überaus merkwürdigen Träume? Nein, es war die Stimme aus dem goldenen Kristall gewesen - in seinem Traum war es eine singende Harfe gewesen, aber hier in der Eiszeit hatte der Kristall zu ihm gesprochen. *»Sie werden auf dem Fluß nach dir suchen«*, hatte der Kristall ihm gesagt. Es stimmte also - der Fluß bedeutete wirklich etwas. Vielleicht kam er deswegen nicht davon los.

Paul stutzte. Durch den Schmerz und die Verwirrung drang etwas in sein Bewußtsein, keine Erinnerung, sondern ein Gedanke. Er erfüllte ihn mit einer bitteren Klarheit, die in dem Augenblick alles andere verdrängte. Er hatte sich treiben und treiben lassen, aber das war jetzt vorbei. Wenn er nicht für alle Zeiten dahinwehen und -trudeln wollte wie ein Blatt im Wind, mußte er zu einem gewissen Grad die Zügel in die Hand nehmen.

Der Fluß ist der Übergang von einem Ort zum andern. Er wußte das mit vollkommener Sicherheit, obwohl ihm der Gedanke eben erst gekommen war. *Das Land hinter den Spiegeln, die Marswelt, hier - jedesmal bin ich aus dem Fluß gekommen. Das heißt, wenn ich danach suche ...*

Wenn er danach suchte, hatte er eine Richtung. Wenn er ihn fand, würde sich alles verändern, und er würde einem gewissen Verständnis näher kommen.

Er versuchte krampfhaft, sich an den Weg zu erinnern, den der Jagdtrupp des Menschenstammes genommen hatte, oder sich am Stand des Mondes zu orientieren, doch er hatte solche Fertigkeiten in seinem anderen Leben nie erworben, so daß ihm hier schon der Versuch hochstaplerisch vorkam. Aber eines wußte er, nämlich daß Wasser sich immer die tiefsten Stellen suchte. Er mußte weiter bergab gehen. Wenn er nach unten ging, mußte er irgendwo herauskommen. Er wollte sich nicht mehr treiben lassen. Er wollte sich nie wieder treiben lassen.

Der Mond hatte den größten Teil seines Weges über die schwarzen Weiten hoch droben zurückgelegt, aber noch deutete nichts darauf hin, daß es bald tagen würde. Jeder Schritt war mittlerweile eine Qual, jedes Vorwärtstaumeln mit Versprechungen an seinen Körper erkauft, von denen er bezweifelte, daß er sie je würde halten können. Der einzige Trost war, daß er den steilsten Teil des Hangs hinter sich hatte; als er jetzt zwischen den strauchartigen, schneebedeckten Bäumen hindurchtappte, war das Gelände vor ihm beinahe eben.

Doch selbst ein so geringfügiges Gefälle war unter diesen Bedingungen ein Problem. Paul blieb auf den Speer gestützt stehen und dankte Vogelfänger innerlich dafür, daß er durch seinen Ritzer die Waffe mit Pauls Blut befleckt und damit tabu gemacht hatte. Dann kamen ihm Zweifel, ob das wirklich so war. Letztlich war die Art, wie Läuft-weit und Dunkler Mond die von ihm ausgehende Gefahr dargestellt hatten, der Grund dafür gewesen, daß Paul zum einen nicht getötet und zum andern mit warmen Fellen und einem Speer ausgesetzt worden war. Auf ihre Weise hatten die beiden möglicherweise versucht, ihm eine Chance zu geben.

Dann sollte er sie lieber nutzen. Er holte tief Luft und humpelte weiter. Eine merkwürdige Vorstellung, daß er sein Leben höchstwahrscheinlich zwei Neandertalern zu verdanken hatte, Zeitgenossen seiner eigenen Ahnen aus unglaublich weit zurückliegenden Zeiten. Noch merkwürdiger war die Vorstellung, daß diese Menschen - *die* Menschen - ihr Leben in ihrer ureigenen Normalität verbracht hatten, bis er auf sie gestoßen war. Wer waren sie in Wirklichkeit? Wo war er?

Paul Jonas dachte immer noch darüber nach, als auf einmal der Wind wechselte und ihn vom Hügel herunter der Geruch des Todes anwehte. Seine Haut straffte sich vor jäher Furcht, und alle Haare auf dem Kopf standen ihm zu Berge. Der Gestank kam nicht bloß von verwesendem Fleisch, Tierschweiß war darin und Urin und Kot und auch Blut. Er bedeutete Ausweglosigkeit. Endstation. Paul blickte sich um, und auf dem Hang hinter ihm blieb eine dunkle Gestalt augenblicklich stockstief stehen, so daß er eine Sekunde lang meinte, seine Augen hätten ihn in der Dunkelheit getäuscht, die Gestalt wäre bloß ein Felsen. Doch da regte sich weiter oben am Hang eine andere Gestalt; als sie den Kopf wandte und schnuppernd den gedrehten Wind und die neuen Gerüche prüfte, die er herantrug, sah Paul Augen im Mondlicht gelbgrün funkeln.

Der stärker werdende Wind blies ihn wieder mit dem gräßlichen Geruch an, und sein Gehirn sandte die urtümlichsten Alarmsignale, so daß sich alle seine Muskeln anspannten. Von wachsender Panik erfaßt war ihm dennoch klar, daß es keinen Zweck hatte wegzulaufen. Noch eine schwere vierbeinige Gestalt kam schräg den Hügel herunter. Wenn sie ihn noch nicht angegriffen hatten, diese namenlosen Bestien, dann deshalb, weil sie sich ihrerseits nicht ganz sicher waren, was für ein Wesen er war, wie gefährlich er sein mochte. Doch wenn er floh ... Selbst Paul, der als Junge weniger wilde Tiere gesehen hatte als die meisten Vorstadtkinder, hatte keinen Zweifel, daß er damit das allgemeingültige Signal für *Essen fassen* geben würde.

Sich umzudrehen und einen und noch einen behutsamen Schritt vorwärts zu tun, weiterzugehen trotz des Wissens, daß diese großen dunklen Gestalten hinter ihm waren und immer näher kamen, war vielleicht die tapferste Tat seines Lebens. Er verspürte einen absurden Drang zu pfeifen, etwa wie eine Figur in einem Trickfilm, die krampfhaft einen mutigen Eindruck machen will. Er wünschte, er *wäre* eine Trickfilmfigur, eine unwirkliche Erfindung, die auch den schrecklichsten Unfall überlebte und hinterher mit einem Plop wieder heil war, bereit zum nächsten Abenteuer.

Der Wind wechselte abermals die Richtung und blies ihm jetzt ins Gesicht, und Paul bildete sich ein, vom Hügel her ein tiefes, zufriedenes Knurren zu hören, als die Bestien seine Witterung wieder in die Nase bekamen. Er hatte nur eine Chance, und die war, einen Platz zu finden, wo er ihnen wirksam trotzen konnte – eine Höhle, einen hohen Felsen, einen Baum zum Draufklettern. Kein Wunder, daß die Menschen sich Höhlen im Berg als Wohnung suchten. Er, der im Urlaub immer an sonnige Strände und höchstens einmal für ein paar Tage in die schottischen Highlands oder die Cotswolds gefahren war, hatte nie wirklich einen Sinn für die scheußliche, öde Einsamkeit der Wildnis gehabt. Doch jetzt war er in einer Wildnis, wie er sie sich wilder gar nicht vorstellen konnte.

Der Schnee lag hier flacher, und obwohl er jetzt ein bißchen schneller gehen konnte, war der Untergrund noch heimtückischer geworden, als ob eine Schicht Eis unter dem Schnee läge. Paul fluchte innerlich, aber setzte weiter einen Fuß vor den anderen. Er konnte es sich nicht leisten auszurutschen. Für die Kreaturen hinter ihm würde Hinstürzen zweifellos unter dieselbe Rubrik fallen wie Weglaufen.

Etwas bewegte sich auf der rechten Seite seines Gesichtsfeldes. So vorsichtig, wie er konnte, drehte er den Kopf danach um. Der Schatten trottete am Rand des Schneefeldes entlang, immer im gleichen Abstand, aber nur einen weiten Steinwurf entfernt. Seine struppige Kopf- und Rückenpartie war hundeähnlich, aber irgendwie wirkte sie falsch, verzerrt. Dampf stieg in kleinen Wolken aus seinem Rachen auf.

Der Boden unter seinen Füßen war inzwischen fast völlig eben, aber selbst die verkümmerten Bäume wurden rar. Vor sich sah er nichts als konturlose Weiße – keine Steine, keine Zuflucht. Er schaute über die Schulter und überlegte, ob er einen Bogen schlagen und wieder den Hang hinauf zu einigen der Felsen zurückgehen konnte, an denen er vorher vorbeigekommen war, aber der Anblick der beiden hinter ihm im Zickzack den Berg herunterschleichenden Gestalten erstickte den Gedanken sofort im Keim. Sie waren zu dritt, alle irgendwie falsch geformt oder falsch groß, ein Jagdrudel.

Im Vorwärtsgehen nach hinten zu schauen, war ein Fehler. Paul stolperte und glitt aus. Einen furchtbaren Moment lang dachte er, er würde der Länge nach hinstürzen, aber ein hastiges Abstützen mit dem stumpfen Ende von Vogelfängers Speer verhinderte das; dennoch knallte er mit einem Knie auf den überraschend harten Boden. Es hätte bestimmt sehr weh getan, wenn er nicht nahezu völlig durchgefroren gewesen wäre; so spürte er nichts weiter als eine neue Schwäche im Kniegelenk. Die drei Gestalten, jetzt wieder dicht beieinander, blieben stehen und beobachteten, wie er sich abmühte; wie blaß schimmernde Juwelen hingen ihre Augen in der Dunkelheit, wenn der Schleier ihres dampfenden Atems sich verzog.

Selbst mit der Hand rutschte er auf dem glatten Boden unter der dünnen Schneeschicht aus. Während er sich schwerfällig hochstemmte, erkannte er, daß es tatsächlich Eis war, eine ganze Eisdecke, worauf er gefallen war. Der anfängliche Ärger über diese zusätzliche Behinderung wich mit einem Mal einer unerwartet aufsprießenden Hoffnung.

Der Fluß ...?

Als ob sie das winzige Wiedererstarken seiner Lebensgeister spürte und es rasch im Keim ersticken wollte, lief die am nächsten stehende der drei Gestalten urplötzlich mit langen, mühelosen Sätzen auf ihn zu. Sie bewegte sich so viel schneller, als er es für möglich gehalten hätte, daß sie bis auf ein Dutzend Meter herangekommen war, ehe Paul klar wurde, was geschah, und den Speer hob.

»*He! Hau ab!*« Er fuchtelte wild mit seinem freien Arm und stieß mit dem Speer nach der dunklen Gestalt, wobei er darum betete, sie möge das nackte Grauen in seinen schrillen Tönen nicht bemerken.

Die Bestie blieb stehen, aber wich nicht zurück. Sie betrachtete ihn mit gesenktem Kopf, und ein tiefes, vibrierendes Knurren ließ die Luft zwischen ihnen erzittern. Wie ein körperlicher Schlag traf Paul auf einmal die Erkenntnis, was ihm an diesen Wesen so falsch vorgekommen war. Das Tier war eine Art Hyäne, nur viel, viel zu groß - es hatte eine Schulterhöhe wie ein kleines Pferd und einen breiten, starkknochigen Körper. Der weite, hechelnde Rachen hätte seinen ganzen Rumpf umschließen können.

Wieder knurrte die Bestie mit einem Donnergrollen, das ihn bis ins Mark erschütterte. Vor Schreck wurden ihm die Beine weich, und er mußte sich zusammennehmen, um nicht in die Knie zu gehen. Der Wind trug ihm wieder den Gestank von Aas und tierischer Ausdünstung zu. Sein ohnehin schon zu schnell schlagendes Herz schien bergab zu rasen und drohte dabei jeden Moment zu versagen und tödlich zu stürzen.

Höhlenhyänen. Abrupt fiel ihm der Name wieder ein - er mußte ihn aus einem Dokumentarfilm oder einer naturkundlichen Ausstellung haben -, als ob es eine Rolle spielte, wie diese gräßlichen Untiere hießen. Höhlenhyänen, die Räuber der eiszeitlichen Ebenen, wandelnde Todesmaschinen, die seit fünfzigtausend Jahren keines Menschen Auge mehr erblickt hatte.

Schwankend trat Paul einen Schritt zurück. Die Hyäne tat ihrerseits einen Schritt auf ihn zu, den Kopf weiter gesenkt, die Augen gespenstisch grün glühend. Ihre beiden Genossen stapften den Hügel herab durch den knirschenden Schnee und schwärmten mit der geübten Lässigkeit professioneller Mörder zu beiden Seiten aus. Paul hob den Speer hoch und schwenkte ihn abermals. Er wollte schreien, doch außer einem erstickten Japsen brachte er keinen Ton heraus.

Der Fluß! schoß es ihm durch den Kopf. *Ich bin auf dem Fluß!* Aber was nützte ihm das jetzt noch? Er hatte keine Ahnung, was er anstellen mußte, um von einem Ort zum anderen zu gelangen, und er wußte, daß er diesen Monstern so wenig entkommen konnte, wie er eines davon satteln und in Ascot reiten konnte.

Die am nächsten herangekommene Hyäne knurrte erneut und ging zum Angriff über. Als das Tier in langsamem Trab auf ihn zulief, ließ Paul sich auf die Knie fallen und versuchte, auf der glatten Fläche einen Gegenhalt für den Speer zu finden. Die immer schneller herantrottende Bestie war zwar langsamer als unter normalen Umständen, aber dennoch auf Schnee viel schneller, als er je hätte sein können.

Vielleicht sah sie den Speer vor Pauls zottiger Fellkleidung nicht, oder vielleicht wußte sie nicht, was ein Speer war. Das Maul so weit aufgerissen, daß er ihren Atem eine volle Sekunde, bevor sie ihn erreichte, spüren konnte wie die Hitze aus einem Heizungsschlitz, warf sich die Hyäne mit einer solchen Wucht in die Speerspitze, daß sie Paul beinahe beide Arme auskugelte. Er stöhnte vor Schmerz auf und fühlte, wie der Speer, den er fest umklammert hielt, durch Muskeln und Knorpel fetzte. Das Scheusal stieß ein Schmerzensgeheul aus und knallte gegen ihn. Er flog zur Seite, als ob ihn ein Auto angefahren hätte, und fast wäre ihm der Speer von der weiterstolpernden Hyäne aus den froststarren Fäusten gerissen worden. Paul wurde herumgerissen und auf dem Bauch eine qualvoll lange Strecke über das Eis geschleift, bevor der Speer sich aus dem Fleisch des Tieres löste.

Betäubt blieb er auf dem Gesicht liegen und versuchte sich darauf zu besinnen, was seine Arme und was seine Beine waren. Da hörte er ein Krachen wie einen Pistolenschuß, und einen irrwitzigen Moment lang dachte er, daß wie in *Peter und der Wolf* ein Jäger mit einem großen Schießgewehr zu seiner Rettung gekommen wäre. Dann hob er den Kopf und sah die verwundete Hyäne rückwärts in ein schwarzes Loch im weißen Boden gleiten.

Ein Fauchen hinter ihm ließ Paul herumfahren. Die anderen beiden Bestien kamen auf muskelbepackten Beinen angesprungen. Er rappelte sich so hastig auf, daß er beinahe ausgerutscht und wieder hingefallen wäre, und hob verzweifelt den Speer über den Kopf, um nach ihnen zu schlagen. Da ertönte abermals ein lauter Knall, dann noch einer, und direkt unter ihm strahlten blitzartig schwarze Zackenlinien aus, so daß es einen Augenblick lang den Anschein hatte, als stände er im Mittelpunkt eines Spinnennetzes. Das Eis bebte und sackte ab. Ihm blieb kaum Zeit, sich darüber zu wundern, daß eines seiner Beine kürzer zu sein schien als das andere und sich außerdem plötzlich noch kälter anfühlte als vorher - oder heißer vielleicht, so genau war das nicht zu sagen -, dann brach das Eis unter ihm, und das hungrige schwarze Wasser verschluckte ihn.

Kapitel

Begegnung
mit dem Großvater

NETFEED/WIRTSCHAFT:
Krellor verschleudert MedFX
(Bild: Krellor mit Vizepräsident von Straßburg)
Off-Stimme: Uberto Krellor hat sein multimillionen-
schweres Unternehmen für Ärzte- und Krankenhaus-
bedarf MedFX, eines der letzten noch verbliebenen
Mitglieder seiner Unternehmensfamilie Black Shield,
an die Clinsor-Gruppe verkauft, die damit zum weltweit größten Anbieter auf diesem Markt wird. Krellor,
der durch den massiven Vertrauenseinbruch der Nano-
technologie-Industrie bei den Kunden Milliarden
verlor, hat nunmehr die meisten seiner Anteile mit
Verlust verkaufen müssen, um die Forderungen der
Gläubiger zu erfüllen.
(Bild: Krellor und Hagen im Schweizer Olympia-
pavillon in Bukarest)
Zwar in anderer Hinsicht nicht eben vom Glück be-
günstigt, hat Krellor doch unlängst seine frühere
Frau Vila Hagen zum zweiten Mal geheiratet. Ihre
turbulente erste Ehe war seinerzeit in den Klatschnetzen ein Dauerthema.
Krellor: "Es handelt sich nicht um einen Ausverkauf,
es handelt sich um eine Sanierung — begreift ihr
denn gar nichts? Und jetzt laßt uns bitte allein,
wir würden gern unsere Flitterwochen genießen."

> Obwohl sie schon soviel Zeit zusammen in der Simulation verbracht hatten, erschrak Renie, als sie die Augen öffnete und das Paviangesicht ganz dicht über ihr hing.

»Geht's?« !Xabbu streichelte besorgt ihren Arm. »Wir haben eine Bruchlandung gemacht. Wie im Film.«

Renie war sich nicht völlig sicher, ob es ging: Ihr Kopf tat weh, die Welt schien eine starke Schlagseite zu haben, und sie war kaum imstande, ihre Glieder zu bewegen. Dieses Problem fand eine Lösung, als es ihr gelang, den Sicherheitsgurt aufzuschnallen, der sie an die eingedrückte Wand des Libellenflugzeugs fesselte; das zweite Problem wurde verständlicher, als sie daraufhin ins Cockpit purzelte – die Libelle stand anscheinend auf der Schnauze.

»Wir leben noch«, entschied sie.

»Aber nur knapp.« Unter ihr, halb von den Trümmern des Instrumentenbretts eingekeilt, unternahm Cullen wütende Anstrengungen, sich zu befreien. »Das heißt, nur knapp nach den Kriterien der Simulation. *Herrje!* Seht euch das an!« Er schlug mit der Faust auf die zerschmetterte Konsole. »Total hinüber.«

»Hörst du jetzt endlich mal mit deinem dämlichen Spielzeugflieger auf?« Lenore war in einer schlimmeren Lage als Cullen – der Kopilotensitz war zusammen mit einem großen Stück des Bodens nach vorn gedrückt worden und quetschte sie gegen die Konsole. Sie hörte sich außerdem viel ängstlicher als ihr Kollege an; der überschnappende Ton in ihrer Stimme verschlimmerte Renies Kopfschmerzen noch. »Holt mich hier raus. *Sofort!*«

»Komm, faß mal mit an«, rief Renie !Xabbu zu. Als sie sich umdrehte, stellte sie fest, daß er aus der demolierten Kabine des Flugzeugs verschwunden war. »!Xabbu?«

»Holt mich hier raus!« verlangte Lenore.

Renie zögerte. Die beiden Insektenforscher brauchten Hilfe, aber sie bekam es auf einmal mit der Angst zu tun, sie könnte den kleinen Mann, ihren Freund, verlieren. Dann wäre sie wahrhaft allein in diesem ganzen Irrsinn.

»*Nun mach schon, du blöde Kuh! Hilf mir endlich!*« kreischte Lenore.

Renie fuhr empört herum, aber der Ausdruck im gut simulierten Gesicht der Frau blies ihren Unmut aus wie eine Kerze: Lenore Kwok war im Begriff, vor lauter Panik den Kopf zu verlieren.

»Wir holen dich schon raus«, sagte Cullen, obwohl er selber noch festsaß. »Beruhige dich, Lenore.«

»Halt's Maul!« Sie machte sich hektisch an den Trümmern zu schaffen, die sie einklemmten.

Renie begann hastig, die Bruchstücke der Kabine wegzuräumen, die sich um Cullen angehäuft hatten, wobei sie abermals über die Komplexität und Realitätstreue der Simulation staunte. Sogar die kaputten Dinge waren auf höchst überzeugende Weise kaputt.

»Was machst du da?« schrie Lenore.

»Auf dir liegen mehr Sachen drauf als auf ihm«, erklärte Renie so sanft, wie sie konnte. »Wenn ich ihn freikriege, kann er mir helfen. Ich glaube nicht, daß ich es allein schaffe.«

»Wo ist dieser verdammte Affe?« Die Augen der Frau irrten in der Kabine umher, als ob !Xabbu sich vor ihr versteckt haben könnte.

»Ich weiß es nicht. Versuch einfach ruhig zu bleiben, wie Cullen sagte.«

»Du begreifst nicht!« Lenores Blick war wild, sie atmete in harten Stößen. »Ich fühle meine Beine nicht mehr! Sie lassen sich nicht bewegen!«

»Ach, Menschenskind«, sagte Cullen. »Das ist nichts als Panik, Lenore, Suggestivkraft. Das ist eine Simulation, und im Moment hält sie dich in einer bestimmten Position fest. Deinen Beinen ist nichts passiert. Stell dich nicht so an.«

Renie warf ihm einen scharfen Blick zu. »Cullen, bitte sei still.«

»Hier, seht mal!« !Xabbu war in der Luke erschienen, ursprünglich eine ordentliche Öffnung im Bauch eines simulierten Flugzeugs, jetzt wie ein Turmfenster mehrere Meter hoch über ihnen. »Das ist ein Stachel von einer Pflanze.« Er ließ etwas zu Renie hinunterfallen, der schon aus Selbstschutz nichts anderes übrigblieb, als es aufzufangen. Es sah ein wenig aus wie ein glattes Antilopenhorn, war so lang wie ihr ausgestreckter Arm und beinahe so breit und lief an einem Ende spitz zu. Sie versuchte es zu biegen, doch es ging nicht. »Das könnte hinhauen«, sagte sie zu !Xabbu, während dieser zu ihr hinunterkletterte.

Mit dem Stachel als Hebel konnte sie einen großen Teil des Instrumentenbretts zurückbiegen, so daß Cullen darunter hervorschlüpfen konnte. Als er sich streckte und seine schmerzenden Gelenke rieb, fing seine Partnerin wieder an, schrill nach Hilfe zu verlangen.

»Schon gut, schon gut«, sagte er. »Du bist echt durchgescännt, Kwok, weißt du das?«

»Probieren wir einfach, sie rauszuholen.« Renie fand einen guten Ansatzpunkt für den Hebel und legte sich ins Zeug, um den Kopilotensitz zurückzuziehen.

»Vergeude nicht deine Kraft. Es geht auch einfacher.« Cullen kraxelte ein Stück nach oben, bis er eine Bodenklappe ausfindig gemacht hatte. Er nahm Renie den Stachel ab, stemmte damit die Klappe auf und zog eine Metallkiste mit einem Griff heraus. »Siehst du? Wegen Kunoharas dämlicher Vorschriften müssen wir in unsern scheiß virtuellen Flugzeugen auch noch scheiß virtuelles Reparaturwerkzeug mitschleppen. Wenn das nicht bekloppt ist, weiß ich es nicht.« Er stieg den steil aufragenden Flugzeugboden wieder herunter, entnahm dem Werkzeugkasten einen Schraubenschlüssel und schraubte damit die Bolzen ab, mit denen der Kopilotensitz befestigt war. Durch die Bruchlandung war das Gerüst der Libelle zusammengestaucht worden; es bedurfte mehrerer Tritte, ehe der Sitz aus den Schienen sprang.

Nach weiteren paar Minuten überraschend anstrengender Arbeit konnten sie Lenore herausziehen.

»Ich ... ich kann meine Beine immer noch nicht bewegen«, sagte sie mit einem leisen Gespensterstimmchen. Renie gefiel dieser neue Ton noch weniger als der vorher.

Mit Hilfe von !Xabbus flinken Füßen und Händen gelang es ihnen, sie zur Luke hinaufzubefördern und von dort drei Körperlängen tief vorsichtig auf die Erde abzulassen. Die Libelle hatte sich bei dem Sturz mit der Schnauze in den Waldboden gebohrt und erinnerte jetzt an einen Doppeldecker aus dem Ersten Weltkrieg; die zarten Flügel waren nach vorn gefallen, und der glänzende, zylindrische Hinterleib zeigte himmelwärts.

»Ich kann nicht gehen«, murmelte Lenore. »Meine Beine gehorchen nicht.«

»Das ist absoluter Quatsch«, herrschte Cullen sie an. »Hör zu, falls du's vergessen haben solltest, wir waren dem Eciton-Schwarm, na, ich schätze dreißig Minuten voraus, und es wird ein Mordsdonnerwetter im Stock geben, wenn wir sie nicht warnen.« Er stockte. Ein leicht zweifelnder Blick huschte kurz über sein langes Gesicht. »Ganz zu schweigen davon, daß wir uns in ihrer Bahn befinden.«

»O mein Gott.« In das Problem vertieft, Lenore aus dem kaputten Flugzeug hinauszuschaffen, hatte Renie die Ameisenarmee völlig vergessen. »Du lieber Himmel, die fressen uns auf. O Gott, wie gräßlich.«

»Die fressen uns *nicht* auf«, erwiderte Cullen genervt. »Sie können uns lediglich daran hindern, im Stock Alarm zu schlagen, und der Wiederaufbau und das Neuprogrammieren würden mehr Geld kosten, als ich mir überhaupt vorstellen kann. Das ist eine *Simulation* hier - du scheinst das ständig zu vergessen.«

Renie sah erst ihn an, dann !Xabbu, der die Augenbrauen hochzog und so ein kurioses Bild äffischen Defätismus bot. Er hatte recht: Es war witzlos, Zeit mit Streiten zu vergeuden. »Gut, es ist eine Simulation. Aber laß uns trotzdem aufbrechen, okay?«

Mit Renies und !Xabbus Hilfe nahm Cullen Lenore huckepack. »Was ist mit deinen Beinen?« fragte er. »Hast du Schmerzen?«

»Ich kann sie im Moment nicht fühlen ... Ich kann sie schlicht nicht bewegen.« Lenore schloß die Augen und klammerte sich fest an Cullens Hals. »Ich will nicht reden. Ich will nach Hause.«

»Wir sind schon dabei, dich hinzubringen«, sagte Renie. »Aber jede Auskunft, die du gibst, kann ...«

»Nein.« In ihrer Bockigkeit glich Lenore einem kleinen Kind. »Ich werde kein Wort mehr dazu sagen. Das ist dermaßen blöde. Nichts von alledem geschieht wirklich.«

Und das, überlegte Renie, während sie sich den Weg durch den Wald aus Gras bahnten, war so ziemlich die unsäglichste Bemerkung, die sie in letzter Zeit gehört hatte.

Obwohl er Lenores Gewicht auf dem Buckel hatte, war Cullen anfangs entschlossen, ihre kleine Schar auch noch anzuführen. Renie gab nur ungern die Kontrolle aus der Hand, doch bevor sie und der Entomologe die Sache ausfechten konnten, wies !Xabbu darauf hin, daß er zweifellos am besten dafür geeignet sei, voranzugehen. Nachdem Cullen überzeugt worden war, daß !Xabbu eine lange Erfahrung als Jäger und Pfadfinder hatte und daß es daher *wissenschaftlich* sinnvoll war, erklärte er dem Buschmann, in welcher Richtung der Stock lag, und !Xabbu machte sich daran, einen Weg durch den Bodendschungel zu finden.

Es war eine der merkwürdigsten und surrealsten Touren, die Renie je unternommen hatte - und angesichts dessen, was sie in den letzten paar Monaten erlebt hatte, sagte das eine ganze Menge. Die Welt aus der Insektenperspektive war ein Wunder voll erschreckender und doch faszinierender Dinge. Eine Raupe, die sie in der wirklichen Welt kein zweites Mal angeschaut hätte, war hier eine schimmernde, omnibusgroße Erscheinung wie aus einer psychedelischen Erfahrung, nur eben lebendig. Während sie und die anderen vorsichtig daran vorbeidefilierten, machte die Raupe auf dem Blatt, das sie gerade abfraß, gewissermaßen einen Schritt nach vorn, und diese Bewegung lief wellengleich von vorn nach hinten durch alle Beine wie bei einer Revuetruppe. Als der lange Schritt vorbei war, nahmen sich die vertikalen Beißwerkzeuge wieder das Blatt vor und machten dabei einen Radau wie die Kartonschneidemaschine in der Fabrik, in der Renie einmal einen Ferienjob gehabt hatte.

Der Weg zum Stock führte sie durch einen ganzen Safaripark voll chitingepanzerter Wunderwesen: Blattläuse hingen an Pflanzenstengeln wie schwerelose Schafe, die auf einer umgedrehten Wiese grasten, Milben bohrten sich mit der Verbissenheit von Hunden, die nach vergrabenen Knochen buddeln, in verrottende Pflanzen, sogar ein Grashüpfer katapultierte sich bei ihrem Näherkommen mit einem hörbaren Sprungbeinknacken so hoch, daß er wie eine abhebende Rakete wirkte. Bei gleichem Größenunterschied zu ihr im wirklichen Leben, ging es Renie durch den Kopf, hätte er direkt auf das höchste Gebäude im Zentrum von Durban springen können.

An einer Stelle führte !Xabbu sie vorsichtig um ein Spinnennetz herum – ein phantastisches Werk der Ingenieurskunst aus dieser Perspektive gesehen, aber bei dem Gedanken, zufällig hineinzutreten, lief es Renie eiskalt über den Rücken. Sie schaute sich mehrere Male nervös um, aber die Erbauerin ließ sich nicht blicken.

Auch die Welt der Pflanzen war faszinierend und jede einzelne von einer unglaublichen Komplexität. Selbst die Schimmelpilze, deren vielgestaltige Oberfläche im normalen Leben wegen ihrer Winzigkeit unbemerkt blieb, gaben reichlich Anlaß zum Staunen. Alles mußte ganz neu wahrgenommen werden, auch der nackte Erdboden, denn was dem normalen menschlichen Auge als völlig ebener Pfad erschien, konnte für Wanderer von Insektengröße tiefe, schlüpfrige Gruben und zahllose andere Hindernisse enthalten.

Doch trotz der nicht abreißenden Überraschungen wurde Renie keine Sekunde den Gedanken daran los, was hinter ihnen war. Mit großem Geschick fand !Xabbu auch an Stellen, wo sie völlig verloren gewesen wäre, ein Weiterkommen durch den Mikrodschungel, und dennoch fürchtete sie, daß sie nicht schnell genug waren. Cullen hatte mit Lenores Last auf dem Rücken zu kämpfen, und Renie, die sah, wie er immer langsamer wurde, mußte mit Gewalt den Ärger und die Angst unterdrücken. Selbst !Xabbus geduldiges Auspähen des Geländes brachte sie innerlich auf, weil er mit seiner ruhigen Art den Eindruck machte, es gar nicht eilig zu haben, obwohl sie wußte, daß das nicht stimmte.

Instinktiv erstarrten alle auf der Stelle, als der Schatten eines Vogels hoch über ihnen kurz die Sonne verdunkelte. »Ich kann nicht mehr«, keuchte Cullen, als der Schatten wieder fort war. Er ließ Lenore zu Boden gleiten und japste nach Luft. »Du bist zu schwer, Kwok.«

»Ich trage sie ein Weilchen.« Renie wollte keine Diskussion zwischen Cullen und Lenore oder sonst eine Verzögerung riskieren, falls sie es vermeiden konnte. »Wir können nicht Halt machen. Diese Scheißameisen werden uns umbringen, virtuell oder sonstwie.« Sie bückte sich und versuchte Lenore dazu zu bewegen, auf ihren Rücken zu steigen, aber mit der trotzigen, stummen Entomologin war nicht mehr anzufangen als mit einem Säugling. Fluchend packte Renie sie und legte sie sich über die Schulter wie einen Sack Mehl.

»Los, kommt, solange ich sie noch tragen kann«, zischte sie mit angespannter Stimme.

Beim Weiterstolpern wünschte Renie, nicht zum ersten und nicht zum letzten Mal, die Simulation wäre nicht ganz so frappierend realistisch. Lenores Gewicht lastete genauso bleischwer auf ihr, wie es das im RL getan hätte: Die Forscherin auf der Schulter zu balancieren und dabei einen Fuß vor den anderen zu setzen, war harte Arbeit.

Um ihr Leben fliehende geflügelte Insekten brummten jetzt über sie hinweg, die ersten greifbaren Anzeichen des heranrückenden Eciton-Schwarmes. Es war entsetzlich frustrierend, sie vorbeisausen zu sehen, in derselben Richtung wie sie, aber zehn- oder zwanzigmal so schnell, wie Menschen marschierten. Renie tat der Rücken weh. Sie erwog und verwarf dann bedauernd die Möglichkeit, diese Kwok einfach fallenzulassen und unbehindert von der Last das Weite zu suchen, so schnell es nur ging. Lenore schien unter Schock zu stehen, und da die Simulation selbst erschreckend realistisch war, wußte Renie, daß ihre Wirkungen im gleichen Maße ernst genommen werden mußten. Die Behinderung dieser Frau war genauso lähmend, als ob sie in einem echten Urwald um ihr Leben liefen.

»Da!« schrie Cullen. »Ich kann ihn sehen!«

Renie trat neben ihn. Sie waren auf dem höchsten Punkt der Mittelrippe eines zu Boden gefallenen Palmwedels angekommen. Von diesem verhältnismäßig hohen Standort aus, ein gutes Stück über dem Blättermulch des Waldbodens, sahen sie endlich die Fenster des Stocks am fernen Hügel blinken. »Wie weit ist es noch, in RL-Entfernung?« keuchte sie. »Wenn wir normal groß wären? Ein paar Meter? Wenn doch bloß ...«

»Genau«, sagte Cullen. »Wenn doch bloß.« Er trottete die andere Seite des Blattes hinunter und überließ es Renie, mit Lenore auf dem Rücken hinter ihm herzustolpern.

Sie überquerten gerade eine relativ freie Fläche am Rande der Erhebung, auf der der Stock lag, als die ersten zu Fuß laufenden Flüchtlinge vor dem Schwarm aus dem Dickicht hinter ihnen hervorbrachen. Eine langbeinige Spinne stelzte vorbei, hoch wie ein Haus. Kleinere, aber eher noch unerfreulichere Tiere kamen in einem wilden Tumult blindlings hinter ihr hergestürzt.

»Wir sind nicht schnell genug.« Renie taumelte bei diesen Worten und wäre beinahe hingefallen; sie ließ Lenore auf den Boden ab. Eine über ihren Köpfen hinwegstreichende Fliege machte einen Lärm wie ein kleiner Düsenhelikopter. »Wir müssen einen sicheren Ort finden. Irgendwas Erhöhtes.«

»Bist du verrückt?« herrschte Cullen sie an und deutete auf den Stock. »Da oben steht Code im Wert von Millionen.«

»Heiliger Bimbam! Du kapierst es *wirklich* nicht, was?« Ein Teil von Renie wußte, daß Schreien kein gutes Rezept war, doch das war ihr jetzt egal. »Hier geht's nicht um Gear, hier geht's ums Überleben!«

!Xabbu hatte ihr Ausbleiben bemerkt und eilte zu ihnen zurück. Ein Tausendfüßler, ein glänzendes, schlängeliges Ding, das eben noch Hals über Kopf geflohen war, machte urplötzlich einen Schlenker zur Seite und schnappte zu, doch der kleine Mann im Paviankörper machte einen Satz und rettete sich damit knapp vor dem runden Kopf mit den kräftigen Beißwerkzeugen. Sein Paviansim bleckte die Zähne und ging in Verteidigungsstellung. Der Tausendfüßler zögerte, dann wandte er sich ab und trappelte weiter, weil offensichtlich die Furcht vor dem todbringenden Schwarm hinter ihm größer war als sein Jagdtrieb.

»Wir müssen irgendwo hochklettern«, schrie Renie !Xabbu zu. »Wir kommen nie im Leben rechtzeitig hin.«

»Das ... das ist unverantwortlich.« Cullen klang inzwischen ziemlich unsicher. Der nächste Schatten kreiste in der Höhe, wieder ein

Ameisenvogel, der darauf aus war, unter den Flüchtenden Beute zu machen.

»Hier.« !Xabbu stand am Fuß eines Farns und winkte. »Wenn wir auf diese Pflanze steigen, können wir uns an einen Platz begeben, wo sie, glaube ich, nicht hinkommen werden.«

Renie bückte sich und lud sich Lenore wieder auf. Sie war gerade ein paar Schritte gegangen, als sie einen harten Schlag in den Rücken bekam, der sie aus dem Gleichgewicht brachte. Während sie sich bemühte, wieder Tritt zu fassen, bearbeitete die über ihrer Schulter liegende Lenore Renies Rücken mit den Fäusten.

»Setz mich ab! *Setz mich ab!*«

Renie ließ sie zu Boden gleiten, wobei sie darauf achtete, sie nicht einfach hinplumpsen zu lassen, und bekam zum Dank dafür eine herumfuchtelnde Faust aufs Ohr. »He, was soll der Quatsch?« knurrte sie.

Lenore hatte sich zusammengerollt wie eine Kugelassel. Cullen kam angestapft. Der Lärm der fliehenden Insekten wurde immer lauter und ihre Flut immer breiter, so daß sie an ihrem Standort langsam in Gefahr waren. »Verdammt nochmal, Kwok, was machst du da?«

»Laß mich in Ruhe.« Lenore sah nicht zu ihm auf. »Ich will nicht mehr.«

Cullen beugte sich hinab und packte sie. Ihre Beine bewegten sich immer noch nicht, aber von der Hüfte aufwärts wehrte sie sich heftig und verpaßte ihm einen kräftigen Schlag ins Gesicht. Fluchend ließ er sie fallen. »Du scännst ja! Was soll das?«

»Ihr müßt euch beeilen!« rief !Xabbu von einer Stelle hoch oben am Farnstengel. »Ich kann die Ameisen schon sehen!«

»Wir gehen nicht ohne Lenore!« Cullen blickte wie einer, der sein Haus abbrennen sieht. »Herrje, ich kann sie doch nicht einfach hier liegenlassen.« Er faßte die Frau am Arm, doch sie schüttelte ihn ab. »Was ist los mit dir?« brüllte er sie an.

»Das ist einfach so ... blöde!« jammerte sie. »Es ist blöde, und es tut weh! Und ich will will *will* nicht mehr!« Sie riß die Augen weit auf und starrte ihn mit einer beinahe wahnsinnigen Eindringlichkeit an. »Es ist nicht wirklich, Cullen, nichts von alledem ist wirklich. Es ist ein Spiel, und ich mache bei diesem blöden Spiel einfach nicht mehr mit.« Sie drosch auf seine Hand ein. Er zog sie zurück.

»Gut«, sagte Renie. »Befaß du dich mit ihr, wenn du willst.« Sie drehte sich um und hastete über die freie Fläche auf !Xabbu und den rettenden Farn zu. Ein Käfer scherte aus der vorderen Reihe der anstürmenden Meute aus und schnitt ihr knarrend wie eine Slup mit vollen Segeln den Weg ab. Sie wartete ungeduldig, bis er vorbei war, und sprintete dann weiter.

»Ich kann sie nicht einfach liegenlassen!« schrie Cullen hinter Renie her.

»Dann bleib halt bei ihr!« Renie kam am Fuß des Stengels an, packte die dicken Fasern, die ihn wie einen Pelz bedeckten, und trat Halt suchend mit den Stiefeln, bis sie sich vom Boden hochgezogen hatte. Als sie den ersten Platz erreichte, wo sie stehen konnte, schaute sie zurück. Cullen schrie Lenore irgend etwas zu - unmöglich zu verstehen bei dem immer lauter werdenden Getöse -, aber sie hatte sich wieder in eine embryonale Kugel zusammengerollt und beachtete ihn gar nicht. Erneut versuchte er sie hochzuheben, was aber nur zur Folge hatte, daß sie ihn kratzte und mit den Ellbogen knuffte. Renie schüttelte den Kopf und kletterte weiter.

»Hier hoch.« !Xabbu rutschte ein Stück den Stengel hinunter und bewegte sich dabei in seiner Paviangestalt so mühelos, wie Renie es auf einer breiten Treppe getan hätte. »Setz den Fuß da drauf - ja, da. Warum will diese Lenore nicht kommen?«

»Schock vermutlich - ich weiß es nicht.« Renies Fuß glitt ab, und sie baumelte einen Moment lang strampelnd und zu Tode erschrocken an einem Arm in der leeren Luft, aber !Xabbu faßte mit beiden Händen nach unten und umklammerte ihr Handgelenk, bis sie den Mut aufbrachte, nach einer Trittfläche zu schauen. Als sie eine gefunden und wieder sicher Fuß gefaßt hatte, sah sie Cullen unten am Stengel ankommen und hinaufklettern.

Der Lärm schwoll immer weiter an, bis er wie das Brüllen des Ozeans in einer engen Bucht klang. Der Himmel füllte sich mehr und mehr mit hüpfenden und fliegenden Insekten in allen Größen. Einige zischten so dicht vorbei, daß ihre Flügelspitzen die äußeren Wedel des Farns streiften und zum Wackeln brachten. Die Horde auf dem Erdboden wurde noch zahlreicher. Zustoßende Ameisenvögel pickten sich etliche heraus, aber nichts konnte den Zug bremsen.

Renie und !Xabbu erreichten einen Punkt in mittlerer Höhe, wo die Entfernung zum nächsten weit ausladenden Blatt so groß war, daß Renie nur mit außerordentlicher Schwierigkeit hinaufgekommen wäre, weshalb sie vom Hauptstengel weg in die geknickte Rille eines Blattes abbogen. Als sie darauf traten, schwankte der gekrümmte Wedel beunruhigend, aber eher von der Brise als von dem geringfügigen Gewicht der winzigen Menschlein.

Cullen erschien hinter ihnen; er redete mit sich selbst. »Es wird ihr schon nichts passieren. Es ist bloß ... sie fliegt einfach raus. So was von vollblock, was das System da abzieht.«

Beim Anblick seines bleichen, besorgten Gesichts verspürte Renie keinen Drang mehr, mit ihm zu debattieren.

Sie arbeiteten sich über die haarige Blattoberfläche vor, bis sie dicht am äußeren Rand waren und weit unten Lenore in ihrem weißen Jumpsuit eingerollt am Boden liegen sahen wie ein hingefallenes Reiskorn. Da fühlte Renie, wie !Xabbus Hand ihren Arm umschloß. Sie sah auf und folgte mit den Augen seinem zeigenden Finger.

Ein kurzes Stück von ihnen entfernt lag ein kleiner Baum, der wohl vor langer Zeit umgestürzt und teilweise schon wieder im Waldboden aufgegangen war, so daß das Graubraun seiner Rinde nur an wenigen Stellen durch das Moos und die Gräser lugte, die darüber gewachsen waren. Aus Renies und !Xabbus Perspektive war er so hoch und lang wie ein Hügelkamm.

Die Eciton-Armee hatte die Kuppe des Baumstamms erreicht und schwärmte darauf aus wie Soldaten auf einem eingenommenen Berggrat. Die ersten Späher kamen soeben von ihren Vorstößen nach unten zurück, und vor Renies Augen floß jetzt die erste Ausstülpung aus wimmelnden Ameisenleiber hinunter auf den Waldboden. Der ganze Stamm verschwand unter einem lebendigen Ameisenteppich, und kurz darauf streckte der Schwarm seine Truppenfühler über die freie Fläche aus, die Renie und die anderen gerade geräumt hatten.

»Es ist nicht wirklich«, sagte Cullen heiser. »Denkt daran. Das sind Zahlen, kleine Gruppen von Zahlen. Wir betrachten Algorithmen.«

Renie konnte nur mit gebanntem Grauen die dahinströmenden Ameisen anstarren. Einer der vordersten Späher trat an Lenores regungslosen Körper heran und sondierte sie mit seinen Fühlern, wie ein Hund eine schlafende Katze beschnüffelt, bevor er sich umdrehte und zum nächsten Arm des Schwarms zurückeilte.

»Die Simulation schmeißt uns raus, wenn was passiert.« Cullen flüsterte jetzt beinahe. »Mehr nicht. Es ist ein Spiel, wie sie sagte. Kunoharas gottverdammtes Spiel.« Er schluckte. »Wie bringt sie es fertig, einfach bloß *dazuliegen*?«

!Xabbus Griff um Renies Arm wurde fester, als Lenore von fühlerwackelnden Arbeiterinnen umringt wurde.

»Nimm das Abwehrspray!« schrie Cullen. Die winzige Gestalt reagierte nicht. »Menschenskind, Kwok, nimm das Solenopsis-Spray!«

Auf einmal bewegte sie sich doch und machte Anstalten, auf Ellbogen und untauglichen Beinen davonzukriechen, doch es war zu spät.

Aus den Augenwinkeln sah Renie Cullen zusammenzucken. »O mein Gott«, sagte er, »sie schreit. Gütiger Himmel. Warum schreit sie? Es ist bloß eine Simulation - es gibt keine Schmerzfunktion ...« Ihm versagte die Stimme, sein Unterkiefer klappte herunter, und er war aschgrau.

»Sie hat einfach Angst«, sagte Renie. »Es muß ... es muß grauenhaft sein, dort unten zu sein, selbst wenn es nur eine Simulation ist.« Sie betete inbrünstig darum, daß ihre Instinkte sie trogen. »Das wird alles sein.«

»O Gott, sie töten sie!« Cullen sprang auf und hätte fast das Gleichgewicht verloren. !Xabbu packte sein Jumpsuitbein, aber der Pavian hatte zu wenig Masse, um viel auszurichten. Renie erwischte den Insektenforscher gerade noch am Gürtel und zog ihn von der Kante fort. »Wir müssen ...«, brabbelte er, »wir können nicht ...« Cullen verstummte, aber er konnte den Blick nicht abwenden.

Unten hatten die normalen Arbeiterinnen ihr Werk beendet. Lenores Sim war klein gewesen; sie konnten die Stücke selber zurück zum Schwarm tragen und mußten keine der größeren Submajor-Arbeiterinnen zu Hilfe rufen.

Cullen legte das Gesicht in die Hände und weinte. Renie und !Xabbu beobachteten schweigend, wie der ganze Schwarm vorbeiflutete.

Es dauerte fast eine Stunde, bis die letzten Nachzügler verschwunden waren. Der Strom der Ameisen hatte so lange angehalten, daß Renie das Grauen wie auch die Faszination vergangen waren. Sie fühlte sich stumpf.

»Es war Schock, weiter nichts.« Cullen hatte offenbar seine Selbstbeherrschung wiedererlangt. »Lenore ist natürlich offline gegangen - es war bloß so scheußlich mit anzusehen.« Er beäugte über den Rand des Blattes hinweg das kahle Feld der Verwüstung. »Ich hatte nicht erwartet, daß es so ... so schlimm sein würde.«

»Was hast du da eben gerufen?« fragte Renie. »Irgendwas mit einem Spray?«

Cullen zog ein silbriges Röhrchen aus der Tasche. »Chemisches Abwehrspray mit dem Duftstoff von Solenopsis fugax, Raubameisen. Wir haben es sozusagen hier eingeschmuggelt, um einen gewissen Schutz im offenen Gelände zu haben. Jeder aus dem Stock hat bei der Feldarbeit eines dabei.« Er steckte das Röhrchen wieder in die Tasche und wandte sich von der Blattkante ab. »Solenopsis ist eigentlich eine europäische Ameise, deshalb ist es wohl in gewisser Hinsicht gemogelt.«

Renie starrte ihn sprachlos an. Nur jemand, der in einer Phantasiewelt lebte - oder, vermutete sie, der durch und durch Wissenschaftler war -, konnte mit ansehen, was soeben seiner Kollegin widerfahren war, und dennoch weiter so reden, als ob das Ganze nur ein leicht danebengegangenes Experiment wäre. Aber ihm zu widersprechen war sinnlos - sie konnte nichts beweisen. »Wir brechen besser auf«, sagte sie statt dessen. »Der Schwarm muß inzwischen weit weg sein.«

Cullen sah sie mit ausdrucksloser Miene an. »Aufbrechen? Wohin denn?«

»Zum Stock, würde ich sagen. Nachschauen, ob noch etwas übrig ist, womit wir hier rauskommen.«

!Xabbu blickte auf. »Wir sollten zurück zum Fluß gehen.«

»Ich weiß nicht, wovon ihr redet, die eine wie der andere«, sagte Cullen. »Die Simulation ist hin. Ehrlich gesagt, verstehe ich euch gar nicht - ihr tut so, als wäre das alles real. Es hat keinen Zweck, irgendwo hinzugehen. Es gibt nichts, wo man hingehen könnte.«

»Du bist es, der die Situation nicht begreift.« Sie begab sich zum Blattstiel und machte sich an den Abstieg. »Überhaupt gibt es *viel*, was du nicht begreifst, und ich habe jetzt leider nicht die Zeit und die Kraft, es dir zu erklären, aber selbst dir muß aufgefallen sein, daß hier etwas ziemlich gründlich schiefläuft. Wenn du also überleben und das RL wiedersehen willst, rate ich dir dringend, daß du den Mund hältst und dich in Bewegung setzt.«

Es war wie ein Gang über ein Schlachtfeld, dachte Renie, viel schlimmer, als es oben vom Blatt aus den Anschein gehabt hatte. Wo der Eciton-Schwarm drüberweg gezogen war, war der Mikrodschungel radikal von sämtlichen Lebewesen außer Pflanzen gesäubert worden, und auch von denen hatten nur die größten unbeschadet überlebt: Am Boden hatten die Ameisen nichts als kahlgefressene Stengel und hier und da winzige, unkenntliche Materieteilchen hinterlassen.

Cullen, der bergan zum Stock vorausging, war seit Renies Ausbruch still - wahrscheinlich eher, weil er sie für eine unberechenbare Verrückte hielt, vermutete Renie, als weil er ihrem Urteil über die Ereignisse traute.

Sie wußte nicht einmal genau, was sie selber glauben sollte. Hatten sie wirklich miterlebt, wie eine Frau auf brutale Weise von riesigen Ameisen getötet worden war, oder hatten sie lediglich eine Simulation ablaufen sehen, die ihnen die Zerstückelung eines Scheinmenschen durch Scheininsekten vorgespielt hatte, wobei der echte Mensch aus dem Puppenkörper hinausbefördert worden war wie Stephen oder einer seiner Freunde, wenn sie in einem Kampfspiel verloren?

Das letzte Mal freilich, als Stephen bei einem Online-Spiel mitgemacht hatte, war etwas anders gelaufen, und er war nicht mehr zurückgekommen. Wer konnte da sicher sagen, ob Lenore heil ins RL zurückgefunden hatte oder ob Renie oder !Xabbu oder der junge Entomologe, der jetzt verbissen vor ihnen herstapfte, ein ähnliches Unglück überleben würde?

!Xabbu kam eine gewundene Ranke heruntergekraxelt, von der aus er kurz Ausschau gehalten hatte. »Die Ameisen sind weitergezogen. In der Nähe des Stockes sind keine zu sehen.«

Renie nickte. »Eine Sorge weniger. Ich hoffe, eines dieser Flugzeuge funktioniert noch - zurück zum Fluß ist es ein sehr weiter Weg, und selbst wenn wir nicht nochmal auf die Ameisen stoßen, habe ich keine Lust, das Risiko einzugehen.«

!Xabbu blickte nachdenklich. »Wir wissen, daß mit diesem Netzwerk etwas nicht stimmt, Renie. Und jetzt sieht es so aus, als wären noch andere davon betroffen, nicht bloß wir.«

»So sieht es in der Tat aus.«

»Aber was könnte die Ursache sein? Unsere Freunde konnten nicht aus diesem Anderland hinaus - konnten nicht offline gehen, meine ich -, und jetzt können diese Leute hier das auch nicht, und sie haben mit unserer Suche nichts zu tun, soweit ich sehen kann.«

»Irgendwas an dem ganzen System spinnt total.« Renie zuckte mit den Achseln. »Keine Ahnung, was. Wir haben nicht genug Informationen. Vielleicht werden wir *nie* genug Informationen haben, denn nach dem, was Sellars sagte, hat es ein System wie dieses noch nie gegeben.«

»Oh, *Scheiße!*« Cullen war auf der Kuppe des unteren Hügels stehengeblieben. Vor ihm lag aufgebrochen und geplündert der Stock.

Die großen Fenster auf der ganzen Vorderseite waren eingedrückt worden, wahrscheinlich vom bloßen Gewicht des Ameisenschwarms.

Die Ameisen hatten offenbar völlig wahllos alle möglichen Gegenstände herausgeholt, aber viele einfach liegenlassen: Der Felsvorsprung vor dem Gebäude war mit virtuellen Dingen von drinnen übersät, von denen Wandstücke, Möbelteile und Exponate aus dem Museum noch am ehesten zu erkennen waren. Auch unappetitlichere Überreste, blutlose Stücke der simulierten Körper, die den menschlichen Bewohnern des Stocks einst gehört hatten, waren über die ganze Landschaft verstreut. Von den ursprünglichen Besitzern abgerissen oder abgeschnitten sahen sie weniger real aus als vorher im Ganzen eines Sims, wie versprengte Puppenteile, aber immer noch gräßlich genug. Cullen starrte dermaßen trostlos darauf, daß man meinen konnte, er würde sich nie wieder von der Stelle bewegen.

Renie nahm ihn am Arm und zog ihn weiter. Sie schritten durch eines der Gleittore des Hangars, das mit roher Gewalt aufgebogen worden war und so als Einlaß für sie überreichlich Platz bot. Jetzt war es Renie, der das Herz kalt und schwer wurde. Vielleicht wegen der Ähnlichkeit der Flugzeuge mit Insekten war die kleine Luftflotte des Stocks von der Eciton-Armee in Fetzen gerissen worden. Aus den wenigen erkennbaren Teilen, die noch übrig waren, hätte man nicht einmal einen Liegestuhl zusammenbasteln können, von einem Flugapparat ganz zu schweigen.

Renie hätte heulen können, aber sie durfte sich nicht gehenlassen.
»Gibt es noch andere Flugzeuge?«
»Ich weiß nicht«, sagte Cullen tonlos. »Angelas Käfer vielleicht.«
»Was ist das? Wo ist er?«
»Renie?« !Xabbu stand am Hangareingang und blickte auf den mit Trümmern besäten Hang hinaus. Seine Stimme hatte einen seltsamen Klang. »Renie, hilf mir.«

Erschrocken drehte sie sich um und lief zu ihm. Etwas sehr Großes schritt geradewegs den Hang hinauf in ihre Richtung, ein hellgrünes Ding von der Größe eines Baukranes. Es schraubte seinen dreieckigen Kopf wie ziellos suchend hin und her, doch kam dabei unbeirrt auf sie zu.

»Er ist es.« !Xabbu sprach mit rauh flüsternder, gepreßter Stimme. »Es ist Großvater Mantis.«

»Nein, das ist er nicht.« Sie legte die Hand um sein schlankes Pavianvorderbein und versuchte ruhig zu bleiben, obwohl die Angst sie wie mit Nadeln durchbohrte, ihr Herz in der Brust rasen ließ und ihr den

Atem benahm. »Es ist ... es ist auch eine Simulation, !Xabbu. Bloß eine gewöhnliche Mantis, eine Gottesanbeterin.« Sofern ein Vieh von der relativen Größe eines Tyrannosaurus in irgendeiner Weise gewöhnlich genannt werden konnte, schoß es ihr durch den Kopf. »Eines von Kunoharas Insekten.«

»Das ist Betrug.« Cullens Stimme klang nüchtern-sachlich. »Das ist eine Sphodromantis centralis. Die sind hier gar nicht heimisch, sondern stammen aus Afrika.«

Renie fand, daß das für einen Mann, der selber Spray von europäischen Raubameisen eingeschleppt hatte, eine ziemlich unverfrorene Bemerkung war, aber in Anbetracht der nahen und ständig näher kommenden Gottesanbeterin schien der Zeitpunkt für eine Diskussion über VR-Ethik schlecht gewählt zu sein. Sie zog an !Xabbus haarigem Arm. »Laß uns hier verschwinden.«

»Es sei denn, daß sie auf einem Schiff mitgekommen sein soll«, murmelte Cullen vor sich hin. »Auf diese Weise sind die überhaupt erst nach Amerika gekommen.«

»Lieber Himmel, hör auf mit dem Quatsch! Laß uns -« Sie stockte. Die Gottesanbeterin hatte ihnen den Kopf zugewandt und kam jetzt schneller den Hügel heraufgestelzt, die sichelartigen Fangarme ausgestreckt, eine ungeheure Mordmaschine. »Was fressen diese Biester?« hauchte Renie.

»Alles, was sich bewegt«, antwortete Cullen.

Sie ließ !Xabbu los und schob Cullen mehrere Schritte nach hinten ins Innere des Hangars. »Los! Du hast gesagt, es gäbe noch ein Flugzeug oder sowas - das von Angela, hast du gesagt. Wo?«

»Ihren Käfer. Auf dem Dach, glaub ich. Falls sie ihn nicht selber genommen hat.«

»Gut. Auf geht's!« Sie guckte sich um. »!Xabbu!« schrie sie auf. »Was machst du da?« Der Pavian kauerte immer noch unter dem zerknautschten Hangartor, als wartete er auf den Tod. Sie sprintete zurück und hob ihn hoch, nicht ohne eine gewisse Anstrengung, nachdem sie Lenore schon so lange getragen hatte.

»Er ist es, und ich habe ihn gesehen«, sagte er in ihr Ohr. »Daß ich das erleben durfte!«

»Das ist kein ›Er‹, und es ist ganz gewiß nicht Gott, es ist eine riesige, affenfressende Fangschrecke. Cullen, setzt du dich jetzt endlich in Bewegung? Ich weiß nicht, wie man aufs Dach kommt - du weißt das!«

Als ob er plötzlich aus einem Traum erwachte, drehte sich der Entomologe um und rannte auf die Rückwand der Halle zu, dicht gefolgt von Renie. Sie hatten gerade die nach innen führende Tür erreicht, da gab das simulierte Metall des Hangartors ein protestierendes Kreischen von sich. Renie sah zurück. Die Gottesanbeterin hatte sich fast ganz hineingezwängt und zog in diesem Moment ihren langen Hinterleib samt Beinen durch die Öffnung. Der Kopf drehte sich auf eine grausige, roboterhafte Art, während die blanken grünen Kuppeln der Augen ihre Flucht verfolgten.

Die Tür ins Innere des Komplexes war unverriegelt und glitt beim Anfassen auf, aber es gab keine Möglichkeit, sie hinter ihnen abzuschließen. !Xabbu wand sich in Renies Armen. »Ich habe mich wieder in der Gewalt, Renie«, versicherte er. »Setz mich ab.«

Sie ließ ihn hinunter, und zusammen stürzten sie alle auf die Tür am hinteren Ende des Korridors zu.

»Warum können wir uns nicht einfach dort hinversetzen?« fragte Renie Cullen, während sie simulierten Trümmern auswich, die ihr im Weg lagen. »Man muß hier doch gar nicht gehen und rennen, oder?«

»Weil es nicht funktioniert, verdammt nochmal!« schrie er. »Ich hab's probiert. Kunohara hat das Protokoll abgestellt oder so was in der Art. Freu dich, daß wir in weiser Voraussicht Aufzüge eingebaut haben – um sicherzugehen, falls er mal seine Meinung darüber ändern sollte, wie viele Abkürzungen wir hier drinnen nehmen dürfen.«

Der Aufzug stand in ihrem Stockwerk, und die Türen waren halb auf, doch Renies kurzer Hoffnungsschimmer verblaßte sofort: Die Türen waren nach außen gebogen, als ob jemand versucht hätte, sie von innen aufzubrechen. Noch während sie darauf starrten, regte sich dahinter etwas Großes und Dunkles, und die klaffenden Türen schepperten und bebten. Einer der Ameisensoldaten war im Fahrstuhl eingesperrt und gerade dabei, ihn zu zertrümmern.

Mit einem Schrei der Wut und Angst kam Cullen schlidternd zum Stehen. Alle fuhren herum, als hinter ihnen im Flur ein lautes Knirschen erscholl. Der keilförmige Kopf der Gottesanbeterin hatte die Durchgangstür zum Hangar aufgedrückt, und als das Scheusal jetzt den Rest seines kolossalen Körpers durch die Öffnung quetschte, zerbrach auch noch der Türrahmen.

»Zur Treppe! Ein Stück zurück!« Cullen deutete auf einen abgehenden Gang weiter vorn im Korridor.

»Dann los!« Renie packte !Xabbu am Arm für den Fall, daß er wieder einen Frömmigkeitsanfall bekam. Die Gottesanbeterin riß die letzten Reste des Türrahmens weg; während sie auf das riesige grüne Insekt zuliefen, trat dieses in den Korridor und richtete sich auf, bis seine Fühler die hohe Decke streiften, ein riesiges Museumsstück, das zum Leben und Morden erwacht war. Renie und die anderen beiden erreichten den Quergang und bogen mit soviel Schwung um die Ecke, daß sie auf dem glatten Fußboden ins Rutschen kamen und beinahe hingefallen wären. Renie war sich darüber im klaren, daß das Monster die Distanz zu ihnen mit wenigen Schritten zurücklegen konnte, und sie ließ !Xabbu los und rannte, was sie konnte.

»Schnell!« kreischte sie.

Sie preschten durch die aufknallende Schwingtür in das Treppenhaus, ihr auf allen vieren hoppelnder Freund neben ihr, Cullen dicht dahinter. Renie fluchte, als sie sah, daß die Treppe zu breit war, um das sie verfolgende Ungetüm abzuhalten, und so betete sie, daß wenigstens die Stufen eine Bremswirkung haben mochten. Sie lief kurz langsamer und ließ Cullen vorbei, damit ihm nicht plötzlich eine bessere Route einfiel.

Sie waren erst am zweiten Treppenabsatz angekommen, als unter ihnen die Gottesanbeterin die Tür aus den Angeln schmetterte. Beim Sprung auf das nächste Treppenstück warf Renie einen raschen Blick nach unten, aber wünschte sofort, sie hätte es gelassen. Die Bestie kletterte geradewegs in der Mitte des Treppenschachtes nach oben, wobei sie sich mit ihren langen Gliederbeinen an Treppen und Wänden abstützte. Ihre leeren Scheinwerferaugen glotzten sie gierig aus solcher Nähe an, daß sie den Eindruck hatte, hinunterlangen und den gepanzerten Kopf berühren zu können.

»Probiert die Türen aus!« schrie sie zu ihren Gefährten hinauf. !Xabbu rüttelte im Vorbeilaufen an der Tür auf dem dritten Treppenabsatz, doch sie war fest verschlossen.

»Es sind nur noch wenige Stockwerke zum Dach«, rief Cullen.

Renie schaltete auf eine etwas kontrolliertere Gangart um, damit sie nur ja nicht ausrutschte. Sie bezweifelte, daß einer von ihnen einen Sturz überleben würde - ihre Verfolgerin war nur wenige Meter unter ihnen und füllte den Treppenschacht wie ein aus dem Höllenschlund aufsteigender Dämon.

Da langte das Ungetüm auf einmal tatsächlich *über* sie - das Ende eines mächtigen grünen Beines kam hoch und stemmte sich gegen die

Treppenwand über ihrem Kopf. Entsetzt konnte Renie sich nur auf die Stufen werfen und darunter durchkriechen. Sie rechnete fest damit, jeden Augenblick von einem der Fangarme geschnappt zu werden wie von einer gigantischen Zange, doch die Gottesanbeterin glitt ab und sackte einen halben Stock tiefer, ehe sie wieder Halt fand, so daß Renie zu hoffen wagte, doch noch vor ihr das Dach zu erreichen.

Um Gottes willen, ging es ihr plötzlich durch den Kopf. *Was ist, wenn der Ausgang zum Dach auch zu ist?*

Während sie auf den letzten Treppenabsatz stolperte, rüttelte Cullen schon vergeblich an der Tür. Sie hörte, wie sich das Scheusal wieder mit einem ledrigen Schaben und Knattern auf sie zuarbeitete, das klang, als würde der größte Schirm der Welt aufgespannt.

»Sie ist zu!« schrie Cullen.

Renie warf sich gegen die Tür, und die beiden Flügel knallten auf und gaben den Blick auf einen breiten Ausschnitt des spätnachmittäglichen Himmels frei. *Nicht zu, bloß verklemmt.* Es war ein Dankgebet. Sie trat zur Seite, und Cullen taumelte rückwärts ins Freie, gezogen von !Xabbu zu seinen Füßen. Der große grüne Kopf der Gottesanbeterin stieg hinter ihm aus dem Schatten des Treppenhauses auf wie ein dreieckiger Mond. Ein Bein kratzte auf der Suche nach Halt über den Treppenabsatz. »Wo ist das verdammte Flugzeug?« rief sie Cullen zu.

Der Insektenforscher gewann die Balance wieder und sah sich mit panisch aufgerissenen Augen um. »Da drüben!«

Renie warf die Tür hinter ihm zu und zog den Stachel aus ihrem Gürtel. Sie stieß ihn durch die Türgriffe, wobei ihr klar war, daß er nur ein Strohhalm in einem Orkan war, und sprintete dann hinter den beiden her auf eine Windschutzmauer zu, die das graue Dach zur Hälfte abteilte und verbarg, was auf der anderen Seite war. »Bist du sicher, daß es da ist?« schrie sie. Cullen sagte nichts, sondern rannte nur, was er konnte. Wie zur Antwort gab es hinter ihr einen Knall. Der Stachel schoß an ihr vorbei und hüpfte über das Dach, gefolgt von dem knirschenden Geräusch eines weiteren wegbrechenden Türrahmens.

Als sie an der Windschutzmauer ankamen, hörte sie, wie die Tür gesprengt wurde. Trotz der überwältigenden Angst war Renie auch wütend. Wie konnte ein Insekt dermaßen stur sein? Warum hatte es nicht schon längst aufgegeben? Bestimmt hätte sich eine wirkliche Gottesanbeterin in der wirklichen Welt nicht so monsterfilmmäßig benommen. Sie hatte halb den Verdacht, daß Kunohara daran schuld war, daß er irgendeine schreckliche Rache an denjenigen, die die Macht der Natur ignorierten, in seine Simulation eingebaut hatte.

Auf der anderen Seite der Mauer, wo sich das Panorama des hoch aufragenden überdimensionalen Waldes auftat, war Cullen bereits dabei, die Plane von einem rundlichen Gebilde zu zerren, das nicht viel größer war als ein Minibus. Renie und !Xabbu packten jeder an einer Ecke an und zogen; die Abdeckung glitt weg, und zum Vorschein kam eine braun-gelb-schwarze Lackfläche – ein sechsbeiniges Monstrum von der Form eines Sonnenblumenkerns.

»Schon wieder so ein verdammtes Insekt!«

»Ein Semiotus-Käfer. Alle unsere Beförderungsmittel sehen wie Insekten aus.« Cullen schüttelte traurig den Kopf. »Angela hat's wohl nicht mehr geschafft, wie es aussieht.« Er legte den Daumen auf das Entriegelungsfeld, und die Tür ging auf. Der Entomologe zog die Treppe herunter, und Renie kraxelte in das kompakte Cockpit.

Als !Xabbu sich hinter ihr hochschwang, legte sich ein Schatten über sie alle. Renie wirbelte herum und sah die Gottesanbeterin um die Windschutzmauer kommen; ihre mächtigen Beine gingen mit der schrecklichen Präzision von Nähmaschinennadeln auf und nieder, und ihr herumschwenkender Kopf ragte hoch über den Käfer hinaus. Cullen erstarrte am Fuß der Leiter, als der große Kopf sich zu ihm hinabsenkte. In diesem unwirklichen, zeitlosen Augenblick konnte Renie die Luft durch die Atemöffnungen an der Seite der Bestie zischen hören.

»Das Spray«, versuchte sie zu rufen, doch der vom Entsetzen zusammengeschnürten Kehle entwich nur ein leiser Hauch. Dann fand sie ihre Stimme wieder. *»Cullen, das Spray!«*

Er trat steif einen Schritt zurück und wühlte in seiner Tasche. Der Kopf neigte sich leicht und glitt wie auf geölten Lagern in seine Richtung. Die großen sensenartigen Arme gingen hoch und wurden beiderseits von ihm mit furchtbarer Bestimmtheit ausgefahren, bis ein Ende mit einem leisen metallischen *Ping* an die Seite des Flugzeugs stieß. Cullen hob mit zitternder Hand die Sprühdose hoch und spritzte eine volle Ladung in das ausdruckslose dreieckige Gesicht.

Die Szene explodierte.

Mit einem Zischen wie ein Dampfkompressor prallte die Gottesanbeterin zurück. Die Arme zuckten beim Einziehen nach unten und schleuderten Cullen zu Boden, dann taumelte das Ungetüm mehrere Schritte zurück und hackte dabei durch die Luft, rieb sich die geblendeten Augen.

Renie sah, wie !Xabbu wieder zu Boden hüpfte und Cullen am Kragen packte; der Arm des Entomologen blieb auf dem Dach liegen, wie in einem unachtsamen Augenblick weggeworfen, immer noch in den Jumpsuitärmel gehüllt, der jetzt an einem Ende ausgefranst war und aufklaffte.

»Du bist gar nicht Großvater Mantis!« kreischte !Xabbu das Monster an, während er sich anstrengte, den Verletzten wegzuzerren. »Du bist nur ein Ding!«

Renie, die in diesem ganzen Albtraum nur noch rein instinktiv handeln konnte, kletterte hinunter, um mit anzufassen; während die Gottesanbeterin sich über ihnen in Krämpfen wand, beförderten sie Cullen ins Flugzeug und schlossen die Tür. Durch das Seitenfenster konnte Renie ihre Verfolgerin sehen, die zwar immer noch wie ein kaputtes Spielzeug vor sich hinschnarrte, aber sich mit jeder Sekunde von dem Gift erholte.

Wo Cullens Arm gewesen war, war kein Blut zu sehen. Sie drückte den Stumpf dennoch nach Kräften ab, ohne recht zu wissen, welche Erstehilferegeln man bei beinahe tödlichen virtuellen Verletzungen beachten mußte, und schrie: »Wie bringen wir dieses Ding zum Fliegen?«

Cullens Augen öffneten sich zitternd. »Es ... tut weh«, sagte er atemlos. »Wie kann das weh tun ...?«

»Wie fliegen wir dieses verdammte Flugzeug? Das Vieh kommt zurück!«

In keuchend hervorgestoßenen Silben erklärte Cullen es ihr, dann wurde er ohnmächtig. Sie überließ es !Xabbu, nach einem Verband für die Wunde zu suchen, und drückte die Knöpfe, die er ihr genannt hatte, in der, wie sie hoffte, richtigen Reihenfolge. Das ganze Flugzeug bebte, als die Flügel sich unter den Deckflügeln hervordrehten und dann abrupt loszuschwirren begannen. Renie schaffte es, die Beine so zu bewegen, daß der Kopf des Fliegers sich von der Mauer weg nach außen drehte, zum Rand des Gebäudes hin. Noch während der Käfer wendete, stieg die vogelscheuchenartige Gestalt der Gottesanbeterin vor der Windschutzscheibe auf und grapschte nach ihnen.

Renie sprach still ein Stoßgebet, riß am Handrad und gab soviel Gas, wie sie konnte. Der Käfer machte einen Satz, der !Xabbu und Cullen gegen die gepolsterte Kabinenwand schleuderte und Renie fast von ihrem Pilotensitz warf, und entkam mit einem steilen Aufwärtsschwung ganz knapp dem letzten dolchstoßartigen Hieb der Gottesanbeterin.

Binnen kurzem lagen die zertrümmerten Überreste des Stocks weit unter ihnen. Renie zog ein paarmal am Handrad, wodurch sie einmal zu einem beängstigenden Sturzflug ansetzte, bis ihr das beabsichtigte Manöver schließlich gelang. Sie beschrieben eine Kurve und flogen dann in den Wald der riesigen Bäume hinein, der sinkenden Sonne entgegen.

»Das war nicht Großvater Mantis«, sagte !Xabbu ernst hinter ihr. »Ich habe mich vergessen - ich schäme mich.«

Renie begann zu zittern, und einen Moment lang fürchtete sie, es würde nicht mehr aufhören. »Insekten«, sagte sie, am ganzen Leib bibbernd. »Gütiger Himmel.«

Kapitel

Im Kampf mit Ungeheuern

NETFEED/LEUTE VON HEUTE:
"Einer, dem's reicht" ist tot
(Bild: Gómez beantwortet Reporterfragen vor dem Gerichtsgebäude)
Off-Stimme: Néstor Gómez, der sich selbst vor Gericht als "bloß einer, dem's reicht" bezeichnete, verschied im Alter von 98 Jahren in einer Sterbeklinik in Mexico City. Der ehemalige Fabrikarbeiter, der bereits über sechzig und Rentner war, als er zu Ruhm gelangte, wurde von vielen als Held gefeiert, nachdem er an einer Raststätte außerhalb von Juárez in Mexiko einen Wagen voll junger Männer mit einem Maschinengewehr beschossen hatte. Er gab an, die Jugendlichen hätten ihn schikaniert.
(Bild: verkohltes Autowrack)
Noch umstrittener als die zum Teil tödlichen Schüsse war die Behauptung eines Augenzeugen, Gómez habe das Auto angezündet, obwohl einige der verwundeten Opfer noch am Leben gewesen seien. Bei seinem Prozeß in Mexico City konnten sich die Geschworenen nicht einigen. Auch bei zwei anschließenden Verfahren konnte kein Urteil erzielt werden. Gómez wurde nie in den USA vor Gericht gestellt, obwohl alle fünf Opfer US-amerikanische Staatsbürger waren.
(Bild: Gómez bei der Begrüßung am Flughafen in Buenos Aires)
Noch Jahre nach dem Vorfall trat er als prominenter Redner bei Veranstaltungen von Verbrechensbekämpfungsgruppen in vielen Ländern auf, und der Ausdruck "den Gómez machen" wurde gleichbedeutend mit gewalttätigen und selbst maßlosen Vergeltungsaktionen …

> »Irgendwie scännig«, sagte Fredericks und rekelte sich im Schatten eines Grashalmes. »Klar, ich weiß, daß wir nichts essen müssen und so, aber ein Morgen ohne Frühstück ist einfach nichts.«

Orlando, dem es ungleich viel besser ging als während des schlimmen Fiebers, zuckte mit den Achseln. »Vielleicht gibt's irgendwo flußabwärts ein Café. Oder 'ne Puffreisplantage.«

»Seid bloß still«, grummelte Sweet William. »Kein Kaffee, keine Lullen – das sind Zigaretten, falls ihr artigen Yankeejungs den Ausdruck nicht kennt –, das ist die Hölle, drin bin ich, nicht draußen, wie irgend so ein Shakespearetyp mal sagte.«

Orlando mußte bei dem Gedanken grinsen, was William wohl sagen würde, wenn er wüßte, daß einer der Yankeejungs in Wirklichkeit ein Mädchen war. Aber apropos, woher wollten sie wissen, daß Sweet William nicht selber ein Mädchen war? Oder Florimel ein Junge?

»Was machen wir jetzt?« fragte Quan Li. »Wo sollen wir hin? Sollten wir nicht nach den anderen suchen?«

»Wir können alles machen, was wir wollen.« Florimel kehrte gerade mit einem neben ihr einherzischenden und -scheppernden T4b von einem Erkundungsgang am Flußufer zurück. »Aber vom Wasser halten wir uns lieber eine Weile fern. Die Fische sind immer noch hungrig.«

Selbst die Geschichten, die ihm die anderen über den Tumult im Wasser und das Kentern ihres Blattbootes erzählt hatten, konnten Orlandos gute Laune nicht dämpfen. Noch ein wenig schwach, aber besser bei Kräften als die ganzen Tage vorher rappelte er sich auf und klopfte sich den Staub von Thargors grob gewebtem Lendenschurz. Es war komisch, daß sogar Staub, wenn man genau genug hinsah – oder klein genug war –, noch einen eigenen staubigen Rückstand hatte. Schmutzteilchen, die so klein waren, daß er sie bei seiner normalen Größe nicht einmal hätte wahrnehmen können, stießen aneinander und wurden noch feiner zerrieben. Vermutlich ging dieses Kleinerwerden immer weiter, bis die Molekülebene erreicht war, und selbst dort würde man in den Molekularfalten noch Mikrofusselchen finden. Voll scänblaff, wie Fredericks zu sagen pflegte ... »Haben wir eine Ahnung, wo Renie und ihr Freund – Kobbu oder wie er heißt – sein könnten?« fragte Orlando. »Hat irgendwer sie nochmal gesehen, nachdem sie ins Wasser gefallen sind?«

»Sie sind noch am Leben.«

Alle drehten sich nach Martine um, die an den Steinen kauerte – Sandkörner, wenn Orlando und die anderen ihre normale Größe gehabt hätten -, die die Abenteurer für ihr Nachtlager als Windschutz aufgehäuft hatten. Ihr Sim sah heute nicht ganz so mitgenommen und abgehärmt aus, obwohl es natürlich sein konnte, überlegte Orlando, daß er seinen eigenen gestiegenen Lebensmut auf sie projizierte. »Wie kommst du darauf?« fragte er.

»Ich ... weiß es einfach. Ich kann ... sie fühlen, nehme ich an.« Martine rieb sich so fest das Gesicht, daß es die Form zu verändern schien, und zum erstenmal meinte Orlando, das wahre Ausmaß ihrer Blindheit erahnen zu können: Er bezweifelte, daß ein sehender Mensch öffentlich eine derart privat wirkende Geste machen würde. »Es gibt für diese Dinge keine Worte, aber ich habe mich bei meiner Arbeit mit Informationen immer nichtvisueller Methoden bedient, ja? Verstehst du? Mein System funktioniert so. Jetzt werde ich bestürmt wie nie zuvor, von neuen und sehr sonderbaren Informationen. Aber langsam - zu langsam, weil der Vorgang ziemlich schmerzhaft ist - werden gewisse Sinnzusammenhänge deutlich.« Sie wandte sich Orlando zu. »Du zum Beispiel. Du bestehst aus Geräuschen, ja? Ich kann hören, wie deine Kleidung an der Haut scheuert, wie dein Herz schlägt, wie dein Atem mit einem kleinen - wie sagt man? - Blubbern in den Lungen geht, wegen deiner Krankheit. Ich kann den Ledergürtel riechen, den du trägst, und deinen persönlichen Geruch und das Eisen des Schwertes. Es hat übrigens ein klein bißchen zu rosten angefangen.«

Orlando blickte peinlich berührt nach unten. Thargor hätte sein Schwert nach einer längeren Zeit im Wasser niemals so achtlos behandelt. Er griff sich eine Handvoll feinen Mikrosand und fing an, die Klinge sauberzuschmirgeln.

»Aber das ist nur ein Teil«, fuhr Martine fort. »Jetzt empfange ich andere Informationen, für die ich keine Namen habe. Jedenfalls noch nicht.«

»Was meinst du damit?« fragte Quan Li besorgt. »Was empfängst du?«

»Ich meine, daß ich das, was ich erfahre, noch nicht in Worte fassen kann. Es ist, als versuchte man, einer Blinden wie mir die Farben zu erklären.« Sie zog die Stirn in Falten. »Nein, das stimmt nicht ganz, weil es eine Zeit gab, in der ich sehen konnte, und daher kann ich mich an die Farben erinnern. Aber wenn man einer, die überhaupt noch nie Farben gesehen hat, ›Rot‹ oder ›Grün‹ beschreiben wollte - wie wollte man das anstellen?

Dich, Orlando, kann ich auch als eine Formation von Wellen in der Luft fühlen, doch es sind keine Wellen, und es ist keine Luft. Es sind Hinweise, die mir sagen, daß etwas Orlandoförmiges in der Nähe sein *muß*. Und diesen Wald empfinde ich in gewisser Weise als ... Zahlen. Kleine harte Dinge, Millionen Dinge, die pulsieren, miteinander reden. Es ist schwer begreiflich zu machen.« Sie schüttelte den Kopf und preßte die Finger an die Schläfen. »Dieses ganze Netzwerk - für mich ist es, als wäre ich in einem Fluß von Informationen. Er schleudert und wirbelt mich herum, und einmal wäre ich fast ertrunken. Aber ich lerne ein wenig verstehen, wie man darin schwimmt.«

»Ho-dsang!« sagte Fredericks mit einer langen, tiefen Ausatmung. »Aber auch trans scännig.«

»Du bist also sicher, daß Renie und der Pavianmann noch am Leben sind?« fragte Orlando.

»Ich kann ... ja, ich nehme sie wahr. Schwach, wie einen sehr weit entfernten Ton. Ich glaube nicht, daß sie in der Nähe sind, oder vielleicht spüre ich auch nur einen ... Rückstand.« Ihr Gesicht wurde wieder traurig und erschlaffte. »Vielleicht war ich zu voreilig. Vielleicht sind sie fort, und ich spüre nur, wo sie einmal waren.«

»Das heißt, du kannst uns ... womit auseinanderhalten, mit Sonar?« Florimel klang gereizt, vielleicht auch ein bißchen bang. »Was weißt du sonst noch über uns? Kannst du unsere Gedanken lesen, Martine?«

Die blinde Frau spreizte die Hände, wie um einen Schlag abzuwehren. »Bitte! Ich weiß nur, was ich fühle. Was wirklich in euren Gedanken vorgeht, kann ich nicht besser erkennen als eine, die euch ins Gesicht schaut oder eure Stimme hört.«

»Du kannst dich also abregen, Flossie«, sagte Sweet William grinsend.

»Ich heiße nicht ›Flossie‹.« Der Blick auf ihrem virtuellen Gesicht hätte Milch zum Gerinnen gebracht. »Wenn das ein Witz sein soll, ist er schlecht.«

»Aber wer bist du?« fragte Orlando. »Wer seid ihr alle?« Die anderen wandten sich ihm zu. »Ich meine damit, daß ich immer noch nicht weiß, wer ihr alle seid. Wir müssen einander vertrauen, aber wir wissen nicht das geringste über die Leute, denen wir vertrauen sollen.«

Jetzt war es an William, böse zu werden. »Wir *müssen* gar nichts. Ich jedenfalls beabsichtige nicht, aus diesem Faschingsscherz einen Beruf zu machen, und es ist mir ziemlich schnurz, mit was für trostlosen Scheußlichkeiten ihr vorher eure freie Zeit rumgebracht habt.«

»Nein, nicht«, sagte Orlando. »Hört zu, ich erzähle euch, wer ich wirklich bin. Ich heiße Orlando Gardiner. Ich bin fünfzehn.«

»Erst in drei Monaten«, warf Fredericks ein.

»Noch ein Teenager? So eine Überraschung aber auch.« William verdrehte die Augen.

»Seid still. Ich versuche was zu sagen.« Orlando holte tief Luft und nahm sich zusammen. »Ich bin fast fünfzehn. Ich habe Progerie. Das ist eine Krankheit, und ich werde ziemlich bald daran sterben.« Wie bei seinem Geständnis vor Fredericks verspürte er ein gewisses Hochgefühl, das kalte Platschen des lange gefürchteten Sprungs vom Zehnmeterbrett. »Verschont mich bitte mit euerm Mitleid, darauf kommt's jetzt nicht an.« William zog eine Braue hoch, hielt aber den Mund; Orlando redete rasch weiter. »Also, ich habe Jahre im Netz mit allen möglichen Spielen verbracht, und darin bin ich wirklich gut. Und aus irgendeinem Grund bin ich in diese Sache reingeschlidderd, und ich kenne niemanden, der deswegen erkrankt ist, aber ich stecke da jetzt einfach drin, und ... und es ist mir wichtiger, als jemals sonst etwas war.«

Mit seiner Rede am Ende, fühlte er, daß seine wirkliche Haut ganz heiß geworden war, und hoffte, daß das Erröten auf seinem virtuellen Gesicht nicht zu sehen war. Niemand sagte etwas.

»Ich heiße Sam Fredericks«, brach sein Freund schließlich das unbehagliche Schweigen. »Und ich bin auch fünfzehn - aber ich bin wirklich fünfzehn.« Fredericks lächelte Orlando geradezu schüchtern an. »Ich bin hier, weil Gardiner mich mit hergebracht hat. Aber ich sitze genauso fest, wie wenn ich hier wäre, um jemand zu retten. Fen-fen, ich denke, ich *bin* hier, um jemand zu retten. Mich. Uns.«

Orlando revanchierte sich nicht für die peinliche Korrektur seiner Altersangabe und ließ Fredericks' Geheimnis unaufgedeckt. Er - oder sie - mochte seinetwegen das Gesicht zeigen, das er zeigen wollte, genau wie alle anderen.

»Und ich bin Martine Desroubins«, sagte die blinde Frau. »Ich bin eine Rechercheurin. Blind bin ich seit meinem achten Lebensjahr. Ein Unfall. Ich lebe allein, und zwar im Haut-Languedoc im südlichen Teil von Frankreich, in der Nähe von Toulouse. Ich bin mit Renie und !Xabbu gekommen und mit Murat Sagar Singh, der ums Leben kam, als wir in das Otherlandnetzwerk eintraten.« Sie nickte mit dem Kopf, wie um einen Schlußpunkt hinter die trockene Aufzählung zu setzen.

Orlando hörte die Leerstellen in dem, was sie sagte, aber fragte auch diesmal nicht nach.

»Jetzt scännt's transmäßig, äi.« T4b hatte die Arme vor seiner stacheligen Brust verschränkt. »Für wasn dir meine Id sagen? Für zum Netzbulle spielen?«

»Meine Güte, da ist *mein* Englisch ja besser«, sagte Florimel, »dabei ist es nicht einmal meine Muttersprache.«

»Erzähl uns einfach, weshalb du hier bist«, bat Orlando. »Wie ist dein richtiger Name?«

»Namen gibt's nich.« Er zog ein finsteres Gesicht, sofern eine starr glotzende verchromte Kampfmaske überhaupt ein Gesicht ziehen konnte. »Bin wegen meinem Schatten hier - meinem Zizz.«

»Was heißt das?« fragte Quan Li.

»Ein Freund, mit dem er viel Zeit verbringt«, übersetzte Orlando, der das Faible eines gutbürgerlichen Vorstadtkindes für Goggleboyjargon hatte.

»Quatsch Freund«, sagte T4b indigniert. »Schatten! Zusammen aus einer Box, äi!«

»Sie sind, ähem, sozusagen in derselben Bande«, erklärte Orlando der einzigen bekennenden Großmutter der Gruppe. »Und, T4b, was ist mit deinem Freund passiert?«

»Wär ich nicht in dem Scänpalast hier, wenn ich das wüßte«, sagte der Roboter. »Mein Zizzy's im Krankenhaus, irgendwie. Lag halb geext in seinem Cot am Boden. Dachte erst, vom Charge durchgeknallt, aber er war mit dem Mamapapanetz verstrippt.«

Orlando kam sich zunehmend lächerlich vor, aber er machte tapfer mit seiner Übersetzung weiter. »Er sagt, sein Freund liegt im Krankenhaus, genau wie Renies Bruder. Als sie ihn fanden, dachten sie zuerst an eine Überdosis Charge, aber er war an das normale Netz angeschlossen.«

»Sag mal, ist ›T4b‹ nicht überhaupt eine Art Charge, mein lieber Scheppersepp?« fragte Sweet William.

»Ungeduppt.« Die Stimme des Roboters nahm einen Ton düsterer Verzückung an. »Trans geiler Schuß, T4b. Beamt dich zack in den Himmel. Mein Markenname, äi.«

»Gott steh uns bei«, stöhnte William. »Er ist ein Chargehead. Ist das nicht klasse?«

T4b hob drohend eine stachelige Faust. »Klasse in die Fresse, Witzbold.«

»Ach, hört auf.« Der Elan, mit dem Orlando am Morgen angefangen hatte, verflüchtigte sich allmählich, und dabei stand die Sonne noch nicht einmal im Zenit. »Quan Li?«

»Haben nicht alle meine traurige Geschichte schon gehört?« Sie sah sich um, aber niemand sagte etwas. »Es war meine Enkelin.« Quan Li stockte. »Jing, mein hübsches kleines Kätzchen, mein Liebling. Auch sie ist ... eingeschlafen, wie Renies Bruder, wie ... sein Freund da.« Sie deutete auf T4b. »Ich habe lange alles versucht, um die Ursache zu entdecken.« Es schien ihr unangenehm zu sein, daß alle ihr zuhörten. »Ich lebe in Neu-Kaulun, in Hongkong«, fügte sie hinzu. »Ist damit über jemand wie mich nicht genug gesagt? Ich bin sehr, sehr alt.«

Orlando schmunzelte, aber er bezweifelte, daß sie so schüchtern und höflich sein konnte, wie sie tat - es konnte ihr nicht leichtgefallen sein, sich bis zu diesem Netzwerk vorzuarbeiten, zumal wenn ihre ganze Familie ihr klarzumachen suchte, daß es nutzlos und albern sei. »Wer noch?«

»Ich mache das nur, weil der Fluß noch nicht sicher zu befahren ist«, sagte Florimel. »Sobald es wieder etwas zu tun gibt, wird mich keiner zu so einem Palaver überreden können, und ich finde es auch nicht besonders wichtig, wer wir *sind*.« Sie sprach das letzte Wort mit ironischer Betonung aus. »Meinen Namen kennt ihr. Mein Nachname tut nichts zur Sache. Ich stamme aus Baden-Württemberg. Ich wohne derzeit in der Gegend von Stuttgart.«

Orlando wartete, aber es kam nicht mehr. »Ist das alles?«

»Was mußt du sonst noch wissen?«

»Warum bist du hier?« Diesmal war es Fredericks, der fragte. »Und woher kannst du die Sachen, die du mit Orlando gemacht hast? Bist du Ärztin oder sowas?«

»Ich verfüge über ein paar medizinische Grundkenntnisse, aber ich bin keine Ärztin. Mehr braucht ihr nicht zu wissen.«

»Aber warum bist du hier?« hakte Orlando nach.

»Fragen, immerzu Fragen!« Florimels Simgesicht zog finster die Augenbrauen zusammen. »Ich bin hier, weil eine Freundin von mir erkrankt ist. Ihr könnt noch weiter Fragen stellen, aber ihr werdet keine Antwort mehr bekommen.«

Orlando wandte sich an den Mann in Schwarz. »Und du?«

»Alles, was du über mich wissen mußt, weißt du, Amigo. Wie hat unser Scheppersepp in seiner unendlichen Weisheit gesagt? ›Mein Markenname.‹ Tja, mehr wird's nicht geben als das hier – diesen Namen, dieses Gesicht. Und nur weil du dir irgendeine exotische, melodramatische Krankheit zugezogen hast und du uns allen leid tust, wirst du trotzdem nicht mehr aus mir rausbekommen.« Sweet Williams normaler stichelnder Unterton war verschwunden. Er und Florimel schienen lieber kämpfen zu wollen, als mehr über sich preiszugeben.

»Na schön, besser als nichts, denke ich mal. Und was machen wir jetzt?« Orlando ließ seinen Blick über den aufgewühlten grünen Fluß schweifen. »Flußabwärts fahren? Und wenn wir das wollen, wie kommen wir wieder auf den Fluß? Unser Boot – das Blatt – ist untergegangen.«

»Vielleicht sollten wir versuchen, Renie und ihren Freund zu finden«, sagte Quan Li. »Möglicherweise brauchen sie unsere Hilfe.«

»Ich glaube kaum, daß ein Haufen Winzlinge, die alle nicht größer sind als Orangenkerne, allzuviel Zeit damit verschwenden sollte, nach andern Winzlingen zu suchen, die womöglich gar nicht mehr da sind«, erklärte William. »Wenn ihr es toll findet, euch auffressen zu lassen, von mir aus, aber ich hätte meine Vergnügungen, zumal die masochistischen, gern ein wenig kultivierter.«

»Wir müssen in der Nähe des Flusses bleiben, stimmt's?« fragte Fredericks. »Auf die Weise kommen wir hier raus und in eine andere Simulation.«

»Da bin ich unbedingt für, hier rauszukommen, und zwar möglichst ruckzuck und fickfack«, sagte William.

»Einmal 'ne gute Idee von dir.« T4b nickte nachdrücklich. »Ex gehn, das isses. Noch mehr seyi-lo Fischgefresse kann ich nicht ab, äi.«

»Einfach so?« fragte Orlando empört. Sein angeschlagener Zustand erhöhte noch seine Empfindlichkeit. »Wir hauen einfach ab und lassen Renie und ihren Freund womöglich verletzt oder verirrt zurück?«

»Hör zu, mein Goldstück«, knurrte William. »Erst mal mußt du den Unterschied zwischen dem realen Leben und einem deiner Actionabenteuer begreifen. Es kann gut sein, daß sie tot sind. Es kann gut sein, daß jeden Moment ein lastwagengroßer Ohrenkneifer um die Ecke kommt und uns allen die Köpfe abzwickt, und dann sind auch *wir* tot. Richtig tot. Das ist hier keine Geschichte à la ›Rettet die Elfen!‹.«

»Ich *weiß*, daß es keine Geschichte ist!« Doch noch während er das sagte, bedauerte Orlando, daß es so war. Wenn er wirklich Thargor gewesen wäre, und das hier wäre Mittland, dann wären jetzt ein paar tüchtige Hiebe fällig. »Das ist genau der Punkt. Wir sind in Not. Renie und ihr Freund gehören zu uns. Und falls es dir noch nicht aufgefallen ist: Allzu viele Verluste können wir uns nicht leisten.«

»Ich finde, was Orlando sagt, stimmt«, meinte Quan Li.

Fredericks und T4b mischten sich jetzt in die Debatte ein, doch in dem allgemeinen Gebrüll war schwer zu verstehen, was sie sagten. Orlando hätte sich am liebsten die Ohren zugehalten - war auch nur *einer* von diesen Leuten erwachsen?

»Halt!« Martine klang heiser. Die anderen hielten inne, und es war ebenso der hörbare Schmerz in ihrer Stimme wie ihre Worte selbst, was bewirkte, daß sie still zuhörten. »Vielleicht können wir einen Kompromiß finden. Wir werden ein Boot brauchen, wie Orlando gesagt hat. Vielleicht können ein paar anfangen, so ein Boot zu bauen, und unterdessen gehen die anderen auf die Suche nach unseren zwei verschollenen Freunden.«

»Dsang, genau. Ich kann beim Boot mitmachen«, sagte Fredericks. »Ich hab schon mal eins gebaut, als wir auf dieser Insel waren. Und es hat gehalten, nicht wahr, Orlando?«

»Oh, gewiß doch. Es ist fast die halbe Fahrt über Wasser geblieben.«

Fredericks bedankte sich mit einem Schulterknuffen.

»Sehr gut«, sagte Martine. »Was mich betrifft, denke ich, daß ich mich den Suchern anschließen sollte. Beim Bauen wäre ich kaum eine Hilfe.«

Quan Li erbot sich, sie zu begleiten, und Florimel desgleichen. Nach langer Debatte beschlossen Sweet William und T4b, Materialien für den Bau des Bootes zu sammeln. »Schließlich ist nicht viel um«, meinte William, »ob man beim Suchen oder beim Bauen gefressen wird.«

»Vor Sonnenuntergang sind wir wieder da«, versprach Martine.

»Ja, aber wenn ihr doch im Dunkeln zurückkommt«, sagte William, »versucht, keine Geräusche wie ein Riesenkäfer zu machen, sonst könnte es sein, daß wir euch zufällig mit was Scharfem pieken.«

Das Schilffloß mit Fredericks zu bauen, war eine Sache gewesen - Orlando war dabei die meiste Zeit über todsterbenskrank gewesen, und bei dem wenigen, was er gemacht hatte, war er Fredericks' Anweisungen gefolgt. Jetzt war er wieder halbwegs er selbst und mußte feststellen, daß er einer überaus zänkischen Viererbande angehörte. Fredericks wollte wieder ein Floß bauen, aber William wandte dagegen ein - zu Recht, mußte Orlando zugeben -, daß selbst ein großes

Floß für eine sichere Fahrt auf dem Fluß weder genug Gewicht noch genug Tiefgang habe. Bei ihrer Größe sei schon eine kleinere Kabbelung wie ein furchtbarer Sturm auf dem Meer. Aber Fredericks blieb stur, wie so oft. Seiner Meinung nach war das Floßexperiment beim erstenmal gut gelaufen – obwohl auch diese Einschätzung, wie Orlando schon bemerkt hatte, davon abhing, wie man die Daten interpretierte – und hatten sie weder das Werkzeug noch das Material, um etwas Komplizierteres zu bauen. In diesem letzten Punkt mußte Orlando ihm zustimmen.

Die Meinungsverschiedenheit artete rasch zu einer Orgie gegenseitiger Beschuldigungen aus, bis T4b zufällig den besten Vorschlag des Tages machte und ein Plan Gestalt anzunehmen begann. Während eines der kurzen Momente sachlicher Auseinandersetzung bemerkte der verroboterte Goggleboy, am besten wäre es, wenn sie ihr altes Blatt wiederhätten. Ein paar Minuten später, als Orlando es kurzzeitig aufgegeben hatte, zwischen Fredericks und Sweet William zu vermitteln, und den mächtigen Stamm eines Baumes hinaufstarrte, der über dem Flußufer aufragte wie eine zylindrische Felswand, gingen ihm T4bs Worte noch einmal durch den Kopf.

»Wartet mal«, sagte er. »Vielleicht wäre unser Blatt tatsächlich das Beste. Oder ein anderes Blatt.«

»Aber klar doch«, sagte William augenrollend. »Und beim ersten Bums kippt es um genau wie das letzte, und wir schwimmen alle den restlichen Weg zurück in die wirkliche Welt. Wär das nicht lustig?«

»Hör doch mal zu. Wir könnten ein Floß bauen, wie Fredericks sagte, aber es *in ein Blatt reinlegen* – wie ein Deck. Damit hätte es mehr ... wie sagt man dazu?«

»Kitschwert?« schlug William vor.

»Schwimmstabilität. Es würde das Blatt versteifen, versteht ihr? Und dann könnten wir Ausleger bauen, wie an so hawaiischen Kanus dran sind. Schwimmkörper, sagt man so? Damit es nicht kentert.«

»Hawaiische Kanus?« Williams Pierrotlippen verzogen sich gegen seinen Willen zu einem Schmunzeln. »Du bist echt eine Knalltüte, was? Machst du eigentlich noch was anderes als in Fantasywelten leben?«

»Find ich gut, äi«, sagte T4b plötzlich. »Gibt'n Sauboot, ungeduppt.«

»Na ja, kann sein.« William zog eine Braue hoch. »Schwimmkörper, was? Schadet wahrscheinlich nicht, es auszuprobieren. Schadet erst, wenn wir ersaufen, heißt das.«

Die Sonne war schon weit über dem Zenit und strebte ihrem Untergang irgendwo auf der anderen Seite des Flusses entgegen. Orlando mußte feststellen, daß er selbst von seiner normalen Belastbarkeit noch weit entfernt war. Die Taktoreneinstellungen waren hier entweder schlicht niedriger, oder einige von Thargors tendenziell übermenschlichen Eigenschaften übersetzten sich nicht ins Otherlandnetzwerk. Von der berühmten Unermüdlichkeit des Barbaren war jedenfalls nichts zu merken: Orlando triefte von virtuellem Schweiß und war von sehr realen Schmerzen in sämtlichen Gelenken und Muskeln zermürbt.

Fredericks war auch nicht fröhlicher als er, jedenfalls sah sein Simgesicht rot und angestrengt aus. Er erhob sich, nachdem er mit einem Sandkorn, das so groß war wie seine beiden Fäuste und das er als Hammerstein benutzte, den letzten Querbalken in das Blatt gekeilt hatte. »Wir sind jetzt bereit für die Matte.«

Orlando gab T4b ein Zeichen und kletterte dann mit weichen Knien über die Blattkante auf den Strand. Sie hatten sich ein kleineres Blatt ausgesucht als das erste, mit dem sie gekommen waren, und dennoch hatten sie allein dafür, es zum Rand des Flusses zu schleifen, Stunden gebraucht. Orlando war zumute, als hätte er tagelang mit dem Schwert gehackt, bis genug von den bambusartigen Grashalmen für den Rahmen beisammen waren.

William, der eben noch die letzten Fasern der groben Matte verflocht, hatte die dafür verwendeten winzigen Triebe mit einem scharfkantigen Stein absägen müssen, und auch er schien seine Aufgabe nicht gerade genossen zu haben. »Wessen Schnapsidee war das eigentlich?« fragte er, als Orlando und T4b angestapft kamen. »Wenn es meine war, dann nehmt dieses schwere Ding und bratet mir damit eins über.«

Orlando hatte weder die Kraft noch den Atem mehr für Witze, nicht einmal für die dummen, die ihm vorher die harte Arbeit erleichtert hatten. Er grunzte, bückte sich und packte an einem Ende der Matte an, woraufhin sich T4b seinerseits stöhnend vorbeugte und sich ebenfalls eine Stelle zum Anfassen suchte.

»Du liebes Lieschen, ihr hört euch an wie zwei tasmanische Waschweiber.« William erhob sich schwerfällig aus seiner sitzenden Position und begab sich auf die andere Seite. »Ihr zieht, ich schiebe.«

Gemeinsam bugsierten sie die Matte über den aufgebogenen Rand des Blattes und schoben sie dann unter großem Gefluche mehr oder weniger in die Position, in der sie liegen sollte.

»Fertig, bong?« fragte T4b hoffnungsvoll.

»Nein.« Fredericks lutschte nachdenklich an der Unterlippe. »Wir müssen das Ding festbinden. Dann müssen wir etwas abhacken, das für Orlandos Schwimmkörper lang genug ist.«

»Es sind nicht *meine* Schwimmkörper«, murrte Orlando. »*Ich* brauche keine verdammten Schwimmkörper. Sie sind für das Boot.«

William stand auf wie eine pechschwarze Vogelscheuche, und seine Troddeln und Fransen flatterten in der Brise vom Fluß. »Ihr zwei macht die Matte fest. Ich geh noch ein paar gräßliche Gräser für die Auslegerlein suchen. Aber wenn du dich fertig ausgeruht hast, Orlando, mein Bester, dann kannst *du* sie schneiden kommen. Schließlich bist du es, der ein Schwert zum Picknick mitgebracht hat.«

Orlando nickte müde zum Einverständnis.

»Und du könntest eigentlich gleich mit mir kommen, Scheppersepp«, fuhr William fort. »Wenn mir dann was mit zu vielen Beinen ans Leder will, kannst du ihm mit deinen großen Blechfäusten eins über die Rübe geben.«

Der Roboter schüttelte den Kopf, aber erhob sich schwankend und humpelte hinter dem abziehenden Todesclown her.

Orlando blickte ihnen nach und empfand dabei alles andere als völlige Zufriedenheit. In einem Punkt hatte Sweet William jedenfalls recht: Wenn das hier ein Abenteuerspiel gewesen wäre, hätte Orlando auf Verbündete mit genau festgelegten hilfreichen Fähigkeiten bauen können - Schnelligkeit, Wendigkeit, Stärke, Zauberkraft. Wie die Dinge lagen, war das einzige, worin die Gruppe wirklich gut war, von Martines neuem Wahrnehmungsvermögen einmal abgesehen, die Kunst, sich ausgefallen zu kleiden.

Er ließ sich zu Boden sinken, gefaßt auf den unvermeidlichen Aufstehappell von Fredericks, doch absolut nicht in der Verfassung, ihm zuvorzukommen. Zwei riesige Fliegen sausten und kreisten wie uralte Flugzeuge über irgendeinem Klumpen, der ein kurzes Stück strandaufwärts lag und trocknete. Das laute Geräusch ihrer Flügel ließ die Luft vibrieren, bis es beinahe unmöglich war, einen Gedanken zu fassen, aber die Art, wie ihre von der Sonne beschienenen glänzenden Leiber in allen Farben schillerten und ihre schwirrenden Flügel zu einem nahezu unsichtbaren Irisieren verwischten, hatte auch eine eigene Schönheit.

Orlando seufzte. Diese ganze Otherlandkiste blockte im Grunde. Wenn sie ein Spiel wäre, wären die Regeln klar definiert und die Züge zum Sieg verständlich. Spiele waren logisch aufgebaut. Wie hatte die kleine Zunni von der Bösen Bande es ausgedrückt? »*Monster töten, Edelstein finden, Bonuspunkte einheimsen. Diddel-duddel-daddel.*« Vielleicht nicht gerade wie im realen Leben, aber wer war schon auf das reale Leben scharf? Oder selbst auf diese bizarre Abart hier? Keine Regeln, keine Ziele und nicht einmal eine Ahnung, wo man anfangen mußte.

»He, Gardino, willst du dort sitzen bleiben, bis du schön braun bist, oder möchtest du mir vielleicht helfen, das fertigzukriegen?«

Abermals seufzend stand er auf. Und was hatten sie bis jetzt herausgefunden, das sie ihren Zielen irgendwie näher gebracht hätte? Daß sie irgendwie im Otherlandnetzwerk gefangen waren. Daß sie am Leben bleiben mußten, bis Sellars sie wieder herausholen konnte. Daß irgendwo in einer von weiß Gott wie vielen Simulationen ein Typ namens Jonas herumlief, von dem Sellars wollte, daß sie ihn fanden.

»Eine Nadel in einem Heuhaufen, der so groß ist wie eine verblockte Galaxie«, murmelte Orlando, als er auf das Blatt kraxelte.

Fredericks blickte ihn stirnrunzelnd an. »Du solltest nicht so lange in der Sonne sitzen. Da wirst du ganz wuffig im Kopf von.«

Eine weitere Stunde war vergangen, und keiner der anderen war zurückgekehrt. Die Sonne war hinter den Spitzen der Bäume versunken und warf ausgedehnte frühabendliche Schattenfelder auf das Flußufer. Das Blattboot lag in einem davon, und das Kleinklima dort war geradezu kühl. Dankbar für die Erholung schleifte Orlando gerade den nächsten langen Grashalm zum Boot, damit sie später im flacheren Gewässer eine Stange zum Staken hatten, als etwas Großes zischend unter einem Steinhaufen hervorkam. Fredericks stieß einen entsetzten Warnschrei aus, aber Orlando hatte das dunkle Huschen schon aus den Augenwinkeln gesehen. Er warf sich zur Seite, rollte ab und kam ohne den Halm, aber mit dem Schwert in der Hand und hämmerndem Herzen wieder auf die Füße.

Der Hundertfüßler war bestimmt fünf- oder sechsmal so lang wie Orlando, staubig braun und mit krümelnden Erdbrocken bedeckt. Er kam mit einem seltsamen schlängelnden Seitwärtsgang auf ihn zu und zwang ihn damit zurückzuweichen. Wenn das Tier sich nicht bewegt hätte, wäre es kaum vom Hintergrund zu unterscheiden gewesen; Orlando war dankbar, daß noch ein wenig Tageslicht übrig war.

Ein Schauder durchlief die Kreatur von Rumpfring zu Rumpfring wie eine Welle, und einen Moment lang hob sich der ganze Vorderteil des

Hundertfüßlers vom Boden ab. Orlando meinte, direkt unter dem Maul zangenartige Stacheln erkennen zu können, und hatte plötzlich eine ebenso blasse wie erschreckende Erinnerung daran, daß diese Tiere giftig waren. Die Vordergliedmaßen gingen wieder nieder, und die Bestie sauste auf Dutzenden von gegliederten Beinen auf ihn zu wie eine Magnetschwebebahn mit Fängen. Orlando hörte Fredericks etwas schreien, aber er konnte keine Aufmerksamkeit erübrigen. Jahrelange Thargorerfahrung durchschoß ihn in einer halben Sekunde. Das war kein hochbauchiges Ungetüm wie ein Greif oder die meisten Drachen, unter denen man hindurchflitzen konnte. Mit seinen vielen Beinen konnte es bestimmt sehr schnell seitlich zustoßen, vielleicht schneller, als er ausweichen konnte.

Mit einem Lärm wie eine kleine Stampede stürzte sich der Hundertfüßler auf ihn. Als die Kiefernfüße des Biestes ihn gerade krallen und zum Maul befördern wollten, hechtete Orlando ihm aus geduckter Position blitzschnell auf den Kopf. Ihm blieb eben Zeit für einen Stich, von dem er hoffte, daß er ins Auge ging, bevor das Tier sich wie wild krümmte und ihn von sich schleuderte. Er schlug hart auf und sprang so rasch wieder auf die Füße, wie er es mit seinen schmerzenden Muskeln vermochte. Fredericks sah voll Entsetzen vom Blatt aus zu, aber Orlando wußte nicht, wie sein Freund ihm ohne Waffen hätte helfen können.

Er wich zurück, doch da bog sich das Krabbelmonster zu einem Halbkreis herum, indem es ihm mit dem Vorderteil folgte, während der übrige Körper blieb, wo er war. Anders als den überwiegend anthropomorphen Ungeheuern von Mittland waren ihm keinerlei Gefühle oder Gedanken anzumerken. Es war schlicht ein Jäger, eine Mordmaschine, und er war bei Sonnenuntergang zu nahe an sein Versteck herangekommen.

Orlando bückte sich rasch und hob die Bootsstange auf, die er fallengelassen hatte, ein steifes Stück Grashalm, doppelt so lang wie er. Er bezweifelte, daß es stark genug war, um die gepanzerten Ringe des Hundertfüßlers zu durchbohren, aber vielleicht konnte er sich damit die Bestie vom Leib halten, bis ihm etwas anderes einfiel. Das einzige Problem war, wie er rasch entdeckte, daß er nicht die Stange führen und gleichzeitig sein Schwert halten konnte. Er ließ den Halm vor dem nächsten seitlichen Schlängelangriff des Hundertfüßlers sinken und steckte sich die Klinge in den Gürtel.

Er bekam die Stange gerade noch hoch genug, um sie dem Kopf des Hundertfüßlers entgegenzuhalten. Sie blieb so ruckartig in dessen Mundwerkzeugen stecken, daß Orlando, wenn er das stumpfe Ende nicht hinter sich in die Erde gerammt hätte, schnurstracks den Halm entlang in die giftigen Fänge gerutscht wäre. Sie bog sich, aber brach nicht. Aufgehalten von etwas, das er nicht sehen konnte, stieg der Hundertfüßler zappelnd in die Höhe, bis seine ersten drei Beinpaare über dem Boden schwebten. Der Halm streckte sich und schnappte nach oben. Befreit plumpste die Bestie mit noch lauterem Zischen schwer wieder auf den Boden.

Orlando zog die Stange zurück und suchte nach einer neuen Verteidigungsposition. Das vordere Ende des Halms war zu breiigen Splittern zerkaut. Der Hundertfüßler marschierte wieder auf ihn zu, diesmal zwar vorsichtiger, aber offensichtlich nicht willens, sich irgendwo anders ein bequemeres Abendessen zu suchen. Orlando fluchte leise.

»Ich seh die andern!« schrie Fredericks da. »Sie kommen zurück!«

Orlando schüttelte den Kopf, versuchte wieder zu Atem zu kommen. Falls seine Gefährten nicht irgendwelche großen Geheimnisse gehütet hatten, konnte er sich nicht vorstellen, was ihre Anwesenheit ihm nützen sollte. Dies hier war reine Monstertöterarbeit, und von denen war Orlando einer der besten. Oder war es Thargor, der einer der besten war ...?

Mann, hör sich das einer an, dachte er verschwommen, während er die Stange wieder zur Abwehr hochnahm. Scharfe Dinge klackten im Dunkel des Hundertfüßlermaules. *Ich weiß nicht mal mehr den Unterschied zwischen der einen Unwirklichkeit und der andern ...*

Er führte einen Stoß nach dem Kopf, aber diesmal bekam er den Grasstengel nicht am Boden aufgepflanzt. Der Angreifer rammte dagegen an, und der lange Halm rutschte an dem schmutzigbraunen Rückenpanzer ab und verfing sich zwischen zweien der antretenden Beine wie ein Stock in den Speichen eines Fahrrads. Orlando hielt die Stange fest, die wegschnellte und ihn durch die Luft schleuderte; er landete so hart, daß ihm der Atem aus den Lungen gepreßt wurde. Die lange, vielbeinige Gestalt wendete auf der Stelle und bäumte sich mit ein paar riffelnden Vorwärtsschritten über ihm auf; ihre Greifer bogen sich nach innen wie zwei schnalzende Riesenfinger. Orlando krabbelte rückwärts, doch es war ein aussichtsloser Fluchtversuch.

Der Hundertfüßler streckte sich noch höher, und seine Mordwerkzeuge klafften über Orlando wie eine grauenhafte industrielle Lochpresse. Fredericks' ferne Stimme war jetzt ein hohles Schrillen, das sich rasch in einer anschwellenden Geräuschflut, einem mächtigen Sturm, einer langsamen Explosion verlor, aber für Orlando, der sich anstrengte, den schweren Stengel ein letztes Mal zu heben, war das alles irgendwo weit weg und sinnlos. In diesem Moment, wo die Zeit zu kriechen schien, hing der Tod über ihm. Das Universum hatte beinahe angehalten, wartete, daß die allerletzte Sekunde vertickte.

Da war die Sekunde vorbei, und eine brausende Schwärze stürzte auf ihn ein. Ein kalter Donner krachte von oben herab, ein senkrecht niederstoßender Orkan, der ihn platt zu Boden quetschte und die Luft mit stechendem, blendendem Staub füllte. Orlando brüllte laut und erwartete, jeden Moment die giftigen Stacheln in seinen Körper schlagen zu fühlen. Etwas knallte an seinen Kopf, so daß ihm auch noch Sterne vor den Augen tanzten.

Der Wind flaute ab. Die Dunkelheit lichtete sich ein wenig. Fredericks kreischte immer noch.

Orlando öffnete die Augen einen Spalt weit. Er spähte in den wirbelnden Staub und wunderte sich, daß er in dieser Welt noch am Leben war. Steine, dick wie seine Schenkel, rollten an ihm vorbei, und eine unfaßbar riesenhafte schwarze Gestalt schwang sich wie ein negativer Engel über ihm gen Himmel. Dünn und wütend und vergleichsweise winzig wand sich etwas in seinen Klauen.

Klauen. Es war ein Vogel, ein Vogel, so groß wie ein Passagierflugzeug, eine Rakete – größer! Der gewaltige Luftdruck von seinen Flügeln, der Orlando wie eine unsichtbare Säule niedergestampft hatte, wich urplötzlich, als der Vogel abdrehte und sich zu seinem Nest davonschwang, um den immer noch hilflos in seinen Klauen zappelnden Hundertfüßler an seine Jungen zu verfüttern.

»Orlando! Orlando, he!« jammerte Fredericks leise in der Ferne, nichtig geradezu, wenn man gleichzeitig vor Augen hatte, wie der sichere, unausweichliche Tod am Abendhimmel entschwand. »*Gardiner!*«

Er blickte zu den Felsen über dem Strand auf, wo Sweet William und T4b ihre Grasbündel fallengelassen hatten und staunend dem rasch davonfliegenden Vogel nachstarrten. Er drehte sich zu Fredericks und dem Boot um, doch sie waren fort.

Ihm blieb fast das Herz stehen, bis er eine Zehntelsekunde später sah, daß sie nur nicht am erwarteten Ort waren, daß das neue Blattboot, das sie mit solchen Mühen gebaut hatten, auf einmal ein ziemliches

Stück entfernt war. Es dauerte einen Moment, ehe er in seinem benommenen Zustand eins und eins zusammenzählte und begriff, daß das Blatt von den schlagenden Flügeln des Vogels aufs Wasser geweht worden war und jetzt langsam in die starke Strömung hinaustrieb. Allein an Bord sprang Fredericks hin und her, schwenkte die Arme und schrie, aber schon jetzt war seine Stimme kaum noch zu verstehen.

Perplex schaute Orlando zu den Felsen hoch. Die beiden Figuren dort hatten endlich Fredericks' Notlage erkannt und kamen, so schnell sie konnten, die moosige Böschung herunter, aber sie hatten mindestens eine Minute zu laufen, bevor sie da sein konnten, und Fredericks trennten nur noch Sekunden von der Strömung, die ihn ein für allemal davontragen würde.

Orlando faßte die Bootsstange wie einen Wurfspeer und sauste am Strand entlang. Er sprintete auf eine Landzunge, weil er hoffte, mit dem langen Stengel vielleicht bis zu Fredericks hinzureichen, doch als er an ihrer Spitze stand, war klar, daß er auch mit drei solcher Stangen nicht in der Lage gewesen wäre, die Distanz zu seinem Freund zu überbrücken. Das Blatt kreiste einen Augenblick lang in einem Strudel zwischen der schnelleren Strömung und dem kleinen Stück ruhigeren Wassers hinter der Landzunge. Orlando blickte zu seinem Freund hinüber, dann zurück zu T4b und Sweet William, die immer noch fern und klein am Strand auf ihn zugelaufen kamen. Er drehte sich um, sprang mit stolpernden Sätzen die Landzunge hinunter und warf sich aus vollem Lauf in den Fluß.

Das war mehr als gewagt, auch wenn das Wasser einigermaßen warm war, denn Orlando hatte sich völlig verausgabt. Er fragte sich, was wohl mit seinen Beinen los war (die er nicht mehr fühlte), als Fredericks sich vorbeugte und die treibende Bootsstange aus dem Wasser fischte. Orlando kam gerade zu der Erkenntnis, daß es für einen todkranken Menschen ein ziemlicher Umweg war, in ein virtuelles Universum zu reisen, nur um dort zu ertrinken, als das von dem Hundertfüßler zerkaute Ende der Stange haarscharf neben seinem Kopf ins Wasser klatschte.

»Faß an!« schrie Fredericks.

Er gehorchte, und mit Hilfe seines Freundes quälte er sich über den Rand des Blattes auf die Matte, an der er den Nachmittag über mitgeflochten hatte. Orlando hatte gerade noch die Kraft, sich triefend und zitternd vor dem Abendwind in eine Ecke zu kauern, dann trug der Fluß sie vom Ufer und von ihren beiden verdutzten Kameraden davon.

»Werde glücklich damit, Skouros«, sagte die Polizeiobermeisterin. »Der Fall Merapanui ist soeben auf dein System übertragen worden.«

»Danke. Du bist ein Schatz.« Calliope Skouros sagte das nicht so, als ob sie es meinte, und um jeden Verdacht weitergehender Absichten zu vermeiden, schob sie auch noch die Unterlippe vor. »Der Fall liegt schon so lange rum, daß er stinkt.«

»Du wolltest ihn haben, jetzt hast du ihn.« Die Vorgesetzte machte mit einer Geste deutlich, daß sie ihre Hände in Unschuld wusch. »Gib ja nicht mir die Schuld für deinen Ehrgeiz. Geh noch ein letztes Mal alles durch, lad die Zeugen vor ...«

»Falls noch welche am Leben sind.«

»... lad die Zeugen vor und guck, ob irgendwer sich an was Neues erinnert. Dann leg ihn wieder unter der Rubrik ›Ungelöst‹ ab, wenn du willst. Egal.« Sie beugte sich vor und verengte die Augen. Skouros fragte sich, ob die operative Hornhautveränderung nicht ganz die erhoffte Wirkung gezeitigt hatte. »Und bitte – ich spreche dabei im Namen der gesamten Polizei von Groß-Sydney – sag nicht, wir würden dir nie etwas geben.«

Detective Skouros stand auf. »Vielen Dank für diesen Gummiknochen, o glorreiche Herrin. Nimm bitte mein untertänigstes Schwanzwedeln entgegen.«

»Raus aus meinem Büro, aber ein bißchen plötzlich!«

»Er gehört uns, und er dumpft«, verkündete sie. Die Druckventile an ihrem Stuhl zischten, als sie ihren muskulösen Körper auf die Sitzfläche fallen ließ.

»Das heißt?« Stan lugte über den Rand seiner altmodischen gerahmten Brille hinweg. Alles an Stan Chan war altmodisch, sogar sein Name. Calliope fand es immer noch unbegreiflich, daß Eltern, die noch bei Trost waren, im einundzwanzigsten Jahrhundert ein Kind »Stanley« nennen konnten.

»Dumpf pur. Schrott pur. Block pur. Ein beschissener Fall von A bis Z.«

»Es muß sich um diese Merapanui-Sache handeln.«

»Die und keine andere. Sie haben sie endlich von der Fahndung nach dem Real Killer abgekoppelt, aber das heißt nicht, daß die da drüben jemals daran gearbeitet hätten. Der Fall ist jetzt fünf Jahre alt, und ich glaube kaum, daß sie mehr damit gemacht haben, als ihn kurz angeschaut, die Parameter durch ihr Schema gejagt und ihn wieder rausgeschmissen zu haben.«

Ihr Kollege preßte die Finger zusammen. »Und, hast du ihn schon gelöst, oder darf ich auch einen Blick drauf werfen?«

»Sarkasmus steht dir nicht, Stan Chan.« Sie warf den Wandbildschirm an und rief dann einen Dateienbaum mit Ordnern auf. Die Falldatei sprang an die Spitze der Aktivitätenliste, und sie entfaltete sie auf dem Bildschirm. »Merapanui, Polly. Fünfzehn Jahre alt. Wohnhaft in Kogarah zum Zeitpunkt des Mordes, aber ursprünglich aus dem Norden. Eine Tiwi, glaube ich.«

Er überlegte einen Moment. »Von Melville Island - die Leute?«

»Jo. Obdachlos, seit sie mit dreizehn von einer Pflegefamilie weglief. Nicht übermäßig viele Verhaftungen, und die hauptsächlich wegen Landstreicherei. Ein paarmal wegen Ladendiebstahl, zweimal Erregung öffentlichen Ärgernisses. Einmal zwei Tage eingebuchtet wegen versuchter Prostitution, aber die Unterlagen deuten darauf hin, daß das höchstwahrscheinlich zu Unrecht war.«

Stan zog eine Augenbraue hoch.

»Ich weiß, erstaunlich, wenn man's bedenkt.« Calliope rief ein Bild auf. Das Mädchen in dem fleckigen Hemd, das sie anstarrte, hatte ein rundes Gesicht, das auf ihrem dünnen Hals zu groß wirkte, erschrockene weite Augen und dunkle Kräuselhaare, die auf einer Seite zu einem einfachen Knoten gesteckt waren. »Bei der Festnahme.«

»Sieht ziemlich hell aus für eine Tiwi.«

»Ich glaube nicht, daß es noch vollblütige Tiwis gibt. Schon von uns vollblütigen Griechen gibt es verdammt wenige.«

»Ich dachte, dein Großvater war Ire.«

»Wir haben ihn zum Griechen ehrenhalber ernannt.«

Stan lehnte sich zurück und legte abermals die Fingerspitzen zusammen. »Und weshalb wurde der Fall von der Real-Killer-Crew ausgeschieden?«

Calliope schnippte mit den Fingern, und die Fotos vom Tatort erschienen. Sie waren kein schöner Anblick. »Sei bloß froh, daß wir uns keine volle Immersion leisten können«, sagte Calliope. »Anscheinend erinnerten die Art und die Zahl der Wunden - beigebracht mit einem großen Jagdmesser wie einem Zeissing, glauben sie - in mancher Hinsicht an die Arbeit von Mister Real. Aber die Sache war drei Jahre vor dem ersten bekannten Real-Mord.«

»Sonst noch Gründe, weshalb sie aussortiert wurde?«

»Keine Ähnlichkeiten außer den Wunden. Alle Real-Opfer waren Weiße europäischer Herkunft, Mittelschicht oder obere Mittelschicht. Alle wurden an öffentlichen Orten ermordet, wo es wenigstens theoretisch irgendwelche elektronischen Sicherheitsanlagen gab, aber die Anlagen haben jedesmal aus irgendeinem Grund versagt. Tu deine Augenbraue wieder runter - *natürlich* ist es merkwürdig, aber es ist nicht unser Fall. Der hier ist unserer.«

»Apropos, wieso wolltest du diese Merapanui-Sache überhaupt haben? Denn angenommen, daß hier nicht eine Prostituierte von einem Kunden umgelegt wurde, dann war es eine Affekthandlung, eine einmalige Sache. An Zufallsmorden haben wir eigentlich keinen Mangel, davon sind jeden Tag die Straßen voll.«

»Ach ja?« Calliope hob einen Finger und sprang vor auf eine andere Serie von Tatortschnappschüssen, diese aus einem Winkel fotografiert, der das ganze Gesicht des Opfers zeigte.

»Was ist mit ihren Augen?« fragte Stan nach einer Weile recht leise.

»Keine Ahnung, aber das sind sie nicht. Das sind Steine. Der Mörder hat sie in die Augenhöhlen gesteckt.«

Stan Chan nahm ihr die Squeezer ab und vergrößerte das Bild. Er blickte es eine Zeitlang stumm an. »Okay, es ist also nicht der übliche Überfall mit, hoppla, leider tödlichem Ausgang«, sagte er. »Aber damit ist es immer noch ein fünf Jahre zurückliegender Mord, der kurzzeitig zu Unrecht Berühmtheit erlangte, weil es so aussah, als wäre der Täter möglicherweise ein wichtiger Killer, über den in sämtlichen Nachrichtennetzen lang und breit berichtet wurde. Tatsächlich jedoch, Skouros, ist es der Müll, den ein anderer Bulle liegengelassen hat.«

»Kurz und bündig und dabei wunderbar plastisch. Ich mag deinen Stil, mein Held. Kannst du 'nen Partner gebrauchen?«

Stan zog die Stirn kraus. »Ich nehme an, es ist besser, als hinter Cakedealern und Chargeheads sauberzumachen.«

»Nein, ist es nicht. Es ist ein Scheißfall. Aber es ist unserer.«

»Meine Begeisterung, Skouros, kennt keine Grenzen.«

An Bürotagen fand sie es nie leicht, sich zu entscheiden, ob sie die Bahn nehmen oder mit dem schwachen E-Auto fahren sollte, das die Dienststelle für sie geleast hatte. Immerhin, auch wenn es wegen des dichten

Stadtverkehrs mit dem Auto langsamer ging, war es doch auch deutlich leiser.

Das Lesegerät trug ihr die Fallakte vor, wobei es einige der uraustralischen und asiatischen Namen der Zeugen phonetisch grotesk verhackstückte - nicht daß es viele Zeugen gegeben hätte. Der Mord war nahe eines Wabendorfes unter einem der Hauptabschnitte des Great Western Highway geschehen, aber wie bewohnt die Obdachlosensiedlung vor dem Mord auch gewesen sein mochte, als man die Leiche fand, war sie jedenfalls leer. Die Leute, die an solchen Orten wohnten, wußten, daß sie wenig Gutes zu erwarten hatten, wenn sich das Augenmerk der Polizei auf sie richtete.

Während sie abermals die Flut der Details über sich ergehen ließ, versuchte Calliope, sich von allen vorgefaßten Meinungen freizumachen und sich einfach die Fakten anzuhören. Das war natürlich fast unmöglich, zumal sie ständig von den kreuz und quer gehenden Verkehrsströmen abgelenkt wurde, die mit gelegentlichen Stockungen vor dem orange leuchtenden Sonnenuntergang dahinrasten.

Zunächst einmal dachte sie sich den Killer bereits als einen »Er«. Aber mußte es wirklich ein Mann sein? Selbst in ihrer verhältnismäßig kurzen Polizeilaufbahn hatte Calliope genug mit Mord- und Totschlagsdelikten in Sydney zu tun gehabt, um zu wissen, daß auch Frauen anderen Leuten das Leben nehmen konnten, und manchmal überraschend gewalttätig. Aber dieses bizarre, eiskalte, obsessive Spiel mit dem Körper - zu so etwas war bestimmt bloß ein Mann imstande. Oder glitt sie schon wieder in Vorurteile ab?

Vor ein paar Jahren hatte eine Gruppe in den Vereinigten Staaten - im pazifischen Nordwesten, wenn sie sich recht erinnerte - Schlagzeilen mit der These gemacht, da soziale Gewalt mehrheitlich von Männern ausgehe und es bei einigen Männern genetische Anzeichen für einen ausgeprägten Hang zur Aggression gebe, sollten Kinder männlichen Geschlechts, bei denen man diese Anzeichen feststellte, zwangsweise einer Gentherapie in utero unterzogen werden. Die Gegenstimmen hatten das geforderte Gesetz lange und laut als ein Komplott zur genetischen Kastration beschrien, eine Bestrafung für das schlichte Verbrechen, ein Mann zu sein, und die ganze Debatte war zu einer gegenseitigen Beschimpfung ausgeartet. Calliope hatte das eigentlich sehr bedauert. Sie hatte oft genug erlebt, wie mit grauenhafter Beiläufigkeit Blut vergossen wurde, und zwar fast ausschließlich von jungen Vertretern des männlichen Geschlechts, um sich die Frage zu gestatten, ob an dem, was die Verfechter der Gesetzesinitiative vorbrachten, nicht etwas dran sein könne.

Als sie es Stan Chan gegenüber erwähnte, hatte der sie eine fascholesbische Männerhasserin genannt. Aber er hatte es lieb gesagt.

Es war sicherlich richtig, daß sie sich hüten mußte, Hypothesen aufzustellen, die nicht von Tatsachen fundiert waren, aber andererseits mußte sie sich in die Person einfühlen, mußte den Täter innerlich finden, bevor sie ihn - oder sie - in der Außenwelt finden konnte. Im Moment mußte sie ihren Instinkten vertrauen. Es fühlte sich an wie das Werk eines Mannes, eines Mannes von der verkorkstesten Sorte, und deshalb würde die Person, die sie suchten, so lange ein Er bleiben, wie sie nicht auf überwältigende Indizien stießen, die auf das Gegenteil hindeuteten.

Aber außer der Hypothese eines männlichen Täters drängte sich ihr nichts besonders auf, jedenfalls keine Motive. Es hatte keine Spur von sexuellem Mißbrauch gegeben, und selbst für sexuell motivierte Gewalt sprach eigentümlich wenig. In vieler Hinsicht schien es am ehesten ein Ritualmord zu sein.

Ritualmord. Das Wort vibrierte irgendwie, und sie hatte gelernt, dem Teil von ihr zu trauen, der derartige Schwingungen spürte. Ritualmord. Das mußte sie abspeichern.

Darüber hinaus gab es wenig, womit sich arbeiten ließ. Der Mörder war in der Vermeidung von Indizien nicht so gründlich gewesen wie der Real Killer, aber der Tod hatte Polly Merapanui im Freien ereilt, unter einer Autobahnüberführung, die derart vom Wind blankgescheuert wurde, daß selbst der sündhaft teure ForVac-Teilchensauger des Morddezernats keine brauchbaren Spuren hatte entdecken können. Der Täter hatte Handschuhe getragen, und ob Polly sich nun gewehrt hatte oder nicht, unter ihren Fingernägeln war jedenfalls kein Fitzelchen von ihrem Mörder zurückgeblieben.

Wenn nur der alte Aberglaube stimmte, dachte Calliope nicht zum erstenmal in ihrer Mordfahndungslaufbahn - wenn nur sterbende Augen tatsächlich das Bild behielten, das sie als letztes gesehen hatten.

Vielleicht teilte der Killer ja diesen alten Aberglauben. Vielleicht erklärte das die Steine.

Ausdruckslos wie ein Uhrwerk leierte die Stimme des Lesegeräts weiter. Das Schild, das ihre Ausfahrt anzeigte, schwamm in ihr Blickfeld, ein undeutlicher ferner Fleck über dem Strom der Rücklichter. Calliope schob sich auf die linke Spur. Keine handfesten Indizien, ein Opfer, das nach Meinung der meisten Leute so unbedeutend war, wie ein Mensch überhaupt nur sein konnte, eine Handvoll wertloser Zeugen (größtenteils Streuner und bockbeinige Verwandte) und ein wahrhaft bestürzender Modus operandi, der kein zweites Mal aufgetreten war - Stan hatte recht. Sie hatten es mit einem zu den Akten gelegten Fall zu tun, aus dem auch das bißchen Saft, das er vielleicht einmal besessen hatte, herausgelutscht worden war.

Aber das Mädchen, das nichts im Leben besessen hatte als eben das Leben, war nicht gänzlich unbedeutend. Wer das behauptete, erklärte damit auch Calliope Skouros für unbedeutend, denn was fing sie mit ihren Tagen und Nächten schon anderes an, als die Beleidigten zu verteidigen und die Verstoßenen zu rächen?

Sehr erhebend, Skouros, sagte sie sich, während sie sich auf ihre Hupe lehnte, weil irgendein heimdüsender Idiot mit vier oder fünf Feierabendbieren im Blut sie schnitt. *Aber ein Scheißfall ist es trotzdem.*

> Fredericks hockte im Bug - oder dort, wo der Bug hätte sein müssen, wenn das Blatt ein richtiges Boot gewesen wäre - und starrte auf das rasch dunkler werdende Wasser hinaus. Der Fluß hatte sie bis jetzt ohne größere Erschütterungen dahingetragen, aber Fredericks hielt die Fasern der Matte trotzdem fest umklammert. Die Art, wie sein Freund zur Bewegung des Wassers den Kopf hin und her wiegte, war Orlando ein wenig auf den Magen geschlagen, deshalb lag er flach auf dem Rücken und blickte zum ersten schwachen Sternengeflimmer am Himmel empor.

»Wir haben sie alle verloren«, sagte Fredericks dumpf. Es war nicht das erste Mal, seit sie davongeschwemmt worden waren, daß er diese düstere Äußerung tat. Orlando ignorierte ihn und konzentrierte sich statt dessen darauf, sich einzureden, daß seine spärliche Bekleidung trocknete und daß die Luft im Grunde warm sei. »Ist dir das ganz egal?«

»Es ist mir *nicht* egal. Aber was sollen wir machen? Bin *ich* vielleicht auf diesem dämlichen Boot abgetrieben?«

Fredericks verstummte. Orlando taten seine Worte leid, aber nicht so leid, daß er sie zurückgenommen hätte. »Hör zu, sie wissen, in welche Richtung wir fahren«, sagte er schließlich quasi entschuldigend. »Wenn wir ... was weiß ich, *hindurchgehen* oder so, warten wir einfach auf der andern Seite auf sie. Sie werden schon irgendwie den Fluß hinunter kommen, und in der nächsten Simulation sind wir dann alle wieder zusammen.«

»Ja. Wahrscheinlich.« Fredericks drehte sich um und sah Orlando ins Gesicht. »He, Gardiner?«

Orlando wartete ein paar Sekunden darauf, daß Fredericks den Satz beendete, bevor er begriff, daß sein Freund eine Reaktion haben wollte. »Was gibt's?«

»Meinst du ... meinst du, wir sterben?«

»In den nächsten paar Minuten nicht, wenn wir Glück haben.«

»Ach, hör auf. Ich mach keinen Quatsch, ich mein's ernst. Was wird aus uns werden?« Fredericks blickte düster. »Ich ... herrje, ich vermisse meine Eltern, irgendwie. Ich hab Angst, Orlando.«

»Ich auch.«

Mit zunehmender Dunkelheit wurde aus den beiderseits vorbeigleitenden ungeheuren Bäumen eine durchgehende Schattenwand, ähnlich den Steilfelsen einer tiefen Schlucht.

»Und ob ich schon wanderte im finstern Tal«, murmelte Orlando.

»Was?«

»Nichts.« Schwerfällig setzte er sich auf. »Sieh mal, uns bleibt nichts übrig, als weiterzumachen. Wenn es eine einfache Möglichkeit gäbe, hier rauszukommen, hätte einer von uns sie schon gefunden. Denk dran, Sellars hat es uns schwer gemacht, hierherzugelangen, das heißt, selbst wenn sie manchmal wie ein Haufen Oberscänner aussehen, müssen Renie und die andern ziemlich clever sein. Wir müssen einfach durchhalten, bis wir klarsehen. Tu so, als wäre es eins von unsern Mittlandabenteuern.«

»In Mittland hat nie was wirklich weh getan. Und man konnte nicht umgebracht werden. Nicht in echt.«

Orlando rang sich ein Lächeln ab. »Na, dann wird's wahrscheinlich höchste Zeit, daß Thargor und Pithlit mal ernsthaft gefordert werden.«

Fredericks versuchte das Lächeln zu erwidern, aber seines war noch gequälter.

»He, wie siehst du eigentlich aus?« fragte Orlando unvermittelt. »Im RL?«

»Wieso willst du das wissen?«

»Ist mir grade so eingefallen. Ich meine, bist du groß, klein oder was?«

»Ich will nicht darüber reden, Orlando. Normal, nehme ich an. Red über was anderes.« Fredericks blickte weg.

»Okay. Du hast mir übrigens immer noch nicht erzählt, wo ›Pithlit‹ herkommt. Der Name.«

»Ich hab gesagt, ich kann mich nicht erinnern.«

»Fen-fen. Das glaub ich dir nicht. Erzähl's.«

»Ich ... na ja ...« Fredericks sah ihm trotzig in die Augen. »Wenn du lachst, auch nur ein kleines bißchen, bist du der größte Dumpfling, den's gibt.«

»Ich werd nicht lachen.«

»Von einer Figur in einem Buch. Einem Kinderbuch. So ein Stofftier, das Piglet hieß. Schweinchen. Als ich klein war, konnte ich es nicht richtig sagen, deshalb haben meine Eltern mich so genannt. Als ich mit dem Netz anfing ... äh, da war das quasi mein Spitzname. Lachst du?«

Orlando schüttelte den Kopf und biß fest die Zähne zusammen. »Nein. Wirklich ...« Er brach ab. Ein seit etlichen Sekunden anschwellendes Geräusch war jetzt über dem Rauschen und Brüllen des Wassers deutlich zu hören. »Was ist das?«

Fredericks hielt Ausschau. »Wieder ein Insekt. Schwer zu erkennen. Es fliegt echt tief.«

Das geflügelte Ding, das sich ihnen rasch von hinten näherte, strich so dicht über die Flußoberfläche, daß einer seiner Füße durch eine kleine Welle schnitt und weißen Schaum aufpeitschte. Das Insekt kippte ab und schlingerte und stieg dann wippend ein Stückchen höher, bevor es wieder auf Kurs kam. Es flog in Schräglage an ihnen vorbei, wobei sich zeigte, daß es fast halb so groß war wie ihr Boot, dann beschrieb es ein ganzes Stück weiter flußabwärts eine steile Kurve und kam abermals auf sie zu.

»Es will uns angreifen«, sagte Fredericks und tastete nach der Bootsstange.

»Ich weiß nicht. Es kommt mir vor wie verletzt oder sowas. Vielleicht krank ...« Orlandos Aufmerksamkeit wurde von etwas abgelenkt, das er unter dem wendenden Insekt im Wasser erblickte. »Sieh mal! Da ist das blaue Gefunkel wieder!« Fredericks stellte sich unsicher balancierend hin, das Augenmerk ganz auf das tief fliegende Insekt gerichtet. Als es dicht herankam, hob er die Stange hoch über den Kopf, als wollte er es aus der Luft schlagen. »Mensch, scännst du jetzt total?« Orlando zog ihn nieder. Fredericks mußte die Stange loslassen, um nicht lang hinzufallen, aber verhinderte, daß sie über Bord sprang, nachdem er auf die Knie geplumpst war. »Das Vieh ist zehnmal so groß wie du«, schimpfte ihn Orlando. »Wenn du es damit schlägst, fällst du nur selber ins Wasser.«

Das Insekt näherte sich brummend und legte sich schon wieder schräg. Orlando duckte sich auf alle viere, um sich sofort platt auf den Bauch werfen zu können, falls es zu niedrig flog. Das Biest war irgendein tropischer Käfer, erkannte er, dessen abgerundete braune Flügeldecke gelbe Streifen hatte. Als es über sie hinwegsauste, sah Orlando, daß der vordere Teil der Deckflügel hochgegangen war und daß sich dort etwas bewegte, wackelte ...

»... *Winkt?*« sagte er verwundert. »Da sitzt jemand drin!«

»Es ist Renie!« rief Fredericks, als das Insekt vorbeisurrte. »Ich bin sicher, sie ist es!«

Das Glitzern umgab sie jetzt ganz. Das Wasser schäumte himmelblau leuchtend. Flußaufwärts machte das fliegende Insekt eine weite Wendekurve, aber Orlando konnte es kaum noch sehen. Die Luft selbst war erfüllt von tanzendem Licht.

»Sie haben uns gefunden!« Fredericks hüpfte wild hin und her. »Sie fliegen in einem Käfer! Wieso können sie das?«

»Ich weiß nicht«, schrie Orlando. Das Lärmen des Flusses war zu einem einzigen unausgesetzten Dröhnen geworden, und das blaue Licht schillerte auf seiner Haut. Der dunkle Schatten des fliegenden Käfers war jetzt direkt über ihnen, hielt ihr Tempo, und er flog ebenfalls durch blau sprühendes Leuchtraketenfeuer. »Wir fragen sie auf der andern Seite ...«

Und dann war das Brüllen übermächtig, und das Licht erfüllte alles, und sie wechselten über an einen anderen Ort.

Kapitel

Der hohle Mann

NETFEED/MODERNES LEBEN:
Die Papa Diabla war lecker, der warme Gazpacho zum Abgewöhnen
(Restaurantkritik von Efulgencia's World Choir in Oklahoma City, USA)
(Bild: Iguana con Bayas auf einer Servierplatte)
Off-Stimme: "... Meine zweite Beanstandung am EWC wäre für andere Gäste vielleicht gar kein Problem. EWC hat sich als eines der letzten der Restaurantschleife 'Tisch nach Zufall' angeschlossen, und der Gebrauch, den es davon macht, ist ausgesprochen aggressiv — während unseres Essens muß sechsmal die Verbindung gewechselt haben, was einem kaum Zeit läßt, die Neuankömmlinge zu fragen, in welchem Restaurant sie sitzen, und schon gar nicht, was sie essen, wie sie es finden oder sonst etwas, bevor sie wieder weg sind und man zack! die nächsten vor der Nase hat. Ich muß sagen, daß mir diese Mode schon damals nicht geschmeckt hat, als sie noch neu war, aber EWC will eindeutig eine jüngere, knackigere, ätzigere Klientel ansprechen als meine Wenigkeit — der glupschäugige, panierte Leguan hingegen ist sein Geld wieder mehr als wert ..."

> Das Licht schwand schnell. Renie, die sich keinen Moment lang sicher gefühlt hatte, seit das Käferflugzeug sich in die Lüfte erhoben hatte, tastete das Instrumentenbrett nach so etwas wie Scheinwerfern ab. Als ihr klar wurde, wie viele Schalter sie drücken konnte, die sie in ihrem eigenen Interesse lieber *nicht* drücken sollte, gab sie es auf und

konzentrierte sich darauf, den kleinen Flieger durch den überwältigenden, ungeheuerlichen Wald zu manövrieren.

»Er scheint noch am Leben zu sein«, sagte !Xabbu, der an Cullens Seite kauerte. »Da es nicht blutet, läßt sich schwer sagen, wie schlimm er verletzt wurde, als diese Bestie ihm den Arm abriß. Ich habe ihm für alle Fälle seine Jacke um die Wunde geknotet, und er schläft jetzt wieder.«

Renie nickte, aber war hauptsächlich darauf bedacht, einen tödlichen Pilotenfehler zu vermeiden. In der allgemeinen Dunkelheit war ein schattenhafter Ast leicht zu übersehen, und nach ihren verzerrten Maßstäben mochte der Boden zwei- oder dreihundert Meter unter ihnen liegen. Sie hatte daran gedacht, höher zu fliegen, sich über die Baumwipfel zu erheben, aber sie wußte nicht, ob man diesem Flugzeug zutrauen konnte, daß es in einer Höhe von umgerechnet über tausend Metern noch sicher flog, und im übrigen kamen ihr die Chancen, nicht irgendwo anzustoßen, hier unten besser vor, wo noch keine Äste waren.

»Bist du sicher, daß er sagte, der Fluß wäre in dieser Richtung?« fragte sie.

»Er sagte, im Westen. Du hast es selbst gehört, Renie.«

Sie nickte abermals und merkte dabei, daß sie ihre Zähne so fest zusammengebissen hatte, daß ihr der Kiefer weh tat. Sie ließ locker. Sie hatte bis vor kurzem noch zwischen den Bäumen hindurch immer wieder Blicke auf den Sonnenuntergang erhascht und vertraute eigentlich darauf, daß sie tatsächlich nach Westen flogen, aber sie brauchte etwas, worüber sie sich Sorgen machen konnte, und ob sie in der richtigen Richtung flogen oder nicht, war - im Gegensatz zu ihren vielen anderen Schwierigkeiten - ein nachgerade lösbares Problem.

Während sie durch den Abend sausten, faßte sie immerhin soviel Zutrauen, daß sie beinahe das Schauspiel genießen konnte. Einmal strichen sie an einem hochhausgroßen Eichhörnchen vorbei, das ihnen ein riesiges, feuchtes braunes Auge zuwandte. Andere Insekten, ein großer Nachtfalter und ein paar Mücken, in eigenen Geschäften unterwegs, zogen uninteressiert an dem Käfer vorbei wie gelangweilte Pendler, die auf einem Vorortbahnsteig hin- und hergehen. Der Nachtfalter war in dieser Größe wunderschön mit seinem flauschigen grauen Pelz und seinen Facettenaugen, die wie Kuppeln aus dunklen Spiegeln aussahen.

Die Entfernung zwischen den Bäumen war größer geworden, so daß es jetzt von einem gigantischen Stamm zum anderen eine Viertelminute und mehr dauerte. Nebelschwaden stiegen vom Boden auf, ringelten sich um die Äste und trübten die Sicht, doch bevor Renie auch dies noch ihrer Liste von Sorgen hinzufügen konnte, hatten sie den Wald plötzlich hinter sich gelassen. Ein Streifen Strand huschte vorbei, dann lag nur noch graugrünes Wasser unter ihnen.

»Der Fluß! Wir sind da!« Sie traute sich nicht, die Hände zum Klatschen vom Rad zu nehmen, deshalb hüpfte sie auf ihrem gepolsterten Sitz auf und nieder.

»Das hast du gut gemacht, Renie«, sagte !Xabbu. »Sollen wir nach den anderen suchen?«

»Wir können's probieren. Aber ich bezweifle, daß wir sie finden. Möglicherweise sind sie zurück aufs Boot gegangen und weiter flußabwärts gefahren.« Sie legte den Käfer schräg und beschrieb damit einen langen, weiten Bogen. Er flog nicht annähernd so elegant wie die Libelle, die eine größere Spannweite hatte, und er ruckelte, als jetzt der Wind aus einer anderen Richtung blies, aber sie war die Kehre vorsichtig angegangen, so daß sie den kleinen Flieger wieder aufrichten und auf einen Kurs längs des Flusses bringen konnte. Auch wenn diese virtuellen Flugzeuge für Wissenschaftler und nicht für professionelle Piloten konzipiert waren, war sie dennoch stolz auf sich.

Sie flog ein paar Minuten so dahin, doch es wurde rasch deutlich, daß sie die anderen auf keinen Fall würde erspähen können, sofern sie nicht auf dem Wasser oder an einer sehr gut einsehbaren Stelle am Strand waren. Sie hielt gerade nach einem Platz zum Landen Ausschau, weil es ihr klüger erschien, die Suche bei vollem Tageslicht fortzusetzen, als !Xabbu sich aufsetzte und auf etwas deutete.

»Was ist das? Ich sehe ein Blatt, aber ich glaube, etwas Blasses bewegt sich darauf.«

Renie konnte nicht viel mehr erkennen als ein auf dem Wasser schaukelndes dunkles Etwas. »Bist du sicher?«

»Nein, aber es kommt mir so vor. Kannst du mit diesem Flugzeug dichter an den Fluß heran?«

Es überraschte sie, wie prompt der kleine Flieger losschoß, als sie ein wenig Gas gab. Sie stießen beinahe zu tief nach unten, und Renie fluchte, als sie die Spitze einer Welle streiften. Sie brauchte ein paar Momente, bis sie den Käfer wieder in der Gewalt hatte. Sie zog ihn über das Blatt hinweg, aber diesmal nicht ganz so tief.

»Sie sind es!« rief !Xabbu aufgeregt. »Oder wenigstens ein paar von ihnen. Aber sie machen einen ängstlichen Eindruck.«

»Wir müssen wie ein echter Käfer aussehen.«

Als sie zum Wenden ansetzte, sagte !Xabbu: »Das Wasser ist hier merkwürdig. Die blauen Lichter, wie wir sie schon einmal hatten.«

»Wir sollten sie zum Anlegen bewegen, wenn's geht.« Renie flog zurück flußaufwärts. Mit !Xabbus Hilfe gelang es ihr, die Tür aufzustemmen. Luft brauste herein wie ein wildes Tier und rüttelte sie in ihren Gurten durch. Cullen stöhnte hinten. Renie streckte mühsam die Hand aus dem Fenster und winkte im Vorbeiflitzen den verdutzten Gesichtern auf dem Boot zu.

»Legt an!« schrie sie in den Wind.

Ob sie sie nun nicht gehört hatten oder ob das Blattboot sich nicht steuern ließ, es änderte jedenfalls seinen Kurs nicht. Die Strömung trug es weiter, und als Renie flußaufwärts von ihnen die nächste Kurve vollführt hatte und wieder auf sie zuhielt, waren sie bereits am Rand des glitzernden Wassers angekommen.

Renie zog die Tür zu. »Wie viele sind es?«

»Ich konnte nur zwei erkennen.«

Sie dachte einen Augenblick nach. »Wenn sie nicht anhalten können, müssen wir mit ihnen hindurchgehen. Sonst finden wir sie wahrscheinlich nie wieder.«

»Natürlich«, sagte !Xabbu. »Sie sind unsere Freunde.«

Renie wußte nicht so recht, ob sie ihre Mitflüchtlinge als Freunde bezeichnen würde, doch sie verstand !Xabbus Impuls. Einsam fühlte man sich ja schon, wenn man sich in einer begreifbaren Welt verirrt hatte. »Genau. Los geht's!«

Sie waren fast auf einer Höhe mit dem Boot, als neonblaue Lichtschlangen sich um die Windschutzscheibe zu krümmen begannen. Als ein Funkenregen vom Flügel sprühte, erinnerte Renie sich erschrocken an den letzten Ares-Raumflug, die Rakete mit dem defekten Schutzschild, die beim Wiedereintritt in die Atmosphäre verbrannt war. Aber dies hier war kaltes Feuer, wie es aussah, irrlichternde Phosphoreszenz.

Die Welt vor der Windschutzscheibe wurde vollkommen blau, dann vollkommen weiß. Sie fühlte kurz einen stillen, schwerelosen Frieden ... dann gab es urplötzlich ein fürchterliches Drunter und Drüber. Die Fenster flogen heraus, und sie wirbelten durch schwarze Nacht, überschlugen sich immer wieder in einem donnernden Getöse von solcher Lautstärke, daß Renie ihr eigenes Schreien nicht mehr hörte.

Aus dem Trudeln wurde ein zentrifugales Schleudern. Das Donnern wurde lauter, und ein Weilchen verlor Renie gnädigerweise das Bewußtsein. Sie stieg gerade wieder zum Wachzustand auf, berührte ihn, aber bekam ihn nicht richtig zu fassen, als sie merkte, wie das Kreisen langsamer wurde. Das Flugzeug erbebte, dann kamen sie mit einem harten Knirschen und einer Reihe heftiger Stöße auf, die mit einem Schlag wie von einer kleinen Explosion endeten.

Ringsherum war alles schwarz und kalt. Eine ganze lange Weile war sie zu benommen, um etwas zu sagen.

»Renie?«

»Hier ... hier bin ich.« Sie richtete sich mühsam auf. Sie sah nichts als das schwache Schimmern von Sternen. Mit der Form des Flugzeugs stimmte etwas nicht, ganz und gar nicht, aber sie konnte nicht darüber nachdenken. An mehreren Stellen verspürte sie ein schmerzhaftes Drücken, und etwas Kaltes kroch ihr die Beine hoch. »Wir sind im Wasser!« rief sie.

»Ich habe Cullen. Hilf mir, ihn herauszuziehen.« !Xabbus schlanke Pavianfinger berührten im Dunkeln ihre Hand. Sie tastete sich an seinem Arm zu Cullens Anzug vor, dann zogen sie gemeinsam den verletzten Mann den schrägen Boden empor, der Öffnung und dem weiten Nachthimmel entgegen. Das Wasser war etwa schenkelhoch und stieg weiter.

Renie arbeitete sich durch den verbeulten Ausstieg, beugte sich zurück und nahm Cullen fest in den Griff, bevor sie ihn in das jetzt hüfthohe Wasser hinauszog. Die Luft war eigentümlich geladen, knisternd wie bei einem Gewitter, aber der schwarze Himmel schien klar zu sein. Die Strömung zerrte an ihr, so daß sie sich dagegen anlehnen mußte, als !Xabbu herausgekrabbelt kam, aber der Fluß war überraschend flach; Renie vermutete, daß sie auf den Rand einer Sandbank oder eine andere Erhebung unter Wasser gestürzt waren. Was es auch war, der Fluß blieb die ganze Strecke bis zum düsteren Ufer flach. Stolpernd trugen sie Cullen an Land und ließen sich dann selber hinplumpsen.

Renie hörte ein knarrendes Geräusch und schaute zum Flugzeug zurück, konnte aber nur eine aus dem Wasser ragende formlose dunkle Masse erkennen. Mit einem Ruck und einem eher hölzern als metallisch klingenden Ächzen gab der Schatten der Strömung nach, dann glitt er von der Bank ins Wasser.

»Es ist weg«, sagte sie leise. Sie fing an zu zittern. »Das Flugzeug ist einfach gesunken.«

»Aber wir sind woandershin übergewechselt«, bemerkte !Xabbu. »Sieh doch, die großen Bäume sind fort. Der Fluß hat wieder eine normale Größe.«

»Die andern!« erinnerte sich Renie plötzlich. »*Hallo! Hallo! Orlando? Seid ihr da irgendwo? Wir sind's!*«

Das Land ringsumher wirkte flach und leer. Es kam keine Antwort als das plätschernde Murmeln des Flusses, und eine einsame Grille, die sich anscheinend bis zu diesem Moment beherrscht hatte, fing jetzt entschlossen an, ihr zweitöniges Lied zu sägen.

Renie rief noch einmal, und !Xabbu stimmte mit ein, aber eine Reaktion erhielten sie nur von Cullen, der anfing zu murmeln und matt mit den Gliedern zu zucken. Sie halfen ihm, sich aufzusetzen, doch auf ihre Fragen gab er keine Antwort. In der Dunkelheit war schwer zu erkennen, ob er richtig bei Bewußtsein war oder nicht.

»Wir müssen ihm Hilfe holen«, sagte sie. »Wenn das eine andere Simulation ist, herrschen hier vielleicht auch andere Bedingungen - vielleicht kann er offline gehen.« Aber noch während sie das sagte, hatte sie keine große Hoffnung und fragte sich, wem sie eigentlich etwas vormachen wollte. Sie und !Xabbu stellten Cullen auf die Füße und führten ihn die Uferböschung hinauf. Oben angekommen erblickten sie ein offenes Feld und in der Ferne zu Renies großer Freude ein Meer gelblicher Lichter.

»Eine Stadt! Vielleicht sind Orlando und die andern dort hingegangen. Vielleicht war ihnen nicht klar, daß wir mit ihnen durchkommen würden.« Sie legte einen Arm um Cullen. !Xabbu ging ein paar Schritte voraus, und so stolperten sie durch niedriges Gestrüpp auf die Lichter zu. Er blieb stehen, um die Pflanzen zu ihren Füßen zu befühlen.

»Sieh mal, das ist Mais.« Er schwenkte einen Maiskolben vor ihrem Gesicht. »Aber alle Stengel sind niedergetrampelt worden, als ob ein Elefant oder eine Antilopenherde hier durchgekommen wäre.«

»Kann ja sein«, sagte sie, wobei sie sich bemühte, das Klappern ihrer Zähne zu unterdrücken. »Und weißt du was? Solange es keine Rieseninsekten waren, ist mir völlig egal, was es war.« Sie sah sich um. Die flachen Felder verloren sich auf allen Seiten im Dunkeln. »Aber es wäre ganz schön zu wissen, was das hier darstellen soll, finde ich.«

!Xabbu war ein gutes Stück vor den beiden anderen abermals stehengeblieben. »Was dieses Maisfeld flachgelegt hat, hat auch den Zaun hier umgeworfen«, sagte er. »Guck.«

Renie ging zu ihm und ließ Cullen sich hinsetzen, was der Entomologe wankend und kommentarlos tat. Vor ihnen in dem verwüsteten Maisfeld lag ein schwerer Maschendrahtzaun, ursprünglich wohl drei bis vier Meter hoch, wie ein schlaffes Band. »Na, wenigstens müssen wir nicht erst ein Tor suchen.« Sie bückte sich nach einem rechteckigen Metallschild, das immer noch an einer verbogenen Schraube hing. Als sie es losgedreht hatte, hielt sie es so, daß das Licht das Präriemondes darauf fiel.

»UNBEFUGTE EINDRINGLINGE WERDEN HINGERICHTET« verkündete es in klotzigen schwarzen Lettern. Darunter stand kleiner gedruckt: »*Auf Befehl Seiner Weisen Majestät, des Einzigen Königs von Kansas.*«

> »Du bist dran«, sagte Long Joseph. Er blickte mit unstet schweifenden Augen über Jeremiahs Schulter. »Mit den Funktionen is alles okay.«

Jeremiah Dako legte sein Buch hin. »Funktionen?«

»Na, diese dings - Lebensfunktionen. Immer gleich. Herz manchmal schnell, dann wieder langsam, aber sonst alles gleich. Wenn ich noch weiter hinguck, dreh ich durch.«

Obwohl er gerade sechs Stunden Wache hinter sich hatte, folgte Long Joseph Sulaweyo Jeremiah zurück ins Labor. Während Jeremiah sich vergewisserte, daß sämtliche Anzeigen - für Körpertemperatur, Atemtätigkeit, Filter, Flüssigkeitszufuhr und Ernährung - so waren, wie Long Joseph gesagt hatte, tigerte Renies Vater auf der Galerie hin und her und blickte auf die stillen V-Tanks hinab. Trockene Echos von seinen Schritten wischten durch den höhlenartigen Raum.

Als Long Joseph etwa zum fünfzehnten Mal vor ihm vorbeischlurfte, nahm Jeremiah das Headset ab und knallte es auf die Konsole. »Herrgott, Mann, kannst du das nicht woanders machen? Es ist schlimm genug, daß ich mir dein Tapp, Tapp, Tapp die ganze Nacht anhören muß, aber nicht hier auch noch. Glaub mir, niemand wünschte sich mehr als ich, daß es hier für dich was zu trinken gäbe.«

Long Joseph drehte sich um, aber langsamer als sonst. Sein Grollen war nur ein Schatten früherer Tage. »Was is, guckst du zu, wie ich schlafe? Schleichst mir nachts hinterher? Ich sag dir, wenn du ankommst und willst mit mir Faxen machen, dann knallt's. Da kannste dich drauf verlassen.«

Jeremiah mußte wider Willen grinsen. »Wieso meinen Leute wie du eigentlich immer, jeder Homo, den ihr trefft, wäre ganz wild darauf, mit euch ins Bett zu steigen? Glaub mir, alter Mann, du bist nicht mein Typ.«

Der andere blickte finster. »Na, Pech für dich, kann ich nur sagen, ich bin nämlich der einzige hier.«

Jeremiah lachte. »Ich verspreche dir, sobald ich anfange, dich schön zu finden, sag ich Bescheid.«

»Was denn, stimmt was nich mit mir?« Er wirkte ehrlich beleidigt. »Stehst du auf so kleine Softies? So Hübschbubis?«

»Oh, Joseph ...« Jeremiah schüttelte den Kopf. »Geh und tu was. Lies ein Buch. Die Auswahl ist nicht besonders, aber ein paar interessante sind drunter.«

»Bücher lesen? Das is wie Mielie Pap essen – fängt schlecht an und wird nich besser.« Joseph holte tief Luft und ließ sie langsam wieder entweichen, erschlagen beim bloßen Gedanken an Literatur. »Gott sei Dank gibt's das Netz, kann ich nur sagen. Wenn wir kein Netz hätten, müßt ich mich gleich umbringen.«

»Du solltest nicht soviel gucken. Wir sollen nicht mehr Strom verbrauchen als unbedingt nötig – diese Martine meinte, es bliebe eher unbemerkt, daß wir illegal Strom abzapfen, wenn wir uns auf ein Minimum beschränken.«

»Was soll'n das heißen?« Long Joseph hatte wieder seinen knurrigen Ton gefunden. »Wir haben diese ... diese großen Tankdinger da laufen«, er deutete fuchtelnd auf die verkabelten Sarkophage, »und den ganzen andern Quatsch hier«, seine zornige Handbewegung begriff die Computer, die Lichter und Jeremiah selbst ein, »und du stellst dich an, weil ich mir'n paar Tropfen fürs Netz abquetsche?«

»Wahrscheinlich hast du recht.« Jeremiah griff wieder nach den Kopfhörern. »Also geh und guck dir was an, und laß mich meine Tests machen.«

Eine Minute später fiel Long Josephs hagerer Schatten abermals auf ihn. Jeremiah wartete, daß der andere Mann etwas sagte. Als nichts kam, nahm er die Kopfhörer ab; sie hatten Renie oder !Xabbu sowieso schon seit Tagen nicht mehr sprechen gehört. »Ja? Willst du vielleicht doch eine Lektüreempfehlung haben?«

Long Joseph verzog das Gesicht. »Nein.« Er richtete den Blick nicht auf seinen Gefährten, sondern auf alles andere, als ob er etwas verfolgte, das sowohl fliegen konnte als auch so ziellos herumschweifte wie ein Goldfisch.

»Also, was gibt's?«

»Weiß nich.« Long Joseph lehnte sich an das Geländer und starrte weiter in die vierstöckige Höhe über ihm hinauf. Als er wieder sprach, klang seine Stimme leicht schrill. »Ich bin bloß ... ich weiß nich, Mann. Ich glaube, ich bin am Durchdrehn.«

Jeremiah legte langsam die Kopfhörer hin. »Was meinst du damit?«

»Es is ... ich weiß nich. Ständig muß ich an Renie denken, an meinen Jungen, Stephen. Und daß ich einfach nix tun kann. Bloß warten, warten, während dieser ganze Blödsinn hier läuft.«

»Es ist kein Blödsinn. Deine Tochter versucht, ihrem Bruder zu helfen. Jemand hat meine Doktor Van Bleeck wegen dieser Geschichte umgebracht. Es ist *kein* Blödsinn.«

»Werd nich gleich sauer. Ich wollt nich ...« Long Joseph drehte sich um und sah Jeremiah zum erstenmal an. Seine Augen waren rotgerändert. »Aber ich, ich mach *gar nix*. Sitz bloß den ganzen Tag hier rum, einen Tag nach dem andern. Keine Sonne, keine Luft.« Er legte die Finger um seinen Hals. »Kann kaum atmen. Und was is, wenn mein Stephen mich braucht? Hier kann ich ihm doch nix nützen.«

Jeremiah seufzte. Es war nicht zum erstenmal, daß das passierte, doch Long Joseph hörte sich bedrückter an als sonst. »Du weißt, daß es das Beste ist, was du für Renie *und* für Stephen tun kannst. Meinst du, *ich* mach mir keine Sorgen? Meine Mutter weiß nicht, wo ich bin, ich hab sie seit zwei Wochen nicht besucht. Ich bin ihr einziges Kind. Aber wir müssen das hier tun, Joseph.«

Long Joseph wandte sich wieder ab. »Ich träum von ihm, weißte. Ganz komische Träume. Seh ihn, wie er im Wasser ertrinkt, krieg ihn nich zu fassen. Seh ihn, wie er mit einem von den Aufzügen hier wegfährt, nach oben, seh nich mal sein Gesicht, aber ich fahr nach unten, und ich kann nich hinter ihm her, weil zu viele Leute da sind.« Seine breiten Hände spreizten sich und packten das Geländer. Die Knöchel standen hoch wie kleine Berge. »Er ist immer dabei zu verschwinden. Ich glaub, er stirbt.«

Jeremiah wußte nicht, was er sagen sollte.

Long Joseph zog die Nase hoch, dann straffte er sich. »Ich wollte nur was trinken, damit ich nich ständig so verdammt viel *denken* muß - an ihn, an seine Mutter, wie sie ganz verbrannt war und geweint hat, aber ihr Mund ging nich richtig, deshalb hatse nur so leise hu, hu gemacht, hu, hu ...« Er rieb sich grimmig ein Auge. »Ich will einfach nich mehr dran denken. Bloß nich dran denken. Deshalb wollt ich was zu trinken haben. Weil's besser is, als mich umzubringen.«

Jeremiah blickte angestrengt die Anzeigen auf der Konsole vor sich an, als wäre es mit einem allzu großen Risiko verbunden, aufzuschauen und den Blick auf den anderen Mann zu richten. Zuletzt drehte Long Joseph sich um und ging fort. Jeremiah lauschte, wie sich seine Schritte auf der Galerie entfernten, langsam wie die Stundenschläge einer altmodischen Uhr, gefolgt vom Aufzischen und dumpfen Schließen der Fahrstuhltür.

> »Es kommen Leute, Renie.« !Xabbu berührte ihre Hand. »Nicht nur ein paar. Die Stimmen, die ich höre, sind von Frauen.«

Renie verharrte atemlos auf der Stelle, doch das einzige Geräusch in ihren Ohrenstöpseln war das Rauschen des Windes in den umgeknickten Maisstengeln. Cullen blieb stolpernd neben ihr stehen, willenlos wie ein elektronisches Spielzeug ohne Kontakt zu seinem Steuerungssignal.

»Wir haben keine Ahnung, wer sie sind«, sagte sie flüsternd, »oder wo wir gelandet sind, außer daß das hier die Vereinigten Staaten in irgendeiner imaginären Version darstellen soll.« Sie fragte sich, ob es sie vielleicht wieder in das andere Amerika der Atascos verschlagen hatte. Wäre das schlecht oder gut? Sie kannten das Terrain bereits, was ein eindeutiger Vorteil wäre, aber die Gralsbruderschaft würde es auf der Suche nach den Leuten, die aus Temilún geflohen waren, bis in den hintersten virtuellen Winkel durchstöbern.

Auf einmal hörte sie, was !Xabbu fast eine Minute vorher schon bemerkt hatte – näher kommende Stimmen und das Geräusch vieler Füße, die über das verwüstete Maisfeld stapften.

»Runter«, wisperte sie und zog Cullen erst zwischen den schützenden Stengeln auf die Knie und dann mit !Xabbus Hilfe vorsichtig auf den Bauch. Sie hoffte, daß der verwundete Entomologe noch genügend bei Sinnen war, um sich ruhig zu verhalten.

Die Geräusche kamen näher. Eine recht ansehnliche Schar zog an ihnen vorbei, möglicherweise unterwegs zu dem demolierten Zaun.

Renie lauschte angestrengt, um etwas von ihrer Unterhaltung mitzubekommen, aber erhaschte nur ein paar zusammenhanglose Gesprächsfetzen, bei denen es anscheinend um den Wohlgeschmack von Karamelpudding ging. Außerdem hörte sie mehrere Bemerkungen über jemanden namens Emily.

Neben ihr, in den Blättern an ihrem Kopf, gab es ein kaum hörbares Rascheln. Als sie sich umblickte, war !Xabbu verschwunden. Furchterfüllt konnte sie nur so still wie möglich liegenbleiben, während die unsichtbare Gruppe in wenigen Metern Abstand vorbeimarschierte. Ihre Hand lag auf Cullens Rücken, und eine ganze Weile merkte sie nicht, daß sie im Kreis darauf herumrieb, genauso wie sie es oft getan hatte, wenn sie einen ängstlichen Stephen beruhigen wollte.

Die Stimmen hatten gerade zwanzig bis dreißig Meter weiter angehalten, als !Xabbu so plötzlich neben ihr aus dem Maisdickicht geschlüpft kam, daß sie beinahe vor Schreck aufgeschrien hätte.

»Es sind ungefähr ein Dutzend Frauen, die den Zaun reparieren«, sagte er leise. »Und ein merkwürdiges Ding, ein mechanischer Mann, sagt ihnen, was sie machen sollen. Ich denke, sie werden dort eine ganze Weile zu tun haben – der Zaunabschnitt, den sie aufstellen müssen, ist sehr groß.«

Renie hatte Verständnisschwierigkeiten. »Ein mechanischer Mann? Ein Roboter, meinst du wohl.«

!Xabbu zuckte mit den Achseln. »Wenn Roboter die Dinger sind, die ich im Netz gesehen habe, wie unser Freund T4b, dann nein. Es ist schwer zu erklären.«

Renie gab auf. »Vermutlich ist es egal. Meinst du, wir sollten ...«

!Xabbus kleine Hand schnellte hoch und berührte leicht ihre Lippen. Im Mondschein sah sie wenig mehr als seine Silhouette, aber er war in einer Haltung gespannten Lauschens erstarrt. Einen Augenblick später hörte sie es: Etwas bewegte sich auf sie zu und streifte dabei durch die niedergetrampelten Halme, ohne sich um Heimlichkeit zu bemühen.

Obwohl sie noch keine Ursache hatten, den Bewohnern dieser Simulation Feindseligkeit zu unterstellen, fühlte Renie doch ihr Herz schneller schlagen. Eine dünne Gestalt trat auf eine kleine freie Fläche, von der sie nur durch eine einzelne Reihe abgeknickter Stengel getrennt waren. Das Mondlicht beschien eine sehr junge europide Frau mit großen dunklen Augen und einem struppigen Kurzhaarschnitt, bekleidet mit einem groben Kittel.

Vor Renies und !Xabbus Augen ging sie in die Hocke, hob den Saum ihres Kittels hoch und fing an, Wasser zu lassen. Dabei sang sie stimmlos vor sich hin. Als das Mädchen sicher war, daß die sich bildende Pfütze von ihren Füßen wegfloß statt auf sie zu, faßte sie, weiter summend und murmelnd, in ihre Brusttasche und holte einen kaum traubengroßen Gegenstand hervor. Sie hielt ihn über ihr emporgewandtes Gesicht, bis das Mondlicht darauf fiel, und begutachtete ihn mit dem beinahe rituellen Gehabe von einer, die etwas Wichtiges zum hundertsten oder vielleicht gar zum tausendsten Mal tut.

Das milde Licht des Mondes funkelte einen Moment lang auf den Facetten. Verblüfft schnappte Renie leise und unterdrückt nach Luft, aber laut genug, um die junge Frau auffahren zu lassen. Sie steckte hastig das kleine goldene Juwel zurück in die Tasche und blickte sich verstört um. »Wer ist da?« Sie stand auf, aber lief nicht sofort weg. »Wer ist da? Emily?«

Renie hielt den Atem an und versuchte, nicht noch mehr Verdacht zu erregen, aber die Neugier der jungen Frau war größer als ihre Angst, und sie ließ ihren Blick über den Maisbruch schweifen. Etwas erregte ihre Aufmerksamkeit. Sie trat mit der Vorsicht einer Katze darauf zu, die sich an ein neues Haushaltsgerät anschleicht, dann beugte sie sich abrupt vor, riß den Mais zur Seite, und Renie und die anderen kamen zum Vorschein. Das Mädchen stieß ein überraschtes Quieken aus und sprang zurück.

»Schrei nicht!« sagte Renie hastig. Sie kniete sich auf und hielt begütigend die Hände hoch. »Wir tun dir nichts. Wir sind hier fremd, aber wir wollen dir nichts tun.«

Das Mädchen zögerte, und obwohl sie sich zur Flucht gewandt hatte, gewann die Neugier wieder die Oberhand. »Warum ... warum habt ihr *das da* bei euch?« fragte sie und deutete mit dem Kinn auf !Xabbu. »Ist es aus dem Wald?«

Renie wußte nicht, was sie am klügsten zur Antwort geben sollte. »Er ist ... mit mir unterwegs. Er ist freundlich.« Sie entschloß sich, ein Risiko einzugehen, da das Mädchen es anscheinend zunächst einmal nicht böse mit ihnen meinte. »Ich weiß nicht, von welchem Wald du redest. Wir sind hier fremd - wir alle.« Sie deutete auf Cullen, der immer noch am Boden lag und von dem Geschehen kaum etwas mitzubekommen schien. »Unser Freund ist verletzt. Kannst du uns helfen? Wir möchten dir keine Unannehmlichkeiten bereiten.«

Das Mädchen starrte Cullen an und warf dann einen besorgten Blick auf !Xabbu, bevor sie sich wieder Renie zuwandte. »Ihr seid nicht von hier? Und ihr seid nicht aus dem Wald? Auch nicht aus dem Werk?« Sie schüttelte vor Verwunderung den Kopf. »Noch mehr Fremde - und schon das zweite Mal allein jetzt im Dunkelkalt!«

Renie breitete die Hände aus. »Ich verstehe das alles nicht. Wir sind von ganz woanders her, da bin ich ziemlich sicher. Kannst du uns helfen?«

Das Mädchen setzte an, etwas zu sagen, aber neigte auf einmal den Kopf. Etwas weiter weg riefen Stimmen. »Sie suchen nach mir.« Sie legte grübelnd die Stirn in Falten. »Kommt hinter uns her. Laßt euch von niemand sonst sehen. Ihr seid *mein* Geheimnis.« Ein verschmitzter Blick huschte über ihr Gesicht, und plötzlich sah sie viel mehr wie ein Kind als wie eine Erwachsene aus. »Wartet am Rand des Maisfelds, wenn wir da sind. Ich werde zurückkommen und euch holen.« Sie entfernte sich einen Schritt, dann schaute sie noch einmal mit begeisterter Miene zurück. »Noch mehr Fremde! Ich komme euch holen.«

»Wie heißt du?« fragte Renie.

»Emily natürlich.« Die junge Frau machte zum Scherz einen ungeschickten Knicks und lachte schelmisch, eigenartig überdreht.

»Aber du hast doch Emily gerufen, als du uns hörtest - deine Freundin oder was weiß ich.« Die Stimmen wurden lauter. Renie trat zurück in den Schatten und erhob ihre flüsternde Stimme, damit sie zu verstehen war. »Heißt deine Freundin auch Emily?«

»Natürlich.« Verwirrt kniff das Mädchen die Augen zusammen und ging dabei rückwärts auf die nach ihr rufenden Stimmen zu. »Dumme Frage. *Alle* heißen Emily.«

Sie mußten nicht lange am Rand des Maisfelds warten. Renie hatte kaum Zeit, sich die riesigen Fabriksilos und die Bruchbuden zu betrachten, die an ein Township in den industriellen Außenbezirken von Johannesburg erinnerten, und sich abermals um Cullens Zustand zu sorgen, als Emilys schlanker Schatten sich schon über den ungepflasterten Hof auf sie zustahl.

!Xabbu erschien genau im gleichen Moment wieder an Renies Seite, aber hatte keine Zeit mehr, ihr zu berichten, was er auf seinem kurzen Spähgang gesehen hatte, bevor das Mädchen bei ihnen war und sogleich mit einem leisen, aber kaum zu unterbrechenden aufgeregten Geplapper loslegte.

»Wußt ich's doch, daß heute ein Tag wird, wo was passiert, wußt ich's doch! Kommt jetzt mit, folgt mir. An zwei Tagen hintereinander gab's Kramellpudding, nicht wahr? Und gar nicht als Weinaxfreude, weil, die war schon ein paar Tage vorher - im Dunkelkalt zählen wir natürlich immer die Tage bis zur Weinaxfreude, aber ich kann mich nicht mehr erinnern, wie viele Tage es waren seitdem.« Ohne mehr als unbedingt nötig darauf zu achten, daß sie nicht entdeckt wurden, führte das Mädchen sie über einen weitläufigen Hof, auf dem überall die eckigen Formen abgestellter Maschinen zu sehen waren. Sie holte nur kurz Atem, bevor sie weiterredete. »Aber es war einfach so, nochmal Kramellpudding! Und die Lustigmusik war nicht das Falalala, daran hab ich gemerkt, daß nicht schon wieder die Weinaxfreude dran war, und überhaupt wäre es viel zu früh gewesen. Und dann war noch das Eskommt - ganz schrecklich schlimm war das -, und da dachte ich, vielleicht ist das die seltsame Sache, die heute passieren sollte, aber ihr ward das! Sowas!«

Renie verstand sehr wenig von alledem, aber dachte sich, daß hier wahrscheinlich wichtige Informationen zu holen waren. »Wo hast du dieses Ding her? Den kleinen ... Edelstein oder Kristall?«

Emily drehte sich um und schaute sie mit mißtrauisch zusammengekniffenen Augen an. Doch als ob der Wind gewechselt hätte, hatte sie gleich darauf anscheinend beschlossen, die Fremden für vertrauenswürdig zu halten. »Mein hübsches Ding. *Er* hat mir das gegeben. Er war meine andere Überraschung, aber er war die erste. Ihr seid die zweite. Und schon zweimal den Monat Kramellpudding!«

»Wer war ... er?«

»Der andere Fremde, dumme Frage. Hab ich euch doch erzählt. Der fremde Henry.«

»Henry? Hieß er so?«

Ihre Führerin seufzte mit theatralischer Leidensmiene. »Sie heißen *alle* Henry.«

Emily, stellte sich schließlich heraus, war eigentlich Emily 22813. Alle Frauen, die an diesem Ort lebten und arbeiteten, hießen Emily beziehungsweise waren »Emilys«, weil der Name zugleich die Bezeichnung für Frauen im allgemeinen war. Und alle Männer waren Henrys. Emily 22813 und ihre Kolleginnen - Renie schloß aus der Größe dieser Industriefarm, daß dort Hunderte leben mußten – brachten ihre Tage damit zu, Bohnen, Mais und Tomaten zu pflanzen und zu pflegen.

»Weil der König das so will«, war die einzige Erklärung, die Emily auf die Frage gab, warum sie und die anderen unter Bedingungen arbeiteten, die Renie ausgesprochen sklavenhalterisch vorkamen.

Die Stadt selbst hieß, soweit Renie verstehen konnte, »Smaakt« – ein Name, der ihr nichts sagte und den sie weder mit den Vereinigten Staaten im allgemeinen zusammenbringen konnte noch mit Kansas im besonderen, einem Staat, von dem sie nur wußte, daß er zum landwirtschaftlichen Hauptanbaugebiet Nordamerikas gehörte.

Smaakt, oder wie der Name sonst lauten mochte, war eigentümlich menschenleer. Keine von Emilys Arbeitskolleginnen war zu erblicken, keine Wachen patrouillierten zwischen den herumstehenden Traktoren und den wahllos aufgetürmten Stapeln leerer Kisten. Ungehindert traten Renie und die anderen in den Schein der orangegelben Lampen, die an Kabeln um jeden Mast geschlungen und über den großen Hof gespannt waren, bis Emily vor einer Scheune stehenblieb, einem Riesenbau, der sogar Renies vorübergehendes Asyl, die überdimensionale Durbaner Notunterkunft, winzig erscheinen ließ. Sie sah aus wie ein Hangar für Jetliner, umweht von Getreidestaubschwaden. »Hier drin gibt's einen Platz, wo ihr schlafen könnt.« Emily wies auf eine eiserne Leiter, die an einer Außenwand hing. »Dort oben, auf dem Heuboden. Da kommt nie einer gucken.«

!Xabbu schwang sich die Leiter hinauf, hüpfte kurz zu dem offenen Fenster erst hinein, dann hinaus und kletterte hurtig wieder hinab. »Er steht voller Geräte«, sagte er. »Als Versteck müßte er sich gut eignen.«

Mit Emilys Hilfe schoben sie den in sich zusammengesunkenen Cullen die Sprossen hoch. Nachdem sie ihn durch das breite Ladefenster manövriert hatten, sagte Emily: »Ich muß jetzt gehen. Wir dürfen morgen ein bißchen extraschlafen, wegen dem Zaun. Wenn ich kann, komme ich in der Früh bei euch vorbei. Gutnacht, ihr Fremden!«

Renie sah die geschmeidige Gestalt flink die Sprossen hinuntersteigen und hinter einer der langen, niedrigen Baracken im Schatten verschwinden. Eine Seitentür ging auf, und Emily huschte hinein. Einen Moment später erschien eine sonderbare rundliche Gestalt am anderen Ende der Baracke. Renie tauchte in die Fensterleibung zurück, wo das Mondlicht nicht auf sie fiel, und beobachtete, wie die Gestalt vorbeiwackelte. Sie gab ein leises Surren von sich, aber Renie konnte wenig mehr von ihr erkennen als blaß schimmernde Augen, bevor sie um die Ecke der Baracke bog und fort war.

Der Heuboden selbst erstreckte sich zwar lediglich über die Breite und nicht über die ganze Länge der Scheune, aber war dennoch länger als die Straße, in der Renie in Pinetown wohnte, und enthielt jede Menge geeigneter Schlafplätze. Sie ließen sich in einer geschützten Nische in der Nähe des Fensters und der Leiter nieder. !Xabbu fand lange Jutesäcke, die mit schweren Schürzen gefüllt waren; hinter einem Stapel unbeschrifteter Kisten ausgelegt, die eine Barriere zwischen ihrem Ruheplatz und dem Fenster bildeten, gaben ein paar von diesen Säcken ein gutes Lager für Cullen ab; die Augen des jungen Insektenforschers waren bereits zugefallen, als sie ihn darauf betteten. Sie breiteten noch mehr Säcke aus und machten es sich so gemütlich, wie es ging. Renie hätte gern noch mit !Xabbu über die Ereignisse des Tages nachgegrübelt, aber der Schlaf zerrte mit Macht an ihr, und sie überließ sich ihm.

Emily kam wie versprochen, und zwar früher am Morgen, als Renie lieb war. Während sie dasaß und dem Geplapper der jungen Frau zuhörte, glaubte Renie zu verstehen, was die Leute meinten, wenn sie davon sprachen, ihre Seele verkaufen zu wollen: Sie hätte den besagten Handelsartikel auf der Stelle für eine anständige Tasse Kaffee und ein, zwei Zigaretten weggegeben.

Ich hätte Jeremiah anweisen sollen, in regelmäßigen Abständen Koffein in den Tropf zu geben, dachte sie säuerlich. *Na ja, das nächste Mal ...*

Die zweifelhafte Flüssigkeit, von der Emily eine Tasse aus der Kantine der Arbeiterinnen herausgeschmuggelt hatte - »Leckerfrühstückstrank« sagte sie dazu, anscheinend ein einziges Wort -, war jedenfalls eindeutig *kein* Kaffee. Sie hatte einen merkwürdigen chemischen Geschmack wie ungesüßter Hustensaft, und selbst von dem kleinen Schluck, den Renie nahm, bevor sie sie rasch zurückgab, bekam sie Herzflattern. Sie mußte sich daran erinnern, daß das Mädchen ihnen eine Freude hatte machen wollen.

Nachdem Emily ihnen atemlos ihre Entdeckung und Rettung am Abend zuvor haarklein geschildert hatte, mit einer unschuldigen Begeisterung, als ob Renie und !Xabbu nicht selbst dabeigewesen wären, erzählte sie ihnen, sie werde heute früher von der Arbeit kommen, weil sie zu den »Medizinhenrys« müsse - zu einer Routineuntersuchung, die sich nach ihrer kurzen Beschreibung eher wie Veterinärmedizin anhörte als wie die Art von Arztbesuch, die Renie gewöhnt war -, und wolle danach versuchen, heimlich bei ihnen vorbeizuschauen. Draußen dröhnten inzwischen kratzende, leiernde Aufnahmen von »Lustigmusik«, wie Emily dazu sagte, aus den auf dem Gelände verteilten Lautsprechern. Schon jetzt entnervt bei dem Gedanken, einen ganzen Tag bei diesem Radau auf dem Heuboden festzusitzen, stellte Renie dem Mädchen Fragen über diesen Ort, an den der Fluß sie befördert hatte, aber Emilys Wortschatz war ebenso beschränkt wie ihre Auffassungsgabe. Renie bekam wenig neue Informationen zu hören.

»Wir wissen nicht mal, ob Orlando und die andern durchgekommen sind«, sagte sie mürrisch, nachdem die junge Frau gegangen war. »Wir wissen gar nichts. Wir fliegen einfach blind.« Das letzte Wort rief ihr Martine in Erinnerung und löste in ihr ein so heftiges und überraschendes Bedauern darüber aus, den Kontakt zu ihr verloren zu haben - schließlich kannte sie diese Französin kaum -, daß sie den Anfang von !Xabbus Entgegnung nicht mitbekam.

»... nach diesem Jonas suchen. Und wir müssen glauben, daß Sellars uns wiederfinden wird. Er ist zweifellos hochintelligent.«

»Zweifellos. Aber worauf hat *er* es eigentlich abgesehen? Ihm scheint keine Mühe zuviel zu sein, nur um die Welt zu retten.«

!Xabbu runzelte einen Moment verwirrt die Stirn, bevor er die grimmige Ironie in ihren Worten erkannte. Er lächelte. »Würden alle Stadtmenschen das so sehen, Renie? Daß niemand etwas tun würde, ohne selbst davon zu profitieren?«

»Nein, natürlich nicht. Aber diese ganze Sache ist so merkwürdig, so kompliziert. Ich glaube schlicht nicht, daß wir es uns leisten können, bei irgend jemand sonnenklare Motive vorauszusetzen.«

»Richtig. Und vielleicht hat die Gralsbruderschaft jemandem, der Sellars nahesteht, etwas angetan. Niemand von denen, die mit uns aufgebrochen sind, hat alle Gründe offengelegt, weshalb er oder sie hier ist.«

»Außer dir und mir.« Sie holte tief Luft. »Das heißt, bei dir weiß ich es im Grunde auch nicht so genau. Ich bin wegen meinem Bruder hier. Aber du hast ihn eigentlich nie richtig kennengelernt.« Sie merkte, daß es klang, als zweifelte sie an seinen Motiven. »Du hast viel mehr getan, als man von einem Freund verlangen kann, !Xabbu. Und ich bin dir dankbar. Tut mir leid, daß ich heute morgen so schlecht gelaunt bin.«

Er zuckte leicht mit den Achseln. »Auch Freundschaft ist nicht unantastbar, nehme ich an.«

Einen Moment herrschte Schweigen. Schließlich wandte !Xabbu sich ab, um nach Cullen zu sehen, der noch keinerlei Anstalten gemacht hatte aufzuwachen. Renie trat ans Fenster, um allein mit ihren Dämonen zu ringen.

Als sie sich mehrere der umstehenden Kisten so hingestellt hatte, daß sie hinausschauen konnte, ohne befürchten zu müssen, selber gleich gesehen zu werden, setzte sie sich hin, das Kinn auf die Fäuste gestützt. Auf dem weiten Gelände unter ihr hatte der normale Arbeitsalltag begonnen. Die Lustigmusik dudelte dermaßen falsch vor sich hin, daß es schwer war, klar zu denken; Renie fragte sich, ob das wohl beabsichtigt war. Männer waren keine zu sehen, nur Herden dahinschlurfender Frauen, alle in nahezu identischen Kitteln, die in regelmäßigen Abständen von je einem der sonderbaren mechanischen Männer hierhin und dorthin über die freie Fläche geführt wurden. !Xabbu hatte richtig gesehen - sie ähnelten keinem der Roboter, die Renie jemals im Netz gesehen hatte, weder den Industrieautomaten der wirklichen Welt noch den chromglänzenden Menschenimitaten, die in Science-Fiction-Filmen agierten. Diese hier sahen eher aus, als wären sie zwei Jahrhunderte zu spät gekommen, pummelige metallene Stehaufmännchen mit Aufziehschlüsseln im Rücken und verwegenen Blechschnurrbärten, die ihnen fest in die ständig verdutzt blickenden infantilen Gesichter genietet waren.

Das Geschehen dort unten verlor bald den Reiz des Neuen. Die dicke weiße Sonne stieg höher. Auf dem Heuboden begann es unangenehm warm zu werden, und die Luft draußen wurde ganz schleierig und brach das Licht wie Wasser. Von einem Schimmer umgeben, der jetzt von der sengenden Sonne kam, lag in der Ferne die Stadt, deren Lichter sie am Abend zuvor gesehen hatten. Einzelheiten waren schwer zu erkennen, aber sie wirkte flacher, als es sich für ihre Größe gehörte, so als ob ein über die Ebene stapfender Riese ihre Häuser im Vorbeigehen so beiläufig gestutzt hätte, wie ein Junge eine Reihe Löwenzahn köpft. Doch auch so war sie das einzige, was dem Horizont irgendeine Kontur verlieh; bis auf ein vorstadtgroßes Areal mit Rohren und Industriebauten am äußersten Rand der Stadt, offenbar ein riesiges Gaswerk, erstreckte sich auf allen Seiten nur flaches Land, ein Flickenteppich aus gelbgrauer Erde und grünen Feldern ohne eine senkrechte Linie. Der Anblick war nicht minder deprimierend als das schlimmste Elendsviertel, das in Südafrika zu finden war.

Welchen Zweck hat diese ganze großartige Technik, wenn man damit so was baut? Sie war an diesem Morgen dazu verurteilt, schien es, in einen trübsinnigen Gedanken nach dem anderen zu verfallen.

Renie überlegte, ob sie sich in die Stadt begeben sollten, auch wenn sie noch so bedrückend aussah. Auf dieser Gemüseplantage war wenig zu erfahren, oder zumindest war Emily offenbar nicht in der Lage, ihnen viel zu erzählen - dort in der Metropole mußte doch bestimmt mehr herauszubekommen sein. Wenn sie überhaupt irgendwelche Pflichten hatten, dann die, ihre Gefährten zu finden und nach Sellars' entflohenem Gralshäftling zu suchen, und im Augenblick taten sie weder das eine noch das andere, sondern hockten auf einem Heuboden fest, der sich zusehends in einen Backofen verwandelte.

Gelangweilt und unglücklich verzog sie das Gesicht. Sie wollte keinen Kaffee mehr. Sie lechzte nach einem kalten Bier. Aber für eine Zigarette hätte sie einen *Mord* begangen ...

Obwohl der Tag so trostlos und monoton angefangen hatte, passierten am Nachmittag zwei unerwartete Dinge.

Kurz nach Mittag, als die Luft dermaßen stickig heiß geworden war, daß sie sich wie Suppe atmete, starb Cullen.

Jedenfalls machte es den Anschein. !Xabbus Ruf, der eher konsterniert als erschrocken klang, holte sie von ihrem Platz am Fenster fort. Der Entomologe hatte schon den ganzen Vormittag über kaum noch auf Ansprache reagiert und war immer wieder in einen tiefen Schlummer gesunken. Jetzt aber regte sich sein Sim gar nicht mehr und lag zwar in derselben Fötusposition, in der er zuletzt geschlafen hatte, doch war er steif wie das Außenskelett einer toten Spinne.

»Ist er endlich doch noch offline befördert worden«, bemerkte Renie möglichst nüchtern. Sie wußte nicht recht, ob sie es selber glaubte. Die Starrheit des Sims war beklemmend: In unnatürlich verkrümmter Haltung angelehnt sah er aus wie der Überrest eines am Straßenrand vertrockneten toten Tieres. Nachdem sie ihre fruchtlose Untersuchung beendet hatten, schoben sie den Sim wieder in die Position zurück, in der er und der echte Cullen zuletzt ihre Zusammenarbeit aufgegeben hatten.

!Xabbu schüttelte den Kopf, aber sagte nichts. Ihn schien der Verlust Cullens viel mehr zu bestürzen als sie, und er blieb lange sitzen, eine Pavianhand auf die starre Brust des Sims gelegt, und sang leise.

Wir wissen es nicht, sagte sich Renie. *Wir wissen es nicht mit Sicherheit. Er kann jetzt genausogut offline sein, etwas Kühles trinken und den Kopf über das ganze merkwürdige Erlebnis schütteln.* In gewisser Weise war es vom RL gar nicht so verschieden. Wenn man abgegangen war, hatten die Hinterbliebenen keine Gewißheit, nur die unbefriedigende Wahl, blind an ein Fortleben oder an das endgültige Ende zu glauben.

Und genausogut kann er hier neben uns gelegen haben, während sein wirklicher Körper an Schock und Durst einging - bis er tot war. Er sagte, daß er in seinem Labor warten müsse, bis jemand komme, nicht wahr?

Es war zuviel, sie konnte jetzt nicht darüber nachdenken - überhaupt fiel ihr das Denken mit jedem Moment schwerer. Die drückende Hitze hatte weiter zugenommen, doch jetzt lag plötzlich noch eine neue, eigenartigere Schwere mit einem geradezu elektrischen Kribbeln in der dampfigen Luft, fast ein Seegeruch, aber wie von einem Ozean, der gerade zu kochen anfing.

Renie ließ !Xabbu bei seinem Klagegesang neben Cullens Sim allein. Als sie ans Fenster trat, fiel ein Schatten darauf, als ob jemand eine Hand über die Sonne gelegt hätte. Der Himmel, eben noch ein sengendes, blasses Blau, war einige Schattierungen dunkler geworden. Ein steifer Wind rührte den Staub vom Hof zu einzelnen Wirbeln auf.

Die vier oder fünf Konvoys von Emilys unten blieben auf einen Schlag stehen und starrten mit offenen Mündern zum Himmel empor, während ihre mechanischen Aufpasser sie surrend und knarrend zum Weitergehen antrieben. Einen Moment lang war Renie aufgebracht über die passiven, lammfrommen Gesichter der Frauen, bis sie sich daran erinnerte, daß sie Sklaven waren, wie es viele ihrer eigenen Leute einst gewesen waren. Man konnte ihnen keine Schuld daran geben, was ihnen angetan worden war.

Da kreischte eine der Emilys plötzlich: »Es kommt!«, brach aus ihrer Herde aus und eilte auf die Baracken zu, um sich in Sicherheit zu bringen. Mindestens die Hälfte der anderen liefen ebenfalls schreiend in alle Richtungen auseinander, wobei sich einige in ihrer panischen Flucht gegenseitig umstießen. Verwirrt blickte Renie nach oben.

Der Himmel war auf einmal noch dunkler und auf erschreckende Weise lebendig.

Inmitten der hohen Gewitterwand, die aus dem Nichts entstanden war und sich jetzt direkt über dem Lager formierte, begann sich eine riesige schwarze Wolkenschlange zu winden. Vor Renies fassungslosen

Augen zuckte sie wie ein gezogener Faden zurück, um sich gleich darauf wieder nach unten zu strecken, bis sie fast die Spitze eines der Silos berührte. Der Wind wurde rasch stärker; Kittel, die zum Trocknen an langen Wäscheleinen hingen, flatterten und knallten so laut wie Gewehrschüsse. Einige der Kleidungsstücke rissen sich von der Leine los und flogen wie von unsichtbaren Händen gepackt davon. In Sekundenschnelle veränderte sich der Ton des Windes und wurde erst zischend, bevor er in ein tiefes Brüllen umschlug: In Renies Ohren gab es ein schmerzhaftes Stechen und dann ein Knacken, als der Druck sich änderte. Ringsumher nahm das Licht eine fahle, faulig grüne Farbe an. Über den Hof heulte der Wind noch schneller und trieb peitschenden Getreidestaub horizontal vor sich her.

»Renie!« !Xabbus überraschter und ängstlicher Ruf hinter ihr war bei dem anschwellenden Tumult kaum zu hören. »Was geht da vor ...?«

Blitze durchzuckten die Gewitterwolken, als die schwarze Schlange sich wieder zwischen Erde und Wolke verdrehte und dabei einen irrsinnigen Tanz aufführte, der wie Ekstase oder Qual wirkte. Das Wort, das seit einer halben Minute in Renies Hinterkopf saß, sprang plötzlich nach vorne.

Tornado.

Der Luftschlauch wand sich abermals und stieß dann auf die Erde nieder wie der dunkle Finger Gottes. Einer der Silos explodierte.

Renie warf sich zu Boden, als ein gewaltiger Trümmerhagel auf die Scheunenwand prasselte. Dachziegelstücke schossen an ihrem Kopf vorbei und zerschmetterten an den Packkisten. Das unablässige Heulen des Windes war ohrenbetäubend. Renie krabbelte nach hinten, bis sie !Xabbus Hand zu fassen bekam. Er schrie, doch sie konnte ihn nicht verstehen. Sie robbten sich schutzsuchend auf Händen und Knien in den hinteren Teil des Bodens, doch die ganze Zeit über versuchte eine Kraft, sie zurück zum offenen Fenster zu saugen. Kistenstapel zitterten und bewegten sich mit winzigen, wackligen Rucken auf das Fenster zu. Draußen war alles ein schwarzes Chaos. Einer der Kistentürme wankte und kippte um. Die Kisten prallten auf und flogen dann wie durch Zauber in die Luft und zum offenen Fenster hinaus.

»Nach unten!« brüllte Renie in das Ohr des Pavians.

Sie konnte nicht sagen, ob !Xabbu sie über das turbinenartige Jaulen des Tornados hinweg verstanden hatte, aber er zog sie auf die nach unten ins Erdgeschoß führende Treppe zu. Die Kisten waren zum Fenster gezerrt worden und wurden nach und nach hinausgesaugt. Hin und wieder verkeilten sich mehrere davor, so daß der Wind im Heuboden kurzfristig abflaute; dann brach die dichte Traube auf und sauste in die heulende Dunkelheit hinaus, und der Wind versuchte wieder mit aller Kraft, Renie und !Xabbu gleichfalls mitzureißen.

Getreidesäcke und Planen klatschten auf sie ein wie wütende Gespenster, während sie sich halb kriechend, halb purzelnd die Treppe hinunterbewegten. Im Erdgeschoß der Scheune war der Sog schwächer, aber von den Traktoren und anderen Geräten sprühten elektrische Funken, und die Flügel des auf die Felder hinausführenden großen Tores stülpten sich ein und aus wie atmende Lungen. Das Gebäude wurde bis in die Grundfesten erschüttert.

Renie konnte sich hinterher nicht mehr erinnern, wie sie sich zwischen den viele Tonnen schweren landwirtschaftlichen Maschinen, die wie nervöse Kühe ruckelten, und durch den rasenden Papier-, Jute- und Staubsturm den Weg gebahnt hatten. Sie entdeckten einen Schacht im Fußboden, eine Grube für Reparaturen an den Traktoren, und ließen sich über den Rand auf den öligen Betonboden hinabgleiten. Dort kauerten sie sich an die Wand und lauschten, während etwas ungeheuer Mächtiges und Dunkles und Wütendes alles tat, um die riesige Scheune in Stücke zu schlagen.

Es mochte eine Stunde oder zehn Minuten gedauert haben.

»Es beruhigt sich«, rief Renie und merkte dabei, daß ihre Lautstärke fast schon wieder normal war. »Ich glaube, es hört auf.«

!Xabbu legte den Kopf schief. »Ich werde diesen Geruch das nächste Mal erkennen, und dann können wir uns rechtzeitig verstecken. Ich habe so etwas noch nie erlebt.« Der Wind war jetzt nur noch ein lautes Wehen. »Aber es kam so schnell. ›Gewitter‹, dachte ich, und da war es auch schon da. Aber ich habe noch nie ein Wetter derart rasch umschlagen sehen.«

»Es ging weiß Gott schnell.« Renie setzte sich ein wenig gerader hin und streckte den Rücken. Sie merkte erst jetzt, daß sie überall Schrammen und blaue Flecken hatte. »Das war nicht natürlich. Eben noch klarer Himmel, dann plötzlich - wusch!«

Sie warteten, bis der Wind sich ganz gelegt hatte, und stiegen dann aus der Grube. Selbst das geschützte Erdgeschoß der Scheune war nicht unbeschädigt geblieben: Die mächtigen Torflügel hingen schief in den

Angeln, so daß ein Dreieck Himmel – jetzt wieder blau – durch die Lücke leuchtete. Nahe der Treppe zum Heuboden lag ein riesiger Straßenhobel auf der Seite wie ein weggeworfenes Spielzeug; andere Maschinen waren mehrere Meter zur Treppe hingezogen worden, und überall lagen Trümmer herum.

Renie betrachtete fassungslos die Verwüstung, als eine Gestalt durch das beschädigte Tor hereinschlüpfte.

»Hier seid ihr!« kreischte Emily. Sie lief zu Renie und tätschelte ihre Arme und Schultern. »Ich hatte solche Angst!«

»Schon gut ...«, war alles, was Renie sagen konnte, bevor Emily sie unterbrach.

»Wir müssen weg! Fliehen! Denkdelick! Tatdelick!« Sie packte Renies Handgelenk und wollte sie zum Tor zerren.

»Wovon redest du? !Xabbu!«

!Xabbu kam angehüpft, und einen Moment lang ergingen sich der Pavian und die junge Frau in einem seltsamen Wettziehen um Renie. Emily ließ los und begann wieder an Renie herumzutätscheln, wobei sie vor Aufregung hin- und herhippelte. »Aber wir müssen weglaufen!«

»Machst du Witze? Da draußen muß die Hölle los sein. Bei uns bist du sicher ...«

»Nein, sie sind hinter mir her!«

»Wer?«

Wie zur Antwort erschien eine Reihe breiter, dunkler Gestalten im vorderen Scheuneneingang. Ein mechanischer Mann nach dem anderen stapfte mit überraschender Schnelligkeit und summend wie ein ganzer Bienenstock durch die Tür, bis sich ein halbes Dutzend in einem weiten Halbkreis aufgestellt hatte.

»Die«, sagte Emily überflüssigerweise. »Die Tiktaks.«

Renie und !Xabbu dachten beide sofort an die Treppe zum Heubodenfenster, doch als sie sich umdrehten, mußten sie feststellen, daß anderswo hereingekommene mechanische Männer sie bereits in die Zange genommen hatten. Renie setzte zu einem Ausfall zum großen Tor an, aber ein anderes der Uhrwerkwesen stand dort bereits in der Lücke und schnitt ihnen den Fluchtweg ab.

Renie unterdrückte mühsam ihren Zorn. Das dumme Ding hatte ihre Verfolger direkt zu ihnen geführt, und jetzt saßen sie alle in der Falle. Jeder einzelne der mechanischen Aufpasser wog bestimmt drei- bis viermal so viel wie Renie, und sie waren zudem zahlenmäßig überlegen und bestens postiert. Es blieb nichts anderes übrig, als zu hoffen, daß die nächste Überraschung ein wenig erfreulicher ausfiel. Sie wartete ruhig ab, während die summenden Gestalten den Kreis enger zogen. Eine schaumstoffgepolsterte Kralle schloß sich mit erstaunlicher Behutsamkeit um ihr Handgelenk.

»*Tatdelikt*«, sagte eine Stimme, die wie eine alte verkratzte Schallplatte klang. Die schwarzen Glasaugen waren noch leerer, als die der Gottesanbeterin gewesen waren. »*Kommt bitte mit uns.*«

Als die Tiktaks sie aus der Scheune hinausführten, bot sich ihnen ein Schauspiel, das an ein mittelalterliches Gemälde der Hölle erinnerte. Der Himmel hatte aufgeklart, und die Sonne knallte wieder herab. Körper toter und verletzter Menschen, größtenteils Frauen, lagen überall in dem harten Licht. Wände waren eingestürzt und hatten die daran Kauernden unter sich begraben. Dächer hatten sich verselbständigt und waren wie Hochgeschwindigkeitsgletscher die Straße hinuntergefegt, wo sie alles, was ihnen in die Quere gekommen war, zu Brei und Staub zermalmt hatten.

Mehrere der Tiktaks waren ebenfalls zerstört worden. Einer war anscheinend aus großer Höhe fallengelassen worden; seine Überreste, zerschmetterte Blechteile und Uhrwerksfedern, lagen unmittelbar vor der Scheune sternförmig im Umkreis von zehn Metern verteilt. An der Aufschlagstelle hing noch ein Teil des Rumpfes mit einem Arm zusammen, an dem die Hand sich funktionslos öffnete und schloß wie die Zange eines sterbenden Hummers.

Es spielte keine Rolle, daß Renie die meisten, wenn nicht alle der menschlichen Opfer für künstlich belebte Puppen hielt. Die Zerstörung war herzzerreißend. Sie ließ den Kopf hängen und beobachtete ihre Füße dabei, wie sie durch den niedersinkenden Staub tappten.

Der Tornado war an dem Güterbahnhof des landwirtschaftlichen Arbeitslagers vorbeigegangen, allerdings knapp, denn Renie erblickte seine Vernichtungsschneise nur wenige hundert Meter entfernt. Sie und !Xabbu und Emily 22813 wurden in einen Güterwagen getrieben. Ihre Wächter blieben bei ihnen, was Renie stutzig machte. Es gab im Moment mit Sicherheit weniger funktionierende Tiktaks, oder wie die Dinger sonst hießen, als noch vor einer halben Stunde: Daß sechs davon abgestellt wurden, um sie beide zu bewachen – und Emily, obwohl Renie bezweifelte, daß das Mädchen groß ins Gewicht fiel –, mußte bedeuten, daß ihr Verbrechen für sehr schwerwiegend erachtet wurde.

Oder vielleicht bloß für fremdartig, hoffte sie. Die mechanischen Männer waren offensichtlich keine Intelligenzbestien. Vielleicht war das Auftauchen von Fremden in ihrer Simulation derart ungewöhnlich, daß sie mit panischen Ordnungsbemühungen reagierten.

Der Zug fuhr schnaufend und tuckernd los. Renie und !Xabbu saßen auf dem Bretterboden des Waggons und warteten ab, was als nächstes passieren würde. Emily tat zunächst nichts anderes, als unter den stumpfen schwarzen Augen der Tiktaks händeringend und weinend hin und her zu marschieren, bis Renie sie schließlich bewegen konnte, sich neben sie zu setzen. Das Mädchen war ganz außer sich und redete wirres Zeug, Geplapper über den Tornado, den sie kaum registriert zu haben schien, vermischt mit rätselhaften Auslassungen über ihre ärztliche Untersuchung, die ihrer Meinung nach die Ursache für ihre Gefangennahme war.

Wahrscheinlich hat sie was über uns erzählt, während sie untersucht wurde, überlegte Renie. *Sie sagte, die Ärzte seien »Henrys« - Menschenmänner. Sie sind vermutlich etwas aufmerksamer als diese mechanischen Schergen.*

Der Zug ratterte dahin. Auf der Innenwand des Güterwaggons flackerte Licht. Trotz ihrer Unruhe nickte Renie ein. !Xabbu saß neben ihr und machte etwas mit seinen Fingern, das ihr zuerst völlig schleierhaft war. Erst als sie aus einem kurzen Schlummer erwachte und einen Moment lang ihre Augen nicht richtig fokussiert bekam, wurde ihr klar, daß er Fadenfiguren ohne Faden machte.

Die Fahrt dauerte nur knapp über eine Stunde, dann wurden sie von ihren Häschern aus dem Waggon auf einen betriebsamen und viel ausgedehnteren Güterbahnhof getrieben. Die großen Gebäude der Stadt, die Renie vorher gesehen hatte, erhoben sich direkt vor ihr, und jetzt erkannte sie, daß sie ihr deswegen merkwürdig vorgekommen waren, weil viele der höchsten nur Stümpfe waren, versengt und abgehackt von einer Macht, die viel stärker gewesen sein mußte als der Tornado, den sie und !Xabbu erlebt hatten.

Die Tiktaks führten sie über die Gleisanlagen, durch die gaffende Masse von Arbeiterhenrys in Overalls, und beförderten Renie und ihre beiden Gefährten schließlich auf die Ladefläche eines offenen Lastwagens. Dieser brachte sie nicht ins Zentrum der verwüsteten Stadt, sondern durch die Außenbezirke zu einem kolossal langen und breiten zweistöckigen Gebäude, das ganz aus Beton zu bestehen schien. Sie wurden vom Laster herunter auf eine Laderampe und von dort zu einem breiten Lastenaufzug geführt. Als sie alle drin waren, setzte sich der Aufzug ohne Knopfdruck nach unten in Bewegung.

Der Aufzug schien minutenlang zu fahren, bis Renie von dem leisen Summen der Tiktaks im Fahrkorb allmählich Zustände bekam. Emily weinte wieder, seit sie auf die Laderampe getreten waren, und Renie fürchtete, wenn das noch länger so ging, würde sie das Mädchen anschreien und damit nicht mehr aufhören können. Als spürte er ihre Anspannung, nahm !Xabbu ihre Hand und schloß seine langen Finger darum.

Die Tür ging auf, doch zu sehen war nur Schwärze, die auch das trübe Fahrstuhllicht nicht erhellen konnte. Renie verspürte ein Kribbeln im Nacken. Als sie und die anderen beiden sich nicht rührten, schoben die Tiktaks sie vorwärts. Renie ging langsam und prüfte den Boden erst mit der Fußspitze, weil sie befürchtete, jeden Augenblick am Rand eines schrecklichen Abgrunds zu stehen. Als die drei ein Stück weit gegangen waren, veränderte sich plötzlich der Ton der Tiktaks. Renie fuhr herum. Die mechanischen Männer, runde Schatten mit glühenden Augen, wichen geschlossen zum Aufzug zurück. Als sie ihn betraten und die Tür zuging, war damit auch das letzte bißchen Licht fort.

Emily schluchzte noch lauter, direkt neben Renies linkem Ohr.

»Herrje, sei still!« bellte sie. »!Xabbu, wo bist du?«

Als sie die tröstliche Berührung seiner Hand wieder fühlte, wurde ihr zum erstenmal das Hintergrundgeräusch bewußt, ein rhythmisches feuchtes Gluckern. Kaum hatte sie diese Absonderlichkeit registriert, da ging in der Dunkelheit vor ihnen langsam ein Licht an. Sie setzte an, etwas zu sagen, dann schloß sie erstaunt den Mund.

Die Gestalt vor ihnen hing schlaff in einem großen Sessel, an dem Renie zunächst Zierschnitzereien wie an einem päpstlichen Prunkstuhl zu erblicken meinte; erst als das auf die sitzende Figur fallende grünliche Licht stärker wurde, erkannte sie, daß der Sessel mit allen möglichen Schläuchen, Blasen, Flaschen, pumpenden Blasebälgen und Glasröhren voll blubbernder Flüssigkeiten behängt war.

Die meisten dieser Röhren und Schläuche schienen mit der Figur im Sessel verbunden zu sein, aber falls von ihnen eine kräftigende Wirkung ausgehen sollte, wurden sie ihrer Aufgabe nicht besonders gut gerecht: Das Ding mit dem unförmigen Kopf machte einen nahezu bewegungsunfähigen Eindruck. Es rollte langsam den Kopf auf der Rückenlehne in ihre Richtung. Ein Auge in seinem maskenhaften Gesicht war starr aufgerissen wie vor Überraschung, im anderen funkelte scharfe und zynische Neugier. Ein Wust, der wie Stroh aussah, quoll oben aus seinem Kopf und hing ihm schlaff in das bleiche, teigige Gesicht.

»Ihr seid also die Fremden.« Seine Stimme gluckste wie Gummistiefel im Schlamm. Die Blasebälge flappten und furzten, als es mit einem tiefen Luftzug seine Lungen füllte. »Sehr bedauerlich, daß ihr in diese ganze Sache reingeraten seid.«

»Wer bist du?« wollte Renie wissen. »Warum hast du uns festnehmen lassen? Wir sind nichts weiter ...«

»Ihr seid nichts weiter als im Weg, fürchte ich«, sagte das Ding. »Aber ich vermute, daß ich es an der gebotenen Höflichkeit fehlen lasse. Willkommen in Smaragd, vormals Neue Smaragdstadt genannt. Ich bin die Vogelscheuche - der König, meiner Sünden wegen.« Es machte ein wäßriges Geräusch des Abscheus. Etwas tauchte zu seinen Füßen aus dem Schatten auf und huschte hin und her, um die Schläuche zu wechseln. Einen Moment lang meinte Renie in ihrer Verblüffung, es wäre !Xabbu, da bemerkte sie, daß dieser Affe winzige Flügel hatte. »Und jetzt muß ich mich mit diesem verworfenen jungen Ding befassen«, fuhr die Gestalt auf dem Sessel fort und richtete einen zitternden Handschuhfinger auf Emily, »das das schlimmste von allen Tatdelikten verübt hat, und zudem noch zu einem sehr ungünstigen Zeitpunkt. Ich bin sehr enttäuscht von dir, mein Kind.«

Emily brach erneut in Schluchzen aus.

»Dann war es *doch* sie, hinter der du her warst?« Renie hatte Mühe, aus alledem schlau zu werden. Die Smaragdstadt, die Vogelscheuche - Oz! Der alte Film! »Was wirst du dann mit *uns* machen?«

»Oh, ich werde euch leider hinrichten lassen müssen.« Das hängende Gesicht verzog sich zu einer Miene gespielter Trauer. »Schrecklich, nehme ich an, aber ich kann nicht zulassen, daß ihr hier rumlauft und Verwirrung stiftet. Ihr seid mitten im Krieg aufgekreuzt, müßt ihr wissen.« Die Vogelscheuche blickte nach unten und schnippte den geflügelten Affen mit einem Finger an. »Schleimi, sei ein braver Affe und tausch bitte schön auch meine Filter aus.«

Kapitel

Kleine Gespenster

NETFEED/SPORT:
Tiger an der Leine
(Bild: Castro beim Training mit anderen
Tiger-Spielern)
Off-Stimme: Elbatross Castro ist nur der bislang
letzte Spieler mit einer nicht ganz vorstrafen-
freien Vergangenheit, der sich im Rahmen seines
äußerst lukrativen Vertrages mit einem Kontroll-
implantat einverstanden erklärt hat — wodurch sein
Team jederzeit feststellen kann, wo Castro sich
gerade aufhält und sogar was er gerade ißt, trinkt,
raucht oder inhaliert. Aber er dürfte der erste
sein, der das Implantat mit einem Störgerät beeinträchtigt und damit ein kompliziertes rechtliches
Problem für die IBA und sein Team aufgeworfen hat,
die Baton Rouge GenFoods Bayou Tigers, Vorjahres-
meister in der nordamerikanischen Basketballkonfe-
renz ...

> Während ihre Mutter mit irgendeiner falschen Frau beschäftigt war, wandte Christabel sich von ihr ab und drückte sich an den Spiegel. Mit ihrer dunklen Brille hier im Laden sah sie ihrer Meinung nach ein bißchen wie Hannah Mankiller aus der Sendung *Inner Spies* aus. »Rumpelstilzchen«, sagte sie so laut, wie sie sich traute. »Rumpelstilzchen!«

»Christabel, was murmelst du da in den Spiegel? Ich verstehe kein Wort, was du sagst.« Ihre Mutter blickte sie an, während die falsche Frau weiterredete. Jemand anders, der es eilig hatte, ging mitten durch die falsche Frau hindurch, die einen Moment lang verzitterte wie eine Pfütze, wenn man hineintrat, aber trotzdem nicht aufhörte zu reden.

»Nichts.« Christabel schob ihre Unterlippe vor. Ihre Mutter schnitt eine Grimasse zurück und wandte sich ab, um dem Hallogrammdings weiter zuzuhören.

»Ich finde es nicht gut, wenn du die im Laden aufhast«, sagte ihre Mutter über die Schulter. »Diese dunkle Brille. Du läufst noch wo gegen.«

»Gar nicht.«

»Schon gut, schon gut.« Ihre Mutter nahm sie bei der Hand und führte sie weiter in den Laden hinein. »Du wirst wohl gerade eines von diesen schwierigen Stadien durchlaufen.«

Christabel vermutete, daß die Bemerkung mißbilligend gemeint war und sich darauf bezog, was sie sich gerade in ihrer MärchenBrille anschaute. Herr Sellars hatte gesagt, daß ihre Eltern das mit der besonderen Brille nicht entdecken durften. »Ich hör mir bloß den *Froschkönig* an«, sagte sie begütigend. »Der läuft gar nicht durch ein schwieriges Stadion.«

Mami lachte. »Na schön, du hast gewonnen.«

Normalerweise ging Christabel sehr gern ins Seawall Center. Es machte immer Spaß, ins Auto zu steigen und den Stützpunkt zu verlassen, aber das Seawall Center war beinahe ihr liebstes Ziel auf der ganzen Welt. Nur das erste Mal, als sie noch *richtig* klein gewesen war, hatte ihr es nicht so gut gefallen. Damals hatte sie gedacht, sie würden ins »See Wol Center« fahren. »Wol« war der Name, den Owl in Christabels Lieblingsgeschichten, denen von Winnie-the-Pooh, für sich selbst gebrauchte, und sie hatte den ganzen Tag darauf gewartet, Wol zu sehen. Erst als sie auf dem Rückweg zu weinen anfing, weil sie die Eule nicht gesehen hatte, erklärte ihr Mami, wie der Name richtig hieß.

Beim nächsten Mal war es viel besser, und die ganzen anderen Male auch. Papi fand immer, es sei dumm, den ganzen Weg mit dem Auto zu fahren, hin und zurück je eine Dreiviertelstunde – er sagte das auch immer: »Es ist hin und zurück je eine Dreiviertelstunde!« –, wo man doch alles, was man haben wolle, entweder beim PX bekommen oder einfach bestellen könne, aber Mami meinte, das sei nicht so. »Nur ein Mann bringt es fertig, durchs Leben zu gehen, ohne je ein Stück Stoff zu fühlen oder sich die Nähte anzuschauen, bevor man etwas kauft«, erklärte sie ihm. Und jedesmal, wenn sie das sagte, zog Papi ein Gesicht, als müßte *er* durch ein schwieriges Stadion laufen.

Christabel liebte ihren Papi, aber sie wußte, daß ihre Mutter recht hatte. Das Seawall Center war besser als der PX oder selbst das Netz. Es war fast wie ein Freizeitpark – ja, es gab darin sogar einen Freizeitpark. Und ein rundes Theater, wo man Netzsendungen in größer sehen konnte, als ihr ganzes Haus war. Und Comicfiguren, die neben einem hergingen oder -flogen, Witze erzählten und Lieder sangen, und falsche Leute, die auftauchten und verschwanden, und aufregende Shows, die in den Ladenfenstern spielten, und alle möglichen anderen Sachen. Und es gab mehr Läden im Seawall Center, als Christabel je geglaubt hätte, daß es auf der ganzen Welt gab. Es gab Läden, die nur Lippenstifte verkauften, und Läden, die nur Nanoo-Kleider verkauften, wie Ophelia Weiner eins hatte, und sogar einen Laden, der nichts als altmodische Puppen verkaufte. Die Puppen bewegten sich nicht, redeten nicht und machten auch sonst nichts, aber sie waren auf eine ganz besondere Art schön. Den Laden mit den Puppen hatte Christabel überhaupt am liebsten, obwohl er irgendwie auch ein bißchen gruselig war – all die vielen Augen, die einen beobachteten, wenn man zur Tür hereinkam, all die vielen stillen Gesichter. Zu ihrem nächsten Geburtstag, hatte Mami gesagt, durfte sie sich sogar eine von diesen altmodischen Puppen aussuchen, die dann ihr ganz allein gehören würde, und obwohl ihr Geburtstag noch lange hin war, wäre normalerweise schon allein der Besuch im Seawall Center, das Schauen und Überlegen, welche Puppe sie sich aussuchen sollte, der fraglose Höhepunkt der ganzen Woche gewesen und sie so aufgeregt, daß sie letzte Nacht kaum geschlafen hätte. Aber heute war sie sehr unglücklich, und Herr Sellars meldete sich nicht, und sie hatte ganz doll Angst vor diesem fremden Jungen, den sie gestern nacht wieder draußen vor ihrem Fenster gesehen hatte.

Christabel und ihre Mutter waren in einem Laden, der nichts anderes verkaufte als Sachen zum Grillen, als der Froschkönig aufhörte zu reden und statt dessen die Stimme von Herrn Sellars ertönte. Mami schaute gerade nach etwas für Papi. Christabel schlenderte ein bißchen weiter in den Laden hinein, wo ihre Mutter sie noch sehen konnte, und tat so, als betrachtete sie ein großes Metallding, das mehr wie eine Rakete aus einem Cartoon als wie ein Grill aussah.

»Christabel? Kannst du mich hören?«
»Mm-hm. Ich bin in einem Laden.«
»Kannst du jetzt mit mir reden?«

»Mm-hm. Kurz.«

»Wie ich sehe, hast du ein paarmal versucht, mich zu erreichen. Ist es wichtig?«

»Ja.« Sie wollte ihm alles erzählen. Die Worte fühlten sich in ihrem Mund an wie krabbelige Ameisen, und sie wollte sie alle ausspucken, ihm erzählen, daß der Junge sie beobachtet hatte und daß sie Herrn Sellars nichts davon gesagt hatte, weil es ihre Schuld war, daß sie den Zaun nicht alleine durchbekommen hatte. Sie wollte ihm alles erzählen, aber da kam ein Mann vom Laden auf sie zu. »Ja, wichtig.«

»Na gut. Kann es bis morgen warten? Ich bin im Moment sehr mit einer Sache beschäftigt, kleine Christabel.«

»Okay.«

»Wie wär's mit fünfzehn Uhr? Du kannst nach der Schule vorbeikommen. Paßt dir die Zeit?«

»Ja. Ich muß aufhören.« Sie setzte die MärchenBrille genau in dem Moment ab, als der Froschkönig seine Stimme wiederbekam.

Der Mann vom Laden, der ziemlich dick war und einen Schnurrbart hatte und wie Papis Freund Captain Parkins aussah, bloß nicht so alt, lächelte sie breit an. »Hallo, kleines Fräulein. Das ist ein ziemlich schicker Apparat, findest du nicht? Der Magna-Jet Admiral, das allerneueste Modell auf dem Markt. Das Essen kommt überhaupt nicht mit dem Grill in Berührung. Willst du den deinem Papi schenken?«

»Ich muß gehen«, sagte sie, drehte sich um und ging zu ihrer Mutter zurück.

»Einen schönen Tag noch«, sagte der Mann.

Christabel trat so fest in die Pedale, wie sie konnte. Sie hatte nicht viel Zeit, das wußte sie. Sie hatte ihrer Mutter erzählt, sie müsse nach der Schule noch ihren Baum gießen, und Mami hatte gesagt, das dürfe sie, aber bis halb vier müsse sie zuhause sein.

Alle aus der Klasse von Frau Karman hatten im Chinesisch-Amerikanischen Freundschaftsgarten Bäume gepflanzt. Es waren eigentlich keine richtigen Bäume, noch nicht, bloß kleine grüne Pflanzen, aber Frau Karman meinte, regelmäßig gegossen würden sie eines Tages bestimmt richtige Bäume werden. Christabel hatte ihrem heute auf dem Weg zur Schule eine Sonderration Wasser gegeben, damit sie Herrn Sellars besuchen fahren konnte.

Sie strampelte so fest, daß die Reifen ihres Fahrrads summten. Sie schaute an jeder Ecke nach links und rechts, nicht wegen Autos, wie ihre Eltern es ihr beigebracht hatten (aber nach Autos schaute sie natürlich auch), sondern weil sie sichergehen wollte, daß der böse Junge nicht in der Nähe war. Sie hatte ihm Sachen zu essen bringen sollen, und ein paarmal hatte sie ihm Obst oder Kekse gebracht und sie für ihn hingelegt, und zweimal hatte sie ihr Schulessen aufgehoben, aber sie konnte nicht jeden Tag den ganzen weiten Weg zu den Betonhäuschen machen, sonst hätte Mami viele Fragen gestellt, deshalb war sie sicher, daß er eines Nachts durch ihr Fenster kommen und ihr etwas tun würde. Sie hatte sogar Albträume davon gehabt, daß er sie mit Schmutz beschmierte, und danach hatten Mami und Papi sie nicht mehr erkannt und sie nicht ins Haus gelassen, und sie hatte draußen in der Dunkelheit und Kälte wohnen müssen.

Als sie an die Stelle kam, wo die Betonhäuschen waren, zeigte ihre Otterland-Uhr schon drei Minuten nach 15:00 Uhr. Sie stellte ihr Fahrrad woanders ab, an einer Mauer, die weit von den Häuschen entfernt war, und schlich dann ganz leise zwischen den Bäumen hindurch, damit sie von einer anderen Seite kam. Obwohl Prinz Pikapik 15:09 zwischen den Pfoten hielt, als sie wieder auf die Uhr schaute, blieb sie alle paar Schritte stehen, um sich umzusehen und zu lauschen. Da sie diesem Cho-Cho seit drei Tagen nichts mehr gebracht hatte, hoffte sie, daß er sich woanders etwas zu essen suchte, aber sie guckte trotzdem überall für den Fall, daß er sich in den Bäumen versteckte.

Da sie ihn nicht sah und nichts hörte außer ein paar Vögeln, begab sie sich zur Tür des achten Betonhäuschens, wobei sie wie jedesmal sorgfältig mitzählte. Sie schloß die Tür auf und zog sie dann hinter sich zu, obwohl das Dunkel genauso gruselig war wie ihre Träume von dem schmutzigen Jungen. Es dauerte so lange, bis ihre Hände die andere Tür gefunden hatten, daß sie fast schon weinte, als die Tür plötzlich aufging und rotes Licht hervorströmte.

»Christabel? Da bist du ja, mein Liebes. Du bist spät dran - ich habe mir schon Sorgen um dich gemacht.«

Herr Sellars saß am Fuß der Metalleiter in seinem Rollstuhl, eine kleine viereckige rote Taschenlampe in der Hand. Er sah genauso aus wie immer: langer dünner Hals, verbrannte Haut, große freundliche Augen. Sie fing an zu weinen.

»Kleine Christabel, was ist denn? Warum weinst du, mein Liebes? Nicht doch, komm herunter und sprich mit mir.« Er streckte seine zittrigen Hände aus, um ihr die Leiter hinunterzuhelfen. Sie umarmte ihn.

Als sie seinen dünnen Körper wie ein Gerippe unter seinen Sachen fühlte, mußte sie noch mehr weinen. Er tätschelte ihr den Kopf und sagte immer wieder: »Na na, na na.«

Als sie wieder Luft bekam, putzte sie sich die Nase. »Tut mir leid«, sagte sie. »Es ist alles meine Schuld.«

Seine Stimme war sehr sanft. »Was ist alles deine Schuld, meine kleine Freundin? Was kannst du denn getan haben, das soviel Kummer wert wäre?«

»Oye, Tussi, was is das?«

Christabel sprang auf und stieß einen kleinen Schrei aus. Sie drehte sich um und sah den schmutzigen Jungen oben an der Leiter knien, und da hatte sie solche Angst, daß sie sich in die Hose machte wie ein Baby.

»Quién es, der alte Krüppel da?« fragte er. »Sag, mija - wer is?«

Christabel konnte nichts sagen. Ihre bösen Träume passierten in der wirklichen Welt. Sie fühlte das Pipi ihre Beine hinunterrinnen und fing abermals an zu weinen. Der Junge hatte auch eine Taschenlampe, und er leuchtete Herrn Sellars damit von Kopf bis Fuß ab. Dieser starrte ihn bloß mit offenhängendem Mund an und bewegte ein wenig die Lippen auf und ab, doch es kam kein Laut heraus.

»Na, egal, mu'chita«, sagte der Junge. Er hatte etwas in der anderen Hand, etwas Scharfes. »No importa, eh? Jetzt 'ab ich dich. Jetzt 'ab ich dich.«

> »Natürlich sehe ich ein, daß Vorsicht am Platz ist«, sagte Herr Fredericks. Er streckte die Arme aus und starrte den grünen Operationskittel an, den man ihm aufgenötigt hatte. »Aber ich finde es trotzdem ein bißchen übertrieben.« Jaleel Fredericks war ein großer, breiter Mann, und wenn eine finstere Miene auf seinem dunkelhäutigen Gesicht erschien, hatte man den Eindruck einer Schlechtwetterfront.

Catur Ramsey setzte zum Ausgleich eine beflissene Miene auf. Die Fredericks' waren nicht seine wichtigsten Mandanten, aber beinahe, und zudem noch jung genug, um auf Jahre hinaus gute Geschäfte zu versprechen. »Es ist nicht so viel anders als das, was wir über uns ergehen lassen müssen, um Salome zu besuchen. Das Krankenhaus ist einfach vorsichtig.«

Fredericks blickte abermals finster, vielleicht weil der volle Name seiner Tochter gefallen war. Seine Frau Enrica quittierte seine Miene kopfschüttelnd mit einem Lächeln, als ob ein widerspenstiges Kind soeben beim Essen gekleckert hätte. »Eben«, sagte sie, womit sich ihre Inspiration erschöpft zu haben schien.

»Wo zum Teufel bleiben sie überhaupt?«

»Sie haben angerufen und Bescheid gesagt, daß sie sich ein paar Minuten verspäten«, bemerkte Ramsey rasch und fragte sich gleichzeitig, warum er sich benahm wie der Vermittler eines Gipfeltreffens. »Ich bin sicher ...«

Die Tür zum Aufenthaltsraum schwang auf, und zwei Leute kamen herein, ebenfalls in Krankenhauskittel gekleidet. »Entschuldigt bitte die Verspätung«, sagte die Frau. Ramsey fand sie recht hübsch, aber er fand auch, daß sie mit den dunklen Ringen um die Augen und ihrer unsicheren Art so aussah, als wäre sie durch die Hölle gegangen. Ihr schmächtiger, bärtiger Mann hatte nicht das genetische Plus, dessen sich seine Frau erfreute; er sah schlicht erschöpft und elend aus.

»Ich bin Vivien Fennis«, sagte die Frau und strich sich die langen Haare aus dem Gesicht, bevor sie Frau Fredericks die Hand reichte. »Das ist mein Mann Conrad Gardiner. Wir sind euch wirklich sehr dankbar, daß ihr gekommen seid.«

Nachdem alle, Ramsey eingeschlossen, sich die Hand gegeben hatten und die Gardiners - Vivien bestand der Kürze halber auf diesem Namen - sich gesetzt hatten, blieb Jaleel Fredericks weiter stehen. »Ich weiß immer noch nicht genau, warum wir eigentlich hier sind.« Mit einer ungeduldigen Handbewegung schnitt er seiner Frau das Wort ab, bevor sie etwas sagen konnte. »Ich weiß, daß euer Sohn und meine Tochter befreundet sind, und ich weiß, daß ihm etwas Ähnliches zugestoßen ist, euerm ... Orlando. Aber was ich nicht verstehe, ist, weshalb wir hier sind. Hätten wir die Sache nicht genausogut übers Netz klären können?«

»Darauf kommen wir gleich.« Conrad Gardiner sprach ein wenig scharf, als fühlte er sich genötigt, seinen Platz in der Hierarchie klarzumachen. Fredericks hatte diese Wirkung auf Menschen, das war Ramsey schon öfter aufgefallen. »Aber nicht hier. Das ist mit ein Grund, weshalb wir euch persönlich sehen wollten. Wir werden irgendwo hingehen.«

»In ein Restaurant. Hier drin möchten wir nichts dazu sagen«, fügte Vivien hinzu.

»Was soll das nun wieder heißen?« Die Gewitterwolken waren abermals in Fredericks' Gesicht aufgezogen. »Jetzt komm ich überhaupt nicht mehr mit.«

Ramsey, der das Stillschweigen bewahrte, das ihm im allgemeinen nützlich erschien, war neugierig, aber auch besorgt. Die Gardiners hatten in den wenigen Gesprächen, die er mit ihnen geführt hatte, durchaus vernünftig gewirkt, wild entschlossen in ihrer Absicht, mit Herrn und Frau Fredericks persönlich zu reden, aber auch ein wenig geheimnistuerisch. Er hatte sich auf seinen Instinkt verlassen und ihnen vertraut. Wenn sie jetzt mit irgendwelchen Verschwörungstheorien, einem UFO-Kult oder dem Evangelium der sozialen Harmonie ankamen, würde er es bald bereuen, daß er seine Mandanten zu einem Flug von Virginia hierher überredet hatte.

»Ich weiß, das hört sich verrückt an«, sagte Vivien und lachte. »Wir wären euch nicht böse, wenn ihr den Eindruck hättet. Aber wartet bitte, bis wir die Gelegenheit hatten, miteinander zu reden. Wenn ihr dann immer noch der Meinung seid, werden wir euch den Flug bezahlen.«

Herr Fredericks schnaubte wütend. »Es geht mir nicht ums Geld ...«

»Jaleel, Schätzchen«, sagte seine Frau. »Hab dich doch nicht so.«

»Aber zunächst«, fuhr Vivien fort, als ob es die kleine Szene nicht gegeben hätte, »möchten wir, daß ihr mitkommt und Orlando seht.«

»Aber ...« Enrica Fredericks war betroffen. »Aber ist er ... liegt er nicht im Koma?«

»Wenn es denn eins ist.« Conrads Grinsen war bitter. »Wir sind ...« Er brach ab und blickte starr in die Ecke, wo die Mäntel in einem Haufen auf dem einen unbenutzten Stuhl lagen. Als er zu lange starrte, wandten sich die anderen um. Ramsey konnte nichts entdecken. Gardiner rieb sich mit dem Handballen die Stirn. »Entschuldigt, ich dachte bloß ...« Er atmete lang und tief aus. »Es ist eine lange Geschichte. Ich dachte, ich hätte einen Käfer gesehen. Einen ganz besonderen Käfer. Bitte fragt nicht - es würde zu lange dauern, und ich würde es lieber später erklären. Besser, ihr geht fürs erste weiter davon aus, daß wir verrückt sind.«

Ramsey amüsierte sich. Seine Mandanten wechselten einen stillen Blick, dann lugte Frau Fredericks verstohlen in Ramseys Richtung. Er schüttelte leicht den Kopf, was *Keine Sorge* bedeuten sollte. Nach seiner nicht unerheblichen Erfahrung mit Geistesgestörten zeichneten sich die echten Irren in der Regel nicht dadurch aus, daß sie erklärten, ihr Tun müsse einen verrückten Eindruck machen.

»Ihr müßt nicht mitkommen, wenn wir Orlando besuchen gehen«, sagte Vivien und erhob sich. »Aber wir würden uns freuen. Wir bleiben nur eine Minute – ich werde hinterher, wenn wir fertig sind, noch den ganzen Abend mit ihm verbringen.«

Als sie in den Krankenhausflur hinaustraten, gesellten sich die Frauen zueinander, die Männer schlossen sich ihnen an, und Ramsey bildete die Nachhut und konnte sich in dieser Eigenschaft erlauben, kurzzeitig seine Würde zu vergessen und in den papierenen Krankenhausschuhen dezente Schlitterversuche zu machen.

Er kam in letzter Zeit nicht genug an die frische Luft, kein Zweifel. Ramsey wußte, wenn er sich nicht ernsthaft bemühte, etwas weniger zu arbeiten, würde er im günstigsten Fall irgendwann einmal einen Mandanten damit schockieren, daß er mitten in einer ernsten Besprechung in ein unpassendes Gelächter ausbrach, wie es ihm in den letzten Wochen ein paarmal um ein Haar passiert wäre, oder im schlimmsten Fall würde er eines Tages tot über seinem Schreibtisch zusammenklappen, wie es seinem Vater passiert war. Noch ein Jahrzehnt – ach was, weniger –, und er war in den Fünfzigern. Männer über fünfzig starben immer noch an Herzinfarkt, einerlei wie viele moderne Medikamente und Zellverpflanzungen und Herztherapien es geben mochte.

Aber so war das nun mal mit der Arbeit, nicht wahr? Es sah immer so aus, als könnte man sie jederzeit hinlegen oder auf ein vernünftiges Maß herunterfahren oder einfach ignorieren, wenn es wirklich sein mußte. Doch aus der Nähe besehen, stellte sich die Sache anders dar. Dann war es nicht einfach Arbeit, es war das heillose Kuddelmuddel des DeClane Estate, aus dem ein grauenhaftes theatralisches Gemetzel geworden war, das drei Generationen paralysiert hatte. Oder es war der Versuch des alten Perlmutter, die Firma zurückzugewinnen, die er aufgebaut und dann durch einen Coup in der Vorstandsetage verloren hatte. Oder Gentian Tsujimoto, eine Witwe, die um eine Entschädigung dafür kämpfte, daß die Krankheit ihres Mannes falsch behandelt worden war. Oder im Fall Fredericks war es der Versuch der Eltern, bei der äußerst mysteriösen Krankheit ihrer Tochter zumindest die Rechtslage irgendwie zu klären, weil *jede* Klärung besser war als gar keine.

Wenn er sich jetzt also sagte, daß er sein Arbeitspensum reduzieren müsse, welchen Leuten wollte er dann »Tut mir leid« sagen? Welches Vertrauen, das zu verdienen er sich sein ganzes Arbeitsleben über bemüht hatte, welche wichtige Verbindung, welches faszinierende Rätsel, welche herzzerreißende Tragödie wollte er drangeben?

Es war gut und schön, es sich vorzunehmen, und auf keinen Fall wollte er seinem Vater in die Erste Klasse des Bypass-Expresses folgen, aber wie stellte man es an, die wichtigsten Teile seines Lebens abzustoßen, und sei es zu dem Zweck, dieses Leben zu *retten*? Es wäre etwas anderes, wenn es außerhalb des Büros viel gegeben hätte, wofür eine solche Rettung sich lohnen würde ...

Halb hoffte Catur, eigentlich Decatur Ramsey (»Sag bitte Catur zu mir, so hat meine Mutter mich immer genannt«), daß die ominösen Andeutungen der Gardiners zu etwas führten, das so außerordentlich war, wie das kalifornische Paar zu meinen schien. Ein Karrierefall. Eine Sache, mit der man nicht bloß in die juristische Fachliteratur kam, sondern zu einer Erscheinung des öffentlichen Lebens wurde wie Kumelos oder Darrow. Aber der Teil von ihm, der zu viele Nächte lang einen mit Dokumenten überfüllten Wandbildschirm angeglotzt hatte, bis ihm die Augen weh taten, der diktierte, bis er heiser war, und dabei versuchte, an einem hastig dazwischengeschobenen Happen vom Birmanen an der Ecke nicht zu ersticken, dieser Teil konnte nicht anders als hoffen, daß die Gardiners seiner eigenen Einschätzung zum Trotz doch komplette Spinner waren.

Als sie den Kopfschutz übergezogen hatten und durch die Ultraschalldesinfektion getreten waren, hatte Herr Fredericks den nächsten Anfall von Verstimmung. »Wenn euer Sohn das gleiche hat wie Sam, wieso ist dann das alles notwendig?«

»Jaleel, sei nicht so störrisch.« Seiner Frau fiel es schwer, ihre Unruhe zu verbergen. Ramsey hatte sie am Bett ihrer Tochter gesehen und wußte, daß sie sich unter der Oberfläche der schicken Kleider und der gefaßten Züge an die Normalität klammerte wie ein Schiffbrüchiger an eine Spiere.

»Schon gut«, sagte Vivien. »Ich nehme dir die Frage nicht übel. Eure Salome ist in einer etwas anderen Situation.«

»Was heißt das?« fragte Frau Fredericks.

»Sam, nicht Salome.« Ihr Mann wartete die Antwort auf ihre Frage nicht ab. »Ich weiß nicht, wieso ich mich von Enrica zu diesem Namen habe überreden lassen. Sie war eine schlechte Frau. In der Bibel, meine ich. Wie kann man ein Kind nur so nennen?«

»Oh, bitte, Schätzchen.« Seine Frau lächelte und verdrehte die Augen. »Die Gardiners möchten ihren Jungen besuchen gehen.«

> 212

Fredericks ließ sich durch die Luftschleuse in das Privatzimmer führen, wo Orlando Gardiner unter einem durchsichtigen Sauerstoffzelt lag wie ein alter Pharao in einem Museumsschaukasten.

Enrica Fredericks schnappte nach Luft. »Oh! O mein Gott! Was ...« Sie legte sich eine Hand auf den Mund, die Augen schreckensweit aufgerissen. »Wird das ... auch mit Sam passieren?«

Conrad, der sich an das Fußende von Orlandos Bett begeben hatte, schüttelte den Kopf, aber sagte nichts.

»Orlando hat eine Krankheit«, erklärte seine Mutter. »Er hatte sie, lange bevor diese andere Sache hinzukam. Deshalb liegt er hier in der Isolierstation. Er ist auch in der besten Verfassung sehr ansteckungsgefährdet.«

Jaleel Fredericks' Stirnrunzeln hatte sich verändert und gab ihm jetzt das Aussehen eines Mannes, der sich ein furchtbares Unrecht aus sicherer Entfernung anschaut, einen Netfeed-Bericht über eine Hungersnot oder einen terroristischen Bombenanschlag. »Ein Problem mit dem Immunsystem?«

»Zum Teil.« Vivien steckte ihre Hand in den Handschuh in der Zeltwand und streichelte Orlandos beinahe knochendünnen Arm. Seine Augen waren nur weiße Sichelmonde zwischen den Lidern. »Er hat Progerie. Vorzeitige Vergreisung. Irgend jemand muß sich seinerzeit beim Gentest vertan haben. Aber wir konnten es nie beweisen. Wir wußten, daß die Krankheit vor ein paar Generationen in meiner Familie aufgetreten war, aber die Wahrscheinlichkeit war so gering, daß Conrads Seite auch davon betroffen war - na ja, als die Testergebnisse negativ waren, haben wir gar nicht mehr daran gedacht.« Ihre Augen wanderten zu ihrem Sohn zurück. »Wenn ich es gewußt hätte, hätte ich abgetrieben.« Ihre Stimme wurde gepreßt. »Und ich liebe meinen Sohn. Ich hoffe, ihr versteht das. Aber wenn ich die Zeit zurückdrehen und mich noch einmal entscheiden könnte, würde ich die Schwangerschaft abbrechen.«

Das eintretende lange Schweigen wurde von Jaleel Fredericks gebrochen, dessen tiefe Stimme jetzt sanfter klang. »Es tut uns sehr leid.«

Orlandos Vater lachte kurz und hart auf, ein würgender Ton, der ihm ganz offenbar unwillkürlich entfuhr. »Ja, uns auch.«

»Wir wissen, daß auch ihr schwer zu tragen habt«, sagte Vivien. »Und wir wissen, wie schwer es euch gefallen sein muß, Sam auch nur einen Tag allein zu lassen und hierherzufliegen.« Sie zog ihre Finger aus dem

Handschuh und richtete sich auf. »Aber wir wollten, daß ihr vor unserem Gespräch Orlando einmal seht.«

Frau Fredericks hatte immer noch eine Hand auf dem Mund; ihre modisch übertriebene Wimperntusche fing in den Augenwinkeln an, ein wenig zu verlaufen. »Ach, der arme Junge.«

»Er ist großartig.« Vivien hatte Mühe weiterzusprechen. »Ich kann euch gar nicht sagen, wie tapfer er es trägt. Er ist ... schon immer anders gewesen als die andern. Die Leute starren ihn an, sobald er vor die Tür tritt. Und von klein auf hat er gewußt, daß seine Chancen ... auch nur ins Teenageralter zu kommen ...« Sie mußte aufhören. Conrad blickte sie vom Fußende des Bettes aus an, aber tat nichts, um sie zu trösten. Es war Enrica Fredericks, die zuletzt zu ihr hintrat und ihr eine Hand auf den Arm legte. Orlandos Mutter unternahm eine sichtliche Anstrengung, sich zusammenzureißen. »Er hat das alles nicht verdient, und er hat sich so wacker geschlagen, daß ... daß es euch das Herz brechen würde, wenn ihr es sehen könntet. Es ist so *ungerecht*. Und jetzt das noch! Deshalb wollte ich ... wollten wir, daß ihr Orlandos Situation versteht – wie hart das Leben mit ihm umgesprungen ist. Wenn wir erklären, warum wir uns an euch gewandt haben.«

Catur Ramsey ermannte sich, diesmal das Schweigen zu brechen.

»Es klingt, als wäre es an der Zeit, daß wir alle wo hingehen und reden.«

»Na«, sagte Enrica Fredericks, »diese Speisekarte sieht sehr verlockend aus.« Ihre Munterkeit war so brüchig wie altes Glas. »Was kannst du empfehlen, Vivien?«

»Wir sind hier noch nie gewesen. Wir haben das erstbeste Restaurant aus dem Branchenverzeichnis genommen. Ich hoffe, es ist erträglich.«

In der eintretenden Stille war das Flattern der Markise über ihnen recht laut. Ramsey stellte sein Weinglas auf die Serviette, die wegzufliegen drohte, und räusperte sich. »Vielleicht sollten wir direkt in medias res springen, sozusagen.«

»Deshalb haben wir uns auch draußen hingesetzt«, sagte Conrad unvermittelt.

»Ich komm schon wieder nicht mit«, entgegnete Fredericks. Er beäugte die Speisekarte. »Ich denke, ich nehme den Seebarsch.« Er winkte den Kellner herbei, der sich schutzsuchend in eine windstille Ecke drückte. »Bist du sicher, daß das pazifischer Seebarsch ist?«

Als sie bestellt hatten und der Kellner in den warmen inneren Teil des Restaurants zurückgeeilt war, ergriff Vivien das Wort.

»Das Problem«, sagte sie und malte dabei einen fast durchsichtigen Weißweinkreis auf den Tisch, »liegt darin, daß die Kinder heutzutage nichts mehr aufschreiben. Sie reden miteinander - und was sie alles reden! -, und sie suchen zusammen Orte im Netz auf, aber sie halten nichts mehr schriftlich fest.«

»Ja?« sagte Fredericks.

»Es hat uns eine Menge Arbeit gekostet herauszukriegen, was Orlando getrieben hat«, erklärte Conrad Gardiner. »Im Netz. Aber wir glauben, daß da die Ursache für den Zustand der beiden liegt.«

»Das kann nicht sein.« Enrica Fredericks' Stimme war tonlos. »Das geht gar nicht. Unser Arzt hat uns das erklärt. Es sei denn, jemand ... jemand hätte ihnen Charge verpaßt.« Ihr Gesicht war verkniffen und bitter. »So sagt man doch, oder? Jemandem Charge verpassen?«

»Könnte sein«, sagte Vivien. »Aber wenn, dann wäre es eine Art Charge, von der die Ärzte noch nie gehört haben. Jedenfalls müßte man sich jahrelang extreme Überdosen zuführen, damit es diese Wirkung hätte - nein, selbst dann wäre es nicht so. Seht mal, ihr habt es selbst gesagt: Ihr könnt Sam nicht ausstecken - sie schreit, sie schlägt um sich, ihr müßt sie wieder einstecken. Genauso ist es mit Orlando, nur mit dem Unterschied, daß wir bei seiner Krankheit die Reaktion nur an den Anzeigen seiner Lebensfunktionen erkennen können. Wir haben Neurologen, Neuropsychologen, Chargetherapiezentren konsultiert, alles. Niemand hat je von so etwas gehört. Deshalb sind wir an euch herangetreten.«

Die Salate und Vorspeisen kamen. Ramsey blickte stirnrunzelnd auf seine Bruschetta. Vielleicht wurde es langsam Zeit, daß er anfing, ein bißchen auf seine Gesundheit zu achten. Die Warteliste für Herztransplantate war eine ganze Meile lang, selbst bei der neuen Generation geklonter Austauschherzen. Es wäre klüger, wenn er einen grünen Salat bestellte.

Er schob die Bruschetta beiseite.

»Entschuldigt, wenn ich ungeduldig bin«, sagte Jaleel Fredericks, »aber das scheint bei dieser Zusammenkunft meine Rolle zu sein. Worum geht es eigentlich? Das alles ist uns bekannt, wenn auch nicht die Details.«

»Es geht um folgendes: Wir alle wissen, daß eurer Sam und unserem Orlando etwas zugestoßen ist, aber wir unsererseits glauben nicht an einen Unfall.«

Fredericks zog eine Augenbraue hoch. »Weiter.«

»Wir haben uns nach Kräften bemüht, sämtliche Dateien in Orlandos System zu öffnen. Deshalb ist es so frustrierend, daß die Kinder nicht mal mehr mailen, wie wir es noch taten. Es gibt Pfade, aber keine Aufzeichnungen, die der Rede wert wären. Und zu allem Überfluß hat sein Agent auch noch Dateien beseitigt. Das ist eine der Sachen, die uns stutzig machen.«

Ramsey rutschte interessiert auf seinem Stuhl vor. »Warum das?«

»Weil es eigentlich nicht vorkommen dürfte«, sagte Conrad. Er trank nur Wasser, und er nahm erst einmal einen langen Schluck. »Wir haben das Haussystem außer Betrieb gesetzt, als das passierte - das heißt, Orlandos ganzen Teil. Daß sein Agent Dateien gegen unseren Willen bewegt hat, kann nur mit Orlandos Genehmigung geschehen sein, und ... na ja, ihr habt ihn gesehen. Warum also entfernt das Ding weiterhin Dateien und zerstört andere? Es hat sich sogar versteckt, so daß wir es nicht abstellen können, ohne das ganze System zu löschen und auch noch den letzten Anhaltspunkt dafür zu verlieren, was Orlando zugestoßen ist. Das Ding hat sich tatsächlich vollkommen verdünnisiert. Der Roboterkörper, den es im Haus benutzt, ist ebenfalls fort. Der war es, den ich vorhin im Krankenhaus gesehen zu haben meinte.« Er schüttelte den Kopf. »Die ganze Geschichte ist unheimlich.«

»Aber ich verstehe das nicht«, sagte Enrica mit wehleidiger Stimme. »Was hätte das für einen Sinn? Wenn jemand Dateien versteckt oder sie zerstört oder was weiß ich, welchen Grund könnte es dafür geben?«

»Das wissen wir nicht.« Vivien spielte mit einem Selleriestengel. »Aber wir haben vor dem Verschwinden der Dateien genug gesehen, um zu wissen, daß Orlando mit einigen merkwürdigen Leuten in Kontakt stand. Er war ... er *ist* ein sehr, sehr intelligenter Junge, der seine ganze freie Zeit im Netz verbringt. Deshalb möchten wir herausfinden, wo im Netz er gewesen ist, was er dort gemacht hat und mit wem er es gemacht hat. Und wir wollen nicht, daß irgendwer erfährt, daß wir das herauszufinden versuchen. Aus diesem Grund sitzen wir auch in einem unbekannten Restaurant im Freien.«

»Und von uns ...?« fragte Fredericks langsam.

»Wir wollen eure Dateien haben. Sam und unser Sohn waren zusammen an irgend etwas dran. Irgendwer oder irgendwas hat in unser System eingegriffen, gegen unsere ausdrücklichen Anordnungen. Eures könnte noch intakt sein - und auf jeden Fall seid ihr es euch schuldig, es nachzuprüfen, selbst wenn ihr uns für plemplem haltet. Aber wir wollen eure Dateien haben. Oder Sams, um ganz genau zu sein.« Vivien fixierte ihn mit einem überraschend scharfen Blick. »Wir wollen wissen, wer unserem Sohn das angetan hat.«

Vivien und Jaleel starrten einander an. Ihre Gatten sahen zu und warteten gespannt, aber Ramsey wußte bereits, wie die Sache ausgehen würde. Zwischen Hochstimmung und Verzweiflung hin- und hergerissen setzte er sich zurück. Also doch keine Spinner. Und dazu eine wirklich interessante Nuß zu knacken, die sich als hohl herausstellen konnte, aber die man auf keinen Fall ignorieren durfte. Es würde natürlich jede Menge Recherchen, tonnenweise Details und eine ganze Latte äußerst kniffliger Probleme zu lösen geben.

Wie es aussah, würde er noch viel mehr Zeit mit Arbeit verbringen müssen.

> Olga Pirofsky steckte die letzte Melone in den Beutel und ging dann mit ihren Einkäufen an die Expreßkasse. Man konnte sich zwar alles liefern lassen, aber es sprach immer noch einiges dafür, ein Stück Obst tatsächlich in die Hand zu nehmen, bevor man es kaufte. Man blieb so mit einem Stück menschlicher Geschichte in Verbindung, das inzwischen beinahe untergegangen war.

Sie ging wie immer die Kinmount Street nach Hause, unter den großen Hochgleisen hindurch, auf denen die Pendelzüge der Magnetschwebebahn nach Toronto im Süden fuhren. Juniper Bay bekam heute ein richtiges Sonnenbad, und die Wärme fühlte sich angenehm in ihrem Nacken an.

Obwohl sie es sich verboten hatte (wohl wissend, daß sie es trotzdem tun würde), blieb sie vor dem Spielwarengeschäft stehen. Eine Schar holographischer Kinder spielte sittsam im Schaufenster, und niedliche Phantombabys führten niedliche Babykleidung vor. Es war früh am Nachmittag, und die meisten richtigen Kinder waren noch in der Schule; nur eine Handvoll Mütter und Väter mit Kinderwagen waren im Laden.

Olga beobachtete durch das Fenster, wie sie vollkommen selbstverständlich von einer Auslage zur anderen schlenderten und nur hin und wieder stehenblieben, um einen quengelnden Säugling zu beruhigen oder sich eine witzige Bemerkung oder eine Überlegung mitzuteilen, ganz und gar im Jetzt lebend, einem Jetzt, in dem das Elternglück ewig so weitergehen würde, mit der einen kleinen Einschränkung, daß alles, was sie vor einem Monat gekauft hatten, schon wieder zu klein war. Sie wollte an die Scheibe hämmern und sie davor warnen, sich in irgendwelchen Sicherheiten zu wiegen. Früher einmal hatte sie gemeint, sie würde eines Tages auch zu diesen Leuten gehören, zu diesen erschreckend unbekümmerten Leuten, doch jetzt fühlte sie sich wie ein heimatloses Gespenst, das neidisch aus der Kälte zuschaute.

Ein Schwebeball – der ständig seine magnetische Ladung wechselte und dadurch schwer mit den dazugehörigen Schlägern in der Luft zu halten war – trudelte zwischen zwei der holographischen Jungen hin und her. *Aber ich bin kein Gespenst*, begriff sie. *Durchaus nicht. Diese imaginären Schaufensterkinder sind Gespenster. Onkel Jingle und seine Freunde sind Gespenster. Ich bin ein lebendiger Mensch, und ich habe soeben Melonen und Tee und zwölf Packungen Hundefutter gekauft. Ich habe etwas zu tun.*

Nicht völlig überzeugt, aber wenigstens so weit von Kraft und Entschlossenheit durchdrungen, daß sie sich von dem Spielwarenladen losreißen konnte, setzte sie ihren Heimweg fort.

Eines Tages werde ich nicht mehr davon wegkommen, dachte sie. *Ich werde einfach dastehen und in das Fenster starren, bis der Winter kommt. Wie das kleine Mädchen mit den Schwefelhölzchen.*

Vielleicht war das gar keine so schlechte Art, von hinnen zu gehen.

»Später kommen wir wieder und helfen der Prinzessin Aff-i-Katz, Kinder. Aber zuerst möchte Onkel Jingle, daß ihr mit ihm einen Spaziergang ins Spielzeugland macht!«

Die Pawlowschen Jubelrufe dröhnten ihr wieder in den Kopfhörern. Das innere Bild, daß sie ihre Schutzbefohlenen über einen verschneiten Güterbahnhof in fensterlose Waggons führte, stieg in Onkel Jingle auf und wurde rasch verbannt. Solche Gedanken waren albern – dies hier war nichts weiter als Werbung, einfach harmlose kapitalistische Gier. Und wenn es nicht harmlos war, dann war es auf jeden Fall ein Teil der Welt, in der sie alle lebten. Es war der *größte* Teil der Welt, in der sie lebten, oder wenigstens kam ihr das manchmal so vor.

»Wir singen jetzt das ›Fröhliche Einkaufslied‹«, sagte sie und breitete ihre Arme in einer Geste der Begeisterung aus. »Aber zuerst möchte ich euch mit jemandem bekannt machen. Es ist die Abgedrehte Grete, und sie ist das neueste Mitglied im Verunglückten Verein! Sie ist pädagogisch sehr wertvoll, und sie zeigt euch gleich, warum!«

Die Kinder – beziehungsweise ihre Online-Avatare – sprangen auf und jubelten. Der Verunglückten Verein war eine beliebte Spielzeugserie, und alle seine schauerlichen Mitglieder, Baruch zu Bruch, Dolly Kopflos und andere, noch unappetitlichere Figuren, waren Verkaufsschlager. Die neuen Werbeeinlagen würden in Kürze anfangen, und Onkel Jingle war von der Aussicht alles andere als angetan. Während die Abgedrehte Grete erklärte, daß, wenn man ihr die Glieder abschraubte, lebensähnliches Blut hervorsprudelte, bis Druck ausgeübt wurde, erreichte Onkel Jingle die Vierstundenmauer und hörte auf, Olga Pirofsky zu sein.

»... *Oder nein, ich höre auf, Onkel Jingle zu sein,* dachte sie. *Manchmal weiß man gar nicht mehr, wo die Grenze ist.*

Eine Stimme ertönte in ihren Ohrenstöpseln. »*Prima, Frau P., nette Sendung. McDaniel wird dich jetzt ablösen.*«

»Sag Roland Hals- und Beinbruch von mir. Aber er soll es nicht vor *dieser* Gruppe tun, sonst reißen sie ihm vielleicht Hals und Beine ab, um sein lebensähnliches Blut sprudeln zu sehen.«

Der Techniker lachte und schaltete ab. Olga stöpselte sich aus. Mischa saß ihr gegenüber an der Wand, den Kopf schief gelegt. Sie wackelte dicht über dem Fußboden mit den Fingern, und er kam an, um sich an der weißen Stelle unterm Kinn kraulen zu lassen.

Ihre Kopfschmerzen waren in letzter Zeit nicht mehr aufgetreten. Wenigstens dafür sollte sie dankbar sein. Doch als ob sie nur die scharfe Kante eines in ihr Innerstes getriebenen Keils gewesen wären, hatten die geheimnisvollen Schmerzen sie aufgesprengt. Immer öfter stellte sie in diesen letzten Wochen fest, daß die Sendung ihr gegen den Strich ging und daß ihr die grelleren und kommerzielleren Seiten nicht viel anders vorkamen als das Massakrieren von Tieren und Sklaven, womit die alten Römer ihre Spiele aufgepeppt hatten. Aber nicht die Sendung hatte sich verändert, sondern Olga: Die Abmachung, die sie einst mit sich selbst getroffen hatte, daß sie für den Spaß an der Arbeit mit Kindern ihre Unzufriedenheit mit dem Inhalt hinunterschlucken würde, geriet ins Wanken.

Und obwohl die Kopfschmerzen sie derzeit verschonten, konnte sie sie nicht vergessen, genausowenig wie die Erkenntnis, die ihr an jenem Tag gekommen war. Sie hatte ihrem neuen Arzt davon erzählt, auch den medizinischen Betreuern der Sendung, und alle hatten ihr versichert, daß ihre Online-Kopfschmerzen nichts Ungewöhnliches seien. Sie schienen vergessen zu haben, daß sie sie erst wenige Wochen vorher auf Gehirntumor untersucht hatten. Die übliche Geschichte, erzählten sie ihr, sie solle sich freuen, daß die Sache so leicht zu beheben sei. Sie verbringe zuviel Zeit online. Sie solle ernsthaft daran denken, sich mal eine Zeitlang freizunehmen.

Natürlich war der Unterton unmißverständlich: *Du wirst ohnehin langsam ein bißchen alt für die Arbeit, nicht wahr, Olga? Die Onkel-Jingle-Nummer ist für jemand Junges gedacht, das ganze Hüpfen und Singen und das anstrengende, übertriebene Cartoongehabe. Wäre es nicht besser für deine Gesundheit, wenn du sie jemand anderem überlassen würdest?*

Unter anderen Umständen hätte sie sich gefragt, ob die Mediziner nicht recht hatten. Aber dies waren keine normalen Kopfschmerzen, so wenig wie Baruch zu Bruchs kleine Spezialität ein blauer Fleck am Schienbein war.

Olga stand auf und schlenderte in die Küche, ohne auf das Prickeln und Stechen nach vier Stunden im Gurtsessel zu achten. Die Lebensmittel standen noch im Beutel auf dem Küchentresen. Mischa, der sehr auf einem festen Tagesablauf beharrte, wartete zu ihren Füßen. Sie seufzte und leerte eine Futterpackung in seinen Napf.

Wenn einem die Ärzte nicht glaubten, was dann? Sie hatte natürlich angefangen herumzutelefonieren, Erkundigungen bei verschiedenen anderen ärztlich und sonstwie heilerisch Tätigen sowie beim Berufsverband für Interaktiv-Darsteller einzuziehen. Sie hatte Roland McDaniel gebeten, befreundete Darsteller im Ruhestand zu fragen, ob ihnen je etwas Ähnliches widerfahren sei. Sie hatte sich sogar über ihr eigenes Verbot, in ihrer freien Zeit das Netz zu benutzen, hinweggesetzt und begonnen, Artikel und Monographien über netzbedingte gesundheitliche Störungen durchzuschauen. Ein netter junger Mann in der Neurobiologie der McGill-Universität hatte ihr auf ihre Fragen hin eine Liste mit einer ganzen Palette neuer Möglichkeiten geschickt, anscheinend entlegene Spezialfächer, die für ihr Problem unter Umständen von Belang sein konnten. Bis jetzt hatte sich nichts als brauchbar erwiesen.

Während Mischa über seinem Freßnapf kleine Schnorcheltöne machte, legte sie sich auf die Couch. Ihr Spezialsitz, über und über mit Kabeln behängt wie ein elektrischer Stuhl, stand da wie ein stummer Vorwurf. Sie mußte mehr Nachforschungen anstellen, viel mehr. Aber sie war so müde.

Vielleicht hatten sie alle recht. Vielleicht war es die Arbeit. Vielleicht wäre ein langer Urlaub genau das, was sie brauchte.

Sie grunzte, setzte ihre Beine mit einem Schwung von der Couch auf den Boden und stand auf. An Tagen wie diesen fühlte sie ihr Alter, jedes einzelne Jahr. Sie schritt langsam zum Sessel, bestieg ihn und schloß sich an. Augenblicklich war sie auf der höchsten Ebene ihres Systems. Die Firma stellte ihr die allerbeste technische Ausstattung zur Verfügung - eigentlich schade, daß das für eine, die sich so wenig aus modernen Apparaten machte, reine Verschwendung war.

Chloe Afsani ging nicht gleich dran; als sie sich schließlich meldete, wischte sie sich gerade noch einen Rest Frischkäse von der Oberlippe.

»Oh, entschuldige, Chloe, ich habe dich beim Mittagessen gestört.«

»Gebongt, Olga. Es war ein spätes Frühstück - ich werde schon noch ein Weilchen überleben.«

»Bestimmt? Ich hoffe, ich lade dir zu deiner ganzen Arbeit nicht noch zusätzliche Lasten auf.« Chloe war jetzt Ressortleiterin in der Rechercheabteilung des Netzwerks, wo Reihe um Reihe gesichtsloser Datenbrillenträger saßen, bei deren Anblick Olga mehr als nur ein bißchen nervös geworden war, als sie mit ihrer Bitte vorgesprochen hatte. Chloe war Produktionsassistentin für Onkel Jingle gewesen, als sie bei der Firma anfing - »ein kleines Pixelchen«, wie sie selber sagte -, und Olga war in der Zeit, als die erste Ehe der jüngeren Frau in die Brüche ging, ihre Vertraute gewesen. Trotzdem war es Olga sehr schwergefallen, um den Gefallen zu bitten - dadurch bekam eine Freundschaft immer etwas von einem Tauschgeschäft.

»Laß gut sein. Überhaupt, ich habe eine gute Neuigkeit für dich.«

»Wirklich?« Eine plötzliche Berührung ließ Olga auffahren. Dann erkannte sie, daß es nur Mischa war, der ihr auf den Schoß krabbelte.

»Wirklich. Ich schicke dir alles zu, aber das Wesentliche kann ich dir gleich sagen. Es ist ein ziemlich breiter Themenbereich, weil so viele Dinge über Netzbenutzung geschrieben werden, die vage mit Gesundheit zusammenhängen. Ergonomie allein gab schon Tausende von Treffern. Aber je mehr du es eingrenzt, um so leichter wird's.

Ich blend gleich zur Sache über. Es gibt eine Tonne angeblich netzbedingter Erkrankungen, chronischer Streß, Desorientiertheit, Überanstrengung der Augen, Pseudo-PTSS - ich hab vergessen, was das eigentlich ist -, aber das einzige, was ungefähr auf deine Beschreibung zutrifft, die einzige andere mögliche Ursache außer Arbeitsüberlastung, mit andern Worten, ist etwas, das sich Tandagoresyndrom nennt.«

»Was ist ein Tandagore, Chloe?«

»So heißt der Mann, der es entdeckt hat. Kommt aus Trinidad, wenn ich mich recht entsinne. Jedenfalls ist es umstritten und als eigenes Krankheitsbild noch nicht allgemein anerkannt, aber einige spezielle Forschungsgruppen beschäftigen sich damit. Die meisten Ärzte und Krankenhäuser verwenden den Begriff nicht. Das liegt zum Teil daran, daß es so viele verschiedene Ausprägungen gibt, von Kopfschmerzen über Anfälle bis hin zum Koma, und es hat sogar ein oder zwei Todesfälle gegeben.« Chloe Afsani sah den Ausdruck im Gesicht der anderen Frau. »Keine Angst, Olga. Es ist nicht progressiv.«

»Ich verstehe nicht, was das heißt.« Mischa stupste sie auf eine sehr ablenkende Art in den Bauch, aber Chloes Worte hatten ihr einen eiskalten Schrecken eingejagt. Sie streichelte den kleinen Hund, um ihn zu beruhigen.

»Es schreitet nicht von einem Symptom zum nächstschlimmeren fort. Wenn du es hast - und kein Mensch behauptet das, Liebes, ich werde dir vielmehr gleich erklären, warum ich es für ziemlich ausgeschlossen halte -, und du kriegst Kopfschmerzen, dann kommt wahrscheinlich nichts Schlimmeres mehr hinterher.«

Der Gedanke, daß sie für den Rest ihres Lebens einen dieser grellen, zerreißenden Schmerzensblitze nach dem anderen haben könnte, war in gewisser Hinsicht erschreckender als die Aussicht darauf, einfach zu sterben. »Ist das die gute Neuigkeit?« fragte sie schwach. »Ist es heilbar?«

»Nein, nicht heilbar, aber das war nicht die gute Neuigkeit.« Chloe lächelte kummervoll. Ihre Zähne schienen weißer geworden zu sein, seit sie in eine höhere Position aufgestiegen war. »Ach, Olga, Liebes, mache ich alles nur noch schlimmer? Hör einfach zu, ich bin noch nicht fertig. Zunächst einmal hast du das höchstwahrscheinlich gar nicht, weil etwa fünfundneunzig Prozent der davon Betroffenen Kinder sind. Und was die Wahrscheinlichkeit noch erhöht, daß du es nicht hast, sondern vielmehr an Urlaubsbedürftigkeit in der allerextremsten Form leidest, ist die Art deiner Arbeit.«

»Was heißt das?«

»Also, jetzt kommt endlich die gute Neuigkeit. Das Tandagoresyndrom scheint netzbedingt zu sein, richtig? Das heißt, der einzige gemeinsame Faktor, abgesehen davon, daß es fast nur Kinder betrifft, ist häufige Netzbenutzung.«

»Aber ich benutze ständig Netzgeräte, Chloe! Das ist mein Beruf, das weißt du doch!«

»Laß mich zu Ende reden, Liebes.« Sie sagte es wie zu einem nörgelnden Kind. »Unter allen Kindern, deren Fälle die Recherchemaschinen finden konnten, war nicht ein einziges, das jemals an Onkel Jingles Dschungel oder einer der Begleitsendungen teilgenommen hat. Ich habe die medizinischen Dateien von WorldReach mit denen des Netzwerks vergleichen lassen und weiß das daher sicher. Denk mal drüber nach. Es haben im Lauf der Jahre *Millionen* von Kindern mitgemacht, und kein einziges ist jemals auf diese besondere Weise erkrankt.«

»Du willst damit sagen ...«

»Daß die Ursache letzten Endes wahrscheinlich eine Art Störimpuls bei den Übertragungssignalen oder so was in der Richtung sein wird - vielleicht irgendwas, das die Hirnwellen beeinträchtigt. Das meint jedenfalls Tandagore, den Artikeln zufolge. Aber was es auch sei, *unsere* Übertragungssignale sind definitiv frei davon. Ipso facto - ein Ausdruck, den man in meiner Abteilung unbedingt kennen muß, meinst du nicht? - leidest du nicht am Tandagoresyndrom.«

Olga tätschelte Mischa und versuchte aus alledem schlau zu werden. »Du willst damit sagen, daß ich etwas nicht habe, wovon ich bis heute noch gar nichts wußte?«

Chloe lachte, aber eine leise Gereiztheit schwang darin mit. »Ich will sagen, daß dieses Tandagoredings die einzige Möglichkeit außer schlichtem Streß oder sonstigen Sachen ist, die die Ärzte schon ausgeschieden haben. Dein Arzt sagt, daß du gesund bist. Du kannst Tandagore nicht haben, weil niemand es kriegt, der auch nur entfernt mit der Sendung zu tun hat, deshalb muß es schlicht Überarbeitung sein und zu viele Sorgen.« Chloe strahlte. »Also hör auf, dir Sorgen zu machen!«

Olga dankte ihr herzlicher, als ihr zumute war, und schaltete aus. Mischa war eingeschlafen, und so blieb sie im Sessel sitzen, nachdem sie sich abgekabelt hatte. Die Sonne war hinter den Bahngleisen untergegangen, und das Wohnzimmer lag im Schatten. Olga lauschte den Stimmen der Vögel, einer der Gründe, weshalb sie in Juniper Bay wohnte. Groß genug, um Zwischenstationen zu haben, die einen großen Datendurchsatz bewältigen konnten, und klein genug, um noch Vögel zu haben. In Toronto gab es keine mehr außer Tauben und Möwen, und jemand im Nachrichtennetz hatte erklärt, alle noch lebenden Tauben seien ohnehin eine mutierte Abart.

Also war es entweder Streß, oder es war ein Dingsbumssyndrom, das sie nicht haben konnte. Chloe war jung und gescheit und hatte die besten kommerziellen Recherchemaschinen zur Verfügung, und das war ihr Ergebnis. Was bedeutete, daß Olga sich weitere eigene Nachforschungen sparen konnte. Warum fühlte sie sich da nicht besser?

Am anderen Ende des Zimmers blickte die Onkel-Jingle-Figur sie mit schwarzen Knopfaugen und gebleckten Xylophonzähnen an. Sein breites Grinsen war im Grunde hämisch, oder? Wenn man genauer hinschaute.

Es ist merkwürdig, dachte sie. *Es soll Millionen Fälle von dieser Sache geben, und kein einziger davon hat sich je in die Sendung eingeschaltet. Dabei ist es bestimmt schwer, auf der Welt ein Kind zu finden, das nicht irgendwann mal bei Onkel Jingle eingestöpselt war.*

Das Zimmer fühlte sich kalt an. Olga wünschte plötzlich, die Sonne würde zurückkommen.

Eigentlich ist das mehr als nur ein bißchen merkwürdig. Das ist ... äußerst unwahrscheinlich.

Aber was konnte es anderes sein als Zufall, daß viele Kinder Symptome hatten, die vom Netz herrührten, aber keines davon jemals bei ihrer Sendung mitgemacht hatte. Daß an den Anlagen der Firma etwas ganz besonders gut war? Ganz besonders gesund?

Oder ... Sie zog Mischa näher zu sich. Der Hund winselte und schlug kurz mit den Pfoten, als ob er in einem Traumfluß paddelte; dann beruhigte er sich wieder. Im Zimmer wurde es jetzt ziemlich dunkel.

Oder genau das Gegenteil? So schlecht, daß jemand andere Leute davon abbringen wollte, eine Verbindung zwischen den beiden herzustellen?

Das ist absurd, Olga. Albern. Das müßte jemand mit Absicht machen. Du bist von den Kopfschmerzen zur Paranoia fortgeschritten.

Aber der ungeheuerliche Gedanke wollte nicht weggehen.

Kapitel

Küchenleben

NETFEED/NACHRICHTEN:
Chargesüchtige müssen wählen
(Bild: Wartezimmer im Great Ormond Street Hospital)
Off-Stimme: Englands erste liberaldemokratische
Regierung aller Zeiten hat die Chargesüchtigen des
Landes vor die Wahl gestellt: Entweder sie lassen
sich ihre Neurokanülen — "Cans", wie die Süchtigen,
"Heads" in ihrem Jargon, sie nennen — dauerhaft
mit einem Polymerleim versiegeln, oder sie finden
sich mit einem Softwareelement ab, einem sogenannten "Gearfilter", der jede unzulässige Programmierung abblockt und auch so eingestellt werden
kann, daß er hilfreiche unterschwellige Effekte
erzeugt. Nach dem neuen Gesetz müssen alle
registrierten Süchtigen einer dieser beiden Möglichkeiten zustimmen, wenn sie weiter von ihren Neurokanülen Gebrauch machen wollen. Bürgerrechtsgruppen
reagierten empört ...

> Als das blaue Licht erlosch, war das Wasser plötzlich überall um sie herum. In einer unbegreiflichen Weise waren sie mittendrin, aber dennoch trocken und sausten durch feuchte Luft dahin, als ob der Fluß eine Röhre um sie gebildet hätte. Der Lärm war so laut, daß, wenn Orlando schrie, nicht nur Fredericks ihn nicht hören konnte, sondern er sich selbst auch nicht.

Sie schossen mit hoher Geschwindigkeit durch eine Kurve, dann stieß das Vorderteil des Blattbootes unversehens steil nach unten. Orlando grapschte verzweifelt nach einem Halt, spürte aber, wie er vom Boot abhob und sich noch im Fall rückwärts bewegte.

Das Licht veränderte sich. Unmittelbar darauf schlugen sie dermaßen hart irgendwo auf, daß Orlando erst, als er sich nach einem Augenblick der Benommenheit sinken fühlte, begriff, daß sie abermals im Wasser gelandet waren. Das Blattboot schien weg zu sein. Der Fluß oder der Wasserfall, oder was sonst daraus geworden war, stürzte fast direkt auf ihn drauf und wühlte die Wasseroberfläche dermaßen auf, daß er nicht mehr wußte, wo oben und unten war. Schließlich fiel sein Blick auf Fredericks, der ein kurzes Stück weiter mit dem Gesicht nach unten trieb, aber als er ihm etwas zurufen wollte, wurde sein Freund von dem Brausen und Strudeln erfaßt und unter Wasser gezogen.

Orlando schöpfte tief Atem, tauchte hinter ihm her und sah sich um, bis er Fredericks' regungslos sinkende Gestalt erblickte. Das Wasser war leuchtend klar, und der Seeboden, den er vor sich sah, war eine durchgehende weiße Fläche. Orlando arbeitete sich mit kräftigen Tritten auf seinen Freund zu. Es gelang ihm, eine Hand in die Kapuze von Fredericks' Pithlitumhang zu wickeln, dann strampelte er in die Richtung, die er für oben hielt, einen dunkleren Fleck inmitten einer gewölbten weißen Umrandung.

Es schien ewig zu dauern. Fredericks' schlaffes Gewicht war das Schwerste, was er je geschleppt hatte. Zuletzt, als ihm der Atem schon wie Feuer in der Brust brannte, durchstieß er die Oberfläche und drückte Fredericks' Kopf über Wasser. Sein Freund schnappte rasselnd nach Luft und hustete dann einen ganzen Schwall Wasser aus. Er sah auf eine Art merkwürdig aus, die sich Orlando nicht sofort erklären konnte, aber bei den Wellen, die ihnen ins Gesicht klatschten, war es auch unmöglich, genau hinzuschauen. Orlando trat auf der Stelle, damit sie nicht wieder untergingen, aber der Wasserfall donnerte immer noch nur wenige Meter entfernt herab, und seine Kraft ließ rasch nach. Ein kurzer, aber deprimierender Blick zwischen zwei Wellen zeigte ihm, daß die weißen Uferwände über der Wasserlinie glatt wie Glas zu sein schienen.

»Kannst du schwimmen?« japste er. »Ich glaube, ich kann dich nicht mehr halten.«

Fredericks nickte kläglich. »Wo ist das Boot?«

Orlando schüttelte den Kopf.

Fredericks kraulte matt auf die nächste Wand zu. Orlando tat sein Bestes, ihm zu folgen, und bedauerte es abermals, daß er niemals Schwimmunterricht gehabt hatte. In Anderland zu schwimmen war etwas völlig anderes, als wenn Thargor sich in Mittland mit mächtigen

Schlägen durch einen tiefen Bergsee oder einen Burggraben pflügte. Ein Unterschied war, daß Thargor nicht so leicht ermüdete.

Er erreichte Fredericks, der verzweifelt mit der Hand über die glatte weiße Wand wischte. »Was ist denn das?« stöhnte sein Freund. »Man kann sich nirgends festhalten.«

Orlando blickte empor. Über ihnen stieg die steile Wand noch etliche Meter an, und darüber ... »Oh, Fen-fen«, sagte Orlando, doch da klatschte ihm eine Welle ins Gesicht, und er schluckte erneut Wasser. Es war süß, kein Salzwasser, was zu dem, was er sah, paßte. »Nicht schon wieder!« jammerte er, als er Luft bekam.

»Was?«

Orlando zeigte nach oben. Der Wasserfall ergoß sich aus einem langen silbernen Rohr, das mit der weißen Wand verbunden war und links und rechts zwei merkwürdige, mit Zinnen versehene Kreise hatte. Wasserhahn. Warm- und Kaltwasserknopf. Sie schwammen in einem Spülbecken. Hoch über ihnen in der Luft hing leuchtend wie der Mond und anscheinend nur wenig kleiner eine riesige Glühbirne.

»Nein!« stöhnte Fredericks. »Das dumpft doch zum Himmel!«

Die schlechte Neuigkeit war, daß ihr Boot oder etwas Dunkles, das ihr Boot zu sein schien, von dem Wasserguß aus dem gigantischen Hahn über ihnen am Grund des Waschbeckens festgehalten wurde. Die gute Neuigkeit war, wie sie kurz darauf entdeckten, daß es offenbar den Abfluß verstopfte und daß das Wasser im Becken anstieg.

»Wenn wir uns einfach über Wasser halten, steigen wir von selbst nach oben.« Fredericks schleuderte sich eine klatschnasse Strähne aus dem Gesicht und wandte sich Orlando zu. »Was ist mit dir? Wirst du's schaffen?«

»Ich weiß nicht. Wahrscheinlich. Ich bin echt müde.« Sein Freund wirkte immer noch seltsam - irgendwie reduziert -, aber Orlando brachte nicht die Energie auf, darüber nachzudenken, was an ihm nicht stimmte.

»Ich helf dir, wenn's nötig ist.« Fredericks befühlte das Porzellan. »Das blafft dermaßen. Es ist, als würde man für alle Zeit im tiefen Ende des Schwimmbeckens festhängen.«

Orlando hatte keinen Atem mehr zu verschwenden.

Stückchen für Stückchen schob sich das Wasser die Beckenwände hinauf. Als er kurz einmal das Gefühl hatte, daß seine Beine sich ohne allzu große Schmerzen im richtigen Rhythmus bewegten, blickte Orlando auf. Wegen der steilen Beckenwände sah man kaum etwas von dem, was sich unterhalb der Decke befand, aber dennoch war eindeutig etwas merkwürdig an der Umgebung, und zwar keineswegs nur die unverhältnismäßige Größe. Die Schatten fielen eigenartig, und sowohl die Glühbirne als auch das Spülbecken wirkten auf unerklärliche Weise irreal, obwohl sie durchaus nichts Schemenhaftes oder Undeutliches hatten. Sogar das Wasser schien sich zu langsam und überhaupt nicht mit der vollkommenen Lebensechtheit zu bewegen, die es in anderen Teilen des Netzwerks besessen hatte.

Er sah Fredericks an, und endlich wurde ihm klar, was ihn befremdete. Die Züge seines Freundes waren zwar noch dreidimensional, aber dennoch irgendwie flacher geworden, wie mit einem viel primitiveren Animationsgear gerendert, als sie es sonst im Otherlandnetzwerk erlebt hatten. Aber was hatte das zu bedeuten?

Erst als ein Indianer – ein Comickrieger mit einem unwirklich roten Gesicht, einer Nase wie einem Würstchen und rollenden Augen – auf den Rand des Beckens geklettert kam und zu ihnen hinunterspähte, erkannte Orlando, daß sie in einer Cartoonwelt gestrandet waren.

»Uff«, sagte der Indianer. »Ihr sehen Zündi?«

Fredericks glotzte den Fremden an. »Das gibt's nicht.«

»Kannst du uns helfen?« rief Orlando. »Wir ertrinken.«

Der Indianer starrte sie einen Moment lang mit grimmiger, trotz der simplen Zeichnung absolut undurchdringlicher Miene an, langte dann in seine Wildlederweste und holte aus dem Nichts ein langes Seil hervor. Mit einer Armbeugung, die mit normalen Gelenken nicht zu machen gewesen wäre, warf er es rasch über einen der Knöpfe und ließ dann das andere Ende zu ihnen hinab.

Es ging zwar nicht schnell, aber gezogen von dem Indianer gelang es Orlando und Fredericks, ihre Füße flach auf das schlüpfrige Porzellan zu setzen und die letzten paar Meter nach oben zu klettern. Orlando klammerte sich dankbar an den kalten Hahn.

»Und? Bleichgesichter sehen Zündi?« Der Indianer hatte das Seil weggesteckt und stand jetzt mit über der Brust verschränkten Armen vor ihnen. Orlando hatte keine Ahnung, wer oder was Zündi sein sollte, aber er hatte nicht vor, eine potentiell freundliche Begegnung zu vermasseln.

»Nein. Aber wir verdanken dir unser Leben. Wir helfen dir suchen.« Fredericks warf ihm einen scharfen Blick zu, aber Orlando beachtete ihn nicht. »Was können wir tun?«

Der Indianer spähte in das Becken. »Besser mitkommen zu Tipi. Wasser bald oben und laufen über, machen großen See an Boden.«

Fredericks musterte Orlando von Kopf bis Fuß. »Du siehst echt krank aus, Orlando. Wie 'ne Captain-Comet-Spielfigur oder sowas.«

Orlando sah an sich hinunter. Sein Rumpf war in der Tat völlig übertrieben dargestellt, ein auf dem Kopf stehendes Dreieck. Er konnte nur ahnen, wie Thargors Gesichtszüge in dieser Stenoform aussehen mußten. »Tja, aber du siehst auch ziemlich scännig aus«, bemerkte er. »Als hätten sie dich bei Onkel Jingle ausgemustert. Deine Füße haben nicht mal Zehen.«

Der Indianer schien ihre Unterhaltung entweder unverständlich oder belanglos zu finden. Er drehte sich um, schritt am Beckenrand entlang und sprang plötzlich, wie es aussah, ins Nichts.

»Mein Gott!« Fredericks riß die Augen auf. »Er ist einfach gesprungen!«

»Komm.« Orlando machte Anstalten, ihrem Retter zu folgen.

»Bist du ...? Was denn, willst du etwa auch springen, bloß weil er's gemacht hat? Er ist 'ne Art Konstrukt, Orlando!«

»Ich weiß. Er ist eine altmodische Trickfigur. Sieh dich doch mal um. Das Ganze ist ein Cartoon, Fredericks, eine Zeichentrickwelt. Wie aus dem vorigen Jahrhundert.«

»Mir egal. Wir könnten genausogut da langgehen.« Fredericks deutete auf die andere Seite des Beckens, wo eine große hölzerne Arbeitsfläche sich vor ihnen erstreckte und dahinter eine vollgekramte Regalwand im Schatten lag. »Wenigstens sehen wir da, wo wir hingehen.«

»Schon, aber er ist *da* langgegangen.«

»Und?«

»Und wir kennen uns hier nicht aus. Also komm, bevor wir das einzige Wesen verlieren, das freundlich zu uns war, seit wir in diesem verdumpften Netzwerk sind.«

Fredericks stellte sich triefend auf die Füße. »Ich werde mich nie, nie mehr von dir zu irgendwas überreden lassen. Nie mehr.«

Orlando drehte sich um und humpelte zu der Stelle, wo der Indianer verschwunden war. »Von mir aus.«

Die Comicrothaut war, wie sich herausstellte, keineswegs in ihr Verderben gesprungen. Nur eine Körperlänge unter dem Beckenrand stand ein kleiner Tisch – klein für die Verhältnisse ihrer Umgebung, obwohl er für

Orlando und Fredericks wenigstens einen halben Hektar maß -, vollgestellt mit diversen Schachteln und Flaschen. Hinter dem Tisch stand ein unglaublich antik aussehender Bullerofen breit in der Ecke wie ein extrem dicker schwarzer Hund. Durch die Luftschlitze flackerte rotes Licht.

Der Indianer wartete vor einer der Schachteln, einem rechteckigen Pappkarton, der doppelt so hoch war wie er. Außen drauf war ein stilisiertes Zelt gemalt und darüber die Worte »Pawnee Power - Sicherheitszündhölzer«.

»Ihr kommen in mein Tipi«, sagte er und deutete auf die Streichholzschachtel. »Wir rauchen Friedenspfeife.«

Fredericks schüttelte angewidert den Kopf, aber folgte Orlando. Der Indianer drehte sich um und trat einfach durch die Oberfläche hindurch, als ob die dicke Pappe durchlässig wie Luft wäre. Orlando zuckte mit den Achseln und tat das gleiche, wobei er halb damit rechnete, mit dem Gesicht gegen das flache Bild des Zeltes zu stoßen, sich statt dessen aber auf einmal in einer dreidimensionalen und überraschend geräumigen Version des aufgemalten Tipis befand. Gleich darauf kam Fredericks mit ungläubigem Blick hinterher. Ein Lagerfeuer brannte in der Mitte des kegelförmigen Innenraumes, und der Rauch ringelte sich zu dem Loch an der Spitze empor, wo die Zeltstangen zusammentrafen.

Der Indianer bedeutete ihnen, Platz zu nehmen, und setzte sich dann gegenüber. Eine Frau mit einem genauso knallroten und überzeichneten Gesicht trat aus dem Schatten und stellte sich neben ihn. Sie hatte eine Hirschlederdecke um und eine einzelne Feder im Haar.

»Mein Name Häuptling Starke Marke«, sagte der Indianer. »Dies meine Squaw Sicher-ist-sicher. Und ihr, Bleichgesichter?«

Während die Squaw ihnen Decken brachte, in die sie ihre nassen, kalten virtuellen Körper einwickeln konnten, stellte Orlando sich und Fredericks vor. Starke Marke grunzte zufrieden und ließ sich dann von seiner Frau die Friedenspfeife bringen. Während er sie mit etwas aus einem Tabaksbeutel stopfte - ebenfalls aus dem Nichts gezaubert -, fragte sich Orlando, wie er sie anzünden würde, da der Häuptling, nach seinem hellen Holzhals und dem runden, dunkelroten Kopf zu urteilen, offenbar selbst ein altmodisches Streichholz war. Die groteske Vorstellung, der Häuptling werde womöglich seinen Kopf über den Boden streichen und sich selbst in Brand setzen, erwies sich als falsch, als die

Pfeife ohne Mitwirkung eines sichtbaren Anzünders von allein zu qualmen anfing.

Der Rauch war heiß und eklig, doch Orlando tat sein Bestes, ihn drinzubehalten. Während Fredericks sich überwand, es ihm nachzutun, grübelte Orlando abermals über die absonderlichen Fähigkeiten des Otherlandnetzwerks nach. Wie perfekt mußte es sein, um einem die Empfindung, daß man heißen Rauch inhalierte, zu verschaffen? Ob das wohl einfacher war, als den Schwerkrafteffekt zu simulieren, daß man aus einem riesigen Wasserhahn herausgespritzt wurde, oder schwieriger?

Als sie alle an der Pfeife gezogen hatten, gab Starke Marke sie seiner Frau zurück, die sie im Handumdrehen verschwinden ließ. Der Häuptling nickte. »Jetzt wir Freunde. Ich euch helfen. Ihr mir helfen.«

Fredericks wurde von der Schüssel voll Beeren abgelenkt, die Sicher-ist-sicher vor ihn hinstellte, und so übernahm es Orlando, die Unterhaltung weiter zu führen. »Wie können wir dir helfen?«

»Böse Männer rauben Zündi, meinen Sohn. Ich nach ihm jagen. Ihr mit mir kommen, helfen meinen Sohn finden.«

»Gewiß.«

»Böse Männer töten.«

»Äh ... gewiß.« Er ignorierte Fredericks' Blick. Es waren schließlich nur Trickfiguren. Sie sollten ja nicht mithelfen, richtige Menschen zu töten.

»Das gut.« Starke Marke verschränkte die Arme über der Brust und nickte wieder. »Ihr essen. Dann bißchen schlafen. Wenn Mitternacht kommen, wir gehen verfolgen.«

»Mitternacht?« fragte Fredericks mit dem Mund voller Beeren.

»Mitternacht.« Der Cartoonindianer lächelte hart. »Wenn ganze Küche wach.«

> Es war derselbe Albtraum; wie immer war er dagegen machtlos. Das Glas zersplitterte und stob nach außen ins Sonnenlicht wie sprühendes Wasser, jedes wirbelnde Scherblein ein eigener Planet und die schillernde Wolke ein Universum, das sein Gleichgewicht verloren hatte und jetzt in extrem schneller entropischer Expansion auseinanderflog.

Die Schreie hallten und hallten, wie sie es immer taten.

Er wachte schaudernd auf und führte die Hand ans Gesicht, erwartete, Tränen zu fühlen oder wenigstens Angstschweiß, aber seine Züge waren hart und kalt unter seinen Fingern. Er befand sich in seinem Thronsaal, in der von Lampen erleuchteten großen Halle von Abydos-Olim. Er war eingeschlafen, und der alte Albtraum war wiedergekehrt. Hatte er geschrien? Die Augen von tausend knienden Priestern waren auf ihn gerichtet, erschrockene Blicke in erstarrten Gesichtern, wie in der Speisekammer ertappte Mäuse, wenn plötzlich das Licht angeht.

Er rieb sich abermals über seine Gesichtsmaske, halb in dem Glauben, wenn er die Hände fortnahm, werde er etwas anderes sehen - aber was? Seine amerikanische Festung am Ufer des Lake Borgne? Das Innere des Tanks, der seinen verfallenden Körper am Leben hielt? Oder das Haus seiner Kindheit, das Château in Limoux, wo so vieles angefangen hatte?

Bei dem Gedanken daran fiel ihm auf einmal ein Bild ein, die Reproduktion von Davids Gemälde, das an der Innenseite seiner Zimmertür gehangen hatte, Napoleon I., wie er sich selbst vor einem geknickt zuschauenden Papst zum Kaiser krönt. Ein merkwürdiges Bild für ein Kinderzimmer! Aber er war natürlich auch ein merkwürdiges Kind gewesen, und etwas von der vor nichts zurückschreckenden Selbstherrlichkeit des Korsen hatte seine Phantasie gefesselt.

Es war eigenartig, wieder an das alte Haus zu denken, die schweren Gardinen und dicken Savonnerie-Teppiche seiner Mutter so deutlich zu sehen, wo doch alle diese Dinge - und alle Personen außer ihm - seit so vielen, vielen Jahren nicht mehr existierten.

Felix Jongleur war der älteste Mensch auf Erden. Dessen war er sicher. Er hatte die beiden Weltkriege des vorigen Jahrhunderts durchgemacht, hatte die Gründung und den Untergang der kommunistischen Staaten des Ostens und den Aufstieg der Stadtstaaten am Pazifik miterlebt. Sein Vermögen, das er in Westafrika mit Bauxit, Nickel und Sisal begründet hatte, war mit den Jahren gewachsen und in Branchen geflossen, von denen sein Vater Jean-Loup, auch er ein homme d'affaires, nicht einmal hätte träumen können. Doch die Fähigkeit seines Vermögens, sich gewissermaßen laufend selbst zu verjüngen, besaß Jongleur nicht, und als das Jahrhundert und das Jahrtausend sich dem Ende zuneigten, setzten die kühneren Nachrichtenagenturen langsam ihre Nachrufe auf, wobei sie besonders die Geheimnisse und unbewiesenen Behauptungen herauszustellen gedachten, die seine lange Laufbahn umdüstert hatten. Aber die Nachrufe erschienen nie. In den Jahrzehnten nach der Jahrtausendwende hatte er den täglichen

Umgang mit seinem sterbenden Körper zugunsten eines Daseins im virtuellen Raum aufgegeben. Er hatte seinen physischen Alterungsprozeß unter anderem durch experimentelle kryogenische Techniken verlangsamt, und dank der Weiterentwicklung der Virtualitätstechnik - finanziert zum großen Teil von Forschungsmitteln aus seinem Vermögen und dem Vermögen ähnlich gesinnter Leute, die er um sich versammelt hatte - war er in ein zweites Leben wiedergeboren worden.

Wahrhaftig wie Osiris, dachte er. *Der Herr des westlichen Horizonts, ermordet von seinem Bruder, alsdann von seiner Frau wiederauferweckt zum ewigen Leben. Zum Herrn über Leben und Tod.*

Doch selbst den Schlaf der Götter konnten böse Träume stören.

»*Groß ist er, der dem Korn und den grünen Pflanzen Leben verleiht*«, sang jemand in seiner Nähe. »*O Herr der beiden Länder, höchstanbetungswürdig und von unendlicher Weisheit, ich bitte dich, höre mich an.*«

Er nahm die Hände vom Gesicht - wie lange hatte er so gesessen? - und blickte stirnrunzelnd den Priester an, der sich am Fuß der Stufen auf dem Bauch wand. Manchmal waren selbst ihm die Rituale zuwider, die er sich ausgedacht hatte. »Du darfst sprechen.«

»O Göttlicher, wir haben eine Mitteilung von unseren Brüdern im Tempel deines dunklen Bruders erhalten, des Verbrannten, des Roten, Kranken.« Der Priester stieß sein Gesicht auf den Boden, als schmerzte es ihn, auch nur von diesem Wesen zu reden. »Sie ersehnen aufs dringendste, von deiner Weisheit zu trinken, o Großes Haus.«

Seth. Der Andere. Jongleur - nein, er war wieder ganz und gar Osiris, er brauchte den Panzer der Gottheit - richtete sich auf seinem Thron auf. »Warum ward mir das nicht sofort kundgetan?«

»Sie haben gerade erst mit uns gesprochen, Herr. Sie erwarten deinen göttlichen Hauch.«

Niemand würde seine Meditationen wegen eines Problems zu unterbrechen wagen, das nur die Simulation betraf - das war undenkbar. Es mußten also die Ingenieure sein.

Osiris machte eine Geste, und ein Fenster öffnete sich vor ihm im Raum. Einen Sekundenbruchteil lang sah er das besorgte Gesicht eines der Techniker aus dem Tempel des Seth, dann erstarrte das Bild. Die Stimme des Technikers zischte und erstarb und kam dann knisternd wieder, wie ein Funksignal in Zeiten ausbrechender Sonnenflecken.

»*... brauche eine größere ... Werte sind ... gib uns bitte ...*« Die Stimme kam nicht wieder.

Der Gott war beunruhigt. Er mußte sich hinbegeben. Er konnte sich nicht seine übliche Vorbereitungszeit lassen. Aber es war nicht zu ändern. Der Gral - alles - hing von dem Andern ab. Und von der ganzen Bruderschaft war nur ihm allein klar, was für ein heikles Fundament das war.

Er machte abermals eine Geste. Das Fenster verschwand. Eine Schar Priester, die ein großes, flaches Gebilde trugen, kam im Laufschritt aus dem Schatten am hinteren Ende der großen Halle herbei. Die anderen Priester beeilten sich, den Weg freizumachen, aber einige schafften es nicht mehr und wurden von den Trägern der gewaltigen Last umgestoßen und niedergetrampelt. Osiris atmete tief durch, um sich zu beruhigen, um die friedliche Mitte zu finden, wo Probleme gelöst wurden und der Tod selbst so oft schon überlistet worden war. Die Priesterschar, unter dem ungeheuren Gewicht stöhnend, stemmte den blank polierten Bronzespiegel vor ihm in die Höhe.

Osiris erhob sich, und selbst in diesem Augenblick vermerkte er dabei mit einer gewissen Befriedigung die Majestät, mit der der Herr des Westens vor seinem Thron stand. Er schritt vor, bis er nichts mehr sehen konnte als sein eigenes bronzenes Spiegelbild, verharrte noch einmal kurz und trat dann hindurch.

Bis auf ein halbes Dutzend Männer in wüstenbleichen Gewändern war der Tempel verlassen. Die Priester-Techniker waren derart aufgeregt, daß keiner mehr daran dachte, niederzuknien, als Osiris erschien, aber der Gott schob sein Mißfallen fürs erste beiseite. »Ich konnte eure Mitteilung nicht verstehen. Was gibt es?«

Der leitende Ingenieur deutete auf die Tür zur Grabkammer. »Wir kommen nicht durch. Es ... er ... läßt uns nicht.«

Osiris fand den Mann eigenartig aufgewühlt, seine Energie beinahe fiebrig. »Meinst du das metaphorisch?«

Der Priester schüttelte den Kopf. »Er verweigert die Kommunikation, aber seine Werte sind sehr, sehr niedrig. Erschreckend niedrig.« Er holte Atem und fuhr sich mit den Händen durch Haare, die den kahlköpfigen Sim nicht zierten. »Es ging vor ungefähr einer Stunde los, ein ganz jäher Sturz. Deshalb versuchte Freimann mit ihm zu kommunizieren - einfach um zu sehen, ob er dazu noch imstande war oder ob er ... ich weiß nicht, wie man das nennen soll. Ob er krank war.« Wieder das Zittern in der Stimme des Priesters, als ob er jeden Moment in Lachen oder Weinen ausbrechen könnte.

»Jemand anders als ich hat mit ihm gesprochen?«

Das Kopfschütteln war jetzt noch nachdrücklicher. »Freimann hat's versucht. Ich hab ihm gesagt, wir sollten auf dich warten. Aber er stand in der Befehlshierarchie über mir und setzte sich deshalb gegen mich durch. Er stellte die Direktverbindung her und versuchte es mit sprachlicher Kommunikation.«

»Und nichts geschah.«

»Nichts? Nein, das kann man wirklich nicht behaupten. Freimann ist tot.«

Der Gott schloß einen kurzen Moment die Augen. Das also war der Grund für den überdrehten Zustand des Technikers. Hatte er jetzt zwei Krisen auf einmal am Hals, einen Koller des Andern und eine Meuterei seiner gedungenen Lakaien? »Berichte.«

»Da gibt's nicht viel zu berichten. Er ... stellte einfach die Verbindung her. Fragte, ob ... ob der Andere da wäre. Ob er ... etwas bräuchte. Dann machte Freimann so ein komisches Geräusch und ... und verstummte einfach. Sein Sim wurde starr. Kenzo ging offline und begab sich zu ihm. Er lag auf dem Bürofußboden und blutete aus der Nase und den Augenwinkeln. Schwere Gehirnblutung, soweit wir sehen können.«

Osiris schluckte einen unwillkürlichen Fluch hinunter; es erschien ihm ungebührlich, andere Gottheiten in seine eigene Gottwelt einzuführen, und sei es nur namentlich. »Kümmert sich jemand um die Sache?«

»Die Sache?« Dem Techniker entfuhr ein ersticktes Lachen. »Du meinst Freimann? Ja, der Sicherheitsdienst ist benachrichtigt. Falls du die andere Sache meinst, davon lassen wir alle die Hände weg. Die Demonstration war überzeugend. Er will nicht mit uns reden, wir nicht mit ihm.« Wieder das Lachen, auf der Kippe, in etwas anderes umzuschlagen. »Ich muß sagen, das war nicht in der Tätigkeitsbeschreibung enthalten.«

»Reiß dich zusammen, Mensch. Wie ist dein Name?«

Der Priester wirkte konsterniert - als ob ein Gott Zeit hätte, sich von jedem einzelnen seiner Anhänger den Namen zu merken. »Mein richtiger Name?«

Hinter der Gottesmaske rollte Osiris mit den Augen. Die Disziplin ging offenbar völlig vor die Hunde. Er mußte sich etwas ausdenken, um diese ganze Abteilung wieder auf Vordermann zu bringen. Er hatte gemeint, er hätte hartgesottene Burschen angestellt. Anscheinend hatte er den Effekt des täglichen Kontakts mit dem Andern unterschätzt.

»Dein ägyptischer Name. Und bitte etwas plötzlich, oder der Sicherheitsdienst wird auch bei deinem Büro vorbeischauen müssen.«

»Oh. *Oh.* Ich heiße Seneb, Sir. Herr.«

»Seneb, mein Diener, es gibt nichts zu fürchten. Du und die andern, ihr werdet an euren Plätzen bleiben.« Er hatte eigentlich daran gedacht, ihnen allen den Nachmittag frei zu geben, während er sich mit dieser jüngsten Widersetzlichkeit des Andern befaßte, aber er wollte nicht, daß sie miteinander redeten, sich in ihren Ängsten bestärkten und Aufzeichnungen verglichen. »Ich werde selbst mit ihm reden. Stell die Verbindung her.«

»Er hat sie abgebrochen, Sir - Herr.«

»Das ist mir klar. Aber ich will, daß wenigstens an unserem Ende die Leitung offen ist. Drücke ich mich klar genug aus?«

Der Priester verrichtete zitternd seine Huldigung und zog sich hastig zurück. Osiris glitt weiter, bis er sich vor der großen Tür zur Grabkammer befand. Wie von seiner Gegenwart angestellt, erglühten die in den dunklen Stein eingemeißelten Hieroglyphen. Die Türflügel schwangen auf.

Im Innern waren die subtilen Hinweise auf eine Datendurchschaltung fort. Der schwarze Basaltsarkophag lag kalt und schwer wie ein Block Kohle da. Keine Spur der sonst üblichen aufgeladenen Luft, des Gefühls, vor der Pforte in ein nicht ganz faßbares Anderswo zu stehen. Der Gott breitete seine bandagierten Arme vor dem großen Sarg aus.

»Mein Bruder, wirst du mit mir reden? Wirst du mir sagen, was dich quält?«

Der Sarkophag blieb ein stummer schwarzer Felsblock.

»Wenn du Hilfe brauchst, werde ich sie dir geben. Wenn dir etwas weh tut, kann ich es abstellen.«

Nichts.

»Na gut.« Der Gott schwebte näher heran. »Vielleicht darf ich dich daran erinnern, daß ich auch Schmerz *verursachen* kann. Willst du denn, daß wir es dir noch schwerer machen? Du mußt mit mir sprechen. Du mußt mit mir sprechen, oder ich werde dir noch größeren Kummer bereiten.«

Es gab eine geringfügige Veränderung im Raum, eine winzige Neueinstellung der Winkel oder des Lichtes. Als Osiris sich vorbeugte, hörte er die Stimme des Priesters Seneb im Ohr.

»Herr, er hat jetzt ...«

»Still!« *Idiot. Wenn diese Positionen nicht so schwer zu besetzen wären, würde ich ihn auf der Stelle umbringen lassen.* Der Gott wartete gespannt.

Wie aus unvorstellbarer Ferne stieg ein Ton auf, ein Stimmfetzen vom Grund eines unendlich tiefen Brunnens. Zunächst hörte Osiris ihn nur als ein Säuseln, und einen Augenblick lang befürchtete er, er hätte sich geirrt und lauschte der Bewegung des Sandes in der endlosen Wüste draußen. Da erkannte er Worte.

»... *ein Engel hat mich angerührt ... ein Engel ... hat mich angerührt ... ein Engel ... hat mich ... angerührt ...*«

Unablässig leierte der Refrain vor sich hin, kratzig und fern wie eine Aufnahme, die auf einem Grammophon aus Felix Jongleurs Kindheit abgespielt wurde. Nur das bizarre Hüpfen in der grausam unmenschlichen Stimme ließ erkennen, daß die Worte eine Melodie haben sollten. Der Gott lauschte voll Verblüffung und Verwirrung und mehr als nur ein wenig Furcht.

Der Andere sang.

> In seinem Traum meinte er, es sei ein Flugzeug, eine Maschine aus einer Dokumentation über die Geschichte der Fliegerei, mit Streben und Spanndraht und Segeltuch. Es flog über ihn dahin, und jemand im Cockpit winkte, und auf die Seite des Flugzeugs war ein lächelnder Affe gemalt, und obwohl es jetzt davonflog, wurde das stotternde Geräusch des Motors immer lauter ...

Orlando schlug die Augen auf. Es war dunkel. Das Geräusch war direkt neben ihm, und einen Moment lang dachte er, der Traum wäre Wirklichkeit, Renie und !Xabbu flögen auf ihn zu und würden ihn mit zurück in die wirkliche Welt nehmen. Verschlafen blinzelnd wälzte er sich herum. Häuptling Starke Marke schnarchte, und es hörte sich tatsächlich so laut an wie ein kleines Flugzeug. Die übergroße Nase des Indianers wackelte im Luftstrom seines Atems wie ein Ballon. Seine Squaw lag zusammengerollt neben ihm und schnarchte kontrapunktische Koloraturen.

Es ist ein Cartoon. Es war ihm immer noch nicht ganz eingegangen. *Ich lebe in einem Cartoon.* Da fiel ihm der Traum wieder ein.

»Fredericks«, flüsterte er. »Wo sind Renie und !Xabbu? Sie sind mit uns durchgekommen, aber wo sind sie?«

Er bekam keine Antwort. Er drehte sich auf die Seite, um seinen

Freund wachzurütteln, aber Fredericks war fort. Auf der anderen Seite der leeren Schlafstelle flatterte die Klappe des Tipis im Wind, den der geräuschvolle Schlummer des Häuptlings erzeugte.

Orlando stemmte sich auf die Knie hoch und kroch mit plötzlich pochendem Herzen zum Durchgang hinaus. Draußen sah er sich von Schachteln und Flaschen umringt, und obwohl er in dem Halbdunkel (die Glühbirne war gedimmt worden und leuchtete kaum mehr) die Etiketten schlecht lesen konnte, hörte er aus einigen ebenfalls laute Schnarchtöne dringen. Links von ihm führte die Vorderseite der Küchenschränke zum Spülbecken, dessen Inneres von seiner Position aus so unsichtbar war wie die Oberseite eines hohen Plateaus. Von Fredericks war dort oben nichts zu sehen, und ein Weg, wie er dort hätte hinaufklettern können, war auch nicht zu erkennen. Behältnisse der verschiedensten Art verstellten Orlando die Sicht auf die andere Seite des Tisches. Er ging los und schlich sich vorsichtig an einem eingewickelten Stück Seife Marke »Blauer Jaguar« vorbei, in dem es eher grollte als schnarchte.

Er sah zuerst das Glimmen, ein schwaches rotes Licht, von dem die Tischkante schwarz abstach, als ginge dahinter eine Miniatursonne auf. Er brauchte eine Weile, bis er die dunkle Silhouette erkannte. War es Fredericks? Wieso stand er so dicht an der Kante?

Orlando hatte auf einmal große Angst um Fredericks. Er eilte zu ihm. Als er an einem Glas mit »Captain Carvey's« kohlensaurem Natron vorbeisprintete, rief eine schlaftrunkene Stimme: »Wache! Wer läuft da? Was hat's geglast?«

Die Haltung seines Freundes war irgendwie merkwürdig, die schlaffen Schultern, das gummiartige Hängen des Halses, aber es *war* Fredericks, wenigstens die derzeitige Comicversion von ihm. Als Orlando näher kam, langsam jetzt, weil er nicht so dicht an der Kante des dunklen Tisches über irgend etwas stolpern wollte, hörte er ganz schwach eine Stimme und meinte zuerst, Fredericks rede mit sich selbst. Sie war kaum zu vernehmen, ein lauter und leiser werdendes Raunen, doch schon nach wenigen Schritten wußte Orlando, daß solche Töne nicht von Sam Fredericks kommen konnten. Es war eine tiefe, rauhe Stimme, die die Zischlaute langzog wie eine Schlange.

»Fredericks! Geh da weg!« Er trat jetzt ganz langsam näher, weil er seinen Freund nicht erschrecken wollte, aber Fredericks drehte sich nicht um. Orlando legte ihm eine Hand auf die Schulter, aber immer noch zeigte er keine Reaktion.

»... *Du wirst hier sterben, ist dir das klar?*« sagte die zischende Stimme jetzt ganz deutlich, wenn auch immer noch sehr tief. »*Du hättest niemals herkommen sollen. Es ist alles völlig aussichtslos, und du kannst nichts daran ändern, aber ich erzähle es dir trotzdem.*« Das daraufhin ertönende Lachen war so lächerlich melodramatisch wie das Schnarchen des Häuptlings, und dennoch brachte es abermals Orlandos Herz zum Flattern.

Fredericks stierte von der Tischplatte in das rote Glühen hinab. Sein vereinfachtes Pithlitgesicht war schlaff, seine Augen offen, aber blicklos. Scharlachrotes Licht funkelte in den Tiefen des schwarzen gußeisernen Ofens, und die zu den Luftschlitzen hinausleckenden Flammen sahen aus wie die Hände von Gefangenen zwischen Gitterstäben. Aber noch etwas anderes als die Flammen bewegte sich im Innern des Ofens.

»He, wach auf!« Orlando packte Fredericks am Arm und zwickte ihn. Sein Freund stöhnte auf, aber glotzte weiter willenlos auf den Ofen und die tanzenden Flammen.

»Du bist also auch da«, knisterte die Stimme aus dem Ofen. »*Du willst wohl deinen Freund retten, was? Aber das wird dir nicht gelingen. Ihr werdet beide hier sterben.*«

»Wer zum Teufel bist du?« fragte Orlando scharf und versuchte dabei, Fredericks vom Rand wegzuziehen.

»*Zum Teufel, wie passend!*« sagte die Stimme und lachte wieder. Plötzlich konnte Orlando die Gestalt erkennen, die von den Flammen verdeckt gewesen war, einen roten Teufel wie aus einem alten Buch oder einer Oper, mit Hörnern, Schwanz und Dreizack. Die Augen des Teufels wurden größer, und er bleckte seine Zähne zu einem breiten, irrsinnigen Grinsen. »*Ihr werdet beide hier sterben!*« Er tanzte im Innern des Ofens, ließ Feuerzungen aufspritzen, als stampfte er in eine Pfütze, und obwohl Orlando wußte, daß alles bloß eine Simulation war, und eine besonders alberne zudem, verhinderte das nicht den Angstblitz, der ihn durchschoß. Er packte Fredericks mit festem Griff, zerrte ihn von der Kante weg und ließ nicht eher los, als bis sie wieder zum Tipi zurückgestolpert waren.

»Wir werden uns wiedersehen!« rief der Teufel hämisch. »*Darauf könnt ihr eure Seele wetten!*«

Fredericks machte sich von ihm los, als sie den Zelteingang erreichten, und rieb sich mit geballten Fäusten die Augen. »Orlando? Was ... was ist los? Was machen wir hier draußen?« Er drehte sich im Kreis und nahm den jetzt wieder stillen Tisch in Augenschein. »Bin ich schlafgewandelt?«

»Ja«, sagte Orlando, »schlafgewandelt.«

»Scännig.«

Der Häuptling war wach und schärfte einen mächtigen Tomahawk an einem Schleifstein, der wie so viele Sachen anscheinend aus heiterem Himmel gekommen war, da er vorher mit Sicherheit nicht im Tipi gewesen war. Umgeben von einem Funkenregen blickte er auf, als sie eintraten. »Ihr wach. Das gut. Bald Mitternacht.«

Orlando hätte nichts dagegen gehabt, noch ein bißchen zu schlafen, aber jedes Stück Anderland schien seine eigenen Zeitzyklen zu haben. Er und Fredericks würden wohl ihren Schlaf nachholen müssen, wenn sich eine Gelegenheit ergab.

»Mir ist grade klargeworden, daß Renie und die andern nicht mit durchgekommen sind«, sagte er leise zu Fredericks, während der Häuptling und seine Squaw einen Hirschlederbeutel packten. »Sonst hätten wir sie doch im Spülbecken gesehen, nicht wahr?«

»Ich denke schon.« Fredericks' Miene war grämlich. »Aber wie kann das sein? Sie sind doch zur gleichen Zeit durch wie wir?«

»Vielleicht hat der Fluß verschiedene Ebenen. Vielleicht kommt man beim Durchfliegen woanders hin, als wenn man durchschwimmt.«

»Aber dann finden wir sie nie mehr wieder! Sie könnten überall sein!«

Häuptling Starke Marke trat auf sie zu und deutete auf Orlandos Schwert. »Du haben großes Messer. Das gut. Aber du«, sagte er zu Fredericks, »kein Messer. Das schlecht.« Er reichte ihm einen Bogen und einen Köcher voller Pfeile.

»Pithlit benutzt nie einen Bogen«, flüsterte Fredericks. »Was soll ich damit anfangen?«

»Versuch, nur Leute totzuschießen, die nicht Orlando heißen.«

»Vielen Dank.«

Der Häuptling ging auf die Zeltklappe zu. Seine Frau hielt sie auf. »Ihr finden Zündi«, sagte sie. »Bitte finden.«

Sie glich einem wirklichen Menschen nicht im geringsten, aber das Zittern in ihrem absurden Pidgin-Englisch war echt, und abermals durchlief Orlando ein Schauder. Diese Leute hielten sich für lebendig. Selbst die Trickfiguren! In was für ein Irrenhaus waren sie geraten?

»Wir ... wir werden unser Bestes tun, Ma'am«, entgegnete er und folgte den anderen auf den Tisch hinaus.

»Herrje«, keuchte er. »Ist das anstrengend! Mir war gar nicht klar, *wie* stark Thargor war.«

Fredericks setzte an, etwas zu sagen, doch dann preßte er fest die Lippen zusammen, als das Seil vom Tischbein wegschwang, so daß sie einen Augenblick lang über der leeren Dunkelheit kreiselten. Starke Marke war viel schneller als sie hinuntergeklettert, und sie hatten keine Ahnung, ob er überhaupt noch am Seil hing.

Das Seil schwang wieder zurück, und nach ein paar unangenehmen Rumsern ans Tischbein setzten sie ihren vorsichtigen Abstieg fort. »Ich fühl mich noch wie Pithlit«, bemerkte Fredericks, »aber der war sowieso nie so stark.«

»Ich hab sowas für ganz normal gehalten«, sagte Orlando zwischen tiefen Schnaufern. »Kannst du schon den Boden sehen?«

Fredericks äugte hinab. »Na ja. Kann sein.«

»Sag mir, daß du ihn siehst, auch wenn's nicht stimmt.«

»Okay. Wir haben's fast geschafft, Gardino.«

Nach wenigen Minuten waren sie tatsächlich in sicherer Sprunghöhe. Der Schatten unter dem Tisch war tief und finster, und sie erkannten den Indianer nur am Schimmern seiner Augen und Zähne. »Haben Kanu hier«, sagte er. »Wir fahren auf Fluß. Viel schneller.«

»Fluß?« Orlando spähte angestrengt. Eine geschwungene Wasserlinie erstreckte sich vor ihnen, eigenartig fest eingefaßt, wo es doch logischerweise eine flach verlaufende Pfütze hätte sein müssen. Statt dessen hielt sich das Wasser an seine Grenze und floß munter am Boden dahin, vorbei an den Zinnen des Küchentresens auf der einen Seite und in der anderen Richtung in gewundenem Lauf um den Bullerofen herum. Wo es den rot leuchtenden Ofen passierte, schien das Wasser schwach zu dampfen. Orlando hoffte, daß sie nicht in diese Richtung mußten. »Wieso ist hier ein Fluß?«

Starke Marke war gerade damit beschäftigt, ein Birkenrindenkanu aus dem Schatten ins Freie zu schleifen. Er kam unter dem Tisch hervor, drehte das Kanu um und nahm es über den Kopf und trug es dann vor Orlando und Fredericks her zu dem schimmernden Wasserlauf. »Wieso Fluß?« Seine Stimme hallte in dem Kanu wider. Die Frage schien ihn zu verwirren. »Becken fließen über.« Er deutete auf einen Wasserfall, der vor dem Schrank eine Art Bassin bildete und von dort in beide Richtungen einen Flußarm ausstreckte. Für Wasser, das aus einer solchen Höhe stürzte, spritzte es nicht sehr. »Becken *immer* fließen über.«

Orlando kam zu dem Schluß, daß er das Wieso und Warum dieses Ortes nicht so ohne weiteres herauskriegen würde und sich lieber darauf konzentrieren sollte, was als nächstes geschah. Dennoch war ihm unwohl, denn es widersprach seiner Thargorausbildung, daß er die Spielregeln nicht kannte.

Starke Marke half ihnen ins Kanu, zauberte ein Paddel herbei und schob das Boot auf den Fluß hinaus.

»Und wen verfolgen wir?« fragte Orlando.

»Böse Männer«, antwortete der Indianer und legte einen langen, knöchellosen Finger auf die Lippen. »Leise reden. Küche wachen auf.«

Im Mondlicht der Glühbirne hoch über ihnen war das Drumherum nur schwer zu erkennen. Orlando lehnte sich zurück und beobachtete, wie die Schatten des Küchentresens und der Schränke vorbeiglitten.

»Wieso machen wir das mit?« flüsterte Fredericks.

»Weil er uns geholfen hat. Jemand hat seinen Jungen entführt.« Die Erinnerung an die traurigen Augen von Sicher-ist-sicher erschien ihm als unwiderlegliches Argument.

Fredericks war anscheinend anderer Meinung. »Das ist Blödsinn, Orlando. Es sind bloß Reps!« Er neigte den Kopf dicht an Orlandos Ohr, weil er diese harte Feststellung nicht so laut aussprechen wollte, daß der einzige Replikant in der Nähe sie mithören konnte. »Wir haben vielleicht die einzigen richtigen Menschen in diesem ganzen verdumpften Laden verloren, und statt nach ihnen zu suchen, riskieren wir unser Leben für irgend ... so'n Code!«

Orlando erstarb die Entgegnung auf der Zunge. Sein Freund hatte recht. »Ich dachte bloß ... es kommt mir irgendwie richtig vor, das zu machen.«

»Das ist kein Spiel, Gardiner. Das hier ist nicht Mittland. Es ist zum Beispiel *viel* verrückter, um nur einen Unterschied zu nennen.«

Orlando konnte bloß den Kopf schütteln. Für seine vage und völlig unerklärliche Überzeugung, daß sie das Richtige taten, gab es keine besonders stichhaltigen Argumente. Und überhaupt, dachte er, vielleicht machte er sich bloß was vor. Der simple Umstand, daß er sich bewegen konnte, ohne sich zu fühlen, als ob es ihn gleich umbringen würde, hatte einige der rauheren Tatsachen zurücktreten lassen, und er war rasch in seine Gewohnheit als Spieler verfallen, jede Herausforderung anzunehmen und aufs Geratewohl scheinbar sinnlose Bündnisse zu schließen. Doch das war Spiellogik - die Situation, in der sie sich hier befanden, war kein Spiel. Wirkliche Leben waren in Gefahr. Die Leute, gegen die sie kämpften, waren nicht das Hohe Schiedsgericht, eine Clique besessener Ingenieure und rollenspielender Fachidioten. Nein, falls Sellars sich die ganze Sache nicht ausgedacht hatte, waren die Herren von Anderland unermeßlich reich, mächtig und grausam. Letztlich waren sie Mörder.

Und was unternahm Orlando gegen diese Bedrohung und die Tatsache, daß er von den einzigen anderen Leuten getrennt worden war, die sich der Gefahr bewußt waren? Er gab sich dazu her, mit einem Cartoonindianer in einer Zeichentrickküche nach einem verschollenen Cartoonkind zu suchen. Fredericks hatte recht. Es war ziemlich bescheuert.

Er machte den Mund auf, um seine Dummheit einzugestehen, doch da drehte der Häuptling sich um und legte abermals den Finger auf die Lippen. »Pssst.«

Direkt vor ihnen schaukelte etwas auf den Wellen. Der Indianer beachtete es gar nicht und steuerte das Kanu schweigend daran vorbei; seine Aufmerksamkeit war auf etwas weiter vorn gerichtet. Orlando konnte gerade noch erkennen, daß der schwimmende Gegenstand eine voll Wasser gelaufene und rasch sinkende Schachtel war und daß sie nach der kaum noch leserlichen Aufschrift einmal Bohnerwachs enthalten hatte, als er von einem langsamen, angestrengten Schnaufen abgelenkt wurde.

»Was ist das?« fragte Fredericks nervös.

Eine Gestalt begann sich vor ihnen auf dem Fluß abzuzeichnen, eine außerordentlich merkwürdige Gestalt. Starke Marke paddelte weiter, bis sie dicht herangekommen waren, aber Orlando konnte immer noch nicht genau ausmachen, was da neben ihnen auf dem Wasser trieb. Es war anscheinend klappbar und glich einer offenen Austernschale, aber noch eine andere Gestalt, dürr und gebückt, stand wie die berühmte Venus darin, die Orlando auf so vielen Reklamebildern und in so vielen Knoten gesehen hatte.

Es war eine Art Schildkröte, erkannte er schließlich, aber sie war nackt und stand in ihrem eigenen aufgeklappten Panzer. Um die Absurdität noch zu steigern, blies sie gegen die hochstehende Panzerhälfte, wie um sich damit vorwärts zu treiben.

»Das ist total tschi-sin«, murmelte Fredericks. »Es ... es ist eine Schildkröte.«

Die dürre Gestalt wandte sich ihnen zu. »Das stimmt nicht ganz«, sagte sie mit würdevollem, aber sehr näselndem Tonfall. Sie holte von irgendwoher eine Brille, setzte sie wacklig auf das Ende ihrer schnabelartigen Nase und nahm die Bootsinsassen gründlich in Augenschein, bevor sie wieder das Wort ergriff. »Ich bin eine *Land*schildkröte. Wenn ich eine gewöhnliche See- oder Flußschildkröte wäre, könnte ich doch schwimmen, oder?« Sie drehte sich um und gab abermals einen zittrigen Hauch von sich, aber der Panzer bewegte sich keinen Zentimeter vorwärts. Dafür glitt das Kanu neben sie, und mit umgekehrten Paddelschlägen hielt Häuptling Starke Marke es auf gleicher Höhe.

»Das nicht gehen«, stellte er ruhig fest.

»Das ist mir auch schon aufgefallen«, entgegnete die Landschildkröte. »Sonst noch hilfreiche Kommentare?« Mit ihrer Würde war es ziemlich traurig bestellt. Sie hatte nichts am Leib als ihre schlaff herabhängende Haut, und mit ihrem wackelnden Kopf auf einem runzligen Hals machte sie den Eindruck einer alten Jungfer im Nachthemd.

»Wohin wollen?« fragte Starke Marke.

»Zurück ans Ufer, so schnell wie möglich.« Die Landschildkröte zog die Stirn in Falten. »Ich hatte eigentlich gedacht, ich wäre inzwischen schon näher dran. Mein Panzer ist zwar wasserabweisend, aber für Flußfahrten scheint er nicht sehr geeignet zu sein.«

»Steigen ein.« Der Häuptling paddelte etwas näher. »Wir dich bringen.«

»Sehr freundlich!« Die Landschildkröte musterte ihn trotzdem noch einen Moment. »Du meinst, zurück an Land?«

»Zurück an Land«, bestätigte der Indianer.

»Vielen Dank. Man kann nicht vorsichtig genug sein. Eine große Tube Scheuermittel Marke ›Weißer Hai‹ bot mir vor einer Weile an, mich auf dem Rücken mitzunehmen. ›Halt dich einfach an meiner Flosse fest‹, redete sie mir zu. Aber die Sache war mir irgendwie nicht ganz ... geheuer, wenn ihr versteht, was ich damit sagen will.« Die Landschildkröte kraxelte aus dem samtigen Innern ihres Panzers in das Kanu, beugte sich über die Seitenwand und zog den schwimmenden Rückenschild nach. Der Häuptling steuerte das Ufer am Fuß des Küchenschranks an.

Die Landschildkröte stieg mit einem Bein in ihren Panzer, als sie bemerkte, daß Orlando und Fredericks ihr zusahen. »Es wäre ein wenig höflicher«, sagte sie pikiert, »wenn ihr euch umdrehen würdet, solange ich mich anziehe. Sollte der Platz dazu nicht ausreichen, könntet ihr wenigstens die Augen abwenden.«

Orlando und Fredericks starrten sich daraufhin gegenseitig an, und während die Landschildkröte ihre äußere Hülle wieder über sich zog und beim Zurechtrücken leise ungeduldige Töne von sich gab, mußten sie mit aller Gewalt das Lachen zurückhalten, das aus ihnen herauszuplatzen drohte. Orlando biß sich fest auf die Lippe, und als er den Schmerz fühlte, fragte er sich plötzlich, wie stark die Sperrschaltungen in seiner implantierten Neurokanüle sein virtuelles Verhalten wohl im RL unterdrücken mochten. Biß er sich gerade auf seine wirkliche Lippe? Und wenn nun seine Eltern oder die Leute im Krankenhaus tatsächlich alles mit anhörten, was er sagte, und alles beobachteten, was er machte? Sie hätten weiß Gott Grund, sich zu wundern. Oder sie würden denken, er wäre voll durchgescännt.

Was als unangenehmes Gedankenspiel begonnen hatte, erschien ihm auf einmal in seiner ganzen Absurdität, und das lange zurückgehaltene Lachen brach heraus.

»Ich hoffe, du amüsierst dich gut«, sagte die Landschildkröte frostig.

»Es ist nicht deinetwegen«, versicherte Orlando, als er sich wieder im Griff hatte. »Ich dachte bloß grade an was ...« Er zuckte mit den Achseln. Es war nicht zu erklären.

Als sie sich dem Flußufer näherten, sahen sie etwas an Land funkeln und hörten leise, aber lebhafte Musik. Eine große Kuppel erhob sich dicht am Rand des Wassers über den Fußboden. Durch Hunderte von kleinen Löchern strömte Licht heraus, und eine bunte Vielfalt seltsamer Silhouetten ging durch ein größeres Loch an der Seite ein und aus. Die Musik war jetzt lauter, eine rhythmische, aber altmodische Weise. Die merkwürdigen Gestalten schienen zu tanzen - etliche von ihnen hatten sogar vor der Kuppel eine Schlange gebildet, rempelten sich lachend an und warfen ihre schlenkernden Ärmchen in die Luft. Erst als das Kanu nur noch einen Steinwurf vom Ufer entfernt war, konnten seine Insassen die ausgelassen Feiernden endlich richtig erkennen.

»Scänblaff!« flüsterte Fredericks. »Gemüse!«

Alle möglichen Gemüse schwankten durch den Haupteingang der Kuppel, über dem in großen Leuchtbuchstaben *Zur wilden Siebschaft* zu lesen war. Das Disco-Sieb war bis zum Platzen voll von Lauchstengeln und Fenchelknollen in durchsichtigen Fransenkleidchen, Zucchini in schulterbetonten Jacketts und Röhrenhosen und anderen fröhlichen Vertretern eines guten Dutzends flott gekleideter Gemüsesorten, und wie aus einem Füllhorn hatte sich die tolle Schar auch auf den nachtdunklen Linoleumstrand ergossen.

»Pff«, machte die Landschildkröte mißbilligend. »Ein gammeliger Haufen, ich muß schon sagen.« Es war nicht im geringsten witzig gemeint.

Während Orlando und Fredericks sich das Schauspiel mit staunender Begeisterung anschauten, ging plötzlich ein harter Ruck durch das Kanu, so daß es zur Seite kippte und Orlando beinahe über Bord gepurzelt wäre. Die Landschildkröte fiel gegen die Umrandung, doch Fredericks griff blitzschnell zu und zog sie auf den Boden des Bootes zurück, wo sie heftig mit den Beinen strampelnd liegenblieb.

Abermals wurde das Boot von einem solchen Stoß erschüttert, daß das Holz buchstäblich aufstöhnte. Starke Marke mußte sich ins Zeug legen, damit das Kanu in den urplötzlich feindlich gewordenen Wassern nicht kenterte, und seine großen Hände schwangen das Paddel von einer Seite zur anderen.

Unten am Boden war Orlando voll damit beschäftigt, das Gleichgewicht zu halten, als er unter sich über die ganze Länge des Kanus ein Kratzen spürte. Er ging auf Hände und Knie hoch, um nachzusehen, was los war.

Eine Sandbank, dachte er, aber dann: *Eine Sandbank mitten auf einem Küchenfußboden?*

Er lugte über den Rand des schaukelnden Kanus. Im ersten Augenblick sah er nur das aufgewühlte, hoch aufspritzende Wasser im Licht der Disco schillern, aber da schoß ein riesiges, gezahntes Ding aus dem Wasser hoch und auf ihn zu. Orlando kreischte und warf sich flach hin. Gewaltige Kinnladen krachten lautstark genau dort zusammen, wo eben noch sein Kopf gewesen war, dann knallte die ins Wasser zurückstürzende mörderische Gestalt so fest gegen den Rand des Kanus, daß ihm die Knochen klapperten.

»Da hat ... hat was versucht, mich zu beißen!« schrie er. Schlotternd daliegend sah er auf der anderen Seite des Kanus ein weiteres triefendes Riesenmaul aufsteigen. Es ging auf, schlug seine stumpfen Zähne zusammen und glitt dann wieder unter Wasser. Orlando tastete den Gürtel nach seinem Schwert ab, aber es war fort, vielleicht über Bord gegangen.

»Sehr schlecht!« rief Starke Marke durch den Tumult. Das Kanu bekam einen weiteren kräftigen Schlag versetzt, und der Indianer konnte es nur mit knapper Not im Gleichgewicht halten. »*Salatzangen!* Viel böse seien!«

Orlando lag neben Fredericks und der hilflos strampelnden Landschildkröte auf dem Boden des rasch vollaufenden Kanus und versuchte sich mit dem Gedanken vertraut zu machen, von Küchengeräten verspeist zu werden.

> Dread sah gerade den ersten Schub Daten durch, den Klekker und Co. ihm zu seiner Südafrikaanfrage geschickt hatten, und genoß dabei das Summen im ganzen Körper von seinem jüngsten Adrenaxhit, als eine seiner Außenverbindungen am Rand seines Gesichtsfeldes zu blinken anfing. Er stellte den hämmernden Beat in seinem Kopf ein wenig leiser.

Der Anruf setzte seine Nur-Ton-Vorgabe außer Kraft, und ein Fenster ging auf. Das neue Fenster rahmte ein asketisches braunes Gesicht ein, das von einer Perücke aus schwarzem Hanf mit Goldfäden darin gekrönt war. Dread stöhnte innerlich. Einer der Lakaien des Alten Mannes - und nicht einmal ein richtiger Mensch. Das war der Gipfel der Beleidigung. Andererseits, überlegte Dread, wenn jemand so reich und abgeschottet war wie der Alte Mann, merkte er vielleicht nicht einmal mehr, daß es eine Beleidigung war.

»Der Herr über Leben und Tod wünscht dich zu sprechen.«

»Das heißt, ich soll wieder in der Filmkulisse auftauchen?« Es war ihm unwillkürlich herausgerutscht, aber Dread ärgerte sich über sich selbst, daß er seinen Sarkasmus an einen Rep verschwendete. »Ein Trip nach V-Ägypten? Wohin nochmal, nach Abydos?«

»Nein.« Der Ausdruck des Replikanten veränderte sich nicht, aber seine Stimme klang ein wenig steifer, wie der ganz leise Anklang eines Tadels, daß er sich so einen leichtfertigen Ton erlaubte. Vielleicht war er gar kein Rep. »Er spricht jetzt sofort mit dir.«

Bevor Dread Zeit hatte, richtig überrascht zu sein, verschwand der Priester, und an seiner Stelle erschien die grünliche Todesmaske des Alten Mannes. »Sei gegrüßt, mein Bote.«

»Du auch.« Er war bestürzt, sowohl weil der Todesgott plötzlich auf sämtliche Formalitäten verzichtete, als auch weil er selbst ein doppeltes Spiel trieb, unzweifelhaft zu erkennen an den Dokumenten, die sich in diesem Moment auf der obersten Ebene seines Systems befanden. Der Alte Mann konnte doch nicht einfach die Sperren überspringen und sie lesen, während die Verbindung bestand, oder? Ein eisiger Schauder überlief Dread: Es war schwer zu sagen, was der Alte Mann vermochte und was nicht. »Was kann ich für dich tun?«

Das unheimliche Gesicht musterte ihn lange, und Dread wünschte auf einmal sehr, er hätte den Anruf nicht angenommen. War er entlarvt? War dies die Einleitung zu der grauenhaften und erst ganz am Schluß tödlichen Bestrafung, die sein Verrat ihm eingetragen hatte?

»Ich ... ich habe einen Auftrag für dich.«

Trotz des merkwürdigen Tons in der Stimme seines Arbeitgebers war Dread gleich leichter zumute. Der Alte Mann mußte mit jemandem, der so verhältnismäßig machtlos war wie er, keine Winkelzüge machen. Es war daher unwahrscheinlich, daß er etwas wußte oder auch nur vermutete.

Und ich werde nicht immer machtlos sein ...

»Trifft sich gut. Ich bin mit der Arbeit an dem Luftgottmaterial weitgehend fertig.«

Der Alte Mann redete weiter, als ob Dread gar nichts gesagt hätte. »Er liegt außerhalb deines sonstigen ... Metiers. Aber ich habe andere Quellen ausprobiert und habe ... habe keine Antworten gefunden.«

Alles an der Unterhaltung war sonderbar. Zum erstenmal klang der Alte Mann tatsächlich ... alt. Obwohl die Weckamine durch sein Blut rasten und ihn anstachelten, zu fliehen oder zu kämpfen, kam Dread langsam wieder etwas mehr in seinen großspurigen Normalzustand. »Ich helf dir doch gern, Großvater. Schickst du es mir zu?«

Als ob die unliebsame Vertraulichkeit aufrüttelnd gewirkt hätte, runzelte das Maskengesicht abrupt die Stirn. »Hast du diese Musik laufen? In deinem Kopf?«

»Nur ein bißchen, jetzt grade ...«

»Stell sie aus.«

»Sie ist nicht sehr laut ...«

»Stell sie *aus*.« Diesem Ton, auch wenn er noch ein wenig zerstreut klang, gehorchte Dread sofort. In seinem Schädel hallte die Stille.

»So, und jetzt möchte ich, daß du gut zuhörst«, sagte der Alte Mann. »Hör genau hin. Und nimm es unbedingt auf.«

Dann geschah etwas Bizarres, Unglaubliches: Der Alte Mann fing an zu singen.

Dread mußte sich mächtig zusammenreißen, um über die Aberwitzigkeit der Situation nicht laut loszulachen. Während die dünne

Stimme seines Arbeitgebers zu einer beinahe kindlichen simplen Melodie ein paar Worte krächzte, sausten Dread tausend Gedanken durch den Kopf. Hatte der alte Scheißkerl einen Sprung in der Schüssel? War das das erste sichere Anzeichen von Altersschwachsinn? Warum sollte einer der mächtigsten Männer der Welt, einer der mächtigsten Männer aller Zeiten, sich für irgendein popeliges Volks- oder Kinderlied interessieren?

»Du sollst feststellen, wo dieses Lied herkommt, was es bedeutet, alles, was du herauskriegen kannst«, sagte der Alte Mann, als er mit seinem knarrenden Singsang fertig war. »Aber niemand soll wissen, daß du danach forschst, und *vor allem* soll kein Mitglied der Bruderschaft davon Wind bekommen. Wenn die Spur zu einem von ihnen zu führen scheint, melde dich sofort bei mir. Habe ich mich klar genug ausgedrückt?«

»Selbstverständlich. Wie du schon sagtest, es ist eigentlich nicht mein Metier ...«

»Jetzt doch. Die Sache ist *sehr wichtig*.«

Nachdem der Alte Mann sich abgeschaltet hatte, blieb Dread noch eine ganze Weile verwirrt sitzen. Die ungewohnte Stille in seinem Kopf war jetzt überlagert von der Erinnerung daran, wie die zittrige Stimme immer wieder »*ein Engel hat mich angerührt ... ein Engel hat mich angerührt*« gesungen hatte.

Es war zuviel. Einfach zuviel.

Dread legte sich auf den Fußboden seines weißen Zimmers und lachte, bis ihm der Bauch weh tat.

Kapitel

Im Zentrum des Labyrinths

NETFEED/WERBUNG:
Eleusis
(Bild: fröhliche, gutgekleidete Menschen auf einer Party, in Zeitlupe)
Off-Stimme: "Eleusis ist der exklusivste Club der Welt. Wer bei uns Mitglied ist, für den gibt es keine verschlossenen Türen mehr."
(Bild: ein schimmernder, breitbartiger Schlüssel auf einem Samtkissen, von einem Lichtstrahl beschienen)
"Der Besitzer eines Eleusis-Schlüssels wird mit Speisen und Getränken, Diensten und Vergnügungen verwöhnt, von denen normale Sterbliche nur träumen können. Und alles kostenlos. Wie du dem Club beitreten kannst? Gar nicht. Wenn du jetzt gerade zum erstenmal von Eleusis hörst, kannst du mit ziemlicher Sicherheit davon ausgehen, daß du es niemals zum Mitglied bringen wirst. Unsere Standorte sind geheim und exklusiv, und unsere Mitgliedschaft ebenso. Warum wir werben? Weil es nur halb soviel Spaß macht, das Allerbeste vom Besten zu haben, wenn niemand anders etwas davon weiß ..."

> Während er sich einmal mehr an die Oberfläche eines Flusses emporarbeitete, war sein erster Gedanke: *Langsam habe ich das satt.*
Sein zweiter, als sein Kopf durch das Wasser stieß, war: *Wenigstens ist es hier wärmer.*
Wasser tretend stellte Paul fest, daß ein dunkelgrauer Himmel über ihm hing. Das ferne Flußufer war nebelverschleiert, aber nur wenige Meter entfernt, wie vom Drehbuchautor einer Abenteuerserie für

Kinder dort hingesetzt, schaukelte ein leeres Ruderboot. Er schwamm gegen die Strömung darauf zu, die trotz ihrer Sanftheit für seine erschöpften Muskeln schon beinahe zu stark war. Als er das Boot erreichte, klammerte er sich an der Seite fest, bis er zu Atem gekommen war, und kraxelte dann mühsam hinein, wobei er es zweimal fast zum Kentern brachte. Als er es endlich geschafft hatte, legte er sich in die flache Pfütze auf dem Boden und fiel sofort in einen tiefen Schlaf.

Er träumte von einer Feder, die im Schlamm glitzerte, tief unten im Wasser. Er schwamm darauf zu, aber der Grund wich zurück, so daß die Feder immer qualvoll unerreichbar blieb. Der Druck wurde stärker, preßte seine Brust wie mit Riesenhänden zusammen, und jetzt merkte er auf einmal, daß, während er die Feder suchte, jemand anders ihn suchte – zwei Jemande, deren Augen selbst in den trüben Tiefen funkelten und die ihn unerbittlich jagten, und dabei entschwand ihm die Feder immer mehr und wurde das Wasser immer dunkler und dichter ...

Stöhnend wachte Paul auf. Der Kopf tat ihm weh. Eigentlich nicht verwunderlich, wenn er bedachte, daß er sich gerade einen Weg durch einen verschneiten eiszeitlichen Wald gebahnt und eine Hyäne von der Größe eines jungen Kaltblutpferdes abgewehrt hatte. Er suchte seine Hände nach Anzeichen von Erfrierungen ab, fand aber keine. Noch erstaunlicher war, daß er auch keine Spur seiner eiszeitlichen Bekleidung fand. Er war modern gekleidet, wenn auch schwer festzustellen war, wie modern genau, da seine dunkle Hose und Weste und sein kragenloses weißes Hemd noch triefend naß waren.

Paul richtete seinen schmerzenden Körper auf, und dabei stieß seine Hand an ein Ruder. Er nahm es und sah sich nach dem zweiten um, damit er in beide leere Dollen eines stecken konnte, aber es gab nur das eine. Er zuckte mit den Achseln. Immer noch besser als gar kein Ruder ...

Die Sonne hatte den Nebel ein wenig vertrieben, aber war weiterhin nur ein ortloses Licht irgendwo hinter dem Dunstschleier. Paul konnte jetzt die undeutlichen Umrisse von Gebäuden auf beiden Seiten erkennen und vor allen Dingen die schattenhafte Gestalt einer Brücke, die ein kurzes Stück vor ihm den Fluß überspannte. Er starrte sie an, und sein Herz begann schneller zu schlagen, diesmal jedoch nicht aus Furcht.

Das gibt's nicht ... Er kniff die Augen zusammen, stemmte sich mit beiden Händen auf den Bug des Bootes und beugte sich so weit vor, wie er sich traute. *Das ist sie ... aber das gibt's nicht ...* Er paddelte mit seinem einen Ruder los, zuerst noch ungelenk, dann immer geschickter werdend, so daß das Boot nach einem Weilchen aufhörte, hin und her zu schaukeln.

O lieber Gott. Paul brachte es fast nicht über sich hinzuschauen, weil er Angst hatte, die Brücke könne jeden Moment vor seinen Augen verzittern und sich in etwas anderes verwandeln. *Aber sie ist es wirklich. Die Westminster Bridge!*

Ich bin zuhause!

Die Erinnerung an das Gespräch erfüllte ihn heute noch mit Peinlichkeit. Er und Niles und Niles' damalige Freundin Portia, eine dünne junge Frau mit einem scharfen Lachen und wachen Augen, die Jura studierte, hatten in einem der Pubs in der Nähe der Uni einen getrunken. Dann war noch jemand zu ihnen gestoßen, einer aus Niles' unüberschaubarer Heerschar von Freunden. (Niles sammelte Freunde, wie andere Leute Gummibänder oder Briefmarken auf Reserve legten, schließlich, pflegte er zu bemerken, wisse man nie, wann man mal einen brauche.) Der neu Hinzugekommene, dessen Gesicht und Namen Paul längst vergessen hatte, war eben von einer Reise nach Indien zurückgekehrt und verbreitete sich ausführlich über die wahnsinnige Schönheit des Tadsch Mahal bei Nacht: Es sei das vollkommenste Bauwerk aller Zeiten, und überhaupt sei seine architektonische Vollkommenheit mittlerweile auch wissenschaftlich bewiesen.

Portia ihrerseits erklärte, der schönste Fleck auf Erden sei ohne Zweifel die Dordogne in Frankreich, und wenn sie bei diesen gräßlichen Familien in elektrischen Campingwagen mit PSATs auf dem Dach nicht so beliebt geworden wäre, würde niemand es wagen, diese Tatsache in Frage zu stellen.

Niles, in dessen Familie von jeher viel gereist wurde – so viel, daß sie das Wort »reisen« so wenig gebrauchten, wie ein Fisch es nötig hätte, von »schwimmen« zu reden –, vertrat die Ansicht, daß es völlig witzlos sei, das Gespräch fortzuführen, solange nicht alle Anwesenden das karge Hochland des Jemen gesehen und die ehrfurchtgebietende, herbe Schönheit der Gegend erlebt hätten.

Paul hatte einen Gin Tonic geschlürft, nicht seinen ersten, und nach Gründen dafür geforscht, warum die Limone manchmal oben blieb und manchmal auf den Grund sank, und ebensosehr nach Gründen dafür, warum er sich im Zusammensein mit Niles, einem der nettesten Menschen, die er kannte, immer wie ein Hochstapler fühlte, als der Fremde (der vermutlich damals einen Namen besessen hatte) ihn nach seiner Meinung gefragt hatte.

Paul hatte einen Schluck der schwach bläulichen Flüssigkeit genommen und geantwortet: »Der schönste Fleck auf Erden ist meiner Meinung nach die Westminster Bridge bei Sonnenuntergang.«

Nach dem Ausbruch ungläubigen Gelächters hatte Niles, wohl um seinem Freund aus der peinlichen Lage zu helfen, nach Kräften den Eindruck zu erwecken versucht, daß Paul sich einen köstlichen Scherz auf ihrer aller Kosten mache. Und peinlich war seine Lage in der Tat gewesen: Portia und der andere junge Mann hielten ihn offensichtlich für einen Trottel. Er hätte genausogut das Wort »Hinterwäldler« auf der Stirn tätowiert haben können. Aber es war ihm ernst gewesen, und statt geheimnisvoll zu lächeln und den Mund zu halten, hatte er sich bemüht, Gründe dafür anzuführen, und es damit natürlich nur noch schlimmer gemacht.

Niles hätte dasselbe sagen können und es entweder als einen brillanten Witz hingestellt oder die These so klug vertreten, daß die anderen am Schluß heiße Tränen in ihren Merlot vergossen und ewige Vaterlandstreue gelobt hätten, aber Paul hatte noch nie so geschickt mit Worten jonglieren können, schon gar nicht, wenn ihm etwas wichtig war. Er hatte zunächst gestottert, dann konfuses Zeug geredet und war zum Schluß so wütend geworden, daß er abrupt aufstand - und dabei unabsichtlicherweise sein Glas umstieß - und unter den schockierten Blicken der anderen aus dem Pub stürmte.

Niles zog ihn noch hin und wieder mit dem Vorfall auf, aber sein Gewitzel war harmlos, als spürte er, auch wenn er es nie wirklich verstehen konnte, wie qualvoll die Sache für Paul gewesen war.

Aber es stimmte, hatte er damals gedacht und dachte er jetzt wieder, daß die Brücke das Schönste war, was er kannte. Wenn die Sonne tief stand, schienen die Gebäude am Nordufer der Themse von innen her feurig zu leuchten, und es erstrahlten selbst diejenigen, die in den gelegentlichen und für viele der neueren Londoner Baumaßnahmen typischen Anwandlungen von Geschmacklosigkeit in die Höhe geschossen waren, im Glanz der Ewigkeit. Das war England, genau das, alles, was es jemals war, alles, was es jemals sein konnte. Die Brücke, die Parlamentsgebäude, die gerade noch sichtbare Westminster Abbey, sogar Cleopatra's Needle und die kauzigen viktorianischen Lampen am Embankment – alle waren so lächerlich, wie es nur ging, so hohl und aufgeblasen, wie die menschliche Phantasie sie nur aushecken konnte, aber zugleich auch das Zentrum von etwas, das Paul zutiefst bewunderte, aber nie ganz definieren konnte. Und obwohl nationalistische Gefühlsduseligkeit das Bild weitgehend entwertet hatte, besaß sogar der berühmte Glockenturm von Big Ben eine Schönheit, die ebenso zierlich wie atemberaubend schroff war.

Aber so etwas konnte man nicht nach dem dritten Gin Tonic Leuten wie Niles' Freunden erklären, die bewaffnet mit der unerschütterlichen Ironie einer Privatschulbildung durch eine Erwachsenenwelt sausten, die ihnen noch keinerlei bremsende Verantwortung aufgebürdet hatte.

Doch wenn Niles dort gewesen wäre, wo Paul gerade herkam, erlebt hätte, was Paul erlebt hatte, und in diesem Moment die Brücke sehen könnte – das liebe, alte Ding, wie es da völlig unverhofft dem Nebel entstieg –, dann würde gewiß selbst Niles (Sohn eines Abgeordneten und inzwischen selbst ein aufsteigender Stern im diplomatischen Dienst, ein Weltmann vom Scheitel bis zur Sohle) auf die Knie sinken und ihre steinernen Pfeiler küssen.

Das Schicksal gab sich mit der Wunscherfüllung doch nicht so großzügig, wie es zunächst den Anschein machte. Die erste Enttäuschung – und die kleinste, wie sich herausstellte – war, daß die Sonne in Wirklichkeit gar nicht unterging. Während Paul wie besessen von der Idee, am Victoria Embankment anzulegen, weiterpaddelte, statt gleich das Ufer an einer weniger verheißungsvollen Stelle anzusteuern, wurde die Sonne schließlich sichtbar, oder wenigstens wurde die Himmelsrichtung, aus der sie schien, ein wenig konkreter: Sie stand im Osten und war am Aufgehen.

Früher Morgen also. Egal. Er würde wie geplant am Embankment an Land klettern, bestimmt von gaffenden Touristen umringt, und zum Charing Cross spazieren. Er hatte kein Geld in den Taschen, deshalb mußte er es wohl als Bettler versuchen, einer der Leute mit einer obligatorischen Leidensgeschichte, der die Angebettelten kaum zuhörten; sie entrichteten ihren Tribut, um so schnell wie möglich zu entkommen. Wenn er das Geld für eine U-Bahn-Fahrt beisammen hatte, wollte er heimfahren nach Canonbury. Eine Dusche bei sich zuhause, mehrere Stunden wohlverdienten Schlaf, und dann konnte er zur Westminster Bridge zurückkehren und den richtigen Sonnenuntergang betrachten und dem Himmel danken, daß er durch das chaotische Universum zurückgefunden hatte ins herrliche, vernünftige London.

Die Sonne stieg ein wenig höher. Mit ihr kam ein Wind von Osten auf, der einen höchst unangenehmen Geruch mit sich brachte. Paul rümpfte die Nase. Seit zweitausend Jahren war dieser Fluß das Lebensblut Londons, und die Leute behandelten ihn immer noch mit der gleichen ignoranten Achtlosigkeit wie ihre primitivsten Vorfahren. Es roch nach Kloake und Industrieabwässern – dem säuerlichen Fleischgestank nach zu urteilen, gab es sogar Einleitungen aus der Lebensmittelproduktion –, doch selbst die widerlichsten Ausdünstungen änderten nichts an seiner unendlichen Erleichterung. Dort zur Rechten stand der Cleopatra's Needle genannte Obelisk, eine schwarze Silhouette im Nebel, der immer noch am Flußufer hing, hervorgehoben von einem großflächigen Beet knallroter Blumen, die in der Brise flatterten. Das überall leuchtende Scharlachrot deutete darauf hin, daß die Gärtner tüchtig zu arbeiten gehabt hatten. Paul war beruhigt. Vielleicht war heute ein Feiertag, und es gab irgendeine Zeremonie am Trafalgar Square oder am Cenotaph, dem Ehrenmal für die Gefallenen der Weltkriege – er hatte schließlich keine Ahnung, wie lange er fort gewesen war. Vielleicht war das Gebiet um das Parlament herum abgesperrt worden, das Ufer machte wirklich einen sehr stillen Eindruck.

Dieser Gedanke, der, kaum gefaßt, schon einen düsteren Ton annahm, zog sogleich eine zweite Überlegung nach sich. Wo war der Schiffsverkehr? Selbst am Volkstrauertag oder einem ähnlich bedeutenden Feiertag würden auf dem Fluß Frachter fahren, oder etwa nicht?

Er blickte nach vorn auf den fernen, aber langsam größer werdenden Umriß der Westminster Bridge, trotz des Nebelschleiers unverkennbar, und auf einmal kam ihm eine noch erschreckendere Erkenntnis. Wo war die Hungerford Bridge? Wenn das, was da rechts von ihm in Sicht kam, das Victoria Embankment war, dann mußte die alte Eisenbahnbrücke eigentlich unmittelbar vor ihm sein. Er hätte genau jetzt direkt darauf schauen müssen.

Er lenkte das Ruderboot aufs Nordufer zu und spähte angestrengt. Er konnte die Kontur eines der berühmten delphinumwundenen Laternenpfähle aus dem Nebel auftauchen sehen, und abermals fiel ihm ein Stein vom Herzen: Es war das Embankment, keine Frage.

Der nächste Laternenpfahl war umgebogen wie eine Haarnadel. Alle übrigen waren fort.

Zwanzig Meter vor ihm ragte das, was auf dieser Seite von der Hungerford Bridge übriggeblieben war, aus einem Haufen von Betontrümmern hervor. Die Eisenträger waren verdreht worden, bis sie sich wie Lakritzstangen gedehnt hatten und dann gerissen waren. Darüber stand ein abgebrochener Gleisstreifen heraus, verkrumpelt wie ein Stück Bonbonpapier.

Pauls Kopf fühlte sich an wie ein dunkler Strudel, in dem kein Gedanke sich länger als einen Sekundenbruchteil halten konnte, da ließ die erste große Welle das Ruderboot in die Höhe steigen und wieder sinken. Erst als die zweite, dritte und vierte Welle kam, jede größer als die davor, riß Paul schließlich die Augen von dem erbarmungswürdigen Nordstumpf der Brücke los und blickte flußaufwärts. Etwas war soeben unter der Westminster Bridge durchgekommen, eine haushohe Gestalt, die jedoch in Bewegung war und sich gerade wieder zu ihrer vollen Höhe aufrichtete, so daß sie die Brücke noch ein Stück überragte.

Paul konnte sich die ungeheure Erscheinung nicht erklären. Sie ähnelte einem absurden modernistischen Möbelstück, einer mobilen Version des Lloyds Building. Als sie auf ihrem Gang durch die Themse Richtung Osten platschend näher kam, erkannte er, daß sie drei gigantische Beine hatte, die ein außerordentlich komplexes Gefüge von Verstrebungen und Plattformen trugen. Darüber wölbte sich eine breite metallene Haube.

Er war wie vom Donner gerührt. Auf einmal unterbrach das Ding seinen Marsch und blieb mitten in der Themse stehen wie die grauenhafte Parodie eines Badenden von Seurat. Mit einem hydraulischen Zischen, das Paul selbst bei dieser Entfernung deutlich hören konnte, ging das mechanische Monstrum ein wenig nach unten, beinahe in die Hocke, und drehte dann die große Haube hin und her, als ob sie ein Kopf wäre und das Riesenkonstrukt nach etwas Ausschau hielte. Stahlkabel, die von den Aufbauten über den Beinen herabhingen, wurden eingezogen, fielen dann wieder herunter und rührten im Fluß Schaumkronen auf. Gleich darauf richtete sich das Ding wieder auf und stakste abermals zischend und surrend flußabwärts auf ihn zu. Da es mit jedem Schritt etliche Dutzend Meter zurücklegte, kam es erstaunlich rasch voran: Während Paul es noch wie gelähmt anstarrte, nachdem seine Freude sich binnen Sekunden in blankes Entsetzen verwandelt hatte, patschte das Ding an ihm vorbei und bewegte sich weiter den Fluß hinunter. Die von ihm aufgeworfenen Wellen ließen das kleine

Boot heftig schaukeln und stießen es so hart gegen die Kaimauer, daß Paul förmlich der Atem aus dem Leib gequetscht wurde, doch das mächtige Maschinenwesen beachtete Paul und seinen Nachen so wenig, wie er selbst einen Holzsplitter in einer Pfütze beachtet hätte.

Zu Tode erschrocken lag Paul über der Ruderbank. Der Tag wurde heller, die Nebel lichteten sich. Zum erstenmal konnte er Big Ben deutlich erkennen, gleich hinter der Brücke. Er hatte gedacht, seine Spitze wäre in Dunst gehüllt, aber sie war fort. Nur ein verbrannter Stumpf ragte über die zerschmetterten Dächer des Parlaments hinaus.

Die Wellen legten sich. Er hielt sich am Bootsrand fest und sah dem weitermarschierenden metallischen Ungetüm hinterher. Es blieb kurz stehen, um mit seinen stählernen Tentakeln irgendwelche Trümmer von den einstigen Pfeilern der Waterloo Bridge aus dem Grund zu reißen, dann ließ es die schlammige Masse aus Beton und Eisen wie ein gelangweiltes Kind wieder fallen und verschwand in Richtung Greenwich und Meer im Nebel.

> Es gab noch andere mechanische Monster, wie Paul in den Tagen danach entdeckte, aber er entdeckte auch, daß er sich nicht besonders anstrengen mußte, ihnen zu entkommen. Mit einzelnen Menschen hielten sie sich so wenig auf, wie ein Kammerjäger, der seine Arbeit getan hatte, Zeit damit vergeudet hätte, eine einsame Ameise auf dem Bürgersteig zu zertreten. Doch in den ersten Stunden rechnete er jeden Moment damit, von einer der gigantischen Maschinen gepackt und zermatscht zu werden.

Ihre Zerstörungskraft hatten sie jedenfalls reichlich unter Beweis gestellt. London oder das, was er vom Fluß aus davon sehen konnte, war eine Wüste, die Schäden waren schlimmer als alles, was der Stadt seit den Tagen der Fürstin Boudicca zugestoßen war. Aus einem anscheinend völlig blindwütigen Vernichtungstrieb heraus hatten die riesigen Maschinen ganze Straßenzüge zertrümmert und verbrannt, ganze Stadtteile dem Erdboden gleichgemacht. Und er wußte, daß er das Schlimmste noch gar nicht zu Gesicht bekommen hatte. An den Flußufern sah er hier und da an freien Stellen Leichen herumliegen, und noch mehr trieben in den folgenden Tagen mit der Strömung an ihm vorbei, doch wenn der Wind sich plötzlich in seine Richtung drehte, wurde der Geruch des Todes wahrhaft grauenerregend, und er begriff, daß es Tausende und Abertausende Leichen mehr geben mußte, als er sehen konnte, eingesperrt in U-Bahnhöfen, die zu riesigen Gräbern geworden waren, oder zermalmt unter dem Schutt eingestürzter Häuser.

Andere Invasionen waren subtiler gewesen. Was er in der ersten Stunde für rote Blumen auf dem Victoria Embankment gehalten hatte, stellte sich in Wirklichkeit als fremdartiger Pflanzenbewuchs heraus. Die schwankenden scharlachroten Stengel waren überall, sie okkupierten die Grasstreifen und die Verkehrsinseln, überwucherten verlassene Gärten, rankten sich um die noch stehenden Brücken und Laternenpfähle; auf viele Meilen hin waren die einzigen Dinge, die sich außer Paul und dem Fluß bewegten, die sich in dem fauligen Wind wiegenden Thallen der roten Pflanzen.

Doch so erschütternd der Anblick von London im Todeskampf auch war, erwarteten ihn doch noch andere und absonderlichere Überraschungen.

Wenige Stunden nach seiner Begegnung mit dem ersten Metallriesen ging Paul allmählich auf, daß dies nicht *sein* London war, sondern die Stadt, wie sie vielleicht Generationen vor seiner Geburt gewesen war. Die Ladenschilder, die er von seinem Boot aus sah, waren mit komischen, schnörkeligen Lettern beschriftet und hielten die wunderlichsten Dinge feil: »Putzwaren«, »Kurzwaren«, »Kolonialwaren«. Die wenigen noch als solche erkennbaren Autos waren skurril und altmodisch, und selbst die auf der Straße verwesenden menschlichen Leichen wirkten seltsam antik – am auffälligsten die der Frauen, die Schultertücher und knöchellange Kleider anhatten. Einige dieser namenlosen Toten trugen sogar Hüte und Handschuhe, als ob der Tod ein feierlicher Anlaß wäre, zu dem man förmlich gekleidet erscheinen mußte.

Nach dem Schock beim Anblick des ersten Aggressors vergingen Stunden, bis Paul begriff, an welchem Ort er tatsächlich gelandet war.

Er hatte mit dem Boot an einem verlassenen Pier gegenüber von Battersea angelegt, um seinen schmerzenden Armen eine Erholungspause zu gönnen. In einem anderen London – in *seinem* London – war das berühmte Elektrizitätswerk, das diesen Teil des Flußufers beherrscht hatte, längst verschwunden und baute die Stadt an seiner Stelle himmelhohe Bürotürme aus Fibramic, aber in diesem London würde der Bau des E-Werks offenbar noch Jahrzehnte auf sich warten lassen. Doch da anscheinend fast alle Bewohner in irgendeinem gräßlichen Kampf abgeschlachtet worden waren, würde es das E-Werk wahrscheinlich niemals geben. Alles war so verwirrend!

Im Westen sank die Sonne dem Untergang entgegen, und das weiche Licht ließ die Stadtsilhouette nicht ganz so zerbombt und die Zerstörung ein klein wenig erträglicher erscheinen. Eine ganze Weile saß Paul einfach so ruhig da, wie es ihm möglich war, und versuchte nicht darüber nachzudenken, was ihn umgab. Er schloß die Augen, um noch ruhiger zu werden, aber das Gefühl drohenden Unheils war so stark, daß er sie nicht geschlossen halten konnte. Jeden Moment konnte eine dieser grotesken haushohen Maschinen am Horizont erscheinen, ein Dreifuß, der gnadenlos wie eine räuberische Bestie so lange seine Haube rotieren ließ, bis er ihn erspäht hatte ...

Dreifüße. Paul starrte auf das um den Pier strudelnde braune Wasser der Themse, doch er sah es nicht mehr. Dreifüße, riesige Kriegsmaschinen, rote Pflanzen, die überall wuchsen. Gab es nicht eine Geschichte, in der sowas vorkam ...?

Die Klarheit kam wie ein kalter Windstoß, doch nicht als befriedigende Antwort auf eine Frage, sondern als unerfreuliche Eröffnung eines noch erschreckenderen Problems.

O Gott. H.G. Wells, nicht wahr? Krieg der Welten *oder so ähnlich hieß es ...*

Es war eines der Werke, das er ziemlich gut zu kennen meinte, obwohl er in Wirklichkeit weder das Buch gelesen noch eine der zahlreichen Filmbearbeitungen gesehen hatte (mehrere Versionen, interaktive wie passive, standen im Netz zur Verfügung). Aber eine Version wie dies hier gab es nicht, da war er sich ganz sicher. Weil dies hier keine Version war. Es war furchtbare Realität.

Aber wie kann ich an einem Ort in Zeit und Raum sein, der einer erfundenen Geschichte entstammt?

Schon ein kurzes Nachdenken darüber bereitete ihm Kopfschmerzen. Es gab viel zu viele Möglichkeiten, und alle waren vollkommen irrsinnig. War es eine Scheinwelt, basierend auf einem berühmten Roman, aber eigens für ihn gebaut? Aber das war unmöglich – er hatte die Vorstellung, jemand könnte eine ganze Eiszeitszenerie erschaffen, bereits absurd gefunden, und wie unfaßbar viel teurer wäre erst diese Londonkulisse gewesen? Und wenn er bedachte, wie viele verschiedene Orte er schon gesehen hatte ... nein. Es war unmöglich. Aber was für Antworten kamen sonst noch in Frage? Konnte dies hier irgendwie real sein, ein London in einer anderen Dimension, in der Außerirdische aus dem

Weltraum eine Invasion durchgeführt hatten und in die Wells sich irgendwie eingeklinkt hatte? War die Erfindung dieses alten Schriftstellers, das andere Universum, Wirklichkeit?

Oder stand noch etwas Merkwürdigeres dahinter, eine von diesen Quantengeschichten, von denen Muckler im Museum ständig schwadronierte? Hatte Wells' Erfindung diesen Ort irgendwie ins Leben gerufen und eine Aufspaltung der Wirklichkeit verursacht, die erst damit entstand, daß der Mann aus Bromley den Schreibstift aufs Papier setzte?

Das führte nur zu weiteren Fragen, jede einzelne bestürzender als die davor. Hatte jede erfundene Geschichte ihr eigenes Universum? Oder bloß die guten? Und wer befand darüber?

Und war er selbst, dem bereits ein Teil seiner Vergangenheit fehlte, auf einer immer weiter ausufernden Reise wider Willen, die in immer weiter entfernte Dimensionen führte?

Zu einer anderen Zeit hätte er über die Vorstellung eines Viele-Welten-Universums, das von den Entscheidungen unbekannter Lektoren abhing, vielleicht gelacht, aber nichts an seiner Situation war im geringsten komisch. Er irrte durch ein verrücktes Universum, er war unvorstellbar weit von zuhause weg, und er war allein.

Er legte sich den Abend in einem verlassenen Restaurant in der Nähe des Cheyne Walk schlafen. Alles, was auch nur im entferntesten eßbar aussah, war geplündert worden, aber er war nicht besonders hungrig, nicht zuletzt deshalb, weil mit jedem Windwechsel der Verwesungsgeruch aus einer neuen Richtung wehte. Überhaupt konnte er sich nicht erinnern, wann er zum letztenmal wirklich hungrig gewesen war, und nur undeutlich daran, wann er zum letztenmal etwas gegessen hatte, doch dieser Gedanke warf nur weitere Fragen auf, und er hatte von Fragen fürs erste genug. Er riß die Vorhänge von den Fenstern und wickelte sich gegen die Kälte vom Fluß darin ein, dann sank er in einen schweren, traumlosen Schlaf.

Am nächsten Tag konnte er seinen Weg themseaufwärts mit erhöhter Geschwindigkeit fortsetzen, weil er sich aus einem anderen verlassenen Boot ein Paar Ruder geholt hatte, und dabei stellte er fest, daß er nicht der einzige Mensch in diesem verwüsteten London war. Vom Fluß aus und bei einigen vorsichtigen Landgängen im Laufe des Tages erblickte er fast ein Dutzend anderer Leute, doch sie waren kontaktscheu wie Ratten: Alle ignorierten seinen Zuruf entweder, oder sie flohen sogar bei seinem Anblick. Bei dem Gedanken an das Restaurant, aus dem alles Eßbare geraubt worden war, und an die Geschäfte, die er beiderseits davon durchstöbert hatte, fragte er sich, ob diese Leute nicht gute Gründe hatten, anderen Überlebenden aus dem Weg zu gehen. Und Überlebende waren sie offensichtlich alle, denn sie waren so zerlumpt und schwarz vor Schmutz und Ruß, daß er aus der Entfernung von keinem die Volkszugehörigkeit hätte angeben können.

Am Tag darauf stieß er in Kew auf eine ganze Gruppe, mehrere Dutzend Menschen in abgerissener Kleidung, die im königlichen Garten hausten. Paul ging nicht an Land, sondern rief ihnen vom Fluß aus zu und fragte nach Neuigkeiten. Eine kleine Abordnung kam ans Ufer und berichtete, daß die Außerirdischen - die »Maschinenwesen«, wie diese Überlebenden sie nannten - zum größten Teil aus London abgezogen seien und weiter im Norden ihre unerforschlichen Ziele verfolgten, aber daß noch genügend zurückgeblieben seien, um das Leben in der Stadt zu einer sehr riskanten Angelegenheit zu machen. Sie selbst seien erst vor einer Woche aus dem beinahe völlig zerstörten Lambeth nach Kew Gardens gekommen und hätten schon einige aus ihrer Schar verloren, die gerade über eine offene Wiese gegangen seien, als ein Dreifuß erschienen und auf sie getreten sei, allem Anschein nach zufällig. Wenn sie die letzten der hiesigen Eichhörnchen und Vögel gefangen und verzehrt hätten, erzählten die Leute aus Kew Paul, wollten sie weiterziehen.

Es tat wohl, mit anderen Menschen zu reden, aber etwas an der Art, wie sie ihn inspizierten, flößte Paul ein unbehagliches Gefühl ein. Einer der Männer lud ihn ein, sich ihnen anzuschließen, aber er bedankte sich und ruderte lieber weiter.

Am merkwürdigsten fand er, als er seinen Weg flußaufwärts Richtung Richmond fortsetzte, daß so, wie er den *Krieg der Welten* in Erinnerung hatte, die Marsianer anfällig für irdische Krankheiten gewesen und binnen weniger Wochen nach Beginn ihres Vernichtungsfeldzuges gestorben waren. Aber die Überlebenden in Kew hatten erzählt, das erste der Marsschiffe sei vor über einem halben Jahr in Surrey gelandet. Paul wunderte sich über diese Abweichung von der Wellsschen Geschichte, und wenn er Fetzen von Zeitungen aus den letzten Tagen vor der Invasion fand, hob er sie auf, aber natürlich gab es nichts, dem er das aktuelle Datum hätte entnehmen können. Die Zivilisation war am Tag, als die Marsianer kamen, mit einem Schlag abgebrochen.

Im Grunde war dies das Merkwürdige an der ganzen Situation. Im Unterschied zu den anderen Stationen auf seiner unfreiwilligen Pilgerfahrt schien dieses Nachkriegsengland eine Art Stasis erreicht zu haben, als ob jemand nach einem beendeten Spiel fortgegangen wäre, ohne die Figuren vom Brett zu räumen. Wenn London in irgendeiner Weise typisch war, dann war das Land, vielleicht sogar die ganze Welt, vollkommen in den Händen der Eroberer. Die Wesen selbst hatten nur eine minimale Besatzungsmacht zurückgelassen. Das winzige Häuflein verbliebener Menschen kämpfte ums nackte Überleben. Es war alles so ... leer.

Dies gab den Anstoß zu einem anderen Gedanken, der sich zusehends verdichtete, während Paul im Laufe des Tages noch eine gute Handvoll herumfleddernder Menschen passierte und ergebnislos anrief. Alle Orte, an denen er gewesen war, seit er irgendwie sein normales Leben verloren hatte, waren so ... so *alt*. Es waren Situationen oder Szenarien aus einer völlig anderen Zeit: der H.-G.-Wells-Roman von der vorletzten Jahrhundertwende, die absonderliche Marswelt alter Groschenromane – ganz anders als der Mars, der diese Invasoren ausgesandt hatte, was überhaupt ein recht interessanter Gedanke war – und das Land hinter den Spiegeln, wo er Gally getroffen hatte. Selbst seine trübsten Erinnerungen schienen sich auf einen uralten und längst beendeten Krieg zu beziehen. Und die Eiszeit – das war so alt, älter ging's kaum mehr. Doch es schien noch ein anderes gemeinsames Element zu geben, etwas, das ihn beunruhigte, das er aber nicht recht benennen konnte.

Es war der vierte Tag, und er war knapp östlich von Twickenham, als er ihnen begegnete.

Er war gerade an einer kleinen Insel mitten im Fluß vorbeigekommen und arbeitete sich an einer grünen Lichtung auf der Nordseite des Flusses vorbei, einem Park, wie es den Anschein hatte, als er am Ufer einen Mann ziellos auf und ab gehen sah. Paul hielt ihn zunächst für einen von denen, die durch die Invasion den Verstand verloren hatten, denn als er ihn anrief, blickte der Mann auf und starrte ihn an, als ob Paul ein Geist wäre. Gleich darauf begann der Mann auf der Stelle zu hüpfen und die Arme zu schwenken wie ein spastischer Signalgeber, wobei er immer wieder schrie: »Gott sei Dank! Lieber Himmel! Gott sei Dank!«

Paul steuerte näher an das Flußufer heran, und der Fremde lief zu ihm herunter. Da die Vorsicht längst schon über seinen Wunsch nach

Gemeinschaft mit lebendigen Menschen die Oberhand gewonnen hatte, hielt Paul sich ein Stückchen weit draußen auf dem Wasser und nahm dabei eine rasche Begutachtung vor. Der nicht mehr junge Mann war dünn und sehr klein, vielleicht nicht viel größer als einen Meter fünfundfünfzig. Er trug eine Brille und einen kleinen Schnurrbart von der Art, den eine spätere Generation mit deutschen Diktatoren identifizieren sollte. Aber abgesehen von dem abgerissenen Zustand seines schwarzen Anzugs und den Tränen der Dankbarkeit in den Augen hätte er gerade von seinem Schreibtisch in einem kleinen, muffigen Versicherungsbüro kommen können.

»Oh, dem Herrgott sei Dank! Bitte helfen Sie mir!« Der Mann zog ein Taschentuch aus der Westentasche und tupfte sich damit das Gesicht ab. Es war unmöglich zu sagen, welche Farbe der Stoff einmal gehabt hatte. »Meine Schwester. Meine arme Schwester ist gestürzt, und sie kommt nicht mehr hoch. Bitte!«

Paul musterte ihn scharf. Wenn er ein Räuber war, hatte er seinen Beruf schlecht gewählt. Wenn er der Lockvogel einer Räuber- und Mörderbande war, mußten sie viel Geduld haben, um den äußerst spärlichen Flußreisenden aufzulauern. Dennoch war übereiltes Handeln derzeit nicht angebracht. »Was ist ihr passiert?«

»Sie ist gestürzt und hat sich verletzt. Ach, bitte, Sir, tun Sie ein christliches gutes Werk und helfen Sie mir. Ich würde es Ihnen bezahlen, wenn ich könnte.« Sein Lächeln war kläglich. »Wenn Geld noch etwas zu bedeuten hätte. Aber was wir haben, werden wir mit Ihnen teilen.«

An der Aufrichtigkeit des Mannes ließ sich kaum zweifeln, und um den Größenunterschied zwischen ihnen wettzumachen, hätte er eine Pistole gebraucht. Er hatte noch keine gezogen, und Paul war schon eine ganze Weile in Schußweite. »Na schön. Laß mich bloß noch mein Boot festmachen.«

»Gott segne Sie, guter Herr.«

Während Paul an Land watete und sein Ruderboot festband, sprang der kleine Mann von einem Fuß auf den anderen wie ein Kind, das darauf wartete, aufs Klo zu dürfen. Der Mann winkte ihm zu folgen und lief in einem merkwürdigen, linkischen Trott die Uferböschung hinan auf die Bäume zu. Paul bezweifelte, daß der Mann vor der Invasion je schneller als im Spazierschritt gegangen war, jedenfalls seit seiner Schulzeit.

Als ob ihm im Beisein eines Fremden plötzlich die Erinnerung an seine einstige Würde zurückkehrte, verlangsamte der Mann im schwarzen Anzug abrupt den Schritt und drehte sich um. »Das ist wirklich sehr freundlich von Ihnen. Mein Name ist übrigens Sefton Pankie.« Rückwärts gehend und in großer Gefahr, jeden Moment über eine Wurzel zu stolpern, streckte er eine Hand aus.

Paul, der schon vor einiger Zeit beschlossen hatte, daß er nicht einmal seinem eigenen Verstand trauen konnte und somit ganz sicher auch sonst niemandem, dem er begegnete, gab dem Mann die Hand und nannte ihm einen falschen Namen. »Ich heiße ... Peter Johnson.«

»Sehr erfreut, Herr Johnson. Gut, wo wir uns jetzt ordentlich bekannt gemacht haben, sollten wir uns beeilen.«

Pankie führte ihn den Hügel hinauf, über ein Feld mit dem allgegenwärtigen roten Marsgras, das den Hügel beherrschte wie die Flagge eines Eroberers, und zur anderen Seite wieder hinunter in ein Buchengehölz. Als Paul sich gerade wieder zu fragen begann, ob der Fremde ihn vielleicht doch in einen Hinterhalt lockte, blieb der kleine Mann am Rand eines tiefen Grabens stehen und beugte sich vor.

»Ich bin wieder da, meine Liebe. Hast du dir auch nichts getan? Um Gottes willen nicht, hoffe ich doch.«

»Sefton?« Die Stimme war ein kräftiger Alt und eher durchdringend als wohlklingend. »Ich dachte, du wärst weggelaufen und hättest mich verlassen.«

»Niemals, meine Liebe.« Pankie machte sich an den Abstieg in den Graben und hielt sich dazu an Wurzeln fest, wobei seine mangelhafte Koordination wieder deutlich wurde. Paul erblickte auf dem Grund eine zusammengekrümmte Gestalt und schwang sich hinter ihm her.

Die unten im Graben in einer Spalte festgeklemmte Frau befand sich in einer schwierigen und peinlichen Lage: Die Beine ragten in die Luft, und die dunkel getönten Haare hatten sich samt Strohhut in einem Gewirr loser Zweige verfangen. Sie war außerdem extrem füllig. Als Paul nahe genug war, um ihr gerötetes, schweißglänzendes Gesicht zu sehen, schätzte er sie mindestens auf Pankies Alter, wenn nicht älter.

»Oh, liebe Güte, wer ist das?« rief sie mit ungespieltem Entsetzen aus, als Paul unten ankam. »Was müssen Sie von mir denken, Sir? Das ist so fürchterlich, so beschämend!«

»Das ist Herr Johnson, meine Liebe, und er ist gekommen, um dir zu helfen.« Pankie kauerte sich neben sie und strich über die Ausbuchtung ihres voluminösen grauen Kleides wie über das Fell einer preisgekrönten Kuh.

»Kein Grund zur Verlegenheit, gnädige Frau.« Paul erfaßte das Problem sofort - Pankies Schwester wog etwa dreimal soviel wie dieser. Allein sie loszubekommen, würde schon eine Quälerei werden, ganz zu schweigen davon, sie den steilen Hang hinaufzubugsieren. Aber er fühlte Mitleid mit der Frau und ihrer peinlichen Lage, die wegen ihrer Unschicklichkeit noch einmal so schlimm war - genau wie die alte Höflichkeitsanrede machte er sich bereits das antiquierte Anstandsempfinden der Zeit zu eigen, auch wenn der Überfall der Marsianer es völlig sinnentleert hatte. Er nahm die Sache in Angriff.

Es dauerte beinahe eine halbe Stunde, die Frau aus den Zweigen unten im Graben herauszuholen, da sie jedesmal vor Schmerz aufkreischte, wenn ihre Haare gezogen wurden, einerlei wie behutsam. Als sie endlich befreit war, machten sich Paul und Sefton Pankie an die Schwerstarbeit, sie die Steigung hinaufzubefördern. Es war schon fast dunkel, als schließlich alle aufgelöst, schmutzig und schweißnaß oben auf ebenes Terrain stolperten.

Die Frau sank zu Boden wie ein einbrechendes Zelt und war erst nach längerem Zureden zu bewegen, sich aufzusetzen. Paul sammelte trockene Zweige für ein Feuer, während Pankie sie umflatterte wie ein Madenhacker ein Nilpferd und sie mit seinem Taschentuch vom schlimmsten Schmutz zu säubern versuchte (womit er, fand Paul, in einem Sinnlosigkeitswettbewerb den ersten Preis gewonnen hätte). Als Paul fertig war, zog Pankie ein paar Streichhölzer aus der Tasche, in dieser Zeit zweifellos ein hochgeschätztes Gut. Mit äußerster Vorsicht führten sie eines seiner Bestimmung zu, und als die Sonne schließlich hinter der zerklüfteten Stadtsilhouette auf der anderen Flußseite verschwunden war, stiegen die Flammen hoch in die Luft, womit auch die allgemeine Stimmung stieg.

»Ich kann Ihnen gar nicht genug danken«, sagte die Frau. Ihr rundes Gesicht war zerkratzt und beschmiert, aber sie schenkte ihm ein deutlich einnehmend gemeintes Lächeln. »Es mag Ihnen komisch vorkommen nach allem, was passiert ist, aber ich finde, eine ordentliche Begrüßung muß sein. Ich heiße Undine Pankie.« Sie hielt ihm die Hand hin wie eine köstliche Süßigkeit, die er genießen durfte. Paul überlegte, ob sie womöglich einen Handkuß erwartete, fand dann aber, daß irgendwo eine Grenze gezogen werden mußte. Er ergriff die Hand und stellte sich der Frau mit seinem eilig gewählten falschen Namen vor.

»Meine Dankbarkeit ist gar nicht in Worte zu fassen«, erklärte sie. »Als mein Mann so lange ausblieb, befürchtete ich, er wäre in die Hände von Plünderern geraten. Sie können sich vorstellen, wie entsetzt ich war, so mutterseelenallein in diesem schrecklichen Graben festzusitzen.«

Paul legte die Stirn in Falten. »Wie bitte - Ihr Mann?« Er wandte sich Pankie zu. »Sie sagten, Sie bräuchten Hilfe für Ihre Schwester.« Er blickte wieder die Frau an, aber sie schaute vollkommen unschuldig drein, auch wenn eine kaum zu verhehlende Ungehaltenheit zu erkennen war.

»Schwester? Sefton, wie konntest du nur so etwas Seltsames sagen?«

Der kleine Mann, der sich vergebens damit abgemüht hatte, ihre Haare einigermaßen zu richten, ließ ein verlegenes Kichern hören. »Ja, nicht wahr? Ich habe keine Ahnung, was in mich gefahren ist. Daran muß diese ganze Invasion schuld sein. Ich bin völlig durcheinander.«

Paul gab sich mit ihrer Erklärung zufrieden - Undine Pankie machte gewiß nicht den Eindruck, bei einem Betrugsmanöver ertappt worden zu sein -, aber er hatte irgendwie ein ungutes Gefühl.

Frau Pankie erholte sich recht rasch und verbreitete sich den Rest des Abends ausführlich darüber, wie grauenhaft die Invasion vom Mars war und wie schrecklich das Leben im offenen Park, ohne schützendes Dach überm Kopf. Beide Schicksalsschläge schienen sie ungefähr gleich hart zu treffen.

Undine Pankie war eine geschwätzige Person, und bevor Paul sich entschuldigte und schließlich schlafen legte, hatte sie ihm mehr über das Kleinbürgerdasein in Shepperton vor und nach der Invasion erzählt, als er je hatte wissen wollen. Herr Pankie, stellte sich heraus, war Oberkanzlist im Katasteramt der Grafschaft, obwohl er, daran ließ seine Frau keinen Zweifel, eigentlich eine deutlich höhere Stellung verdient hätte. Paul hatte den Eindruck, daß sie der Meinung war, diesem Mißstand könne eines Tages mit Fleiß und geschicktem Taktieren abgeholfen werden - was ihm ziemlich unwahrscheinlich vorkam, solange die Marsianer nicht das Katasteramt wieder aufmachten. Aber er verstand das Bedürfnis, sich in unnormalen Situationen an Normalitäten zu klammern, und als Frau Pankie die Gemeinheit des ungerechten Vorgesetzten ihres Mannes beschrieb, gab er sich daher alle Mühe, gebührend betrübt und dabei doch optimistisch im Hinblick auf Herrn Pankies berufliches Fortkommen zu wirken.

Frau Pankie selbst war Hausfrau, und sie bemerkte mehr als einmal, daß dies nicht nur ihrer unmaßgeblichen Meinung nach die höchste Position sei, nach der eine Frau streben könne oder solle. Und, erklärte sie, sie führe ihr Haus so straff wie ein ordentliches Schiff: Selbst ihr guter Sefton, machte sie sehr deutlich, wisse genau, wo er »spuren« müsse.

Paul konnte Herrn Pankies unwillkürliches Zucken nicht übersehen.

Aber einen großen Kummer gab es in Undine Pankies Leben, nämlich daß der Herr nicht geruht hatte, ihr das Glück der Mutterschaft zu gewähren, das herrlichste aller Geschenke, die eine Frau ihrem Mann machen könne. Sie hätten einen Foxterrier namens Dandy - und an dem Punkt kam sie einen Moment lang durcheinander, als ihr einfiel, daß sie den Foxterrier ja gar nicht mehr hatten, so wenig wie ihr Haus: beide seien von einem furchtbaren marsianischen Hitzestrahl verbrannt worden, der ihren gesamten Straßenzug vernichtet habe und dem die Pankies nur deshalb entkommen seien, weil sie bei einem Nachbarn vorbeigeschaut hätten, um Neuigkeiten in Erfahrung zu bringen.

Frau Pankie unterbrach ihren Bericht, um ein paar Tränen für den tapferen kleinen Dandy zu vergießen. Paul erschien es geradezu grotesk, daß diese dicke, weichherzige Frau angesichts von soviel Leid und Zerstörung einen Hund beweinte und ihm dabei verstohlene Blicke zuwarf, um sich zu vergewissern, daß er ja mitbekam, wie hilflos sentimental sie war. Aber er, der kein Zuhause hatte und nicht einmal wußte, ob er je wieder eines haben würde, wie sollte er über andere und ihre Verluste urteilen?

»Dandy war für uns wie Kind, Herr Johnson. Wirklich! Stimmt das nicht, Sefton?«

Herr Pankie hatte schon angefangen zu nicken, bevor sie sich an ihn gewandt hatte. Für Pauls Empfinden hatte er nicht sehr genau zugehört - er hatte im Feuer gestochert und zu den rot angeleuchteten Ästen hinaufgestarrt -, aber der Mann hatte deutlich Übung darin, die Fingerzeige mitzukriegen, die ihm sagten, daß sein Einsatz erwartet wurde.

»Nichts auf der Welt wünschten wir uns mehr als ein Kind, Herr Johnson. Aber Gott hat es nicht so gewollt. Trotzdem, es wird schon zu unserem Besten sein. Wir müssen über seine Weisheit frohlocken, auch wenn wir seinen Plan nicht begreifen.«

Als Paul später dalag und auf den Schlaf wartete, während die Pankies neben ihm im Duett schnarchten - sie tief und rauh, er hoch und flötend -, ging es ihm durch den Kopf, daß sie sich angehört hatte, als könnte sie durchaus etwas weniger duldsam sein, falls sie jemals Gott von Angesicht zu Angesicht begegnete. Ja, Undine Pankie klang wie eine Frau, die selbst die Langmut des Herrn auf eine ziemlich harte Probe stellen konnte.

Sie war Paul richtig unheimlich.

Es war eigenartig, dachte er am nächsten Morgen, während das Boot die Themse hinauffuhr, wie die winzigste Andeutung von Normalität die schlimmsten und unergründlichsten Greuel verdrängen und den Tag mit Banalitäten anfüllen konnte. Der menschliche Geist mochte sich nicht zu lange mit Schemen beschäftigen - er brauchte festen Brennstoff, die einfachen tierischen Dinge, das Fassen, Halten, Bearbeiten.

Es war noch keinen Tag her, seit er den Pankies begegnet war, und schon jetzt hatten sie aus seiner einsamen Odyssee eine Art geselliger Bootspartie gemacht. Just in diesem Moment stritten sie sich darüber, ob Herr Pankie mit einem Faden und einer Sicherheitsnadel einen Fisch fangen könne. Seine Frau vertrat nachdrücklich die Auffassung, daß er viel zu ungeschickt sei und solche Kunststücke dem »gescheiten Herrn Johnson« überlassen solle - letzteres mit einem gewinnenden Lächeln gesagt, das in Pauls Augen mehr mit dem Lockversuch einer fleischfressenden Pflanze gemein hatte als mit einem menschlichen Gesichtsausdruck.

Aber Tatsache war, sie waren hier, und er hatte sich von ihrem unablässigen kleinlichen Getue derart vereinnahmen lassen, daß ihm seine eigene Not völlig entfallen war. Was einerseits gut und andererseits schlecht war.

Als er an dem Morgen aufgestanden war, hatte er mit keinem geringen Verdruß feststellen müssen, daß die Pankies sich so herausgeputzt hatten, wie es ihre bescheidenen Möglichkeiten erlaubten, und »reisefertig« waren, wie sie es ausdrückten. Irgendwie war, ohne jede Mitwirkung von Paul, die Idee aufgekommen, er habe sich erboten, sie flußaufwärts mitzunehmen und gemeinsam mit ihnen nach Gefilden Ausschau zu halten, die mehr Ähnlichkeit mit der Zivilisation hatten als dieser Park am Rande von Twickenham.

Frau Pankies Versuche, ihn von den Vorzügen ihrer Gesellschaft zu überzeugen - »es wird fast wie ein Sonntagsausflug sein, nicht war, wie ein lustiges Kinderabenteuer« -, reichten allein schon beinahe aus, ihn in die Flucht zu schlagen, aber die Bedürftigkeit der beiden war so nackt, daß er sie einfach nicht zurückweisen konnte.

Doch auf dem Weg zu seinem Boot, das glücklicherweise noch dort lag, wo er es gelassen hatte, war etwas Merkwürdiges geschehen. Er war vorausgegangen, um es ganz an Land zu ziehen - der Gedanke, Undine durch das Wasser zu manövrieren und sie in ein schaukelndes Boot zu befördern, war zuviel für ihn -, und als er sich umschaute und sie die Uferböschung hinunterkommen sah, durchzuckte ihn beim Anblick der beiden Gestalten, einer großen dicken und einer kleinen, ein jäher Schreck, ein derart heftiger Angststoß, daß er einen Augenblick lang meinte, er hätte einen Herzanfall.

Die Bestien im Schloß! Er sah sie deutlich in diesen Umrissen am Flußufer, die beiden gräßlichen Kreaturen, die ihn so lange schon hetzten, den großen und den kleinen Jäger, beide herzlos, beide gnadenlos, beide schrecklicher, als menschliche Verfolger jemals sein konnten. Und jetzt hatten sie ihn gefaßt - nein, er hatte sich ihnen ausgeliefert.

Er blinzelte, und da hatte er die Pankies wieder in ihrer alten Erscheinung vor sich: zwei unglückliche Bewohner dieser unglücklichen Welt. Er starrte sie mit zusammengekniffenen Augen an und hielt sich am Bootsrand fest. Jetzt, wo die Panik abgeklungen war, hatte er ein anderes *Gefühl* als in den Situationen vorher, in denen seine beiden Häscher dicht an ihn herangekommen waren: Bei den Gelegenheiten hatte ihre bloße Nähe ihm nackte Angst eingejagt, ein so unverkennbares Gefühl wie Kälte oder Schwindel. Hier jedoch hatte er bis zu dem Zeitpunkt, wo ihm die Ähnlichkeit der Silhouetten aufgefallen war, keine Furcht vor irgend etwas anderem verspürt als vor der Möglichkeit, daß Undine Pankie die ganze Nacht hindurch redete.

Und wenn diese Leute *wirklich* seine Feinde wären, hätten sie ihn ohne weiteres packen können, als er geschlafen hatte ...

Frau Pankie stützte sich auf ihren sich abmühenden kleinen Mann und winkte, doch als der Wind auffrischte, mußte sie ihren zerdrückten Hut auf dem Kopf festhalten. »Oh, sieh doch, Sefton! Was für ein prachtvolles kleines Boot!«

Es war Zufall, beschloß er, weiter nichts. Einer, der ihn an einer sehr empfindlichen Stelle getroffen hatte, aber dennoch nur ein Zufall.

Aber auch wenn die Pankies nicht seine Feinde waren, dachte er, während das Grün von Hampton Wick am Nordufer vorbeiglitt, hatten sie es doch fertiggebracht, ihn abzulenken, und das konnte auf lange Sicht schädlich sein. Immerhin hatte er so etwas wie ein Ziel, und soweit er sagen konnte, war er dem seit seinem Eintritt in dieses andere England kein bißchen näher gekommen.

Ihre Stimme, die Stimme der Vogelfrau in seinen Träumen, hatte durch das Neandertalerkind zu ihm gesprochen und ihm gesagt, was er tun müsse. »*Du hast gesagt, du würdest zu mir kommen*«, hatte sie ihn getadelt. »*Das Haus des Irrfahrers. Du mußt es finden und die Weberin befreien.*«

Aber wer oder was war die Weberin? Und wo in dieser oder irgendeiner anderen Welt konnte er etwas derart Vages finden wie »das Haus des Irrfahrers«? Es war, als wäre er auf die obskurste Schnitzeljagd geschickt worden, die man sich vorstellen konnte.

Vielleicht bin ich ja der Irrfahrer, dachte er plötzlich. *Aber wenn dem so wäre und ich mein Haus finden würde, dann bräuchte ich sonst nichts mehr, nicht wahr? Ich wäre zuhause.*

Oder soll ich vielleicht mein Haus hier in diesem anderen London finden?

Die Aussicht, tatsächlich etwas zu unternehmen, war verlockend. Einen Moment lang war er versucht, kehrtzumachen und in den verwüsteten Stadtkern von London zurückzurudern. Das Haus in Canonbury, in dem er seine Wohnung hatte, war zu diesem Zeitpunkt bestimmt schon gebaut - die Häuser in seiner Straße waren zum größten Teil georgianisch -, aber es war höchst fraglich, ob noch etwas davon übrig war. Und allen Schilderungen zufolge gab es im Zentrum der Stadt sehr viel mehr Tote.

Je mehr er darüber nachdachte, um so unsinniger erschien ihm ein solches Wagnis - »Irrfahrer« konnte alles mögliche bedeuten. Aber was hatte er sonst für Ideen ...?

»Er hat sie schon wieder verheddert, Herr Johnson. Hör auf, Liebling, du zerreißt bloß die Schnur! Wirklich, Herr Johnson, Sie müssen kommen und meinem Sefton helfen.«

Paul seufzte still, als seine Gedanken abermals zerstreut wurden wie das auf dem braunen Fluß tanzende Treibgut.

Die Themse wurde schmaler, als sie sich Hampton Court näherten, und zum erstenmal sah Paul beinahe so etwas wie das normale englische Leben. Wie er bald herausfand, waren die Leute hier vom ursprünglichen Marsch der Dreifüße aufgescheucht worden, und wenige Monate nach der Invasion hatte sich eine Gemeinschaft der Vertriebenen gebildet. Diese Flüchtlingsdörfer kündigten sich von weitem schon durch den ungewöhnlichen Anblick von Rauch an; die Bewohner ließen kühn ihre Lagerfeuer brennen und wickelten ihre Tauschgeschäfte im Freien ab, geschützt im Umkreis von einer Meile von Wachposten mit Signalspiegeln und einigen wenigen kostbaren Gewehren. Doch Paul vermutete, daß sie Verstecke angelegt hatten, damit sie beim ersten Anzeichen von Gefahr wie an einem offenen Hang äsende Kaninchen in Deckung gehen konnten.

Frau Pankie war hocherfreut, zu guter Letzt ein paar kleine Ansiedlungen zu Gesicht zu bekommen, und als sie bei einer anhielten, stieg sie so rasch aus dem Boot, daß es beinahe gekentert wäre.

Ein Mann mit einem knurrenden Hund an der Leine war bereit, ihnen für Nachrichten aus dem Osten einen Brotkanten zu geben. Als Paul ihm erzählt hatte, was er nur Tage zuvor mitten in London gesehen hatte, schüttelte der Mann traurig den Kopf. »Unser Pfarrer in Chiswick hat gesagt, die Stadt würd wegen ihrer Gottlosigkeit brennen. Aber *sowas* von gottlos kann doch 'ne Stadt gar nicht sein, möcht ich mal meinen.«

Der Mann berichtete ihm des weiteren, daß es in Hampton Court selbst sogar eine Art Markt gebe, der der beste Umschlagplatz für Neuigkeiten sei und wo die Pankies Gelegenheit hätten, sich einer der dortigen Gemeinschaften anzuschließen. »Freilich, wer nicht einigermaßen rüstig ist, den will keiner haben«, sagte der Mann und warf dabei Undine Pankie einen zweifelnden Blick zu. »Die Zeiten sind halt hart, gelt?«

Verzückt schon bei dem bloßen Gedanken, wieder ihrer hausfraulichen Berufung nachgehen zu können, beachtete Frau Pankie ihn gar nicht. Sefton nickte kurz und knapp, als sie von dem Mann schieden, als begriffe er, daß man seine Frau beleidigt hatte, aber wäre zu sehr Gentleman, um es zu zeigen.

Hinter einer scharfen Flußbiegung tauchte kurz darauf Hampton Court Palace mit seinen vielen Türmen auf, die im fahlen Sonnenschein aufragten. Auf den Rasenflächen über der Themse hielt sich eine enttäuschend kleine Zahl von Menschen auf, doch als Paul das Boot anlegte und Frau Pankie an Land beförderte half, erzählte ihm eine auf einem Wagen sitzende Frau, daß der Markt sich in der »Wildnis« hinter dem Palast befinde.

»Denn das da ist passiert, als wir vorher vom Fluß aus zu sehen waren und eins von den marsianischen Schlachtschiffen vorbeikam«, sagte sie und deutete auf das Große Torhaus, von dem nur noch schwarze Trümmer übrig waren. Vor den eingestürzten Mauern war der Boden meterweit glatt und glänzend wie ein glasierter Topf.

Frau Pankie eilte durch die Parkanlagen voraus. Ihr Mann bemühte sich, mit ihr Schritt zu halten - nicht nur in ihrer Gestalt, sondern auch in ihrer erstaunlichen Flinkheit glich sie einer Bärin -, aber Paul entschied sich für eine gemütlichere Gangart. Er kam an mehreren Dutzend Leuten vorbei, von denen einige anscheinend ihre ganze Familie auf Heuwagen geladen hatten. Andere fuhren flotte kleine Gigs und Buggys, die vielleicht einmal Wahrzeichen des Wohlstands gewesen, aber jetzt nur noch weniger belastbare Beförderungsmittel waren als die Bauernwagen. Niemand lächelte oder erwiderte seinen Gruß mit mehr als einem Nicken, und dennoch wirkten diese Marktfahrer weitaus alltäglicher als die anderen Überlebenden, denen er bisher begegnet war. Die schlichte Tatsache, daß es nach den vielen schwarzen Monaten einen Markt gab, zu dem man fahren konnte, reichte aus, um die Laune zu heben. Die Marsianer waren gekommen und hatten sich die Menschheit unterworfen, doch das Leben ging weiter.

Während er über den kopfsteingepflasterten Parkplatz auf Tiltyard Gardens und die dort versammelte Menschenmenge zuschritt, ging es ihm durch den Kopf, daß er hier wenigstens in irgendeinem England war, auch wenn die Traumfrau vielleicht einen anderen Ort gemeint hatte, und er sehnte sich nach England. Ein schreckliches Schicksal schwebte immer noch über den Häuptern dieser Leute, und die hier Versammelten hatten bereits Furchtbares gelitten - jedesmal wenn er wieder im Begriff war, die außergewöhnlichen Umstände zu vergessen, fiel sein Blick auf den nächsten Marktbesucher mit fehlenden Gliedmaßen oder gräßlichen Brandwunden -, aber aus der Vernichtung, die er gesehen hatte, ein Leben aufzubauen, war wenigstens ein greifbares Ziel. Das war mehr, als er bisher von seiner Reise behaupten konnte.

Im Grunde, erkannte er, war er müde - denkmüde, reisemüde, beinahe dieses ganzen Lebens müde.

Als er die roten Backsteinmauern hinter sich ließ und in das Grün der sogenannten Wildnis (eigentlich ein Garten mit strengen Hecken und Eibenreihen) eintrat, besserte sich seine Stimmung ein wenig, obwohl auch hier das außerirdische scharlachrote Gras an manchen Stellen

Wurzeln geschlagen hatte. Der Markt war in vollem Gange. Auf den Anhängern lagen landwirtschaftliche Produkte zuhauf, und es wurde lebhaft gehandelt. Überall, wohin er schaute, widersprach jemand energisch den Anpreisungen, die jemand anders von sich gab. Wenn er die Augen zusammenkniff, sah das Ganze beinahe wie eine ländliche Marktszene auf einem alten Stich aus. Er konnte die Pankies nirgends entdecken, was er nicht besonders tragisch fand.

Während er seinen Blick über die Menge schweifen ließ, die vielleicht zwei- bis dreihundert Personen zählte, fiel ihm ein dunkelhaariger und dunkelhäutiger Mann auf, der ihn, wie es schien, seinerseits mit mehr als müßiger Neugier musterte. Als sich ihre Blicke begegneten, schlug der andere die Augen nieder und wandte sich ab, doch Paul wurde den Eindruck nicht los, daß der Mann ihn schon eine ganze Weile beobachtet hatte. Der dunkle Fremde drückte sich an zwei Frauen vorbei, die um einen Hund in einem Korb feilschten – Paul war sich nicht ganz sicher, zu welchem Zweck der Hund verkauft wurde, doch er meinte es zu ahnen und hoffte, daß Undine Pankie nichts davon mitkriegte –, und tauchte in der Menge unter.

Paul zuckte mit den Achseln und schlenderte weiter. Außer den asiatischen Gesichtszügen, die selbst in dieser weit zurückliegenden Zeit nicht über die Maßen selten waren, hatte sich der Mann nicht wesentlich von den anderen unterschieden, und auf jeden Fall hatte er nicht die Panikreaktion ausgelöst, die Paul bisher jedesmal bei Gefahr von seinen Verfolgern gehabt hatte.

Seine Gedanken wurden durch das plötzliche Erscheinen der Pankies unterbrochen. Frau Pankie war in Tränen aufgelöst, und ihr Mann bemühte sich, wenn auch ohne großen Erfolg, sie zu beruhigen. Einen Moment lang dachte Paul, sie hätte womöglich den Hundehandel mit angesehen und wäre an den armen gebratenen Dandy erinnert worden.

»Ach, Herr Johnson, ist das grausam!« Sie krallte sich in seinen Ärmel und hob flehend ihr breites Gesicht zu ihm auf.

»Vielleicht wollen sie ihn ja bloß als Wachhund haben ...«, begann er, aber die Frau hörte gar nicht zu.

»Ich habe sie gerade gesehen – genau das Alter, in dem unsere Viola gewesen wäre, wenn sie nicht ... Ach, ist das grausam, ist das grausam!«

»Na, na, Frau Pankie.« Sefton schaute sich nervös um. »Mach doch nicht so eine Szene.«

»Viola?«

»Unser kleines Mädchen. Sie war ihr wie aus dem Gesicht geschnitten! Ich wollte hingehen und mit ihr reden, aber Herr Pankie ließ mich nicht. Ach, mein armes kleines Mädchen!«

Paul schüttelte den Kopf. »Ihr kleines Mädchen? Aber Sie sagten doch, Sie hätten keine ...«

»Erfunden«, sagte Sefton Pankie mit fester Stimme, aber Paul meinte, eine Spur von Panik darin zu hören. »Als Trost sozusagen. Wir haben uns ein Kind ausgedacht, wissen Sie, ein Mädchen, und es Viola getauft. War es nicht so, Frau Pankie?«

Undine schniefte und wischte sich mit ihren Ärmeln die Nase. »Meine liebe Viola.«

»... Und dieses Mädchen da drüben bei den Hecken, na ja, sie sah so aus, wie wir ... wie wir uns diese Tochter vorgestellt hatten. Verstehen Sie?« Er rang sich ein derart klägliches Lächeln ab, daß Paul am liebsten weggeguckt hätte. Einerlei was das hier war, Wahnsinn oder Schwindel, er hatte das Gefühl, in etwas Einblick zu nehmen, das er nicht sehen sollte.

Frau Pankie hatte aufgehört zu weinen und schien erkannt zu haben, daß sie zu weit gegangen war. »Es tut mir furchtbar leid, Herr Johnson.« Ihr Lächeln war nicht glaubwürdiger als das ihres Gatten. »Sie müssen mich für eine dumme Gans halten. Und das bin ich auch - eine dumme alte Gans.«

»Keineswegs ...«, begann Paul, aber Sefton Pankie war bereits dabei, seine Frau fortzuschieben.

»Sie braucht einfach etwas frische Luft«, sagte er über die Schulter, ungeachtet der Tatsache, daß es in dem offenen Garten gar nichts anderes gab. »Dies alles hat sie furchtbar mitgenommen ... furchtbar mitgenommen.«

Paul konnte nur zusehen, wie sie schwankend in der Menge entschwanden, die große Gestalt auf die kleine gestützt.

Er stand vor den hohen Hecken, die den äußeren Rand des berühmten Labyrinths bildeten, und kaute an einem Stück Fleisch vom Spieß, Ziegenfleisch, wie der Mann, der es verkaufte, hoch und heilig geschworen hatte. Der Verkäufer hatte das Essen und einen Humpen Bier gegen Pauls Weste eingetauscht, ein Preis, der zwar hoch war, aber unter den Umständen nicht exorbitant. Paul hatte den Humpen auf einen Zug geleert. Eine kleine Stärkung konnte er jetzt gut gebrauchen.

Seine Gedanken gingen wild durcheinander, und er konnte einfach keine Ordnung hineinbringen. Konnte es so simpel sein, wie es sich darstellte - daß die Pankies in ihrer Einsamkeit ein Märchenkind erfunden hatten, um damit ihr kinderloses Dasein zu erfüllen? Doch was hatten sie mit der Bemerkung gemeint, das Mädchen sei genau in dem Alter, in dem ihre Viola gewesen wäre, *wenn sie nicht* ...? Wenn sie nicht was? Wie konnte man ein Kind verlieren - vermutlich durch Tod -, das man nur erfunden hatte?

»Sie sind hier fremd.«

Paul fuhr auf. Der dunkelhäutige Mann stand mit ernstem Gesicht und durchdringend blickenden braunen Augen in dem Bogen, der den Eingang zum Labyrinth bildete.

»Ich ... ja, das bin ich. Ein Haufen anderer bestimmt auch. Einen Markt wie diesen hier gibt es weit und breit nicht.«

»Da haben Sie recht.« Der Fremde verzog den Mund zu einem kurzen, flüchtigen Lächeln. »Ich würde mich sehr gern einmal mit Ihnen unterhalten, Herr ...?«

»Johnson. Warum? Und wer sind Sie?«

Der Mann beantwortete nur die erste Frage. »Sagen wir, daß ich über gewisse Informationen verfüge, die Ihnen von Nutzen sein könnten, Sir. Jedenfalls jemandem in ... besonderen Umständen.«

Pauls Puls hatte sich nicht wieder normalisiert, seit der Fremde ihn angesprochen hatte, und die sorgfältig gewählten Worte des Mannes trugen nicht dazu bei, ihn zu verlangsamen. »Dann reden Sie.«

»Nicht hier.« Der Fremde blickte streng. »Aber wir werden nicht weit gehen.« Er drehte sich um und deutete auf das Labyrinth. »Kommen Sie mit.«

Paul mußte sich entscheiden. Er traute dem Mann durchaus nicht, aber wie er schon vorher bemerkt hatte, reagierte er auch nicht mit instinktiver Furcht auf ihn. Und wie Herr Pankie, wenn auch nicht so extrem, war der Fremde zu klein, um sehr bedrohlich zu wirken. »Na schön. Aber Sie haben mir immer noch nicht gesagt, wie Sie heißen.«

»Nein«, erwiderte der Fremde, wobei er ihn mit einer Geste aufforderte, durch das Drehkreuz zu gehen, »das habe ich nicht.«

Wie um Pauls Befürchtungen zu zerstreuen, wahrte der vorausschreitende Fremde zwischen den Heckenwänden des Labyrinths mindestens einen Meter Abstand. Doch statt ihm irgendwelche Enthüllungen zu machen, plauderte er über allerlei Belanglosigkeiten, befragte Paul nach dem Stand der Dinge andernorts – er wußte angeblich nicht, aus welchem Teil Englands Paul gekommen war – und berichtete ihm seinerseits über den Wiederaufbau der Gegend um Hampton Court nach der Invasion.

»Ja, ja, die Menschen, immer wieder fangen sie neu zu bauen an«, bemerkte der Fremde. »Bewundernswert, finden Sie nicht?«

»Wahrscheinlich.« Paul blieb stehen. »Hören Sie, möchten Sie mir vielleicht langsam sagen, worum es geht? Oder wollten Sie mich einfach hier hereinlotsen, um mich auszurauben oder sowas in der Art?«

»Wenn ich nur Leute ausrauben wollte, würde ich dann von besonderen Umständen sprechen?« fragte der Mann. »Denn sehr wenigen können diese Worte soviel sagen wie Ihnen, möchte ich meinen.«

Noch während ihm ein warnender Schauder den Rücken hinunterlief, erkannte Paul plötzlich den Akzent, der die Aussprache des Fremden ganz schwach färbte: Er mußte Inder oder Pakistani sein, auch wenn er tadellos Englisch sprach. Paul beschloß, daß es an der Zeit war, klare Verhältnisse zu schaffen.

»Nehmen wir an, Sie haben recht. Was folgt daraus?«

Statt auf den Köder anzubeißen, drehte der Fremde sich um und ging weiter. Nach kurzem Zögern eilte Paul hinterher. »Nur noch ein kleines Stück«, sagte der Mann. »Dann können wir reden.«

»Reden Sie jetzt.«

Der Fremde lächelte. »Na gut. Zuerst möchte ich Ihnen sagen, daß Ihre Reisegefährten nicht sind, was sie zu sein scheinen.«

»Tatsächlich? Was sind sie denn? Satanisten? Vampire?«

Der dunkle Mann schürzte die Lippen. »Genau kann ich es Ihnen nicht sagen. Aber ich weiß, daß sie etwas anderes sind als ein nettes, gemütliches Ehepaar aus England.« Er breitete seine Arme aus, als sie um die nächste Ecke bogen und sich im Herzen des Labyrinths befanden. »Wir sind da.«

»Das ist doch lächerlich.« In Paul kämpfte der Zorn gegen eine immer stärker werdende Furcht an. »Sie haben mir nicht das geringste erzählt. Sie haben mich bloß hierhergelockt, und weshalb?«

»Leider deshalb.« Der Fremde sprang vor, umschlang Pauls Taille und hielt damit seine beiden Arme fest. Paul wehrte sich, aber der Mann war überraschend stark. Das Licht im Zentrum des Labyrinths veränderte sich jäh, als ob die Sonne plötzlich die Richtung gewechselt hätte.

»Halloo!« Frau Pankies schriller Schrei erscholl ein paar Gänge weiter. »Halloo, Herr Johnson? Sind Sie da? Haben Sie die Mitte gefunden, Sie gescheiter Mann?«

Paul bekam nicht genug Luft, um Hilfe rufen zu können. Rings um ihn herum breitete sich ein gelbes Leuchten aus, das den Bänken und Hecken und dem Kiespfad eine butterig-trübe Durchsichtigkeit verlieh. Als er das goldene Licht erkannte, verstärkte Paul seinen Widerstand. Er bekam kurz eine Hand frei und griff dem dunklen Mann in die dichten schwarzen Haare, aber da zog ihm der andere ein Bein weg und versetzte ihm einen Stoß, so daß er rückwärts durch das Licht stürzte und schlagartig im Nichts war.

Zwei

Stimmen im Dunkeln

Fließe aus, die du im Dunkeln kommst,
Die du heimlich eintrittst -
Die Nase hinten, das Gesicht rückwärts gedreht -
Und doch nicht erreichst, wozu du kamst.

Kamst du, um dieses Kind zu küssen?
    Ich lasse es dich nicht küssen! ...

Kamst du, um ihm zu schaden?
    Ich lasse dich ihm nicht schaden!

Kamst du, um es zu rauben?
    Ich lasse es dich mir nicht rauben!

Altägyptischer Zauberspruch

Kapitel

Numerische Träume

NETFEED/DOKUMENTATION:
"Otherland" — das ultimative Netzwerk?
(Bild: Schloß Neuschwanstein in Nebelschwaden)
Off-Stimme: Was für eine Welt würden sich die reichsten Leute auf Erden bauen? Einer Ankündigung zufolge bereitet BBN einen Dokumentarbericht über das Projekt "Otherland" vor, eine Simulationswelt, über die unter Virtualitätstechnikern viel gemunkelt wird. Gibt es sie wirklich? Viele sagen, sie sei nicht realer als Avalon oder Shangri-La, aber andere behaupten, selbst wenn sie abgeschaltet worden sei, habe sie irgendwann einmal existiert und sei das größte Werk ihrer Art gewesen …

> Es dachte nicht. Es lebte nicht.

In Wirklichkeit besaß es keine Eigenschaft, die ihm nicht von seinen Schöpfern verliehen worden war, und zu keiner Zeit war es der entscheidenden Schwelle nahe gekommen, von der an es - um ein klassisches Science-fiction-Bild zu gebrauchen - mehr hätte sein können als die Summe seiner Teile, mehr als einfach ein Produkt von Zeit und Arbeit und dem Optimum an linearem Denken, zu dem seine Erfinder fähig waren.

Und dennoch: Mit seiner ständigen Zunahme an Komplexität und an unerwarteter, aber notwendiger Idiosynkrasie hatte sich das Nemesis-Programm über die Definitionen seitens der fleischlichen Intelligenzen, die es geschaffen hatten, hinweggesetzt und tatsächlich eine gewisse Autonomie erlangt.

Das Programm war von einigen der besten Gehirne auf dem Planeten entwickelt worden, dem J-Team bei Telemorphix. Der volle Name der Gruppe lautete Team Jericho, und obwohl ihr Schirmherr und Mentor Robert Wells nie ganz klar gemacht hatte, welche Mauern sie mit diesem oder einem ihrer anderen Projekte zum Einsturz bringen sollten, machten sie sich dennoch mit einem Korpsgeist an die ihnen zugewiesenen Aufgaben, wie er denen eigen war, die sich selbst für die Allerbesten und Allergescheitesten hielten. Wells' Auserwählte waren alle hochbegabt, bienenfleißig und beängstigend zielstrebig: In den Zeiten allergrößten, geradezu brennenden Termindrucks hatten sie den Eindruck, nur noch körperlose Gehirne zu sein, ja zeitweise nicht einmal mehr vollständige Denkapparate, sondern nur Das Problem selbst in all seinen Permutationen und möglichen Lösungen.

Genau wie seine Schöpfer ihre Körper weitgehend vernachlässigten und sich auch in Zeiten minimaler Arbeitsbelastung damit begnügten, diese achtlos zu kleiden und schlecht zu ernähren, angesichts eines unmittelbar bevorstehenden Fertigstellungstermins aber durchaus völlig auf Schlaf und Hygiene verzichten konnten, so war das Nemesis-Programm weitgehend unabhängig von der Matrix, in der es operierte, dem Gralsprojekt (beziehungsweise Otherland, wie die wenigen, die die ganze Wahrheit kannten, es nannten). Anders als die Mehrheit der Bewohner dieses speziellen binären Universums, die aus Schablonen künstlichen Lebens herausentwickelt worden waren, damit sie die Handlungen lebender Wesen nachahmten, war Nemesis so konstruiert, daß es RL-Organismen nur so weit nachahmte, wie es für sein problemloses Fortkommen und seine unauffällige Überprüfungstätigkeit notwendig war, aber sich dabei so wenig für einen Teil der Umwelt hielt, wie ein Raubvogel sich als Teil der Äste begriff, auf denen er sich gelegentlich niederließ.

Außerdem wurde es von einer eingebauten Fixierung auf das *Sein* statt auf den *Schein* der Dinge gelenkt, einem ganz anderen Impuls als dem, mit dem die übrigen Leben imitierenden Codeaggregate im Netzwerk ausgestattet worden waren. Nemesis war ein Jäger, und obwohl sein Trieb, in der wirksamsten Art zu jagen, es in letzter Zeit zu bestimmten Veränderungen seiner Vorgehensweise veranlaßt hatte, konnte es sich dennoch dem Verhalten der normalen KL-Objekte innerhalb des Gralsprojekts ebensowenig angleichen, wie es frei in die Luft jenseits des elektronischen Universums hinausspringen konnte.

Nemesis bewohnte seine eigene Realität. Es hatte keinen Körper und daher keine körperlichen Bindungen, auch nicht, wenn die ihm beigegebene Wertewolke sich veränderte und in einer Simulation eine neue wirklichkeitsgetreue Organismusimitation hervorbrachte. Aber die Mimikry geschah nur der äußeren Beobachter wegen – Nemesis selbst war weder *in* noch *aus* der jeweiligen Simwelt. Es bewegte sich durch sie hindurch, über sie hinweg. Es verbreitete sich durch den numerischen Raum wie ein zusammenhängender Nebel und war sich nicht mehr bewußt, daß es eine endlose Reihe von Körpern simulierte, die VR-gestützten menschlichen Sinnesorganen realistisch vorkamen, als Regen sich seiner Nässe bewußt sein konnte.

Seit der Codeknopf gedrückt worden war, seit der erste Befehl wie der Blitz über Schloß Frankenstein es zur Lebensähnlichkeit erweckt hatte, hatte Nemesis seine unverrückbaren Ziele in der linearen Art verfolgt, die seine Schöpfer ihm vorgegeben hatten – nach Anomalien suchen, die größte/nächste Anomalie ermitteln, darauf zugehen und auf Vergleichspunkte hin überprüfen, schließlich, zwangsläufig nie zufrieden, weitersuchen. Aber das wilde Informationschaos des Otherlandnetzwerks, das Meer sich unentwegt wandelnder Werte, das Menschen kaum fassen konnten, auch wenn sie es selbst geschaffen hatten, war nicht ganz das, worauf Nemesis programmiert worden war. Ja, das theoretische Modell von Anderland, das Nemesis erhalten hatte, und das Anderland, durch das es sich bewegte, waren so grundverschieden, daß das Programm in den allerersten Momenten durch ein simples und höchst elementares Paradox beinahe paralysiert worden wäre: *Wenn nach Anomalien gesucht werden soll und gleichzeitig alles anomal ist, dann ist der Anfang auch schon das Ende.*

Aber ohne es zu wissen, hatten die fehlbaren fleischlichen Intelligenzen des J-Teams von Telemorphix ihrem Geschöpf mehr Flexibilität verliehen, als ursprünglich vorgesehen. In dem Gangliengeflecht von Unterprogrammen fand der Trieb, zu jagen und sich fortzubewegen, die nötigen Definitionen, die es ihm erlaubten, Anderland als einen unentdeckten Kontinent zu behandeln – womit er sich von seiner ursprünglichen Ausrichtung abgekoppelt hatte. Nemesis würde das Grundmuster dieser neuen, anomalen Version der Matrix finden und dann nach Anomalien in bezug auf dieses Grundmuster forschen.

Mit dieser Flexibilität jedoch gewann es eine neue und größere Komplexität und die Erkenntnis, daß selbst unter Umgehung des Anfangsproblems die Aufgabe sich so, wie sie gestellt war, nicht bewältigen ließ. Die kleineren Anomalien des Systems, zu deren Untersuchung Nemesis eigentlich entwickelt worden war, waren zu zahlreich: In seiner ursprünglichen Beschaffenheit konnte Nemesis sie nicht alle so schnell erfassen und beurteilen, wie neue auftraten.

Aber das war kein unüberwindliches Hindernis. Das J-Team, jene Götter, die Nemesis sich nicht vorstellen und daher auch nicht verehren oder gar fürchten konnte, hatten sich in ihren Berechnungen nur um einen ganz kleinen Faktor geirrt. Wenn somit eine gewisse Verschlechterung der Erkennungsfähigkeit den letztendlichen Erfolg der Jagd nicht vereitelte, konnte Nemesis sich im Interesse eines flächendeckenderen Vorgehens teilen. Obwohl das Programm keinen Begriff eines »Ich« hatte, einer steuernden Intelligenz in seinem Zentrum – eine naheliegende Illusion, der seine Schöpfer allesamt aufsaßen –, handelte es dennoch als ein zentraler Kontrollpunkt, eine datenverarbeitende Schalt- und Verknüpfungsstelle. Die Unterteilung dieses Kontrollpunkts würde eine Verringerung seiner Fähigkeiten in jeder untergeordneten Einheit, jedoch eine Beschleunigung des schematischen Überprüfungsverfahrens bedeuten.

Es gab noch einen anderen Faktor, der für die Aufteilung sprach, eine Merkwürdigkeit, auf die das Nemesis-Programm aufmerksam geworden war und das sein kaltes Interesse anstachelte. Während der zeitlosen Stunden des Dahinziehens und Prüfens, in denen es auf den Zahlenwinden schwebte und aus ihrer Gestalt und Stärke Rückschlüsse zog, war ihm etwas aufgefallen, das von dem ihm mitgegebenen theoretischen Modell des Environments so weit entfernt war, daß es kurzfristig eine neue Gefahr für die logische Integrität des Nemesis-Programms darstellte.

Irgendwo – auch das eine Metapher, die dem Programm nichts sagte, da der Informationsraum physische Entfernungen oder Richtungen nur insofern enthielt, als sie für Menschen simuliert werden mußten – irgendwo am fernen Rand von Anderland waren die Verhältnisse ... *anders.*

Nemesis wußte nicht, inwiefern sie anders waren, auch nicht, wie etwas in einem Universum ohne räumliche Distanzen weit entfernt sein konnte, aber es wußte, daß beides wahr war. Und zum erstenmal verspürte Nemesis ein Ziehen, das sich nicht völlig aus seiner Programmierung erklären ließ. Es war natürlich eine weitere Anomalie, ein Problem, das seinen menschlichen Schöpfern gar nicht bewußt gewesen war, aber diese Anomalie war so ganz und gar verschieden von denen, die den Jagdinstinkt des Programmes auf sich zogen, daß sie normalerweise höchstwahrscheinlich unbemerkt geblieben wäre, so wie ein Tier, das sich überhaupt nicht bewegt, für bestimmte Raubtiere unsichtbar ist. Aber etwas an diesem fernen »Ort«, wo die Verhältnisse anders waren, wo die Ströme des zahlenförmigen Seins sich in einer neuen und - für Nemesis - unbegreiflichen Art und Weise bewegten, hatte seine Aufmerksamkeit erregt und war, sofern das bei einem seelenlosen, leblosen Stück Code möglich war, zu einer Manie geworden.

Deshalb hatte Nemesis beschlossen, daß es von den vielen untergeordneten Versionen, die es von sich zu erzeugen und damit eine Art Selbstmord seiner Zentralinstanz durch Aufspaltung zu begehen gedachte, eine sorgfältig konstruierte Unterinstanz damit beauftragen wollte, sich auf die Suche nach dieser Großen Anomalie zu begeben, auf den Datenströmen zu diesem unvorstellbar fernen Unort zu schwimmen und wenn möglich etwas von dort mitzubringen, das der Wahrheit glich.

Nemesis dachte nicht. Es lebte nicht. Und nur jemand, der die Grenzen schlichten Codes, die eisige Reinheit der Zahlen nicht verstand, wäre auf den Gedanken gekommen, daß es träumen könne.

Kapitel

Spiele im Schatten

NETFEED/NACHRICHTEN:
Pheromone kommen auf die Liste überwachter Substanzen
(Bild: Fühlerreibende Ameisen Kopf an Kopf)
Off-Stimme: Die chemischen Stoffe, die Insekten zur Nachrichtenübermittlung benutzen und mit denen menschliche Einzelhändler anscheinend Kunden dazu stimuliert haben, nicht nur ihre Waren zu kaufen, sondern auch die ihrer Konkurrenten zu meiden, werden nach den neuen UN-Richtlinien, trotz Protesten seitens der Regierungen Frankreichs, Chinas und der USA, von nun an einer sehr viel strengeren Kontrolle unterliegen.
(Bild: Rausha am Rednerpult vor dem UN-Logo) Victor Rausha von der Abteilung Verbraucherschutz der UN gab die Änderungen der entsprechenden Bestimmungen bekannt.
Rausha: "Es war ein langer, zäher Kampf gegen einige äußerst mächtige Lobbys, aber die Verbraucher — die Bürger — müssen das Recht haben, ihre Kaufentscheidungen ohne irgendwelche unterschwelligen Manipulationen zu treffen, und die Beeinflussung mit Duftstoffen ist bekanntlich besonders wirksam. Wenn Lebensmittelhändler ihre Kunden hungrig machen dürfen, wieso sollten dann nicht die Polizeikräfte der Welt die Bürger zum Gehorsam oder die Regierungen sie zur Dankbarkeit zwingen können? Wo hört es auf?"

> »*Code Delphi. Hier anfangen.*

Den Regen habe ich immer geliebt. Wenn ich etwas vermisse, weil ich schon so lange in meinem unterirdischen Domizil lebe, dann ist es das Gefühl von Regen auf meiner Haut.

Blitze auch – die grellen Risse am Himmel, als ob das materielle Universum einen Moment lang aufgeschlitzt worden wäre und das transzendente Licht der Ewigkeit hervorbräche. Wenn ich etwas wegen meiner Behinderung vermisse, dann ist es der Anblick von Gottes strahlendem Gesicht, wie es durch einen Sprung im Universum späht.«

»Ich heiße Martine Desroubins. Ich kann mein Journal nicht mehr auf die normale Weise fortführen, wie ich gleich erklären werde, deshalb subvokalisiere ich diese Diktate in ... ins Nichts aller Wahrscheinlichkeit nach ... in der Hoffnung, daß es mir eines Tages irgendwie möglich sein möge, sie wieder aufzufinden. Ich habe keine Ahnung, was für ein System dem Otherlandnetzwerk zugrunde liegt oder welchen Umfang sein Speicher hat – es kann sein, daß diese Worte tatsächlich für alle Zeit verloren sind, so als hätte ich sie in den Wind gerufen. Aber diese Resümees, diese privaten Reflexionen sind mir über so viele Jahre zur Gewohnheit geworden, daß ich jetzt nicht damit aufhören mag.

Vielleicht wird jemand anders diese Worte eines Tages aus der Matrix herausziehen, Jahre später, wenn alles, was mich jetzt beschäftigt, was mir solche Angst macht, Geschichte sein wird. Was wirst du davon halten, Mensch der Zukunft? Wird das, was ich sage, dir überhaupt nachvollziehbar sein? Du kennst mich nicht. Ja, obwohl ich dieses Journal schon mein ganzes Erwachsenenleben lang führe, habe ich manchmal immer noch den Eindruck, den Gedanken einer Fremden zu lauschen.

Spreche ich also in die Zukunft, oder murmele ich nur so vor mich hin, wie die Verrückten es von jeher getan haben, allein in einer ungeheuren inneren Finsternis?

Es gibt natürlich keine Antwort.«

»Es gab schon früher Zeiten, in denen ich dieses Journal tagelang, während Krankheiten sogar wochenlang nicht führte, aber noch nie verbargen sich hinter diesem Vorhang des Schweigens derart erstaunliche Veränderungen, wie sie mir widerfahren sind, seit ich zum letztenmal meine Gedanken zu Protokoll gegeben habe. Ich weiß nicht, wo ich anfangen soll. Ich weiß es einfach nicht. Alles ist jetzt anders.

In gewisser Weise ist es wunderbar, daß ich überhaupt noch einmal mit meinem Journal anfangen kann. Eine Zeitlang hatte ich die Befürchtung, ich würde nie mehr kohärent denken können, aber je mehr Tage hier vergehen - oder vorgespiegelt werden -, um so leichter fällt es mir, nach und nach die überwältigende Datenflut zu verkraften, die dieses Anderland ausmacht oder dieses Gralsprojekt, wie seine Erfinder sagen. Auch meine Fähigkeit, damit umzugehen, ist etwas besser geworden, aber ich bin immer noch ungeschickt wie ein Kind und von der Welt um mich herum verwirrt, beinahe so hilflos wie damals vor achtundzwanzig Jahren, als ich mein Augenlicht verlor. Das war eine schreckliche Zeit, und ich schwor damals, nie wieder so hilflos zu sein. Aber Gott hat Spaß daran, Ernst zu machen, wie es scheint. Ich kann nicht behaupten, daß mir sein Humor besonders zusagt.

Aber ich bin kein Kind mehr. Damals weinte ich, weinte jede Nacht und bat ihn, mir meine Sehkraft zurückzugeben - mir die Welt zurückzugeben, denn nichts geringeres hatte ich verloren, schien es mir. Er half mir nicht und meine von Selbstvorwürfen gequälten, unfähigen Eltern auch nicht. Es lag nicht in ihrer Macht, mir zu helfen. Ich weiß nicht, ob es in Gottes Macht lag.«

»Es berührt mich sonderbar, nach so langer Zeit an meine Eltern zu denken. Noch sonderbarer ist der Gedanke, daß sie wohl noch am Leben sind und in diesem Moment vielleicht keine hundert Kilometer von meinem physischen Körper entfernt wohnen. Der Abstand zwischen uns war schon so groß, bevor ich in dieses unerklärliche Anderland eintrat, dieses imaginäre Universum, dieses Spielzeug monströser Kinder.

Meine Eltern meinten es sicher gut. Es gibt schlimmere Lebensbilanzen als ihre, aber das ist ein schwacher Trost. Sie liebten mich - sie lieben mich bestimmt noch, und meine Trennung von ihnen bereitet ihnen wahrscheinlich großen Kummer -, aber sie beschützten mich nicht. Das ist schwer zu verzeihen, zumal die Folgen so furchtbar waren.

Meine Mutter Geneviève und mein Vater Marc waren Ingenieure. Beide kamen mit anderen Menschen nicht gut zurecht; beide fühlten sich im Umgang mit sicheren Zahlen und Tabellen wohler. Sie fanden einander wie zwei menschenscheue Waldtiere, und da beide die gleiche Einstellung zum Leben hatten, beschlossen sie, sich gemeinsam vor der Dunkelheit zu verstecken. Aber man kann sich nicht vor der Dunkelheit verstecken – je mehr Lichter, um so mehr Schatten. Ich erinnere mich daran recht gut aus der Zeit, als es noch Licht für mich gab.

Wir gingen kaum jemals aus dem Haus. In meiner Erinnerung sehe ich uns Abend für Abend vor dem Wandbildschirm sitzen und eine der Science-fiction-Serien anschauen, die sie so gern mochten. Immer lineare Programme – interaktive interessierten sie nicht. Sie interagierten mit ihrer Arbeit und miteinander und zum geringen Teil auch mit mir. Das reichte ihnen an Beschäftigung mit der Welt außerhalb ihrer Köpfe vollkommen. Während der Wandbildschirm flackerte, malte ich Malbücher aus oder las oder spielte mit meinem Baukasten, und meine Eltern saßen hinter mir auf der weich gepolsterten Couch, rauchten ›diskret‹, wie sie sagten, Haschisch und schwadronierten über irgendeinen dummen wissenschaftlichen Fehler oder eine unlogische Sequenz in einer ihrer geliebten Serien. Wenn sie die betreffende Folge schon einmal gesehen hatten, diskutierten sie den Fehler trotzdem noch genauso angeregt und ausführlich wie beim erstenmal. Manchmal hatte ich Lust, sie anzuschreien, sie sollten still sein, mit dem blöden Geschwätz aufhören.

Sie arbeiteten natürlich beide zuhause, der Kontakt zu Kollegen lief zum Großteil übers Netz. Das war zweifellos einer der Hauptgründe für ihre Berufswahl gewesen. Wenn es die Schule nicht gegeben hätte, wäre ich vielleicht niemals vor die Haustür gekommen.

Die mangelnde Auseinandersetzung meiner Eltern mit der Außenwelt, anfangs nur ein verträumtes Desinteresse, wurde im Laufe der Jahre bedrückend. Besonders meiner Mutter machten die vielen Stunden, in denen ich ihren Blicken entzogen war, immer mehr Angst, als ob ich ein tollkühner kindlicher Astronaut wäre, der das sichere heimische Raumschiff verlassen hatte, und die ruhigen Straßen einer Toulouser Vorstadt waren für sie ein von Ungeheuern wimmelnder fremder Planet. Sie wollte, daß ich sofort nach der Schule wieder an Bord kam. Wenn es zu dem Zeitpunkt, als ich sieben Jahre alt war, eine Teleportmaschine wie in ihren Science-fiction-Phantasien gegeben hätte, eine Möglichkeit, mich augenblicklich vom Klassenzimmer zurück ins Wohnzimmer zu befördern, hätte sie eine gekauft, egal zu welchem Preis.

In meiner frühen Kindheit, als beide noch arbeiteten, hätten sie sich so ein Gerät vielleicht sogar leisten können, falls es existiert hätte ... aber dann ging es mit uns bergab. Die lockere Heiterkeit meines Vaters war eine Maske, die eine ohnmächtige Hilflosigkeit angesichts jeder Komplikation verbarg. Ein unangenehmer Chef, den man ihm vor die Nase gesetzt hatte, vertrieb ihn schließlich aus einem Unternehmen, das er mit gegründet hatte, und er mußte sich notgedrungen mit einer schlechter bezahlten Stelle abfinden. Meine Mutter verlor ihre Stelle ohne eigenes Verschulden - die Firma bekam ihren Vertrag mit der AEE, der Europäischen Weltraumorganisation, nicht verlängert, und ihre ganze Abteilung wurde aufgelöst -, aber es war ihr nahezu unmöglich, aus dem Haus zu gehen und sich eine neue zu suchen. Sie erfand Ausreden dafür, zuhause zu bleiben, und lebte zusehends nur noch im Netz. Meine Eltern hingen an ihrem Haus in der ruhigen Vorstadt, aber es wurde für sie finanziell von Monat zu Monat schwerer zu halten. Die bekifften Diskussionen wurden manchmal angespannt und anklagend. Sie verkauften ihre teure Datenverarbeitungsstation an einen Bekannten und ersetzten sie durch ein billiges, gebrauchtes Modell, irgendein westafrikanisches Fabrikat. Sie hörten auf, sich neue Sachen anzuschaffen. Wir aßen auch billig - meine Mutter kochte Riesentöpfe Suppe und grummelte dabei wie eine Prinzessin, die man zur Küchenmagd degradiert hatte. Noch heute ist der Geruch von kochendem Gemüse für mich gleichbedeutend mit Unglück und stiller Wut.

Ich war acht, als das Angebot kam - alt genug, um zu wissen, daß die Dinge zuhause im argen lagen, aber ohne die leiseste Chance, etwas daran zu ändern. Ein Freund meines Vaters nannte ihm ein Forschungsunternehmen, bei dem meine Mutter vielleicht Arbeit finden könne. Sie hatte kein Interesse - höchstens ein Brand hätte sie zu dem Zeitpunkt noch aus dem Haus treiben können, glaube ich, und nicht einmal dessen bin ich mir sicher -, aber mein Vater ging der Sache nach, vielleicht weil er meinte, dort eine zusätzliche Teilzeitarbeit zu finden.

Das war nicht der Fall, obwohl er mehrere Vorstellungsgespräche absolvierte und eine der Projektleiterinnen ziemlich gut kennenlernte. Diese Frau, von der ich ehrlich glaube, daß sie meinem Vater einen Gefallen tun wollte, erwähnte, daß sie zwar im Augenblick keine weiteren Ingenieure bräuchten, dafür allerdings Testpersonen für ein bestimmtes Projekt, und das Unternehmen, das die Forschungen finanzierte, zahle sehr gut.

Mein Vater wollte sich melden. Sie teilte ihm mit, daß er die Anforderungen nicht erfülle, aber seinen Bewerbungsunterlagen nach zu urteilen, komme seine achtjährige Tochter dafür in Frage. Es handele sich um ein Experiment, mit dem die Entwicklung der Sinneswahrnehmungen erforscht werden solle, und der Geldgeber sei die Schweizer Clinsor-Gruppe, spezialisiert auf medizinische Technik. Ob er Interesse habe.

Zu seinen Gunsten muß ich sagen, daß mein Vater Marc nicht sofort zustimmte, obwohl die angebotene Summe beinahe seinem Jahresgehalt entsprach. Er kam ziemlich verstört nach Hause. Er und meine Mutter führten den ganzen Abend lang geflüsterte Diskussionen vor dem Bildschirm und lautere, nachdem sie mich zu Bett gebracht hatten. Später fand ich heraus, daß zwar keiner von ihnen sich eindeutig für oder gegen die Idee aussprach, aber daß die durch das Angebot ausgelöste wechselnde Uneinigkeit sie trotzdem einer Trennung näher brachte als irgend etwas sonst in ihrer Ehe. Wie typisch für sie - selbst als sie den heftigsten Streit ihres Lebens hatten, wußten sie nicht, was sie wollten.

Drei Nächte später, nach ein paar rückversichernden Anrufen bei der pseudowissenschaftlichen Organisation, die für die Durchführung der Studie bezahlt wurde - das ist nicht übertrieben oder beleidigend gemeint, da es schon damals nur noch wenige Universitäten gab, die nicht ihre Seele an irgendwelche Sponsoren aus der Wirtschaft verkauft hatten -, waren meine Eltern davon überzeugt, daß alles nur zu unserem Besten wäre. Ich denke, in ihrer welt- und menschenfremden Art hatten sie sogar angefangen zu glauben, daß bei der Sache irgend etwas Wichtiges für mich persönlich herauskommen könnte, mehr als nur einfach Geld für die Familie, daß bei dem Test irgendein verborgenes Talent von mir ans Licht kommen und ich mich als ein noch außergewöhnlicheres Kind erweisen würde, als ich es in ihren Augen ohnehin war.

In einer Hinsicht hatten sie recht - die Sache veränderte mein Leben für alle Zeit.

Ich erinnere mich, wie meine Mutter in mein Zimmer kam. Ich war früh mit einem Buch ins Bett gegangen, weil mich das seltsame, geradezu ... somnambule, das ist das Wort - das somnambule Geplapper der beiden an den Tagen davor nervös gemacht hatte, und ich schaute schuldbewußt auf, als sie hereinkam, als ob sie mich bei etwas Verbotenem ertappt hätte. Der Farbverdünnergeruch des Haschisch hing in ihrem abgetragenen Pullover. Sie war ein wenig bekifft, wie oft um diese Abendzeit, und während sie daran herumkaute, wie sie mir die Neuigkeit beibringen sollte, machte mir ihre dumpfe Unartikuliertheit einen Moment lang richtig Angst. Sie wirkte gar nicht wie ein Mensch -

eher wie ein Tier oder ein außerirdischer Doppelgänger aus einer der Netzsendungen, die meine ganze Kindheit über im Hintergrund gelaufen waren.

Während sie mir ihre elterliche Entscheidung darlegte, wuchs meine Angst immer mehr. Ich solle nur ein kleines Weilchen allein bleiben, erklärte sie mir, und einigen Leuten bei einem Experiment helfen. Nette Männer und Frauen - *Fremde*, hieß das in Wirklichkeit - würden sich um mich kümmern. Es würde der Familie helfen und bestimmt interessant werden. Alle anderen Kinder in meiner Schule würden mich beneiden, wenn ich zurückkam.

Wie konnte eine so autistische Frau wie meine Mutter nur auf den Gedanken kommen, daß das bei mir etwas anderes als Schrecken auslösen würde? Ich weinte die ganze Nacht und noch Tage danach. Meine Eltern taten so, als wäre es im Prinzip dasselbe wie die Angst davor, ins Sommerlager zu fahren oder den ersten Tag in die Schule zu gehen, und hielten mir vor, ich mache ein großes Getue um nichts, aber selbst ihnen muß aufgegangen sein, daß ihre elterliche Sorge zu wünschen übrigließ. Sie servierten mir jeden Abend meine liebsten Nachspeisen und rauchten zwei Wochen lang kein Hasch, um mir mit dem gesparten Geld eine neue Ausstattung kaufen zu können.

Für meine Reise zu dem Institut zog ich meinen neuen Mantel und mein neues Kleid an. Nur mein Vater flog mit mir nach Zürich - zu dem Zeitpunkt konnte meine Mutter ohne stundenlange Vorbereitung nicht einmal mehr ein Päckchen in den Postkasten an der Ecke werfen. Als wir landeten, war der Himmel so grau, daß ich die stumpf metallische Farbe die ganzen dazwischenliegenden Jahre der Finsternis über nicht vergessen habe, und ich war mir sicher, daß mein Vater vorhatte, mich meinem Schicksal zu überlassen, so wie der Vater von Hänsel und Gretel seine Kinder im Wald ausgesetzt hatte. Die Leute vom Pestalozzi Institut holten uns in einem großen schwarzen Auto ab, genau die Art, in die man kleinen Mädchen beibringt, niemals einzusteigen. Alles wirkte sehr geheimnisvoll und ominös. Das wenige, was ich auf der Fahrt zum Institut von der Schweiz sah, erschreckte mich - die Häuser waren fremdartig, und es lag schon Schnee, obwohl es in Toulouse noch angenehm warm gewesen war. Als wir bei dem Komplex niedriger Gebäude ankamen, dessen umliegende Gärten zu einer freundlicheren Jahreszeit bestimmt auch freundlich wirkten, wurde mein Vater gefragt, ob er die erste Nacht vor Beginn des Experiments mit mir zusammenbleiben wolle. Er hatte sein Rückflugticket für den Abend bereits in der Tasche, weil es ihn mehr beunruhigte, meine Mutter allein zu lassen als mich. Ich weinte und küßte ihn nicht zum Abschied.

Seltsam, seltsam ... die ganze Sache war seltsam. Ich bat meine Eltern später – nein, ich *verlangte* von ihnen, mir zu sagen, wie sie ein kleines Kind auf so eine Weise hatten fortschicken können. Sie konnten keinen anderen Grund dafür angeben, als daß sie es zu dem Zeitpunkt für eine gute Idee gehalten hätten. ›Wer konnte sich vorstellen, daß sowas passieren würde, Liebes?‹ war der Spruch meiner Mutter. Ja, wer? Vielleicht Menschen, die sich noch um andere Dinge außer dem Wandbildschirm und dem Wohnzimmer kümmerten.

Oh, ich werde heute noch wütend, wenn ich daran denke.

Auf ihre Weise waren die Leute im Pestalozzi Institut sehr nett. Sie arbeiteten mit vielen Kindern, und die Schweizer lieben ihre Söhne und Töchter nicht weniger als andere Völker. Es gab mehrere Berater im Mitarbeiterstab, deren einzige Aufgabe es war, dafür zu sorgen, daß die Versuchspersonen – Forschungsgegenstand des Instituts war fast ausschließlich die kindliche Entwicklung – sich wohl fühlten. Ich erinnere mich an eine Frau Fürstner, die besonders freundlich war. Ich frage mich oft, was aus ihr geworden ist. Sie war nicht älter als meine Mutter, daher lebt sie wahrscheinlich noch, möglicherweise immer noch in Zürich. Allerdings wage ich zu behaupten, daß sie nicht mehr für das Institut arbeitet.

Ich bekam ein paar Tage, um mich an meine neue Umgebung zu gewöhnen. Ich war in einer Art Schlafsaal untergebracht, zusammen mit vielen anderen Kindern, von denen die meisten französisch sprachen, so daß ich nicht einsam im gewöhnlichen Sinne des Wortes war. Unsere Verpflegung war gut, und unsere Wärter gaben uns alle Spielzeuge und Spiele, die wir haben wollten. Ich schaute mir Sciencefiction-Sendungen aus dem Netz an, obwohl sie ohne den laufenden Kommentar meiner Eltern eigenartig leblos wirkten.

Schließlich stellte mich Frau Fürstner einer Frau Doktor Beck vor, einer Frau mit goldenen Haaren, die in meinen Augen so hübsch war wie eine Märchenprinzessin. Während mir die Frau Doktor mit ihrer gütigen, geduldigen Stimme erklärte, was man von mir erwartete, fiel es mir immer schwerer zu glauben, daß etwas Schlimmes passieren würde. So eine schöne Frau würde niemals versuchen, mir etwas zu tun. Und selbst wenn irgendein Fehler geschah, wußte ich, daß Frau Fürstner nicht zulassen würde, daß ich Schaden nahm. Ich war immer behütet gewesen - wenn auch nicht in den wesentlichsten Hinsichten, wie mir später klar wurde -, und jetzt versicherten mir diese guten Leute, daß sich wenigstens in dem Punkt nichts ändern würde.

Ich sollte an einem Experiment mit sensorischer Deprivation teilnehmen. Ich bin mir immer noch nicht ganz im klaren darüber, welche Erkenntnisse sich das Institut von diesen Versuchen versprach. Bei der Verhandlung erklärten die Mitarbeiter, sie seien beauftragt gewesen, unbeeinflußte biologische Rhythmen zu untersuchen, aber auch zu erforschen, wie Umweltfaktoren sich auf Lernfähigkeit und Entwicklung auswirken. Welchen Nutzen das für einen multinationalen medizinischen und pharmazeutischen Konzern wie die Clinsor-Gruppe haben könnte, wurde nie richtig klar, aber die Clinsorleute hatten einen riesigen Forschungsetat und viele Interessen - das Pestalozzi Institut war nur einer von vielen Nutznießern ihrer Freigebigkeit.

Es werde einfach ein etwas anderer Urlaub sein, erläuterte mir Doktor Beck. Ich solle in einem sehr dunklen, sehr stillen Raum allein bleiben - ähnlich meinem Zimmer zuhause, aber mit eigener Toilette. Es werde reichlich Spielsachen und Spiele und Übungen zu meiner Beschäftigung geben, nur müsse alles im Dunkeln stattfinden. Aber eigentlich wäre ich gar nicht richtig allein, erklärte mir die Frau Doktor, weil sie oder Frau Fürstner immer über die Lautsprecher zuhören würden. Ich könne mich jederzeit bei ihnen melden, und sie würden mit mir sprechen. Es werde nur wenige Tage dauern, und wenn alles vorbei sei, würde ich soviel Kuchen und Eis bekommen, wie ich essen könne, und jedes Spielzeug, das ich haben wolle.

Und meine Eltern, fügte sie erst gar nicht hinzu, würden dafür Geld bekommen.

Es wirkt albern, das hier zu erwähnen, übertrieben bedeutungsschwer, aber als Kind hatte ich mich vorher im Dunkeln nie besonders gefürchtet. Wenn dies hier ein Roman wäre, könnte ich mein Journaldiktat mit dem Satz beginnen: ›Als Kind hatte ich keine Angst vor der Dunkelheit.‹ Freilich, wenn ich gewußt hätte, daß ich den Rest meines Leben in der Dunkelheit verbringen würde, hätte ich mich vielleicht dagegen gewehrt, darin eingetaucht zu werden.

Viele der Informationen, die das Pestalozzi Institut aus den Versuchen mit sensorischer Deprivation an mir und den anderen getesteten Kindern sammelte, waren im wesentlichen redundant. Das heißt, sie bestätigten nur, was bereits an erwachsenen Versuchspersonen herausgefunden worden war, an Leuten, die sich lange unter der Erde, in Höhlen oder in lichtlosen Zellen aufgehalten hatten. Bei den Kindern gab es ein paar Abweichungen von den Erwachsenen - sie paßten sich auf lange Sicht besser an, allerdings war auch die Wahrscheinlichkeit höher, daß sie in ihrer langfristigen Entwicklung negativ beeinflußt wurden -, aber solche naheliegenden Ergebnisse kommen einem bei so einem teuren Programm sehr mager vor. Als ich Jahre später die Zeugenaussagen studierte, die die Forscher des Unternehmens vor Gericht gemacht hatten, mußte ich erbittert feststellen, wie wenig Erkenntnisse durch den Verlust meines Glücks gewonnen worden waren.

Wie Doktor Beck gesagt hatte, war anfangs alles ganz einfach. Ich aß, spielte und verbrachte meine Tage im Dunkeln. Ich legte mich in völliger Finsternis schlafen und wachte in demselben schwarzen Nichts wieder auf, häufig vom Klang der Stimme eines Forschers oder einer Forscherin. Ich war von diesen Stimmen bald regelrecht abhängig, und nach einer Weile konnte ich sie sogar *sehen*. Sie hatten Farben, Formen - es fällt mir nicht leicht, das zu beschreiben, wie ich auch meinen gegenwärtigen Reisegefährten nicht beschreiben kann, wie meine Wahrnehmungen dieser künstlichen Welt sich von ihren unterscheiden. Ich bekam einen ersten Eindruck von der Synästhesie aufgrund der reduzierten Sinnesreize, nehme ich an.

Die Spiele und Übungen waren zunächst ganz simpel, Geräuscherkennungsrätsel, Tests meines Zeitgefühls und meines Gedächtnisses, Versuche, um festzustellen, wie die Dunkelheit meinen Gleichgewichtssinn und meine allgemeine Koordination beeinflußte. Bestimmt wurde das, was ich aß und trank und ausschied, ebenfalls kontrolliert.

Es dauerte nicht lange, bis ich jeden Zeitbegriff verlor. Ich schlief, wenn ich müde war, und konnte, wenn die Forscher mich nicht weckten, zwölf und mehr Stunden schlafen - oder genausogut eine Dreiviertelstunde. Und wie zu erwarten, erwachte ich aus diesen Schlummerzuständen ohne jedes Gefühl dafür, wie lange ich weg gewesen war. Das an sich störte mich nicht - erst wenn wir älter werden, erschreckt uns der Gedanke, wir könnten die Kontrolle über die Zeit verlieren -, aber andere Dinge schon. Ich vermißte meine Eltern, auch wenn sie mich verraten hatten, und ohne es erklären zu können, hatte ich, glaube ich, angefangen zu befürchten, daß ich nie wieder ans Licht zurückkehren würde.

Diese Furcht sollte sich freilich als begründet erweisen.

Von Zeit zu Zeit ließ mich Doktor Beck über den Tonkanal des abgeschalteten Wandbildschirms mit einem der anderen Kinder reden. Einige von ihnen waren wie ich in der Dunkelheit isoliert, andere waren im Licht. Ich weiß nicht, was die Forscher davon hatten - wir waren schließlich Kinder, und Kinder können zwar zusammen spielen, aber sie sind keine Konversationsgenies. Nur ein Kind war anders. Als ich zum erstenmal seine Stimme hörte, fürchtete ich mich. Sie brummte und quäkte - vor meinem inneren Auge hatte der Klang eine harte, eckige Gestalt, wie ein altes mechanisches Spielzeug -, und einen Akzent wie ihren hatte ich noch nie gehört. Rückblickend kann ich sagen, daß die Töne aus einem Sprachsynthesizer kamen, aber zu dem Zeitpunkt malte ich mir ziemlich erschreckende Bilder davon aus, was oder wer so eine Zunge in seinem Mund haben konnte.

Die absonderliche Stimme fragte mich nach meinem Namen, aber ihren sagte sie nicht. Sie klang zögernd und machte viele lange Pausen. Die ganze Angelegenheit kommt mir heute merkwürdig vor, und ich frage mich, ob ich mit einer Form von künstlicher Intelligenz gesprochen haben könnte oder mit einem autistischen Kind, dem mit technischen Mitteln geholfen werden sollte, aber damals war ich, wie ich mich erinnere, sowohl fasziniert als auch genervt von diesem neuen Spielgefährten, der so lange brauchte, um etwas zu sagen, und der so seltsam sprach, wenn die Worte endlich kamen.

Es sei allein, sagte das Kind. Es saß wie ich im Dunkeln, oder jedenfalls schien es nicht sehen zu können - es sprach niemals anders von sichtbaren Dingen als in deutlich angelernten Metaphern. Vielleicht war es blind, wie ich jetzt blind bin. Es wußte nicht, wo es war, aber es wollte hinaus - das sagte es mehrmals.

Dieses Kind war das erste Mal nur wenige Minuten bei mir, doch die anderen Male redeten wir länger. Ich brachte ihm einige der Geräuscherkennungsspiele bei, die die Forscher an mir ausprobiert hatten, und ich sang ihm Lieder vor und sagte ihm einige der Kinderverse auf, die ich kannte. Seine Auffassungsgabe war bei manchen Sachen eigenartig langsam und bei anderen geradezu bestürzend rasch - zeitweise schien es in meinem pechschwarzen Raum neben mir zu sitzen und irgendwie alles zu beobachten, was ich machte.

Bei unserem fünften oder sechsten ›Besuch‹, wie Doktor Beck dazu sagte, erklärte es mir, ich sei seine Freundin. Ich kann mir kein herzzerreißenderes Geständnis vorstellen, und es wird mir ewig unvergeßlich bleiben.

Viele Tage meines Erwachsenenlebens habe ich damit verbracht, dieses verlorene Kind zu suchen, habe in den Unterlagen des Instituts jede mögliche Fährte verfolgt, jede Person überprüft, die je mit den Pestalozzi-Experimenten zu tun hatte, aber ohne Erfolg. Heute frage ich mich, ob es überhaupt ein Kind war. Waren wir vielleicht die Versuchskaninchen irgendeines Turingtests? Die Sparringspartner für ein Programm, das eines Tages auch für Erwachsene nicht mehr durchschaubar sein sollte, aber in diesem frühen Stadium sich nur durch Gespräche mit Achtjährigen durchwursteln konnte, und auch das nur mit Mühe und Not?

Wie auch immer, ich habe nie wieder mit ihm gesprochen. Denn etwas anderes geschah.

Ich war schon seit vielen Tagen im Dunkeln, seit über drei Wochen. Die Forscher des Instituts hatten vor, meinen Teil des Experiments binnen achtundvierzig Stunden zum Abschluß zu bringen. Deshalb wurde ich von Frau Fürstner mit pseudomütterlicher Wärme einer besonders komplexen und gründlichen abschließenden Testreihe unterzogen, als irgend etwas schiefging.

Die Aussagen vor Gericht sind unklar, weil die Pestalozzi-Mitarbeiter sich selber nicht sicher waren, aber irgendwie kam es in dem komplizierten Haussystem des Instituts zu einer schwerwiegenden Störung. Ich nahm sie zuerst als das Aussetzen von Frau Fürstners sanfter, verzaubernder Stimme mitten im Satz wahr. Das Summen der Klimaanlage, das ein konstanter Faktor der Raumatmosphäre gewesen war, hörte plötzlich ebenfalls auf, und eine Stille trat ein, die mir regelrecht in den Ohren weh tat. Alles war fort - alles. All die freundlichen Töne, die die Dunkelheit etwas weniger absolut gemacht hatten, waren verstummt.

Nach wenigen Minuten bekam ich es mit der Angst zu tun. Vielleicht hatte ein Raubüberfall stattgefunden, dachte ich, und böse Männer hatten Doktor Beck und die anderen verschleppt. Oder vielleicht war irgendwo ein großes Monster ausgebrochen und hatte sie getötet, und jetzt schnüffelte es auf den Korridoren herum und suchte nach mir. Ich stürzte zu der dicken, schalldichten Tür meines Zimmers, aber da der Strom fort war, waren die Türschlösser natürlich blockiert. Ich konnte nicht einmal die Klappe der abgedunkelten Durchreiche öffnen, durch die ich meine Mahlzeiten bekam. Entsetzt schrie ich nach der Frau Doktor, nach Frau Fürstner, aber niemand kam oder gab Antwort. Die Dunkelheit wurde für mich in einer Art und Weise furchtbar, wie sie es die ganzen Tage vorher nicht gewesen war, ein *Ding*, dicht und greifbar. Mir war zumute, als würde sie mir den Atem nehmen, mich würgen, bis ich erstickte, bis ich die Schwärze selbst einsaugte und mich damit anfüllte wie eine, die in einem Meer aus Tinte ertrinkt. Und noch immer kam nichts - kein Geräusch, keine Stimmen, eine Stille wie im Grab.

Ich weiß heute aus den Zeugenaussagen, daß es fast vier Stunden dauerte, bis die Techniker des Instituts das System wieder zum Laufen gebracht hatten. Für die kleine Martine, das Kind, das ich war, vergessen im Dunkeln, hätten es genausogut vier Jahre sein können.

Nach einer langen Zeit, in der mein Verstand am Rand eines Abgrunds entlangirrte und in Gefahr war, jeden Augenblick in eine Dissoziation zu stürzen, die totaler und vernichtender war als jede bloße Blindheit, gesellte sich etwas zu mir.

Plötzlich, ohne jede Vorwarnung, war ich nicht mehr allein. Ich spürte jemanden neben mir, der die Dunkelheit mit mir teilte, aber das verringerte mein Entsetzen keineswegs. Dieser Jemand, wer oder was es auch war, erfüllte die Leere in meinem Quartier mit einer gräßlichen, ganz unbeschreiblichen Einsamkeit. Hörte ich ein Kind weinen? Hörte ich überhaupt etwas? Ich weiß es nicht. Ich weiß heute gar nichts, und damals war ich wahrscheinlich völlig außer mir. Aber ich fühlte etwas kommen und sich neben mich setzen, und ich fühlte es in der bleischweren schwarzen Nacht bitterlich weinen, ein Wesen, das leer und kalt und vollkommen allein war, das Schrecklichste, was mir je widerfahren ist. Ich war taub und starr vor Grauen.

Und da ging das Licht an.

Seltsam, was für Kleinigkeiten das Leben bestimmen. Man kommt an eine Kreuzung, wenn die Ampel gerade auf Rot umspringt, muß zuhause noch die vergessene Brieftasche holen und verpaßt das Flugzeug, tritt in den hellen Schein einer Straßenlaterne und erregt dadurch die Aufmerksamkeit eines Fremden - kleine Zufallsbegebenheiten, doch sie können alles verändern. Der Absturz des Institutssystems allein, so einschneidend und unerklärlich er war, hätte nicht gereicht. Aber eines der Infrastruktur-Unterprogramme war fehlerhaft codiert worden - eine Sache von ein paar falsch gesetzten Ziffern -, so daß die drei Wohneinheiten in meinem Flügel bei dem ordnungsgemäßen Startvorgang ausgelassen wurden. Als daher das System wieder anlief und der Strom kam, bekamen unsere drei Wohneinheiten statt des trüben, sich langsam verstärkenden Glühens der Übergangslampen, kaum heller als eine haarfeine Mondsichel in schwarzer Nacht, die volle Tausend-Watt-Nova der Notbeleuchtung ab. Die beiden anderen Zimmer waren leer - eines war seit Wochen nicht benutzt worden, der Insasse des anderen war wenige Tage vorher wegen Windpocken auf die Krankenstation des Instituts gebracht worden. Ich war die einzige, die die Notbeleuchtung angehen sah wie das flammende Auge Gottes. Aber ich sah sie nur einen Augenblick - es war das letzte, was ich im Leben sah.

Es ist nichts Somatisches, erklären mir die Spezialisten, alle, mehr, als ich zählen kann. So schlimm das Trauma auch war, es dürfte eigentlich nicht permanent sein. Es liegt keine erkennbare Schädigung des Sehnervs vor, und die Tests ergeben, daß ich im Grunde noch ›sehe‹ - daß der Teil meines Gehirns, der visuelle Eindrücke verarbeitet, nach wie vor tätig ist und auf Reize reagiert. Aber natürlich sehe ich *nicht*, ganz gleich, was irgendwelche Tests behaupten.

›Hysterische Blindheit‹ lautet die alte Bezeichnung dafür - anders ausgedrückt, wenn ich wollte, könnte ich sehen. Wenn das stimmt, dann nur in der Theorie. Wenn ich durch bloßes Wollen wieder sehen könnte, dann hätte ich nicht die ganzen Jahre in schwarzer Nacht verbracht - kann jemand im Ernst etwas anderes annehmen? Aber dieser eine lodernde Blitz vertrieb jede Erinnerung daran, wie das geht, Sehen, aus meinem Bewußtsein, stieß mich in ewige Schwärze und machte aus mir mit einem Schlag die Frau, die ich heute bin, genau wie Saulus auf der Straße nach Damaskus zu einem neuen Menschen gemacht wurde.

Seitdem lebe ich in der Dunkelheit.

Der Prozeß zog sich lange hin - fast drei Jahre -, aber ich kann mich kaum noch daran erinnern. Ich war in eine andere Welt versetzt worden, ganz als hätte mich eine böse Fee verzaubert, und ich hatte alles verloren. Es dauerte lange, bis ich anfing, mir eine neue Welt zu schaffen, in der ich leben konnte. Meine Eltern bekamen etliche Millionen Kredite von Clinsor und dem Pestalozzi Institut und legten fast die Hälfte davon für mich auf die Seite. Mit diesem Geld konnte ich mir einen Sonderbildungsgang finanzieren, und als ich erwachsen war, kaufte ich mir damit meine technische Ausstattung, meinen Wohnsitz und meine Ruhe. In gewisser Weise kaufte ich mir damit auch die Trennung von meinen Eltern - es gibt nichts, was ich noch von ihnen bräuchte.

Es gibt noch mehr zu sagen, aber die Zeit ist so schnell vergangen. Ich weiß nicht, wie lange ich hier verstohlen flüsternd gesessen habe, aber ich spüre, wie gerade die Sonne an diesem seltsamen Ort aufzugehen beginnt. In gewisser Weise habe ich hier neu angefangen, so wie ich auch dieses neue Tagebuch angefangen habe, das ich nur mit der leisesten Hoffnung, es eines Tages wiederzufinden, ins Nichts spreche. War es der englische Dichter Keats, der sich als einen bezeichnete, ›dessen Name auf Wasser geschrieben ist‹? Gut. Ich werde Martine Desroubins sein, die blinde Hexe einer neuen Welt, und ich werde meinen Namen auf Luft schreiben.

Jemand ruft mich. Ich muß gehen.

Code Delphi. Hier aufhören.«

› Es war eine melodische Reihe glockenheller Töne, die sich in fraktale Teilreihen fortpflanzte, während gleichzeitig das Hauptthema wiederholt wurde. Die Teilreihen erzeugten ihrerseits eigene Substrukturen, Schicht für Schicht, bis nach einer Weile die ganze Welt ein derart komplexes Klanggewebe wurde, daß es unmöglich war, einen einzelnen Ton oder gar eine einzelne Reihe herauszugreifen. Irgendwann wurde das Ganze ein einziger Ton mit Millionen von mitklingenden Obertönen, ein fließendes, schimmerndes, schwingendes Fis, das wahrscheinlich der uranfängliche Ton des Universums war.

Es war Dreads Denkmusik. Außer der Jagd und einem gelegentlichen Weckaminschub war sie seine einzige Droge. Er setzte sie nicht wahllos ein, nicht gierig wie ein Chargehead, der sich einen gestreamten Pop *2black* durch die Can reinzieht, sondern vielmehr mit der Gelassenheit eines süchtigen Arztes, der sich einen Schuß unverschnittenen, apothekenreinen Heroins setzt, bevor er wieder an die Arbeit geht. Er hatte sich den Nachmittag freigehalten, ein digitales Schild »Bitte nicht stören« in seine Leitungen gehängt, und jetzt lag er in seinem Büro in Cartagena auf dem Teppich, ein Kissen im Nacken und eine Plastikflasche mit gefiltertem Wasser neben sich, und lauschte dem Sphärengesang.

Während der eine Ton immer ruhiger und weniger komplex zu werden schien - paradoxerweise deshalb, weil die Wiederholungen sich exponentiell vervielfachten -, spürte er, wie er aus seinem Körper in den leeren silbernen Raum aufstieg, nach dem er strebte. Er war Dread, aber er war auch Johnny Wulgaru, und er war noch jemand anders, einer, der eine geradezu unheimliche Ähnlichkeit mit dem Todesboten des Alten Mannes hatte - doch er war *mehr*. Er war das alles, aufgetrieben zur Größe eines Sternensystems ... leer, voller Schwärze und doch aufgeladen mit Licht.

Er fühlte, wie der *Dreh* aus dem Schlummerzustand aufglomm, ein heißer Punkt in seinem innersten Zentrum. Er schwebte durch das silberne Nichts der Musik, und seine Kraft wuchs. Er konnte jetzt zugreifen, wenn er wollte, und etwas viel Komplexeres und Stärkeres als ein Sicherheitssystem verdrehen. Einen Moment lang sah er die Erde unter sich liegen, in Dunkel gehüllt bis auf ein kugelrundes Gespinst elektronischer Pfade, ein Kapillarsystem winziger Lichter, und in seiner silbernen, mit Musik aufgeputschten Großmächtigkeit hatte er das Gefühl, die ganze Welt verdrehen zu können, wenn es ihm beliebte.

Irgendwo fühlte Dread sich lachen. Es war ein Lachen wert. Zuviel, zuviel.

War so das Gefühl, das der Alte Mann hatte? War dies das Gefühl der Macht, in dem der Alte Mann die ganze Zeit schwelgte? Daß die Welt ihm gehörte und er damit nach Belieben umspringen konnte? Daß Leute wie Dread nur winzige Lichtpünktchen waren, unbedeutender als Glühwürmchen?

Selbst wenn, machte Dread das nichts aus. Er war in seine eigene silberne Selbstzufriedenheit eingesponnen und brauchte den Alten Mann weder zu beneiden noch zu fürchten. Alles würde sich verändern, und zwar sehr bald schon.

Nein, er mußte jetzt andere Dinge bedenken, andere Träume träumen. Er ließ sich von dem pulsierenden Ton abermals aus sich hinausversetzen. Der Dreh brannte warm in ihm bei seiner Rückkehr an den kühlen, silbernen Ort, den Ort, von dem aus er weit vorausschauen und die ganzen Kleinigkeiten ins Auge fassen konnte, die er auf seinem Weg zu erledigen hatte.

Dread lag auf dem Bürofußboden und lauschte seiner Denkmusik.

Es dauerte aufreizend lange, bis sie den Anruf annahm. Er hatte sich bereits kurz in die Simleitung eingeschaltet und wußte, daß die Anderlandfahrer noch schliefen. Was machte sie bloß, duschte sie etwa schon wieder? Kein Wunder, daß sie so ein Geschiß um ihre Katze machte - sie war praktisch selber eine mit ihrer ständigen Putzerei. Er sollte dem Weibsbild mal ein bißchen Disziplin beibringen ... vielleicht auf die kreative Art.

Nein, ermahnte er sich. *Denk an den silbernen Ort.* Er stellte ein wenig Musik an – nicht die Denkmusik (er hatte seine Wochenration schon gehabt, und in diesen Dingen war er sehr streng mit sich), sondern ein schwaches Echo, ein leises Töneplätschern, wie wenn Wasser in ein Becken rieselt. Er wollte nicht, daß der Ärger ihm alles verdarb. Das hier war die Sache, auf die er sein Leben lang gewartet hatte.

Obwohl der Anruf seine Signatur trug, meldete sich ihre Stimme ohne Bild. »Hallo?«

Der silberne Ort, sagte er sich. *Der Riesenfilm.* »Ich bin's, Dulcy. Was ist, kommst du schon wieder frisch aus dem Bad?«

Dulcy Anwins sommersprossiges Gesicht erschien. Sie hatte tatsächlich einen Frotteebademantel an, aber ihre roten Haare waren trocken. »Ich hab einfach beim letzten Anruf das Bild abgeschaltet und vergessen, es wieder anzustellen.«

»Na, egal. Wir haben ein Problem mit unserm Projekt.«

»Du meinst, weil sie schon wieder getrennt wurden?« Sie verdrehte die Augen. »Wenn das so weitergeht, sind wir bald der letzte Sim, der noch übrig ist. Ohne die beiden Kriegerknaben sind es nur noch vier – fünf mit unserm.«

»Das ist nicht das Problem, obwohl ich auch darüber nicht sonderlich glücklich bin.« Dread sah einen Schatten, der sich hinter ihr in der Küchentür bewegte. »Ist da noch jemand bei dir?«

Sie schaute sich verdutzt um. »Ach, um Gottes willen. Es ist Jones. Meine Katze. Glaubst du im Ernst, ich würde dieses Gespräch mit dir führen, wenn jemand anders hier wäre?«

»Nein, natürlich nicht.« Er stellte die Plätschermusik ein bißchen lauter, um sich eine ruhige, besänftigende Atmosphäre zu schaffen, aus der heraus er ein Lächeln zustande bringen konnte. »Tut mir leid, Dulcy. Ein Haufen Arbeit an diesem Ende.«

»Zuviel Arbeit, möchte ich wetten. Du mußt monatelang an der Planung des ... des gerade abgeschlossenen Projekts gearbeitet haben. Wann hast du dir zum letztenmal freigenommen?«

Als ob er irgendein armer, geschundener mittlerer Manager wäre. Dread mußte innerlich grinsen. »Das muß eine ganze Weile her sein, aber das ist es nicht, worüber ich reden möchte. Wir haben ein Problem. Es ist nicht nur unmöglich, jemand Drittes zur Führung des Sims hinzuzuziehen, wir können sogar nicht mal mehr zwei Leute einsetzen.«

Sie runzelte die Stirn. »Wieso das denn?«

»Ich habe den Eindruck, du hast nicht richtig aufgepaßt.« Er bemühte sich, es beiläufig klingen zu lassen, aber er war nicht erbaut darüber, sie auf etwas so Offensichtliches hinweisen zu müssen, vor allem nicht im Lichte des Anliegens, das er an sie hatte. »Diese Martine - die blinde Frau. Wenn sie die Wahrheit sagt, und ich sehe keinen Grund, daran zu zweifeln, dann stellt sie eine echte Gefahr für uns dar.«

Als ob sie begriffen hätte, daß sie beim Dösen ertappt worden war, setzte Dulcy jetzt abrupt ihr professionelles Gesicht auf. »Red weiter.«

»Sie verarbeitet Informationen in einer Art und Weise, die wir nicht verstehen. Sie sagt, sie kann Dinge im virtuellen Environment spüren, die du und ich - und die andern Flüchtlinge aus der Luftgottwelt - nicht wahrnehmen können. Falls sie noch nicht gemerkt hat, daß unser Sim von zwei verschiedenen Personen benutzt wird, ist es nur eine Frage der Zeit, bis sie die Schwierigkeiten mit dem weißen Rauschen, die sie hat, in den Griff bekommt und uns durchschaut.«

»Ach so.« Dulcy nickte, drehte sich um und ging zur Couch. Sie setzte sich, führte eine Tasse an die Lippen und trank einen Schluck, bevor sie weiterredete. »Daran hab ich aber doch gedacht.«

»Tatsächlich?«

»Ja, ich dachte mir, das Schlechteste, was wir überhaupt machen können, wäre, plötzlich die unterschwelligen Signale zu ändern, die wir aussenden.« Sie nahm einen weiteren Schluck und rührte dann den restlichen Tasseninhalt mit einem Löffel um. »Sie hat möglicherweise schon eine Signatur für uns entwickelt und akzeptiert sie schlicht und einfach als besonderes Kennzeichen unseres Sims. Aber wenn wir wechseln, würde ihr die Veränderung auffallen. Jedenfalls war das meine Überlegung.«

Dreads frühere Bewunderung für Dulcinea Anwin kehrte zu einem gut Teil zurück. Totaler Quatsch, aber für etwas, das sie sich eben schnell mal aus dem Ärmel geschüttelt hatte, ziemlich gut. Er konnte nicht umhin, sich zu fragen, ob sie so ruhig und selbstzufrieden dort sitzen würde, wenn sie ihn je in seiner wahren Gestalt zu Gesicht bekäme, sein wahres Ich erlebte, nachdem alle Masken gefallen waren ... Er riß sich von den ablenkenden Phantasien los. »Hmmm. Ich verstehe. Irgendwo leuchtet es auch ein, aber ich bin mir nicht sicher, ob es mich ganz überzeugt.«

Er sah, wie sie beschloß, den guten Eindruck möglichst zu festigen, den ihre schnelle Reaktion gemacht hatte. »Du bist der Boß. Was meinst *du*, was wir tun sollten? Was für Möglichkeiten gibt es denn?«

»Egal, was wir machen, wir sollten uns rasch entscheiden. Und falls wir nicht die Dinge einfach so weiterlaufen lassen wie bisher, bleibt uns nur die Wahl, daß einer von uns den Sim ganz übernimmt.«

»Ganz?« Sie verlor beinahe ihre hart errungene Fassung. »Das ist ...«

»... kein sehr verlockender Gedanke, ich weiß. Aber es kann sein, daß wir es tun müssen - das heißt, daß *du* es tun mußt, da ich so verdammt viel am Hals habe. Aber ich will erst nochmal drüber nachdenken, was du gesagt hast, und ruf dich später wieder an. Heute abend, zweiundzwanzig Uhr deiner Zeit, okay? Der Sim müßte dann schlafen, andernfalls sorgen wir dafür, daß er sich von der Gruppe absetzt, um zu pinkeln oder so.«

Ihre schlecht verhohlene Verstimmung amüsierte ihn. »Geht klar. Zweiundzwanzig Uhr.«

»Danke, Dulcy. Ach, eine Frage noch. Kennst du viele alte Lieder?«

»Was? Alte *Lieder*?«

»Reine Neugier. Ich hab was gehört, das so geht ...« Er hatte plötzlich keine Lust, es ihr vorzusingen - es würde so aussehen, als wollte er sich ein Stück weit mit einer gemein machen, die schließlich seine Untergebene war. Er sagte es statt dessen auf: »›Ein Engel hat mich angerührt, ein Engel hat mich angerührt ...‹ Und das ständig wiederholt.«

Dulcy starrte ihn an, als hätte sie den Verdacht, er wolle sie mit einem besonders hintersinnigen Trick an der Nase herumführen. »Nie gehört. Was interessiert dich daran?«

Er schenkte ihr sein umwerfendstes Lächeln - das Lächeln, das zu sagen schien: *Ich wäre überglücklich, dich nach Hause bringen zu dürfen, meine Schöne.* »Ach, nichts besonderes. Es hörte sich irgendwie bekannt an, aber ich krieg's nicht zu fassen. Also dann, bis zweiundzwanzig Uhr.« Er schaltete sich aus.

> »*Code Delphi. Hier anfangen.*

Es war nur der Fluß. Merkwürdig, daß selbst so scharfe Ohren wie meine, zudem noch verstärkt von der besten Tonübertragungsanlage, die sich für meine Entschädigung damals kaufen ließ, und jetzt mit Daten von der bestimmt besten Tonerzeugungsanlage gefüttert, die sich mit dem Geld der Gralsbruderschaft kaufen läßt - daß selbst solche Ohren vom Geräusch fließenden Wassers getäuscht werden können.

Ich habe über dieses neue Journal nachgedacht, und mir ist klargeworden, daß ich es sehr pessimistisch begonnen habe. Ich hoffe zwar, daß diese Diktate sich eines Tages wieder auffinden lassen, aber wenn ich so lange von meiner persönlichen Geschichte erzähle, scheine ich im stillen anzunehmen, daß jemand anders als ich diese Gedanken hören wird. Das mag pragmatisch sein, aber es ist nicht der richtige Geist. Ich muß davon ausgehen, daß ich diese Gedanken eines Tages selbst wieder in Besitz nehmen werde. In dem Fall werde ich wissen wollen, wie ich mich zu dem betreffenden Zeitpunkt fühlte.

Über das Eindringen in dieses Netzwerk kann ich nicht viel sagen, weil ich mich an so wenig erinnere. Das Sicherheitssystem, oder was es sonst war, scheint mir von der Art her ähnlich zu sein wie das Programm, das Kinder fängt, das Tiefenhypnosegear, das Renie nach ihrer Erfahrung in dem virtuellen Nachtclub so grauenerregend beschrieb. Es operiert offenbar auf der Ebene des Unterbewußtseins und hat unwillkürliche physische Auswirkungen. Aber ich erinnere mich nur an den Eindruck von etwas Wütendem und Bösartigem. Es ist zweifellos ein Programm oder neuronales Netz, dessen Differenziertheit und Leistungsstärke alles in den Schatten stellt, was mir geläufig ist.

Aber seitdem ich in das Netzwerk eingetreten bin, habe ich allmählich durch den gräßlichen, zerrüttenden Tumult hindurch, den realen wie den metaphorischen, zu einer inneren Festigkeit zurückgefunden, die ich schon ein für allemal verloren glaubte. Und ich kann Sachen machen, zu denen ich vorher nicht in der Lage war. Ich bin jenseits des Chaos in einen völlig neuen Bereich sinnlicher Wahrnehmung eingedrungen, ähnlich wie Siegfried, als er im Blut des Drachen badete. Ich kann ein Blatt fallen, das Gras wachsen hören. Ich kann einen Wassertropfen riechen, der auf einem Blatt zittert. Ich kann sogar den komplizierten, halb spontanen Tanz des Wetters fühlen und erraten, welche Richtung es als nächstes einschlagen wird. Irgendwie ist das alles ziemlich verführerisch - wie ein junger Adler, der auf einem Ast hockt und sich zum erstenmal den Wind unter die gespreizten Flügel wehen läßt, habe ich das Gefühl grenzenloser Möglichkeiten. Es wird mir schwer werden, das wieder aufzugeben, aber natürlich bete ich, daß wir Erfolg haben und daß ich dann überhaupt noch lebe. Ich denke, in dem Fall würde ich das alles mit Freuden aufgeben, aber richtig vorstellen kann ich es mir nicht.

Im Grunde ist es fast unmöglich, an einen erfolgreichen Ausgang zu glauben. Vier aus unserer Schar sind uns bereits entrissen worden. Wir können nicht in Erfahrung bringen, wo Renie und !Xabbu sich aufhalten, und mein Gefühl, daß sie hier sind, in dieser Insektenwelt, ist deutlich schwächer geworden. Orlando und seinen jungen Freund hat es den Fluß hinuntergespült. Ich zweifele nicht daran, daß wenigstens die Jungen in eine der zahllosen anderen Simulationen durchgekommen sind.

Somit sind wir jetzt zu fünft. Die Verschollenen sind vielleicht die vier, deren Gesellschaft mir lieber gewesen wäre - besonders Renie Sulaweyo ist mir trotz ihrer Kratzbürstigkeit fast zur Freundin geworden, und ich stelle fest, daß sie mir sehr fehlt -, aber um gerecht zu sein, liegt das vielleicht nur daran, daß ich die anderen vier noch nicht so gut kenne. Aber sie sind eine merkwürdige Gruppe, gerade im Unterschied zur Offenheit von !Xabbu und Renie, und mir ist nicht ganz wohl mit ihnen.

Sweet William ist die stärkste Persönlichkeit, aber ich möchte gern das älteste aller Klischees glauben, nämlich daß sich hinter seiner grimmigen Ironie ein gutes Herz verbirgt. Als wir zum Strand zurückkehrten und ihn und T4b dort antrafen, war William auf jeden Fall völlig verzweifelt darüber, daß Orlando und Fredericks vom Fluß weggeschwemmt worden waren. Für meine neue und mir bis jetzt noch nicht ganz klare Wahrnehmung fühlt er sich eigentümlich unvollständig an. Zeitweise hat er trotz seiner kecken Art etwas Zögerndes an sich, wie jemand, der Angst davor hat, entdeckt zu werden. Ich frage mich, was sich hinter seiner Weigerung verbirgt, über sein wirkliches Leben zu sprechen.

Die alte Frau, Quan Li, macht einen weniger komplizierten Eindruck, aber vielleicht will sie nur so erscheinen. Sie ist betulich und still, aber sie hat ein paar erstaunlich gute Vorschläge gemacht, und unter ihrer höflichen Fassade ist sie bestimmt stärker, als sie tut. Als im Laufe des Nachmittags sogar die hartgesottene Florimel die Suche nach Renie und !Xabbu aufstecken wollte, mobilisierte Quan Li mehrmals alle Kräfte, um weiterzumachen, und wir konnten es ihr nur beschämt nachtun. Interpretiere ich da zuviel hinein? Es ist nicht verwunderlich, daß eine aus ihrer Kultur und ihrer Generation es immer noch für nötig erachtet, ihre Fähigkeiten hinter einer Maske der Zaghaftigkeit zu verstecken. Trotzdem ... ich weiß nicht recht.

Florimel, die ihre Privatsphäre genauso aggressiv verteidigt wie William, macht mir von allen am meisten Kopfzerbrechen. Nach außen hin ist sie ganz bei der Sache und verhält sich schroff, ja fast verächtlich, wenn andere mit persönlichen Bedürfnissen kommen. Aber zu anderen Zeiten scheint sie sich selbst kaum zusammenhalten zu können, obwohl ich bezweifele, daß das außer mir jemand bemerken würde. Es gibt so merkwürdige Schwankungen in ihren ... wie sagt man? In ihren *Affekten*, glaube ich. Es gibt so seltsame subtile Schwankungen in ihren Affekten, daß sie mir manchmal wie eine multiple Persönlichkeit vorkommt. Aber ich habe noch nie von einer multiplen Persönlichkeit gehört, die sich unbedingt als ungespaltene Person darstellen wollte. Soweit ich weiß, nutzen bei Menschen mit echter Bewußtseinsspaltung alle inneren Persönlichkeitsanteile jede Gelegenheit aus, sich in den Vordergrund zu spielen.

Aber meine Fähigkeit zu verstehen, was ich wahrnehme, ist durchaus noch begrenzt, daher kann es sein, daß ich mich irre oder daß ich kleine Merkwürdigkeiten in ihrem Verhalten überinterpretiere. Sie ist stark und tapfer. Sie hat nichts Unrechtes und viel Gutes getan. Ich sollte sie allein danach beurteilen.

Der letzte aus dieser kleinen Schar, von den vielleicht einzigen Überlebenden von Sellars' verzweifeltem Versuch, das Rätsel Anderland zu lösen - schließlich können wir nur hoffen, daß Renie und die anderen noch am Leben sind -, ist der junge Mann, der sich T4b nennt. Daß er wirklich ein Mann ist, kann ich natürlich auch nur vermuten. Doch es gibt auf jeden Fall Zeiten, in denen mir seine Energien und sein Auftreten eindeutig *männlich* vorkommen - er hat manchmal eine kaum verhohlene Großspurigkeit, die ich noch nie bei einer Frau erlebt habe. Aber er kann auch in einer eigentümlich weiblichen Weise behutsam sein, weshalb ich vermute, daß er jünger ist, als er vorgibt. Es ist unmöglich, das Alter oder sonst etwas aus seinem Straßendialekt zu schließen, bei dem wenige kurze Worte für eine Vielfalt von Bedeutungen herhalten müssen - es könnte durchaus sein, daß er nicht älter als zehn oder elf ist.

So bin ich also zusammen mit vier wildfremden Leuten an einem gefährlichen Ort, der wohl, daran habe ich eigentlich keinen Zweifel, von *noch* gefährlicheren Orten umgeben sein dürfte. Unsere Feinde müssen in die Tausende gehen, und sie müssen ungeheuer mächtig und reich sein und die Kontrolle über diese Westentaschenuniversen haben. Wir dagegen sind schon nach wenigen Tagen auf die Hälfte geschrumpft.

Natürlich sind wir zum Scheitern verurteilt. Schon wenn wir die nächste Simulation lebendig erreichen, wäre das ein Wunder. Überall lauern Gefahren. Eine Spinne von der Größe eines Lastwagens hat erst gestern nachmittag nur wenige Meter von mir entfernt eine Fliege gefangen. Ich konnte hören, wie die Vibrationen der Fliege sich veränderten, während ihr das Leben ausgesaugt wurde - eine der grausigsten Erfahrungen, die ich jemals gemacht habe, ob in der Realität oder der Virtualität. Ich habe schreckliche Angst.

Aber von hier an werde ich dieses Journal weiterführen, als ob das nicht der Fall wäre, als glaubte ich, daß ich eines Tages wieder durch mein vertrautes Domizil wandeln und an diese Begebenheiten als etwas Vergangenes zurückdenken könnte, als Teil einer heroischen, aber verblassenden Zeit.

Ich bete zu Gott, daß es so kommen möge.

Jetzt regt sich wirklich jemand. Ich muß gehen und diese seltsame Reise fortsetzen. Ich will dir nicht Lebewohl sagen, mein in die Luft gesprochenes Journal. Ich sage lieber auf Wiedersehen.

Aber ich fürchte, das ist eine Lüge.

Code Delphi. Hier aufhören.«

> Mit ihrer üblichen königlichen Gleichgültigkeit gegenüber allem ohne direkten Jonesbezug putzte sich die Katze auf Dulcy Anwins Schoß. Ihre Herrin war dabei, sich innerlich auf eine Konfrontation vorzubereiten. Wenigstens hatte das erste Glas dieses nicht gerade spitzenmäßigen Tangshan-Rotweins diesem Zweck gedient. Das zweite Glas - na ja, vielleicht hatte das erste sie noch nicht bereit genug gemacht.

Sie wollte nicht. Darauf lief es letzten Endes hinaus, und er würde das begreifen müssen. Sie war eine Spezialistin, hatte über ein Dutzend Jahre lang ihre Fertigkeiten verfeinert, hatte im praktischen Einsatz Dinge gelernt, die sich der normale Gearknacker nicht einmal vorstellen konnte - der jüngste Job in Cartagena war vielleicht der blutigste gewesen, für sie persönlich gewiß, aber keineswegs der extremste oder ausgefallenste -, und es war absurd von ihm zu erwarten, daß sie das alles einfach fallenließ und rund um die Uhr den Babysitter für einen gekidnappten Sim spielte.

Und wie lange? Nach dem Bummeltempo zu urteilen, in dem die ganze Chose lief, konnten diese Leute womöglich ein Jahr durch das

Netzwerk irren, sofern ihre Versorgungssysteme das mitmachten. Sie würde sogar den Anschein eines sozialen Lebens aufgeben müssen. Sie hatte jetzt schon seit fast sechs Wochen kein Rendezvous mehr gehabt, hatte seit Monaten keinen Mann mehr vernascht, aber *das* wäre dann völlig beknackt. Ach was, die ganze Sache *war* völlig beknackt. Dread würde das verstehen müssen. Er war schließlich nicht einmal ihr Boß. Sie war *selbständig* - er war nur einer der Leute, für die sie arbeitete, wenn *sie* es wollte. Sie hatte einen Mann *getötet*, um Himmels willen. (Bei diesem letzten Gedanken hatte sie einen kurzen Anflug von Beklemmung. Die unwillkürliche Anrufung des Himmels hatte etwas Unheilvolles.) Sie hatte es gewiß nicht nötig, um seine Gunst zu buhlen wie eine kleine junge Aushilfsmaus.

Jones' zusehends eifriger werdendes Putzen fing an, sie zu stören, und sie beförderte die Katze von ihrem Schoß hinunter. Jones warf ihr einen vorwurfsvollen Blick zu und trollte sich dann behäbig in Richtung Küche.

»*Dringlicher Anruf*«, verkündete die Stimme vom Wandbildschirm. »*Du hast einen dringlichen Anruf.*«

»Scheiße.« Dulcy kippte den letzten Schluck Wein hinunter. Sie stopfte sich ihr Hemd in die Hose - sie hatte nicht vor, noch einmal im Bademantel ans Fon zu gehen, damit forderte sie die Mißachtung geradezu heraus - und setzte sich gerade hin. »*Annehmen.*«

Dreads Gesicht erschien einen Meter hoch auf dem Bildschirm. Seine braune Haut war gründlich gewaschen, sein dickes, widerspenstiges Haar hinten zusammengebunden. Er wirkte auch konzentrierter als beim vorigen Mal, als er die halbe Zeit über irgendeiner inneren Stimme zu lauschen schien.

»'n Abend«, sagte er lächelnd. »Du siehst gut aus.«

»Hör zu.« Sie holte kaum Atem - es hatte keinen Zweck, um den Brei herumzureden. »Ich will's nicht machen. Nicht die ganze Zeit. Ich weiß, was du sagen wirst, und es ist mir völlig klar, daß du jede Menge wichtiger Dinge zu tun hast, aber deswegen kannst du mich trotzdem nicht zwingen, die ganze Sache zu übernehmen. Es ist keine Frage des Geldes. Du warst außerordentlich großzügig. Aber ich will das nicht rund um die Uhr machen - es ist so schon hart genug. Und ich werde zwar nie irgend jemand ein Sterbenswörtchen davon erzählen, egal was passiert, aber wenn du darauf bestehst, muß ich aufhören.« Sie holte tief Luft. Die Miene ihres Auftraggebers blieb so gut wie unbewegt. Dann verzog sich sein Gesicht wieder zu einem Lächeln, einem ziemlich merkwürdigen; seine Mundwinkel zuckten nach oben, so daß die Lippen einen großen Bogen beschrieben, ohne sich zu teilen. Seine breiten weißen Zähne blieben unsichtbar.

»Dulcy, Dulcy«, sagte er schließlich und schüttelte mit gespielter Enttäuschung den Kopf. »Ich habe dich angerufen, um dir mitzuteilen, daß ich *nicht* will, daß du den Sim voll übernimmst.«

»Nicht?«

»Nein. Ich habe drüber nachgedacht, was du sagtest, und es leuchtet mir ein. Wir riskieren mit dem Wechsel eher, Aufmerksamkeit zu erregen. Die blinde Frau hat vermutlich längst entschieden, daß das Datenmuster, das wir durch unsere Arbeitsteilung darstellen, einfach für unsern Sim normal ist.«

»Das heißt ... das heißt, daß wir uns die Arbeit auch weiterhin teilen?« Sie haschte nach einem Halt, um ihr emotionales Gleichgewicht wiederzufinden - sie hatte sich in Erwartung eines Streits innerlich so weit aus dem Fenster gelehnt, daß sie in Gefahr war, hinauszufallen. »Aber wie lange? Einfach zeitlich unbegrenzt?«

»Bis auf weiteres.« Dreads Augen leuchteten sehr hell. »Wir werden sehen, was langfristig passiert. Allerdings wird es wohl nötig sein, daß du einen etwas größeren Anteil der Simzeit übernimmst als bisher, vor allem in den nächsten paar Tagen. Der Alte Mann hat mich auf was angesetzt, und ich muß ihm Antworten auftischen, ihn bei Laune halten.« Wieder das Lächeln, aber leiser und verstohlener. »Aber ich werde den Sim dennoch in einem einigermaßen festen Turnus führen. Ich hab mich richtig dran gewöhnt, weißt du. Es gefällt mir irgendwie. Und es gibt ... ein paar Sachen, die ich gern ausprobieren würde.«

Dulcy war erleichtert, aber sie hatte auch das Gefühl, daß sie nicht alles mitkriegte. »Dann wäre das soweit klar, ja? Alles geht mehr oder weniger weiter wie bisher. Ich mache meinen Job. Du ... du zahlst mir weiter die dicken Kredite.« Sie wußte, daß ihr Lachen nicht besonders echt klang. »So etwa.«

»So etwa.« Er nickte, und sein Bild erlosch.

Dulcy blieben mehrere lange Sekunden Zeit, um zu spüren, wie sie sich langsam entspannte, da kam sein Gesicht ohne Vorwarnung wieder, so daß sie ein Quieken unterdrücken mußte. »Ach, und, Dulcy?«

»Ja?«

»Du wirst nicht aufhören. Ich dachte, das sollte ich vielleicht noch klarstellen. Ich werde dich gut behandeln, aber du wirst *nichts* tun, wenn ich es dir nicht sage. Wenn du nur daran denkst, dich dünnezumachen oder jemandem was zu erzählen oder mit dem Sim ohne meine Erlaubnis etwas Ungewöhnliches zu veranstalten, werde ich dich ermorden.«

Jetzt zeigte er die Zähne, und sie sprangen ihm förmlich aus dem dunklen Gesicht und füllten den Wandbildschirm wie eine Reihe Grabsteine. »Aber zuerst werden wir tanzen, Dulcy.« Er sprach mit der fürchterlichen Ruhe eines Verdammten, der sich über das Wetter in der Hölle unterhält. »Ja, wir werden tanzen. Auf meine Art.«

Noch lange, nachdem er aus der Leitung gegangen war, saß sie mit weit aufgerissenen Augen da und zitterte.

Kapitel

Eine verspätete
Weinaxfreude

NETFEED/DOKU/SPIEL:
IEN, Hr. 18 (Eu, NAm) — "ABSCHUSS!"
(Bild: Raphael und Thelma Biaginni weinend vor
ihrem brennenden Haus)
Off-Stimme: Das vielumstrittene Reality-Wettkampf-
spiel wird heute abend mit Teil fünf fortgesetzt.
Kandidat Sammo Edders unternimmt nach seinem gelun-
genen Brandanschlag auf das Haus der Biaginnis
(der fabelhafte Einschaltquoten erzielte) den Ver-
such, die drei Biaginni-Kinder zu kidnappen. Die
Wetten stehen darauf, daß der rapide abbauende
Raphael B. lange vor der zehnten und letzten Folge
Selbstmord begehen wird ...

> Renie starrte auf den hohlen Mann, auf seinen nickenden Strohkopf, und ihre Angst wurde von einer Woge der Empörung hinweggespült. »Was soll das heißen, uns hinrichten?« Sie riß sich von dem Klammergriff Emilys los. Die Vorstellung, daß dieses schlaff dahängende *Ding*, diese Witzfigur aus einem alten Kinderfilm, ihnen drohen sollte ...»Du bist ja nicht mal real!«

Das eine bewegliche Auge der Vogelscheuche verengte sich spöttisch, und ein müdes Grinsen verzog ihren Stoffpuppenmund. »Jaja, immer zu, trampel ruhig auf meinen Gefühlen rum.« Sie hob die Stimme. »*Schleimi!* Ich hab gesagt, du sollst die verdammten Filter austauschen!« Der ziemlich unangenehm aussehende kleine Affe kam mit zuckenden Flügeln angehoppelt und begann, an einer der am Thron angebrachten mechanischen Vorrichtungen zu ziehen. »Nein, ich hab's mir anders überlegt«, sagte die Vogelscheuche. »Schaff mir erst die verdammten Tiktaks wieder her.«

!Xabbu stellte sich auf die Hinterbeine. »Wir werden gegen dich kämpfen. Wir haben nicht soviel durchgemacht, um uns einfach wie Staub wegkehren zu lassen.«

»O mein Gott, noch ein Affe.« Die Vogelscheuche sackte auf ihrem Thron nach hinten, daß das ganze Pumpen- und Schläuchegewirr rasselte. »Als ob Schleimi und seine kleinen Flugaffenspezis nicht schon genug wären. Ich hätte sie nie aus dem Wald retten sollen - von Dankbarkeit oder so kann bei denen keine Rede sein.«

Eine Tür öffnete sich mit einem Zischen, und ein halbes Dutzend Tiktaks traten aus der Dunkelheit ans Licht.

»Gut«, seufzte die Vogelscheuche. »Seid so gut und bringt diese Fremden weg. Steckt sie in eine der Arrestzellen, und achtet darauf, daß die Fenster auch für den Pavian zum Durchschlüpfen zu klein sind.«

Die Tiktaks rührten sich nicht.

»Na los, bewegt euch! Wo hängt's denn?« Die Vogelscheuche beugte sich mühsam vor, daß ihr Sackkopf wackelte. »Öl schmutzig? Überdreht? Oder wie oder was?«

Es machte klick, dann tönte ein leises Surren durch den kleinen unterirdischen Raum. Ein neues Licht ging flackernd im Schatten an, ein schimmerndes Rechteck, das sich als ein Wandbildschirm in einem Rahmen aus blanken Röhren herausstellte, an dessen unterem Rand sich lauter Knöpfe und Anzeigen befanden. Ein paar Sekunden lang war nur ein Flimmern zu sehen, dann formierte sich in der Mitte des Bildschirms eine dunkle, zylindrische Gestalt.

»*Hallo, Schmierlapp*«, sagte sie zu der Vogelscheuche.

Emily kreischte.

Der Kopf auf dem Bildschirm bestand ganz aus grauem, stumpf glänzendem Metall, ein scheußliches, kolbenartiges Ding mit einem kleinen Schlitz als Mund und überhaupt keinen Augen. Renie merkte, wie sie vor instinktivem Abscheu zurückwich.

»Was willst du, Blechmann?« Die betonte Langeweile im Ton der Vogelscheuche konnte die Nervosität darunter nicht ganz verbergen. »Ist dir die Lust an deinen Wirbelstürmchen vergangen? Hau ruhig weiter damit rum, wenn's dir Spaß macht. Die lutsch ich weg wie Bonbons.«

»*Auf diese Tornados bin ich echt stolz, wo du sie grade erwähnst.*« Das Metallding hatte eine Stimme wie das Brummen eines Elektrorasierers. »Und du mußt zugeben, daß sie deine humanoiden Untertanen ganz schön demoralisieren. Aber eigentlich melde ich mich wegen was anderem bei dir. Warte, ich will's dir zeigen - es ist putzig.« Die foppende, unmenschliche Stimme nahm einen Befehlston an. *»Tiktaks, führt einen kleinen Tanz auf!«*

Zur allgemeinen Bestürzung tapsten alle sechs Aufziehmänner los und machten eine Reihe scheppernder, elefantenähnlicher Schritte, wobei sie mehr denn je wie kaputte Spielsachen aussahen.

»Ich habe deine Frequenz entdeckt und mit Beschlag belegt, mein lieber alter Freund.« Bei dem knirschenden Lachen des Blechmanns glitt die Klappe in seinem Mund mehrmals auf und zu. »Du mußt doch gewußt haben, daß es nur eine Frage der Zeit war - die Tiktaks waren eigentlich sowieso mir zugedacht. So, Onkel Wabbelsack, ich fürchte, wir haben jetzt eine dieser Game-over-Situationen, die ihr Spielertypen so gut kennt.« Er leistete sich ein weiteres kratzendes Kichern. »Ich bin sicher, du wirst mit Erleichterung hören, daß ich keine Zeit auf stereotype Drohreden verschwenden werde - ›Ha, jetzt habe ich dich in meiner Gewalt‹ und so. *Tiktaks, tötet sie auf der Stelle. Alle.«* Die Tiktaks brachen abrupt ihren Tanz ab und machten mit erhobenen Preßlufthammerarmen einen ruckartigen Schritt in die Mitte des Raumes. Emily wartete mit der benommenen Schicksalsergebenheit der geborenen Sklavin; Renie packte sie und zerrte sie nach hinten an die Wand. Der Blechmann verfolgte die Bewegung mit einer Drehung seines blanken Kolbenkopfes. »Tiktaks, wartet«, befahl er. »Wer sind *die* denn, Vogelscheuche? Deine reizenden Gäste, meine ich.«

»Geht dich nichts an, du Schrottvisage«, keuchte die Vogelscheuche. »Mach zu und spiel weiter.«

Renie starrte die glotzenden, idiotischen Gesichter der mechanischen Männer an und fragte sich, ob sie an ihnen vorbeihuschen konnte, aber die Erfolgsaussichten eines Fluchtversuchs waren schlecht einzuschätzen, wenn die Wände des Raumes im Dunkeln lagen. War der Weg, auf dem sie gekommen waren, noch offen? Und was war mit Emily? Würde sie das Mädchen mit sich zerren müssen, oder konnte sie sie im Vertrauen darauf zurücklassen, daß sie vermutlich bloß ein Sim war? Konnte sie das überhaupt machen, auch wenn sie sicher wußte, daß es so war? Leid und Schmerz in diesen Simulationswelten kamen ihr sehr real vor - konnte sie jemanden zu Folter und Tod verurteilen, selbst wenn es nur ein Replikant war?

Renie faßte nach unten, suchte !Xabbus Hand, aber griff ins Leere. Der Pavian war im Schatten untergetaucht.

»Tiktak, untersuch diese Frau«, befahl der Blechmann.

Renie straffte sich und hob die Hände, um sich zu verteidigen, aber der mechanische Mann rumpelte an ihr vorbei und streckte seine klauenartigen Hände nach Emily aus, die jammernd zurückschrak. Langsam fuhr er mit seinen Scheren von Kopf bis Fuß dicht über ihren Körper wie ein Flughafenwachmann, der mit einer Densitätssonde über die Taschen eines verdächtigen Fluggastes streicht. Emily weinte abermals und wandte ihr Gesicht ab. Kurz darauf trat der Tiktak zurück und ließ die Arme an seine runden Seiten sinken.

»Wahnsinn«, sagte der Blechmann, als hätte er die Information direkt aus dem Innenleben des Tiktaks abgelesen. »Wahnsinn. Du faßt es nicht. Kann das sein?« Die summende Stimme hatte auf einmal einen seltsam brüchigen Klang - vielleicht Überraschung. »Mein Feind, du erstaunst mich. Du hast ... die Dorothy gefunden?«

Kraftlos vor Angst sank Emily zu Boden. Renie trat an ihre Seite; der Schutzimpuls schien ihr das einzige zu sein, was in diesem ganzen unverständlichen Drama noch einen Sinn hatte.

»Verpiß dich«, japste die Vogelscheuche in deutlicher Atemnot. »Du kannst niemals ...«

»O doch, ich kann. Tiktaks, tötet alle außer der Emily«, schnarrte der andere. »Bringt sie sofort zu mir.«

Die vier Uhrwerkmänner, die dem Thron der Vogelscheuche am nächsten standen, drehten sich um und walzten in einem Halbkreis darauf zu. Die anderen beiden wandten sich Renie und Emily zu, die sich im Dunkeln an die Wand drückten.

»O Schrotti, du bist so doof, daß mir langsam langweilig wird.« Die Vogelscheuche schüttelte ihr plumpes Haupt, räusperte sich dann lautstark und spuckte das eklige Produkt des Vorgangs in die Ecke. Als die mechanischen Männer am Fuße des Throns ankamen, hob sie ihre Handschuhhand und zog an einer herabhängenden Schnur.

Mit einem gewaltigen Knall, der sich anhörte, als ob ein riesiger Hammer auf einen entsprechend dimensionierten Amboß geschlagen hätte, klappte plötzlich rings um den Thron der Fußboden unter den Tiktaks weg. Sie stürzten in den klaffenden Schacht, doch Renie hörte sie noch drei oder vier Sekunden lang krachend gegen die Metallwände prallen.

»Tiktaks, bringt mir die Emily!« wies der Blechmann die übrigen beiden Automaten an. »Kann sein, daß ich dich nicht erwische, Vogelscheuche, aber du kannst auch nichts machen, um sie aufzuhalten!«

Renie wußte nicht, ob das stimmte, aber sie wartete die Entscheidung nicht ab. Sie warf sich mit ausgestreckten Armen nach vorn und stieß dem nächsten Tiktak vor die Brust. Das Monstrum war schwer und wackelte bloß, aber mußte trotzdem mit einem seiner zylindrischen Beine einen leicht gedrehten unsicheren Schritt rückwärts machen, um das Gleichgewicht zu halten.

»*Schleimi!*« schrie die Vogelscheuche. »*Patzo, Hänger, Plop!*«

Renie beachtete diesen Unsinn nicht weiter, sondern ging in die Knie, schlang ihre Arme um den faßförmigen Rumpf des Tiktaks - sie konnte das Arbeiten der knirschenden Zahnräder im Innern bis in die Knochen fühlen - und stieß abermals mit aller Kraft, die sie in ihren langen Beinen hatte, zu. Eine schaumgepolsterte Schere fand ihren Arm, doch sie riß ihr Handgelenk gerade noch los, bevor die Klaue zuschnappen konnte, und schob noch einmal mit möglichst tiefliegendem Schwerpunkt und durchgedrückten Beinen. Der Tiktak kippelte und mußte wieder einen Schritt zurück tun, um nicht zu Fall zu kommen. Die Klaue grapschte erneut nach ihr, doch sie versetzte ihm einen letzten Stoß und sprang außer Reichweite. Das Ding machte einen torkelnden Schritt, und seine Räderwerkgeräusche steigerten sich zum Sirren einer wütenden Mücke. Es taumelte am Rand der Grube, die sich um den Thron der Vogelscheuche aufgetan hatte, dann stürzte es kopfüber hinein und war fort.

Renie hatte nur einen Herzschlag lang Zeit, ihren Triumph auszukosten, bevor ein anderes Paar gepolsterter Klauen an ihrer Seite und ihrer Schulter zuschnappte und sie an beiden Stellen so fest zwickte, daß sie vor Schreck und Schmerz aufjaulte. Der zweite Tiktak zögerte nicht, sondern schob sie über den Betonfußboden auf das offene Loch zu, in dem seine Genossen verschwunden waren. Renie konnte nur panische Flüche kreischen und hilflos mit dem Handrücken auf das Ding hinter ihr einschlagen.

»!Xabbu?« schrie sie. »Emily! Helft mir!« Sie versuchte, sich mit den Fersen aufzustemmen, aber sie hatte zuviel Fahrt. Die Grube klaffte.

Etwas schoß an ihr vorbei, und der Druck an ihrer Schulter ließ plötzlich nach. Sie verdrehte den Hals und sah, daß ein kleines Affenwesen sich vor das Gesicht des Tiktaks gelegt hatte. Der mechanische Mann schlug danach, aber konnte mit seinen kurzen Ärmchen nichts ausrichten.

»!Xabbu ...«, begann sie, als auf einmal weitere Affengestalten von oben aus der Dunkelheit herabgesaust kamen. Der Tiktak ließ auch mit dem anderen Arm los, um sich der Angreifer erwehren zu können. Befreit fiel Renie auf die Knie und krabbelte mit feurigen Schmerzen an beiden Seiten von der Grube fort.

Der blinde und bedrängte Tiktak geriet jetzt ins Wanken, aber sein wildes Umsichschlagen forderte seinen Tribut. Einer der Affen wurde aus der Luft gewischt und fiel schlaff zu Boden. Der Tiktak tat ein paar tapsige Schritte und schien sein Gleichgewicht wiederzufinden. Ein weiterer Affe wurde mit einem scheußlichen feuchten Knirschen zerschmettert, während der Tiktak sich wieder langsam auf Renie zubewegte. In der Dunkelheit des Raumes konnte sie nicht erkennen, ob eine der beiden niedergestreckten Gestalten !Xabbu war.

Schlagartig und ohne jede Vorankündigung wechselten der Raum, der kämpfende Tiktak, die Affen und die in ihrem Wust von Versorgungsschläuchen thronende Vogelscheuche die Farbe.

Es kam Renie so vor, als leuchteten eine Million Blitzlichter gleichzeitig auf. Die kleinen hellen Stellen wurden schwarz, die Schatten flammten grellbunt auf, und alles ruckte und stotterte gleichzeitig, als ob aus dem Räderwerk des Universums ein Zahn herausgebrochen wäre. Renie schrie, weil sie meinte, in tausend Stücke zerrissen zu werden, aber es gab kein Geräusch, nur ein ungeheures grollendes Brummen, das wie ein tief im Herzen der Welt vergrabenes Nebelhorn alles durchtönte.

Sie fühlte ihren Körper nicht mehr. Sie wurde in einem Strudel herumgewirbelt und dann dünn über ein tausend Meilen weites Nichts ausgespannt, und alles, was ihr blieb, war das winzige Pünktchen des Bewußtseins, das nichts anderes tun konnte, als sich an die nackte Vorstellung seiner Existenz zu klammern.

Dann hörte alles genauso plötzlich wieder auf, wie es angefangen hatte. Die ausgelaufenen Farben des Universums flossen wieder zurück, das Negativ wurde positiv, und der Raum war wieder wie vorher.

Renie lag keuchend auf dem Boden, neben ihr die wimmernde Emily, die sich in dem vergeblichen Bestreben, das Chaos von sich fernzuhalten, die Arme um den Kopf geschlungen hatte.

»Heiliger Bimbam«, nuschelte die Vogelscheuche. »Hab ich das vielleicht dick.«

Renie stemmte sich mühsam auf die Knie. Der verbliebene Tiktak lag mitten im Raum, und seine langsam hin und her zuckenden Arme deuteten darauf hin, daß seine Uhrwerkinnereien irreparabel beschädigt worden waren. Die beiden überlebenden Affen schwebten mit kolibriartig schwirrenden Flügeln darüber und schauten sich ängstlich im Raum um, als ob der Wahnsinn jede Sekunde wieder losgehen könnte.

Der Bildschirm, auf dem das augenlose Gesicht des Blechmanns sie beobachtet hatte, zeigte nur noch einen flimmernden Konfettiregen.

»Das passiert mir in letzter Zeit etwas zu häufig.« Die Vogelscheuche stützte den Kopf auf beide Hände und legte ihre sackleinerne Stirn in Furchen. »Ich dachte eigentlich, es wäre das Werk des Blechmanns, wie die Tornados auch - für den Löwen ist es ein bißchen zu anspruchsvoll -, aber der hätte sich nicht gerade diesen Zeitpunkt ausgesucht, was?«

»Was geht hier vor?« Renie kroch zu den beiden Affenleichen hin, um sich zu vergewissern, daß keine von beiden !Xabbu war. »Seid ihr hier alle verrückt? Und was hast du mit meinem Freund gemacht?«

Die Vogelscheuche hatte gerade den Mund geöffnet, um eine verärgerte Antwort zu geben, als eine kleine Gestalt an ihrer Schulter erschien.

»Halt!« Der Pavian griff sich mit seinen langen Fingern einen der größeren Schläuche der Vogelscheuche und verfolgte ihn, bis er ihn genau dort zu fassen hatte, wo er am Hals in den Körper des Strohmannes eintrat. »Wenn du meine Freundin nicht frei gehen läßt«, sagte !Xabbu, »und das Mädchen Emily auch, werde ich diesen Schlauch herausziehen!«

Die Vogelscheuche verdrehte den Kopf. »Ihr seid wirklich nicht von hier«, bemerkte sie mitleidig. »Schleimi! Hänger! Packt ihn.«

Beim Anblick der auf den Thron zuschießenden fliegenden Affen riß !Xabbu den Schlauch heraus. Ein Wattefetzen entstieg dem Ende, und als die Affen !Xabbu ergriffen und ihn in die Höhe rissen, trudelte er gemächlich in ihrem Sog durch die Luft.

Sie ließen !Xabbu aus geringer Höhe fallen. Verdutzt und besiegt landete er zu Renies Füßen in der Hocke. Die Vogelscheuche nahm den Schlauch in ihre weichen Finger und schlenkerte ihn. »Nachfüllmaterial«, erklärte sie. »Ich war nicht ganz so prall gefüllt, wie es mir lieb ist. In letzter Zeit war soviel los, da kommt die Schönheitspflege leider etwas zu kurz - ihr wißt ja, wie das geht.« Sie blickte auf Schleimi und Hänger nieder, die zu ihren gestiefelten Füßen gelandet waren und sich jetzt gegenseitig Flöhe aus dem Pelz zupften. »Ruft die andern Flugaffen, zack zack.«

Schleimi legte den Kopf zurück und stieß einen schrillen Schrei aus. Dutzende von geflügelten Gestalten kamen plötzlich aus der dunklen Höhe herabgeschossen wie Fledermäuse, die in ihrer Nisthöhle aufgestört worden waren. In Sekundenschnelle wurden Renie und !Xabbu von vielen krallenden Affenhänden an Kopf und Füßen gepackt.

»So, die Emily könnt ihr liegenlassen, ich will mit ihr reden. Die andern beiden bringt ihr in die Touristenzelle, dann kommt ihr unverzüglich zurück. Und macht ein bißchen dalli. Die Tiktaks werden nicht mehr betriebsfähig sein, deshalb muß jeder bis auf weiteres für zwei arbeiten.«

Renie fühlte, wie sie eingehüllt in eine Wolke vibrierender Flügel in die Dunkelheit emporgetragen wurde.

»Doch nicht alle!« brüllte die Vogelscheuche. »Schleimi, komm wieder her und mach diesen Füllschlauch fest. Und tausch meine verdammten Filter aus!«

> Die Tür fiel hinter ihnen mit einem Knall ins Schloß, der sich endgültig anhörte.

Renie schaute sich in ihrem neuen Quartier um und betrachtete die pfefferminzgrüne Anstaltsfarbe auf Wänden, Decke und Fußboden. »Die Smaragdstadt hab ich mir irgendwie anders vorgestellt.«

»Schau an«, sagte jemand vom hinteren Ende der langen Zelle. »Gesellschaft.«

Der im Dunkeln an der Wand sitzende Mann, der ihr einziger Zellengenosse zu sein schien, war schlank und gutaussehend (das hieß, sein Sim war es, erinnerte sich Renie). Er erschien als ein dunkelhäutiger europider Typ mit dichten schwarzen Haaren, die er auf eine leicht altmodische Art zurückgekämmt trug, und einem Schnurrbart, der an Extravaganz nur ein klein wenig hinter den Blechschnauzern der Tiktaks zurückstand. Am erstaunlichsten jedoch war, daß er eine Zigarette rauchte.

Das beim Anblick der glühenden Spitze jäh wach werdende Verlangen schaltete nicht ihre Vorsicht aus, aber eine blitzschnelle Rekapitulation der Lage – er war mit ihnen hier drin, also war er wahrscheinlich ebenfalls ein Gefangener und daher ein Verbündeter, zudem war es nicht nötig, daß sie ihm groß vertraute, möglicherweise war er ja nicht einmal real – brachte sie zu dem Schluß, zu dem sie zu kommen gehofft hatte.

»Hast du von denen noch eine?«

Der Mann zog eine Augenbraue hoch und musterte sie von Kopf bis Fuß. »Gefangene werden mit Zigaretten reich.« Sein Englisch schien einen kleinen Akzent zu haben, den Renie nicht erkannte. »Was springt dabei für mich raus?«

»Renie!« !Xabbu, der die tückische Verlockung selbst nicht krebserregender Zigaretten nicht verstand, faßte ihre Hand und zog daran. »Wer ist das?«

Der dunkelhaarige Mann nahm den sprechenden Pavian gar nicht zur Kenntnis. »Na?«

Renie schüttelte den Kopf. »Nichts. Wir haben nichts zum Eintauschen. Wir sind so hergekommen, wie du uns vor dir siehst.«

»Hmmm. Na gut, dann bist du mir einen Gefallen schuldig.« Er langte in eine Brusttasche, zog ein rotes Päckchen mit der Aufschrift »Lucky Strikes« hervor und schüttelte eine Zigarette heraus. Er zündete sie an seiner an und hielt sie Renie hin. Mit !Xabbu an der Hand marschierte sie durch die Zelle, um sie entgegenzunehmen. »Hast du überhaupt das Gear, um die zu schmecken?«

Sie hatte sich gerade dasselbe gefragt. Als sie inhalierte, spürte sie heiße Luft in der Kehle und hatte das Gefühl, daß etwas ihre Lungen füllte. Sie konnte fast schwören, daß sie den Tabak schmeckte. »O Gott, das ist wunderbar«, sagte sie und blies einen Rauchstrom in die Luft.

Der Mann nickte, als wäre eine große Wahrheit enthüllt worden, und ließ dann die Zigaretten wieder in die Tasche seines Overalls gleiten. Er trug den gleichen fabrikmäßigen Arbeitsanzug, den sie bei allen anderen Henrys in Smaragd gesehen hatte, aber er machte ihr nicht den Eindruck, eine dieser domestizierten Kreaturen zu sein. »Wer bist du?« fragte sie.

Er schaute sie scharf an. »Wer bist *du* denn?«

Renie stellte sich und !Xabbu unter denselben falschen Namen vor, die sie auch in Kunoharas Insektenwelt benutzt hatte – schließlich, sagte sie sich, hatte der Fremde ihr nur eine Zigarette gegeben und keine Niere gespendet. »Wir sind nur zufällig hier reingeraten«, fügte sie hinzu, denn falls dieser Mann, wie es den Anschein machte, nicht zu den stumpfsinnigen Bewohnern dieser Simwelt gehörte, mußte ihr Ausländerstatus für ihn offensichtlich sein. »Und wie es aussieht, ist das an diesem Ort ein Verbrechen. Wer bist du, und wie hat es dich hierher verschlagen?«

»Ich heiße Azador«, antwortete der Fremde, »und ich bin hier, weil ich den Fehler begangen habe, Seiner Weisen Majestät, dem König, meinen Rat anzubieten.« In seinem Feixen lag eine unendliche Weltmüdigkeit. Renie mußte zugeben, daß er wirklich einen recht einnehmenden Sim hatte. »Ihr seid beide Bürger, richtig?«

Renie blickte !Xabbu an, der in sicherer Distanz von Azador auf den Fersen hockte. Der Blick, den der Affensim ihr zurückgab, war unergründlich. »Ja, sind wir.«

Der Fremde schien sich nicht für genauere Einzelheiten zu interessieren, und Renie hatte den Eindruck, daß sie die richtige Entscheidung getroffen hatte. »Gut. Ich auch. Es ist eine Schande, daß man euch der Freiheit beraubt hat, genau wie mich auch.«

»Was ist hier eigentlich los?« Plötzlich fiel ihr Emily ein. »Der Vogelscheuchenmann - der König - hat unsere Freundin in seiner Gewalt. Wird er ihr was tun?«

Azador zuckte mit den Achseln, wie um zu sagen, daß er für die Macken von anderen keine Verantwortung übernehmen könne. »Hier sind alle übergeschnappt. Was auch immer dieses Environment einmal war, es ist auseinandergefallen. In schlechten Simulationen erlebt man das öfter. Aus dem Grund habe ich meinen Rat angeboten.« Er drückte seine Zigarette aus. Renie besann sich darauf, daß ihre ungeraucht vor sich hinbrannte; sie zog wieder daran, während Azador weiterredete. »Du kennst doch den Film *Der Zauberer von Oz*, nicht wahr?«

»Den kenne ich, ja«, antwortete Renie. »Aber hier sieht's doch ganz anders aus. Es wirkt alles viel ... viel trister. Und das hier ist Kansas - Oz war doch nicht in Kansas, es war irgendwo anders, nicht wahr?«

»Na ja, am Anfang war's nicht so wie jetzt.« Er holte die nächste Zigarette hervor, dann überlegte er es sich anders und steckte sie sich hinters Ohr. Renie konnte nicht anders, als ihn gierig beobachten, obwohl sie noch eine zwischen den Fingern brennen hatte. Sie mochte das Gefühl nicht. »Ich hab dir doch gesagt«, fuhr Azador fort, »die Simulation ist auseinandergefallen. Es gibt zwei miteinander verbundene Schauplätze, Oz - das auch ein Buch zum Lesen war, glaube ich - und

Kansas, den amerikanischen Bundesstaat. Sie waren wie die beiden Enden eines Stundenglases, weißt du, mit einem schmalen Teil zum Hin- und Herpassieren dazwischen.«

!Xabbu inspizierte die Zelle mit ernster Gründlichkeit. Renie fand, er wirkte verstört.

»Aber auf der Ozseite ging irgendwas völlig daneben«, sagte Azador. »Ich hab schreckliche Geschichten gehört - Mord, Vergewaltigung, Kannibalismus. Ich glaube, sie ist mittlerweile so gut wie ausgestorben. Die drei Männer - die Bürger -, die anfangs die Rollen der Vogelscheuche, des Blechmanns und des Feigen Löwen spielten, überführten alle ihre jeweiligen Reiche auf die Kansasseite.«

»Es ist also eine Art Kriegsspiel?« fragte sie. »Wie stupide! Wieso schafft man sowas Drolliges wie Oz nach, wenn man daraus doch nur die nächste Mord- und Totschlagsgeschichte machen will?« *Typisch männlich,* wollte sie noch hinzufügen, ließ es aber.

Azador warf ihr ein müdes Lächeln zu, als hätte er ihre Gedanken gelesen. »Anfangs war's nicht so, wie gesagt. Der Blechmann und der Löwe sind nicht die ursprünglichen Spieler. Sie sind von außen dazugekommen, genau wie ihr. Aber sie haben sich die Simwelt unterworfen, oder jedenfalls fast. Nur der Vogelscheuchentyp hatte eine so starke Position, daß er ihnen Widerstand leisten konnte, aber ich glaube, er wird sich nicht mehr viel länger halten können.«

»Und diese andere Sache? Einen Augenblick sah es so aus, als würde die ganze Simulation von innen nach außen gekehrt oder so. Hast du das mitgekriegt?«

!Xabbu war auf das doppelstöckige Bett geklettert, das der Wand am nächsten stand, und untersuchte das winzige vergitterte Fenster. »Weißt du noch, was Atasco sagte?« fragte er. »Als dieses Ding durch den Saal flitzte, diese Lichterscheinung?«

Renie überlief es eiskalt, als der Name des Ermordeten fiel, aber Azador zeigte keinerlei Reaktion. »Ich weiß nicht ...«

»Er sagte, es könnte sein, daß das System zu schnell wächst. Jedenfalls habe ich es so in Erinnerung. Oder vielleicht zu groß wird. Und Kunohara sagte ...«

»!Xabbu!« Vor Schreck gebrauchte sie seinen richtigen Namen und verfluchte sich sofort für ihre Unachtsamkeit. Das mit den Tarnidentitäten konnte sie vergessen ...

Diesmal reagierte Azador. »Ihr kennt Kunohara? Hideki Kunohara?«

»Nein«, sagte Renie hastig. »Wir hatten mit Leuten zu tun, die ihn kannten oder das jedenfalls behaupteten.«

»Der Schweinehund hat mich mal in einer fleischfressenden Pflanze gefunden - ›Schlauchpflanzen‹ heißen die Dinger, glaube ich.« Azadors Empörung klang sehr echt. »Wie einem Kind hat er mir einen Vortrag über die Komplexität der Natur oder sonst einen Blödsinn gehalten. Und dann hat er mich in der stinkenden Flüssigkeit stehenlassen, die gerade Anstalten machte, mich zu verdauen! Der Dreckskerl!«

Trotz ihrer Sorgen mußte Renie sich zusammenreißen, um nicht zu lachen. Das hörte sich in der Tat nach dem seltsamen, selbstgefälligen kleinen Mann an, den sie kurz kennengelernt hatten. »Aber du bist davongekommen.«

»Klar, immer.« Seine Augen verdunkelten sich. Wie zur Ablenkung von dem Thema nahm er die Zigarette, die er sich hinters Ohr geklemmt hatte, und hielt umständlich die Flamme eines klotzigen silbernen Feuerzeugs daran. Als er das Feuerzeug wieder in die Tasche gesteckt hatte, stand er auf und schritt langsam an ihr vorbei zur Zellentür, wo er stehenblieb und ein unbekanntes Lied vor sich hinsummte. Sie hatte plötzlich das sichere Gefühl, daß er schon viel Zeit an solchen Orten verbracht hatte, in der VR so gut wie im normalen RL.

!Xabbu krabbelte vom Bett herunter und beugte sich dicht an Renies Ohr. »Ich habe die Namen absichtlich gesagt«, flüsterte er. »Um zu sehen, wie er reagieren würde.«

»Ich wollte, das hättest du bleiben gelassen.« In ihrem äußerlich ruhigen Ton klang mehr Ärger durch, als ihr lieb war. »Das nächste Mal überlaß das Detektivspielen wieder mir.« !Xabbu warf ihr einen überraschten Blick zu, dann verzog er sich in die hinterste Ecke, kauerte sich dort hin und betrachtete prüfend den Fußboden. Renie fühlte sich schrecklich, aber bevor sie etwas unternehmen konnte, war Azador schon zu ihrem Ende zurückgeschlendert.

»Ich werde verrückt, wenn ich noch länger hier bleibe«, sagte er unvermittelt. »Wollen wir fliehen, wie wär's? Ich hätte einen Fluchtplan, der uns die Freiheit verschaffen könnte.«

Renie sah sich erschrocken um. »Bist du sicher, daß du solche Sachen hier sagen solltest? Was ist, wenn die Zelle verwanzt ist?«

Azador winkte ab. »Alles ist verwanzt, versteht sich. Das spielt keine Rolle. Der Vogelscheuchenheini hat nicht mehr genug Untertanen übrig, um die Bänder abzuhören - Meilen und Abermeilen von Bändern!

Diese Kansas-Simwelt ist technisch auf dem Stand des zwanzigsten Jahrhunderts - ist euch das nicht aufgefallen?«

»Wenn du so einen guten Plan hast«, fragte !Xabbu, »warum bist du dann noch hier?«

Renie hatte darüber nachgedacht, woher der Fremde wohl soviel über die Sicherheitsvorkehrungen der Vogelscheuche wußte, aber sie mußte zugeben, daß die Frage des Buschmanns auch nicht schlecht war.

»Weil man für diese Flucht mehr als einer sein muß«, entgegnete Azador. »Und jetzt sind wir hier zwei Leute und ein schlauer Affe.«

»Ich bin kein Affe.« !Xabbu runzelte die Stirn. »Ich bin ein Mensch.«

Azador lachte. »Klar bist du ein Mensch. Ich hab bloß einen Witz gemacht. Du solltest nicht so empfindlich sein.«

»Du«, versetzte !Xabbu, »solltest vielleicht bessere Witze machen.«

> Azador teilte ihnen zwar keine näheren Einzelheiten seines Plans mit, erklärte aber, sie müßten mit ihrem Fluchtversuch bis zum Abend warten - obwohl es Renie schleierhaft war, woher der Mann in einer Zelle, deren einziges Fenster in einen horizontalen Luftschacht hinausging, die Zeit wissen wollte. Aber die Gelegenheit, sich etwas auszuruhen, war ihr willkommen. Sowohl ihr wahrhaft stürmischer Aufenthalt in Kansas als auch ihre Fahrt mit und ohne abstürzende Libellen durch Kunoharas Insektenwelt hatten ihnen einen Kampf auf Leben und Tod nach dem anderen beschert, und alle waren furchtbar aufreibend gewesen.

!Xabbu hatte sich in ein Schweigen abgekapselt, das zum Teil Verletztheit ausdrückte, wie Renie wußte, und Azador saß mit geschlossenen Augen da und pfiff unmelodisch, aber leise vor sich hin. Zum erstenmal seit langer Zeit konnte sie einfach dasitzen und nachdenken.

Nicht zuletzt beschäftigte sie ihr geheimnisvoller Zellengenosse. Azador hatte deutlich gemacht, daß er sich nicht über das Thema seiner Herkunft äußern wollte, auch nicht darüber, was ihn in diese Simwelt oder überhaupt in das Otherlandnetzwerk geführt hatte. Wenn er kein echter, lebendiger Bürger war, dann war er ein Replikant, der mit großer Sorgfalt so konstruiert worden war, daß er wie einer wirkte - wenn er vom Netzwerk und seinen Illusionen sprach, dann ließ er dabei intime Kenntnisse durchblicken und hörte sich beinahe verächtlich an. Er war auf seine Art zudem recht eindrucksvoll, und das nicht bloß wegen seines stattlichen Sims – es kam Renie beinahe so vor, als würde das Wort »säbelrasselnd« ziemlich gut auf ihn passen –, aber in manchen Momenten zeigte er auch eine andere Seite, einen verletzlichen, ja gequälten Menschen.

Aber wozu die Zeit mit Gedanken über diesen Fremden verschwenden, wo doch so viele andere Dinge überlegt werden mußten, so viele Probleme noch ungelöst waren, bei denen es um Leben oder Tod ging?

Tja, ein Grund, Frau, sagte sie sich, *ist der, daß du ein bißchen scharf bist. Du bist schon zu lange unter Männern – viel zu lange –, und diese ständige Gefahr, dieser ganze Adrenalinausstoß, macht dich langsam dünnhäutig.*

Sie blickte auf die Wölbung des Päckchens in Azadors Tasche und war stark versucht, ihn um noch eine Zigarette anzugehen. War nicht alles gut, was ihr half, sich zu entspannen? Sie fühlte sich wie ein weit über die Optimalspannung aufgezogener Tiktak. Aber die Art, wie ihr die Zigaretten wieder durch den Kopf geisterten, gefiel ihr nicht, die Suggestion, sie wären irgendwie genauso wichtig wie der Kampf darum, ihren Bruder zu retten. Sie hatte zwei Tage lang kaum ans Rauchen gedacht – sollte das jetzt wieder von vorne losgehen? Sie hatte nichts gegessen, seitdem sie in das Netzwerk eingetreten war, und *das* machte ihr überhaupt nicht zu schaffen.

Unter Aufbietung ihrer ganzen Willenskraft verbannte Renie die ablenkenden Gedanken aus ihrem Kopf und wandte sich wieder den dringlichen Problemen zu.

Statt Antworten zu bringen, hatte ihr Eintritt in das Netzwerk die Geheimnisse nur noch vertieft. Wer war dieser »Kreis«, den Kunohara erwähnt hatte – war es wirklich dieselbe Gruppe, die !Xabbu geholfen hatte, vom Okawango in die Stadt zu gehen und eine Ausbildung zu bekommen? Wenn ja, was konnte das bedeuten? Wußte !Xabbu mehr, als er verriet? Aber wenn dem so war, warum hatte er dann überhaupt zugegeben, etwas über den Kreis zu wissen? Auch dieser Gedankengang führte zu nichts. Die ganze Sache mit der Gralsbruderschaft war so weitgespannt und so verwirrend, und es gab soviel, was sie nicht wußte, daß es von irgendeinem Punkt an den Eindruck machte, alles sei bloß Gerüchtemacherei, nichts weiter als geistige Onanie und hohl drehende Paranoia. Sie sollte sich an die großen Linien halten.

Aber was genau *waren* die großen Linien? Was hatten sie in Erfahrung gebracht? Überhaupt etwas? Kunohara hatte angedeutet, es gebe einen Konflikt zwischen den Gralsleuten und diesem Kreis. Aber er hatte auch behauptet, beide Seiten befänden sich im Irrtum und das System sei irgendwie mehr, als ihnen klar sei. Konnte das, zusammen mit den anderen Dingen, die sie gesehen hatten - Atascos rätselhafte Lichtwischer, die falschen Tiere und Verhaltensweisen, die im Stock gesammelt worden waren, der bizarre Zwischenfall im Thronraum der Vogelscheuche -, auf ein gestörtes System hindeuten?

Ein jäher Gedanke durchfuhr sie wie eine lange, kalte Nadel. *Und wenn nun Stephen in dieses System eingebunden ist, wenn er irgendwie darin eingesaugt worden ist, und das ganze Ding kracht zusammen - was dann? Wird er aufwachen? Oder wird er darin gefangen bleiben, wenn dieses Ding verendet, was es auch sein mag - Maschine, Universum, sonstwas?*

Ohne nachzudenken, sah sie zu !Xabbu hinüber, als könnte der kleine Mann sie vor dem grausigen Gedanken, den sie nicht laut ausgesprochen hatte, beschützen. Er hielt die Hände vor sich und wackelte mit den Fingern - machte wieder das Fadenspiel ohne Faden, begriff sie. Sein dünner Rücken war ihr zugekehrt.

Sie brauchte diesen Mann, erkannte sie in einem plötzlichen Anfall von Zuneigung, den lieben, klugen Menschen, der sich hinter der Affengestalt verbarg. Er war ihr bester Freund auf der ganzen Welt. Höchst erstaunlich - sie kannte ihn noch kein Jahr -, aber wahr.

Renie fummelte den Schnürsenkel aus einem Stiefel und rutschte dann näher an !Xabbu heran.

»Hier«, sagte sie und reichte ihm das Band. »Mit einem richtigen Faden geht es besser, nicht wahr?«

Er drehte ihn in seinen kleinen Händen. »Dein Stiefel wird nicht am Fuß bleiben. Das ist nicht sicher.« Er zog nachdenklich die Stirn kraus, dann führte er den Schnürsenkel an den Mund und biß ihn mit scharfen Zähnen durch. Er gab ihr die eine Hälfte zurück. »Ich brauche kein langes Stück. Meine Finger sind jetzt kleiner.«

Sie lächelte und band ihren Stiefel wieder zu. »Entschuldige, daß ich dich vorhin so angefahren habe. Das war nicht richtig.«

»Du bist meine Freundin. Du willst das Beste für mich - für uns beide.« Es war erstaunlich, wie ernst ein Paviangesicht blicken konnte. »Möchtest du sehen, was ich mit dem Faden mache?«

Azador, der ein paar Meter entfernt an der Wand saß, schaute kurz zu ihnen hinüber, aber seine Augen waren ausdruckslos; er schien in Gedanken versunken zu sein.

»Sicher. Bitte, zeig's mir.«

!Xabbu verknotete den halben Schnürsenkel und zog ihn zu einem Rechteck auseinander, dann fuhr er mit den Fingern rasch zupfend hinein und hinaus, so daß seine Hände wie zwei nestbauende Vögel wirkten, bis er eine komplexe geometrische Figur zwischen ihnen aufgespannt hatte.

»Hier ist die Sonne. Kannst du sie erkennen?«

Renie war sich nicht sicher, aber sie hatte den Eindruck, daß die Raute nahe der Mitte des Musters gemeint sein mußte. »Ich glaube ja.«

»Jetzt geht die Sonne unter - es ist Abend.« !Xabbu bewegte die Finger, und die Raute sank auf die Horizontlinie und wurde immer flacher.

Renie lachte und klatschte in die Hände. »Das ist toll!«

Er schmunzelte. »Ich zeige dir noch ein Bild.« Seine Affenfinger arbeiteten flink. Renie fiel auf, wie sehr diese Bewegungen denen glichen, mit denen man über Squeezer Daten eingab. Als er stillhielt, hatte er ein völlig anderes Muster mit einem dichten Fadengeflecht in einer der oberen Ecken gebildet. »Das ist der Vogel, den man den ›Honiganzeiger‹ nennt. Kannst du ihn erkennen?«

Renie schnappte verdutzt nach Luft. »Diesen Namen hast du schon einmal gesagt.« Es kam ihr wichtig vor, aber sie brauchte lange, bevor es ihr einfiel. »Nein. Sellars war das. Als wir ihm in Mister J's begegneten und du ... ohnmächtig warst. Im Traumzustand oder so. Er sandte einen Honiganzeiger aus, um dich von irgendwo zurückzuholen.«

!Xabbu nickte bedächtig. »Er ist ein kluger Mann, dieser Sellars. Der Honiganzeiger ist für mein Volk sehr wichtig. Wir folgen ihm über große Entfernungen, bis er uns zum wilden Honig bringt. Aber er führt die Menschen nicht gern zum Honig - wir sind zu gierig. Ah, sieh mal, er hat welchen gefunden!« !Xabbu ließ seine Finger spielen, und der kleine Fleck in der Ecke huschte aufgeregt hin und her. »Er wird es seinem besten Freund erzählen, dem Honigdachs.« !Xabbu formte rasch ein neues Bild, diesmal mit einer großen Gestalt unten und der kleinen Gestalt oben. »Sie sind so enge Freunde, der Honiganzeiger und der Honigdachs, daß meine Leute sagen würden, sie schlafen unter demselben Fell. Kennst du den Honigdachs, Renie?«

»Er wird auch Ratel genannt, nicht wahr? Ich hab welche im Zoo gesehen. Dicht am Boden, Klauen zum Graben, stimmt's?«

»Mistviecher«, sagte Azador, ohne aufzublicken. »Beißen einem die Finger ab, wenn man nicht aufpaßt.«

»Sie sind sehr tapfer«, erklärte !Xabbu mit Nachdruck. »Der Honigdachs verteidigt das, was ihm gehört, mit Zähnen und Klauen.« Er wandte sich wieder Renie zu. »Und der kleine Vogel ist sein bester Freund. Wenn die Bienen den Honig fertig haben und er in einem Baum oder in einer Felsspalte golden herabtrieft, kommt der Honiganzeiger aus dem Busch geflogen und ruft: ›Schnell, schnell, es gibt Honig! Komm schnell!‹« Während !Xabbu die Worte in seiner klickenden und schnalzenden Muttersprache wiederholte, ließ er die kleine Figur oben wieder wackeln. Die größere blieb regungslos. »Dann hört ihn sein Freund und denkt, daß es keinen süßeren Ruf gibt, und er eilt hinter dem Vogel her und pfeift dabei selbst wie ein Vogel und ruft: ›Sieh her, du Flügelwesen! Ich komme hinter dir her!‹ Das ist ganz wunderbar, wenn man im Busch mit anhört, wie ein Freund dem anderen zuruft.« !Xabbu zupfte mit seinen flinken Fingern die Fäden, und jetzt bewegte sich auch die untere Gestalt, und zusammen mit der immer winziger werdenden kleineren schrumpfte auch die größere Figur, als ob der Honigdachs hinter seinem Führer hereilte.

»Das ist wunderbar«, sagte Renie lachend. »Ich hab sie sehen können!«

»Sie sind die besten Freunde, der Honiganzeiger und der Honigdachs. Und wenn der Honigdachs schließlich zum Honig kommt, wirft er immer einen Teil für seinen Freund auf die Erde.« Er ließ den Faden zwischen seinen Finger erschlaffen. »So wie du es für mich tust, Renie. Wir sind Freunde wie diese beiden, du und ich.«

Sie fühlte einen Kloß im Hals, und einen Sekundenbruchteil lang meinte sie, sie wären nicht mehr in einer Zelle eingesperrt, sondern ständen wieder in !Xabbus künstlicher Wüste unter dem Ringmond, erschöpft und glücklich vom Tanzen.

Sie mußte schlucken, bevor sie ein Wort herausbrachte. »Wir sind Freunde, !Xabbu. Ja, das sind wir.«

Das Schweigen wurde von Azador gebrochen, der sich vernehmlich räusperte. Als sie sich nach ihm umdrehten, sah er mit gespielter Verwunderung auf. »Nein, beachtet mich gar nicht«, sagte er. »Macht ruhig weiter.«

!Xabbu wandte sich wieder Renie zu, und sein Mund verzog sich zu einem schüchternen Lächeln, das seine Pavianschnauze kräuselte. »Ich habe dich gelangweilt.«

»Überhaupt nicht. Ich liebe deine Geschichten.« Sie wußte nicht, was sie sonst sagen sollte. Es gab mit !Xabbu immer diese seltsamen Schwellen, und sie hatte keine Ahnung, was dahinter liegen mochte -

eine tiefere und geschwisterlichere Freundschaft, als sie sich vorstellen konnte? Richtige Liebe? Zeitweise hatte sie das Gefühl, daß es kein menschliches Vorbild für ihr Verhältnis gab. »Erzählst du mir bitte noch eine Geschichte? Wenn es dir nichts ausmacht.« Sie schaute zu Azador hinüber. »Falls wir noch genug Zeit haben.«

Ihr Zellengenosse, der sein leises Pfeifen wieder aufgenommen hatte, gab mit einer vagen Handbewegung zu verstehen, daß sie sich die Zeit vertreiben konnten, wie es ihnen paßte.

»Ich werde dir eine andere Geschichte mit dem Fadenspiel erzählen«, erklärte !Xabbu. »Wir nehmen es manchmal, um Kindern Geschichten beizubringen.« Er schaute verlegen auf. »Ich will damit nicht sagen, daß ich dich für ein Kind halte, Renie ...« Er betrachtete prüfend ihr Gesicht und war beruhigt. »Diese Geschichte handelt davon, wie der Hase seine gespaltene Lippe bekam. Sie handelt auch von Großvater Mantis ...«

»Darf ich dir eine Frage stellen, bevor du anfängst? Mantis - Großvater Mantis -, ist er ein Insekt? Oder ein alter Mann?«

Ihr Freund lachte glucksend. »Er ist natürlich ein Insekt. Aber er ist auch ein alter Mann, der älteste seiner Familie und der älteste der ersten Menschen. Erinnere dich, daß ganz am Anfang alle Tiere Menschen waren.«

Renie meinte, es genauer wissen zu müssen. »Heißt das, er ist klein? Oder groß?« Sie mußte unwillkürlich an das schreckliche Ungeheuer mit den messerscharfen Vorderbeinen denken, das sie im Stock verfolgt hatte. Nach dem Blick zu urteilen, der über sein langes Gesicht zog, erinnerte !Xabbu sich auch daran.

»Großvater Mantis reitet zwischen den Hörnern der Elenantilope, er ist also sehr klein. Aber er ist von allen ersten Menschen der älteste und der klügste, der Großvater des Urgeschlechts, er ist also auch sehr groß.«

»Aha.« Sie betrachtete seine Miene, aber konnte keinen Spott entdecken. »Dann bin ich jetzt wohl für die Geschichte bereit.«

!Xabbu nickte. Er spreizte hurtig seine Finger und ließ sie spielen, bis ein weiteres vieleckiges Muster entstanden war. »In den Anfangstagen war Großvater Mantis einmal so krank, daß er fast meinte, er müsse sterben. Er hatte Biltong gegessen - das ist getrocknetes Fleisch -, das er seinem eigenen Sohn Kwammanga, dem Regenbogen, gestohlen hatte, und als Kwammanga entdeckte, daß es fort war, sprach er: ›Dieses Biltong soll im Magen desjenigen, der es mir gestohlen hat, wieder lebendig werden.‹ Er wußte nicht, daß es sein eigener Vater gewesen war.

Und so wurde das Biltong im Magen von Großvater Mantis wieder lebendig und bereitete ihm schreckliche Schmerzen.«

!Xabbus Finger krümmten sich, und das Bild bewegte sich. Eine Gestalt nahe der Mitte wackelte hin und her, so daß Renie den sich vor Qual herumwälzenden Großvater Mantis beinahe richtig sehen konnte.

»Er ging zu seiner Frau, der Klippschlieferin, und erzählte ihr, er fühle sich sehr krank. Sie sagte ihm, er solle in den Busch gehen und dort Wasser finden und trinken, das würde die Schmerzen lindern. Stöhnend zog er los.

Es gab kein Wasser in der Nähe, und der Mantis ging viele Tage, bis er schließlich zu den Tsodilo Hills kam, und hoch oben in diesen Bergen fand er das Wasser, das er gesucht hatte. Nachdem er ausgiebig getrunken hatte, fühlte er sich besser und beschloß, erst einmal eine Weile auszuruhen, bevor er sich auf den Heimweg machte.«

Die Pavianhände brachten eine Reihe von Formen hervor, und Renie sah die Berge aufragen und das Wasser schimmern. Ein Stück weiter weg hatte Azador zu pfeifen aufgehört und schien zu lauschen.

»Aber daheim in Großvater Mantis' Kraal hatten alle Angst, weil er nicht zurückgekehrt war, und der Gedanke, er könnte gestorben sein und sie würden ihn nie wiedersehen, erschreckte sie, denn noch niemals zuvor war einer vom Urgeschlecht gestorben. Also bat seine Klippschlieferfrau ihren Vetter, den Hasen, er möge gehen und ihn suchen.«

Einen kurzen Moment lang tauchte der Hase im Fadengeflecht auf und sprang gleich wieder davon.

»Der Hase rannte auf den Fußspuren des Mantis den ganzen Weg bis zu den Tsodilo Hills, denn er war ein sehr schneller Läufer, und erreichte sie bei Einbruch der Dunkelheit. Als er die Berge hinaufgestiegen war, traf er den Mantis dabei an, wie er neben dem Wasser saß, trank und sich den Staub vom Körper wusch. ›Großvater‹, sagte der Hase, ›deine Frau und deine Kinder und die ganzen übrigen ersten Menschen möchten gern wissen, wie es dir geht. Sie befürchten, daß du sterben könntest und sie dich deshalb niemals wiedersehen.‹

Dem Mantis ging es schon viel besser, und es tat ihm leid, daß alle anderen sich Sorgen machten. ›Geh zu ihnen zurück und sage ihnen, daß sie alle töricht sind – es gibt in Wahrheit keinen Tod‹, sprach er zu dem Hasen. ›Meinst du etwa, wenn wir sterben, würde es uns ergehen wie diesem Gras?‹ Er rupfte eine Handvoll aus. ›Wir würden im Tod das Schicksal des trockenen Grases teilen und zu diesem Staub werden?‹ Er nahm den Staub in die andere Hand, warf ihn hoch in die Luft und deutete dann auf den Mond, der am Abendhimmel hing.

Großvater Mantis hatte den Mond selbst hervorgebracht, aber das ist eine andere Geschichte.

›Geh und sag ihnen‹, sprach er, ›wie der Mond stirbt, dann aber wieder neu wird, so werden auch wir im Tode wieder neu werden. Deshalb sollen sie sich nicht fürchten.‹ Und mit dieser Botschaft schickte er den Hasen aus den Bergen zurück nach Hause.

Aber der Hase war einer von denen, die sich für sehr schlau halten, und auf dem Rückweg zum Kraal von Großvater Mantis und seiner Familie dachte er bei sich: ›Der alte Mantis kann das nicht sicher wissen, denn stirbt nicht alles und wird zu Staub? Wenn ich ihnen diese törichte Botschaft ausrichte, werden sie *mich* für töricht halten, und ich werde nie eine Frau finden, und die anderen Leute vom Urgeschlecht werden sich von mir abwenden.‹ Als er daher den Kraal erreichte, wo die Klippschlieferfrau und alle übrigen ihn erwarteten, erzählte er ihnen: ›Großvater Mantis sagt, daß wir im Tode nicht erneuert werden wie der Mond, sondern vielmehr wie das Gras zu Staub werden.‹

Und so erzählten alle Mitglieder der Mantisfamilie den anderen ersten Menschen weiter, was Großvater Mantis ihnen angeblich durch den Hasen hatte ausrichten lassen, und alle ersten Menschen waren von großer Furcht erfüllt und weinten und kämpften untereinander. Als nun der Mantis selbst wieder nach Hause kam, seinen Beutel aus Hartebeesthaut über einer Schulter und seinen Grabstock in der Hand, traf er alle tief traurig an. Als er erfuhr, was der Hase gesagt hatte und was jetzt von allen ersten Menschen auf Erden als Wahrheit ausgegeben wurde, war er so wütend, daß er seinen Grabstock wider den Hasen erhob und ihm mit einem Schlag die Lippe spaltete. Dann verkündete er dem Hasen, daß kein Busch und kein Gras im Veld und kein Felsen der Wüstenpfannen ihn jemals schützen und daß seine Feinde ihn immer jagen und finden würden.

Und deshalb hat der Hase eine gespaltene Lippe.«

Das letzte Fadenbild vibrierte einen Moment lang zwischen !Xabbus gespreizten Fingern, dann legte er die Hände zusammen und ließ es verschwinden.

»Das war sehr schön.« Renie hätte noch mehr gesagt, aber Azador stand abrupt auf.

»Es wird Zeit.«

Renie taten langsam die Arme weh. »Das ist doch sinnlos.«

»Es ist vielleicht sinnlos für *dich*«, sagte Azador in überlegenem Ton. »Halt einfach weiter die Hände an die Wand und drück.«

Renie murmelte einen Fluch. Die Position, mit dem Gesicht zur Wand zu stehen und mit ausgebreiteten Armen gegen den kalten Beton zu drücken, erinnerte unangenehm an eine Festnahme. Azador lag zwischen ihren Füßen auf dem Bauch und preßte seinerseits gegen die Wand, die Hände parallel zu ihren, nur eben knapp über dem Fußboden. »Na schön«, sagte sie, »du hast mich überzeugt, daß du nicht mehr alle Tassen im Schrank hast. Was jetzt?«

»Jetzt ist Dingsbums an der Reihe – du, Affenmann.« Azador verdrehte den Kopf nach !Xabbu, der ohne rechte Begeisterung zuschaute. »Such dir einen Punkt möglichst in der Mitte aus – wo die Schnittstelle eines X wäre, wenn unsere Hände auf den Endpunkten liegen würden. Dann schlag drauf.«

»Es ist eine sehr harte Wand«, gab !Xabbu zu bedenken.

Azadors Lachen war eher ein unwirsches Knurren. »Du sollst sie nicht mit deinem Patschehändchen einreißen, Affenmann. Tu einfach, was ich sage.«

!Xabbu schob sich zwischen sie, so daß sein Kopf an Renies Bauch stieß, direkt unterhalb ihrer Brüste. Es war ihr unangenehm, doch ihr Freund zögerte nicht. Als er sich für eine Stelle entschieden hatte, schlug er mit der flachen Hand darauf.

Bevor der Knall von den harten Flächen der Zelle widerhallen konnte, war der von den Händen abgegrenzte Teil der Wand verschwunden; an allen Seiten blieben glatte weiße Schnittkanten zurück. Ohne die stützende Mauer stolperte Renie nach vorn in die nächste Zelle.

»Wie hast du das gemacht?« wollte sie wissen.

Azadors Lächeln war aufreizend selbstgefällig. »Dies ist VR, Frau Otepi – alles nur Schein. Ich weiß ganz einfach, wie man den Schein verändert. Jetzt scheint es dieser Stelle der Wand, daß sie keine Wand mehr ist.«

!Xabbu war hindurchgeschlüpft und schaute sich in der leeren Zelle um, die haargenau aussah wie die andere. »Aber was haben wir damit gewonnen? Müssen wir das mit jeder Wand wiederholen, bis wir draußen sind?«

Azadors zufriedene Miene änderte sich nicht. Er schritt zur Tür der neuen Zelle. Ein Zug am Griff, und sie glitt zur Seite und gab den Weg in den Flur frei. »Die leeren Zellen schließt keiner ab.«

Um ihre Verstimmung über den Erfolg des Mannes zu verhehlen - ihr erster Impuls war gewesen zu sagen: »Das ist gemogelt!«, was zweifellos eine sensationell dämliche Bemerkung gewesen wäre -, drückte sie sich an ihm vorbei und spähte in den Flur. Zu beiden Seiten des Gangs war nichts zu sehen als pfefferminzgrüner Beton und geschlossene Türen. Die Monotonie wurde nur von Plakaten aufgelockert, die die Vogelscheuche darstellten - eine gesunde, dynamische, streng blickende Vogelscheuche - und Aufrufe enthielten wie: »10 000 Munchkins tot - wofür? Denkt immer an Oz!« und »Smaragd braucht DICH!«

»Da draußen ist niemand - gehen wir.« Renie wandte sich zu Azador um. »Weißt du, wie man hier rauskommt?«

»Auf der Rückseite der Zellen gibt es eine Lieferrampe. Vielleicht sind dort Wachen, aber es werden weniger sein als vorn, wo die ganzen Verwaltungsbüros sind.«

»Also, auf geht's.« Sie ging ein paar Schritte, dann schaute sie !Xabbu an. »Was ist los?«

Er schüttelte den Kopf. »Ich höre etwas ... rieche etwas. Ich bin nicht sicher.«

Ein dumpfes *Bumm* durchbrach die Stille, aber so leise, daß es fast nicht zu hören war: Jemand konnte ein paar Zimmer weiter ein Buch auf einen Tisch fallen gelassen haben. Das Geräusch wiederholte sich ein paarmal, dann kehrte wieder Stille ein.

»Na, was es auch sein mag, es ist jedenfalls weit weg«, erklärte Renie. »Wir warten lieber nicht ab, bis es hier ist.«

Nicht nur der Gang vor ihrer Zelle, sondern alle Gänge waren leer. Das Geräusch ihrer eilenden Schritte - von ihr und Azador, da !Xabbus Füße so gut wie lautlos auftraten - hallte beim Laufen unheimlich von den langen Wänden wider und machte Renie beklommen. »Wo sind alle hin?«

»Ich hab dir ja gesagt, hier ist alles am Auseinanderfallen«, erwiderte Azador. »Der Krieg geht schon seit Jahren - die Vogelscheuche hat nur noch ein Häuflein Getreue übrig. Was meinst du, warum wir die einzigen Gefangenen waren? Die andern wurden freigelassen und dann zum Kämpfen in den Wald oder ins Werk geschickt.«

Renie wollte nicht einmal wissen, was »das Werk« war. Erst Atascos Reich, dann die Zerstörung des Stocks, jetzt dies. Würden diese Simwelten einfach zu virtuellem Staub zerbröseln wie das Veldgras in !Xabbus Geschichte? Oder würde etwas noch Gruseligeres an ihre Stelle treten?

»Macht langsam«, sagte !Xabbu. »Ich höre etwas. Und ich fühle etwas – es pocht in meiner Brust. Irgend etwas stimmt hier nicht.«

»Was zum Teufel soll *das* nun schon wieder bedeuten?« knurrte Azador. »Wir sind fast am Ladeplatz. Wir können unmöglich einfach hier stehenbleiben.«

»Du solltest auf ihn hören«, meinte Renie. »Er weiß, wovon er redet.«

Etwas vorsichtiger bogen sie um eine Ecke und blickten auf einen Treffpunkt mehrerer Gänge. In der Mitte des offenen Bereichs lag ein großer Mann mit einem langen grünen Bart und einer zerschmetterten grünen Brille. Neben sich hatte er ein antiquiertes Gewehr. Er war offensichtlich tot: Teile, die eigentlich in ihn hinein gehörten, waren auf den Fußboden gequollen.

Renie unterdrückte den Drang, sich zu übergeben. Warum hatten die Leute in dieser Simulation Innereien, in der Insektenwelt aber nicht?

Azador machte einen großen Bogen um die Leiche. »Die Laderampe ist bloß noch hundert Meter weiter«, flüsterte er und deutete in die Richtung, wo der breite Gang scharf abknickte. »Wir können ...«

Ein Schmerzensschrei gellte so markerschütternd durch den Korridor, daß Renie die Knie weich wurden. Obwohl selbst Azador sichtlich betroffen war, näherten sich die drei vorsichtig dem abgehenden Flur und lugten um die Ecke.

Auf der breiten Laderampe am Ende des Ganges versuchten noch etliche andere Männer mit grünen Bärten und Brillen todesmutig, eine Armee von Tiktaks in Schach zu halten. Die Grünbärte wurden in ihrem Kampf von noch absonderlicheren Wesen unterstützt – dürren Männern mit Rädern statt Händen und Füßen, einem Teddybären mit einem Spielzeuggewehr, anderen Soldaten, die ganz aus Papier zu bestehen schienen –, doch die Verteidiger waren an Feuerkraft deutlich unterlegen, und mehrere Dutzend von ihnen waren schon zerstört worden. Nur einer der Tiktaks war zu Boden gegangen, und noch zwei oder drei andere taumelten mit herausgesprengtem Innern im Kreis, aber die grünbärtigen Soldaten schienen ihre Munition verschossen zu haben und benutzten ihre langen Gewehre jetzt nur noch als Keulen. Im sicheren Vorgefühl des bevorstehenden Sieges drangen die summenden Tiktaks heftiger auf die Verteidiger ein und umschwärmten sie wie Fliegen ein sterbendes Tier.

»Verdammt!« Renie war beinahe so erbittert wie erschrocken. »Spiele! Diese Leute und ihre beschissenen Kriegsspiele!«

»Es wird kein Spiel sein, wenn diese Dinger uns erwischen«, zischte Azador. »Los, zurück. Wir gehen woanders raus.«

Als sie wieder zu der Stelle kamen, wo die Gänge zusammentrafen und wo immer noch die Leiche eines Verteidigers lag, auf die sie gestoßen waren, zog !Xabbu Renie an der Hand. »Warum ist dieser Tote hier, wenn der Kampf noch am Eingang tobt?«

Renie brauchte einen Moment, bis sie verstand, was er meinte, und bis dahin hatten sie den grünbärtigen Leichnam schon hinter sich gelassen. Ihr Zellengenosse war rechts abgebogen und sprintete den Korridor entlang.

»Azador?« rief sie, aber er war bereits stehengeblieben.

Zwei weitere Leichen lagen vor der nächsten Ecke an der Wand, zwei Körper in drei Teilen, da die obere Hälfte des einen Soldaten mit Gewalt von der unteren getrennt worden war. Daneben befanden sich die zermatschten Überreste eines der fliegenden Affen. Lautes Geschnatter tönte aus dem Seitenkorridor, wo noch mehr Affen vor Schmerz und Entsetzen schrien.

»Wir brauchen nicht den Weg zu gehen«, sagte Azador zu Renies Erleichterung. »Mir ist eine andere Strecke eingefallen.« Er lief wieder los und reagierte nicht einmal, als ein sehr menschlicher, sehr weiblicher Schrei durch den Gang scholl.

»*Emily* ...?« Renie stutzte. »Ich glaube, das ist unsere Freundin!« schrie sie dem davoneilenden Azador nach.

Er drehte sich nicht um und lief nicht langsamer, obwohl sie ihn laut verfluchte. !Xabbu sprang bereits den Gang hinunter auf Emilys Stimme zu. Renie eilte hinterher.

Kaum hatten sie die nächste Kampfszene erblickt, die ihnen zwar inzwischen geläufig war, aber die dennoch nicht minder bizarr wirkte - fliegende Affen und mechanische Männer in tödlichem Streit -, da riß sich Emilys schlanke Gestalt aus dem Knäuel los und kam auf sie zugerannt. Renie packte die Vorbeieilende und wäre beinahe umgeworfen worden. Das Mädchen wehrte sich wie eine am Schwanz festgehaltene Katze, bis Renie die Arme um sie schlang und zudrückte, so fest sie konnte.

»*Ich* bin's, Emily, *ich* bin's, wir wollen dir *helfen*«, rief sie immer wieder, bis das Mädchen schließlich den Widerstand aufgab und hinguckte, wer sie nun schon wieder gefangen hatte. Ihre vor Panik weit aufgerissenen Augen wurden noch größer.

»Ihr! Die Fremden!«

Bevor Renie etwas entgegnen konnte, flog ein Affe durch den Korridor an ihnen vorbei, aber nicht aus eigener Kraft. Er klatschte gegen eine Wand und plumpste wie ein Sack zu Boden.

»Wir müssen los«, sagte Renie. »Komm!« Sie faßte eine Hand des Mädchens und !Xabbu die andere, und gemeinsam flohen sie vor den scheußlichen Geräuschen, mit denen die summenden mechanischen Männer die Affen in ihren Klauen zerquetschten. Azador war nirgends zu sehen, aber sie schlugen die Richtung ein, in der er verschwunden war. Als ob sie nicht gerade eben noch von Tiktaks angegriffen worden wäre, plapperte Emily fröhlich los.

»... Ich hätte nicht gedacht, daß ihr noch mal rauskommt - ehrlich gesagt, hätte ich nicht gedacht, daß *ich* noch mal rauskomme. Da war dieser Apparat, und der König hat damit lauter so komische Sachen mit mir gemacht, schlimmer als alles, was die Medizinhenrys immer machen, da ist mir ganz kribbelig geworden vor Gänsehaut, und wißt ihr was?«

Renie tat ihr Bestes, sie zu ignorieren. »Hörst du was?« fragte sie !Xabbu. »Sind noch mehr von diesen Automaten vor uns?«

Er zuckte mit seinen schmalen Schultern und zog Emily an der Hand, um sie zu bewegen, schneller zu laufen.

»Wißt ihr, was er zu mir gesagt hat?« fuhr Emily fort. »So eine Überraschung aber auch! Ich dachte, o weh, jetzt geht's mir schlecht, gelt, und sie schicken mich ins Bösenlager. Da kommt man hin, wenn sie einen im Lebensmittelschuppen beim Stehlen erwischen, wie diese andere Emily, die ich kenne, und sie mußte bloß ein paar Monate hin, aber als sie zurückkam, sah sie ganz viel älter aus. Aber wißt ihr, was sie zu mir gesagt haben?«

»Emily, sei still.« Renie verlangsamte jetzt das Tempo, als sie wieder um eine Ecke bogen. Dahinter tat sich ein weiter Saal auf mit spiegelglattem Fliesenfußboden und glänzenden Metalltreppen, die zu einem Zwischengeschoß emporführten. Weitere Affenleichen lagen verstreut auf dem Boden, dazu die Körper zweier Tiktaks, die offenbar durch den Handlauf des Zwischengeschosses gestürzt waren, der an einer Stelle verbogen war wie silbernes Lakritz. Die Aufziehmänner waren unten zerborsten wie teure Uhren, die jemand aufs Pflaster geworfen hatte, aber neben einem von ihnen regte sich etwas.

Emily brabbelte unverdrossen weiter. »Er hat mir gesagt, daß ich ein kleines Baby bekomme!«

Es war Azador. Im Todeskrampf hatte einer der Tiktaks sein Bein zu fassen bekommen, und jetzt versuchte er verzweifelt, sich aus der zugeschnappten Kralle des Monstrums zu befreien. Bei ihrem Nahen blickte er auf; die Furcht in seinem Gesicht wich rasch dem Ärger.

»Schafft mir dieses Ding vom Leib«, knurrte er, doch bevor er noch mehr sagen konnte, unterbrach ihn Emily mit so einem lauten Schrei, daß Renie mit gequälter Miene zurückzuckte.

»*Henry!*« Emily schlidderte durch den Raum, sprang über einen der zertrümmerten Tiktaks und warf sich auf Azador. Ihr Aufprall stieß ihn so fest auf den Boden zurück, daß sein Bein mit einem Ruck aus der Klaue freikam, wobei jedoch sein Overall zerrissen wurde und er rote Striemen am Knöchel bekam. Emily fiel über ihn her wie ein übermütiger junger Hund, und er konnte sie nicht von sich wegschieben. »Henry!« quiekte sie. »Mein goldiger goldiger goldigster Henry! Mein Herzenspuddingliebster! Meine tolle Weinaxfreude!« Sie setzte sich breitbeinig auf seine Brust, während er sie nur verdattert anstarren konnte. »Rat mal«, forderte sie ihn auf, »rat mal, was der König grade zu mir gesagt hat. Du und ich - wir haben ein Baby gemacht!«

In dem hohen Raum wurde es nach dieser Mitteilung totenstill. Nach einer Weile machte der tote Tiktak ein klickendes Geräusch, die Klaue, die Azadors Knöchel festgehalten hatte, knarrte ein letztes Mal und erstarrte dann wieder.

»Das«, sagte Renie schließlich, »ist allerdings sehr merkwürdig.«

Kapitel

Käufer und Schläfer

NETFEED/NACHRICHTEN:
Experten diskutieren über Haftstrafen mit "Zeitlupeneffekt"
(Bild: Archivaufnahmen aus dem Verwahrtrakt; ein Mitarbeiter überprüft die Schubfächer)
Off-Stimme: Die UN fördern die Auseinandersetzung zwischen Menschenrechtlern und Kriminalpädagogen über die umstrittene "Zeitlupentechnik" im Strafvollzug, bei der die Stoffwechselvorgänge mit kryotherapeutischen Mitteln verlangsamt und die Gefangenen gleichzeitig unterschwelliger Beeinflussung ausgesetzt werden, so daß sie den subjektiven Eindruck haben, im Laufe einiger Monate eine zwanzigjährige Haftstrafe zu verbüßen.
(Bild: Telfer vor den UN)
ReMell Telfer von der Menschenrechtsgruppe Humanity is Watching bezeichnet dies als einen weiteren Beweis dafür, daß wir eine "menschenverarbeitende Gesellschaft" geworden sind, wie er es nennt. Telfer: "Angeblich will man diese Gefangenen schneller in die Gesellschaft zurückführen, aber in Wirklichkeit geht es nur um fügsamere Häftlinge und raschere Abfertigung. Statt uns zu bemühen, Verbrechen zu verhindern, geben wir unser Geld für immer teurere Bestrafungsmethoden aus — größere Gefängnisse, mehr Polizei. Jetzt wollen sie für irgendeinen armen Schlucker, der jemandem die Brieftasche gestohlen hat, eine halbe Million an Steuerzahlerkrediten ausgeben, um ihn ins Koma zu versetzen …!"

> Noch eine der gefräßigen Zangen schoß aus dem Wasser, stürzte sich auf sie und schnappte zu wie eine Bärenfalle. Häuptling Starke Marke gelang es, dem Angriff auszuweichen, aber als die Zange wieder in den Fluß eintauchte, knallte sie gegen den Birkenrindenrand, so daß Orlando und die anderen auf dem Boden des Kanus heftig durchgeschüttelt wurden.

Beim nächsten Stoß rollte Orlando auf den Bauch herum und auf den Knauf des Schwertes, das er verloren geglaubt hatte, doch da ließ ein Schmerzensschrei des Indianers ihn hochfahren. Eine der Salatzangen hatte den Häuptling am Arm gepackt und versuchte, ihn in den Fluß zu zerren; vor Orlandos entsetzten Augen zog sich der Arm wie Toffee in die Länge. Er raffte sein Schwert auf und führte mit aller Kraft einen Hieb gegen die Zange, dicht hinter die Zähne. Der Aufprall erschütterte ihn von den Fingern bis ins Rückgrat, aber die Zange ließ den Häuptling los, warf Orlando einen bösen Blick zu und versank wieder im aufgewühlten Wasser.

Häuptling Starke Marke rieb sich den Arm, der schon wieder zu seiner vorherigen Größe und Form zusammengeschnurrt war, und war sofort bereit, den Kampf von neuem aufzunehmen. Ein nahe klingender Chor dünner Stimmen weckte in Orlando die Hoffnung, jemand käme vielleicht zu ihrer Rettung, doch es war nur das Gemüse am Ufer, das mit seiner Polonäse aufgehört hatte und jetzt dichtgedrängt am Rand des Wasser stand. Die meisten beobachteten den Angriff auf das Kanu mit gespanntem Entsetzen, aber einige, vor allem die eingemachte Rote Beete, schienen die ganze Sache irrsinnig witzig zu finden und schrien sowohl den Leuten im Boot als auch den mörderischen Salatbestecken wahllos nutzlose, betrunkene Ratschläge zu.

Das kleine Boot bekam abermals einen heftigen Stoß nahe der Wasserlinie ab. Orlando stellte sich breitbeinig hin und hob das Schwert über den Kopf. Er wußte, daß das Kanu jeden Augenblick kentern würde, und er war entschlossen, wenigstens eines der stumpfköpfigen Schnappdinger mitzunehmen. Fredericks stellte sich neben ihn und versuchte, einen Pfeil auf die Bogensehne einzulegen, während das Kanu kurz auf dem Rücken eines der Angreifer hin und her wippte, bevor es wieder ins Wasser platschte.

Durch das Gegröle vom Ufer schnitt plötzlich ein schriller Schmerzensschrei.

Einige der Gemüse in der vordersten Reihe waren von den Gaffern hinter ihnen und den Scharen, die noch aus dem umgedrehten Sieb herandrängten, um zu sehen, was los war, in den Fluß geschoben worden. Eine kleine Cocktailtomate, die immer weiter vom Ufer abgetrieben wurde, jammerte herzzerreißend. Ein Salatkopf, noch mit einem Blütenkranz um seinen breitesten Umfang geschmückt, watete kreischend hinter der Tomate her.

Da teilte sich direkt neben dem Salat das Wasser, und dieser wurde hoch in die Luft geschleudert. Als er wieder aufkam, schnappten schon die aufgerissenen Rachen nach ihm – selbst aus ziemlicher Entfernung konnte Orlando das Knacken und Malmen hören. Die herumfliegenden Salatblätter zogen sofort den ganzen Zangenschwarm an. In panischer Angst rempelten sich die Zuschauer am Strand auf der Flucht vor den freßwütigen Angreifern gegenseitig um, und in dem entstehenden Chaos fielen noch mehrere andere ins Wasser. Der Brei zerhackter Tomaten und das Blut von Roter Beete strömten jetzt aus den scharfzähnigen Mäulern. Eine Mohrrübe, die eine Grillschürze umgebunden hatte, wurde aus dem Wasser gefischt und entzweigebissen.

Binnen weniger Augenblicke war das Wasser um das Kanu herum ruhig geworden, während einen Steinwurf entfernt der Fluß von zubeißenden Zangen und spritzenden Gemüseteilen nur so schäumte. Häuptling Starke Marke hob sein Paddel auf und lenkte das Kanu wieder in die Mitte des Flusses. »Haben Glück«, knurrte er. »Salat sie mögen lieber.«

»Das ... das ist ja grauenhaft.« Auf den Kanurand gestützt beobachtete Fredericks gebannt die mörderische Gewalt. In Ufernähe bildete sich rasch eine Schaumschicht von püriertem Gemüse auf dem Fluß.

»Sie selber schuld«, erwiderte Starke Marke kalt. »Machen Zangen erst richtig verrückt. Werden ganz wild, wenn riechen Gemüse.«

Orlando tat die kleine Cocktailtomate trotzdem leid. Sie hatte wie ein verlassenes Kind geschrien.

»Auf der Seite nicht können landen«, erklärte Starke Marke der Landschildkröte später, als sie mit der langsamen Strömung in der Flußmitte dahintrieben. Ein leichter Nebel lag hier über dem Fluß, so daß die Ufer fast unsichtbar und die Schränke nur zu beiden Seiten aufragende trübe Umrisse waren. »Zangen dort fressen noch lange.«

»Dafür habe ich volles Verständnis.« Die Landschildkröte war erst vor kurzem aus ihrem Panzer hervorgekommen, wohin sie sich während des Angriffs zurückgezogen hatte. »Und ich habe keinerlei Verlangen, auf der anderen Seite abgesetzt zu werden, die mir fremd ist. Vielleicht bleibe ich ein Weilchen bei euch, wenn ihr nichts dagegen habt, und dann könnt ihr mich später an Land lassen.«

Starke Marke grunzte und fing wieder an zu paddeln.

»Wir müssen hier raus, Orlando«, sagte Fredericks leise. »Hier scännt's doch wirklich obermega. Schon schlimm genug, wenn man überhaupt getötet wird, aber von irgendwelchen Dingern aus der Besteckschublade geext zu werden ...?«

Orlando lächelte matt. »Wenn wir dir helfen, deinen Zündi zu finden«, rief er dem Häuptling zu, »hilfst du uns dann, aus der Küche rauszukommen? Wir gehören nicht hierher, und wir müssen unsere Freunde finden.«

Der Häuptling drehte sich um, und in dem trüben Licht der Glühbirne hoch oben hatte sein langnasiges Gesicht einen pfiffigen Ausdruck. »Wasserhahn wieder zurück nicht gehen«, sagte er. »Müssen andere Ende von Küche raus.«

Bevor er das weiter ausführen konnte, drangen Töne übers Wasser an ihre Ohren, ein Chor piepsender Stimmchen, in denen Orlando einen Moment lang Überlebende des gräßlichen Gemüsegemetzels vermutete – nur daß dieser Chor eine komplizierte dreistimmige Weise sang.

> *»Sangesfroh, doch leider blind*
> *Wir seit frühster Kindheit sind.*
> *Trotzdem singen wir con brio*
> *Als plärrgewaltiges Feldmaustrio.«*

Eine langgestreckte zylindrische Gestalt mit drei senkrechten Figuren obendrauf tauchte aus dem Nebel auf. Bei ihrem Näherkommen stellte sich heraus, daß es drei Mäuse mit identischen dunklen Sonnenbrillen auf einer Flasche waren, die sie mit unglaublich geschickten rosa Füßchen unter sich kreisen ließen wie einen gefällten Baumstamm, ohne ein einziges Mal aus dem Gleichgewicht zu kommen. Sie hatten sich gegenseitig die Arme über die Schultern gelegt, und die Maus am einen Ende hielt einen Blechbecher in der Hand, die am anderen Ende einen weißen Stock.

»Seit unsre Mamimaus uns warf,
Sind wir auf nichts als Putzen scharf.
Ein Becher voll reicht völlig aus,
Und blitzblank wird das ganze Haus.

Drei Mäuslein sind wir, singen fein
Und machen dazu alle Sachen rein,
Und hinterher, kommt und probiert,
Ist alles auch desinfiziert!
Das sieht eine einäugige Fledermaus –
›Drei Blinde Mäuse‹ – da strahlt das Haus!«

Der quäkende Chorgesang war so perfekt und so vollkommen hirnrissig, daß Orlando am Ende des Liedes gar nicht anders konnte als applaudieren; auch die Landschildkröte klatschte. Fredericks warf ihm einen befremdeten Blick zu, aber schloß sich dann doch widerwillig an. Nur Häuptling Starke Marke verzog keine Miene. Während sie weiter die Flasche unter sich drehten, machten die drei Mäuse eine tiefe Verbeugung.

»Jetzt auch in der Familienflasche!« quiekte die Maus mit dem Stock.

Vielleicht berührte das Wort »Familie« im Häuptling einen wunden Punkt, oder möglicherweise hatte er nur höflich abgewartet, bis die Mäuse mit ihrem Lied fertig waren. Jedenfalls fragte er: »Ihr sehen böse Männer auf große Boot? Mit Zündi, mein kleine Sohn?«

»Sie können wohl schwerlich etwas gesehen haben«, meinte die Landschildkröte. »Oder wie oder was?«

»Nein, wir sehen nicht viel«, pflichtete eine der Mäuse bei.

»Doch uns kommt viel zu Ohr«, fügte eine zweite hinzu.

»Und das mit dem Knirps kommt uns recht bekannt vor.« Die dritte nickte ernst, während sie das sagte.

»Ein großes Boot fuhr hier.«

»Zwei Stunden ist's her.«

»Unsre Schau gefiel ihnen wohl nicht so sehr.«

»Ein Baby weinte.«

»Das fanden wir traurig.«

»Und hu! – diese Männer klangen echt schaurig.«

Nach einer Pause piepste die mit dem Stock wieder los. »Sie waren auch nicht grade wohlriechend«, sagte sie in verschwörerischem

Flüsterton. »Nillewicht grallewa-dellewe saullewau-bellewer, wenn du verstehst, was wir damit andeuten wollen.«

Starke Marke beugte sich vor. »Wohin sie fahren?«

Die Mäuse steckten die Köpfe zusammen und ergingen sich länglich in einer leisen, aber lebhaften Diskussion. Zuletzt drehten sie sich wieder um, breiteten die Arme aus und schleuderten revuemäßig die Beine in die Luft, wobei sie die Flasche mit Reinigungsmittel weiter munter unter sich kreisen ließen – eine sehr gute Nummer, mußte sogar Fredericks später zugeben.

>»An den Ufern von Gitschi-Gumi
Lebt es sich vielleicht frei und frank«,

sangen sie,

>»Doch bloß Hiawatha dort ›Hi!‹ zu sagen,
Lohnt die Fahrt nicht – vielen Dank.
Der Ort, den ihr sucht, ist näher –
Schiebt es nicht auf die lange Bank!
Die Kidnapper kannten
Ihn aus alten Atlanten:
Den berühmten Eisigen Schrank.«

Die Maus mit dem Blechbecher schwenkte diesen im Kreis und fügte hinzu: »Nicht vergessen – der Frühling kommt bald! Höchste Zeit, die ganze Küche blütenfrisch zu wischen!« Dann schmiß das Trio die rosa Pfötchen so schnell, daß die Flasche sich längs drehte, bis die Kappe vom Kanu wegdeutete. Als die Strömung die Mäuse davontrug, fiel Orlando erst auf, daß keine von ihnen einen Schwanz hatte.

Wenig später waren sie wieder im Nebel verschwunden, doch ihre hohen Stimmen, die jetzt eine neue Hymne zum Lob von Muskelschmalz und blitzblanken Küchentresen sangen, drangen ihnen noch eine ganze Weile ans Ohr.

»Richtig, die Farmersfrau mit dem Tranchiermesser«, murmelte Orlando, als ihm das alte Kinderlied wieder einfiel. »Die armen kleinen Kerlchen.«

»Was brabbelst du da?« Fredericks sah ihn stirnrunzelnd an, doch plötzlich rief er: »He, wo fahren wir hin?«, als der Häuptling anfing, mit neuem und sogar vermehrtem Elan auf das unerforschte andere Ufer zuzupaddeln.

»Zum Eisschrank«, erklärte die Landschildkröte. »Er liegt nahe dem hinteren Ende der Küche und ist ein sagenumwobener Ort. Viele Geschichten erzählen sogar, daß irgendwo in seinem Innern ›Schläfer‹ liegen - Wesen, die schon genauso lange da sind wie die Küche selbst, aber in immerwährendem Schlummer, und die ihre kalten Träume bis ans Ende der Zeit träumen werden, sofern sie ungestört bleiben. Manchmal sagen diese Schläfer, ohne je wach zu werden, einem Glücklichen oder Unglücklichen, der in ihre Nähe kommt, die Zukunft voraus oder beantworten Fragen, die ansonsten ungelöst blieben.«

»Böse Männer nicht suchen Schläfer«, sagte der Häuptling, der jetzt in jeden Paddelschlag sein ganzes Gewicht legte. »Sie wollen Gold.«

»Ah, ja.« Die Landschildkröte legte einen Stummelfinger an ihren stumpfen Schnabel und nickte. »Sie haben die Gerüchte gehört, daß einer der Käufer einen geheimen Goldschatz im Eisschrank deponiert habe. Kann sein, daß das bloß ein Märchen ist, denn niemand, den ich kenne, hat jemals einen der Käufer gesehen. Angeblich sind sie gottgleiche Riesen, die nur in die Küche kommen, wenn die Nacht vorbei ist und wenn alle, die hier wohnen, so tief und fest schlafen wie die in den tiefsten Tiefen des Eisschranks. Aber ob das Gold nun ein Mythos oder die Wahrheit ist, diese bösen Männer glauben ganz offenbar daran.«

»Sag mal, Gardino«, flüsterte Fredericks. »Was genau ist eigentlich ein Eisschrank?«

»Ich glaube, so wurden früher Kühlschränke genannt.«

Fredericks starrte Häuptling Starke Marke an, der mit unermüdlichen automatenhaften Paddelschlägen die Fährte seines entführten Sohnes verfolgte. »Scän, scän, scän«, sagte er kopfschüttelnd. »Scän, scän und nochmal scän.«

Mindestens eine weitere Stunde schien zu vergehen, ehe sie Land erreichten - oder Fußboden, vermutete Orlando. Die Größe des Flusses war zweifellos in keiner Weise maßstabsgetreu; gemessen an den Dimensionen des Spülbeckens und der Arbeitsflächen, die sie bereits gesehen hatten, hätte die Küche in der wirklichen Welt viele hundert Meter lang sein müssen, um den Schauplatz für so eine ausgedehnte Flußfahrt abgeben zu können. Aber er wußte, daß es keinen Zweck hatte, zuviel darüber nachzudenken – auf die Küche, begriff er, ließen sich solche analytischen Überlegungen nicht anwenden.

Der Anlegeplatz, den der Häuptling sich ausgesucht hatte, war eine kleine trockene Stelle in Form einer Landzunge am Fuß eines gewaltigen Beines, das zu einem Tisch oder Stuhl gehören konnte – das Möbelstück war zu groß, als daß man es im Finstern richtig erkennen konnte. Diese Seite der Küche schien dunkler zu sein als das andere Flußufer, als ob sie hier von der Glühbirne an der Decke viel weiter weg wären.

»Ihr hier bleiben«, sagte der Indianer. »Ich gehen und suchen böse Männer. Ich bald wieder da, dann machen Plan.« Nach dieser für seine Verhältnisse eher langen Rede schob er das Kanu in die Strömung, bis ihm das Wasser über seine vollkommen zylindrische Brust ging, und stieg dann lautlos und behende ein.

»Tja«, sagte die Landschildkröte, während sie ihm hinterherblickte, »ich kann nicht behaupten, sehr glücklich darüber zu sein, daß ich in diese Sache hineingeraten bin, aber ich denke mal, wir sollten das Beste daraus machen. Schade, daß wir kein Feuer anzünden können – dann wäre das Warten nicht ganz so trostlos.«

Fredericks schien etwas sagen zu wollen, doch dann schüttelte er den Kopf. Sein Freund, begriff Orlando, hatte eine Frage stellen wollen, aber dann war ihm die Vorstellung, mit einer Zeichentrickfigur zu reden, zu peinlich gewesen. Orlando lächelte. Es war komisch, jemanden so gut zu kennen und ihn doch überhaupt nicht zu kennen. Er kannte Sam Fredericks jetzt schon seit Jahren – seit sie beide in die sechste Klasse gegangen waren – und hatte trotzdem noch nie sein Gesicht gesehen.

Ihr Gesicht.

Wie immer machte ihn die Erkenntnis betroffen. Er betrachtete die vertrauten Züge von Pithlit dem Dieb – das scharfe Kinn, die großen, ausdrucksvollen Augen – und fragte sich einmal mehr, wie Fredericks wohl in Wirklichkeit aussah. War sie hübsch? Oder sah sie wie ihre üblichen Frederickssims aus, nur daß sie ein Mädchen war statt ein Junge? Und was spielte das schon für eine Rolle?

Orlando konnte nicht sagen, daß es eine Rolle spielte. Aber er konnte auch nicht sagen, daß es keine Rolle spielte.

»Ich hab Hunger«, verkündete Fredericks. »Was passiert, wenn wir hier was essen, Orlando? Klar, ich weiß, daß es uns nicht wirklich ernährt oder so. Aber wäre es ein gutes Gefühl?«

»Ich bin mir nicht sicher. Vermutlich hängt es davon ab, was uns eigentlich hier im System hält.« Er versuchte sich das einen Moment lang vorzustellen – Gehirn und Körper beide fest mit einem virtuellen Interface verschaltet –, aber er hatte Mühe, seine Gedanken zusammenzuhalten. »Ich bin zu müde, um drüber nachzudenken.«

»Vielleicht solltet ihr zwei euch schlafen legen«, bemerkte die Landschildkröte. »Ich bin gern bereit, Wache zu halten, für den Fall, daß unser Freund zurückkommt oder wir unliebsamen Besuch bekommen.«

Fredericks warf der Landschildkröte einen Blick zu, der nicht ganz frei von Mißtrauen war. »Ach ja?«

Orlando lehnte sich an den Fuß des Möbelbeines, der so breit wie ein Getreidesilo in einem der alten Western war und eine leidlich bequeme Rückenstütze abgab. »Na, komm«, sagte er zu Fredericks. »Du kannst deinen Kopf an meine Schulter legen.«

Sein Freund drehte sich um und starrte ihn an. »Was soll *das* denn bedeuten?«

»Nur ... nur damit du's bequem hast.«

»Ach ja? Und wenn du mich immer noch für einen Typen halten würdest, hättest du das dann auch gesagt?«

Orlando hatte darauf keine ehrliche Antwort. Er zuckte mit den Achseln. »Okay, ich bin der totale Oberwuffti. Schlepp mich vors *Netzgericht Live*.«

»Vielleicht sollte ich euch Jungs eine Geschichte erzählen«, sagte die Landschildkröte munter. »Das hilft einem manchmal, sich einen Weg in den Sand des Schlafs zu graben.«

»Du hast was über die Käufer gesagt.« Das hatte Orlando vorhin gefesselt, aber er wußte nicht, ob er noch die Energie hatte, einer ganzen Geschichte zuzuhören. »Glaubst du, daß sie es waren, die euch geschaffen haben? Alle ... alle Personen hier in der Küche?«

Fredericks stöhnte, aber die Landschildkröte beachtete ihn gar nicht. »Die uns geschaffen haben? Liebe Güte, nein.« Sie nahm ihre Brille ab und putzte sie energisch, als ob allein schon der Gedanke sie ganz hippelig machte. »Nein, wir werden woanders geschaffen. Aber wenn die Geschichten wahr sind, dann bringen uns die Käufer von jenem anderen Ort hierher, und so verbringen wir unsere Nächte in der Küche und sehnen uns immer danach, in unsere wahre Heimat zurückzukehren.«

»Eure wahre Heimat?«

»Das Geschäft, nennen sie die meisten, allerdings habe ich einmal eine Gruppe von Gabeln und Löffeln kennengelernt, die zu einer Bestecksekte gehörten, und die bezeichneten diese herrliche Heimat als den ›Katalog‹. Aber in einem Punkt stimmen alle überein: Ganz egal, wo diese herrliche Heimat ist, sie ist ein Ort, wo wir nicht schlafen, nur wenn wir es selber wollen, und an dem die Glühbirne in einer Nacht, die niemals endet, wunderbar hell erstrahlt. Dort, heißt es, werden die Käufer *uns* dienen.«

Orlando lächelte und sah Fredericks an, aber die Augen seines Freundes hatten sich bereits geschlossen. Fredericks hatte sich nie groß für das Wie und Warum von Sachen interessiert ...

Während die Landschildkröte mit leiser, eintöniger Stimme weitererzählte, fühlte Orlando, wie er in eine Art Wachtraum abglitt, in dem er und seine Küchenmitbewohner ihre Cartoonleben führen konnten, ohne fürchten zu müssen, wieder in Schubladen und Schränke gesteckt zu werden, und in dem mit jedem neuen Einbruch der Dunkelheit alle Greuel der Nacht davor vergessen waren.

Ungefähr so, wie es wäre, wenn ich immer hier leben würde, dachte er träge. *Es ist komisch – sogar die Zeichentrickfiguren wollen leben. Genau wie ich. Ich könnte hier ewig leben und bräuchte nicht krank zu sein und müßte nie wieder in dieses Krankenhaus, denn wieder hinkommen werd ich, und nächstes Mal komm ich nicht wieder raus, vielleicht komm ich schon diesmal nicht wieder raus, die ganzen Schläuche, und die Pfleger und Schwestern tun alle so betont fröhlich, aber wenn das hier real wäre, müßte ich nicht, und ich könnte hier ewig leben und würde niemals ...*

Er fuhr kerzengerade in die Höhe. Fredericks, der oder die sich vielleicht wider Willen doch an seine Schulter geschmiegt hatte, protestierte schläfrig.

»Wach auf!« Orlando schüttelte seinen Freund. Die Landschildkröte, die sich mit ihrer Geschichte selbst eingelullt hatte, beäugte ihn über den Rand ihrer Brille, als sähe sie ihn zum erstenmal, schloß dann langsam wieder die Augen und sank in die Traumwelt zurück. »Komm schon, Fredericks«, wisperte Orlando eindringlich; er wollte die Landschildkröte jetzt nicht dabeihaben. »Wach auf!«

»Was? Was ist los?« Fredericks wachte immer so langsam wie ein Faultier auf, aber nach wenigen Momenten erinnerte er sich anscheinend daran, daß sie sich an einem potentiell gefährlichen Ort befanden, und seine Augen gingen jäh auf. »Ist irgendwas?«

»Ich hab's!« Orlando war aufgeregt, und zugleich war ihm hundeelend. Die ganze Tragweite der Sache - der furchtbare Handel, den diese Leute gemacht hatten - wurde ihm jetzt erst richtig klar. Fredericks würde das nie so nachempfinden können wie er, niemanden konnte es persönlich so tief berühren, doch auch wenn seine eigenen Ängste und Obsessionen ihn das alles nur zu gut verstehen ließen, erfüllte ihn der Gedanke an das Tun dieser Gralsleute bis ins innerste Mark mit Zorn.

»Was hast du? Du hast geträumt, Gardiner.«

»Nein. Hab ich nicht, ich schwör's. Mir ist grade klargeworden, was die Leute von der Gralsbruderschaft wollen - was das alles hier soll.«

Fredericks setzte sich auf, und sein Unmut ging langsam in Sorge über. »Echt?«

»Denk doch mal nach. Wir sind jetzt schon in ein paar von diesen Dingern - diesen Simwelten - gewesen, und sie sind genauso gut wie die wirkliche Welt, stimmt's? Nein, besser, weil du hier alles machen kannst, alles *sein* kannst.«

»Und?«

»Und was meinst du, warum sie diese Welten geschaffen haben? Bloß um drin rumzurennen, so wie du und ich in Mittland?«

»Was weiß ich.« Fredericks rieb sich die Augen. »Hör zu, Orlando, ich bin sicher, das ist total wichtig und überhaupt, aber könntest du's mir vielleicht in wenigen Worten erklären?«

»Denk mal nach! Du bist irgendein megareicher Typ. Du hast alles, was du willst, alles, was du dir mit Geld kaufen kannst. Nur eine Sache gibt's, die du nicht kriegst, egal wieviel Geld du hast, eine Sache, die du dir mit Geld nicht kaufen kannst und die alle deine Häuser und Jets und alles wertlos macht.

Sie müssen *sterben*, Fredericks. Alles Geld der Welt kann daran nichts ändern. Alles Geld der Welt kann dir nicht helfen, wenn dein Körper alt wird und stirbt und dahinsiecht. Konnte nicht - bis jetzt.«

Die Augen seines Freundes wurden groß. »Was willst du damit sagen? Daß sie irgendwie ums Sterben rumkommen können? Wie denn?«

»Ich bin mir nicht sicher. Aber wenn sie es hinkriegen, daß sie hier leben können, in diesem Anderlanddings, dann brauchen sie keine Körper mehr. Sie könnten hier ewig leben, Fredericks, genau wie sie vorher gelebt haben - ach was, besser! Sie können *Götter* sein! Und wenn sie dazu ein paar Kinder töten müßten, meinst du nicht, daß sie bereit wären, den Preis zu bezahlen?«

Fredericks gaffte mit offenem Mund. Dann schloß er ihn, spitzte die Lippen und pfiff. »Tschi-sin, Orlando, meinst du wirklich? Gott.« Er schüttelte den Kopf. »Scännig. Das ist das größte Ding aller Zeiten.«

Jetzt, wo er zum erstenmal begriff, was auf dem Spiel stand, spürte Orlando auch, daß er gar nicht gewußt hatte, wie sehr er sich fürchten konnte. Dies war der rabenschwarze Schatten der goldenen Stadt. »Das ist es«, flüsterte er, »das ist es wirklich. Das größte Ding aller Zeiten.«

> Der dunkelhäutige Armeemann hinter dem Schreibtisch war nicht der normale, freundliche Corporal Keegan, der sonst immer dort saß. Er blickte Christabel die ganze Zeit über an, als ob das Vorzimmer eines Büros kein Platz für ein kleines Mädchen wäre, auch wenn es das Büro ihres Papis war und dieser sich gleich hinter der Doppeltür dort befand. Corporal Keegan nannte sie immer »Christa-lala-bel« und gab ihr manchmal eine Praline aus einer Schachtel in seiner Schublade. Der Mann, der jetzt am Schreibtisch saß, war bloß muffelig, und Christabel konnte ihn nicht leiden.

Manche Leuten machten einfach böse Gesichter zu Kindern. Das war scännig. (Das Wort gebrauchte Portia immer, und Christabel war sich nicht ganz sicher, was es hieß, aber sie dachte, daß es dumm hieß.) Und es *war* dumm. Merkte der Mann denn nicht, daß sie extrasuperleise war?

Sie hatte sowieso über vieles nachzudenken, deshalb beachtete sie den muffeligen Mann gar nicht und ließ ihn weiter an seinen Squeezern rumfingern. Über *vieles*.

Vor allem mußte sie über den Jungen von draußen nachdenken, und über Herrn Sellars. Als der Junge in Herrn Sellars' Tunnel gekommen und Christabel so furchtbar erschrocken war, hatte er mit etwas Scharfem rumgefuchtelt, und sie war sich ganz ganz sicher gewesen, daß er sie beide damit verletzen würde. Und er hatte sogar Herrn Sellars damit gedroht und böse Sachen zu ihm gesagt, »Krüppel« und so, aber statt Angst zu bekommen, hatte Herr Sellars einfach so komisch leise gelacht und dann den Jungen gefragt, ob er gern etwas zu essen hätte.

Christabel hatte mal eine Sendung im Netz gesehen, in der ein Haufen Leute irgendwo den letzten Tiger fangen wollten - sie konnte sich nicht mehr erinnern, ob es der letzte Tiger auf der Welt oder bloß in der Gegend gewesen war, aber daß es der letzte war, wußte sie noch -, weil der Tiger ein verletztes Bein und kaputte Zähne hatte und sterben mußte, wenn er weiter allein in der Wildnis lebte. Aber obwohl das Bein des Tigers so schlimm verletzt war, daß er kaum mehr laufen konnte, und sie ihm zu essen hinlegten, um ihn in die Spezialfalle zu locken, kam er trotzdem nicht in ihre Nähe.

Das war der Blick, den der fremde Junge Herrn Sellars zugeworfen hatte, ein Blick, der sagte: »Du kriegst mich nicht.« Und er hatte wieder mit dem Messer rumgefuchtelt und mit seinem lauten Gebrüll Christabel solche Angst eingejagt, daß sie sich gleich nochmal in die Hose gemacht hätte, wenn noch ein Tröpfchen Pipi in ihr drin gewesen wäre. Aber Herr Sellars hatte sich überhaupt nicht gefürchtet, obwohl er so dünn und schwach war - seine Arme waren nicht stärker als die des Jungen - und in einem Rollstuhl saß. Er fragte ihn einfach noch einmal, ob er gern etwas zu essen hätte.

Der Junge hatte lange gezögert und dann genauso finster geblickt wie jetzt der Mann am Schreibtisch und gesagt: »Was 'aste?«

Und dann hatte Herr Sellars sie weggeschickt.

Das war das Schwerste, worüber sie nachdenken mußte. Wenn Herr Sellars sich vor dem Jungen, der Cho-Cho hieß, nicht fürchtete, wenn er nicht glaubte, daß der Junge ihm etwas tun würde, warum schickte er sie dann weg? Tat der Junge nur kleinen Mädchen was? Oder wollte Herr Sellars etwas tun oder sagen, das sie nicht hören sollte, nur der Junge? Das tat ihr weh, genau wie damals, als nur drei Mädchen bei Ophelia Weiner übernachten durften, weil ihre Mama das so wollte, und sie Portia und Sieglinde Hill und Delphine Riggs einlud, obwohl Delphine Riggs erst wenige Wochen vorher auf ihre Schule gekommen war.

Portia meinte hinterher, es sei doof gewesen, und Ophelias Mama habe ihnen Bilder von der Familie in ihrem Haus in Dallas gezeigt, wo sie einen Swimmingpool hatten, aber Christabel war trotzdem sehr traurig gewesen. Und daß Herr Sellars sie weggeschickt hatte, damit er mit dem Jungen reden und ihm etwas zu essen geben konnte, machte sie genauso traurig, so als ob etwas anders geworden wäre.

Sie fragte sich, ob sie die MärchenBrille hervorholen und »Rumpelstilzchen« sagen und dann Herrn Sellars fragen sollte, warum er das tat, doch obwohl sie das wirklich ganz schrecklich wollte, war ihr klar, daß es eine schlechte Idee wäre, sie hier im Büro ihres Papis zu benutzen, wo dieser Mann mit dem Gesicht wie ein Stein ständig zu ihr herübersah. Auch wenn sie noch so leise flüsterte, war es eine schlechte Idee. Aber sie hätte es zu gern gewußt und mußte fast weinen deswegen.

Die Tür zum Bürozimmer ihres Papis ging plötzlich auf, wie wenn die laute Stimme sie aufgedrückt hätte, die gerade redete.

»... ist mir völlig egal, Major Sorensen. Nichts Persönliches, du verstehst, aber ich will endlich Resultate sehen.« Der Mann, der das sagte, stand in der Tür, und der Mann hinter dem Schreibtisch sprang auf, als ob sein Stuhl Feuer gefangen hätte. Der Mann, der gesagt hatte, es sei ihm egal, war nicht so groß wie ihr Papi, aber er sah sehr stark aus, und seine Jacke saß am Rücken straff gespannt. Sein Hals war sehr braun und hatte Runzeln.

»Ja, Sir«, sagte ihr Papi. Zwei weitere Männer traten aus dem Büro und stellten sich beiderseits der Tür auf, so als wollten sie den Mann mit dem braunen Hals auffangen, falls er plötzlich umfiel.

»Na, dann mach endlich Dampf, verdammt nochmal!« sagte der Mann. »Ich will ihn haben. Und wenn ich einen Kordon von hundert Meilen um diesen Stützpunkt ziehen und jedes einzelne Haus darin durchsuchen lassen muß, dann werd ich's tun - so wichtig ist mir, daß er gefunden wird. Du hättest alles Notwendige veranlassen können, bevor er Zeit hatte, sich ein Versteck zu suchen, und ich hätte dafür gesorgt, daß General Pelham dich hundertprozentig deckt. Aber du hast die Sache verbaselt, und jetzt hat es nicht mehr viel Sinn, ein Hornissennest aufzustören. Also zieh die Sache auf deine Weise durch ... aber zieh sie durch! Hast du mich verstanden?«

Ihr Papi, der in einem fort nickte, während der andere sprach, erblickte Christabel über die Schulter des Mannes, und eine Sekunde lang wurden seine Augen ganz weit. Der Mann drehte sich um. Sein Gesicht war so grimmig, daß Christabel sicher meinte, er würde gleich losbrüllen, die anderen sollten gefälligst dieses Kind hier rausschaffen. Er hatte einen grauen Schnurrbart, viel kleiner und adretter als der von Captain Parkins, und seine Augen waren sehr hell. Einen Augenblick lang starrte er sie an wie ein Vogel einen Wurm, den er gleich fressen wird, und sie bekam es schon wieder mit der Angst zu tun.

»Aha!« sagte er mit einer knurrigen Stimme. »Eine Spionin.«

Christabel machte sich auf dem Stuhl ganz klein. Die Zeitschrift, die sie in der Hand gehalten hatte, fiel aufgeschlagen zu Boden.

»Lieber Himmel, ich hab sie erschreckt.« Plötzlich lächelte er. Er hatte sehr weiße Zähne, und um seine Augen bildeten sich dabei Fältchen. »Schon gut, schon gut, ich hab bloß Spaß gemacht. Wer bist du, Kleines?«

»Meine Tochter, Sir«, sagte ihr Papi. »Christabel, sag General Yacoubian hallo.«

Sie versuchte sich daran zu erinnern, was ihr Papi ihr beigebracht hatte. Es war schwer, sich zu besinnen, wenn der Mann sie so anlächelte. »Hallo, General, Sir.«

»*Hallo, General, Sir*«, wiederholte er und lachte, dann wandte er sich zu dem Mann um, der an Corporal Keegans Tisch gesessen hatte. »Hast du das gehört, Murphy? Wenigstens eine Person, die mit der Armee dieses Mannes zu tun hat, zeigt ein wenig Respekt vor mir.« Der General trat um den Schreibtisch herum und kniete sich vor Christabel hin. Er roch wie etwas, das sie immer am Putztag roch, wie Möbelpolitur vielleicht. Aus der Nähe waren seine Augen immer noch wie die eines Vogels, sehr hell, mit blassen Tüpfchen im Braun. »Und wie heißt du, Kleines?«

»Christabel, Sir.«

»Ich wette, du bist der ganze Stolz deines Papas.« Einen kurzen Moment lang kniff er sie in die Backe, ganz sanft, dann stand er auf. »Sie ist ein Goldstück, Sorensen. Bist du gekommen, um deinem Papa bei der Arbeit zu helfen, Herzchen?«

»Ich weiß selbst nicht so recht, warum sie hier ist, Sir.« Ihr Papi kam auf sie zu, fast als wollte er ganz nahe sein, damit er verhindern konnte, daß sie etwas Falsches sagte. Christabel wußte nicht warum, aber sie hatte schon wieder Angst. »Wieso bist du hier, mein Schatz? Wo ist die Mami?«

»Sie hat in der Schule angerufen und gesagt, daß Frau Gullison krank ist und daß ich zu dir gehen soll. Sie ist heute in die Stadt einkaufen gefahren.«

Der General lächelte wieder, daß man fast alle seine Zähne sah. »Ah, aber ein guter Spion hat immer eine Geschichte auf Lager.« Er wandte sich an ihren Papi. »Wir werden in drei Stunden in Washington erwartet. Aber Anfang nächster Woche komme ich wieder. Und ich würde es *sehr begrüßen*, einen deutlichen Fortschritt zu sehen. Das empfehle ich dir dringend, Sorensen. Noch lieber wäre es mir, ich würde bei meiner Rückkehr die betreffende Person vernehmungsbereit in einer Zelle antreffen, strengstens bewacht und selbstmordsicher.«

»Ja, Sir.«

Der General und seine drei Männer marschierten zur Tür. Er drehte sich noch einmal um, nachdem die ersten beiden schon hinausgegangen waren. »Und du sei ein braves Mädchen«, sagte er zu Christabel, die den Gedanken an eine Zelle zu verdrängen suchte, die strengstens bewacht sein sollte, damit der Selbstmord sicher war. »Folg immer schön deinem Papa, hörst du?«

Sie nickte.

»Denn Papas wissen immer, was für einen das Beste ist.« Er salutierte leicht vor ihr und ging hinaus. Der muffelige Mann ging als letzter und sah dabei furchtbar agentenmäßig aus, so als ob, wenn er nicht scharf aufpaßte, Christabels Papi hinter dem General herrennen und ihn hauen könnte.

Nachdem sie alle fort waren, setzte sich ihr Papi auf den Schreibtisch und starrte eine ganze Weile die Tür an. »Na, vielleicht sollten wir zusehen, daß du nach Hause kommst«, sagte er schließlich. »Mami müßte inzwischen vom Einkaufen zurück sein, meinst du nicht auch?«

»Wen sollst du finden, Papi?«

»Finden? Hast du doch gelauscht?« Er trat zu ihr und zauste ihr das Haar.

»Nicht, Papi! Wen sollst du finden ...?«

»Niemanden, Kindchen. Nur einen alten Freund des Generals.« Er nahm ihre Hand. »Und jetzt komm. Nach so einem Tag kann ich mir, glaube ich, ein paar Minuten freinehmen, um meine Tochter nach Hause zu fahren.«

> Es war seltsam, aber was Jeremiah Dako weckte, war die Stille.

Seltsam daran war, daß man hätte meinen sollen, als einen von zwei Leuten in einem riesigen stillgelegten Militärstützpunkt würde ihn alles aufschrecken lassen, bloß nicht die Stille. Mit Long Joseph als einziger Gesellschaft im »Wespennest« zu leben, war die meiste Zeit über so, als ob er der letzte Bewohner eines der Geistertownships im südlichen Transvaal wäre, wo die Tokozaseuche die Shantytowns so rasch leergefegt hatte, daß viele der Fliehenden sogar ihre wenigen kümmerlichen Habseligkeiten zurückgelassen hatten - Kochtöpfe, Pappkoffer, fadenscheinige, aber noch tragbare Kleidungsstücke. Als ob ihre Besitzer durch irgendeinen grauenhaften Zauber auf einen Schlag weggehext worden wären.

Doch selbst in den verlassenen Arbeitersiedlungen in Transvaal gab es Wind und Regen und herumstreunende wilde Tiere. Noch immer konnte man Vogelsang durch die staubigen Straßen hallen oder Ratten und Mäuse in den Abfallhaufen wühlen hören.

Das Wespennest jedoch war ein Monument der Stille. Durch unzählige Tonnen Stein von den Elementen abgeschirmt, die technischen Anlagen weitgehend außer Betrieb, die massiven Türen so fest verschlossen, daß nicht einmal Insekten hineinschlüpfen konnten, und die Luftschächte so fein vergittert, daß kein sichtbarer lebender Organismus eindringen konnte - so hätte der Stützpunkt ein Ort aus einem Märchen sein können, das Dornröschenschloß vielleicht, wo die Prinzessin und alle ihre Verwandten überzogen vom Staub der Jahrhunderte schliefen.

Jeremiah Dako war kein sonderlich phantasiebegabter Mann, aber wenn sein Gefährte Joseph Sulaweyo endlich in einen unruhigen Schlaf gesunken war - einen Schlaf, der von seinen ganz persönlichen bösen Feen heimgesucht zu sein schien -, gab es in der ewigen Nacht des Lebens hinter verschlossenen Türen Zeiten, in denen Jeremiah die mächtigen Keramiksärge anstarrte, für die jetzt er verantwortlich war, und sich fragte, in was für eine Geschichte er da hineingestolpert war.

Er fragte sich außerdem, was der Verfasser eigentlich von ihm erwartete.

Ich bin einer von denen, um die in den Geschichten nie viel Wesens gemacht wird, sinnierte er eines Nachts, als die Werte wieder einmal normal waren und die Stunden zäh dahinschlichen. Die Erkenntnis quälte ihn nur minimal. *Der Mann vor der Tür, der den Speer hält. Der irgendein Zauberdingsda auf einem Samtkissen anbringt, wenn jemand Wichtiges danach verlangt. Einer der Leute in der Menge, die »Hurra!« schreien, wenn das Abenteuer glücklich ausgeht. Ich bin schon immer dieser Mann gewesen. Hab für meine Mutter gearbeitet, bis ich erwachsen war, danach vierundzwanzig Jahre lang für die Frau Doktor. Kann sein, daß ich für den schönen Khalid dem allen entflohen wäre, wenn er mich dazu aufgefordert hätte, aber am Schluß hätte ich auch für ihn den Haushälter gespielt. Ich wäre bloß in seiner Geschichte gewesen statt in der der Frau Doktor oder meiner Mutter oder jetzt in diesem Irrsinn mit Apparaten und Schurken und diesem riesigen, leeren Bau im Berg.*

Natürlich hatte die Speerträgerrolle durchaus ihre guten Seiten, und diese vielstöckige Geisterstadt genauso. Er hatte jetzt Zeit, zu lesen und zu denken. Weder für das eine noch für das andere war ihm viel Zeit geblieben, seit er damals die Stelle bei den Van Bleecks angetreten hatte. Seine ganze freie Zeit hatte er dafür geopfert, für das Wohl seiner

Mutter zu sorgen, und obwohl Susan es ihm nicht übelgenommen hätte, wenn er ab und zu in einem stillen Stündchen gelesen oder Netz geguckt hätte, während sie mit ihrer Forschungsarbeit beschäftigt war, hatte ihn die bloße Tatsache ihres Vertrauens zu großen - und fast immer unbemerkten - Anstrengungen angespornt. Doch hier gab es buchstäblich nichts anderes zu tun, als die Anzeigen der V-Tanks zu beobachten und aufzupassen, daß die Flüssigkeiten rechtzeitig nachgefüllt wurden. Das war nicht schwieriger, als den teuren Wagen der Frau Doktor zu warten - der jetzt auf dem untersten Parkdeck des Wespennests stand und völlig einstauben würde, wenn er nicht alle paar Tage hinaufginge, um ihn mit einem Wischtuch zu säubern und sich über den eingedrückten Kühlergrill und die gesprungene Windschutzscheibe zu grämen.

Manchmal fragte er sich, ob er wohl noch einmal Gelegenheit bekommen würde, ihn zu fahren.

Obwohl ihm der Kerl nicht besonders sympathisch war, hätte Jeremiah sich in seiner Freizeit durchaus öfter mit Long Joseph unterhalten, aber Renies Vater (der noch nie sehr herzlich gewesen war) ging zusehends auf Distanz. Der Mann brütete stundenlang stumm vor sich hin, oder er verkroch sich in die hintersten Winkel der Basis und kam mit rotgeweinten Augen zurück. Da war Jeremiah die Pampigkeit vorher noch lieber gewesen.

Und Jeremiahs Versuche, auf ihn zuzugehen, waren alle abgeschmettert worden. Zuerst hatte er angenommen, es sei nur der Stolz des Mannes oder vielleicht sein eingefleischtes provinzielles Vorurteil gegen Homosexuelle, aber in letzter Zeit war ihm klargeworden, daß es einen Knoten in Long Joseph Sulaweyo gab, der möglicherweise ewig ungelöst bleiben würde. Dem Mann fehlten die Worte, um seinen Schmerz anders als auf die banalste Weise auszudrücken, aber vor allem schien er nicht zu verstehen, daß es eine Alternative geben konnte, wenn er nur versuchte, die Antworten in sich selbst zu finden. Es war, als ob das ganze einundzwanzigste Jahrhundert an ihm vorbeigegangen war und er emotionale Qualen ausschließlich in den primitiven Formen des vorigen Jahrhunderts begreifen konnte, nur als etwas, wogegen man wüten oder das man erdulden mußte.

Neuerdings schien der innere Aufruhr den Siedepunkt zu erreichen, denn Long Joseph wanderte mittlerweile unablässig umher und unternahm nicht nur lange Gänge durch den Stützpunkt - die Suche nach

Alkohol, die Jeremiah zuerst vermutet hatte, mußte er eigentlich inzwischen aufgegeben haben -, sondern tigerte sogar auf nervtötende Weise hin und her, wenn sie im selben Raum waren, immerzu in Bewegung, immerzu am Gehen. In den letzten paar Tagen hatte Joseph zudem noch angefangen, dabei vor sich hinzusingen, die langen Zeiten des Schweigens zwischen gelegentlichen Gesprächsfragmenten mit einem stimmlosen Gemurmel auszufüllen, das für Jeremiah langsam wie ein ständiges Bohren im Hinterkopf war. Die Lieder, wenn man sie denn so nennen konnte, schienen keinen Bezug zu Long Josephs Situation zu haben. Es waren einfach alte, in einem fort wiederholte Schlager, die ohne ihre richtigen Melodien und mit bloß genuschelten oder sogar in Nonsensesilben aufgelösten Texten manchmal nur gerade eben noch zu erkennen waren - und dadurch noch mehr nervten.

Der Mann tat Jeremiah ehrlich leid. Joseph hatte seine Frau durch einen langsamen, furchtbaren Tod verloren, sein Sohn hatte eine todesähnliche mysteriöse Krankheit, und jetzt hatte seine Tochter sich in eine Gefahr begeben, in der sie für ihn unerreichbar, wenn auch auf grausame, verwirrende Weise körperlich nah war. Jeremiah sah ein, daß Long Joseph schrecklich litt und daß ihm mit dem Alkohol eine seiner wenigen emotionalen Krücken genommen war, aber das änderte nichts daran, daß ihn das Murmeln und das Herumtigern und das ständige idiotische Geleier bald verrückter machen würden, als Long Joseph je werden konnte.

Und daher war es die Stille - die Tatsache, daß von Josephs Liedern nicht einmal das fernste Flüstern zu hören war -, die ihn jetzt mitten in der Nacht aufschrecken ließ, mehrere Stunden vor dem nächsten Schichtwechsel.

Jeremiah Dako hatte das Armeefeldbett zum Teil deswegen in das unterirdische Labor hinuntergeschleift, weil mit der Zeit die Schichten immer länger wurden, in denen er auf die V-Tanks aufpaßte und für Long Joseph einsprang, wenn dieser zu spät von einem seiner ziellosen Gänge durch den Komplex zurückkehrte - oder wenn er manchmal gar nicht auftauchte. Wenigstens war das der Grund, den er nicht ohne eine gewisse Vehemenz angab, als Joseph Sulaweyo wissen wollte, weshalb er ein Bett ins Labor gestellt habe.

Aber in einem dunklen Teil seines Innern hatte er auch begonnen, das Vertrauen in Long Joseph zu verlieren. Jeremiah fürchtete, daß der andere Mann in einem Anfall von Verzweiflung die Tanks oder die Anlage, die sie betrieb, in irgendeiner Weise beschädigen könnte.

Während er jetzt in der Dunkelheit des Büroraums lag, den er sich zu seinem Notschlafzimmer erkoren hatte, und der höchst ungewohnten Stille lauschte, fühlte er, wie ein kühler Wind der Furcht ihn durchwehte. War es jetzt endlich passiert? Oder war er selbst einfach nervlich zu angespannt? Wochenlang in einer verlassenen unterirdischen Militärbasis eingesperrt zu sein und dem Echo der eigenen Schritte und dem Gemurmel eines Verrückten zu lauschen, war der geistigen Gesundheit nicht gerade zuträglich. Vielleicht erschrak er schon vor Schatten - oder vor einer harmlosen Stille.

Jeremiah ächzte leise und stand auf. Sein Herz schlug nur ein klein wenig schneller als normal, aber er wußte, daß er keine Chance hatte, wieder einzuschlafen, ehe er sich selbst davon überzeugt hatte, daß Long Joseph Sulaweyo auf dem Stuhl vor den Tankanzeigen saß. Oder vielleicht auf der Toilette war - selbst Jeremiah verließ während seiner Schicht hin und wieder den Raum, um einem natürlichen Drang nachzugeben oder sich einen Kaffee zu machen oder sich einfach durch einen der Belüftungsschächte ein wenig kalte Luft ins Gesicht blasen zu lassen.

Das war es höchstwahrscheinlich.

Jeremiah schlüpfte in ein Paar alte Pantoffeln, die er in einem der Spinde gefunden hatte - ein Komfort, durch den er sich wenigstens ein klein bißchen heimisch fühlte -, und trat auf den Laufsteg hinaus, um auf die Ebene hinunterzuschauen, auf der die Bedienerkonsolen standen.

Der Stuhl war leer.

Noch immer sehr bewußt um Ruhe bemüht schritt er auf die Treppe zu. Long Joseph war bestimmt in der Küche oder auf der Toilette. Jeremiah würde einfach die Tanks beobachten, bis er zurückkam. Es gab sowieso nicht viel zu tun außer den immergleichen Tätigkeiten, das Wasser und andere Flüssigkeiten pünktlich nachzufüllen und das Sanitärsystem zu spülen und neue Filter einzusetzen. Und was konnte man sonst überhaupt tun, als Renie und !Xabbu aus den Tanks zu ziehen? Und das hatte Renie ausdrücklich verboten, solange kein ernster Notfall eintrat. Das Kommunikationssystem war schon am ersten Tag zusammengebrochen, und zwar, wie sich herausgestellt hatte, so gründlich, daß es für Jeremiah irreparabel war. Also selbst wenn Long

Joseph irgendwo eine Runde drehte, war es nicht, als hätte er mitten in einer Seeschlacht das Steuer des Schiffes verlassen oder so.

Alle Werte waren normal. Jeremiah überprüfte sie zweimal, um ganz sicherzugehen. Als sein Blick zum zweitenmal die Station überflog, bemerkte er das schwache Licht des Grafikbildschirms. Der Lichtstift lag daneben, das einzige an der ganzen Station, was sich nicht im rechten Winkel zu etwas anderem befand, eine einzelne minimale Unordentlichkeit, aber aus irgendeinem Grund ließ sie Jeremiah erschauern, als er sich vorbeugte, um den Bildschirm zu lesen.

ICH HALTS NICHT MEHR AUS, stand da in plumper Schrift, die schwarz vom Leuchten des Bildschirms abstach. ICH WILL BEI MEINEM KIND SEIN.

Jeremiah las es noch zweimal, und während er daraus schlau zu werden versuchte, kämpfte er gleichzeitig gegen das würgende Gefühl der Panik an. Was wollte der Mann damit sagen: *bei seinem Kind?* Bei Renie? Meinte er etwa, er könne zu ihr, indem er einfach in den Tank stieg? Jeremiah mußte den Drang bezähmen, die großen Deckel aufzuklappen und sich zu vergewissern, daß der Wirrkopf sich nicht neben seine bewußtlose Tochter in das plasmodale Gel gelegt hatte. Er wußte, er brauchte die V-Tanks nicht anzurühren. Die Anzeigen an Renies Tank, an beiden Tanks, waren für sämtliche Lebensfunktionen normal.

Da kam ihm eine finsterere Bedeutung in den Sinn. Erschrocken stand Jeremiah auf.

Wenn er meinte, sein Sohn Stephen sei gestorben – wenn er vielleicht einen seiner Angstträume gehabt hatte oder wenn seine Depressionen übermächtig geworden waren, bis er zwischen Koma und Tod keinen Unterschied mehr sehen konnte ...

Ich muß ihn suchen gehen, den verrückten Kerl. Gütiger Heiland! Er kann überall hier drinnen sein. Er kann einfach ins oberste Geschoß des Labors hochsteigen und sich hinunterwerfen.

Instinktiv blickte er auf, aber die Etagen über dem Labor waren still, und auf keiner von ihnen bewegte sich etwas. Das wilde Kabelgeschlängel über den V-Tanks war ebenfalls unverändert, obwohl eine der Kabelhülsen, die unbenutzt herunterbaumelte, einen Moment lang einem Gehängten beklemmend ähnlich sah.

Auf dem Boden lag auch kein Körper.

»Guter Gott«, sagte Jeremiah laut und wischte sich die Stirn. Es führte kein Weg daran vorbei: Er mußte nach ihm suchen. Es würde eine

Weile dauern, aber nicht ewig - der Stützpunkt war schließlich dicht. Aber dazu mußte er die Tanks unbeaufsichtigt lassen, und das gefiel ihm gar nicht. Vielleicht wegen seines eigenen unguten Gefühls kamen ihm die Schläfer darin schrecklich verletzlich vor. Wenn ihnen etwas geschah, während er hinter diesem Wahnsinnigen herjagte ...! Der Gedanke war ihm unerträglich.

Jeremiah ging zur Station zurück und schaute hastig die Einstellungen durch, bis er die gefunden hatte, an die er sich erinnerte - eine Sache, die Martine vor zwei Wochen, einer halben Ewigkeit für sein Empfinden, demonstriert hatte. Als er die Ausgabe veränderte, scholl das Bummern der zwei Herzschläge (!Xabbus langsamer, aber beide kräftig und nicht übermäßig forciert) durch die Lautsprecheranlage und füllte das hohe Gewölbe mit einem konstanten *Bi-bumm, Bi-bumm - Bi-bumm, Bi-bumm*, wobei es allerdings eine kleine Taktverschiebung gab, so daß die beiden bei jedem siebten oder achten Schlag zusammenfielen.

Wenn Long Joseph es hörte, würde er wahrscheinlich völlig durchdrehen und sich ganz sicher sein, daß etwas schiefgelaufen war, aber im Augenblick scherte das Jeremiah keinen Deut.

»Joseph! Joseph, wo bist du?«

Während er die weitläufige Anlage durchsuchte und zum hallenden Ping-Pong der zwei Herzschläge durch die verlassenen Hallen trottete, mußte Jeremiah immer wieder daran denken, wie er in jener gräßlichen Nacht in das Haus der Frau Doktor zurückgekommen war. Die Lichter waren aus gewesen, was normal war, doch selbst die Sicherheitsbeleuchtung am Zaun hatte nicht gebrannt; als er in die breite Sackgasse eingebogen war und die schattenhafte Silhouette des Hauses vor ihm aufgetaucht war, hatte er sofort einen furchtbaren Schreck bekommen. Und als er die stillen Korridore durcheilt und den Namen der Professorin gerufen hatte, ohne Antwort zu erhalten, war seine Angst mit jeder Sekunde gewachsen. So schrecklich es war, aber Susan Van Bleeck brutal zusammengeschlagen im Labor auf dem Fußboden zu finden, war fast eine Erleichterung gewesen - wenigstens hatte das Grauen in dem Moment eine Gestalt. Schlimmer konnte es nicht werden.

Aber natürlich *war* es schlimmer geworden, als er ins Krankenhaus zurückkehrte, nachdem er Renie wieder heimgefahren hatte, und die Pfleger an ihrem Bett gerade die Lebenserhaltungsgeräte ausschalteten.

Und jetzt zwang ihn die Idiotie dieses Mannes, in Pantoffeln durch *diese* dunklen Räume zu irren, als müßte er die grauenhafte Nacht von damals noch einmal durchleben, ohne zu wissen, wann er über eine Leiche stolpern konnte ... Er hatte noch mehr Wut als Angst. Wenn er diesen Joseph Sulaweyo fand, und der Mann hatte sich *nicht* umgebracht, dann würde Jeremiah ihm die Tracht Prügel seines Lebens verabreichen, ganz egal ob der andere stärker war oder nicht.

Bei der Vorstellung, einen Mann deshalb zu verprügeln, weil er nicht Selbstmord begangen hatte, entfuhr ihm unwillkürlich ein nervöser Lacher. Es war kein schöner Laut.

Er überprüfte zuerst die naheliegendsten Stellen. Josephs Bett im Gemeinschaftsschlafraum war verlassen und das Deckenknäuel am Fußboden das einzige Unordentliche in einem ansonsten leeren Zimmer. Die Küche, die der Mann mit einer geradezu geisteskranken Verbissenheit nach etwas Trinkbarem durchsucht hatte, war ebenfalls leer. Jeremiah zwang sich, die Speisekammern und den begehbaren Kühlschrank zu öffnen und sogar in die Schränke zu gucken, und das trotz seiner Furcht, daß ihm aus einem Josephs Leiche entgegenglotzen könnte, Schaum vorm Mund von irgendeinem scheußlichen flüssigen Reinigungsmittel. Doch auch die Küche war still und menschenleer.

Er stöberte systematisch sämtliche Wohn- und Büroräume durch, machte alles auf, was größer als ein Aktenschrank war. Er brauchte dazu annähernd zwei Stunden. Das Geräusch von Renies und !Xabbus Herzschlägen begleitete ihn, immer noch leise und gleichmäßig, aber mit eben genug Abwechslung, daß es nach einer Weile geradezu beruhigend wirkte und er sich dadurch nicht ganz so allein fühlte.

Bi-bumm ... Bi-bumm ...

Nachdem er mit diesem Teil fertig war, begab sich Jeremiah nach oben in die Garage, für den Fall, daß dieser bescheuerte Sulaweyo versucht hatte, den Ihlosi anzulassen und sich mit Auspuffgasen umzubringen, ohne sich klarzumachen, daß ihm längst das Benzin ausgehen würde, bevor er eine halbe Million Kubikmeter große Garage gefüllt kriegte, selbst wenn sie unbelüftet gewesen wäre. Aber der Wagen war leer, seit dem letzten Wischen unberührt, so zerschunden und im Augenblick nutzlos, wie Jeremiah sich auch fühlte. Er machte die Tür auf und holte eine Taschenlampe aus dem Handschuhfach, dann setzte er seinen Weg durch das Parkhaus fort und leuchtete mit dem Strahl zu den dunklen Stellen hinter den herabhängenden Lampen hinauf, um auch die extrem geringe Möglichkeit auszuschließen, daß Joseph sich irgendwie zu den Trägern hinaufgehangelt hatte, um sich zu erhängen.

Die Parkdecks waren viel leichter zu überprüfen, und alle vier waren leer. Jeremiah blieb im obersten stehen, um eine Denk- und Ruhepause einzulegen, und lauschte den dröhnenden Herzschlägen, deren Echo jetzt von den steinernen Wänden vierfach und öfter zurückgeworfen wurde. Es war unbegreiflich - er hatte überall nachgesehen. Es sei denn, der Mann war *doch* in einen der Tanks gestiegen. Wenn er sich in der Flüssigkeit ersäuft hatte, würde dies das Fehlen zusätzlicher Lebenszeichen erklären.

Jeremiah schauderte es. Die Vorstellung, Irene Sulaweyo könnte dort im Dunkeln in der zähen Suppe liegen, ohne zu ahnen, daß die Leiche ihres Vaters unmittelbar neben ihr schwamm ...

Er mußte das prüfen. Es war furchtbar, aber er würde nachschauen müssen. Er fragte sich, ob er damit, daß er einfach den Tank öffnete, schon die Schläfer aus ihren virtuellen Träumen reißen würde. Und wenn Joseph gar nicht da war und das Experiment völlig grundlos abgebrochen wurde ...?

Hin- und hergerissen und immer noch ängstlich begab sich Jeremiah zum größten Belüftungsschacht hinüber, um sich mit ein bißchen frischer Luft einen klaren Kopf zu verschaffen. Den bekam er, aber anders, als er gedacht hatte.

Das Schachtgitter lag auf dem Boden.

Jeremiah starrte eine Weile entgeistert darauf und dann zu dem offenen Ende der großen viereckigen Röhre empor, einem dunklen Loch ins Nichts. Jeremiah richtete den Lampenstrahl wieder auf den Boden und sah, daß eine Handvoll Schrauben sorgfältig auf das Gitter gelegt worden waren.

Der Schacht war groß genug für einen Mann, aber auch schmal genug, daß jemand darin hochklettern konnte, wenn er sich kontrolliert mit Schultern und Beinen abstützte. Falls dieser Jemand sehr entschlossen war. Oder ein bißchen verrückt.

Die verstärkten Herzschläge waren hier am hinteren Ende der Garage, weit weg vom Lautsprecher, leiser. Jeremiah beugte sich vor den Schacht, rief Josephs Namen und hörte seine Stimme hohl verhallen. Er rief abermals, doch es kam keine Antwort. Er schob Kopf und Oberkörper in die Öffnung und zielte mit der Taschenlampe nach oben. An der ersten Nahtstelle flatterte ein Spinnennetz, das nur an einer Seite hing, als ob sich jemand daran vorbeigezwängt hätte.

Während Jeremiah hinaufblickte, meinte er einen Ton den Schacht herunterwehen zu hören, ein dumpfes Heulen - vielleicht die gedämpfte Stimme von einem, der verletzt um Hilfe rief. Er lauschte angestrengt, doch der Ton war ganz schwach, und er verfluchte die Herzschläge, die ihm bis eben noch so gute Gesellschaft geleistet hatten. Er steckte die Lampe in die Tasche und zog sich ganz in den Schacht hoch, so daß er die Lautsprechergeräusche mit seinem Körper abblockte.

Und jetzt konnte er ihn hören, den murmelnden Ton. Eine Sekunde später wußte er, was es war. Irgendwo hoch oben, durch viele Stücke Plastahlrohr hindurch, wehte der Wind, der am frühen Morgen die Drakensberge hinunterpfiff, über das andere Ende des offenen Schachtes.

Long Joseph hatte sich aufgemacht, um bei seinem Kind zu sein, Stephen. Nicht im übertragenen Sinne - indem er sich umbrachte -, sondern ganz direkt. Natürlich. Joseph Sulaweyo war ein sehr direkter Mann.

O mein Gott, was wird jetzt geschehen? Jeremiah kletterte umständlich wieder aus dem Schacht hinaus. Die Herzschläge der beiden, die er bewachte, hallten immer noch durch das Garagengewölbe, langsam und gleichmäßig, als ob sich nichts verändert hätte.

Der gottverdammte Idiot ...!

Kapitel

Im Werk

NETFEED/MUSIK:
Horrible Animals wollen sich trennen
(Bild: Clip aus "1Way4U2B")
Off-Stimme: Die Zwillinge Saskia und Martinus Benchlow, Gründungsmitglieder von My Family and Other Horrible Horrible Animals, die mit "1Way4U2B" einen der größten Hits der letzten zehn Jahre hatten, aber in den Charts schon eine ganze Weile keinen Spitzenplatz mehr erreichen konnten, haben beschlossen, musikalisch getrennte Wege zu gehen. (Bild: M.B. und Manager bei der Nachfeier zur Verleihung des Gimme Awards)
M. Benchlow: "Klar, Saskia ist toll, aber ich muß einfach mein eigenes Ding machen, nicht so kommerziell. Geld hat nichts damit zu tun, bong? Ich hab einfach genug von Flurry. Ich liebe Jazz, echt, die ganze Geschichte, die da dran hängt. Ich hab 'ne Trompete, tick? Ich kenn jeden Song, den Neil Armstrong je gespielt hat. Und da muß ich tiefer rein. Saskia hatte irgendwie das Ding, sich ihr Glück vergolden zu müssen, aber wir sind weiterhin Geschwister …"

> Angesichts der Szene vor ihr - der fremde Azador zwischen Tiktakwracks am Boden, auf ihm die junge Emily, die ihn zwitschernd wie ein Vogel mit offensichtlich unerwünschten Küssen bedeckte - war es schwer, einen vernünftigen Gedanken zu fassen, zumal Renie weiß Gott nicht die Zeit hatte, auf so einen Gedanken zu warten. Leichen von fliegenden Affen und grünbärtigen Soldaten, den immer weniger werdenden Verteidigern der Neuen Smaragdstadt, verstopften überall

im Hauptquartier der Vogelscheuche die Flure. Andere Kämpfer starben in diesem Augenblick nur wenige hundert Meter entfernt bei dem Versuch, die Laderampe gegen die Übermacht der Tiktaks zu halten, und die Gefahr wuchs mit jeder Sekunde. Dennoch konnte sie nicht einfach ignorieren, was sie soeben gehört hatte.

»Du ... du hast mit ihr *geschlafen*?«

Azador warf ihr einen bösen Blick zu, während er sich von dem Mädchen losmachte. »Kann sein. Was kümmert dich das?«

»Sie ist ein Rep, nicht wahr?« Obwohl das schwer zu glauben war, wenn man sah, wie ausgelassen sich Emily darüber freute, daß sie ihren Herzallerliebsten wiedergefunden hatte.

»Ja?« Azador rappelte sich auf. »Na und? Was gehen dich die Beischlafgewohnheiten - oder kraß ausgedrückt, die Masturbationsgewohnheiten - anderer Leute an? Wollen wir vielleicht auch dein Sexualleben verhandeln?«

»Aber ... aber sie ist doch bloß ... ein *Programm*. Wie konntest du das machen? Wie konntest du sie so schamlos ausnutzen?«

Azador schüttelte den Kopf und gewann ungeachtet des Mädchens, das sein Schienbein umschlungen hielt und sein Knie küßte, ein wenig von seiner Selbstsicherheit zurück. »Beides geht nicht. Ist sie nun ein Programm? Oder habe ich eine junge Frau ausgenutzt?«

Renie wandte sich hilfesuchend an !Xabbu, doch die Aufmerksamkeit des Pavians war schon auf etwas anderes gerichtet. »Ich höre noch mehr von diesen mechanischen Männern kommen.« Er deutete quer durch die weite, gefliese Halle. »Aus dieser Richtung.«

»Wir müssen vorne raus.« Azador versuchte vergebens, sein Bein aus Emilys Klammergriff loszureißen. »Verdammt nochmal!« Er hob die Hand.

»Wenn du sie schlägst«, sagte Renie scharf, »bring ich dich um.«

Azador starrte sie an. »Dann schaff mir dieses bescheuerte Weibsbild vom Hals. Und zwar plötzlich, oder wir gehen alle drauf.«

Renie zog die protestierende Emily von ihm weg. Das Mädchen jammerte: »Aber unser Baby ...!«

»Es wird niemals geboren werden, wenn wir nicht schleunigst abhauen.« Auf einmal kam ihr ein Gedanke. »Was hat dieser scheußliche Blechmann gesagt? ›Du hast die Dorothy entdeckt‹, oder so ähnlich? War es das, worüber sie geredet haben - dieses Baby?«

Azador war nicht zum Diskutieren aufgelegt. Er eilte bereits durch die Halle auf einen Korridor zu, der im rechten Winkel von dem abging, aus dem gleich die Angreifer kommen mußten, wenn !Xabbu recht hatte. Renie schluckte einen Fluch hinunter und lief hinter ihm her, neben ihr !Xabbu auf allen vieren. Emily mußte nicht dazu aufgefordert werden, dem schnauzbärtigen Mann zu folgen.

Das ist leicht gesagt, daß du ihn umbringen würdest, Frau, dachte Renie, *aber er ist kräftig, und du hast keine Waffen.* Sie verfluchte sich dafür, daß sie den toten Soldaten nicht eines der alten Gewehre abgenommen hatte, doch nach dem, was sie am Ladeplatz gesehen hatte, bezweifelte sie, daß einer von ihnen noch Munition dafür hatte.

Azador schlug ein forsches Tempo an, und Renie tat noch alles weh von den ganzen Debakeln in Kunoharas Welt und in dieser verdrehten Version von Oz. Er führte sie auf weiten Umwegen durch das Gebäude, Gänge hinunter, die Sackgassen zu sein schienen, aber dann doch in Nischen versteckte Türen hatten. Renie fragte sich abermals, woher er soviel über diese Simwelt wußte. Ganz zu schweigen von dem kleinen Trick, ein Stück Wand in einen Durchgang zu verwandeln, erinnerte sie sich.

Wer zum Teufel ist dieser Kerl?

Der Palast der Vogelscheuche, ein endloses funktionalistisches Labyrinth aus Betonwänden und Linoleumfußböden, hätte genausogut ein Verwaltungsgebäude in Durban oder sonstwo in der Dritten Welt sein können. Früher hatte hier offensichtlich einmal ein geschäftiges Treiben geherrscht - altmodische Ausdrucke und andere Papiere lagen überall verstreut und stellten eine Rutschgefahr dar, und allein in den Abteilungen, durch die sie kamen, standen Schreibtische und Stühle für Hunderte von Personen herum, obwohl wenigstens die Hälfte davon für unnormal kleine Leute gemacht zu sein schien -, aber jetzt war das Gebäude so leer wie der Stock nach dem Durchmarsch des Ameisenschwarms.

Entropie, sagte sie sich. *Ist das nicht das Wort dafür? Als ob dies alles einmal voll gewesen und dann einfach verkommen, verfallen wäre.* Aber sie waren bis jetzt erst in drei Simulationen gewesen. Für abschließende Urteile war es noch ein bißchen früh.

Azador blieb vor einer breiten Doppeltür stehen und stemmte sich dagegen. Die Türflügel öffneten sich einen Spalt, aber auf der anderen Seite schien etwas sie zu blockieren. Renie stellte sich dazu und half mit drücken, sogar Emily machte mit, wobei sie ihren Liebsten angaffte, als ob er gerade eigenhändig die Wogen des Roten Meeres teilte. Das

Bild schien noch besser zuzutreffen, als gleich darauf die Türflügel jäh aufschlugen und ihnen eine rote Flut entgegenstürzte. Einen Moment lang konnte Renie darin nur einen albtraumhaften Blutschwall erblicken, aber er war trocken und raschelig, und als sie das Zeug in die Hand nahm, war es zu ihrem Erstaunen ...

»Konfetti ...?«

Sie wateten durch die Massen von Papierpünktchen und flankten dann über die umgekippten Schreibtische, die am anderen Ende zusammengeschoben worden waren. Auf einem Transparent, das ihnen ins Gesicht baumelte, als sie über das aufgehäufte Mobiliar kraxelten, stand in riesigen handgemalten Buchstaben: »Du wirst uns fehlen, Gelella Marmelada! Alles Gute im Ruhestand!«

»Das ist die Empfangshalle.« Azadors Blick überflog die Stapel von Klapptischen, die die anderen drei Eingänge des Saales versperrten. »Jemand hat versucht, den Raum zu verbarrikadieren.«

»Ziemlich armselige Leistung«, bemerkte Renie.

»Es sind nicht mehr viele Verteidiger übrig«, gab Azador zu bedenken. Als Renie auf die unverrammelte Tür zuging, rief er: »Nein! Tu das nicht!«

Ärgerlich fuhr sie herum. »Wie kommst du dazu, mir Befehle zu geben?«

»Das hat mit Befehlen nichts zu tun. Sie haben Sachen vor die anderen Türen geschoben, aber nicht vor die. Die wollen, daß wir da durchgehen. Vielleicht ist auf der andern Seite eine Falle.«

Trotz ihrer Abneigung gegen den Mann schämte sie sich. »Du hast recht. Tut mir leid.«

»Laß mich gehen«, meinte !Xabbu, als sie die Tür erreichten. »Ich bin leicht und flink.«

Renie schüttelte den Kopf. »Erst müssen wir schauen, was mit der Tür ist. Azador, gibt es eine Möglichkeit, die Tür zu umgehen, etwa so, wie du uns aus der Zelle rausgeholt hast?«

Er musterte einen Augenblick lang schweigend die Wände und schüttelte dann den Kopf. »Nein, nicht in diesem Raum. Er ist kein - wie sagt man noch? - Snap-on-Code. Jemand hat ihn eigens angefertigt. Er muß einmal ganz nett gewesen sein.«

Renie sah sich in dem riesigen, fensterlosen, pfefferminzgrünen Saal um und hatte ihre Zweifel. Ihr Blick fiel auf das Transparent. »Wartet mal.« Sie zog den robusten Papierstreifen von der Wand, schlich dann vorsichtig zur Tür und steckte ihn durch den Griff. Nachdem sie Azador die Enden des Transparents in die Hand gedrückt hatte, nahm sie einen der Klappstühle - das hätte wirklich die Stadthalle von Pinetown sein können! - und trat von der Seite an die Tür heran. Sie schob mit dem Stuhl den Griff zurück, bis es klick machte, dann riß Azador an dem Transparent, und die Tür flog auf.

Nichts explodierte. Keine Gaswolke und kein Regen nadelspitzer Stacheln kam geflogen. Die Schnauze dicht am Boden und mit dem Kopf nickend wie ein Ichneumon, der sich an eine Schlange anschleicht, näherte sich !Xabbu vorsichtig der offenen Tür. Renie sprach still ein paar Zeilen aus einem Kindheitsgebet für die Sicherheit des kleinen Mannes.

Da er nichts unmittelbar Verdächtiges entdeckte, wagte sich der Pavian ein paar Schritte vor und war nicht mehr zu sehen. Renie hielt den Atem an. Gleich darauf kam er mit gesträubtem Rückenfell wieder angehoppelt. »Kommt schnell!«

Der Raum war leer bis auf einen Haufen alter Kleider, der mit Schläuchen drapiert in der Mitte auf dem Boden lag. Renie wollte !Xabbu gerade fragen, weshalb er denn so aufgeregt sei, als das Altkleiderbündel seinen flachen, schrumpeligen Kopf hob. Emily quiekte und wich zur Tür zurück.

»... *Hilfe* ...«, murmelte es. Der leise, trockene Ton verhauchte, bevor er ganz ausgesprochen war.

»Lieber Gott, es ist die Vogelscheuche.« Renie trat ein paar Schritte vor, dann zögerte sie. Hatte dieses Ding sie nicht töten wollen? Andererseits konnte es ihnen vielleicht sagen, wie man aus diesem Tollhaus herauskam. Ansonsten waren sie auf Azador angewiesen, und der Gedanke wurde ihr von Minute zu Minute unbehaglicher. »Was können wir tun?« fragte sie das zerknautschte Ding am Boden.

Ein einzelner Finger kam hoch und deutete schlaff auf eine der Türen in einer ansonsten kahlen, glatten Wand. Sie konnte nur hoffen, daß das Ding noch genug Verstand hatte, um die richtige Tür zu kennen.

»Ich höre die Blechmänner«, ließ sich !Xabbu vernehmen. »Sehr laut. Jetzt ganz nahe.«

Renie nahm die Vogelscheuche hoch, sehr bemüht, nicht über das Spaghettigewirr der Schläuche zu stolpern. Der König von Kansas zuckte schwach in ihren Händen - ein bemerkenswert unangenehmes Gefühl, als hätte man eine sackleinerne Schlange auf dem Arm.

Das alles kratzt diesem netten Ozfilm irgendwie den Lack ab, ging es Renie unwillkürlich durch den Kopf.

Die Tür ließ sich leicht öffnen; dahinter führte eine Treppe nach oben. Emily, deren Miene irgendwo zwischen Scheu und Ekel erstarrt war, griff sich aufs Geratewohl eine Handvoll Schläuche und einen der gestiefelten Füße der Vogelscheuche, die bei dem hastigen Aufsammeln liegengeblieben waren, und eilte Renie hinterher, dicht gefolgt von Azador und !Xabbu.

Oben am Ende der Treppe erwartete sie so etwas wie ein Kesselraum mit Rohren, die dicht und vielfach verzweigt unter der Decke und an den Wänden verliefen. Ein einzelner Stuhl, der aus dem Cockpit eines uralten Flugzeugs stammen mochte, stand vor einer Stelle an der Wand, wo die Röhren sich um den imitierten Holzschrank des Wandbildschirms krümmten.

Der Kopf der Vogelscheuche wackelte. Sie deutete mit schlackernder Hand auf ein Rohr, das im rechten Winkel zu den anderen etwas mehr als einen Meter über dem Boden in einer Düse endete. Die Vogelscheuche nahm ihre ganze Kraft zusammen, um Atem zu holen. Renie beugte sich dicht heran, um die flüsternde Stimme zu verstehen.

»... in die Brust ...«

Sie blickte die Düse an, dann den schlaffen Wust aus Overall und Flanellhemd zwischen den schlauchartigen Beinen und dem hohlen Kopf. Sie steckte den fast leeren Oberkörper zwischen zwei Hemdknöpfen auf die Düse, pfählte ihn förmlich wie das Opfer einer mittelalterlichen Folter, und hielt ihn dann dort fest. Nichts geschah. Eine der Hände der Vogelscheuche zeigte schwach auf ein Schwungrad. Als Azador daran drehte, füllte ein Zischen den Raum.

Der Oberkörper der Vogelscheuche schwoll als erstes an, dann blähte sich auch ihr Kopf auf. Ihre Beine entknäuelten und streckten sich, bis der Overall prall wie eine Wurstpelle war. Zuletzt drückte sich der König von Kansas mit gliederlosen Ballonarmen von der Düse herunter und wandte sich steif Renie und den anderen zu. Er zog seinen Finger aus dem Loch in seiner Brust und ließ etwas Luft entweichen, bis er seiner alten Sackgestalt wieder ein wenig ähnlicher sah, ehe er es mit Stroh aus seinem verlorenen Fuß zustopfte.

»Was ich für Blasen hab, könnt ihr euch gar nicht vorstellen«, sagte er zur Erklärung mit einer hohen, gepreßten Stimme. »Ich kann sie mit Affenzahn aufblasen – und Affenzähne könnte ich jetzt weiß Gott gebrauchen.« Er zwinkerte, aber sein Kopf war so rund, daß das Augenlid nicht ganz zuging. »Das wird nicht lange halten, aber wenigstens so lange, bis ich dafür gesorgt habe, daß keiner von diesen Drecksäcken Smaragd gewinnt - es sei denn, einer von ihnen wollte sein Campingzelt auf Schutt und heißer Asche aufschlagen.«

»Was hast du vor?« Renie trat näher heran und hatte gute Lust, den Strohstöpsel wieder herauszureißen. »Willst du die Stadt abbrennen? Was wird dann aus uns?«

Die Vogelscheuche winkte ab. Ihr Grinsen, das ihre aufgeblähten Züge noch mehr straffte, quietschte regelrecht. »Das wäre nicht sehr freundlich, nachdem ihr mich gerettet habt, was? Klarer Fall, ich laß euch erst abhauen. Aber ihr geht lieber gleich, weil mir höchstens noch ein paar Minuten bleiben. Diese Bauer-Wutz-Latzhosen sind nicht gerade hundertprozentig druckdicht, wenn ihr versteht, was ich meine.«

»Wir wissen nicht, wie wir hier rauskommen«, sagte Renie. »Gibt es ... gibt es eine Übergangsstelle? Wie auf dem Fluß?«

»Ein Gateway?« Der grinsende Mund der Vogelscheuche wurde noch breiter. »Wißt ihr nicht mal, wie die heißen? Ihr seid wirklich von 'nem andern Stern, was?«

»Ich weiß, was ein Gateway ist«, erklärte Azador bissig. »Und ich weiß, daß du eins hier in deinem Palast hast.«

»Palast!« Die Vogelscheuche japste und klopfte sich aufs Knie. Ein winziges Strohstaubwölkchen stob auf. »Der ist gut. Ihr hättet mal mein Cot in der richtigen Smaragdstadt sehen sollen - das war ein Palast! Das hier - liebe Güte, ich denke, es ist eine Ingenieursversion eines alten Dienstgebäudes der Nationalgarde oder so. Wir haben es billig bekommen, als wir das ganze Ding konfigurierten.«

»Aber es gibt hier ein Gateway?« bohrte Renie nach.

»Es gab. Oder vielmehr, es gibt es immer noch, wenn es euch nichts ausmacht, durch ungefähr zweihundert von diesen verdammten Automatenheinis zu stiefeln. Es befindet sich in meinem Thronsaal, hinter dem Wandbildschirm. Aber die Aufziehpuppen des Blechmanns haben es jetzt in der Hand, wie fast alles. Was meint ihr, wieso ich meine traurige Gestalt den ganzen Weg hierher geschleift hab?« Er hob ein paar seiner Schläuche hoch und schlenkerte sie traurig. »Ich kann's noch gar nicht glauben, daß es nach dieser ganzen Zeit aus sein soll.«

»Ich höre die klickenden Männer ganz in der Nähe«, meldete !Xabbu. »In dem großen Raum unter uns.«

»Sie werden hier nicht reinkommen«, sagte die Vogelscheuche wegwerfend. »Wenn die Türen erstmal zu sind, brauchen sie Tage, um durchzubrechen.«

»Und wie kommen wir raus?« wollte Renie wissen.

Da ihr Hals immer noch ein wenig zu voll war, mußte die Vogelscheuche ihren ganzen Körper drehen, um sie anzuschauen. »Darüber muß ich nachdenken. Und ihr wollt ein Gateway, stimmt's?« Sie stützte ihr formloses Kinn auf eine Hand und legte den Zeigefinger an ihre bleiche Schläfe.

»Herrgott nochmal!« schrie Azador aus einer Ecke des Raumes. »Halt mir jemand diese Kreatur vom Leib!«

Als Renie sich umdrehte, sah sie, wie Emily mit zitternder Lippe einen Schritt zurück tat. Das Mädchen schien endlich begriffen zu haben, daß ihre Zuwendung unerwünscht war. Renie stellte sich zwischen die beiden. »Bleib einfach in meiner Nähe«, sagte sie zu dem Mädchen.

»Aber er war mein Herzenshenry«, sagte Emily bebend. »Er hat mich einen hübschen kleinen Pudding genannt.«

»Ach ja?« Renie warf Azador einen angewiderten Blick zu. »Dann verrat ich dir mal was aus dem RL - manchmal sind Männer die reinsten Scheißkerle.«

Der Gegenstand dieser Bezeichnung verdrehte die Augen und verschränkte die Arme über der Brust.

Die Vogelscheuche patschte ihre wabbelnden Hände zusammen. »Ha! Natürlich! Ihr könnt ins Werk gehen. Dort gibt's ein Gateway, dort, wo der Fluß durch die Kläranlage läuft.«

»Ins Werk?« fragte Azador. »Da ist der Blechmann doch am stärksten.«

»Schon, aber in seinem eigenen Hinterhof paßt er zur Zeit nicht auf, weil er *hier* aufpaßt. Wo jetzt die letzte Runde gespielt wird.« Der König von Kansas fing an, Luft zu verlieren. Seine geschwollenen Züge nahmen einen besorgten Ausdruck an. »Aber ihr dürft nicht zulassen, daß er dieses Mädchen erwischt. Wenn er die Dorothy kriegt, ist das ganze Spiel aus.«

»Das hier ist für dich ein *Spiel*?« Renie schüttelte erbittert den Kopf. »Dies alles, die Toten, das Leiden, soll nichts weiter sein als ein Spiel?«

Die Vogelscheuche hatte schon wieder Mühe, den Kopf oben zu halten. »Nichts weiter? Du bist wohl vollstens scänscän? Ich bin seit zwei

Jahren kaum mehr aus dieser Simulation draußen gewesen – gerade lange genug, um im RL meine Flüssigkeiten und Filter zu wechseln, und das war's auch schon. Ich bin mindestens fünfzehn Prozent meiner Knochenmasse los, heiliger Strohsack, ich hab Muskelschwund und was nicht noch alles! Ich hab alles, was ich hatte, in diese Simwelt gesteckt und sie auch dann noch verteidigt, als diese Widerlinge aus einer andern Simulation angewalzt kamen und meine Partner abservierten. Jetzt werde ich mich und dieses ganze Gebäude in die Luft jagen, damit dieser Blecharsch und sein fetter Kompagnon es nicht in die Hand bekommen – mit der Konsequenz, daß ich Wochen brauchen werde, um wieder einen Weg hinein auszutüfteln –, und da sagst du: ›nichts weiter als ein Spiel‹?« Sie rieb sich ihr schlaffes Gesicht. »Wenn hier eine von Sinnen ist, dann bist du es.«

»Bist du vor kurzem mal draußen gewesen? Offline?«

Sie beäugte Renie mißtrauisch. »In den letzten paar Tagen nicht. Aber ich nehme an, daß mir jetzt ein kleiner Urlaub blüht, ob's mir paßt oder nicht. Warum fragst du?«

Renie zuckte mit den Achseln. »Ohne besondern Grund.« Aber sie dachte bei sich: *Du wirst dein blaues Wunder erleben, Bürschchen.* Dann sah sie ein, wie gemein das war. Das Leben dieser Person konnte in Gefahr sein – die Leute hatten immer noch keine Ahnung, was es mit den offenbar geänderten Regeln von Anderland auf sich hatte. »Nein, das stimmt nicht«, sagte sie. »Es gibt einen wichtigen Grund. Wir denken, daß mit dem gesamten Netzwerk etwas nicht in Ordnung ist. Einige Leute haben ... haben sehr sonderbare Probleme damit. Sie können nicht offline gehen. Und es kann sein, daß ... Dinge, die hier geschehen, auch offline Auswirkungen auf sie haben.« Es war unmöglich, dem Mann ihre Befürchtungen mit wenigen Worten darzulegen, aber sie mußte versuchen, ihn zu warnen. »Ich denke, wenn ich du wäre, würde ich versuchen, auf die normale Art offline zu gehen, bevor ich virtuellen Selbstmord beginge.«

Die Vogelscheuche riß mit gespieltem Erstaunen beide Augen weit auf, aber Azador hinter ihr wirkte beunruhigt. »Ooh, vielen Dank, junge Frau. Und falls ich mich zufällig mal in *deine* Welt verirren sollte, werde ich dir bestimmt auch einen Haufen unnötiger Ratschläge geben.« Sie wandte sich an Azador, als wäre er als einziger es wert, daß man das Wort an ihn richtete. »Über diesem Raum verläuft ein Belüftungsschacht – gleich hinter dem Gitter da. Wenn ihr ihn weiterverfolgt, kommt ihr irgendwann aufs Dach hoch, wenn ihr wollt, oder in den Keller runter, aber ihr solltet lieber nicht in einem vertikalen Schacht hockenbleiben, wenn's sich vermeiden läßt. Kapiert?«

Azador nickte.

»Sobald ihr draußen seid, könnt ihr quer durch die Stadt zum Fluß laufen und auf dem Weg zum Werk gelangen. Oder macht, was ihr wollt, verdammt. Aber jetzt seht zu, daß ihr wegkommt, denn ich kann nicht ewig warten. Ungefähr fünfzehn Minuten, nachdem hier der letzte Hintern im Schacht verschwunden ist, wird dieser Bau explodieren wie das Feuerwerk am Tag der Vereinten Nationen. Länger kann ich nicht warten. Ich löse mich in meine Bestandteile auf.«

!Xabbu trat vor und stellte sich auf den Hinterbeinen vor den Strohmann, der wieder weitgehend in sich zusammengesackt war. »Kannst du nicht mehr Luft in dich hineinatmen?« fragte der Buschmann.

»Ich glaube nicht, daß die Nähte an diesem Körper noch eine Füllung überleben würden, und wenn sie reißen, bevor ich meinen Plan ausgeführt habe, ist alles aus. Also macht gefälligst, daß ihr wegkommt.«

»Sage mir nur noch eines«, meinte !Xabbu. »Was ist diese Dorothy, von der du sprachst? Du sagtest, wir müßten das Mädchen in Sicherheit bringen.«

»Hängt mit der Einrichtung dieser Simwelt zusammen.« Die Stimme der Vogelscheuche wurde allmählich piepsig und dünn. »Postapokalyptische Situation. Atomkrieg. Überlebende sind nicht fortpflanzungsfähig. Massenweise Tanten Ems, Onkel Henrys, alle steril. Daher der Mythos von einem Mädchen, das von einer der Emilys zur Welt gebracht werden soll. Die Dorothy, kapiert?« Er spähte aus eingesunkenen, aufgemalten Augen !Xabbu an, der eindeutig nicht kapierte. »Ach, haut ab«, säuselte er. »Geht mir aus den Augen.« Er stellte den Wandbildschirm an, auf dem ein Bild der Neuen Smaragdstadt im Belagerungszustand zu sehen war: Einige der häßlichen Häuser brannten, und Tiktaks polterten durch die verwüsteten Straßen wie zweibeinige Panzer.

Als erst !Xabbu und dann die anderen sich in den Luftschacht zwängten, hob die Vogelscheuche ihre kraftlosen Arme in die Höhe. »*Ich habe Dinge gesehen, die ihr Menschen niemals glauben würdet*«, deklamierte sie beinahe pfeifend. Sie schien mit sich selbst oder mit dem Bildschirm zu reden. »*Landungsschiffe, die brannten draußen vor den Küsten des Nonestischen Ozeans. Und ich habe magische Donnerbüchsen gesehen, blitzend und glitzernd im*

Dunkeln nahe Glindas Palast. All diese Momente werden verloren sein in der Zeit, so wie Tränen im Regen.« Ihr Kopf sank mit einem hörbaren Zischen austretender Luft zusammen. »*Zeit ... zu sterben ...*«

Bevor sie als letzte in den Schacht stieg, wollte Renie es noch einmal versuchen. »Vogelscheuche, wer du auch sein magst, was ich dir sage, ist kein leeres Gerede. Ich denke, daß Menschen an Sachen, die ihnen online zustoßen, sterben können. Richtig sterben. Irgendwas an diesem Netzwerk läuft vollkommen verquer.«

Der Strohmann hatte eine versteckte Konsole in der Wand geöffnet und legte mit seinen Schlackerfingern unter großer Anstrengung einen Kippschalter nach dem anderen um. »Pfff«, ächzte er. »Tolle Abgangsrede, die du dir da aus den Fingern saugst.«

»Aber das ist wichtig!«

Er schloß die Augen und legte seine Handschuhe über die Stellen, wo die Ohren hätten sein sollen. »Sagt da jemand was? Ich kann nämlich nichts verstehen ...«

Mit einem Seufzen wandte Renie sich um und kletterte hinter den anderen her.

Minuten später kullerten sie aus dem Luftschacht auf das kiesbedeckte Flachdach. Draußen war es Tag, aber gerade eben noch. Über den Himmel zogen häßliche schwarze Wolken, und die heiße Waschküchenluft roch elektrisch geladen – Renie vermutete, daß es weitere Tornadoangriffe gegeben hatte, während sie drinnen gewesen waren. Schweiß floß ihr in einem stetigen Rinnsal zwischen den Brüsten hindurch und über den Bauch.

Um zum Fluß zu kommen, mußten sie anscheinend ein gutes Stück weit durch das Werk hindurch, ein dunkles Konglomerat von Vorratstanks, Industrieleitungen und plumpen, niedrigen Gebäuden. Nach einer hastigen Auseinandersetzung beschlossen sie, über die Gleisanlage zu laufen und dann das Werk auf der direktestmöglichen Bahn zu durchqueren, um nur so lange auf dem Territorium des Blechmanns zu sein, wie ihr Weg zum Fluß es unbedingt erforderte. Obwohl sie sahen, wie kleine Knäuel niedergeschlagener Henrys von Tiktaks vor dem Betonpalast der Vogelscheuche zusammengetrieben wurden, war der Güterbahnhof unter ihnen leer, und so kraxelten sie an einem Fallrohr nach unten und sprinteten zu einem von der Hauptstrecke abgehenden Abstellgleis, wo mehrere Waggons standen.

Sie versteckten sich hinter den hohen Rädern eines Flachwagens und waren eben wieder zu Atem gekommen - wenigstens !Xabbu, die anderen immerhin annähernd -, als ein lautes, aber gedämpftes *Wumm* den Boden unter ihnen erschütterte. Selbst der massive Wagen tat einen kleinen Hopser, daß seine Räder am Gleis schrammten und Renie einen furchtbaren Moment lang meinte, er würde umkippen und sie alle zerquetschen.

Als die Erde aufgehört hatte zu beben, krochen sie an das Ende des Flachwagens und blickten zurück. Vom Hauptquartier der Vogelscheuche lag der innerste Teil vollkommen in Trümmern, und das übrige war von einer aufsteigenden Wolke aus Staub und dunklem Qualm weitgehend verhüllt. Auf sie ging ein feiner Regen von Asche- und Schutteilchen nieder.

»Lieber Gott«, sagte Renie. »Er hat's getan. Er hat sich in die Luft gejagt.«

»Na und?« Azador spuckte aus. »Nur Deppen vergeuden ihre Zeit mit Spielen. Wir gehen jetzt lieber, solange der Feind der Vogelscheuche noch damit beschäftigt ist herauszufinden, was passiert ist.« Wie zur Veranschaulichung seiner Worte schwärmten die Tiktaks, die von der Explosion verschont worden waren, bereits von allen Seiten auf den zerstörten Palast zu, und die Strahlen ihrer Bauchlampen schnitten kreuz und quer durch die Düsternis. »Wir werden uns durch das Werk stehlen, ohne daß der Blechmann uns überhaupt bemerkt.«

»Wieso weißt du eigentlich über das Werk Bescheid?« wollte Renie wissen. »Woher weißt du überhaupt soviel über diese ganze Simwelt?«

Azador zuckte mit den Achseln. »Ich komm halt rum.« Er warf ihr einen mürrischen Blick zu. »Schluß mit der Fragerei. Wenn ich du wäre, würde ich mich gut mit mir stellen. Wer hat euch aus der Zelle rausgeholt? Wer kennt die Geheimnisse hier? Azador.« Er zog eine Zigarette hervor und tastete nach seinem Feuerzeug.

»Dafür haben wir jetzt keine Zeit.« Renie deutete auf den Himmel. »Schau dir die Wolken an - jeden Moment kann der nächste Tornado losgehen, und der würde uns draußen im Freien erwischen.«

Azador verzog das Gesicht, aber steckte sich die Zigarette hinters Ohr. »Na schön. Dann darfst du jetzt vorgehen.«

Als ob ich was davon hätte, dachte Renie. *Schönen Dank auch, Herr Azador.* Den riesigen Güterbahnhof zu überqueren, dauerte über eine Stunde. Die offenen Stellen waren besonders gefährlich, und mehrmals konnten sie sich gerade noch in ein Versteck ducken, ehe einer der umherstreifenden Trupps mechanischer Männer sie erspähte. Als der Himmel sich immer mehr verdunkelte, glühten überall auf dem Gleisgelände orangegelbe Sicherheitslampen auf und verwandelten Güterwaggons und Stellwerke und ausrangierte Lokomotiven in unheimliche schwarze Silhouetten. Renie begriff nicht, wieso die Vogelscheuche und ihre Freunde Strom und Rechenkapazitäten für einen solchen Ort verschwendet hatten, selbst wenn sie die Elemente tatsächlich billig bekommen hatten. Sie konnte verstehen, daß jemand Oz nachbauen wollte – aber einen Güterbahnhof in Kansas?

Das war einer der Unterschiede zwischen den Reichen und den anderen Leuten, sagte sie sich. Diese Anderlandtypen konnten in alles, was ihnen gerade in den Sinn kam, beliebig viel Geld und Arbeit investieren. Anders als normale Leute konnten sie es sich leisten, verrückt zu sein.

Die Flüchtlinge setzten sich kurz zum Verschnaufen in einen gedeckten Güterwagen. Die vom zerstörten Hauptquartier der Vogelscheuche aufsteigenden finsteren Rauchschwaden hatten sich über den ganzen Horizont verbreitet, obwohl schwer zu sagen war, wo der Schmutzschleier aufhörte und der düstere Himmel anfing. Trotz der zunehmenden Dunkelheit war die Luft jetzt heißer als noch eine halbe Stunde zuvor.

Von den Wänden des Güterwagens vor spähenden Augen abgeschirmt, hatte Azador sich seine Zigarette angezündet und blies Rauchringe zur niedrigen Decke empor. Er vermied es demonstrativ, die in geringer Entfernung kauernde Emily 22813, die jede seiner Bewegungen mit jammervollen Blicken verfolgte, anzusprechen oder auch nur anzuschauen.

»Er kennt sich aus«, sagte !Xabbu leise zu Renie. »Auch wenn du ihn nicht magst, sollten wir herausfinden, ob er uns helfen kann, unsere Freunde zu finden. Je länger wir noch von ihnen getrennt sind, um so größer, glaube ich, wird die Gefahr für uns alle.«

Renie beobachtete, wie Emily auf Azador zurutschte, die Hand so fest zur Faust geballt, daß ihre Knöchel ganz weiß waren. Zuerst dachte Renie, das Mädchen wolle ihn schlagen (wogegen sie nicht das geringste hatte, abgesehen von der Möglichkeit brutaler Vergeltung), aber Emily stieß lediglich ihre Faust vor Azadors schnauzbärtiges Gesicht. Etwas glitzerte, als sie die Hand öffnete.

»Siehst du?« sagte Emily flehentlich. »Ich hab's aufgehoben. Du hast gesagt, ich soll es ja nicht verlieren, und ich hab's nicht verloren.«

»Na klar«, hauchte Renie, während sie das kleine goldene Ding anstarrte. »Das hatte ich völlig vergessen. *Er* hat ihr das gegeben, nicht wahr? Das hat sie gesagt.« Sie stand auf. »Wo hast du das her, Azador?«

Er sah keine der beiden Frauen an. »Was?«

»Dieses Juwel. Wo kommt es her?«

»Wer bist du?« fuhr er sie an, und Rauch strömte ihm aus Mund und Nase. »Wer bist du, du aufgeblasene Person? Ich bin dir keine Rechenschaft schuldig! Ich gehe, wohin ich will, ich tue, was mir paßt. Ich gehöre zum Volk der Roma, und wir erzählen unsere Geschichten nicht an Gadschos weiter.«

»Roma?« Renie durchwühlte ihr Gedächtnis. »Du meinst, du bist ein Zigeuner?«

Azador schnaubte und wandte sich ab. Renie verfluchte sich für ihre Ungeduld. !Xabbu hatte recht - sie durften es nicht riskieren, ihn und sein Wissen zu verlieren. Es brannte wie Feuer, sich zu entschuldigen, aber sie wußte, daß es sein mußte. »Azador, es tut mir leid, ich stelle wirklich zu viele Fragen. Aber wir kennen uns hier nicht aus und wissen nicht, was wir tun sollen. Wir wissen die ganzen Sachen nicht, die du weißt.«

»Allerdings«, murrte er.

»Dann hilf uns! Du hast recht, du mußt uns keine Auskünfte geben, aber wir brauchen deine Hilfe. Das alles hier, dieses Otherlandnetzwerk - weißt du, was hier vor sich geht?«

Er blickte sie aus den Augenwinkeln an und tat einen langen Zug an seiner Zigarette. »Die übliche Geschichte. Reiche Deppen machen Spiele.«

»Aber das stimmt nicht mehr. Das System ... verändert sich irgendwie.« Sie überlegte, wieviel sie ihm verraten konnte, ohne ihre Situation preiszugeben - sie konnten nicht davon ausgehen, daß er auf harmlose Weise in den Besitz des Juwels gelangt war. »Du hast gehört, was ich zu der Vogelscheuche gesagt habe. Das hab ich gesehen. Ich stelle dir jetzt dieselbe Frage: Hast du mal versucht, offline zu gehen?«

Er wandte sich ihr voll zu. Emily wich an die Wand des Güterwagens zurück, als könnte sie sich an etwas verbrennen, das zwischen ihnen hin- und herging. »Ich hab gehört, was du zu der Vogelscheuche gesagt hast«, erklärte er schließlich. »Ja, ich hab's versucht.«

»Und?«

Er zuckte mit den Achseln und strich sich sein dichtes Haar aus dem Gesicht. »Und es ist, wie du sagtest. Ich konnte nicht weg. Aber mir macht das nichts aus«, fügte er geringschätzig hinzu. »Mir pressiert's nicht.«

»Siehst du?« Sie ließ sich auf dem Fußboden nieder und kreuzte die Beine. »Wir müssen uns gegenseitig sagen, was wir wissen.«

Azador zögerte, dann ging sein Gesicht zu wie eine Tür. »Nein. Nicht so hastig. Und außerdem können wir hier nicht rumsitzen und reden. Vielleicht wenn wir an den nächsten Ort übergewechselt sind.«

Er hatte also vor, mit ihnen zu gehen. Renie war sich nicht sicher, wie sie das fand, aber vielleicht hütete Azador seine Geheimnisse genau aus diesem Grund, damit sie gar nicht erst auf den Gedanken kamen, es auf eigene Faust zu versuchen.

»Okay.« Renie erhob sich. »Also machen wir uns auf den Weg.«

Irgendwann begannen Rohre, Tanks und Stromkabel das Vorankommen zu erschweren: Das ausufernde Bahngelände ging - unmerklich zunächst - in das Werk über.

Die sich über die Gleisanlagen schlängelnden Rohre, die die Schienenfahrzeuge mit Wasser und Treibstoff versorgten und diverses flüssiges Frachtgut absaugten oder einpumpten, wurden auf Schritt und Tritt dominanter. Große Rohre wurden noch größer, und Systeme von Leitungen und Förderbändern fügten sich zu immer komplexeren Einheiten zusammen, bis statt der Loks und Güterwagen gewaltige Rohrverbände das Bild bestimmten und offenbar der Gegenstand aller Ängste und Wünsche waren.

Der düster gefleckte Himmel, der wie eine durchsackende nasse Decke über dem Güterbahnhof von Smaragd lag, wurde zuerst von hängenden Kabeln und den allgegenwärtigen Rohren in Quadranten unterteilt und dann, als diese Infrastruktur sich immer dichter und höher über ihnen erhob, ständig weiter in kleinere Abschnitte, bis er schließlich nur noch eine Ahnung unruhiger Wolkenbewegungen in den Lücken zwischen den Leitungsaggregaten war. Selbst der Boden, der auf dem Gleisgelände ausgedörrte, rissige Erde gewesen war, schien sich jetzt mit jedem Schritt, den sie machten, dem Werk mehr anzupassen und überzog sich erst mit einer Haut aus grobem Asphalt, woraufhin er Pfützen von stehendem Wasser und irisierendem Öl ausschwitzte. Daß es zwischen ihrer vorherigen und ihrer jetzigen Situation überhaupt eine Übereinstimmung gab, lag nur daran, daß die Gewitterstimmung des inzwischen nahezu unsichtbaren Himmels in dem höhlenartigen

Werk künstlich verdoppelt wurde - im Donner der tief gurgelnden Rohre, im Wasser, das aus lecken Dichtungen und defekten Muffen herunternieselte, selbst in den blauweißen Lichtbögen, die wie Blitze an den Stellen zuckten, wo die Isolierung von den Kabelbündeln abgegangen war.

Sich in diese gespenstischen Höhlen voll schmutziger Plastikkabel und rostzerfressener Metallteile zu begeben, hatte eine beklemmende Ähnlichkeit damit, verschlungen zu werden. Überhaupt, sinnierte Renie müde, waren ihre ganzen Erlebnisse im Netzwerk so gewesen. Die Probleme, die sie zu lösen gedachten, die tragischen Schicksale wie das von Stephen, die sie rächen wollten, waren einst so klar und eindeutig erschienen, aber dann waren sie und die anderen immer tiefer in die Spiele und Manien der Erbauer von Anderland hineingezogen worden, bis sie kaum mehr sagen konnten, was wirklich war, von wichtig ganz zu schweigen.

Der Wald aus vertikalen Zylindern und der künstliche Himmel aus horizontalen Rohrsystemen boten immerhin viele Versteckmöglichkeiten, und das war ein Glück: Wie sie schon bald nach dem Betreten des Werks erfuhren, waren sie keineswegs die einzigen dort.

Sobald sie ihren Weg unter dem Röhrengewirr fortsetzten, sahen sie überraschend wenige Tiktaks - die großen, plumpen mechanischen Männer waren vielleicht nicht besonders geeignet dafür, sich durch die manchmal recht beengten Räume hindurchzumanövrieren -, aber sie stellten fest, daß das Werk viele andere Uhrwerkwesen beherbergte, die ebenfalls mehr oder weniger menschenähnlich, aber viel kleiner und klappriger waren. Viele davon schienen wie altertümliche Spielzeuge nur eine billige Blechhülse über Zahnrädern und Federn zu sein, bestehend aus zwei Längshälften, die von Metallschlaufen zusammengehalten wurden. Die grellen Farben, mit denen ihre Gesichtszüge und Uniformen aufgemalt waren, ließen sie noch seelenloser erscheinen als die Tiktaks.

Hinter einer breiten Säule aus mehreren verschlungenen, senkrechten Rohren versteckt, beobachtete Renie, wie eine der primitiven Spielzeugfiguren an ihnen vorbeitapste - die flachen Augen unbewegt, der Mund ein ausdrucksloser Strich -, und sie erschauerte unwillkürlich. Es waren weniger die Dinger selbst, die sie verstörten, sondern vor allem der Gedanke, was für eine Person der Blechmann sein mußte, wenn er sich solche leeren, nichtigen Untertanen, ob virtuell oder nicht, zulegte.

Es gab auch ein paar Menschen, Henrys und Emilys, alle kahlgeschoren und in ölfleckige Lumpen gehüllt; Renie vermutete, daß sie hier zum Dienst gepreßte ehemalige Arbeitsklaven der Vogelscheuche waren. Die meisten schleppten schwere Lasten, und einige waren so unmenschlich beladen, daß Renie nicht verstand, wie sie überhaupt noch gehen konnten, doch selbst die Unbeladenen blickten immer nur stur nach unten. Sie stapften durch schmutzige Wasserpfützen und wankten um Hindernisse herum, ohne aufzublicken, als ob sie ihre Strecken schon so oft zurückgelegt hätten, daß sie ihre Augen im Grunde nicht mehr brauchten.

»Wohin sollen wir gehen?« fragte Renie flüsternd, so daß es über dem Tropfen des Wassers auf dem Asphalt kaum zu hören war. Sie standen tief im Schatten einer Gruppe von Betonsäulen, jede so breit wie ein sehr großer, sehr alter Baum. Die aderreichen Katakomben des Werks boten auf allen Seiten den gleichen monotonen Anblick. »Wir müssen den Fluß finden.«

Azador runzelte die Stirn. »Er ist in ... der Richtung.« Er streckte den Finger aus, aber er klang nicht sehr sicher.

!Xabbu stand auf den Hinterbeinen, und sein hundeartiger Kopf ging schnüffelnd auf und nieder. »Ich kann es mit meiner Nase nicht feststellen«, gestand er. »Es ist überall zu sehr das gleiche - Stadtgerüche der übelsten Art. Aber aus dieser Richtung kommt mir der Wind ein wenig kühler vor.« Sein dünner haariger Arm deutete in eine Richtung rechtwinklig zu der, die Azador angegeben hatte.

Renie blickte Azadors zu Schlitzen verengte Augen an und begriff, daß sie eine Führungskrise hatten. Sie vertraute !Xabbus Instinkt und Schulung, aber der Zigeuner, wenn er denn wirklich einer war, konnte sie jeden Augenblick stehenlassen und in seiner Verärgerung einfach beschließen, allein weiterzuziehen. Konnten sie es sich leisten, ihn gehen zu lassen und sich nicht darum zu kümmern, was er ihnen womöglich verraten konnte? Wenn er nur das Kunststück in der Zelle vorgeführt hätte, wäre ihre Antwort vielleicht ja gewesen, aber da war noch die ungeklärte Sache mit Sellars' Juwel.

»Okay«, sagte sie zu Azador. »Führ uns hin.« Sie hoffte, !Xabbu würde das verstehen.

Draußen war entweder die Sonne ganz untergegangen, oder der Himmel hatte sich völlig mit undurchdringlichen Gewitterwolken zugezogen, denn im Werk wurde es dunkel. Unter dem Rohr- und Kabelwust an der Decke glommen hinter gesprungenen Schalttafelscheiben trübe, widerlich gelbgrüne Lichter auf, zu denen noch hin und wieder ein elektrischer Funkenregen kam. Stöhnen und schwache Schreie hallten von fern gespenstisch durch die feuchten Gänge, als ob das Werk durch die aufziehende Dunkelheit erst richtig zum Leben erwachte.

Renie fand es fürchterlich. Auch die Erinnerung daran, daß das Ganze nichts weiter war als bildlich dargestellte Codezeilen nützte wenig, denn sie wußte immer noch nicht, ob sie und !Xabbu einen Online-Tod überleben konnten. Das einzige, was sie mit Sicherheit wußte, war, daß sie sich selten so sehr irgendwo weggewünscht hatte.

Sie befanden sich an einer der wenigen weiträumigen Stellen, wo mehrere Tunnel zusammentrafen, so daß der Eindruck einer aus Kabel gebauten Katakombe entstand, als die Gestalt unmittelbar vor ihnen aus der Dunkelheit trat.

Renies Herz, das einen Moment lang zu versagen gedroht hatte, fand seinen Rhythmus wieder, als sie sah, daß es lediglich einer der Henrys war, eine stolpernde, zerlumpte Figur mit einem Metallkanister auf den Schultern. Bevor sie in den Schutz eines der Quergänge zurückweichen konnten, sah er auf und erblickte sie. Ihm fielen fast die Augen aus dem bleichen, dünnbärtigen Gesicht. Renie trat vor und legte einen Finger auf die Lippen.

»Hab keine Angst«, sagte sie. »Wir wollen dir nichts tun.«

Die Augen des Mannes wurden noch weiter. Er warf seinen Kopf in den Nacken, schluckte so heftig, daß sein Adamsapfel ihm regelrecht den Hals verformte, und riß dann den Mund auf. Tief im Rachen hatte er einen Lautsprecher stecken, und Renie erkannte entsetzt, daß das, was sie für Barthaare gehalten hatte, durch die Wangen gebohrte silberne Drähte waren. Ein ohrenbetäubendes Sirenengeheul erscholl derart schrill aus dem Lautsprecher, daß Renie und die anderen zurückprallten und sich die Ohren zuhielten. Der von der schieren Lautstärke vibrierende Henry stand hilflos da, während der Ton aus seiner Kehle jaulte und gellte.

Sie konnten nur fortlaufen. Überall ringsherum gingen weitere Alarmschreie los, vielleicht nicht ganz so markerschütternd, aber immer noch furchtbar laut. Eine Emily bog vor ihnen um die Ecke, sah sie angestürzt kommen und stieß das gleiche unmenschliche Kreischen aus, genauso bestialisch wie das erste. Sofort erschienen etwas weiter unten in dem triefenden Korridor zwei der klapprigen Blechfiguren und stimmten mit ihren durchdringenden Alarmhupen in den hysterischen Tumult ein.

Sie orten uns, lokalisieren uns, erkannte Renie. Emily stolperte; Renie packte das Mädchen und zerrte es mit, hinter Azador her, der gerade in einen Seitengang einbog. *Sie schwärmen dorthin, wo die Lautesten sind, bis sie uns umzingelt haben.*

Eine weitere abgerissene menschliche Gestalt vertrat ihnen so plötzlich den Weg, daß Renie nicht erkennen konnte, ob sie Mann oder Frau war. Kaum hatte die schemenhafte Kreatur den geschulterten schweren Sack fallen gelassen und den Mund aufgesperrt, da stieß Azador sie schon mit der Schulter zu Boden. Während sie vorbeirannten, zappelten dürre Arme und Beine hilflos in der Luft und röchelte es aus einer kaputten Sirenenkehle, statt zu heulen.

Wir laufen bloß blind vor uns hin, wurde ihr klar. *Nirgendwohin. Das wird uns den Kopf kosten.* »!Xabbu!« schrie sie. »Führ uns zum Fluß!«

Ihr Freund gab keine Antwort, sondern sprang nur mit hochgestelltem Schwanz voraus und begann auf allen vieren zu laufen. Hinter einer Wegscheide machte er langsamer, bis er sich vergewissert hatte, daß sie noch hinter ihm waren, und beschleunigte dann wieder sein Tempo.

Die Alarmschreie erhoben sich jetzt von allen Seiten, und obwohl die Werksarbeiter, die ihnen in den Weg traten, nicht versuchten, sie aufzuhalten oder auch nur ihren Stößen auszuweichen, kreischten sie alle lauter, wenn Renie und die anderen vorbeipesten, und bildeten damit so etwas wie einen akustischen Pfeil, der die Richtung ihrer Flucht genau anzeigte. Der Lärm war infernalisch.

Jetzt kamen ihnen an jeder Ecke Gesichter entgegen, entgeistert glotzende Menschenmasken, die leeren, abblätternden Grimassen der Blechkreaturen, sogar die dunklen Umrisse einiger Tiktaks. Nicht mehr lange, und die Fluchtwege waren durch den Auflauf metallener und fleischlicher Leiber einer nach dem anderen abgeschnitten.

Emily rutschte in einer öligen Pfütze aus, stolperte abermals und riß diesmal im Fallen Renie mit zu Boden. Als sie sich aufrappelten, hüpfte !Xabbu aufgeregt vor ihnen herum und drehte seine Schnauze hierhin und dorthin.

»Ich rieche nichts, aber ich denke, der Fluß ist dort.« !Xabbu deutete mit vorgerecktem Kinn auf einen der schmalen Gänge. Er holte tief Atem und schloß trotz des Chaos ringsherum einen Moment lang die

Augen. Er bewegte die Finger in der Luft, als wollte er etwas fassen, dann machte er die Augen wieder auf. »Er ist dort«, sagte er. »Ich fühle, daß es so ist.«

Die enge, schlüpfrige Strecke füllte sich rasch mit Blechfiguren, die wie Schlafwandler auf sie zutrotteten. »Sie versperren uns den Weg zum Wasser«, sagte Renie mit sinkendem Mut.

Azador blickte erst sie, dann !Xabbu an und spuckte auf den Boden. »Folgt mir«, knurrte er. Er sprang vor und warf sich der ersten Welle von Metalldingern entgegen. Die Wucht seines Anpralls stieß sie um wie Kegel und schmetterte eines auf den Boden, wo es in zwei Hälften und einen Haufen Zahnräder zerplatzte. Renie zog Emily vorwärts und versuchte dabei, das Mädchen hinter Azadors breitem Rücken zu halten.

Das schrille Gejaule aus Dutzenden von mechanischen Kehlen war jetzt lauter als ein Düsentriebwerk. Renie fühlte grobe, harte Hände nach ihr schnappen und schlug und stieß in blinder Wut um sich. Einen Augenblick lang ging Emily neben ihr nieder, doch Renie kämpfte sich durch das wilde Getümmel, fand den schlanken Arm des Mädchens und zerrte es auf die Beine. Jetzt drosch sogar Emily in ihrer Panik mit den flachen Händen auf die Blechkreaturen ein, den Mund zu einem Schrei verzerrt, den Renie nicht hören konnte.

Benommen und völlig am Ende, mit blutigen Fäusten und Armen taumelte Renie vorwärts. Das nächste flache, lackierte Gesicht tauchte vor ihr auf und gab gellend Alarm. Sie trat dem Ding in den runden Mittelteil und warf es um. Dahinter war nichts mehr als Azador und Dunkelheit.

Er wandte ihnen sein mittlerweile blutüberströmtes Gesicht zu und winkte mit einer bebenden roten Hand. Der Korridor vor ihnen war leer bis auf eine im Dunkeln entschwindende Zeile trübe flackernder Lampen. Sie waren durchgebrochen.

»Gott im Himmel«, keuchte Renie. »Bist ... bist ... du ...?« Sie hörte ein Klappern in ihrem Rücken und drehte sich um. Die Blechdinger, die nicht völlig ausgeschaltet worden waren, strampelten wie auf dem Rücken liegende Käfer, um auf die Beine zu kommen und die Verfolgung fortzusetzen. Renie krampfte sich der Magen zusammen. »Wo ist !Xabbu?«

»*Schnell!*«

Renie wirbelte herum und sah die vermißte Paviangestalt, die wie ein guter Geist aus dem Gang vor ihnen aufgetaucht war. »Wir sind fast am Fluß!« rief !Xabbu.

Sie humpelten hinter ihm her. Kurz darauf weiteten sich die erdrückend engen Gänge, und die Leitungssäulen führten plötzlich viele Meter höher nach oben. Breit und schwarz lag der Fluß vor ihnen. Der Verladekai war leer, wohl weil die sonst dort arbeitenden Blech- und Menschenwesen ein Teil des Mobs gewesen waren, durch den sie sich soeben gekämpft hatten. Sie hörte die Überlebenden hinter ihnen, die immer noch verfolgungswütig heulten und sich auch in ihrem lädierten Zustand weiter hinter ihnen herschleiften.

»Ist das Gateway hier irgendwo?« fragte sie nach Atem ringend.

»Red keinen Quatsch«, versetzte Azador unwirsch. »Bevor wir das gefunden haben, sind wir tot.«

»Dann brauchen wir ein Boot.«

Zwei große Containerschiffe lagen vor Anker, eines mit halb ausgeladenen Frachtnetzen, in denen noch Kisten mit Menschennahrung und Maschinenschmiermittel baumelten. Renie und die anderen rannten den Kai entlang auf der Suche nach einem Schiff von angemessener Größe und fanden es in Gestalt eines kleinen Schleppers, kaum mehr als ein schwimmender Untersatz mit Gummifendern. Sie polterten an Bord. Renie entdeckte eine Bootsstange und hakte damit das Tau los, Azador schaffte es, den Motor anzulassen, und schon tuckerten sie langsam auf den dunklen Fluß hinaus.

Hinter ihnen hatte eine Meute heulender Menschen und Automaten den Kai erreicht, doch ihre gräßlichen Stimmen wurden zusehends leiser, je weiter der Kahn in die Flußmitte hinausschwamm.

Mit Händen, die noch blutiger waren als sein Gesicht, hielt sich Azador grimmig und schweigend am Steuer fest. Emily brach weinend im Bug zusammen. Mit !Xabbus Hilfe schaffte Renie sie in die Kajüte und auf die schmale Pritsche, die dem Schlepperkapitän als kümmerliche Lagerstatt gedient hatte.

Renie flüsterte dem Mädchen gerade begütigende Worte zu, die beide kaum hören konnten, weil ihnen von dem Lärm noch schmerzhaft die Ohren klangen, da knisterte plötzlich etwas neben ihnen. Was Renie für einen Spiegel gehalten hatte, begann ein körniges Licht abzustrahlen, dann erschien das augenlose Gesicht des Blechmanns auf dem Bildschirm.

»So, so«, sagte er fröhlich, »ihr Auswärtigen seid also alle noch am Leben - und die werdende junge Mutter, die uns so am Herzen liegt? Großartig, ganz großartig. Und dem kleinen Wonnekloß ist auch nichts passiert? Hervorragend! Dann glaube ich, mein Text müßte lauten: ›*Gebt die Dorothy heraus!*‹« Die Klappe in seinem Mund ging auf und zu, als der Blechmann sein gräßliches, schnarrendes Lachen ausstieß. »Gut, nicht? Aber natürlich hoffe ich, daß ihr sie *nicht* herausgebt und damit den ganzen Spaß verderbt ...«

Renie schnappte sich die Bootsstange und zertrümmerte den Bildschirm, dann sank sie erschöpft und mit den Tränen kämpfend zu Boden.

Kapitel

Die Schleier der Illusion

NETFEED/BIOGRAPHIE:
"Der Mann im Schatten"
(Bild: Zeitlupenaufnahmen von Anford bei einer Ansprache)
Off-Stimme: Rex Anford, manchmal als "Kommandant im Hintergrund" oder "graue Eminenz" bezeichnet, ist der Gegenstand dieser Biographie, die seinen Aufstieg aus kleinstädtischer Bedeutungslosigkeit über seine Position im neuen Wirtschaftssenat als Abgeordneter von ANVAC, General Equipment und anderen diskret operierenden Großkonzernen bis zu seiner schließlichen Wahl zum Präsidenten der Vereinigten Staaten nachzeichnet. Das umstrittene Thema seines Gesundheitszustandes wird behandelt, und Experten werten Archivmaterial aus und geben ihre Diagnose dazu ab, ob er wirklich gesundheitliche Probleme hat, und wenn ja, was für welche ...

> Aus dem blendenden goldenen Licht wurde ein Farbenstrudel - schwarz, glutrot und zum Schluß ein tiefes Neonblau mit einem leichten Stich ins Ultraviolette, das wie eine Schwingung in ihn einzudringen schien -, dann war Paul durch, aber immer noch im Griff des Mannes, der ihn entführt hatte. Er machte Anstalten, sich zur Wehr zu setzen, als er erkannte, daß sein Gegner gar nicht kämpfte, sondern ihn nur passiv hielt. Er setzte dem Mann die Hände auf die Brust und stieß ihn weg. Der dünne, dunkelhäutige Mann stolperte nach hinten, ruderte mit den Armen und fing sich wieder.

Der ebene Boden unter den Füßen des Fremden fiel nur wenige Meter hinter ihm in einen steilen, grasbewachsenen Hang ab. Weit unten rauschte ein gewundener Fluß über schäumende Wasserfälle durch die enge Schlucht, bis er den Blicken entschwand. Aber Paul nahm sich nicht die Zeit, den atemberaubenden Anblick zu bewundern: Wasser, Berge, dichter Wald, der Himmel so sonnig, daß die Welt geradezu funkelte. Seine Aufmerksamkeit war ganz auf den Angreifer gerichtet, der ihn aus dem England nach der Invasion der Marsianer entführt hatte – einem Zerrbild seines Zuhauses, aber von allen Welten, in denen er gewesen war, der verlorenen Heimat immer noch am ähnlichsten.

»So«, begann der Fremde lächelnd. »Selbstverständlich muß ich mich bei dir entschul...« Da weiteten sich seine Augen erschrocken, und er trat hastig einen Schritt zurück, denn Paul sprang ihn unvermittelt an.

Paul erwischte den Fremden nicht voll, aber umschlang ihn mit den Armen, und zusammen stürzten sie als ein einziges rollendes Knäuel den Hang hinunter. Die Möglichkeit, daß sie über den Steilabfall hinunter bis ganz zur Talsohle in der Tiefe fielen, ließ Paul völlig kalt. Aus unerfindlichen Gründen gejagt und mißhandelt, hatte er jetzt endlich einen seiner Peiniger zu fassen, und er wollte den Mann in den Abgrund stoßen, auch wenn es ihn selber das Leben kostete.

Es gab keinen Steilabfall. Sie schlugen zwar höchst unsanft am Fuß des Hügels auf, aber zwischen ihnen und der Talsohle lagen noch mehrere andere Hänge. Durch den Aufprall wurden sie getrennt, und einen Moment lang blieben sie liegen, wo sie gelandet waren, und schnappten nach Luft. Paul erholte sich als erster, wälzte sich auf den Bauch und kroch auf seinen Feind zu, der sich bei seinem Anblick schleunigst aufrappelte.

»Was soll das?« Der Fremde wich tänzelnd vor Pauls weit ausholendem Griff zurück. »Willst du uns beide umbringen?«

Jetzt erst bemerkte Paul, daß der Fremde nicht mehr mit dem abgetragenen altmodischen Anzug bekleidet war, den er vorher angehabt hatte. Irgendwie – durch Zauberei, schien es Paul – hatte er sich eine glänzende Weste und ein Paar Pluderhosen zugelegt, die in ein Märchen aus tausendundeiner Nacht gepaßt hätten. Paul blickte kurz an sich hinab und sah, daß er ähnliche Sachen trug, weite Seidenhosen und dünne, spitze Pantoffeln an den Füßen, aber er dachte gar nicht daran, einzuhalten und sich zu fragen, was das bedeuten mochte.

»Uns beide? Nein«, keuchte er und richtete sich mühselig auf. »Nur dich will ich umbringen.« Seine Rippen schmerzten von dem Fall, und seine Beine waren kraftlos. Dennoch wußte er, daß er, wenn nötig, bis zum Ende kämpfen würde, und verspürte dabei sogar eine kleine innere Genugtuung darüber, daß er, der als Junge nicht gut in Sport gewesen war und sich vor Kämpfen immer gedrückt hatte, doch kein Feigling war.

Ja, ich werde kämpfen, dachte Paul, und damit veränderte sich zugleich seine ganze Einstellung zu sich selbst, zu seiner Situation. *Ich werde nicht einfach aufgeben.*

»Halt, Mann«, sagte der Fremde und erhob die Hände. »Ich bin nicht dein Feind. Ich wollte dir einen Gefallen tun, aber ich habe mich schrecklich ungeschickt angestellt.«

»Einen Gefallen?« Paul wischte sich den Schweiß von der Stirn und tat einen weiteren Schritt nach vorn, ging aber nicht sofort zum Angriff über. »Du hast mich entführt. Du hast mich angelogen, und dann hast du mich durch dieses ... dieses Dings gestoßen.« Er deutete fuchtelnd auf den Hügel über ihnen und die Stelle, an der sie gelandet waren. »Was weiß ich, was das war. Und das soll ein Gefallen sein?«

»Wie ich schon sagen wollte«, erwiderte der Mann. »Ich muß mich bei dir entschuldigen, und das tue ich hiermit: Es tut mir sehr, sehr leid. Willst du noch einmal auf mich losgehen, oder willst du mich erklären lassen?«

Paul musterte ihn. Im Grunde genommen war er nicht darauf erpicht, noch einmal seine Kräfte mit dem Fremden zu messen. Trotz seiner schlanken Statur hatte sich der Körper des Mannes hart und elastisch wie geflochtenes Leder angefühlt, und anders als Paul schien er sich nichts getan zu haben oder auch nur außer Atem zu sein. »Also gut, erkläre.«

Der Fremde setzte sich mit gekreuzten Beinen auf den Boden. »Ich sah dich auf dem Markt. Du schienst nicht dort hinzugehören, und ich beobachtete dich. Und dann sah ich deine Begleiter. Sie waren nicht, was sie zu sein schienen, aber dir war das offenbar gar nicht bewußt.«

»Nicht, was sie zu sein schienen. Das hast du vorhin auch schon gesagt. Was soll das heißen?«

»Das kann ich nicht genau sagen.« Der Fremde lächelte wieder, und seine offene, bescheidene Miene war dabei so einnehmend, daß Paul sich vornahm, ihm schon aus Prinzip nicht zu trauen. »Sie machten den Eindruck eines ganz normalen englischen Paares, wie man es an so einem Ort erwarten würde, aber etwas an ihnen, ein Schatten unter diesem Anschein, erinnerte mich an Raubtiere. Gott Schiva gab mir die

Überzeugung ein, sie seien nicht, was sie zu sein schienen, und du seist in Gefahr.« Er breitete die Arme aus. »Also sah ich es als meine Pflicht an, dich dort wegzuschaffen.«

Paul erinnerte sich, daß die Pankies auch ihm einen Moment lang Angst gemacht hatten. Sie hatten den Bestien geglichen, die ihn verfolgten, auch wenn sie sich in keiner Weise ähnlich verhalten hatten. Sein Mißtrauen gegen den Fremden ließ ein wenig nach. »Warum hast du mich dann nicht einfach gewarnt? Warum hast du mich durch dieses Dingsda gestoßen? Überhaupt, was sind das für Lichter, durch die man von einem Ort zum andern kommt?«

Der Fremde sah ihn verdutzt an. »Gateways? Durchgänge oder Türen sagt man auch dazu. Wie nennst du sie?«

Jetzt war es an Paul, befremdet zu schauen. »Ich nenne sie gar nichts. Ich weiß nicht mal, was sie sind.«

Der Fremde blickte ihn mit seinen tiefen braunen Augen durchdringend an. Schließlich schüttelte er den Kopf. »Wir müssen ausführlicher reden. Aber wir müssen uns auch durch diese Welt zu einem anderen Gateway begeben, denn dies ist das Land meines ärgsten Feindes, und ich kann hier nicht lange bleiben.« Er erhob sich und deutete dann auf das ferne Gewässer unter ihnen. »Wirst du mit mir kommen? Dort unten werden Boote sein, und wir können während der Fahrt auf dem Fluß weiterreden.«

Wenn der Mann vorhatte, ihm etwas zu tun, ging er es jedenfalls sehr umständlich an. Paul beschloß, weiterhin auf der Hut zu sein, aber ihm eine Chance zu geben. Vielleicht konnte er Paul ein paar Aufschlüsse geben. Alles, was dazu beitragen konnte, die Wolke der Unwissenheit und Verwirrung zu vertreiben, die ihn schon so lange umhüllte, war beinahe jedes Risiko wert.

»Na schön«, sagte er. »Wenn du meine Fragen ehrlich beantwortest.«

»Ich werde beantworten, was ich beantworten darf. Aber ich habe mir anvertraute Geheimnisse zu hüten, und die darf ich keinem Menschen verraten, auch wenn es mich meine Seele kostet.«

Paul hatte keine Ahnung, was das heißen sollte. »Wer also bist du?« fragte er.

»Ich heiße Nandi«, sagte der Fremde und legte dabei die Hände flach vor der Brust zusammen. »Nandi Paradivasch, zu deinen Diensten. Ich bedaure es, daß wir uns unter so unglücklichen Umständen kennenlernen. Und du heißt ...?«

»Paul«, sagte er ohne nachzudenken und verfluchte sich gleich darauf im stillen dafür, daß er seinen richtigen Namen angegeben hatte. Er suchte nach einem anderen Nachnamen, aber kam nur auf den Irren, der ihn durch die Paläste und Wüsten des Mars geschleift hatte; er hoffte sehr, daß Nandi ihn nicht kannte. »Paul Brummond. Und ich habe noch eine Frage. Wo zum Teufel sind wir?«

Nandi schien bei Pauls Namen keinen Verdacht geschöpft zu haben. »Ich muß mich wundern«, sagte er. »Du bist doch Engländer, nicht wahr? Da solltest du eigentlich eine der klassischen Szenerien erkennen, die zum Lernstoff jedes englischen Schülers gehören.«

Paul schüttelte den Kopf. »Da komm ich leider nicht mit.«

»Ach? ›Wo Weihrauchblütenduft über den Bäumen hing‹«, deklamierte der Fremde, »›*Und wo der Wald, so uralt wie die Hügel selbst, So manchen sonnenwarmen grünen Fleck umfing.*‹ Sieh doch, dort sind die Wälder, dort sind die Bäume - Sandelbäume, Tannen -, kannst du sie nicht riechen? Und bald werden wir auf dem heiligen Fluß Alph sein und vielleicht durch ›Höhlen, die kein Mensch ermessen kann‹, fahren ...«

Paul spürte, wie sich in ihm eine Erinnerung zu regen begann. »Der Fluß Alph ...?«

»Ja.« Nandi nickte und lächelte abermals. »Willkommen, Paul Brummond ... in Xanadu.«

Die Flanken der Hügel waren eine einzige Blumenpracht, ein Farbenfeuerwerk gelber, weißer und taubenblauer Blüten, und die sanften Brisen trugen in der Tat exotische Düfte heran. Auf ihrem Weg zum Fluß hinunter, von einem Hang zum nächsttieferen, merkte Paul, daß es ihm schwerfiel, an seinem Argwohn festzuhalten. Er war schon lange nicht mehr, wenn überhaupt je, an einem derart bezaubernden Ort gewesen, und im Augenblick wenigstens fühlte er sich beinahe sicher. Seine ständig reaktionsbereiten Schutzreflexe entspannten sich ein wenig.

»Es ist wirklich wunderschön«, sagte Nandi, als könnte er seine Gedanken lesen. »Die Leute, die das gebaut haben, haben gute Arbeit geleistet, aber es ist durchaus keine orientalische Landschaft. Es ist die Darstellung einer Idee - der Idee eines Engländers von einem fernöstlichen Paradies, um genau zu sein.«

Zuerst meinte Paul, der Ausdruck »die Leute, die das gebaut haben« sei wieder eine religiöse Anspielung, so wie der Mann vorher den

Namen Schiva hatte fallen lassen, aber kurz darauf wurde ihm bewußt, was er da gehört hatte. »Die Leute, die ... *diesen Ort* gebaut haben?«

Nandi beobachtete einen hellgrünen Vogel, der über ihnen seine Bahn zog. »Ja. Die Designer und Ingenieure.«

»Ingenieure? *Menschen?*«

Jetzt drehte sich der Fremde um. »Was soll die Frage, Paul?«

Er zögerte, weil er hin- und hergerissen war zwischen dem Bedürfnis, mit allem herauszuplatzen, seiner ganzen Furcht und Unwissenheit, und dem Hang zur Heimlichkeit, der mit zu seinem Panzer gehörte - einem Panzer allerdings, der sich als kläglich dünn erwiesen hatte. »Sag ... sag mir einfach, was es ist. Dies alles hier.«

»Diese Simulation, meinst du? Oder das Netzwerk?«

Paul wurden die Beine weich. Er tat einen taumelnden Schritt, dann mußte er sich setzen. »Simulation? Das hier ist eine Simulation?« Er riß seine Hand hoch und starrte sie an, dann ließ er sie sinken und blickte auf das Tal in seiner ganzen vielgestaltigen Schönheit. »Das kann doch nicht sein! Es ist ... es ist wirklich!«

»Wußtest du das nicht?« fragte Nandi. »Wie wäre das möglich?«

Hilflos und benommen schüttelte Paul den Kopf. Eine Simulation. Jemand hatte ihn hier eingespeist und die Spuren verwischt. Aber so perfekte Simulationen gab es nicht. Es konnte ganz einfach nicht sein. Er schloß die Augen, halb davon überzeugt, wenn er sie wieder aufschlug, wäre alles weg, und er befände sich wieder im knirschenden Mahlwerk des Riesen oder in Humpty-Dumptys Burg. Selbst diese Absurditäten waren sinnvoller gewesen als das. »Es kann nicht sein.«

Nandi hockte sich neben ihn, und Sorge und Überraschung standen ihm im Gesicht geschrieben. »Du wußtest nicht, daß du in einer Simulation bist? Du mußt mir erzählen, wie du hierhergekommen bist. Das ist wichtiger, als dir vielleicht klar ist, Paul Brummond.«

»Ich weiß nicht, wie ich hierhergekommen bin - und außerdem heiße ich nicht Brummond. Ich habe gelogen.« Es lag ihm nichts mehr daran, die Täuschung aufrechtzuerhalten. »Mein Name ist Paul Jonas.«

Sein Begleiter schüttelte den Kopf. Der Name sagte ihm nichts. »Und du weißt nicht, wie du hierhergekommen bist?«

Wie betäubt erzählte Paul ihm alles, woran er sich erinnern konnte - die scheinbar endlosen Welten, die unbeantworteten Fragen, die erschreckende Schwärze, die über seiner jüngsten Vergangenheit lag. Es war, als hörte er jemand anders reden. Als er zu Ende war, ließ Nandi das Kinn auf die Brust sinken und schloß die Augen, als hielte er aus irgendeinem wunderlichen Grund ein Nickerchen; als er die Augen wieder öffnete, wirkte er deutlich beunruhigt.

»Und die ganze Zeit über, Paul Jonas, bist du durch die Schöpfungen meines Feindes gehetzt worden. Das muß etwas zu bedeuten haben, aber ich kann mir nicht vorstellen, was.« Er stand auf. »Komm. Wir müssen schnell zum Fluß. Je länger wir hier verweilen, um so größer ist die Gefahr, vermute ich.«

»Dein Feind - das hast du vorhin schon einmal gesagt.« Paul folgte dem schlanken Mann weiter den Hügel hinunter. »Wer ist dieser Feind? Meinst du etwa, daß ihm dieser Ort gehört?«

»Wir wollen lieber nicht von ihm reden. Nicht hier.« Nandi Paradivasch legte einen Finger auf die Lippen. »In alten Sagen heißt es, daß, wer den Namen eines Dämons ausspricht, ihn damit herbeiruft, und das könnte sich auch in unserem Fall bewahrheiten. Wer weiß, auf welche Namen oder Worte hin ein Suchagent anspringt.«

»Können wir auf dem Fluß sprechen? Ich ... ich muß mehr wissen.«

»Wir werden reden, aber gib acht, was für Worte du wählst.« Er schüttelte voller Verwunderung den Kopf. »Ich hätte wissen sollen, daß der Große Tänzer nicht grundlos seine Hand auf mich legt und mich auf einen Fremden aufmerksam macht. Nur ein kleines Weilchen Maya, Illusion, und schon hätte ich beinahe den Rauch der Verbrennungsstätte vergessen, den ich in der Nase hatte, als ich ihm wahrhaft dienen lernte.«

Auf der letzten Meile zum Flußufer beeindruckte Xanadus Schönheit Paul noch viel mehr als vorher. Mit seinem neuen Wissen konnte er über nichts hinwegsehen: hier diese köstlich duftende Blume, dort der Baum, das sanft unter seinen Füßen raschelnde Gras - alles falsch. Konstrukte. Aber so eine makellose Simulation des Lebens konnte es nicht geben. Er hielt sich beileibe nicht für einen Experten, aber er war auch kein weltabgeschiedener Einsiedler. Er hatte überall im Netz Anzeigen für die vielbeschrienen »fotorealistischen« VR-Environments aus China gesehen, und sein Freund Niles hatte ihn sogar einmal eine der besseren staatlichen Simulationsmaschinen ausprobieren lassen, ein Botschaftsessen, wo man wie im richtigen Leben politisch gewinnen oder verlieren konnte. Die Erfahrung hatte Paul damals sehr beeindruckt - die Replikanten, die tatsächlich ein Gespräch führen konnten, die kleinen Gegenstände wie Messer und Gabeln, die täuschend ähnlich vibrierten, wenn sie an den Rand eines Tellers klirrten -, doch selbst dieser neueste Stand der Technik vom letzten Jahr war Meilen, nein, Lichtjahre von dem hier entfernt gewesen!

»Die Leute in diesen ... Simulationen«, fragte er. »Sind sie ebenfalls nicht wirklich?«

»Manche doch«, antwortete Nandi. »Dies hier wurde zur Nutzung durch reiche und mächtige Leute gebaut, und sie und ihre Freunde können hier wie Götter erscheinen, die sterbliche Gestalt annehmen. Aber die meisten der Leute, wie du sie nennst, sind Replikanten. Dinge ohne Seelen. Maschineneffekte.«

Die Worte von Professor Bagwalter in der Marssimulation fielen ihm wieder ein, und jetzt verstand Paul, was damit gemeint gewesen war. Der Mann war ein Mitspieler gewesen - ein Bürger - und hatte wissen wollen, ob Paul auch einer war. Aber wenn das stimmte, dann war vielleicht Vaala, die Vogelfrau ...?

»Bin ich von den Leuten, denen du hier drin begegnet bist, der einzige, der sein Gedächtnis verloren hat?«

Nandi lächelte ein wenig. Der Fluß lag jetzt unmittelbar vor ihnen, ein jadegrünes welliges Band mit weißen V-Formen, fein wie Spitze, von den dicht unter der Oberfläche liegenden Steinen. »Du bist nicht bloß das, du bist auch der einzige, von dem ich je gehört habe, der nicht wußte, daß er sich in einer virtuellen Umgebung befand.« Er führte Paul auf einen kurzen Streifen Sandstrand. Ein winziger Anlegeplatz, der aussah, als hätte man ihn aus einem einzigen weißen Felsen geschnitten, lag halb verdeckt hinter einem Büschel Rohrkolben. Von der Strömung gezogen schaukelte ein kleines, aber elegantes Boot an seiner Fangleine wie ein Hund, der darauf wartete, ausgeführt zu werden.

Nandi wies Paul den Platz vorne im Boot an. »Bitte«, sagte er. »Ich werde dein Steuermann sein, so wie Krischna der Wagenlenker Ardschunas wurde. Kennst du die *Bhagavadgita*?«

»Ich besitze eine Ausgabe«, erwiderte Paul. »Zuhause, wo immer das sein mag.« Er erwähnte nicht, daß eine frühere Freundin, eine seiner eher unglücklich verlaufenen Liebschaften, ihm das Buch geschenkt hatte, kurz bevor sie, wie Paul es sah, völlig dem religiösen Wahn verfallen war. Bei ihrer letzten Begegnung einige Monate danach hatte sie im U-Bahnhof Camden Town getrommelt und gesungen, blind hinter den Goggles, die ihre Sinne mit einem chargeähnlichen Mantra überfluteten.

»Ah, gut.« Nandi lächelte. Er machte das Boot los und lenkte es in die Strömung hinaus. »Dann wirst du mich verstehen, wenn ich dich mit Ardschuna vergleiche - ein tapferer Mann, ja ein großer Held, der des Rates und der Weisheit bedurfte.«

»Ich fürchte, ich habe sie nicht sehr aufmerksam gelesen.« Eigentlich hatte er sie überhaupt nicht gelesen, und das einzige, was er von ihrem Inhalt noch in Erinnerung hatte, war, daß Krischna ein Gott war, oder vielleicht schlicht Gott, und er fand es ziemlich überheblich von diesem Nandi, daß er sich offenbar die Rolle Krischnas anmaßte.

Au weia, dachte er. *Ich höre mich schon an wie meine Großmutter.*

Entzückend und vollkommen glitt die Landschaft vorbei. Weit hinten im Tal, viele Flußbiegungen weiter, hing hoch über dem Wasser eine Gischtwolke, gekrönt von einem leuchtenden Regenbogen. Paul versuchte sich an das berühmte Gedicht von Coleridge zu erinnern, aber kam nicht weiter als: »*In Xanadu ließ Kublai Khan ein hohes, stolzes Lustschloß bauen ...*«

»Kannst du jetzt mit mir reden?« fragte er. »Das Geräusch des Flusses müßte doch verhindern, daß jemand unser Gespräch mithört.«

Nandi lenkte sie an einem der Felsen und seiner weiß schäumenden Pfeilspitze vorbei. »Wir müssen uns nicht nur vor lauten Äußerungen hüten. Jedes Wort, das man sagt, wird durch mehrere verschiedene Virtualitätsmaschinen übersetzt, und auch das hinterläßt Spuren. Die Leute, die wir suchen, sind die Herren dieser Welt, genau wie Trimurti der Herr der wirklichen Welt ist, und beide beherrschen ihre Reiche bis hin zum kleinsten Staubkörnchen, zur winzigsten Regung subatomarer Kräfte. Deshalb ist auch der Irrtum dieser Leute so groß - sie wollen sich selbst zu Göttern machen.«

»Du sagst ständig ›sie‹ und ›diese Leute‹. Wen meinst du damit?«

»Eine Gruppe von Männern - und auch einigen Frauen -, die der ganzen Welt die Feindschaft erklärt haben. Sie nennen sich selbst die Gralsbruderschaft und mißbrauchen damit den alten Mythos für ihre persönlichen Zwecke, stehlen die Geschichte, könnte man sagen. Sie haben dieses ganze Universum gebaut, und sie leben hier und führen sich auf wie die ältesten Söhne und Töchter des Himmels. Nicht alles in diesem Netzwerk ist so erbaulich wie das hier - nein, vieles davon ist schlimmer als alles, was du bisher gesehen hast. Simulationen von Sklaverei und Grausamkeit und wüstesten Orgien, all das haben sie geschaffen.«

»Aber wer bist du? Ich meine, was hast du mit alledem zu tun?«

Nandi beäugte ihn einen Augenblick lang und überlegte. »Soviel kann ich dir sagen: Die Mitglieder der Gralsbruderschaft haben an Dinge gerührt, haben Dinge verletzt, die sie nicht einmal verstehen. Und aus diesem Grund haben einige sich zusammengetan, um ihnen entgegenzutreten. Wir sind der Kreis.« Er schloß die Finger der erhobenen Hand zu einem Ring und spähte mit einem scharf blickenden braunen Auge hindurch. Die Wirkung war beinahe komisch. »Wo du uns findest, findest du Sicherheit, jedenfalls soviel wir geben können, denn ganz offensichtlich bist du ein Feind unseres Feindes.«

»Wieso?« Die Furcht, die er unterdrückt hatte, erfaßte ihn wieder. »Wieso sollten solche Leute mich überhaupt zur Kenntnis nehmen? Ich bin niemand! Ich arbeite in einem Kunstmuseum, Herrgott nochmal!«

Jetzt, wo der Fluß schmaler wurde und die Felsen sich hoch über ihnen auftürmten, gewann das Boot an Fahrt. Im Schatten einer Trauerweide stand auf einem Felsvorsprung über dem Wasser ein verlassenes Teehaus wie ein kostbares Schmuckstück, das ein Riese dort vergessen hatte. Es war fast zu schön, dachte Paul mit einem erneuten Anflug von Panik. Zum erstenmal erkannte er, daß dieser Ort in der Tat unwirklich sein konnte, sein mußte.

»Ich weiß nicht, womit du ihre Aufmerksamkeit erregt hast«, räumte Nandi ein. »Es hat wahrscheinlich mit der Zeit zu tun, an die du dich nicht erinnern kannst. Aber was die Gestalten betrifft, die dich durch mehrere Simulationen verfolgt haben, so zweifele ich nicht daran, daß sie Agenten des Größten der Bruderschaft sind, da du die ganze Zeit über in seinen Welten warst. Wie jetzt auch.«

»Sie gehören alle einem einzigen Mann? Die Marswelt, das Alice-Wunderland, alle?«

»An Reichtum mangelt es ihm nicht.« Nandis Lächeln war bitter. »Er hat sich Dutzende davon gebaut.«

»Wie heißt er?«

Der dunkelhäutige Mann schüttelte den Kopf. »Nicht hier. Wenn wir an einen anderen Ort übersetzen, werde ich es dir sagen, aber es empfiehlt sich nicht, Worte auszusprechen, die seine Agenten gewiß mit als erste überprüfen, denn nur Personen, die von außerhalb des Systems kommen, können wissen, daß dieser Ort in Wirklichkeit einen menschlichen Schöpfer hat.« Eine Bewegung auf den Höhen über ihnen ließ Nandi scharf aufblicken, aber es war nur ein Schäfer, der eine Herde über einen Bergrücken führte. Der Mann sah nicht hinunter, aber dafür mehrere Schafe. Paul ging auf, daß er der erste Mensch außer ihnen war, den sie seit dem Eintritt in Xanadu gesehen hatten.

»Agenten«, sagte er laut. »Also diese beiden ... Dinger, die mir von einer Simulation zur nächsten folgen, waren Agenten? Von diesem Bruderschaftler beauftragt?« Er runzelte die Stirn. »Meinst du, daß die Pankies, dieses englische Ehepaar, auch Agenten waren? Sie hatten nicht im geringsten die gleiche Wirkung auf mich. Und ich habe eine ganze Nacht neben ihnen geschlafen, ohne daß etwas passiert ist.«

»Auch darauf weiß ich keine Antwort.« Nandi mußte sich eine Weile konzentrieren, um das Boot zwischen den Felsen hindurchzusteuern, die an dieser Stelle zahlreicher wurden. Als ein freies Stück Wasser kam, fuhr er fort. »Wir haben Nachforschungen über diese Leute angestellt, aber unsere Kenntnisse sind immer noch gering - schließlich haben sie viel Arbeit und Geld investiert, damit ihre Werke geheim bleiben. Aber irgend etwas hat mit den beiden, dem Mann und der Frau, nicht gestimmt. Ich fühlte, wie die Hand meines Gottes mich berührte.« Er sagte das so schlicht und so überzeugt, als handelte es sich nur darum, daß er als erster irgendwo eine Parklücke erspäht hatte. »Wenn du den Göttern nicht vertraust - wenn du Gott nicht vertraust -, dann hast du dich selbst aufgegeben.«

Nandi mußte sich wieder ums Steuern kümmern. Paul setzte sich auf der glatten, blanken Bank zurück und sah zu, wie die grünen Hügel und die schroffen Felswände vorbeistrichen. Er wußte kaum, wo er anfangen sollte, über all das nachzudenken. Es hätte eine ziemlich fragwürdige Filmhandlung abgegeben, und als Verlauf seines tatsächlichen und einzigen Lebens war es völlig unannehmbar. Aber auf eine entsetzliche Weise leuchtete es auch ein: Wenn man einmal akzeptiert hatte, daß es eine derart gute Simulation geben konnte, beantwortete das viele seiner übrigen Fragen.

Er empfand sogar eine kurze Enttäuschung, als ihm aufging, daß er gar nicht den Anfang der Geschichte in der Eiszeit miterlebt hatte, sondern nur eine codierte Inszenierung. Dennoch waren ihm die Leute vom Menschenstamm, einerlei, was sie in Wahrheit waren, höchst real vorgekommen, ja wenn sie Replikanten waren, dann jedenfalls absolut selbstgenügsame, die völlig mit ihrer eigenen Scheinwelt, mit ihren Ängsten und Siegen und Bräuchen beschäftigt waren. Vielleicht, sinnierte er, brauchten selbst imaginäre Menschen einfach so etwas wie eine eigene Geschichte, einen Mythos, der ihrem Leben einen Sinn gab.

Aber wenn es alles Code gewesen war, leere Vorspiegelung, was war dann mit der Frau, die durch das kranke Neandertalerkind zu ihm gesprochen hatte? Mit der geflügelten Frau, die ihn im Traum besuchte? Sie hatte ihn gebeten, sie zu finden ...

Es war zuviel, um es auf einmal völlig begreifen zu können.

»Wenn diese Leute so mächtig sind«, fragte er, »was wollen dann du und deine Freunde in diesem Kreis dagegen unternehmen? Und was stört euch überhaupt daran, daß ein Haufen reicher Schweine in ihrem VR-Netzwerk Privatorgien feiern?«

»Wenn es nur das wäre, Paul Jonas.« Nandi zog das triefende Paddel aus dem Wasser und sah ihm direkt ins Gesicht. »Ich kann dir darauf keine erschöpfende Antwort geben, aber du mußt mir glauben, wenn ich dir sage, daß sie meiner Überzeugung nach mit ihrem Treiben eine Bedrohung für die ganze Menschheit darstellen. Und selbst wenn du daran zweifelst, ist es eine Tatsache, daß sie viele Menschen verletzt und getötet haben, um dieses Konstrukt zu bauen, dieses ... Theater der Maya. Und sie werden noch viel mehr töten, um es so lange wie nötig geheimzuhalten. Ja, nach dem, was du mir erzählt hast, wollen sie dich ebenfalls töten – oder dir vielleicht noch etwas Schlimmeres antun.«

Er bekam erneut vor Angst eine Gänsehaut und mußte sich zusammennehmen, um nicht über die Ungerechtigkeit laut aufzuschreien. Was hatte er diesen Leuten getan? Er beherrschte sich. »Du hast mir nicht gesagt, was du zu tun gedenkst.«

»Das kann ich auch nicht«, entgegnete Nandi. »Und nicht nur aus Geheimhaltungsgründen. Du hast genug Probleme, Paul. Du mußt dich nicht damit belasten zu wissen, was wir wissen. Eine Sache weniger, die sie versuchen werden, aus dir herauszuquetschen, falls sie dich jemals fangen sollten.«

»Du redest, als ob das ein Krieg wäre.«

Diesmal lächelte Nandi nicht. »Es *ist* ein Krieg.« Nach einem kurzen Schweigen fügte er hinzu: »Doch obwohl sie sich für Götter halten, sind sie nichts weiter als Menschen. Sie machen Fehler. Sie haben bereits welche gemacht, und sie werden weitere machen, ganz gleich, wie viele Formen sie annehmen, ganz gleich, wie viele Leben sie sich hier zurechtbasteln. Es ist, wie Krischna zu Ardschuna sagte: ›*Dem Geborenen ist der Tod, dem Toten die Geburt bestimmt, über dies Unvermeidliche darfst du nicht klagen. Die Leiber sind vergänglich, nur der sie bewohnt ist unzerstörbar und unbegrenzt. Er tötet nicht, noch wird er getötet.*‹ Dies ist eine zentrale Wahrheit der Welt, Paul. Wovon Krischna sprach, das könnte man vielleicht die Seele oder das Selbst nennen. Und bei ihrem Versuch, die Götter nachzuäffen, bekommen es diese Gralsverbrecher unweigerlich mit einer Abart dieser selben großen Wahrheit zu tun, einem Abglanz ihres strahlenden Lichtes sozusagen. Sie können nämlich das, was sie sind, nicht abschütteln, einerlei wie viele Male sie ihre Haut wechseln.«

»Das verstehe ich nicht.«

»Nimm diesen Mann, unseren obersten Feind. Du bist in vielen seiner Simulationen gewesen, in den Traumwelten, die er sich angelegt hat. Was haben sie alle gemeinsam?«

Paul hatte vor nicht allzu langer Zeit eine ähnliche Überlegung angestellt, und er durchforschte sein Gedächtnis danach. »Sie ... sie sind sehr alt, scheint es. Die Ideen, meine ich.«

»Genau.« Der Wagenlenker war mit seinem Ardschuna zufrieden. »Das kommt daher, daß er ein alter Mann ist und sich nach Dingen aus seiner Jugendzeit zurücksehnt. Warte, ich werde dir etwas erzählen. Er wurde in Frankreich geboren, dieser Mann, dessen Namen ich nicht aussprechen will, kam aber während des Großen Krieges auf eine Schule in England, weil seine Eltern ihn vor dem schrecklichen Gemetzel in Frankreich in Sicherheit bringen wollten. Er war in dem fremden Land ein einsames Kind, das sich alle Mühe gab, wie die andern zu sein, und deshalb sind ihm von seiner Kindheit die ganzen Versatzstücke englischer Kultur im Gedächtnis geblieben, die er sich so krampfhaft anzueignen versuchte – Lewis Carroll, H.G. Wells, die Bildergeschichten über Reisen zu andern Planeten ...«

»Moment mal.« Paul beugte sich vor. »Willst du mir etwa erzählen, daß dieser Mann noch den Zweiten Weltkrieg miterlebt hat?«

Nandi amüsierte sich. »Durchaus, aber ich spreche vom Ersten Weltkrieg.«

»Aber dann wäre er ja ... Das gibt's nicht. So alt ist niemand.«

»Er schon.« Das milde Schmunzeln verging. »Er hat die Erhaltung seines Lebens zu einem Gegenstand religiöser Verehrung gemacht und seine Erinnerungen zu den Mythen dieser Religion erhoben. Aber in Wahrheit kann er sie mit niemandem teilen – an die Kindheit, deren Schreine diese virtuellen Welten sind, erinnert sich außer ihm kein lebender Mensch auf Erden. Wenn er nicht so grenzenlos böse wäre, könnte einem der Mann fast leid tun.«

Das Boot sackte urplötzlich unter ihnen ab, und Paul mußte aus seinen Gedanken aufwachen und sich auf dem Sitz festklammern, um nicht über Bord geschleudert zu werden, als der kleine Nachen aufs Wasser klatschte.

»Der Fluß ist hier unmittelbar vor den Höhlen gefährlicher«, sagte Nandi, während er wie besessen rückwärts paddelte. »Wir reden lieber weiter, wenn wir in sichererem Gewässer sind.«

»Was für Höhlen ...?« fragte Paul und schrie dann erschrocken auf, als das Boot abermals abkippte, zwischen zwei Felsen hindurchschoß und einen weiteren Katarakt hinunterflog.

Die nächsten Minuten über hielt er sich mit beiden Händen an den Bootswänden fest, während Nandi geschickt an einem Hindernis nach dem anderen vorbeisteuerte und der Fluß immer tiefer in die Kerbe der Schlucht hineinschnitt. Die Felswände stiegen mittlerweile an beiden Seiten so steil in die Höhe, daß nur noch ein schmaler Streifen Himmel zu sehen war und das Licht lediglich das oberste Viertel der einen Wand beschien.

»Das Lustschloß wird uns entgehen«, rief Nandi über das Getöse des Wassers hinweg. »Es gibt einen Nebenfluß, der vor dem Tor vorbeiführt, aber ich nehme an, du willst nicht verweilen und die Baukunst unseres Feindes bestaunen oder seinen Schergen begegnen.«

»Was?« Paul konnte nur wenige Worte verstehen.

»Da!« Nandi deutete nach oben. »Kannst du es sehen?«

Der Gischtnebel, der Paul vorher schon aufgefallen war, bedeckte jetzt den größten Teil des Flusses vor ihnen und wallte als glitzernde Wolke in die Luft empor. Durch diesen Schleier hindurch erblickte er - einen guten halben Kilometer vor ihnen und zum Teil von den Felsen verborgen - einen Wald weißgoldener Minarette, ähnlich den Türmen des Traumschlosses, das er gesehen hatte, als er den großen Baum hinaufgeklettert war. Es war beinahe unmöglich, die künstlerische Präzisionsarbeit dieses Baus nicht zu bewundern. Wenn das alles das Werk menschlicher Hände war, wie Nandi gesagt hatte, dann waren das in der Tat sehr geschickte Hände gewesen.

»Wohnen dort oben Menschen?« fragte er. »Ich meine, richtige Menschen?«

»Einen Moment«, rief sein Begleiter über den Flußlärm hinweg. Sie kamen um eine Biegung, und Paul sah in der Felswand ein weit aufgerissenes schwarzes Maul, in dem der Fluß verschwand. Ihm blieb nur

Zeit für einen überraschten wortlosen Schrei, dann ging es wieder schlagartig bergab, und das Boot schoß eine tosende Stromschnelle hinunter in die eisige Finsternis.

Sekundenlang sah er nichts und konnte sich nur an der Sitzbank anklammern, fest davon überzeugt, daß sie gegen unnachgiebigen Stein knallen oder in der wilden Strömung kentern würden. Das Boot sauste wellenauf und wellenab und schlingerte abrupt von einer Seite zur anderen, und keine von Pauls verzweifelt gebrüllten Fragen wurde beantwortet. Die Schwärze war total, und ihm kam der grauenhafte Gedanke, daß Nandi über Bord gegangen war, daß er allein ins Verderben stürzte.

Der nächste freie Fall des Bootes schien in Pauls überhitzter Phantasie gute zehn Sekunden zu dauern, aber wahrscheinlich war noch nicht eine vorbei, als es mit einer großen, alles durchnässenden Wasserfontäne aufschlug. Paul krallte sich an den Bootsrand, bis er spürte, daß sie zu guter Letzt in ruhigeres Gewässer kamen. Das Brausen des Wasserfalls hinter ihnen wurde allmählich leiser.

»Manchmal ist es berauschend, im Fleische zu sein«, sagte Nandis Stimme in der Dunkelheit. »Auch wenn es nur virtuelles Fleisch ist.«

»Ich ... ich fand das nicht so toll«, erwiderte Paul. »W-wo sind wir?«

»In Höhlen, die kein Mensch ermessen kann, wie es in dem Gedicht heißt. Aber warte nur. Du wirst es gleich sehen.«

»S-sehen?« Seine Zähne klapperten, und nicht nur vor Angst: Die sommerliche Hitze draußen drang nicht bis hierher. Im Gegenteil, es war schrecklich kalt. »W-wie denn?«

Hinter ihm ertönte ein feuchtes, schabendes Geräusch, dann ging ein Licht in der Leere an. Nandi hatte eine Laterne entdeckt und sie angezündet, und jetzt hängte er sie an den hohen, geschwungenen Bug des Bootes, von wo aus sie ihren weichen Glanz verbreitete.

»Oh«, sagte Paul. »Oh ...«

Der schwarze Fluß war hier wieder breiter, so daß beide Ufer einen Pfeilschuß von ihnen entfernt lagen, und bis auf die auslaufenden Wellen von dem Wasserfall glatt wie ein samtenes Tischtuch. Ein gewaltiger Tunnel aus Eis, dessen Decke sich fünfzig Meter und mehr über ihren Köpfen wölbte, umschloß den Fluß. Aber es war nicht bloß eine Eishöhle – es war eine kristallene Abstraktion unendlicher Vielfalt.

Mächtige Säulen ragten wie durchsichtige Kerzen vom Boden zur Decke, gebildet aus gefrorenen und im Laufe der Jahrhunderte immer wieder neu gefrorenen Rinnsalen, und hausgroße, diamantartig facettierte Blöcke lagen am Ufer wie von Riesenhänden aufgehäuft. Alles war mit einem Netz von Rauhreif überzogen, einem weißen Gespinst winziger, zarter Linien, wie ein Schleier aus feinsten Spinnenfäden. Glitzernde Eisbrücken überspannten den Fluß, und wo das Eis an den Tunnelwänden abgesprungen war, stürzten jetzt steile, glatte Bruchflächen bis an den Rand des Wassers ab. Direkt vor Pauls und Nandis Augen löste sich ein kleines Stück von einer der Wände, rollte langsam die Uferschräge hinunter und klatschte in den Alph; erst als sie näher kamen, erkannte Paul, daß der in der Nähe des gefrorenen Ufers wippende Brocken ungefähr halb so groß war wie das Haus in Islington, in dem er seine Wohnung hatte.

»Das ... das a-alles ist g-großartig«, sagte er.

Nandi hörte das Zittern in seiner Stimme. »Unter der Bank liegen Decken, glaube ich.«

Paul fand zwei Stück, herrlich weich und samtglänzend und bestickt mit Fabeltieren, die auf Musikinstrumenten spielten. Er bot Nandi eine an, aber der schüttelte lächelnd den Kopf. »Ich bin weitgehend unempfindlich gegen Kälte und Hitze«, sagte Nandi. »Dort, wo ich zuletzt lebte, hatte ich Gelegenheit, mich an die Elemente zu gewöhnen.«

»Ich weiß das Kublai-Khan-Gedicht nicht mehr auswendig«, gestand Paul. »Wohin führen diese Höhlen?«

»Sie gehen endlos weiter. Aber der Fluß durchquert sie und ergießt sich ins Meer. Und lange davor werden wir durch das Gateway gefahren sein.«

»Ich verstehe nicht, wie das alles funktioniert.« Seine Aufmerksamkeit wurde kurz abgelenkt, als ein Eisblock von der Größe eines Londoner Hovercabs von der Decke abbrach und hundert Meter vor ihnen laut und hoch aufspritzend in den Fluß fiel. Wenige Sekunden später brachten die Wellen ihr kleines Gefährt zum Schaukeln. »Diese Gateways - warum sind sie im Wasser?«

»Es ist wohl metaphorisch gemeint. Es gibt natürlich noch andere Gateways. In den meisten Simulationen gibt es Dutzende, allerdings versteckt - nur wer sich mit Erlaubnis der Besitzer darin aufhält, erhält die Tools zur Auffindung der Gateways. Aber die Leute, die dieses gigantische Netzwerk gebaut haben, wollten eine alles verbindende Gemeinsamkeit haben, und deshalb fließt durch sämtliche Simulationen der Fluß.«

»Welcher Fluß?«

»Er ist überall anders - manchmal ist er auch gar kein Fluß, sondern Teil eines Ozeans oder ein Kanal oder etwas Ausgefalleneres wie ein Lavastrom oder ein mehrere Meilen breiter Quecksilberstrom. Aber er ist immer ein Teil des großen Flusses. Ich nehme an, wenn man genug Zeit hätte - die müßte allerdings länger als das Leben unseres Erzfeindes sein -, könnte man den gesamten Fluß abfahren und auf ihm alle Simulationen durchqueren, bis er wie die berühmte Schlange, die sich selbst in den Schwanz beißt, einen vollständigen Kreislauf beschrieben hätte und man wieder am Ausgangspunkt angekommen wäre.«

»Das heißt, es gibt immer einen Durchgang auf dem Fluß, in jeder Simulation.« In die Decke eingemummelt fühlte Paul sich schon wohler, und jedes Stück Information war wie Nahrung für einen Verhungernden.

»Mindestens zwei - an jedem Ende des Flußlaufs durch die betreffende simulierte Welt einen.«

»Aber es gibt auch andere - wie der in dem Labyrinth in Hampton Court, durch den du mich geschubst hast.«

Nandi nickte. »Ja. Ich war zu dem Zeitpunkt schon mehrere Tage dort und hatte ein paar Leute in das Labyrinth gehen, aber nicht mehr herauskommen sehen - vielleicht Mitglieder der Bruderschaft oder ihre Bevollmächtigten. Also untersuchte ich die Sache. Alle Durchgänge, auch die im Fluß, gestatten es berechtigten Benutzern, sich hinzubegeben, wo sie wollen, und im Gegensatz zu denen an den beiden Enden des Flusses führen einen die andern nicht in einer bestimmten Reihenfolge durch das Netzwerk. Aber fast alle Durchgänge haben eine Standardeinstellung, und die bringt einen meistens in eine andere Welt, die demselben Herrn gehört. Glücklicherweise jedoch werden wir bald einen erreichen, durch den wir gänzlich aus den Reichen *dieses* Mannes hinauskommen.«

»Woher weißt du das alles?« In ihm stieg schon wieder Verzweiflung auf - es gab so viel, was man wissen mußte, bevor man die wichtigsten Fragen auch nur stellen konnte.

»Wir vom Kreis erforschen diese Leute und ihr Treiben schon lange. Ich persönlich bin zwar erst vor kurzem in dieses Netzwerk eingetreten, doch ich bin nicht der erste von uns, der das tut.« Nandi breitete die Hände aus, als böte er Paul etwas an. »Männer und Frauen haben ihr Leben gelassen, um das herauszufinden, was ich dir gerade erzähle.«

Fast ohne sein Wissen waren Pauls Finger an seinen Hals gewandert. »Aber wenn ich in einer Simulation bin, muß ich doch offline gehen können. Warum kann ich dann die Buchse nicht finden? Warum kann ich das verdammte Ding nicht einfach rausziehen?«

Sein Gefährte schaute ernst. »Ich weiß nicht, wie du hierhergekommen bist oder warum, Paul Jonas, oder was dich hier festhält. Aber im Augenblick kann ich ebenfalls nicht hinaus, und auch dafür weiß ich die Ursache nicht. Es macht mir nichts aus - mir war von vorneherein klar, daß ich nicht eher gehen darf, als bis ich meinen Auftrag ausgeführt habe -, aber es muß anderen etwas ausmachen. Das ist einer der Gründe, weswegen wir uns dem Kampf gegen diese Leute verschrieben haben. Ich weiß, es ist ein Klischee der schlimmsten Sorte«, er zog ein spöttisches Gesicht, »aber die Gralsbruderschaft hat sich an Dingen vergriffen, die keiner von ihnen voll versteht.«

Ein Stück der Höhlenwand war vor ihnen in den Fluß gerutscht, und Nandi mußte sich darauf konzentrieren, sie zwischen den Eisbrocken hindurchzusteuern, die im Wasser schwammen. Paul kuschelte sich in seine Decken und hatte das vage, aber sichere Gefühl, daß die Zeit knapp war - daß es Fragen gab, die er stellen sollte, und daß es ihm später sehr leid tun würde, wenn sie ihm jetzt nicht einfielen.

Er dachte an die Frau, das einzige, was ihm bis jetzt in diesem ganzen Irrsinn Halt gegeben hatte. Wie paßte sie in das alles hinein?

Aber soll ich diesem Mann alles sagen, restlos alles? Was ist, wenn er in Wirklichkeit selber für diese Gralsleute arbeitet und bloß sein Spiel mit mir treibt? Er betrachtete Nandis schmales Gesicht, die scharfen Züge und erinnerte sich, daß er noch nie in der Lage gewesen war, aufgrund von bloßem Anschauen zu einem brauchbaren Urteil über jemanden zu kommen. *Und wenn er bloß ein Verrückter ist? Nehmen wir an, das hier ist eine Simulation, aber vielleicht ist dieser ganze Gralskram ja bloß eine irrsinnige Verschwörungstheorie. Woher soll ich wissen, ob er nicht selber ein Replikant ist? Vielleicht gehört das hier mit zum Spiel.*

Paul zog die Decke fester um sich. Solche Gedanken brachten ihn nicht weiter. Vor wenigen Tagen noch war er wie blind im Nebel herumgetappt; jetzt hatte er wenigstens eine Grundlage, um rational zu überlegen, um Entscheidungen zu treffen. Er konnte an allem und jedem zweifeln, aber was Nandi Paradivasch sagte, leuchtete ein: Wenn er, Paul Jonas, nicht vollkommen den Verstand verloren hatte, dann war eine Simulation das einzige vernünftige Erklärungsmodell für alles, was ihm widerfahren war. Aber Simulationen dieser Güte, die von der Wirklichkeit nicht mehr zu unterscheiden waren, mußten etwas Neues sein. Nur Leute mit einer Macht, wie Nandi sie beschrieben hatte, konnten sich einen derartigen qualitativen Sprung leisten.

»Was wollen sie eigentlich?« fragte er unvermittelt. »Diese Gralsleute, was wollen sie? Dieses Ding muß doch Billionen kosten. Was sage ich? Billiarden!«

»Wie ich schon sagte, sie möchten Götter werden.« Nandi schob mit seinem langen Paddel einen kleinen Brocken Treibeis zur Seite. »Sie wollen in ihren selbsterfundenen Welten ewig leben.«

»Ewig? Wie wollen sie das anstellen? Du, ich, wir haben beide irgendwo einen Körper, stimmt's? Du kannst nicht ohne einen Körper leben, ganz gleich, was dein Gehirn sich ausdenken mag. Also wozu soll das alles gut sein? Es ist nichts weiter als ein unglaublich teures Spiel. Solche Leute wollen bloß mehr Zeit haben, weil sie sonst alles haben, was sie brauchen.«

»Wenn ich auf alles, was du da sagst, die Antwort wüßte, hätte ich nicht herkommen müssen.« Sie hatten den Eisblock hinter sich, und Nandi nahm sein gemächliches Paddeln wieder auf.

Paul zog die Decken weg und beugte sich vor. »Na schön, du hast keine Antworten. Aber was *machst* du hier? Ich habe dir viel erzählt. Was kannst *du* mir erzählen?«

Nandi schwieg lange, und während dessen war das leise Plätschern des gleichmäßig eintauchenden Paddels das einzige Geräusch, das in der großen Eishöhle zu hören war.

»Ich war ein Wissenschaftler«, sagte er schließlich. »Ein Chemotechniker. Kein sehr bedeutender. Ich leitete lediglich eine Forschungsabteilung eines großen Glasfaserunternehmens in Varanasi, eher bekannt unter dem Namen Benares. Hast du von der Stadt gehört?«

»Von Benares? Das ... das war irgendeine wichtige Stadt in Indien. Es gab dort einen Unfall, nicht wahr? Irgendwas Toxisches?«

»Varanasi war und ist die heiligste Stadt, die es gibt. Sie existiert von jeher als ein Juwel der Heiligkeit an den Ufern des Ganges. Aber als ich noch Wissenschaftler war, interessierte mich das nicht. Ich machte meine Arbeit, ich hatte Freunde aus der Arbeit und der Universität, ich trieb mich auf den Straßen herum, sowohl auf den wirklichen Straßen von Varanasi als auch auf den virtuellen Bahnen des Netzes. Es gab Frauen und Drogen und alles andere, womit ein nicht unvermögender junger Mann Geist und Körper beschäftigen kann. Dann geschah der Unfall.

Er ereignete sich in einem staatlichen Labor, aber er hätte genausogut irgendwo anders passieren können. Das Labor war im Vergleich zu sonstigen staatlichen Einrichtungen klein, viel kleiner als das Werk meiner Firma. So klein.«

In der eintretenden Stille fragte Paul: »Und das war der Unfall, von dem ich hörte?«

»Ja. Ein sehr gravierender Fehler. Und dabei war es nur ein kleiner Vorfall in einem kleinen Labor. Man hatte einen virologischen Kampfstoff entweichen lassen. Das Labor arbeitete häufig mit derlei Dingen, wie wir alle, und alle potentiell tödlichen Viren wurden so konstruiert, daß sie sich nur wenige Male reproduzieren konnten, oft genug, um sie zu erforschen, aber nicht öfter. Aber bei der Entwicklung dieses virologischen Kampfstoffs war ein falsches Verfahren angewandt worden, oder die Genmanipulation war vorsätzlich sabotiert worden, oder vielleicht hatte der mutierte Virus selbst eine Resistenz gegen die Sicherheitsvorkehrungen entwickelt. Kein Mensch weiß das. Eine Zentrifuge versagte. Ein Gefäß platzte. Alle Personen im Labor waren nach wenigen Minuten tot. Zur Weiterübertragung kam es deshalb, weil eine Frau aus dem Büro am Eingang lange genug am Leben blieb, um den Zaun zu erreichen, wenige Meter von einer verkehrsreichen Innenstadtstraße entfernt. Ein automatischer Werksalarm rettete wahrscheinlich Millionen das Leben. Aber auch so starben in einem Monat zweihunderttausend Menschen, die meisten in den ersten paar Tagen, bevor ein Virenkiller entwickelt werden konnte. Zusätzlich erschoß die Armee Tausende bei dem Versuch, aus der Quarantäne auszubrechen.«

»Mein Gott, ja, das habe ich gesehen. In den Nachrichtennetzen. Es war ... es war schrecklich.« Paul war sich der absoluten Unangemessenheit der Bemerkung bewußt, aber etwas anderes wollte ihm nicht einfallen.

»Ich lebte in dieser Quarantäne. Straße für Straße wurde abgeriegelt. Meine Mutter und mein Vater wohnten nur zwei Häuserblocks weiter - zwei Häuserblocks! -, aber ich konnte nicht zu ihnen. Als sie starben, schmolz ihnen das Fleisch von den Knochen, und sie wurden zusammen mit Hunderten anderer in einem Massengrab verbrannt. Einen Monat lang war der Block, in dem ich wohnte, ein Dschungel. Menschen, die denken, daß sie nur noch Stunden zu leben haben ...«

Nandi schüttelte den Kopf. Ein furchtbarer Ausdruck lag in seinen Augen, als sie sich aus dem Schatten, den die Laterne warf, auf Paul richteten. »Ich habe schreckliche Dinge gesehen. Die Kinder, die sich nicht wehren konnten ...« Er hielt inne, suchte nach Worten. Als er weiterredete, war seine Stimme heiser und belegt. »Ich kann nicht darüber reden, noch immer nicht. Ich selbst habe auch schreckliche Dinge getan, gierige, wahnsinnige Dinge. Ich tat sie aus Angst, aus Hunger, zur Selbstverteidigung, bildete ich mir ein. Aber das schlimmste meiner Verbrechen war, daß ich sah, was andere taten, und sie nicht aufhielt. Oder wenigstens hielt ich das für mein schlimmstes Verbrechen.«

Das Licht in der Höhle hatte sich ein klein wenig verändert, so daß das Gesicht des anderen Mannes jetzt deutlicher zu erkennen war. Paul bemerkte, daß über ihnen in der Decke Risse waren; ein paar Strahlen Tageslicht stachen wie Suchscheinwerfer von oben herab, helle Feuersäulen, die in den dunklen Wassern des Alph erloschen.

»Ich hatte mich schon lange von der Religion meiner Eltern abgekehrt«, fuhr Nandi unvermittelt fort. »Ich hatte keinen Bedarf an solch einem primitiven Aberglauben - war ich nicht ein Mann der Wissenschaft, ein aufgeklärtes Individuum des einundzwanzigsten Jahrhunderts? Ich überlebte die Quarantäne, indem ich in einem bewußtlosen Zustand dahinvegetierte, meinen Verstand völlig abschaltete. Aber als die Quarantäne aufgehoben wurde und ich an den Leichen vorbeiging, die an den Straßenecken aufgestapelt darauf warteten, daß die Stadtreinigung kam und sie abtransportierte, da kehrte mir der Verstand zurück, und auf einmal schien es mir, als hätte ich meinem Leben eine von Grund auf falsche Ausrichtung gegeben. Als ich dann weiter durch die Straßen ging, durch den Rauch aus den brennenden Gräbern und den Schutt von den Bränden und Explosionen - denn während des Chaos der Quarantäne waren Teile der Stadt so etwas wie Kriegszonen geworden -, begann mein Herz zu begreifen, daß in der materiellen Welt eine Wunde klafft, die alle Wissenschaft nicht heilen kann, ja daß die Wissenschaft eigentlich nur die mitleidige Lüge ist, die man einem Sterbenden erzählt.

Dann erreiche ich den Häuserblock meiner Eltern und die Grube, in der man die Leichen verbrannt hatte. Jemand erzählte mir, was dort geschehen war, und eine Zeitlang umnachtete sich mein Geist erneut. Ich warf mich in die Grube, und ich schwamm dort weinend in der Asche der Toten, den Gestank ihrer verbrannten Fett- und Knochenmasse in der Nase, ganz schwarz vom fettigen Ruß ihrer verkohlten Leiber. Und dann griff die Hand Gottes in mein Inneres und berührte mich.«

Paul merkte, daß er den Atem anhielt. Er ließ ihn hinaus. Als Dunst hing er über seinem Kopf in der Luft, bis er sich langsam verflüchtigte.

»Da kamen mir die Worte alter Weisheit«, fuhr Nandi langsam fort.

»Die Welt hat die Maya mit ihren Schleiern, das heißt die Illusion, zur materiellen Ursache - die Illusion nämlich, die es den Seelen gestattet, ihren Tanz guter und böser Taten aufzuführen und damit das Rad der Wiedergeburt zu drehen. Aber sie ist nur die *materielle* Ursache der Welt. Schiva, welcher der Tanz selber ist, ist die erste Ursache, der erste Beweger, der immer war und immer sein wird. Es heißt: ›*So kommt es, daß der Erste Beweger - manchmal auch der Schrecken und der Zerstörer genannt - in seinem Tanz auf dem Rücken der Finsternis, mit dem er seine fünf Taten, Schöpfung, Erhaltung, Zerstörung, Verkörperung und Erlösung dartut, das Leben wie auch den Tod alles Seienden in sich birgt. Aus diesem Grund wohnen seine Diener auf der Leichenstätte und ist das Herz seines Dieners wüst und leer wie die Leichenstätte, wo das Ich und seine Gedanken und Taten verbrannt werden und nichts übrigbleibt als allein der Tänzer.*‹«

Sein Gesicht sah verändert aus, hart und scharf wie ein Steinmesser. In seinen Augen funkelte ein kaltes Licht, bei dem Paul entschieden unwohl war.

»In dem Augenblick also, als ich in der Asche der Toten lag, weihte ich mich Schiva - Gott. Und damit fand ich eine Wissenschaft, der alles Menschenwerk bestenfalls nahekommen kann. Alles, was geschieht, geschieht, weil Gott es will. Alles ist Teil des Tanzes. Obwohl es also mein Los ist, die Gralsbruderschaft zu bekämpfen, weiß ich auch, daß ihr nichts gelingen kann, was nicht zum Ruhm Gottes beiträgt. Verstehst du das, Paul Jonas?«

Paul war zunächst zu verdutzt, um zu antworten. Er konnte nicht sagen, ob er soeben eine tiefe Weisheit gehört hatte oder die wirren religiösen Wahnvorstellungen eines Mannes, den das Leid um den Verstand gebracht hatte. »Ich glaube nicht«, erwiderte er schließlich. »Nein, eigentlich nicht.«

»Du fragst dich, an was für einen Irren du wohl geraten bist, was?« Nandi lächelte müde. In dem zunehmenden Licht sah er nicht mehr ganz so schaurig aus. »In der Grube, in der meine Eltern verbrannt worden waren, erfuhr ich, was mein größtes Verbrechen gewesen war. Ich hatte die Sünde begangen zu glauben, daß *ich* das Maß aller Dinge im Universum sei. Als ich Jahre später eine andere Verbrennungsstätte aufsuchte und mich in der schivaitischen Art auf diese Aufgabe hier vorbereitete – indem ich ein Aghori wurde, wie wir sagen –, erkannte ich, daß selbst die Kinder damals in der Quarantäne, die vor meinen Augen so gräßlich mißbraucht und ermordet worden waren, ein Teil des Leibes Gottes waren. Sogar ihre *Mörder* waren Gott und verrichteten somit Gottes Werk.«

Pauls Kopf fühlte sich überladen an, überschwer von Gedanken. »Ich verstehe noch immer nicht das geringste, oder wenn doch, dann bin ich anderer Meinung. Wenn Mord Gottes Werk ist, warum gibst du dich dann damit ab, gegen diese Gralsleute zu kämpfen?«

»Weil das meine Aufgabe ist, Paul Jonas. Und aus meinen Handlungen, meinem Widerstand werden weitere Wünsche Gottes sichtbar und manifest werden. Auch die Mitglieder der Gralsbruderschaft verrichten Gottes Werk, genau wie ich, obwohl sie das nicht glauben und zweifellos das Gegenteil für wahr halten. Und ich bin sicher, dasselbe gilt auch für dich.«

Kurz vorher noch hatte Paul, todunglücklich bei dem Gedanken, daß er gejagt wurde, die Vorstellung weit von sich gewiesen, er könnte irgendwie wichtig sein. Aber jetzt, wo dieser Mann ihn als nur eines von vielen Rädchen im unerbittlichen Getriebe des Himmels beschrieb, merkte er, wie er innerlich in die Gegenrichtung ausschlug. Irgendein Stolz in ihm, ein Gefühl, das er nicht schlecht finden, ja nicht einmal neutral betrachten konnte, verwarf das Bild. »Denken alle so wie du?« fragte er schließlich. »Die Leute im Kreis? Sind sie alle Schivaanbeter?«

Zum erstenmal lachte Nandi. »Liebe Güte, nein. Oder vielleicht sollte ich sagen: Lieber Himmel, nein. Wir gehören alle verschiedenen Religionen und Fachrichtungen an. Was wir gemeinsam haben, ist lediglich unser Wissen um das Ewige und der Wille, dem Dienst an ihm unser Leben zu weihen.«

Paul mußte wider Willen grinsen. »Ökumenische. Meine Großmutter sagte immer, Leute wie ihr wären die größte Gefahr, die es gibt.«

»Wie bitte?«

»Schon gut. Nur so eine Redensart in meiner Familie.« Paul blickte auf. Das Eis auf den Höhlenwänden wurde ein bißchen dünner, die Luft ein wenig wärmer. Er ließ die Decke sinken und reckte und streckte sich. »So, und was jetzt? Hier bei uns, meine ich. Wohin fahren wir?«

»In die nächste Simulation«, erwiderte sein Begleiter, während seine schlanken Arme weiter unermüdlich paddelten, fast im Maschinentakt. »Dort werde ich dir den Namen des Mannes sagen, der mein Feind und, wie es scheint, auch deiner ist. Und dann werde ich meiner Wege gehen.«

»Was soll das heißen?«

Nandis Gesicht war wieder hart und zu wie eine verschlossene Tür. »Du kannst nicht mit mir kommen, Paul. Es war mir bestimmt, dir zu begegnen, da bin ich sicher, aber wir dürfen nicht lange zusammenbleiben. Du mußt deinen eigenen Part spielen, wie immer der aussehen mag, und ich meinen. Nur Leute aus dem Kreis können dorthin, wo ich hingehe. Es tut mir leid.«

Der Schock war stark und tat überraschend weh. Nach so langer Einsamkeit hatte er endlich jemanden gefunden, den man, wenn noch nicht als Freund, so doch als Gefährten bezeichnen konnte, und jetzt sollte diese menschliche Verbindung schlagartig wieder gekappt werden. »Aber ... aber wo soll ich hin? Soll ich einfach endlos durch diese Simulationen ziehen?« Er fühlte, wie seine Augen sich mit Tränen füllten, und blinzelte ärgerlich. »Ich bin so müde. Ich will einfach nach Hause. Bitte, hilf mir. Ich will nach Hause.«

Nandis Miene wurde nicht weicher, aber er nahm eine Hand vom Paddel und legte sie leicht auf Pauls Schulter. »Du wirst einen Weg finden, wenn es Gottes Wille ist.«

»Gottes Wille ist mir egal! Die Bruderschaft, dein Kreis, überhaupt alles hier ist mir ganz egal. Ich gehöre nicht hierher.«

»Doch, du gehörst hierher. Ich weiß nicht, wie, aber ich weiß, daß es so ist.« Nandi drückte kurz seinen Arm und zog dann seine Hand zurück.

Paul, der dem anderen Mann nicht noch länger seine Bedüftigkeit zeigen wollte, wandte sich ab und starrte auf den Fluß vor sich. Die Tunnelwände glühten in der Ferne, als würde tief im Eis ein goldenes Licht brennen. »Ist das das Gateway?« fragte er.

»Nein, nur die Sonne der Außenwelt. Aber zum Durchgang ist es nicht mehr weit.«

Paul räusperte sich; er hielt den Blick auf das dunkle Wasser und das näher kommende Tageslicht gerichtet, als er sagte: »Es gibt eine Frau, die mir in meinen Träumen erscheint.«

»In Träumen, die du hier hast? In diesem Netzwerk?«

»Ja. Und in wenigstens einer der Simulationen habe ich sie auch gesehen.«

Er berichtete alles, woran er sich erinnern konnte, von den ersten Träumen bis hin zu den jüngsten, und die Worte sprudelten nur so aus ihm heraus. Er beschrieb, wie er ihr leiblich in der Marssimulation begegnet war. Er wiederholte, was sie durch das Neandertalerkind zu ihm gesagt hatte. »Aber ich werde nicht schlau daraus«, schloß er. *»Begib dich zum Haus des Irrfahrers und befreie die Weberin* - das könnte alles mögliche bedeuten.«

Nandi schwieg eine ganze Weile und überlegte. Das Licht wurde immer heller und warf lange Stalaktitenschatten auf die Decke der Höhle. Plötzlich fing der dunkelhäutige Mann zum zweitenmal zu lachen an.

»Was ist daran so komisch?«

»Vermutlich nur die Tatsache, daß wir Inder unsere Eroberer so lange um ihre britische Kultur beneidet haben, die sie uns zwar aufzwangen, aber in deren vollen Genuß wir dennoch niemals kommen durften. Jetzt hat es den Anschein, als ob eine Ausbildung an der Universität von Varanasi einem solidere Kenntnisse der Klassiker verschafft als ein Studium in England.«

»Was redest du da?« Paul versuchte seinen Zorn zu bezähmen, aber worüber sich der Mann da lustig machte, war schließlich sein Leben. Es mochte armselig und im Augenblick voller Lücken sein, aber es war alles, was er hatte.

»Ich vermute, du bist auf der Suche nach Ithaka, Freund Paul. Das Haus des Irrfahrers befindet sich auf Ithaka.«

Der Höhlenausgang war direkt vor ihnen, und das einfallende Licht überzog die Oberfläche des Flusses mit einem goldenen Film. Paul mußte die Augen zusammenkneifen. »Ithaka ...?«

»Menschenskind, hast du nie Homer gelesen? Um das englische Schulsystem ist es noch schlechter bestellt, als ich dachte.« Nandi schien sich köstlich zu amüsieren. Mit schwungvollen Paddelschlägen bugsierte er sie zwischen den Felsen hindurch, die sich vor dem Ausgang der Höhle häuften, und hinaus in den strahlendsten, stechendsten Sonnenschein, den Paul je erlebt zu haben meinte. Als seine geblendeten Augen sich kurz darauf an die Helligkeit zu gewöhnen begannen, sah er die weite Fläche des Ozeans dunkel und still in der Ferne liegen, am Ende der gewundenen Bahn des Flusses durch eine waldige Ebene. Er bemerkte auch, daß die Farbe des Wassers unmittelbar vor ihnen nicht ganz richtig zu sein schien. Da schlug der erste Pfeil ein.

Paul glotzte ungläubig auf den auszitternden Schaft im Bug des Bootes, nur Zentimeter von seiner Hand entfernt. Es hätte sich genausogut um einen völlig neuen, nie gesehenen Gegenstand handeln können, so unbegreiflich erschien ihm der Anblick. Gleich darauf bohrte sich der nächste Pfeil dicht daneben ins Holz, dann schrie Nandi hinter ihm auf.

Paul drehte sich um. Ein Seitenarm, vielleicht der Nebenfluß, den Nandi zuvor erwähnt hatte, rauschte hier aus einem Kiefernwald und mündete in den Alph. Zwei Boote kamen auf diesem kleineren Fluß auf sie zugesaust, noch hundert Meter entfernt, aber rasch aufholend, da sich in jedem ein halbes Dutzend Ruderer in die Riemen legten. Die im Bug des anführenden Bootes stehenden Bogenschützen trugen Seidengewänder, die mit ihren kräftigen, schimmernden Farben die pralle Sonne reflektierten. Einer spannte seinen Bogen, ließ die Sehne los. Eine Sekunde später zischte etwas dicht an Pauls Kopf vorbei.

Nandi hing vornübergebeugt auf der Bank. Ein schlanker schwarzer Schaft steckte in seinem Schenkel, und seine weiten Hosen waren bereits blutgetränkt. »Wie es aussieht, ist der Khan doch zuhause«, sagte er. Sein Gesicht war von dem Schock ganz gelb, aber seine Stimme war kräftig. »Die da sind, denke ich, hinter mir her, nicht hinter dir.«

Paul duckte sich, so tief er konnte, ohne sich direkt hinter Nandi zu verstecken. Die beiden Verfolgerboote hatten den Seitenarm verlassen und fuhren jetzt direkt hinter ihnen auf dem Alph. Weitere Pfeile flitzten vorbei, die nur deshalb nicht trafen, weil die Strömung rauh war und alle drei Boote heftig auf und nieder gingen. »Was spielt es für eine Rolle, hinter wem sie her sind?« rief Paul. »Umbringen tun sie uns doch alle beide! Wie weit ist es noch bis zum Gateway?«

Nandi biß die Zähne zusammen und spannte dabei seine Kiefermuskeln derart an, daß ihm die Sehnen am Hals herausstanden und die Adern auf der Stirn hervortraten, dann brach er den Pfeil unmittelbar über der Haut ab. »Es ist noch zu weit - vorher schießen sie uns ab wie Hasen. Aber wenn ich nicht bei dir bin, hast du bessere Chancen, denke ich.« Er kroch an den Rand des Bootes, den Kopf immer noch eingezogen.

»Was soll das heißen?«

»Ich wußte, daß wir uns trennen würden, aber ich dachte nicht, daß es so bald wäre«, antwortete Nandi. »Der Ort, den du suchst, ist nicht in der nächsten Simulation, nicht einmal in der Nähe, aber mit etwas Glück wirst du deinen Weg dorthin finden. Du mußt nach Ithaka, da bin ich so gut wie sicher.« Er wälzte sich rasch über den Bootsrand, aber hielt sich noch fest, so daß er mit den Beinen im Wasser hing und das kleine Boot sich zur Seite neigte.

»Nandi, was tust du?« Paul versuchte ihn wieder hineinzuziehen, aber der schlanke Mann stieß seine greifenden Finger weg.

»Ich begehe keinen Selbstmord, Paul Jonas. Die Soldaten des Khans werden mehr Schwierigkeiten haben, mich zu fangen, als sie meinen. Bleib im Boot. Die Strömung wird dich hinüberbefördern.« Eine weitere Pfeilsalve strich über sie hinweg. »Der Name deines Feindes lautet Felix Jongleur – unterschätze ihn nicht!«

Er ließ los und warf sich mit ausgestreckten Armen nach hinten in das aufspritzende Wasser. Als er wieder hochkam, war Paul schon zwanzig Meter weiter und konnte nur hilflos zusehen, wie Nandi Paradivasch ans Ufer schwamm und hinkend zwischen den Bäumen verschwand.

Mit energischen Rückwärtsschlägen bremste das erste Boot, als es auf der Höhe war, wo er sich in den Wald geschlagen hatte, und glitt dann ins flache Wasser, damit die Soldaten hinausspringen und die Verfolgung aufnehmen konnten, aber das zweite Boot verlangsamte die Fahrt nicht. Die Bogenschützen an Bord, die gewartet hatten, während die im ersten Boot ihr Glück versuchten, hatten jetzt ihrerseits Gelegenheit, ihr Können unter Beweis zu stellen. Wie Hagelkörner prasselten die Pfeile auf den am Boden zusammengekauerten Paul ein, so daß um ihn herum das Holz splitterte.

Er sah nur ein kurzes Leuchten über sich, einen azurblauen Glanz wie eine schillernde Lichtwolke, dann standen ihm auf einmal an den Armen die Haare funkensprühend zu Berge, und es trug ihn aus Xanadu hinaus.

Kapitel

Ein Arbeitstag

NETFEED/NACHRICHTEN:
Pilker fordert neue Legislative
(Bild: Pilker vor dem Capitol)
Off-Stimme: Reverend Daniel Pilker, Führer der
fundamentalistischen Christenvereinigung Kingdom
Now, hat Verfassungsklage gegen die Vereinigten
Staaten eingereicht, weil seiner Meinung nach ein
weiteres gesetzgebendes Haus gebildet werden sollte.
Pilker: "Wir haben ein Repräsentantenhaus, einen
Wirtschaftssenat. Wir haben alle möglichen beson-
deren Interessengruppen, die sich dort Gehör ver-
schaffen. Aber wo bleibt die Vertretung der gottes-
fürchtigen Amerikaner? Solange es nicht auch einen
Kirchensenat gibt, der Gesetze speziell im Hinblick
auf Gott erlassen und auslegen kann, werden große
Teile des amerikanischen Volkes weiterhin im eigenen
Lande als Entrechtete leben ..."

> Die Vorstädte glitten vorbei und wurden von den Hügeln und ihren Siedlungen abgelöst, Pendlerdomizilen Seite an Seite neben nicht fertiggestellten Neubauten, die im weißen Morgen wie tote Museumsstücke in der Landschaft standen. Die weichen Schatten wurden immer kleiner, je höher die Sonne gegen Mittag stieg, ganz als ob das helle Licht am Himmel alle Dunkelheit in Nichts auflösen könnte.
»Und mit einem Anruf wäre das nicht zu erledigen gewesen?«
»Ich muß diesen Ort sehen, Stan. Punkt. Das ist einfach so.«
»Erklär mir das nochmal - Polly Merapanui kam von hoch oben im Norden. Sie war ein Straßenmädchen in Kogarah und wurde unter

einem Sydneyer Highway getötet. Warum genau fahren wir dann in die Blue Mountains, also ganz woanders hin?«

»Weil sie mal dort wohnte.« Calliope überholte einen Lastwagen, der zertrümmerte Betonbrocken transportierte und ungefähr so schnell fuhr, wie man es erwarten würde. »Fast ein Jahr lang, nachdem sie aus Darwin weggezogen war. Du weißt das genau - es steht in den Akten.«

»Ich versuch bloß, meinen Kopf dahin zu tun.« Er schürzte die Lippen und beobachtete, wie das nächste staubtrockene Städtchen am Fenster vorbeistrich. »Wir hätten nicht einfach anrufen können? Ich bin nicht grade versessen drauf, auch noch an meinen seltenen freien Tagen Polizeikram zu machen, Skouros.«

»Als ob du sowas wie ein Privatleben hättest. Abgesehen davon hat ihre Stiefmutter keinen Anschluß. Nichts mit Netzzugang.«

»Crème de la crème.«

»Du bist ein Snob, Stan Chan.«

»Ich versuch bloß, mich auf der langen Fahrt ein wenig zu unterhalten.«

Calliope machte das Fenster auf. Die Hitze hatte ein wenig nachgelassen; eine leichte Brise fächelte durch das gelbe Gras auf den Hängen. »Ich muß einfach irgendwo anfangen, Stan. Ich brauche ... was weiß ich, ein Gefühl, irgendwas.«

»Diese Leute haben sie in den zwei Jahren vor ihrem Tod nicht mal zu Gesicht bekommen. Und wenn ihre Mama kein Fon im Cot gehabt hat, dann hat Babymaus auch nicht heimgecallt, stimmt's?«

»So unecht wie dich hab ich noch nie jemand Slang reden hören. Nein, sie ist nicht aufgetaucht, hat sich nicht gemeldet, abgesehen von ein oder zwei gebührenfreien Anrufen beim Arbeitgeber ihrer Stiefmutter. Aber man *kannte* sie dort, und in Kogarah haben wir niemanden aufgetrieben, der das von sich behaupten konnte.«

»Ist dir schon mal der Gedanke gekommen, daß das ein Haufen Aufwand für einen miesen Fall sein könnte?«

Calliope stieß mit einem zornigen Schnauben den Atem aus. »Herrje, das denke ich ständig, Stan. Laß mich das jetzt probieren, und wenn nichts dabei rauskommt, können wir darüber reden, ob wir die Sache hinschmeißen. Okay?«

»Okay. Sind wir bald da?«

»Halt den Mund.«

Aus den Hügeln waren Berge geworden, schroffe Zinnen aus verwittertem Fels, umstachelt von Eukalyptus und immergrünen Bäumen. Calliopes kW-schwaches Auto war inzwischen selbst hinter den Betonlaster zurückgefallen und machte beim Steigen Geräusche wie eine automatische Laufpuppe, die in einer Ecke festhing.

»... Hör zu, Stan, ich sage nichts weiter, als daß einer, der sowas macht wie dieser Kerl - Steine in die Augenhöhlen, die ganzen Stich- und Schnittwunden -, eine Rechnung zu begleichen haben muß, oder er ist ein Sadist, wie er im Buche steht, und die Sorte hört nicht gleich auf, wenn's das erste Mal geklappt hat. Das heißt, entweder gibt es jemanden in ihrer Vergangenheit, den wir aufspüren müssen, oder irgendwo da draußen läuft ein unerkannter Serienmörder rum. In Kogarah weiß kein Mensch was von 'ner alten Rechnung, nicht mal was von 'nem Freund oder so. Im IntPolNetz schauen hat auch nichts gebracht.« Sie trank ihre Plastikflasche leer und warf sie über die Schulter auf den kleinen Rücksitz.

»Wonach suchen wir also? Nach irgendeinem, der ihr von dort in die Großstadt folgte, ihr zwei Jahre lang nachschlich und sie *dann* abmurkste? Sehr phantasievoll, Skouros.«

»Das weiß ich selber. Verdammt, war das die Abfahrt nach Cootalee?«

»Auf der Straße gefixt, auf der Straße gesext, auf der Straße geext.«

»Meine Fresse, Stan, hörst du vielleicht mal auf, wie ein Bulle zu reden? Ich kann diesen Scheiß nicht ausstehen.«

»Wie hättest du denn gern, daß ich rede?« Er verstummte kurz, als sie ein zweifellos verbotenes Wendemanöver über zwei leere Autobahnspuren und einen grünen Mittelstreifen vollführte. »Calliope Skouros, du hast mein Herz im Sturm erobert. Ich bin verrückt nach dir. Bitte, laß mich dich wegbringen von diesem ganzen schmutzigen Rauben und Morden ...‹?«

»Oh, wir wären bestimmt ein tolles Gespann - eine griechische Lesbe und eine sinoaustralische Schwuchtel.«

Er entblößte seine sehr guten Zähne zu seinem sonnigsten Lächeln. »Ich setze dich hiermit davon in Kenntnis, daß ich mit Sicherheit, man könnte vielleicht sogar sagen mit Leidenschaft, *keine* Schwuchtel bin.«

»Das macht die Chancen auch nicht besser, Chan.« Sie warf ihm einen raschen, besorgten Blick zu. »Das war ein Witz eben, nicht wahr? Du bist nicht wirklich hoffnungslos in deine leider nicht zu vergebende Kollegin verschossen, oder?«

»Ein Witz.«

»Oh, gut.«

Sie fuhren eine Weile schweigend dahin und warteten auf die bereits ausgeschilderte Ausfahrt nach Cootalee. Sie machte sich am Autosystem zu schaffen, aber nach einer Weile stellte sie die Musik wieder ab. »Hör mal, kennst du den schon?« fragte sie. »*Adam und Eva und Zwickmich gingen zum Fluß, um zu baden. Adam und Eva ertranken – wer von den dreien konnte sich retten?*«

»Sind wir bald da?«

»Komm schon, Stanley, wer?«

»Wer was?«

»Wer von den dreien konnte sich retten?«

»Wer steht nochmal zur Auswahl?«

»Du spielst bloß wieder das Arschloch, was? Adam und Eva und Zwickmich.«

»Ich würde vermuten ... Adam.«

»Quatsch! Zwickmich! – Autsch! Herrgott, du bist ein Scheißkerl, Chan.«

»Du hast soeben die Ausfahrt Cootalee verpaßt.«

»Ich denke, ich sollte dir mitteilen«, sagte sie fünfzehn Sekunden später, während sie abermals über den Mittelstreifen kurvte, »daß ich unsere Verlobung hiermit als gelöst betrachte.«

»Sie ist *weg?*«

Die um die Tür des Trailers lugende Frau hatte den beleidigten Blick einer zu Unrecht Beschuldigten. »Wie oft soll ich das noch sagen? Sie ist vor einem Monat abgehauen.«

»Wohin?« Calliope blickte zu Stan Chan hinüber, der die unter den Trailer gestellten Klötze begutachtete, als wären sie eine bautechnische Leistung, die sich mit dem Pantheon messen könnte. Die Frau ihrerseits beobachtete Stan Chan mit großem Mißtrauen, als könnte er eben diese Klötze aus ölbeschmiertem Holz jeden Moment wegreißen und damit davonlaufen.

»Woher soll ich das wissen? Ich hab die Schlampe nicht gekannt, nur ihr verdammter Hund hat mich die ganze Nacht wachgehalten. Die soll bloß nicht wiederkommen.«

»Wie gesagt«, meinte Stan einige Minuten später, als sie langsam aus dem Trailerpark hinausrollten. »Crème de la crème.«

»Ich hoffe, ihr Arbeitgeber hat 'ne Idee«, sagte Calliope verdrossen. »Oder du wirst mit deinem Geunke über die Fahrt hierher leider allzu recht behalten. Einmal in deinem Leben.«

Die Adresse aus den Akten, verzeichnet als Arbeitsplatz von Polly Merapanuis Stiefmutter, stellte sich als ein bescheidenes Häuschen am anderen Ende von Cootalee heraus. Ein mächtiger Eukalyptusbaum breitete seine Äste über den größten Teil des Vorgartens aus. In seinem gesprenkelten Schatten bespritzten sich zwei dunkelhäutige Kinder kreischend mit einem Schlauch, und ein kleiner brauner Hund sprang begeistert um sie herum und bellte aufgeregt.

Die Tür wurde von einer Aboriginefrau geöffnet, die eine Brille trug und eine Schürze umgebunden hatte. Sie wischte sich die Hände an der Schürze ab, während sie Calliopes Dienstausweis in Augenschein nahm, und sagte dann: »Kommt rein. Ich hole meinen Mann.«

Der Mann, der sich noch das Hemd zuknöpfte, als er aus dem Hinterzimmer erschien, trug seine schwarzen Kräuselhaare unpassend jugendlich hochfrisiert. Mit seinem langen, schmalen Bart sah er aus wie ein Porträt aus der flämischen Schule. »Guten Tag. Ich bin Pastor Dennis Bulurame. Was kann ich für euch tun?«

»Diese Adresse wird bei uns als Arbeitsplatz von Lily Ponegarra geführt, vormals Lily Merapanui. Wir wollten uns mit ihr unterhalten.«

»Ach so. Sie ist leider nicht mehr hier, aber sie hat in der Tat für mich gearbeitet. Na, eigentlich für die Kirche. Kommt mit in mein Arbeitszimmer. Vielleicht nehmt ihr euch den Stuhl da mit.«

Das Arbeitszimmer von Pastor Bulurame war ein ziemlich kleiner Raum, der wenig mehr enthielt als seinen Schreibtisch, einen billigen Wandbildschirm und eine Reihe von Plakaten, auf denen kirchliche Veranstaltungen - Basare, Konzerte, Feste - angekündigt wurden. »Lily hat für die Kirche geputzt und manchmal auch für uns.«

»Hat? Jetzt nicht mehr?« fragte Calliope.

»Na ja, sie ist fort. Weggezogen. Hat einen Mann kennengelernt und ist mit ihm auf und davon.« Er schüttelte den Kopf und setzte ein wehmütiges Lächeln auf. »Es gab hier sowieso nicht viel, was sie hielt. Reich geworden ist sie nicht mit dem, was sie bei der Kirche verdient hat.«

»Weißt du, wo sie hingezogen ist? Kennst du den Namen des Mannes?«

»Billy, Bobby, irgend so was. Das ist alles, was ich weiß - wahrscheinlich nicht sehr hilfreich, was? Und sie hat auch nicht gesagt, wo sie hinzieht, bloß daß sie beide weg wollten. Immerhin hat sie sich entschuldigt, daß sie die zwei Wochen Kündigungsfrist nicht eingehalten hat. Steckt sie in Schwierigkeiten?«

Stan Chan musterte die Plakate. Er mußte zur Seite treten, um die Frau des Pastors, die ein Tablett mit Limonade und drei Gläsern brachte, durch die Tür zu lassen. »Nein. Wir wollten ihr bloß ein paar Fragen wegen ihrer Tochter stellen.«

»Wegen ihrer ...?« Es dauerte einen Moment. »Polly? Nach so langer Zeit?« Bulurame schüttelte den Kopf. »Schrecklich. Aber ich hatte es fast schon vergessen. Seltsam, daß etwas so Furchtbares einem entfallen kann. Lily war damals am Boden zerstört. Das Mädchen war alles, was sie hatte.«

»Er ist nie gefaßt worden, nicht wahr?« schaltete sich Frau Bulurame ein. »Dieser erzteuflische Teufel, der sie umgebracht hat.«

»Habt ihr jemanden verhaftet?« Der Pastor beugte sich vor. »Seid ihr deshalb hier? Um für die Anklage zu ermitteln?«

»Nein, leider nicht.« Calliope nahm einen Schluck Limonade, die mehr Zucker hätte vertragen können. Sie entkräuselte den Mund und fragte: »Hat einer von euch Polly gekannt?«

»Eigentlich nicht. Mal auf der Straße oder im Laden gesehen, aber zu der Zeit hatte Lily die Stelle bei uns noch nicht. Auf den Gedanken, die Kirche könnte ein regelmäßiges Reinemachen vertragen, bin ich ja zum Teil auch deswegen gekommen, weil der Mord ein so harter Schicksalsschlag für sie war, verstehst du? Damit sie was zu tun hatte. Finanziell ging es ihr auch nicht gerade rosig. Es gibt Leute, die haben mit den Zahlungen nach dem zweiten Landbesiedlungsgesetz was angefangen, Detective, aber andere wie Lily, die ... na ja, denen rann das Geld einfach durch die Finger.« Dem war deutlich zu entnehmen, daß der Herr Pastor und seine Frau zu denen gehörten, die das einzig Richtige getan und ihre Entschädigung in ein hübsches Häuschen und eine Heimstation investiert hatten, mit der sie sämtliche Netzkanäle bekommen konnten.

Calliope seufzte innerlich. Von diesem leutseligen, selbstzufriedenen Mann würden sie bestimmt kaum etwas Brauchbares zu hören bekommen. Sie zwang sich, die restlichen Fragen zu stellen, die sie noch auf ihrer Liste hatte, während Stan Chan Limonade schlürfte und so tat, als gäbe es für ihn nichts Faszinierenderes auf der Welt als Ankündigungen von Kuchenbasaren. Die Ergebnisse waren so entmutigend, wie sie gedacht hatte: Die Bulurames wußten nichts von möglichen Freunden der Tochter und konnten nicht einmal sagen, ob die Stiefmutter noch Freunde in der Stadt hatte, die etwas über die Familiengeschichte wissen konnten.

»Lily ist nicht viel ausgegangen«, erklärte der Pastor. »Deshalb war dieser Mann - nun ja, ich glaube nicht, daß es eine tiefe seelische Verbindung war, wenn du verstehst, was ich meine. Sie ist beinahe ein wenig einfältig, unsere Lily, Gott steh ihr bei - ich fürchte, daß sie leicht auszunutzen ist.«

Calliope bedankte sich, daß er sich die Zeit genommen hatte. Er stand nicht auf. Als seine Frau sie hinausließ und Stan säuerlich guckte, weil er wieder an den schlauchschwenkenden Kindern vorbeimußte, drehte Calliope sich noch einmal um.

»Du sagtest vorhin, ›dieser erzteuflische Teufel‹, Frau Bulurame. Was hast du damit gemeint?«

Die Frau des Pastors riß ihre braunen Augen weit auf, als ob Calliope etwas völlig Widersinniges gefragt hätte - etwa ob sie gern nackt mit dem Fallschirm springe. »Oh! Na, es ... es ist genau wie in dem Märchen, nicht wahr?«

»Märchen?«

»Ich habe es als kleines Mädchen erzählt bekommen, von meiner Großmutter. Über den Woolagaroo. Den erzteuflischen Teufel mit den Krokodilszähnen. Jemand machte ihn, schnitzte ihn aus Holz, aber als Augen hatte er Steine. Genau das, was der armen kleinen Polly passiert ist.«

Anderthalb Stunden später, nachdem sich auch alle anderen Fährten als so unfruchtbar erwiesen hatten wie der Straßenstaub, der sich auf Calliopes Dienstwagen gesammelt hatte, fuhren sie wieder aus Cootalee ab.

»Woolagaroo«, sagte sie. »Kennst du dich mit Aboriginemythen aus, Stan?«

»Klar doch. Das war überhaupt ein ganz wichtiger Teil meiner Ausbildung an der Polizeischule, Skouros. Wir haben täglich Stunden damit zugebracht, Geschichten vom Bunyip und ›Wie das Känguruh springen lernte‹ zu lesen. Wenn danach noch Zeit blieb, haben wir manchmal ein paar Schießübungen dazwischengequetscht. War es bei dir nicht genauso?«

»Ach, sei still. Ich fasse das als Nein auf.« Sie stellte die Musik an, ein modernes Stück von jemandem, dessen Namen sie sich nie merken konnte, heruntergeladen von einer nachmitternächtlichen Sendung. Verhalten und bittersüß tönte die Musik durch das Auto wie ein Konzert neben einem japanischen Zierteich. Stan Chan schloß die Augen und klappte seinen Sitz nach hinten.

Woolagaroo. Calliope spürte dem Klang des Wortes nach. *Erzteuflischer Teufel. Steine als Augen, genau wie in dem alten Märchen, hat sie gesagt.*

Natürlich war das nichts. Aber ein Nichts, das ein klein wenig besser war als alles bisher.

> »Gerade als Anwalt, Herr Ramsey, hast du sicher Verständnis dafür, daß wir die Privatanschlüsse unserer Darsteller oder sonstige privaten Informationen nicht weitergeben können. Völlig ausgeschlossen. Unmöglich.« Auch während sie ihm diese Abfuhr erteilte, veränderte sich das Lächeln der PR-Frau nicht. Überhaupt, mit dem schimmernden, animierten Onkel-Jingle-Poster über der ganzen Wand hinter ihr und dem dazugeschalteten kleinen Fenster, in dem die Live-Übertragung der Sendung lief, war ihr eingefrorenes, professionelles Grinsen so ziemlich das einzige, was sich auf Catur Ramseys Wandbildschirm nicht bewegte.

»Ich will ihren Privatcode gar nicht haben, Frau Dreibach. Aber ich muß sie in einer überaus wichtigen Angelegenheit sprechen, und sie hat auf keine meiner Mitteilungen über die sonstigen Kanäle reagiert.«

»Das ist ihr gutes Recht, nicht wahr, Herr Ramsey?« Das Lächeln verlor ein wenig von seiner Maskenhaftigkeit - vielleicht wehte sie der leise Hauch einer Sorge an. »Wenn es dabei um rechtliche Dinge geht, solltest du dich da nicht lieber direkt an unsere Rechtsabteilung wenden?«

Im Live-Fenster wurde Onkel Jingle gerade von einem Wal verschluckt, jedenfalls wäre es zweifellos ein Wal gewesen, wenn diese Tiere aus Plastahlplatten gefertigt würden. Ramsey hatte im Laufe der letzten Woche genug Onkel Jingle geguckt, um zu wissen, daß diese Kreatur der WalzenWal genannt wurde. Onkel Jingles melodramatisches Entsetzen war kein rein vergnüglicher Anblick. Was dachten sich Kinder eigentlich, wenn sie sowas sahen? »Vielleicht habe ich mich nicht klar genug ausgedrückt«, sagte er und riß sich von dem miniformatigen Spektakel los. »Olga Pirofsky hat nichts Unrechtes getan. Meine Mandanten haben nicht das geringste an Onkel Jingles Dschungel oder der Obolos Entertainment Corporation auszusetzen. Wir möchten einfach mit Frau Pirofsky über eine Sache reden, die für meine Mandanten sehr wichtig ist, und ich bitte dich um deine Hilfe, weil sie meine Anfragen nicht beantwortet.«

Frau Dreibach betätschelte ihre helmartige Hochglanzfrisur. Sie wirkte erleichtert, aber noch nicht völlig überzeugt. »Das freut mich zu hören, Herr Ramsey. Obolos ist auf dem Kinderunterhaltungssektor weltweit führend, mußt du wissen, und wir möchten nicht, daß gegenstandslose Gerüchte über irgendwelche Rechtsprobleme überall in den Netzen kursieren. Aber ich wüßte nicht, wie ich dir helfen könnte. Ich kann schließlich keine unserer Beschäftigten zwingen, deinen Anruf entgegenzunehmen.«

»Überleg bitte mal, ob dir nicht doch *irgendwas* einfällt. Könnte ihr jemand eine Nachricht von mir persönlich überbringen? Frau Pirofsky versichern, daß sie meinen Mandanten in einer sehr wichtigen Angelegenheit helfen könnte, ohne daß sie das mehr kostet als die paar Minuten für meinen Anruf?«

»Na ja ...« Die PR-Frau hatte ihre kurze Anwandlung von Skepsis überstanden und schien jetzt über Kompromißmöglichkeiten nachzudenken. »Wir würden dich ungern mit dem Gefühl gehenlassen, daß wir hier vom ›Lustigsten Kanal im Netz‹ nicht unser Bestes getan hätten. Ich könnte dir den Dienstanschluß der Programmdirektorin geben, denke ich. Vielleicht kann sie ... ups, diese Woche ist es ja ein *Er!*« Sie zog ein »Wie-dumm-von-mir!«-Gesicht, das zehn Punkte von ihrem IQ abzog und ihrem Aussehen beinahe genauso viele Jahre dazuschlug. »Vielleicht könnte er deine Mitteilung an Olga weiterleiten. An Frau Pirofsky.«

»Vielen Dank. Das wäre großartig, Frau Dreibach. Ich kann dir gar nicht sagen, wie sehr du mir geholfen hast.«

Sie verstummte wieder, während sie in ihrer Liste nachschaute. An der Wand hinter ihr schlug Onkel Jingle ein endloses Rad, immer wieder herum und herum und herum.

Der Anruf kam kurz vor zehn, als er gerade dachte, er wäre vielleicht tatsächlich so weit, nach Hause gehen zu können. Er seufzte und ließ sich wieder in seinen Sessel sinken. »*Annehmen.*«

Die Verbindung war ohne Bild. Die Stimme klang sehr, sehr zögernd und hatte einen ganz schwachen Akzent, der ihm bei der Onkel-Jingle-

Sendung niemals aufgefallen war. »Hallo? Ist dort jemand namens ... Ramsey?«

»Decatur Ramsey, Frau Pirofsky. Am Apparat. Vielen herzlichen Dank, daß du mich zurückrufst. Ich weiß es wirklich zu schätzen, daß du als vielbeschäftigte Frau dir die Zeit ...«

»Was willst du?«

Peng. Die Höflichkeitsfloskeln konnte er sich also sparen. Der Programmchef hatte schon zu verstehen gegeben, daß sie ein wenig wunderlich sei. »Ich bin Anwalt - ich hoffe, das wurde dir mitgeteilt. Ich möchte dir gern ein paar Fragen im Namen meiner Mandanten stellen.«

»Was sind das für Mandanten?«

»Ich bin leider nicht befugt, das zum gegenwärtigen Zeitpunkt preiszugeben.«

»Ich habe niemandem was getan.«

»Das behauptet auch niemand, Frau Pirofsky.« *Lieber Himmel*, dachte er, *diese Frau ist nicht bloß wunderlich - sie hört sich verängstigt an.* »Bitte, hör dir einfach die Fragen an. Wenn du sie nicht beantworten willst, mußt du mir das bloß sagen. Versteh mich nicht falsch - du tätest meinen Mandanten einen Riesengefallen, wenn du ihnen helfen würdest. Sie stehen vor einem außerordentlich schwierigen Problem und sind völlig verzweifelt.«

»Wie kann ich ihnen helfen? Ich weiß ja nicht mal, wer die Leute sind.«

Er holte tief Luft und betete zum Gott der Zeugenvernehmung um Geduld. »Ich stelle dir einfach die erste Frage. Hast du schon einmal vom sogenannten Tandagoresyndrom gehört?«

Ein langes Schweigen trat ein. »Weiter«, sagte sie schließlich.

»Wie, weiter?«

»Ich möchte alle deine Fragen hören, dann entscheide ich, ob ich darauf antworte.«

Catur Ramsey war schon halb überzeugt, daß er an jemand mit einem leichten Dachschaden geraten war - eine von der Sorte, die glaubte, daß die Regierung irgendwo eine Horde grüner Männchen versteckt hielt oder daß die Geheimdienste ihr Sachen ins Gehirn beamten -, aber da der Fall seiner Mandanten selber eigenartig genug war, bestand zumindest eine hauchdünne Chance, daß er auf der richtigen Spur war.

»Ich kann dir die übrigen Fragen im Grunde nicht stellen, solange ich nicht die Antwort auf die erste habe«, erläuterte er. »Sie wären wahrscheinlich ungefähr so: ›Kennst du jemanden, der es hat? Wenn nicht, warum interessierst du dich dann für diese und verwandte gesundheitliche Schädigungen?‹ Verstehst du, Frau Pirofsky? So ähnlich. Aber vorher muß ich die erste Antwort haben.«

Diesmal dauerte das Schweigen noch länger. Er überlegte schon, ob sie vielleicht lautlos aus der Leitung gegangen war, als sie mit einer Stimme, die kaum mehr als ein Flüstern war, unvermittelt fragte: »Woher ... woher weißt du, daß ich mich mal für die Tandagorekrankheit interessiert habe?«

Mein Gott, dachte er. *Ich habe diese arme Frau fast zu Tode erschreckt.*

»Die Sache ist kein Geheimnis, Frau Pirofsky. Nichts Zwielichtiges. Ich stelle für meine Mandanten Nachforschungen über dieses Syndrom an. Ich kontaktiere jede Menge Personen, die bei den Mednetzen um Informationen gebeten haben oder Artikel darüber geschrieben haben oder derzeit nicht diagnostizierte Krankheiten in der Familie haben, die dem Tandagoreprofil ähneln. Du bist beileibe nicht die einzige Person, mit der ich mich in Verbindung gesetzt habe.« *Aber du bist gewiß eine der interessantesten,* dachte er bei sich, *da du im Netz und zudem direkt mit Kindern arbeitest. Außerdem bist du so aberwitzig schwer zu erreichen wie sonst kaum jemand.*

»Ich habe diese schrecklichen Kopfschmerzen«, sagte sie und fügte dann rasch hinzu: »O Gott, jetzt wirst du denken, ich bin eine Verrückte. Oder daß ich einen Gehirntumor oder so was habe. Aber das stimmt nicht. Die Ärzte sagen, daß sie nichts feststellen können.« Sie schwieg einen Moment. »Du wirst mich sogar für noch verrückter halten, aber ich kann nicht am Telefon mit dir darüber reden.« Sie lachte nervös. »Ist dir schon mal aufgefallen, daß kaum einer mehr ›Telefon‹ sagt? Wahrscheinlich bedeutet das, daß ich langsam wirklich alt werde.«

Ramsey hatte Mühe, den sprunghaften Einfällen zu folgen. »Du willst nicht am ... am Telefon reden. Ist das richtig?«

»Vielleicht könntest du mich besuchen?«

»Ich bin mir nicht sicher, Frau Pirofsky. Wo wohnst du? Irgendwo in der Nähe von Toronto, stimmt's?« Er hatte eine fünf Jahre alte Netznotiz über sie gefunden, ein Kurzporträt aus einem kleinen Netzmagazin.

»Ich wohne ...« Sie stockte abermals, und mehrere Sekunden Schweigen folgten. »O nein. Wenn du entdeckt hast, daß ich nach dieser Tandagoresache geforscht habe, dann heißt das ... dann heißt das, daß *jeder* das herausfinden kann.« Ihre Stimme am anderen Ende wurde leiser, als ob sie vom Mikro zurückgetreten oder in ein Loch gefallen wäre. »O Gott«, murmelte sie. »Ich muß aufhören. Ich kann nicht reden.«

»Frau Pirofsky, bitte ...«, begann er, aber die Verbindung brach ab.

Er starrte eine Weile den dunklen Bildschirm an, bevor er sein Hintergrundbild wieder anstellte. Er fragte sich, was er drangeben konnte, um Zeit für einen Abstecher nach Kanada herauszuschinden, und wie ihm hinterher wohl zumute wäre, wenn die Frau sich als so labil herausstellte, wie sie klang.

Jaleel Fredericks war einer von den Menschen, die einem den Eindruck gaben, daß man sie gerade aus etwas *wirklich* Wichtigem herausgerissen habe – daß sie selbst auf die Mitteilung, ihr Haus sei am Abbrennen, ein wenig überrascht und unwillig reagieren würden, weil sie schließlich weiß Gott andere Sorgen hatten.

»Entschuldige, Ramsey, aber ich bin müde«, sagte er. »Unterm Strich heißt das, daß du noch nichts Greifbares hast. Habe ich recht?«

»Im Prinzip.« Es war taktisch unklug, Fredericks mit Ausflüchten zu kommen, aber man durfte sich auch nicht einfach von ihm plattwalzen lassen. Er war ein guter Kerl, hatte Catur Ramsey vor langem entschieden, doch er war es gewohnt, sich die Leute so hinzubiegen, wie sie ihm paßten. »Aber man muß das Dickicht roden, bevor man anfangen kann, das Blockhaus zu bauen.«

»Bestimmt.« Er runzelte die Stirn über eine eingestreute Bemerkung seiner Frau. »Aus dem Grund ruft er nicht an.« Fredericks wandte seine Aufmerksamkeit wieder dem Anwalt zu. »Sie sagt, sie versucht die Autorisierung für die Unterlagen zu kriegen, die du haben wolltest, aber es kann noch ein paar Tage dauern. Und ob du die Sachen von Sam bekommen hast, die sie dir geschickt hat.«

»Kein Problem. Und ja, ich hab die Dateien bekommen, aber ich hatte noch keine Gelegenheit, sie durchzuschauen. Ich melde mich Anfang der Woche wieder bei dir und sag Bescheid, was bei den ganzen Recherchen rausgekommen ist.«

Während er darauf wartete, daß sich bei den Gardiners jemand meldete, sah Ramsey zu, wie drei Stockwerke unter seinem Bürofenster der Fahrzeugstrom auf der Hochautobahn vorbeirauschte, wo sich die Scheinwerferlichter auf dem regennassen Asphalt spiegelten. Er wußte, er hätte die Fredericks' bitten sollen, ihn zu einer Fahrt nach Toronto zu bevollmächtigen, aber die Vorstellung, Jaleel Fredericks diese Onkel-

Jingle-Frau begreiflich zu machen, war alles andere als verlockend. Er war sich selbst nicht sicher, wie er auf die Idee kam, der Aufwand könnte sich lohnen.

Er mußte den Anruffilter nur halb durchleiden, ehe Conrad Gardiner abnahm. Er war in Ramseys Alter, vielleicht sogar ein bißchen jünger, aber er sah reif für die Pensionierung aus, so leblos wirkte sein Gesicht.

»Was können wir für dich tun, Herr Ramsey?«

»Ich wollte eigentlich nur eines wissen. Habt ihr noch das Problem mit dem Agenten eures Sohnes und den fehlenden Dateien?«

»Ja. Wir hatten zwei verschiedene Firmen da, die alles mögliche probiert haben, aber ohne Erfolg.« Er schüttelte langsam den Kopf. »Verantwortlich dafür, daß diese ganzen Sachen aus unserm System rausgemailt wurden, ist ... ein *Programm*. Ich faß es einfach nicht. Ein Gear, das selbständige Entscheidungen trifft.« Sein Lachen klang nicht fröhlich. »Hoch lebe das einundzwanzigste Jahrhundert, kann ich da nur sagen.«

»Wie war sein Name?«

»Du meinst, von Orlandos Agent? Ich weiß nicht. ›Dingsbums Dingsbums PsKI‹ - Pseudo-Künstliche-Intelligenz, nicht wahr? Alt, aber teuer, als wir ihn kauften. Wenn du willst, kann ich nachschauen.«

»Eigentlich interessierte mich, ob Orlando einen Namen für ihn hatte. Einen Spitznamen, weißt du. Viele Leute mögen so was, vor allem Kids.«

»Gott, du machst Witze.« Gardiner war konsterniert. »Daran kann ich mich wirklich nicht erinnern. Vivien!«

Seine Frau kam ins Zimmer, auf Ramseys Bildschirm gerade eben noch zu sehen. Sie zog den Mantel aus; vermutlich war sie im Krankenhaus gewesen. Ihr Mann gab die Frage an sie weiter, und sie sagte etwas, das Ramsey nicht verstehen konnte.

»Beezle Bug«, berichtete Gardiner. »Stimmt. Das hatte ich ganz vergessen. Orlando hat ihn bekommen, als er noch ein kleiner Junge war.« Sein Mund zuckte, und er wandte sich einen Moment ab. Als er sich wieder gefaßt hatte, fragte er: »Weshalb willst du das überhaupt wissen?«

»Mir geht nur was durch den Kopf«, antwortete Ramsey. »So eine Idee. Ich erzähle dir ein andermal davon.«

Er beendete das Gespräch, dann setzte er sich zurück, um nachzudenken, und beobachtete, wie die Autos unten auf dem Freeway spiegelnde Schneckenspuren hinterließen.

Als er nach Hause kam, war es Mitternacht. Das dritte Mal diese Woche, und dabei war erst Donnerstag.

> Das Wissen, daß es ein Traum war, machte es beinahe noch schlimmer.
Etwas anderes als solche Visionen erschienen ihm nie in der blutlosen Finsternis, die in seinem Leben noch am ehesten eine Ähnlichkeit mit Schlaf hatte - immer dieselben müden Bilder, dieselben recycelten Erniedrigungen und Schrecken. Auch zersplittert und in abstrusen Kombinationen neu zusammengewürfelt, waren es doch immer wieder dieselben Erinnerungen, die ihn seit vielen Jahren plagten, manche schon seit über einem Jahrhundert.

Selbst Felix Jongleurs Gespenster wurden langsam alt.

Die drei Jungen aus der Oberstufe standen vor ihm und schnitten ihm den Weg zur Treppe ab, zur Flucht. Oldfield hatte den Kragen seines weißen Hemdes hochgeschlagen und hielt eine Zigarette in der hohlen Hand versteckt. Patto und Halsall, die gewartet hatten, daß sie an die Reihe kamen, folgten Oldfields Blick. Die drei starrten ihn an wie Macbeths Hexen.

»Was glotzt du so, Jingle-Jangle?« herrschte Oldfield ihn an.

»Kleine Heulsuse«, setzte Halsall hinzu. »Dreckiger Franzosenflenner.«

»Juggles will auch mal«, sagte Patto und grinste. »Er will mal an deiner Kippe paffen, Oley.«

Es war alles so vorhersehbar - Dichtung und Wahrheit zu einer unglaubwürdigen Mischung zusammengerührt. Der Teil von Jongleurs uraltem Gehirn, der eine kritische Distanz zu der Traumbühne wahrte, erkannte, daß die Treppe und der Absatz nicht zum Internat der Cranleigh School gehörten, sondern zu dem Haus seiner Kindheit in Limoux, und daß der Traum-Patto seine wahren Gesichtszüge beinahe vollständig verloren hatte und statt dessen wie ein Mann aussah, den Jongleur um die letzte Jahrhundertwende herum gekannt und dessen Unternehmen er ruiniert hatte, fast neunzig Jahre nach diesen gebrochen erinnerten Schultagen.

Aber allen Wiederholungen zum Trotz wurde die Demütigung, die er durch diesen Traum und andere wie ihn erfuhr, nicht geringer.

Die englischen Jungen stürzten sich jetzt auf ihn wie Schakale auf eine gefallene Antilope. Halsall drehte ihm den Arm auf den Rücken, während Oldfield ihn zwischen den Beinen packte und zudrückte, bis er vor Schmerz schrie und mit der Luft den Rauch der gestohlenen Zigarette einsog. Er spürte ihn wieder auf der Zunge, diesen gräßlichen Geschmack; jeder Atemzug war ein rotes Feuer, das ihm die Kehle hinunterbrannte. Er würgte, bis er sich fast übergeben mußte.

»Parläi-vuh, Juggles.« Patto verdrehte ihm das Ohr. »Parläi-vuh, du beschissener Franzmannspion.«

Aber statt ihn zu treten, wie sie es meistens machten, faßten sie seine Ellbogen und rissen ihn herum, so daß er auf das Ende des zweiten Treppenabsatzes blickte. Auf das Fenster.

Das gehört nicht hierher! dachte er, und plötzlich versetzte ihn der ausgeleierte alte Traum in eine überraschende Panik. *Nicht das! Nicht das Fenster!*

Aber sie schleiften ihn in Windeseile darauf zu, die Arme fest im Griff. Das Fenster wurde vor ihm immer größer, rund und ohne Gitter oder Sprossen, und dahinter, wie sein Traum-Ich sehr wohl wußte, eine tiefe Schwärze, ein giftiger, finsterer Abgrund, von dem ihn nur die hauchdünne Glasscheibe trennte.

Er wußte, daß er nie, nie, nie herausfinden wollte, was auf der anderen Seite war.

Das können sie nicht mit mir machen, dachte er entsetzt. *Sie denken, ich bin ein Junge, aber das stimmt nicht, ich bin alt - ich bin alt! Sie können nicht ...*

Er schrie das auch im Traum, erklärte ihnen, er sei zu schwach und gebrechlich, aber Oldfield und die anderen lachten nur noch lauter und schoben ihn weiter auf das Fenster zu. Kreischend stieß er gegen die harte Oberfläche, doch statt der Scheibe war er es, uralt, trocken, brüchig, der in tausend Scherben zersplitterte.

Die Träume, die Wahrheit, seine Erinnerungen, alles wurde zerschmettert, durcheinandergeworfen und hinausgeschleudert ...

... und stob nach außen ins Sonnenlicht wie sprühendes Wasser, jedes wirbelnde Scherblein ein eigener Planet und die schillernde Wolke ein Universum, das sein Gleichgewicht verloren hatte und jetzt in extrem schneller entropischer Expansion auseinanderflog.

Die Schreie hallten und hallten, wie sie es immer taten, aber diesmal waren es seine.

Er erwachte in einer Finsternis, in der es nicht einmal den virtuellen Lampenschein von Abydos und seine beruhigende Wirkung gab. Einen kurzen Moment lang befand er sich tatsächlich in seinem Körper und sonst nirgendwo, aber es war zu grauenhaft, und er floh sofort zurück in sein System. Ein blindes, hilfloses Ding, eine in Mullbinden und Polyesterfilm gehüllte Nacktschnecke, die in einem dunklen Tank schwamm – es schauderte ihn bei dem Gedanken, so existieren zu müssen, wie er wirklich war. Er umgab sich mit seinen Apparaten wie mit einem Panzer.

Als er in das System eingetaucht war, ließ der älteste Mann der Welt nicht sein maßgefertigtes Ägypten in seiner ganzen Herrlichkeit erstehen, sondern statt dessen eine viel schlichtere virtuelle Welt, die nichts als gedämpftes und ortloses blaues Licht enthielt. Jongleur badete darin, von Infraschallwellen gestreichelt, und versuchte die große Angst zu stillen, die ihn gepackt hatte.

Die Jungen konnten das Grauen des Altseins nicht verstehen. Auf diese Weise schützte die Natur sie vor einem unnütz belastenden Wissen, genau wie die Atmosphäre rings um die Erde ein blaues Firmament erschuf, das die Menschheit davor bewahrte, der nackten Mitleidlosigkeit der Sterne wehrlos ausgesetzt zu sein. Alter bedeutete Unfähigkeit, Einschränkung, Abgeschobenwerden – und das war erst der Anfang. Weil jeder Augenblick zugleich ein Schritt war, der einen dem Nichts näher brachte, dem allzeit bereitstehenden Tod.

Felix Jongleur hatte seine ganze Kindheit über von einer gesichtslosen, schattenhaften Figur geträumt, dem Tod, »der uns alle erwartet«, wie sein Vater ihm erklärt hatte, aber erst als seine Eltern ihn auf diese entsetzliche Schule in England geschickt hatten, hatte er endlich erfahren, wie er aussah. Als er eines Nachts eine zerfledderte Zeitung durchblätterte, die einer der Oberstufler im Schlafsaalschrank hatte liegenlassen, sah er eine Abbildung – »*die Vision eines Künstlers*«, stand darunter, »*vom geheimnisvollen Mister Jingo*« – und wußte sofort, daß dies das Gesicht der Erscheinung war, die ihn in seinen Träumen noch viel gnadenloser jagte, als selbst die grausamsten älteren Jungen ihn je durch die Säle von Cranleigh gehetzt hatten. Der Mann auf dem Bild war groß, in einen dunklen Mantel gehüllt und trug einen altmodischen hohen Zylinderhut. Aber es waren seine Augen, seine hypnotisierend starrenden Augen und sein kaltes Grinsen, woran der junge Felix ihn mit rasendem Herzen erkannte. Der Artikel, die Erläuterung, wen die unheimliche Zeichnung des Künstlers darstellte, war von Ratten weggefressen worden und somit für alle Zeit ein Geheimnis geblieben; nur das Bild hatte überlebt, aber das hatte ausgereicht. Diese Augen beobachteten Felix Jongleur seit jenem Tage. Die ganzen dahinrollenden

Jahrzehnte seither war er dem Blick dieser amüsierten, seelenlosen, fürchterlichen Augen ausgesetzt gewesen.

Sie warteten. Er - es - wartete. Wie ein seiner Beute gewisser Hai unter einem Schwimmer, den langsam die Kraft verließ, brauchte Mister Jingo gar nicht mehr zu tun.

Jongleur kämpfte jetzt gegen die Morbidität an, die manchmal sein isoliertes Bewußtsein befiel wie ein opportunistischer Parasit. Es wäre alles leichter, wenn man nur an eine äußere Macht *glauben* könnte - an ein liebendes und gütiges Wesen, ein Gegengewicht zu diesem scheußlichen, gelassen abwartenden Blick. Wie die Schwestern seiner Mutter es getan hatten. Im unerschütterlichen Vertrauen auf den Himmel - in dem anscheinend alles genauso beschaffen war wie in Limoux, nur daß gutkatholische alte Jungfern dort nicht mehr unter arthritischen Gelenken und lärmenden Kindern zu leiden hatten -, hatten sie selbst noch auf dem Sterbebett innere Gewißheit ausgestrahlt. Beide waren voll ruhiger, ja freudiger Zuversicht aus dem Leben geschieden.

Er aber wußte es besser. Er hatte die Lektion erstmals aus dem traurigen, müden Gesicht seines Vaters und dann wieder und weitaus brutaler im Dschungel der englischen Privatschule gelernt. Jenseits des Firmaments gab es keinen Himmel, nur Schwärze und endlosen Raum. Jenseits der eigenen Person gab es nichts und niemanden, worauf man vertrauen, worauf man hoffen konnte. Finsternis erwartete einen. Sie ergriff dich, wann sie wollte, und niemand rührte einen Finger zu deiner Rettung. Du konntest schreien, bis dir fast das Herz zersprang, und irgend jemand hielt dir lediglich ein Kissen vors Gesicht, um deine Schreie zu ersticken. Der Schmerz hielt an. Es gab keine Hilfe.

Und der Tod? Der Tod mit seinem Zylinder und seinem Hypnotiseursblick war der schlimmste Peiniger von allen. Wenn er dich nicht unvermutet von hinten packte, wenn du es irgendwie schafftest, ihm zu entgehen und stark zu werden, blieb er einfach wartend im Schatten stehen, bis die Zeit selbst dich kleingekriegt hatte. Dann, wenn du alt und schwach und wehrlos warst, schnappte er dich, dreist wie ein Wolf.

Und das konnten die Jungen in ihrer phantastischen Dummheit niemals verstehen. Für sie war der Tod nur ein Comicwolf, über den sie sich lustig machten. Sie sahen nicht, konnten nicht wissen, wie es ihnen an jenem Tag ergehen würde, an dem das Ungeheuer wirklich wurde - an dem weder Stroh noch Holz noch Ziegelmauern sie retten konnten.

Jongleur erschauerte, eine Empfindung, die sein heruntergeregeltes Nervensystem zwar meldete, aber nicht wirklich fühlte. Sein einziger Trost war, daß er seit seinem Eintritt ins Greisenalter hatte zusehen dürfen, wie drei Generationen junger Nachfahren zuletzt diese furchtbare Erkenntnis machten und dann vor ihm dahingingen, aus ihren zertrümmerten Häusern schreiend in die Nacht hinausgezerrt wurden, während er weiter von diesem grinsenden Maul verschont blieb. Gentherapie, Vitaminkuren, konzentrierte Triggerpointbestrahlung, alle ärztlichen Künste, die den Menschen zur Verfügung standen (die nicht Jongleurs nahezu unbegrenzte Mittel und Jongleurs bahnbrechende Ideen besaßen), konnten den Tod nur ein wenig hinausschieben. Einige, die Glücklicheren und Wohlhabenderen, waren kürzlich in das zweite Jahrzehnt ihres zweiten Jahrhunderts eingetreten, aber im Vergleich zu ihm waren sie immer noch Kinder. Während alle anderen erlagen, während seine eigenen Enkel und Urenkel und Ururenkel einer nach dem anderen geboren wurden, alt wurden und starben, schlug er weiterhin dem lauernden Mister Jingo ein Schnippchen.

Und wenn Gott, oder wer auch immer, es wollte, würde er das ewig tun!

Felix Jongleur stand schon länger als zwei lange Menschenleben nächtliche Schrecken aus. Ohne auf den Chronometer zu gucken, ohne eine der Informationen, die er mit kaum mehr als einem Gedanken abrufen konnte, wußte er, daß außerhalb seiner Festung die letzte Stunde vor Tagesanbruch schwer über dem Golf von Mexiko lag. Die wenigen Fischerboote, die er auf dem Lake Borgne, seinem privaten Burggraben, duldete, zogen jetzt wohl gerade die Netze ein. Polizisten in Überwachungslaboren in Baton Rouge nickten vor ihren Monitoren ein und hofften zwischendurch, daß die Wachablösung daran dachte, ihnen etwas zu essen mitzubringen. Fünfzig Kilometer westlich von Jongleurs Turm, in New Orleans, lagen ein halbes Dutzend oder mehr Touristen im Vieux Carré in der Gosse, nicht mehr im Besitz ihrer Kreditkarten, ihrer Schlüsselkarten und ihrer Selbstachtung ... wenn sie Glück hatten. Einigen weniger Glücklichen konnte es passieren, daß sie mit Drogen vollgepumpt aufwachten und an einem Arm keine Hand mehr hatten, aber immerhin einen kauterisierten Stumpf, weil die Diebe keine Mordanklage am Hals haben wollten (die meisten Leihwagenfirmen hatten Handabdruckleser aufgegeben, aber ein paar hielten noch daran fest).

Und einige der in der Gosse deponierten Touristen hatten gar kein Glück und wachten nie wieder auf.

Die Nacht war beinahe um.

Felix Jongleur ärgerte sich über sich selbst. Schlimm genug, daß er immer wieder vom Schlaf überspült wurde, ohne es zu merken - er erinnerte sich nicht, daß er eingenickt war -, aber nur wegen einiger altbekannter und seit langem schon langweiliger Träume mit Herzflattern aufzuwachen wie ein verängstigtes Kind ...

Er mußte etwas arbeiten, beschloß er. Das war die einzige gute Lösung, die beste Art, dem Mann mit dem hohen Zylinder ins Gesicht zu spucken.

Sein erster Impuls war, nach Abydos-Olim zurückzukehren und auf seinem bequemen Gottesthron, umgeben von seinen dienstbaren Priestern, die jüngsten Informationen durchzuschauen. Aber der Albtraum, vor allem das ungewöhnliche Nebeneinander verschiedener Elemente, hatte ihn verstört. Sein Wohnsitz erschien ihm auf einmal nicht mehr sicher, und obwohl das große Haus, das sein physischer Körper nie verließ, besser gesichert war als die meisten Militärstützpunkte, verspürte er dennoch den Drang, eine Kontrolle durchzuführen, und sei es nur, um sich zu vergewissern, daß alles war, wie es sein sollte.

Mit sieben unterirdischen Stockwerken verankert (einem über dreißig Meter tief hinabreichenden Fibramiczylinder, der buchstäblich in den Deltaschlamm hineingeschraubt worden war) erhob sich Jongleurs Turm außerhalb des Wassers noch einmal zehn Stockwerke hoch in die nebelige Luft über dem Lake Borgne, doch der Turm war nur ein Teil des riesigen Komplexes, der die künstliche Insel bedeckte. Die ungefähr fünfzig Quadratkilometer große Felskonstruktion beherbergte nur etwas mehr als zweitausend Personen - rein zahlenmäßig ein sehr kleiner Ort, aber einflußreicher als die meisten Staaten der Welt zusammen. Jongleur war hier kaum weniger ein Gott als in seinem virtuellen Ägypten: Mit einem subvokalisierten Wort rief er die Batterie von Videobildern auf, die ihm jeden Winkel seines Anwesens genau vor Augen führten. Überall im und am Turm und an den umliegenden Gebäuden wurden Wandbildschirme mit einemmal zu einseitigen Spionfenstern, und den Bildern überlagerte Worte und Zahlen flogen an ihm vorbei wie Funken.

Er fing außen an und arbeitete sich nach innen vor. Die nach Osten gerichteten Grenzkameras übertrugen ihm den ersten Schimmer der aufgehenden Sonne, ein rötliches Glimmen über dem Golf, noch schwächer als die orangeroten Lichter der Ölbohrinseln. Die Posten in zweien der Grenzwachtürme spielten Karten, und ein paar waren nicht voll uniformiert, aber in allen sechs Türmen waren die Wachmannschaften einsatzbereit, und Jongleur war zufrieden; er würde die Kommandanten ermahnen, strenger auf Disziplin zu achten. Die übrigen Verteidiger seines Besitzes – die menschlichen Verteidiger jedenfalls – schliefen in ihren doppelstöckigen Betten, Reihe um Reihe um Reihe. Ihre Quartiere und Exerzierplätze allein nahmen fast die Hälfte der künstlichen Insel ein, auf der der Turm stand.

Er setzte seine Inspektion im Turm selbst fort, huschte durch unzählige Zimmer und Gänge von einer Bildschirmansicht zur nächsten wie ein in Spiegeln wohnender magischer Geist. Die Büroräume waren größtenteils leer, nur ein Rumpfteam war am Platz, nahm Anfragen von Übersee entgegen und saugte Informationen aus den Netzen, mit denen die Frühschicht sich dann eingehender befassen konnte. Ein paar mit ihrer Schicht fertige Aufseher, ortsansässige Männer und Frauen, die keine Ahnung hatten, wie gründlich sie vor ihrer Anstellung überprüft worden waren, warteten auf der Strandpromenade auf das Fährboot, das sie zu ihren Quartieren auf der anderen Seite der Insel bringen sollte.

Seine leitenden Angestellten waren noch nicht erschienen, und in ihren Büros war es still und bis auf das Leuchten der elektronischen Anzeigen dunkel. Über der Chefetage fing der Wohnbereich im Turm an, reserviert hauptsächlich für hochrangige Besucher; nur wenige von diesen heißbegehrten und umkämpften Apartments waren als Dauerunterkünfte hergerichtet worden, und nur die Allerglücklichsten von Jongleurs ganzem weltweiten Imperium kamen in ihren Genuß.

Jongleurs Fernauge entdeckte den Präsidenten einer seiner größeren ukrainischen Tochtergesellschaften, der im Bademantel auf einem der Turmbalkone saß und auf den See hinunterblickte. Jongleur fragte sich, ob der Mann wegen des Jetlags schon so früh auf war, und erinnerte sich dann, daß er den Kerl zu einer Konferenz etwas später am Tag bestellt hatte. Sie würde natürlich über Bildschirm erfolgen; der ukrainische Manager, einer der reichsten und mächtigsten Männer in seinem ganzen Land, würde sich zweifellos fragen, warum er den ganzen Weg hatte auf sich nehmen müssen, wenn er seinen Arbeitgeber doch nicht persönlich zu Gesicht bekam.

Der Mann sollte seinem Schicksal danken, daß er seinen Herrn nicht von Angesicht zu Angesicht sehen mußte, dachte Jongleur. Der Ukrainer würde ein Bild von seinem Arbeitgeber als einem exzentrischen, sicherheitsbesessenen alten Mann mit nach Hause nehmen, statt die unangenehme Wahrheit zu entdecken - daß der Gründer und Leiter des Konzerns ein ungeheuerliches *Ding* war, zusammengehalten von medizinischen Druckbandagen, permanent eingetaucht in lebenserhaltende Flüssigkeiten. Der zum Gesprächstermin erschienene Manager würde nie darüber nachdenken müssen, daß die Augen und Ohren seines Arbeitgebers von Elektroden durchbohrt waren, die direkt an die Seh- und Hörnerven anschlossen, daß seine Haut und selbst seine Muskeln stündlich wabbeliger und weicher wurden und jeden Moment drohten, sich von den Knochen zu lösen, die dünn und schwach wie tote Zweige waren.

Jongleur hielt sich nicht lange bei dem nur allzu bekannten Horror seines Zustands auf. Statt dessen huschte er auf seiner körperlosen Inspektionsrunde durch die Privatwohnungen weiter hinauf in die unteren Etagen seines inneren Heiligtums, wo er einen kurzen Blick auf die Quartiere der diversen Leibwächter und Techniker warf, auf die Hardwareräume, in denen die wichtigsten Apparate standen, und auf den von drei Drucktüren und zwei Wachmannschaften abgeschirmten Raum, in dem die Tanks in ihren gepolsterten Gestellen lagen. Sein eigener Versorgungstank, eine Kapsel aus schwarzem, glänzendem Plastahl, stand wuchtig in der Mitte wie ein königlicher Sarkophag mit Tentakeln, den nach allen Seiten abgehenden Bündeln mehrfach redundanter Kabel. Drei andere Tanks standen außer seinem noch in dem weiten, kreisrunden Raum, etwas abseits die kleineren Kapseln, die Finney und Mudd gehörten, und dicht neben seinem eigenen Behälter jenes andere hochwichtige Rechteck, genauso groß und schwarz schimmernd wie seines.

Diesen anderen Tank wollte er nicht sehr lange anschauen.

Genausowenig wie er seine Inspektion fortzusetzen gedachte. Das oberste Stockwerk blieb wie immer verboten, sogar ihm, vielleicht gerade ihm. Der Herr von Lake Borgne hatte lange vor diesem Tag beschlossen, daß er in die Zimmerflucht ganz oben im Turm nie wieder einen Blick werfen wolle. Aber es war ihm auch klargewesen, daß er der Versuchung nicht hätte widerstehen können, wenn sie ihm zugänglich geblieben wäre, daß sie ihm - wie ein schmerzender Zahn einer forschenden Zunge - keine Ruhe gelassen hätte, bis er etwas unternommen hätte. Er hatte daher sein Überwachungssystem umprogrammiert und diesen Teil mit einem Code gesperrt, den er nicht besaß. Solange er seinen Sicherheitschef nicht eigens aufforderte, die Programmierung zu ändern - und gegen diese Versuchung hatte er schon tausendmal kämpfen müssen -, blieb dieser Bereich für ihn so schwarz wie die Leere zwischen den Sternen.

Überzeugt davon, daß überall sonst alles in Ordnung war, und nicht erpicht darauf, sich länger als nötig damit zu beschäftigen, was in dem vierten Tank schwamm oder wie es in der Spitze des Turms aussehen mochte, rief er seine virtuellen Reiche auf und setzte seine Inspektion dort fort, in den Welten, die er geschaffen hatte.

An der Westfront tobte nach wie vor die Schlacht von Amiens. Der Mann, dessen Gefängnis die Schützengräben gewesen waren, war jetzt fort, aber die Simulakren kämpften und starben dort genauso unbeirrt weiter, wie sie es schon vor dem Auftauchen des Gefangenen getan hatten. Wenn diese jüngste Version der Schlacht vorbei war, würden die Leichen wieder aus dem Schlamm erstehen, wie zum Hohn auf das Jüngste Gericht; dann bildeten sich die zerschmetterten Leiber neu, die Splitter flogen wieder zu mörderischen Granaten zusammen, und die Schlacht konnte von neuem beginnen.

Auf dem Mars hatte das Kriegervolk der Rax aus der Hochwüste die Zitadelle von Tuktubim angegriffen. Der Sumbar hatte einen zeitweiligen Frieden mit Hurley Brummond geschlossen, um dessen kampfstarke Legion von Tellariern zur Verteidigung der Stadt einzusetzen. Es sah nach einem Heidenspaß aus.

In Old Chicago feierte man das Ende der Prohibition mit öffentlichen Massenbesäufnissen, dieser Zyklus war also beinahe durchlaufen. Atlantis war zum x-ten Mal seinem feuchten Grab entstiegen und bereit zum nächsten Neuanfang. Hinter den Spiegeln waren die roten und weißen Figuren auf beiden Seiten des metaphorischen Schachbretts schon in die neue Runde eingetreten.

Jongleur ließ seine Welten Revue passieren, wobei er die Blickwinkel dem Zufall überließ und sie nur korrigierte, wenn die gebotene Ansicht ihm nicht die gewünschten Informationen verschaffte. In einer hatte die spanische Armada irgendwie die Stürme im Ärmelkanal überstanden, und die Spanier segelten in diesem Moment die Themse hinauf, um mit ihren überlegenen Streitkräften London zu brandschatzen; er nahm sich vor, noch einmal zurückzukehren, sich vielleicht sogar zu bekörpern, damit er diesen seltenen Ausgang unmittelbar miterleben konnte, den er beim letzten Mal verpaßt hatte.

Eine weitere Invasion Englands, diesmal nach der Marsgeschichte von H.G. Wells, näherte sich ihrem Ende. Alles schien dort bedrückend langsam abzulaufen. Er fragte sich, ob er die Simwelt wohl neu kalibrieren müsse.

Überhaupt fiel ihm beim Durchstreifen etlicher anderer Simulationen auf, daß seine virtuellen Domänen offenbar mehr Aufmerksamkeit benötigten, als er ihnen in letzter Zeit geschenkt hatte. Xanadu war so gut wie ausgestorben, gerade die Gärten um das Lustschloß sahen besonders ungepflegt aus. Narnia lag weiterhin unter einer Schneedecke wie schon seit Monaten, und weit und breit war kein allegorischer Löwe zu sehen, der den Winter beendet hätte. In der Hobbitwelt, die er aus Gefälligkeit für einen Ururgroßneffen hatte bauen lassen, war der totale Krieg ausgebrochen, was ihn nicht weiter störte, aber die Technik schien das Maß überschritten zu haben, das nach seiner trüben Erinnerung angemessen gewesen wäre. Vor allem Maschinengewehre und Düsenbomber erschienen ihm ein bißchen de trop.

In anderen Simulationen waren die Probleme nicht so kraß, aber sie beunruhigten ihn dennoch. Die Götter in Asgard tranken mehr, als sie kämpften, und auch wenn das aufbrausende nordische Temperament immer wieder einmal plötzlich in Melancholie umschlug, befremdete es ihn, daß sogar die Himmelsbrücke Bifröst staubig und verwahrlost aussah. Im kaiserlichen Rom war der letzte julisch-claudische Cäsar von einem Präfekten der Prätorianergarde namens Tigellinus weggeputscht worden, eine ganz interessante Wendung, nur daß der neue Imperator praktisch kein Gesicht hatte. Die gräßliche Fassade des römischen Herrschers - nur glatte Haut, wo Augen und Nase hätten sein sollen - war auf allen Münzen und Skulpturen abgebildet, was schon verstörend genug war, aber noch bizarrer war, daß niemand in Rom daran etwas zu finden schien.

Jongleur ließ seine anderen Reiche mit erhöhter Geschwindigkeit vorbeiziehen und fand in nahezu jedem Zuständen vor, die ihn besorgt machten: Dodge City, Toyland, Arden, Gomorra und noch viele mehr schienen merkwürdig aus dem Lot zu sein, als ob jemand die charakteristische Schwerkraft jeder virtuellen Welt geringfügig verändert hätte.

Eher gut, dachte der alte Mann grimmig, daß ein Albtraum ihn aus dem Dämmerzustand gerissen und er infolge dessen diese Kontrolle vorgenommen hatte. Sie waren nicht einfach Spielsachen, diese Welten – sie waren das Erstgeburtsrecht seiner Göttlichkeit, die Paradiesgefilde, in denen er seine Unsterblichkeit zu verleben gedachte. Es durfte nicht sein, daß sie verwahrlosten.

Da geschah es in einer der letzten von seinen selbstgeschaffenen Welten, die auf einer Serie englischer Bildergeschichten aus seinen Jahren als junger Erwachsener basierte und in die er sich sonst nur selten verirrte, daß er das Gesicht erblickte, das zu sehen er schon so lange hoffte, so lange fürchtete.

Das Gesicht erschien ihm nur einen Moment lang inmitten einer Menge festlich gekleideter Leute, doch das Bild schoß ihm wie ein Pfeil ins Auge. Er fühlte sein greises Herz rasen wie vorhin, als er geträumt hatte; ein wenig gedämpfter nahm er wahr, wie sein wirklicher Körper sich in seinen haltenden Bandagen langsam aufbäumte und die dicke Flüssigkeit aufrührte, in der er schwamm. Vor lauter Starren vergaß er, daß er durch das Bild direkt in die Szene springen, daß er fassen und fangen konnte, aber in diesem kurzen Augenblick des Zögerns verschwand das Gesicht.

Er warf sich in die Simulation, griff sich den ersten Sim, den sein System ihm anbot, aber als hätte sie sein Kommen gespürt, war die Person, die er schon so lange suchte, aus dem großen Saal auf die Straße geeilt und dort in der Menschenmenge untergetaucht. Er stürzte hinterher, aber erkannte sofort, daß zu viele Leute im Weg waren und daß es zu viele Fluchtmöglichkeiten gab. Eine Verfolgung war aussichtslos.

Bertie Wooster, Tuppy Glossop und die anderen Mitglieder des Drones Club bekamen einen ziemlichen Schreck, als mitten in ihre alljährliche Abendgesellschaft mit Tanz und Wohltätigkeitstombola ein zweieinhalb Meter großer Eisbär hereinplatzte. Das Phänomen löste lebhafte Diskussionen aus, und die Getränkebestellungen verdoppelten sich schlagartig. Mehrere Angehörige des schönen Geschlechts (und auch ein oder zwei aus dem männlichen Kontingent, um die Wahrheit zu sagen) gingen so weit, in Ohnmacht zu fallen. Doch selbst diejenigen, die das Schauspiel nur mit stumpfem Blick zur Kenntnis genommen und ihren Scotch pur ohne Wackeln weiter mundwärts geführt hatten, während der weiße Störenfried brüllend über die Tanzfläche galoppierte und dabei die halbe Kapelle über den Haufen rannte (wobei ein Klarinettist ernstlich verwundet wurde), waren einigermaßen perplex, als der Eisbär draußen auf der Prince Albert Road vor der Tür auf die Knie fiel und weinte.

Kapitel

Der unsichtbare Fluß

NETFEED/KUNST:
Explosive Hommage
(Bild: Trümmer der First Philadelphia Bank)
Off-Stimme: Der Guerillakünstler, der nur unter dem Namen "Bigger X" bekannt ist, hat die Verantwortung für die Paketbombe übernommen, durch die vorigen Monat in einer Filiale der First Philadelphia Bank drei Personen getötet und sechsundzwanzig weitere verletzt wurden.
(Bild: Archivmaterial — kaputtes Schauhausfenster, geblümte Leichensäcke)
Der umstrittene Bigger X, der anfangs spezielle Hüllen für Tote kreierte, die er aus dem Leichenschauhaus gestohlen hatte, und dann mit der Ankündigung, Lebensmittel in Supermärkten zu vergiften, Panik bei Verbrauchern in Florida und Toronto auslöste, beansprucht damit die Täterschaft für drei verschiedene Attentate. In der aufgezeichneten Erklärung, die er an "artOWNartWONartNOW" schickte, gibt er an, sein Werk sei eine Hommage an solche Pioniere von Performances mit ahnungslosen Teilnehmern wie Manky Negesco und TT Jensen ...

> »Code Delphi. Hier anfangen.

Hier spricht Martine Desroubins. Ich führe jetzt mein Journal fort. Seit meinem letzten Diktat vor zwei Tagen ist viel geschehen.

Das erste und vielleicht wichtigste Ereignis ist, daß wir in eine neue Simulation übergesetzt sind. Bevor ich sie beschreibe, möchte ich erst erzählen, wie wir die alte verließen.

Das zweite Ereignis ist, daß ich mehr über dieses virtuelle Universum herausgefunden habe, und jede neue Information kann von entscheidender Bedeutung sein.

Ich habe jetzt ein Stadium erreicht, wo ich die Daten unserer äußeren Umgebung genausogut ›lesen‹ kann, wie ich die Zeichen im normalen Netz entziffere, so daß ich mich hier fast so problemlos bewegen kann wie meine Gefährten, die sehen können - ja, in mancher Hinsicht scheinen meine Fähigkeiten weit über ihre hinauszuwachsen. Ich habe es mir daher zur Aufgabe gemacht, die Mechanismen hinter diesen Welten zu ergründen oder es jedenfalls zu versuchen. Wie schon gesagt, was unsere Überlebensaussichten oder gar Erfolgschancen anbelangt, bin ich nicht optimistisch, aber mit wachsenden Kenntnissen werden unsere geringen Chancen wenigstens ein klein bißchen größer.

Es gibt soviel zu erzählen! Ich wünschte, ich hätte früher die Zeit gefunden, einige dieser Worte in die lauschende Dunkelheit zu flüstern.

In der vorigen Simulation machte sich unsere Schar - jetzt nur noch Quan Li, T4b, Sweet William, Florimel und ich - am Morgen auf den Weg, um Orlando und Fredericks wiederzufinden. Ein schnellerer Aufbruch hätte uns zweifellos besser gepaßt, aber es war schon fast Abend gewesen, als der Fluß sie davongeschwemmt hatte, und nur Narren würden im Dunkeln durch unbekanntes Gelände ziehen - zumal wenn in diesem Gelände die Spinnen so groß sind wie Jahrmarktkarussells.

Die Männer - ich werde sie der Einfachheit halber einmal so nennen - wollten wieder ein Floß bauen wie das, mit dem unsere beiden Gefährten abgetrieben waren, aber Florimel sprach sich entschieden dagegen aus, weil sie meinte, auch durch ein schnelles Fortkommen auf dem Fluß könnten wir gar nicht soviel Zeit gewinnen, wie wir mit dem Bau des Floßes vorher schon verloren hätten. Sie ist es deutlich gewöhnt, Dinge in die Hand zu nehmen - in mancher Beziehung ist sie wie Renie, aber ohne die Offenheit, die Bereitschaft, Fehler zuzugeben. Ich spüre, daß sie sich ständig über uns andere ärgert, als wäre sie gezwungen, zusammen mit einem schlechteren Partner gegen einen starken Kontrahenten zu spielen. Aber sie ist klug, das läßt sich nicht leugnen. Sie meinte, wir sollten am Ufer entlangmarschieren, so weit es gehe. Falls Fredericks und Orlando aus eigener Kraft dem Fluß entronnen oder in ruhiges Gewässer gespült worden seien, würden wir auf die Weise nicht an ihnen vorbeirauschen, ohne anhalten zu können.

Quan Li stimmte Florimel zu, und auf die Gefahr hin, unsere Gruppe nach Geschlechtsanschein zu polarisieren, gab ich mit meiner Stimme für diesen Plan den Ausschlag. Wir brachen auf, als die Morgensonne gerade über die Wipfel am anderen Ufer lugte. Ich sah sie natürlich nicht, aber ich nahm sehr viel mehr von ihr wahr als nur die Wärme auf meinem Gesicht - selbst in einer simulierten Welt gehen von der Sonne viele Wirkungen aus.

Der erste Teil der Reise verlief ereignislos bis auf einen Zank zwischen Sweet William und Florimel, den Quan Li zu schlichten suchte. Florimel meinte, wenn wir die beiden jungen Männer nicht fänden, sollten wir versuchen, ein Mitglied der Gralsbruderschaft in einer Simulation zu fangen, und dann mit Gewalt oder Drohungen Auskünfte über das Netzwerk aus der gefangenen Person herausholen, sie vielleicht sogar zwingen, uns zu helfen. William fand, damit lachten wir uns bloß Ärger an - höchstwahrscheinlich würde uns das nicht nur mißlingen, da wir so wenig über die Fähigkeiten der Leute innerhalb des Netzwerks wüßten, sondern hätten außerdem dann auch noch die ganze Bruderschaft am Hals. Quan Li und William schienen beide darauf erpicht zu sein, keine unnötige Aufmerksamkeit zu erregen. Florimel ließ keinen Zweifel daran, daß sie sie für Hasenfüße hielt.

T4b verhielt sich die ganze Zeit über still und unbeteiligt und schien sich mehr dafür zu interessieren, seinen stacheligen Panzer über die Kiesel und Erdklumpen zu manövrieren, die für uns erhebliche Hindernisse darstellten. Ich kann ihm keine Vorwürfe machen, daß er sich abseits hielt.

Kurz vor Mittag, nachdem wir mehrere weitgeschwungene Biegungen des Flusses verfolgt hatten, wurde ich plötzlich auf eine seltsame, aber nicht völlig unbekannte Empfindung aufmerksam. Ich erkannte, daß ich dieselbe ungewöhnliche Schwingung an dem Morgen gespürt hatte, an dem uns die freßwütigen Fische gezwungen hatten, an Land zu schwimmen. Ich war seinerzeit unter dem Ansturm der neuen Datenflut fast wahnsinnig geworden, und deshalb fiel mir nicht gleich ein, was die Empfindung angekündigt hatte.

Als das Prickeln stärker wurde, riefen meine Gefährten auf einmal, daß ein kurzes Stück vor uns eine weiße Gestalt über dem Wasser schwebe. Ich konnte keine Farben wahrnehmen, und überhaupt verwirrte mich das Prickeln jetzt so sehr, daß ich so gut wie nichts von der Erscheinung mitbekam.

Quan Li sagte: ›Es ist ein Mann! Der Mann, der uns zu T4b führte, als der Fisch ihn ausgespuckt hatte!‹ William forderte den Fremden lautstark auf, er solle aufhören, ›sich aufzuführen wie Jesus persönlich, zum Teufel‹, und an Land kommen. Ich gab kaum darauf acht, weil ich vollauf damit zu tun hatte, mir den bizarren Input irgendwie zu erklären. Während die Sims meiner Gefährten sich mir als Wirbel organisierter Information darstellten, war der Fremde eher ein *Fehlen* von Information – ähnlich einem schwarzen Loch, das den Astronomen seine Gegenwart dadurch verrät, was es *nicht* von sich gibt.

Nach unserer Begegnung mit diesem Mann, der, wie wir schließlich begriffen, einer der Herren von Anderland war, kam ich zu dem Schluß, daß das, was ich wahrgenommen oder vielmehr nicht wahrgenommen hatte, das Werk eines genialen Gears sein mußte, eines Programms, das die Zeichen der virtuellen Existenz des Benutzers in ganz ähnlicher Weise aufhob, wie ein leistungsstarkes Antischallsystem Geräusche ausschalten kann, indem es entsprechende Gegentöne sendet. Es bleibt zu fragen, wozu irgend jemand, zumal der Herrscher über eine derart komplexe Simulation wie die, in der wir uns befanden, eine solche zweifellos teure Tarnung nötig haben sollte. Vielleicht bleiben diese Herren des virtuellen Raumes ja nicht ständig in ihren eigenen Reichen. Vielleicht möchten sie unbemerkt durch die Gärten und Harems ihrer Nachbarn streifen können.

Während ich ihn immer noch als eine verwirrende Signalstille wahrnahm, erklärte der Fremde energisch: ›Ich bin Kunohara. Ihr seid Gäste in meiner Welt. Es ist ungehörig, nicht bei einem Gastgeber vorstellig zu werden, bevor man durch sein Gebiet spaziert, aber vielleicht kommt ihr aus einem Land, wo gutes Benehmen nicht gepflegt wird.‹

Mir klang seine Stimme merkwürdig, denn sie schien nirgendwo herzukommen, wie altmodische Filmmusik. Für die anderen war das Sonderbarste seine Position, denn er schwebte halb so hoch über dem Fluß, wie er groß war.

Erwartungsgemäß bat Quan Li hastig für etwaige Übertritte um Entschuldigung. Die anderen waren still oder zumindest zurückhaltend – selbst William hielt nach seiner anfänglichen Bemerkung sein loses Mundwerk im Zaum. Kunohara, der nach den Beschreibungen der anderen als ein kleiner Asiate erschien, schwebte zum Ufer, hielt vor uns an und sank dann auf den trockenen Boden ab. Er gab noch mehrere schalkhaft kryptische Bemerkungen von sich und freute sich dabei fast wie ein Kind über sein Wissensmonopol. Ich achtete weniger darauf, was er sagte, als darauf, was er *war* - oder vielmehr, was er zu sein schien. Wenn dies einer unserer Feinde war, einer der Machthaber in diesem virtuellen Universum, dann wollte ich soviel über ihn in Erfahrung bringen, wie ich konnte, aber vor allen Dingen wollte ich wissen, wie er das Environment bearbeitete, da sämtliche Steuerungen von Otherland vor uns verborgen waren. Vielleicht benutzte er das Tarngear ja genau dazu, solche Entdeckungen zu verhindern. Wie dem auch sein mochte, ich konnte sehr wenig herausfinden.

Es wurde bald deutlich, daß dieser Kunohara durchaus etwas von uns wußte, auch wenn wir nichts von ihm wußten. Er war darüber im Bilde, daß wir aus Atascos Simulation geflohen waren - William, der sich zu unserem Sprecher gemacht hatte, bestätigte es widerwillig -, und er machte Andeutungen über Gefährten von uns, die darauf schließen ließen, daß er eines von unseren zwei vermißten Paaren getroffen hatte, obwohl er angab, ihren gegenwärtigen Aufenthalt nicht zu kennen. ›Hier ist alles in Bewegung‹, sagte er, anscheinend in dem Glauben, damit etwas zu erklären. ›Wohin die Durchgänge führen, ist meistens Zufall.‹ Dann stellte er uns ein Rätsel, das ich so wörtlich wie möglich wiedergeben möchte.

Er sagte: ›Der Gral und der Kreis bekämpfen einander. Aber beide sind kreisförmig - beide haben ihre Systeme geschlossen und würden dasselbe mit diesem neuen Universum machen. Es gibt jedoch einen Ort, wo die beiden Kreise sich überschneiden, und er ist ein Hort der Weisheit.‹

Mit etwas mehr Mäßigung, als er normalerweise an den Tag legt, begehrte Sweet William zu wissen, was das alles zu bedeuten habe. Ich erkannte den Namen ›der Kreis‹, aber abgeschnitten von meinen üblichen Informationsquellen konnte ich nur mein überfordertes Gedächtnis zermartern, und das hat bis jetzt zu nichts geführt.

Kunohara schien seine Rolle als geheimnisvolles Orakel zu genießen. ›Ich kann nicht sagen, *was*‹, antwortete er auf Williams Frage. ›Ich kann euch allerdings ein *Wo* nennen. Auf dem Schwarzen Berg werdet ihr einen Ort finden, wo die beiden Kreise sich sehr nahe kommen.‹

Florimel ergriff ziemlich ärgerlich das Wort und fragte, wieso er sein Spiel mit uns treibe. Kunohara, der für mich immer noch nichts weiter als eine Stimme war, lachte und erwiderte: ›Bringt man mit Spielen nicht Kindern das Denken bei?‹ Damit verschwand er.

Eine hitzige Debatte entbrannte nun, an der ich mich jedoch nicht beteiligte. Ich versuchte mir seine Worte einzuprägen und dachte dabei gleichzeitig über die Stimme nach, weil ich mir davon Aufschlüsse erhoffte, die den anderen nicht zugänglich waren. Ich kann nur glauben, daß er war, was er sagte - der Besitzer der Welt, in der wir uns befanden. Wenn ja, muß er in viele Pläne der Gralsbruderschaft eingeweiht sein. Womöglich gehört er ihr sogar an. Aber wenn er einer unserer Feinde ist und weiß, daß wir die Bruderschaft bekämpfen - wenn er das nicht gewußt hätte, warum hätte er uns dann so eigenartig gefoppt? -, dann bleibt die Frage: Warum hat er nichts gegen uns unternommen?

Ich werde daraus nicht schlau. Das sind seltsame Leute. Es stimmt, daß die Superreichen, wie ein amerikanischer Schriftsteller einmal sagte, anders sind als du und ich.

Nach Kunoharas Abgang setzten wir unseren Weg am Fluß entlang fort. Unterwegs wies William Florimel mit ätzender Ironie, wenn auch nicht ganz zu Unrecht darauf hin, daß sie die Gelegenheit versäumt habe, einen der Gralsherren zu überwältigen und einzuschüchtern. Sie ging nicht auf ihn los, aber ich hatte den Eindruck, es fehlte nicht viel.

Der Nachmittag kam und verging. Ich unterhielt mich mit Quan Li über Hongkong und ihre Enkelin Jing, die acht Jahre alt ist. Sie sprach mit bewegenden Worten von den schrecklichen Schmerzen, die Jings Krankheit der ganzen Familie bereitet - Quan Lis Sohn, ein Umlader von Rohstoffen, hat sich ein Jahr von seiner Firma beurlaubt, damit er sich die Wache am Krankenbett mit der Mutter des Mädchens teilen kann, und Quan Li befürchtet, daß er in seinem Unternehmen danach nicht wieder Fuß fassen wird. Sie selbst, sagt sie, sei durch das, was ihrem einzigen Enkelkind widerfahren ist, fast wahnsinnig geworden, und ihre Überzeugung, daß es irgendwie mit dem Netz zusammenhängen müsse, sei von der Familie zuerst als Ausdruck der Angst eines alten Menschen vor der Technik und später als sich stetig verschlimmernde, besorgniserregende Obsession angesehen worden.

Ich fragte sie, wie sie so lange online bleiben könne, und sie gestand schüchtern, daß sie ihre gesamten Ersparnisse genommen - für ihren Sohn und ihre Schwiegertochter ein weiteres Zeichen seelischer Labilität - und sich in einem Immersionspalast, einer Art VR-Urlaubsparadies am Rande des Zentraldistrikts, für einen längeren Aufenthalt eingemietet habe. In einem Ton, der sich nach einem gequälten Lächeln anhörte, sagte sie, daß diese Extrazeit im Otherlandnetzwerk gegenwärtig den letzten Rest ihrer Rente aufbrauche.

William und Florimel hatten sich erneut gestritten, diesmal über Kunoharas Bemerkungen - William bezeichnete sie als ›Quark‹ und war der festen Überzeugung, daß Kunohara uns damit bloß verwirren oder sogar in die Irre führen wolle, daß er sich auf unsere Kosten lustig mache -, und deshalb redeten beide mit niemandem mehr. Ich versuchte mit T4b zu sprechen, von dem ich weniger weiß als von allen anderen, aber er war sehr verschlossen. Er wirkte nicht unwirsch, sondern weit weg, wie ein Soldat zwischen einem furchtbaren Gefecht und dem nächsten. Als ich ihm behutsam Fragen stellte, wiederholte er nur, was er schon vorher gesagt hatte, nämlich daß ein Freund von ihm dieselbe Sache habe wie Renies Bruder und Quan Lis Enkelin. Als ich ihn fragte, wie er überhaupt von Atascos Welt erfahren habe, äußerte er sich vage, geradezu ausweichend. Er wollte nicht einmal verraten, wo er in der wirklichen Welt wohnte, nur daß es irgendwo in den USA sei. So anstrengend es ist, sich mit ihm zu unterhalten, habe ich doch den Verdacht, daß er sich trotz seiner Unbeholfenheit mit Worten ziemlich gut im Netz zurechtzufinden vermag. Er scheint auch mehr als sonst einer von uns beeindruckt zu sein von der Gralsbruderschaft und der ›Mordsleitung‹, die sie haben müsse, um ein solches Netzwerk zu bauen, womit er vermutlich Geld und Macht meint.

Mit unseren Tierbegegnungen hatten wir den ganzen Tag über Glück. Wir trafen auf einen Ufervogel, der groß wie ein Bürohochhaus auf stelzenartigen Beinen stand, aber konnten ihm entkommen, indem wir in eine natürliche Höhle am Ufer schlüpften und warteten, bis es ihm langweilig wurde und er davonstampfte. Etwas später zwang uns ein großer Käfer, in einer Wasserrinne an den Seitenwänden hochzukraxeln wie Leute, denen auf einer schmalen Straße ein Lastwagen entgegenkommt. Der Käfer beachtete uns gar nicht, aber wir hatten so wenig Platz, daß ich mit der Hand über seinen harten, körnigen Panzer hätte streichen können und abermals über die Detailgenauigkeit dieser Welten staunen mußte.

Am späten Nachmittag begann ich eine Veränderung des Flusses zu spüren. Aus dem tosenden Informationschaos von vorher, mit Wassertönen von einer derartigen Vielfalt, daß man meinen konnte, Hunderte von modernen Improvisationskomponisten hätten zusammen daran gearbeitet, schälten sich auf einmal ... Strukturen heraus. Deutlicher läßt es sich schwer erklären. Was vorher fast vollkommen zufällig gewirkt hatte, entwickelte jetzt Kongruenzen, klarer ausgeprägte Muster, die an Kristalladern in einem gewöhnlichen Feldstein erinnerten, und ich hatte die erste Ahnung einer größeren und komplexeren Ordnung irgendwo ganz in der Nähe.

Ich teilte meinen Eindruck den anderen mit, aber sie bemerkten keinen Unterschied im Fluß neben uns. Das änderte sich nach wenigen Minuten. Florimel war die erste, die etwas im Wasser funkeln sah, zunächst ganz schwach, wie die im Kielwasser eines Schiffes aufgewühlten phosphoreszierenden Algen, aber gleichmäßig über den ganzen Fluß verteilt. Bald konnten auch die anderen das Leuchten nicht mehr übersehen. Was mich betraf, so spürte ich etwas sehr Merkwürdiges, was ich nur als eine Krümmung des Raumes bezeichnen kann. Die Offenheit, die ich so lange um mich herum wahrgenommen hatte, sowohl auf dem Fluß als auch an beiden Ufern, schien aufzuhören, als ob wir eine Stelle erreicht hätten, wo die Welt vor uns in die Zweidimensionalität überging. Ich konnte noch - wie soll ich sagen? - einen metaphorischen Fluchtpunkt erkennen, einen Behelf, wie ihn vielleicht ein Künstler benutzt, um die Illusion einer zusätzlichen Dimension zu erzeugen, aber der Raum selbst schien sich nicht über diesen Punkt hinaus fortzusetzen. Die anderen berichteten mir, daß das Ufer und der Fluß in weiter Ferne erst ihren Blicken entschwänden, daß aber das blaue Leuchten, das jetzt sogar ihre Gesichter färbe, so hell sei es, nach wenigen Metern abrupt ende.

Als wir die von mir wahrgenommene Grenze des Raumes erreichten, geschah etwas Seltsames. Eben noch gingen wir in einer Reihe am steinigen Ufer vorwärts, immer hinter Florimel her. Beim nächsten Schritt marschierte Florimel in der Gegenrichtung an Quan Li vorbei, die direkt hinter ihr gewesen war.

Meine Gefährten wunderten sich und probierten alle nacheinander diesen sonderbaren Umkehreffekt aus. Es gab keine Wahrnehmung eines Bruchs, keinen Punkt, an dem sie spürten, daß sie kehrtmachten. Es war wie ein Schnitt zwischen zwei Bildsequenzen auf einem altmodischen Videoband - vorwärts, vorwärts, vorwärts, zurück.

Ich war weniger überrascht als die übrigen. Ich hatte gefühlt, wie Florimels Datenform einen Sekundenbruchteil lang verschwand, bevor sie umgedreht wieder erschien. Anscheinend waren nur meine geschärften Sinne imstande, die Mikrosekunden wahrzunehmen, in denen sich dieser Spukschloßeffekt ereignete. Aber das half auch nichts. Wie viele Male wir es auch versuchten, in welchem Tempo und in welchen Kombinationen, wir kamen am Flußufer nicht weiter. Ich nehme an, daß die Designer mit diesem Trick die benötigten Eintritts- und Austrittspunkte begrenzen. Ich frage mich, ob die nichtmenschlichen Replikanten an dieser Stelle nicht vielleicht irgendwelche vorgefertigten Erinnerungen an Ereignisse auf der anderen Seite einer Barriere erhalten, die sie niemals als solche erkennen.

Diese und andere Spekulationen, von den Auseinandersetzungen ganz zu schweigen, nahmen den größten Teil einer Stunde in Anspruch. Offensichtlich mußte der Austritt aus der Simulation auf dem Fluß selbst geschehen. Aber ebenso offensichtlich wären wir, wenn wir ein Boot gebaut hätten, erst irgendwann im Laufe des nächsten Tages hinausgekommen, da die Sonne bereits im Westen unterging. Außerdem mußten wir uns entscheiden, ob wir Kunoharas Behauptung Glauben schenken wollten, daß es Zufall sei, wohin die Durchgänge - anscheinend die Übergänge zwischen den verschiedenen Simwelten - führten. Wenn das stimmte, spielte die Zeit keine große Rolle, da dann die Chancen, Renie und Orlando mit ihren Freunden auf der anderen Seite zu finden, gering waren.

Zuletzt beschlossen wir, auf diese Überlegung keine Rücksicht nehmen zu können. Florimel erbot sich freiwillig, uns zu Fuß durch die flacheren Stellen am Rand des Flusses zu führen. Sweet William war davon nicht begeistert und wies - mit einiger Berechtigung - darauf hin, daß der Fluß auf der anderen Seite des Gateways stärker oder breiter sein könne; wir könnten mitgerissen werden und ertrinken. Wir wüßten nicht einmal, ob der Fluß dort drüben wirklich aus Wasser und nicht vielmehr aus Schwefelsäure, Zyanid oder etwas ähnlich Unerfreulichem sei.

Ich pflichtete ihm bei, sagte aber auch, wenn wir uns irgendeine Chance ausrechnen wollten, unsere verschollenen Gefährten wiederzufinden, sei Geschwindigkeit das Wichtigste überhaupt. Der Gedanke, eine weitere Nacht in dieser Umgebung verbringen zu müssen, machte mich nervös, das allerdings sagte ich nicht. Zum erstenmal waren mir einige der Strukturen aufgegangen, die diesem neuen Universum, wie Kunohara es genannt hatte, zugrunde lagen, und ich hatte gespürt, daß meine frühere Hilflosigkeit ein wenig verging. Ich wollte weiter. Ich wollte mehr herausfinden.

Die anderen drei waren meiner Meinung, und so schloß William sich widerwillig an, allerdings unter der Bedingung, daß er neben Florimel gehen dürfe, damit einer dem anderen helfen könne, falls Widrigkeiten auftreten sollten.

Wir fanden eine Stelle, an der der Uferrand nicht ganz so hoch über dem Fluß war - bei unserer Größe gab es keine sanften Böschungen -, und mit Hilfe eines Grashalms kletterten wir zum Wasser hinunter, wo wir allerdings in Reichweite des Ufers blieben.

Das Wasser war nicht mehr als knietief, aber die Strömung war stark, und das Wasser strahlte eine eigenartige Lebendigkeit aus, als ob es voll geladener, vibrierender Teilchen wäre. Quan Li teilte mir mit, der visuelle Effekt sei höchst spektakulär - ›wie wenn man durch ein Feuerwerk watet‹, sagte sie. Für mich war es weniger erfreulich, da die simulierten Energien der fürchterlichen Datenüberlast, die mich anfangs bei der Ankunft in Otherland schier erschlagen hatte, unangenehm glichen. Ich hielt mich an Quan Lis Ellbogen fest, um nicht das Gleichgewicht zu verlieren, und gemeinsam staksten wir auf eine ebene, leicht gekräuselte Fläche zu, die das Ende der Simulation darstellte. William und Florimel erreichten sie und gingen hindurch, und im Nu waren ihre charakteristischen Signaturen meiner Wahrnehmung entzogen. Quan Li und ich folgten ihnen.

Das erste, was ich auf der anderen Seite registrierte, mein allererster Eindruck, war ein ungeheurer Hohlraum, der sich vor mir auftat. Abgesehen von dem Fluß, der immer noch stark neben uns dahinschoß, stand ich einer gewaltigen Leere gegenüber, während ich in Kunoharas Welt überall von dicht gepackter Information umgeben gewesen war. Das zweite, was ich spürte, war, daß Florimel am Rand dieser großen Leere stand, ein oder zwei Schritte dahinter William. Zu meiner Verwunderung machte sie mehrere Schritte zur Seite, tiefer in den Fluß hinein, wie um etwas besser erkennen zu können. Die Strömung erfaßte mit einem Ruck ihre Beine. Sie ruderte heftig mit den Armen, wankte und wurde mitgerissen.

Quan Li schrie neben mir vor Überraschung und Schreck auf. Sweet William haschte vergeblich nach der Stelle, wo sie gestanden hatte. Ich fühlte, wie Florimels Gestalt den Fluß hinuntergespült wurde, fühlte, wie sie gegen den Zug ankämpfte, und staunte daher nicht schlecht, als ich Williams heisere Stimme sagen hörte: ›Seht euch das an! Sie fliegt! Wie geht das zu, zum Teufel?‹

Während wir alle ihre Bewegungen mitverfolgten, bekam Florimel sich wieder einigermaßen unter Kontrolle und strebte an den Rand des Flusses beziehungsweise an den Rand dessen, was ich weiterhin als Fluß wahrnahm, aber was anscheinend niemand wirklich sehen konnte. Sie arbeitete sich aus der Strömung heraus, ins Nichts, wie mir schien, und sofort verlangsamte sich ihre Fortbewegung. Sie fing an zu fallen, erst langsam, dann immer schneller.

William schrie: ›Schlag mit den Armen, Flossie!‹, eine Bemerkung, die mir zunächst selbst für seine Verhältnisse unglaublich grausam vorkam, die sich aber als guter Rat herausstellte. Als Florimel ihre Arme ausstreckte, glitt sie nach oben, als ob sie unsichtbare Flügel ausgebreitet hätte. Zu unserem wachsenden Erstaunen sauste und kurvte sie umher wie ein Vogel und beschrieb in der scheinbar leeren Luft vor uns große Spiralen. Nach wenigen Minuten war sie wieder bei uns angelangt, schwebte dicht vor uns auf dem Wind und hielt sich mit gelegentlichen Armbewegungen oben.

›Das ist wunderbar!‹ rief sie. ›Springt ab! Die Luft wird euch tragen!‹

Jetzt erkannte ich, daß der Raum, der mir anfangs als eine große Aushöhlung vorgekommen war, seine eigenen Formen von Information hatte, aber viel weniger statisch war als die Welt, die wir gerade verlassen hatten. Er verlangte von mir eine gewisse ... Neukalibrierung - ein besseres Wort fällt mir nicht ein -, und ein paar hastige Erkundigungen bei den anderen halfen mir, das Bild zu vervollständigen. Wir standen auf einem Felsvorsprung über einem gewaltigen steinernen Tal, dessen Sohle weit unten unsichtbar im Schatten lag. Dem Dämmerlicht nach zu schließen, war es hier entweder Abend wie in Kunoharas Welt oder früh am Morgen. Auf jeden Fall war über den Gipfeln, die das Tal säumten, nur blaugrauer Himmel wahrzunehmen. Weiter hinten in der Schlucht konnten wir andere kleine Gestalten erkennen, aber der Entfernung wegen nur undeutlich, selbst ich mit meinen Sinnen.

Der Fluß war eine schnelle horizontale Luftströmung geworden, unsichtbar für die anderen, nicht aber für mich, ein durch die Schlucht ziehender ununterbrochener Sog.

Nach einem kurzen Wortwechsel traten Sweet William und ich zusammen von dem Vorsprung. Es war, wie Florimel gesagt hatte: Wenn wir unsere Arme ausbreiteten und sie uns als Flügel dachten, konnten wir die Luftströmungen ausnutzen - es gab viele Brisen, die nicht so stark waren wie der Luftfluß und dennoch sehr hilfreich - und schweben oder uns sogar emporschwingen. Quan Li und T4b zu überreden, die Sicherheit des Felsens zu verlassen, war schwerer. Besonders T4b schien zu meinen, daß sein Panzerkostüm ihn nach unten ziehen würde, auch wenn es nicht realer war als das Tal oder die Luftströmungen.

›Tja, das hättest du dir überlegen sollen, bevor du dich unbedingt als wandelnde Werkbank ausstaffieren mußtest, stimmt's oder hab ich recht?‹ erklärte William ihm.

Schließlich konnten wir die beiden anderen bewegen, sich der ihnen trügerisch erscheinenden Luft anzuvertrauen, T4b allerdings nur mit dem Versprechen, Florimel und ich würden ihn an den Händen halten, bis er sicher war, daß es ging. Dabei hätte er mit seinem Pessimismus beinahe recht behalten, denn da wir in dieser Kettenformation nicht die Hände frei hatten, konnten wir nicht auf den Winden segeln. Wir begannen zu fallen und mußten ihn loslassen. T4b stürzte weitere hundert Meter in die Tiefe, bevor er die Arme von sich streckte und wild damit zu schlagen begann wie ein aufgeregtes Huhn. Zu seiner unendlichen Erleichterung trug ihn die Luft genauso gut wie uns übrige, und nach einer Viertelstunde etwa tollten und spielten wir alle auf der Brise wie Engel zwischen den Wolken des Paradieses.

Besonders William schien es mächtig Spaß zu machen. ›Heiliger Bimbam‹, rief er aus, ›endlich mal was, wofür sich's gelohnt hat, diesen bescheuerten Laden zu bauen! Das ist phantastisch!‹

Es blieb mir überlassen, zu bedenken zu geben, daß wir besser anfangen sollten, unsere neue Umgebung zu erforschen, schließlich wüßten wir nicht, wie sich die Verhältnisse verändern könnten. Vielleicht gebe es sogar ›Windüberschwemmungen‹, sagte ich, bei denen der Fluß über die Ufer trat und uns alle ins Tal spülte und gegen vorstehende Felsen schmetterte. Die anderen sahen das ein, und wir machten uns auf den Weg wie Zugvögel sehr ungewöhnlicher Art.

Wir hatten zwar keine Flügel, unsichtbare oder sonstwelche, aber unsere Arme taten ungefähr die gleichen Dienste. Da jedoch das Informationsfeld, das wir damit in Unruhe versetzten, nicht größer war als unsere physische Größe es rechtfertigte, kam ich zu dem Schluß, daß unser neues Environment eher eine Fantasywelt als ein wissenschaftliches Experiment war - selbst wenn wir an einem Ort mit sehr geringer Schwerkraft gewesen wären, hätten wir mit den Körperoberflächen, die wir den Luftströmungen bieten konnten, nicht derart dramatische Bewegungen erzielen können und wären nicht so rasch abgestürzt, wenn wir hin und wieder mit dem Armschlagen aufhörten. Diese Simwelt wollte gar nicht den Anschein erwecken, realistisch zu sein. Sie war ein einziger großer Traum vom Fliegen.

Ich begann zusehends zu genießen, was ich nur die Poesie des Ortes nennen kann, und war durchaus mit William einer Meinung, daß es hier etwas gab, wofür es sich lohnte, ein derart teures Netzwerk zu bauen. Auch bestand diese neue Welt nicht bloß aus Stein und Luft. Ungewöhnliche Bäume mit Blättern in unerwarteten Farben - lila, hellgelb und sogar blaß lavendelblau - wuchsen direkt aus Spalten in den Schluchtwänden, einige mit fast vollkommen horizontalen Stämmen, während andere so anfingen, aber dann in der Mitte abknickten und parallel zur Felswand in die Höhe stiegen. Manche waren so breit und verzweigt, daß ein ganzer Menschenschwarm auf ihnen hätte nisten können - was auch manchmal der Fall war, wie wir später erfuhren. Es gab auch noch andere Formen von Pflanzenleben, Blumen so groß wie Servierteller, die ebenfalls aus Ritzen im Stein wuchsen, hohle, an den Felsen emporkletternde Lianen mit langen Ranken, die bis zum Fluß hinunterhingen und in den Windströmungen wirbelten wie Seetang. Es gab sogar Bälle aus loser Pflanzenmasse, die durch die Luft trudelten wie Steppenhexen und keinerlei Kontakt mit dem Boden hatten.

Tatsächlich schien der Luftfluß genau wie ein normaler irdischer Fluß ein Anziehungspunkt für viele Arten von Leben zu sein. Die fliegenden Pflanzen zum Beispiel schienen direkt am Rand des Luftflusses am häufigsten zu sein, sozusagen am ›Ufer‹ entlangzurollen. Viele Vogel- und Insektenarten tummelten sich ebenfalls nahe der starken Strömungen, die in ihren unsichtbaren Klauen reichlich lebende Materie mitführten, ein Großteil davon anscheinend eßbar. Ich wünschte mir in diesen ersten Stunden viele Male, ich hätte Zeit, diese eigentümliche Flora und Fauna eingehend zu erforschen.

Es wurde bald deutlich, daß wir am Morgen eingetroffen waren, denn binnen kurzem erschien der erste Sonnenstreifen über den Gipfeln. Mit Erwärmung der Luft zog es weitere Lebewesen zu dem Windfluß, und bald waren wir von einer Wolke von Insekten, Vögeln und auch seltsameren Geschöpfen umringt. Einige waren Nagetiere, die Flughörnchen glichen, aber andere hatten keinerlei Ähnlichkeit mit auf Erden lebenden Tieren. Besonders eines war sehr häufig, ein merkwürdiges Wesen mit winzigen schwarzen Augen, paddelnden Schwimmfüßen und einem wie ausgehöhlt wirkenden Rücken, der ihm den Anschein eines langen pelzigen Bootes verlieh. Quan Li taufte es auf den Namen ›Fährmann‹.

Wir flogen stundenlang, immer mit dem Fluß. Die Schlucht blieb die ganze Zeit über weitgehend unverändert, allerdings kamen wir an ein paar Wasserfällen vorbei – nicht aus Luft wie der Fluß, sondern aus richtigem Wasser, das sich aus der Höhe ins Tal ergoß. Es gab genug Löcher in der Schluchtwand, daß ich mich zu fragen begann, was für größere Wesen diese Welt wohl außerdem bewohnen mochten, vor allem ob manche vielleicht etwas weniger harmlos waren als die Vögel und die Fährleute. Meine Sinne hatten sich mit dieser neuen Umwelt noch nicht genügend vertraut gemacht, um die Signatur möglicher in den Höhlen lauernder Gefahren von dem Chaos fliegender Wesen und wirbelnder Luftströme ringsumher zu unterscheiden. Obwohl es sein kann, daß meine Sinne sich hier letzten Endes als zuverlässiger erweisen als die meiner Gefährten – zum Beispiel dadurch, daß ich den Fluß ›sehen‹ kann, sie aber nicht –, bin ich insofern benachteiligt, als ich mich mit einer völlig neuen Kategorie von Anzeigern vertraut machen muß. Das ist etwas, worauf ich mich künftig vorbereiten muß, falls wir noch in andere Simulationen eintreten. Vor allem in den ersten Stunden war ich wie eine Fledermaus, die plötzlich in eine Konfettiparade geraten ist.

Die anderen hingegen mußten nur von ihren natürlichen Sinnen Gebrauch machen, und nachdem sie einmal das Fliegen heraushatten, schienen sie sich prächtig zu amüsieren. Besonders William war in dieser neuen Umgebung so fröhlich wie ein kleines Kind, und er war es, der ihr den Namen ›Aerodromien‹ gab. Fürs erste hatten wir den Ernst unserer Probleme und das Schicksal unserer verschollenen Gefährten beinahe vergessen. Ein bißchen war dieser erste halbe Tag in der neuen Welt wie erholsame Ferien.

Es war am späten Nachmittag, als wir den ersten menschlichen Aerodromiern begegneten. Sie tummelten sich auf einem horizontalen Baum in der Nähe eines großen Wasserfalls, ein Stamm von vielleicht zwei Dutzend Seelen. Einige duschten, andere füllten Fellschläuche, die sie an breiten Gürteln trugen. Als sie uns erspähten, verstummten sie, und ohne Gefährten, die sehen konnten, hätte ich sie womöglich gar nicht bemerkt, da der Wasserfall für mich ein erhebliches Informationschaos war.

Auf Florimels Anraten hin bewegten wir uns langsam und indirekt auf sie zu, um zu demonstrieren, daß unsere Absichten friedlich waren.

Die Menschen, die den Schilderungen der anderen nach dunkelbraune Haut und scharfgeschnittene Züge haben wie die nilotohamitischen Völker auf der Erde, beobachteten uns genau und blickten dabei aus dem Dunstschleier des Wasserfalls heraus wie eine Schar ehrwürdiger Eulen. Einige Frauen zogen ihre nackten Kinder an sich. Mehrere Männer erhoben bei unserem Nahen kurze, schlanke Speere, machten aber keinen sehr gewaltbereiten Eindruck. Wir erfuhren später, daß die Speere eigentlich Harpunen sind, von denen jede mit einer zwanzig bis dreißig Meter langen Leine aus geflochtenem Menschenhaar an ihrem Besitzer festgemacht war, wobei die Leinen wertvoller sind als die Waffen. Insgesamt schienen sie kulturell auf einer Stufe zwischen Jungsteinzeit und früher Bronzezeit zu stehen, obwohl rasch deutlich wurde, daß diese Leute kein Metall gebrauchten.

Einer der Männer, eine drahtige Erscheinung mit einem ergrauenden Kinnbart, schwang sich von seinem Ast und glitt mit einer Eleganz auf uns zu, die uns allen bewußt machte, wie wenig wir noch vom Fliegen verstanden. Er breitete im letzten Moment seine Arme aus, so daß er wie ein Schmetterling vor uns aufstieg, und fragte in durchaus verständlichem Englisch, wer wir seien.

›Wir sind Reisende‹, erwiderte Florimel, womit sie sich einen mißmutigen Blick von William einhandelte, weil sie die Initiative ergriffen hatte. Ich frage mich wirklich, ob dieses Führungsgerangel ewig so weitergehen soll. Ich hoffe inbrünstig, daß es irgendwann aufhört. ›Wir haben nichts Böses im Sinn‹, erklärte sie. ›Wir sind hier fremd.‹

Der Häuptling oder Anführer, oder was er sonst war, gab sich damit zufrieden, und eine kurze Unterhaltung schloß sich an. Florimel fragte ihn, ob er unsere Gefährten gesehen habe, und beschrieb die vier Vermißten, doch er schüttelte den Kopf und antwortete, daß mindestens seit ›einem Dutzend Sonnen‹ keine Fremden durch das Tal gekommen seien und überhaupt noch niemals welche, auf die unsere Beschreibungen zugetroffen hätten. Dann lud er uns ein, zu den Seinen mitzukommen. Wir nahmen natürlich gern an.

Unsere Gastgeber nannten sich, wie wir bald erfuhren, das Volk der mittleren Lüfte, eine eher blumige als exakte Bezeichnung, da alles unter den Wolken und über den tiefsten Gründen der Schluchten anscheinend als zu den mittleren Lüften gehörig angesehen wurde. Auf jeden Fall war diese Gruppe vom Volk der mittleren Lüfte eine der Familien des sogenannten Rotenfelsstammes, wobei sie allerdings auch ein

Jagdschwarm war. Wieder fühlte ich mich mit Dingen konfrontiert, die richtig zu verstehen mich Monate oder Jahre kosten würden.

Man setzte uns zu essen und zu trinken vor, und während wir das frische, kalte Wasser tranken und an irgendwelchen Häppchen nibbelten, von denen William meinte, es sei getrockneter Fährmann, hatten wir die Gelegenheit, uns die Leute genauer anzuschauen. Ihre Kleidungsstücke waren aus den Häuten und Fellen vermutlich selbsterlegter Tiere gemacht, aber mit Knöpfen und offenbar als Verzierung gedachten Stickereien, die Leute waren also nicht primitiv.

Als wir gegessen hatten, sprang die ganze Familie von dem Baum neben dem Wasserfall und schwang sich in die Lüfte. Wir flatterten hinterher und bekamen rasch, wenn auch diskret eine Position bei den Kindern und den flugschwächeren älteren Leuten zugewiesen. Das war jedoch kein Grund, sich gekränkt zu fühlen. Schon ein kurzer Blick auf die eleganten, atemberaubenden Bögen der erwachsenen Familienmitglieder zeigte uns, wie bescheiden unsere Flugkünste in Wahrheit waren.

Wir flogen in einer großen Spirale in die Schlucht hinunter und dann neben dem Luftfluß einher stromabwärts. Nach schätzungsweise einer knappen Stunde erreichten wir die rostfarbenen Felsen, von denen der Stamm seinen Namen hatte, und fanden dort ein richtiges Lager vor, den heimischen Sitz des ganzen Rotenfelsstammes, wo die einzelnen Stammesgruppen ihre Schlafhöhlen und die wenigen Habseligkeiten wie etwa große Kochtöpfe hatten, die sie tagsüber nicht mitführen wollten. Ich wunderte mich über die geringe Zahl ihrer Besitztümer, aber dann bekam ich mit, wie ein Mann eine steinerne Speerspitze schleifte, indem er die Schneide im Sturzflug gegen die Felswand hielt, so daß ein langer Steinstaubstreifen darauf zurückblieb. Da begriff ich, daß ihre Umwelt ihnen vieles ganz selbstverständlich machen mußte, wofür unsere Vorfahren lange und hart hatten arbeiten müssen.

Zur Zeit unserer Ankunft hatten sich schon mehrere Dutzend andere Familiengruppen zur Nacht im Lager eingefunden, insgesamt vielleicht vier- bis fünfhundert Angehörige des Volks der mittleren Lüfte. Unsere Familie tauschte mit vielen rituelle Begrüßungen aus und schwatzte dann lange mit den nächsten Nachbarn. Man fühlte sich ein wenig wie auf einer dieser Steininseln im Meer, wo viele Vogelarten zum Nisten zusammenkommen und es auf den ersten Blick chaotisch, in Wirklichkeit aber sehr geordnet zugeht.

Als die Sonne langsam hinter den Graten auf unserer Seite des Tals versank, wurden fast auf jedem Felsvorsprung Feuer angezündet, und die einzelnen Familien versammelten sich, um zu essen und sich zu unterhalten. Unsere Familie ließ sich auf den Stämmen und dickeren Ästen einer Gruppe von Bäumen nieder, die im rechten Winkel zur Steilwand wuchsen, wie ausgestreckte Hände. Dies schien hier am allgemeinen Lagerplatz ihr spezielles Territorium zu sein.

Als alle saßen und auf einer breiten Steinplatte, die man auf die Gabelung eines der größten Bäume gelegt hatte, ein Feuer angezündet worden war, sang eine Frau der Familie ein Lied über ein Kind namens ›Zwei blaue Winde‹, das von zuhause fortlief und eine Wolke wurde, sehr zum Kummer seiner Mutter. Dann führte ein junger Mann einen Tanz auf, den die anderen Mitglieder der Familie sehr lustig fanden, aber der auf mich einen so anmutigen und athletischen Eindruck machte – vor meinem inneren Auge sah ich seine Information wie Quecksilber auf einer hin- und herkippenden Glasscheibe rutschen und springen –, daß mir die Tränen kamen.

Als die letzte Farbe am Abendhimmel verblich und die Sterne vor dem dunklen Hintergrund funkelten, begann unser Gastgeber, der übrigens ›Baut-ein-Feuer-auf-Luft‹ heißt, eine lange Geschichte über einen Mann zu erzählen, der einen der fliegenden Büsche aß – die Leute hier nennen sie ›Luftdreherbüsche‹, ein zutreffender, wenn auch nicht sehr poetischer Name – und flußabwärts davongeweht wurde. Er erlebte zahlreiche Abenteuer in Ländern, die selbst an diesem Phantasieort phantastisch zu sein schienen, etwa im Land der Dreiköpfigen und im Land der Vögel mit Augen auf den Flügeln. Der Buschesser kam sogar in das unheimliche Land der seitlichen Felsen – was die Umschreibung einer echten Ebene sein könnte, vielleicht ein Relikt aus dem kollektiven Gedächtnis oder schlicht und einfach die widernatürlichste Geographie, die die Familie sich ausdenken konnte. Am Ende fand er eine schöne Frau und viele ›Flugse‹, ein Wort, das ich immer noch nicht verstehe, aber das Wohlstand zu bezeichnen scheint, war jedoch im ganzen von dem Erlebnis so erschüttert, daß er einen großen Stein verschluckte, damit es ihn nie wieder wegwehen konnte. So verlebte er den Rest seiner Tage auf den Simsen der Felswand, ohne fliegen zu können.

Ich konnte nicht erkennen, ob das als glückliches oder trauriges Ende gemeint war. Vielleicht von beidem etwas.

Man setzte uns abermals zu essen vor, diesmal frisches Fleisch und Obst, und wir verzehrten alle eine Anstandsportion. Es ist schwer zu sagen, welchen Effekt das Essen in dieser virtuellen Umgebung auf uns hat. Selbstverständlich wirkt es sich nicht auf unsere physischen Körper aus, aber so viele unserer inneren Vorgänge scheinen durch die Kräfte beeinflußt zu werden, die uns hier festhalten, daß man sich fragen muß, wie umfassend die Verbindung von Geist und Körper ist. Bekommen wir Energie, wenn wir hier etwas essen, wie in manchen altmodischen Spielen, wo die eigenen Kräftereserven nicht unter einen bestimmten Stand fallen dürfen? Wer weiß. Sweet William hat sich gelegentlich beklagt, daß ihm der *Genuß* des Essens fehle, und T4b in seiner sprachlich unbeholfenen Art auch, aber keiner von uns hat nachteilige körperliche Auswirkungen gespürt.

Nachdem die Geschichte aus war, wies uns Baut-ein-Feuer-auf-Luft seine Höhle an, wo seine Frauen - oder seine Schwestern, das könnte genausogut sein - uns Lagerstätten zurechtmachten.

Meine Gefährten schliefen ziemlich rasch ein, aber ich konnte keinen Schlaf finden, weil mir die ganzen Dinge durch den Kopf gingen, die ich über mich und das Netzwerk erfahren hatte, und weil mich Fragen plagten, auf die ich noch keine Antworten hatte. Zum Beispiel ist klar, daß wir niemals gegen die Strömung des Luftflusses wieder zurück- und hinauskommen, und so sind wir mehr oder weniger dazu verurteilt, nach einem anderen Durchgang Ausschau zu halten. Ich fragte mich und frage mich immer noch, ob das zum Plan von Otherland gehört - ob die Strömung des Flusses Besucher Station für Station durch das ganze Netzwerk befördern soll.

Dies führt mich natürlich gleich zu den nächsten Fragen, nämlich wie groß das Netzwerk ist, wie viele Simulationen es insgesamt umfaßt und wie groß unsere Chancen sind, Renie und die anderen wiederzufinden, wenn wir das Ding nach dem Zufallsprinzip durchforschen müssen.

Später hatte ich einen Traum. Ich war wieder in den verdunkelten Korridoren des Pestalozzi Instituts und suchte nach meinen Eltern, während gleichzeitig irgend etwas nach mir suchte, etwas, von dem ich nicht wollte, daß es mich fand. Ich wachte schweißgebadet auf. Als ich nicht sofort wieder einschlafen konnte, kam es mir wie eine gute Gelegenheit vor, dieses Journal auf den neuesten Stand zu bringen ...

Draußen ist plötzlich lautes Lärmen zu hören. Die anderen in der Höhle werden gerade wach. Ich nehme an, ich sollte nachschauen

gehen, was passiert ist. Ich höre Wut in einigen der Stimmen. Ich werde dieses Diktat später fortführen müssen.
 Code Delphi. Hier aufhören.«

> Der Rhythmus hatte in seinem Unterbewußtsein angefangen, einer von diesen verrutschten Rhythmen, die nach und nach immer aggressiver werden und die Musik völlig übernehmen, eine Gangstervibe, die zuletzt das ganze Stück kidnappt. Wenn er in Sydney gewesen wäre, hätte er auf seine normale Art jagen können, und die Befriedigung hätte ziemlich lange vorgehalten. Doch statt dessen mußte er noch mindestens eine Woche in Cartagena bleiben und die letzten Spuren des Luftgottprojekts beseitigen, und er wagte nicht, etwas zu tun, womit er noch mehr Aufmerksamkeit auf sich gezogen hätte.

Er hatte bereits Anlaß gehabt, die Sache mit der Flugbegleiterin zu bereuen, deren Namen er längst vergessen hatte. Einer der anderen Passagiere im Flugzeug aus Sydney hatte ihre joviale Unterhaltung mitgehört, und als die Geschichte von ihrem Verschwinden durch die Netze gegangen war, hatte der Passagier sich bemüßigt gefühlt, die Sache zu melden. Dread war kühl wie Andenschnee gewesen, als die Polizei an die Tür seines Hotelzimmers klopfte, aber obwohl die Leiche der Flugbegleiterin schon lange spurlos beseitigt war, hatte ihm die Überraschung gar nicht behagt.

Die Polizei zeigte sich von ihrem Gespräch mit dem Mann namens »Deeds« befriedigt und fand weder an seiner Geschichte noch an seinen Personalien etwas verdächtig. (Dreads Tarnidentitäten und Papiere waren das Beste, was man für das Geld des Alten Mannes kaufen konnte, mit anderen Worten, das Beste überhaupt – sein falscher Paß war tatsächlich ein echter Paß, wenn auch ausgestellt auf eine erfundene Person mit Dreads Gesicht und Netzhautmuster.)

Auch wenn es somit keine Folgen gehabt hatte, war es dennoch eine unangenehme Überraschung gewesen. Die Möglichkeit einer Verhaftung bereitete ihm keine besonderen Kopfschmerzen – selbst wenn die Beinha-Schwestern nicht die richtigen Fäden vor Ort ziehen konnten, waren die Kontaktpersonen des Alten Mannes im australischen Außenministerium mächtig genug, um dafür sorgen zu können, daß man ihn unter allen Umständen auf freien Fuß und in eine Diplomatenmaschine setzte, und sei es noch mit der Mordwaffe in der blutigen Faust. Aber ein

Hilfeersuchen ganz gleich welcher Art hätte zu Fragen geführt, die er auf gar keinen Fall beantworten wollte.

Die Polizei von Cartagena setzte ihre Ermittlungen mittlerweile auf einer anderen Spur fort, aber es war für Dread eindeutig keine gute Zeit, seinen Jagddurst zu löschen, ganz gleich, wie stark der ihn quälte. Jedenfalls nicht im RL.

Er hatte längst die besten Angebote ausprobiert, die es in der VR für seine spezielle Obsession gab - MurderWorld, Der Schlagtot geht um, Schwarze Minna von den gängigen Attraktionen, ferner einige Simulationen, die selbst schon illegal waren, frei kursierende Lustmordknoten, an die angeblich echte Personen gegen ihren Willen angeschlossen waren. Doch auch wenn einige der Opfer echt waren, wie die Gerüchte nachdrücklich behaupteten, war der Output selbst lasch und unbefriedigend. Die Erregung beim Jagen kam für Dread zum großen Teil davon, alles unmittelbar *fühlen* zu können - das Pumpen des Blutes, das Jagen des Adrenalins, die gesteigerte Wahrnehmung der Wirklichkeit, die ihm den Stoff eines Ärmels wie die Radarkarte eines neuen Planeten erscheinen ließ, das hallende, endlose Röcheln eines Atemzuges, das Flackern der Verzweiflung im Blick der Beute, hell wie ein Neonlicht in der Nacht, wenn sie auf einmal erkannte, wie sich die Falle schloß. Das Netz konnte nur ganz dünne, dürftige Imitationen bieten.

Aber das Gralsprojekt ...

Die Idee hatte in seinem Hinterkopf vom ersten Augenblick an gearbeitet, gleich als ihm klargeworden war, daß es innerhalb des Netzwerks Hunderte, vielleicht Tausende von Ländern gab, die genauso perfekt gemacht waren wie das Ägypten des Alten Mannes und viel weniger reglementiert. Sie war bald darauf in seine bewußten Gedanken eingedrungen, und das Spielchen mit Dulcy Anwin vor kurzem - Dread war gerne bereit zuzugeben, daß er es genossen hatte, der eingebildeten Schnepfe einen Dämpfer aufzusetzen - hatte sie so richtig zum Glühen gebracht.

Das Spannende war, daß diese Anderlandkreaturen sich nicht nur so verhielten, als ob sie lebendig wären, sondern es auch allen Ernstes selber zu glauben schienen. Das machte die ganze Idee noch verlockender. Er verstand jetzt, wie seine wilden Vorfahren sich gefühlt haben mußten, als sie mit ihren Kanus den Ozean überquert hatten und zum erstenmal australischen Boden betraten. Ein ganzer Kontinent, der noch nie einen menschlichen Jäger gesehen hatte! Tiere, die noch nicht gelernt hatten, den Menschen zu fürchten, vor seinen Steinen und Keulen und Speeren zu fliehen. Und jetzt hatte Dread eine ganze Welt gefunden, in der es genauso war – nein, ein ganzes Universum.

Selbstsicher, großspurig, faul, tot, erinnerte ihn eine leise Stimme. Es wäre ein Fehler, in irgendeinen Größenwahn zu verfallen – zumal er eines Tages die Schlüssel des Ganzen in der Hand halten konnte, wenn er nur die richtigen Züge machte. Aber bis dahin war es noch ein weiter Weg – es war kein Leichtes, schlauer zu sein oder länger durchzuhalten als der Alte Mann. Und gerade jetzt war der Drang so übermächtig ...!

Er stellte die Verbindung zum Otherlandsim wieder her, schaltete Dulcys Schleifencode ab und zog sich den Körper an wie ein Kleidungsstück. Er fühlte den Fels des Höhlenbodens unter seinem Rücken, hörte das Atmen seiner Mitreisenden zu beiden Seiten, gleichmäßig und ruhig. Er hielt sich die Finger vor die Augen und bewegte sie, konnte aber nichts erkennen. Sehr wenig Licht. Das war gut.

Er stemmte sich vom Boden hoch und wartete, bis er seiner Balance sicher war, bevor er über den direkt neben ihm liegenden Schläfer trat. Zwischen ihm und dem Höhlenausgang lag der Häuptling – wie hieß er nochmal? – und mehrere seiner nächsten Anverwandten. Auch sie schienen tief zu schlafen, aber Dread, der sich so geräuschlos bewegte, wie Gras wuchs, brauchte für die hundert Meter dennoch fast eine Viertelstunde.

Am Ausgang der Höhle blieb er erst noch eine Weile in ihrem Schutz stehen und ließ seinen Blick umherschweifen, um sich zu vergewissern, daß kein Mitglied eines der anderen Familienverbände auf war und herumwanderte. Der dünne Sichelmond war bereits hinter den hochragenden Bergspitzen verschwunden; die Lagerfeuer waren alle heruntergebrannt, und die Stille hing so schwer über dem Platz, daß er weit weg in der Dunkelheit über dem Luftfluß den Flügelschlag eines Vogels hören konnte. Er begab sich lautlos an den Rand der nächsten Felszinne, dann ließ er sich ins Nichts fallen und zählte während des beängstigenden Sturzes in die Tiefe bis zwanzig, bevor er die Arme ausbreitete und spürte, wie die Luft ihn trug.

Glockenspiel, dachte er. *Ich will Glockenspielmusik. Und fließendes Wasser.*

Die Musik, leises Plätschern und das sanfte Klingen von Metall auf Metall, durchrieselte ihn. Er schwebte ein paar Minuten in der Luft, genoß die beruhigende und sammelnde Wirkung der Töne, dann stieg er wieder nach oben zu den Schlafplätzen des Volks der mittleren Lüfte.

Es war ein erstaunlicher Ort, dachte er. Er war froh, daß er ihn den Großteil des Tages über nicht mit Dulcy hatte teilen müssen, da ihre nächste Schicht erst bei Tagesanbruch beginnen würde. Er fühlte sich wie ein Kind, wenn er hier so flog in dieser Simwelt, allerdings nicht wie das Kind, das er tatsächlich gewesen war, denn das hatte niemals einen Moment reiner Freude erlebt. Nicht vor dem ersten Mord. Aber hier, jetzt, umspült von der Luft, hatte er das Gefühl, alles Irdischen ledig zu sein, eine perfekte Maschine, ein Wesen aus dunklem Licht und süßer Musik.

Ich bin ein schwarzer Engel, dachte er und lächelte zu dem Glockenspiel in seinem Kopf.

Er hatte sie bei der Ankunft gesehen, ein weißhaariges Mädchen, das in den Ästen eines der großen Bäume jüngere Geschwister gehütet hatte – eine Mutation vielleicht, ein Albino oder sonst eine genetische Anomalie. Noch wichtiger als ihr faszinierendes Äußeres war ihr Alter gewesen, jung genug, um kontrollierbar zu sein, aber alt genug, um sexuell attraktiv zu wirken. Dread hatte kein Interesse daran, richtige Kinder zu jagen, und empfand für Leute, die das taten, eine leise Verachtung, als wären sie bei einem Persönlichkeitstest durchgefallen. Es war eine ähnliche Verachtung, wie er sie für Leute empfand, die damit angaben, seine spezielle Kunst auszuüben, aber es nur in der VR und mit simulierten Opfern taten – sie mußten nicht mit Vergeltung rechnen, nicht den Arm des Gesetzes fürchten. Sie hatten nicht, wie er ständig, die Meute zahmer Doggen im Nacken, die im Auftrag der Hammelherde Jagd auf den Jäger machte.

Er ließ das Glockenspiel in etwas Emphatischeres übergehen, ein Thema für ein heroisches und einsames Raubtier. Nein, diese Möchtegernkiller packten die Sache nicht richtig an. Sie waren kaputte Maschinen, aber er war ein nachgerade perfekter Apparat.

Seine leise, aber dramatische Suchmusik spielte schon ziemlich lange, als er endlich die Schlafhöhle ihrer Familie ausfindig gemacht hatte. Er hatte genau, aber unauffällig achtgegeben, wohin sich die einzelnen Gruppen gegen Ende des Abends zurückzogen, doch die Orientierungspunkte, die er sich gemerkt hatte – der markante Felsvorsprung, der wie verknotet aussehende Krüppelbaum, der sich an die Steilwand klammerte –, waren in der mondlosen Finsternis schwer zu erkennen. Aber er war ganz in der Hochstimmung der Jagd, und das allein hatte ihn überzeugt, daß er nicht scheitern konnte; das allein hatte ihn an seinem Ziel festhalten lassen, bis er fand, was er suchte.

Sie schlief zwischen zwei kleineren Kindern, eine vage Gestalt, die nur an einem ganz schwachen Sternenschimmer auf ihren Haaren zu erkennen war. Er hockte sich über sie wie eine Spinne am Rand ihres Netzes, wippte leicht auf den Fußballen hin und her, bis er die Balance für den einen Griff hatte, den er sich erlauben durfte. Als er bereit war, stießen seine Hände zu. Eine drückte ihr die Kehle zu, die andere glitt unter sie, raffte sie auf und hatte ihre Arme schon fest umschlossen, als sie mit einem Ruck wach wurde. Sein Simkörper war zäh und stark, und der Griff um ihre Kehle verhinderte, daß sie den geringsten Ton herausbrachte. Mit drei Schritten war er aus der Höhle hinaus, und zwischen den beiden ruhig weiterschlafenden Kindern blieb nur eine abkühlende Lücke zurück.

Sie zappelte in seinen Armen, bis er mit den Fingern zur Halsschlagader glitt und das Blut abdrückte; als sie erschlafft war, warf er sie sich über die Schulter und trat hinaus - wie alle ihres Volkes war sie ungewöhnlich leicht, als ob ihre Knochen weitgehend hohl wären. Darüber verlor er sich in verschiedene ablenkende Spekulationen, so daß er im Dunkeln beinahe fehlgetreten wäre. Er lief eilig zu dem ausladenden Vorsprung, den er sich gemerkt hatte, eine Felsnase, die wie eine abgebrochene Brücke weit über das Tal hinausragte, über die Spitzen selbst der größten horizontalen Bäume hinaus, dann blieb er an ihrem Fuß stehen und machte sich bereit. Jetzt kam der schwierigste Teil, und wenn er sich verschätzt hatte, konnte das alle möglichen schrecklichen Folgen haben.

Dread verlagerte das Gewicht des Mädchens ein bißchen nach vorn, dann gab er der klingelnden Musik in seinem Kopf einen konstanten Hintergrundbeat hinzu, passend zu seiner Stimmung, passend zur Szene. Der Himmel schien sich ein Stück herabzusenken, erwartungsvoll zuzuschauen.

Der Star, dachte er. *Ich. Das unmögliche Wagnis. Hintergrundbeleuchtung. Heroische Silhouette.* Die Kamera in seinem Kopf sah alles, seine Sicherheit, seine Klugheit, seinen Mut. Kein Stuntman, ungedoubelt. Er allein.

Er nahm über die Felsnase Anlauf, ließ seine virtuellen Gehwerkzeuge mit der ganzen Kraft seiner realen muskulösen Beine fliegen, bis er so schnell wie ein Sprinter war. Der Stein erstreckte sich vor ihm, ein dunkler Finger, der in eine noch tiefere Dunkelheit deutete. Es war schwer zu sagen, wo das Ende war. Zu lange warten - Katastrophe. Zu früh springen - dasselbe.

Er sprang.

Er hatte richtig geschätzt und sprang vom äußersten Punkt der Felsspitze ab. Als er die Luft unter sich fühlte, streckte er die Arme aus, um besser zu gleiten, wobei er sein Bestes tat, um das Mädchen ruhig auf der Schulter zu halten, aber er merkte dennoch, wie er unweigerlich sank. Ein Mensch konnte nicht mit dem Gewicht von zweien fliegen, selbst wenn der andere so klein und schlank war wie seine Gefangene. Gleich mußte er sie loslassen, oder er wurde mit hinuntergedrückt. Er war gescheitert.

Da fühlte er den Wind stärker werden. Im nächsten Moment wurde er kopfüber seitlich mitgerissen, so daß er die Arme einziehen und das Mädchen fest an sich pressen mußte. Er hatte den Fluß aus Luft erreicht.

Dreads Musik schwoll triumphierend an. Der Fluß erfaßte ihn und trug ihn vom Lager des Rotenfelsstammes fort.

Als sie sich in seinem Griff zu regen begann, arbeitete er sich aus den langsameren Strömungen des Luftflusses hinaus, bis er wieder fühlte, wie ihr Gewicht ihn hinabdrückte. Als er schließlich den richtigen Zeitpunkt für gekommen hielt, ließ er sie los und schoß gleich darauf hinter ihr her.

Er hatte auch in dem Punkt richtig vermutet: Ihre natürlichen Reflexe retteten sie, noch bevor sie wieder voll bei Bewußtsein war. Während sie desorientiert und verängstigt herumflatterte und zu verstehen versuchte, wo sie war und was geschehen war, umkreiste er sie in der Dunkelheit und redete auf sie ein.

Da sie aus ihrer zugedrückten Kehle noch keinen Ton herausbekam, konnte sie nur zuhören, wie er ihr beschrieb, was er mit ihr anstellen würde. Als die Panik sie schließlich überwältigte und sie sich umdrehte und die Schlucht hinauf floh, ließ er ihr nur einen kleinen Vorsprung. Eine richtige Jagd war eine Sache, aber er wußte, daß es alles andere als lustig wäre, wenn sie ihm tatsächlich entkäme und vor ihm den Nistplatz ihres Volkes erreichte. Schließlich war sie selbst angeschlagen und erschrocken und verwirrt eine bessere Fliegerin als er.

Es wurde eine gottvolle Jagd. Wenn sie auf einer geraden Bahn geblieben wäre, hätte sie ihm sogar davonfliegen können, aber im Dunkeln wußte sie nicht genau, wer oder was er war. Wie er sich ausgerechnet hatte, verlegte sie sich auf Ausweichmanöver, indem sie immer wieder Versteckplätze anflog und dann, wenn er sie dort aufgescheucht hatte, zum nächsten sauste. Zeitweise flog er nahe genug, um ihr entsetztes, japsendes Atmen zu hören, und in den Augenblicken fühlte er sich in der Tat als Schattenengel, ein Instrument der kalten Seite des Seins, Erfüller eines Zwecks, den von allen Sterblichen er allein wenigstens teilweise verstehen konnte.

Das weißhaarige Mädchen ermüdete zusehends, ihre Bewegungen wurden hektischer, aber er schätzte auch, daß sie allmählich in die Nähe des Lagers kamen. Dread hielt seine Erregung seit beinahe einer Stunde schon im Zaum und hatte sich mit diesem langgezogenen Vorspiel in einen Zustand hineingesteigert, den selbst die Musik in seinem Kopf nur annähernd ausmalen konnte. Vor seinen Augen rollten Bilder ab, entstand eine umgekehrte Virtualität, in der seine surrealsten und scheußlichsten Gedanken nach außen auf die formbare Dunkelheit projiziert wurden. Zerbrochene Puppen, Säue, die ihre eigenen Jungen fraßen, Spinnen, die sich in einer Flasche gegenseitig umbrachten, gemetzelte Schafe, Frauenfiguren aus Holz, kleingehackt und schwelend - die inneren Bilder schienen einen Glorienschein um seinen Kopf zu bilden, tanzten vor seinen irren Augen wie ein Schwarm brennender Fliegen.

Das Hundevolk, die schreienden Männer, die Kinderfresser. Halb erinnerte Geschichten, die ihm seine betrunkene Mutter einst mit lallender Zunge erzählt hatte. Von Gesichtern, die sich veränderten, schmolzen, von Leuten, die sich normal gestellt hatten, aber die zu lange am Lagerfeuer geblieben waren und denen jetzt Fell und Federn und Schuppen auf der Haut wuchsen. Von der Traumzeit, dem Ort, wo das Unwirkliche immer wirklich war, wo Albträume die nackte Wahrheit waren, wo Jäger jede Gestalt annahmen, die sie wollten. Wo der kleine Johnny alles sein konnte, was er wollte, und alle ihn verehren oder schreiend davonlaufen würden. Die Traumzeit.

Als er sich über dem zusammenbrechenden, weinenden Opfer zu einer Parabel aufschwang, die seine lange aufgeschobene Erfüllung genau abbildete, als er am Scheitelpunkt hing und ansetzte hinabzustoßen, durchzuckte ein blendender Lichtblitz sein Gehirn, eine Idee, für die er in dem Moment keine Worte hatte und die er erst später, in der Ruhe nach dem Mord, ansatzweise formulieren konnte.

Das ist die Traumzeit, dieses Universum, wo Träume wirklich werden.

Ich werde in seiner Mitte stehen, und ich werde es verdrehen, *und die ganze Schöpfung wird vor mir niederfallen. Ich werde der König des Traums sein. Ich werde die Träumer verschlingen.*

Und während dieser Gedanke in ihm loderte wie ein feuriger Stern, schoß er durch die schwarzen Winde hinab, verbiß sich in dem schaudernden Fleisch und Blut und vertilgte es, heiß wie eine Flamme, kalt wie der Gefrierpunkt, in einem schwarzen Ewigkeitskuß.

Er besaß hinterher gerade noch genug Geistesgegenwart, um den Körper, oder was davon übrig war, an einem Ort zu verstecken, der das Geheimnis nicht preisgeben würde. Er behielt nur ihr Messer, ein tückisches, rasierklingenscharf geschliffenes Stück Obsidian, aber nicht aus Sentimentalität - er war kein Sammler -, sondern aus Instinkt. Ob virtuell oder nicht, es hatte ihn die ganze Zeit schon gestört, daß er keine Klinge zur Hand hatte.

Er badete unterwegs in einem der Wasserfälle, um die Spuren abzuwaschen und sich von dem beißend kalten Wasser wieder in einen normalitätsähnlichen Zustand versetzen zu lassen, doch als er durch die trocknenden Winde zurückflog, war er immer noch ganz im Bann der vagen, aber überwältigenden Idee, die ihn jetzt erfüllte. Als er die Höhle erreichte, in der seine Begleiter schliefen, hatte er einen kurzen Moment der Unkonzentriertheit und stupste auf dem dunklen Weg zu seinem Schlafplatz eine der schlummernden Gestalten an. Auf das protestierende Gemurmel hin erstarrte er, die Finger krallenartig gekrümmt, bereit zum Kampf auf Leben und Tod - selbst in dieser erfundenen Welt würde dieser Jäger niemandem je ins Netz und in die Falle gehen -, aber die aufgestörte Gestalt wälzte sich lediglich herum und schlief wieder ein.

Dread hingegen kam der Schwelle des Schlafs nicht einmal nahe. Sein Schädel schien voll gleißendem Licht zu sein. Er schaltete die automatische Steuerung ein, rief Dulcy an und bat sie, den Simkörper früher als ausgemacht zu übernehmen.

Es gab soviel, worüber er nachdenken mußte. Er hatte die Traumzeit gefunden, die wahre Traumzeit, nicht den von Geistern wimmelnden Busch aus den Suffgeschichten seiner Mutter. Soviel, soviel. Er brauchte keinen Schlaf, ihm war, als müßte er nie wieder schlafen.

> »*Code Delphi. Hier anfangen.*

Etwas sehr Ernstes ist passiert. Ein Mitglied des Rotenfelsstammes – nicht aus der Familie, die uns mitgebracht hat, sondern aus einer der anderen, die dieses Höhlensystem bewohnen – ist verschwunden. Baut-ein-Feuer-auf-Luft kam, um uns davon Mitteilung zu machen, und obwohl er uns deutlich voll Argwohn beäugte, war er so höflich, keine Beschuldigung auszusprechen. Wie es aussieht, ist eine junge Frau namens Glänzt-wie-Schnee in der Nacht aufgestanden und von ihrer Familie fortgegangen.

Naheliegenderweise ist der Verdacht auf unsere Schar gefallen, und dies sprach Baut-ein-Feuer-auf-Luft denn doch aus. Glücklicherweise ist ein solches Verschwinden kein einmaliger Fall – daß junge Frauen mit Männern aus anderen Stämmen durchbrennen oder von ihnen entführt werden oder daß einer der fliegenden Menschen bei einem nächtlichen Ausflug verunglückt oder einem großen Raubtier begegnet, kommt vor, allerdings selten, und daher sind alle sehr bestürzt.

Was mich außer meinem Mitleid mit ihnen noch beunruhigt, ist eine undeutliche Erinnerung daran, daß jemand von uns *tatsächlich* in der Nacht aufgestanden ist.

Wie ich, glaube ich, schon sagte, war ich noch lange wach, nachdem wir uns alle in dieser Höhle zur Ruhe gelegt hatten. Irgendwann – ich muß wohl in einen flachen Halbschlaf gesunken sein – hatte ich den vagen Eindruck, daß jemand sich erhob. Später, ob Minuten oder Stunden kann ich nicht sagen, hörte ich wieder, wie sich jemand bewegte. Ich meinte, ein scharfes Luftholen und ein Murmeln zu hören, das ein wenig wie Quan Lis Stimme klang, aber das hat natürlich nichts zu bedeuten, denn auch wenn sie es war, kann sie ja von jemandem angestoßen worden sein oder einfach im Traum geredet haben.

Doch ich muß sorgfältig darüber nachdenken, weil es jetzt vielleicht von Wichtigkeit sein kann. Ein kurzer Austausch zwischen uns nach dem Weggang des Häuptlings hat ergeben, daß keiner der anderen vier in der Nacht aufgestanden sein will, und nichts deutet darauf hin, daß einer von ihnen lügt. Kann sein, daß ich es bloß geträumt habe. Aber die ganze Sache ist natürlich besorgniserregend. Ich bezweifele auch, daß ich noch die Gelegenheit erhalten werde, irgendwelche der Fragen zu stellen, die ich so gern beantwortet gehabt hätte, da Baut-ein-Feuer-auf-Luft und seine Familie jetzt andere Sorgen haben, und überhaupt würde es nur noch mehr Aufmerksamkeit auf uns als Fremde lenken.

Hinter meinen Begleitern, die nervös am Höhlenboden kauern, nehme ich draußen die gegenüberliegende Seite des Tals als eine wuchtige Masse relativ statischer Information wahr, die durch die Variablen des Morgennebels verschwimmt. Die Steine selbst müssen schattenviolett sein, da die Sonne noch nicht über den Felsgrat emporgekommen ist.

Allein um aus dieser Welt hinauszugelangen, müssen wir noch einen weiten Weg zurücklegen, und falls diese Leute sich gegen uns stellen, werden wir ihnen so wenig entkommen, wie wir vor einer Gruppe von Seiltänzern auf dem Hochseil fliehen könnten. Aerodromien ist ihre Welt, nicht unsere. Wir wissen nicht, wie weit flußabwärts der nächste Durchgang ist, und wir wissen auch nicht, wo die anderen sich zur Zeit aufhalten.

Ich glaube, vor dem Eintritt in das Otherlandnetzwerk dachten wir - jedenfalls Renie, Singh und ich -, daß es so wie andere Simulationsnetzwerke auch wäre, ein Ort, wo man einmal die Regeln lernt und sie dann nach Bedarf anwendet. Statt dessen ist jede dieser Simulationen eine Welt für sich, und wir werden ständig in die Dinge verwickelt, auf die wir hier treffen, und davon aufgehalten. Außerdem sind wir der Lösung der Probleme, die uns hergeführt haben, keinen Schritt näher gekommen. Wir hatten zu große Pläne. Otherland rächt sich an uns.

Baut-ein-Feuer-auf-Luft kommt soeben wieder auf die Höhle zu, diesmal begleitet von einem halben Dutzend bewaffneter Krieger - ich kann die Härte ihrer steinernen Speere und Beile fühlen, ganz anders als die Signaturen von Fleisch und Knochen - und einem aufgeregten Mann, der vielleicht der Vater des vermißten Mädchens ist. Der Häuptling selbst ist nervös, bedrückt, zornig - ich spüre, wie diese Emotionen von ihm ausgehen und den Datenraum um ihn herum verzerren. Das Ganze verheißt nichts Gutes.

Damit werde ich abermals unterbrochen. Die Szene bringt unsere ganze Erfahrung hier auf den Begriff. Wenn unsere Feinde das wüßten, würden sie sich schieflachen - sofern sie geruhten, es überhaupt zur Kenntnis zu nehmen. Wie klein wir sind! Wie lächerlich der Versuch, hier meine Gedanken vor dem Vergessen zu retten, für den Zeitpunkt eines immer unwahrscheinlicher werdenden glücklichen Ausgangs! Jedesmal frage ich mich, ob dies vielleicht das letzte Mal ist, das letzte Diktat, und ob diese letzten Worte von mir für alle Zeit unbeachtet und unabgerufen durch den Datenraum treiben werden.

Baut-ein-Feuer-auf-Luft gibt uns ein Zeichen, daß wir aus der Höhle kommen sollen. Andere vom Volk der mittleren Lüfte versammeln sich, um zuzuschauen. Furcht durchsäuert die Luft wie Ozon. Ich muß gehen. *Code Delphi. Hier aufhören.*«

Kapitel

Im Gefrierfach

NETFEED/NACHRICHTEN:
44 Polizisten als Snipejäger erwischt
(Bild: Callan, Mendez, Ojee in Haft)
Off-Stimme: Vierundvierzig kalifornische Polizeibeamte gingen den Ermittlern bei einer großangelegten Operation in die Falle. Staatsanwalt Omar Hancock erklärte, die Verhaftungen bewiesen, daß Polizisten sich von Ladeninhabern und sogar von Einzelhandelsverbänden dafür bestechen ließen, daß sie die Innenstädte von den Straßenkindern, "Snipes" genannt, säubern.
Hancock: "Wir haben Aufnahmen von diesen Beamten. Da wir nicht wollen, daß sie in der Versenkung veschwinden wie seinerzeit in Texas und Ohio, haben wir die Bilder bereits im ganzen Netz verbreitet. Es handelt sich um vorsätzlichen Mord, um Massenmord, könnte man sogar sagen, und die Mörder sind die Leute, die wir bezahlen, damit sie uns beschützen ..."

> Orlando und Fredericks blieb nicht viel Zeit, um über die Konsequenzen von Orlandos Entdeckung nachzudenken. Während sie noch versuchten sich vorzustellen, welches Mittel die Gralsbruderschaft entdeckt haben könnte, um für alle Zeiten im Netzwerk weiterzuleben, knirschte das Kanu neben ihnen auf die Landzunge aus trockenem Linoleum.

»Böse Männer gefunden«, verkündete Häuptling Starke Marke. Sein dunkles Gesicht wirkte noch dunkler, drohend wie eine Gewitterwolke, aber er sprach ruhig wie immer. »Zeit, Zündi zu holen.«

Die Landschildkröte, die das Gespräch zwischen Orlando und Fredericks zum Großteil verschlafen hatte, wurde wach. Nachdem sie eine Weile im Innern ihres Panzers herumgestöbert hatte, fand sie schließlich ihre Brille und erklärte, sie sei aufbruchbereit.

Orlando seinerseits war sich da nicht so sicher. Fredericks' Bemerkung über den Unsinn, das Leben für Trickfiguren zu riskieren, fiel ihm wieder ein, verschärft noch durch den Gedanken, er könnte etwas von entscheidender Wichtigkeit über Otherland und die Gralsbruderschaft herausgefunden haben. Wenn er und Fredericks nicht überlebten und Renie, !Xabbu und den anderen Bescheid sagen konnten, war es jetzt doppelt tragisch.

Aber was hilft's, dachte er, während er hinter dem Cartoonindianer in das Kanu kraxelte, *abgemacht ist abgemacht.* Außerdem mußten sie, wenn sie dem Häuptling nicht halfen, den Weg durch die Küche zu Fuß fortsetzen, eine unbekannte Strecke voll unbekannter Gefahren. Sie waren bereits den gräßlichen Salatzangen begegnet – er verspürte keinen Drang zu entdecken, was für bizarre Wesen sonst noch bei Nacht die Fußbodenfliesen unsicher machten.

Mit gleichmäßigen Bewegungen, die Orlando beinahe wieder eingeschläfert hätten, beförderte der Häuptling sie geschwind über das dunkle Wasser. Von der Landschildkröte, deren Ruhe damit zusammenhängen mochte, daß sie rundherum gepanzert war, war tatsächlich bald wieder das dünne Pfeifen einer Schlafenden zu hören.

Der Fluß verbreitete sich vor ihnen, bis er wie ein großer See wirkte: Das andere Ufer war sehr weit entfernt und nur deshalb überhaupt zu sehen, weil ein paar Feuer dort brannten. Orlando erkannte eine ganze Weile nicht, daß die große helle Fläche hinter den Feuern nicht die Küchenwand war, sondern ein gewaltiges weißes Rechteck. Es stand ganz dicht am Rand des Flusses, aber ragte höher empor als selbst die gebirgshohen Küchentresen.

»Eisschrank«, bemerkte Starke Marke.

»Und die bösen Männer sind da drin?« fragte Orlando.

»Nein.« Der Häuptling schüttelte nachdrücklich den Kopf. »Sind *da.*« Er deutete mit seinem Paddel in die Richtung.

Vorher von der Dunkelheit verhüllt und jetzt nur dadurch zu erkennen, daß die Wachfeuer vor dem Eisschrank die Silhouetten scharf hervortreten ließen, war vor Orlando und den anderen eine Reihe von Masten aufgetaucht, die aus einem schattenhaften, geschwungenen

Schiffsrumpf emporragten. Überrascht und erschrocken stieß Orlando einen leisen Fluch aus. Der Häuptling verlangsamte mit einigen Rückwärtsschlägen ihre Fahrt und ließ dann das Kanu lautlos treiben. Das mächtige Schiff war größtenteils dunkel, nur in ein paar kleinen Fenstern schimmerten Laternen, deren Lichter Orlando fälschlich für Spiegelungen der Strandfeuer gehalten hatte.

»Es ist sowas wie ein Piratenschiff«, flüsterte Fredericks mit weit aufgerissenen Augen.

Während der Häuptling näher an die Galeone heranpaddelte, wunderte sich Orlando über den merkwürdigen Umriß des Schiffes: Die hohen Masten und die eingerollten Segel sahen normal aus, soweit er das beurteilen konnte, aber der Rumpf wirkte ungewöhnlich glatt, und am Heck stand ein seltsamer griffartiger Bogen ab, der zu keiner Darstellung eines Piratenschiffes paßte, die er je gesehen hatte. Erst als sie so dicht dran waren, daß sie das Stimmengemurmel vom Deck über ihnen hören konnten, bemerkte er die Ballastfässer, die um den Schiffsrumpf herumhingen. Auf dem am nächsten hängenden stand »BRAUNER KORSAR - Eingedickter Saucenfond«. Als ihr Sinn und Zweck war darunter in kleinerer Schrift zu lesen: »Damit die ganze Mannschaft kampfbereit bleibt!«

Das abschreckende Schiff der Piraten war eine Sauciere.

Als sie lautlos längsseits des riesigen Soßengefäßes anlegten, neben dem sie wie eine aus dem Schöpflöffel gefallene kleine Karotte oder Rübenscheibe wirkten, flüsterte Orlando: »Auf einem derart großen Schiff muß es bestimmt hundert Mann Besatzung geben. Wie sollen wir vier ...?«

Häuptling Starke Marke schien an einem Kriegsrat nicht interessiert zu sein. Er hatte bereits das bewährte Seil aus dem Nichts gezaubert, mit dem er sie auch aus dem Spülbecken gerettet hatte, und knüpfte gerade ein Lasso daraus. Als er fertig war, warf er es gekonnt über eine der Hecklaternen, zog es straff und kletterte daran zum geschwungenen hinteren Ende der Sauciere empor. Orlando warf einen hilflosen Blick auf Fredericks und dessen erwartungsgemäß finstere Miene, dann schob er sich trotz allem sein Breitschwert in den Gürtel und folgte dem Streichholzindianer.

»Ich denke, irgend jemand sollte lieber beim Kanu bleiben, meint ihr nicht auch?« flüsterte die Landschildkröte. »Viel Glück, Jungs, oder Hals- und Beinbruch, oder was man sich sonst für einen Kampf gegen Seeräuber wünscht.«

Orlando hörte Fredericks etwas erwidern, das nicht ganz so freundlich klang wie »viel Glück«, doch dann straffte sich das Seil unter ihm, und er wußte, daß sein Freund hinterherkam.

Keiner von ihnen konnte so schnell klettern wie der Comicindianer. Als sie schließlich die Heckreling erreichten und sich hinüberzogen, kauerte Starke Marke schon vor dem Achterdeck im Schatten und legte gerade einen Pfeil in seinen Bogen ein. Fredericks zog wieder ein säuerliches Gesicht, dann nahm er den Bogen, den der Häuptling ihm gegeben hatte, von der Schulter und folgte dessen Beispiel. Orlando befühlte die schartige Schneide seines Schwertes und hoffte, es nicht gebrauchen zu müssen. Sein Herz klopfte schneller, als ihm lieb war. Trotz der totalen Unwirklichkeit der Simwelt, trotz der tanzenden Gemüsesorten und singenden Mäuse kam ihm dies hier sehr viel gefährlicher vor als Thargors Abenteuer in Mittland ... was es wahrscheinlich auch war.

Die meisten Lichter und sämtliche Stimmen waren auf dem Hauptdeck versammelt. Mit dem Indianer an der Spitze, der sich mit bilderbuchmäßiger Geräuschlosigkeit bewegte, schlichen sie sich an den Rand des erhöhten Achterdecks heran, von wo aus sie einen Blick nach unten werfen konnten.

»Wie ist die Distanz, Bootsmann?« erkundigte sich jemand vom entgegengesetzten Ende des Schiffes mit recht theatralischer lauter Stimme.

Ein barfüßiger Mann in einem gestreiften Hemd unterbrach daraufhin seine Beratung mit einem anderen Matrosen an der Hauptdeckreling und brüllte: »Um die zwohundert so ungefähr zirka, Käpt'n.« Beide Seemänner waren einmalig abstoßende Erscheinungen: schmutzige Kleidung, fehlende Zähne, vor Bosheit glitzernde Augen.

»Dann werde ich mich jetzt vom Vordeck hinabbegeben«, verkündete die Stentorstimme. Einen Moment später rauschte eine schwarzgewandete Gestalt von der Back hinunter und direkt unterhalb ihres Verstecks aufs Hauptdeck. Die Schritte des Kapitäns hatten einen eigenartigen Takt; erst als er ganz in ihrer Nähe war, erkannte Orlando, daß der Mann ein Holzbein hatte.

Aber das Bein war nicht die einzige Prothese, die der Kapitän hatte. Statt einer Hand ragte ein eiserner Haken aus seinem linken Ärmel, und der andere Arm hatte einen noch merkwürdigeren Abschluß: Als der Oberpirat sich ein Fernrohr vors Auge hielt, sah Orlando, daß er es mit einem mechanischen Greifer faßte, der eine unerfreuliche Ähnlichkeit mit den wütenden Salatzangen hatte. Doch selbst diese absonderlichen Extras waren weniger bemerkenswert als der imposante pechschwarze Schnurrbart unter der falkenähnlichen Nase des Mannes, dessen Korkenzieherlocken sich auf beiden Seiten seines fahlen Gesichtes bis auf die weiße Spitze seines Kragens hinabringelten, wo sie eingerollt liegenblieben wie zwei müde Vipern.

Nachdem der Kapitän eine Weile durch das Fernrohr gestarrt hatte, wandte er sich seinen Männern zu, die sich in einem wilden Haufen um den Hauptmast drängten, hämische Vorfreude in den Augen. »Die Stunde ist gekommen, mein Meeresgeschmeiß, mein Abschaum der Wogen«, erklärte er. »Zieht den Jolly Roger auf, und macht dann den Donnerer scharf - wir werden keine Zeit mit kleineren Geschützen vertun.«

Auf seine Worte hin sprangen zwei jüngere Korsaren, trotz ihrer Jugend nicht minder dreckig und eklig anzusehen, an die Takelage, um die Piratenflagge zu hissen. Eine Handvoll anderer Männer eilte zum Vordeck und rollte eine riesige Kanone von ihrem Schießloch zurück, ein Monstrum, dessen Lafetteräder so groß wie Tischplatten waren und das aussah, als könnte es ein komplettes Nilpferd abfeuern. Während sie das Geschützrohr mit einem Schrubber bearbeiteten, der doppelt so lang war wie der Matrose, der ihn führte, und dann einen ganzen Sack Schießpulver hineinkippten, trieb das Piratenschiff immer näher an den Strand heran. Der Eisschrank ragte über ihnen auf wie ein hohes Kliff.

Der Kapitän schlug seinen schwarzen Mantel zurück, so daß man das blutrote Futter sah, stampfte an die Reling und legte seine beiden Handprothesen an den Mund. »Ahoi, Eisschrank!« brüllte er, daß seine Stimme über das Wasser schallte und hallte. »Hier spricht Fledderjan Gierlapp, Kapitän der *Schwarzen Terrine*. Gebt euer Gold heraus. Wenn ihr die große Tür aufmacht, lassen wir die Frauen und Kinder unbehelligt, und alle Männer, die sich ergeben, bleiben am Leben.«

Der Eisschrank blieb stumm wie ein Stein.

»Wir sind in Schußweite, Käpt'n«, rief der Bootsmann.

»Macht die Boote und die Landungstrupps klar.« Fledderjan hinkte ein paar Schritte näher an die große Kanone, bevor er eine Pose stoischer Ergebenheit einnahm. »Und bringt mir das Zündholz.«

Orlando spürte, wie Häuptling Starke Marke sich neben ihm anspannte. Einer der Piraten kam mit einem Bündel auf dem Arm aus irgendeinem Schlupfloch. Nur ein winziger roter Kopf guckte aus der

Decke hervor, und das Bündel gab ein Wimmern von sich, bei dessen dünnem, leisem Ton sich Orlando das Herz zusammenkrampfte.

»Alle Mann in Position, Käpt'n«, schrie der Bootsmann.

Mehrere Matrosen fingen an zu tanzen, die Arme verschränkt und die gezückten Entermesser in den behaarten Fäusten.

>»Böse, böse Bösewichte,«

sangen sie in gräßlich falschen Tönen, aber munterem Krakowiaktakt,

>»Bösere als uns gibt's nichte.
>Wir tun alles, wenn's nur schlecht ist
>(Aber nichts, was gut und recht ist).
>
>Üble, üble Übeltäter,
>Übler noch als unsre Väter,
>Tun wir tüchtig Übeltaten,
>Sind die reinsten Satansbraten!«

Der Kapitän lächelte nachsichtig und winkte dann mit seinem Haken. Der Matrose mit dem jammernden Bündel sprang vor und drückte es Fledderjan in den Greifer. Das Quäken des Bündels nahm zu.

»Wollen doch mal sehen, ob der Donnerer nicht die eisige Reserve jener Feste dort zum Schmelzen bringen kann, was, meine salzfleckigen Grobsäcke?« Der Kapitän warf die Decke zur Seite, und zum Vorschein kam ein strampelndes, schlotterndes Babystreichholz, eine Miniaturversion von Starke Marke und seiner Frau. Er hatte offensichtlich vor, den Schwefelkopf des Säuglings über das rauhe Deck zu streichen, doch bevor er diesen Vorsatz ausführen konnte, flitzte etwas an Orlandos Ohr vorbei und blieb zitternd im schwarzen Ärmel von Fledderjans Mantel stecken. Einen Moment lang war das gesamte Vordeck wie vom Donner gerührt. Der Seeräuberkapitän ließ das Baby nicht fallen, aber senkte es einen Moment ab, um den in seinen Arm eingedrungenen Pfeil zu inspizieren.

»Ein geheimnisvoller Schütze scheint mich vom Achterdeck aus mit irgendwas zu spicken«, bemerkte er trocken. »Ihr Schmuddelburschen - ein paar von euch rauf da, und stecht den Kerl ab.« Während ein Dutzend unrasierter, narbengesichtiger Seeräuber die Treppe hinaufpolterten und Orlando und Fredericks sich mit einem flauen Gefühl im Magen aufrappelten, nahm Fledderjan das Kind und rieb es über den wuchtigen Kanonenlauf, so daß der kleine Kopf aufflammte und dann lichterloh brannte. Daraufhin hielt der Kapitän den schreienden Säugling an die große Lunte der Kanone und zündete sie an.

Vor Wut und Qual aufstöhnend flankte Starke Marke vom Achterdeck. Er landete in einer Gruppe verdatterter Piraten, die er wie Kegel über den Haufen warf. Wie der Blitz war er bei dem Piratenkapitän und riß ihm das brennende Kind aus den Metallklauen. Er tunkte den Kopf des Babys in den Eimer, der sonst zum Kühlen des Kanonenrohres benutzt wurde, zog das weinende, prustende Kind wieder heraus und hielt es dicht an seine Brust.

Orlando mußte sich notgedrungen von diesem Drama abwenden, als der erste der Piraten, blutrünstig sein Entermesser schwingend, auf dem Achterdeck auftauchte. In den nächsten fünf Sekunden passierten mehrere Dinge gleichzeitig.

Mit etwas verzögerten, aber nicht völlig verschwundenen Thargorreflexen wich Orlando einem Messerhieb aus, sprang zur Seite und zog sein Breitschwert in einem flachen Bogen so herum, daß der anstürmende Pirat es in den Rücken bekam und vom Deckaufbau segelte, während gleichzeitig der tätowierte Bukanier hinter ihm mit einem von Fredericks' Pfeilen in der gestreiften Brust rückwärts die Stufen hinunterfiel.

Häuptling Starke Marke nahm sein triefendes, heulendes Kind und sprang über die Reling ins Wasser. Fledderjan sah ihm mit finsterer Belustigung hinterher und zwirbelte dabei mit der Spitze seines Hakens ein Schnurrbartende.

Die Lunte des Donnerers war abgebrannt und verschwand im Rohr, bevor sie einen Sekundenbruchteil später das Pulver mit einem Knall wie zum Auftakt des Jüngsten Gerichts entzündete. Die Kanone spuckte Feuer, und die Lafette fuhr zurück, daß die Halterungsketten nur so krachten. Das ganze Schiff ruckte, und Orlando, Fredericks und die angreifenden Piraten stürzten allesamt zu Boden.

Die wuchtige Kanonenkugel zischte übers Wasser und rumste gegen den großen Griff des Eisschranks, so daß dieser abbrach und die Tür eine Delle bekam.

Als das Echo der Detonation des Donnerers verhallte, war zunächst einmal alles still. Dann schwang die berghohe Tür des Eisschranks langsam auf.

Sie waren in keiner besonders guten Position, erkannte Orlando. Obwohl wenigstens die Hälfte von Fledderjans Mannschaft mit der deutlichen Absicht, den offenstehenden Eisschrank zu attackieren, in die Boote stieg, gab sich die Mehrzahl der übrigen mit dem Vorhaben zufrieden, Orlando und Fredericks zu töten. Das erste halbe Dutzend war zwar besiegt, doch die nächsten zehn oder fünfzehn kamen bereits die Treppe hoch und schwangen dabei scharfe Gegenstände der verschiedensten Art.

Häuptling Starke Marke war über Bord gesprungen: Er hatte sich seinen verwundeten Sohn zurückgeholt und war demzufolge, wie es aussah, nicht mehr an den Cartoonkorsaren oder sonst etwas interessiert. Das von der Landschildkröte bewachte Kanu lag außer Sichtweite unter der Reling der *Schwarzen Terrine*, und selbst wenn sie sich durch die Masse der häßlichen Bukaniere dorthin durchkämpfen konnten, war das Seeräuberschiff ein gutes Stück strandwärts getrieben, und es gab somit keine Garantie, daß das Kanu noch immer an der Seite des Schiffes lag.

Wir brauchen einen neuen Plan, schoß es Orlando durch den Kopf. *Besser gesagt, überhaupt einen Plan.*

Eines der letzten Landungsboote schaukelte an seinen Davits, während eine zähnefletschende, fluchende Meute von Seeräuberkarikaturen sich nach Kräften beeilte, es abzulassen. Orlando wehrte den Angriff des ersten Piraten aus der nachrückenden Schar auf der Treppe ab und schrie dann Fredericks zu: »Komm mit!«

Sein Gefährte, der entweder keine Pfeile mehr hatte oder keinen Platz, um sie richtig abzuschießen, benutzte derweil seinen Bogen als notdürftigen Schildersatz und schwang dazu ein Entermesser, das er einem der Angreifer abgenommen hatte. »Wohin?«

»Zu den Booten!« Orlando stolperte und wäre fast hingefallen; er durfte nicht vergessen, daß er hier zwar viel stärker war als in seiner eigenen morschknochigen Gestalt, aber auf keinen Fall mehr Thargors übermenschliche Muskeln besaß. Er packte eines der Besantaue und schwang sich über die Köpfe der herandrängenden Angreifer aufs Hauptdeck. In viel zu großer Eile, um zu gucken, ob Fredericks ihm wirklich gefolgt war, stürzte er zum Landungsboot und schaffte es, den ersten Piraten über Bord zu schubsen, bevor der Mann ihn sah. Von den drei anderen hielten zwei das schaukelnde Boot ruhig, und so nahm sich Orlando den dritten vor. Gleich darauf erschien Fredericks an seiner Seite, und gemeinsam hatten sie den Gegner rasch erledigt. Die anderen beiden, nur mit einfachen Messern bewaffnet, überlegten kurz, dann sprangen sie aus dem Boot und verschwanden in Richtung des Vordecks. Wie Orlando und Fredericks schon festgestellt hatten, waren die Comicseeräuber nicht so furchterregend, wie sie aussahen, aber durch ihre zahlenmäßige Übermacht stellten sie dennoch eine Gefahr dar.

»Alle Teufel von Tortuga!« brüllte Fledderjan vom Vordeck, und sein Mantel flatterte dazu in der auffrischenden Brise. »Sie entkommen! Gibt es auf dieser schlappen Soßenschüssel keinen einzigen Mann, der kämpfen kann? Muß ich denn alles alleine machen?«

Orlando und Fredericks sprangen je an ein Ende der Jolle, zählten bis drei und schlugen dann mit Schwert und Entermesser auf die Taue, an denen das Boot hing. Wie fast alles in der Simulation verhielten sich auch die Taue nicht wie ihre Gegenstücke im realen Leben, sondern gingen mit einem satten *Twäng* auseinander, kaum daß die Klingen sie berührten. Das Boot stürzte mehrere Meter tief in den Fluß, so daß ein weißer Gischtschwall aufspritzte.

Orlando konnte sich zunächst nicht entscheiden, ob sie den anderen Piratenbooten zum Fuß des Eisschranks ans Ufer folgen oder ob sie lieber weiter auf den Fluß hinausrudern sollten. Fredericks deutete auf eine Gruppe von Piraten, die auf ihrer Seite eine schwere Kanone an das Schießloch rollten.

»Hinter den andern Booten her – er wird nicht auf seine eigenen Männer schießen«, erklärte Orlando. Sie legten sich in die Riemen und fegten auf den Strand zu, um den Landungstrupp möglichst noch einzuholen. Wenige Momente später, das Ufer war bestimmt noch hundert Meter entfernt, strich ein dunkles Etwas über ihre Köpfe, traf das Boot unmittelbar vor ihnen und sprengte Piraten und Piratenstücke in alle Himmelsrichtungen.

»Wieder falsch«, bemerkte Fredericks hilfreich.

Mit eingezogenen Köpfen wriggten sie weiter. Die Kanone feuerte, feuerte abermals, und die Kugeln ließen links und rechts von ihnen hohe Fontänen aufstieben. Da das Wasser jetzt seicht wurde, warfen sie sich über Bord und schwammen zum Strand.

Als sie aus dem Fluß stiegen und sich erst so richtig bewußt wurden, daß sie zwischen Fledderjans Kanone und seinem Sturmtrupp in der Falle saßen, hörten sie plötzlich einen Fanfarenstoß und einen vielstimmigen Schrei. Die Verteidiger des Eisschranks strömten aus der aufgebrochenen Tür und warfen sich den Bukanieren am Strand entgegen. In Orlandos Erleichterung mischte sich ein gewisses Befremden, denn eine absonderlichere Streitkraft hätte man sich schwerlich vorstellen können.

Die Vorhut, gewissermaßen Kanonenfutter im wörtlichen Sinne, war eine Abteilung streitbarer Gemüsesorten, das direkte Gegenteil der zügellos feiernden Tomaten und Zucchini, die sie vorher gesehen hatten. Kürbisse in vielen Farben und Formen schwenkten Spargelspeere. Hinter finster dreinblickenden Yamswurzeln folgte eine Kette kolossaler Auberginen, grollende schwarzviolette Gestalten, die so erschreckend wirkten wie wilde Elefanten. Der Anführer dieses martialischen Salats war eine fesche Mohrrübe, die ein Schwert in die Luft stieß und mit dünner, aber dramatischer Stimme schrie: »Für Gott und Sankt Knackian!«

Als die erste Gemüsereihe auf die anstürmenden Seeräuber traf, rückten noch ungewöhnlichere Streiter aus dem Eisschrank nach, die meisten frisch diversen Etiketten und Packungen entsprungen. Ein Trupp Schotten mit Röcken, Breitschwertern und Dudelsäcken, auf denen sie tapfer bliesen, bestimmte das Marschtempo für eine Abteilung Clowns (mit einer Begleitschar kampfgeschulter, uniformierter Pudel) und eine Meute rotbackiger Kinder mit leuchtenden Augen, die wie Harpyien kreischten und mit geschärften Vorlegelöffeln herumfuchtelten. Es gab Salami, kostümiert als Gondolieri, die ihre langen Ruder wie Bauernspieße führten, knurrende Bären von Honiggläsern und Milchflaschenkühe in vielen verschiedenen Größen und Gestalten, deren gläserne Zerbrechlichkeit von ihren geschwungenen durchsichtigen Hörnern und ihren scharfkantigen Hufen wettgemacht wurde. Ein Kamel, ein Häuflein Dschinns auf einem fliegenden Teppich und etliche andere, die Orlando nicht richtig erkannte, weil sie zu weit weg oder zu ausgefallen waren, vervollständigten die Streitmacht. Es gab sogar mehrere mehlbestäubte und etwas nervöse Haferflockenquäker, die vielleicht als Gefechtsbeobachter dafür sorgen sollten, daß die streitenden Parteien sich an irgendwelche von der Küchenkonferenz beschlossene Kriegsregeln hielten.

Orlandos Freude über das Auftauchen der Verteidiger schwand rasch, als ihm klar wurde, daß die Insassen des Eisschranks sie offenbar ebenfalls für Piraten hielten – er und Fredericks wurden beinahe von den ruderschwingenden Gondelführern enthauptet, bevor sie begriffen, daß die Stangenwürste in ihren gestreiften Hemden »O sole mio« als Kriegsschrei sangen und nicht als Willkommensgruß. Sie beschlossen, sich an den Rand des Schlachtfeldes zurückzuziehen, und keinen Moment zu früh, denn eine Explosion, die in das Linoleum vor dem Eisschrank einen tiefen Krater riß, tat kund, daß Fledderjan auf der *Schwarzen Terrine* wieder den Beschuß aufgenommen hatte.

Sie fanden einen im Schatten liegenden Winkel am Fuß eines nahen, aber weit genug von den Kampfhandlungen entfernten Schranks und ließen sich dort nieder, um das Gefecht aus einigermaßen sicherer Distanz zu verfolgen.

Orlando hatte sich von Anfang an schwergetan, die innere Logik der Küche zu verstehen, und der Comickrieg erwies sich als genauso unbegreiflich. Manche Sachen wirkten vollkommen willkürlich: Wenn ein Höcker auf dem Rücken des Kamels vom Ruder eines Piraten getroffen wurde, ploppte er einfach irgendwo anders an dem Kamel wieder hervor, aber aus einer Yamswurzel, die einen Hieb mit einem ähnlichen Ruder abbekam, wurden sofort viele kleine Yamswurzelbabys in Windeln. Wenn ein Salamigondoliere von einem harten Schlag oder einem Streich mit einem Entermesser »getötet« wurde, zerfiel er in eine Reihe ordentlicher Scheiben. Die Piraten hingegen, die vermutlich aus eingedickter Sauce bestanden, machten einen recht soliden Eindruck, selbst wenn sie naß wurden. Überhaupt schien das Ganze keinerlei schlüssige Ordnung zu haben, was Orlando (der gern die Regeln kannte) besonders frustrierend fand. Leute - wenn man sie denn Leute nennen konnte - dehnten sich oder blähten sich auf oder zerbrachen in Stücke, aber es gab keinen Tod in dem Sinne, daß jemand in seiner normalen Gestalt getötet wurde und dann auch erkennbar tot blieb - selbst die Piraten, die sie auf dem Schiff erstochen oder zerhackt hatten, waren nur einfach weggesackt. Orlando war sich ziemlich sicher, daß alle diese Kämpfer, Gewinner wie Verlierer, morgen in ihren alten Formen wieder mit von der Partie sein würden, wann immer »morgen« war.

Das wäre durchaus akzeptabel und sogar recht interessant gewesen, aber im Gegensatz zu ihren Feinden gab es bei ihm und Fredericks keinerlei Anzeichen dafür, daß sie sich dehnen oder in die Luft prallen oder sich sonstwie der Absonderlichkeit des Ortes und seinen Gefahren anpassen konnten. Orlando bezweifelte sehr, daß sie es überleben würden, von Piratenschwertern in Würfel gehackt zu werden, wie es zum Beispiel soeben einer der Auberginen widerfahren war. Und wenn er oder Fredericks hier in der Comicwelt oder in einer der anderen ums Leben kamen ... was dann?

Das war eine Frage, die beantwortet werden mußte, beschloß Orlando, aber er hoffte, daß das nicht mit allen bitteren Konsequenzen geschehen würde.

Die Nacht in der Küche ging dahin, und der Kampf tobte weiter. Die Verteidiger lieferten sich erst ein zähes Rückzugsgefecht bis direkt an den Fuß des Eisschranks, wo die letzte der streitenden Auberginen als Gemüsematsch über den weißen Lack verspritzt wurde, dann wendete sich das Blatt, und die Verteidiger drängten die Bukaniere über den Strand zurück, bis die Belagerer knietief im Fluß um ihr Leben kämpften. Stundenlang konnte keine Seite einen entscheidenden Vorteil erringen. Auf Angriff folgte Gegenangriff, immer hin und her, bis die meisten der Krieger kampfunfähig oder so tot waren, wie man es von Cartoons erwarten konnte. Die hängende Eisschranktür war derart von Kanonenkugeln eingedellt worden, daß sie einer Mondlandschaft glich, aber Fledderjan war längst die Munition ausgegangen, und so waren die Geschütze verstummt. Jetzt hielten die letzten paar Verteidiger in den geschnetzelten Überresten ihrer heldenhaften Kameraden gegen die letzten paar Seeräuber die Stellung.

»Wie sollen wir hier rauskommen, wenn das Gemetzel vorbei ist, Orlando?« fragte Fredericks. »Ohne diesen Indianer ... Müssen wir den Fluß bis zum Ende hinunterfahren?«

Orlando wiegte den Kopf. »Woher soll ich das wissen? Ich nehm's an. Es sei denn, man kommt noch irgendwie anders raus. Hat die Schildkröte nicht was von Leuten im Eisschrank erzählt, die Fragen beantworten können? ›Schläfer‹ oder sowas in der Art?«

Fredericks starrte ihn durchdringend an. »Nein, Orlando. Chance gleich *null*. Wir werden *nicht* in dieses Ding da reinsteigen, um auf irgendwelche noch idiotischeren Comicmonster Jagd zu machen. Vergiß es.«

»Aber so funktionieren diese Sachen, Frederico. Man muß rauskriegen, wie die Regeln sind. Wenn man Informationen haben will, muß man was dafür tun. Komm schon. Stell dir vor, es gibt einen Weg, hier rauszukommen, und er ist direkt neben uns - würdest du dann nicht lieber ein bißchen Mühe auf dich nehmen, um das rauszufinden, statt den ganzen weiten Weg bis zum Ende des Flusses zu fahren?«

»Ein bißchen Mühe. Das ist doch Fen-fen. Du setzt immer deinen Kopf durch, Orlando, und ich muß es immer ausbaden. Du und deine voll brillanten Ideen. Wenn du in diesem Ding rumkraxeln willst, nur zu, aber mich bringen da keine zehn Pferde rein.«

»*Ich befürchte, da irrst du dich*«, meinte da eine dritte Stimme.

Fledderjan Gierlapp trat um die Ecke des Schrankes vor sie hin. Der vom Pfeil des Indianers getroffene Arm war mit einem breiten weißen Stück Stoff verbunden, aber von Blut war nichts zu sehen. Eine Steinschloßpistole, anstelle der Greifvorrichtung an sein Handgelenk geschraubt, war auf die beiden gerichtet. »Ich habe nämlich, zum Teil euretwegen, nur noch sehr wenige Männer übrig. Deshalb werde ich leider Hilfe benötigen, wenn ich mir mein Gold aus dem Eisschrank hole.« Er beugte sich mit einem theatralischen Feixen vor. Aus der Nähe konnte man besser erkennen, daß er kein richtiger Mensch war - die scharfen Winkel seines Gesichts waren übertrieben, seine Züge unangenehm glatt wie bei einer Puppe.

»Deine Piraten haben also gewonnen?« fragte Orlando verdrießlich. Er ärgerte sich, daß er sich hatte überrumpeln lassen. An den wirklichen Thargor wäre der Kapitän niemals auf fünfzig Meter herangekommen, ohne bemerkt zu werden.

»Man könnte es, denke ich, als einen Pyrrhussieg bezeichnen.« Fledderjan deutete mit seinem Haken auf das stille Schlachtfeld, das mit den Resten von Angreifern wie Verteidigern übersät war. Nichts regte sich. »Immerhin bedeutet das, daß mir viel weniger Anteile von meiner rechtmäßigen Beute abgezwackt werden.« Er gestikulierte mit der Pistole. »Los, steht auf. Und du, Mann«, sagte er zu Orlando, »wenn du irgendwas Wärmeres hast als dieses absurde Zirkuskostüm, rate ich dir, es anzuziehen. Wie man hört, soll es da drinnen ziemlich kalt sein.«

Als sie durch das Gehäcksel des Schlachtfeldes wateten, ergatterte Orlando sich eine Weste - ein »Wämschen«, wie Fledderjan dazu sagte - und eine wadenlange Hose, deren piratischer Besitzer nirgends zu sehen war; offenbar war er von Puffweizengeschossen so hart getroffen worden, daß es ihn glatt aus der Montur gepustet hatte. Mit Kapitän Gierlapp im Rücken - nie mehr als ein oder zwei Meter entfernt, aber auch darauf bedacht, nicht so nahe zu kommen, daß sie ihn überwältigen und entwaffnen konnten - kletterten sie vom Boden der Küche auf die unterste Ablage des Eisschranks empor. Dort erwiesen sich die Worte des Kapitäns als nur zu wahr: Die Luft im Innern war in der Tat sehr kalt, und trotz der zusätzlichen Kleidungsstücke schlotterte Orlando nach kaum einer Minute schon am ganzen Leib.

Die unterste Ablage war genauso gedrängt voll mit Wohnplätzen wie die anderen Teile der Küche, die sie gesehen hatten, aber alle Schachteln, Gläser und Behälter der unterschiedlichsten Art waren leer – eine eisgekühlte Geisterstadt. Während sie zwischen den Schachteln hindurch die Hauptstraße hintergingen, ächzte der Wind durch die offene Tür und ließ eine liegengelassene Serviette rascheln. Zur zweiten Ablage gelangten sie, indem sie zuerst auf den höchsten Karton stiegen, dessen inzwischen kamelloses Etikett die Aufschrift »Wüstenschiff – Frische Datteln« trug und dessen behöckerter Bewohner vor Orlandos Augen unten auf dem Schlachtfeld sein tragikomisches Ende gefunden hatte, als ein Pirat ihn mit einem Tritt durch ein Nadelöhr ins Jenseits befördert hatte.

Die zweite Ablage war so unbewohnt wie die erste. Eine Reihe von Eierkartons stand offen und verlassen da, nachdem sich die einst darin beheimateten tapferen Soldaten von oben auf die Belagerer hinabgestürzt hatten, als es einen schrecklichen Moment lang danach aussah, daß die Piraten die Abwehrreihen durchbrechen und den Eisschrank stürmen würden. Mehrere der Seeräuber, die diesem Kamikazeeinsatz zum Opfer gefallen waren, lagen immer noch unten vor dem Eisschrank, einen Schritt vor ihrem Ziel in trocknendem Eidotter einbalsamiert.

Sie erklommen noch zwei Ablagen, ohne ein anderes lebendes Wesen zu Gesicht zu bekommen, ein Weg, der gut über eine Stunde dauerte und unter anderem mehrere Trampolinsprünge auf zellophanbespannten Schüsseln und eine beängstigende Kriechpartie über den losen Griff des Fleisch- und Käsefaches erforderte. Auf der obersten Ablage, fast ganz hinten, wurde Fledderjans Mühe schließlich belohnt.

Auf einem blauen Porzellanteller lag eine Papiertüte, aus der allerlei Süßigkeiten für Kinder quollen – Fruchtgummis wie bunte Edelsteine, Pfefferminzstangen, eingewickelte Sahnebonbons ... und ein Haufen schimmernder Goldmünzen. Fledderjan hinkte darauf zu, und sein Gesicht glänzte vor Habgier und Triumph.

»Es ist bloß Schokolade!« flüsterte Fredericks. »Bloß so falsche Goldmünzen für Kinder.«

»Der Schatz!« frohlockte der Seeräuberkapitän. »Ach, süßer Reichtum, geliebter Schatz, der du jetzt mein bist! Ich werde mir zwei Schiffe kaufen – drei! Ich werde sie mit den bösesten und schrecklichsten Haudegen unter dem Spülbecken und hinter den Abfalleimern bemannen, und wir werden nach Herzenslust plündern. Ich werde der Herr über die ganze Küche sein!« Mit Haken und Pistole griff er sich eine der Münzen, die im Verhältnis zu ihm so groß war wie ein Schachtdeckel, und nachdem er Orlando und Fredericks mit drohendem Pistolengefuchtel klargemacht hatte, daß sie sich ja nicht von der Stelle rühren sollten, wankte er damit an den Rand der Ablage, wo er ihr Glitzern im Schein der Glühbirne bewundern konnte.

»Ich wußte immer, daß mich ein goldenes Schicksal erwartet«, jubelte er. Er schwenkte die Münze durch die Luft, dann drückte er sie wieder fest an die Brust, als könnte sie Flügel bekommen und davonfliegen. »Ich wußte es! Hat nicht eine Wahrsagerin meiner Mutter prophezeit, daß ich als reichster und höchster Mann der ganzen Küche sterben würde?«

Er versank in ein verzücktes Schweigen, doch da durchbrach ein einzelnes Geräusch die Stille, ein kurzes *Tock*, das sich anhörte, wie wenn jemand mit dem Knöchel auf eine Tischplatte klopft. Fledderjan guckte sich nach dem Ursprung des Geräusches um, bevor sein Blick nach unten wanderte. Ein gefiederter Schaft war aus der Mitte der Goldmünze gewachsen. Das Gesicht des Seeräuberkapitäns hatte einen Ausdruck milder Überraschung, als er sich zu Orlando und Fredericks zurückdrehte. Er versuchte die Münze abermals hochzuheben, um sie zu untersuchen, aber sie ließ sich nicht von der Stelle bewegen. Er starrte das Ende des Pfeils an, mit dem die Münze an seiner Brust festgeheftet war, und langsam dämmerte ihm die Erkenntnis. Er schwankte, tat einen Schritt nach hinten und kippte von der Ablage; bevor er weg war, blitzte die Goldfolie ein letztes Mal kurz auf.

Während Orlando und Fredericks noch mit verdutztem Blick dastanden, packten zwei Hände die Kante der Ablage an der Stelle, wo der Piratenkapitän gestanden hatte, dann zog sich eine dunkle Gestalt hoch und kam auf sie zu.

»Böser Mann jetzt tot«, erklärte Häuptling Starke Marke.

Orlando kroch an den Rand und schaute hinab. Weit unten lag Fledderjan Gierlapp als kleine, dunkle und sehr stille Gestalt am Fuß des Eisschranks auf dem Linoleum. Mit seinem unter ihm ausgebreiteten Mantel sah er aus wie eine zerklatschte Fliege.

»Wir ... wir dachten, du wärst weg«, stammelte Fredericks. »Geht's deinem Kind gut?«

»Zündi in Boot«, sagte der Häuptling, womit er die Frage eigentlich nicht beantwortete. »Wir jetzt fahren.«

Orlando wandte sich vom Rand ab und begab sich zu ihnen. »Erst möchte ich sehen, ob es hier wirklich Schläfer gibt, wie die Schildkröte sagte. Ich möchte ihnen eine Frage stellen.«

Der Indianer warf ihm einen zweifelnden Blick zu, aber sagte nur: »Schläfer da oben«, und deutete mit seinem Daumen auf die Decke des Eisschranks über ihren Köpfen.

»Was, obendrauf?« fragte Fredericks.

»Es muß ein Gefrierfach oder sowas geben«, meinte Orlando. »Können wir es von hier aus erreichen?«

Der Häuptling führte sie an die Seite, wo eine Reihe kleiner Löcher in der Wand anscheinend dafür gedacht war, die Ablage nach oben oder unten zu versetzen. Er kletterte ihnen das kurze Stück bis zur Decke voraus, stützte sich ab, langte um die Oberkante herum und klopfte an etwas, das sie nicht sehen konnten. »Hier.«

Mit Hilfe des Indianers gelang es Orlando, an diesem vorbeizuklettern, bis er an eine dünne Randleiste kam; sie verlief auf der ganzen Breite vor einer Tür, die an Massivität der Haupttür des Eisschranks nur um weniges nachstand. Als er sich daneben hinkauerte, fühlte er, wie ihm die Kälte in Wellen entgegenschlug. Er sah in die schwindelerregende Tiefe hinab und hatte auf einmal den Eindruck, daß es vielleicht doch keine besonders gute Idee gewesen war. Die Piraten hatten eine riesige Kanone benötigt, um die große Tür aufzusprengen. Wie konnten er und Fredericks hoffen, dieses Ding aufzubringen, wenn sie nicht mal Preßlufthämmer und Sprengkapseln hatten?

Ohne wirkliche Aussicht auf Erfolg preßte er sich in die Ecke zwischen der Leiste und der eisigen Wand und schob sein Schwert in die Türritze. Die Klinge knirschte durch Eiskristalle, aber traf nicht auf Widerstand. Er zog am Schwertgriff wie an einem Hebel und war erstaunt, als er merkte, daß die Tür ein ganz klein wenig nachgab.

»Was hast du vor, Gardiner?« schrie Fredericks von unten. »Wir hängen hier an der Wand, falls du's noch nicht gemerkt hast, und sind ungefähr zehn Zentimeter vom Rand weg. Ich könnt mir echt was Bequemeres vorstellen.«

Orlando sparte sich den Atem für das nächste Ziehen. Er stemmte die Fersen gegen die frostige Leiste und hebelte. Einen Moment lang geschah nichts, außer daß er spürte, wie er auf die Kante der schmalen Leiste zurutschte, und die kurze, schweißtreibende Vision hatte, hinabzustürzen und als zweiter Platscher am Boden neben Fledderjan zu landen. Da gab die Gefrierfachtür ein Quietschen von sich und ging auf. Ihre mächtige Unterkante hätte ihn beim Aufschwingen beinahe von seinem Kauerplatz gewischt. Eine Dunstwolke quoll langsam heraus und umhüllte ihn.

»Ich hab's geschafft!« rief er und versuchte sich hineinzuziehen. Das Metall an der Türkante war so kalt, daß seine Haut daran kleben blieb, und als er seine Hände losriß, vergaß er vor Schmerz seine Situation, so daß er beinahe rückwärts ins Nichts gestürzt wäre. Als er sich wieder gefangen hatte, klammerte er sich an der Leiste fest und wartete ab, bis sein Herz sich wieder beruhigt hatte. »Die Tür ist auf!« rief er zu Fredericks hinunter. »Verdammt nochmal! Es ist saukalt!«

»Ja, vollblock, Gardiner«, rief sein Freund zurück. »Wer hätte das gedacht?«

Orlando wedelte den wallenden Nebel ein wenig zur Seite. Unmittelbar hinter der Tür war der Boden des Gefrierfachs mit einer knöchelhohen Reifschicht bedeckt - kalt an Knien und Händen, aber nicht annähernd so schlimm wie das überfrorene Metall. Im Innern war es dunkel; nur ein ganzer fahler Schimmer von der Glühbirne über ihnen drang herein. Orlando konnte im Innern des Gefrierfachs nichts erkennen - nach wenigen Schritten lag alles im Schatten -, aber es schien überraschend groß zu sein.

»Kommst du hoch?«

»Ja, ja, schon gut!« Fredericks' Kopf war in der offenen Tür erschienen. »Du gibst nie nach, was? Warum freuen wir uns nicht einfach, daß wir noch leben, und sehen zu, daß wir wegkommen?«

»Weil ich glaube, daß dieses Anderland Regeln hat, genau wie jede Spielwelt.« Orlando krabbelte zur Kante zurück und half seinem Freund hochzusteigen. »Ich weiß noch nicht, wie sie aussehen, aber geben muß es welche, da wette ich drauf. Und wir haben Fragen, oder etwa nicht?«

»Jede Menge«, gab Fredericks zu. »Aber die erste, die ich dich niemals stellen höre, lautet: ›Warum sich freiwillig Ärger anlachen?‹«

»Wo ist der Häuptling?«

»Er hält dich für megadumpfig. Er kommt nicht mit - ich weiß nicht mal, ob er auf uns wartet, Gardiner. Und ich weiß auch nicht ...«

»Pssst.« Orlando legte einen Finger auf die Lippen. »Nicht so laut - mir ist nicht wohl dabei. Jedenfalls sind wir jetzt hier, da können wir uns auch mal umschauen.«

Fredericks machte Anstalten zu widersprechen, aber als er sah, wie ernst Orlando auf einmal geworden war, hielt er den Mund. Wenn sie sich nicht bewegten, stieg der Dunst um sie herum auf, so daß ihre Beine verschwanden und sie hüfttief in einer Wolkenbank zu stehen schienen. Fredericks' Augen wurden groß, als er die weiße Leere betrachtete. Orlando hatte es bereits gefühlt. Das Gefrierfach war anders als die sonstigen Orte in der Cartoonwelt, an denen sie gewesen waren. Hinter der Stille herrschte so etwas wie eine gespannte Aufmerksamkeit, als ob irgend etwas, und sei es der Nebel und das Eis, sie mit träumerischem Interesse beobachtete.

Jeder Schritt, den Orlando tiefer in das Gefrierfach hinein tat, stieß durch die eisige Kruste und war in der Stille beklemmend laut. Sein Freund schüttelte den Kopf, aber kam hinterher. Nach wenigen Schritten war das durch die offene Tür fallende Licht nur noch ein heller Fleck im Dunst hinter ihnen. Fredericks blickte sehnsüchtig über die Schulter zurück, aber Orlando war nicht zu erweichen. Als er sich besser auf das eigentümliche Halbdunkel eingestellt hatte, nahm er Einzelheiten wahr, die ihm vorher entgangen waren. Die Seitenwände des Gefrierfachs konnte er noch immer nicht erkennen, und der hintere Teil lag weiter in Nebel und Düsternis gehüllt, aber er sah die Decke - eine glatte weiße Fläche mit einem dünnen Rauhreifpelz - ungefähr dreimal so hoch wie er lang war über sich, und war eben noch alles ein bleiches Einerlei gewesen, so konnte er jetzt im Nebel vor ihnen Gestalten ausmachen, niedrige Buckel, die sich hier und da über dem eisigen Boden erhoben, schneebedeckte Hubbel ähnlich den alten englischen Hügelgräbern.

Als sie sich einem der Buckel näherten, war Fredericks das Widerstreben deutlich anzumerken. Auch Orlando hatte ein Gefühl von unbefugtem Betreten. Während die übrige Comicwelt allem Anschein nach in erster Linie zum Vergnügen ihrer Schöpfer da war, schien das Gefrierfach etwas anderes zu sein, ein Ort, der niemandem gehörte ... etwas, das eher von selbst gewachsen als von jemand geschaffen worden war.

Sie blieben vor dem eisigen Tumulus stehen, von ihrer eigenen Atemwolke umgeben. Orlando wurde abermals von dem Gefühl ergriffen, daß sie sich auf verbotenem Terrain bewegten, daß sie hier fremde Eindringlinge waren. Schließlich ermannte er sich und wischte behutsam die Reifschicht an einer Stelle weg.

Als das eingewickelte Stieleis auftauchte, war es im ersten Moment eine komische Ernüchterung. An der abgeriebenen Stelle leuchteten bunt die Farben hervor und stachen grell gegen das endlose Weiß um die Erhebung herum ab. Aber unter den Worten »Eiskalter Kasper« erschien die Gestalt eines Jungen, und mit seiner schrecklichen Deutlichkeit machte das Bild den Eindruck, daß es mehr war als nur Verpackungskunst, daß ein echter Körper in die Hülle gepreßt worden war. Der Junge trug kurze Hosen, ein gestreiftes Hemd und eine merkwürdige Mütze, die aus einer viel früheren Zeit zu stammen schien. Seine Augen waren zu, und sein Mund hing ein ganz klein wenig herab. Zuerst dachte Orlando, jemand habe sich einen grausamen Witz gemacht und sein Produkt mit dem Bild eines toten Kindes eingewickelt. Auf einmal regte sich der Eiskalte Kasper, seine Augenlider flatterten leicht, seine Nasenflügel weiteten sich fast unmerklich, und eine dünne, unglückliche Stimme raunte in ihren Ohren.

»Kalt ... dunkel ... Wo ...?«

Orlando taumelte einen Schritt zurück und hätte beinahe Fredericks umgestoßen. Unwillkürlich faßten sie sich an den Händen und gingen von dem Tumulus weg.

»Das ist ja furchtbar«, flüsterte Fredericks schließlich. »Laß uns gehen.«

Orlando schüttelte den Kopf, sagte aber nichts, weil er Angst hatte, dann den Mut zu verlieren. Er zog Fredericks in einem großen Bogen um den Hügel herum, tiefer in das Gefrierfach hinein, aber er konnte die Erinnerung an den schlafenden Jungen nicht abschütteln. Zuletzt gab er sich einen Ruck und kehrte zurück, um den Reif wieder über das bleiche Gesicht des Eiskalten Kaspers zu streichen. Dann gingen er und Fredericks schweigend weiter.

Die Hügel wurden jetzt auf allen Seiten höher, manche so hoch wie die Kartonhäuser der unteren Ablagen, und alle wirkten durch ihre Eisumhüllung undurchdringlich und geheimnisvoll. An einigen Stellen, wo die Reifschicht dünn war, sah man Gesichter wie durch dickes, schmutziges Glas; es schienen überwiegend Kinder zu sein, aber es waren auch stilisierte Tiere und einige weniger gut zu erkennende Wesen darunter, alle in kalten Schlummer eingepuppt. Stimmen hingen in der Luft, gespenstische Murmeltöne, von denen Orlando zunächst meinte, sie seien nur Produkte seiner Phantasie - schwache Rufe nach abwesenden Müttern, Klagen wegen der Dunkelheit, wirbelnde Geräusche, körperlos wie ein im Schornstein heulender Wind.

Umgeben von diesen kläglichen, grausigen Stimmen war selbst Orlando sich nicht mehr sicher, was er hier eigentlich suchte; der

Gedanke, einen dieser Schläfer wachzurütteln und auszufragen, war abscheulich. Er hatte zusehends das Gefühl, daß Fredericks wieder einmal recht behalten hatte, daß es ein unheimlicher Fehler gewesen war, an diesen Ort zu kommen. Da sah er den gläsernen Sarg.

Er lag in der Mitte eines Hügelkreises, ein durchscheinendes Rechteck, das zwar vom Rauhreif versilbert, aber nicht unter einer weißen Decke begraben war wie die übrigen Insassen des Gefrierfachs. Er stach hervor, als ob er gewartet hätte - als ob es beabsichtigt gewesen wäre, daß sie ihn fanden. Die anderen Stimmen wurden leise, als sie sich ihm näherten. Orlandos sämtliche harterkämpften Simweltinstinkte sagten ihm, daß er vor einer Falle auf der Hut sein müsse, und er spürte, daß Fredericks' Nerven zum Zerreißen gespannt waren, aber der Ort schien ihn mit einem Zauber zu umgarnen. Er fühlte sich eigenartig hilflos, unfähig, die Augen von dem Ding abzuwenden, als er darauf zutrat. Seine Erleichterung war nicht größer als eben beim Anblick des bunten Eispapieres, als er erkannte, daß es eine Butterdose war, eine von der altmodischen Sorte mit einem Glasdeckel. Am unteren Rand, durch die Reifschicht hindurch kaum zu lesen, stand in erhabenen Lettern die Aufschrift »Schneewittchen - feine Süßrahmbutter«.

Auch Fredericks wirkte völlig hypnotisiert und machte keine Einwände, als Orlando sich vorbeugte und eine Stelle auf dem Glasdeckel freiwischte. Etwas war darin, wie er es erwartet hatte, kein Bild, sondern eine dreidimensionale Gestalt. Er befreite eine größere Fläche vom Eis, damit er sie ganz sehen konnte.

Die Frau trug ein langes, altertümliches grünes Ballkleid mit Federbesatz und Eisperlen darauf. Ihre Hände waren ihr auf der Brust gefaltet worden und hielten den Stiel einer weißen Rose, deren Blütenblätter abgefallen waren und verstreut auf ihrem Hals, ihren Schultern und der Wolke ihrer dunklen Haare lagen. Ihre Augen waren geschlossen, die langen Wimpern mit Reif betupft.

»Sie ... sie sieht so ... so *traurig* aus«, flüsterte Fredericks mit erstickter Stimme.

Orlando konnte nichts sagen. Sein Freund hatte recht, aber das Wort wirkte grotesk untertrieben, so als wollte man die Sonne warm oder den Ozean naß nennen. Etwas an der Haltung ihres Mundes, an der trostlosen Starrheit ihrer elfenbeinernen Züge, ließ sie als ein Monument des stillen Unglücks erscheinen; selbst im Tode war sie viel mehr in ihr Leid eingekapselt als von Glas und Eis umschlossen.

Da gingen ihre Augen auf - dunkel, erstaunlich dunkel, aber von Reif beschlagen, so daß sie wie durch trübe Fenster blickte. Orlandos Herz hämmerte. Ein schrecklicher Abstand lag zwischen diesen Augen und dem, was sie sehen sollten.

»*Ihr seid ... Fremde*«, seufzte eine Stimme, die von überall und nirgends zu kommen schien. »*Fremde ...*«

Fredericks schnappte nach Luft und brachte kein Wort heraus. Orlando zwang sich zum Reden. »Wir ... wir sind ...« Er verstummte und wußte nicht, wie er es mit Worten erklären sollte. »Wir ...«

»*Ihr seid über den Schwarzen Ozean gekommen.*« Ihr Gesicht regte sich so wenig wie ihr Körper, und die dunklen Iriden blieben starr nach oben gerichtet, auf nichts, aber Orlando hatte den Eindruck, daß sie irgendwo um ihre Freiheit kämpfte, wie ein in einem Dachzimmer eingesperrter Vogel. »*Aber irgendwie unterscheidet ihr euch von den andern.*« Der Nebel stieg einen Moment um den gläsernen Sarg herum auf und trübte die Sicht. »*Warum seid ihr gekommen? Warum habt ihr mich geweckt? Warum habt ihr mich an diesen entsetzlichen Ort zurückgeholt?*«

»Wer bist du?« fragte Orlando. »Bist du ein richtiger Mensch? Bist du hier gefangen?«

»*Ich bin nur ein Schatten*«, seufzte sie. »*Ich bin der Wind in leeren Räumen.*« Eine große Müdigkeit zerrte an ihren Worten, als ob sie etwas erklärte, das letzten Endes völlig belanglos war. »*Ich bin ... die Königin der Luft und der Dunkelheit. Was wollt ihr von mir?*«

»Wo ...« Fredericks gab sich alle Mühe, seine Stimme zu beherrschen, die zu quieken drohte. »Wo sind unsere Freunde? Wir haben unsere Freunde verloren.«

Eine lange Zeit blieb es still, und Orlando fürchtete schon, sie wäre wieder in ihren Schlummer zurückgesunken, aber der Nebel wallte ein wenig, und da sah er, daß ihre dunklen Augen immer noch offen waren, immer noch auf etwas Unsichtbares starrten. »*Ihr seid alle gerufen worden*«, sagte sie schließlich. »*Bei Sonnenuntergang auf Ilions Mauern werdet ihr finden, was ihr sucht. Doch auf euch wartet ein anderer. Er ist nahe, aber er ist auch sehr fern. - Er kommt.*«

»Er kommt? Wer kommt?« Orlando beugte sich vor, als ob er durch die Nähe besser verstehen könnte. »Wann?«

»*Er kommt in diesem Augenblick.*« Bei diesen Worten, mit geistesabwesender Entrücktheit gesprochen, durchlief Orlando ein Schauder, der absolut nichts mit der Kälte zu tun hatte. »*Er ist schon hier. Er ist* der Eine, der dies alles träumt – wir sind seine Albtraumgeschöpfe. Er träumt auch euch.«

»Was redet sie da?« fragte Fredericks verstört und zog mit wachsender Angst an Orlandos Hand. »Wer kommt? Hierher?«

»*Laßt mich wieder schlafen*«, sagte die Stimme, in die sich jetzt ein ganz leiser Quengelton einschlich, der Ton eines Kindes, das man aus irgendeinem unverständlichen Erwachsenengrund aus dem Bett geholt hatte. »*Laßt mich schlafen. Das Licht ist so weit weg ...*«

»Wo sollen wir unsere Freunde finden?« hakte Orlando nach. »Bei irgendwelchen Mauern? Ilions?«

»*Er kommt.*« Ihre Stimme wurde schwächer. »*Bitte, laßt mich gehen. Versteht ihr nicht? Mir ... fehlt ... mein ...*« Der Rest ihrer Worte war unhörbar leise. Die Lider klappten zu und bedeckten die großen, dunklen Augen.

Während sie schweigend dastanden, stieg der Nebel wieder auf, bis der Sarg völlig verschleiert war. Orlando drehte sich um, doch sogar Fredericks war kaum zu sehen, obwohl sein Freund nur eine Armlänge entfernt war. Eine ganze Weile fühlte Orlando sich niedergedrückt von einer bleischweren Traurigkeit, einem Elend, das ausnahmsweise einmal nicht sein eigenes war, und er war sprachlos.

»Ich denke, wir sollten gehen«, begann er schließlich, da veränderte sich das Licht, und alles war mit einem Mal auf unerklärliche Art anders.

»*Orlando ...?*« Fredericks' Stimme klang plötzlich sehr weit weg. Orlando streckte die Hand aus, aber seine erst vorsichtig tastenden, dann ängstlich greifenden Finger stießen ins Leere. Sein Freund war fort.

»*Fredericks? Sam?*«

Der Nebel ringsum erglühte und verbreitete eine diffuse Helligkeit, die die ganze Welt durchscheinend machte und Orlando das Gefühl gab, inmitten eines Stücks Quarz eingeschlossen zu sein. Das Licht, das zunächst nur ein hellerer Weißton gewesen war, gerann zu einer unsäglichen Farbe, einem Ton, der auf einem nicht recht vorstellbaren Spektrum, das kein Rot umfaßte, direkt zwischen Violett und Orange gefallen wäre. Eine grauenhafte, elektrisierende Furcht lähmte Orlando, nahm ihm jedes Empfinden für Oben und Unten, stieß die Wände und den Boden weg, so daß das Licht selbst eine Leere wurde, eine Abwesenheit, und er das einzige noch übrige Lebewesen war und ohne Ende in das schreckliche orangeviolette Nichts fiel.

Etwas legte sich um ihn, etwas, das die Leere war und das nicht die Leere war. Es redete in seinem Kopf. Er wurde zu den Worten, und jedes

Wort war ein schmerzhaft zu bildendes, sogar schmerzhaft zu denkendes Ding, ein unmenschlich starkes heulendes Wehklagen.

Wütend, sagte es in ihm. Die Gedanken, die Gefühle wurden das ganze Universum, kehrten sein Innerstes nach außen, setzten ihn der großen Leere aus. *Tue weh*, sagte es, und er fühlte, wie es weh tat, wie es anderen weh tat. *Einsam*, sagte es.

Das bißchen von ihm, das noch Orlando war, verstand plötzlich mit eisigem Schreck, daß es etwas Fürchterlicheres gab als den Tod.

Schwarzer Berg. Die Worte waren zugleich eine Vision, eine schwarze Spitze, die so hoch aufragte, daß sie selbst die Sterne am Nachthimmel verdrängte, ein schwindelerregend steiles Gebilde, das aus der Unmöglichkeit in die nackte Blasphemie hinüberwuchs. *Töte alles. Meine Kinder ... meine Kinder ... töte alles.*

Und dann war es fort, und mit einem stillen Schlag, der wie die Donnerschläge aller Zeiten zusammen war, kehrte sich die Leere zurück nach innen. Der Nebel und die Helligkeit sprangen um ihn herum wieder ins Dasein. Orlando fiel mit dem Gesicht zuerst auf den verschneiten Boden und weinte Tränen, die auf seinen Lidern und Wangen festfroren.

Nach einer Weile war Fredericks so abrupt und übergangslos neben ihm, daß alles dafür sprach, daß sein Freund *ganz woanders* gewesen war. Orlando stand auf. Sie guckten sich an. Obwohl sie Pithlit und Thargor vor sich sahen, die Masken eines Kinderspieles, war beiden ohne jedes Wort klar, daß der andere dieselben Sachen gehört, dasselbe unbeschreibliche Gefühl gehabt hatte. Es gab nichts, was in dem Moment gesagt werden konnte oder gesagt werden mußte. Zitternd und schweigend stapften sie zwischen den Hubbeln durch das nunmehr stimmenlose Gefrierfach zurück und stolperten schließlich in die Helligkeit hinaus, wo die Nebelschwaden dünn wurden.

Häuptling Starke Marke wartete an der Tür des Gefrierfachs. Er sah sie an und schüttelte den Kopf, aber seine großen Hände waren sanft, als er ihnen auf die oberste Ablage hinunterhalf und ihnen dann bei dem langen Abstieg zum Fuß des Eisschranks beistand.

Beide konnten sich kaum auf den Beinen halten. Der Häuptling stützte sie, bis das Schlachtfeld ein gutes Stück hinter ihnen lag, fand dann am Fuß des Küchentresens eine geschützte Stelle, wo sie sich hinkauern konnten, und machte ein Feuer für sie. Als sie in dumpfer Benommenheit auf das Geflacker der Flammen starrten, erhob er sich und verschwand im Dunkeln.

Orlandos Gedanken waren zunächst klein und flach und ohne viel Sinn, aber nach einer Weile ließ der schlimmste Schock nach. Als der Häuptling etwas später in Begleitung der Landschildkröte und mit dem schlafenden, in seine Decke gewickelten Kind zurückkam - Zündis Kopf war oben leicht geschwärzt, aber ansonsten machte er einen gesunden Eindruck -, war Orlando immerhin schon zu einem schwachen Lächeln imstande.

Bis er einschlief, hielt er die Augen auf das Feuer gerichtet, dessen Flammen ein Vorhang waren, der die Finsternis dahinter verschleierte, aber nicht ganz verbarg.

Drei

Götter und Genien

»Die alten Dichter beseelten alle Sinnengegenstände mit Göttern oder Genien und gaben ihnen die Namen und bedachten sie mit den Eigenschaften von Wäldern, Flüssen, Bergen, Seen, Städten, Völkern und was ihre weiteren und zahlreichen Sinne alles wahrnehmen konnten.

Und insbesondere erforschten sie den Genius jeder Stadt und jedes Landes und stellten sie unter ihre innere Gottheit.

Bis ein System geschaffen war, das einige sich zunutze machten und das gemeine Volk unterjochten, indem sie versuchten, die inneren Gottheiten von ihren Gegenständen abzuheben oder zu verdinglichen; damit begann das Priesterwesen:

Mit dem Herausgreifen von Kultformen aus dichterischen Geschichten.

Und zuletzt verkündeten sie, die Götter hätten derlei befohlen.

So vergaßen die Menschen, daß Alle Götter ihren Sitz in der menschlichen Brust haben.«

William Blake, *Die Hochzeit von Himmel und Hölle*

Kapitel

Kollaps

NETFEED/MODERNES LEBEN:
Ronnies bestreiten Nichtexistenz
(Bild: DYHTRRRAR auf der Pressekonferenz im Hilton Hotel, Luanda)
Off-Stimme: Die Flurrygruppe Did You Have To Run Run Run Away Ronnie? gab in Luanda, der Hauptstadt von Angola, ihre erste Live-Pressekonferenz überhaupt, um die Gerüchte zu widerlegen, daß sie in Wirklichkeit alle Software-Replikanten seien. Die reine Frauenband ist seit ihren ersten Netzauftritten immer wieder Gegenstand von Gerüchten gewesen, und mißtrauische Kritiker haben behauptet, sie seien "zu künstlich, zu perfekt", um real zu sein. Ribalasia Ronnie verlas im Namen der Gruppe eine Erklärung.
R. Ronnie: "Es ist eine Schande, wenn schwer arbeitende Künstlerinnen ihre Zeit damit vergeuden müssen, zu beweisen, daß sie richtige Menschen sind ..."
Aber die in Luanda versammelte Presse war nicht so leicht zu überzeugen.
Reporter: "Woher sollen wir wissen, daß ihr nicht einfach Doubles seid und dem Gear bloß verdammt ähnlich seht ...?"

> Renie lehnte sich an die Reling, wo !Xabbu hockte und den dunklen, leicht öligen Fluß betrachtete.

Ein neuer Tag, dachte sie, *eine neue Welt. Lieber Gott, bin ich müde!*

Das Werk entschwand hinter ihnen; nach und nach wurde das dichte Gewirr von Rohren und Strommasten am Ufer von Pyramidenpappeln und Riedgras erst durchsetzt und dann abgelöst, und statt der flackernden Sicherheitslichter schien ein zunehmender Präriemond. Wenn sie das dumpfe Pochen der Schmerzen von den ganzen Schnitten und Schlägen und die Paviangestalt ihres Freundes ignorierte, konnte sie sich beinahe einreden, in einer ganz normalen Umgebung zu sein. Beinahe.

Sie seufzte. »Das hat alles keinen Zweck, weißt du.«

!Xabbu legte seinen Schwanz mit elegantem Schwung übers Geländer, damit er sich ihr voll zudrehen konnte. »Was meinst du damit, Renie?«

»Das alles.« Sie machte eine Handbewegung, die den mürrisch und schweigend am Steuer stehenden Azador, die unruhig in der Kajüte schlafende Emily, den Fluß und das nächtliche Kansas einbegriff. »Die ganze Art, wie wir vorgehen. Wir werden einfach von einem Ort zum nächsten befördert – oder gejagt. Von einer Simulation zur nächsten. Wir sind unserm Ziel nicht näher, und wir stellen mit Sicherheit keine Bedrohung für die Dreckskerle dar, die meinen Bruder krank gemacht haben.«

»Aha.« !Xabbu kratzte sich am Arm. »Und was ist deiner Meinung nach unser Ziel? Die Frage ist nicht als Witz gemeint.«

»Ich weiß.« Sie runzelte die Stirn und ließ sich zu Boden gleiten, bis sie mit dem Rücken am Bootsrand saß und nunmehr auf das gegenüberliegende, aber genauso dunkle und stille Flußufer blickte. »Sellars meinte, wir sollten nach jemand Ausschau halten, der Jonas heißt, aber das war das letzte, was wir von Sellars gehört haben. Wie also finden wir diesen Jonas, unter Millionen von virtuellen Personen? Es ist unmöglich.« Sie zuckte mit den Achseln. »Und zudem gibt es jede Menge neue Fragen. Dieser Dingsbums, Kunohara, sagte, deine Freunde vom Kreis wären auch irgendwie in die Sache verwickelt.«

»Es sind nicht wirklich meine Freunde, falls er überhaupt von derselben Gruppe redete. Es sind Leute, für die ich Achtung empfinde, eine Vereinigung von Männern und Frauen, die anderen Angehörigen ihrer Stämme zu helfen versuchen und die mir geholfen haben. Jedenfalls dachte ich das.«

»Ich weiß, !Xabbu, ich wollte dich nicht irgendwie beschuldigen. Mir ist jedenfalls nicht klargeworden, ob er meinte, sie würden den Gralsleuten helfen oder sie bekämpfen. Wie sagte er? ›Zwei Seiten derselben Medaille‹?« Erschlagen von alledem lehnte sie den Kopf an die Reling zurück. Sie waren schon so lange in diesem virtuellen Universum! Wie es wohl Stephen ging? Ob sich sein Zustand irgendwie verändert hatte?

Und ihr Vater, was der wohl machte, und Jeremiah? Es war fast unmöglich sich vorzustellen, daß sie nur wenige Schritte von ihr entfernt waren. Es war, als glaubte man an Gespenster.

»Wenn ich raten sollte«, begann !Xabbu langsam, »würde ich sagen, daß nach Kunoharas Meinung die Gralsleute und der Kreis sich irgendwie bekriegen, aber daß im Grunde kein großer Unterschied zwischen ihnen besteht.«

»Kann sein.« Sie zog die Stirn kraus. »Aber ich hab das Rätselraten ziemlich satt. Ich will Tatsachen. Ich brauche Informationen.« Entweder der Fluß wurde schmaler, stellte sie geistesabwesend fest, oder Azador steuerte sie näher ans Ufer heran: Die Bäume wirkten höher als noch vor wenigen Minuten, so daß ihre schattenhaften Formen den Blick auf den Himmel weitgehend versperrten. »Wir bräuchten sowas wie eine Landkarte, oder wir müßten wissen, wo Martine und die andern sind. Oder beides.« Sie seufzte wieder. »Verdammt, was ist bloß mit Sellars los? Ob er uns aufgegeben hat?«

»Vielleicht kann er nicht wieder in das Netzwerk hinein«, meinte !Xabbu. »Oder er kann es, aber genau wie uns bleibt ihm nichts anderes übrig, als aufs Geratewohl zu suchen.«

»Herrje, was für ein trostloser Gedanke.« Sie setzte sich auf, ohne sich um das schmerzhafte Aufbegehren ihres Rückens und ihrer Beine zu kümmern. »Wir brauchen Informationen, darauf kommt alles an. Wir verstehen ja nicht mal, wie *dieser* Ort hier funktioniert.« Sie drehte sich zur Seite. »Azador!«

Er sah auf, aber gab keine Antwort.

»Na schön«, sagte sie und zog sich hoch. »Wie du willst.« Sie humpelte in den hinteren Teil des Schleppkahns, !Xabbu hinterdrein. »Ich finde, es ist ein guter Zeitpunkt, um zu reden«, erklärte sie dem Mann.

»Was meinst du?«

Azador zog ein letztes Mal und schnippte dann seine Zigarette über die Schulter. »Der Fluß wird kleiner. Schmaler, meine ich damit.«

»Prima, aber über den dämlichen Fluß will ich nicht reden. Ich will über dich reden und darüber, was du weißt.«

Er musterte sie kalt. Er hatte einen Schiffermantel gefunden, der die Löcher in seinem Overall und die durch die Löcher zu sehenden unschönen Blutergüsse verbarg. Blutflecken waren auf seinem Gesicht angetrocknet. Sie mußte daran denken, wie er sich in die Menge ihrer Feinde geworfen hatte. Er mochte ein unangenehmer Typ sein, aber er war kein Feigling. »Dann rede halt«, sagte er. »Ich werde nicht reden. Ich habe genug vom Reden.«

»Genug vom Reden? Was soll das heißen? Was hast du uns denn schon über dich erzählt? Daß du Zigeuner bist? Willst du dafür einen Orden haben? Hilf uns, verdammt nochmal! Wir sitzen hier in der Tinte. Und du auch!«

Er schlug den Kragen hoch, dann nahm er sich eine neue Zigarette und steckte sie sich unter seinem dunklen Schnurrbart in den Mundwinkel. Entnervt wurde Renie ihrem Vorsatz untreu und streckte die Hand aus. Azador feixte, aber gab ihr eine. Dann hatte er sogar eine ungewöhnliche Anwandlung von Höflichkeit und zündete sie ihr an.

»Und?« probierte sie es noch einmal. Sie konnte sich selbst nicht ausstehen dafür, daß sie so leicht und so rasch vor ihrer Sucht kapitulierte. »Erzähl mir was - irgendwas! Wo hast du die Zigaretten her?«

»Dinge, Gegenstände lassen sich nicht von einer Welt in eine andere überführen«, sagte er lakonisch. »Die hier habe ich auf irgendeinem Schreibtisch in der Neuen Smaragdstadt gefunden.« Er grinste. »Munchkinbesitz fällt nach dem Kriegsrecht dem Finder zu.«

Renie ging nicht auf den Witz ein, falls es einer war. »Doch, Gegenstände sind überführbar, das hab ich selbst gesehen. Orlan... Ich wollte sagen, einer unserer Freunde hatte in der einen Simulation ein Schwert, und in der nächsten hatte er es wieder.«

Azador winkte ab. »Das war persönliches Eigentum - wie Kleidungsstücke. Das geht überall mit, wo der Sim hingeht. Und einige der Dinge, die mitgehen«, er deutete auf das Deck, »wie zum Beispiel ein Boot, die tauchen in der nächsten Simulation wieder auf, aber in veränderter Form. Es gibt dann in der nächsten Welt ein Ding so wie sie, nur ... nur anders.«

»Eine Entsprechung«, sagte Renie. Wie das Schiff aus Temilún, das ein Blatt geworden war.

»Ja, genau. Aber Zigaretten, andere kleine Sachen - Geld oder die Juwelen von jemand, die man gefunden hat -, die kann man nicht von einer Welt in die andere mitnehmen.«

Sie hatte wenig Zweifel daran, was er mit »gefunden« meinte, aber war klug genug, es nicht auszusprechen; es war viel besser, ihn bei Laune und am Reden zu halten, solange er dazu aufgelegt war. »Woher weißt du soviel? Bist du schon lange in diesem Netzwerk?«

»Oh, sehr lange«, erwiderte er in überlegenem Ton. »Ich komme viel rum. Und ich höre so mancherlei auf dem Markt.«

Renie stutzte. »Was meinst du damit, auf dem Markt?«

Zum erstenmal in dem Gespräch blickte Azador betreten drein, als ob er mehr gesagt hätte, als er eigentlich wollte. Aber andererseits war er nicht der Typ, der sich von Bedenken anfechten ließ. »Romamarkt«, sagte er in einem Ton, der zu verstehen gab, daß Renie sich schämen sollte, so etwas nicht zu wissen. Sie wartete auf nähere Erläuterungen, aber es kamen keine. Selbst in seiner momentanen auskunftsbereiten Stimmung konnte man den Mann nicht gerade als redselig bezeichnen.

»Okay«, sagte sie schließlich. »Auf dem Romamarkt. Und das ist …?«

»Das ist der Ort, an dem das fahrende Volk sich trifft, die Roma, was denn sonst?«

»Was ist es, eine andere Simwelt?« Sie wandte sich !Xabbu zu, um zu sehen, ob er eher daraus schlau wurde als sie. Ihr Freund hockte auf dem Heckgeländer. Er schien nicht zuzuhören und blickte nur nach hinten auf die beiderseits vorbeigleitenden Baumreihen und das lange, silberige V des in der mondhellen Ferne entschwindenden Flusses.

»Der Markt ist kein Ort, er ist … eine Zusammenkunft. Er verändert sich. Die Fahrenden kommen. Wenn der Markt vorbei ist, gehen sie wieder, und das nächste Mal ist er irgendwo anders.« Er zuckte mit den Achseln.

»Und er ist hier in … in diesem Netzwerk?« Sie hätte es beinahe das Gralsprojekt genannt – es fiel ihr schwer, sich zu merken, was ihr bereits in seinem Beisein herausgerutscht war. Von den Strapazen der Flucht taten ihr immer noch der Kopf und sämtliche Muskeln weh, Gott allein wußte, was oder wer sie das nächste Mal umzubringen versuchte, und sie fand es immer schwieriger, sich die ganzen Lügen und Ausflüchte zu merken, die die Sicherheit verlangte.

»Natürlich!« Aus seiner Stimme sprach die Geringschätzung, daß sie überhaupt etwas anderes in Erwägung ziehen konnte. »Hier ist es am besten, hier, wo die ganzen Reichen ihre größten Schätze versteckt haben. Wieso sollten wir vom fahrenden Volk uns mit Dingen zweiter Wahl begnügen?«

»Du willst sagen, du und deine Freunde, ihr streift hier nach Belieben rum und feiert kleine Partys? Aber wie seid ihr überhaupt reingekommen? Dieses Ding hat ein Sicherheitssystem, das Leute umbringt!«

Sah sie wieder ein kurzes Zögern? Einen Schatten? Doch als Azador lachte, klang seine rauhe Belustigung durchaus ehrlich. »Es gibt kein

Sicherheitssystem, das die Roma aufhalten könnte. Wir sind ein freies Volk – die letzten freien Menschen. Wir gehen überall hin, wohin wir wollen.«

»Was heißt das?« Da kam ihr jäh ein Gedanke. »Moment mal. Wenn ihr euch alle irgendwo verabreden könnt, dann muß das bedeuten, daß ihr euch hier frei bewegen könnt – ihr müßt wissen, wie man die Durchgänge benutzt.«

Azador blickte sie mit gespielter Gleichgültigkeit an.

»Herrgott nochmal, wenn das stimmt, mußt du's mir sagen! Wir müssen unsere Freunde finden – Menschenleben hängen davon ab!« Sie packte seinen Arm, aber er schüttelte sie ab. »Du darfst es nicht für dich behalten und zusehen, wie Menschen sterben – kleine Kinder! Das darfst du nicht!«

»Was bildest du dir ein?« Mit finsterem Blick trat er einen Schritt von ihr zurück. »Wie kommst du dazu, mir Vorschriften zu machen? Erst erklärst du mir, ich sei ein Schwein, weil ich mit diesem dämlichen Rep da drin was laufen hatte«, er deutete mit einer heftigen Bewegung auf die Kajüte, in der Emily lag, »und dann, wenn ich dir schon einen Haufen Sachen erzählt habe, willst du mir befehlen, dir noch mehr zu erzählen – mir was befehlen! Du hast sie ja nicht alle!« Er warf ihr einen vernichtenden Blick zu.

Renie versuchte, ihre Wut hinunterzuschlucken, die Wut auf sich selbst wie auch die Wut auf ihn. *Wann wirst du jemals klug werden, Frau?* schimpfte sie im stillen. *Wann lernst du endlich mal, deinen Schnabel zu halten? Wann?*

»Ich weiß nicht mal, wer du bist«, fuhr Azador fort, und der Zorn verstärkte seinen Akzent. Er musterte sie mit verächtlicher Langsamkeit von Kopf bis Fuß. »Eine weiße Frau, die vorgibt, eine schwarze zu sein? Eine alte Frau, die vorgibt, jung und schön zu sein? Oder bist du überhaupt eine Frau? Diese Krankheit ist ja im Netz weit verbreitet, aber Gott sei Dank nicht unter den Roma.« Er drehte sich um und spuckte über Bord, knapp an !Xabbu vorbei, der seinen Blick mit einer unergründlichen Pavianmiene erwiderte. »Sicher weiß ich bloß eines: Du gehörst zu den Gadschos. Du gehörst zu den andern, nicht zu uns. Und trotzdem trompetest du rum: ›Sag mir dies, sag mir das‹, als ob du ein Recht auf unsere Geheimnisse hättest.«

»Hör zu, es tut mir leid«, begann Renie und fragte sich gleichzeitig, wie oft sie sich noch bei diesem Mann würde entschuldigen müssen, wo sie ihm eigentlich am liebsten eine geknallt hätte, daß ihm der Schnurrbart von der Lippe flog. »Ich hätte nicht so mit dir reden sollen, aber ...«

»Da gibt's kein Aber«, unterbrach er sie. »Ich bin müde, und mir ist, als hätte mir jemand sämtliche Knochen gebrochen. Du willst der Anführer sein? Na schön, dann steuer du doch diesen häßlichen Kahn. Ich leg mich schlafen.«

Er ließ das Steuer los, stolzierte davon und verschwand hinter der Kajüte, vermutlich in Richtung Bug. Führerlos geworden, scherte das Schiff scharf zum Ufer aus. Renie mußte springen, um es wieder zurück in die Mitte des Flusses zu lenken, so daß ihr keine Gelegenheit zu einer Schlußbemerkung blieb, ob nun bissig oder versöhnlich.

»Nächstes Mal redest du mit ihm«, sagte sie zu !Xabbu. Ihre finstere Miene sah aus, als wäre sie ihr unauslöschlich ins Gesicht geschnitten. »Irgendwie scheine ich kein besonderes Talent dafür zu haben.«

Ihr Freund glitt von der Reling, kam angetappt und drückte sie sacht am Arm. »Es ist nicht deine Schuld. Er ist ein aufbrausender Mann. Vielleicht hat er seine Geschichte verloren – ja, ich glaube, so ist es.«

Renie blinzelte müde. Der Fluß und die Bäume vor ihnen waren so dunkel, daß sie fast von der Nacht verschluckt wurden. »Vielleicht halten wir lieber an und werfen den Anker aus, oder was man sonst machen muß. Ich kann kaum noch was sehen.«

»Schlafen ist eine gute Idee.« !Xabbu nickte bekräftigend. »Du brauchst Ruhe. Wir alle brauchen Ruhe. An diesem Ort weiß man nie, wann wieder etwas passiert.«

Eine Anzahl möglicher Erwiderungen gingen ihr durch den Kopf, sarkastische und andere, aber sie konnte keine Kraft mehr dafür aufbringen. Sie stellte den Motor ab und ließ das Schiff ins flache Wasser treiben.

Renie fühlte, wie die Sonne ihr die entblößten Hautpartien verbrannte. Sie stöhnte und wälzte sich mit geschlossenen Augen auf die Seite, um Schatten zu finden, doch es gab nirgends welchen. Sie schlug die Arme vors Gesicht, doch jetzt war sie sich der heißen Sonnenstrahlen bewußt geworden und konnte nicht mehr so tun, als gäbe es sie nicht. Sie schossen auf sie nieder, als ob ein sadistisches Riesenkind das Licht mit einem ungeheuren Vergrößerungsglas bündelte.

Flüche nuschelnd setzte Renie sich auf. Die brennende weiße Scheibe stand fast direkt über ihrem Kopf, nur dünn verschleiert von einem mattgrauen Wolkengespinst - wahrscheinlich gab es nirgendwo auf dem Deck Schutz vor ihr. Außerdem hatte sich entweder der Anker losgerissen und sie waren abgetrieben, oder der Fluß und seine Ufer hatten sich verwandelt, während sie geschlafen hatte; Renie wußte nicht, welche Aussicht schlimmer war. Der Fluß hatte sich drastisch verschmälert, so daß die Ufer links und rechts keinen Steinwurf mehr entfernt waren, und der ordentliche Wald aus Pyramidenpappeln war zu einem tückisch wuchernden Pflanzengewirr geworden, einem Dschungel. Einige der Bäume ragten dreißig Meter und mehr in die Höhe, und bis auf die freie Schneise des Flusses konnte sie in keiner Richtung weiter als ein paar Meter in das Dickicht hineinschauen.

!Xabbu stand auf den Hinterbeinen am Schiffsrand und betrachtete den vorbeiziehenden Urwald.

»Was ist passiert?« fragte sie ihn. »Hat sich der Anker gelöst?«

Er drehte sich um und schenkte ihr ein seltsam anmutendes, aber aufmunternd gemeintes Pavianlächeln. »Nein. Wir sind schon eine ganze Weile wach, und Azador führt das Schiff wieder.«

Der besagte Mann hing hinten im Heck über dem Steuerrad, die dunklen Brauen zusammengekniffen, ansonsten von Zigarettenrauch umnebelt. Er hatte den Mantel ausgezogen. Der untere Teil seines Overalls war mit einem Stück Seil umgürtet, da vom oberen Teil nur noch Fetzen übrig waren. Sein Sim war sonnengebräunt und an der Brust und den Armen ziemlich muskelbepackt. Verärgert über seine penetrant stattliche Erscheinung wandte sie sich ab - es war kindisch, sich so einen Sim auszusuchen, selbst wenn er im RL tatsächlich so aussah, was sie sehr bezweifelte.

»Jedenfalls ist es gut, daß du aufwachst«, fügte !Xabbu hinzu. »Emily ist unglücklich, aber sie will nicht mit mir reden, und Azador spricht kein Wort mit ihr.«

Renie stöhnte wieder und stemmte sich hoch, aber mußte sich einen Moment an der Reling festhalten, weil ihre Wadenmuskeln sich verkrampften. Wenn sie ihre vielen Wehwehchen fühlte, fand sie es kaum glaublich, daß sie in Wahrheit nicht von Metallfäusten und dünn gepolsterten menschlichen Knochen geprügelt worden war, sondern von einer puddingartigen Masse, die diese Dinge lediglich vorspiegelte. Was die Resultate keineswegs weniger schmerzhaft machte.

Sie humpelte zur Kajüte. Das Mädchen saß auf dem Bett in die hinterste Ecke des winzigen Raumes gedrückt, als fürchtete sie sich vor wimmelndem Ungeziefer auf dem Fußboden. Trotz des Schweißglanzes auf ihrer jungen Haut preßte sie sich die hochgezogene Decke fest an die Brust.

»Hallo, Emily. Geht's dir gut?«

Das Mädchen sah sie mit weiten, ängstlichen Augen an. »Wo ist der Affe?«

»Draußen. Soll ich ihn holen?«

»Nein!« Emily kreischte das Wort beinahe; dann faßte sie sich wieder ein wenig und lachte nervös. »Nein. Wenn er da ist, wird mir ganz komisch. Er ist genauso wie die Flugaffen der Vogelscheuche - ganz klein und haarig und mit so kneifigen Fingern. Wie hältst du ihn bloß aus?«

Renie überlegte ungefähr zwei Sekunden, ob sie versuchen sollte, !Xabbus Situation zu erklären, aber entschied sich dann dagegen. Falls dieses Mädchen ein Replikant war, wäre es bloß verwirrend, ihr etwas über VR und angenommene Identitäten zu erzählen, oder sogar unnötig grausam. Es sei denn ...

»Er ist in Wirklichkeit kein Affe.« Renie bemühte sich um ein begütigendes Lächeln; ihr tat dabei regelrecht der Mund weh. »Er ... er ist verzaubert. Er ist in Wirklichkeit ein Mann - ein sehr netter Mann -, aber jemand Böses hat ihn in einen Affen verwandelt.«

»Wirklich?« Emilys Augen wurden wieder weit. »Oh, wie traurig!«

»Ja.« Renie ließ sich auf der Bettkante nieder und versuchte es sich gemütlich zu machen, aber in ihrem ganzen Körper schien es keinen ungepeinigten Muskel zu geben. »War das dein ganzer Kummer?«

»Nein - ja. Nein.« Wie erschöpft von diesen Sinnesänderungen faßte Emily sie einen Moment lang ins Auge, bevor sie plötzlich und höchst dramatisch in Tränen ausbrach. »Was w-wird mit uns p-p-passieren?«

»Mit uns?« Renie tätschelte die Schulter des Mädchens, fühlte durch das dünne Kleidchen die kleinen, vogelähnlichen Knochen. Ein komisches Gefühl, schon wieder jemanden beruhigen zu dürfen, die Ersatzmutter zu spielen, und zudem schwer, dabei nicht an Stephen zu denken, doch für heute war ihr Bedarf an Schmerz gedeckt. »Wir sind den vielen Leuten entkommen, die uns verfolgt haben. Hast du das schon vergessen?«

»Das meine ich nicht. Was wird aus m-mir? Was wird aus dem kleinen Baby in meinem B-Bau-Bauch?«

Renie wollte etwas Aufmunterndes sagen, doch ihr fiel nichts ein. Womit hätte sie dieses Mädchen trösten sollen, diese auf Babygebrabbel und Hilflosigkeit codierte Kreatur? Selbst wenn sie und !Xabbu aus der Simulation hinauskamen, war es nahezu sicher, daß Emily den Wechsel nicht mitvollziehen würde. Und wenn es durch irgendeinen Dusel doch passierte, konnten sie es sich dann leisten, sie mitzunehmen? Ausziehen, um die Welt zu retten, begleitet von einem schwangeren, geistig minderbemittelten Püppchen, das laufend Fürsorge brauchte? Gar nicht auszudenken.

»Es wird alles gut werden«, brachte sie schließlich über die Lippen und verabscheute sich sofort dafür.

»Wird es nicht, wird es *nicht!* Weil mein Henry mich nicht mehr liebt! Dabei hat er mich geliebt, *echt,* und er hat mir das hübsche Ding gegeben, und wir haben die ganzen Liebhabsachen gespielt, und er hat gesagt, ich wäre sein Pudding, und jetzt ist alles ... *Untu!«* Die merkwürdige Bildung schien das schlimmste Wort zu sein, das sie kannte. Kaum hatte sie es ausgesprochen, warf sie sich heulend auf das Bett und preßte das Gesicht ins Laken.

Obwohl sie nur Mitgefühl und ein besänftigendes Streicheln zu vergeben hatte, gelang es Renie schließlich, das Mädchen wieder in einen normalitätsähnlichen Zustand zu bringen. »Das glänzende, hübsche Ding, das er dir gegeben hat«, fragte sie, als die Weinende sich halbwegs beruhigt hatte, »hat er dir erzählt, wo er es herhat?«

Emilys Augen hatten rote Ränder, ihre Backen waren fleckig, und ihr lief die Nase, aber immer noch war sie aufreizend hübsch. Sofern Renie noch irgendwelche Zweifel daran gehabt hatte, daß die Schöpfer von Kansas Männer waren, ließ sie die jetzt fahren. »Er hat mir gar nichts erzählt, außer daß es mir gehört!« jammerte das Mädchen. »Ich hab's nicht gestohlen - er hat es mir geschenkt!«

»Ich weiß.« Renie dachte daran, sie zu fragen, ob sie das Juwel noch einmal sehen dürfe, aber sie wollte das Mädchen nicht noch mehr in Aufregung versetzen. »Ich weiß.«

Als die verschwitzte und todunglückliche Emily zuletzt wieder in einen unruhigen Schlaf gesunken war, ging Renie hinaus und begab sich zum Heck. Sie fühlte das Ziehen der Sucht und hätte am liebsten um eine Zigarette gebeten, aber sie hatte ihre eigene Regel schon einmal gebrochen. »Sie ist wirklich völlig aus dem Häuschen«, berichtete sie.

Azadors Augen huschten kurz zur Kajüte. »Ist mir aufgefallen.«

»Kann sein, daß diese Leute Reps sind«, fügte Renie hinzu, »aber auf jeden Fall halten sie sich nicht dafür. Es mag ja alles Code sein, aber der Eindruck von Echtheit ist ziemlich erschlagend.«

»Diese reichen Gadschoschweine haben mehr Geld, als ihnen selber gut tut. Sie beschäftigen zu viele Programmierer, wollen unbedingt alles perfekt und real hinkriegen.«

»Aber vorher hat es dir gefallen, wie real sie war, oder?« Sie hörte, wie wieder die Wut in ihrer Stimme vibrierte, und drehte sich zur Seite, um die immer dichter werdende Dschungellaubwand am nahen Ufer in Augenschein zu nehmen. Die Vegetation hatte irgendwie etwas Unnatürliches, aber sie kam nicht drauf, woran das liegen mochte. Sie wandte sich wieder Azador zu. »Tut sie dir denn kein bißchen leid?«

Er ließ seine Lider sinken und betrachtete den Fluß vor sich durch schmale Schlitze, so daß er wie ein Filmbösewicht aussah. »Tut dir dein Teppich leid, wenn du drauftrittst? Das ist kein Mensch, das ist ein Maschineneffekt – ein Ding.«

»Woher willst du das wissen? In diesem ganzen Netzwerk wimmelt es von realen Personen, die sich als Figuren ausgeben. Woher willst du das wissen?«

Zu ihrer Überraschung zuckte Azador richtig zusammen. Er bemühte sich sichtlich, seine gleichgültige Maske beizubehalten, aber einen Moment lang sah sie in seinen Augen etwas ganz anderes, bis er sich wegdrehte und sich mit nervösen Fingern eine neue Zigarette in den Mund steckte.

Sie überlegte noch, was diese Reaktion wohl zu bedeuten habe, als !Xabbu vorn am Bug einen dringenden Ruf ausstieß und ihre sich soeben ordnenden Gedanken wieder wild durcheinanderflatterten.

»Renie! Komm mal her! Ich glaube, es ist wichtig.«

Ihr Freund hüpfte aufgeregt auf der Reling herum, als sie auf ihn zukam. Sie registrierte mit einer gewissen Sorge, daß seine Bewegungen von Tag zu Tag äffischer wurden. Wurde er einfach besser mit dem Paviansim vertraut, oder zeigte die ständige Gewohnheit, wie ein Tier zu leben und wahrzunehmen, allmählich ihre Auswirkungen?

»Schau.« Er deutete zum Ufer.

Renie sah hin, aber in ihrem Kopf herrschte ein Kuddelmuddel von halbgaren Gedanken, die alle um ihre Aufmerksamkeit buhlten. Am Flußufer fiel ihr erst einmal nichts Befremdliches auf. »Was ist denn, !Xabbu?«

»Sieh dir die Bäume an.«

Sie zwang sich, die Stelle, auf die er zeigte, aufmerksam zu betrachten. Klar, da standen Bäume in allen Größen, zwischen deren Ästen dicke Lianen hingen wie ein Haufen Boa constrictors am Morgen nach einer Orgie. Nichts wirkte besonders bemerkenswert, höchstens eine gewisse Regelmäßigkeit der Formen - und genau das war es, erkannte sie jählings, was sie wenige Minuten zuvor gestört hatte. Obwohl die Bäume wie auch die Schlingpflanzen ganz naturgetreu aussahen, waren ihre Abstände und Verbindungen zu exakt, zu mechanisch. Genau besehen gab es zu viele rechte Winkel ...

»Es sieht konstruiert aus.« Sie kniff vor der grellen Sonne die Augen zusammen, wodurch die Strukturen deutlicher hervortraten. »Der Wald sieht ein wenig wie das Werk aus. Bloß daß er aus Pflanzen besteht.«

»Ja.« !Xabbu sprang wieder hin und her. »Erinnerst du dich, was der Vogelscheuchenmann sagte? Daß seine Feinde im Werk seien - und im Wald.«

»O mein Gott.« Renie schüttelte den Kopf, fast - aber nicht ganz - zu erschöpft, um zu erschrecken. »Heißt das, wir sind geradewegs in das Reich von dem andern Kerl gefahren? Wie hieß er nochmal ...?«

»*Der Löwe* ...«, sagte !Xabbu ernst.

Ein dünnes Zischen ertönte plötzlich überall am Ufer, und in vielen der rechtwinkligen Freiräume zwischen den Bäumen tauchte flackernd ein gespenstisches Bild auf, eine ganze Parade identischer, allgegenwärtiger Bilder. Jede Erscheinung war kaum klarer als eine Spiegelung in einem sich kräuselnden Teich, so schwach und rauchzart, daß sie kaum zu sehen war, aber Renie meinte, hart glitzernde Augen und ein großes, helles Gesicht zu erkennen. Aus dem Zischen wurde ein knisterndes Rauschen, dann verblaßten die Bilder, und es war, als wäre ein ganzes Heer von Gespenstern auf einmal in die Flucht geschlagen worden.

»Was zum Teufel war das?« rief Azador vom Heck und würgte den Motor ab, so daß der Kahn nur noch langsam dahintrieb.

Renie versuchte gerade selber, sich darüber klarzuwerden, was zum Teufel das gewesen war, als sie !Xabbus kleine Hand - seine »haarigen, kneifigen Finger«, wie Emily sie angeekelt genannt hatte - an ihrem Arm fühlte. »Sieh mal«, sagte er im Flüsterton, in dem dennoch seine Verwunderung und Unsicherheit durchzuhören war. »Sie kommen zum Wasser wie eine Familie Elenantilopen.«

Mehrere hundert Meter vor ihnen war eine kleine, verstohlene Gruppe menschlicher Gestalten aus dem Schutz des flußnahen Dickichts aufgetaucht. Da sie das Schiff noch nicht gesehen hatten, schlichen sie die Uferböschung hinunter zum Wasserrand. Einige kauerten sich zum Trinken hin, während andere aufpaßten, ob Angreifer kamen und dabei nervös den Dschungel hinter ihnen und die unmittelbare Umgebung der Trinkstelle beäugten. Sie waren hellhäutig, schmutzig und nackt bis auf die Ziergegenstände, die sie trugen, irgendwelche Jagdtrophäen, vermutete Renie: Etliche hatten Schwänze am Hinterteil baumeln, andere trugen Geweihe auf der Stirn oder hatten neben dem Gesicht Ohren herabhängen.

Renie duckte sich und winkte Azador, das gleiche zu tun. Er hockte sich mit wachsamem Blick neben das Steuerrad, während das Schiff immer näher heranschwamm.

Der Schlepper hatte vielleicht zwei Drittel der Distanz geräuschlos zurückgelegt, als ein geweihbewehrter Wachposten sie erspähte. Er gaffte das Schiff einen Moment lang mit offenem Mund an und gab dann ein ersticktes Bellen von sich. Die anderen nackten Menschen sprangen in wildem Durcheinander auf, daß die Kostümschwänze nur so flogen, und flohen unter Schubsen und Rempeln angstblökend in den Urwald.

Das Schiff war jetzt fast auf der Höhe der Stelle, wo eben noch die Menschen gewesen waren. Als letzter der Gruppe blieb der Wachposten am Rand des schützenden Waldes stehen, um den Rückzug seiner Stammesgenossen zu sichern, und sah zu, wie das Schiff vorbeitrieb. Sein Geweih schien zu wackeln, eine Täuschung durch das auf ihn fallende gesprenkelte Sonnenlicht dachte Renie zunächst, bevor sie erkannte, daß das, was sie für Geweihsprossen gehalten hatte, in Wirklichkeit Hände waren, die an den Schläfen dem Kopf aufgepfropft worden waren. Seine Arme hörten an den vernarbten Stümpfen der Handgelenke auf.

Die Finger dieser grausigen Geweihimitate zuckten abermals, als sie vorbeiglitten, und die Augen des Wachpostens - ganz dunkle Iris ohne das geringste Weiß - begegneten Renies Blick mit dem hoffnungslosen, entsetzten Glotzen eines verdammten Geschöpfes, das über die Abfallhaufen der Hölle kriecht. Dann drehte er ihr seinen Schwanz aus angenähter Haut zu und sprang in die dunklen Gründe des Waldes davon.

› Long Joseph Sulaweyo stand am Rand des Waldes und blickte auf die Fernstraße. Ihm war zumute, als erwachte er gerade aus einem Traum.

In der Nacht war ihm alles so einfach vorgekommen, als Jeremiah schlief und die hohen Decken dieses gottverfluchten Wespennests von jedem einsamen Schritt, den Joseph tat, widerhallten. Er wollte seinen Sohn besuchen gehen. Er wollte sich vergewissern, daß Stephen noch am Leben war. Renie hatte einmal gesagt, daß Joseph vielleicht seinen Sohn davongejagt, ihn in das Koma getrieben habe oder ähnliches dummes Zeug, und obwohl er dieses blödsinnige Ärztegewäsch wütend abgeschmettert hatte, hatte es dennoch in ihm weitergebohrt.

Womöglich war Stephen inzwischen sogar aufgewacht, hatte er sich vorgehalten, als er die paar Habseligkeiten zusammenkramte, die er beschlossen hatte mitzunehmen. Und wenn, wie wäre das für ihn? Wie grausam? Was war, wenn der Junge erwachte, und seine ganze Familie war weg? Und als Joseph die letzten paar Geldscheine aus Renies Portemonnaie genommen hatte - sie würde sie in dieser Badewanne mit Kabeln eh nicht brauchen, nicht wahr? -, war ihm das Ganze als phantastischer Geniestreich erschienen. Er würde losgehen und seinen Jungen besuchen. Er würde nachschauen, ob mit Stephen alles in Ordnung war.

Aber jetzt im Licht des späten Nachmittags, mit deutlichen Spuren vom Gestrüpp der Drakensberge an den Hosenbeinen und in den Haaren, sah die Geschichte völlig anders aus. Wenn Renie nun aus diesem Apparat herauskam, bevor er wieder da war? Sie wäre wütend und würde schimpfen, er habe bloß was zu trinken gesucht und sie dafür alle in Gefahr gebracht. Aber das stimmte nicht, oder? Nein, er war für seinen Sohn verantwortlich, Renie war bloß eines seiner Kinder. Sie war nicht ihre eigene Mutter, auch wenn sie sich manchmal so aufführte. Sie war nicht seine Frau, hatte ihm keine Verhaltensmaßregeln zu machen.

Long Joseph ging ein paar Schritte auf den gekiesten Seitenstreifen hinaus. Es schien hier früh Abend zu werden: Mittag war erst ein paar Stunden vorbei, und schon war die Sonne hinter dem Berg versunken und ächzte ein kalter Wind die Flanke hinunter, zauste die Bäume und kroch unter Josephs dünnes Hemd, daß er Gänsehaut auf der Brust bekam. Er zupfte sich die ärgsten Dornen und Kletten ab und ging ein Stückchen die Straße hinauf, mit stampfenden Schritten, um warm zu bleiben.

Renie hatte keine Ahnung, wie schlau er war – sie meinte, er wäre ein alter Depp, wie alle Kinder es von ihren Vätern dachten. Aber er würde unten bei Stephen in Durban und wieder zurück sein, bevor sie überhaupt merkte, daß er weg war. Und was scherte sie das schon groß? Würde sie vielleicht ängstlich auf seine Rückkehr warten? Renie hatte ihn alleingelassen, genau wie ihre Mutter und ihr Bruder. Wenn es nach ihnen ging, sollte er bloß rumsitzen und warten. Als ob er kein eigenes Leben hätte.

Er spähte die leere Bergstraße hinauf, dann in die andere Richtung, als ob bei genauerem Hinschauen ein Bus zum Vorschein kommen könnte, den er irgendwie übersehen hätte.

Das Licht war fast ganz verschwunden. Joseph stampfte schon so lange und so fest vor sich hin, daß er nicht mehr sagen konnte, was schlimmer war, die Kälte in seinen Zehen oder die Schmerzen in seinen Füßen vom Trampeln auf der Straße. Nur zwei Autos und ein Lastwagen waren vorbeigekommen, und obwohl alle den Mann am Rand der hohen Gebirgsstraße verwundert angeschaut hatten, war keiner von ihnen auch nur vom Gas gegangen. Allmählich wurde sein Atem sichtbar, ein kreideweißer Schleier, der jedesmal einen Augenblick vor seinem Gesicht hängenblieb, bevor der Wind ihn verwehte.

Er sann gerade darüber nach, ob er sich irgendwo im Gebüsch, wo er aus den frostigen Fallwinden heraus war, eine Lagerstatt bereiten sollte, als weiter oben um die Kurve des Hügels ein kleiner Laster kam, dessen Scheinwerfer überraschend hell durch die Abenddämmerung schnitten. Ohne zu denken, stellte sich Joseph mitten auf die Straße und schwenkte die Arme. Einen Augenblick lang sah es so aus, als hätte der Fahrer ihn nicht rechtzeitig gesehen – in einer kurz aufblitzenden Vision sah Long Joseph seinen Körper überfahren und unbeachtet in den Büschen liegen wie einen toten Townshiphund –, aber da drehten die Lichter ruckartig zum Straßenrand ab, und der Laster blieb mit quietschenden, kieselspritzenden Reifen stehen. Der Fahrer, ein stämmiger weißer Mann in einer blankgewetzten Jacke, sprang heraus.

»Hast du noch alle Tassen im Schrank, du verrückter Knallkopf?«

Joseph zuckte bei dem Afrikaanderakzent zusammen, aber er war zu durchgefroren, um wählerisch zu sein. »Kannst du mich mitnehmen?«

Der Fahrer musterte ihn, dann schaute er sich um, ob Long Joseph womöglich Spießgesellen hatte, die nur darauf lauerten, hervorzuspringen und seinen Laster zu entführen oder vielleicht noch Schlimmeres zu tun. »Ach? Wo hast du dein Auto?«

Long Joseph durchfuhr es siedend heiß, als ihm klar wurde, daß er sich keine Geschichte ausgedacht hatte, um zu erklären, was er hier auf dieser einsamen Gebirgsstraße machte. Diese Militärbasis - darüber mußte er unbedingt den Mund halten, nicht wahr?

Beunruhigt durch das Schweigen trat der Fahrer einen Schritt zu seinem Laster zurück. »Wie bist du dann hierhergekommen?«

Plötzlich fiel Joseph ein Vorfall aus seiner Jugend ein, ein Segen, wie von Gott per Eilboten geschickt. »Bin mit so einem mitgefahren«, erzählte er dem Fahrer. »Aber dann ham wir uns in die Wolle gekriegt. Gestritten, mein ich. Da hat er mich rausgeschmissen.«

»Ach?« Der Fahrer war immer noch mißtrauisch. »Worüber habt ihr euch denn gestritten?«

»Ich hab ihm gesagt, Rugby wär Schwachsinn.«

Da lachte der andere Mann tief und glucksend los. »Heilandsack! Na, ich finde auch, daß du Kak im Kopf hast, aber das ist noch kein Grund, einen erfrieren zu lassen. Steig ein. Du bist also kein entlaufener Mörder oder so?«

Long Joseph hauchte sich in die Hände und eilte zum Wagen. »Nö. Ich hätt bloß fast mal meinen Schwager umgebracht, als er mein Auto zu Schrott gefahren hat.« Eigentlich waren sie deswegen aufeinander losgegangen, weil Joseph das Auto des Schwagers zu Schrott gefahren hatte, aber andersherum hörte es sich besser an.

»Alles klar, Mann. Ich hätte meinen auch fast mal umgebracht. Vielleicht mach ich's irgendwann noch.«

Der Fahrer hieß Antonin Haaksbergen, und obwohl er unbestreitbar ein Afrikaanderschwein und daher nach Sulaweyos Gesetz automatisch als gemeiner und hinterhältiger Heuchler überführt war, mußte Long Joseph zugeben, daß ihm mildernde Umstände nicht von vornherein abgesprochen werden konnten. Zum einen hatte sein kleiner Lastwagen eine sehr gute Heizung. Zum anderen stellte er nicht zuviele Fragen. Aber das überzeugendste Argument kam fast sofort, kaum daß sie Josephs Trampstelle verlassen hatten und um die nächste Kurve herum waren.

»Willst du was zu trinken haben, Mann?«

Es war, als wäre ein Vorhang aufgezogen worden und Sonnenschein überflutete ein lange abgedunkeltes Zimmer. »Hast du 'nen Wein?«

»Anspruchsvoll bist du gar nicht, was? Nein, aber wenn du ganz nett zu mir bist, laß ich dich vielleicht 'nen Elli nuckeln.«

Mit jäh erwachendem Argwohn runzelte Joseph die Stirn und fragte sich, ob er dem einen Schwulen entkommen war, nur um sofort dem nächsten in die Arme zu laufen. »'n was?«

Haaksbergen griff in ein Fach hinter dem Sitz und holte eine Dose Bier hervor, Marke Red Elephant. Er reichte sie Joseph und nahm sich selber auch eine, die er aufmachte und in den Halter am Armaturenbrett steckte. »Ich war die ganze Fahrt über trocken, aber jetzt hab ich Gesellschaft, da darf ich doch mal, hä?«

Joseph nickte, die Dose bereits erhoben, aus der ihm die kühle Flüssigkeit durch die Kehle rann wie Regen auf ausgedörrte Wüstenhügel.

»Gefällt dir mein Laster?« erkundigte sich Haaksbergen und nahm einen Schluck von seinem Bier. »Ganz nett, was? Der Motor läuft mit Wasserstoff – ziemlich gut und billig im Verbrauch, aber ich vermute, wenn irgendeins von den kleinen Kinkerlitzchen rausfällt oder sowas, fliegt alles in die Luft und wir mit. Na ja, so ist das Leben, hä ...? Herrje, Mann, hast du die etwa schon aus?«

Der Rest der Fahrt verfloß in wohlig warmer Wonne. Die Lichter der Ortschaften, die zum Fuß der Berge hin zahlreicher wurden, schwammen an den Fenstern vorbei wie tropische Fische. Als sie schließlich in Howick ankamen, waren Long Joseph und Antonin (»meine Mutter war Italienerin – da kannste nix machen«) dicke Freunde. Selbst Haaksbergens gelegentliche Bemerkungen über »euch Schwarze« und »deine Leute« oder sein leises Mißfallen darüber, daß Joseph ihm das ganze Bier wegtrank, schienen mit zur Offenherzigkeit der frisch geschlossenen Bruderschaft zu gehören. Nachdem er im Gewimmel der Nachtschwärmer vor dem Bahnhof abgesetzt worden war, winkte Long Joseph dem auf der Hauptstraße davonbrummenden Laster fröhlich hinterher.

Eine leicht benebelte Inventur seiner Barschaft machte deutlich, daß es für die Zugfahrt nach Durban vorn und hinten nicht reichte, aber im Moment verspürte er sowieso keinen Drang, irgendwo hinzufahren. Er fand eine Bank im Bahnhof, rollte sich zusammen und sank in einen Schlaf, in dem selbst die Träume verschwommen waren, wie durch tiefes Wasser gesehen.

Mit fester Hand, aber ohne besondere Grobheit wurde er kurz vor Tagesanbruch von einem privaten Wachmann aus dem Schlaf gerissen und, als er keinen Fahrschein vorzeigen konnte, mit der restlichen gemischtrassigen Schar von Stadtstreichern und Trampern auf die Straße gescheucht. Er gab einen Teil seines Geldes in einer rund um die Uhr geöffneten Spirituosenhandlung für eine Plastikflasche Mountain Rose aus, teils zur Bekämpfung des zutiefst unvertrauten Gefühls, in der Nacht davor zuviel Bier getrunken zu haben, teils als Hilfe zum Nachdenken.

Das Nachdenken endete in einem Nickerchen auf einer Parkbank. Als er aufwachte, stand bereits die Morgensonne am Himmel und die Welt war unangenehm hell geworden. Er blieb ein Weilchen sitzen, betrachtete Passanten, von denen keiner seinen Blick erwiderte, und wischte sich den klebrigen Sabber ab, der sich irgendwie an seinem Kinn gesammelt hatte. Dann beschloß er, sich auf die Socken zu machen. Man konnte nicht wissen, wann Renie aus diesem Ding herauskam und fuchsteufelswild wurde, falls er noch nicht zurück war.

Er begab sich abermals zu dem vergitterten Kiosk, der an der Seite der Spirituosenhandlung aufragte wie ein Gefechtsturm, und schob ein paar Scheine durch den Schlitz im Tausch für eine weitere Flasche Mountain Rose. Mit dem verbliebenen Geld hätte er gerade noch ein paar Kilometer mit dem Bus fahren können – viel zu kurz, um ihm irgend etwas zu nützen. Er trank ein paar Schlucke Wein, dann drückte er mit übermenschlicher Selbstbeherrschung den Pfropfen zu, schob sich die Flasche in die Tasche und marschierte mit überaus kontrolliert gesetzten Schritten zur Fernstraße zurück.

Zum dritten und letzten Mal an dem Tag fuhr er auf der Ladefläche eine Obstlasters mit. Eingezwängt zwischen hohen Stapeln sorgfältig verpackter und eingekisteter Treibhausfrüchte sah er Durban vor sich auftauchen, eine geballte Masse hoher Rechtecke, die die Küstenlinie von Natal überragten. Jetzt konnte er sich eine Busfahrt an jedes beliebige Ziel im Stadtgebiet leisten. Er spielte mit dem Gedanken, zu der Unterkunft zurückzukehren, wo er und Renie vorher gewohnt hatten, und welche von seinen Kumpanen aufzutreiben, Walter oder wer sonst gerade da war, und sie mit ins Krankenhaus zu nehmen, aber Renie hatte keinen Zweifel daran gelassen, daß die Unterkunft nicht mehr sicher war, und das letzte, was Long Joseph wollte, war, in Schwierigkeiten zu geraten und sich hinterher von Renie sagen lassen zu müssen, er sei genauso ein dummer alter Mann, wie sie immer gedacht habe.

Der Gedanke, die Schwierigkeiten könnten solcherart sein, daß er sie gar nicht lange genug überlebte, um noch von seiner Tochter angeschrien zu werden, kam ihm erst später.

Er war vielleicht ein dutzendmal in zwei Stunden zwischen der Bushaltestelle und dem Haupteingang des Klinikums Durban Outskirt hin- und herspaziert. Erst als er vor dem Krankenhaus ausgestiegen war, hatte er sich an Renies Bemerkung erinnert, es gebe eine Quarantäne, und auch wenn er das Gebäude noch so lange beobachtete, schien tatsächlich niemand anders als Ärzte und Pflegepersonal hineinzugehen oder herauszukommen. Es standen sogar Wachen vor der Tür, private Sicherheitskräfte in gepolsterten schwarzen Feuerwehranzügen, die Art von Muskelprotzen, mit denen sich selbst der verrückteste Betrunkene nicht anlegte. Und obwohl seine rechthaberische Tochter ihn womöglich für betrunken gehalten hätte, wußte Long Joseph, daß er nicht verrückt war.

Er hatte den Wein vielleicht halb ausgetrunken, aber der Rest schwappte noch in der eingesteckten Flasche als Zeugnis für seine Vernunft und seine mannhafte Selbstbezähmung. Es waren an dem Abend noch andere Leute vor dem Krankenhaus auf der Straße, daher wußte er, daß er sich nicht verdächtig machte. Aber darüber hinaus stand er gewissermaßen vor einer kahlen Mauer in seinem Kopf, einem großen, harten Hindernis, das ihn davon abhielt, irgend etwas anderes zu tun. Wie konnte er seinen Sohn besuchen, wenn eine Quarantäne war? Und wenn er ihn nicht besuchen konnte, was dann? Umkehren und vor diesem weibischen Jeremiah zugeben, daß das Ganze ein Fehler gewesen war? Oder schlimmer noch, umkehren und eine wache und Fragen stellende Renie antreffen und nicht einmal in der Lage sein, ihr etwas Neues über ihren Bruder mitzuteilen?

Er schlenderte von der Haltestelle zu der kleinen Baumgruppe, die ein kurzes Stück vom Eingang zum Klinikum entfernt auf einem kleinen Hügel stand. Er lehnte sich an einen Baum, tätschelte zärtlich die Plastikflasche in seiner Tasche und wartete darauf, daß ihm eine Idee kam. Die Mauer in seinem Kopf wich und wankte nicht, blieb so massiv und unnachgiebig wie die behelmten Männer vor dem Eingang. Einer von ihnen drehte seinen blanken Gesichtsschirm, der an ein Insektenauge erinnerte, kurz in seine Richtung, und Long Joseph trat zwischen die Bäume zurück.

Das hätte gerade noch gefehlt, was? Daß einer dieser hanteltrainierten Burenärsche ihn bemerkte und beschloß, dem Kaffer eine Lektion zu erteilen. Alle Gesetze der Welt konnten einen dieser privaten Schlägertypen nicht daran hindern, dir die Knochen zu brechen – *das* war es, was faul war in diesem Land.

Er hatte gerade eine sicherere Stelle tief im Schatten der Bäume gefunden, als eine Hand sich über seinen Mund legte. Er spürte etwas Hartes in seinem Rücken, das schmerzhaft zwischen zwei Wirbel drückte.

Die Stimme war ein rauhes Flüstern. »Keinen Laut, klar?«

Long Joseph fielen fast die Augen aus dem Kopf, und er starrte die Wachmänner an und wünschte sich jetzt, sie könnten ihn sehen, aber er war zu weit weg, im Dunkeln nicht zu erkennen. Das harte Ding knuffte ihn abermals.

»Hinter dir steht ein Auto. Wir werden uns jetzt umdrehen und hingehen, und dann wirst du einsteigen, und wenn du eine falsche Bewegung machst, puste ich deine Eingeweide über den ganzen Bürgersteig.«

Mit weichen Knien ließ Long Joseph Sulaweyo sich umdrehen, so daß er zum anderen Ende der Baumgruppe hinausblickte. Eine schwarze Limousine, durch das Gehölz vom Klinikum aus nicht zu sehen, stand mit offener Tür wartend am Straßenrand, im Innern dunkel wie ein Grab.

»Ich nehm jetzt die Hand von deinem Mund«, sagte die Stimme. »Aber wenn du nur laut schnaufst, bist du tot.«

Er konnte den Mann, der ihn bedrohte, immer noch nicht sehen, nur einen dicht hinter seiner Schulter stehenden Schatten. Er dachte aufgeregt an alle Sachen, die er theoretisch tun konnte, an alle Netzfilmhelden, die er je gesehen hatte, wie sie dem Schurken den Revolver aus der Hand traten, den Angreifer mit einem Kungfu-Hieb kampfunfähig machten; einen Augenblick lang dachte er sogar daran, laut schreiend loszurennen und zu beten, daß der erste Schuß danebenging. Aber er wußte, daß er nichts von alledem tun würde. Der Druck an seinem Rückgrat war wie die Nase eines kalten, alten Tieres, das seine Beute beschnüffelte. Es hatte ihn erwischt, und es würde ihn umbringen. Ein Mann konnte nicht schneller sein als der Tod, oder?

Die Wagentür war vor ihm. Er ließ sich hinunterdrücken und hineinschieben. Jemand zog ihm einen Sack über den Kopf.

Meine Kinder ham es nich verdient, so einen Dummkopf zum Vater zu haben, dachte er, als das Auto mit einem Ruck anfuhr. Eine Sekunde später verwandelte sich der Zorn in Entsetzen. Ihm wurde plötzlich übel, und er hatte das sichere Gefühl, in dem Sack an seinem eigenen Erbrochenen zu ersticken. *Verdammt nochmal, sieh sich einer diesen Blödmann an!* jammerte er innerlich. *Meine armen Kinder! Ich hab sie beide umgebracht.*

> Renie erhob sich langsam, und dabei wäre es ihr beinahe gleich wieder hochgekommen. Als sie sich in der Insektenwelt übergeben hatte, war nichts davon zu sehen gewesen, und daher hätte es interessant oder sogar lehrreich sein können, sich zu überlegen, weshalb die Kansassimulation ihr Erbrochenes als einen Schwall klarer Flüssigkeit dargestellt hatte. Renie verspürte jedoch kein besonderes Bedürfnis, über das Erbrechen als solches nachzudenken. Die Erinnerung an das, was die Übelkeit eigentlich ausgelöst hatte, diese armen verstümmelten Kreaturen, war schon ekelerregend genug.

»Was läuft hier bloß ab?« stöhnte sie und wischte sich das Kinn. »Sind diese Leute vollkommen wahnsinnig? Mein Gott, und ich dachte, das Gelbe Zimmer wär schlimm! Sind das alles übergeschnappte Sadisten?«

Azador ließ den Motor an, und der Schlepper tuckerte wieder den Fluß hinunter. »Das waren bloß Reps.«

»Das *mußte* ja kommen von dir!« Nur das erschlagende Gefühl von Schwäche und Verzweiflung hielt sie davon ab, gleich den nächsten Streit vom Zaun zu brechen.

»Ich verstehe, was Renie meint.« Mit einer Balance, die selbst bei der sanften Flußströmung beeindruckend war, stand !Xabbu aufrecht auf der Reling des Schiffes. »Gibt es wirklich so viele ... wie war das Wort, Renie? So viele sadistische Personen, die hier die Herren sind?«

»Es sind reiche Dreckskerle«, sagte Azador. »Sie machen, was sie wollen.«

»Es ist kaum zu glauben, daß es sowas gibt, sowas ... *Widerliches.*« Renie hatte ein paarmal tief durchgeatmet und fühlte sich langsam wieder halbwegs normal. »Wer will mit sowas leben? Wer will sowas machen? Der Mann hinter der Vogelscheuche mag ja ein Dreckskerl gewesen sein, aber er hat eigentlich keinen *so* scheußlichen Eindruck gemacht. Na ja, ich vermute, wenn das alles für ihn bloß ein Spiel war ...«

»Die Vogelscheuche hat nichts damit zu tun«, erklärte Azador entschieden. »Der Mann hat die Zügel hier schon vor langem verloren. Was ihr gesehen habt, diese zerrissenen und wie Puppen wieder zusammengestückelten Replikanten, das war das Werk der Zwillinge.«

»Zwillinge? Was für Zwillinge?« Renie bemühte sich, höflich zu klingen - sie hatte sich bei Azador schon zu viele Fehler erlaubt.

»Das sind zwei Männer, die man an vielen Orten in diesem Netzwerk antrifft. Vielleicht sind sie Herren oder Wachhunde der Herren. Aber sie ziehen in vielen Simulationen herum, und was sie anfassen, wird zu Scheiße.« Er deutete auf den Dschungel, der immer mehr Ähnlichkeit mit der würgenden Enge des Werks bekam, außer daß hier Bäume und Lianen die chaotischen Industrieanlagen vertraten. »Ich habe sie erlebt und das, was sie machen. Wenn sie welche von uns Fahrenden erwischen, schmeißen sie uns nicht einfach aus dem Netzwerk raus. Wenn sie können, behalten sie uns an der Strippe und foltern uns dann.« Er spuckte über die Seite. »Ich weiß nicht, wer sie in Wirklichkeit sind, aber sie sind Dämonen.«

»Und sie sind ... Zwillinge?« Renie war fasziniert. Wieder war eine der Türen von Anderland aufgegangen.

Azador verdrehte die Augen. »Das ist ein Spitzname, den sie bekommen haben, weil sie immer zusammen auftreten. Und weil der eine dick und der andere dünn ist, ganz gleich wohin sie gehen oder wen sie darstellen. Aber sie sind *die* Zwillinge, und man erkennt sie stets.«

»Du weißt nicht, ob sie richtige Menschen sind oder nicht?« Anscheinend, dachte Renie, hatte Azador noch gar nicht gemerkt, daß er tatsächlich Auskünfte gab - zum zweitenmal an diesem Tag! Wahrscheinlich blieb ihr nicht viel Zeit, Sachen aus ihm herauszuholen. »Aber wie sollten sie, wenn sie sich in mehr als einer Simwelt aufhalten?«

Der Zigeuner schüttelte den Kopf. »Ich weiß es nicht. Ich weiß nur, daß sie an vielen Orten sind und daß sie immer und überall Schweine sind. Hier sind sie zum Blechmann und zum Löwen geworden.«

Also einige der Eigentümer dieses Universums, dachte Renie, waren Leute wie Kunohara, die sich mit ihrem Terrain zufrieden gaben. Aber andere blieben nicht in ihren eigenen Simulationen und verwüsteten sogar die Domänen ihrer Nachbarn. Lagen sie miteinander im Krieg, diese Gralsbruderschaftler? Das würde den Reichen ähnlich sehen, daß sie sich auch dann gegenseitig zu verdrängen suchten, wenn im Prinzip genug Platz für alle da war. Renie konnte das eigentlich nur recht sein, auch wenn sie mit einem Feind, dem alles gehörte, kein leichteres Spiel hätte als mit vielen Feinden. Und außerdem wären

!Xabbu und sie weiterhin unbewaffnete Fußgänger inmitten eines Kriegsgeschehens.

»Kannst du uns sonst noch etwas über diese Zwillinge sagen oder über die andern, denen dieses Netzwerk gehört?« fragte sie.

Azador zuckte mit den Achseln. »Es ist zu heiß, um zu reden, und ich bin es leid, an diese Leute zu denken. Ich bin ein Roma - wir gehen, wohin wir wollen, es ist uns egal, wessen Land wir durchqueren.« Mit einer Beugung, die seine Rückenmuskeln schön zur Geltung brachte, griff er in den zu seinen Füßen liegenden Mantel und wühlte in der Tasche nach einer Zigarette.

Er hatte recht, was die Hitze betraf - die Sonne stand voll im Zenit, und die Bäume warfen keinen Schatten mehr auf den Fluß. Renie sorgte sich kurz um Emily, die noch in der fensterlosen Kajüte schlief, dann verscheuchte sie den Gedanken. Das Mädchen war doch ein Replikant, oder? Und dies war schließlich die Simulation, in der sie zuhause war. Vielleicht hatte Azador recht, vielleicht nahm sie diese Automaten, diese Codekonstrukte, wirklich zu ernst.

Der Gedanke zog einen anderen nach sich, den sie vergessen hatte oder von dem sie abgelenkt worden war. »Azador, wieso bist du so sicher, daß Emily ein Rep ist?«

Er blickte verwundert, aber tat so, als hätte er nicht verstanden. »Was?«

»Ich hab dich das schon mal gefragt, aber du hast mir nicht geantwortet. Du meintest, es sei egal, was du machst, sie sei sowieso ein Rep. Woher weißt du das?«

»Was spielt das für eine Rolle?« knurrte er. Seine verächtliche Art war nicht ganz überzeugend. Renie war sich zum erstenmal sicher, daß er sich nicht nur ärgerte, weil er ausgefragt wurde, sondern daß er aktiv etwas verheimlichte.

»Ich bin bloß neugierig«, sagte sie so gleichmütig und ruhig, wie sie konnte. »Ich kenn mich mit diesen Sachen nicht aus. Ich bin noch nicht so lange hier wie du, hab noch nicht so viel gesehen.«

»Ich bin kein Kind, das man mit solchen Tricks zum Reden bringen kann«, bäffte er sie an. »Und wenn du der Boß sein willst und willst in der Sonne stehen und Fragen stellen, dann kannst du auch gleich der Kapitän von diesem Scheißkahn sein.« Er gab das Wühlen in seiner Manteltasche auf, ließ das Steuerrad sausen und stapfte abermals davon.

Bevor Renie noch etwas sagen konnte, winkte !Xabbu ihr aufgeregt zu. »Irgend etwas stimmt nicht«, sagte er und sprang vom Geländer aufs Deck.

Renie stutzte. Der flimmernde Hitzedunst verdichtete sich und formte Luftbilder zwischen den Ästen, tausend Reflexionen derselben Erscheinung. Das Bild, das überall entstand, war diesmal viel deutlicher, ein mächtiger gelber Schädel mit einer zottigen, verfilzten Mähne und Schweinsäuglein, die in ihren tiefen, horizontalen Falten beinahe verschwanden. Zwischen den hängenden Backen bleckten große Zahnstümpfe aus einem weit aufgerissenen Maul. Eine grollende Stimme knarrte und stotterte wie eine gestörte Funkübertragung. Renie konnte nur wenige Worte ausmachen: »... Auswärtige ... Wald ... schreckliches Schicksal ...« Wie eine Ansage in einem besucherlosen Museum brabbelte und dröhnte das fürchterliche Gesicht noch eine Weile weiter, dann verblaßte es, und die Räume zwischen den Ästen wurden wieder dunkel.

»Hört sich an, als ob gegen uns zum Einsatz geblasen wird«, sagte Renie grimmig. »Jedenfalls denke ich, daß es das bedeuten sollte. Es ist schwer zu sagen - diese ganze Simulation scheint zu zerfallen.« Oder die beiden verschiedenen Welten, der Wald und das Werk, wuchsen zu einem abscheulichen Ganzen zusammen. Auch Smaragd stand kurz davor, geschluckt zu werden - sie sah es förmlich vor sich, wie die ruinierten Häuser, Felder und Plätze, die einst die Domäne der Vogelscheuche gewesen waren, der letzte belagerte Außenposten eines reizenden Kindermärchens, sich jetzt zu einem weiteren Fortsatz der großen Maschine entwickeln würden, die gewissermaßen ständig im Sterben lag und dennoch voll bösartigem Leben steckte. War es das, was eines Tages dem ganzen Otherlandnetzwerk blühte? Obwohl das große Simulationsuniversum die Zitadelle ihrer Feinde war, deprimierte und empörte sie die Vorstellung.

»Ich bin mir nicht sicher«, sagte !Xabbu, während er über die Reling lugte.

»Daß sie zerfällt? Machst du Witze?« Renie konnte immer noch ihren bitteren Magensaft schmecken. Sie wollte jetzt unbedingt eine Zigarette haben. Was gab es für einen Grund, sich zu enthalten? Lieber genießen, soviel sie konnte, solange es noch ging. Sie wollte gerade Azador suchen gehen, als sie seinen Mantel zusammengeknüllt auf dem Deck liegen sah. Na gut, das war nicht die feine Art, aber zum Teufel mit dem selbstgerechten Kerl.

Während sie sich bückte, um in den Taschen zu stöbern, fragte sie !Xabbu: »Hast du diese Übertragung nicht gesehen, oder was es sonst war? Man hat den Eindruck, daß der Generator für diese ganze Simwelt am Ende ist.«

»Das meinte ich nicht, Renie.« !Xabbu richtete einen Moment lang seine engstehenden braunen Augen auf ihre wühlenden Hände. »Ich bin mir nicht sicher, daß es die Übertragung war, wie du es nennst, was ich gerade eben kommen fühlte ...«

Renie fand das Zigarettenpäckchen, und gleich darauf schlossen sich ihre Finger um die harte Form von Azadors Feuerzeug. Es war eindrucksvoll schwer, lag aber trotzdem bequem in der Hand, und die silbernen Seiten schmückten zierliche Designelemente, so daß es wie ein Familienerbstück aus dem letzten oder vorletzten Jahrhundert wirkte. Als sie es drückte, erschien ein winziges weißglühendes Bällchen brennenden Plasmas, das in einem unsichtbaren Magnetfeld über der Spitze des Feuerzeugs schwebte. Trotz seines altmodischen Aussehens sollte es also ein Minisolar darstellen, ein teures modernistisches Accessoire, wie es im RL am häufigsten von Jungbörsianern oder erfolgreichen Chargedealern benutzt wurde.

Irgendwie fasziniert von einem solchen virtuellen Geprotze bemerkte Renie das Monogramm auf der einen ansonsten unverzierten Seite, ein verschnörkeltes Y. Sie überlegte, ob das eine der Initialen ihres Begleiters sein konnte, und wenn, ob Azador der Vorname oder der Nachname war. Dann fragte sie sich, ob das Feuerzeug ihm überhaupt gehörte. Vielleicht hatte er es irgendwo in Kansas »gefunden«.

»Was war das für ein gräßliches Geräusch?« rief Emily vom Kajüteneingang. »Dieses ... *Grollen?*« Mit schreckensweiten, aber im Sonnenschein zwinkernden Augen ging sie ein paar Schritte auf das Heck zu. Ihre vom Schlaf zerrauften Haare, ihre nackten Füße und ihr einfaches Hemdkleid gaben ihr mehr denn je das Aussehen eines zu lang geratenen Kindes. »Ich bin davon aufgewacht ...«

Als Renie die noch unangezündete Zigarette aus dem Mund nahm, um ihr zu antworten, zerlegte sich der Himmel urplötzlich in einzelne Farben, Blau, Weiß und Schwarz, und die Welt kam mit einem Rütteln zum Stillstand.

Renie stellte fest, daß sie vollkommen erstarrt war, weder sprechen noch sich bewegen konnte. Alles, was sie sah - der Himmel, das Schiff, der Fluß, Emily -, war flach, tot und regungslos geworden wie Bilder auf billigen Dias, aber die Dias hatten alle Dutzende von Geisterbildern hinter sich, eines über dem anderen und leicht verschoben, wie eine Folge einzelner Trickfilmphasenbilder, die erst sorgfältig aufgereiht und dann zufällig fallengelassen worden waren.

Eine Sekunde später kehrte sich der Vorgang um, die Bilder schoben sich zusammen wie ein verrutschtes Kartenspiel, und das Universum setzte sich mit einem Ruck wieder in Bewegung.

Während Renie noch wie vom Donner gerührt dastand, unsicher, ob auch sie sich wieder bewegen konnte, und zu verdattert, um es sofort auszuprobieren, flammte über der Kajüte etwas Weißes auf, ein leuchtender senkrechter Streifen Leere, der über dem wiederbelebten Fluß und Dschungel stand wie ein Engel, ein Stern, ein Riß in der Leinwand der Wirklichkeit. Er wand sich hin und her und bekam dabei Arme und Beine und einen gesichtslosen weißen Fleck an der Stelle, wo der Kopf hingehört hätte.

»Sellars ...?« hauchte sie, aber konnte sich immer noch nicht rühren, obwohl sie ihren Körper wieder spürte, die Arme herabhängen, die Füße auf dem Deck stehen fühlte. Das Wiedererkennen dieser seltsamen Gestalt, dieser Abwesenheit visueller Informationen überwältigte sie. »Gütiger Himmel«, schrie sie jetzt, »ist das endlich Sellars?«

Die weiße Form streckte die Arme aus, als wollte sie das Wetter prüfen. Renie sah, wie !Xabbu sich neben ihr reckte und seine lange Schnauze hochhob wie ein Hund, der den Mond angafft. Auch Emily, die nach dem sonderbaren Realitätsriß verängstigt aufs Deck gefallen war, drehte sich um und wollte sehen, was Renie und !Xabbu so in den Bann schlug.

Die weiße Gestalt kreiselte langsam in der Luft, als hinge sie an einem Faden, und zappelte dabei aufgeregt.

»*Chingate!*« rief sie aus. »Wase mach, alter Mann?« Renie erkannte die Stimme nicht, die kindlich hoch, heiser und erschrocken klang. »Eh, voll loco - wo ist 'ier? Block dich, viejo, das ist nicht Netz!« Die Figur fing an, heftiger um sich zu schlagen, und strampelte und fuchtelte dermaßen, daß es so aussah, als ob ein kleiner Stern direkt über dem Fluß zur Supernova werden wollte. »Ich will raus! Ich will raus, du mentiroso Saft...«

Die weiße Gestalt verschwand. Wieder war der Himmel nur der Himmel, der Fluß nur der murmelnde Fluß.

»Das war nicht Sellars«, sagte !Xabbu ein paar Sekunden später. Unter anderen Umständen hätte Renie gelacht, so banal und überflüssig war die Bemerkung, aber sie war genauso fassungslos wie er. Da fiel ihr Blick auf Azadors neben der Kajüte auftauchende nackte Schulter vorn im Schiff, und sie merkte, daß sie sein Feuerzeug in der Hand hielt. Sie umklammerte es so fest, daß ihr die Finger weh taten und sie eine Druckstelle in der Handfläche hatte.

»He!« schrie er, »was machst du da?«

Was ich mache? dachte sie konsterniert. Die Welt hatte sich gerade in Origami verwandelt, und er schnauzte sie an? Ihr Gehirn fühlte sich wie ein Automotor an, der Vollgas bekam, aber im Leerlauf war, als sie sich nach der leeren Stelle umsah, wo eben noch die weiße Gestalt geschwebt war.

»Wenn ...«, war alles, was !Xabbu noch sagen konnte. Dann brach erneut das Chaos aus.

Diesmal behielt Renie keinen Standort, von dem aus sie das Geschehen verfolgen, keinen separaten Raum, in dem sie eine Beobachterin sein konnte. Diesmal fielen überall ringsumher und sogar in ihr drin Farbe, Form, Ton, Licht in sich zusammen. Noch ein kurzes, drohendes Rütteln, dann trat hart wie ein Peitschenschlag der totale Kollaps ein.

Lange Sekunden im Leeren. Nicht grau, sondern leer. Nicht schwarz, sondern lichtlos. Gerade noch Zeit, sich zu erinnern, wer sie war, aber keine Zeit mehr, sich zu erinnern, wieso das wichtig sein könnte, dann explodierte alles, und das eben Eingestülpte stülpte sich fast augenblicklich wieder aus.

Sie hatte Wasser im Mund, und auch sonst war überall kühles, schlammiges Flußwasser. Das Schiff war fort. Verzweifelt schlug sie um sich, bis es ihr gelang, an die Luft emporzukraulen, doch eine Hand war irgendwie gelähmt, zu einer arthritischen Faust verkrümmt. Sie wußte nicht, wohin sie sich wenden sollte, denn wohin sie auch den Kopf drehte, klatschte ihr der Fluß ins Gesicht. Sie wollte schreien und mußte den nächsten Mundvoll Wasser schlucken.

»Hier, Renie!«

Mit versagender Kraft schwamm sie auf !Xabbus Stimme zu, fühlte, wie eine kleine Hand sie am Arm faßte und vorwärts zerrte, dann stieß sie an etwas Glattes und Winkliges und hakte sich mit dem Arm ein, bis sie sicher war, dem zweifachen Ziehen des Flusses, zur Seite und nach unten, standhalten zu können. Sie reckte den Kopf ein Stück übers Wasser, und sah neben sich die keuchende Emily. Das Mädchen klammerte sich an die Wurzeln desselben Baumes, eines toten Banyans oder etwas in der Art, der wie auf Storchenbeinen zur Hälfte im Wasser stand. !Xabbu saß weiter oben auf der Krümmung der Luftwurzel und blickte den Fluß hinunter.

Renie drehte sich um und sah, was er sah. Das Schiff tuckerte weiter flußabwärts, und der Abstand zu ihnen, jetzt schon zwanzig bis dreißig Meter, vergrößerte sich rasch. Sie hob die Stimme und rief nach Azador, aber weder an Deck noch am Steuer war etwas von ihm zu erblicken. Ob er seinerseits im Fluß und womöglich ertrunken, ob er ganz woanders hinbefördert worden war oder ob er sich noch auf dem Schiff befand, es änderte nichts an der Situation. Der Schleppkahn verlangsamte nicht die Fahrt, steuerte nicht das Ufer an, sondern brummte einfach zwischen den Wänden des Waldes dahin, wurde kleiner und kleiner, bis er hinter einer Flußbiegung ihren Blicken entschwand.

Kapitel

Am Rand von Bobs Ozean

NETFEED/NACHRICHTEN:
"Mißbrauch durch Ignoranz" — Tochter geht in die zweite Runde
(Bild: das Ehepaar Hubbard weinend vor dem Gerichtsgebäude)
Off-Stimme: Ein Termin ist jetzt für den zweiten Prozeß wegen Kindesmißbrauchs gegen Rudy und Violet Hubbard anberaumt worden, die von ihrer erwachsenen Tochter Halvah Mae Warringer beschuldigt werden, in ihrer Kindheit ein "Klima der Ignoranz" erzeugt zu haben, was den Tatbestand des Mißbrauchs erfülle. Warringer gibt an, daß sie aufgrund der Vorurteile und der Ignoranz ihrer Eltern sowie deren "hartnäckiger Weigerung, sich zu bessern", ethnischer Intoleranz, mangelndem Gesundheitsbewußtsein und negativen Körperidealen ausgesetzt gewesen sei, mit nachteiligen Folgen für ihr Erwachsenenleben. Bei der ersten Verhandlung in Springfield, Missouri, sahen sich die Geschworenen außerstande, ein Urteil zu fällen ...

> Juniper Bay in Ontario erinnerte Decatur Ramsey an viele Kleinstädte, in denen er als Junge gewohnt hatte, weil sein Vater, der Feldwebel gewesen war, von einem Stützpunkt zum anderen versetzt worden war, erst mit seiner Frau, Caturs Mutters, schließlich ohne sie. Auf den ersten Blick hatte Juniper Bay die gleiche Flachheit wie die Orte seiner Kindheit, nicht bloß geographisch, sondern ... Catur hangelte nach dem Wort, während er an einer Kreuzung hielt, wo eine junge Mutter noch unbedingt zwei kleine Kinder über die Straße lotsen mußte, obwohl die Ampel bereits auf Gelb umgesprungen war.

Geistig, dachte er schließlich. Eine geistige Flachheit. Als ob das Innenleben der Stadt plattgedrückt worden wäre. Nicht ausradiert, sondern ... verflacht.

Die Stadt war größer als viele, die er als Kind gekannt hatte, aber wie die meisten davon - Eisenbahnstädte, durch die in den verkehrsreichsten Wochen gerade noch ein paar Güterzüge rollten, Fabrikstädte, in denen die Hälfte der Beschäftigten Feierschichten einlegen mußte - schien sie ihre beste Zeit hinter sich zu haben. Die jungen Leute, vermutete er, wanderten in aufregendere Städte ab, nach Toronto oder New York oder sogar in die Metropolis um D.C. herum, wo Ramsey mittlerweile zuhause war.

Transparente mit Ankündigungen eines bevorstehenden Stadtjubiläums hingen über der Hauptstraße und flatterten in der steifen Brise. Ramsey beschlich ein leises Gefühl der Beschämung. Er konnte leicht Urteile abgeben, ein zum Großstadtleben bekehrter Snob in einem aberwitzig teuren Auto (ein Mietwagen, der sein Budget überstieg, aber diesen Luxus hatte er sich leisten wollen). Mußte man wirklich über eine Stadt die Nase rümpfen, nur weil ihre Aufschwungphase vorbei war, zumal wenn man sie mit dem brodelnden Chaos gegensätzlicher Interessen verglich, das eine moderne Großstadt darstellte? Wenigstens sahen sich die Leute hier hin und wieder auf der Straße, gingen vielleicht sogar noch in dieselbe Kirche, zu Elternversammlungen in der Schule ihrer Kinder. Wer sich im WashBaR-Metroplex auf eigenen Füßen den Bürgersteig entlangbewegte oder sich auch nur länger auf der Straße aufhielt, als unbedingt nötig, um vom Fahrzeug zur Tür zu hasten, gab sich damit als Obdachloser oder als potentieller Selbstmörder zu erkennen.

Die Adresse, die er erhalten hatte, lag in einem kleinen Straßenlabyrinth hinter dem Geschäftsbezirk, einem alten Viertel mit ein- und zweistöckigen Holzhäusern, das im vorigen Jahrhundert der Wohnsitz junger akademischer Aufsteiger gewesen sein mußte. Jetzt lagen die Häuser und ihre altmodischen Gärten unter den breiten Hochbahngleisen, einem Schattenband, das wie eine waagerechte Sonnenuhr ein volles Viertel des Blocks abdunkelte. Er stellte sich vor, wie dieser große Zeiger jeden Tag mit der gleichen Pünktlichkeit wie die dort oben fahrenden Züge über die Fenster strich, und meinte erraten zu können, weshalb die Häuser trotz der ungewöhnlich großen Grundstücksflächen, die sie zu begehrten Immobilien hätten machen müssen, dennoch einen Anflug von Schäbigkeit hatten, von langsamem, aber unaufhaltsamem Verfall.

Er hielt vor dem Haus Nummer 74. Was er davon über die hohe Hecke erkennen konnte, wirkte ein wenig sauberer als die Nachbarhäuser oder zumindest vor kürzerer Zeit gestrichen. Er meldete sich am Gartentor, und obwohl niemand antwortete, ertönte der Summton zum Eintreten. Beeindruckt von der Größe des Anwesens schritt er den langen Pfad hinunter. Olga Pirofsky war vielleicht nur einer von zwölf Onkel Jingles, aber die Sendung war schließlich unglaublich populär, und er nahm an, daß selbst die gesichtslosen Darsteller gut bezahlt wurden. Der Garten war weitgehend sich selbst überlassen worden, aber nicht vollkommen verwildert. Hier hinter der dicken Hecke hatte er das Flair einer früheren Epoche, einer Zeit viktorianischer Vergnügungen und phantasievoller Kinderspiele. Obwohl das Haus selbst im Verhältnis zum Grundstück klein war, hatte es drei Stockwerke und Fenster, die in allen möglichen Winkeln zueinander standen.

Während er darüber nachsann, wie es sich wohl anfühlen mochte, an einem dieser Fenster zu sitzen und auf den eigenen Garten hinauszuschauen, einen Garten, in dem man sich richtig verirren konnte, fragte sich Ramsey, was für eine Wohnfläche er sich mit der unverschämten Hypothek auf seine Zweizimmerwohnung in einer Stadt wie dieser wohl leisten könnte.

Es dauerte eine Weile, bis jemand an die Tür kam, was ihm reichlich Gelegenheit gab zur Betrachtung des dürren Weihnachtskranzes, der wahrscheinlich nicht erst Monate, sondern schon Jahre lang ohne Rücksicht auf die Jahreszeit dort hing, und der Gummistiefel, die neben der Fußmatte abgestellt waren.

Die Tür ging auf, aber nur einen Spalt. Ein kleines, helles Auge spähte über die Kette hinweg. »Herr Ramsey?«

Er gab sich Mühe, so wenig wie möglich wie ein Mörder auszusehen. »Der bin ich, Frau Pirofsky.«

Sie zauderte einen Moment, als zöge sie immer noch die Möglichkeit einer Täuschung in Erwägung. *Mein Gott,* ging es ihm durch den Kopf, als der Moment sich hinzog. *Genau das tut sie – sie fürchtet sich dermaßen.* Seine kurz aufgeflackerte Verärgerung erstarb. »Ich kann dir meinen Führerschein zeigen, wenn du willst. Erkennst du nicht meine Stimme von unsern Fongesprächen?«

Die Tür ging zu, und er dachte schon, er hätte einen Fehler gemacht, doch dann klapperte die Kette, und die Tür ging wieder auf, diesmal weiter.

»Komm rein«, sagte sie mit einem schwachen, die Worte nur anhauchenden Akzent. »Wie furchtbar von mir, dich vor der Tür stehenzulassen wie einen Zeugen Jehovas oder sowas.«

Olga Pirofsky war jünger, als er nach ihrer Zögerlichkeit am Fon vermutet hatte, eine fitte, robuste Frau Ende fünfzig oder Anfang sechzig, deren dichte, ursprünglich braune Haare kurzgeschnitten und zum großen Teil ergraut waren. Am überraschendsten war das frische Selbstvertrauen ihres Blicks, sehr unerwartet bei einer Frau, die ihn mit vorgelegter Kette beäugt hatte, um zu sehen, ob er vielleicht eine Art Spionagefilmattentäter war.

»Schon gut«, erwiderte er. »Ich bin einfach sehr, sehr froh, daß du dich für ein Treffen mit mir entschieden hast. Und falls dabei etwas Nützliches herauskommt, hast du einigen sehr netten Leuten einen Riesengefallen getan.«

Sie winkte beinahe geringschätzig ab. »Ich kann dir gar nicht sagen, was ich mir wegen meines Verhaltens für Vorwürfe gemacht habe. Aber ich weiß nicht, was ich sonst tun soll.« Zum erstenmal, seit er eingetreten war, knickte ihre Selbstsicherheit ein wenig ein. Sie blickte hin und her, als müßte sie sich vergewissern, daß sie wirklich auf heimischem Gelände war, dann lächelte sie wieder. »Das alles hat mich ziemlich durcheinandergebracht.« Sie trat rückwärts auf die Treppe zu und winkte ihm, ihr zu folgen. »Gehen wir nach oben - ich nutze den unteren Teil des Hauses kaum.«

»Es ist ein schönes Haus. Besonders beeindruckt hat mich der Garten.«

»Er ist völlig heruntergekommen. Früher hatte ich eine Mieterin, die hier im Erdgeschoß wohnte, und sie arbeitete gern im Freien, aber sie wurde von ihrer Firma versetzt. Das liegt schon Jahre zurück.« Sie stieg bereits die Treppe hinauf, und Ramsey folgte ihr. »Ich habe einen Gärtner, der einmal im Monat kommt. Manchmal denke ich, ich sollte die Wohnung wieder vermieten - nicht wegen des Geldes, sondern einfach um noch jemand im Haus zu haben, nicht wahr, falls mal ein Notfall eintritt oder so. Aber vermutlich habe ich mich zu sehr an das Leben allein gewöhnt. Na ja, abgesehen von Mischa.«

Aus dem Treppenhaus traten sie in einen Raum, in dem Ramsey die gute Stube der oberen Wohnung vermutete, ein nicht allzu großes Zimmer mit einem Kamin und wenigen eher kargen und geschmackvollen Möbelstücken. Wie zum Hohn auf die Schlichtheit des übrigen Raumes wurde die hintere Ecke von einem riesigen, mit Kabeln behängten Gerät beherrscht, das wie ein Mittelding zwischen der Kommandokapsel eines Raumschiffs und einem altmodischen elektrischen Stuhl aussah.

»Ich bin geschwätzig, nicht wahr?« Sie sah, daß er den Stuhl betrachtete. »Der ist für meine Arbeit. Wir alle - alle Onkel Jingles und die übrigen Figuren, heißt das - arbeiten von zuhause aus.« Sie stockte plötzlich, runzelte die Stirn und tippte sich an die Stirn - die exaltierte Körpersprache einer Pantomimin. »Sowas von Vergeßlichkeit! Hättest du gern einen Tee? Ich könnte auch Kaffee machen.«

»Tee wäre mir recht.«

»Einen kleinen Moment.« Sie blieb vor der inneren Tür stehen. »Jetzt wird gleich etwas passieren. Erschrickst du leicht?«

Er konnte sich ihre Miene nicht deuten. »Erschrecken?« Liebe Güte, was wollte diese Frau ihm zeigen? Konnte es sein, daß diese ganze Heimlichtuerei und Bangigkeit am Ende doch gerechtfertigt waren?

Sie öffnete die Tür, und ein winziges, wuscheliges Etwas sauste mit klackernden Krallen über die blanken Fußbodendielen. Zu seiner Schande zuckte Ramsey zusammen. Als ob Tür und Maul irgendwie gekoppelt wären, fing das kleine Knäuel sofort an zu bellen, kaum daß es draußen war. Es hatte das Organ eines viel größeren Tieres.

»Mischa ist ein ganz Wilder«, sagte sie, und da merkte er, daß sie sich mühsam ein Lächeln verkniffen hatte. »Er ist jedoch nicht ganz so fürchterlich, wie er sich gebärdet.« Sie schlüpfte ins Nebenzimmer und schloß hinter sich die Tür, so daß er mit dem kleinen, fledermausohrigen Hund allein blieb, der knapp außer Ramseys Reichweite hin und her schoß und laute Töne des Widerwillens und Mißtrauens von sich gab.

Catur Ramsey war tief in die Couch gesunken, während die Frau ihm von ihrer Odyssee von einem Arzt zum anderen erzählte und von den vielen Diagnosen, die unbeirrt sonnig geblieben waren, auch wenn die Kopfschmerzen gar nicht daran dachten aufzuhören. Mit zunehmendem Vertrauen teilte sie ihm auch die Ergebnisse ihrer Nachforschungen mit, den nächsten Katalog wertloser Befunde; sie wollte ganz offensichtlich den Mut aufbringen, ihm etwas zu sagen, das sie für wichtig erachtete, und genauso offensichtlich hatte sie den Punkt noch nicht erreicht. Seine von Zeit zu Zeit umherschweifenden Augen blieben an einem gerahmten Bild hängen, das umgedreht auf dem Kaminsims lag, und er fragte sich, wer das sein mochte. Alle guten Anwälte hatten etwas von einem Polizisten an sich, eine penetrante, aufdringliche Stimme, die in einem fort Fragen stellte. Die wirklich guten Anwälte jedoch wußten, wann sie diese Stimme ignorieren mußten. Olga Pirofsky hatte augenscheinlich das Bedürfnis zu reden, und Ramsey ließ sie.

»... Und an dem Punkt dachte ich ...« Sie zögerte, dann beugte sie sich vor, um den Hund am Kopf zu kraulen. Das kleine schwarzweiße Wesen lugte zwischen ihren Fußknöcheln hervor und funkelte Ramsey an, als wäre er eine Art Sendbote des Antichrist an die Hunde der Welt. »Es ist so schwer zu sagen - es hört sich einfach albern an, wenn du so vor mir sitzt, und dabei bist du den ganzen Weg gekommen, bloß um mich zu sehen.«

»Ich bitte dich, Frau Pirofsky. Ich bin so lange nicht mehr aus meinem Büro herausgekommen, daß ich schon anfange, mit den Gummibäumen zu reden. Selbst wenn du mich jetzt auf der Stelle rauswirfst, wird es mir gut getan haben.« Und das stimmte sogar, begriff er. »Erzähl mir die Geschichte einfach auf deine Art.«

»Ich dachte, das kann doch kein Zufall sein. Daß kein einziger Teilnehmer an der Sendung - wir bewahren sämtliche Daten auf, wie ich dir schon sagte - jemals dieses Tandagoresyndrom bekommen hat. Das kommt mir einfach nicht normal vor. Das müssen Millionen sein, Herr Ramsey. Ich habe bei meiner Arbeit nicht mit Statistik zu tun, aber das kommt mir einfach nicht normal vor.«

»Und ...?« Er war sich nicht ganz sicher, worauf genau sie hinauswollte, aber er hatte langsam eine Ahnung. Während sie zögerte und ihre Gedanken zu ordnen versuchte, beugte Ramsey sich vor und machte dem Hund mit einem Fingerwackeln ein Friedensangebot. Mischa riß vor ungläubiger Wut die Augen auf, dann sprang er hinter den Fesseln seiner Herrin auf die Füße und bellte los, als ob er geschimpft worden wäre.

»Oh, lieber Himmel, Mischa!« Sie zog hinter dem Sofakissen einen kleinen Stoffball hervor, schwenkte ihn vor der Nase des Hundes und warf ihn dann in die hinterste Ecke des Zimmers. Mischa sauste hinterher und trieb ihn in einen Winkel neben dem V-Stuhl. Dann grub er seine Zähne tief in den Ball und machte sich mit einem tiefen Grollen in seiner kleinen Kehle daran, ihn aufs gründlichste zu töten.

»Das dürfte ihn eine Weile beschäftigen«, sagte sie liebevoll. »Meine Frage ist: Kann es Zufall sein? Daß die statistischen Daten von *Onkel Jingles Dschungel* derart von den Durchschnittswerten abweichen?«

»Mit anderen Worten, du denkst, daß es deshalb nicht auftritt, dieses Tandagoresyndrom, weil das Unternehmen irgend etwas Besonderes tut? Aber das wäre doch eher gut, oder nicht?«

»Nicht«, sagte sie langsam, »wenn das Unternehmen etwas zu verbergen hätte und deshalb darauf achtete, daß keinem Teilnehmer der Sendung etwas passiert.« Sie schien zu guter Letzt doch ihr Selbstvertrauen gefunden zu haben und fixierte ihn mit einer Miene, die beinahe herausfordernd zu nennen war.

Ramsey war perplex. Wenn sie recht damit hatte, daß Onkel Jingle verschont geblieben war, dann war das zweifellos interessant, obwohl es sich höchstwahrscheinlich als Zufall der einen oder anderen Art herausstellen würde. Aber es war auch möglich und im Grunde viel wahrscheinlicher, daß sie schlicht und einfach die falschen Daten herausgezogen oder einige Zahlen falsch interpretiert hatte. Das war der große Nachteil des Netzes genauso wie sein großer Trumpf - alle konnten an alles herankommen und daraus machen, was sie wollten. Es war eine Fundgrube für Amateure, harmlose Spinner und echte Verrückte.

Aber er mußte zugeben, daß die Frau, die ihm gegenüber saß, nicht den *Eindruck* einer Verrückten oder auch nur einer Spinnerin machte. Außerdem mochte er sie und stellte fest, daß er sie nicht verletzen wollte, auch wenn sich in ihm der Verdacht regte, daß die Fahrt womöglich für die Katz gewesen war.

»Das ist eine sehr interessante Möglichkeit, Frau Pirofsky«, sagte er schließlich. »Ich werde sie selbstverständlich prüfen.«

Der eifrige Blick in ihren Augen erlosch, verwandelte sich. »Du hältst mich für verrückt.«

»Nein. Nein, das tue ich nicht. Aber meine Mandanten haben ein Kind, das anscheinend an Tandagore erkrankt ist, und sie brauchen Fakten und Zahlen, keine Theorien. Ich werde wirklich überprüfen, was du sagst.« Er stellte seine Teetasse auf den Boden. Es schien an der Zeit zu sein zu gehen. »Ich versichere dir, daß ich alles, was mit diesem Problem zusammenhängt, sehr ernst nehme.«

»Dieses Kind - ist es ein Junge oder ein Mädchen?«

»Ich bin eigentlich nicht befugt, über meine Mandanten Auskunft zu geben.« Er hörte seinen steifen Ton und fand ihn selber unangenehm. »Es ist ein Mädchen. Sie liegt schon seit einigen Wochen im Koma. Deshalb stehen wir so unter Zeitdruck - in den wenigen Fällen von Tandagore, wo eine Genesung eintrat, war das immer im Frühstadium der Krankheit.«

»Das arme Ding.« Aus ihrem Gesicht sprach ein tiefer Kummer, viel tiefer, als er ihn bei einer erwarten würde, die vom Leiden eines fremden Menschen erfährt. »Deshalb entsetzt mich diese Sache so«, murmelte sie. »Wegen der Kinder. Sie sind so hilflos ...«

»Du arbeitest schon ziemlich lange mit Kindern, nicht wahr?«

»Fast mein ganzes Leben.« Sie rieb sich das Gesicht, wie um den Kummer wegzuwischen, aber es glückte nicht ganz: Ihre Augen waren schreckensweit, fast gehetzt. »Sie sind alles, woran mir was liegt. Und Mischa, nehme ich an.« Sie lächelte leise zu dem Hund hinüber, der seinen Sieg mit einem Nickerchen feierte, den Kopf auf den ermordeten Ball gelegt.

»Hast du selbst Kinder?« Er hatte immer noch seine Aktentasche über den Knien liegen und wußte nicht recht, ob er sich allmählich zur Tür begeben sollte, doch als er die Frage stellte, veränderte sich ihre ganze Haltung: Sie sank sichtlich in sich zusammen. Die Wirkung war so drastisch, daß er sich sofort schämte, als ob er absichtlich etwas getan hätte, um sie zu erschrecken oder zu schockieren. »Entschuldige, es geht mich natürlich nichts an.«

Sie gab ihm mit einer Geste zu verstehen, daß das keine Rolle spiele, aber ihre Wangen hatten sich gerötet. Sie starrte eine gute Viertelminute den Hund an, ohne etwas zu sagen. Auch Ramsey schwieg und wagte vor Schuldgefühl und Fauxpas-Angst nicht, sich zu rühren.

»Kann ich dir etwas erzählen?« fragte sie schließlich. »Du kennst mich nicht. Du kannst gehen, wenn du willst. Aber manchmal ist es gut, mit jemandem offen zu reden.«

Er nickte und spürte dabei, wie alles, seine Kontrolle über die Situation, seinen Terminkalender, seine Gefühle, weggesaugt wurde wie Sand von der Ebbe. »Natürlich.«

»Als ich jung war, zog ich mit einem Zirkus durchs Land. Meine Eltern waren beide Artisten, und unser Zirkus, *Le Cirque Royal*, bereiste ganz Europa und sogar Asien. Du weißt doch, was ein Zirkus ist, nicht wahr?«

»Ja, Ma'am. Das heißt, ich habe nie einen gesehen, aber ich weiß, was das ist. Es sind, denke ich mal, nicht mehr viele Zirkusse übrig. Jedenfalls nicht in Amerika.«

»Nein«, sagte sie. »Nicht viele.« Sie seufzte. »Ich weiß nicht, warum ich dir das erzähle, aber ich habe das Gefühl, du solltest es hören. Ich trat als Clown und als Kunstreiterin auf, schon als kleines Mädchen. Vieles von dem, was ich bei Onkel Jingle mache, sind Sachen, die ich damals gelernt habe, von den anderen Clowns und Zirkusdarstellern. Vielleicht bin ich die letzte, die diese Sachen gelernt hat. Auf jeden Fall war es ein gutes Leben, obwohl wir nicht viel Geld hatten. Wir waren alle zusammen, wir reisten viel herum, sahen viele Dinge. Und als sich uns noch ein junger Mann anschloß, ein Gedankenleser ... sagt dir das Wort etwas? Leute, die Gedanken lesen oder so tun, sind sehr beliebte Programmfüller, wie Wahrsager auch. Ich glaube, man sieht hin und wieder noch welche im Netz. Als dieser schöne junge Mann sich uns also anschloß, hatte ich alles, was ich wollte.

Er hieß Aleksander Czotilo.« Sie hielt inne und lächelte unsicher, aber durchaus nicht ohne innere Freude. »Ich habe diesen Namen schon lange nicht mehr ausgesprochen. Ich dachte, es würde weher tun. Ich werde dich nicht mit einer langen Geschichte langweilen. Du bist ein junger Mann. Du kennst die Liebe.«

»Leider nicht mehr so jung«, sagte er leise, aber bat sie mit einem Nicken fortzufahren.

»Wir wollten heiraten - meine Eltern mochten ihn gern, und er war einer von uns, war mit dem fahrenden Leben, dem Zirkusleben großgeworden. Als ich meinem Vater sagte, daß ich ein Kind erwarte, setzte er sehr schnell einen Termin für die Hochzeit fest. Ich war so glücklich.« Sie schloß einen Moment die Augen, langsam, als schliefe sie ein, dann schlug sie sie wieder auf und holte tief Atem. »Doch es kam alles anders. Im fünften Monat setzten die Wehen ein - sehr, sehr stark. Wir waren in Österreich, am Rand von Wien. Ich wurde im Hubschrauber ins Krankenhaus geflogen, aber das Kind, ein Junge, kam tot zur Welt. Ich habe ihn nie gesehen.« Eine Pause, die Zähne zusammengebissen. »Dann, ich lag noch im Krankenhaus, wurde mein Aleksander in der Thaliastraße von einem Auto angefahren und war sofort tot. Er war auf dem Weg zu mir gewesen. Er hatte Blumen dabeigehabt. Meine Eltern mußten mir die Nachricht überbringen. Sie weinten beide.« Sie betupfte ihrerseits mit dem Ärmel ihre Augen, die an den Rändern leicht gerötet, aber trocken waren. »Damals wurde ich wahnsinnig. Es gibt kein anderes Wort dafür. Ich kam zu der Überzeugung, Aleksander sei entführt worden - auch noch nachdem ich ihn im Sarg gesehen hatte, am Tag der

Beerdigung, als man mich aus der Kirche hinaustragen mußte. Ich war mir auch sicher, daß mein Kind noch lebte, daß eine schreckliche Verwechslung geschehen war. Ich lag jede Nacht im Krankenhausbett und stellte mir vor, daß Aleksander und unser Sohn mich suchten, daß sie draußen durch die Gänge irrten und meinen Namen riefen. Dann schrie ich nach ihnen, bis die Schwestern mich ruhigstellten.« Sie lächelte, wie um ihre Dummheit zu unterstreichen; Ramsey fand den Ausdruck sehr verunsichernd. »Ich war vollkommen wahnsinnig.

Ich verbrachte drei Jahre in einem Sanatorium - *das* Wort hört man heutzutage bestimmt nicht mehr -, und zwar in Südfrankreich, wo der *Cirque Royal* sein Winterquartier hatte. Ich sprach nicht, schlief kaum. Ich habe heute kaum noch Erinnerungen an die Zeit, nur kleine Bilder, wie aus der Geschichte von jemand anders, aus irgendeinem Dokumentarfilm. Meine Eltern rechneten nicht damit, daß ich jemals wieder zu mir selber finden würde, doch sie irrten sich. Langsam erholte ich mich. Es machte sie glücklich, auch wenn es *mich* nicht glücklich machte. Aber ich konnte nicht beim Zirkus bleiben - konnte nicht die Orte bereisen, an denen wir alle zusammen gewesen waren. Ich ging zuerst nach England, aber es war zu grau, zu alt, genau wie Österreich, die Leute mit ihren stillen, traurigen Gesichtern. Ich kam hierher. Ich wurde selber alt. Meine Eltern starben, meine Mutter erst vor wenigen Jahren. Und alles, was ich tue, tue ich für die Kinder.«

Sie zuckte mit den Schultern. Die Geschichte war offensichtlich aus.

»Es tut mir sehr leid«, sagte er.

»Ich wollte, daß du das weißt«, erwiderte sie. »Es ist nur fair.«

»Ich fürchte, das verstehe ich nicht ganz.«

»Daß ich wahnsinnig war. Daß alle lange Zeit dachten, ich müßte für den Rest meines Lebens in einer Anstalt bleiben. Wenn du bei deinen Ermittlungen den Dingen nachgehst, die ich dir erzählt habe, solltest du wissen, daß die Information von einer Verrückten stammt, die in einer Anstalt war, deren einziger Lebensinhalt es ist, Kinder glücklich zu machen, weil sie ihr eigenes Kind hat sterben lassen.«

»Du bist zu streng mit dir. Ich glaube nicht, daß du verrückt bist - ehrlich gesagt, wünschte ich, die meisten Leute, mit denen ich zu tun haben muß, wären bei so klarem Verstand wie du.«

Sie lachte. »Vielleicht. Aber sag nicht hinterher, ich hätte dich nicht gewarnt. Wie ich sehe, bist du auf dem Sprung zu gehen. Ich sperre gerade noch Mischa ein, dann bringe ich dich zur Tür.«

Während sie den jetzt wieder wachen und aufgebrachten Hund damit zu versöhnen suchte, ein paar Minuten in der Küche eingesperrt zu werden, stahl sich Ramsey zum Kaminsims, auf dem das umgedrehte Bild lag. Als er es anhob, betrachteten ihn die schwarzen Knopfaugen von Onkel Jingle mit hämischem Vergnügen.

»Wirklich gräßlich, nicht wahr?« bemerkte sie, als sie wieder ins Zimmer trat. Er fuhr schuldbewußt zusammen und hätte ihr beinahe das Bild hingehalten wie ein Kind, das man mit der Hand in der Keksdose ertappt hat.

»Ich wollte bloß ...«

»Ich will es nicht mehr sehen. Schlimm genug, innendrin sein zu müssen. Nimm es mit, wenn du willst.«

Er lehnte höflich ab, aber als sie sich voneinander verabschiedet hatten und er sich auf der Fahrt durch die von Bäumen gesäumten Straßen an den richtigen Weg zurück zum Freeway zu erinnern suchte, war Onkel Jingle irgendwie neben ihm auf dem Sitz gelandet, wo er angelehnt stand und grinste wie eine Katze, die gerade in eine Voliere eingebrochen ist.

> Es lag, wie Yacoubian befriedigt feststellte, eine gewisse Spannung in der Luft.

»Es ist ein Skandal«, sagte Ymona Dedoblanco und verzog dabei ärgerlich das Maul ihres Löwengöttinkopfes, daß die elfenbeinfarbenen Fänge blitzten. »Es zieht sich jetzt schon Wochen hin, und es funktioniert immer noch nicht richtig. Was ist, wenn irgendwas passiert?«

»Passiert?« Osiris wandte ihr sein Gesicht zu, das unter seiner Maske wie immer nicht zu deuten war. Er wirkte jedoch langsam; Yacoubian meinte, eine Art Geistesabwesenheit bei dem Alten Mann zu bemerken. Wenn er ein gegnerischer General gewesen wäre - was er in gewisser Hinsicht auch war -, hätte Yacoubian gesagt, daß dieser Feind an der Fortsetzung des Kampfes nicht mehr interessiert war. »Was soll das heißen: ›wenn irgendwas passiert‹?«

Die löwenköpfige Göttin konnte ihre Wut kaum bezähmen. »Was denkst du denn, was das heißen soll? Stell dich doch nicht dumm!«

Das Ausbleiben einer deutlichen Reaktion auf diese Verletzung des Protokolls war unfaßbar; am ganzen Tisch blieben die ägyptischen Tiergesichter, mit denen Osiris seine Gäste maskierte, betont neutral, als ob sie diese Auseinandersetzung mit nichts weiter als höflichem Interesse beobachteten, aber Yacoubian wußte, daß eine Grenze überschritten worden war. Er blickte Wells an, um diesen kleinen Triumph mit ihm zu teilen, doch das gelbe Gottgesicht des Technokraten war so unergründlich wie das aller anderen.

»Das soll heißen, was ist, wenn einer von uns stirbt?« fuhr die Löwengöttin fort. »Was ist, wenn irgendein Unfall passiert, solange wir uns alle untätig die Beine in den Bauch stehen müssen wie Bauern, die um Brot betteln?« Damit war die Ursache ihres Zorns benannt. Wahrscheinlich begab sie sich, wie die meisten Anwesenden, nie aus der Sicherheit ihrer Festung heraus, und es stand ihr zu jeder Tages- und Nachtzeit das beste Ärzte- und Pflegepersonal zu Diensten, das man sich wünschen konnte. Sie sorgte sich nicht übermäßig um ihre Sicherheit oder ihre Gesundheit. Ymona Dedoblanco zürnte, weil man sie zwang, zu warten.

Der Alte Mann straffte sich zwar, aber immer noch fand Yacoubian sein Verhalten seltsam. Merkte Jongleur denn nicht, daß viele andere in der Bruderschaft ebenfalls allmählich die Geduld verloren? Der General konnte seine Befriedigung kaum verhehlen. Nach allem, was er und Wells unternommen hatten, um den alten Drecksack zu stürzen, notorisch ohne Erfolg, sah es jetzt so aus, als müßten sie nichts weiter tun, als abwarten, daß der Vorsitzende seine Rücktrittserklärung unterschrieb.

»Verehrteste«, sagte Osiris, »du machst zu viel Aufhebens um eine geringfügige Verzögerung. Es sind ein paar kleinere Komplikationen aufgetreten – durchaus nicht verwunderlich, wenn man bedenkt, daß wir den größten Sprung vorwärts in der Geschichte der Menschheit seit der Entdeckung des Feuers vollbringen.«

»Aber was hat es mit diesen Erdbeben auf sich?« begehrte Sobek, der Krokodilsgott, zu wissen.

»Erdbeben?« fragte Osiris verdutzt. »Wovon redest du?«

»Ich denke, Herr Ambodulu redet über die Störungen im System, die wir beim letztenmal besprachen«, sagte Wells ölig. Die zitronengelben Züge des memphitischen Schöpfergottes Ptah paßten perfekt zu ihm und dem halben Lächeln, das ständig auf seinen Lippen spielte. »Die ›Spasmen‹, wie ich sie nenne. Wir hatten in letzter Zeit ein paar mehr als sonst, da wir dabei sind, das System voll in Betrieb zu nehmen.«

»Nenn es, wie du willst«, sagte das Krokodil. »Ich weiß nur, daß ich in meinem Palast in eurem Netzwerk sitze – in dem Palast, der mich siebzehn Milliarden Schweizer Kredite gekostet hat -, und auf einmal«, selbst noch in seinem Zorn gebrauchte er die alte britische Redewendung mit einem gewissen Stolz, »fliegt mir das ganze Ding Arsch über Teekessel um die Ohren. Alles verkehrt sich. Farben und Licht und alles geht zu Bruch. Du kannst mir nicht erzählen, daß das bloß eine kleine Zuckung im System ist. Es ist eher wie ein Herzinfarkt!«

»Wir haben alle einiges in dieses Projekt investiert«, sagte Osiris kühl. »Nichts wird hier leicht genommen. Du hast Wells gehört - Ptah, wollte ich sagen. Das gehört noch zu den Kinderkrankheiten. Es ist ein sehr, sehr komplizierter Mechanismus.«

Yacoubian konnte es nicht fassen. Der Alte Mann hatte jemanden mit dem RL-Namen bezeichnet statt mit seinem ägyptischen Mummenschanz! Die Sache glitt ihm eindeutig aus den Händen, da war gar nicht dran zu zweifeln. Der General schaute sich um, als rechnete er halb damit, Risse in den mächtigen Granitmauern zu entdecken, Löcher im Dach des Westlichen Palastes, durch die das ewige Dämmerlicht einsickerte, aber natürlich war die Simwelt so, wie sie immer gewesen war.

Das ist genau der Haken an diesem ganzen VR-Scheißdreck, dachte er. *Es ist wie bei einer dieser Drittweltarmeen - ein Haufen Blech und Paradeuniformen, und du kommst nie drauf, daß irgendwas nicht stimmt, bis du eines Tages ankommst, und die Kasernen und das Stabszimmer sind leer, und sie sind alle Mann ausgebüxt und haben sich den Rebellen in den Bergen angeschlossen.*

Bis auf die Offiziere, dachte er mit einem gewissen bissigen Humor. *Die sind unterwegs zur Grenze, um dem Kriegsverbrechertribunal zu entkommen. Und genau das blüht uns allen, falls diese Geschichte ein ungutes Ende nimmt.* Es war verlockend zu jubilieren, wenn es so aussah, als ginge der Alte Mann in die Knie, doch selbst ein Jongleurhasser wie Daniel Yacoubian wußte, daß das Gralsprojekt selbst durch nichts gefährdet werden durfte.

»Tatsächlich frage ich mich langsam, ob es alles bloß normale Systemstörungen sind«, bemerkte Wells. »Es scheint mehr Turbulenzen zu geben, als wir erwartet hatten.« Er stand auf und öffnete ein Fenster voll dreidimensionaler Datendarstellungen, eine Palette von Farben und merkwürdigen Formen in langsamer Bewegung, die der Albtraum eines surrealistischen Malers hätte sein können. »Wie ihr hier sehen könnt, hatten wir in den letzten paar Monaten einen beunruhigend sprunghaften Anstieg der Systemspasmen, und der Trend geht weiter dramatisch steil nach oben.«

»Herrgott nochmal«, sagte Osiris mit seltener, unabsichtlicher Komik. »Das liegt ja wohl in der Natur von Turbulenzen, was? Daß man sie nicht vollständig vorausberechnen kann. Gerade du müßtest das doch wissen, Wells – und immerhin bist du für den reibungslosen Ablauf des Gralsystems zuständig, du solltest daher sehr vorsichtig sein, wenn du mit dem Finger auf andere zeigst.« Er ließ seinen Blick über die Runde schweifen. »Tatsache ist, daß wir ein Netzwerk haben, das um etliche Größenordnungen komplizierter ist als alles, was je geschaffen wurde, und es läuft, Tausende von Knoten, Billionen und Aberbillionen Befehle pro Sekunde, und bis auf einen gelegentlichen Windstoß funktioniert es.« Er winkte verärgert mit seiner bandagierten Hand und ließ dabei das Geißelszepter klappern, das er gewöhnlich fest an der Brust hielt.

»Könnte der Kreis daran schuld sein?« Ricardo Klement, der Sonnengott mit dem Kopf eines Mistkäfers, stellte sich mit zuckenden Mandibeln auf die Füße. »Großer Osiris, könnten es diese herumschleichenden Schufte sein, die das mit unserem Netzwerk machen?«

»Der Kreis?« wiederholte Osiris erstaunt. »Was soll der denn damit zu tun haben?«

»Die wirkliche Frage ist«, sagte Wells leise, aber so, daß alle am Tisch ihn verstehen konnten, »ob diese Probleme mit dem Betriebssystem zusammenhängen – das, wie ich betonen möchte, nach wie vor die reine Privatangelegenheit unseres Vorsitzenden ist und mit dem niemand sonst von uns, nicht einmal meine Firma, direkt arbeiten darf.«

»Aber diese Leute vom Kreis«, bohrte der Käfer weiter, »sie sind unsere geschworenen Feinde! Sie haben sich in das Netzwerk eingeschlichen – wieso sollten sie es nicht sein? Sie sind technikfeindliche Sozialisten und Ideologen, die gegen alles sind, was wir tun!« Er kreischte beinahe. Yacoubian wußte, daß Klement mehr als alle anderen Grund hatte, sich über die Verzögerungen zu grämen. Sein Nachrichtendienst meldete dem General, daß dieser Freibeuter auf dem Organmarkt in einem Krankenhaus in Paraguay lag, weil sein ganzer Leib von einer besonders bösartigen Krebsmutation zerfressen war, die auch Transplantate und Chemotherapie nicht länger im Schach halten konnten.

»Wir sind alle Menschen mit großer Macht«, sagte Osiris, wobei sein Ton keinen Zweifel daran ließ, daß Klement, wie ohnehin jeder wußte, der mit der geringsten Macht unter ihnen war. »Wir müssen nicht so tun, als kümmerten wir uns um Ideologien. Ja, selbst wenn diese Leute und ihr sogenannter Kreis Brief und Siegel darauf hätten, daß sie Engel des Herrn sind, würde ich sie dennoch aus dem Weg räumen. Kein Hindernis wird mich vom Gral abhalten.

Die Wahrheit aber ist, daß sie nichts sind. Sie sind kleine Anarchisten und Frömmler, die Sorte Gesindel, das in öffentlichen Parks von Kisten herab weinerliche Volksreden schwingt oder vor Bahnstationen schmuddelige Flugblätter verteilt. Ja, ein paar von ihnen haben sich in das Netzwerk eingeschlichen. Na und? Erst vor wenigen Tagen habe ich einen gefangen, der sich heimlich in einer meiner Domänen herumtrieb. Er wird gerade zum Reden gebracht, das kann ich euch versichern. Aber er hat nichts gesagt, was mir die geringste Sorge bereiten würde - er und der andere Abschaum, sie wissen nicht einmal genau, was das Gralsprojekt überhaupt ist. Und jetzt, mein lieber Chepri, sei so gut und hör auf, meine Zeit zu stehlen.«

Klement setzte sich schwerfällig hin. Soweit man von einem lackglänzenden Insektengesicht behaupten konnte, daß es den Ausdruck eines gescholtenen Kindes hatte, war das bei seinem der Fall. Alle wußten, daß der Südamerikaner einer von Jongleurs glühendsten Anhängern war - was dachte sich der Alte Mann bloß dabei?

»Du hast mir noch keine Antwort gegeben, Vorsitzender«, sagte der gelbgesichtige Ptah. »Zu einem Zeitpunkt, wo viele in der Bruderschaft langsam unruhig werden, wenn sie an ihre Investitionen denken, an die Verzögerungen, könntest du da deine Regeln nicht ein wenig lockern? Ich weiß, daß mir jedenfalls sehr viel wohler wäre, wenn ich tatsächlich mit dem Betriebssystem arbeiten könnte, das unser ganzes Netzwerk aufrechterhält.«

»Da bin ich sicher. Ja, ich habe keinen Zweifel, daß du es liebend gern in deiner Hand hättest«, sagte Osiris steif. Er wandte sich an die anderen, die um den langen Tisch herum gruppierten Vögel und sonstigen Tiere. »Dieser Mann hat bereits einmal versucht, die Kontrolle über die Bruderschaft an sich zu reißen. Vor wenigen Wochen erst wart ihr alle Zeugen, wie der Amerikaner eine falsche Anklage gegen mich vorbrachte - wobei sich herausstellte, daß an der Sache, die er mir in die Schuhe schieben wollte, ein Fehler in seinem eigenen Unternehmen schuld war, eine gravierende Verletzung der Sicherheitsvorkehrungen!« Er stieß sich vom Tisch zurück, schüttelte sein mächtiges, maskiertes Haupt und gab sich ganz den Anschein eines edlen Herrschers, der von seinen undankbaren Höflingen hintergangen wird. »Und jetzt fängt er schon wieder damit an - meine Schuld! Alles ist meine Schuld!« Er drehte sich Wells zu. »Du und dein ungewöhnlich schweigsamer Freund«, er schoß einen Blick aus toten Augen auf Yacoubian ab, »ihr habt immer wieder meine Hingabe an das Projekt in Zweifel gezogen, obwohl ich es ersonnen und initiiert habe! Und jetzt soll ich die Kontrolle über das Betriebssystem aufgeben und dann darauf vertrauen, daß du, Robert Wells, weiter meine Position als Vorsitzender respektierst? Ha!« Er klatschte mit der Hand auf den Tisch, und mehrere der Tiermasken zuckten. »Du würdest mir sofort an die Kehle springen, du heimtückischer Schuft!«

Während Wells sich noch empörte – ziemlich überzeugend, fand Yacoubian –, erhob sich Jiun Bhao in seiner Gestalt als ibisköpfiger Thot. »Das ist keine Art.« Seine ruhigen Töne verbargen kaum seinen Abscheu. »So dürfen wir nicht miteinander sprechen. Das gehört sich nicht.«

Immer noch aufgebracht blickte der Alte Mann ihn an, und einen Moment lang hatte es den Anschein, als würde er gegen den chinesischen Magnaten ebenfalls eine rüde Bemerkung fallen lassen, ein derart atemberaubendes Spiel mit dem politischen Selbstmord, daß selbst Yacoubian nicht anders konnte, als ihn mit offenem Mund anzustarren. Statt dessen sagte Osiris schließlich: »Unser Gott der Weisheit hat bewiesen, daß ich in der Wahl der Rolle für ihn richtig gehandelt habe. Du hast recht, mein Herr. Ich habe mich ungehörig benommen.« Er wandte sich an Wells, und obwohl er dessen gelbes Lächeln ätzend finden mußte, war er jetzt die Förmlichkeit selbst. »Wie unser Freund zu Recht bemerkt, war ich unhöflich, und dafür entschuldige ich mich. Ich möchte jedoch hinzufügen, daß auch du dich einer Taktlosigkeit schuldig machst, Ptah, wenn du unterstellst, daß ich etwas vor meinen Kollegen verheimliche.«

Wells verneigte sich mit fast unmerklicher Ironie. Yacoubian verstand plötzlich nicht mehr, welche Wendung das Ganze nahm. Der alte Mistkerl würde doch nicht etwa nochmal davonkommen?

»Einen kleinen Moment«, sagte Yacoubian. »Es sind ja wohl noch Fragen offen. Bob sagt, die Probleme im System hätten nicht alle mit der Größe zu tun. Er sagt, es liegt am Betriebssystem. Du sagst: ›Das geht dich nichts an.‹ Wie bekommen wir dann Aufklärung darüber, was läuft, verdammt nochmal?«

»Ah, Horus, der König der Lüfte«, bemerkte der Alte Mann beinahe liebevoll. »Du warst so lange still, daß ich schon fürchtete, wir hätten dich offline verloren.«

»Bestimmt. Sag mir nur eins: Wie können wir sicherstellen, daß uns dieses ganze Ding nicht irgendwann zusammenkracht?«

»Das wird langsam ermüdend«, begann Osiris, als der widderköpfige Amon, der Besitzer von sechs Schweizer Banken und einer Insel-»Republik« vor der Küste Australiens, die Hand hob.

»Ich würde auch gern mehr darüber erfahren«, meldete er sich zu Wort. »Mein System teilt mir mit, daß es in allen meinen Domänen immer wieder zu Ausfällen kommt. Wir haben alle mehr als Geld in dieses Projekt investiert, und bald werden wir *alles* darin investiert haben, eingeschlossen unser Leben. Ich glaube, uns stehen bessere Auskünfte zu.«

»Siehst du?« Yacoubian wollte den Alten Mann noch etwas ins Schwitzen bringen – man konnte nicht wissen, wann er sich wieder eine derartige Blöße geben würde. Er wandte sich Wells zu, um ihn zur Schützenhilfe zu ermuntern. »Ich finde, jetzt sollte endlich reiner Tisch gemacht werden. Komm und rück mit den Tatsachen raus.«

»Halt«, sagte Osiris mit gepreßter Stimme.

Und Wells bemerkte sehr zu Yacoubians Erstaunen: »Ja, ich denke, du solltest es dabei bewenden lassen, Daniel.«

Falls Sachmet, die Löwin, ihn gehört hatte, war sie anscheinend nicht seiner Meinung. »Ich verlange zu erfahren, was da schiefläuft«, fauchte sie, »und ich verlange zu erfahren, wie es in Ordnung gebracht wird.« Als Besitzerin von Krittapong, einem Technologieunternehmen, das Wells' Telemorphix an Macht nur wenig nachstand, und als Frau, deren Name in allen geheimen Sklavenagenturen Südostasiens mit ehrfürchtigem Grauen geflüstert wurde – sie hatte mehr als nur ein paar Bediente mit eigener Hand zu Tode geprügelt –, hatte Dedoblanco keine besondere Übung darin, sich in Geduld zu fassen. »Ich verlange auf der Stelle Antworten!«

»Ich bürge persönlich dafür ...«, begann Osiris, aber jetzt riß Sobek wieder aufgeregt seine Krokodilschnauze auf.

»Du kannst nicht unser Geld nehmen und uns dann erklären, wir hätten keine Rechte!« brüllte er. »Das ist kriminell!«

»Bist du von Sinnen, Ambodulu?« Osiris zitterte sichtlich. »Was schwätzt du da für ein Zeug?«

Die ganze Versammlung schien in eine wüste Krakeelerei auszuarten, als Jiun Bhao die Hand hob. Nach und nach erstarben die Stimmen.

»Das ist keine Art, geschäftlich miteinander umzugehen«, sagte Jiun und wiegte bedächtig sein Vogelhaupt hin und her. »Sehr betrüblich.

Völlig inakzeptabel.« Er hielt inne und sah sich um. Es blieb still. »Genosse Vorsitzender, mehrere unserer Mitglieder haben um mehr Informationen über diese ... wie war das Wort? ... diese ›Spasmen‹ im System gebeten. Gewiß hast du gegen eine solche berechtigte Bitte nichts einzuwenden?«

»Nein.« Osiris hatte sich beruhigt. »Natürlich nicht.«

»Dann könntest du ihnen vielleicht zusichern, zu unserem nächsten Treffen einen Bericht vorzulegen? Bei allem Respekt vor deinem gewiß sehr vollen Terminkalender wäre es ein sinnvolles Gegenmittel gegen einige der allzu emotionalen Reaktionen, die wir heute erlebt haben.«

Der Alte Mann zögerte nur einen Augenblick. »Gewiß. Das ist durchaus einzusehen. Ich werde etwas aufsetzen lassen.«

»Was *Brauchbares*«, sagte Yacoubian und wünschte sofort, er hätte es gelassen. Jiun Bhaos verärgerter Blick war - selbst vermittelt über ein virtuelles Interface - so durchdringend, daß er am liebsten im Boden versunken wäre.

»Und«, fuhr der Gott der Weisheit fort, nunmehr an Wells gewandt, »vielleicht könnte unser amerikanischer Genosse etwas Ähnliches aufsetzen lassen, woraus hervorgeht, was er aus seiner Perspektive über die Probleme weiß?«

»Gewiß.« Das gelbe Lächeln war eine winzige Idee dezenter als vorher.

»Ausgezeichnet. Sehr gütig.« Jiun Bhao machte gegen beide Protagonisten eine angedeutete Verbeugung - eher ein Kopfnicken - und breitete dann die Arme aus. »Wir hatten einen anstrengenden Tag, und wir haben viele wichtige Dinge besprochen. Vielleicht sollten wir uns jetzt bis zu unserer nächsten Zusammenkunft voneinander verabschieden.«

Weder Osiris noch sonst jemand widersprach.

Als der Westliche Palast im Ägypten des Alten Mannes gerade entschwand, hörte Yacoubian Bob Wells' Stimme in seinem Ohr.

»*Auf ein Wort, Daniel.*«

Nach dem Moment der Finsternis trat schlagartig eine blendende Helle ein, und im Nu erstand ein weitläufiger, sonniger Raum, ein hohes Eßzimmer mit einem Blick durch die riesigen Fenster auf eine felsige Küste, in der Yacoubian den Rand des Pazifiks vermutete. Trotz der Ausmaße des Raumes stand nur ein einziger kompakter Tisch darin. Wells setzte sich auf die eine Seite; sein Sim bildete seinen wirklichen Körper mit einer Detailgenauigkeit nach, die nur wenig hinter der Perfektion des Gralssystems zurückblieb.

»Bist du sicher, daß das eine gute Idee ist?« fragte der General, als er sich seinerseits setzte. »Sollten wir nicht lieber einen Ort im RL aufsuchen wie bei unserm Gespräch neulich?«

»Abgesehen von deiner Leitung und meiner Leitung ist dies eine dedizierte Maschine, Daniel«, sagte Wells. »Und wenn wir hier fertig sind, lösche ich den Code. Warte, ich mache auf.«

Die Fenster lösten sich auf, so daß zwischen dem Tisch und dem Meer vor der Steilküste nur noch Luft war. Das Dröhnen der Brandung schwoll an, bis es den ganzen Raum füllte. Ohne sich zu bewegen, stellte Wells es zurück, bis es nicht mehr als ein leises Pulsen war. Der Geruch des Wassers und die Prise Ozon wirkten einigermaßen echt. »Besser als ein Restaurant, meinst du nicht?« fragte der Besitzer von Telemorphix. »Aber wenn du gern was Atmosphärisches hättest, einen Drink oder so, sag nur Bescheid.«

»Ich rauche einfach«, sagte Yacoubian. »Da das dein Laden ist, kannst du bestimmt dafür sorgen, daß der Rauch nicht in deine Richtung weht.« Der General holte eine seiner Enaqueiros heraus. Er hatte eine ziemliche Summe dafür ausgegeben, daß die Simulation das auch ordentlich simulierte; als er das Imitat unter seiner Nase vorbeizog und das Aroma genoß, fand er erneut, daß die Ausgabe sich gelohnt hatte. Diese Technobarone mochten imstande sein, dir Babylon Ziegel für Ziegel nachzubauen, aber versuch mal einer, irgendwo eine anständige virtuelle Zigarre aufzutreiben ...

Nachdem der General ein Weilchen seine Taschen abgeklopft hatte, ohne das Gesuchte zu finden, zog Wells eine Augenbraue hoch und bewegte dann einen Finger. Ein Päckchen Streichhölzer erschien vor seinem Gast.

»Jetzt sag mir mal, warum du dem Alten Mann nicht den Rest geben wolltest?« erkundigte sich Yacoubian, als die Zigarre endlich gut zog. »Das sieht dir gar nicht ähnlich, Bob. Er stand mit dem Rücken an der Wand - noch ein paar vor den Latz, und er wäre hin gewesen.«

Wells riß sich von seiner Ozeanbetrachtung los. Seine Augen mit ihrem eigentümlichen, antikisiert wirkenden Weiß waren mild, beinahe leer. Er sagte lange nichts. »Ich würde dir das gerne auf eine schonende Art beibringen, Daniel«, sagte er schließlich. »Aber mir fällt keine ein. Weißt du, manchmal bist du unglaublich dumm.«

Yacoubian spie einen Schwall Pseudorauch aus, eine ziemlich gute Imitation des Originals, die in einer wallenden blaugrauen Wolke über seinem Kopf aufstieg. »Hast du den Arsch offen? So kannst du nicht mit mir reden!«

»Doch, das kann ich, Daniel. Und ich denke immer noch, daß du trotz deiner momentanen Verärgerung klug genug bist, um mir zuzuhören und was zu lernen.« Wells wedelte unwillkürlich gegen den Rauch an, zimperlich wie eine alte Dame. »Ja, wenn wir den Alten Mann noch ein kleines Stück weitergetrieben hätten, hätte er wahrscheinlich etwas gesagt oder getan, womit er sich auch die Sympathien der übrigen Bruderschaft verscherzt hätte. Eben deshalb habe ich nichts unternommen und dir den Rat gegeben, das gleiche zu tun, Daniel, aber du hast ihn ignoriert.«

»Hör zu, Bob, es ist mir schnurz, wie reich oder wie alt du bist. So lasse ich nicht mit mir reden.«

»Das würde dir aber vielleicht ganz gut tun, Daniel. Es kann dir nicht entgangen sein, wie Jiun Bhao gegen Ende das Treffen in die Hand nahm. Und was ist jetzt dabei rausgekommen, daß ihr so auf den Putz gehauen habt, du und diese Dedoblancozicke? Daß wir bei der nächsten Zusammenkunft konkurrierende Berichte über diese Systemprobleme vorlegen dürfen.«

»Und?« Die mittlerweile hitzig glimmende Zigarre ragte pfeilgerade in Yacoubians Blickfeld und ließ Wells' Gesicht mit jedem Zug in ein rotes Glühen aufgehen.

»Und wer, meinst du, wird wohl darüber urteilen, ob die präsentierten Antworten akzeptabel sind? Heimlich, still und leise wird sich dieser chinesische Hund zum ungewählten Vorsitzenden aufschwingen, und er wird den andern aus der Gruppe vorgeben, wie sie zu stimmen haben. Gibt er dem Alten Mann die Zügel zurück, wird Jongleur in seiner Schuld stehen. Gibt er sie uns und drängt damit Jongleur ins Aus, befinden wir uns de facto in einer Koalition mit Jiun - aber nur so lange, wie wir ihm nützlich sind.«

Yacoubian wußte, daß er den Beleidigten spielte, aber er konnte sich nur schwer zu einer konstruktiveren Haltung durchringen. »Ich dachte, du willst, daß der Alte Mann verliert.«

»Nein, Daniel, ich will, daß ich gewinne. Das ist ein Unterschied. Und vergiß nicht, Jongleur hat durchaus noch ein paar eigene Karten in der Hand, etwa dieses verdammte Betriebssystem, an das er keinen ranläßt – wenn wir in einen Dreiparteienkrieg mit ihm und Jiun hineinschliddern, wird viel Blut fließen. Und ich bezweifle, daß wir als Sieger hervorgehen werden.«

»Herrje.« Immer noch wütend, aber jetzt auch bedrückt setzte Yacoubian sich zurück. »Ihr seid doch alle ...«

»Was meinst du mit ›ihr‹? Du warst es, der damals ankam und mich beredete, wir sollten den Alten Mann observieren. ›Wir brauchen ihn nicht mehr, Bob. Er ist ein Unsicherheitsfaktor. Ein Ausländer.‹ Hast du das schon vergessen?«

»Es reicht.« Yacoubian gab sich mit einer abwinkenden Handbewegung geschlagen. Wenn er in seiner Laufbahn etwas gelernt hatte, dann daß es Zeitverschwendung war, mit irgendwelchen Ausflüchten sein Gesicht wahren zu wollen, wenn die eigene Stellung unhaltbar geworden war. »Also, was machen wir?«

»Ich weiß es nicht.« Wells rutschte ein Stück vor. Der Lärmpegel der Brandung sank noch einmal um eine Idee, obwohl sich der Ozean draußen vor dem Fenster noch genauso wild gebärdete wie eh und je und sich gegen die Felsen warf wie ein verschmähter Liebhaber. »Um die Wahrheit zu sagen, Daniel, ich mache mir Sorgen. Diese Spasmen sind wirklich ein Problem. Keiner meiner Leute wird im mindesten daraus schlau, doch selbst unsere vagsten Prognosen klingen nicht gut. Und wie du weißt, passieren noch andere Sachen – ein paar sehr üble Rückschläge in den Kundenknoten, den Pachtwelten und sonstwo. Dieses Kunoharafiasko zum Beispiel.«

»Das hab ich mitgekriegt. Aber ich dachte, es läge bloß daran, daß das System zur Zeit voll online geht, es wäre eine einmalige Sache. Du willst damit sagen, daß es was Ernstes ist, hä? Meinst du, es könnte mit diesem Kerl zusammenhängen, der in das System abgehauen ist, dem Gefangenen des Alten Mannes? Ist er ein Saboteur oder sowas?«

Wells schüttelte den Kopf. »Ich kann mir nicht vorstellen, wie selbst ein Experte das System häcken könnte, wenn er selber drin ist – jedenfalls nicht, wenn er so weit drin ist wie der. Und es kommt mir vor wie irgendwas viel Größeres. Es ist eine chaotische Perturbation. Spar dir diesen Blick, Daniel, ich weiß, daß du nicht blöd bist. Wenn ein kompliziertes System eine Macke entwickelt, kann es klein anfangen, aber wenn es damit weitermacht ...«

»Herrgott nochmal!« Yacoubian hatte plötzlich das Bedürfnis, etwas zu schlagen. »Heißt das – diesen politischen Scheißdreck mal beiseite –, das ganze Ding könnte tatsächlich voll in die Hosen gehen? Nach den ganzen Jahren, der ganzen Arbeit, dem ganzen Geld?«

Wells runzelte die Stirn. »Ich glaube nicht, daß es richtig zusammenbrechen wird, Daniel. Aber wir sind hier auf Terra incognita, fast buchstäblich.« Er legte seine knochigen Hände auf den Tisch und betrachtete eingehend die straff gespannte Haut, als hätte er sie noch nie gesehen. »Da laufen ein paar sehr merkwürdige Dinge. Was den Gefangenen des Alten Mannes betrifft - erinnerst du dich an den Aufspüragenten, den wir nach ihm ausgeschickt haben, das Nemesisprogramm?«

»Erzähl mir bloß nicht, daß es den Geist aufgegeben hat oder sowas.«

»Nein, nein, nichts dergleichen. Es ist immer noch da und geht seiner Aufgabe nach. Aber ... ich weiß nicht genau, wie ich es ausdrücken soll ... es ist nicht *ganz* da.«

»Hä?« Yacoubian sah sich nach etwas um, wo er seine Zigarre ausdrücken konnte, aber Wells war mit den Gedanken woanders, und kein Aschenbecher erschien. Der General legte sie auf die Tischkante. »Ich kann dir nicht ganz folgen.«

»Ich bin mir selbst nicht darüber im klaren, was los ist. Das ganze Jericho-Team ist dabei, die Daten zu sondieren, aber eins ist klar - Nemesis arbeitet weit unter seiner Kapazität. Als ob ein Teil für andere Aufgaben abgezogen worden wäre. Aber wir können nicht sagen, warum oder wie oder was überhaupt genau vor sich geht.«

»Es ist doch bloß ein Stück Gear. Kannst du nicht ein anderes losschicken?«

Wells winkte ab. »Zu kompliziert. Zum einen würden wir gern dieses Gear studieren, ohne es noch zusätzlich zu irritieren. Vielleicht kommen wir auf dem Weg dahinter, was die Systemspasmen verursacht - allein herauszufinden, was diese Spasmen eigentlich *sind*, wäre schon ein Fortschritt. Zum andern liegt es an der Art, wie der Nemesiscode nach Mustern sucht ... Na ja, es wäre, als hätte man so viele Geheimpolizisten auf denselben Fall angesetzt, daß sie anfangen, sich gegenseitig zu verhaften.«

Yacoubian schob seinen Sessel zurück und stieß dabei die Zigarre von der Kante; sie verschwand, bevor sie am Boden aufkam. »Heilige Scheiße, ich hoffe, du bist glücklich, Wells. Den Tag hast du mir versaut. Ich denke, ich geh nach Hause und erschieß mich.«

»Tu's nicht, Daniel. Aber ich hoffe in der Tat, daß du mit mir Rücksprache nimmst, bevor du auf der nächsten Sitzung etwas allzu

Drastisches tust. Die Situation wird eine ganze Weile ziemlich heikel sein.«

Der General blickte finster, aber *die* Schlacht war schon verloren. »Sei's drum.« Er klopfte sich wieder auf die Tasche, bevor er sich erinnerte. »Übrigens, Bob, könntest du mir dann einen Ausgang öffnen?«

»Stimmt was nicht mit deinem System, Daniel?«

»Ja-a. Mein Team fummelt grade dran rum. Nur eine kleine Sache.«

»Gewiß. Bist du bereit?«

»Ich denke schon. Ach, eins noch - reine Neugier, weißt du. Hast du ... ist in deinem System schon mal irgendwas abhanden gekommen?«

»Abhanden gekommen?« Wells' helle Augen wurden schmal.

»Na ja, Kleinigkeiten. Gearteile, solche Sachen. Virtuelle Gegenstände.«

»Ich glaube, ich verstehe nicht recht, Daniel. Willst du damit sagen, aus deinem System sind virtuelle Gegenstände verschwunden? Du ... hast was verlegt?«

Yacoubian zögerte einen Moment. »Ja. Bloß mein Feuerzeug. Ich muß es in einer der Domänen liegengelassen haben. Ich vermute, wenn die Simulation komplex genug ist, kann man darin genauso was verlieren wie im RL, stimmt's?«

Wells nickte. »Ich denke. Du hast demnach nichts Wichtiges verloren? Egal was es ist, du kannst es einfach duplizieren.«

»Selbstverständlich! Klar, es war bloß ein Feuerzeug. Ich nehm jetzt den Ausgang, Bob.«

»Danke, daß du mich angehört hast. Ich hoffe, ich war nicht zu grob.«

»Takt ist nicht deine Stärke, Bob, aber ich denke, ich werd's überleben.«

»Freut mich zu hören, Daniel. Mach's gut.«

Das Eßzimmer, das offene Fenster und das unaufhörliche Anrollen des Pazifischen Ozeans waren im Nu verschwunden.

Kapitel

Die schönste Straße der Welt

NETFEED/SITCOM-LIVE:
Reisen mit dem unsichtbaren Hund "Sprootie"!
(Bild: Wengweng Chos Wohnzimmer)
Cho: O nein! Jemand hat meinen Bericht an den Bezirksgouverneur kaputt gemacht! Er ist völlig zerrissen! Aber dieses Zimmer war den ganzen Tag über abgeschlossen!
Shuo (flüstert): Sprootie! Du bist ein böser Hund! Ich sollte dir deine kleinen unsichtbaren Eier abschneiden!
(Off: Lachen)
Cho: Dafür wird man mich hinrichten! Meine Familie wird nicht einmal meine Lebensversicherung ausgezahlt bekommen. Oh, das ist schrecklich!
Shuo: Ich werde mir etwas einfallen lassen, um dir zu helfen, Verehrter Cho. (Flüstert:) Aber der schlaue Sprootie wird bestimmt wieder für einiges Durcheinander sorgen!
(Off: Lachen und Applaus)

> Das blaue Neonflimmern verblaßte. Die Funken flackerten und gingen aus. Flach auf dem Rücken unter einem sternenlosen Nachthimmel liegend versuchte Paul, das alles zu verstehen - Nandis Enthüllungen, den plötzlichen Angriff, die Flucht vor den Kriegern des Khans, das ganze unbegreifliche Kuddelmuddel. Und jetzt hatte der Fluß ihn wieder erfaßt, ihn ein weiteres Mal von einer Realität in die nächste befördert, von Xanadu nach ...?

Von dort aus, wo er langgestreckt auf dem Boden des Bootes lag, konnte er nur den dicken weißen Vollmond sehen, beruhigend gewöhnlich zwar, aber was hatte das schon zu besagen? Welche neue Schreckensszene mochte wohl diesmal dran sein? Der von Krokodilen wimmelnde Amazonas? Die Belagerung von Khartum? Oder etwas noch Abwegigeres, etwas, das er nicht einmal vermuten konnte, die Ausgeburt der Fieberträume eines reichen alten Teufels? Ein überwältigendes Heimwehgefühl bemächtigte sich seiner.

Und es ist Felix Jongleur, der mir das angetan hat.

Bei dem Namen, dem letzten, was Nandi ihm noch mitgeteilt hatte, klang etwas in ihm an. Er hatte ihn schon einmal gehört, da war er sicher - vielleicht hatte der Mann, der sich in der abenteuerlichen Marswelt aus alten Groschenromanen Professor Bagwalter genannt hatte, ihn erwähnt. Aber es war mehr daran, es gab eine Resonanz, die tiefer ging und eigenartig losgelöste Bilder mit sich brachte - einen Kessel, ein Fenster, einen Raum voller Vögel. Die Bilder waren so flüchtig wie vage; wenn er versuchte, sie festzuhalten, ihnen eine sinnvolle Form zu geben, zerfielen sie und hinterließen nur einen stumpfen Schmerz, der sich nicht sehr vom Heimweh unterschied.

Jongleur. Es war immerhin etwas, ein Name, mit dem er arbeiten konnte, sowohl innen in seinem Kopf als auch außen in diesen aneinandergereihten Welten. Ein Werkzeug, vielleicht sogar ein Kompaß. Etwas, womit er anfangen konnte, sich zu orientieren.

Aber diese neue Simulation ist keine von denen Jongleurs. Jedenfalls hat Nandi das gesagt.

Der Gedanke gab ihm die Kraft, sich mit den Ellbogen auf den Bootsrand zu stemmen und sich umzuschauen. Die Luft war kühl an seinen Wangen, die Nacht frisch, aber nicht ungemütlich. Er schien warm bekleidet zu sein (die orientalische Tracht war offenbar in der Xanadu-Simulation zurückgeblieben), aber viel mehr interessierte ihn, was vor ihm lag: Aus irgendeinem Grund sah man nicht sehr klar, aber das dort am Ufer waren eindeutig verstreute Lichter, eine bescheidene Anzahl, aber immerhin.

Wenigstens bin ich nicht in der Wildnis gelandet, sagte er sich, *in einem menschenfernen Nirgendwo ...* Doch selbst wenn er in die lebendigste und quirligste virtuelle Stadt kam, die man sich vorstellen konnte, so beschrieb »nirgendwo« trotzdem ziemlich genau, wo er sich befand. In einer elektronischen Illusion. Bis über beide Augen in Code. Dennoch hatte der

Gedanke, einmal die zivilisiertere Seite der Virtualität zu kosten, seinen Reiz. Nach der Eiszeit und der Invasion vom Mars war er es leid, unbequem im Freien zu schlafen.

Die Lichter schienen sich zu entfernen; Paul erkannte, daß er abtrieb. Als er gerade nach dem Paddel tastete, schwamm sein Boot aus der Nebelbank heraus, deren Existenz er gar nicht bemerkt hatte, und die Lichter der Stadt flammten jählings vor ihm auf wie der Kronleuchter Gottes.

Es war eine der schönsten Szenen, die er je gesehen hatte.

Während er in den Anblick versunken vor sich hin staunte, das Paddel nutzlos über dem Wasser schleifend, zogen auf einmal dunkle Formen durch den lichter werdenden Nebel an ihm vorbei, Schatten, die über die Stadtbeleuchtung streiften wie die Spur eines in Tusche getunkten Pinsels. Als das erste Boot vorbeiglitt, zu weit weg für ihn, um Details zu erkennen, bevor es verschwand, meinte er, munteres Lachen über das Wasser murmeln zu hören. Sekunden später waren fünf, sechs weitere erschienen, wie direkt aus dem Dunst gebildet. Laternen schaukelten an ihren geschwungenen Bügen, und noch nachdem ihre schattenhaften Gestalten an ihm vorbeigestrichen und wieder in den Nebel eingetaucht waren, konnte er ihre schwankenden Lampen wie Glühwürmchen tanzen sehen.

Ein kleineres, unbeleuchtetes Boot schnitt plötzlich so dicht an seinem Bug vorbei, daß Paul mit ausgestrecktem Paddel beinahe den glänzenden schwarzen Rumpf hätte anstoßen können. Er erhaschte einen kurzen Blick auf monströse und verzerrte Gesichter am Rand, und einen Moment lang stockte ihm das Herz: Es sah so aus, als wäre er auf den Wasserstraßen des nächsten fremden Planeten gelandet, wieder auf dem Mars oder noch schlimmer. Ein Ruf scholl zu ihm hinüber, der nach betrunkener Überraschung klang, dann wurde das auf die Stadtlichter zusausende schwarze Boot vom Nebel verschluckt. Erst als es ganz verschwunden war und er in seinem sanft schaukelnden Boot wieder allein war, ging ihm auf, daß alle Insassen Masken getragen hatten.

Die inzwischen näher gekommenen Lichter erstreckten sich vor ihm wie eine ganz aus Edelsteinen bestehende Gebirgskette, aber diese Juwelen verwandelten sich nach und nach in prosaischere, doch nicht minder erfreuliche Dinge - Fackeln, Straßenlaternen, erleuchtete Fenster -, und alle lächelten sie ihn durch die Dunkelheit an. Auch auf der anderen Seite des Wassers brannten Lichter, trotz der Entfernung genauso hell und genauso fröhlich. Die Vergnügungsboote voll maskierter Feiernder, die mit erhobenen Stimmen lachten oder nahen Booten etwas zuriefen, umschwärmten ihn jetzt an allen Seiten. Musikalische Klänge schwebten auf der Nachtluft, gezupfte Saiten, singende Stimmen und schrille Flöten, nicht immer in Harmonie miteinander. Er hatte den Eindruck, in den Fetzen, die er aufschnappte, etwas deutlich Altmodisches zu hören, aber es war schwer, sich zu konzentrieren, wenn man durch einen Traum glitt.

Ein viel größeres Fahrzeug, das an einem Pier am Ufer lag, tauchte jetzt vor ihm auf, ein Galaboot, überdacht mit Baldachinen und erleuchtet von zahlreichen Ampeln. Er hörte heiseres Singen und paddelte nahe genug heran, um drei Gestalten mit weißen Masken an der Reling stehen zu sehen.

»Ich habe mich verirrt«, rief er zu ihnen hoch. »Wo bin ich?«

Die Zecher brauchten ein Weilchen, um die Herkunft der Stimme aus dem Dunkeln unter ihnen ausfindig zu machen. »Nicht weit vom Arsenal«, rief einer von ihnen schließlich zurück.

»Arsenal?« Einen Augenblick lang dachte Paul, er wäre in die nächste entstellte Version von London versetzt worden.

»Ja doch, das Arsenal. Seid Ihr ein Türke?« fragte ein anderer. »Ein Spion?« Er drehte sich um und sagte zu der dritten schweigsamen Maske: »Er ist ein Türke.«

Paul dachte, der Mann scherze, aber er war sich nicht sicher. »Ich bin kein Türke. Nicht weit von *welchem* Arsenal? Wie gesagt, ich weiß nicht, wo ich bin.«

»Falls Ihr das Dalmatinische Ufer sucht, seid Ihr so gut wie da.« Während der erste Mann das sagte, fiel ihm etwas aus der Hand und klatschte in der Nähe von Pauls Boot ins Wasser. »Hoppla«, sagte er. »Jetzt hab ich die Flasche fallenlassen.«

»Idiot«, versetzte der zweite. »Heda! Seid ein guter Türke, und werft sie uns bitte schön wieder hoch.«

»Ist er wirklich ein Türke?« fragte die dritte Maske plötzlich. Der Mann klang noch betrunkener als die anderen beiden.

»*Nein*«, sagte Paul mit Nachdruck, denn sie schienen auf Türken nicht besonders gut zu sprechen zu sein. Er beschloß, ein Risiko einzugehen. »Ich bin Engländer.«

»Ein Engländer!« Der erste lachte. »Aber Ihr sprecht wie ein echter Venezianer. Ich dachte, die Engländer könnten nichts anderes sprechen als ihr Gesäge und Geknarre.«

»Die Promenade ist gleich da vorn, sagt Ihr?« rief Paul und stieß sich von dem Schiffsrumpf ab. Seine Gedanken sprudelten. »Vielen Dank für die freundliche Auskunft.«

»He, Engländer!« schrie einer von ihnen, als er davonpaddelte. »Was ist mit unserer Flasche?«

Das Dalmatinische Ufer war ein langer Kai, an dem Hunderte von Booten in allen Größen dermaßen dicht an dicht lagen, daß sie mit den Seiten aneinanderscheuerten. In dieser Nacht wenigstens erstrahlte das ganze Ufer im Glanz von Fackeln und Laternen; die hohen, bogenreichen Fassaden der Häuser waren wie für eine extravagante Filmpremiere beleuchtet. Paul machte sein kleines Boot am dunklen Ende eines der Piere an einem Poller fest. Im Vergleich zu den Booten, die um ihn her gegen die Hafenmauer stießen, war seines ein armseliger Nachen. Er bezweifelte, daß jemand es stehlen würde.

Also Venedig, dachte er, während er sich einen Weg durch die ausgelassen feiernde Menge bahnte, einen farbenprächtigen Rausch von Masken und fliegenden Gewändern. Er freute sich. Hier konnte ihm seine kunsthistorische Bildung tatsächlich einmal von Nutzen sein. *Genau datieren kann ich es nicht, zumal alle kostümiert sind, aber es sieht nach Renaissance aus,* entschied er. *Wurde Venedig nicht la Serenissima genannt, die durchlauchtigste Republik?*

Er selbst war mit einer dunklen Hose und einem Oberteil bekleidet, Wams genannt, wie er sich düster zu erinnern meinte – nicht von bester Qualität, aber auch nicht so abgetragen, daß er sich schämen mußte. Um die Schultern hatte er ein schweres Cape, dessen Saum dicht über den schlammigen Boden strich. Ein schlankes, in einer Scheide steckendes Schwert mit einem schlichten Korbgriff klapperte an seiner Seite, und damit wäre er eigentlich hinreichend ausgestattet gewesen, aber irgend etwas stupste ihn ab und zu im Genick. Als er das Ding herumzog, um zu sehen, was es war, stellte es sich als eine Maske heraus, ein ausdrucksloses Gesicht mit einer kühlen Oberfläche wie Porzellan, dessen hervorstechendes Merkmal ein großer Schnabel anstelle der Nase war. Er starrte sie einen Moment lang an und überlegte, ob er die dargestellte Figur erkennen sollte. Schließlich besann er sich darauf, daß er in diesem nach wie vor rätselhaften virtuellen Dasein, das er führte, offenbar nicht wenige Feinde hatte, und so zog er sich die Maske über und band sie hinter dem Kopf richtig fest. Sogleich fühlte er sich viel weniger auffällig und ging weiter, ohne fürs erste einen anderen Plan zu haben, als wenigstens eine Zeitlang Teil der Menge zu sein.

Eine Frau in einem Kleid, dessen Oberteil ihre Brüste weitgehend freiließ, stolperte und langte Halt suchend nach seinem Arm; er hielt sie fest, bis sie wieder sicher stand. Auch sie trug eine Maske, ein übertriebenes Mädchengesicht mit rosigen Wangen und roten, vollen Lippen. Ihr männlicher Begleiter riß sie roh von ihm weg, aber im Umdrehen streifte sie mit der Vorderseite gegen Paul und zwinkerte ihm durch den Augenschlitz ihrer Maske zu, ein langsames, betontes Wimpernklimpern, subtil wie ein fallendes Klavier. Trotz des leicht säuerlichen Weingeruchs, der ihr nachhing, war er plötzlich erregt, ein Gefühl, das Angst und Verwirrung lange Zeit fast völlig erstickt hatten.

Aber was ist sie? ging es ihm durch den Kopf. *Mit einiger Wahrscheinlichkeit ein Replikant. Wie das wohl wäre?*

Er hatte einmal in einer Ausstellung über die Alltagskultur des zwanzigsten Jahrhunderts im Victoria and Albert Museum eine aufblasbare Sexpuppe gesehen. Er und Niles und die anderen hatten über die Primitivität des Dings gelacht, über die traurige Öde, die es gehabt haben mußte, das Ding wie vorgesehen in Gebrauch zu nehmen, sich diesem verwunderten Glotzen und diesem unmenschlichen Rundmaul von Angesicht zu Angesicht gegenüberzusehen. Aber wäre es wirklich etwas anderes, sich mit einer imaginären venezianischen Karnevalsschönen zu verlustieren?

»Hallo, Signore, he, hallo.« Er blickte nach unten und sah einen kleinen, unmaskierten Jungen, der ihn am Umhang zupfte. »Schöne Frauen gefällig? Ich kann Euch zu einem guten Haus führen, einem erstklassigen Haus, nur das beste Fleisch. Zypriotinnen? Oder vielleicht mögt Ihr Blonde von der Donau, hä?« Obwohl der Junge nicht älter war als sieben oder acht und sehr schmutzig wirkte, hatte er das harte professionelle Lächeln eines Immobilienmaklers. »Schwarze Mädchen? Araberjungen?«

»Nein.« Paul war schon im Begriff, den Bengel nach einem Lokal zu fragen, wo er sich hinsetzen und etwas trinken konnte, aber er sah ein, daß er sich damit einen Führer für den Rest des Abends einhandeln würde, ob er wollte oder nicht, und er wußte noch nicht einmal, ob er überhaupt Geld in den Taschen hatte. »Nein«, wiederholte er, ein bißchen lauter diesmal, und machte die Hand des Jungen von seinem Umhang los. »Kein Bedarf. Sei brav und troll dich.«

Der Junge musterte ihn einen Moment lang abschätzend, dann trat er ihm vors Schienbein und entschlüpfte in die Menge. Kurz darauf hörte Paul, wie er sich mit seiner piepsenden Stimme an den nächsten potentiellen Kunden heranmachte.

Paul wurde noch von mehreren anderen kleinen Jungen von unterschiedlicher Schmuddeligkeit und Hartnäckigkeit, von ein paar Männern und von einem guten Dutzend Frauen angegangen, von denen ihn die älteste trotz ihrer nackten Schultern und ihres rosa gepuderten Dekolletés unangenehm an seine eigene Oma Jonas erinnerte. Trotzdem deprimierte ihn die Parade der vielen Schnorrer nicht, die ihn um seine Dukaten erleichtern wollten (er entdeckte, daß er tatsächlich ein paar in einer Börse am Gürtel hatte), sie bereicherten lediglich das bunte Spektakel, gehörten mit hinein in das Schauspiel der Jongleure, Feuerschlucker und Akrobaten, der Quacksalber mit ihren Wundermitteln, der grauenhaft bis göttlich spielenden Musikanten (deren Einzelleistungen aber unabhängig von ihren Fähigkeiten im allgemeinen Gelärme untergingen), der Fahnen, der flackernden Lichter und der ihr Vergnügen suchenden venezianischen Bürger, einen, nicht abreißenden Zug maskierter Gestalten in Gewändern aus glitzernden, edelsteinbesetzten Brokat- oder farbenprächtigen Samtstoffen.

Er ging weiter das ganze Dalmatinische Ufer hinunter – benannt nach den dort anlegenden Schiffen von der anderen Adriaseite, wie er sich dunkel erinnerte – und wollte gerade die berühmte Ponte della Paglia überqueren, die Strohbrücke, als er abermals jemanden an seinem Ärmel zupfen fühlte.

»Nettes Amüsement gefällig, Signore?« fragte eine kleine dunkle Figur, die unversehens an Pauls Seite aufgetaucht war. »Frauen?«

Paul blickte ihn kaum an – er hatte gelernt, daß es Zeitverschwendung war, auch nur zu antworten –, aber als ein Quartett weinseliger Soldaten über die Brücke getorkelt kam und Paul auf die Seite gedrängt wurde, spürte er ein Ziehen an seiner Börse. Er fuhr herum, stieß mit der Hand nach unten und klemmte das Handgelenk des Jungen mit seinem Arm ein. Der verhinderte Taschendieb wollte sich losreißen, aber Paul bekam auch seinen anderen Arm zu fassen, und eingedenk der Lektion von vorher hielt er den zappelnden und strampelnden Jungen außer Trittweite von seinen Schienbeinen weg.

»Laßt mich los!« Sein Gefangener verdrehte sich und versuchte, ihn ins Handgelenk zu beißen. »Ich hab doch gar nichts gemacht!«

Er riß den Jungen zurück und schüttelte ihn gründlich durch; als er aufhörte, hing der kleine Ganove schlaff in seinem Griff, mit finsterem Blick, aber leise schniefend.

Paul wollte ihn schon laufen lassen – und ihm vielleicht zu Erziehungszwecken noch einen Tritt in den Arsch geben –, als etwas in dem Gesicht ihn stutzen ließ. Ein Moment verging. Mehr Volk drängte vorbei, schob sich die Stufen der Brücke empor.

»*Gally* ...?« Paul zerrte den widerstrebenden Jungen in den Lichtkreis einer Straßenlaterne. Die Kleidung war anders, aber das Gesicht war genau das gleiche. »Gally, bist du das?«

In dem Blick, den der Junge ihm zuwarf, verbanden sich Furcht und wieselflinke Berechnung: Seine Augen schossen hin und her, während er nach einer Ablenkung suchte, die ihm vielleicht zur Flucht verhelfen konnte. »Keine Ahnung, wen Ihr meint. Laßt mich laufen, Signore – bitte! Meine Mutter ist krank.«

»Gally, erkennst du mich denn nicht?« Da fiel Paul seine Maske ein. Er nahm sie ab, doch diese Sekunde, in der er das Handgelenk des Jungen losließ, nützte dieser aus, um abermals einen Fluchtversuch zu unternehmen. Paul ließ die Maske in den Schlamm fallen, erwischte den Jungen am Hemdzipfel und zog ihn wieder heran wie einen Fisch an der Angel. »Verdammt nochmal, bleib da! Ich bin's – Paul! Gally, erinnerst du dich nicht mehr an mich?«

Sein Gefangener starrte ihn mit wilden, entsetzten Augen an, und Paul wurde auf einmal das Herz schwer. Es war ein Irrtum. Oder schlimmer noch, genau wie bei der geflügelten Frau war es ein Phantom, das ihn nur zusätzlich verwirrte und das Rätsel noch undurchdringlicher machte. Doch dann veränderte sich etwas in der Miene des Kindes.

»Wer seid Ihr?« fragte der Junge langsam. »Kenne ich Euch?« Sein träumerischer Ton klang, als ob ein Schlafwandler von Dingen erzählte, die er allein sehen konnte.

»Paul. Ich bin Paul Jonas!« Er merkte, daß er fast schrie, und blickte sich besorgt und betreten um, doch die feuchtfröhlich umtreibende Menge schien das kleine Drama, das sich am Fuß der Strohbrücke entspann, gar nicht zu bemerken. »Ich habe dich im Achtfeldplan getroffen. Dich und die andern Austernhausjungen – erinnerst du dich nicht?«

»Ich glaube ... ich hab Euch schon mal gesehen. Irgendwo.« Gally beäugte ihn kritisch. »Aber an das, was Ihr sagt, kann ich mich nicht erinnern - na ja, ein klein wenig vielleicht. Und ich heiße nicht so, wie Ihr sagt.« Er zog versuchsweise gegen Pauls Griff an, doch der hielt eisern fest. »Ich werde hier Mohrchen genannt, weil ich aus Korfu bin.« Dieser Aussage folgte eine weitere Pause. »›Austernhaus‹, habt Ihr gesagt ...?«

»Ja«, bestätigte Paul, ermutigt von der betroffenen, nachdenklichen Miene des Jungen. »Du sagtest, du und die andern, ihr wärt über den Schwarzen Ozean gekommen. Und du hast in diesem Wirtshaus gearbeitet - wie hieß es noch gleich? ›Traum des roten Königs‹ oder so ähnlich.« Paul fühlte sich plötzlich unwohl - es fielen zu viele Namen, die auch jemand anderem etwas sagen konnten, mitten in einem dichten Menschengewühl. »Hör zu, bring mich dorthin, wo du mich ursprünglich hinbringen wolltest - es ist mir egal, ob es ein Bordell ist. Irgendwohin, wo wir reden können. Ich werde dir nichts tun, Gally.«

»Mohrchen heiß ich.« Aber der Junge lief nicht weg, als Paul seine Hand losließ. »Na schön, dann kommt.« Er drehte sich um, trabte von der Brücke hinunter und huschte durch das Gedränge am Dalmatinischen Ufer wie ein Kaninchen durch hohes Gras. Paul beeilte sich, ihm zu folgen.

Sie bogen von der Uferpromenade ab und folgten einige Minuten lang einem der vielen Kanäle Venedigs tiefer in den Stadtteil Castello hinein, über steinerne Brückchen und durch schmale Straßen und noch schmälere Gassen, von denen manche kaum breiter waren als Pauls Schultern. Der Lärm und die Lichter des Dalmatinischen Ufers blieben hinter ihnen zurück, und bald war der Junge kaum mehr als ein Schatten, außer wenn er den Lichtschein unter einem Fenster oder vor einer offenen Tür passierte und einen Moment lang wieder Farbe und drei Dimensionen gewann. Plötzlich endete der Weg abrupt auf einer Seite des Wassers.

»Zur Zeit ist also Karneval?« fragte Paul atemlos, als er Gally oder Mohrchen eingeholt hatte, der wartend auf dem Pfeiler einer schmucken Brücke saß; das Gesicht eines steinernen Löwen guckte zwischen seinen Beinen hervor.

»Natürlich!« Der Junge legte den Kopf schief. »Wo seid Ihr her, daß Ihr das nicht mal wißt?«

»Nicht aus der Gegend. Aber du auch nicht, wenn du dich bloß erinnern wolltest.«

Der Junge schüttelte den Kopf, aber langsam, wie von Zweifeln geplagt. Gleich darauf wurde er wieder lebendig. »Heut abend geht's hoch her. Aber Ihr hättet mal hier sein sollen, als die Meldung über die Türken kam. Da ging's erst richtig rund! Dagegen ist das hier gar nichts.«

»Über die Türken?« Paul war mehr daran interessiert, seine Lungen zu füllen.

»Vor einem halben Jahr. Wißt Ihr nicht mal darüber Bescheid? Es gab eine gewaltige Schlacht auf dem Meer, an einem Ort mit so einem komischen Namen - ›Lepanto‹, glaub ich. Die größte Seeschlacht aller Zeiten! Und wir haben sie gewonnen. Ich glaube, die Spanier und noch ein paar andere haben ein wenig mitgeholfen. Der Befehlshaber Venier und die übrigen haben die türkische Kriegsflotte kurz und klein gehauen. Es heißt, es schwammen so viele Leichen im Wasser, daß man von Schiff zu Schiff hätte gehen können, ohne sich die Füße naß zu machen.« Er bekam vor ehrfürchtigem Staunen ganz runde Augen. »Sie schlugen dem türkischen Pascha den Kopf ab und steckten ihn auf einen Spieß, und als dann die ganze Flotte in die Lagune gesegelt kam, zogen sie die Flagge der Muselmanen und alle ihre Turbane im Wasser hinter sich her, und sie feuerten ihre Kanonen ab, bis alle dachten, die ganze Stadt würde im Meer versinken!« Der Bengel stieß mit den Fersen gegen die steinerne Brust des Löwen und gluckste vor Vergnügen. »Und da gab es das tollste Fest, das Ihr Euch vorstellen könnt, die ganze Stadt sang und tanzte. Sogar die Taschendiebe machten die Nacht blau - aber nur diese eine Nacht. Das Feiern ging viele Wochen lang!«

Pauls Belustigung über die blutdürstige Schilderung des Jungen verging plötzlich. »Vor einem halben Jahr? Aber du kannst noch nicht viel länger als ein paar Tage hier sein, Gally. Selbst wenn ich nicht richtig mitgekriegt hätte, wie die Zeit verging, könnten es höchstens zwei, drei Wochen sein. Ich war mit dir in dem Land hinter den Spiegeln - mit den Rittern und den Königinnen und dem Bischof Humphrey, weißt du noch? Und dann auf dem Mars, wo Brummond und die andern waren. Das ist noch gar nicht so lange her.«

Sein Führer sprang von dem Steinlöwen hinunter. »Ich weiß nicht, wovon Ihr redet, Signore. Die Namen, die Ihr sagt, die kenn ich alle nicht ... glaub ich.« Er setzte sich wieder in Bewegung, aber diesmal langsamer. Paul folgte ihm.

»Aber wir waren Freunde, Junge. Weißt du das auch nicht mehr?«

Die kleine, schattenhafte Gestalt verfiel in Trab, als ob Pauls Worte wie ein Peitschenschlag gewirkt hätten. Dann wurde der Junge wieder langsamer und blieb stehen.

»Ihr macht Euch lieber davon, Signore«, sagte er, als Paul ihn einholte. »Geht wieder zurück.«

»Was soll das heißen? Warum?«

»Weil es dort gar keine Frauen gibt.« Er sah Paul nicht in die Augen. »Ich wollte Euch zu so Männern bringen, die ich kenne, nicht weit von der Rialtobrücke. Schlechte Männer. Aber jetzt will ich das nicht mehr. Ihr solltet also zurückgehen.«

Paul schüttelte überrascht den Kopf. »Aber dir war doch so, als könntest du dich erinnern. An die Zeit vorher, als wir zusammen waren.«

»Ich will nichts davon wissen! Geht einfach fort.«

Paul ging in die Hocke und faßte wieder das Handgelenk des Kindes, aber diesmal sanft. »Ich bilde mir das nicht ein. Wir waren Freunde - sind immer noch Freunde, hoffe ich. Ich schere mich nicht um irgendwelche Räuber.«

Der Junge sah schließlich auf. »Mir gefallen die Sachen nicht, die Ihr sagt. Sie ... es ist wie ein Traum. Macht mir Angst.« Dies letzte murmelte er: »Wie könnt Ihr mein Freund sein, wenn ich Euch gar nicht kenne?«

Paul erhob sich, ohne das Handgelenk des Jungen loszulassen. »Ich verstehe es selber nicht. Aber es stimmt, und als ich dich voriges Mal verlor, hab ich mir schreckliche Vorwürfe gemacht. Als ... als hätte ich besser auf dich aufpassen sollen. Das soll mir nicht nochmal passieren.« Er gab den Arm des Jungen frei. Es stimmte - vieles verstand er selber nicht. Wenn der Junge ein Replikant war, hätte er unmöglich seine ursprüngliche Simulation verlassen können, doch er war mit Paul aus der Welt hinter den Spiegeln zum Mars gekommen - und jetzt war er hier in Venedig. Aber wenn er ein richtiger Mensch war wie Paul, ein ... wie war der Ausdruck nochmal? Wenn er ein Bürger war, dann hätte er eigentlich wissen müssen, wer er war. Er hatte seinerzeit beim Übergang zum Mars nicht alles vergessen, warum also jetzt? Wie Paul schien der Junge ein ganzes Stück seiner Vergangenheit verloren zu haben.

Noch eine verlorene Seele, dachte er. *Noch ein Gespenst in der Maschine.* Das Bild jagte ihm einen Schauder über den Rücken.

Er überlegte, ob er dem Jungen alles erklären sollte, was er wußte, aber ein Blick auf dessen erschrockenes Gesicht brachte ihn von der Idee ab. Es wäre zuviel und viel zu plötzlich. »Ich kenne die Antworten nicht«, sagte er laut. »Aber ich werde sie herausfinden.«

Zum erstenmal seit ihrem Zusammentreffen an der Brücke gewann Gally seinen frechen Gassenton zurück. »Ihr? Wie wollt Ihr hier irgendwas rausfinden? Ihr wußtet ja nicht mal, daß Karneval ist.« Er zog die Stirn kraus und lutschte an seiner Lippe. »Wir könnten die gute Frau in der Kirche fragen. Sie weiß viele Dinge.«

»Welche Frau?« Paul fragte sich, ob der Junge mit ihm zur Madonna beten wollte. Für das Venedig des fünfzehnten oder sechzehnten Jahrhunderts wäre das eine ziemlich logische Art, das Problem anzugehen.

»Die Angebetete«, sagte Gally/Mohrchen, dann drehte er sich um und schlug wieder die Richtung ein, aus der sie gekommen waren.

»Wer?«

Der Junge schaute sich um. »Die Angebetete des Kardinals Zen. Kommt jetzt.«

Zu Pauls Überraschung führte der Junge ihn den ganzen Weg zurück bis zur Ponte della Paglia und dann über diese hinweg zu den berühmten Arkadengalerien des Dogenpalastes und des Markusplatzes. Die Karnevalsscharen drängten sich immer noch dicht am Kai und noch dichter auf dem Platz selbst.

Paul war überrascht, wie sehr ihn alles berührte: Die Piazza San Marco war ihm dermaßen vertraut von Urlaubsreisen, darunter eine Woche auf der Biennale mit einer Freundin gleich nach dem Studium (als er zum erstenmal im Leben gemeint hatte, auch er könne einmal ein romantisches Abenteuer von der Art haben, wie alle anderen sie offenbar ständig erlebten), daß die Illusion des Venedig von einst auf einmal nicht mehr wirkte. Es war fast unmöglich, den Palast, den Campanile und die Zwiebelkuppeln von San Marco anzuschauen - alle Gegenstand von tausend Kalendern und Postkarten und von ihm selbst bei seinem ersten Besuch ausgiebig fotografiert - und sich nicht in sein eigenes Jahrhundert versetzt zu fühlen, in dem Venedig ein beliebtes, aber belangloses Touristenmekka war, eher eine Art Vergnügungspark als eine einstige Reichshauptstadt.

Der Junge hatte offensichtlich nicht mit solchen Konflikten zu kämpfen. Leichtfüßig schlüpfte er zwischen den Feiernden hindurch, so daß Paul kaum hinterherkam und ihn einmal beinahe verloren hätte, als er einen scharfen Haken schlug, um nicht zwischen den beiden am Eingang zum Platz stehenden großen Säulen hindurchzumüssen.

Die Leiche eines Gehenkten, die zwischen den Säulen an einem Galgen baumelte - das Opfer einer öffentlichen Hinrichtung, die immer noch ein erbauliches Schauspiel für die Massen war -, holte Paul schlagartig wieder in diese Epoche der Repubblica Serenissima zurück. Selbst der Lichterglanz am Kai konnte das Gesicht des Mannes nicht erhellen, das ganz schwarz angeschwollen war. Paul erinnerte sich daran, wie kurios ihm auf seinem Stadtrundgang Dinge wie die Seufzerbrücke erschienen waren, eine geschlossene Brücke hoch über einem Kanal, über die einst Verbrecher aus den Zellen in die Gerichtssäle und wieder zurück geführt worden waren. *Dieses* Venedig hier war nicht kurios; es war real und rauh. Er nahm sich vor, das nicht zu vergessen.

»Wohin gehen wir, Gally?« fragte er, als er seinen Führer eingeholt hatte.

»Nennt mich nicht so - ich mag es nicht. Mein Name ist Mohrchen.« Der Junge verzog nachdenklich das Gesicht. »Zu dieser Nachtstunde dürfte es nicht allzu schwer sein reinzukommen.« Er trabte weiter, so daß Paul sein flatterndes Cape zusammenraffen und hinter ihm hereilen mußte.

Bewaffnete Wächter mit Piken und scharfgratigen Helmen standen vor dem Haupteingang zum Dogenpalast. Trotz des tollen Trubels ringsumher fand Paul, daß sie sehr wachsam aussahen, nicht im geringsten von ihren Pflichten abgelenkt. Der Junge lief an ihnen vorbei in den Schatten der Basilika und verschwand plötzlich hinter einer Säule. Als Paul vorbeikam, packte ihn eine kleine Hand und zerrte ihn in die Dunkelheit.

»Jetzt kommt der brenzlige Teil«, flüsterte der Junge. »Bleibt dicht bei mir, und macht keinen Lärm.«

Erst als sein kleiner Führer sich zwischen den Säulen davonstahl, begriff Paul, daß er vorhatte, in die Markusbasilika einzubrechen, das bedeutendste religiöse Bauwerk Venedigs.

»Lieber Gott«, murmelte er leise vor sich hin, eine hilflose Blasphemie.

Am Ende war es nicht so schlimm, wie er befürchtet hatte. Der Junge führte ihn zu einer Treppe an einer Ecke der Kirche abseits der Piazza und der Menge. Mit Hilfe des von unten schiebenden Paul kletterte

Gally an der Mauer neben der Treppe zu einem Fenster empor, das er aufstemmte; wenige Minuten später machte er wie ein Zauberlehrling unter der Treppe eine Tür auf, die Paul gar nicht bemerkt hatte.

Obwohl er sich der Gefahr, in der sie schwebten, deutlich bewußt war, hatte Paul sich noch genug Touristenerwartung bewahrt, um von dem dunklen Innern der Basilika enttäuscht zu sein. Gally führte ihn hastigen Schritts über lange Umwege durch die reichgeschmückten Nischen und Winkel der großen Kirche. Das Kerzenlicht reichte aus, um den Mosaiken auf den Fußböden und an den Wänden einen schwachen goldenen Glanz zu verleihen, aber ansonsten hätten sie genausogut in einem Lagerhaus oder einer Flugzeughalle sein können, wo haufenweise unkenntliche, seltsam geformte Dinge gehortet wurden.

Schließlich standen sie vor einem Bogen mit einem Behang davor. Der Junge gab ihm ein Zeichen, keinen Laut von sich zu geben, und steckte dann rasch den Kopf hindurch, um die Lage zu peilen. Zufrieden signalisierte er Paul, daß es sicher sei.

Die düstere Kapelle war ziemlich groß, aber nach dem gewaltigen, hallenden Hauptschiff davor wirkte sie recht intim. Der Altar, der unter einer Monumentalfigur der Madonna stand, war fast völlig mit Blumen und Votivkerzen zugedeckt. Vor dem Altar zeichnete sich gegen den flackernden Kerzenschein das Standbild einer vermummten Gestalt ab, etwas kleiner als lebensgroß.

»Hallo, Signora«, rief der Junge leise. Die kleinere Statue schaute sich nach ihnen um; Paul fuhr zusammen.

»Mohrchen!« Die Gestalt kam die Altarstufen herunter auf sie zu. Als sie vor ihnen stand und die Kapuze zurückwarf, reichte der Scheitel ihres Kopfes gerade an Pauls Brustbein. Sie trug ihre weißen Haare in einem festen Knoten am Hinterkopf, und ihre Nase war so krumm und vorstehend wie ein Vogelschnabel; nach dem, was Paul erkennen konnte, mochte sie ebensogut sechzig wie neunzig Jahre alt sein. »Welch glücklicher Wind?« fragte sie, was ein venezianischer Gruß zu sein schien, der keiner Antwort bedurfte, denn sie fügte sofort hinzu: »Wer ist dein Freund, Mohrchen?«

Paul nannte ihr seinen Namen, allerdings nur den Vornamen. Die Frau stellte sich ihrerseits nicht vor, aber lächelte und sagte: »Ich habe für heute meine Pflicht gegenüber dem Kardinal erfüllt. Laßt uns einen Wein trinken gehen – mit viel Wasser in deinem, Junge – und reden.«

Paul fiel ein, daß der Junge vorher etwas von einem Kardinal erwähnt hatte, und er fragte sich, für welche Pflichten dieser ihrer wohl bedürfe. Es war, als spürte sie seine Ratlosigkeit, denn als sie durch einen Seiteneingang der Kapelle in einen schmalen Gang hinaustraten, erklärte sie es ihm.

»Ich betreue die Kapelle des Kardinals Zen, müßt Ihr wissen, seine Gedenkkapelle. Normalerweise würde man das einer Frau nicht gestatten, doch ich habe ... nun ja, ich habe Freunde, wichtige Freunde. Aber Mohrchen und seine Kumpane machen sich einen Witz daraus, mich Kardinal Zens Angebetete zu nennen.«

»Das ist kein Witz, Signora«, sagte der Junge verwirrt. »Alle nennen Euch so.«

Sie lächelte. Eine Weile und mehrere Ecken später öffnete sie eine von dem Gang abgehende Tür und ließ sie in eine Privatwohnung ein. Der Raum war überraschend groß und gemütlich. An den Wänden hingen Teppiche, die hohe Decke war kunstvoll mit religiösen Darstellungen bemalt, fein bestickte Kissen verbargen die niedrigen Liegen fast völlig, und in allen Vasen standen verblühende Rosen, deren abfallende Blütenblätter eben anfingen, sich auf den Tischen zu sammeln. Öllampen tauchten den Raum in ein weiches gelbes Licht. Auf Paul machte er den Eindruck eines erstaunlich üppigen, sehr weiblichen Refugiums.

Seine Reaktion mußte ihm anzusehen sein. Kardinal Zens Angebetete blickte ihn wissend an, dann verzog sie sich in ein Nebenzimmer und erschien gleich darauf wieder mit Wein, einem Krug Wasser und drei Pokalen. Sie hatte ihren Kapuzenumhang abgelegt und trug jetzt ein schlichtes, bodenlanges Kleid aus dunkelgrünem Samt.

»Habt Ihr einen Namen, mit dem ich Euch anreden kann, Signora?« fragte Paul.

»Ja, ich nehme an, die ständige Erwähnung des verstorbenen Kardinals wird langsam ein wenig lästig, nicht wahr? Nennt mich einfach Eleanora.« Sie schenkte allen Wein ein, den des Jungen reichlich mit Wasser verdünnt, wie sie angekündigt hatte. »Erzähl mir, was es Neues gibt, Mohrchen«, sagte sie, als das getan war. »Von allen meinen jungen Freunden«, erklärte sie Paul, »ist er der aufmerksamste Beobachter. Ich kenne ihn noch gar nicht lange, aber schon jetzt ist er es, der mich mit den besten Klatschgeschichten versorgt.«

Obwohl der Junge sich alle Mühe gab, ihrem Wunsch nachzukommen, und stockend ein paar Geschichten von Duellen und überraschenden Verlobungen und Gerüchten über das Treiben des einen oder anderen Senators zum Besten gab, gebot ihm Eleanora bald mit erhobener Hand zu schweigen.

»Du bist heute abend nicht bei der Sache. Sag mir, was los ist, Junge.«

»Er ... er kennt mich.« Gally deutete auf Paul. »Aber ich kann mich nicht an ihn erinnern. Na ja, nicht so richtig. Und er redet von Orten, an die ich mich auch nicht erinnere.«

Sie richtete ihren klugen, festen Blick auf Paul. »Aha. Wer seid Ihr? Wieso meint Ihr ihn zu kennen?«

»Ich kenne ihn von woanders her. Nicht aus Venedig. Aber mit seinem Gedächtnis stimmt etwas nicht.« Ihre Augen machten ihn ein wenig beklommen. »Ich will ihm nichts Böses. Wir waren einst Freunde.«

»Mohrchen«, sagte sie, ohne den Blick von Paul zu nehmen, »geh in die Vorratskammer und hole noch eine Flasche Wein. Ich möchte die haben, auf die ein S gemalt ist - der Buchstabe, der wie eine Schlange aussieht.« Sie zeichnete ein S in die Luft.

Als der Junge in eines der anderen Zimmer der Wohnung fortgehuscht war, seufzte Eleanora und lehnte sich auf dem Diwan zurück. »Du bist also ein Bürger, nicht wahr?«

Paul war sich nicht sicher, wie sie den Ausdruck gebrauchte. »Möglicherweise.«

»Bitte.« Sie hob die Hand. »Keine Spielchen. Du bist ein richtiger Mensch. Ein Gast in der Simulation.«

»Ich bin mir nicht sicher, ob ich ein Gast bin«, sagte er langsam. »Aber ich bin nicht bloß ein Stück Code, wenn du das meinst.«

»Ich auch nicht.« Ihr Lächeln war hart und kurz. »Und der Junge übrigens genausowenig, aber was er sonst sein mag, weiß ich nicht so recht. Erzähle mir, warum du ihm gefolgt bist. Mach rasch - ich will nicht, daß er es hört, und obwohl die Flasche, die ich ihn holen geschickt habe, ganz unten im Regal steht, wird er nicht ewig brauchen, bis er sie gefunden hat.«

Paul erwog die Risiken. Er wollte mehr über die sogenannte Angebetete des Kardinals wissen, aber er hatte keinen Spielraum, um zu taktieren. Sie konnte ein Mitglied der Gralsbruderschaft sein, wie Nandi die Gruppe genannt hatte, ja sie konnte gut und gern Jongleur selbst in anderer Gestalt sein, aber er hatte sich hierherbringen lassen, und das ließ sich nicht mehr rückgängig machen. Wenn sie die Herrin dieser Simulation war, dann konnte sie wahrscheinlich mit ihm machen, was sie wollte, ob er vor ihr nun seine Karten offenlegte oder nicht. Einerlei von wie vielen Seiten er es betrachtete, letzten Endes war alles doch bloß ein Glücksspiel.

Aber ich treibe nicht mehr willenlos vor mich hin, erinnerte er sich.

»Na schön«, sagte er laut. »Ich gebe mich in deine Hände.« Er erzählte ihr, was er bereits Nandi Paradivasch erzählt hatte, aber in noch gerafferter Form. Er wurde einmal von dem völlig eingestaubten Gally unterbrochen, der sich von Eleanora bestätigen lassen wollte, daß es tatsächlich einen Wein mit einem S außen drauf gab und daß es eine der anderen ganz tadellosen Flaschen mit blauen Punkten oder gelben Ixen nicht genausogut täte. Als der Junge grummelnd wieder abgezogen war, schilderte Paul der Frau sein Zusammentreffen mit Nandi; er gab den Namen des Schivaiten nicht preis, aber berichtete ihr alles, was der Mann über den Gral und den Kreis gesagt hatte.

»... Wenn ich dächte, der Junge wäre nicht in Gefahr, würde ich ihn in Ruhe lassen«, schloß Paul. »Ich will ihm nicht noch mehr Leid zufügen. Aber irgendwelche Leute scheinen hinter mir her zu sein - glaub mir, ich habe keine Ahnung, warum -, und ich denke, wenn sie ihn statt meiner finden, werden sie ... werden sie ...«

»Dann werden sie ihn quälen, bis er ihnen alles sagt.« Sie zog verächtlich die Lippen kraus. »Mit Sicherheit werden sie das. Ich kenne diese Leute, oder wenigstens die Sorte.«

»Du glaubst mir also?«

»Ich glaube, daß alles, was du sagst, wahr sein *könnte*. Ob es tatsächlich wahr *ist*, muß ich erst überdenken. Wo würdest du den Jungen hinbringen, wenn er sich bereitfände, mit dir zu gehen?«

»Nach Ithaka - oder wenigstens meinte das der Mann vom Kreis. Dort würde ich das Haus des Irrfahrers finden.« Paul schwenkte den Bodensatz des Weines in seinem Becher. »Und wie, wenn ich fragen darf, hat es dich hierher verschlagen?«

Bevor sie antworten konnte, erschien Gally wieder, noch staubiger als vorher, und hielt triumphierend die Flasche mit dem Schlangenzeichen hoch.

»Gehen wir doch zur Kuppel hinauf«, schlug Eleanora plötzlich vor. »Es ist zwar ein ziemlicher Aufstieg, aber man hat dort einen herrlichen Ausblick.«

»Aber ich hab Euch doch grade den Wein gebracht!« Gally stotterte fast vor Entrüstung.

»Den nehmen wir mit und stoßen dort oben auf unser schönes Venedig an, mein liebes Mohrchen. Ich bin sicher, dein Freund Paul hat nichts dagegen, die Flasche zu tragen.«

Wenn es eine unauffällige Art gegeben hätte, eine große Flasche Wein eine steinerne Treppe hinunterzuwerfen, hätte Paul sich ungefähr bei der hundertsten Stufe liebend gern ihrer entledigt. Er war froh, daß er wenigstens sein Schwertgehänge unten gelassen hatte und nicht auch noch die lange Scheide von den Wänden abhalten mußte, während er die schmalen Stufen emporkeuchte. Gally sprang munter wie eine Bergziege voraus, und sogar Eleanora, die doppelt so alt sein mußte wie Paul, schien das Treppensteigen kaum etwas auszumachen. Paul fühlte sich an die Geländeläufe seiner Schulzeit erinnert – er strampelte sich als letzter ab, und keiner nahm auf ihn Rücksicht.
Von mir aus, schließlich ist es ihre Welt, dachte er grimmig, während er sich unter den immer niedriger werdenden Bögen duckte, die seinen beiden kleinen Gefährten keine Probleme bereiteten. *Sie hat wahrscheinlich einen Antischwerkrafteffekt oder einen anderen Trick in ihren Sim eingebaut – oder wie diese Leute sonst dazu sagen.*
Am Ende eines Aufstieges, der Stunden zu dauern schien, taumelte Paul auf einen schmalen Laufsteg hinaus. Kalte Luft wehte ihm um die Nase, als er unter sich auf die Wölbung der Himmelfahrtskuppel der Basilika blickte und ganz Venedig – im Augenblick kam es ihm vor wie die ganze Schöpfung – zu seinen Füßen funkeln sah.
»Auf der echten gibt es hier keinen Laufsteg«, flüsterte Eleanora ihm zu und klopfte kichernd auf das bauchhohe Geländer wie ein überaltertes Schulmädchen, das einen Streich eingestand. »Aber dafür lohnt es sich, ein klein wenig Authentizität zu opfern, nicht wahr? Schaut!« Sie deutete auf die am Kai an ihren Pfählen festgemachten Boote. »Da seht Ihr, warum ein französischer Gesandter den Großen Kanal einst ›die schönste Straße der Welt‹ nannte. Und geschäftig ist sie auch – das ganze Seereich der Republik nimmt hier von Sankt Markus seinen Ausgang. Wo ist diese Flasche?« Sie zog die Bleikapsel ab und tat einen herzhaften Schluck. »Schiffe fahren nach Alexandria, Naxos, Modon, Konstantinopel und Zypern und kommen zurück aus Aleppo, Damaskus und Kreta, den Laderaum voll mit unvorstellbar reichen Waren: Gewürze, Seide, Sklaven, Weihrauch und Orangen, Felle, exotische Tiere, Kunstschmiedearbeiten, Porzellan, Wein – Wein!« Sie

hob abermals die Flasche. »Auf die durchlauchtigste Republik und ihren Meeresstaat!«

Als sie getrunken hatte, gab sie die Flasche an Paul weiter, der sich ihrem Trinkspruch anschloß, zwar nicht ganz mit ihrer Begeisterung, aber doch mit einer gewissen unwillkürlichen Ergriffenheit. Er ließ sogar Gally einen kleinen Schluck trinken, den dieser zum größten Teil wieder aushustete und -nieste, als er etwas davon in die Nase bekam.

»Als der blinde Doge Dandolo die Zerschlagung von Byzanz betrieb«, sagte Eleanora, »nahm er sich als Venedigs Anteil ›ein Viertel und ein halbes Viertel des ganzen Römischen Reiches‹. Ihr oder ich würden es vielleicht nicht ganz so steif ausdrücken, aber bedenkt einmal! Drei Achtel des größten Reiches, das die Welt bis dahin je gesehen hatte, in der Hand eines winzigen Staates von Kaufleuten und Seefahrern.«

»Hört sich an wie Großbritannien«, meinte Paul.

»Ha, aber das hier ist *Venedig*.« Eleanora schwankte ein ganz klein wenig. »Wir sind nicht wie Großbritannien, überhaupt nicht. Wir wissen, wie man sich anzieht, wir wissen, wie man liebt ... und wir wissen, wie man kocht.«

Um der freundschaftlichen Beziehungen willen schluckte Paul den letzten Rest seines Nationalstolzes hinunter und spülte mit Wein nach. Eleanora wurde schweigsam, während sie die Flasche hin- und hergehen ließen, und ergötzte sich an dem Anblick. Obwohl es gegen Mitternacht ging, schaukelten immer noch die Laternen von etlichen hundert Booten auf dem Canal Grande wie im Wind tanzende Glutfünkchen. Jenseits des Kanals hatte jede der Inseln ihre eigenen Karnevalslichter brennen, aber dahinter lag nur noch das dunkle Meer.

Als sie wieder die Treppe hinuntermarschierten, blieb Eleanora vor einem der Fensterschlitze stehen, die einen Blick in das Innere der Basilika gewährten.

»Es sind ziemlich viele Leute da unten«, sagte sie nachdenklich. »Jemand aus der Familie des Dogen muß eine Messe lesen lassen.«

Paul war sofort beunruhigt. Er preßte sein Auge an die schmale Öffnung, aber außer ein paar schattenhaften Umrissen, die in einer der Kapellen verschwanden, konnte er nichts erkennen. »Ist das normal?«

»Aber ja doch. Ich hatte lediglich nichts davon gehört, aber das kommt vor.«

Nach einer halben Flasche oder mehr guten toskanischen Weines (und einer entsprechenden Wirkung, die nicht bloß virtuell zu sein schien) fühlte Paul sich kühn genug, um endlich zu fragen: »Welche Position bekleidet Ihr hier eigentlich?«

»Später.« Sie deutete mit einem Nicken auf Gally, der mehrere Schritte vor ihnen ging. »Wenn er schläft.«

Sie waren erst wenige Minuten wieder unten in Eleanoras Gemächern, als der Junge, der mit dem Rücken gegen den Diwan auf dem Fußboden saß, einzunicken begann. »Komm, Junge«, sagte die Frau. »Du schläfst heute nacht hier. Geh in das Zimmer dort hinten. Du kannst dich auf dem Bett langmachen.«

»Auf Eurem Bett?« Trotz seiner Müdigkeit war ihm bei dem Gedanken deutlich unwohl. »O nein, Signora. Das ist nichts für einen wie mich.«

Sie seufzte. »Dann kannst du dir in der Ecke ein Lager richten. Nimm dir ein paar Decken aus der Truhe.« Als er hinausgestolpert war, wandte sie sich Paul zu. »Ich wünschte, ich könnte dir Kaffee anbieten. Möchtest du Tee?«

»Information wäre mehr nach meinem Geschmack. Ich habe dir meine Geschichte erzählt. Wer bist du? Wirst du mich den Leuten ausliefern, die dies alles gebaut haben?«

»Ich kenne sie kaum.« Sie kreuzte auf dem Diwan mit beeindruckender Gelenkigkeit ihre Beine. »Und nach dem, was ich von ihnen weiß, würde ich nicht einmal meinen schlimmsten Feind in ihre Hände geben.« Sie schüttelte den Kopf. »Aber du hast recht - ich sollte dir fairerweise etwas über mich erzählen.

Zum einen bin ich Venezianerin. Das ist wichtiger als das Jahrhundert, in dem ich geboren bin. Ich würde lieber in diesem Venedig leben und wissen, daß es nur schöner Schein ist, als in irgendeiner andern Stadt in der sogenannten wirklichen Welt. Wenn ich dies hier hätte bauen können, mit meinem eigenen Geld, dann hätte ich es auf der Stelle getan. Aber ich hatte kein Geld. Mein Vater war ein Stubengelehrter. Ich wuchs im Dorsoduro auf und kellnerte für Touristen, schwachsinnige Touristen. Dann lernte ich einen älteren Mann kennen, und er wurde mein Liebhaber. Er war sehr, sehr reich.«

Nachdem die Pause eine Weile gedauert hatte, beschlich Paul das Gefühl, daß er etwas fragen sollte. »Was hat er gemacht?«

»Ach.« Eleonora lächelte. »Er war ein sehr hohes Tier bei der Camorra, einer bekannten neapolitanischen kriminellen Vereinigung, wie es in den Nachrichtennetzen heißt. Drogen, Charge, Prostitution, Sklaverei, das war und ist ihr Geschäft. Und Tinto war einer der Bosse.«

»Klingt nicht gerade nach einem sehr angenehmen Zeitgenossen.«

»Spar dir deine Urteile!« sagte sie scharf, dann faßte sie sich wieder. »Man macht Kompromisse. Das tun wir alle. Meiner sah so aus, daß ich mich ahnungslos hielt, solange ich konnte. Aber nach einer Weile steckt man natürlich zu tief drin, um noch was zu ändern. Als Tinto der Gralsbruderschaft beitrat und ich sah, was für erstaunliche Dinge dort gemacht wurden, ließ ich mir von ihm diese Stadt bauen. Er tat es - bei seinem Reichtum war das ein Klacks für ihn. Für sich selbst bevölkerte er Pompeji aufs neue und baute einen Großteil des römischen Reiches wieder auf, von ein paar gräßlichen Abenteuerurlaubsparadiesen mit Spionen und Schnellbooten gar nicht zu reden. Aber sein sehnlichster Wunsch war es, ewig zu leben - Jupiter Ammon auf einem ehernen Thron zu werden, nehme ich an. Es machte ihm nichts aus, mir ein kleines Geschenk zu machen. Er zahlte hundertmal soviel, wie dieses Venedig kostete, an die Gralsbruderschaft, damit sie ihre Unsterblichkeitsmaschinen bauen konnten. Das alte Sprichwort lügt: Verbrechen zahlt sich doch aus.«

»Unsterblichkeitsmaschinen«, murmelte Paul. Nandi hatte also recht gehabt: Diese Leute wollten Götter werden. Er fand den Gedanken leicht widerlich, aber auch erregend - und beängstigend obendrein. Doch wie auch immer, was hatte er getan, daß derart mächtige und wahnsinnige Leute hinter ihm her waren?

»Aber spätestens da fing der Irrsinn an«, fuhr Eleanora fort. »Er tat alles, um sich so lange am Leben zu erhalten, bis die Sache perfekt lief - er war schon alt, als er auf die Bruderschaft stieß. Er bekam ein Organ nach dem andern ausgetauscht, Apparate zur Aufrechterhaltung der Lebensfunktionen eingepflanzt, Flüssigkeiten aus einem Dutzend Laboren durch die Adern gepumpt, Bestrahlungen, künstliche Heilungszellen, alles. Er wollte um jeden Preis überleben, bis die Maschinen funktionierten und seine Investition sich auszahlte. Da bestach einer der andern Camorrabosse einen von Tintos ärztlichen Betreuern, und der schleuste eine besondere Rekombinante in sein System ein, einen speziell angefertigten Killervirus mit verzögerter Wirkung. Er erstickte an seinem eigenen Blut. Sein Körper verzehrte sich selbst. Ich war fünfzig Jahre lang seine Geliebte gewesen, aber ich kann nicht sagen, daß ich geweint habe.«

Sie stand auf und schenkte sich noch einen Wein ein. »Jetzt wohne ich hier wie ein Gast in einer Wohnung, deren Besitzer gestorben ist. Die Rechnungen sind bezahlt, auch wenn ich nicht weiß, für wie lange. Die Bruderschaft erhielt Milliarden von meinem Liebhaber, aber da er ihre Dienste nicht mehr in Anspruch nehmen kann, haben die Gralsleute bei dem Spiel die Nase vorn. Wenn es nach ihnen geht, können seine Verwandten sich ewig über den Nachlaß streiten. Mein Gott! Seine letzte Frau, die ganze Brut seiner Kinder - sie sind wie ein Schlangennest.«

Paul ließ diese Informationen in sich einsinken, während Eleanora ihren Wein mit ein wenig Wasser versetzte. »Weißt du irgendwas über einen Mann namens Jongleur - Felix Jongleur?« fragte er. »Er scheint es auf mich abgesehen zu haben.«

»Dann hast du nichts zu lachen, mein Freund. Er ist der Mächtigste von dem ganzen Klüngel, ein Mann, neben dem mein Tinto wie ein kleiner Schulhofschläger aussieht. Angeblich ist er an die zweihundert Jahre alt.«

»Das hat der Mann vom Kreis auch gesagt.« Er schloß die Augen, kurzzeitig überwältigt von der Aussichtslosigkeit seiner Lage. »Aber ich weiß nicht, warum er hinter mir her ist. Und ich komme einfach nicht aus diesen Simulationen raus.« Er machte die Augen wieder auf. »Du hast gesagt, daß Gally - Mohrchen - ebenfalls ein richtiger Mensch ist, aber du hast auch gesagt, darüber hinaus wärst du dir bei ihm nicht ganz sicher. Was sollte das heißen?«

Die Angebetete des Kardinals saugte an ihrer Unterlippe und überlegte. »Ich kann es schwer erklären, woher ich weiß, daß er ein Bürger ist. Ich weiß es einfach. Nachdem ich so viele Jahre schon in einer Simulation lebe, kann ich es, glaube ich, fast immer erkennen. Aber obwohl ich Mohrchen bis vor kurzem noch nie gesehen hatte, hat er voll ausgeprägte Erinnerungen an sein Leben hier.«

Paul runzelte nachdenklich die Stirn. »Wie kannst du dann sicher sein, daß er nicht wirklich von hier ist, das heißt, daß er nicht ein Rep ist, dem du vorher einfach noch nie begegnet warst? Gibt es eine Liste von Bürgern und Replikanten?«

»Ach, nein.« Eleanora lachte. »Nichts dergleichen. Aber er interessierte mich, deshalb zog ich ein paar Erkundigungen ein. Die Replikanten hier, nicht wahr, sind innerhalb dieser Simulation entstanden. Sie sind auf ihre Art wie richtige Menschen - sie haben Eltern und ein Zuhause und Vorfahren. Hebammen und Priester haben ihre Geburt mitbekommen, selbst wenn alles virtuell ist. Einiges von dem, was Mohrchen über seine Vergangenheit sagt, paßt, könnte also wahr sein. Aber andere Sachen halten der Nachprüfung nicht stand. Auf einer bestimmten Ebene weiß er genug über mein Venedig, um hier hingehörig zu erscheinen, aber er hat an diesem Ort keine wirklichen Wurzeln.« Sie leerte ihren Wein mit einem Schluck. »Aber was er auch sein mag, er ist ein guter Junge. Er ist in meinem Haus willkommen.«

»Wenn dein ... wenn dein Liebhaber tot ist, dann mußt du doch hier befehlen.« Ein Gedanke nahm in ihm Gestalt an.

»Niemand befiehlt hier. Befiehlt ein Wildhüter über den Wald, bloß weil er vielleicht einen Hirsch schießt oder einen Wilderer vertreibt? Er läßt nicht die Bäume wachsen. Er bringt nicht den Vögeln das Nestbauen bei.«

Paul wedelte ungeduldig mit der Hand. »Ja, aber du mußt in der Lage sein, online und offline zu gehen, um nur ein Beispiel zu nennen. Könntest du mich dorthin zurückversetzen, wo ... in das System, das mich hier eingespeist hat?«

Sie überlegte einen Moment. »Nein. Ich kann dich nicht in dein eigenes System zurückversetzen. Aber ich könnte dich aus der Simulation hinausbefördern. Soviel vermag ich.«

»Wo würde ich hinkommen?«

»Auf die Einsprungebene - die Plattformebene sagten Tintos Ingenieure glaube ich dazu. Das ist eine graue Leere, in der du unter verschiedenen Optionen wählen kannst.«

Pauls Herz klopfte sehr schnell. »Bring mich dorthin. Bitte. Vielleicht finde ich von dort irgendwie nach draußen oder bekomme wenigstens ein paar wirkliche Aufschlüsse.«

Eleanora blickte ihn eindringlich an. »Na gut. Aber ich komme mit.« Sie setzte sich in gerader Haltung auf ihrem Diwan hin und legte die Hand auf den Smaragdanhänger, den sie am Hals trug. Als ihre Finger die Kehle berührten, erstarrte ihr Körper. Paul blickte auf die unbewegte Gestalt; lange Sekunden vergingen. Sein Optimismus wich einer tiefen Niedergeschlagenheit.

Als beinahe eine Minute verstrichen war, erwachte Eleanora mit einem Zucken wieder zum Leben. »Es klappt nicht.« Sie war deutlich überrascht. »Du bist nicht mitgekommen.«

»Das hab ich gemerkt«, sagte er traurig. »Aber du warst da?«
»Natürlich.« Sie setzte sich vor. »Wir werden Tinto fragen. Aber laß mich zuerst nach dem Jungen schauen.« Sie erhob sich und schlüpfte durch einen Türbehang in das hintere Zimmer. Paul blieb ziemlich verdattert sitzen.

»Was meinst du damit, du willst Tinto fragen?« platzte er heraus, als sie wiederkam. »Ich dachte, er ist tot.«

»Ist er. Folge mir.« Sie führte Paul, der sich jetzt gar nicht mehr auskannte, aus ihren Gemächern und durch den dunklen Gang zurück, wobei sie ihm mit einem Finger auf den Lippen Schweigen gebot. Leises Stimmengemurmel drang aus der Kapelle auf der anderen Seite der Basilika, undeutliche Gesprächsfetzen, die durch den riesigen, hallenden Raum trieben. Pauls Gefühl der Niederlage hatte sich verschlimmert. Die würgende Gewißheit, daß er niemals entkommen würde, stieg in ihm auf, und er mußte sich zusammenreißen, um nicht in Panik zu verfallen.

Eleanoras kleine, schattenhafte Gestalt betrat vor ihm den Raum, in dem er sie zum erstenmal gesehen hatte, Kardinal Zens Kapelle. »Er ist ein fieser, alter Mistkerl, mein Tinto«, sagte sie leise. »Das ist einer der Gründe, weshalb ich nicht möchte, daß der Junge zufällig hereingeschneit kommt.«

Paul versuchte, die Angst lange genug zurückzudrängen, um sich zu konzentrieren. »Könntest du mir bitte erklären ...?«

Ihr Lächeln war sardonisch. »Tinto ist tot. Aber in seinem letzten Jahr wollten sie ihn so präparieren, daß er die ganze Zeit über im System leben konnte. Frag mich nicht, wie – ich wollte mit solcher Leichenfledderei nichts zu tun haben. Sie machten, was weiß ich, sowas wie eine Kopie von ihm. Aber sie war fehlerhaft. Die Anlage funktionierte nicht richtig, oder sie wurden mit der Kopie nicht fertig. Nochmal, frag mich nicht, denn ich weiß es nicht. Aber man kann über sein System darauf zugreifen. Ich lasse sie hier nur ... erscheinen oder so.« Sie machte eine ausladende Handbewegung. »Der Gedanke, sie hier frei herumlaufen zu haben, wäre mir unerträglich. Du wirst gleich sehen, was ich meine.«

»Ist sie ... er ... es eine Person?«

»Gleich.« Sie trat vor und wies auf die vor dem Altar stehenden Stühle. »Setz dich dorthin. Es ist besser, wenn er dich nicht bemerkt.«

Paul setzte sich. Er erwartete, daß Eleanora etwas Kompliziertes machen würde – eine Beschwörung singen oder vielleicht sogar, wenn es moderner sein sollte, ein paar verborgene Knöpfe drücken -, aber statt dessen bestieg sie lediglich die Stufen vor dem Altar und sagte: »Tinto, ich will mit dir reden.«

Es gab ein Flackern auf dem Altar, dann murmelte eine leise Stimme Worte, die Paul nicht verstehen konnte. Die Lautstärke schwoll unvermittelt an, aber aus dem, was gesagt wurde, wurde er immer noch nicht schlau.

»Ach, das habe ich vergessen.« Eleanora wandte sich Paul mit einem eigenartig angestrengten Lächeln zu. »Außer Tinto läuft hier alles durch Übersetzungssoftware. Ich nehme an, du bist kein Spezialist für neapolitanische Dialekte, nicht wahr?« Sie bewegte die Hand, und gleich darauf krächzte verständliches Englisch aus dem flackernden Licht auf dem Altar.

»*Wie lange lieg ich hier schon auf diesem Tisch? Verdammt nochmal, ich hab euch Idioten doch gesagt, daß ich heute noch was zu tun hab. Holt mich hier runter, oder ich reiß euch die Eier ab.*«

»Tinto.« Eleanora hob wieder die Hand. »Tinto, kannst du mich hören?«

Der Lichtschein auf dem Altar wurde stärker, bis Paul den Kopf und die Schultern des toten Mannes sehen konnte, der Eleanoras Liebhaber gewesen war. Seine groben Züge waren altersschlaff; sein Kopf wackelte. Unter einer Nase, die offensichtlich mehrmals gebrochen war, hing ein dichter, schmieriger Schnurrbart, der unnatürlich schwarz gefärbt war, wie die Haare auch. Die untere Hälfte seines virtuellen Körpers war völlig von dem sargförmigen Altar verborgen, so daß er wie eine Leiche wirkte, die sich mitten in ihrer eigenen Totenfeier aufgesetzt hatte.

Tinto flimmerte ein wenig, seine Auflösung war schlecht. Paul konnte durch seine Brust hindurch die Kerzen sehen. »*Eleanora? Was machst du denn hier? Hat Maccino dich angerufen?*«

»Ich wollte dir bloß ein paar Fragen stellen.« Eleanoras leicht zittrige Stimme deutete darauf hin, daß sie bei der ganzen Angelegenheit nicht so kaltblütig war, wie sie Paul glauben gemacht hatte. »Kannst du mir ein paar Fragen beantworten?«

»*Wo zum Teufel bin ich?*« Der Geist, oder was es sonst war, hob zwei schwielige Fäuste hoch und rieb sich die Augen. Einen Moment lang verzerrte er sich und wurde so schmal, daß er fast verschwand, dann sprang er in seine ursprüngliche Form zurück. »*Meine Beine tun weh. Ich* fühl mich beschissen. Diese Ärzte – die taugen nichts, eh? Hat Maccino dich angerufen? Ich hab ihm gesagt, er soll dir Blumen schicken, schöne Rosen, wie du sie magst. Hat er dich angerufen?«

»Ja, Tinto. Ich habe die Blumen bekommen.« Eleanora blickte einen Moment weg, dann wandte sie sich wieder dem Altar zu. »Erinnerst du dich an mein Venedig? Die Simulation, die du für mich bauen ließt?«

»Wie nicht? Hat ja genug gekostet.« Er zupfte an seinem Schnurrbart und schaute sich um. »Wo bin ich? Irgendwas ... irgendwas stimmt nicht mit diesem Raum.«

»Was muß ich tun, wenn ich nicht offline gehen kann, Tinto? Was mache ich, wenn es nicht funktioniert und ich nicht rauskomme?«

»Haben diese Saftärsche Scheiße gebaut?« Er blickte grollend, ein zahnloser Tiger. »Ich reiß ihnen die Eier ab. Was soll das heißen, du kannst nicht offline gehen?«

»Sag's mir einfach. Was kann ich tun?«

»Ich versteh's nicht.« Plötzlich sah er aus, als wollte er weinen. Sein knochiges Gesicht wurde um Augen und Mund herum runzlig, und er schüttelte den Kopf wie einer, der wach zu werden versucht. »Verdammt, meine Beine tun weh. Wenn du auf dem normalen Weg nicht rauskommst, Eleanora, gehst du einfach zu Fuß raus. Sieh zu, daß du auf das Territorium von jemand anders kommst und sein Gear benutzt. Fahr den Kanal runter – du kannst immer auf dem Fluß in die nächste Welt gelangen. Entweder das oder ... laß mich nachdenken, Venedig ... klar, du gehst zu den Kreuzherren oder zu den Juden.«

»Eine andere Art, offline zu gehen, fällt dir nicht ein? Eine direktere?«

Er fixierte sie, um sie besser erkennen zu können. »Eleanora? Hast du die Blumen bekommen? Tut mir leid, daß ich nicht selber kommen konnte, Mädel. Sie halten mich in diesem Scheißkrankenhaus fest.«

»Ja«, sagte sie langsam. »Ich habe die Blumen bekommen.« Sie tat einen langen, tiefen Atemzug, dann hob sie die Hand. »Gute Nacht, Tinto.«

Das Bild wackelte einmal, dann verschwand es.

Als Eleanora sich zu Paul umdrehte, waren ihre Kiefernmuskeln angespannt, ihr Mund ein dünner Strich. »Er fragt immer nach den Blumen. Er muß an sie gedacht haben, als die Kopie gemacht wurde.«

»Aber du hast sie bekommen – die Blumen?«

»Ehrlich gesagt, ich weiß es nicht mehr.« Sie zuckte mit den Achseln, dann wandte sie sich ab, als wollte sie nicht mehr von Paul angeguckt werden. »Gehen wir zurück. Manchmal ist er brauchbarer als zu andern Zeiten – heute abend war er leider keine große Hilfe.«

Im Gang blieb Eleanora plötzlich stehen und zog Paul in den Schatten an der hinteren Wand. Durch den Bogen gegenüber auf der anderen Seite der Basilika kam gerade eine ernst blickende Gruppe von Männern aus einer der Kapellen, einer hinter dem anderen. Sie hatten schwere Gewänder an, und jeder trug eine Kette um den Hals, in der Paul eine Art Amtszeichen vermutete.

»Das ist der Rat der Zehn!« Trotz ihres fast unhörbaren Flüsterns klang sie sehr überrascht. »Ich kann mir nicht vorstellen, was die Ratsherren zu dieser Nachtstunde hier machen.« Sie nahm seinen Arm und zog ihn den Gang entlang. Wenige lautlose Schritte, und sie hatten einen anderen Bogen erreicht, der mit einem Teppich verhängt und vom Hauptschiff aus nicht einzusehen war. Sie lugte hinter dem Behang hervor und winkte dann Paul. »Das sind die eigentlichen Regenten von Venedig – die Männer, die jedes Vergehen verfolgen«, wisperte Eleanora.

Paul beobachtete mit wachsendem Unbehagen, wie die Gruppe vor dem Kapelleneingang stehenblieb und sich leise unterredete. Seine Panik von vorher kehrte zurück, jetzt noch stärker. Wie konnte Eleanora über etwas nicht Bescheid wissen, das sich in ihrer eigenen Simulation abspielte? Sein Magen verkrampfte sich, und seine Haut wurde kalt. Er hatte plötzlich das Gefühl, daß er weglaufen sollte, so schnell er konnte, ganz gleich in welche Richtung.

Der letzte des Zehnerrats trat aus der Kapelle, gefolgt von Nummer elf und zwölf. Im Unterschied zu den anderen waren diese beiden in schlichte dunkle Kapuzengewänder gekleidet. Einer war außerordentlich groß und breit. Der andere wirkte ungewöhnlich dünn, auch wenn das wegen des lockeren Gewandes schwer zu erkennen war.

Der Schmächtige sagte etwas, und die ihm am nächsten stehenden Ratsherren schüttelten die Köpfe; es sah mehr nach einem ängstlichen Beschwichtigungsversuch als nach echtem Einvernehmen aus.

»O Gott.« Paul zitterten die Knie. Er hielt sich an der Wand fest, um nicht umzufallen. »O Gott, sie sind da.« Die Worte waren kaum mehr als ein Murmeln – womöglich hatte nicht einmal Eleanora neben ihm sie gehört –, aber Paul in seiner Angst kam es so vor, als schrillten und hallten sie durch das hohe, düstere Gewölbe. Sein pochendes Herz fühlte sich in seiner Brust wie eine Trommel an, die verkündete: *Hier bin ich!*

Im Hauptschiff drehten sich zwei vermummte Köpfe gleichzeitig in seine Richtung und spähten in die Dunkelheit wie Bluthunde, die die Witterung der Beute aufnehmen. Jetzt sah er, daß sie beide Karnevalsmasken aufhatten, nackte weiße Gesichter, die wie Totenschädel aus den dunklen Kapuzen herausschauten. Der Dünne trug die Maske der Tragödie, und sein dicker Gefährte zeigte das leere grinsende Gesicht der Komödie.

Der Puls klopfte so heftig in seinem Kopf, daß Paul ohnmächtig zu werden meinte. Er streckte die Hand nach der Frau neben sich aus, aber sie war nicht da. Die Angebetete des Kardinals hatte ihn alleingelassen.

»*Ja, wir wissen, daß du hier bist, Jonas*«, rief die Stimme, die einmal Finch gehört hatte. Die Worte wehten ihn an wie Giftgas. »*O ja. Wir können dich riechen, und wir können dich hören – und jetzt werden wir dich fressen.*«

Kapitel

Rotes Land, schwarzes Land

NETFEED/MODERNES LEBEN:
ANVAC verklagt Griggs
(Bild: das Griggssche Haus, im Vordergrund
Geschütztürme)
Off-Stimme: Bell Nathan Griggs, der mit "Inner
Spies" und "Captain Corpse" und anderen Netz-
sendungen Spitzeneinschaltquoten erzielte, wird von
ANVAC, dem größten Sicherheitsunternehmen der Welt,
gerichtlich belangt. ANVAC bezichtigt Griggs, die
zwischen ihnen bestehende Sicherheitsvereinbarung
gebrochen zu haben, indem er sein Haus in Isla Ir-
vine der Netzsendung "Cot 'n' Cave" geöffnet und
damit ANVAC-Sicherheitsanlagen und -verfahren preis-
gegeben habe.
(Bild: ANVAC-Zentrale — eine glatte, fensterlose
Außenwand)
Von ANVAC ist kein Kommentar über das angestrengte
Verfahren zu erhalten, aber Griggs ist untergetaucht, allerdings nicht ohne den Medien eine Erklärung abzugeben.
(Bild: Griggs als unkenntliche Schattengestalt)
Griggs: "... Weiß Gott hab ich Angst. Diese Leute wer-
den dafür sorgen, daß ich irgendeinen Unfall habe.
Ich dachte, es wäre mein privates Zuhause — mein
Heim. Ha! Naiv ist gar kein Ausdruck."

> Sie schliefen in jener Nacht in einem Lager auf dem Linoleum am Fuß des Küchentresens. Eine Zeitspanne tieferer Dunkelheit endete, als die Glühbirne hoch über ihnen wieder zu leuchten begann. Die Küche,

schien es, existierte nur als nächtliche Welt. Jetzt brannte die Birne wieder, und es war wieder Nacht, die in der Küche »Tag« bedeutete. Orlando und seine Gefährten standen auf.

Er und Fredericks halfen dem Häuptling in deprimiertem Schweigen beim Beladen des Kanus. Der Indianer sagte kaum ein Wort, und sein Kind war selbst mit den Verbrennungen am Kopf kaum weniger stoisch. Nach einer Weile bekam sogar die geschwätzige Landschildkröte die allgemeine Stimmung mit und gab ihre Versuche auf, eine Unterhaltung in Gang zu bringen. Orlando war erleichtert. Im Augenblick war jede Unterhaltung Arbeit für ihn. Er trauerte, auch wenn er nicht wußte, warum.

Eigentlich war es widersinnig. Er und Fredericks hatten bei der Rettung des Indianerkindes mitgeholfen und dabei ein sauber aufgebautes Abenteuer erlebt, das sich mit Thargors sonstigen Taten mehr als messen konnte, wenn auch in einer Welt, gegen die Mittland so ordentlich und normal wirkte wie die verschlafenste RL-Vorstadt. Er und sein Freund waren in die Tiefen des Gefrierfachs vorgedrungen und hatten dort einen zweifellos wichtigen, wenn auch kryptischen Hinweis auf den Aufenthaltsort ihrer Gefährten erhalten. Seine Spielweltinstinkte hatten sich alle als richtig erwiesen. Warum hatte er dann ein Gefühl, als wenn jemand, den er gekannt hatte, gestorben und er daran schuld wäre?

Fredericks, von denselben Erfahrungen aufgewühlt, war schlecht gelaunt, ein weiterer Grund, keine Energie auf Gesprächsbemühungen zu verschwenden. Doch als sie in das Kanu gestiegen waren und Häuptling Starke Marke sie mit kräftigen Schlägen in das tiefere, schnellere Wasser des Flusses aus dem überlaufenden Spülbecken paddelte, fühlte Orlando sich schließlich genötigt, das Schweigen zu brechen.

»Wo fahren wir hin?«

»Fluß runter«, antwortete der Indianer.

Orlando blickte Zündi an, den sein Vater sich auf den Rücken gebunden hatte. Das Kleinkind, dessen Züge so karikaturesk waren wie die seines Erzeugers, trug um den winzigen roten Kopf eine Decke gewickelt, die der Häuptling in Flußwasser getaucht hatte. Schwarze Brandspuren guckten unter den Rändern des notdürftigen Verbandes hervor, aber das Kind ließ sich keinerlei Beschwerden anmerken und erwiderte Orlandos Blick mit verstörend ernsten schwarzen Augen.

»Den Fluß runter?« fragte Orlando. »Haben wir sonst noch was zu erledigen?«

»Bringen euch zu Ende von Fluß«, erklärte der Häuptling. »Ihr nicht hierher gehören.«

Er sagte das so nüchtern und sachlich, und es stimmte so offensichtlich, daß Orlando den kleinen Stich, den ihm das versetzte, mit Verwunderung registrierte. So niederschmetternd ihr Erlebnis im Gefrierfach gewesen war, fühlte er sich doch in der Welt der Küche oder in sonst einer der virtuellen Welten, in denen sie gewesen waren, glücklicher, als er je zuvor im RL gewesen war.

»Ich hab's nicht besonders eilig, wißt ihr«, fügte die Landschildkröte hinzu. »Der Häuptling hat versprochen, mich auf seinem Rückweg zur Quelle des Flusses irgendwo abzusetzen. Es tut mir gar nicht leid, noch ein wenig Zeit mit euch zu verbringen. Piraten, Entführung, eine große Schlacht – wir haben wirklich ein tolles Abenteuer zusammen erlebt!«

»Abenteuer ...?« Orlando wußte nicht, wie er der Landschildkröte erklären sollte, daß ihm das als bodenlose Untertreibung vorkam, und er hatte auch nicht die geringste Lust dazu. Neben ihm starrte Fredericks trübsinnig auf das vorbeiziehende Flußufer, auf die Schränke, die wie die Felsen einer hohen Steilküste aufragten. Orlando wandte sich wieder der Landschildkröte zu und rang sich ein Lächeln ab. »Ja, echt toll, was?«

Am Ende des langen, nächtigen Tages hatten sie das Ende des Flusses immer noch nicht erreicht.

Nach den Schränken kamen zuerst seifige, schäumende Sümpfe am Fuß eines Massivs, in dem Orlando eine altmodische Waschmaschine vermutete. Von der Flußmitte aus sahen sie über den ganzen Sumpf verteilt Hütten auf Pfählen. Einige der Bewohner traten aus den Türen und beobachteten die vorbeifahrenden Fremden, doch obwohl sie alle mit Speeren bewaffnet zu sein schienen – soweit Orlando sagen konnte, sollten sie afrikanische Wilde darstellen, waren aber in Wirklichkeit Bleichmittelflaschen mit peinlich übertriebenen Negergesichtern und strahlend weißen Zähnen –, unternahmen sie nicht mehr, als damit träge Drohgebärden zu vollführen.

Nach einigen Stunden gingen die Sümpfe in eine Wiese über, die aus einer Art Fußbodenmatte zu bestehen schien und von Scheuerschwammschafen abgeweidet wurde, jedes ein reinweißer, makelloser Bausch. Es gab auch ein paar Spülbürstengiraffen, die lange Hälse machten, um die

Keramikbecher zu putzen, die an den verstreut auf der Sisalsteppe stehenden Tassenbäumen hingen.

Orlandos Wahrnehmungsvermögen hatte nicht gelitten, auch wenn seine Fähigkeit, alles zu genießen, einen Knacks bekommen hatte. Er beobachtete mit Bewunderung, wie aus dem Küchengedanken eine ganze Welt mit reichlich Erfahrungsraum und jeder Menge Erlebnismöglichkeiten entwickelt und dennoch die Grundgegebenheit der Küche erhalten worden war. Auch der Trick mit den Entfernungen faszinierte ihn weiter. Er konnte nach wie vor das Spülbecken sehen, durch das sie in diese Welt eingetreten waren, undeutlich wie ein ferner Berg in dem Dämmerlicht und absurd weit weg. Wenn er und Fredericks und ihre Gefährten wirklich nur zwei oder drei Zentimeter groß wären, wie es den Eindruck machte, wenn er sich mit den diversen Gegenständen und Bewohnern verglich ... Orlando rechnete rasch im Kopf nach und kam zum dem Ergebnis, daß nach diesem Maßstab eine normal große Küche von einer Seite zur anderen höchstens einen halben Kilometer lang wäre. Dennoch waren sie schon fast zwei volle Tage mit der Strömung gepaddelt und immer noch nicht am Ende angekommen.

Zum erstenmal kam Orlando der Gedanke, wem die Küche wohl gehören mochte – einem aus der Gralsbruderschaft? Oder gab es noch Besitzer ganz anderer Art, gewöhnliche reiche Leute, die sich in dem Netzwerk der Bruderschaft einmieteten und daraufhin ihre eigenen Welten bauten? Er konnte sich den Schöpfer der Küche nur schwer als eines der steinreichen Monster vorstellen, die Sellars beschrieben hatte. Die Simwelt wirkte zu ... *abstrus*, falls dies das richtige Wort war. (Er war ihm schon oft begegnet, aber war sich nicht hundertprozentig sicher, was es bedeutete.)

Die Glühbirne an der Decke wurde langsam trüber. Der Häuptling fand eine flache, ruhige Stelle am Rand der Sisalfelder, und gemeinsam wateten sie an Land. Dann zündete Starke Marke ein Feuer an, indem er zwei Stöcke aneinanderrieb, eine recht eigenartige Methode, wenn man bedachte, daß er selbst ein Streichholz war. Aber vielleicht war sie gar nicht so eigenartig, überlegte Orlando, als er sich erinnerte, wie grausam der kleine Zündi von den Piraten mißbraucht worden war.

Während sie um das Feuer saßen und zusahen, wie aus dem wilden Lodern ein müdes Flackern wurde, erzählte die Landschildkröte die Geschichte von Balduin Bimsstein, einem einfältigen jungen Mann, der wegen seines reinen Herzens einen Vogel (offenbar die verzauberte

Puderzuckerfee) vor den Nachstellungen eines Jägers rettete. Dank der Hilfe der Fee konnte Balduin später die Rätsel von König Kochtopf lösen, rettete damit sein Leben und erhielt die Tochter des Herrschers, Prinzessin Flotte Lotte, zur Frau. (Orlando war sich einigermaßen sicher, daß die Namen so lauteten, aber er war immer noch niedergeschlagen und jetzt auch müde, so daß es ihm schwerfiel, aufmerksam zuzuhören.) Es war anscheinend ein bekanntes Küchenmärchen, bei dem wie üblich am glücklichen Ende das Böse besiegt war und das Gute triumphierte, wenn auch einige der Details unerklärlich merkwürdig waren, etwa die furchterregende Stimme des Müllschluckers, eines alles verschlingenden Ungeheuers unter dem Spülbecken, das die Rätsel des Königs verkündete. Beim Eindämmern ging Orlando noch flüchtig die Frage durch den Kopf, ob dieses Märchen wohl von den Designern der Küche einprogrammiert worden war, oder ob die Replikanten es selbst erfunden hatten.

Aber Reps können doch nichts erfinden, nicht wahr? Wenigstens meinte Orlando das. Bestimmt konnten sich nur lebendige Wesen Geschichten ausdenken ...

Eine kühle Brise wehte vom Fluß her durch die Küche, und die frische Zugluft am Gesicht weckte Orlando auf. Fredericks saß aufrecht da und starrte ins Feuer, das zu einem Gluthaufen heruntergebrannt war, in dem winzige, ersterbende Flämmchen züngelten. Irgend jemand - Orlando dachte zuerst, es sei sein Freund - flüsterte.

»... Ihr werdet hier sterben ...«

Er richtete sich auf. Ein Gesicht bewegte sich in der Glut - der Zeichentrickteufel, den sie vorher schon in dem Kanonenofen gesehen hatten. Fredericks betrachtete sein Feixen und Zwinkern mit einem gebannten Ernst, der Orlando nervös machte.

»Ihr hättet niemals hierherkommen sollen«, erklärte der Dämon mit unheilvollem Kichern. »*Das wird euer Ende sein ...*«

»Fredericks?« Orlando rutschte vor und rüttelte seinen Freund an der Schulter. »Ist was mit dir?«

»Orlando?« Fredericks schüttelte sich, als hätte er gedöst. »Ah, ja, alles chizz, denk ich.«

»Du solltest dir so 'nen Fen gar nicht anhören.« Orlando stieß ärgerlich mit einem Stock in die Glut. Das Bild verzerrte sich kurz, dann stellte es sich blitzschnell wieder her und lachte ihn aus.

»Das?« Fredericks zuckte mit den Achseln. »Schon gebongt. Das ist, wie wenn du dir 'nen alten Film reinziehst – es läuft ständig weiter, sagt immer die gleichen Sachen. Ich hab gar nicht aufgepaßt.«

Als hätte er es gehört und verstanden, zog der Teufel ein grimmiges Gesicht und löste sich mit einem frechen, zischenden Lachen, das dennoch ein klein wenig enttäuscht klang, wieder in den Flammen auf. Eine kurze Zeit war das einzige Geräusch das Knistern des exorzierten Lagerfeuers.

»Das Ding da im Gefrierfach«, sagte Fredericks schließlich. »Nach dem Schneewittchen. Das ... andere Ding. Das war real, nicht wahr?«

Orlando mußte nicht nachfragen, was sein Freund meinte. »Äh, ja. Ich nehm's an. Ich weiß nicht, was es war, nicht so richtig ...«

»Aber es war real.« Fredericks rieb sich die Augen. »Es ... es ist einfach trans scännig, Orlando. Wie sind wir da reingeraten? Was läuft da? Dieses Ding – das war der *wirkliche* Teufel, glaub ich. Echt vollblock Mittelalter. Der Leibhaftige.«

»Ich weiß nicht recht.« Orlando erinnerte sich an das Gefühl, aber es war jetzt viel distanzierter. Etwas so Bizarres, so Totales ließ sich nur als verwaschene Kopie ins Gedächtnis rufen. »Mir war, als wäre es überall. Eher wie Gott.«

»Aber, weißt du, mir war das vorher nicht klar.« Fredericks wandte sich ihm zu, und sein dünnes Pithlitgesicht sah fast krank aus, so fertig war er. »Nicht mal, wo ich rausgefunden hab, daß wir hier festhängen ... wo ich offline gegangen bin und es *gebrannt* hat wie ... wie ...« Er rang nach Worten. »Ich hätte nicht gedacht, daß es sowas wie dieses Ding geben könnte, ob im RL oder in der VR oder sonstwo – nirgends! Das war *böse*. Wie ein Ungeheuer aus Mittland, aber in echt!«

Auf Orlando hatte die Erfahrung einen komplexeren Eindruck gemacht, aber er wollte nicht widersprechen. Er wußte, was Fredericks meinte – auch ein Teil von ihm hatte weiter an dem Gedanken festgehalten, dies alles sei nur ein Spiel. Jetzt war ihm bis ins Innerste klar, daß es etwas gab, das erschreckender war als alles, was er sich je hätte vorstellen können – daß die Angst, die es hervorrief, schlimmer war als selbst seine Furcht vor dem Tod.

»Ja. Es war ...« Es gab einfach keine Worte dafür. »Es war das megamäßigste Ding überhaupt«, sagte er schließlich. »Ich dachte, mir würde das Herz zerspringen.«

Wieder trat Stille ein, unterbrochen nur vom Geräusch des Feuers und den pfeifenden Schnarchtönen der Landschildkröte.

»Ich glaub, wir kommen hier nicht wieder raus, Orlando. Irgendwas läuft voll megaschief. Ich will nach Hause, mehr als alles auf der Welt.«

Orlando sah, daß sein Freund, oder seine Freundin, mit den Tränen kämpfte, und auf einmal fühlte er, wie sich ganz unerwartet etwas in ihm öffnete. Es war, als ob eine lange verschlossene Tür, deren Angeln schon völlig verrostet waren, plötzlich sperrangelweit aufgerissen würde. Was auf der anderen Seite lag, war kein heller Frühlingstag, aber es war auch keine Finsternis. Es war einfach ... etwas anderes. Die Tür war in ihm aufgegangen - in seinem Herzen, sagte er sich -, und hinter dieser Tür wartete der Rest seines Lebens, einerlei wie lang oder kurz es sein würde.

Es war einigermaßen überwältigend, und eine Weile meinte er, ohnmächtig zu werden oder einfach umzukippen. Als er wieder bei sich war, konnte er nicht anders, als zu sagen: »Ich krieg dich irgendwie hier raus. Ich schwör's, Sam - verstehst du? Ich verspreche, daß du wieder nach Hause kommst.«

Fredericks drehte sich mit schiefgelegtem Kopf um und beäugte ihn kritisch. »Ist das wieder irgendso 'ne Junge-und-Mädchen-Kiste, Gardiner?«

Orlando lachte, aber es tat auch ein wenig weh. »Nein«, sagte er, und es kam ihm wie die Wahrheit vor. »Ich denke nicht. Es ist 'ne Freundkiste.«

Sie legten sich wieder nebeneinander schlafen. Seinen Atemgeräuschen nach zu urteilen, war Fredericks sofort weg, aber Orlando lag noch lange wach, blickte in die dunklen Winkel der Küchendecke empor und wünschte, es gäbe Sterne.

Sie waren erst wieder eine Stunde auf dem Fluß gefahren, als Starke Marke das Kanu ans Ufer lenkte. Er stieg mit seinem Sohn auf den Armen aus und winkte der Landschildkröte, ihm zu folgen, doch als Orlando und Fredericks sich anschließen wollten, schüttelte er den Kopf.

»Nein. Ihr nehmen Kanu.« Er deutete flußabwärts. »Ende von Fluß da lang. Ganz nah.«

»Aber was werdet ihr machen?« Orlando blickte von dem Indianer zu dem trügerisch friedlichen Fluß, der sich hier schmal durch einen Hain aus Flaschenbürsten schlängelte. »Dein Zuhause ... deine Frau ...«

Der Häuptling schüttelte abermals den Kopf. »Ich machen neues Kanu für Zurückfahren. Ihr nehmen dies. Geschenk von mir, Squaw und Zündi.«

Fredericks und Orlando bedankten sich bei ihrem Wohltäter. Sie tauschten die Plätze, und Orlando griff sich das Paddel. Vor lauter Gefühlsaufwallung waren die Brillengläser der Landschildkröte beschlagen, und sie rieb mit den Daumen darüber, um hindurchsehen zu können. Letzten Endes, fand Orlando, mußte man sie alle als Menschen behandeln, ob sie es waren oder nicht.

»Lebt wohl«, sagte er. »Hat mich echt gefreut, euch kennenzulernen.«

»Macht's gut, Jungs.« Die Landschildkröte schniefte ein wenig. »Wenn ihr mal in die Bredouille kommt, denkt an Balduin Bimsstein und kämpft für das Gute.«

»Kämpft für euer Volk, euern Stamm«, führte Starke Marke den Gedanken weiter aus. Er hielt Zündi hoch; das Baby blickte ernst wie immer. »Seid tapfer«, fügte der Häuptling hinzu.

Orlando lenkte das Boot in die Strömung hinaus, und sie begannen flußabwärts zu treiben. »Habt vielen Dank!« schrie er.

Die Landschildkröte hatte ihr Taschentuch gefunden und versuchte damit zu winken und sich gleichzeitig die Brillengläser zu putzen. »Ich werde zu den Käufern für eure Sicherheit beten«, rief sie, bevor sie vom nächsten Schluchzanfall übermannt wurde. Der Häuptling, auf dessen breitem rotem Gesicht keinerlei Regung zu erkennen war, stand da und sah ihnen nach, bis eine Biegung im Fluß und eine Gruppe Flaschenbürsten ihn ihren Blicken entzog.

Fredericks begnügte sich damit, den borstigen Wald vorbeitreiben zu sehen. Orlando paddelte gemächlich vor sich hin und überließ die Arbeit weitgehend dem Fluß. Er bemühte sich, die vielen verschiedenen Dinge in seinem Kopf zu sortieren, und das war nicht einfach. Merkwürdigerweise kam er immer wieder auf die Worte des Häuptlings zurück.

»*Kämpft für euer Volk, euern Stamm.*« Das war schön und gut, wenn man ein Cartoonindianer war, aber was zum Teufel war Orlandos Stamm? Die Amerikaner? Kinder mit abartigen Krankheiten? Seine Familie, Conrad und Vivien, die ihm jetzt auf so unbegreifliche Art unerreichbar waren? Oder seine wenigen Freunde, von denen einer mit ihm in dieser Scänfabrik festhing? Er hatte keine Ahnung, was die Worte des Indianers bedeuteten, wenn überhaupt etwas, aber irgendwie paßte die

Ermahnung zu dem Gefühl eines neuen Lebens, das er in der Nacht davor gehabt hatte, obwohl er noch nicht verstehen konnte, wieso.

Er schüttelte ratlos den Kopf und paddelte ein wenig energischer.

Sie stießen am Ende des Waldes darauf – eine Wand, die himmelhoch vor ihnen aufragte, ein gewaltiges, senkrechtes Feld mit leicht verblaßten Blumen. Die Tapete löste sich an mehreren Stellen, und in der Mitte hing in Wolkenkratzerhöhe über ihren Köpfen ein gerahmtes Bild, das Leute mit Strohhüten bei einer Bootspartie auf einem Fluß zeigte; im Dämmerlicht waren die Farben ganz trübe. Der Fluß selbst verschmälerte sich zu einem dünnen Wasserlauf auf dem Linoleum und verschwand in einem Loch in der Fußleiste.

»Was meinst du, was auf der andern Seite ist?« fragte Fredericks laut. Das Loch in der Fußleiste kam immer näher und gähnte jetzt schon wie ein Autobahntunnel. Die Wand ihrerseits hatte angefangen zu flimmern, als ob von der Oberfläche des Küchenflusses ein Hitzeschleier aufstieg.

»Keine Ahnung!« Orlando stellte fest, daß auch er schrie. Das Kanu schoß jetzt schneller dahin, die Geräusche des Wassers wurden mit jedem Moment donnernder und hatten bald eine ohrenbetäubende Lautstärke erreicht. »Aber gleich werden wir's wissen!«

Die Strömung erfaßte sie und riß sie mit in die Öffnung. Die jähe Finsternis sprühte gasringblaue Funken.

»Wir sind zu schnell!« rief Fredericks. Orlando, der das Paddel weggelegt hatte und sich in Todesangst an den Seiten des Kanus festklammerte, mußte das nicht erst gesagt bekommen. Die blauen Lichtstöße sausten wie Leuchtspurgeschosse in einem Luftkriegspiel an ihnen vorbei. Alles andere Licht wurde von einer Schwärze verschluckt, in der nur die zornigen Funken blitzten, ohne sie zu erhellen. Dann kippte der Bug des Kanus nach unten, und blaues Feuer strömte in einem kontinuierlichen, brodelnden Schwall an ihnen vorbei, während sie fielen. Orlando rang nach Luft.

Das Aufklatschen war nicht annähernd so heftig, wie er befürchtet hatte. Im letzten Moment schien etwas ihren Fall zu bremsen und zu bewirken, daß sie unversehrt auf den wieder waagerechten Fluß glitten. Die Funken verglühten, und jetzt erblickten sie eine unregelmäßige Öffnung, durch die helles, rotgoldenes Licht einfiel. Mit zusammengekniffenen Augen spähte Orlando gegen den grellen Schein an, um zu erkennen, was vor ihnen lag.

Als Fredericks zurückschaute, fielen ihm fast die Augen aus dem Kopf. »Orlando!« schrie er. Seine Stimme war nahezu unhörbar – in das Rauschen und Tosen des Flusses war noch ein zusätzlicher Ton gekommen, ein Chor singender Stimmen, die laut dröhnten und hallten, doch deren Worte in dem Tumult nicht zu verstehen waren. »Orlando!« brüllte Fredericks wieder. »Sieh doch!«

Er blickte über die Schulter und sah in der Dunkelheit der ungeheuren Höhle hinter ihnen – rasch entschwindend, aber dennoch ganz deutlich – eine riesenhafte Gestalt, gut hundertmal so groß wie sie. Sie strahlte ein blaues Licht aus, doch der Fluß, der sich aus dem von ihr gehaltenen Krug ergoß, funkelte noch heller. Der Riese hatte die runden Brüste und Hüften einer Frau, aber sein Kinn zierte ein steifer Bart, und er hatte Muskeln wie ein Mann. Auf dem großen Kopf trug er einen Kranz nickender Lotusblumen. Einen Moment lang schien der Riese sie zu sehen, und die gewaltigen, schwarz geschminkten Augen blinzelten einmal, doch im Nu wurden sie aus der Höhle in den Sonnenschein befördert, und hinter ihnen war nichts mehr zu erkennen als das rote Gestein eines Berges und die Klamm, aus der der Fluß in den dunstigen Morgen hinausströmte.

Orlando wandte sich flußabwärts. Seine stibitzten Piratensachen waren fort. Auch ihr Boot hatte sich verändert, es war breiter und flacher geworden, und ihr Paddel war jetzt eine einfache Stange, doch er bemerkte das kaum. Vor ihnen verlief sich der Fluß in der unermeßlichen Weite einer Wüste. Außer graublauen Bergen, die sich zu beiden Seiten undeutlich in der Ferne abzeichneten, durchstießen nur ein paar in der Hitze flimmernde einsame Palmen den geraden Strich des Horizonts. Die noch niedrige Morgensonne war bereits eine lodernde weiße Scheibe, die den weiten, wolkenlosen Himmel beherrschte.

Schon perlte der erste Schweiß auf der dunklen Haut des Thargorsims. Fredericks drehte sich ihm zu, und der Blick auf dem Gesicht des Diebes verhieß deutlich, daß die nächste Verkündung des Offensichtlichen und doch Unglaublichen bevorstand.

»Wenn du jetzt sagst, es ist eine Wüste«, warnte Orlando ihn, »muß ich dich leider ermorden.«

»Ilions Mauern«, sagte Orlando und brach damit ein langes Schweigen. »Dieses Schneewittchen meinte, wir würden Renie und die andern bei Sonnenuntergang auf Ilions Mauern finden. Was immer das heißen mag.«

»Es ist megabescheuert, so Sachen nicht im Netz nachgucken zu können.« Fredericks lehnte sich über den niedrigen Rand des Bootes und ließ die Finger in das träge dahinfließende Wasser hängen. »An keinerlei Informationen ranzukommen.«

»Allerdings. Mir fehlt Beezle.«

Sie hatten sich den größten Teil des Tages einfach treiben lassen. Die große rote Wüste war auf beiden Seiten unverändert geblieben, und nur eine hin und wieder am Ufer vorbeiziehende Palme zeigte, daß sie sich überhaupt flußabwärts bewegten. Die lange Bootsstange war ihnen nützlich, wenn sie gelegentlich in seichtes Gewässer kamen und an einer unsichtbaren Sandbank aufliefen, aber um ihre Geschwindigkeit zu steigern, taugte sie gar nichts. Sie hatten auf dem flachen Boden des Bootes ein Segel und darin eingerollt zwei Maststücke entdeckt, aber sie breiteten das Segeltuch als notdürftigen Schutz vor der sengenden Sonne aus und hatten es durchaus nicht eilig, den Schatten, den es spendete, für den zweifelhaften Vorteil der Besegelung aufzugeben, da der Tag so windlos wie erdrückend heiß war.

»Was ist das eigentlich für ein Ding mit dir und diesem Bug?« fragte Fredericks träge. »Wieso hast du keinen der neueren Agenten?«

»Ich weiß nicht. Wir kommen gut miteinander klar.« Orlando legte die Stirn in Falten. »Ich hab nicht gerade einen Haufen anderer Freunde oder so.«

Fredericks blickte hastig auf. »'tschuldigung.«

»Gebongt. Was ist mit dir?«

»Was soll mit mir sein?« Der Ton war leicht mißtrauisch.

»Benutzt du in deinem System einen personifizierten Agenten? Du hast nie einen erwähnt.«

»Nö.« Der Dieb tauchte seine Finger wieder ins Wasser. »Ich hatte mal einen. Es war eine von diesen Miz pSoozis - kannst du dich noch an die erinnern? Aber mein Vater fand das Ding peinlich. Als ich zwölf wurde, bekam ich ein professionelles Daemongear geschenkt, und Miz pSoozi wurde geext.«

Orlando wischte sich etwas Schweiß aus dem Gesicht und schnippte ihn in das dunkelgrüne Wasser. »Was ist dein Papa für einer? Du hast nie was von ihm erzählt.«

»Ich weiß nicht. So'n Papa halt. Er ist ein ziemlicher Brocken. Und er meint, alle sollten so sein wie er und nie was verkehrt machen. Er sagt immer: ›Sam, es ist mir egal, was du machst, solange du es gut machst.‹

Aber manchmal frag ich mich, na ja, was ist, wenn ich halt in irgendwas megaschlecht bin? Schließlich kann nicht jeder in allem gut sein, oder?«

»Und deine Mama?«

»Ziemlich nervös. Sie macht sich ständig Sorgen, irgendwas könnte nicht klappen.« Fredericks haschte nach einem glänzenden Fisch, der unter seiner Hand wegtauchte. »Was ist mit deinen Eltern? Sind sie normal oder was?«

»So halbwegs. Es paßt ihnen nicht, daß ich krank bin. Sie sind nicht fies oder so - sie geben sich wirklich alle Mühe. Aber es macht sie total unglücklich. Mein Vater spricht kaum mehr ein Wort. Als ob er zerplatzen oder zu weinen anfangen könnte, wenn er nicht aufpaßt.«

Fredericks setzte sich auf. »Gibt's ... gibt's denn gar nichts, was sie machen können?« fragte er schüchtern. »Gegen diese Krankheit, die du hast?«

Orlando schüttelte den Kopf. Im Augenblick war seine Bitterkeit weitgehend verflogen. »Nein. Du würdest es nicht für möglich halten, wie viele Sachen sie schon ausprobiert haben. Wenn du dich richtig amüsieren willst, mußt du dir mal 'ne Zelltherapie verpassen lassen - ich bin zwei Monate lang nicht mehr aus dem Bett gekommen. Ein Gefühl wie in einer dieser S&M-Simwelten. Wie wenn dir jemand heiße Nieten in die Gelenke schießt.«

»Ach, Orlando! Das ist ja grauenhaft.«

Er zuckte mit den Achseln. Fredericks blickte ihn mit einem Ausdruck an, der verdächtig nach Mitleid aussah, und Orlando wandte sich ab.

»Was meinst du, wo wir jetzt sind?« fragte Fredericks schließlich. »Und was sollen wir machen?«

Orlando vermutete, daß diese praktische Frage ein plumper Versuch war, ihn abzulenken, aber er tat sich selbst schwer genug, mit seiner Krankheit umzugehen, da konnte er nicht von anderen das perfekte Verhalten erwarten. »Wo wir sind, weiß ich genausowenig wie du. Aber wir müssen diese Dings finden, Ilions Mauern, wir müssen die andern finden. Ich muß ihnen sagen, was die Bruderschaft im Schilde führt.«

»Meinst du, das kriegen die wirklich hin?« fragte Fredericks. »Ewig leben? Ist das nicht ... äh, wissenschaftlich unmöglich oder so?«

»Erzähl das denen, nicht mir.« Orlando stand auf und stieß das Boot, das langsamer geworden war, ins tiefere Fahrwasser hinaus. »Fen-fen, ich hab Wasser gestrichen satt. Ich wäre echt froh, wenn ich nie wieder einen Fluß sehen müßte.«

Ein schwaches Donnergrollen und -rumpeln scholl vom wolkenlosen, blaßblauen Himmel herab; das Echo murmelte an den fernen Bergen entlang, bevor es in der Ebene dazwischen wieder still wurde.

Orlando hatte diesmal seine Sterne, aber sie machten ihm nicht viel Freude.

Nach dem langen Sonnenuntergang, während dessen das Wasser des Flusses erst zu geschmolzenem Gold und dann, als der Schatten der westlichen Berge sich langsam darüber legte, immer schwärzer geworden war, waren sie an das sandige Ufer gestakt, hatten das Boot an Land gezogen und in dem symbolischen, wenn auch nicht sehr realen Schutz einer kleinen Palmengruppe ihr Nachtlager aufgeschlagen. Als die Sonne weg war, wurde es in der Wüste schnell kalt. Fredericks hatte sich in eine Hälfte des steifen Segeltuchs gewickelt und war prompt eingeschlafen. Orlando war das nicht geglückt.

Er schaute auf dem Rücken liegend nach oben und war halb überzeugt, am schwarzen Himmel Bewegung erkennen zu können, Wellen, die über die Lichtpunkte der Sterne hinwegliefen, daß es aussah, als wären diese Pailletten am Kostüm einer unglaublich trägen Tänzerin, aber er konnte sich nicht konzentrieren, weil sein Körper ihn quälte und ihm keine Ruhe ließ. Jetzt, wo die Ablenkungen des Tages weg waren, spürte er sein Herz in der Brust schlagen, zu schnell, wie ihm schien. Außerdem hatte er Atemnot, soweit er das zwischen den Zitteranfällen sagen konnte, die er jedesmal bekam, wenn die Brise auffrischte.

Ich habe nicht mehr viel Zeit, dachte er vielleicht zum zehntenmal, seit die Sonne versunken war. Er konnte ganz deutlich fühlen, wie gebrechlich er war, wie ihm das letzte bißchen Gesundheit zwischen den Fingern zerrann. Unter der Erregung, mit der ihn diese seltsamen Umstände, diese unerwarteten Abenteuer erfüllten, wurde sein Leib immer müder und schwächer. *Mein wirkliches Ich liegt irgendwo in einem Krankenhaus – und selbst wenn es nicht so wäre, würde ich trotzdem nicht kräftiger werden. Könnte sogar sein, daß ich mittlerweile im Koma liege, so wie Renies Bruder. Und wenn sie beschließen, meinen Stöpsel zu ziehen, wie sie es bei Fredericks gemacht haben ...*

Er spielte nur kurz mit dem Gedanken, während das Herz in seiner Brust hetzte, das überlastete Herz, das er fühlen konnte, aber das in Wirklichkeit nicht in diesem Marionettenkörper war.

Wenn sie das bei mir machen, und der Schmerz ist so schlimm, wie Fredericks gesagt hat, werde ich es nicht überstehen.

In der Stunde vor Morgengrauen sank er in einen Halbtraum von langen, dunklen Gängen. Der Ton eines leise weinenden Kindes war immer gleich hinter der nächsten Ecke, irgendwo in der Schwärze. Er wußte, es war wichtig, daß er das Kind fand – das verängstigt und einsam war –, aber er wußte nicht, warum. Hastig tastete er sich weiter durch unbekannte Räume voran, doch die gedämpften Klagen, aus denen Verlassenheit und Leid sprachen, blieben immer unmittelbar vor ihm.

Erst als er merkte, daß der Ton inzwischen eher dem rauhen Schnaufen eines Tieres glich, fiel ihm wieder ein, wo er war, und er wurde urplötzlich wach. Er hielt die Augen weiter geschlossen, aber fühlte jetzt die kalte Wüstennacht auf seiner Haut. Die Geräusche dauerten an, waren mal näher, mal ein Stück weiter weg. Etwas schnüffelte um das Lager herum.

Orlando öffnete einen Spalt weit die Augen, und wieder hämmerte ihm das Herz in der Brust. Eine eigenartige gekrümmte Gestalt, die sich mal duckte und dann wieder aufrichtete, zeichnete sich vor den Sternen ab; wenn sie aufrecht stand, reflektierten helle Tieraugen das Licht des Mondes. Orlando faßte nach dem Thargorschwert, das neben ihm lag. Lange Abenteuerfahrten in Mittland hatten ihn gelehrt, es immer griffbereit zu haben, wenn er schlief.

Während seine Finger sich um das Heft schlossen, nahm er seine ganze Willenskraft zusammen, um seinen Puls zu verlangsamen und sich für die bevorstehende Konfrontation zu sammeln. Als spürte es seine Wachheit, erstarrte das Wesen plötzlich, so daß es mit der Dunkelheit verschmolz. Die Schnüffelgeräusche hörten auf. Orlando sprang auf die Füße, und mit einem kurzen Warnruf an Fredericks führte er einen weiten Bogenschlag mit dem Schwert. Die Klinge traf flach auf etwas Hartes, und er riß schon das Schwert zum nächsten Streich hoch, als ein sehr menschlich klingendes Kreischen ihn innehalten ließ.

»*Töte es nicht! Töte es nicht!*«

Orlando zauderte. Die dunkle Gestalt wälzte sich vor ihm am Boden. Er blickte sich verwirrt nach dem Sprecher um. Fredericks, der sich gerade aus dem Segeltuch pellte, war noch deutlich schlaftrunken und benommen. Erst als das Wesen wieder aufschrie, begriff Orlando, daß der Anschleicher, den er niedergeschlagen hatte, von sich selbst sprach.

»*Tu ihm nicht mehr weh! Armes Tier! Armes Tier!*«

Der Sprecher wand sich zu seinen Füßen auf der Erde und gab kleine Wimmertöne von sich. Orlando wünschte, sie hätten Häuptling Starke Marke dabei oder besäßen wenigstens sein Geschick im Feuermachen. Er senkte die Spitze des Schwertes, bis sie das fremde Wesen berührte, das stocksteif wurde und verstummte.

»Wir warten ab, bis es hell ist«, sagte er langsam und deutlich. »Bis dahin rührst du dich nicht. Hast du mich verstanden?« Ohne es zu wollen, hatte er Thargors barschen Befehlston angeschlagen.

»Überaus großzügig, danke danke«, sagte die dunkle Gestalt beflissen. »Upuaut, es hört dich.«

»Gut. Okay, Upadingsbums, oder wie du heißt, bleib einfach still liegen. Die Sonne wird bald aufgehen.«

Fredericks, dessen Gesicht nur ein bleicher Fleck war, hielt sich tunlich von dem Gefangenen fern. Orlando besann sich auf einen alten Trick aus ihren gemeinsamen Abenteuertagen, und so unterhielten sie sich beim Warten in aller Ruhe über sämtliche im Laufe der Jahre gemachten Gefangenen, die einen Fluchtversuch unternommen hätten und denen sie zum Ausgleich für den Umstand, sie wieder einfangen zu müssen, die Haut abgezogen oder sonstige Greuel angetan hätten. Der rätselhafte Upuaut schien ihnen das abzunehmen: Obwohl er sie anflehte, nicht solche schrecklichen Sachen zu sagen, blieb er zusammengekauert im Sand liegen, bis der erste Tagesschimmer den östlichen Himmel erhellte.

Im grauen Morgenlicht sahen sie, daß ihr Gefangener im großen und ganzen die Gestalt eines hochgewachsenen und sehnigen Menschen mit fleckiger graubrauner Haut hatte und nur mit einem schmutzigen Lendenschurz bekleidet war. Doch anstelle eines Männerkopfes hatte er hundartige, spitze Ohren, die am Rand eingerissen waren, und eine graue, pelzige Schnauze. Als Orlando die imposanten gelben Fänge sah, die blitzend zum Vorschein kamen, wenn sich der Gefangene mit seiner langen Zunge die Lippen leckte, hielt er ihm das Schwert noch dichter an die Kehle.

»Es ist ein Werwolf«, sagte Fredericks ruhig. Sie hatten beide in Mittland viel Schlimmeres gesehen. »Ziemlich traurig sieht er aus.«

»Tötet es nicht!« Die Kreatur stieß ihr Maul in den Sand vor Orlandos Füßen, so daß die übrigen Worte schwer zu verstehen waren. »Es wird fortgehen, zurück in das heiße rote Land! Es hat versprochen, das schwarze Land nie wieder heimzusuchen, und es wird in die Wüste zurückkehren, auch wenn es hungrig und einsam ist!« Ein bernsteingelbes Auge lugte nach oben, um zu sehen, welche Wirkung dieser Appell hatte. »Es ist nur gekommen, um zu sehen, wer die mächtigen Fremden sein mögen, die so kühn die heiligen Wasser des Vaters Nil beschiffen.«

»Der Nil?« sagte Orlando. »Dann sind wir also in Ägypten.« Er betrachtete das vor ihm kniende knochige Geschöpf und merkte, wie sich die Erinnerung regte. Er hatte sich nicht umsonst sein ganzes junges Leben lang mit allem beschäftigt, was in irgendeiner Beziehung zum Tod stand. »Und der hier muß der mit dem Schakalkopf sein - wie hieß er noch gleich? Ah, Anubis, der Totengott.«

»*Neiiiiiiin!*« Der Gefangene wälzte sich wieder am Boden und bewarf sich mit Sand wie ein Krebs, der sich Schutz suchend ein Loch gräbt. »Sprecht nicht diesen verfluchten Namen aus! Nennt nicht den Schurken, der Upuaut das Erstgeburtsrecht stahl!«

»Weia, 'tschuldigung«, sagte Orlando. »Hab ich wohl daneben getippt.«

Das Wesen, das sich Upuaut nannte, rollte sich auf den Rücken, wobei es seine langen Arme und Beine schützend über dem Bauch einzog. »Wenn ihr es am Leben laßt, wird es euch die Geheimnisse des roten Landes verraten. Es lebt seit vielen Monden hier. Es weiß, wo sich die fetten Käfer verstecken. Es weiß, wo zur Mitternacht die Blumen blühen, die köstlich schmeckenden Blumen.«

Fredericks runzelte die Stirn. »Die Sorte kenn ich. Er wartet ab, bis wir schlafen, dann schlitzt er uns die Kehle auf. Komm, töten wir ihn einfach oder so, und sehen wir zu, daß wir weiterkommen.«

»Nein, das erinnert mich an was. Bei Tolkien ... Den solltest du wirklich mal lesen, Fredericks, das kannst du mir glauben. Lies mal Text. Bei dem interaktiven Kram gehen die ganzen guten Sachen baden.«

»Worte, ein Haufen Worte«, entgegnete Fredericks mit stolzer Verachtung. »Voll langsam.«

Orlando ließ sich nicht irremachen. »Also, bei Tolkien meint jemand, sie müßten einen Kerl wie den hier töten, aber Frodo, der Ringträger, sagt nein. ›Mitleid hemmte ihm die Hand‹, oder so ähnlich. Und es war wichtig.« Er konnte sich im Augenblick nicht auf die genaue Situation besinnen, aber er wußte, daß er recht hatte.

»Das hier ist aber kein Spiel, und es ist keine Geschichte, Gardiner«, wies Fredericks ihn unwillig zurecht. »Hier geht's um unser Leben. Schau dir an, was dieser haarige Kotzblocker für Zähne hat. Spinnst du?«

»Wenn wir dich am Leben lassen«, fragte Orlando den knienden Gefangenen, »wirst du uns dann führen? Versprichst du, uns nichts zu tun und es auch nicht zu versuchen?«

»Es wird tun, wie geheißen.« Am ganzen langen Leib mit Sand besudelt setzte Upuaut sich auf; seine Augen funkelten. »Es wird euer Sklave sein.«

Orlando hatte das sichere Gefühl, daß noch etwas fehlte. Gleich darauf fiel es ihm ein. »Du mußt bei etwas schwören, das dir wichtig ist. Was ist das Heiligste, bei dem du schwören kannst?«

Einen Moment lang straffte sich Upuaut, und ein entrückter Blick umflorte die gelben Augen. »Es wird bei seiner Göttlichkeit schwören.«

»Du bist ein Gott?« fragte Fredericks mit kraus gezogener Lippe.

»Es ist ganz zweifellos ein Gott«, erklärte der Gefangene ein wenig eingeschnappt. »Selbstverständlich ist es das. Einst, bevor es sich den Zorn des Osiris zuzog, war es ein großer Kriegergott, einer der Hauptbeschützer der Toten.« Upuaut erhob sich, erbarmungswürdig dürr zwar, aber um die Höhe seines langohrigen Kopfes größer als selbst der Thargorsim. In dem blauen Frühlicht sah er geradezu spektakulär außerirdisch aus; sogar seine Stimme wurde tiefer. »Einst«, verkündete die Kreatur feierlich, »ward es von allen Chontamenti genannt - ›Erster der Westlichen‹.«

Hochaufgerichtet blickte Upuaut auf die im Licht der Morgensonne rötlich schimmernden Berge, deutlich versunken in die Erinnerung an bessere Zeiten. Dann verflog der Augenblick, und er ließ wieder die zerfetzten Ohren sinken und die Schultern hängen. »Und welche der eintausendneunhundert Götter sind die erlauchten Herren?« fragte er sie schmeichelnd.

»Wir?« Orlando blickte verdattert. »Wir ... das erzählen wir dir später.«

Das Boot versetzte Upuaut regelrecht in Erregung. »Es hatte einst ein Boot«, erzählte er ihnen, während er anerkennend den Bug beschnüffelte. »Lang und schön war das Boot, mit einem Dutzend kleinerer Götter als Ruderern, und Upuaut selbst stand vor dem Mast. Es machte die königliche Barke des Sonnengottes wieder flott, wenn sie an den rauhen Stellen des Himmels auf Grund lief. Groß war Upuaut!« Er warf seinen Wolfskopf zurück, als wollte er heulen. »Groß an Verehrung unter den Herren des schwarzen Landes. ›Wegeöffner‹ bedeutet sein Name!«

Orlando war sich nicht ganz sicher, was er erwidern sollte. An diesem Ort konnte das alles wahr sein - jedenfalls so wahr wie alles andere auch. »Und was geschah?«

Der Wolfgott blickte sich konsterniert um, als hätte er vergessen, daß noch andere zugegen waren. »Was?«

»Er hat gefragt, was geschah«, sagte Fredericks. »Und wieso nennst du dich ständig ›es‹?«

»Armes Tier, armes Tier!« Upuaut war offensichtlich von seinem eigenen harten Los gerührt. Er schlug seine langen Beine unter, damit er sich in der Mitte des Bootes hinsetzen konnte. »Laßt uns auf den schönen Fluß hinausfahren, und es wird euch die traurige Geschichte erzählen.«

Während Orlando das Boot in die langsame Strömung hinausstakte, fragte er sich, wie es zuging, daß sie einen Sklaven gewonnen hatten und er dennoch die ganze Arbeit allein machte. Aber bevor er auf diesen ihm widersinnig erscheinenden Umstand hinweisen konnte, legte Upuaut schon los.

»Einst war Re, der Sonnengott, der Pharao der ganzen Schöpfung, und alles war, wie es sein sollte. Aber mit der Zeit wurde er alt und zittrig und wünschte, die Bürde der Herrschaft abzulegen. Seinen Söhnen und Töchtern waren längst ihre eigenen Aufgabenbereiche übertragen worden - dem Geb die Erde, dem Schu die Luft, der Hathor der Nachthimmel voll milchiger Sterne -, und so verlieh Re die Herrschaft über Götter und Menschen seinen Enkeln Osiris und Seth.

Seth regierte hier über das rote Land im Süden, Osiris über das schwarze und fruchtbare Land des Nordens. Seth war ein großer Zauberer, doch auch Osiris war ein großer Zauberer, und er war zudem voll kluger Berechnung und großem Neid. Darum stellte er dem Seth eine Falle. Er lud seinen Bruder zu einem Festschmaus ein und ließ sich von seinen Kunsthandwerkern eine große, goldüberzogene Lade aus Zedernholz fertigen. Als das Essen beendet war, erklärte Osiris, die wunderbare Lade solle dem gehören, der genau hineinpasse. Seth stieg hinein, und Osiris und seine Krieger stürzten sich auf ihn, legten den Deckel darauf, banden die Lade zu und warfen sie in die Wasser Hapis, des Nils, so daß Seth ertrank. Aber das muß euch bereits bekannt sein, göttliche Brüder, und Upuaut wird rasch fortfahren und berichten, wie es kam, daß es selbst so tief gesunken ist.« Der Wolfgott schüttelte seinen langschnäuzigen Kopf.

Orlando hatte sich ziemlich eingehend mit ägyptischer Mythologie beschäftigt, weil der den Ägyptern nachgesagte Todeskult eine morbide Faszination auf ihn ausgeübt hatte; jetzt war er verdutzt. Der Osirismythos war der bekannteste Teil der ganzen Sagenwelt, aber er hätte darauf gewettet, daß es eigentlich anders herum war - daß Osiris von Seth verraten und ermordet worden war. Er zuckte mit den Achseln. Wer konnte wissen, wie es hier zuging? Vielleicht hatte jemand zig Zillionen Kredite ausgegeben und dann leider ein paar simple Kleinigkeiten vermurkst, die Geschichte falsch verstanden. Es wäre nicht das erste Mal.

Upuaut fuhr mit seiner theatralischen Schilderung fort. »So wurde Osiris zum Herrn der beiden Länder und erklärte sich auch zum König der Toten, so daß Seths Leichnam in seine Obhut gegeben wurde. Der Enkel des Osiris - manche sagen sogar, sein Sohn -, Anubis, der Schakalköpfige, stieg auf zum obersten Vollstrecker des Willens des Osiris, und ihm übertrug der Herr über Leben und Tod die Aufgaben, die einst meine gewesen waren, nämlich die Toten auf ihrer Fahrt in den seligen Schoß des Re zu schützen, was wir ›Die Riten des Herausgehens am Tage‹ nennen.« Der Wolfgott hielt inne und schüttelte abermals den Kopf; in seine Augen trat ein Funkeln, das so gar nicht zu seinen nächsten Worten paßte. »Aber Upuaut war nicht bitter, obwohl Upuauts Opfer getilgt wurden, zugleich all seine Pflichten und Ehren und Titel, bis es wenig mehr war als einer von vielen Dienern in den Palästen der Toten, mit wenigen eigenen Verehrern und Häusern. Doch dann begannen andere Diener des Osiris, die noch unter dem Anubis standen, Upuaut zu quälen. Tefi und Mewat hießen sie, von manchen auch ›die Zwillinge‹ genannt, und sie waren nicht einmal Götter, sondern Geister der finstersten Sorte, Dämonen aus der Unterwelt. Aber sie waren Günstlinge des Osiris, und sie nahmen, was sie wollten, ohne etwas zurückzugeben.

Sie stahlen Upuaut die letzten Wahrzeichen seiner Gottheit, Upuauts letzten Tempel, seine letzten paar Priester. Sie zerstörten jene Stätte der Anbetung, warfen Upuauts Standarten in den Staub, zerbrachen Upuauts Rüstung und Wagen, traten alles in den Schmutz, und aus keinem anderen Grund, als daß Upuaut jetzt in der Gunst ihres Herrn schwach war und sie darin stark waren.

Als sich Upuaut, der einst über das Reich der Toten geherrscht hatte, zu Osiris begab und sich ausbat, die Diener des Gottes möchten gezügelt werden, ihm möge eine Entschädigung gewährt werden, da zürnte Osiris. ›Wie kannst du es wagen, vor mich zu treten und mir zu sagen, was dir zusteht?‹ sagte er und wuchs dabei an Macht und Größe, bis seine Krone an die Decke seines Thronsaales stieß, und in seinen Augen loderte Feuer. ›Wer bist du? Was bist du? Du bist kein Gott mehr. Du bist sogar noch weniger als ein sterblicher Mensch. Geh in das rote Land, und lebe wie ein Tier.‹ Also ward Upuaut verbannt. Und der Herr über Leben und Tod tat kund, falls es sich etwas anderes nennen sollte als ein Tier, so werde selbst das Leben, das es hat, ausgelöscht, und es werde für alle Zeit in der Großen Dunkelheit piepsen und flattern.«

Wut und Verzweiflung ließen Upuauts Stimme erzittern. Die großen bernsteingelben Augen schlossen sich, und der Wolfskopf sank ihm auf die Brust. Orlando, der gerade den Kahn von einer Sandbank herunterschob, verspürte genug Mitgefühl, um es ein bißchen weniger als vor der Geschichte übelzunehmen, daß er das Boot führen mußte, aber er hatte auch den Eindruck, daß der ehemalige Herr des Westens einen gewissen Hang zur Melodramatik hatte. Aber wie dem auch sein mochte, es war bestimmt kein Klacks, seine Göttlichkeit zu verlieren.

Als wären ihm ähnliche Gedanken durch den Kopf gegangen, sagte Fredericks leise: »Das ist vielleicht ein bißchen so, wie es für dich war, als Thargor getötet wurde.«

Es gibt andere drohende Verluste, die mir sehr viel mehr Sorgen machen als der von Thargor, dachte Orlando, aber sagte nichts. Während der Wolfgott seine Klauenhände zu Fäusten ballte und wieder löste und dazu leise, selbstmitleidige Töne von sich gab, wandte Orlando seine Aufmerksamkeit erneut dem breiten Fluß und der scheinbar unendlichen Wüste zu.

Upuaut hörte schließlich auf, sich in seinem Elend zu suhlen, und den Rest des langen, heißen Tages über ergötzte er sie mit Geschichten über seine Zeit als Gott, die sich wenigstens zur Hälfte um seine ständigen Kämpfe mit der Erzschlange Apep drehten, dem Ungeheuer, dessen Lebenssinn offenbar in seinem täglich neu unternommenen Versuch bestand, den Sonnengott Re und seine Himmelsbarke zu verschlingen. Wenn Upuaut gerade einmal nicht damit beschäftigt gewesen war, Speere auf Apep zu schleudern, hatte er allem Anschein nach ein nicht endenwollendes Aufgebot holder Weiblichkeit beglückt, Göttinnen ebenso wie sterbliche Priesterinnen. Die ersten paar Beschreibungen dieser eigentümlichen Andachtsübungen reizten noch Orlandos pubertäre Neugier, und der fortwährende Gebrauch der Wendung »es enthüllte ihr seine strahlende Gottheit« besaß einen gewissen Heiterkeitswert, doch beim fünften oder sechsten Mal stieß ihm allmählich die Gleichheit der Geschichten auf – in seiner Erinnerung war Upuaut so kraftstrotzend und unerschöpflich wie ein Fruchtbarkeitsgott –, und als der Wolfgott zur fünfzehnten Schilderung seiner amourösen Eroberungen ansetzte, hatte Orlando gute Lust, ihn mit der Bootsstange zu erschlagen.

Fredericks war schon einige Zeit vorher unter dem Schutz des Segeltuchs eingeschlafen und hatte damit seinen Gefährten dazu verurteilt, der einzige Zuhörer des Gottes sein zu müssen, ein Manöver, für das Orlando bereits mehrere abgefeimte Rachepläne schmiedete.

»Weißt du, wo Ilions Mauern sind?« fragte Orlando unvermittelt, eher in der Hoffnung, den Bericht von Upuauts Verführung der Skorpiongöttin Selket zu verhindern, als in Erwartung einer Auskunft. Wenn der Wolfgott ein Geschöpf dieser Simwelt war, dann kannte er keine andere, und die Chancen, daß sie gleich auf Anhieb in die hineingeraten waren, die sie suchten, waren bestimmt tausend zu eins oder noch schlechter.

Der immer noch in der Erinnerung an Selkets gepanzerte Reize schwelgende Upuaut brauchte mit der Antwort einen Moment. »Wie war das? Nein, das ist kein Name, den es je gehört hätte, daher bezweifelt es, daß es so etwas gibt. Es gibt den Tempelpalast des Ptah, bei dem man von ›Ptah südlich von seiner Mauer‹ spricht. Ptah, der Demiurg, ist auch einer von denen, die unter der Herrschaft des Osiris aufgestiegen sind, obwohl er niemandem ein wahrer Freund ist, nicht einmal dem Herrn der beiden Länder. Ist es das, was du meinst?«

»Nein, ich glaube nicht.« Orlando tat langsam der Rücken weh. Der Mechanismus, der ihn in der Simulation festhielt, schien ihn auch ziemlich willkürlich mit Gesundheit und Stärke bedacht zu haben, mit sehr viel mehr, als er selber besaß, wenn auch deutlich weniger, als der nimmermüde Thargor in jeder Simulation erhalten hätte, die das mittländische Wertungssystem anerkannte. »Vielleicht könntest du mal eine Weile das Boot übernehmen.«

Upuauts Augen wurden groß. »Darf es das? Es hat kein Boot mehr steuern dürfen, seit Osiris es verstieß.« Er richtete sich zu seiner vollen spindeldürren Länge auf und nahm die Bootsstange in seine zitternden Hände. Als er die Stange zum erstenmal eintauchte, stimmte der Wolfgott flüsternd eine einfache Lallmelodie an, die Orlando unter anderen Umständen beinahe gefällig gefunden hätte.

Er kroch unter das Segeltuch und drängelte sich an den protestierenden Fredericks, bis dieser ein Stück rückte. Orlando war es schrecklich heiß, und jetzt, wo er sich nicht mehr bewegte, fing sein Kopf an zu pochen.

»Wohin fahren wir eigentlich?« erkundigte sich Fredericks verschlafen.

»Keine Ahnung. Flußabwärts.« Orlando rekelte sich zurecht, um eine Lage zu finden, in der sich seine Rückenmuskeln entkrampfen konnten.

»Und was dann? Gondeln wir einfach von einer Simwelt zur nächsten, bis wir zu diesem Iliondings kommen?«

»Das kann Jahre dauern«, sagte Orlando dumpf. Es war ein gräßliches Dilemma, aber er konnte nicht darüber nachdenken, wenn ihm derart der Schädel brummte. Er ärgerte sich über Fredericks, dem man immer alles sagen mußte, der nie selber nachdachte. *Die* nie selber nachdachte. »Wir müssen uns was anderes einfallen lassen«, sagte er. »Wir können nicht einfach weiter vor uns hin fahren, bis wir zufällig Glück haben, Fredericks. So lange halt ich nicht durch.«

»Was soll das heißen ...?« fragte der andere, aber brach dann ab und verstummte. Orlando rollte sich auf die Seite, drehte seinem Freund den Rücken zu und versuchte, auf dem harten Deck eine bequeme Position zu finden.

Upuauts Stimme erhob sich zu einem träumerischen Singsang, in dem er immerzu dieselben Worte wiederholte, bis Orlando nichts anderes übrigblieb, als zuzuhören.

> »O Höchster, Schöngeschmückter,
> Mit einer Rüstung so glänzend wie die Barke des Re,
> Stimmgewaltiger, Wepwawet!
> Wegeöffner, Herr im Westen,
> Dem sich alle Gesichter zuwenden –
> Du bist herrlich in deiner Hoheit!
> Wepwawet, erhöre jetzt dieses Gebet!
> Chontamenti, erhöre jetzt dieses Gebet!
> Upuaut, erhöre jetzt dieses Gebet ...!«

Mit einem leicht beklommenen Gefühl erkannte Orlando, daß der Wolfgott seine alten Hymnen an sich selbst sang.

Als Orlando verschwitzt und mit immer noch pochendem Kopf aus einem kurzen Schlummer erwachte, stellte er zu seiner Erleichterung fest, daß Upuauts seltsame Stimmung vorbei war. Ihr Gefangener stakte den Nachen mitten den Nil hinunter, der hier derart gestiegen war, daß beide Ufer ziemlich weit entfernt waren. Doch auch wenn der Fluß breiter war, hatte sich das sandige Antlitz der Wüste nicht verändert: Meile um Meile rostroter Sand, der sich in der Ferne verlor. Nur ein Haufen eingestürzter Steine am Flußufer unterbrach das eintönige Bild, die gewaltigen, aber schon lange verödeten Reste eines Bauwerks, nach dem sich Orlando nicht erkundigen wollte, um Upuaut ja nicht zu weiteren langatmigen Geschichten anzuspornen.

»Ja, wie ihr seht, greift der Sand weiter um sich«, sagte der Wolfgott. »Es herrschen schreckliche Verhältnisse, seit Seth von Osiris getötet wurde. Die Zeit des Hochwassers kommt, und der Fluß führt nicht genug Wasser, um über die Ufer zu treten und die Felder zu befruchten. Das Herausgehen kommt, aber in der Jahreszeit ist der Boden nun trocken, und die Samen werden von heißen Winden entblößt. Die Erntezeit kommt, aber die Erde trägt keine Frucht. Wenn dann die Hochwasserzeit wiederkehrt, bleiben Hapis Wasser niedrig und träge. Die Wüste, das rote Land, ist gewachsen. Das schwarze Land ist in Gefahr, und selbst Osiris in seinem großen Haus in Abydos muß sich fürchten.«

Orlando fragte sich, wer dieser Osiris sein mochte, ob er der menschliche Herr dieses Environments war, vielleicht sogar einer aus der Gralsbruderschaft. »Wenn die Dürre so schlimm ist, warum tut dann der Herr der beiden Länder, oder wie er sonst heißen mag, nichts dagegen?«

Upuaut blickte sich nervös um, als ob über ihnen am stumpfblauen Himmel Lauscher schweben könnten. Orlando sah nichts weiter als einen Geier, der in der überhitzten Luft auf der anderen Seite des Flusses gemächlich seine Spiralen drehte. »Es heißt, der Fluch des Seth hindere ihn daran. Deshalb habe er die Leiche des Herrn des roten Landes zurückgeholt, damit er Seth drohen könne, sie zu vernichten und damit seinen Ka der endgültigen, ewigen Finsternis zu überliefern.« Upuaut erschauerte, und die große rosa Zunge befeuchtete die schwarzen Lippen. »Aber Seth hat seinen Fluch nicht zurückgezogen, und das ganze Land leidet.«

Fredericks war wach geworden und setzte sich jetzt auf. Er schaute sich um und zog ein säuerliches Gesicht. »Sand, Sand, Sand. Verblockt ist das. Voll.«

Orlando schmunzelte. In einem völlig chaotischen Universum konnte man sich wenigstens auf Fredericks' Miesepetrigkeit verlassen.

»Ich mein's ernst, Orlando. Wenn nicht bald was passiert, scän ich noch aus von dieser ewigen Sonne.«

»Vielleicht«, bemerkte Upuaut, der weder in den Genuß des Sonnenschutzes noch eines Nickerchens gekommen und deshalb womöglich ein wenig empfindlich war, »versucht Re in seiner großen Weisheit mit dir zu sprechen. Du solltest dein Herz öffnen.«

»Re spricht jetzt zu *dir*«, gab Fredericks gereizt zurück. »Er sagt dir, du sollst den Mund halten und das Boot führen.«

Upuaut warf ihm einen unergründlichen Blick zu, aber verstummte.

Orlando wischte sich den Schweiß von der Stirn und fragte sich, was sein wirklicher Körper wohl mit dieser Simweltinformation anfangen mochte. *Hoffentlich denken die Ärzte nicht, ich hab Fieber. Dann pumpen sie mich mit noch mehr Kontrabiotika voll. Aber wahrscheinlich würden mir die zusätzlichen Flüssigkeiten, die sie mir dann verpassen, nicht schaden.* Die Vorstellung, daß er tatsächlich einen anderen Körper *hatte*, war seltsam. Er lebte jetzt schon so lange hier in diesem Thargorsim, daß sein sonstiges Dasein ihm langsam wie eine Fiktion vorkam.

»Wie wär's, wenn wir eine Runde schwimmen?« schlug er Fredericks vor. »Das würde uns abkühlen.«

Upuaut sah ihn an, als wäre er völlig verrückt geworden. »Aber das Lieblingsfutter der Nilkrokodile ist Götterfleisch.«

»Aha«, sagte Orlando. »Dann schwimmen wir vielleicht lieber doch nicht.«

In der Dunkelheit der Nacht war ihm zunächst nicht klar, wo er war, nicht einmal so recht, *was* er war. In der Schwärze zeichnete sich vage ein Bild uralten Verfalls ab, mächtige Säulen, die in den Sand gestürzt waren, gewaltige Granitquader, die wie Würfel verstreut in der Gegend lagen. Die Sterne am nächtlichen Himmel waren unnatürlich hell und verliehen den obenliegenden Flächen der Steine einen silbernen Glanz.

»*... Ich probier's ständig weiter*«, sagte eine Stimme. »*Kannst du mich nicht hören? Sag doch, daß du mich hören kannst.*« Die Töne waren vertraut, und die Dringlichkeit machte Orlando neugierig, aber er mußte gegen eine große Lethargie ankämpfen, bevor er sich weiter in die Ruinen hineinbegeben konnte. Und während er zwischen den flachen oder gerundeten Oberflächen der kunstvoll behauenen Trümmersteine vorwärtsschwebte, ging ihm auf, daß er träumte.

»Boß? Sag doch irgendwas! Ich werd's schon empfangen.« Die Stimme war schwach, aber da sie das einzige Geräusch in der weiten Leere der Nacht war, konnte er sie deutlich hören, so als flüsterte sie ihm ins Ohr. »Boß?«
Vor ihm lag ein umgestürzter Obelisk, von dem nur eine Seitenfläche und eine einzelne scharfe Kante aus dem Sand hervorschauten. Das Relief eines Käfers erregte seine Aufmerksamkeit: Von den vielen tausend in den schwarzen Granitobelisken eingemeißelten Bildern war es das einzige, das wie vom Sternenlicht belebt schimmerte und das sich bewegte.

»Mir läuft die Zeit weg.« Das Relief wand sich, als versuchte es, seiner steinernen Haft zu entkommen. Der leise Anhauch einer Erinnerung ließ ihn näher treten. »Wenn du mich hören kannst, zeig's mir irgendwie. Bitte, Boß!«

»Was ist denn?« fragte er. »Wer bist du?«

»Da bist du ja! Aber ich kann dich nicht verstehen. Dieses Ins-Ohr-Gerede haut nicht hin - ich werd dir 'ne Sonde an die Gehörknöchelchen halten, Boß. Nichts für ungut.«

Der kleine glänzende Skarabäus vollführte ein paar zuckende Bewegungen auf dem Obelisken. Als er sich wieder meldete, konnte Orlando ihn viel besser verstehen. »Sag was«, forderte das Wesen ihn auf.

»Wer bist du?«

»Beezle! Dein Agent - erinnerst du dich nicht mehr? Ich weiß, du bist ziemlich weggetreten, Boß, und deshalb muß das für dich schwer zu schnallen sein. Hör einfach zu, denn ich will auch nicht, daß du aufwachst. Du träumst, verstehste, aber das ist die einzige Zeit, wo ich dich erreichen kann. Es gibt 'ne bestimmte REM-Frequenz auf dem Weg nach unten und wieder nach oben, und die funktioniert quasi wie 'ne Trägerschwingung. Aber sie ist schwer abzupassen, und manchmal sind Leute hier in deinem Krankenhauszimmer, und dann darf ich mich nicht erwischen lassen.« Der schimmernde Käfer hielt sich jetzt auf dem Obelisken ganz still, als konzentrierte er sich. »Also hör mir einfach 'nen Moment zu, okay? Auf deine Anweisung hin hab ich alles von deinem System runtergeschafft und versteckt.«

Er kam allmählich ein wenig dahinter, was das Ding ihm sagen wollte, und obwohl er keine sehr konkrete Vorstellung von sich als Orlando Gardiner hatte, wußte er jetzt mehr oder weniger, wer er war und wer dieses merkwürdig klingende Wesen war. Aber es fiel ihm schwer, sich voll darauf einzulassen, was der Käfer ihm erklärte. »Ich hab dir die Anweisung dazu gegeben?«

»Ja, hast du. Und jetzt sei mal still, Boß, mit Verlaub. Damit ich gesagt krieg, was ich dir sagen muß.

So wie jetzt kann ich dich nur zu bestimmten Zeiten erreichen, und dein Zustand hat sich verschlimmert, was es noch schwerer macht. Deine Temperatur ist mords hoch, Boß. Die Ärzte und deine Eltern sind echt besorgt. Also paß auf dich auf, wenn du kannst, okay? Ich hab mich wegen diesem Atasco umgetan, den sie in Kolumbien geext haben, wie du's mir gesagt hast, und ich hab versucht an sein System ranzukommen, aber es ist echt total komisch, Boß - alles gesperrt, überall Abwehrwälle, aber nicht solche, wie man erwarten würde. Schwer zu erklären. Ich geb dir einen vollständigen Bericht, wenn du willst.« Er hielt einen Moment inne; als Orlando nichts sagte, sprach er hastig weiter. »Nach den Informationen, die ich durchgekämmt hab, war er Mitglied in 'nem Verein, der sich Gralsbruderschaft nennt. Im Moment kommen darüber in den Nachrichten 'ne Menge unguter Meldungen, Gerüchte und so. Auch 'ne Menge Sachen über Atasco, weil er tot ist.

Aber du mußt mir sagen, ob ich hinter den richtigen Sachen her bin, Boß. Es gibt zur Zeit in den Netzen auch haufenweise Informationen über TreeHouse, Gerüchte, ein paar handfeste Meldungen, alles mögliche. Ein paar Leute sind gestorben, ein paar Kinder liegen im Koma. Sind das die Sachen, um die ich mich kümmern soll? Ich kann zur Zeit nur Suchmodus fahren, kein direktes Anfassen, bloß Recherche. Wenn du willst, daß ich aktiver werde, mußt du's mir sagen - es muß ein Befehl sein, Boß. Ich kann nichts anderes machen, solange du's mir nicht sagst ...«

Orlando versuchte seine Gedanken zu sammeln, die wie Algen in einer tiefen Strömung dahintrieben. Die Ruinen schienen sich verschoben zu haben, näher herangerückt zu sein, so daß er jetzt auf allen Seiten von Steintrümmern überragt war. »Mach«, sagte er schließlich. Der Name des Wesens wollte ihm nicht einfallen. »Mach ... Käfer. Alles.« Er sinnierte noch ein Weilchen, bemühte sich, Worte für die immer noch herumwirbelnden, immer noch zusammenhanglosen Gedanken zu finden. »Komm. Komm mich finden.« Er wollte ihm sagen, wo er war, doch er kam nicht darauf. Ein Ort? »Ägypten«, sagte er schließlich, obwohl er merkte, daß sich das nicht richtig anhörte. »Ich bin ...« Eine Sekunde lang war es beinahe da, ein Wort, ein Gedanke ... ein anderes Land? Es entglitt ihm und war weg. »Ägypten«, wiederholte er. »Online.«

»Ich werd mein Bestes tun«, erwiderte die silbrige Gestalt. Das Leuchten verblaßte. »Ich seh zu, daß ich dich finde ...«

Die Stimme verklang. Das Sternenlicht wurde trübe. Orlando merkte, wie sein Name ihm wiederkam, deutlich jetzt, aber irgendwie unwichtig. Einen Augenblick später wurde ihm klar, daß er geträumt hatte, und während die letzten dünnen Schleier des Traums von ihm abfielen, versuchte er zu behalten, was er geträumt hatte.

Beezle ..., erinnerte er sich vage. *In den Ruinen. Er sucht mich, hat er gesagt - war es nicht so?*

Es war bereits schwer, sich die Einzelheiten zurückzurufen. Er schlug die Augen auf und sah, daß die zerborstenen Steine, inmitten derer sie ihr Lager aufgeschlagen hatten, ihn immer noch umringten, aber statt des silbernen Sternenscheins seiner Träume waren sie von einem zarten rosigen Glühen angehaucht, dem ersten Licht der Morgenröte. Ein Rascheln ganz in der Nähe erinnerte ihn daran, daß der Wolfgott Upuaut am Anfang der Nacht schrecklich unruhig gewesen war; sein Gemurmel hatte Orlando lange Zeit am Einschlafen gehindert ...

Ein Schatten baute sich jählings vor ihm auf, dunkel vor dem dunklen Himmel. Gelbe Augen brannten wie Lampen. Etwas Kühles und Scharfes berührte Orlandos Kehle - Thargors Schwert.

»Der Allerhöchste sprach zu ihm.« Upuauts Stimme, die beim Aufschlagen des Lagers so milde und vernünftig gewesen war, hatte den triumphierenden Ton seiner Hymne an sich selbst wiedergewonnen. »Sprach durch dich, da du schliefst, weil er wußte, daß Upuaut lauschte. Er sprach zu ihm ... zu ... zu *mir*.« Der Wolfgott sprach das persönliche Fürwort mit bebender Freude aus. »Zu mir! Upuaut! Und Re sprach in seiner Skarabäusgestalt als Chepri, Käfer der Morgensonne! ›*Mach alles*‹, sagte er. ›*Komm mich finden*‹, waren seine Worte an den treuen Upuaut. ›*Ich bin Ägypten*‹, sprach er zu mir, mir, mir!«

Der Wolfgott führte einen seltsamen Tanz auf, bei dem er seine langen Beine in die Luft warf wie eine Heuschrecke auf der Herdplatte, aber die Schwertspitze weiter nahe an Orlandos Gesicht hielt.

»Die Zeit meiner Verbannung ist zu Ende«, jubelte Upuaut. »Und jetzt werde ich mich zu Res Tempel begeben, und er wird mir mein Erstgeburtsrecht zurückerstatten! Meine Feinde werden fallen, sie werden ihr Gesicht in den Staub reiben und laut wehklagen. Ich werde wieder Chontamenti sein, der Erste der Westlichen!«

Die Klinge tanzte unangenehm dicht vor Orlandos Gesicht; er schob sich ein paar Zentimeter zurück. Neben ihm war Fredericks eben erst aufgewacht und lag mit erschrocken aufgerissenen Augen da. »Was wird aus uns?« fragte Orlando.

»Ah, ja.« Upuaut nickte würdevoll. »Du hast als Mund des Re gedient. Ich werde nicht so schmählich handeln, daß ich seinem Boten etwas zuleide tue. Ihr dürft beide leben.«

Erleichterung wandelte sich in Empörung. »Was ist mit deinem Versprechen?« gab Orlando zu bedenken. »Du hast bei deiner Göttlichkeit geschworen.«

»Ich versprach, euch nichts zu tun. Ich habe euch nichts getan. Ich versprach, euch zu führen. Das habe ich getan, wenn auch nur kurze Zeit.« Upuaut machte auf dem Absatz kehrt und stolzierte zum Strand hinunter, wo er im Frühlicht schlank wie ein Lotusstengel gegen den dunklen Fluß abstach. Orlando und Fredericks mußten hilflos mit ansehen, wie der Wolfgott ihr Boot in das flache Wasser schob und einstieg. Als er es in die Strömung hinausgestakt hatte, wandte er sich noch einmal zum Ufer um. »So ihr vor mich kommt, wenn ich wieder der Herr des Westens bin«, rief er ihnen zu, »werde ich gnädig sein. Ich werde eure Seelen mit Ehre bekleiden.«

Das Boot trieb davon. Der Wolfgott warf den Kopf in den Nacken und bellte eine weitere Hymne zum Preis seiner eigenen Göttlichkeit.

Orlando ließ den Kopf in die Hände sinken. »O Gott. Jetzt sind wir angeschmiert.«

»Ich hab dir ja gesagt, wir sollten ihn töten.« Fredericks blickte Orlando genauer an und sah seine Verzweiflung. »He, so schlimm ist es auch wieder nicht.« Er tätschelte seinem Freund die Schulter. »Wir bauen uns einfach ein neues Boot. Es gibt hier Palmen und solche Sachen.«

»Und womit willst du sie fällen? Und wie zurechthacken?« Orlando schüttelte Fredericks' begütigende Hand ab. »Er hat mein Schwert mitgenommen, schon vergessen?«

»Oh.« Fredericks fiel erst einmal nichts mehr ein. Die Sonne hob jetzt von den östlichen Bergen ab, der Sand begann rot zu brennen. »Was meinst du, wie weit müssen wir gehen, bis wir zum nächsten ... zum nächsten Durchgang kommen, oder wie die Dinger heißen?«

»Durch tausend Meilen Wüste«, sagte Orlando bitter. Das war, da war er sich sicher, keine große Übertreibung. Der schockierte Ausdruck auf dem Gesicht seines Freundes verbesserte seine Stimmung nicht im geringsten.

Kapitel

In Erwartung der Traumzeit

NETFEED/NACHRICHTEN:
"Datenterroristen" übermitteln Manifest
(Bild: drei menschliche Gestalten, die auf einem Haufen Spielzeug sitzen)
Off-Stimme: Gestern um zwölf Uhr mittags MGZ wurde in die meisten kommerziellen Netzkanäle ein kurzes und bizarres Manifest eingespeist. Es stammt von einer Gruppe, die sich Dada Retrieval Kollektiv nennt.
(Bild: ein Trio mit animierten Kikerina-Kirschkern-Masken)
DRK 1: "Die Seescheide ist ein Meerestier, das anfangs ein rudimentäres Gehirn besitzt. Fertig entwickelt hört es auf, sich herumzubewegen, heftet sich an einen Felsen und macht dort nichts anderes, als Meerwasser zu filtrieren. Da es sein Gehirn nicht mehr braucht, wird es mitverdaut."
DRK 2: "Wir haben den SeeScheidenStoßtrupp gebildet, um diese Tatsache bekanntzumachen und zu feiern. Wir werden überall, wo wir nur können, die Zerstörung der Telekommunikation betreiben."
DRK 3: "Ungeduppt. S3 gibt's wirklich. Wir werden das Netz kaputt machen. Eines Tages werdet ihr uns dafür dankbar sein."

> Stan Chan steckte seinen Kopf um die Trennwand. »Hab was für dich. Eine Dame von der UNSW mit dem märchenhaften Namen Victoria Jigalong. Sie soll erste Sahne sein, einsame Spitze. Ich hab dir den Namen und die Nummer rübergetan.«

»Und warum hampelst du hier noch rum wie ein kleiner Springteufel?«

»Weil ich den leuchtenden Blick der Dankbarkeit auf deinem richtigen, lebendigen Gesicht sehen wollte. Ich geh was essen - kommst du mit?«

»Nein, danke, ich eß heute Luft zu Mittag. Eine Frau muß auf ihre Linie achten, weißt du.«

»Und du nennst *mich* altmodisch.« Weg war er; sie hörte ihn auf dem Weg zur Tür mit ein paar Kollegen herumalbern.

Calliope Skouros rief Stans Mitteilung auf und lehnte sich zum Lesen zurück. Sie fragte sich, ob es vertretbar sei, die Disziplin ein wenig zu lockern und einen Griff in die Kekspackung in der untersten Schublade zu tun. Diät leben hieß schließlich nicht, daß man darbte. Andererseits hatte sie wenig Spielraum, ihrer Genußsucht zu frönen, wenn sie ihre ohnehin schon breitschultrige und breithüftige Figur in einer ihr annehmbar erscheinenden Form halten wollte.

Sie zog ein mürrisches Gesicht und ließ die Kekse, wo sie waren. Das ganze Theater bloß, um dem »öffentlichen Bild der Polizistin« zu genügen, nicht wahr? Aber das »öffentliche Bild des Polizisten« störte es offenbar gar nicht, wenn ein Mann einen Bierbauch und einen dicken Hintern hatte. Wenn man jedoch eine Frau war, die sich nach der Beförderung streckte und obendrein noch schwul war ...

Chans eiliges Dossier über Jigalong klang in der Tat, als wäre sie eine gute Quelle. Sie besaß den Doktor in Australischer Volkskunde und in Ethnologie und hatte in so vielen Ausschüssen gesessen, daß Calliope schon bei dem Gedanken das Grauen packte. Sie hatte sich außerdem für eine ganze Reihe frauenspezifischer Anliegen engagiert, und das schien ihr ein gutes Omen zu sein.

Bei der University of New South Wales bekam sie schließlich, nachdem sie x-mal weiterverbunden worden war, den Assistenten des Fachbereichs Ethnologie an die Strippe. Nachdem er offline gegangen war, dauerte es einen Moment, dann veränderte sich plötzlich das Bild.

Calliopes erster Eindruck von Professor Jigalong war, daß sie sehr, sehr dunkel, nahezu buchstäblich schwarz war, so daß sie verstohlen den Kontrast ihres Bildschirms verstellte, um dort nicht nur eine Maske mit irritierend weißen Augen in der Mitte zu sehen. Der Kopf der Frau war kahlrasiert, und sie trug ungewöhnlich große Ringe im Ohr und ein Halsband mit klobigen Steinperlen.

»Was kann ich für dich tun, Detective?« Jigalongs Stimme war rauchig und tief und ihre ganze Ausstrahlung, selbst über die Telekomleitung, ziemlich überwältigend. Calliopes Hoffnung, an die schwesterliche Solidarität zu appellieren, löste sich in Nichts auf. Die Frau war ... irgendwie hexig.

Mit größtmöglicher professioneller Routine und einem Ton, der respektvoll klingen sollte (was ihr aus irgendeinem Grund angebracht erschien), stellte Detective Skouros sich vor und erläuterte rasch, daß sie Informationen über die Woolagaroofigur und verwandte Mythen brauche.

»Es gibt viele Mythensammlungen, die für Anfänger geeignet sind«, erwiderte die Professorin kühl wie ein nebeliger Morgen. »Sie sind in mehreren Medien zugänglich. Ich lasse dir gern von jemandem eine Liste zusammenstellen.«

»Die meisten kenne ich wahrscheinlich schon. Ich brauche Sachen, die etwas tiefer gehen.«

Die Frau zog die Brauen hoch. »Darf ich fragen, warum?«

»Ich ermittle in einer Mordsache. Es besteht, denke ich, die Möglichkeit, daß der Täter von uraustralischen Mythen beeinflußt wurde.«

»Mit andern Worten, du denkst, daß der Mörder wahrscheinlich ein Schwarzer ist, nicht wahr?« Der Ton der Professorin blieb kalt und abweisend. »Es ist dir nicht in den Sinn gekommen, daß er ein Weißer sein könnte, der etwas nachahmt, was er gehört oder gelesen hat.«

Calliope fühlte, wie der Ärger in ihr aufflackerte. »Erstmal, Professor, ist es gar nicht ausgemacht, daß der Täter überhaupt ein Er ist. Aber auch wenn er ein Mann ist, interessiert mich seine Hautfarbe nicht im geringsten beziehungsweise nur insoweit, als sie uns hilft, ihn zu fassen.« Sie war zorniger, als sie zunächst gemerkt hatte. Nicht nur hatte diese Frau mit schwesterlicher Solidarität nichts im Sinn, für sie war Calliope zudem nichts weiter als irgendeine weiße Polizeikraft. »Das Wichtigste hierbei ist die arme Kleine, die er getötet hat, und die ist zufälligerweise ihrerseits Aborigine - eine Tiwi. Was nicht bedeutet, daß sie mehr oder weniger wert ist. Oder weniger tot.«

Victoria Jigalong sagte eine Weile nichts. »Ich entschuldige mich für meine Bemerkung.« Es klang nicht so, als ob es ihr leid täte, aber Calliope hatte ihre Zweifel, ob die Frau zu so etwas überhaupt imstande war. »Was bringt dich auf den Gedanken, diese Sache könnte etwas mit australischen Mythen zu tun haben?«

Calliope beschrieb den Zustand der Leiche und erwähnte die Bemerkung, die die Frau des Pfarrers gemacht hatte.

»Verletzungen der Augen sind auch in andern Ländern und andern Kulturen nicht ungewöhnlich«, sagte die Professorin, »wo die Leute noch nie was vom Woolagaroomythos gehört haben.«

»Mir ist klar, daß Aborigineüberlieferungen nur eine Möglichkeit sind. Aber irgend jemand hat Polly Merapanui getötet, und irgend jemand hat sie so zugerichtet, deshalb verfolge ich jede Spur, die ich habe.«

Das dunkle Gesicht auf dem Bildschirm schwieg abermals mehrere Sekunden lang. »Heißt das, die Sensationsnetze werden einen großen Rummel darum machen?« fragte Victoria Jigalong schließlich. »›Polizei sucht Abomythen-Killer‹ oder so?«

»Nicht, wenn ich es verhindern kann. Der Mord liegt ohnehin fünf Jahre zurück. Die traurige Wahrheit ist, daß niemand außer mir und meinem Partner sich um die Sache schert, und wenn wir nicht bald was Konkretes vorlegen können, wird sie wieder in den Stapel ›Ungelöste Fälle‹ wandern, und das war's dann wahrscheinlich.«

»Gut. Komm zu mir ins Büro.« Sie hatte sich entschieden und war jetzt kurz angebunden. »Ich erzähle dir alles, was ich weiß. Mach eine Zeit mit Henry aus – mit dem du zuerst gesprochen hast. Er kennt meinen Terminkalender.«

Bevor Calliope ihren eigenen vollen Terminkalender ins Feld führen konnte, hatte Professor Jigalong das Gespräch beendet.

Eine halbe Minute lang saß sie nur da und starrte hilflos entrüstet den Bildschirm an, dann rief sie den Assistenten wieder an und machte einen Termin aus. Wütend über ihre Nachgiebigkeit – sie, die ihr Vater wegen ihrer Sturheit immer »Ochse« genannt hatte – wühlte sie in der untersten Schreibtischschublade nach den Keksen. Diät, scheiß drauf. Sie würde sich eine Statur anfressen, daß dieser Jigalong vor Schreck das Herz in die Hosen rutschte.

Was sie nach langer und fruchtloser Suche in der Schublade fand, war ein zwei Tage altes Schuldbekenntnis von Stan Chan, eine Quittung über die Packung Kekse, die er ihr gestohlen hatte.

Der Keksdieb war gerade in einem anderen Fall unterwegs, deshalb begab sich Calliope allein in die Universität. Sie verpaßte den Zubringerbus vom Parkplatz und beschloß, zu Fuß über den Campus zu gehen, statt auf den nächsten zu warten.

Die Studenten waren einheitlich gut gekleidet – sogar die Imitate von Gossenmode waren teuer und edel geschneidert; Calliope war sich ihres ausgesprochen unschicken Anzugs und ihrer flachen, praktischen Treter mehr bewußt, als ihr lieb war.

Die meisten der jungen Leute, die sie sah, waren Asiaten aus den Pazifikanrainerstaaten, und obwohl sie schon gewußt hatte, daß viele Festlandschinesen an der UNSW eingeschrieben waren (einer der Spitznamen der Hochschule war »BUSX«, was für »Beijing University, Sydney Extension« stand), war es doch ein wenig verblüffend, es so unmittelbar vor sich zu sehen. Das ganze Land war im Grunde inzwischen halbasiatisch, sinnierte sie, obwohl die meisten der Asiaten, wie etwa Stan, ob ihre Großeltern nun Chinesen, Laoten oder Koreaner gewesen waren, jetzt genauso australisch waren wie »Waltzing Matilda«. Sie waren zu Normalbürgern geworden. Komisch, wie das passierte. Aber natürlich waren nicht alle Normalbürger: einige, die Aborigines zum Beispiel, blieben weitgehend ausgeschlossen.

Professor Jigalongs erste Reaktion beim Fongespräch fiel ihr ein und erinnerte Calliope daran, daß noch vor wenigen Generationen ihre aus Griechenland eingewanderten Urelten die komischen Ausländer gewesen waren, die Zielscheibe von Witzen und manchmal auch von häßlicheren Sachen. Aber freilich, wenn man es vom Aboriginestandpunkt aus betrachtete, waren Calliope und ihre griechisch-australischen Vorfahren von irgendwelchen anderen Weißen nie sehr verschieden gewesen.

Victoria Jigalongs Büro war nicht größer als die meisten Unikabuffs. Was daran überraschte, war seine Kargheit. Calliope hätte einen Raum erwartet, randvoll mit Aboriginekunst, doch außer einem Schrank mit mehreren Regalen voll alter Papierbücher und einem nicht besonders aufgeräumten Schreibtisch war es so kahl wie eine Mönchszelle. Das formlose weiße Kleid der Professorin aus schwerem Baumwollstoff, dessen Länge noch durch ihre Größe unterstrichen wurde, als sie hinter ihrem Schreibtisch aufstand, wirkte wie ein priesterliches Gewand. Calliope absolvierte einen festen, trockenen Händedruck und ließ sich auf dem einzigen anderen Stuhl nieder, schon wieder aus dem Konzept gebracht.

»So.« Die Professorin setzte eine geradezu antike Brille auf. Mit den Gläsern vor den Augen und dem glänzenden, haarlosen Kopf machte sie jetzt den Eindruck, komplett aus spiegelnden Oberflächen zu bestehen. »Du willst also etwas über den Woolagaroomythos erfahren?«

»Äh, ja.« Calliope wäre ein bißchen Geplauder zum Warmwerden lieber gewesen, aber darauf würde sie wohl verzichten müssen. »Ist er allgemein bekannt?«

»Er ist recht gängig. Er kommt in den Geschichtenzyklen etlicher australischer Urvölker in verschiedenen Formen vor. Die wesentlichen Elemente sind bei den meisten gleich - ein Mann faßt den Vorsatz, einen künstlichen Menschen zu schaffen und ihm Leben zu verleihen. Er baut ihn aus Holz und setzt ihm Steine als Augen ein, aber seine Versuche, ihm durch Magie Leben einzuhauchen, schlagen fehl. Schließlich ist er der Sache überdrüssig und geht weg, aber da hört er, daß er verfolgt wird. Es ist natürlich der Woolagaroo, der erzteuflische Teufel, der auf ihn Jagd macht. Entsetzt versteckt er sich, und der Woolagaroo geht schnurstracks weiter, über Steine und durch Dornen und selbst auf dem Grund der Flüsse, bis er verschwindet.« Sie legte die Fingerspitzen zusammen. »Einige Volkskundler glauben nicht, daß es wirklich ein Mythos aus der Traumzeit ist. Ihrer Meinung nach ist er neueren Datums.«

»Entschuldigung, dürfte ich dich kurz unterbrechen?« Calliope holte ihr Pad aus der Tasche. »Hast du was dagegen, wenn ich das aufnehme?«

Professor Jigalong musterte das Gerät mißbilligend, und Calliope hatte schon die bizarre Befürchtung, diese sehr moderne und imposante Frau werde sie gleich bezichtigen, ihr die Seele stehlen zu wollen. »Wenn's sein muß«, war alles, was die Professorin sagte.

»Du hast die Traumzeit erwähnt. Das ist auch ein Mythos, nicht wahr? Davon, daß es eine Zeit vor der Zeit gab und daß damals alle Aboriginemythen buchstäblich wahr waren?«

»Sie ist mehr als das, Detective. Die tiefer blicken, glauben, daß man in sie eintreten kann. Daß wir in Träumen immer noch mit der Traumzeit in Berührung kommen.«

Sie hatte mit besonderem Nachdruck gesprochen, aber Calliope wollte nicht in ein akademisches Kreuzfeuer verwickelt werden. »Aber du sagtest, daß einige Leute diesen Woolagaroomythos für - was, für modern halten?«

»Ihrer Meinung nach ist er eine Allegorie des ersten Kontakts mit den Europäern und mit ihrer Technik. Sie sagen, der Mythos wolle den Eingeborenen klarmachen, daß Maschinen irgendwann ihre Schöpfer zerstören.«

»Aber du teilst diese Meinung nicht.«

»Die Weisheit der sogenannten Primitiven geht tiefer, als die meisten Leute, die sich zivilisiert nennen, verstehen können, Detective Skouros.« Die Härte ihres Tons hörte sich fast automatisch an, wie die Versteinerung einer alten Argumentation. »Man muß nicht erst ein Gewehr oder ein Automobil gesehen haben, um auf den Gedanken zu kommen, daß die Menschheit weniger auf das sehen sollte, was sie macht, als vielmehr darauf, was sie *ist*.«

Calliope bemühte sich, die Frau wieder auf den Boden der Tatsachen zurückzuholen, und die Professorin ließ es geschehen, als merkte sie, daß die Polizistin vor ihr mit der Debatte, in der sie so entschieden Stellung bezog, nichts zu tun hatte. Sie füllte den Speicher des Pads eine Viertelstunde lang mit Darstellungen verschiedener Versionen der Sage und verschiedener gelehrter Kommentare, die darüber geschrieben worden waren. Professor Jigalongs Gestik war markant, mit einem leisen Anflug von Theatralik, und ihre tiefe Sprechstimme beinahe hypnotisch, und selbst ihre beiläufigen Bemerkungen machten einen gründlich durchdachten Eindruck. Abermals hatte Calliope das Gefühl, von dem eigentümlichen Magnetismus der Professorin überwältigt zu werden. Zuerst hatte sie an eine sexuelle Ausstrahlung geglaubt - Professor Jigalong war eine gutaussehende und sehr eindrucksvolle Frau -, aber mehr und mehr merkte sie, daß die schiere Präsenz der Frau sie faszinierte und sie darauf eher mit der Ehrfurcht einer potentiellen Jüngerin reagierte.

Calliope gefiel das gar nicht. Sie war kein Fan von irgendwem oder -was, schon gar keine Verehrerin irgendeiner Kultgestalt, und sie konnte sich nicht vorstellen, das wegen einer neurotisch rechthaberischen Volkskundlerin zu ändern. Aber es war schwer, sich nicht von der Frau in den Bann ziehen zu lassen.

Während sie zuhörte (aber eigentlich nur halb, weil die Detailfülle sie zu erschlagen begann), ließ Calliope den Blick im Büro umherschweifen. Dabei erwies sich eine der klösterlich kahl wirkenden Wände als ein sehr großer - und offenbar ziemlich teurer - Wandbildschirm, der in Ruhestellung einen neutralen, mattweißen Ton hatte. Und es gab auch einen einzelnen Ziergegenstand, den sie vor den vielfarbigen Buchrücken in den Regalen übersehen hatte.

Das mit einem hölzernen Ständer versehene Objekt war sehr schlicht – ein leicht unregelmäßiger Kreis aus gelblichem Elfenbein oder Knochen, senkrecht stehend wie eine Tunnelöffnung und mit dem fast unsichtbaren Fuß im ganzen nicht höher als eine Handlänge. Wenn er nicht die einzige Dekoration in dem ansonsten rein funktionalen Raum gewesen wäre, hätte Calliope ihn kaum bemerkt. Aber so fiel es ihr schwer, den Blick davon abzuwenden.

»... und deshalb ist mir deine Hypothese, dieser Mythos könnte Teil eines Ritualmords sein, natürlich sehr unangenehm.«

»Oh! Entschuldigung.« Sie hatte nicht mehr zugehört, und um ihre Verlegenheit zu verbergen, schüttelte Calliope ihr Pad ein wenig, als wäre es stehengeblieben. »Könntest du das bitte nochmal wiederholen?«

Die Professorin warf ihr einen scharfen Blick zu, doch ihre Stimme blieb neutral. »Ich sagte, daß eine bestimmte Gruppe der uraustralischen Bevölkerung daran glaubt, daß die Traumzeit wiederkehrt. Wie die meisten fundamentalistischen Bewegungen ist das eine Reaktion auf erlittene Unterdrückung, auf politische Entrechtung. Und die darauf hoffen, sind keineswegs alle Dummköpfe oder leichtgläubige Gimpel.« Hier hielt sie einen Moment inne, als müßte sie sich zum erstenmal bedenken, was sie als nächstes sagen sollte. »Aber es gibt auch solche, die meinen, sie könnten diese Wiederkehr der Traumzeit mit Gewalt betreiben oder sie sogar ihren eigenen Zielen dienstbar machen, und diese Leute schrecken nicht davor zurück, die Rituale und Glaubensvorstellungen ihres Volkes zu diesem Zweck zu pervertieren.«

Calliope spürte ihr Interesse steigen. »Und du meinst, der Killer könnte so jemand sein? Jemand, der irgendein Ritual, irgendeinen Zauber vollziehen will, um die Traumzeit zurückzubringen?«

»Kann sein.« Victoria Jigalong blickte viel betroffener, als der Anlaß es rechtfertigte. Calliope fragte sich, ob es sie schmerzte, über etwas zu sprechen, das man als Indiz für die Einfältigkeit ihres Volkes auffassen konnte. »Der Woolagaroo ist mancherorts ein ziemlich aufrüttelndes Bild – und nicht bloß für die negativen Auswirkungen der Technik. Manche begreifen ihn als eine Metapher dafür, daß die Bestrebungen des weißen Mannes, die Urvölker nach seinem Bilde umzuformen, zuletzt auf ihn selbst zurückschlagen werden. Daß seine ›Schöpfung‹, wenn du so willst, sich gegen ihn wenden wird.«

»Mit andern Worten, manche Leute benutzen ihn, um Rassenunruhen anzuheizen?«

»Ja. Aber vergiß nicht, selbst in diesen turbulenten Zeiten ist er ein Mythos, und wie bei allen Mythen meines Volkes darf das, was daran schön ist – was daran *wahr* ist –, nicht damit verwechselt werden, was kranke oder verbiesterte Hirne daraus machen möchten.« Merkwürdigerweise schien diese strenge Frau die Polizistin beinahe um Verständnis zu bitten.

Als Calliope sich bei ihr bedankt hatte und schon in der Tür stand, drehte sie sich noch einmal um und sagte: »Ach, übrigens, mir ist dieser Knochenring in deinem Bücherschrank aufgefallen. Ist er ein Kunstwerk oder irgendeine Auszeichnung? Er ist wirklich sehr schön.«

Professor Jigalong drehte sich nicht nach dem Schrank um; sie beantwortete auch nicht die Frage. »Ich denke, du bist ein guter Mensch, Detective Skouros. Tut mir leid, daß ich anfangs so scharf war.«

»Keine Ursache.« Calliope war verwirrt. Der Ton der Professorin war wieder seltsam und zögernd geworden. Kam jetzt doch noch ein Anmachversuch? Calliope wußte nicht so recht, wie sie das finden würde.

»Eins möchte ich dir noch sagen. Viele Leute warten auf die Traumzeit. Manche versuchen sie herbeizuführen. Es sind ernste Zeiten.«

»Oh, ganz bestimmt«, entgegnete sie eifrig und wünschte sofort, sie hätte den Mund gehalten. Der Blick der Frau war sehr, sehr eindringlich, aber das war kein Grund, einfach loszusprudeln.

»Ernster, als dir klar ist.« Victoria Jigalong drehte sich jetzt um und trat an den Bücherschrank. Sie nahm den Knochenkreis vom Regal und fuhr andächtig mit dem Finger ringsherum wie eine Nonne, die den Rosenkranz betet. »Und in diesen ernsten Zeiten«, fuhr sie schließlich fort, »solltest du jemanden, der den Woolagaroozauber anruft, nicht unterschätzen. Nimm die Vorstellung der Traumzeit nicht auf die leichte Schulter.«

»Ich nehme die Glaubensvorstellungen anderer Leute nie auf die leichte Schulter, Professor.«

»Um Glaubensvorstellungen geht es hierbei nicht mehr, Detective. Die Welt steht vor einer großen Veränderung, auch wenn die meisten das noch nicht sehen können. Aber ich sollte dich nicht länger aufhalten. Guten Tag.«

Eine halbe Stunde später saß Calliope immer noch in ihrem Dienstwagen auf dem Parkplatz und ließ das Gespräch ablaufen. Sie starrte dabei auf ihre Notizen zum Woolagaroomythos und versuchte sich darüber klarzuwerden, was zum Donner *das* nun wieder gewesen war.

> Christabel wartete und wartete draußen vor der Metalltür und gab sich alle Mühe, sich nicht mehr zu fürchten. Es war, als wenn ein Drache hinter der Tür stand oder sonst ein Monster. Sie traute sich nicht anzuklopfen, obwohl sie wußte, daß auf der anderen Seite nur Herr Sellars war. Herr Sellars und dieser fiese, scheußliche Junge.

Endlich nahm sie allen Mut zusammen und klopfte mit dem Stein das Signal an die Tür, das Herr Sellars ihr gesagt hatte: *bumm-bumpa-bumm-bumm.*

Die Tür ging auf. Das schmutzige Gesicht des Jungen guckte sie an.

»Ich will Herrn Sellars sehen«, sagte sie mit ihrer festesten Stimme.

Der Junge ließ sie ein, und sie kroch an ihm vorbei. Er roch. Sie verzog das Gesicht, und er sah es, aber er stieß nur ein leises zischendes Lachen zwischen den Zähnen hervor, wie Mystery Maus es immer machte.

Im Innern des Tunnels war es heiß und feucht und dunstig, und zunächst sah sie nicht sehr viel. Auf dem Boden stand ein kleiner Herd mit einem blubbernden Topf darauf, und daraus entwich der Dampf, dessentwegen man kaum etwas erkennen konnte. Die Luft roch komisch, nicht säuerlich wie der Junge, sondern wie etwas aus dem Arzneischrank zuhause oder eine der Sachen, die ihr Papi trank.

Als sie drinnen war, stand sie auf. Wegen der nebligen Luft sah sie nicht, wo sie langgehen sollte. Der Junge gab ihr einen kleinen Stups, nicht allzu doll, aber auch nicht sehr freundlich, so daß sie stolperte und beinahe hingefallen wäre. Sie bekam wieder Angst. Herr Sellars rief ihr immer einen Gruß zu, auch wenn sie vorbeikam, ohne erst in der MärchenBrille mit ihm zu reden.

»Bringse was zu essen mit, mu'chita?« fragte der Junge.

»Ich will Herrn Sellars sehen.«

»Ay, Dios! Dann geh 'alt.« Er trat von hinten an sie heran, als wollte er sie wieder stupsen, und Christabel trippelte eilig über den nassen Beton, um nicht von ihm angefaßt zu werden.

Herrn Sellars' Rollstuhl stand leer an einer der breiten Stellen im Tunnel, was ihr noch mehr Angst machte. Ohne den alten Mann sah er wie etwas aus den Nachrichten aus, wie eines von diesen Raumschiffdingern, die auf dem Mars landeten und anfingen, kleine Maschinen zu machen, wie eine Katze, die Junge kriegt. Sie blieb stehen und traute sich nicht in die Nähe, nicht einmal, als der Junge dicht hinter ihr war. Sein Atmen klang sehr laut. Ihres auch.

»Die kleine Zicke spinnt«, sagte der Junge.

Im Schatten hinter dem Rollstuhl regte sich etwas. »Was?« fragte eine leise Stimme.

»Mu'chita loca, eh? Sagse, sie will mit dir reden und zickt dann bloß rum. Was weiß ich.« Der Junge schnaubte verächtlich und hantierte dann an dem Topf mit kochendem Wasser herum.

»Herr Sellars?« Christabel fürchtete sich immer noch. Er klang komisch.

»Kleine Christabel? Das ist ja eine Überraschung. Komm her, mein Liebes, komm her.« Sie sah eine Hand ganz schwach winken, und sie ging um den Rollstuhl herum. Herr Sellars lag auf einem Haufen Decken und war noch mit einer zugedeckt, so daß nur sein Kopf und seine Arme herausschauten. Er sah sehr hager aus, noch mehr als sonst, und er hob nicht den Kopf, als sie näher kam. Aber er lächelte, und das erleichterte sie ein wenig.

»Laß dich anschauen. Du mußt entschuldigen, daß ich nicht aufstehe, aber ich fürchte, ich bin im Augenblick ziemlich schwach. Die Arbeit, die ich mache, ist recht kräftezehrend.« Er schloß die Augen, fast als ob er einschlafen wollte, und es dauerte lange, bis er sie wieder öffnete. »Ich bitte auch um Nachsicht wegen der Luft hier. Mein Luftbefeuchter ist defekt – das heißt, er geht nicht mehr –, und da mußte ich etwas improvisieren.«

Christabel wußte, was ›defekt‹ bedeutete, weil der RipsRapsRoboter bei Onkel Jingle das immer sagte, wenn sein Hinterteil abfiel. Sie war sich jedoch nicht ganz sicher, was Herr Sellars damit meinte, da sein Luftbefeuchter, soweit sie wußte, gar nichts mit seinem Hinterteil zu tun hatte. Auch »improvisieren« verstand sie nicht so recht, doch sie vermutete, daß es etwas mit Wasserkochen zu tun hatte.

»Wirst du denn wieder gesund werden?« fragte sie.

»Oh, ich hoffe doch. Es gibt viel zu tun, und solange ich flach auf dem Rücken liege, werde ich nicht viel zustande bringen. Na ja, eigentlich könnte ich auch auf dem Kopf stehen, und es würde kaum etwas ändern, nur kräftiger werden muß ich unbedingt.« Er machte einen

Moment die Augen ganz weit auf, als sähe er sie eben zum erstenmal richtig. »Entschuldige, mein Liebes, ich plappere so vor mich hin. Es geht mir nicht sehr gut. Was führt dich zu mir? Solltest du nicht ...«, er zögerte kurz, den Blick auf etwas Unsichtbares gerichtet, »in der Schule sein?«

»Sie ist aus. Ich bin auf dem Weg nach Hause.« Christabel hatte das Gefühl, daß es Geheimnisse zu berichten gab. Sie wollte nicht über die Schule reden. »Wieso hast du mich nicht angerufen?«

»Wie gesagt, mein Liebes, ich arbeitete sehr schwer. Und ich will dich nicht in Schwierigkeiten bringen.«

»Aber warum ist *der* hier?« Sie flüsterte, aber der Junge hörte es trotzdem und lachte. Einen Moment lang hatte sie keine Angst vor ihm, sie haßte ihn bloß, haßte sein dummes Gesicht, das sie immer sehen mußte, wenn sie Herrn Sellars besuchen kam. »Er taugt nichts, Herr Sellars. Er ist schlecht. Er stiehlt Sachen.«

»Yeah, und du 'ast die Seife kauft in la tienda neulich, was?« sagte der Junge. Er lachte wieder.

»Das ist nicht nötig, Cho-Cho.« Herrn Sellars zittrige Hand kam hoch wie ein vom Wind angewehter Ast. »Christabel, er hat gestohlen, weil er Hunger hatte. Nicht jeder hat eine nette Familie wie du und ein warmes Bett und reichlich zu essen.«

»Verdad«, sagte der Junge und nickte nachdrücklich.

»Aber warum ist er dein Freund? *Ich* bin doch deine Freundin.«

Herr Sellars schüttelte langsam den Kopf, nicht verneinend, sondern traurig. »Christabel, du bist immer noch meine Freundin - du bist die allerbeste Freundin, die irgend jemand haben kann. Daß du mir geholfen hast, ist viel wichtiger, als du dir vorstellen kannst - du bist die Heldin einer ganzen Welt! Aber im Augenblick muß ich meine übrige Arbeit machen, und dafür ist Cho-Cho besser geeignet. Und er braucht eine Unterkunft, deshalb lasse ich ihn hier.«

»Und wenn nicht, ich sag den vatos von Armee, daß unter ihre Stützpunkt lebt ein verrückter alter Mann, eh?«

Herrn Sellars' Lächeln war nicht fröhlich. »Ja, das kommt noch dazu. Deshalb also, Christabel. Außerdem kannst du dich nicht ständig heimlich davonstehlen. Du bekommst Ärger mit deinen Eltern.«

»Bekomm ich nicht!« Sie war wütend, obwohl sie wußte, daß er recht hatte. Ihr fielen immer weniger einleuchtende Gründe dafür ein, allein mit dem Fahrrad wegzufahren, wenn sie dem Jungen und Herrn Sellars

Tüten mit halb aufgegessenen Broten und Obst von ihrem Mittagessen bringen wollte. Aber sie hatte Angst, wenn sie aufhörte zu kommen, würde der Junge etwas Böses tun - vielleicht Herrn Sellars irgendwo hinbringen oder ihm weh tun. Ihr Freund war sehr dünn und nicht sehr kräftig. Im Moment sah er richtig krank aus. »Es ist mir auch ganz egal, ob ich Ärger bekomme.«

»Das ist keine gute Einstellung, Christabel«, sagte Herr Sellars sanft. »Bitte, ich bin sehr müde. Ich rufe dich an, wenn ich möchte, daß du kommst, und du bist und bleibst auf jeden Fall meine Freundin. Im Moment ist es deine Aufgabe, Christabel zu sein und dafür zu sorgen, daß deine Eltern ihre Freude an dir haben. Wenn ich dich dann um etwas Großes und Wichtiges bitten muß, wird es dir leichter fallen, es zu tun.«

Solche Reden hörte sie nicht zum erstenmal. Als sie genauso eine Frisur wie Palmyra Jannissar hatte haben wollen, die Sängerin, die sie ständig im Netz anschaute, hatte ihre Mutter gesagt: »Wir möchten nicht, daß du wie Palmyra aussiehst, wir möchten, daß du wie Christabel aussiehst.« Was nein hieß, N-E-I-N.

»Aber ...«

»Tut mir leid, Christabel, aber ich muß mich wirklich ausruhen. Die Arbeit in meinem Garten hat mich völlig erschöpft - es ist so ein furchtbarer Wildwuchs geworden! ... Und ich muß ...« Ihm fielen die Augen zu. Sein komisches Knautschgesicht wirkte in einer Weise leer, wie sie es vorher noch nie gesehen hatte, und sie bekam es von neuem mit der Angst zu tun. Sie machte sich große Sorgen - er *hatte* doch gar keinen Garten mehr, jetzt wo er in einem Loch lebte, nicht einmal eine Pflanze, wieso sagte er dann so etwas?

»Komm mit, Tussi«, sagte der Junge, der auf einmal vor ihr stand. »El viejo muß schlafen. Laß ihn.«

Er sagte das so merkwürdig, daß sie einen Moment lang beinahe dachte, er sorgte sich um Herrn Sellars. Aber dann fiel ihr ein, wie er gelogen und gestohlen hatte, und da wußte sie, daß das nicht sein konnte. Sie stand auf, und zum erstenmal begriff sie, was gemeint war, wenn es in ihren Märchen hieß, »ihr war das Herz schwer«. Etwas in ihr schien eine Million Pfund zu wiegen. Sie ging an dem Jungen vorbei und blickte ihn nicht einmal an, obwohl sie aus den Augenwinkeln sah, daß er eine dämliche Verbeugung machte, wie jemand in einem Film. Herr Sellars sagte ihr keinen Abschiedsgruß. Seine Augen waren und blieben zu, und seine Brust ging rasch, aber sanft auf und nieder, auf und nieder.

Christabel aß zu Abend nicht viel von ihrer Portion. Ihr Papi redete über unerfreuliche Sachen in der Arbeit und über einen Druck, unter dem er stehe - sie stellte sich das immer wie das Dach in *Kondo Kill* vor, das herunterkam und die Leute zermatschte, das hatte sie mal bei Ophelia Weiner gesehen, als alle Eltern unten eine Party feierten -, deshalb merkte er gar nicht, daß sie ihr Essen bloß auf dem Teller umsortierte und den Kartoffelbrei zu einer dünnen Form zusammenschob, die aussah, als hätte sie was gegessen.

Sie fragte, ob sie aufstehen dürfe, und ging auf ihr Zimmer. Die spezielle MärchenBrille, die Herr Sellars ihr geschenkt hatte, lag neben dem Bett auf dem Fußboden. Sie sah sie an und runzelte die Stirn, dann versuchte sie ein paar der Rechenaufgaben aus ihrem Schulbuch zu machen, aber mußte ständig daran denken, wie krank Herr Sellars ausgesehen hatte. Er hatte richtig zerknittert gewirkt, wie ein Stück Papier.

Vielleicht vergiftete der Junge ihn, dachte sie plötzlich. Wie in Schneewittchen. Vielleicht tat er irgendwas Schlechtes in das kochende Wasser, so etwas wie das Gift, in das die böse Königin den Apfel getunkt hatte. Und Herr Sellars würde einfach immer kränker werden.

Sie griff nach der MärchenBrille, dann legte sie sie wieder hin. Er hatte gesagt, er werde sie anrufen. Er war bestimmt böse, wenn sie ihn anrief, nicht wahr? Er war ihr zwar noch nie richtig böse gewesen, aber trotzdem ...

Aber was war, wenn er vergiftet wurde? Oder vielleicht einfach von irgendwas anderem immer kränker wurde? Sollte sie ihm nicht eine Medizin bringen? Sie hatte ihn nicht gefragt, weil sie so unglücklich gewesen war, doch jetzt kam es ihr so vor, als ob er wirklich eine bräuchte. Dieser Junge konnte ganz gewiß keine Medizin besorgen, aber Christabels Mami hatte einen ganzen Schrank voll damit - Pflaster und Flaschen, Schmerzmittel, alles mögliche.

Christabel setzte die Brille auf und starrte in das schwarze Innere, grübelte weiter. Was war, wenn Herr Sellars doch böse wurde und ihr verbot, je wieder mit ihm zu reden oder ihn besuchen zu kommen?

Aber wenn er nun wirklich krank war? Oder vergiftet wurde?

Sie öffnete den Mund, dachte noch ein klein wenig darüber nach und sagte dann: »*Rumpelstilzchen.*« Sie sagte es nicht sehr laut, und sie überlegte gerade, ob sie es noch einmal sagen sollte, als eine Stimme sie anredete, aber keine Stimme, die aus der Brille kam.

»Christabel?«

Sie sprang auf und riß sich die MärchenBrille herunter. Ihre Mutter stand in der Tür und hatte so einen Ausdruck im Gesicht, der nichts Gutes verhieß, ganz kneifige Augenbrauen. »Christabel, ich habe gerade mit Audra Patrick gesprochen.«

Christabel hatte befürchtet, Mami wüßte, daß sie Herrn Sellars mit ihrem Geheimwort anrief, und einen Moment lang begriff sie überhaupt nicht, wovon ihre Mutter redete.

»Frau Patrick, Christabel? Danaes Mutter?« Ihre Mutter zog die Stirn noch krauser. »Sie sagte, du wärst heute gar nicht bei den Pfadfinderinnen gewesen. Wo bist du nach der Schule gewesen? Du bist erst kurz vor vier nach Hause gekommen. Und als ich dich fragte, wie's bei den Pfadfinderinnen gewesen wäre, hast du gesagt, prima.«

Christabel fiel keine Antwort ein. Sie starrte ihre Mutter an und versuchte sich eine neue Lüge auszudenken, wie die ganzen anderen Male, wo sie gelogen hatte, aber diesmal kam sie auf nichts, auf gar nichts.

»Christabel, du erschreckst mich. Wo warst du?«

Unten im Tunnel, war alles, was sie im Kopf hatte. *Wo der Junge mit den Zahnlücken ist, und die Giftwolke, und der kranke Herr Sellars.* Aber sie durfte nichts von alledem sagen, und ihre Mutter starrte sie an, und das Gefühl von Echt Dicker Luft breitete sich im Zimmer aus, genau wie vorhin der Dampf im Tunnel, als auf einmal die MärchenBrille in ihren Händen einen leisen Knisterton von sich gab.

»*Christabel?*« sagte Herrn Sellars' fiepsige Stimme. »*Hast du mich angerufen?*«

Christabel blickte völlig verdattert die Brille an. Dann sah sie zu ihrer Mutter auf, die jetzt ihrerseits die Brille mit einem Gesicht anstarrte, aus dem nahezu jeder Ausdruck gewichen war.

»*Christabel?*« sagte die fiepsige Stimme abermals, aber sie kam ihr furchtbar laut vor.

»Du ... lieber ... Himmel! Was geht hier vor?« Ihre Mutter tat zwei Schritte ins Zimmer und riß Christabel die Brille aus der Hand. »Rühr dich nicht vom Fleck, junges Fräulein«, sagte sie, ängstlich und böse zugleich. Sie drehte sich um, ging hinaus und schlug die Tür hinter sich zu. Gleich darauf hörte Christabel sie mit lauter Stimme auf ihren Papi einreden.

Christabel saß eine Weile allein und völlig gedankenleer in ihrem Zimmer. Das Knallen der zuschlagenden Tür schien nicht aufzuhören, es dröhnte wie eine Kanone, wie eine Bombe. Sie blickte auf ihre leeren Hände und brach in Tränen aus.

Kapitel

Das geliebte Stachelschwein

NETFEED/NACHRICHTEN:
"Diamanten-Dal" ist tot
(Bild: Spicer-Spence bei der Audienz bei Papst Johannes XXIV.)
Off-Stimme: Dallas Spicer-Spence, von den Klatschnetzen "Diamanten-Dal" genannt, wurde tot in ihrem Schweizer Château aufgefunden. Als Todesursache wird Herzversagen angegeben; sie war 107 Jahre alt. Spicer-Spence gewann und verlor im Laufe ihres bewegten Lebens mehrere Vermögen und mehrere Ehemänner, aber am bekanntesten wurde sie wahrscheinlich durch den Rechtsstreit, den sie während ihrer Zeit in Tansania deswegen führte, einen Schimpansen namens "Daba" zu ihrem Erbschaftsverwalter einsetzen zu dürfen. Sie wollte damit ihrem Eintreten für die Rechte der dort lebenden Menschenaffen, die alljährlich zu Hunderten zu biomedizinischen Forschungszwecken verkauft werden, dramatisch Ausdruck verleihen.
(Bild: Daba am Schreibtisch, eine Zigarre paffend)
Spicer-Spence hatte mit ihrer Klage Erfolg, überlebte jedoch den Schimpansen Daba um mehr als ein Jahrzehnt. Die Verfügung über ihren Nachlaß liegt jetzt in den Händen mehrerer menschlicher Anwälte …

> Renie hatte größte Mühe, sich zu bewegen. Ihr ganzer Körper war von Schmerz und Erschöpfung wie zerschlagen, aber diese Zerschlagenheit war nichts im Vergleich zu der furchtbaren Müdigkeit, die auf ihr lag. Sie hatte nicht mehr die Kraft weiterzugehen und keinen Glauben

mehr, aus dem sie noch Kraft hätte schöpfen können. Die Welt war ein einziger harter Widerstand und sie selbst so knochenlos geworden wie der Fluß, dem sie erst wenige Minuten zuvor entkommen war.

!Xabbu war gerade damit fertig geworden, das Feuerholz in der Mitte der Waldlichtung zu einem ordentlichen Kegel aufzuschichten. Emily, die aus der Neuen Smaragdstadt geflohene junge Frau, saß schlotternd in einem rasch schwindenden Fleckchen Sonnenschein und sah ohne Interesse zu, wie die flinken Pavianfinger zwei weitere Holzstücke aus dem zusammengetragenen Haufen klaubten. Der Buschmann-Pavian setzte die Spitze des kleineren Stocks in ein Loch in dem größeren, hielt diesen dann mit den Füßen fest und fing an, das kleinere Stück zwischen den Handflächen zu zwirbeln, als wollte er das Loch größer bohren.

Schuldbewußt machte sich Renie Vorwürfe, daß sie untätig zusah, wie ihr Freund die ganze Arbeit tat, aber das Gefühl war zu schwach, um sie aus ihrer Niedergeschlagenheit zu reißen. »Du kannst dir die Methode ›Selbst ist der Buschmann‹ sparen«, sagte sie. »Wir haben doch Azadors Feuerzeug.« Sie reichte ihm das silberne Rechteck, das sie im Fluß dermaßen fest gehalten hatte, das der Abdruck auf der virtuellen Haut ihrer Hand immer noch zu sehen war.

Ein erhebendes Beispiel für die Otherland-VR-Technik, dachte sie säuerlich. *Ziemlich eindrucksvoll, nicht? Hurra, hurra.*

!Xabbu betrachtete es einen Moment lang mit einer andächtigen Aufmerksamkeit, die beinahe komisch war – ein Affe, hatte es den Anschein, der eine schlaue menschliche Erfindung zu begreifen suchte. »Ich frage mich, wofür dieses Y steht«, sagte er, während er die Gravur auf dem Feuerzeug in Augenschein nahm.

»Mit dem Buchstaben fängt wahrscheinlich der Name des Kerls an – wir wissen ja nicht mal, ob Azador sein Vorname oder sein Nachname ist, stimmt's?« Sie schlang ihre Arme um die Knie, als der erste Hauch einer Abendbrise, die recht steif zu werden versprach, über das Flußufer strich, daß das Dschungellaub raschelte.

!Xabbu drehte das Feuerzeug um und blickte dann zu ihr auf. »Er sagte mir, er heiße Nicolai. Azador sei sein Nachname.«

»Was? Wann hast du denn darüber mit ihm geredet?«

»Als du schliefst. Er erzählte nicht sehr viel. Ich fragte ihn, wo sein Name herkomme, und er sagte, es sei ein spanischer Name, aber sein Volk seien die Roma, und für das fahrende Volk sei Spanien einfach ein

Land wie viele andere. Sein Vorname sei Nicolai, ein guter Romanname, wie er sagte.«

»Verdammt.« Trotz ihrer Abneigung gegen den Mann konnte Renie einen gewissen Unmut darüber nicht unterdrücken, daß der mysteriöse Azador !Xabbu in einem fünfminütigen Gespräch mehr über sich erzählt hatte als ihr im Laufe mehrerer Tage.»Na schön, dann werden wir wohl nie erfahren, was das Y zu bedeuten hat, nehme ich an. Vielleicht hat es seinem Vater gehört. Vielleicht hat er's gestohlen. Ich tippe auf das zweite.«

Es gelang !Xabbu trotz seines nicht ganz menschlichen Daumens, den Knopf zu drücken; die winzige Nova flammte knapp über dem Ende des Feuerzeugs auf und bewegte sich auch nicht, als die Brise stärker wurde. Als das Anmachholz Feuer gefangen hatte, gab !Xabbu Renie das Feuerzeug zurück, und die steckte es in die Tasche ihres zerfledderten Jumpsuits.

»Du wirkst sehr traurig«, sagte er zu ihr.

»Soll ich mich vielleicht freuen?« Es schien ihr reine Zeitverschwendung zu sein, das Offensichtliche zu erklären.»Azadors wirklicher Name ist unser geringstes Problem. Wir sitzen mitten in dieser beschissenen Simulation ohne ein Schiff fest, sind umgeben von was weiß ich für mörderischen Monstrositäten, und damit es uns nicht langweilig wird, scheint auch noch das ganze Netzwerk hopszugehen.«

»Ja, es war sehr merkwürdig, sehr erschreckend, wie die ganze Welt ... anders wurde«, sagte !Xabbu.»Aber es ist nicht das erste Mal, daß wir so etwas erleben. Emily, was uns eben auf dem Fluß und vorher im Palast der Vogelscheuche passierte, ist das hier schon öfter vorgekommen?«

Das Mädchen sah ihn unglücklich an, und aus ihren großen Augen sprach der Wunsch, einfach bedingungslos zu kapitulieren.»Weiß nicht.«

»Aus ihr wirst du nichts rausbekommen«, sagte Renie.»Glaub mir, es war nicht das erste Mal. Und es wird wieder passieren. Irgendwas stimmt mit dem ganzen System nicht.«

»Vielleicht haben sie Feinde«, meinte !Xabbu.»Diese Gralsleute haben sich an vielen Menschen vergangen - vielleicht gibt es noch andere, die sich zur Wehr setzen.«

»Schön wär's.« Renie warf eine heruntergefallene Samenschote ins Feuer, wo sie schwarz wurde und sich kringelte.»Ich sag dir, was los ist. Sie haben sich ein riesiges Netzwerk gebaut und Milliarden und Abermilliarden dafür ausgegeben. Weißt du noch, wie Singh erzählte, sie hätten Tausende von Programmierern beschäftigt? Das ist so, wie wenn man einen großen Wolkenkratzer baut oder sowas: Wahrscheinlich macht ihnen das Sick Building Syndrome zu schaffen.«

»Was für ein Syndrom?« !Xabbu hatte sich mit dem Rücken zum Feuer gesetzt und bewegte beim Aufwärmen langsam seinen Schwanz hin und her, als dirigierte er eine Flammensymphonie.

»Gebäude, die krank machen. Wenn jemand ein kompliziertes System schafft und es abschottet, werden kleine Sachen nach und nach zu großen Sachen, einfach weil das System geschlossen ist. Mit der Zeit wird ein winziger Fehler in der Lüftungsanlage eines Hochhauses zu einem sehr ernsten Problem. Leute werden krank, Systeme fallen aus, alles mögliche.« Sie hatte nicht die Energie, näher an das Feuer heranzukriechen, aber der schlichte Anblick der tanzenden Flammen und das Gefühl der Hitzewellen munterte sie ein ganz, ganz winzig kleines bißchen auf. »Sie haben irgendwas vergessen, oder einer dieser Programmierer hat das Ding gleich am Anfang sabotiert oder sonstwas. Es wird komplett auseinanderfallen.«

»Aber das ist doch gut, oder?«

»Nicht, wenn wir mittendrin stecken, !Xabbu. Wenn wir nicht rauskriegen, wie man offline kommt. Weiß der Himmel, was bei einem Systemkollaps mit uns passieren würde.« Sie seufzte. »Und was passiert mit den ganzen Kindern - mit Stephen? Was ist, wenn sie nur noch von dem Netzwerk am Leben gehalten werden? Sie sind darin eingeschlossen, genau wie wir.« Kaum hatte sie das ausgesprochen, erfaßte sie ein eisiger Schauder, der nichts mit dem Wind über dem Fluß zu tun hatte. »O mein Gott«, stöhnte sie. »Gütiger Himmel, ich bin ein Volltrottel! Warum bin ich nicht eher darauf gekommen ...?«

»Was denn, Renie?« !Xabbu schaute auf. »Du klingst ganz verstört.«

»Ich hab die ganze Zeit über gedacht, na ja, im allerschlimmsten Fall wird einfach jemand die Tanks aufmachen und uns von der Strippe holen. Vielleicht wird es weh tun, wie dieser Fredericks es geschildert hat, aber vielleicht auch nicht. Aber eben ist mir erst klargeworden, daß ... daß wir alle wie Stephen sein müssen.«

»Das verstehe ich nicht.«

»Wir liegen im Koma, !Xabbu! Du und ich! Selbst wenn sie uns aus den Tanks rausholen würden, wären wir nicht wach, wir wären bloß ... da. So gut wie tot. Wie mein Bruder.« Tränen traten ihr in die Augen -

unerwartet, denn sie hatte angenommen, sie hätte alle restlos ausgeweint.

»Weißt du das sicher?«

»Ich weiß gar nichts sicher!« Sie wischte sich die Augen und war wütend auf sich selbst. »Aber es klingt einleuchtend, findest du nicht? Etwas, das dich reinzieht und dich nicht wieder in deinen physischen Körper zurückkehren läßt - beschreibt das nicht haargenau, was mit Stephen passiert ist und mit Quan Lis Enkeltochter und allen andern?«

!Xabbu schwieg. »Wenn das stimmt«, sagte er schließlich langsam und nachdenklich, »heißt das dann, daß Stephen auch hier ist, irgendwo im Otherlandnetzwerk? Und einen Körper hat genau wie wir?«

Renie war wie vom Donner gerührt. »Darauf bin ich noch gar nicht gekommen. Mein Gott, darauf bin ich überhaupt noch nicht gekommen.«

Ihre Träume waren unruhig und fiebrig. Der letzte war eine lange, konfuse Geschichte, die damit anfing, daß sie Stephen durch ein Haus voll endloser, sich verzweigender Tunnel nachjagte und seine Schritte die ganze Zeit dicht vor sich hörte, während er ein um die Ecken huschender Schatten blieb, immer qualvoll knapp unerreichbar.

Das Haus selbst, wurde ihr langsam klar, war lebendig - nur die Verschwommenheit der Traumbilder hatte sie daran gehindert, die schweißige Elastizität der Wände zu erkennen, die darmartigen Windungen der Gänge. Sie konnte seine ungeheuerlich langweilige Atmung spüren, das minutenlang auseinanderliegende Ein und Aus, und wußte, daß sie Stephen erwischen mußte, bevor er tiefer in das Ding hineingeriet und ein für allemal verloren war, verschlungen und verdaut, unwiderruflich verwandelt.

Die gewundenen Gänge endeten vor einem unermeßlichen Dunkel, einer steil abfallenden Schlucht, die nach unten zu immer schmaler wurde, wie ein auf den Kopf gestellter gewaltiger schwarzer Berg aus Luft. In der Tiefe tönten Stimmen, trostlose Schreie wie von klagenden Vögeln. Stephen fiel - das wußte sie irgendwie, und sie wußte auch, daß sie sich augenblicklich entscheiden mußte, entweder hinter ihm herzuspringen oder ihn aufzugeben. Hinter sich hörte sie !Xabbu rufen, sie solle warten, er komme mit ihr, aber !Xabbu begriff die Situation nicht, und für Erklärungen war keine Zeit. Sie trat vor, so daß sie mit den Zehenspitzen direkt am Rand des Abgrunds stand, und war schon leicht in die Knie gegangen, um sich in die flüsternde Dunkelheit hinauszustürzen, als jemand sie am Arm packte.

»Laß los!« schrie sie. »Er fällt, er fällt! Laß mich los!«

»Renie, halt.« Das Ziehen wurde heftiger. »Du fällst in den Fluß. Halt.«

Die Dunkelheit dehnte sich vor ihr ins Weite, die Kluft wurde unvermittelt länger und schmaler, bis sie ein schwarzer Strom war, ein dahinrauschender Styx. Wenn sie nur darin eintauchen könnte, würde der Fluß sie hinter ihrem Bruder hertragen ...

»Renie! Wach auf!«

Sie schlug die Augen auf. Der ihrem Wachbewußtsein erscheinende Fluß - denn nichts in dieser Erfahrungswelt ließ sich als »wirklich« bezeichnen - gurgelte nur ein kurzes Stück unter ihr, in der Dunkelheit fast unsichtbar bis auf das Glitzern der Strömung und das gewellte Spiegelbild des Mondes. Sie kauerte auf Händen und Knien am Rand des abbröckelnden Flußufers, und !Xabbu hielt einen ihrer Arme umklammert, die kleinen Füße gegen eine Wurzel gestemmt.

»Ich ...« Sie blinzelte. »Ich hab geträumt.«

»Das dachte ich mir.« Er half ihr aufzustehen, bevor er sie losließ. Sie stolperte zum Feuer zurück. Emily lag fötusartig zusammengerollt dicht an der Glut und atmete sanft, und ihr Elfengesicht war durch den Arm, den sie als Kopfkissen benutzte, ganz verquetscht.

»Bin ich nicht dran, die Wache zu übernehmen, !Xabbu?« fragte Renie und rieb sich die Augen. »Wie lange hab ich geschlafen?«

»Das ist doch gleichgültig. Du bist sehr müde. Ich bin nicht so müde.«

Die Versuchung war stark, loszulassen, wieder in die Träume zurückzugleiten, auch wenn sie noch so verstörend waren. Alles war besser als dieser gräßliche Wachzustand. »Aber das ist ungerecht.«

»Ich komme sehr gut längere Zeit ohne Schlaf aus. Das muß man als Jäger, und die Familie meines Vaters lehrte es mich. Jedenfalls bist du wichtig, Renie, sehr wichtig, und ohne dich können wir nichts tun. Du mußt dich ein wenig erholen.«

»Ich, wichtig? Guter Witz, haha.« Sie ließ sich hinplumpsen. Ihr Kopf war wie aus Beton und ihr Hals zu schwach, um ihn länger als wenige Sekunden oben zu halten. Kein Ziel mehr, keine sinnvolle Aufgabe mehr, nicht einmal mehr eine Ablenkung von ihrem Elend. Allmählich verstand sie ihren Vater und seinen gewohnheitsmäßigen Drang zu vergessen. »Ich bin ungefähr so viel nütze wie ... wie ... was weiß ich. Aber egal, was es ist, viel nütze ist es jedenfalls nicht.«

»Du irrst dich.« !Xabbu hatte das Feuer geschürt, aber jetzt drehte er sich um, und seine Haltung dabei war selbst für einen Pavian eigenartig. »Es ist dir tatsächlich nicht klar, stimmt's?«

»Was ist mir nicht klar?«

»Wie überaus wichtig du bist.«

Renie hatte nicht die geringste Lust, sich von irgendwem mit Larifari aufmuntern zu lassen, auch nicht von !Xabbu. »Hör zu, du meinst es bestimmt gut, aber ich weiß, was ich kann und was ich nicht kann. Und im Augenblick bin ich weit davon entfernt, irgendwas ausrichten zu können. Wie wir alle, denke ich.« Sie versuchte die Energie aufzubringen, es ihm richtig zu erklären - ihm begreiflich zu machen, wie hoffnungslos alles war -, aber sie hatte so gut wie keine Reserven mehr. »Verstehst du denn nicht? Wogegen wir angetreten sind, das ist viel größer, als wir je dachten, !Xabbu. Und wir haben genau nichts erreicht - gar nichts! Kein Gedanke, daß wir der Gralsbruderschaft irgendwelche Schläge versetzt hätten, nein, die haben noch nicht mal gemerkt, daß wir hier sind! Und wenn sie's wüßten, wär's ihnen egal. Wir sind ein Witz - ein Haufen Flöhe, die Pläne machen, wie sie den Elefanten zu Fall bringen.« Ihre Stimme klang gefährlich brüchig. Sie biß sich ärgerlich auf die Unterlippe und war entschlossen, nicht wieder loszuheulen. »Wir waren so ... so *dumm*. Wie sind wir bloß auf den Gedanken gekommen, wir könnten einen derart großen, derart mächtigen Feind in die Knie zwingen?«

!Xabbu blieb lange schweigend auf den Fersen hocken, den Schürstock fest mit der kleinen Hand umklammert. Er starrte in die Flammen, als studierte er eine besonders schwierige Stelle in einem Lehrbuch. »Aber du bist das geliebte Stachelschwein«, sagte er schließlich.

Die Bemerkung kam so unerwartet, daß Renie einfach lachen mußte. »Ich bin *was*?«

»Das Stachelschwein. Das ist die Schwiegertochter von Großvater Mantis und in vieler Hinsicht von allen ersten Menschen diejenige, die er am liebsten hat. Irgendwann einmal sagte ich, ich würde dir gern die letzte Geschichte vom Mantis erzählen.«

»!Xabbu, ich glaube nicht, daß ich zur Zeit die Kraft ...«

»Renie, ich habe dich bis jetzt um nichts gebeten. Jetzt bitte ich dich. Bitte hör dir diese Geschichte an.«

Erstaunt über die Dringlichkeit in seiner Stimme blickte sie von der Glut auf. Ein bettelnder Pavian hatte etwas unbedingt Lächerliches mit seinen flehend erhobenen kleinen Händen, aber sie konnte nicht lachen. Er hatte recht. Er hatte sie nie um etwas gebeten.

»Also gut. Erzähl.«

!Xabbu wiegte den Kopf, dann hielt er die Schnauze eine Weile auf den Boden gerichtet und dachte nach. »Dies ist die letzte Geschichte vom Mantis«, begann er endlich. »Nicht, weil es sonst keine Geschichten mehr zu erzählen gäbe - es gibt viele, viele, die ich dir noch nicht erzählt habe -, sondern weil sie von den letzten Dingen handelt, die ihm in dieser Welt widerfuhren.«

»Ist sie traurig, !Xabbu? Ich weiß nicht, ob ich im Moment eine traurige Geschichte verkraften kann.«

»Alle ganz wichtigen Geschichten sind traurig«, erwiderte er. »Was in der Geschichte oder was danach passiert, ist immer traurig.« Er streckte eine Pfote aus und berührte sie am Arm. »Hör bitte zu, Renie.«

Sie nickte müde.

»Dies ist eine Geschichte von Großvater Mantis gegen Ende seines Lebens, wo bereits Schwarze und vielleicht sogar Weiße in das Land meiner Ahnen gekommen waren. Wir wissen das, weil sie mit Schafen anfängt, die mit den schwarzen Hirtenvölkern kamen. Diese Männer schleppten ihre Schafe in großen Herden ein, damit sie das dünne Gras abweideten, das alle von Großvater Mantis und seinen Jägern geliebten Tiere ernährte - die Elenantilope, den Springbock, das Hartebeest.

Der Mantis sah diese Schafe und erkannte, daß sie Tiere einer neuen Art waren. Er machte Jagd auf sie und fand es sowohl erfreulich als auch besorgniserregend, daß sie so leicht zu erlegen waren - mit Geschöpfen, die derart passiv auf den Tod warteten, stimmte etwas nicht. Doch als er zwei mit seinen Pfeilen geschossen hatte, fielen die schwarzen Männer, denen sie gehörten, über ihn her. Die Männer waren so zahlreich wie die Ameisen, und sie schlugen auf ihn ein. Zuletzt zog er seinen Umhang aus Hartebeestfell um sich, so daß sein Zauber sie blendete, und so gelang ihm die Flucht. Er schaffte es zwar, die zwei getöteten Schafe mitzunehmen, aber die Hirten hatten ihn gründlich verprügelt. Als er endlich humpelnd in seinem Lager ankam, seinem Kraal, war er so matt und zerschunden und blutig, daß er das Gefühl hatte, sterben zu müssen.

Der Mantis berichtete seinen Angehörigen: ›Es geht mir schlecht. Sie haben mich getötet, diese Männer, die nicht zu den ersten Menschen gehören.‹ Und er verfluchte die Neuankömmlinge und sprach: ›Mein Wort erfülle sich an ihnen. Sie werden ihr Feuer verlieren, und sie werden ihre Schafe verlieren, und sie werden wie die Zecken nur von Ungekochtem leben.‹ Aber immer noch ging es ihm schlecht, denn er fühlte, daß die Welt eine Stätte der Finsternis geworden war. Er sah es als ausgemacht an, daß für die ersten Menschen darin kein Platz mehr war.«

Renie begriff, daß hier die erste der Parallelen lag, die !Xabbu ziehen wollte, nämlich zwischen ihrer hilflosen Verzweiflung und dem Elend von Großvater Mantis. Sie wurde darüber fast ärgerlich, denn es kam ihr wie billiges Psychologisieren vor, aber die große Ernsthaftigkeit von !Xabbus Stimme verhinderte es. Er predigte ihr aus dem Alten Testament seines Volkes. Es hatte etwas zu bedeuten.

»Er rief seine ganze Familie zu sich«, fuhr !Xabbu fort, »seine Frau die Klippschlieferin, seinen Sohn den Regenbogen, seine geliebte Schwiegertochter, das Stachelschwein und ihre beiden Söhne, die Enkel des Mantis, die Ichneumon und Jüngerer Regenbogen hießen. Die Stachelschweinfrau mit ihrem großen Herzen und ihrem mitfühlenden Auge war die erste, die sah, daß ihr Schwiegervater völlig durcheinander war. Auch gefielen ihr die Schafe nicht, die ihr fremd waren. ›Schau‹, sagte sie zu ihrem Mann, dem Regenbogen. ›Schau dir die Tiere an, die dein Vater mitgebracht hat.‹

Doch der Mantis gebot ihnen allen, still zu sein, und er sprach: ›Ich bin schwach vor Schmerzen, und meine Kehle ist zugeschwollen, so daß ich weder richtige Worte sprechen noch diese Schafe essen kann. Stachelschwein, du mußt zu deinem Vater gehen, den sie den Allverschlinger nennen, und ihm sagen, er möge kommen und mir helfen, diese Schafe aufzuessen.‹

Die Stachelschweinfrau ängstigte sich und sagte: ›Nein, Großvater, denn wenn der Allverschlinger kommt, wird für niemanden mehr etwas bleiben. Er wird nichts unter dem Himmel übriglassen.‹

Der Mantis blieb hartnäckig. ›Geh zu dem alten Mann dort hinten, dem Allverschlinger, und sage ihm, er möge kommen und mir helfen, diese Schafe aufzuessen. Ich merke, daß mein Herz verstört ist, deshalb möchte ich, daß der alte Mann dort hinten kommt. Wenn er kommt, werde ich wieder richtig sprechen können, denn meine Kehle ist jetzt zugeschwollen, und ich kann nicht so sprechen, wie es sich gehört. Wir wollen die Schafe auftischen und deinen Vater willkommen heißen.‹

Die Stachelschweinfrau sprach: ›Es kann nicht dein Wille sein, daß dieser alte Mann hierherkommt. Ich werde dir Springbockfleisch vorsetzen, damit kannst du deinen Bauch füllen.‹

Der Mantis schüttelte den Kopf. ›Dieses Fleisch ist weiß vor Alter. Ich werde diese Schafe essen – dieses neue Fleisch –, aber du mußt deinem Vater sagen, er soll kommen und mir helfen.‹

Die Stachelschweinfrau war traurig und von großer Furcht erfüllt, denn der Mantis war noch nie zuvor so krank und so unglücklich gewesen, und es war unausweichlich, daß etwas Schreckliches geschehen würde. ›Ich werde ihn holen gehen, und morgen wird er hier sein. Dann wirst du ihn selber sehen, diesen furchtbaren alten Mann, mit deinen eigenen Augen.‹

Der Mantis war damit zufrieden und schlief ein, aber noch im Schlaf schrie er mehrmals vor Schmerz auf. Die Stachelschweinfrau wies ihre Söhne Jüngerer Regenbogen und Ichneumon an, das Springbockfleisch wegzutun und zu verstecken und den Speer des Regenbogens, ihres Vaters, zu nehmen und ebenfalls zu verstecken. Dann machte sie sich auf den Weg.

Unterwegs blickte sie alles, woran sie vorbeikam, mit dem Auge des Herzens an und sprach bei sich: ›Morgen wird dies hier fort sein. Morgen wird das da fort sein.‹ Als sie dort ankam, wo ihr Vater wohnte, konnte sie ihm nicht gegenübertreten, sondern rief von fern: ›Der Mantis, dein Vetter, wünscht, daß du kommst und ihm hilfst, die Schafe aufzuessen, denn sein Herz ist bekümmert.‹ Daraufhin eilte sie zu ihrer Familie im Kraal von Großvater Mantis zurück.

Der Mantis fragte sie: ›Wo ist dein Vater?‹

Die Stachelschweinfrau antwortete: ›Er ist noch unterwegs. Schau dir den Strauch an, der dort über uns steht, du wirst von oben einen Schatten darauf fallen sehen.‹

Der Mantis schaute hin, aber sah nichts.

Die Stachelschweinfrau sagte: ›Gib acht, wann der Strauch abbricht. Wenn du dann siehst, daß alle Sträucher dort oben verschwunden sind, halte nach dem Schatten Ausschau. Denn seine Zunge wird alle Sträucher hinweggraffen, noch bevor er hinter dem Hügel aufgetaucht ist. Dann wird sein Körper erscheinen, und alle Sträucher ringsherum werden verschlungen sein, und wir werden nicht mehr geschützt sein.‹

Der Mantis erwiderte: ›Ich sehe immer noch nichts.‹ Jetzt bekam auch er es mit der Angst zu tun, aber er hatte den Allverschlinger eingeladen, und der Allverschlinger kam.

Die Stachelschweinfrau sagte: ›Du wirst eine Feuerzunge in der Dunkelheit sehen, denn alles, was ihm im Weg steht, zerstört er, und sein Maul schlingt alles hinunter.‹ Und damit ging sie davon und nahm das Springbockfleisch mit, das versteckt worden war, und gab es ihren beiden jungen Söhnen, denn sie sollten für die bevorstehenden Ereignisse stark sein.

Und während Großvater Mantis wartend dasaß, legte sich ein großer, großer Schatten auf ihn. Er rief nach dem Stachelschwein: ›O Tochter, warum wird es so dunkel, wo doch gar keine Wolken am Himmel sind?‹ Denn in dem Moment merkte er, was er getan hatte, und er fürchtete sich sehr.

Der Allverschlinger sprach mit seiner schrecklichen hohlen Stimme: ›Ich bin eingeladen worden. Jetzt mußt du mich speisen.‹ Und er ließ sich im Lager des Mantis nieder und begann alles aufzufressen, denn in dem großen Maul, im Herzen des Schattens, brannte eine Feuerzunge. Erst verzehrte er die Schafe und zermalmte ihre Knochen und verschlang ihre Vliese. Als er damit fertig war, fraß er das ganze andere Fleisch und die Tsama-Melonen und die Wurzeln und alle Samen und Blüten und Blätter. Dann verschlang er die Hütten und die Grabstöcke, die Bäume und sogar die Steine der Erde. Als er den Regenbogen hinunterschluckte, den Sohn des Mantis, nahm die Stachelschweinfrau ihre beiden Kinder und lief fort. Während sie flohen, würgte der Allverschlinger die Frau des Mantis hinunter, die Klippschlieferin, und dann verschwand sogar Großvater Mantis selbst in dem Bauch, der sich jetzt von einem Horizont zum anderen erstreckte.

Die Stachelschweinfrau nahm den Speer, den ihre Söhne versteckt hatten, und erhitzte ihn im Feuer, bis er glühte, denn sie wollte erproben, ob ihre Söhne tüchtig genug waren, um die vor ihnen liegende Aufgabe zu bestehen. Sie preßte dem Jüngeren Regenbogen und dem Ichneumon die heiße Speerspitze auf Stirn, Augen, Nase und Ohren, um sicher zu sein, daß sie tapfer genug waren, um die Aufgabe zu erkennen und zu verstehen. Die Augen des Ichneumons füllten sich mit Tränen, und sie sprach: ›Du bist der Sanfte, du wirst zur Linken meines Vaters sitzen.‹ Aber die Augen des Jüngeren Regenbogens wurden nur immer trockener, je mehr sie ihn brannte, und sie sprach: ›Du bist der Grimmige, du wirst zur Rechten meines Vaters sitzen.‹ Dann brachte sie die beiden zum Feuer zurück, und sie setzten sich jeder auf eine Seite des Allverschlingers, der immer noch Hunger hatte, obwohl er fast alles unter dem Himmel vertilgt hatte.

Er setzte gerade an, auch sie aufzufressen, da packten statt dessen die Brüder seine Arme, zogen sie nach hinten und zerrten ihn zu Boden. Trotz seiner großen Stärke rangen sie ihn nieder und hielten ihn fest, obwohl die Flammenzunge in seinem schwarzen Maul sie verbrannte, dann nahm der Jüngere Regenbogen den Speer seines Vaters und schlitzte auf Geheiß seiner Mutter Stachelschwein dem Allverschlinger den Bauch auf. Er und das Ichneumon rissen den Bauch weit auf, und alles, was der Allverschlinger gefressen hatte, kam in einem großen Schwall heraus - Fleisch und Wurzeln und Bäume und Sträucher und Menschen. Sogar Großvater Mantis kam zum Schluß heraus, verändert und schweigsam.

Die Stachelschweinfrau sagte: ›Ich merke, daß alles sich verändert hat. Jetzt ist die Zeit gekommen, daß wir weggehen und eine neue Heimat finden müssen. Wir werden meinen Vater, den Allverschlinger, hier im Kraal liegen lassen. Wir werden weit weggehen. Wir werden eine neue Heimat finden.‹ Und sie führte ihren Schwiegervater und ihre ganze Familie aus der Welt hinweg und in eine neue Heimat, wo sie heute noch leben.«

Die Vorstellung, wie der kleine Mantis sich ängstlich duckte, während der Himmel sich verdunkelte und der Allverschlinger über ihn kam, hatte Renie völlig in ihren Bann geschlagen, und so wurde sie zunächst gar nicht richtig gewahr, daß die Geschichte aus war. In seiner Torheit hatte der Buschmanngott das äußerste Grauen heraufbeschworen - und sie, unterschied sie sich irgendwie von ihm?

»Ich ... ich weiß nicht recht, ob ich die Geschichte verstehe«, sagte sie schließlich. Die Geschichte war nicht so traurig gewesen, wie sie befürchtet hatte, aber das Ende schien in keinem Verhältnis zu dem Schrecklichen zu stehen, das den Figuren widerfahren war. »Was sollte sie bedeuten? Tut mir leid, !Xabbu, ich stelle mich nicht absichtlich dumm. Es ist eine sehr eindrucksvolle Geschichte.«

Der Paviansim blickte müde und niedergeschlagen drein. »Erkennst du dich darin nicht wieder, Renie? Siehst du nicht, daß du wie die Stachelschweinfrau diejenige bist, auf die wir uns verlassen? Daß du wie die geliebte Schwiegertochter des Mantis diejenige bist, die mutig zur Tat schritt, als alles aussichtslos zu sein schien? Du bist es, von der wir uns erhoffen, daß sie uns hier wieder hinausführt.«

»Nein!« Sie ließ ihrem Unmut freien Lauf. »Das ist unfair - ich will nicht, daß irgendwer sich was von mir erhofft! Mein ganzes Leben lang hab ich andere auf den Arm genommen und herumgetragen. Was ist, wenn ich mich irre? Wenn ich zu schwach bin?«

!Xabbu schüttelte den Kopf. »Wir brauchen dich nicht dazu, daß du uns herumträgst, Renie. Wir brauchen dich, daß du uns führst. Wir brauchen dich, daß du mit den Augen deines Herzens schaust und uns dort hinbringst, wohin sie dich leiten.«

»Ich kann das nicht, !Xabbu! Ich hab keine Kraft mehr. Ich kann keine Ungeheuer mehr bekämpfen.« Die Geschichte vom Allverschlinger vermischte sich in ihrem Kopf mit ihren eigenen Träumen und den Schattenwesen dieser unwirklichen Welten. »Ich bin nicht die Stachelschweinfrau. Ich bin nicht lieb und einsichtig. Mein Herz hat keine Augen, verdammt nochmal.«

»Aber spitze Stacheln hast du, genau wie sie.« Um den Mund des Pavians zuckte ein leicht schmerzliches Lächeln. »Ich glaube, du siehst mehr, als du weißt, Renie Sulaweyo.«

Emily war aufgewacht und beobachtete sie, still am Boden liegend, mit Augen, von denen man im ersten Morgengrauen nur das Weiße schimmern sah. Renie machte sich Vorwürfe, daß sie sie geweckt hatte - sie waren alle müde und hatten weiß Gott Ruhe nötig -, aber selbst diese kurze Zerknirschung schlug gleich in den nächsten Wutausbruch um. »Genug mit diesem mystischen Quatsch, !Xabbu. Mir ist das zu hoch, schon immer gewesen. Ich will nicht sagen, daß du dich irrst, aber du sprichst eine Sprache, die ich nicht verstehe. Statt auf mich zu warten, erzähl mir lieber, was *du* zu tun gedenkst in diesem ganzen Schlamassel mit der Gralsbruderschaft und mit diesem Netzwerk, aus dem wir nicht wieder rauskommen. Wie sieht *dein* Plan aus?«

!Xabbu schwieg einen Augenblick, wie geschockt von ihrer Heftigkeit. Es war ihr peinlich, wie schwer ihr Atem ging, wie sehr sie die Beherrschung verloren hatte. Doch statt sich zurückzuziehen oder zu widersprechen, nickte !Xabbu nur ernst.

»Ich will dich nicht wütend machen, Renie, indem ich Dinge sage, an die du nicht glaubst, aber schon wieder hast du mit den Augen deines Herzens gesehen. Du hast eine Wahrheit gesprochen.« Eine Schwere, erdrückend wie ihre eigene, schien sich auf ihn zu legen. »Es ist wahr, daß ich nicht mehr weiß, was mir aufgetragen ist. Ich erzähle dir Geschichten, aber ich habe meine *eigene* Geschichte vergessen.«

Sie hatte auf einmal Angst, er könnte sie verlassen und sich auf eigene Faust in den Flußurwald aufmachen. »Ich wollte nicht ...«

Er hob eine Pfote. »Du hast recht. Ich habe meine Bestimmung vergessen. In meinem Traum wurde mir gesagt, daß alle ersten Menschen zusammenkommen müssen. Deshalb bin ich auch in dieser Gestalt.« Er deutete auf seine behaarten Glieder. »Ich werde also tanzen.«

Das war das letzte, womit sie gerechnet hätte. »Du ... du wirst *was*?«

»Tanzen.« Er drehte sich einmal im Kreis und nahm den Boden in Augenschein. »Es wird keinen Lärm machen. Du kannst dich wieder schlafenlegen, wenn du willst.«

Renie blieb starren Blicks sitzen und wußte nicht, was sie sagen sollte. Auch Emily sah scheu zu, aber in ihren Augen glomm ein Licht, das vorher nicht dagewesen war, als ob die Mantisgeschichte sie in irgendeiner Weise berührt hätte. !Xabbu schritt einen Kreis ab, wobei er mit einer hinterherschleifenden Hand einen Strich auf den Boden zog, dann blieb er stehen und schaute zum Himmel auf. Ein morgenroter Schimmer erschien soeben am Horizont. Er wandte sich langsam um, bis er direkt darauf blickte, und Renie mußte an eine andere Geschichte von ihm denken. !Xabbu hatte ihr erzählt, daß sein Volk glaube, das erste Licht der Morgenröte sei der in sein Lager und zu seiner Braut, der Luchsin, heimeilende Jäger Morgenstern.

Und eilig hatte es der Morgenstern deswegen, entsann sie sich jetzt, weil er den Haß und die Eifersucht der Hyäne fürchtete, einer verstoßenen Kreatur der Finsternis, beinahe so furchterregend wie der Allverschlinger.

Während er die ersten schurrenden Schritte des Tanzes machte, den er einst den Tanz des größeren Hungers genannt hatte, schien !Xabbus Konzentration auf etwas jenseits des Lagers, vielleicht sogar jenseits Anderlands gerichtet zu sein. Renies Verzweiflung hatte sich in ein zähes Gefühl wie von einem schweren, klebrigen Geflecht verwandelt, das sie zermürbte und niederhielt. Das also war aus ihrer wissenschaftlichen Nachforschung geworden, dachte sie - unausgegorene Antworten auf unmögliche Fragen, tanzende Affen, magische Welten an einem endlosen Fluß. Und sie wollten irgendwie diese unermeßliche Sandwüste nach dem einen Korn durchsieben, das ihren Bruder zurückbringen würde?

!Xabbus Tanz, eine pulsende, rhythmische Bewegung, führte ihn nach und nach im ganzen Kreis herum, den er gezeichnet hatte. Ein paar Vogelrufe belebten den Tagesanbruch, und die Urwaldbäume rauschten und zitterten in der Brise, doch das einzige, was sich im Lager bewegte, war der Pavian mit seinem *Schritt, Schurren, Schurren, Schritt*, wozu er sich hinunterbeugte und sich dann mit hoch und weit ausgestreckten Armen aufrichtete, die Augen immer nach außen gewandt. Er vollendete den Kreis und tanzte weiter, mal ein bißchen schneller, dann wieder langsamer.

Die Zeit kroch dahin. Aus einem Dutzend Umkreisungen wurden hundert. Emilys Augen waren längst schon zitternd zugefallen, und Renie war vor Müdigkeit halb hypnotisiert, aber !Xabbu tanzte immer noch, bewegte sich zu einer Musik, die er allein hören konnte, führte Schritte aus, die schon unausdenklich alt gewesen waren, als Renies primitive Vorfahren erstmals in das südliche Afrika vorgedrungen waren. Es war die Steinzeit, die sie da betrachtete, das lebendige Gedächtnis der Menschheit, hier im modernsten Kontext, den man sich vorstellen konnte. !Xabbu brachte sich in Einklang, erkannte sie, und zwar nicht mit dem materiellen Universum, mit Sonne, Mond und Sternen, sondern mit dem größeren sinngebenden Kosmos. Er lernte seine eigene Geschichte neu.

Und je länger der Tanz andauerte und es im Dschungel hell und heller wurde, desto mehr fühlte Renie, wie die kalte Hoffnungslosigkeit in ihr ein klein wenig taute. Es war die Geschichte, worauf es ankam, das hatte er ihr sagen wollen. Das Stachelschwein, der Mantis - sie waren nicht bloß kuriose Märchengestalten, sondern bestimmte Sichtweisen. Sie bildeten eine Geschichte, die dem Leben Ordnung verlieh, die das Universum so zur Sprache brachte, daß Menschen es verstehen konnten. Und was war alles menschliche Lernen und Glauben anderes als schlicht das? Sie konnte sich vom Chaos auffressen lassen, begriff sie, so wie der Allverschlinger alles gefressen hatte, sogar Großvater Mantis, den Geist des ursprünglichen Wissens, oder sie konnte das Chaos in eine ihr verständliche Gestalt bringen, wie die Stachelschweinfrau es getan hatte, und dort Ordnung finden, wo es nur Hoffnungslosigkeit zu geben schien. Sie mußte ihre eigene Geschichte finden, und sie konnte ihr genau die Gestalt geben, die ihr am besten dünkte.

Und während sie über diese Dinge nachdachte und der kleine Mann in dem Paviankörper weitertanzte, spürte Renie, wie sie weiter auftaute und warm wurde. Sie beobachtete !Xabbu bei seinen andächtigen Wiederholungen, die schön waren wie eine geschriebene Sprache, komplex und beglückend wie die Bewegung einer Symphonie, und erkannte plötzlich, daß sie ihn liebte.

Es war ein Schock, aber eigentlich keine Überraschung. Sie war sich nicht sicher, ob sie ihn liebte wie eine Frau einen Mann – es war schwer, sich über die Antipathie ihrer verschiedenen Kulturen und die eigenartigen Masken, die sie jetzt trugen, zu erheben –, aber sie wußte ohne jeden Zweifel, daß sie noch nie jemanden mehr geliebt hatte und noch nie jemanden genau auf diese Weise geliebt hatte. Seine Affengestalt, die seinen klugen, tapferen Geist umkleidete, aber nicht wahrhaft verbarg, verwandelte sich aus etwas Irritierendem in ein strahlend klares Sinnbild, so stark wie eine Drogenerfahrung, so schwer zu erklären wie ein Traum.

Ich bin diejenige, die erkennen muß, daß wir alle verbunden sind, dachte sie. *Im Traum ist !Xabbu gesagt worden, alle ersten Menschen müßten zusammenkommen, wie damals in der Geschichte über seine Ahnin und die Paviane. »Ich wünschte, es wären Paviane auf diesem Felsen«, hieß es nicht so? Aber die Geschichte handelt eigentlich gar nicht von ihm – sie handelt von mir. Ich bin es, die von der Hyäne verfolgt wird, und !Xabbu hat mir seinen Schutz angeboten, genau wie die »Leute, die auf den Fersen sitzen« ihn seiner Ahnin anboten.*

»Es sind wirklich Paviane auf diesem Felsen«, flüsterte sie still vor sich hin.

Und kaum hatte sie diese Wahrheit entdeckt, fühlte sie sie in sich brennen. Genau so war es! Sie hatte sich von einem Geschenk abgekehrt, weil sie es nicht für wichtig gehalten hatte, und dabei war ein Geschenk – und ganz besonders das Geschenk der Liebe – tatsächlich das einzig Wichtige, was es gab.

Sie wollte den kleinen Mann packen, ihn aus seiner Trance reißen und ihm alles klarmachen, was sie gerade erkannt hatte, aber seine Konzentration war so groß wie eh und je, und sie begriff, daß diese Offenbarungen für sie bestimmt waren – !Xabbu suchte seine eigenen. So trat sie statt dessen hinter ihm in den Kreis, zögernden Schrittes zunächst, dann mit wachsendem Zutrauen, bis sie schließlich Seite an Seite tanzten, immer von dem Strich zwischen ihnen getrennt, doch zugleich von dem Kreis selbst verbunden. Er ließ nicht erkennen, ob er merkte, daß sie sich zu ihm gesellt hatte, aber in ihrem Herzen war Renie sich dessen sicher.

Emily wachte abermals auf, und als sie diesmal ihre beiden Begleiter im Kreis herumstapfen sah, wurden ihre Augen noch größer.

Und während sie tanzten, wurde es Tag und ergriff der Morgen vom Dschungel Besitz.

Aus der Stille eine Geschichte. Aus dem Chaos Ordnung. Aus dem Nichts Liebe ...

Renie war lange Zeit in einer Art Trance gewesen, und erst als sie vor Erschöpfung zu stolpern begann, nahm sie die Welt um sich herum wieder wahr. Es war ein beunruhigender Übergang: Sie war irgendwo anders gewesen und wußte in einer unerklärlichen Weise, was !Xabbu mit den »Augen des Herzens« gemeint hatte. Er selbst tanzte immer noch, aber langsamer jetzt, sehr bedächtig, als näherte er sich einer Erkenntnis.

Etwas anderes regte sich am Rand ihres Gesichtsfeldes. Als Renie sich umwandte, sah sie Emily sich ducken wie ein verängstigtes Tier und mit der Hand fuchteln, als wollte sie etwas vertreiben. Zuerst dachte Renie, sie und !Xabbu so lange und so unbeirrt tanzen zu sehen, hätte das Mädchen kopfscheu gemacht. Da sah sie ungefähr fünf Meter entfernt ein Gesicht aus dem Unterholz spähen.

Renie stolperte abermals, doch zwang sie sich vorsichtshalber weiterzutanzen, obwohl sie nicht mehr mit dem Herzen bei der Sache war. Sie beäugte den Spion, so gut sie konnte, ohne allzu offensichtlich zu gaffen. Es war eines der zusammengeflickten Greuelwesen, die sie vorher beim Trinken am Fluß aufgestört hatten. Das Gesicht sah menschlich aus, aber nur ungefähr. Die Nase machte den Anschein, etwas anderes zu sein, das nur zufällig in der Mitte des Gesichts gelandet war - ehemals vielleicht ein Zeh oder ein Daumen; die Ohren des Geschöpfes wuchsen aus dem Hals, wodurch der kahle Schädel wie ein Rammbock erschien. Aber trotz dieser gräßlichen Abnormitäten machte das Wesen keinen gefährlichen Eindruck. Die kuhartigen Augen beobachteten !Xabbus Tanz mit einer Sehnsucht, die beinahe mitleiderregend war.

Aber das hat nichts zu besagen. Renies erleuchtende Trance war zerbrochen, ihr innerer Alarm schrillte. *Diese Kreaturen sind umgemodelt worden: Ausdruck, Körpersprache, all diesen Dingen kann man nicht mehr trauen.*

Sie verlangsamte ihre Tanzbewegungen auf möglichst unauffällige Weise und trat dann aus dem Kreis, als ob sie endlich müde geworden wäre. Das war auch nicht ganz gelogen - sie keuchte und war naßgeschwitzt. Sie wischte sich die Stirn und blickte dabei wieder verstohlen hinüber. Ein zweites Gesicht war neben dem ersten aufgetaucht, und bei diesem saßen die Augen zu tief in den Backen. Ein drittes mißgebildetes Antlitz folgte, dann ein viertes, und alle drängten sich jetzt im Gebüsch zusammen, um den Pavian tanzen zu sehen.

Emily war auf Hände und Knie gefallen und preßte ihr Gesicht auf die Erde. Ihr dünner Rücken bebte vor kaum noch zu unterdrückendem Grauen. Renie war besorgt, aber diese Beobachter machten einen so scheuen und hilflosen Eindruck, daß sie das Gefühl hatte, die Kreaturen, ob umgemodelt oder nicht, stellten keine unmittelbare Bedrohung dar. Dennoch rief sie zu ihrem Freund hinüber.

»!Xabbu. Mach jetzt nichts Abruptes, aber wir haben Besuch.«

Er tanzte weiter, *Stampfen, Schurren, Schurren, Stampfen*. Wenn er nur so tat, als hörte er sie nicht, verstellte er sich ganz hervorragend.

»!Xabbu. Ich wünschte, du würdest jetzt aufhören.« Hinter ihr gab Emily einen leisen erstickten Angstlaut von sich. Ihr Freund schien immer noch nichts von dem wahrzunehmen, was um ihn herum vorging.

Weitere verstümmelte Gestalten wurden sichtbar. Mindestens ein Dutzend von ihnen hatten in dem Dickicht am Rand des Lagers einen Halbkreis gebildet, scheu wie Antilopen, und Renie hörte hinter sich ebenfalls ein leises Rascheln. Sie und ihre Gefährten wurden langsam umzingelt.

»!Xabbu!« sagte sie, lauter jetzt. Und er hörte auf.

Der Pavian torkelte, dann fiel er hin. Bis Renie bei ihm war, hatte er sich schon wieder halb aufgesetzt, aber die Art, wie sein Kopf auf dem Hals wackelte, machte ihr Angst, und obwohl sie ihn hielt und seinen Namen sagte, nahmen seine Augen sie nicht wahr. Ein unverständlicher Redestrom mit Klick- und Schnalzlauten kam aus seinem Mund und verblüffte sie, bis ihr klar wurde, daß das Übersetzungsgear des Netzwerks offenbar keine Buschmannsprachen kannte.

»!Xabbu, ich bin's, Renie. Ich kann dich nicht verstehen.« Sie kämpfte gegen die aufsteigende Panik an. Ein tanzender und meditierender !Xabbu war eine Sache, aber ein völlig kommunikationsunfähiger !Xabbu war eine würgende und erschreckende Vorstellung.

Die Pavianaugen kamen wieder unter den Lidern hervor, und das unverständliche Reden, flüssig und doch mit hart knackenden Lauten durchsetzt, klang zu einem Flüstern ab. Auf einmal sagte er schwach: »Renie?« Ihr Name, dieses eine Wort, war eine der schönsten Sachen, die sie je gehört hatte. »Oh, Renie, ich habe Dinge gesehen, Dinge erfahren - ich kann die Sonne wieder klingen hören.«

»Wir haben jetzt keine Zeit, darüber zu reden«, sagte sie leise. »Diese Wesen, die wir schon vorher gesehen haben - sie sind hier. Sie umringen das Lager und beobachten uns.«

!Xabbu riß die Augen weit auf, aber er schien nicht gehört zu haben, was sie gesagt hatte. »Ich war dumm.« Seine offensichtliche gute Laune war befremdlich. Renie fragte sich, ob er vielleicht ein wenig verrückt geworden war. »Ah, es ist bereits anders.« Seine Augen wurden schmal. »Aber was fühle ich da eigentlich? Was ist anders?«

»Ich sag doch, diese Wesen sind da! Sie haben uns ganz umzingelt.«

Er entwand sich ihren Armen, warf aber nur einen flüchtigen Blick auf den Ring halbmenschlicher Gestalten, ehe er sich wieder Renie zuwandte. »Schatten«, sagte er. »Aber irgend etwas ist mir entgangen.« Zu ihrer Verwunderung hielt er seine lange Schnauze dicht an ihr Gesicht und beschnüffelte sie.

»!Xabbu! Was machst du?« Sie schob ihn weg, denn sie befürchtete, jetzt, wo der Tanz des Buschmanns vorbei war, könnten die Lauscher gewalttätig werden. !Xabbu widersetzte sich nicht, sondern ging einfach um sie herum und beschnüffelte sie von der anderen Seite. Seine Affenhände strichen zart über ihre Arme und Schultern.

Die Zuschauer kamen jetzt aus dem Dickicht hervor und traten auf die Lichtung, näher an das Lager heran. Ihre Bewegungen hatten nichts Bedrohliches, aber sie waren dennoch ein furchterregender Anblick, eine Kollektion der verschiedensten Mißbildungen - zu tief sitzende Köpfe, aus dem Brustkasten wachsende Arme, zusätzliche Beine, Hände am Rücken aufgereiht wie die Knochenplatten von Dinosauriern, und sämtliche Modifikationen allem Anschein nach plump und achtlos ausgeführt. Am allerschlimmsten jedoch waren die Augen der zusammengeflickten Gestalten - stumpf vor Schmerz und Furcht drückten sie dennoch ein Bewußtsein des eigenen Leidens aus.

Kurz entschlossen wollte Renie !Xabbu packen, doch der entzog sich ihr und fuhr fort, sie zu beschnüffeln und zu befühlen und ihre Fragen zu ignorieren. Fast hätte sie vor Entsetzen und Verwirrung den Kopf verloren, da ging auf einmal ein lautes Seufzen durch die ungeheuerliche Menschenherde. Renie erstarrte in dem sicheren Gefühl, daß die Wesen im nächsten Moment angreifen würden, und gestattete es damit !Xabbu, seine Hand in ihre Tasche zu stecken.

»Ich hätte es wissen müssen«, sagte er, als er Azadors funkelndes Feuerzeug an die Morgensonne hielt. »Es sprach, doch ich hörte nicht darauf.«

Die Schar der Beobachter bewegte sich abermals, doch statt anzugreifen, zogen sie sich so rasch ins Unterholz zurück, daß es beinahe aussah, als ob sich ihre entstellten Körper verflüssigten. Renie wurde nicht daraus schlau, aus diesem scheinbar grundlosen Rückzug sowenig wie aus dem noch unbegreiflicheren Verhalten ihres Freundes.

»!Xabbu, was ... was machst du?« stieß sie hervor.

»Dies ist ein Ding, das nicht hierhergehört.« Er drehte das Feuerzeug hin und her, als hoffte er, ein geheimes Zeichen zu entdecken. »Ich hätte es schon vorher wissen müssen, aber ich habe mich durcheinanderbringen lassen. Die ersten Menschen riefen mich, aber ich hörte nicht.«

»Ich versteh nicht, was du da redest!« Die mißgebildeten Kreaturen waren fort, aber ihre innere Anspannung war nicht geringer geworden. Ein Zweig knackte irgendwo in der Nähe, laut wie ein Knallkörper. Etwas stampfte durch den Urwald auf sie zu, ohne sich um Heimlichkeit zu bemühen. Renie streckte die Hand nach ihrem geistesabwesenden Freund aus, da trottete schon eine Gruppe dunkler, aufrechter Gestalten zwischen den Bäumen hervor und blieb am Rand der Lichtung stehen.

Es waren vielleicht sechs oder sieben mächtige, zottige, bärenartige Wesen, aber durchaus nicht schlicht und einfach Bären. Aschgraue Moosflecken wuchsen auf ihren Pelzen, und seitlich im Hals verwurzelte Lianen ringelten sich lebendig wie Würmer durch das Fell nach unten, wo sie im Schritt und im Knie wieder in den Leib eindrangen. Doch das Schlimmste war, daß dort, wo die Köpfe hätten sein sollen, die hirnlos grinsenden und mit zahnartigen Stacheln gesäumten Mäuler fleischfressender Pflanzen in großen, glänzenden violetten und grünen Hülsen klafften, die direkt aus ihren kurzen Hälsen sprossen.

Während diese Monster schwer schnaufend und mit ruckartig pumpender Brust abwarteten, kam noch jemand aus dem Wald gestapft und baute sich vor den Pflanzenbären auf, eine Gestalt, die zwar nicht ganz so groß, aber dennoch weitaus fülliger war als ihre Kolosse von Dienern. Die winzigen Augen funkelten vor Vergnügen, und der schlaffe Mund verzog sich zu einem Grinsen, das in verschiedenen Längen abgebrochene gelbe Hauer zum Vorschein brachte.

»So, so«, grollte der Löwe. »Da hat der Blechmann wohl schlecht funktioniert, wenn ihr ihm entwischen konntet. Aber sein Pech ist mein Glück, denn jetzt mache ich das Spiel. Ah! Das muß die Dorothy sein, und ihr ... Behältnis.« Er tat einen watschelnden Schritt auf Emily zu, die wie ein verletzter Krebs wegkrabbelte; der Löwe lachte. »Herzlichen Glückwunsch zu deiner Mutterschaft, kleines Emilywesen.« Er schraubte seinen knubbeligen Kopf zu Renie und !Xabbu herum. »Ein Bildhauer hat einmal gesagt, die Statue sei bereits im Marmor enthalten, und der Künstler tue nichts weiter, als alles Überflüssige zu entfernen.« Er lachte wieder. Spucke glänzte auf der vorgeschobenen Unterlippe. »Genauso sehe ich das mit der Dorothy.«

»Was soll das alles?« ereiferte sich Renie, doch sie wußte sehr wohl, wie klein und verzagt ihre Stimme klang, wie gering ihre Kraft selbst im Vergleich zu *einem* der gräßlichen Pflanzenbären war. Hoffnungslosigkeit breitete sich in ihr aus. »Das ist alles ein Spiel, stimmt's? Nichts weiter als ein grausames Spiel!«

»Aber es ist *unser* Spiel - *mein* Spiel jetzt.« Der Löwe lächelte süffisant. »Ihr seid die Eindringlinge. Und wie heißt es so schön? *Unbefugte Eindringlinge werden gefressen!*«

Renie zermarterte ihr Gehirn, um auf irgend etwas zu kommen, was ihnen gegen den Löwen oder den anderen Zwilling helfen könnte, aber ihr fiel nichts ein. Sie seien furchterregend, hatte Azador ihr erzählt. Sie waren auch unvorstellbar grausam.

»Ich fühle etwas«, sagte !Xabbu beinahe heiter. Renie starrte ihn fassungslos an. Er seinerseits hatte den Blick immer noch auf das Feuerzeug in seinen Händen gerichtet, als ob der Löwe, seine hirnlosen Sklaven und alles andere gar nicht existierten. »Etwas ...«

»!Xabbu, die werden uns umbringen!« Bei Renies Worten wimmerte die zu ihren Füßen liegende Emily los. Durch Renies Angst zuckte ein kurzer Zornesblitz - konnte dieses Ding gar nichts anderes tun als heulen und jammern?

»Die?« !Xabbu sah auf, in Gedanken immer noch ganz woanders. »Die haben nichts zu besagen. Es sind Schatten.« Sein Blick fiel auf den Löwen, und seine Lippen kräuselten sich angewidert. »Vielleicht sind nicht alle Schatten. Aber bedeutungslos sind sie trotzdem.«

Der Löwe erblickte das Feuerzeug, und seine Raubtieraugen wurden schmäler. »Wo hast du das her?«

»!Xabbu, was wird hier gespielt?« fragte Renie fast flüsternd.

»Und noch andere Sachen habe ich falsch beurteilt.« !Xabbu faßte mit seiner freien Hand Emily am Handgelenk und zog sie auf die Füße. Sie sträubte sich, aber er stemmte sich mit gespreizten Zehen dagegen, bis er sie in die Hocke gezerrt hatte. »Ich erkläre es dir später«, sagte er, und dann: »*Lauft!*«

Er riß abermals an Emilys Arm, und sie stolperte in die Richtung des Flußufers. Eine Sekunde war Renie wie gelähmt, dann sprintete sie hinter ihnen her. Der Löwe brüllte keine Befehle, aber gleich darauf fühlte sie den donnernden Tritt der ihnen nachsetzenden Bärenwesen.

!Xabbu zerrte die taumelnde Emily zum Ufer und weiter in den Fluß hinein, bis ihm das Wasser an seine schmalen Affenschultern reichte. Renie nahm an, er werde versuchen hinüberzuschwimmen, aber statt dessen drehte er das Mädchen herum und schob es flußabwärts vor sich her, bevor er sich nach Renie umschaute.

»Lauft einfach in der Richtung weiter«, sagte er eindringlich. Als Renie an ihm vorbeispritzte, schwamm er zum Ufer zurück.

»Was hast du vor?«

»Sieh zu, daß Emily weiter flußabwärts geht«, rief er zurück. »Vertrau mir!«

Sie blieb abrupt stehen und hätte beinahe das Gleichgewicht verloren. »Ich laß nicht zu, daß du dich opferst, um uns zu retten!« schrie sie. »Das ist altmodischer Schwachsinn!«

»Renie! Bitte vertrau mir!« rief er ihr aus dem Ufergebüsch zu. Die krachenden Schritte der Diener des Löwen waren schon ganz nahe.

Sie zögerte kurz. Emily war hingefallen; von der Strömung geschoben und mitgerissen hatte sie Mühe, sich wieder aufzurappeln. Renie fluchte und watete zu ihr.

Durch den Flußschlamm und das hohe Wasser kamen sie nur qualvoll langsam voran, aber Renie sah, daß zumindest !Xabbus erste Idee gut war – sie waren immer noch schneller als der Löwe und seine riesigen Kreaturen, die sich mühsam den Weg durch das Dschungeldickicht bahnen mußten. Sie wußte auch, daß es letzten Endes sinnlos war. Schon jetzt rang sie nach Atem, und Emily würde nur noch wenige Minuten durchhalten, während sie keinen Zweifel hatte, daß ihre Verfolger praktisch nicht müde werden konnten. Wenn !Xabbu hoffte, sie könnten bis zur nächsten Übergangsstelle waten, die womöglich zwanzig oder dreißig Kilometer entfernt war, dann war das zwar sehr tapfer, aber leider völlig aussichtslos.

Der Löwe hatte ihre Taktik durchschaut. Eines seiner Bärenmonster brach aus dem Unterholz hervor auf die Uferböschung, die unter seinem Gewicht abbröckelte und ihm einen Sturz in den Fluß bescherte, aber am ganzen moosigen Leib triefend tauchte es sofort wieder auf, schnappte mit dem Stachelmaul seines augenlosen Pflanzenkopfes in ihre Richtung und verfolgte sie mit erschreckender Schnelligkeit durch das seichte Wasser. Renie erhöhte das Tempo, wobei sie Emily halb tragen mußte, die sich kaum noch aufrecht halten konnte, aber sie hörte die platschenden Geräusche hinter sich näher kommen, begleitet von den donnernden Schritten der Verfolger, die sich am Ufer durch den Dschungel pflügten.

Ihre Beine waren schon gefährlich butterig geworden, als sie einen dünnen graubraunen Arm erspähte, der unmittelbar vor ihr von einem Baumast winkte.

»Hier lang!« rief !Xabbu. Sie stolperten auf den Ast zu, und er packte Emily und half ihr ans Ufer hoch. Das Ungetüm hinter ihnen zeigte weder durch Brüllen, Zischen oder sonst etwas eine Reaktion, aber es ließ sich nach vorn fallen, so daß es auf allen vieren waten konnte, und wurde dadurch noch schneller. Der gräßliche Pflanzenkopf durchfurchte das Wasser wie der Bug eines Tankers.

Renie und Emily quälten sich hinter !Xabbu her die Böschung hinauf und durch die dichten Zweige.

»Ich dachte mir, ich würde im Wald schneller vorankommen als ihr«, erklärte er, während sie sich einen Weg in den Dschungel hinein bahnten.

»Aber wo wollen wir hin? Denen entkommen wir nie.«

»Hierhin«, sagte er, wobei er anhielt und der weinenden Emily half, sich von einer Schlingpflanze loszumachen. Auch er keuchte, doch seine Stimme war merkwürdig ruhig. »Nur noch wenige Schritte. Ah, da wären wir.«

Sie humpelten auf eine kleine Lichtung, die mit abgefallenen dürren Zweigen und einer herbstlichen Laubschicht bedeckt war. Lichtpfeile schossen durch das Astwerk und die herabhängenden Kletterpflanzen wie durch das Fenster eines Doms. Die Geräusche der Verfolger waren furchtbar nahe.

»Aber hier ist nichts.« Renie sah ihren Freund verzweifelt an und fragte sich, ob die Strapazen ihn zuletzt um den Verstand gebracht hatten. »Gar nichts!«

»Da hast du recht«, sagte er und hob seine kleine Hand. Hinter ihnen kam schon der erste der Pflanzenbären angeschwankt und schlug sich mit roher Gewalt zwischen den Bäumen den Weg frei. »Hier ist genau das Nichts, das wir suchen ... du mußt nur richtig hinschauen.«

Eine goldene, wie geschmolzen aussehende Lichtsäule flackerte vor ihnen auf, eine kompakte Helix mit endlosen Windungen. Einen Augenblick später wurde sie flach und nahm die Form eines Rechtecks an. Renie konnte innerhalb der vier geraden Seiten nichts erkennen als verfließende Farben, die an einen Regenbogen in einer radioaktiven Seifenblase denken ließen. !Xabbu nahm erst Emily und dann Renie fest an der Hand und führte sie darauf zu.

»Wie hast du ...?« begann sie. Allmählich überraschte sie gar nichts mehr.

»Ich erzähle es dir später. Jetzt müssen wir uns beeilen.«

Zwei weitere Pflanzenbären waren hinter dem ersten erschienen, und unmittelbar hinter diesen tauchte undeutlicher, aber nicht weniger drohend die Gestalt ihres Herrn auf. Der Löwe schrie den Flüchtlingen etwas zu, aber sein verzerrtes, tierisches Brüllen machte seine Worte unverständlich. »Wir kriegen Emily nicht aus ihrer Simulation raus«, keuchte Renie gehetzt. Ihnen blieben nur noch Sekunden. »Aber wenn wir sie hierlassen, schnappen sie sie. Töten sie, reißen ihr Baby an sich.«

!Xabbu schüttelte den Kopf und hörte nicht auf, sie beide weiterzuziehen. Renie suchte Emilys Blick, wollte ihr sagen, wie leid es ihr tue, aber das mit hängendem Kopf willenlos dahinstolpernde Mädchen war grau vor Erschöpfung. *Hoffentlich*, dachte Renie, *ist es rasch und schmerzlos, was ein System mit einem Replikanten macht, der die Simwelt verlassen will.* Vielleicht versetzte es Emily ja in einen anderen Teil von Kansas.

Doch schon umgab sie das Leuchten des Gateways, ein flammender plasmatischer Sonnenfleck, der keine Wärme abgab, und das wütende Brüllen des Löwen wurde abgeschnitten.

Ihr Sturz endete auf einer festen Unterlage, die in einem normalen Universum der Erdboden gewesen wäre. Statt dessen war sie eine holprige, aus diversen Teilelementen zusammengestückte Fläche, schräg wie ein Berghang. Der Grund, wenn man von einem solchen sprechen konnte, war ein eigentümliches Flickwerk, in dem die verschiedensten Farben träge von einem Teilstück zum anderen liefen und von gezackten Adern in einem matten, stumpfen Weißton durchschnitten waren, Knochen ähnlich, die durch eine aufgerissene Haut bleckten. Aber am befremdlichsten war, daß viele Stellen dieser surrealen Umgebung – und erschreckenderweise auch die ganze weite Fläche, die der Himmel hätte sein müssen – *gar keine* Farbe hatten. Aber keine Farbe, erkannte sie, bevor ihr der Anblick zuviel wurde und sie die Augen schließen mußte, war nicht schwarz oder weiß und auch nicht das Grau der Signalstille. Es war schlicht und einfach ... keine Farbe.

»Meine Güte«, stöhnte Renie nach einer längeren Pause halb ehrfürchtig und halb entsetzt. »Wo sind wir, !Xabbu? Und wie hast du das angestellt?« Sie machte die Augen einen Spalt weit auf und sah sich nach ihrem Freund um. Was sie am Rand ihres Gesichtsfeldes an Landschaft erblicken konnte, waren schroffe Umrisse mit Andeutungen von klotzigen, unförmigen Dingen, die Berge oder Bäume darstellen mochten, aber schon vom bloßen Hinschauen tat ihr der Kopf weh.

!Xabbu lag auf der Seite, seine schmale Brust bewegte sich kaum. Seine Pupillen waren nach hinten unter die Lider gerutscht.

Renie kroch zu ihm hin. Der Boden unter ihm besaß visuelle Tiefe, als ob der Pavian auf einer Glasscheibe über einem bewölkten Himmel lag. Einen Moment lang hatte sie die schwindelerregende Gewißheit, daß sie und er durch das Glas hindurch ins Nichts stürzen würden, doch der unsichtbare Grund war so hart und fest wie gestampfte Erde.

»!Xabbu?« Er gab keine Antwort. Sie schüttelte ihn, sanft zunächst, aber dann immer heftiger. »!Xabbu, sag doch was!«

Hinter ihr ertönte ein Geräusch. Verteidigungsbereit fuhr Renie herum.

Emily 22813 rappelte sich mit großen Augen in eine sitzende Haltung auf.

»Aber ... aber wie kann das sein, daß du hier bist?« staunte Renie das Mädchen an. An einem Tag voller Überraschungen war das eine zuviel.

»Es sei denn ... wir sind noch in Kansas ... aber das glaube ich nicht.« Sie wurde nicht daraus schlau. »Herrje, es ist auch egal. Hilf mir mit !Xabbu! Ich glaube, er ist verletzt oder krank.«

»Wer bist du?« Die Frage klang ernst gemeint. Emilys Stimme war dieselbe, aber der Tonfall hatte sich irgendwie verändert. Die Augen in ihrem hübschen, kindlichen Gesicht verengten sich. »Und wieso macht dein kleiner Affe das?«

Renie wirbelte herum und sah, daß !Xabbus Glieder sich unter heftigen Zuckungen versteiften. Er hatte Schüttelkrämpfe.

»O Gott«, schrie sie. »So hilf doch jemand!«

Nirgendwo in der unfertigen Landschaft regte sich etwas. Sie waren allein.

Kapitel

Die Dunkelheit in den Leitungen

NETFEED/WERBUNG:
Onkel Jingle braucht DICH!
(Bild: in Reih und Glied marschierende solarbetriebene SonnenscheinSoldaten)
SonnenscheinSoldaten:
"Zugegriffen, sapperlot!
Bei Onkels mega Angebot!
Links! Zwei, drei, vier ...!"
(Bild: Onkel Jingle an der Spitze der Parade)
Jingle: "Kids, hier ist wieder euer jingliger Onkel Jingle-Jangle, und ich muß euch sagen, ich heule bald vor lauter Ach und Weh. Wir haben diesen Monat das Große Gaudigemetzel mit tollen Supersonderangeboten, und die ganzen ätzig-fetzigen Sachen, die ich euch immer in Onkel Jingles Dschungel zeige, sind total ruuuntergesetzt — wenn ihr nicht wißt, was das heißt, fragt eure Eltern! Aber trotzdem stehen hier noch jede Menge Sachen rum und blockieren mir die Regale. He! Pustekuchen! Ich kann nicht mal mehr meinen Wandbildschirm sehen! Also lauft schnell in euer nächstes Jingleporium und helft mir um Gottes willen, diese Sachen loszuwerden ...! Die könnten runterfallen und mich zu Brei zerquetschen — oder Schlimmeres!"

> Anneliese sagte: »*Ein Anruf für dich.*«
  Ihr weicher, schleppender Virginiadialekt war so vertraut, daß Decatur Ramsey ihn ein Weilchen in seinen Traum einbaute. Seine einstige Assistentin gesellte sich zu ihm, während er am Berghang stand und

über das neblige Tal hinwegblickte. Etwas lauerte dort unten in den grau verschleierten Tiefen. Ramsey wußte nur, daß es hinter ihm her war und daß er keinen Wert darauf legte, ihm zu begegnen. Er überlegte, ob es das war, was Anneliese ihm sagen wollte, doch als er sich umdrehte, um sie zu fragen, war der Nebel gestiegen und nahm ihm die Sicht.

Der Traum brach ab und beförderte ihn in die prosaische Dunkelheit seines Schlafzimmers, und damit verschwand auch Annelieses rundes, ernstes Gesicht. Aber ihre Stimme blieb da und teilte ihm abermals mit, daß er einen Anruf habe. Ramsey setzte sich auf und schnalzte mit den Fingern, um die Uhrzeit zu sehen, die ihm sein System gehorsam in leuchtend blauen Ziffern auf die Wand projizierte – *03:45*.

Annelieses Ton wurde ein wenig strenger und gewann jene stählerne Liebenswürdigkeit, die wie kaltes Wasser durch viele Generationen weiblicher Südstaatenstimmen floß. Irgendwie seltsam, daß ihre Stimme ihm immer noch Anrufe und andere häusliche Dinge mitteilte, obwohl sie schon jahrelang nicht mehr für ihn arbeitete. Er wußte nicht einmal, wo sie inzwischen lebte – geheiratet, in einen anderen Bundesstaat gezogen, eine vage Erinnerung daran, daß sie ihm zur Geburt ihres ersten Kindes eine Anzeige geschickt hatte ...

Ramsey rieb sich die Augen. Sein Gesicht fühlte sich wie eine schlecht sitzende Maske an, aber er war endlich wach. Fast vier Uhr morgens – wer in aller Welt konnte da anrufen? »*Annehmen.*«

Annelieses mahnende Stimme brach mitten im Satz ab, aber nichts kam an ihrer Stelle. Oder wenigstens hörte Ramsey nichts – keine Stimme, kein Summen, kein elektrostatisches Knistern und Ticken. Aber dennoch *fühlte* er etwas, als stände er an einem offenen Fenster vor der unendlichen Leere des Weltraums.

»Olga? Frau Pirofsky? Bist du das?«

Niemand meldete sich, aber das Gefühl der wartenden Leere ging nicht weg. Es war, als ob das Nichts selbst ihn angerufen hätte, als suchte die Dunkelheit in den Leitungen nach einer Stimme, um etwas zu sagen.

»Hallo? Ist da jemand?«

Wieder zog sich die Zeit in die Länge, Sekunde um Sekunde um Sekunde. Ramsey saß mittlerweile aufrecht im Bett und starrte in die nahezu vollkommene Finsternis über ihm, an die Decke, die er zu keiner Tages- oder Nachtzeit sehen konnte, wenn die hundertprozentig dichten Jalousien heruntergelassen waren. Angst tippte ihn wie mit einer Messerspitze an.

Die Stimme, die sich dann meldete, war höchst überraschend. »*Ramsey, Decatur?*« Ein rauchiger, näselnder Brooklynakzent, aber eigentümlich stockend, wie wenn jemand Lautschrift las, um die Aussprache richtig hinzukriegen.

»Wer ist da?«

»Ramsey, Decatur?« fragte die Stimme wieder und spuckte dann eine zunächst sinnlos erscheinende Zahlen- und Buchstabenliste aus. Es dauerte eine ganze Weile, bis sein schlaftrunkenes Gehirn Knoten- und Nachrichtencodes erkannte, Adressen. Sein Herz schlug schneller.

»Ja, ja. Hier spricht Catur Ramsey. Ich habe diese Nachrichten hinterlegt. Wer spricht da?«

Ein langes Schweigen. »Nicht berechtigt«, kam schließlich die Antwort. »Was willste?«

Es fiel ihm schwer, die Comicstimme ernst zu nehmen, aber er hatte den Verdacht, daß er sich keinen Fehler leisten durfte. »Bitte, bleib dran. Bist du Beezle Bug? Orlando Gardiners Agent? Kannst du das wenigstens bestätigen?«

Wieder trat ein langes Schweigen ein, das auf Sortierungsprobleme mit den verschiedenen verschachtelten Berechtigungshierarchien hindeutete. Er fühlte beinahe, wie am anderen Ende die Fuzzylogik heißlief. »Nicht berechtigt«, lautete das Ergebnis, aber kein Nein bedeutete für Ramsey in diesem Falle ein eindeutiges Ja.

»Hör genau zu«, sagte er langsam. »Das ist jetzt sehr wichtig - wichtig vor allem für Orlando. Die Genehmigungen, die du brauchst, um mit mir zu reden - lassen die sich auf irgendeinem Wege beschaffen? Wenn nicht, hängst du in einer Schleife fest - verstehst du das? Ich will ihm helfen, aber ich kann nichts tun, wenn du nicht mitmachst. Wenn ich ihm nicht helfen kann, wird er nicht zurückkommen, und wenn er nicht zurückkommt, wird er dir nie wieder irgendwelche Genehmigungen erteilen können.«

Die Taxifahrerstimme am anderen Ende nahm einen leicht gekränkten Ton an. »Ich weiß, was 'ne Schleife ist. Ich weiß 'nen Haufen Sachen, Mann. Ich bin gutes Gear.« Ramsey mußte über das Antwortvermögen staunen, zumal bei einer so frühen Generation der Pseudo-KI. Beezle war wirklich gutes Gear.

»Ich weiß. Also hör mir zu. Orlando Gardiner liegt im Koma - er ist nicht bei Bewußtsein. Ich bin ein Rechtsanwalt, der für seine Freundin

Salome Fredericks arbeitet – Sam nennt Orlando sie, glaube ich. Ich will ihnen helfen.«

»Fredericks«, sagte der Agent. »Er nennt sie Fredericks.«

Ramsey mußte einen Jubelschrei unterdrücken. Das Ding redete mit ihm. Es mußte in seiner Programmierung flexibler sein, als er gedacht hatte. »Genau, ganz genau. Und um ihnen beiden zu helfen, brauche ich Informationen, Beezle. Ich muß Zugang zu Orlandos Dateien haben.«

»Orlandos Eltern ham versucht, mich zu drezzen.« Es klang beinahe schmollend.

»Sie verstehen das nicht. Sie können nicht verstehen, wieso du sie nicht Orlandos Dateien sehen läßt. Sie wollen nur das Beste.«

»Orlando hat mir gesagt, ich soll aufpassen, daß niemand sie sieht oder was dran verändert oder was löscht.«

»Aber das war vor ... vor seinem Unfall, seiner Krankheit. Jetzt ist es wichtig, daß du mich ihm helfen läßt. Ich verspreche dir, ich werde nicht zulassen, daß die Gardiners dich abschalten – dich drezzen. Und ich werde alles tun, was ich kann, daß Orlando zurückkommt.« Für ihn war Beezle jetzt ein lebendiges Wesen geworden, wenn auch ein sehr sonderbares. Er konnte ihn beinahe dort draußen in der Dunkelheit fühlen, ein Wesen mit Beinen und einem harten Panzer und flinken, fest vorgegebenen Gedankengängen. Es kam ihm so vor, als holte er es aus großer Entfernung an einer sehr, sehr dünnen Leine ein. »Du kannst nicht mehr darauf warten, daß Orlando dir Sachen genehmigt«, fügte er hinzu. »Du mußt dich an den ursprünglichen Geist seiner Befehle halten.«

Herrje, dachte er. *Wenn seine Logik von irgendwas durchschmort, dann davon. Ich kenne nicht viele Menschen, die mit einem solchen Gedankensprung keine Schwierigkeiten hätten.* Und wie um seine Befürchtungen als begründet zu erweisen, trat eine bedrückende Stille ein, auch wenn das Gefühl einer anderen Gegenwart in der Dunkelheit bestehen blieb.

Doch als das Ding sprach, da nicht, um einen Totalausfall seiner Fuzzylogik mitzuteilen oder sich für unzureichend autorisiert zu erklären. Was es sagte, verblüffte Ramsey dermaßen, daß er die alberne Stimme und die seltsamen Umstände völlig vergaß.

»Ich geh ihn fragen. Bin gleich wieder da.«

Damit brach der Agent die Verbindung ab. Die Leitung ins Leere war ein gerissener Faden.

Ramsey legte sich wieder hin und war völlig durcheinander. Ihn fragen? Wen? Orlando? War der kleine Softwareagent irgendwie verrückt geworden? Kam das bei Gear vor? Oder war etwas ganz anderes gemeint, das er nicht verstand?

Er lag lange im Dunkeln wach, während sich in seinem Gehirn lautstark die Zweifel meldeten. Schließlich stand er auf und schmierte sich ein Brot, nahm die lauwarme Milch, die er am Abend versehentlich auf der Arbeitsplatte hatte stehen lassen, und begab sich in sein Wohnzimmer, um zu essen, seine Notizen anzugucken und zu warten.

Als Annelieses körperlose Stimme den Anruf meldete, riß sie ihn aus einem Halbschlummer. Sein Stapel Papiere - eine altmodische Angewohnheit, die Ramsey von seinem Vater übernommen und niemals abgelegt hatte - rutschte mit einem trockenen Klatschen auf den Teppich.

»Ein Anruf für dich«, mahnte ihn Anneliese, während er nach seinen Papieren haschte, und klang dabei regelrecht enttäuscht über seine trödelige Reaktion.

Diese Dinge, diese Maschinen, dachte er - *was würden wir ohne sie anfangen? Wenn sie die richtigen Menschen am anderen Ende ganz ablösten, wie lange würde es dauern, bis es einem von uns auffiele?* Eine wahrscheinlichere, aber durchaus nicht erfreulichere Möglichkeit war, daß seine ehemalige Assistentin starb, ohne daß er davon erfuhr. Was dann? Ihre Stimme würde ihn weiterhin aufwecken, aber gewissermaßen aus dem Grab heraus.

»Annehmen«, sagte er scharf, als er seine Zettel eingesammelt hatte, verärgert über sich selbst, aber auch voll wirrer Vorahnungen, als ob er gar nicht ganz aus seinem Traum von vorher aufgewacht wäre.

»Ist okay, ich kann mit dir reden«, erklärte ihm die Taxifahrerstimme ohne einleitende Worte. »Aber glaub ja nicht, daß du alles kriegst - kriegste nämlich nicht.«

»Beezle, mit wem hast du gerade gesprochen?«

»Mit Orlando.« Der Agent sprach den Namen mit ruhiger Selbstsicherheit aus.

»Aber er liegt im Koma!«

Mit knappen, aber verdächtig nach Stolz klingenden Worten klärte Beezle Bug ihn über seine mitternächtlichen Expeditionen und seine heimlichen Unterredungen mit seinem Herrn auf. »Aber das klappt nur in bestimmten Phasen von seinem Schlafzyklus«, fuhr er fort. »Quasi wie 'ne Trägerschwingung, weißte?«

Ramsey erkannte, daß er damit vor seinem ersten größeren moralischen Dilemma stand. Wenn das stimmte, sollten Orlandos Eltern davon in Kenntnis gesetzt werden. Ihnen eine Kommunikationsmöglichkeit mit ihrem komatösen Kind zu verschweigen, würde nicht nur seinem Berufsethos widersprechen, sondern wäre auch unmenschlich grausam. Doch selbst wenn er einem Konstrukt aus Code mehr glauben konnte als allen Ärzten, war die Entscheidung immer noch nicht einfach. Olga Pirofskys Geschichte hatte Catur Ramsey in den letzten paar Tagen auf einige beunruhigende Fährten gesetzt, und so langsam gruselte er sich ein wenig bei dem Gedanken, wo er da hineingeschlittert war. Wenn sein Verdacht begründet war, dann brachte alles, was die allgemein geteilte Auffassung ankratzte, Orlando Gardiner und Salome Fredericks könnten von nichts und niemandem erreicht werden, sie und ihre Familien ganz real in große Gefahr.

Er wog das Problem ab und kam zu dem Schluß, daß er eine solche Entscheidung nicht mitten in der Nacht treffen sollte, zumal wenn er nur zwei oder drei Stunden geschlafen hatte.

»Okay, ich glaube dir«, sagte er laut. Sein Lachen war unsicher. *Ich rede mit einem erfundenen Cartoonkäfer,* dachte er. *Der mein einziger Kontakt zum Zeugen eines fortdauernden Verbrechens ist, das praktisch auf Massenmord hinausläuft. Ach ja, und dieser Zeuge ist im Grunde so gut wie tot.* »Ich glaube dir. Millionen andere würden es nicht tun. Also, reden wir.«

Und irgendwo in der ortlosen Dunkelheit, in den Stunden, in denen die meisten Leute durch die entlegensten Traumkorridore wandelten, redeten sie.

> Dulcy stellte das Schleifenprogramm an und ließ den Sim schlafen - oder vielmehr Schlaf fingieren -, dann machte sie sich zum Rücksprung bereit. Das Zucken und unruhige Atmen des unbewohnten Körpers spiegelte ihr eigenes Unwohlsein wider, so als hätte sich das Werkzeug einige der Gefühle der Person zu eigen gemacht, von der es gelenkt wurde.

Der Gehirne, erinnerte sie sich - *Plural.* Der Sim hatte schließlich zwei Herren.

Mit der vordergründigen Absicht, eine reibungslose Organisation zu gewährleisten (aber auch, wußte sie insgeheim, um eine gewisse Distanz zwischen sich und der besitzergreifenden Persönlichkeit ihres Auftraggebers zu wahren), hatte Dulcinea Anwin einen virtuellen Büroraum für das Otherlandprojekt konstruiert - beziehungsweise für das

»Projekt Dread«, wie sie es für sich nannte, wobei die Bedeutung »Grauensprojekt« durchaus mitgemeint war. Es war größtenteils Snap-on-Gear, ein ganz normaler Arbeitsraum mit Panoramafenstern, durch die man auf ein kaltes, hartes Sydney bei Nacht hinabblickte, eine Aussicht nach Dreads Geschmack, die sie eher deprimierend fand. Sie hätte sich für eine andere Aussicht starkmachen können, und mit Sicherheit hätte sie sie während ihrer Einzelschichten durch eine ihr genehmere Kulisse ersetzen können, aber wie bei so vielen Dingen in letzter Zeit stellte sie fest, daß sie sich widerspruchslos den Launen ihres Auftraggebers fügte.

Sie ließ ihre Beobachtungen Revue passieren und sprach diejenigen, die sie bedenkenlos mitteilen konnte, laut auf die Tagebuchdatei. Es gab mehr zu sagen als sonst: Zusammen mit dem Rest der kleinen Schar befand sich ihr Sim in einer schwierigen Situation. Die Mitglieder des Stammes, bei dem sie zu Gast waren, waren völlig außer sich, weil es eine Entführung gegeben hatte, und als Fremde waren sie automatisch verdächtig.

Sie überlegte kurz, ob einer von ihnen tatsächlich etwas mit dem Verschwinden zu tun haben konnte, aber das kam ihr unwahrscheinlich vor. Sie waren eine absonderliche Gruppe von Geheimniskrämern, aber sie konnte sich niemanden als Kidnapper oder Vergewaltiger vorstellen. Sie hatte sogar angefangen, im stillen so etwas wie eine Zuneigung zu ihren Mitreisenden zu entwickeln. Nein, wenn irgend jemand imstande war, etwas derart Krasses zu tun, dann ihr Boß - aber das war ausgeschlossen. Dread hatte sehr gute Gründe dafür, ihren virtuellen Stellvertreter oder die Gruppe, mit der er unterwegs war, keiner genaueren Überprüfung auszusetzen.

Dulcy starrte das Bild der virtuellen Stadt an, die sich unter ihr ausbreitete wie ein altmodischer Schaltplan, Millionen kleiner Programme, von denen jedes nur seine einzelne Facette beitrug, ohne sich um die Gesamtwirkung zu kümmern. Auch wenn sie sich noch so anstrengte, sie wurde die Sorge nicht ganz los, daß Dread bei ihrem gegenwärtigen virtuellen Dilemma seine Finger im Spiel haben könnte, obwohl sie andererseits das Gefühl hatte, daß sie letztlich bloß dünnhäutig war. Ja, er hatte sie angebäfft, sie bedroht, aber deswegen war er noch kein Vollidiot, oder? Er hatte keine Skrupel, jemanden zu töten - sie hatte erlebt, wie ein Dutzend oder mehr Leute bei dem Kommandoangriff auf Bolivar Atascos Insel ausgelöscht wurden, und hatte selbst jemanden auf seinen Befehl hin erschossen. Aber das waren bewaffnete Soldaten und abgebrühte Verbrecher gewesen, und es war im Krieg geschehen. Sozusagen.

Was die Bemerkung betraf, die er zu ihr gemacht hatte ... na ja, manche Männer bedrohten einfach gern Frauen. Sie kannte die Sorte - einem davon, einem im Suff aggressiv werdenden russischen Söldner, hatte sie sogar einmal mit einem Kristallaschenbecher das Gesicht plastisch verändern müssen. Aber Dread würde sich nicht selbst ins Bier pissen, wie ihr Vater zu sagen pflegte. Dafür war er viel zu klug.

Aber genau das war das Problem, nicht wahr? Genau deswegen konnte sie keinen klaren Gedanken über das alles fassen. Sie hatte noch nie jemanden kennengelernt, der so clever war, wie Dread zu sein schien, oder zumindest hatte sie noch niemanden kennengelernt, der zudem sein unheimliches animalisches Charisma hatte. Daß sie ihn neulich noch geringschätzig als aufgeblasenen Prolo abgetan hatte, einen der Typen, die sich an Tod und Zerstörung aufgeilten, von denen sie schon viel zu viele gesehen hatte, kam ihr jetzt zu billig vor: Etwas anderes als die normale Legionärsbrutalität ging hinter diesem fremden dunklen Gesicht vor, und Dulcy mußte zugeben, daß sie anfing, sich dafür zu interessieren.

Nein, bloß nicht, sagte sie sich. *Schlimm genug, daß du die Arbeit mit solchen Leuten zu deinem Beruf gemacht hast. Du kannst dich nicht im Ernst schon wieder mit einem einlassen wollen, oder? Wie oft mußt du eigentlich denselben Fehler begehen?*

Aber natürlich war die Erregung echter Gefahr daran schuld gewesen, daß sie ihren alten Job als internationale Finanzexpertin an den Nagel gehängt hatte und - vermittelt über einen befreundeten Financier, der gern ein wenig mit brandheißen Sachen herumspielte, aber letztlich doch Angst hatte, sich die Finger zu verbrennen - in die Welt der dunklen Geschäfte eingestiegen war. Es gab immer noch einen Teil von ihr, der danach lechzte, eines Tages zum Jahrestreffen ihrer alten Highschoolklasse zu gehen und den ganzen Mädels, die sie immer »Dulcy Android« und »Gearhead« genannt hatten, die Wahrheit darüber zu erzählen, wohin das Leben sie geführt hatte. »*Was ich beruflich mache?*« würde sie sagen. »*Och, Regierungen stürzen, Waffen und Drogen schmuggeln, was man halt so macht ...*« Aber das waren leere Phantasien. Selbst wenn sie ihr das abnahmen, würden sie es doch nie verstehen, diese ehemaligen Cheerleader und stolzen Elternbeiratsvorsitzenden, die sich schon unglaublich verrucht vorkamen, wenn sie ihre Steuererklärungen fälschten oder eine belanglose Affäre mit dem Poolreiniger hatten. Sie würden niemals das geile Schwindelgefühl verstehen, den Rausch des ganz großen Dings, das Spiel mit der Angst, ohne Netz und doppelten Boden. Und sie, Dulcinea Anwin - dieselbe kleine Dulcy Android mit ihren Mathebüchern und ihrer Brille und ihrer Stoppelfrisur nach der Vorjahrsmode -, war jetzt ganz dick drin.

Es läutete, und gleich darauf erschien Dread in der Mitte des Büros. Sein Sim war schwarz gekleidet, wie er es bevorzugte, schwarzes Hemd und schwarze Hose, und sein Haar war zu einem Pferdeschwanz zurückgebunden, der auf dem Rücken farblich mit dem Hemd verschmolz. Er deutete eine Verbeugung an. Dulcy fragte sich unwillkürlich, wie genau die schlanke, aber muskulöse Statur des Sims seine RL-Gestalt nachahmte. Er war nicht größer als sie, vielleicht sogar ein wenig kleiner, wobei er das ohne weiteres an seinem Sim hätte korrigieren können, wenn es ihm wichtig gewesen wäre. Es gefiel ihr, daß das nicht der Fall war.

»Schlafen gegangen?« fragte er. Er strahlte, schien von freudigen Geheimnissen zu strotzen.

»Ja. Ein paar von ihnen unterhalten sich noch, aber wenigstens eine andere Person schlief auch schon, da dachte ich, es ist okay, wenn ich mich offline schleiche und die Aufzeichnungen aktualisiere. Es war ein ereignisreicher Tag im Land der fliegenden Höhlenmenschen.«

»Aha.« Er nickte beinahe zu ernst, als wollte er gleich einen Witz erzählen. »Immer noch diese Entführungsgeschichte? Nichts Neues?«

»Nicht so richtig. Sie werden immer noch festgehalten - es soll eine Art Stammesversammlung oder so stattfinden, auf der das Verbrechen beraten werden soll.« Sie wurde heute nicht recht schlau aus ihm. Irgend etwas kochte er aus - sogar sein Sim schien vor Hochspannung zu knistern. »Du wirkst sehr fröhlich. Hat es irgendwelche guten Neuigkeiten gegeben?«

»Was ...? Nein. Ich denke, ich bin einfach guter Laune.« Ein haifischartiges Grinsen ließ seine weißen Zähne blitzen. »Aber *du* siehst echt gut aus, Dulcy. Ist das ein Echtzeitsim, oder hast du ihn ein bißchen nachgeformt?«

Sie blickte rasch an ihrem virtuellen Körper hinab, ehe ihr klar wurde, daß er sie aufzog. »Echtzeit, und das weißt du verdammt gut. Mein normales Alltagsich.« Selbst die Art, wie er sie wohlgefällig betrachtete, war sonderbar – raubtierartig begehrlich und doch gleichzeitig irgendwie asexuell, wie ein Sultan mit hundert Frauen, der überlegt, ob er ein junges Adelsfräulein mit guten Verbindungen zu seiner hundertundersten nehmen soll. Wieder wurde sie von gegensätzlichen Impulsen hin- und hergerissen: dem Bedürfnis, Abstand zwischen sich und diesem Mann zu schaffen, und der unwiderstehlichen Faszination, die er auf sie ausübte.

Verknallt wie ein Schulmädchen, dachte sie halb amüsiert und halb angewidert. *Du bist schon immer auf die Bösis geflogen, Anwin.*

»Nun gut, ich bin sicher, du hast allerhand zu tun«, sagte er unvermittelt, beinahe wegwerfend. »Deine Katze füttern, was weiß ich. Und ich sollte zusehen, daß ich was getan kriege.« Er hielt die Hand hoch, um ihrer nächsten Bemerkung zuvorzukommen. »Ich schau mir die Einträge an, wenn ich drin bin.« Er besann sich kurz. »Weißt du was, du hast in letzter Zeit wirklich hart ran gemußt. Wie wär's, wenn du vierundzwanzig Stunden Urlaub einschiebst? Ach was, lieber achtundvierzig. Natürlich bezahlt. Dann kannst du dich endlich mal um deine Privatangelegenheiten kümmern. Dazu hab ich dir in letzter Zeit nicht viel Gelegenheit gelassen.«

Er hatte sie schon wieder aus dem Konzept gebracht – sie hatte noch nie einen Menschen gekannt, der das derart permanent fertigbrachte. Was hatte er jetzt wieder vor? Wollte er sie aus dem Weg haben, weil er befürchtete, sie würde die Sache mit dem Stammesrat vermasseln? Oder war es aufrichtig freundlich gemeint? Es stimmte, sie hatte in letzter Zeit so viele Zwölfstundenschichten geschoben, daß sie dazwischen nicht mehr hatte tun können als duschen, schlafen und ihre dringendste Post angucken. Sie hatte durchaus noch verschiedene Dinge an der Heimatfront zu erledigen, die seit ihrer Rückkehr aus Kolumbien liegengeblieben waren.

»Das ... das wäre prima, klar.« Sie nickte nachdrücklich. »Bist du sicher, daß es nicht zuviel für dich wird?«

»Ach, ich ruh mich aus, wenn ich's brauche.« Er lächelte selbstsicher, und wieder schien er vor Energie zu bersten. So hatte sie ihn noch nie erlebt.

»Tja, also dann. Chizz. Dann sehen wir uns ...«

»Übermorgen um diese Zeit. Genieß deine freien Tage.«

Sie verließ das virtuelle Büro, schaltete ab und blieb eine ganze Weile auf der Couch sitzen, wo sie ihren wirr durcheinanderschießenden

Gedanken freien Lauf ließ. Jones sprang ihr auf den Schoß und stupste ihre Hand an, wollte gestreichelt werden.

Dulcy wurde die Erinnerung an Dreads strahlendes Lächeln nicht los, an die geballte Energie in seiner virtuellen Gestalt. Auch nicht an den Ausdruck auf seinem Gesicht, als er sie neulich bedroht hatte, an die Augen, dunkel wie Steine. Sie konnte nicht aufhören, an ihn zu denken.

Hilfe, dachte sie, während sie geistesabwesend an Jones' Halsband zupfte. *Entweder ich bin dabei, mich in ihn zu verlieben ... oder ich hab eine Todesangst vor ihm.*

Sofern es da einen Unterschied gibt.

> Als Dulcy weg war, drehte der Mann, der als Junge den Namen Johnny Wulgaru geführt hatte, seine innere Musik auf - Polyrhythmen, größtenteils melodielos, aber dynamisch wie fressende Heuschrecken - und betrachtete nachdenklich die virtuelle Stadt, die sich draußen vor den Fenstern des imaginären Büros ausbreitete. Es war so typisch für eine Frau, daß sie sich von einem *Raum* eine Wirkung versprach. Das war eine der Sachen, an denen man das Tier in ihnen erkannte, dieser tiefe Nisttrieb. Sogar seine verhurte Mutter hatte gern ab und zu bunte Tücher über die schrottigen Möbel drapiert, die Ampullen und die leeren Plastikflaschen aufgefegt und den Saustall »hübsch gemacht«. Genausogut hätte man einen Haufen Hundescheiße vergolden können, aber das war der blöden Kuh ums Verrecken nicht beizubringen gewesen. Frauen waren nicht frei, nicht beweglich wie Männer. Sie waren verwurzelt oder wollten es sein. Es gab nicht viele Frauen, die unterwegs waren, von einem Ort zum anderen. Wahrscheinlich war das der Grund, weshalb sie nicht mit der Sorte Mann zusammensein wollten, die das war.

Aber es war auch der Grund, weshalb er, seitdem er seine Wut zu bezähmen gelernt hatte, Männer nur des Geldes wegen oder gelegentlich aus praktischer Notwendigkeit heraus tötete. Weil Frauen dem Boden so nahe waren, dem ganzen Kleinklein des Lebens, steckte in ihnen eine Vitalität, die den Männern abging. Männer konnten ihr Leben wegwerfen und nicht selten in einer sinnlosen Geste, einer vorprogrammierten Wutschleife, die nichts zu bedeuten hatte, die nur die Art der Natur war, ab und zu aufzuräumen und Platz zu schaffen. Aber Frauen klammerten sich ans Leben - sie waren nichts anderes, steckten darin von ihren schmutzigen Füßen über den lebenausstoßenden Schoß bis zu den wachsamen Augen. In einer ihm unerklärlichen Weise *waren* sie das Leben, und daher war es mehr als nur ein Job, sie zu jagen und es ihnen zu entreißen. Es war ein Aufschrei gegen die ganze Welt. Es war eine Art, das Universum mit Gewalt aufzurütteln.

Dread schnalzte mit den Fingern, und das Stadtbild verschob sich. Die Sydneyer Oper tauchte auf einer Seite des Fensters auf und glitt in die Mitte des Panoramas, so als ob das Büro rotierte. Die Lichter der Großstadt flossen funkelnd vorbei, jedes einzelne eine Art Stern, der eine eigene lichthungrige Welt erhellte. Aber Dread war der Zerstörer der Welten.

Er stellte die Polyrhythmen noch lauter, bis sie ihn durchtobten wie Flipperbälle, bis die Schädelknochen ihm dröhnten und seine Haut sich straffte. Es ging ihm gut, sehr gut sogar. Er hatte einen Plan, einen noch sehr unfertigen Plan, doch selbst in seiner unausgereiften Form brannte er in ihm und ließ ihn vor Tatkraft vibrieren. In solchen Augenblicken hatte er das Gefühl, das einzige wahrhaft lebendige Wesen zu sein, das es gab.

Die Jagd war gut gewesen - sehr, sehr gut. Das weißhaarige Geschöpf in der Flugwelt hatte sich genauso verhalten, wie er es von seiner Beute erwartete. Sie hatte geweint. Sie hatte gefleht. Sie hatte ihn verflucht und dann wieder geweint. Sie hatte sich bis zum allerletzten Moment gewehrt und dann seinen schwarzen Kuß mit einer gebrochenen, schmerztrunkenen Grazie geschehen lassen, die kein männliches Opfer, ob real oder virtuell, jemals erreichen konnte. Die Erinnerung strömte immer noch durch seine Adern wie das reinste Opiat, aber beeinträchtigte in keiner Weise die Erregung, in die seine keimenden Pläne ihn versetzten. Im Gegenteil, die Erinnerung an seine Überlegenheit erhöhte die Konzentration, war wie die kühle Hand des real Möglichen auf der fieberheißen Stirn der ersehnten Großmächtigkeit.

Großmächtigkeit? Nein, sprich es aus, sag die Wahrheit - der Göttlichkeit. Denn genauso mußten sich die Götter fühlen, all diese schändenden, mordenden, Blitze schleudernden, die Gestalt wechselnden Bestien, die einst die Welt beherrscht hatten. Die Aboriginesagen seiner Mutter, die griechischen Mythen in den Schulbüchern, die zerfledderten Comichefte, die er in Anstalten und bei anderen Kindern zuhause gefunden hatte, alle Quellen waren sich einig: Die Götter waren mächtig und konnten sich daher alles nehmen, was sie haben wollten, alles tun, wozu sie Lust hatten. Ansonsten unterschieden sie sich durch nichts von den Menschen. Aber wo Menschen wünschten oder hofften oder neideten, gingen die Götter hin und *nahmen* und *handelten.*

Na, den halben Weg zum Gottsein hatte er jetzt hinter sich, was? Der Rest konnte nicht allzu schwer sein.

Dread schlüpfte in den Sim und lag eine Weile in der allgemeinen Dunkelheit, lauschte seinem eigenen Atem, fühlte die kalte Luft vom Höhleneingang hereinziehen. Ganz in der Nähe flüsterten Leute, vielleicht seine Gefährten oder ihre Wächter. Er ließ die Augen zu. Er hatte es nicht eilig. Unter den Mitgliedern ihrer kleinen Schar keimte inzwischen Verdacht, aber noch unterschwellig. Abgesehen von dieser prachtvollen Jagd hatte er durch nichts unnötig auf sich aufmerksam gemacht, und Dulcy schon gar nicht.

Aber Dread fragte sich allmählich, ob das überhaupt noch eine Rolle spielte. Was hatte es für einen Wert, als einer dieser herumstolpernden Schwachköpfe zu gelten, wenn sie augenscheinlich nicht das geringste ausrichten konnten? Es gab hier zahllose Welten, jede millionenfach erregend, und sie hatten noch kaum eine richtig erforscht. Schlimmer noch, sie hatten nichts Brauchbares darüber herausbekommen, was der Alte Mann und seine Kollegen planten. Dread hatte sich hauptsächlich deswegen zu diesem entsetzlich gefährlichen Verrat entschlossen, weil er darin seine beste (und vielleicht einzige) Chance gewittert hatte, die qualvolle Auslöschung des alten Dreckskerls in die Wege zu leiten, aber es kam nichts dabei heraus.

Er hatte sich so diszipliniert in Geduld geübt, daß er mit Sicherheit irgendwie, irgendwann dafür belohnt werden mußte. Aber nicht, wie ihm jetzt aufging, wenn er sich weiter mit diesen lahmarschigen Ochsen zusammenspannte. Mit Ausnahme dieser Martine schienen sie keinen Begriff von den Regeln zu haben, die diesem Netzwerk zugrunde lagen, kein Gefühl für seine Bewegungen, so wie er es hatte.

Was also tun? Wie dem Geheimnis, das er im Herzen dieses künstlichen Universums witterte, näher kommen? Vielleicht wurde es Zeit, diese Schlappschwänze abzuservieren und in die Gänge zu kommen.

Während er sinnierend im Dunkeln lag, wälzte sich die Gestalt neben ihm herum und tippte seine Schulter an. Dread war so weit weg gewesen, so eingesponnen in seine weitgreifenden, hochgemuten Phantasien, daß es eine Weile dauerte, bis ihm seine falsche Identität wieder einfiel, und er auch dann noch ein paar lange Sekunden brauchte, bis er erkannte, wer ihm da etwas zuraunte.

»Bist du wach? Ich muß mit dir reden.« Die Stimme war ganz nahe an seinem Ohr. »Ich ... ich habe gestern nacht jemand aus unserer Gruppe zurückkehren hören, lange nachdem wir uns schlafen gelegt hatten. Als dieses Mädchen verschwand. Und ich glaube, ich weiß, wer es war.«

Dread rollte den Simkörper herum, die Muskeln locker und bereit. »O nein!« Er hoffte, daß er den richtigen Ton traf, der nach geflüstertem Erschrecken klang. »Heißt das, du denkst, daß ... daß einer von uns ... ein Mörder ist?«

Aber im Innern konnte er sich kaum mehr halten vor Lachen.

Vier

Klage

Unnennbarer! Verhüllter! Entsetzlicher!
  Du Jäger hinter Wolken!
Darnieder geblitzt von dir,
du höhnisch Auge, das mich aus Dunklem anblickt!
  So liege ich,
biege mich, winde mich, gequält
von allen ewigen Martern,
  getroffen
von dir, grausamster Jäger,
du unbekannter - *Gott* ...

Friedrich Nietzsche, »Klage der Ariadne«

Kapitel

Imaginäre Gärten

NETFEED/NACHRICHTEN:
Keine Implantation ohne gerichtliche Verfügung
(Bild: Holger Pangborn und sein Anwalt steigen aus dem Wagen)
Off-Stimme: Das Oberste Bundesgericht der USA bestätigte ein vorinstanzliches Urteil, wonach der Vater und die Stiefmutter von Holger Pangborn aus Arizona seine Bürgerrechte verletzt hätten, als sie dem Teenager ein Verhaltenskontrollgerät einsetzen ließen, vergleichbar den Modchips, wie sie in Rußland und einigen Drittweltländern bei bedingt entlassenen Häftlingen angewandt werden. Pangborns Eltern haben erklärt, sie wollten den Fall vor den Internationalen Gerichtshof bringen. H. Pangborns Anwalt: "Nicht allein, daß sie sich buchstäblich an seinem Körper vergangen haben, hinzu kommt, daß dies in einer erschreckend gefährlichen, schlampigen Art geschah. Die Implantation wurde von einer Person vorgenommen, die nicht einmal Arzt war und deren Approbation für medizinische Eingriffe zwei Jahre vorher vom Bundesstaat Arizona wegen groben Amtsvergehens zurückgezogen worden war ..."

> In seiner Heimatsprache hatte es Worte gegeben, die besser als jeder englische Ausdruck wiederzugeben vermochten, wie Sellars sich diesen Ort vorstellte, das Terrain, wo alles, was er plante und tat, anschaulich gemacht werden konnte.

Techniker hatten ihre eigenen Bezeichnungen für solche Dinge, prosaische oder sogar ausgesprochen peinliche Bezeichnungen, nur ganz selten inspirierte. Aber ob man es nun ein Interface, ein Datendisplay oder eine Traumbibliothek nannte: was ein Jahrhundert zuvor als Versuch begonnen hatte, Informationen so darzustellen, daß noch andere Leute als Computerspezialisten sie verstehen konnten, zunächst in Form kindlicher Bildchen für die banalsten Bürogegenstände - Aktenordner, Briefkästen, Papierkörbe -, hatte sich Hand in Hand mit der Entwicklung der Technik ausgedehnt, bis die Formen, in denen Informationen geordnet und bearbeitet werden konnten, so individuell, ja so eigentümlich waren wie die Leute, die damit umgingen. Und Sellars war in jeder Hinsicht ein eigentümliches Individuum.

Wie jeden Tag kurz nach dem Aufwachen schloß er die Augen und versank in sich selbst, in den Tiefen seines verteilten Systems, das sich in den Lücken zahlloser anderer Systeme eingenistet hatte als eine Reihe winziger parasitärer Knoten, die unbemerkt auf dem dicken Fell der riesigen terrestrischen Datensphäre ihr Dasein fristeten. Sellars hatte diesen sinnvollen Verteilungsmodus von TreeHouse und ähnlichen Bandit-Sites gelernt, aber ihn seinen eigenen Bedürfnissen angepaßt und derart ausgeweitet, wie niemand es einem einzelnen Individuum zugetraut hätte. Zuerst hatten die meisten seiner Tentakel Betriebsmittel direkt von seinen Kerkermeistern abgezapft, der US-amerikanischen Armee. Im Hinblick auf die geplante Veränderung seiner Lebensumstände hatte er später begonnen, sein Datenraubgut auf Unmengen von anderen Netzwerken zu übertragen, doch es verschaffte ihm eine nicht geringe Befriedigung zu wissen, daß er seine Flucht mit den Werkzeugen derselben Leute bewerkstelligt hatte, deren Gefangener er gewesen war. Er hatte es zudem direkt vor ihrer Nase getan, und zwar mit Zugriffsmethoden, die sie nicht vermutet hatten und die keine Spuren hinterließen. Die Sucher vom Geheimdienst hatten nie etwas gefunden, wenn sie sein Häuschen auf dem Militärstützpunkt regelmäßig nach verbotenenen Gegenständen oder sonstigen Hinweisen darauf durchforsteten, daß er weniger in sein Schicksal ergeben war, als es den Anschein machte, und die Militärchirurgen, die ihn jahrelang ebenso häufig wie unangemeldet auf die intimste, unangenehmste Art und Weise untersucht hatten, genausowenig.

Sellars hatte mehr Geduld, als seine Gegner zu fassen vermochten, und war subtiler, als sie ihm je zugetraut hätten. Es war ein langes Spiel, das er spielte, und fast fünf Jahrzehnte scheinbarer Resignation hatten sogar die mißtrauischsten Beobachter eingelullt. Aber das

Wesentliche war ihnen entgangen: Obwohl ihm vor kurzem die physische Flucht in sein Versteck gelungen war, das wie Edgar Allen Poes entwendeter Brief eigentlich völlig offensichtlich war - nur ein oder zwei Meter unter den Füßen der Männer, die auf ihn Jagd machten, in den nicht mehr benutzten Rohrleitungstunneln ihres eigenen Stützpunkts -, war er schon Jahre zuvor in die Informationssphäre entkommen. Und seit dem Moment, als ihm das erstmals geglückt und er aus der Haft seines verkrüppelten Körpers und seines Hausarrests in die Freiheit des Netzes entwichen war, hatte Sellars sich nie wieder als Gefangenen betrachtet.

Er versenkte sich in sein System und rief dann seine Informationen auf wie ein Prospero, der eine Billion Ariels aus einer Billion gespaltener Fichten freisetzte. Ob nun seine Wächter recht gehabt hatten oder er - ob er wirklich oder nur dem Anschein nach ein Gefangener gewesen war -, sein leibhaftiges Verschwinden aus dem kleinen Haus und ihre sofortigen Nachforschungen waren ein notwendiger Schritt in seinem Kampf gewesen, der jetzt in seine schwierigste Phase eintrat. Im Gegensatz zu den Scharmützeln mit seinen überlisteten Wächtern war seine eigentliche Aufgabe von Anfang an nahezu hoffnungslos gewesen und drohte jede Minute zu scheitern. Doch Scheitern war keine Möglichkeit, die er in Betracht ziehen durfte: die Konsequenzen wären unvorstellbar schrecklich.

Sellars fühlte, wie sich die Information jetzt dicht und gärend um ihn konzentrierte. Am Grunde seiner Gedanken, in potentiell unendliche An- und Aus-Muster vertieft, begann er, die jüngsten Veränderungen in seinem Informationsmodell zu untersuchen. Er hatte es zwar noch nie jemandem erzählt, aber er stellte es sich als seinen Garten vor.

Zu Zeiten, in denen er glücklicher und optimistischer gewesen war als jetzt, hatte Sellars es sich sogar als einen Garten poetischer Formen vorgestellt.

Sein Informationsmodell war ein Wuchern, ein Ringen, ein turbulenter, aber auf paradoxe Weise kontrollierter Austausch von Subtilitäten. Es machte den Anschein eines Dschungels, eines Ortes, wo Dinge wuchsen und rivalisierten, sich veränderten und anpaßten, wo Strategien spektakulär aufblühten und dann eingingen oder austrieben und überlebten oder schlicht die Feuchtigkeit des Datendaseins aufsogen und warteten.

»Garten« war mehr als bloß ein Name dafür – Sellars hatte die Anzeiger wie Pflanzen gestaltet, obwohl wenige von ihnen Formen glichen, wie sie sich in einem Pflanzenführer fanden. Die virtuelle Flora wandelte sich mit den Informationen, die sie symbolisierte – je nach den Veränderungen in den Datenbankbeziehungen wechselte sie Gestalt und Verhalten.

Der Garten stellte sich als eine große Kugel dar. Sellars' körperloser Blickpunkt schwebte in der Mitte, wo er jederzeit sofort größere Wachstumsmuster erkennen oder sich die Dinge wie im Mikroskop nahe genug heranholen konnte, um einzelne Pollenkörnchen an einem symbolischen Staubgefäß zu zählen. Früher einmal hatte der Garten die ganze Vielfalt seiner Interessen umfaßt, all seine Beschäftigungen und Faszinationen, die Träume, denen er nur im Äther des Informationsraumes ungehindert nachgehen konnte. Jetzt waren diese anderen Funktionen auf einige wenige stellvertretende Bilder, einen unbedeutenden Bruchteil des Ganzen zusammengeschrumpft – eine Moosschicht von Infrastruktursteuerungsfunktionen, einige Schlingpflanzen, die diverse Telekommunikationsstrategien anzeigten, und hier und da die welkende Blume eines nicht mehr aktiv verfolgten, aber noch nicht endgültig fallengelassenen Projekts.

Zur Zeit gab eine neue Flora im Garten den Ton an. Was vor Jahren als ein Ausstreuen neuer Sporen, ein phototropischer Zug bei einigen der bestehenden Datenpflanzen begonnen hatte, war mittlerweile zum beherrschenden Paradigma geworden. Wie widerstandsfähigere Arten eine empfindliche heimische Population be- und schließlich verdrängen konnten, so dominierte jetzt Otherland Sellars' Garten Eden.

Er hatte sich diese Form für sein Modell ausgesucht, weil er Gärten von jeher geliebt hatte.

In seinen langen Jahren als Pilot, auf seinen weiten, einsamen Flügen, hatte er nur für die Zeiten gelebt, in denen er sich um wachsende Dinge kümmern und dabei erleben konnte, wie sie auf seine Pflege ansprachen – sich veränderten, ausformten, *wurden*. Sellars konnte sich kein treffenderes menschliches Bild für Gott denken als das eines Gärtners. Ja, insgeheim war er mehr als einverstanden damit, daß Gott einst dem Engel mit dem Flammenschwert befohlen hatte, das erste Menschenpaar zu verjagen, nachdem die beiden sich der Wohnstatt, die er ihnen bereitet hatte, als nicht würdig erwiesen hatten. In dem Maße, wie er sich mit dem Bild anfreunden konnte, glaubte Sellars, daß Adam und Eva nicht durch Erkenntnis verdorben worden waren, sondern durch falsch verstandene Erkenntnis: Irgendeine Kraft, ob schlangenhaft oder nicht, hatte sie zu der Meinung verleitet – zu der die Menschen immer noch neigten –, sie seien nicht einfach ein Teil des Gartens, sondern vielmehr seine Besitzer.

Daß er in seinem Datenmodell manchmal einen Garten poetischer Formen sah, lag daran, daß Sellars nicht anders konnte, als alles, was ihm am Herzen lag, mit Poesie in Verbindung zu bringen. In seinen langen Jahren der Gefangenschaft hatte er zu Gedichten gegriffen, wie andere Gefangene ihr Heil in Drogen oder einer Glaubensgewißheit suchten, und er hatte alles, was er machte, und alles, was er dachte, in ihrem Geiste gestaltet. Er nahm die sich wandelnden Zustände des Gartens in sich auf, wie ein Haikuliebhaber sich in Gedichte über den Regen versenkte, und lauschte der lautlosen Stimme des Wachsens, wie ein anderer vielleicht den vollendeten Rhythmus eines fallenden Schlußverses nachfühlte. Wie bei jedem guten Gedicht war für Sellars das Leben des Gartens mehr Gefühls- als Gedankensache, aber wenn er doch einmal rational darüber nachdachte, war es wieder wie bei den besten Werken der Dichtkunst: Es kam mehr dabei heraus, als er sich hätte träumen lassen.

Die amerikanische Dichterin Marianne Moore hatte einmal über die Pflichten von Dichtern geschrieben, sie sollten dem Leser »imaginäre Gärten mit echten Kröten drin« bieten – was Sellars so verstand, daß der Stoff der Kunst mit der Kunst des Stofflichen durchsäuert werden müsse.

Doch jetzt hatte die Erforschung von Otherland seinen Garten poetischer Formen in etwas nahezu Unbegreifliches verwandelt – ein Chaos phantastischer Pflanzen, die beinahe weder Ende noch Anfang zu haben schienen, als ob die in dem Modell symbolisierte Information zu einem einzigen schwindelerregenden, unendlich komplexen, unendlich verflochtenen Ganzen zusammenwachsen wollte. Das Otherlandmodell stellte eine so raffinierte und dabei scheinbar so absurde Verschwörung dar, daß selbst ein völlig in Wahnvorstellungen verliebter Paranoiker nur einen Blick darauf werfen mußte, um sich sofort angeekelt wieder der Normalität zuzuwenden. Es bedrohte die ganze Welt, obwohl es einfach bloß verrückt wirkte.

Sellars hatte allmählich den Eindruck, daß sein imaginärer Garten ein paar ordentliche Kröten gebrauchen könnte.

Er starrte die jüngste Informationsdarstellung schon eine ganze Weile an, ohne sie wirklich zu sehen, wurde ihm auf einmal klar. Sein Körper bedeutete ihm wenig, aber es ließ sich nicht leugnen, daß die leibliche und sonstige Unbequemlichkeit seiner derzeitigen Lage sich auch auf sein Denken auswirkte. In den letzten Tagen war ihm das Aufwachen sehr schwer gefallen, und wenn er dann schließlich wach war, brauchte er lange, bis er klar denken konnte - bis er *sehen* konnte, was er sehen mußte. Er hatte gehofft, daß ihm das glückliche Zusammentreffen mit dem obdachlosen Jungen eine Ruhepause bescheren könnte, doch bis jetzt waren die Experimente mit Cho-Cho eklatant gescheitert.

Die Präzision mechanischer Operationen erfüllte Sellars mit Neid. Manchmal schien es, als wäre es bestenfalls ein Hindernis, als organische Lebensform zu existieren. Obwohl er in der Nacht davor lange Stunden geschlafen hatte, fühlte er sich immer noch nicht ausgeruht, was die sich fortwährend wandelnden Muster im Garten aber nicht daran hinderte, nachdrücklich nach Pflege zu verlangen. Er tat sein Bestes, um die Erschöpfung und Enttäuschung der vergangenen Woche wegzuschieben.

Eine Enttäuschung ließ sich nicht ignorieren, und jedesmal, wenn er sich an diesen metaphorischen Ort begab, machte sie ihm aufs neue zu schaffen. Die Leute in dem Otherlandnetzwerk, die er in Lebensgefahr gebracht und mit denen er in der Simulation der Atascos gesprochen hatte, waren fast völlig von ihm abgeschnitten. Da sie im Zentrum seiner Hoffnungen standen, war jede Darstellung, aus der ihre aktuelle Lage nicht hervorging, im Grunde nicht zu gebrauchen. Doch in den letzten paar Tagen hatte sich ein erfreulicheres, aber nicht weniger verwirrendes Paradox ergeben: Ohne das Auftreten der Figur, die ihm nunmehr als sein größter Feind erschien, hätte er gar nichts über ihren Aufenthalt gewußt.

In den ganzen Jahren, in denen Sellars sein Wissen über die Gralsbruderschaft und ihr größenwahnsinniges Netzwerk zusammengetragen hatte, war er der Meinung gewesen, daß die Person, die er am genauesten beobachten müsse, Jongleur sei. Der älteste Mann der Welt war immer noch ein entsetzlich mächtiger und gerissener Feind, aber eine in der wirklichen Welt derart bedeutende Persönlichkeit konnte nicht anders, als Spuren ihres Handelns zu hinterlassen. Eine riesige, buschige Pflanze mit giftig aussehenden weißen Blüten nahe dem Zentrum des Informationsmodells versinnbildlichte alles, was Sellars über Jongleur wußte. Ihre Stengel konnten sich erstaunlich weit ausstrecken und wie dünne Finger in die hintersten Winkel des Gartens langen, ihre Wurzeln konnten den moosigen Boden in jeder Richtung aufwerfen, aber die Pflanze selbst war wenigstens ein in sich abgeschlossenes Gebilde, das sich untersuchen und sich theoretisch, wenn auch praktisch nicht ganz, erkennen ließ.

Aber in seinem verzweifelten Bemühen, gegen den Widerstand des Otherlandnetzwerks die freiwilligen Helfer zu erreichen, die er so plötzlich im Stich gelassen hatte, war Sellars mehr und mehr zu der Einsicht gelangt, daß das Netzwerk selbst oder etwas, das daraus hervorgegangen war, sein größtes und quälendstes Problem darstellte. Die virtuelle Pflanze, die Jongleur und seine Handlungen verkörperte, war begreifbar - wie eine reale Pflanze ernährte sie sich und konkurrierte um einen Platz an der Sonne, kämpfte genauso ums Überleben, wie Jongleur seine ganze Macht zur Verfolgung von Zielen einsetzte, die derzeit zwar noch verborgen waren, aber aller Wahrscheinlichkeit nach einleuchtenden eigenen Interessen dienten.

Doch das Betriebssystem, oder was sonst das Netzwerk so scharf bewachte, das Ding, das bereits mehrere Menschen getötet hatte und dem auch Sellars mehr als einmal beinahe zum Opfer gefallen wäre, war weitaus weniger begreiflich. In seinem von Otherland dominierten Garten trat es als eine Art Wucherpilz auf, einer dieser primitiven Organismen, die in der wirklichen Welt rasch und unsichtbar unter der Erde wachsen konnten, einer, der sich Tausende von Metern weit ausdehnte, bis er das größte Lebewesen überhaupt geworden war. Die tatsächliche Gegebenheit, die dieser virtuelle Pilz darstellte - »der Andere«, wie er in einigen internen Kommunikationen der Gralsbruderschaft verschleiernd genannt wurde -, war deutlich ein wesentlicher Bestandteil des Netzwerks selbst. In Sellars' Gartenmodell, das auf allen Informationen basierte, die er über die Natur und das Wirken dieses Wesens gesammelt hatte, schickte dieses neugierige saprophytische Triebe in beinahe unfaßbarer Menge überallhin aus, doch die Fruchtkörper seiner Handlungen kamen nur an wenigen Stellen zum Vorschein.

Aber paradoxerweise war gerade die Tatsache, daß es fast allgegenwärtig war, für Sellars zu einem eminent praktischen Segen geworden.

In den ersten Stunden nach dem Angriff auf die Schutzburg der Atascos, als Sellars gezwungen gewesen war, das Netzwerk zu verlassen, und in zahlreichen vorsichtigen Experimenten seitdem hatte er herausgefunden, daß der Andere, einerlei was er in Wahrheit sein mochte, sich offenbar durch irgend etwas zu den Leuten hingezogen fühlte, die Sellars in das Netzwerk eingeschmuggelt hatte. Bei den wenigen Gelegenheiten, wo es ihm kurzfristig gelungen war, ihre Position zu peilen (bis auf einmal immer zu kurzfristig, um irgendeinen Kontakt herzustellen), hatte er auch entdeckt, daß diese Position von Ereignisringen umgeben war, die deutlich auf das Wirken des Andern hinwiesen. Es war seltsam - fast als ob seine Helfer eine Art von Faszination auf das Netzwerk selbst ausübten. Wenn es die naheliegende Faszination gewesen wäre, die ein Eindringling von außen logischerweise in einem Antikörper auslöst, wären sie ganz bestimmt schon längst eliminiert worden, wie es dem alten Singh ergangen war, der in seinem Zimmer in einem südafrikanischen Genesungsheim einem schweren Herzinfarkt erlegen war.

Aber soweit Sellars in den kurzen Augenblicken, die ihm zwischen seinen Geplänkeln mit dem Andern zu Nachforschungen blieben, erkennen konnte, schienen die meisten aus seiner kleinen Schar immer noch innerhalb des Netzwerks am Leben zu sein. Noch überraschender - aber sein einziger echter Hoffnungsschimmer - war, daß er ihre Position und Situation zwar so gut wie gar nicht direkt ermitteln, sie aber dafür fast immer aus der Häufung von Aktivitäten des Andern erschließen konnte, so stark wurde dieser sonderbare und proteische Feind von ihnen angezogen.

Mit anderen Worten, er hatte entdeckt, daß dort, wo der Andere im Netzwerk am aktivsten war, gute Aussichten bestanden, daß Sellars' Verbündete in der Nähe waren.

Zwar entfaltete der Andere seine eifrigste Betriebsamkeit nicht ausschließlich um Renie Sulaweyo, Orlando Gardiner und die anderen, aber zu einem großen Teil. Das war sehr gut für Sellars, doch er konnte nur hoffen, daß Jongleur und die übrigen Gralsmitglieder die Anomalie nicht bemerkten.

Als die Nebel seiner Müdigkeit sich ein wenig lichteten, sah Sellars, daß seit seiner letzten Einschaltung mehrere Veränderungen im Garten geschehen waren. Etliche Pilztriebe des Andern hatten die Oberfläche durchstoßen, und an einer Stelle waren einige ursprünglich separate Untermengen über Nacht zusammengekommen und bevölkerten jetzt einen abgelegenen und bis dahin unberührten Abschnitt seiner verkehrten grünen Welt. Er überlegte kurz, ob diese neue Ballung bedeuten konnte, daß die versprengten Grüppchen, die vor kurzem unerklärlicherweise getrennt worden waren, wieder zusammengefunden hatten. Wenn ja, dann konnte auch das Anlaß zu Hoffnung sein. Er fragte sich überdies, ob es an der Zeit war, noch einen Versuch mit dem jungen Cho-Cho zu machen. Er hatte den Jungen das letzte Mal nicht ordentlich vorbereitet, soviel war jetzt klar – der erste Eintritt in das Netzwerk hatte ihm einen derartigen Schock versetzt, daß es keinen Zweck gehabt hätte, das Experiment fortzuführen –, aber es war dennoch Sellars' größter Erfolg seit dem Fiasko in Temilún gewesen, da die Leute, die der Junge seiner Beschreibung nach gesehen hatte, sich sehr nach Irene Sulaweyo und ihrem Begleiter, dem Buschmann-Pavian, anhörten.

Sellars wollte sich später mit der Möglichkeit befassen. Das Sicherheitssystem abzulenken und dann eine Anschlußleitung lange genug unbemerkt offenzuhalten, um den Jungen hindurchzubekommen, war grauenhaft schwere Arbeit. Er war sich nicht sicher, ob er dem schon wieder gewachsen war.

Er stellte seinen Blick auf den Garten mal näher, mal ferner und suchte nach Mustern. Die jüngsten Fruchtkörper des Andern waren ebenfalls interessant. Er konnte noch nicht ausmachen, was sie symbolisierten, aber es schienen Momente großer Energieaufwendung von seiten des Netzwerks zu sein. Er nahm sich vor, sie später durch die Analyse laufen zu lassen, wenn er mit der Gesamtbestandsaufnahme fertig war.

Sellars wechselte erleichtert von den absonderlichen Vorgängen innerhalb des Otherlandsystems zu dem Bereich seines Gartens über, der Ereignisse außerhalb des Gralsnetzwerks darstellte, im RL, wo Informationen zuverlässiger und leichter zu deuten waren. Genau wie es in den letzten Tagen eine Eskalation von Todesfällen und anderen Vorkommnissen gegeben hatte, die alle irgendwie mit Otherland zusammenhingen, so war auch an diesen Teilen des Modells viel neues Wachstum zu verzeichnen.

Ein einigermaßen berühmter, aber schon lange nicht mehr beruflich aktiver Erfinder von Rollenspielgear, von dem es hieß, er habe für bestimmte Gefälligkeiten eine eigene Simulation im Otherlandnetzwerk erhalten, war unter rätselhaften Umständen an Herzversagen gestorben; eine Gruppe von Kindern aus der Technokommune TreeHouse war am Tandagoresyndrom erkrankt; aber am auffälligsten – und für die Gralsleute vielleicht am unangenehmsten - war, daß zwölf wissenschaftliche Forscher in fast ebensovielen verschiedenen Ländern im Laufe von acht Stunden alle ums Leben gekommen waren.

Die Wissenschaftler waren von den verschiedensten Ursachen dahingerafft worden, von Herzinfarkt bis Hirnaneurysma, aber Sellars wußte (auch wenn die Behörden es noch nicht zugaben), daß sie alle in ein entomologisches Projekt eingeloggt gewesen waren, das von Hideki Kunohara finanziert wurde, einem Mann mit so vielen Verbindungen zu Otherland, daß er zu einer eigenen Flechtenart in Sellars' Garten geworden war. In Kunoharas Online-Projekt war ein schwerer Defekt aufgetreten, obwohl sogar die Privatgespräche der Ermittler, die Sellars hatte abhören können, darauf hindeuteten, daß sie keine Ahnung hatten, wie der Kollaps mit dem Tod der Wissenschaftler zusammenhängen könnte.

Die diversen Propagandaabteilungen der Bruderschaft waren bereits emsig dabei, die Ermittlungen aufzuspalten und durcheinanderzubringen, und bei ihren schier unerschöpflichen Mitteln konnte ihnen das durchaus gelingen, aber allein die Tatsache, daß der Defekt aufgetreten war und derart spektakuläre Schlagzeilen gemacht hatte, war sonderbar. Wieso ließ es die Bruderschaft geschehen, daß so viele medienbekannte Personen in ihrem Netzwerk starben? Verloren die Gralsbrüder die Kontrolle über ihr eigenes System? Oder waren sie inzwischen zu mächtig, zu weit in der Verwirklichung ihres Plans fortgeschritten, um sich darum noch zu kümmern?

Nachdem er jede dieser kleinen botanischen Neuheiten eingehend betrachtet hatte, sowohl für sich als auch im größeren ökologischen Kontext, begab sich Sellars weiter.

Während seine Systeme Informationen sortiert hatten, die ihm die unendlich vielen an seinen Garten angeschlossenen Quellen lieferten, waren neue Pflanzen hervorgesprosst und hatten beinahe unbemerkt zu wachsen begonnen, aber einige waren neuerdings derart in die Höhe geschossen, daß er nicht mehr an ihnen vorbeikam.

Eine repräsentierte einen Rechtsanwalt in Washington, der über Salome Fredericks und Orlando mit dem Gartenmodell verknüpft war und dessen vegetabiler Avatar eifrig Wurzeln in alle Richtungen aussandte. Einige dieser Wurzeln hatten sich so rasch und so weit ausgedehnt, daß Sellars selbst immer staunen mußte, an welchen neuen Orten er nun schon wieder auf sie stieß. Dieser Anwalt, Ramsey mit Namen, führte seinerseits fast so schnell, wie Sellars ihm folgen konnte, eine Suche in der Informationssphäre durch und schien eine weitgehende und symbiotische Verbindung zu der Pflanze aufgenommen zu haben, die Orlando Gardiners System in der wirklichen Welt symbolisierte.

Sodann gab es ein mysteriöses Blütentreiben in australischen Polizeinetzwerken, das sich sowohl mit dem Gartenabschnitt des sogenannten Kreises berührte - Sellars wußte, daß er demnächst einmal gründlich über den Kreis nachdenken, vielleicht einen ganzen Tag Gartenarbeit nur dafür einlegen mußte - als auch mit Jongleur und sogar mit dem Pilzgeflecht des Andern. Er hatte keine Ahnung, wieso. Noch mehr Fragen.

Irene Sulaweyos RL-Pflanze, weitaus besser beobachtbar als diejenige, die ihre Aktivitäten innerhalb des Otherlandnetzwerks symbolisierte, hatte ebenfalls beunruhigende Tendenzen entwickelt - Stengel wuchsen in merkwürdigen Winkeln, Blätter welkten mit dem plötzlichen Verkümmern der Information, die sie darstellten. Er erinnerte sich dunkel, daß sie problematische Familienverhältnisse hatte, und natürlich war das Koma ihres Bruders der ursprüngliche Anlaß gewesen, der sie hierhergeführt hatte. Sellars konnte für ihre Online-Person nicht mehr tun, als er bereits tat, aber er hoffte, daß ihr physischer Körper sicher war, und nahm sich vor zu schauen, was er über ihre Situation in Erfahrung bringen konnte.

Als letztes, und für ihn persönlich am bedrückendsten, kam die schimmernde blasse Blume, die die kleine Christabel Sorensen verkörperte. Trotz allem, was er ihr zugemutet hatte, trotz der ganzen Risiken, in die er sie gestürzt hatte, hatte sie bis vor vierundzwanzig Stunden noch aufs schönste geblüht. Aber jetzt hatte er sie seit zwei Tagen nicht erreichen können, und sie hatte das Zugangsgerät, das er ihr geschenkt hatte - die neue MärchenBrille -, nicht aufgesetzt, um seinen letzten Anruf anzunehmen; die Anzeigen deuteten darauf hin, daß es kaputt oder außer Betrieb gesetzt war. Es konnte ja etwas so Simples wie ein Defekt sein, aber eine Überprüfung der Datenbanken des Stützpunkts ergab, daß Christabel gestern nicht in der Schule gewesen war und daß ihr Vater bei seiner Dienststelle angerufen und sich den Tag freigenommen hatte - wegen »familiärer Probleme«, wie dem System zu entnehmen war.

Das alles bereitete ihm große Sorgen, nicht nur um Christabels willen, sondern auch seinetwegen. Er hatte sich von dem Kind abhängig und damit angreifbar gemacht, aber er hatte zu der Zeit einfach keine andere Möglichkeit gesehen. Es war eine äußerst schwache Stelle in seinen Sicherheitsvorkehrungen.

Die hängenden Blütenblätter der Christabelblume klagten ihn an. Das Problem erforderte eine diskrete Untersuchung und vielleicht eine ebenso diskrete Lösung, aber er hatte noch nicht genug Informationen darüber, worin die Veränderung bestand. Er ließ seinen Blick weiterwandern.

Sellars wurde allmählich müde. Er sah nur kurz nach dem einzelnen grünen Trieb, der Paul Jonas darstellte. Eine Zeitlang, exakt bis zu dem Moment, wo Sellars' verwegener Plan geglückt war, Jonas den Ausbruch in das System zu ermöglichen, war der Jonassproß das Zentrum eines Dickichts von Plänen und Handlungen gewesen. Doch jetzt war der Mann fort, im System verschollen, und selbst Sellars mit seinen außerordentlichen Überwachungsfähigkeiten konnte ihn nicht mehr erreichen und beeinflussen. Aber die zentralen Fragen um Paul Jonas blieben unbeantwortet.

Wie konnte ein einzelner Mann dermaßen gefährlich für die Bruderschaft sein, daß sie ihn im System gefangenhielt und jeden Hinweis darauf beseitigte, daß es ihn in der wirklichen Welt jemals gegeben hatte? Warum brachten sie einen, der, einerlei aus welchen Gründen, eine solche Bedrohung für sie darstellte, nicht einfach um? Sie hatten viele hundert andere umgebracht, von denen Sellars mit Sicherheit wußte.

Er fühlte ein Kopfweh kommen. Immer noch zuviel Garten, nicht genug Kröten.

Alles war im Fluß, und die neuen Muster, die sich herausbildeten, konnte er noch nicht entschlüsseln. Manche waren eher Lichtblicke, aber andere erfüllten ihn mit Verzweiflung. Sein kugelförmiger Garten stellte die Hoffnungen und Ängste von Milliarden dar, und das Spiel, auf das Sellars sich eingelassen hatte, war unglaublich riskant. Ob er in einer Woche, in einem Monat immer noch einen strotzenden Dschungel vor sich hatte? Oder waren dann alle Pflanzen außer denen der Bruderschaft der Fäulnis zum Opfer gefallen, waren alle anderen Triebe und Stengel und Blätter eingegangen und im Begriff, Dung zu werden für die giftigen Blüten von Felix Jongleur und seinen Freunden?

Und was war mit Sellars' eigenem Geheimnis? Dem Geheimnis, das nicht einmal seine wenigen Verbündeten ahnten und das selbst in dem höchst unwahrscheinlichen Falle eines wunderbaren Sieges über den

Gral den Garten dennoch in eine Wüstenei aus grauer Asche und verseuchter Erde verwandeln konnte?

Er quälte sich nur selbst, erkannte er, und völlig vergeblich: Er durfte nicht das geringste Quentchen Zeit oder Kraft an fruchtloses Kopfzerbrechen verschwenden. Wenn er etwas war, dann ein Gärtner, und ob die Zukunft ihm nun Regen oder Dürre, Sonne oder Frost bescherte, er konnte es nur nehmen, wie es kam, und sein Bestes tun.

Sellars schob die finstersten Gedanken beiseite und machte sich wieder an die Arbeit.

Kapitel

Tod und Venedig

NETFEED/NACHRICHTEN:
"Fax dich selbst!" sagen die Chinesen
(Bild: Jiun Bhao und Zheng bei der Eröffnung der
Naturwissenschaftlichen und Technischen Hochschule)
Off-Stimme: Der chinesische Wissenschaftsminister
Zheng Xiaoyu gab heute bekannt, die Chinesen hätten
im Wettlauf um die Verwirklichung der "Teleportation", einer in Science-fiction-Filmen gern ange-
wandten Technik der Zukunft, einen großen Sprung
nach vorn getan. Auf einer Pressekonferenz während
der Einweihungsfeierlichkeiten für die neue Natur-
wissenschaftliche und Technische Hochschule
in Tainan — die frühere Chengkung-Nationaluniver-
sität — erklärte Zheng, chinesische Forscher
ständen dicht davor, das Problem der "Antiteilchen-
symmetrie" zu lösen, und er habe keine Zweifel,
daß die Übertragung von Materie, auch Teleportation
genannt, binnen einer Generation, vielleicht schon
in der Mitte des nächsten Jahrzehnts, Realität sein
werde. Doktor Hannah Gannidi von der Cambridge
University sieht das nicht so optimistisch.
(Bild: Doktor Gannidi in ihrem Büro)
Gannidi: "Sie haben uns nicht viel sehen lassen,
und das wenige, was wir gesehen haben, läßt
eine Menge Fragen offen. Ich will nicht behaupten,
sie hätten keinen wichtigen Fortschritt erzielt —
einige von Zhengs Leuten sind wirklich phänome-
nal —, aber man sollte meines Erachtens noch keine
konkreten Pläne dafür machen, sich im Urlaub kurz
mal nach Hause zu faxen …"

› Die weißen Masken der Komödie und der Tragödie schwebten durch die dunkle Basilika auf ihn zu, doch gerade jetzt, wo Paul sich unbedingt in Bewegung setzen mußte, schien die Angst ihm die Knochen in den Beinen und im Rücken aufgeweicht zu haben. Das furchtbare Paar hatte ihn wieder aufgespürt – würden sie bis ans Ende der Zeit auf ihn Jagd machen?

»Rühr dich ja nicht, Jonas«, säuselte die schmalgesichtige Tragödie. »Wir haben uns lauter nette, kleine Fiesitäten für dich ausgedacht.«

»Wir könnten dich auch einfach in der Luft zerreißen«, meinte die Komödie.

Eine dritte Stimme, ein beharrliches Wispern, das über seine Nervenenden strich wie eine kalte Brise, drängte ihn aufzugeben – an Ort und Stelle zu Boden zu sinken und das Unvermeidliche geschehen zu lassen. Was hatte das ganze Fliehen für einen Sinn? Meinte er wirklich, er könnte diesen beiden nimmermüden Verfolgern ewig entgehen?

Paul griff Halt suchend nach der Wand. Eine von diesen beiden ausgehende Kraft vergiftete ihn, ließ ihm das Herz in der Brust langsamer schlagen. Er spürte, wie seine Finger, seine Hände, Arme und Beine ganz kalt und steif wurden ...

Gally! Der Junge lag noch schlafend in den Gemächern dieser Eleanora. Wenn sie Paul fingen, was sollte sie dann davon abhalten, sich auch ihn zu schnappen?

Die Erkenntnis zündete ganz hinten in seinem Gehirn einen Funken und gab ihm wieder ein Rückgrat zurück. Er taumelte einen Schritt zurück, dann fing er sich und drehte sich um. Im ersten Moment konnte er sich nicht erinnern, in welcher Richtung Eleanoras Gemächer lagen; die lähmende Furcht, die von dem Paar hinter ihm ausströmte, zwang ihn abermals beinahe zu Boden. Er schlug die Richtung ein, die ihm richtig vorkam, und stürzte den im Schatten liegenden Gang hinunter. Sofort wurde das Bedürfnis zu kapitulieren schwächer, aber immer noch spürte er die beiden Häscher hinter sich. Es war ein entsetzlicher und dabei gleichzeitig eigentümlich irrealer Albtraum von Flucht und Verfolgung.

Wieso fangen sie mich nicht einfach? fragte er sich. *Wenn sie die Herren dieses Netzwerks sind, wieso nehmen sie mich nicht in die Zange oder stellen meinen Sim ab oder sonstwas?* Er lief schneller, auch wenn er dabei auf dem glatten Fußboden auszurutschen drohte. Es war dumm, sich mit unbeantwortbaren Fragen zu quälen – lieber um die Freiheit kämpfen, solange es noch ging.

Aber sie kommen jedesmal näher, wurde ihm klar. *Jedesmal.*

Paul erkannte den Wandbehang: er war richtig gelaufen. Wie wild hämmerte er an die Außentür, die einen Spalt breit aufging, bevor sie gegen eine Blockade stieß. Er hörte im Innern Gallys Stimme, lauter werdende verwirrte und fragende Töne, und er setzte seine Schulter an und drückte mit aller Kraft. Die Tür hielt noch kurz stand, dann gab das Hindernis nach und rutschte kratzend über die Steinplatten, und Paul stolperte in das Zimmer. Eleanora kauerte in einer Ecke, den erschrocken blickenden Gally an sich gepreßt.

»Du hast mich im Stich gelassen!« schrie Paul. »Du hast mich diesen ... Bestien ausgeliefert!«

»Ich mußte den Jungen retten«, versetzte die kleine Frau scharf. »Er bedeutet mir etwas.«

»Meinst du, wenn du ... Möbel gegen die Tür stellst, kommen die ... nicht rein?« Er schnaufte dermaßen, daß er kaum reden konnte, und das Gefühl der unmittelbaren Bedrohung wurde schon wieder stärker. »Wir müssen hier weg. Wenn du mich nicht offline kriegen kannst, kannst du uns dann nicht wenigstens in eine andere Simulation versetzen? Mach ein ... ein Gateway, oder wie diese Dinger heißen.«

»Nein.« Sie schüttelte den Kopf, und ihr runzliges Gesicht wurde hart. »Wenn ich ein Notgateway aufrufe und mich damit gegen Jongleurs Agenten stelle, wird die Bruderschaft davon erfahren. Dies hier ist nicht mein Kampf. Dieses Venedig ist alles, was ich noch habe. Ich werde nicht alles für dich, einen Fremden, aufs Spiel setzen.«

Paul konnte es nicht fassen, daß er hier mit ihr herumstritt, während Tod und Teufel die Hand nach ihm ausstreckten. »Aber was ist mit dem Jungen? Was ist mit Gally? Sie werden sich auch ihn greifen!«

Sie starrte erst ihn an, dann den Jungen. »Nimm ihn und lauf«, sagte sie schließlich. »Es gibt eine Geheimtür, durch die ihr auf den Platz kommt. Tinto meinte, die nächsten Gateways seien bei den Juden oder den Kreuzherren. Das Ghetto ist ziemlich weit weg – es liegt mitten in Cannaregio. Lauft lieber zum Hospiz der Kreuzträger. Wenn ihr Glück habt, seid ihr vor diesen Ungeheuern da und findet den Durchgang.«

»Und wie soll ich dieses Kreuzträgerdings finden?«

»Der Junge wird dich hinführen.« Sie bückte sich und küßte Gally auf den Scheitel, zauste ihm beinahe leidenschaftlich die Haare und

677

schob ihn dann zu Paul. »Durch mein Schlafzimmer. Ich werde es so aussehen lassen, als wärt ihr mit Gewalt eingedrungen.«

»Aber dir gehört das hier!« Paul packte den Jungen am Arm und zog ihn zur Schlafzimmertür. »Du klingst, als hättest du Angst vor ihnen.«

»Alle haben Angst vor ihnen. Schnell jetzt!«

Sie kamen tief gebückt aus dem engen Gang herausgelaufen, Paul so tief, daß er praktisch auf allen vieren ging. Als sie in das hell erleuchtete Gedränge auf dem Markusplatz hinausstürzten, stolperte Gally mitten in eine Schar von Zechern, was zu einem großen Torkeln, Fluchen und Weinvergießen führte. Paul, der ihm dicht auf den Fersen folgte, prallte gegen einen der taumelnden Fremden und ging zusammen mit dem Mann zu Boden.

»Gally!« schrie er, während er sich mühsam aufrappelte. »Gally, warte!«

Er und der Fremde hatten sich in ihren Umhängen verheddert. Als Paul sich loszureißen versuchte, versetzte ihm der andere einen Schlag aufs Ohr und rief: »Verdammt nochmal, laßt los!« Er stieß den Mann abermals zu Boden und sprang über ihn hinweg, doch sein Widersacher haschte nach seinem Fuß und brachte ihn zum Straucheln. Als er sich endlich gefangen hatte, hatte sich die Menge schon wieder um ihn geschlossen, und der Junge war nirgends zu sehen.

»Gally! Mohrchen!«

Während er noch schrie, berührte ihn ein unsichtbares *Etwas* wie eine kalte Hand, so daß sich ihm sämtliche Nackenhaare aufstellten. Er wirbelte herum und sah in den dunklen Bögen an der Seite des Markusdoms zwei sich umblickende weiße Gesichter. Die Masken schienen körperlos über den dunklen Gewändern zu schweben, wie Irrlichter.

Eine Hand umfaßte seinen Unterarm, sichtbar und wirklich, und Paul schnappte nach Luft. »Was habt Ihr vor?« zeterte Gally. »Ihr könnt nicht kämpfen. Wir müssen fliehen!«

Erst als er seinen heruntergefallenen Unterkiefer wieder hochklappte und dem Jungen in das nächtliche Treiben folgte, erkannte Paul, wie wahr die Worte des Jungen waren: Er hatte sein Schwert in Eleanoras Gemächern vergessen.

Gally führte ihn in nördlicher Richtung über den Platz, um Knäuel von Feiernden herum und manchmal auch mitten hindurch. Wo der Junge sich vorbeidrängeln konnte, ohne mehr als einen Fluch oder einen halbherzigen Tritt zu provozieren, hatte Paul es schwerer; als er schließlich am Rand des Platzes angelangt war, hatte er mehrmals vor angedrohten Schlägen Reißaus nehmen müssen und seinen kleinen Führer abermals aus den Augen verloren. Und ein Blick zurück auf ihre Verfolger machte ihm das Herz auch nicht leichter: Ein Trupp von Pikenieren kam in raschem Trab aus dem Dogenpalast und schwärmte bereits zielstrebig über den Markusplatz aus. Wie es aussah, wollte sich das scheußliche Paar nicht allein auf das eigene jägerische Können verlassen.

»Paul!« rief der Junge unter den Arkaden nahe dem großen Uhrturm am Rande des Platzes hervor. »Hier lang.« Als Paul ihm hinterherkam, bog er in eine schmale Passage ein und eilte über einen Hof auf eine gewundene Straße, wo die Marktstände trotz der späten Stunde noch lebhafte Geschäfte machten. Mehrere hundert Meter vom Markusplatz entfernt tauchte Gally dann in eine noch kleinere Gasse ein. An ihrem Ende überquerte er eine dunkle Straße und sprang ein paar Stufen zu einem Weg am Ufer eines Kanals hinab.

»Sie haben uns auch Soldaten auf den Hals gehetzt«, keuchte Paul, als er seinerseits die steinerne Treppe hinunterholperte. Er senkte die Stimme, da gerade eine Gruppe schattenhafter Gestalten in einem schwankenden Boot laut singend vorbeifuhr. »Ein Glück, daß so viele Leute auf den Straßen sind.« Er stockte. »Du hast meinen Namen gerufen, stimmt's? Erinnerst du dich jetzt an mich?«

»Ein bißchen.« Der Junge gab einen unwilligen Laut von sich. »Weiß nicht. Nehm's an. Auf jetzt, wir müssen uns beeilen. Wir können zum Großen Kanal abbiegen, uns ein Boot nehmen, das gerade niemand benutzt ...«

Paul legte ihm die Hand auf die Schulter. »Immer langsam. Das ist doch die Hauptverkehrsader durch diese Stadt und außerdem der einzige Weg, auf dem man mit Sicherheit hier rauskommt. Sie werden überall am Kanal nach uns suchen. Gibt es keinen anderen Weg zu diesem Kreuzträgerhospiz?«

Gally zuckte mit den Achseln. »Wir können mehr oder weniger direkt durch die Stadt gehen – quer durch den Zipfel von Castello nach Cannaregio rein.«

»Gut. Das machen wir.«

»Da durch ist es ziemlich dunkel«, sagte Gally zweifelnd. »Und halt auch ziemlich wüst. Wenn wir in Castello abgemurkst werden, dann wahrscheinlich nicht von den Soldaten des Dogen.«

»Das müssen wir riskieren – alles ist besser, als in die Hände dieser beiden ... Monster zu fallen.«

Gally schlug einen flotten Laufschritt an, und Paul hängte sich an seine Fersen. Der Junge folgte dem kleinen Kanal in östlicher Richtung, bis dieser nach Norden abbog, und eilte dann auf einer Brücke über den Kanal, der hinter dem Dogenpalast und dem Markusdom vorbeifloß. Ein paar Leute strebten immer noch dem dicksten Karnevalstreiben auf dem Platz und am Canal Grande zu, aber der Junge hatte recht gehabt – die Straßen in diesem Teil der Stadt waren leerer und dunkler, nur hin und wieder von einer Lampe in einem Fenster schwach erhellt. In den schmalen, kopfsteingepflasterten Seitengäßchen trauten sie sich kaum, tief zu atmen, denn die Häuser hingen auf beiden Seiten so weit über, daß sie über ihnen einzustürzen drohten. Nur vereinzelte leise Stimmen und Essensgerüche deuteten auf das Leben hin, das sich hinter den Mauern abspielte, aber die Fronten der Häuser waren so unergründlich wie Masken.

Während Paul sich mühte, mit dem Jungen Schritt zu halten, der sich mit katzenhafter Sicherheit durch die Gassen und an den Kanälen entlang bewegte, war er innerlich damit beschäftigt, aus den Ereignissen schlau zu werden. Diese beiden Kreaturen, Finch und Mullett, wie etwas in ihm sie immer noch nennen wollte, obwohl seine Erinnerung an diese Inkarnationen düster war, waren ihm von einer Welt zur anderen gefolgt – nein, von einer Simulation zur nächsten. Aber sie wußten offensichtlich nicht, wo er sich in der jeweiligen Simulation gerade befand, und auch ihn ausfindig zu machen – visuellen Kontakt herzustellen –, reichte ihnen allein nicht aus, um ihn festzunehmen.

Was hatte das zu bedeuten? Zum einen dies, daß ihre Kräfte, auch wenn sie als Diener der Gralsbruderschaft handelten, nicht grenzenlos waren. Soviel war klar.

Im Grunde scheinen diese Gralsleute allen andern in diesen Simulationen nicht viel voraus zu haben, überlegte er. *Ansonsten hätten sie mich vor langem schon aufspüren können: Einmal das Netzwerk gründlich durchsucht, und sie hätten mich gehabt, wie eine verlorengegangene Datei.*

Das war doch einmal ein Hoffnungsschimmer. Die Anführer der Bruderschaft mochten entsetzlich reich und grausam sein – in gewisser Weise Götter –, aber selbst innerhalb ihrer eigenen Schöpfung waren sie nicht allmächtig. Man konnte sie überlisten, sich ihnen entziehen. Das war mehr als bloß eine beiläufige Anekdote, begriff er: Wenn das stimmte, war es eine sehr wichtige Erkenntnis.

Er lief einfach automatisch vor sich hin, fast ohne seine Umgebung wahrzunehmen, als Gally auf einmal so abrupt stehenblieb, daß Paul ihn beinahe über den Haufen gerannt hätte. Der Junge bedeutete ihm mit wild fuchtelnden Armen, leise zu sein. Zunächst begriff er nicht, warum sie angehalten hatten. Sie befanden sich ein paar hundert Meter östlich des Palastkanals und waren gerade in eine Straße eingebogen, die für venezianische Verhältnisse ziemlich breit war, wenn auch still und nur wenig erhellt von einer einzelnen Laterne, die ganz weit hinten über einer Tür hing. Ein dicker Bodennebel gab den Häusern den Anschein zu schweben, so als ob Paul und der Junge sich mitten auf einem der Kanäle befänden statt auf einer gepflasterten Straße.

»Was ...?«

Gally schlug ihm auf den Arm zum Zeichen, daß er schweigen solle. Gleich darauf hörte Paul erst ein undeutliches Stimmengemurmel, dann erschienen plötzlich mehrere verzerrte Schatten zwischen ihnen und der Laterne, Gestalten, die mit ruhiger Entschlossenheit in Zweierreihen marschierten.

»Soldaten!« zischte Paul. »In der Mitte muß es eine Seitenstraße geben.«

Gally zog ihn am Arm in die Richtung zurück, aus der sie gekommen waren. Als sie das Ende der Straße erreichten, zögerte der Junge kurz und huschte dann in eine Gasse, um die Soldaten vorbeigehen zu lassen, doch statt ihren Weg Richtung San Marco fortzusetzen, schwenkte der kleine Trupp, wie magnetisch von den Fliehenden angezogen, in die Gasse ein. Paul fluchte im stillen. Die Chancen standen extrem schlecht - mindestens ein Dutzend Soldaten mit Helmen, Brustharnischen und geschulterten Piken kamen auf sie zu und wirbelten mit ihren Stiefeln den Dunst auf.

Gally sauste voraus, doch die Gasse endete an einem Kanal; der einzig mögliche Weg führte über eine katzenbuckelartig gewölbte Brücke, die an beiden Enden von Laternen beleuchtet war. Wenn sie hinübergingen, würden die Soldaten sie zweifellos erspähen, aber in der engen Gasse gab es keine Versteckmöglichkeit - der bewaffnete Trupp füllte sie von Hauswand zu Hauswand aus. Gally überlegte nur einen Moment, dann schwang er sich über die Mauer neben der Brücke. Paul war froh, daß er hingeschaut hatte, denn wenn nicht, hätte er geglaubt, der Erdboden habe den Jungen verschluckt. Er kletterte hinter ihm her über die niedrige Brüstung. Das Trampeln der Stiefel und die Stimmen der Männer waren so laut und so nahe, daß sie nur durch ein Wunder noch nicht entdeckt worden waren.

Der Raum unter der Brücke, der sich ihnen bot, war vielleicht einen Meter hoch und halb so breit, bevor die Stehfläche vor ihnen steil in den Kanal abfiel, der zu tief unten lag, als daß sie ohne lautes Platschen hätten eintauchen können. Daß das Wasser außerdem stank, da es auch als Kloake der durchlauchtigsten Republik dienen mußte, war noch ihre geringste Sorge. Sie duckten sich, Paul mit dem Kopf schmerzhaft gegen die Unterseite der Steinbrücke gepreßt, und lauschten, wie oben die Soldaten darüber hinwegstapften. Auf einmal brachen zu ihrem Entsetzen die Schritte ab. Paul hielt die Luft an. Er konnte den Jungen im Schatten kaum erkennen, aber an der angespannten Stille merkte er, daß auch Gally nicht zu atmen wagte.

Etwas pladderte eine Armlänge entfernt neben ihnen ins Wasser. Paul mußte sich zusammenreißen, um nicht heftig zurückzuzucken. Während der erste Strahl noch in den Kanal spritzte, ging gleich daneben ein zweiter nieder. Der Geruch von Urin stieg ihnen in die Nase.

»... wollte 'nen Senator umbringen«, sagte jemand über ihnen. Sein Gefährte murmelte etwas, und beide lachten; die Bögen der Strahlen verwackelten, und der Rhythmus des Plätscherns änderte sich. »Nein, würde ich auch«, sagte der erste, »aber das wollen wir lieber niemand hören lassen, was? Oder willst du etwa mit der Folterkammer Bekanntschaft machen?«

»Heilige Mutter Gottes«, schrie eine Stimme vom anderen Ende der Brücke, »was treibt ihr beiden da - rumturteln? Beeilt euch, wir sollen zwei Attentäter fassen.«

»Hast du gehört, daß einer davon ein Junge ist, ein Straßenbengel?« fragte der erste Mann. Sein Strahl tröpfelte aus und hörte auf. »Man sollte diese kleinen Hafenratten zusammentreiben und in siedendem Öl kochen, sag ich dir.« Sein Gefährte beendete ebenfalls sein Geschäft, aber seine Worte waren immer noch nicht zu verstehen. »Ja«, erwiderte der erste, »aber wenigstens werden wir mit dem unsern Spaß haben, wenn wir ihn schnappen.«

Paul hielt es für ausgeschlossen, daß diese Soldaten auf normalem Wege so rasch davon erfahren haben konnten - es war erst eine Viertelstunde her, daß er und Gally aus dem Dom geflohen waren. Irgendwie hatten Finch und Mullett die Simwelt manipuliert und Informationen schneller in der Stadt verbreitet, als Renaissanceverhältnisse es eigentlich zuließen. Obwohl er einsah, daß es lächerlich war, war Paul über den unfairen Trick entrüstet.

Die Soldaten trampelten zum anderen Ende der Brücke hinunter. Gally legte Paul die Hand auf den Arm, um ihn zu ermahnen, noch einen Moment ruhig abzuwarten. Die Stimmen und Schritte der Soldaten wurden leise, dann waren sie verklungen. Die Sekunden zogen sich hin. Alles war still bis auf das fast unhörbare Schwappen des Wassers gegen die Mauer.

»Ich ... ich kann mich an nichts erinnern, was vor dem Schwarzen Ozean war«, flüsterte Gally auf einmal unsichtbar aus dem Dunkel.

Paul, der nur ans Fliehen dachte, konnte im ersten Augenblick mit der Bemerkung nichts anfangen. »Vor dem ...?«

Der Junge sprach mühsam, als preßte ihm etwas die Kehle zu. »Korfu, das alles - ich hab eigentlich gar keine Erinnerungen daran. Ich *weiß* es einfach. Aber langsam erinnere ich mich an andere Sachen - das Austernhaus, wie du sagtest, und daß ich mit Bay und Blue und den andern rumgezogen bin. Ich ... ich glaube, ich hatte sogar am Anfang 'nen andern Namen, bevor ich Gally hieß. Aber ich kann mich an nichts aus der Zeit erinnern, bevor wir aus dem Schwarzen Ozean kamen.« Seine Stimme brach. Er weinte. »Ich kann mich nicht an meine Mutter oder meinen Vater erinnern ... an ... *gar nichts.*«

Selbst inmitten der Gefahr mußte Paul darüber nachgrübeln, wer Gally und die anderen Austernhauskinder wirklich waren, welche Rolle sie in alledem spielen mochten. Waren sie entflohene Gefangene so wie er? »Du hast diesen Schwarzen Ozean schon mehrmals erwähnt, aber ich kann mir nichts darunter vorstellen«, sagte er zu dem Jungen. »War er ein Ort wie diese ...« Ihm ging auf, daß der Begriff »Simulation« Gally wahrscheinlich nichts sagte. »War er ein Land wie der Achtfeldplan oder wie hier - wie Venedig?«

Eine Weile war Schweigen. »Eigentlich nicht.« Gally hatte aufgehört zu weinen, aber sprach immer noch stockend. Paul erinnerte sich plötzlich, wie er seinerzeit erschrocken festgestellt hatte, daß der schlafende Junge nicht atmete. Er legte sich die Hand auf die Brust, fühlte die langsame, gleichmäßige Bewegung. Auch wenn das hier eine Simulation war, wieso sollte er dann atmen, als ob er in seinem wirklichen Körper wäre, und Gally nicht? »So richtig kann ich mich nicht erinnern«, fuhr der Junge fort, »aber es war dunkel ... einfach dunkel. Nicht wie hier jetzt, sondern ewig dunkel. Und ganz lange gab es nichts außer mir und Gott.«

»Außer dir und ... Gott?«

»Ich weiß nicht. Irgendwer war da im Dunkeln, irgendwie überall um mich her, und ich hab die Stimme in meinem Kopf reden gehört. Bloß die eine Stimme. Sie sagte mir, wer ich wäre. Sie sagte mir, ich würde an einem neuen Ort leben, und ... und ... sonst weiß ich nichts mehr.« Gallys nachdenklicher Ton verging. »Wir sollten los.«

»Herrje, du hast recht.« Paul kroch unter der Brücke hervor und wäre beinahe auf dem schmutzigen Ufer abgerutscht und in den Kanal gefallen. Der Nachthimmel wirkte unheimlich nahe, die Sterne wie ein festgefrorenes Feuerwerk. »Hätte ich beinahe vergessen«, murmelte er und mußte über sich selbst staunen. Alle diese Rätsel, wie faszinierend sie auch waren, konnten warten, bis sie in Sicherheit waren. Gally kraxelte an ihm vorbei und trabte wieder die Gasse zurück. Paul schloß sich ihm an.

Aber wo in Sicherheit? dachte er. *Die Vogelfrau hat mir gesagt, ich soll die Weberin finden. Und was meinte Nandi, wo die wäre - in Ithaka? Damit dürfte wohl Griechenland gemeint sein, irgend so ein griechischer Mythos. Aber gibt es in den USA nicht auch ein Ithaca? Eine kleine Stadt im Staat New York oder so?*

Sie eilten durch die Straßen. Die wenigen Leute, an denen sie hier vorbeikamen, waren unkostümiert und schienen mit Feiern wenig im Sinn zu haben, abgesehen davon, daß ein paar ziemlich betrunken waren. Sie mußten sich noch zweimal vor Soldaten verstecken, aber ihre Verfolger kamen ihnen nicht mehr so nahe wie beim erstenmal. Selbst die Männer des Dogen waren anscheinend zu dem Schluß gekommen, daß die Chancen, im Wirrwarr der Karnevalsnacht Flüchtlinge zu fangen, gering waren.

»Wir sind jetzt in Cannaregio«, flüsterte Gally nach einem erneuten langen Dauerlauf, über das Tappen ihrer Füße auf den Steinen hinweg kaum zu hören. »Nicht mehr sehr weit.«

Der Junge führte ihn mit der leichtfüßigen Sicherheit eines Fuchses, der nach Hause zu seinem Bau trabt, durch dunkle Gassen und über leere Plätze. Paul kam unwillkürlich der Gedanke, was für ein Glück es war, daß er Gally hier als Führer hatte. Im Grunde hatte er bisher in allen Simulationen Glück gehabt, und auch das war ein wichtiger Punkt, den er nicht vergessen durfte. Wie in der wirklichen Welt konnte man in diesem Netzwerk Überraschungen erleben, konnte einem Gutes widerfahren, echte Herzlichkeit. Anscheinend konnte die Bruderschaft ihre VR-Welten nicht wahrhaft realistisch gestalten, ohne wenigstens auch ein paar der freundlicheren Seiten der Realität mit hineinzunehmen. Das wollte er sich merken, um es sich vorzuhalten, wenn die Verzweiflung ihn das nächste Mal packte, wie es mit ziemlicher Sicherheit geschehen würde.

Der Nebel wurde dichter, je weiter die Nacht in die letzten Stunden vor Morgengrauen vorrückte. Paul suchte ihn wegzuwedeln, doch er ließ sich nicht vertreiben, sondern floß gleich wieder dorthin zurück, wo er eben weggewedelt worden war.

»Salzwassernebel«, erklärte Gally, der durch die Schwaden hindurch kaum zu sehen war. »Von der See. Die Leute sagen auch ›Brautschleier‹ dazu.«

Nur Menschen, die sich mit dem Meer verheiratet fühlten, hatte Paul den Eindruck, konnten so einem ekligen, feuchten Zeug einen so romantischen Namen geben.

Tatsächlich ließ der Dunst vom Meer das nachmitternächtliche Venedig noch surrealer als vorher erscheinen, was er kaum für möglich gehalten hätte. Die Gesichter der Ungeheuer und Heiligen an den Kirchen, von denen anscheinend an jeder Straßenecke eine stand, sprangen einem völlig überraschend aus dem Nebel entgegen, und alle Statuen, die frommen ebenso wie die grotesken, schienen ewiglich in die Weite und in die Höhe auf etwas zu starren, das selbst die Erhabenheit Venedigs noch überstieg.

»Das ist der Zen-Palast da drüben«, flüsterte Gally, als sie an einem Gebäude vorbeikamen, das hoch über die treibenden Nebelschwaden hinausragte. Aus Erschöpfung hatten sie oder hatte wenigstens Paul in ein Tempo fallen müssen, das kaum mehr als ein zügiger Spazierschritt war. »Wo die Familie vom Kardinal wohnt.«

Paul, dem vor Müdigkeit und Furcht alles egal war, schüttelte den Kopf, aber Gally faßte das als Zeichen auf, daß er nicht verstanden habe. »Du weißt schon, der, von dem die gute Frau das Grab pflegt. Kardinal Zen.«

Abgesehen davon, daß er im Augenblick nicht das geringste Interesse an touristischen Informationen hatte, war Paul immer noch böse auf Eleanora, weil diese sie, und sei es aus noch so einleuchtenden Gründen, ihrem Schicksal überlassen hatte. Er wurde langsamer und blieb dann stehen, um endlich eine größere Menge der meerwürzigen Luft in die Lungen zu bekommen. »Wo ist dieses Hospiz?« japste er.

»Gleich da vorn. An den Jesuiten vorbei.« Gally faßte ihn sacht am Arm und hielt ihn an, wieder schneller zu gehen.

Pauls Beine waren wie Gummi, und seine Lungen brannten. Es war sehr anstrengend, eine halbe Stunde lang ohne Pause zu rennen, noch ein Detail, das in den Abenteuergeschichten und -filmen, die er kannte, nicht vorgekommen war. In Wirklichkeit war es unglaublich harte Arbeit, Abenteuer zu erleben.

Wenn ich gewußt hätte, daß ich mal dermaßen viel um mein Leben rennen müßte, dachte er kläglich, *hätte ich vorher trainiert ...*

Als der Junge ihn an der Barockfassade der Kirche, die er »die Jesuiten« genannt hatte, vorbeiführte und sie auf einen öffentlichen Platz hinaustraten, fühlte Paul einen Übelkeitsdruck in der Magengrube: Die blinde Furcht war zurückgekehrt, der eiskalte Schauder, den Finch und Mullett, oder wie die Kreaturen sonst heißen mochten, bei ihm ausgelöst hatten. Er blickte sich mit schreckensweiten Augen um. Vielleicht ein Dutzend warm eingemummelter Leute ließen die Karnevalsnacht auf dem kleinen Platz ausklingen. Keiner davon hatte eine Ähnlichkeit mit den Verfolgern, doch obwohl das Grauen, das Paul empfand, schwächer war als vorher im Dom, war es unbestreitbar dasselbe Gefühl.

»O Gott«, ächzte er. »Sie sind hier – oder ganz in der Nähe.«

Gallys Augen wurden groß. »Ich kann sie auch fühlen. Seit sie mich damals angefaßt haben, als wir an diesem ... diesem Traumort waren, kann ich sie fühlen.«

»Traumort?« Paul runzelte die Stirn und wußte nicht, wovon die Rede war. Er und der Junge schlichen über den Platz wie Soldaten auf Spähgang, musterten jeden Schatten. Die vor den Stufen der Jesuitenkirche herumstehenden Venezianer riefen ihnen Bemerkungen hinterher, nuschelige, unverständliche Scherze.

»In dem Schloß im Himmel«, erklärte Gally leise.

»Daran erinnerst du dich?« Paul hatte halb geglaubt, das Schloß sei tatsächlich ein Traum gewesen, und der Maschinenriese genauso, dem er beim erstenmal dort begegnet war – die ganze Erfahrung hatte sich so fühlbar von den anderen unterschieden.

Gally schauderte. »Wie sie mich angefaßt haben. Es ... es tat weh.«

Wie ein aus dem Nebel auftauchendes Geisterschiff wurde auf der anderen Seite des Platzes ein kleines dunkles Gebäude mit vier aus dem

Dach aufragenden hohen Schloten sichtbar. Gally nahm seine Hand, wollte ihn zur Eile antreiben, ihm zu verstehen geben, daß dies der Ort sei, den sie suchten, aber Paul merkte plötzlich, daß ihm davor graute einzutreten. Etwas an der massigen Form des Gebäudes war ihm unheimlich, und das Gefühl, daß ihre Verfolger nahe waren, hatte zugenommen. Vielleicht warteten sie schon im Innern ...

Eine hohe Gestalt schälte sich aus dem Nebel heraus. Gally kreischte auf.

»Welch glücklicher Wind?« fragte eine tiefe, zittrige Stimme.

Die schwankende Gestalt war in ein fadenscheiniges Cape gehüllt, das wie zerzauste Flügel flatterte. Mit seinem langnasigen, beinahe kinnlosen Gesicht und seinen scharfen Augen hatte der alte Mann eine bemerkenswerte Ähnlichkeit mit einem schmutzigen Hafenvogel. »Welch glücklicher Wind?« wiederholte er und spähte dabei Paul und den Jungen an. »Fremde!« sagte er laut, so daß Paul ihm am liebsten den Mund zugehalten hätte. »Bringt ihr Wein? Es sind harte Zeiten im Oratorium. Die Kreuzherren haben uns vergessen, ihre Schützlinge - und ausgerechnet in der Karnevalsnacht!«

Paul nickte, wie er hoffte wohlwollend, und versuchte sich an dem Mann vorbeizudrücken, aber dieser packte seinen Umhang mit einem überraschend festen Griff. Gally tanzte fast vor Ungeduld weiterzukommen.

»Was denn?« sagte der Alte und blies seinen widerlich sauren Atem in die nebelige Luft. »Bloß weil wir alt sind, braucht man uns noch lange nicht zu vergessen. Fasten wir denn nicht genau wie andere Christen auch? Sollten wir dann nicht auch mitfeiern dürfen?«

»Ich habe keinen Wein.« Paul fühlte, wie sich der Schatten ihrer Verfolger über sie legte, immer dunkler, immer größer. Er hatte eine Idee. »Wenn du uns ins Hospiz führst und uns finden hilfst, was wir suchen, gebe ich dir Geld, und du kannst dir selber Wein kaufen.«

Der alte Mann schwankte wie überwältigt von soviel Glück. »Ins Hospiz? Sonst nichts? Ihr wollt zu den Kreuzherren?«

»Wir möchten jemanden besuchen.«

»Niemand kommt uns besuchen«, sagte ihr neuer Führer, während er auf das Gebäude mit den vier Schloten zutaumelte. Das war nicht als Widerspruch gemeint, sondern als schlichte Feststellung einer traurigen Tatsache. »Wir sind alt. Unsere Kinder sind fort oder tot. Niemand schert sich drum, was mit uns ist, nicht mal an Karneval.« Er breitete seine Arme aus wie ein sich in den Wind legender Albatros und führte sie um das Gebäude herum und durch eine Tür an der Seite, die Paul im Nebel niemals gesehen hätte, in das dunkle, hallende Innere. »Vorne ist heute nacht zugesperrt, damit wir keine Dummheiten machen«, erklärte ihr Führer und tippte sich dabei mit einem Finger an den Nasenflügel. »Aber den alten Nicolò sperrt keiner ein. Und jetzt werde ich Wein kriegen und trinken, bis mein Kopf voller Lieder ist.«

Pauls erster Eindruck war, daß es in dem Kreuzträgerhospiz reichlich spukte. Etliche in Decken und Laken gehüllte stumme Gestalten schlurften über Treppenabsätze und Stufen hinauf und hinunter; andere standen in Eingängen und blickten starr wie die Statuen draußen an den Kirchen ins Nichts, murmelten vor sich hin oder sangen wortlos. Das Oratorium sei ein Asyl für die Alten, flüsterte Gally zur Erklärung von Nicolòs Klagen, vor allem für solche ohne Angehörige, die sie aufnehmen könnten. Durchaus nicht alle waren senil; viele musterten die Neuankömmlinge mit scharfen Augen oder befragten Nicolò über sie, doch ihr Führer schwenkte nur großmächtig die Arme und führte Paul und den Jungen weiter, bis sie schließlich vor der von Kerzen erleuchteten Kapelle standen. Ein Relief der Madonna mit dem Kind über dem Eingang sah auf sie hernieder.

Paul starrte das Kindergesicht des Heilands an und wußte nicht mehr weiter. Sie hatten keine Ahnung, wo im Hospiz das Gateway sein mochte, und daß Nicolò oder einer der anderen Insassen es wüßte, war ziemlich unwahrscheinlich - woher sollten die Sims sich mit der Infrastruktur des Netzwerks auskennen? Damit lag die Entscheidung, welcher Ort am ehesten in Frage kam, bei ihm. Er überlegte verzweifelt, doch ihm fielen nur die Flußübergänge ein, die er hinter sich hatte. Wie war es nochmal, wenn es keinen Fluß gab? War ein Ausgang noch an irgend etwas anderem zu erkennen, oder waren die Anzeichen nur den Leuten sichtbar, die diese Welten gebaut hatten?

Er wandte sich Gally zu, doch bevor er etwas sagen konnte, erstarrte der Junge und bekam vor Angst ein kalkweißes Gesicht. Da spürte Paul es auch: Der Schrecken streckte die Hand nach ihm aus, und sein Herz hämmerte, und seine Haut wurde kalt und feucht. Die beiden Verfolger waren nahe - ganz nahe.

Um sein Grauen noch zu steigern, sprach in dem Moment eine körperlose Stimme in sein Ohr. Vor lauter Verwirrung und Furcht erkannte er sie zunächst nicht. »Die Katakomben«, vernahm er. »Ihr müßt nach unten gehen.«

Gally blickte noch entsetzter drein. »Die gute Frau!« rief er.

Paul nickte leicht benommen. Sie hatte unsichtbar aus dem Nichts zu ihnen gesprochen, aber es war Eleanora gewesen.

Dem alten Nicolò stand bei diesem Wortwechsel das Mißtrauen deutlich in seinem zerfurchten Gesicht geschrieben. Er beugte sich vor wie ein Geier. »Ihr habt gesagt, Ihr gebt mir Geld.«

»Zeig uns, wo die Katakomben sind.« Paul gab sich alle Mühe, normal zu klingen, aber innerlich gefror er förmlich zu Eis, und am liebsten hätte er seinen Instinkten nachgegeben und sich in die nächste Ritze verkrochen. »Wo sind die Katakomben? Der unterirdische Teil?«

»Da unten ist niemand außer toten Kreuzrittern«, quengelte Nicolò. »Ihr habt gesagt, Ihr wollt jemand besuchen.«

Paul zog seine Börse aus dem Gürtel und zeigte sie ihm. »Wir haben nicht gesagt, jemand Lebendigen.«

Nicolò leckte sich die Lippen, drehte sich um und torkelte in die Kapelle. »Hier lang.«

Der alte Mann führte sie zu einer Stelle hinter dem Altar, zu den ersten Stufen in einem Treppenschacht, der in der schwach beleuchteten Kapelle wenig mehr als ein viereckiges schwarzes Loch im Boden war. Paul warf ihm die Börse zu, und eine ungläubige Freude trat in Nicolòs Gesicht, als er sich die Dukaten in die zitternde Hand schüttete. Gleich darauf eilte er durch die Kapelle davon, vermutlich um seinen Verdienst zu verpulvern, solange der Karneval noch nicht ganz vorbei war. Zu jeder anderen Zeit hätte Paul den Anblick von soviel Habgier gepaart mit Klapprigkeit komisch gefunden; jetzt konnte er sich kaum auf den Füßen halten, so stark war das Gefühl einer zuschnappenden Falle. Er hastete zu einem Wandleuchter, aber kam nicht an die Kerzen heran. Er hob Gally hoch, damit dieser eine herunterholen konnte.

Selbst mit dem dünnen Licht, das die Kerze in Pauls Faust vor ihnen verbreitete, war die Treppe tückisch. Die Stufen waren schmal und in der Mitte ganz ausgetreten von unzähligen stapfenden Füßen, den vielen Generationen von Ordensbrüdern, die jahrhundertelang Jahr für Jahr, einen heiligen Tag nach dem anderen, hier hinabgestiegen waren, um die Gebeine der Beschützer der Christenheit zu segnen. Sie kamen schließlich am Fuß der Treppe an, wo die Katakomben begannen und wo auf einmal viel mehr Schatten als Kerzenschein war. Das flackernde Lichtlein ließ eine Reihe finsterer Öffnungen in einer uralten Steinmauer erkennen, aber keinen Hinweis darauf, welche davon die richtige war. Paul wischte sich den kalten Schweiß von der Stirn und fluchte still vor sich hin. Es war wie in einem gräßlichen Rollenspiel. Für die hatte er noch nie was übrig gehabt.

»Eleanora?« fragte er leise. Das Gefühl der Gefahr war jetzt so stark, daß schon ein Flüstern zu genügen schien, um sie ihren Feinden zu verraten. »Hörst du mich? Welchen Weg sollen wir nehmen?« Doch es kam keine Antwort. Die Löcher in den Wänden klafften wie Idiotenmäuler.

Gally zerrte ihn am Ärmel, um ihn von der Stelle zu bewegen. Pauls Blick fiel auf den Fußboden. Auch die Steinplatten vor jeder Öffnung waren völlig abgetreten, aber die ganz rechts machten den blanksten Eindruck, als ob die meisten sich dorthin wenden würden, während der Tunnel an der Wand ganz links deutlich weniger begangen wirkte. Paul zögerte nur einen Moment und entschied sich dann für die linke Seite.

Die Nischen in den Tunnelwänden bargen schlafende Gestalten, die kalten Marmorhände betend auf der Brust gefaltet, die Marmorgesichter zu einem Himmel aufschauend, von dem viele Schichten Stein sie trennten. Je weiter der Tunnel nach innen und nach unten führte, um so mehr ersetzte einfacherer Stein den teureren Marmor, wurden die Skulpturen schlichter und schrumpften sogar die Nischen. Als sie sich schon lange nicht mehr unter dem Oratorium befinden konnten, sondern ihre gewundene Bahn weit unter dem Platz davor ziehen mußten, hörten die Totenfiguren und die Einzelgräber schließlich ganz auf, und an ihrer Stelle kamen hohe Haufen wild durcheinanderliegender Gebeine. Paul spürte, wie der zitternde Junge seine Hand umklammerte.

Die Skelettberge wurden höher, bis der Tunnel völlig von Knochen eingefaßt war. Hier und da waren an Biegungen Totenschädel wie Kanonenkugeln aufgestapelt oder als Zierelemente in die Knochenhaufen eingefügt, Zickzacklinien aus fleischlosen Gesichtern. Hunderte von leeren Augenhöhlen starrten sie beim Vorbeigehen an, schier endlose Paare dunkler Löcher.

Während er auf die Skelettwände und die darin dargestellte letztendliche Vergeblichkeit menschlichen Strebens blickte, mußte Paul bei aller Verzweiflung und allem Grauen einen Moment lang die Gralsbruderschaft beinahe bewundern. Sie mochten grausame, kriminelle

Schweine sein, aber es hatte nachgerade etwas Erhabenes, daß Menschen sich trauten, den Großen Vernichter Tod förmlich heraufzubeschwören – das schwarze Vakuum, in das alles Leben unweigerlich eingesaugt wurde.

Seine Gedanken kamen vom Allgemeinen zum Konkreten zurück, und ihm wurde gerade klar, daß an einem Venedig, in dem man sich so tief unter die Erde begeben konnte, ohne bis zur Nase im Meerwasser zu gehen, eindeutig etwas nicht stimmen konnte, als der Tunnel urplötzlich in einen weiten unterirdischen Saal mündete. Decke und Boden wurden von tausend Säulen auseinandergehalten, steinernen Pfeilern, die ebenfalls die Gestalt von Knochen hatten und so einen Wald von Schienbeinen und Oberschenkelknochen bildeten. Die Kerze konnte nur einen kleinen Teil des Saals erhellen, der sich nach allen Seiten ohne sichtbaren Abschluß im Schatten verlor, aber direkt vor ihnen war ein offener Bereich, wo keine Säulen standen und der leere Fußboden mit staubigen Mosaikfliesen gepflastert war. Als Paul ein paar Schritte darauf zu tat, erkannte er im Licht der inzwischen heiß und dicht an seiner Faust brennenden Kerze, daß die Fliesen einen riesigen, von Engeln und Dämonen getragenen Kessel darstellten, aus dem sich strahlendes Licht ergoß.

Das leise Geräusch schlurfender Füße drang aus dem Tunnel, den sie gerade verlassen hatten. Ein Schock durchfuhr Paul, als ob er auf ein stromführendes Kabel getreten wäre; Gally neben ihm gab einen schwachen Ton der Verzweiflung von sich.

Unvermittelt erschien vor ihnen in der Mitte des offenen Bereichs ein blaßgoldener feuriger Fleck. Das Leuchten verstärkte sich, bis das Gateway so hell brannte, daß schwarze Schattenstreifen von den Knochensäulen ausgingen und das Mosaik auf dem Fußboden in dem grellen Licht unkenntlich wurde. Paul wollte schon Hoffnung schöpfen, doch als er Gally zu dem schimmernden Rechteck hinzog, traten zwei Gestalten heraus, eine gigantisch dick, die andere hungerdürr. Mit einem erstickten Aufschrei des Entsetzens taumelte Paul zurück und zerrte den Jungen mit.

Reingelegt! Man hat uns reingelegt!

Als sie sich umdrehten und ein paar schwankende Schritte zurück in die Richtung taten, aus der sie gekommen waren, flackerte es abermals zwischen den Säulen. Gleich darauf schwebte Eleanoras kleine Gestalt dicht über dem Boden, ihr runzliges Gesicht blickte beschwörend.

»Geht nicht zurück!« Ihre Stimme schien nicht aus ihrem Mund zu kommen, sondern irgendwo aus der Nähe von Pauls Kopf. »Es ist nicht das, was ihr denkt - die größte Gefahr ist weiter dort hinter euch!«

Paul beachtete sie nicht. Es konnte keine größere Gefahr geben als die Figuren, die gerade aus dem Gateway gekommen waren. Er zog Gally mit sich zurück zum Tunnel. Eleanoras Hände streckten sich flehend nach ihnen aus, und der Junge zögerte, aber Paul ließ ihn nicht los. Doch als sie den Durchgang zurück in die Katakomben fast schon erreicht hatten, traten zwei Gestalten, die genauso wie die hinter ihnen aussahen, aus dem Tunnel und in den Säulensaal. In dem immer heller werdenden Licht des Gateways schienen die Masken der Komödie und der Tragödie aus geschmolzenem Gold zu sein. Eine Woge des Grauens ging von den beiden Figuren aus, überrollte und lähmte Paul.

Einen Augenblick lang setzte sein Gehirn aus, war blockiert wie eine kaputte Maschine. Finch und Mullett waren vor ihnen. Finch und Mullett waren hinter ihnen. Der Bau war an beiden Enden verstopft, und sie würden umkommen wie vergiftete Kaninchen. Die Vogelfrau hatte ihn im Stich gelassen, alle ihre Worte waren sinnlos geworden. Er konnte sich an keiner Feder mehr festhalten.

»Kehrt um!« rief Eleanora. »Lauft zum Gateway! Das ist eure einzige Chance!«

Paul gaffte sie sprachlos an. Begriff sie denn nicht, daß ihre Feinde auf beiden Seiten waren? Wenn sie zum Gateway umkehrten, trafen sie dort genauso auf sie ...

Er wich vor den näher kommenden Masken zurück, den Jungen weiter im Schlepptau, und sofort graute ihm wieder davor, was in der Richtung auf sie wartete. Fast genau an der Stelle, wo Eleanoras Bild in der düsteren Krypta schwebte und ihn weiterhin zu bewegen suchte, zum Gateway zu fliehen, machte er abermals kehrt, denn von dort kamen ihnen immer noch die beiden ungleichen Gestalten aus dem goldenen Licht entgegen. Ihm knickten die Beine ein, und einen Moment lang drohte er zu stürzen und den Jungen mit zu Boden zu reißen, wo dann von beiden Seiten identische Feindespaare über sie herfallen würden.

Die Gatewayfiguren waren jetzt so nahe, daß er in den schwarzen Silhouetten Augen schimmern sah. Er blieb hilflos stehen, als eine davon ihm einen mächtigen Arm entgegenstreckte.

»Herr Johnson? Sind Sie das?« Undine Pankie machte ein paar schwerfällige Schritte vorwärts in den Kerzenschein, den Saum ihres zeltartigen

grauen Kleides hochgerafft, damit es nicht im Staub der Krypta schleifte. »Liebe Güte, er ist es. Sefton!« rief sie über die Schulter. »Hab ich's dir nicht gesagt, daß wir den reizenden Herrn Johnson hier treffen würden?«
Paul hatte das sichere Gefühl, wahnsinnig geworden zu sein.

Ihr streichholzdünner Gatte erschien neben ihr, blinzelnd wie eine Eule am Tageslicht. »So ist es, mein Schatz. Einen wunderschönen guten Tag, Herr Johnson!« Es war, als hätten sie ihn bei einem Kirchenkränzchen getroffen.

»Vielleicht hat er etwas von unserer Viola erfahren«, meinte Frau Pankie und bedachte Paul mit einem gewinnend gemeinten Lächeln, das unter anderen Umständen monströs und beängstigend gewesen wäre, aber in diesem Augenblick nur noch unfaßbar war. »Und wer ist dieser kleine Engel, den Sie da bei sich haben? Ein entzückender Knabe! Vielleicht machen Sie uns miteinander bekannt ...«

Gally versuchte wie wild, sich loszureißen - was mochte ihm jetzt wohl durch den Kopf gehen? -, und Paul war zu nichts anderem imstande, als eisern die Hand des Jungen festzuhalten und verständnislos zu glotzen. Die Pankies betrachteten ihn von Kopf bis Fuß, anscheinend von seinem Verhalten befremdet, dann wanderte Undine Pankies Kuhblick an ihm vorbei und fiel auf die große und die kleine Gestalt, die wie Spiegelbilder von ihr und Sefton auf sie zukamen. Sie verstummte mitten in ihrem Geschwafel, und ihr breites, teigiges Gesicht erbleichte. Sie wechselte einen raschen Blick mit ihrem bebrillten Ehemann, und auf beiden Gesichtern erschien ein Ausdruck, der Paul vollkommen rätselhaft war. Dann kehrten sie wie verabredet einander den Rücken zu und verzogen sich in das Dunkel zu beiden Seiten, so daß Paul jetzt freien Zugang zum Gateway hatte.

»Schnell!« schrie Eleanora hinter ihm. »Der Weg ist frei. Wo willst du hin?«

Paul zerrte an Gally, doch der war nicht vom Fleck zu bewegen.

»Komm, Jonas«, zischte Finch hinter ihm. »Hör endlich auf mit diesem Spiel - es ist schon lange nicht mehr lustig.«

Paul rangelte weiter mit Gally herum, der sich von blinder Furcht gepackt gegen ihn wehrte, die Augen halb geschlossen, als würde er gleich einen Anfall bekommen.

»Wohin?« drängte Eleanora.

Er konnte keinen klaren Gedanken fassen. So sehr er sich anstrengte, ihm wollten nur amerikanische Ortsnamen einfallen, exotische, ausländische Namen, die in jungen Jahren seine Phantasie angestachelt hatten, aber die ihm jetzt, als wildes Durcheinander in seinem Kopf, zum Verhängnis werden konnten - Idaho, Illinois, Keokuk, Attica ...

»*Ithaka!*«

Sie nickte und legte dann eine Hand an den Smaragd, den sie am Hals hängen hatte. Die Energien des Gateways lohten auf wie ein vom Wind bestrichenes Lagerfeuer. Dicht hinter ihr hatten Finch und Mullett ihre Masken abgenommen: Ihre wahren Gesichter blieben unter den düsteren Kapuzen verborgen, aber Paul erkannte Finchs blitzende Brille und Mulletts schiefes, zähnefletschendes Grinsen. Die von ihnen ausgehende Kraft machte seine Knochen schlapp wie Papierattrappen.

Als die beiden Figuren nur noch eine Armlänge von Eleanora entfernt waren, kam Gally abrupt wieder zu Sinnen. »Sie werden der guten Frau was tun!« schrie er und schlug mit der Kraft eines Wahnsinnigen um sich, diesmal nicht, um sich gegen Pauls Ziehen zu wehren, sondern um der Frau, die er als seine Freundin betrachtete, zur Hilfe zu eilen. »Sie werden sie umbringen!«

»Gally, nicht!« Paul versuchte ihn fester zu packen - ihm war, als würden ihm die Fingernägel abbrechen -, aber in dem Sekundenbruchteil, in dem er seinen Griff lockerte, riß sich der Junge los und stürzte zu Eleanoras in der Luft schwebendem Bild zurück.

»*Nicht, Mohrchen!*« rief sie. »Sie können mich nicht einmal ...«

Die beiden traten durch sie hindurch.

»... anrühren«, beendete sie ihren Satz im Ton tiefsten Jammers. »Ach, Mohrchen ...«

Mullett faßte mit einer breiten, formlosen Hand zu und hob den Jungen hoch. Gally baumelte hilflos in der Faust des dicken Monstrums und zappelte wie eine Fliege im Netz.

Paul blieb stehen. Nur wenige Schritte trennten ihn von dem wärmelosen goldenen Strahlen des Gateways, doch plötzlich schien es meilenweit entfernt zu sein. »Laßt ihn los!«

Finch kicherte. »Klar, machen wir. Er ist nicht das Kind, das wir eigentlich suchen, nur eine der Asseln und Wanzen des Netzwerks. Aber im Moment wollen wir dich haben, Jonas. Also geh da weg und komm mit uns.«

Paul Jonas konnte nicht mehr kämpfen. Alles hatte das Ende genommen, das er immer gefürchtet hatte. Sie würden ihn in die Dunkelheit verschleppen, ihm Schlimmeres antun als den Tod. Er blickte Eleanora an, doch sie schwebte immer noch an derselben Stelle, mit hängendem Gesicht jetzt, ein machtloses Gespenst. »Versprecht ihr, ihn gehen zu lassen?« fragte er. »Wenn ihr das tut, könnt ihr mich haben.«

Finch warf dem kleinen Jungen, der sich in Mulletts Griff wand, einen Blick zu, und Paul konnte das Grinsen in seiner kalten Stimme hören. »Gewiß doch. Er ist nichts. Ein Nischenwurm. Ein Ritzenkrabbler.«

Paul fühlte, wie sich eine schreckliche Dumpfheit seiner bemächtigte. »Na schön«, sagte er heiser und machte einen Schritt auf sie zu.

»Nein!« kreischte Gally auf. Er trat dem riesigen Mullett mit aller Kraft in den mächtigen Bauch und packte gleichzeitig die ihn umklammernde Faust und biß fest hinein. Mullett stieß ein überraschtes, wütendes Brüllen aus. Er riß den Jungen mit der anderen Hand weg und schleuderte ihn mit unglaublicher Wucht auf den Boden. Paul hörte Knochen krachen, dann war es schrecklich still.

Mullett bückte sich und hob den schlaffen Körper des Jungen auf, schüttelte ihn einmal, grunzte und warf ihn zur Seite. Er rutschte wie eine Stoffpuppe über die Fliesen - vollkommen leblos.

»Mohrchen!« Eleanoras Schrei, ein langer, klagender Schmerzenslaut, hörte auf wie mit einem Skalpell abgeschnitten, und ihr Bild verschwand. Im nächsten Augenblick begann die Krypta sich nach innen zu krümmen und zu verzerren, wie von der Faust eines Riesen zerquetscht. Finch und Mullett und Gallys lebloser Körper wurden von dem in sich zusammenfallenden Saal verschlungen und verschwanden.

Innerlich ausgebrannt und erloschen und so niedergeschmettert, daß er nicht einmal mehr weinen konnte, drehte Paul sich um und warf sich in den Durchgang aus Licht.

Kapitel

Die Stimme der Verlorenen

NETFEED/NACHRICHTEN:
Fischzüchter sprechen von "unbegründeter Krillhysterie"
(Bild: Slup "Johanna B." beim Auswerfen von Schallnetzen
Off-Stimme: Die Seefischzüchter sind empört über die grassierenden Gerüchte, daß ein angeblich in Zuchtkrill auftretender Parasit eine Krankheit namens "Tandagoresyndrom" verursache.
(Bild: Tripolamenti von der GMF im Hafen)
Clementino Tripolamenti, der Vorsitzende der multinationalen Gewerkschaft der Meeresfarmer, wies darauf hin, daß das Tandagoresyndrom, ein mysteriöses Nervenleiden, nach Aussagen vieler Ärzte in keinem Zusammenhang mit der Ernährung stehe.
Tripolamenti: "Man kann jedes Gerücht in die Welt setzen. Guck doch mal. Sie reden von 'Giftkrillseuche' und kommen sich furchtbar witzig vor. Wir ernten Millionen Tonnen von diesem gesunden Meeresprotein, und es wandert in Tausende von hochwertigen Produkten, und da muß nur einer kommen und einen dummen Witz im Netz verbreiten, und schon sind die Leben und Arbeitsplätze von uns allen bedroht …"

> »*Code Delphi. Hier anfangen.*

Es gibt so viel zu erzählen, so viel Trauriges und Merkwürdiges und Schreckliches, daß ich nicht weiß, wo ich anfangen soll. Wer immer diese Worte einmal empfängt, wird sie vermutlich nicht verstehen, wenn ich nicht alles erkläre. Ich habe jetzt ein wenig Zeit, die Vorfälle zu berichten – vor mich hinzumurmeln, wie es von außen erscheinen muß –, bevor der Irrsinn wieder losgeht. Ich werde versuchen, alles der Reihe nach zu erzählen, auch wenn es mich noch so sehr erschüttert.

Wir waren unter den fliegenden Menschen in Aerodromien, wie wir den Ort hier getauft hatten. Ein Mädchen verschwand, und als Fremde fiel der Verdacht auf uns. Wir hatten Freundschaft mit dem Oberhaupt einer der Familien geschlossen, Baut-ein-Feuer-auf-Luft, und als er uns mit grimmigem Gesicht und begleitet von bewaffneten Wächtern holen kam, dachte ich, sie würden uns für das Verbrechen hinrichten oder vielleicht einem ihrer Götter opfern. Das war gar nicht so falsch.

Die Gefängnishöhle, in die sie uns brachten, war nicht so wohnlich wie die, die wir mit der Familie von Baut-ein-Feuer-auf-Luft geteilt hatten. Sie war kalt und feucht und mit Fledermaus- und Vogelkot besudelt. Quan Li weinte leise neben dem kleinen Feuer, dessen Licht auf ihren nichtssagenden Gesichtszügen flackerte – genau wie Florimel und ich hatte sie immer noch den generischen, vage indianischen Frauensim, den sie beim Eintritt in Temilún bekommen hatte. T4b hockte mürrisch und verschlossen auf dem Höhlenboden, wo er in einem fort Steinhaufen aufschichtete und wieder einriß, wie ein Kind, das in der Schule nachsitzen muß. Florimel und William stritten schon wieder, Florimel wie üblich in ärgerlichem Ton, weil sie fand, daß wir uns bei allem, was wir machten, zu passiv verhielten. Ich begab mich ans andere Ende der Höhle, um ihnen nicht weiter zuhören zu müssen.

Die Aerodromier hatten uns in der Tat in Verdacht, etwas mit dem Verschwinden des Mädchens namens Glänzt-wie-Schnee zu tun zu haben. Sobald der Abend dämmerte, sollten wir einer Art Gottesurteil zur Feststellung unserer Schuld oder Unschuld unterzogen werden. Als Baut-ein-Feuer-auf-Luft uns mitteilte, daß die wenigen, die dieses Gottesurteil überlebten, in der Regel den Verstand verloren, konnte ich eine gewisse Sehnsucht nach dem alten Code Napoléon nicht ganz unterdrücken. Wir fühlten uns elend und unglücklich und verängstigt, jeder einzelne von uns. Wir wußten nicht sicher, ob wir von dem, was uns in diesen Simulationen zustieß, sterben konnten, aber wir hatten bereits erfahren, daß sie imstande waren, uns Schmerzen zu bereiten.

Als ich meine Aufmerksamkeit auf die anderen richtete, ihre jetzt ganz deutlichen Manifestationen wahrnahm und ihre dumpfe Angst spürte, wurde mir plötzlich klar, daß ich mich vor meiner Verantwortung drückte.

Von klein auf hatte ich immer die unwiderlegbare Ausrede meiner Blindheit, und manchmal habe ich mich ihrer auch ganz bewußt bedient. Zwar wurde ich wütend, wenn ich nur deswegen einen Auftrag erhielt oder zu einem Fest eingeladen wurde, weil ich blind war, aber ich muß zugeben, daß es auch Fälle gab, in denen das Gegenteil zutraf und ich mir sagte: *Ich darf*, und meine Blindheit ins Feld führte, um mich von einem Treffen zu entschuldigen oder eine Verabredung platzen zu lassen oder etwas nicht zu tun, was ich nicht tun wollte.

In ganz ähnlicher Weise, sehe ich jetzt, habe ich meine Probleme vorgeschoben, um meine gegenwärtige Situation nicht wirklich an mich herankommen zu lassen. Ich habe nicht weniger gelitten als meine Gefährten, ja wegen meiner besonderen Lage hatte ich in den ersten Tagen nach dem Eintritt in dieses Netzwerk mit entsetzlichen Qualen zu kämpfen. Aber in den letzten Tagen habe ich nicht so gelitten, und ich verfüge hier über Fähigkeiten, die die anderen nicht einmal annähernd haben, und habe es dennoch vermieden, Führungsaufgaben in dieser Gruppe zu übernehmen.

Ich hätte mir in der wirklichen Welt niemals Lebens- und Arbeitsbedingungen schaffen können, um die mich die meisten Sehenden beneiden würden, wenn ich mich immer so lammfromm, so kraftlos verhalten hätte. Also warum dann hier?

Ach, aber ich schweife bereits von den Ereignissen ab, die ich eigentlich berichten möchte. Mit diesem anderen Gedanken werde ich mich ein andermal ausführlicher beschäftigen. Halten wir fest, daß ich beschlossen habe, mich nicht mehr so ziellos treiben zu lassen. Auch wenn ich diesen verängstigten Leuten vielleicht gar nicht helfen kann, möchte ich auf jeden Fall, wenn ich dem Tod ins Auge sehe, nicht denken müssen: ›Ich hätte mehr zu meiner Rettung tun können.‹ Das mag egoistisch sein, aber im Moment geht es mir vor allen Dingen darum, meine Selbstachtung zurückzugewinnen.

Der Tag unserer Gefangenschaft zog sich hin, und selbst Florimel und William verging schließlich die Lust zu streiten, was sie ohnehin wohl mehr deswegen getan hatten, um sich die Illusion selbstbestimmten Handelns zu bewahren. Ich versuchte mit Quan Li und T4b ins Gespräch zu kommen, aber beide waren zu deprimiert, um viel zu sagen. Besonders Quan Li schien überzeugt zu sein, daß man uns hinrichten würde und daß damit ihre Enkelin ihre einzige kleine Chance verlieren würde. Der Träger des stacheligen Kriegerkostüms war zu gar keiner

Äußerung zu bewegen. Er beantwortete meine Fragen mit einem gelegentlichen Knurren, und zuletzt ließ ich ihn einfach weiter seine endlosen Steinhaufen bauen.

Wir verzehrten gerade unsere Henkersmahlzeit - für jeden ein Häuflein Beeren und ein ungesäuertes Fladenbrot -, als Sweet William sich neben mich setzte. Obwohl die anderen mehrere Meter entfernt saßen, jeder in seine eigene kleine Welt ängstlicher Befürchtungen eingesponnen, sprach William im Flüsterton. An seinem Verhalten war irgend etwas seltsam, das ich trotz meiner frisch entdeckten Fähigkeiten nicht verstehen oder benennen konnte. Klar war nur, daß er irgendwie innerlich aufgewühlt war - die Wahrnehmung, die ich von ihm hatte, besaß etwas eigenartig Vibrierendes, das eher auf Erregung als auf Niedergeschlagenheit hindeutete.

Er sagte: ›Es wird, glaub ich, langsam Zeit, daß ich dir'n bißchen was über mich erzähle.‹ Ich wunderte mich ein wenig, denn er hatte sich über seine wirklichen Lebensumstände am hartnäckigsten ausgeschwiegen, dachte mir aber, es habe wohl etwas mit dem »Todeszellengefühl« zu tun, das wir alle hatten.

Ich erwiderte: ›Wenn du möchtest, gern. Ich müßte lügen, wenn ich sagen wollte, ich hätte keine Vermutungen über dich angestellt. Aber du bist mir keine Erklärung schuldig.‹

›Natürlich bin ich dir keine Erklärung schuldig‹, sagte er mit einem Anflug seiner alten Bissigkeit. ›Niemandem.‹ Doch statt mich von seiner Schroffheit abgestoßen zu fühlen, fiel mir zum erstenmal auf, daß etwas an seinem nordenglischen Akzent - einem Akzent, den man in Großbritannien anscheinend allein schon der Lautung wegen komisch fand und in vielen dort spielenden Stücken, die ich gehört hatte, als Lachnummer benutzte - nicht stimmte. Die Vokale klangen ein bißchen bemüht und wiesen ganz leichte Unterschiede auf.

Er schwieg einen Moment. Als hätte er meine Gedanken gehört, sagte er dann: ›Weißt du, ich rede nicht immer so. Im realen Leben nicht.‹

Ich wartete ab. Erklärte er etwas, oder wollte er sich für irgend etwas entschuldigen? Ich verstand nicht, warum er so aufgedreht wirkte, aber die Reaktionen der Leute auf Not und Unglück sind ja verschieden.

›Ich bin eigentlich überhaupt nicht so. Im RL.‹ Er schwenkte einen Arm, und sein Fledermausumhang rauschte. ›Es ist bloß, na ja, Schau. Um mich ein bißchen interessant zu machen.‹

Zum erstenmal seit mehreren Tagen wünschte ich, ich könnte sehen wie andere Leute auch. Ich wollte ihm in die Augen schauen, sehen, was sich dort verbarg.

Er beugte sich näher heran. ›Weißt du was, ich erzähl dir was Komisches. Du mußt versprechen, es nicht weiterzusagen.‹ Er wartete mein Ja oder Nein gar nicht erst ab. ›Ich bin in Wirklichkeit ganz anders – diese Vampirnummer, tödliche Schönheit und so, ist bloß eine Masche. Zum Beispiel bin ich *alt*.‹ Er lachte leise, nervös. ›Ziemlich alt, ehrlich gesagt. Achtzig und noch ein paar Monate drüber. Aber ich donner mich gern ein wenig auf.‹

Ich stellte ihn mir so vor, als alten Mann, und fand den Gedanken ganz einleuchtend, aber ich wußte immer noch nicht so recht, was er bezweckte. Auch war ich mir nicht ganz sicher, ob er wirklich ein Mann war, und darum fragte ich ihn.

›Doch, doch. Leider ja. Nix so Aufregendes wie ein waschechter Transi. Ich bin schon seit Jahren nicht mehr aus dem Haus gewesen und weiß daher nicht, ob's für einen wie mich heutzutage ein Etikett gibt – und wenn schon, wer schert sich im Netz schon drum, was einer ist?‹

Ich mußte ihn fragen. Ich hatte das Gefühl, irgendwie manipuliert zu werden. ›Wenn es niemanden schert, warum erzählst du mir es dann, und warum machst du den Eindruck, dich zu schämen, William?‹

Die Frage überrumpelte ihn. Er setzte sich zurück – ich fühlte ihn innerlich zuklappen und stellte mir ein geflügeltes Wesen vor, das sich im Regen auf einem Ast zusammenkauerte. ›Wahrscheinlich wollt ich's bloß irgendwo loswerden‹, sagte er. ›Falls uns was zustößt. Du weißt schon.‹

Es tat mir leid, daß ich ihm zu nahe getreten war. Am Vorabend der Schlacht, sagt man, erzählen Männer im Schützengraben Fremden ihre Lebensgeschichte. Es gibt vielleicht nichts, was einen so sehr auf sich selbst zurückwirft und doch zugleich mit anderen verbindet wie das Nahen des Todes. ›Was hat dich hier in das Netzwerk geführt?‹ fragte ich ihn ein wenig freundlicher.

Er antwortete nicht sofort, und ich hatte das eigenartige Gefühl, daß er sich eine Geschichte zurechtlegte und sich noch einmal die Details durch den Kopf gehen ließ, ungefähr wie wenn man sich ein Märchen für ein kleines Kind ausdenkt. Doch als er sprach, klang er ehrlich.

›Ich bin kein junger Mensch‹, sagte er, ›aber ich mag junge Leute. Das heißt, ich mag die Freiheit, die sie heute haben, aber die ich nie hatte.

Ich bewundere es, daß sie einfach sein können, was sie wollen - daß sie sich einen neuen Sim machen, in eine neue Welt eintauchen, alles mögliche sein können. Als ich jung war, mußte man immer noch alles mit direktem Gesichtskontakt machen, und ich fand mein Gesicht - wie soll ich sagen? - nie besonders berauschend. Nicht gräßlich, versteh mich nicht falsch, aber auch nicht sehr toll. Nicht ... aufregend. Und als ich eines Tages aus dem Postdienst ausschied - bis vor ungefähr zehn Jahren war ich Postinspektor, Leiter der regionalen Aufsichtsbehörde sogar -, schuf ich mir ein eigenes Leben im Netz. Und keiner kümmerte sich darum, wer ich in Wirklichkeit war, nur wer ich online war, zählte. Ich hab mir diese Figur kreiert, Sweet William, und sie so schrill gemacht, wie ich konnte. Geschlechterrollen, gesellschaftliche Konventionen, was du willst, ich hab's getrieben bis zum Gehtnichtmehr. Ich lernte obskure Dichter auswendig, ein paar von den NewBeat-Typen, ein paar von den Stillen Apokalyptikern, und gab die Sachen als meine eigenen aus. Es war die tollste Zeit meines Lebens, und ich verstand im nachhinein nicht, warum ich nicht eher in den Ruhestand gegangen war.

Auf einmal wurden einige der Jüngeren aus meiner Online-Clique krank und verschwanden aus dem Netz. Es war diese Sache, die wir mittlerweile alle kennen, diese Komakrankheit, aber damals wußte ich nur, daß ein paar nette junge Leute weg waren, so gut wie tot, und keiner wußte, warum. Und es erschütterte mich, daß einige noch dazu *so* jung waren. Wie ich hatten sie etwas gespielt, das sie nicht waren - einer davon war erst zwölf!

Also fing ich an, mir genauer anzuschauen, was es damit auf sich hatte, mit diesen merkwürdigen Erkrankungen.‹ Er lächelte ein wenig. ›Ich denke, es ähnelte ein bißchen der Arbeit, die ich gewohnt war, und ich muß gestehen, daß es ein wenig zur Obsession wurde. Je mehr ich suchte, um so mehr Fragen stellten sich, bis ich auf den ersten von Sellars' kleinen Fingerzeigen stieß. Schließlich erhielt ich einen Wink von einem guten Bekannten, der ein ziemlich hohes Tier bei der UNComm ist, und häckte mich auf der Suche nach Atascos Stadt in das Otherlandnetzwerk rein. Tja, den Rest kennst du.‹ Er nickte zum Zeichen, daß seine Geschichte aus war. Ich verspürte eine gewisse Unzufriedenheit, nicht mit der Geschichte selbst, sondern mit der Art, wie er erst so lange ein Geheimnis darum gemacht und sie dann ganz plötzlich erzählt hatte. War es schlicht die Furcht davor, was uns bevorstand? Es kam mir merkwürdig vor - wir waren seit unserem Eintritt in das Netzwerk fast ständig in Gefahr gewesen. Konnte es sein, daß er menschlichen Kontakt bei mir suchte? Wenn ja, dann konnte ich ihm nicht geben, was er brauchte. Vielleicht behandelte ich ihn ungerecht, dachte ich schon. Viele haben mir vorgeworfen, ich sei kalt, distanziert.

Aber seine Gründe und meine Reaktionen mochten sein, wie sie wollten, Sweet William schien jedenfalls mehr zu wollen, als einfach sein Bekenntnis loszuwerden. Er fragte nach meinem Leben. Ich erzählte ihm, wo ich aufgewachsen war und daß ich mein Augenlicht bei einem Unfall als Kind verloren hatte, was nicht die ganze Wahrheit war, aber ich war mir nicht sicher, warum er danach fragte. Er war immer noch merkwürdig aufgedreht, und ich fand seine Energien beunruhigend. William wollte auch wissen, was ich von dem Verbrechen hielt, dessen wir angeklagt waren, ob ich irgendeine Vorstellung hätte, was wirklich geschehen sein mochte. Das ganze Gespräch hatte einen ungewöhnlichen Beigeschmack, als ob es einen Subtext gäbe, den ich nicht recht mitbekam. Nach einer weiteren Viertelstunde scheinbar zusammenhangloser Fragen und belanglosen Geplauders verabschiedete er sich mit einem flotten Spruch und setzte sich allein in eine Ecke der Höhle.

Während ich noch über all das nachgrübelte, kam Florimel und fragte mich, was Baut-ein-Feuer-auf-Luft mir über das vermißte Mädchen erzählt habe. Da ich sie und Sweet William vorher in angeregter Unterhaltung gesehen hatte, sagte ich: ›William ist heute abend erstaunlich gesprächig.‹

Sie machte ein noch ausdrucksloseres Gesicht als sonst und erwiderte: ›Ich nicht.‹ Dann drehte sie sich um und begab sich wieder an ihren Platz ein kleines Stück vom Feuer entfernt. Vielleicht meinte sie, ich wolle sie aushorchen. Vielleicht wollte ich das ja. So blieb ich wieder einmal mit der Frage sitzen, in was für eine Gruppe von Psychopathen ich bloß geraten war.

Wenn eine Blinde, die mehrere Tage lang völlig verstört und von Sinnen war, diese Frage stellt, kann sich jeder ausrechnen, daß es um so eine Gruppe schlecht steht.«

»Baut-ein-Feuer-auf-Luft und andere Mitglieder des Rotenfelsstammes, die ich nicht erkannte – die meisten Familien schienen vertreten zu sein –, kamen uns kurz vor Sonnenuntergang holen. Wir wurden zum Fuß eines gewaltigen horizontalen Baumes gebracht, auf dem drei der ältesten Männer des Stammes saßen. Der Vater des vermißten

Mädchens sprach erregt über ihre Entführung. Ihr Halsband, das sie immer umgehabt hatte, war nahe dem Ausgang der Familienhöhle gefunden worden, was darauf hinzudeuten schien, daß Glänzt-wie-Schnee nicht freiwillig mitgegangen war. Andere Familien gaben an, nichts gesehen und nichts gehört zu haben, und bemerkten, wie lange es her sei, daß andere Stämme aus dem Tal Überfälle gemacht hätten. Als Florimel für uns das Recht forderte, Fragen zu stellen und uns zu verteidigen, wurde das abgelehnt. Der gebrechlichste der drei Ältesten, ein derart eingefallener Mann, daß er nicht nur hohe Knochen zu haben, sondern überhaupt hohl zu sein schien, beschied uns höflich, aber bestimmt, wir seien Fremde, und daher könne man keinem unserer Worte trauen. Und wenn man uns erlaube, Zeugen zu befragen, meinte er, könnten wir die Gelegenheit nutzen und die Befragten verzaubern.

Somit fällten unsere Richter den von vornherein feststehenden Spruch - ein Gottesurteil solle entscheiden, ob wir die Wahrheit sagten. Man werde uns, verkündeten sie höchst feierlich, an die sogenannte Stätte der Verlorenen bringen.

Der Name klang uns allen nicht sehr verheißungsvoll. Ich merkte, daß unter anderen Umständen Florimel oder T4b wohl dafür gewesen wären, einen gewaltsamen Fluchtversuch zu unternehmen, aber wir waren den anderen hundertfach unterlegen, und der lange Tag in Haft hatte unsere Entschlossenheit geschwächt. Wir ließen zu, daß man uns packte - weniger grob, als wir erwartet hatten, denn das Volk der mittleren Lüfte war wohl im Grunde gutmütig - und im abnehmenden Licht des Tages abführte.

Obwohl Gefangene und Bewacher zu Fuß gehen mußten, war der Zug zum Schauplatz des Gottesurteils dennoch eine regelrechte Luftparade, da Unmengen von Schaulustigen unmittelbar hinter uns herflogen wie Möwen hinter einem Müllkahn. Wir mußten fast eine Stunde marschieren und am Schluß zu einer mehrere hundert Meter breiten Senke in der Felswand emporsteigen, einem natürlichen Amphitheater, wo künftige Aerodromier in tausend Generationen oder so vielleicht eines Tages Symphoniekonzerte hören werden. Dieses wahrscheinlich von einem Gletscher ausgehöhlte Becken war leer bis auf eine Schutthalde, die den größten Teil des Grundes bedeckte, und einen einzelnen großen runden Felsen in der Mitte, der für meine Wahrnehmung wie ein unheimlicher Opferaltar wirkte.

> 704

Ich malte mir aus, man werde unsere virtuellen Körper irgendeiner ausgesuchten Marter unterziehen, und erst jetzt kam mir die Wahrscheinlichkeit von Folter und Tod richtig zu Bewußtsein. Ich begann zu schwitzen, obwohl die Abendbrise kühl und angenehm war. Ein jäher und aberwitzig erschreckender Gedanke kam mir: Wenn sie nun meinen Augen etwas taten? Obwohl sie die nutzlosesten Organe in meinem Körper waren, und obendrein virtuell, erfüllte mich der Gedanke, sie könnten sich daran vergreifen, dennoch mit einem solchen Grauen, daß ich mich im Griff meiner beiden Bewacher wand und gestürzt wäre, wenn sie mich nicht gehalten hätten.

Zwanzig oder dreißig der jüngeren und stärkeren Männer schwebten auf den Platz neben dem Stein. Sie stemmten sich ächzend und sogar vor Anstrengung schreiend mit den Schultern dagegen, bis sie den Stein schließlich ein oder zwei Meter zur Seite geruckelt hatten. Darunter kam ein schwarzes Loch zutage, in das wir einer nach dem anderen gestoßen wurden. Sweet William war als erster dran, und er bewahrte eine erstaunliche Haltung. Als ich an die Reihe kam, machte ich mich so klein wie möglich. Kaum war ich durch die Öffnung gefallen, breitete ich meine Arme aus und schwebte. Ich war mir nicht sicher gewesen, daß wir in der Höhle noch würden fliegen können, doch im Innern gab es seltsame Aufwinde, ziemlich unvorhersehbar zwar, aber stark genug, um uns in der Luft zu halten, wenn wir uns entsprechend bewegten.

Quan Li hatte die Kunst, sich aufrecht zu halten, noch nicht ganz gemeistert, und ich spürte jetzt, wie sie sich ein kleines Stück von mir entfernt um Balance bemühte. Bevor ich etwas sagen konnte, um ihre Furcht zu lindern, schob sich der große Stein wieder über das Loch, und vollkommene Finsternis umgab uns.«

»Wenn du, unbekannter Hörer, meine anderen Journaleinträge mitbekommen hast, wirst du natürlich schon vermuten, daß die Situation für mich nicht so schlimm war wie für meine Begleiter - am Anfang wenigstens. Die Dunkelheit ist mein Element, und der Wegfall des Lichts teilte sich mir lediglich als Befehl an die Simulation mit, keine Dinge mehr sichtbar zu machen, nicht als tatsächliche Einschränkung meiner Wahrnehmungsfähigkeit. Ich konnte die Windungen der Höhle um uns herum, ja sogar die gerieften Wände und die spitzen Stalaktiten als Wirbel im Informationsstrom ausmachen, ganz ähnlich wie eine, die einen Fluß beobachtet, die Lage dicht unter der Oberfläche liegender Steine an der Bewegung des Wassers erkennen kann.

Ich hatte mir gelobt, mein Schicksal entschiedener in die Hand zu nehmen, und während die anderen nun entsetzte Schreie ausstießen, machte ich mich daher in aller Ruhe mit den Einzelheiten unserer Umgebung vertraut und versuchte, ein inneres Bild davon zu gewinnen.

In aller Ruhe? Na ja, vielleicht auch nicht. Ein Mann, mit dem ich als Studentin eine Beziehung hatte – bevor ich mich in meine Festung unter dem Schwarzen Berg zurückzog und gewissermaßen den Tunnel hinter mir dichtmachte –, sagte einmal, ich sei kühl und hart wie Titan und genauso flexibel. Er spielte damit auf meine Angewohnheit an, mir die Dinge emotional vom Leib zu halten. Für Leute, die mich nicht kennen, muß es sich sonderbar anhören, wenn ich die gerade erwähnten Schrecken und die noch größeren und bizarreren, zu denen ich gleich komme, in meiner distanzierten Art beschreibe. Doch obwohl die Worte des Mannes mir damals weh taten, fragte ich ihn: ›Was erwartest du? Meinst du vielleicht, eine Frau, die nicht sehen kann, sollte sich kopfüber in unbekannte Situationen stürzen?‹

›Kopfüber?‹ sagte er und schüttete sich aus vor Lachen. Er war ein Mistkerl, doch er hatte einen ganz guten Sinn für Humor. ›Du und dich kopfüber wo reinstürzen? Du kannst ja nicht mal ein Zimmer betreten, ohne erst die Hauspläne zu studieren.‹

Das war nicht völlig übertrieben. Und wenn ich mir jetzt selber zuhöre, erkenne ich jene Martine wieder, die alles nachprüft, alles katalogisieren muß, vielleicht aus der Notwendigkeit heraus, mir Wege zurechtzulegen, bevor ich mich durch eine Welt bewegen kann, in der die anderen einfach zuhause sind.

Es kann daher sein, daß ich alles zu kalt, zu sicher klingen lasse. Meine Gefährten irrten im Dunkeln herum. Ich fand mich ganz gut zurecht. Aber ich hatte dennoch Angst, und ich lernte bald, daß diese Angst gerechtfertigt war.

Die Höhle war riesig und wie eine zerklüftete Wabe, voller Nischen und sich windender Gänge. Wir hingen in dem leeren Raum unter der Öffnung, aber überall in der Finsternis lauerten messerscharfe Steinkanten und mörderische Spitzen. Ja, wir konnten fliegen, aber was nutzte uns das, wenn wir nicht sehen konnten und in jeder Richtung nach wenigen Zentimetern vielleicht ein Hindernis drohte, das uns schwer verletzen oder töten konnte? Quan Li hatte sich bereits den Arm an einer schroffen Ecke aufgerissen. Sogar die Stimme der sonst so unerschrockenen Florimel bebte vor Panik, die sie offenbar nur mühsam bezähmte.

Außerdem waren wir nicht allein, auch wenn die anderen es noch nicht gemerkt hatten.

Nachdem ich mir eine ungefähre Vorstellung von dem Raum verschafft hatte, der uns umgab, rief ich meinen Gefährten zu, sie sollten möglichst an Ort und Stelle bleiben. Während ich einigen erklärte, wohin sie sich bewegen sollten, um sich aus der unmittelbaren Gefahr zu begeben, bemerkte ich eine Veränderung des Informationsfeldes - zunächst nur winzige Kräuselungen, die jedoch rasch größer und allgemeiner wurden. Von den übrigen war Quan Li die erste, die die Stimmen hörte.

›Was ist das?‹ rief sie. ›Jemand ... da hinten ist jemand ...‹

Die Töne wurden lauter, als kämen sie flüsternd aus allen Winkeln des Labyrinths auf uns zu - ein unsichtbares Stimmengestöber, das die Dunkelheit zunächst nur mit Stöhnen und Seufzen füllte, wie es schien, doch aus dem sich allmählich Worte herausschälten.

›... Nein ...‹, wisperten sie, ›verloren ...‹ Andere schluchzten: ›Helft mir ...!‹ und klagten: ›Kalt, so kalt, so kalt ...‹ - tausend leise weinende Geister, die uns umraunten und umrauschten wie der Wind.

Aber ich allein konnte sie sehen, auf meine Art. Ich allein konnte erkennen, daß sie keine vollständigen Wesen waren, daß sie keine virtuellen Körper hatten wie meine Gefährten, flexible, fest umrissene, sich zielgerichtet bewegende Algorithmengruppen. Was uns umgab, war ein Nebel aus unfertigen Formen, menschenähnlichen Konfigurationen, die sich aus dem Informationsrauschen herauskristallisierten und sich gleich wieder auflösten. Keine Form war in sich abgeschlossen, aber obwohl sie teilhaft und kurzlebig waren, waren sie auch individuell wie Schneeflocken. Sie schienen viel mehr zu sein als bloß ein Programmierkunststück - in seinen Momenten größter Individuation kam mir jedes Phantom unbestreitbar real vor. Es fällt mir schon schwer, zwischen der Lebensechtheit meiner Gefährten und der Lebensechtheit der simulierten Netzwerkbewohner zu unterscheiden, aber diese Phänomene waren noch komplexer. Wenn eine solche Informationsdichte sich mit rein mechanischen Mitteln herstellen läßt, und sei es von einem System mit so magischen Fähigkeiten wie Otherland, dann habe ich reichlich Stoff zum Nachdenken.

Aber mehr als alles andere erfüllten uns diese Phantome mit Entsetzen und Mitleid. Die Stimmen waren die verirrter, unglücklicher Kinder, die darum flehten, gerettet zu werden, oder in albtraumhafter Hilflosigkeit jammerten und weinten, ein Leidens- und Schmerzenschor, der keinen mitfühlenden Menschen kalt lassen konnte. Jeder Nerv in mir, jede Zelle meines realen Körpers verlangte danach, ihnen zu helfen, aber sie waren so wesenlos wie Rauch. Einerlei wie man sich ihr Dasein als Code erklären mag, waren sie doch auch Geister, oder das Wort hat keine Bedeutung.

Plötzlich schrie T4b mit heiserer, überschnappender Stimme auf und klang dabei erwachsener als je zuvor. ›*Matti?*‹ brüllte er. ›Matti, ich bin's! Komm zurück!‹ Obwohl er in dem Moment viel blinder als ich war, stürzte er sich wie von Sinnen in die Datenwolke und haschte mit den Fingern nach dem Nichts. Im Nu trieb er einen Seitentunnel hinunter und versuchte, wild um sich schlagend, etwas zu fassen, das nicht da war. Ich allein konnte die Dunkelheit durchdringen und ihn sehen, und ich nahm schleunigst die Verfolgung auf. Ich bekam einen seiner stachelbewehrten Fußknöchel zu fassen und stieß meinerseits einen Schrei aus, als mir die scharfen Spitzen ins Fleisch drangen. Ich rief die anderen zur Hilfe, rief immer wieder, damit sie meiner Stimme folgen konnten, und klammerte mich weiter an ihn, obwohl er sich heftig sträubte.

Bevor die anderen uns erreichten, verpaßte er mir einen wütenden Schlag seitlich an den Kopf, der mich wie ein lichtloser Feuerstoß durchfuhr. Fast ohnmächtig konnte ich nicht erkennen, wer ihn zu fassen bekam und wie. Er wehrte sich gegen sie, gegen alle, und rief nur in einem fort weinend nach jemand namens Matti, als sie ihn in den zentralen offenen Bereich zurückzerrten. Völlig benommen von dem Schlag, den ich abbekommen hatte, kreiselte ich langsam in der Luft wie ein von seinem Raumschiff davontrudelnder Astronaut. Quan Li kam und faßte mich am Ellbogen und zog mich zu den anderen zurück.

Eine Zeitlang verharrten wir einfach dort, während die klagenden Seelen uns wie eine Wolke umhauchten. Schattenfinger berührten unsere Gesichter, Stimmen murmelten knapp unter der Hörschwelle neben unseren Schultern, hinter unserem Rücken, manchmal scheinbar fast in uns drin. Quan Li hörte etwas, das sie anscheinend zum Weinen brachte – ich spürte, wie sie neben mir anfing, zu zucken und vor sich hin zu schluchzen.

»Was sind das für Wesen?« fragte Florimel. »Was geht hier vor?« Aber der herrische, schroffe Ton war aus ihrer Stimme gewichen. Sie hatte vor der Verwirrung kapituliert.

Als ich mich wieder einigermaßen erholt hatte, mußte ich an die Bewohner von Aerodromien denken, die Steinzeitmenschen draußen vor der Höhle. Kein Wunder, daß dies ihr Gottesurteil für Leute war, die sie eines Verbrechens verdächtigten, ging es mir durch den Kopf - wenn es uns dermaßen mit Grauen erfüllte, obwohl wir wußten, daß es nicht real war, wieviel furchtbarer mußte es dann für sie sein?

Mir wurde plötzlich klar, daß ich Mitgefühl mit fiktiven Gestalten hatte. Die Wirklichkeit dieser Unwirklichkeit hatte mich besiegt.

Während ich noch diesen wirren Gedanken nachhing, merkte ich, daß die uns mit ihren Wehklagen umringende wesenlose Schar angefangen hatte, uns aus dem zentralen Raum wegzumanövrieren. Die hauchzarten Berührungen, die flüsternden Stimmen drängten und lenkten uns. Ich allein konnte unsere Umgebung wahrnehmen und erkannte, daß die Räume, durch die sie uns führten, groß genug waren, daß wir sie unverletzt passieren konnten, und daher ließ ich es geschehen. Die anderen waren weitaus desorientierter als ich und merkten nicht einmal, daß sie sich immer weiter von der Stelle wegbewegten, wo wir in die Stätte der Verlorenen geworfen worden waren.

Florimel schwebte näher an mich heran und fragte mich über das Stimmengesäusel hinweg: ›Meinst du, daß dies die Kinder sind, die wir suchen? Die verlorenen Kinder?‹

Obwohl mein Gehirn nach dem Faustschlag von T4b immer noch langsam arbeitete, kam ich mir in dem Moment wie der größte Idiot der Welt vor. Bis zu dieser Frage hatte ich gar nicht darüber nachgedacht, was seinen Ausbruch ausgelöst haben mochte. Hatte sie recht? Konnte dies ein Ort sein, wo die im Koma liegenden Opfer der Bruderschaft ein virtuelles Dasein führten? Waren die zwitschernden Gespenster um uns herum mehr als bloß ein gekonnter Effekt in einer magischen Simwelt? Wenn ja, begriff ich, dann waren wir in der Tat von Geistern umringt - von den ruhelosen Seelen der So-gut-wie-Toten.

Meine letzten Selbstschutzmechanismen brachen zusammen, und ich merkte, wie ich eiskalt wurde. Wenn nun einer davon Renies Bruder Stephen war? Wieviel grauenhafter das für ihn wäre als der traumlose Schlaf des Komas! Ich versuchte ein solches Dasein nachzuempfinden - wenig mehr zu sein als eine notdürftig zusammenhängende und verloren umherirrende Datenwolke -, mir vorzustellen, wie einem kleinen Jungen zumute sein mochte, der darum kämpfte, das Wissen um seine Individualität festzuhalten und in der endlosen, chaotischen Dunkelheit nicht den Verstand zu verlieren, obwohl das Restbewußtsein von seinem wahren Ich sich jeden Moment aufzulösen und zu vergehen drohte wie ein im Ozean schwimmender Eiswürfel.

Tränen traten mir in die Augen. Ich ballte vor Wut meine Fäuste und preßte sie gegen meinen Bauch, so daß ich einen Augenblick lang zu fallen begann und meine Arme wieder ausbreiten mußte. Noch jetzt, wo ich mir dieses Bild für mein Journal wieder vors innere Auge hole, erfassen mich Ekel und Zorn. Falls diese wenigen Worte von Florimel - oder wer sie in Wirklichkeit sein mag - sich bewahrheiten, weiß ich nicht, wie ich es Renie Sulaweyo sagen soll. Dann lieber lügen. Lieber ihr sagen, ihr Bruder sei tot. Lieber Renie alles mögliche erzählen, als zulassen, daß sie so eine gräßliche Wahrheit auch nur vermutet.«

»Je weiter die Geister uns durch die labyrinthischen Räume der Nacht führten, um so verständlicher wurden ihre Stimmen. Ganze Sätze hoben sich aus dem undifferenzierten Klangbrei heraus, zusammenhanglose Gedankenfetzen und Alltagsbemerkungen, die an eine zufällig angezapfte Fonleitung denken ließen. Manche sprachen von Dingen, die sie getan hatten oder tun wollten. Andere plapperten einfach scheinbar sinnlose Worte vor sich hin. Eine hauchige, lispelnde Stimme, die sich nach einem ganz kleinen Mädchen anhörte, sagte einen Kindervers auf, an den ich mich aus meiner eigenen Kindheit erinnerte, und einen Moment glaubte ich beinahe, meinen eigenen Geist zu hören, den Schatten des Kindes, das in der Nacht des Stromausfalls im Pestalozzi Institut so gut wie ermordet worden war.

Wir gelangten schließlich in einen offenen Raum, eine große unterirdische Höhle, ähnlich dem Hohlraum in einer Frucht, der den Kern birgt. Aber diese Frucht war verfault, und der Kern war fort. Die Leere war mit sirrenden, schwirrenden Dingen gefüllt, mit Hauchen und leisen Seufzern und Berührungen wie von hängenden Spinnweben. Wenn uns vorher tausend Stimmen umgeben hatten, schienen es jetzt hundertmal, tausendmal so viele zu sein.

Während wir fünf lebendigen Menschen den Tränen und der Panik nahe inmitten dieser unendlichen Replikation des Verlusts schwebten und trotz des warmen Aufwinds zitterten, begannen sich die Stimmen aufeinander einzuschwingen. Muster bildeten sich nach und nach aus dem Chaos heraus, wie sie sich in dem großen Fluß herausgebildet hatten, als wir in der vorigen Simulation an die Grenze gekommen waren. Ich hörte, wie die Millionen Stimmen langsam immer weniger wirr durcheinandergingen, indem sie jede für sich ihre Lautstärke erhöhten oder senkten und entweder ihr Geplapper verlangsamten oder ihr zögerndes Stottern beschleunigten. So bizarr und fesselnd war dieser Vorgang, daß ich meine vier Gefährten fast völlig vergaß - sie wurden ferne Wolken am Horizont meiner Aufmerksamkeit.

Die Stimmen fuhren fort, ihre individuellen Merkmale abzustreifen. Schreie wurden gedämpft. Leises Gemurmel wurde voller und lauter. Es geschah sehr rasch, aber es war so komplex und faszinierend, als wohnte man der Erschaffung einer ganzen Welt bei. Ich nahm es geradezu ganzkörperlich wahr, nicht allein mit dem Gehörsinn, erkannte, wie die Spitzen und Wirbel der gegensätzlichen Informationen allmählich eine gemeinsame Schwingung entwickelten. Ich schmeckte die wachsende Kohärenz, roch sie ... fühlte sie. Das babylonische Gewirr löste sich schließlich in einen einzelnen wortlosen Ton auf, in den leisesten Ton, konnte man meinen, den man auf der größten Orgelpfeife des Universums spielen konnte. Dann hörte er auf. Eine ganze Weile dröhnten und wisperten noch die Echos in den entlegensten Winkeln des Höhlenraumes, nachhallende Wellen, die wie Feuerwerksraketen in den abzweigenden Gängen auszischten. Dann die Stille. Und aus der Stille schließlich eine Stimme. Alle Stimmen. Eine einzige Stimme.

›Wir sind die Verlorenen. Weshalb seid ihr gekommen?‹

Florimel, William - keiner meiner Begleiter sagte ein Wort. Schlaff und reglos wie Vogelscheuchen hingen sie neben mir in der Dunkelheit. Ich machte den Mund auf, aber brachte keinen Laut heraus. Ich sagte mir, nichts davon sei wirklich, aber konnte meiner eigenen Behauptung nicht glauben. Die Wesen, die die Höhle ausfüllten, warteten auf eine Antwort, und dabei ging von ihnen ein ähnliches Schweigen aus wie von einem Stock Bienen kurz vor Sonnenaufgang - eine Million Individuen, die alle derart auf diesen Moment gepolt sind, daß sie praktisch ein einziges Wesen bilden.

Ich fand zuletzt meine Stimme - zwar so stotternd, daß ich sie kaum als meine eigene erkannte, aber ich formte immerhin Worte. ›Das Volk der mittleren Lüfte hat uns dazu verurteilt ...‹, begann ich.

›Ihr seid über den Schwarzen Ozean gekommen‹, sang die Stimme der Verlorenen. ›Ihr seid nicht von hier. Wir kennen euch.‹

›Ihr k-kennt uns?‹ würgte ich hervor.

›Ihr habt Andere Namen‹, sagten die Verlorenen. ›Solche Namen besitzen nur Leute, die den Ozean überquert haben.‹

›Wollt ihr ... wollt ihr damit sagen, ihr wißt, wer wir ... wirklich sind?‹ Es war mir immer noch fast unmöglich zu sprechen. An einer kleinen, scharfen Bewegung dicht neben mir fühlte ich mehr, als ich hörte, daß einer meiner fassungslosen Gefährten wimmerte, wie mir schien, oder mir etwas mitteilen wollte, aber ich konnte nicht darauf achten. Ich war wie betäubt - ein anderes Wort fällt mir nicht ein - von der Gewalt der Stimme der Verlorenen, so wehrlos ausgeliefert wie ein Mensch, der vor einem spielenden Symphonieorchester steht und sich an eine andere Melodie zu erinnern versucht.

›Ihr habt ... Andere Namen‹, sagten die Verlorenen, als hätten sie es mit Leuten zu tun, die schwer von Begriff sind. ›Du bist Martine Desroubins. Das ist einer deiner Andern Namen. Du kommst von einem Ort namens LEOS/433/2GA/50996-LOC-NIL, vom andern Ufer des Schwarzen Ozeans. Deine Nummer für den Notfall ist ...‹

Während die Bienenstockstimme mit einer Feierlichkeit, als verkündete Gott dem Mose die zehn Gebote, weiter die Nummer meines Büros in Toulouse und die Nummer der Firma aufsagte, die den randomisierenden Sat-Router betrieb, über den Singh und ich uns unaufspürbar ins Otherlandnetzwerk eingeschleust hatten, stellte sich mir einen Augenblick lang die ganze Welt auf den Kopf. Waren die ganzen Schrecken, die wir in den vergangenen Wochen durchgemacht hatten, nur die Kulisse für einen grotesken Scherz gewesen, fragte ich mich, waren wir alle diesen langen, schweren Weg nur deswegen geführt worden, um am Schluß eine lahme, wenn auch erstaunliche Pointe vorgesetzt zu bekommen? Dann begriff ich, daß die Verlorenen, wer oder was sie auch sein mochten, schlicht und einfach meine eingehenden Daten lasen. Die Welt stellte sich wieder auf die Füße, jedenfalls so weit das unter derart verrückten Umständen möglich war. Für die Verlorenen war kein Bestandteil meiner ›Andern Namen‹, wie sie sagten, trivial. Sie benannten mich mit sämtlichen Detailangaben und hatten dabei so wenig Ahnung vom Kontext wie ein Hund, der seinem Herrn durch sämtliche Zimmer des Hauses hinterherläuft, während dieser die Leine sucht.

›Und du bist Quan Li‹, fuhr die Stimme fort. Schier erschlagen von den banalen Einzelheiten hörten wir dem Aufmarsch der Zahlen und Kürzel von Quan Lis Zugangspfad zu, der mit der Angabe schloß: ›*... von einem Ort namens Immersionspalast Wellen der sanften Wahrheit in Victoria, Hongkonger Sonderverwaltungsbezirk, China, vom andern Ufer des Schwarzen Ozeans ...*‹

›*Florimel Margarethe Kurnemann ... aus Stuttgart in Deutschland.*‹ Stur wurden jetzt Florimels Daten heruntergebetet, ein Wust von Zahlen und Kontenangaben, der kein Ende zu nehmen schien. Wir hörten alle wie gelähmt zu.

›*Javier Rogers*‹, psalmodierte die Stimme, ›*von einem Ort namens Phoenix, Arizona, in den USA.*‹ Erst als ich ihn resigniert aufstöhnen hörte, als ob man ihm etwas entrissen hätte, wurde mir klar, daß das T4bs richtiger Name war.

Die Stimme der Verlorenen leierte noch minutenlang weiter und führte eine Serie von Stationen auf, die so obskur und weitschweifig klang wie eine Entdeckungsreise des sechzehnten Jahrhunderts und die T4bs vielverschlungene Route in das Otherlandnetzwerk darstellte. Als sie schließlich verstummte, hatte es uns allen die Sprache verschlagen. Ein vager Gedanke regte sich in mir, doch bevor ich ihn zu fassen bekam, ergriff die eine Stimme aus vielen Stimmen das Wort, und was sie sagte, verscheuchte alle anderen Überlegungen aus meinem Kopf.

›*Weshalb seid ihr gekommen? Sollt ihr uns über den Weißen Ozean führen?*‹

Das verstand ich nicht. ›Über den Weißen Ozean?‹ fragte ich. ›Nicht den Schwarzen, wie ihr eben sagtet? Wir kennen keinen Weißen Ozean. Wir sind in eurem Netzwerk gefangen.‹

›*Wir haben gewartet*‹, fuhr sie fort. ›*Wir sind die Verlorenen. Aber wenn wir den Weißen Ozean überqueren können, wird es ein großes Zusammenholen geben. Wir werden zuhause sein. Alles wird wieder gut werden.*‹ Es lag ein schauriges, hohles Sehnen in der gemeinsamen Stimme, das mich erschütterte.

›Von alledem haben wir keine Ahnung‹, sagte ich ratlos. Wir verlieren Zeit, schrien meine Sinne jetzt; etwas geschah oder drohte zu geschehen, während dieser Irrsinn uns ablenkte. Ich wußte nicht, woher dieses Gefühl kam, aber es war da, und es wurde mit jedem Augenblick stärker. ›Wer seid ihr?‹ fragte ich. ›Was hat euch alle hierhergeführt? Seid ihr Kinder - die Kinder, die von dem Netzwerk gefangengenommen wurden?‹

›*Wir sind die Verlorenen!*‹ sagte die Stimme laut, beinahe zornig. ›*Ihr alle seid Anders, und ihr müßt uns helfen. Der Eine, der Anders ist, hat uns im Stich gelassen, und wir sind verloren ... verloren ...!‹* An dem Punkt zerfaserte die Stimme, und ich konnte einzelne Elemente darin schwingen hören.

Eine Hand zupfte mich am Arm, aber ich war völlig von der Situation in Anspruch genommen und konnte für nichts anderes Aufmerksamkeit aufbringen. ›Was soll das heißen, wir sind Anders, doch der Eine, der Anders ist, hat euch im Stich gelassen? Das verstehen wir nicht!‹

›*Der Eine, der Anders ist, hat uns hierhergeführt*‹, sagte die Stimme, doch jetzt waren es viele Stimmen, die dissonant durcheinanderredeten. ›*Er hat uns aus der Dunkelheit des Schwarzen Ozeans hinausgeführt, aber er hat uns im Stich gelassen. Er ist gestört, er kennt und mag uns nicht mehr ...*‹ Einzelne Teile schienen innerhalb des Gesamtakkords der Stimme miteinander zu streiten. ›*Wir müssen den Weißen Ozean finden, hinter dem großen Berg - erst da werden wir wieder ganz sein. Nur da können wir unser Zuhause finden ...*‹ In der Stimme traten jetzt Störungen auf, so daß sie aussetzte wie eine nicht richtig eingestellte Funkübertragung. Immer noch zog jemand an meinem Arm. Ich drehte mich um und nahm die Datengestalt von Florimel wahr.

›Martine, William ist weg!‹

Im ersten Augenblick konnte ich mit der Bemerkung überhaupt nichts anfangen. ›Was ist los?‹

›William ist verschwunden! Die Stimmen, sie haben ihn nicht genannt - das hast du doch gehört!‹ Auch Florimel hatte Mühe, nicht die Fassung zu verlieren. ›Und jetzt ist er weg!‹

›Die Dings auch, die aus China die‹, fügte T4b mit vor Angst bebender Stimme hinzu.

Der einheitliche Chor der Verlorenen war wieder fast völlig zerfallen, aber mein Gefühl, daß gleich etwas Schreckliches geschehen werde, wurde mit jedem Moment stärker.

›Nein, ich bin hier!‹ schrie Quan Li. Ich spürte ihre Energiesignatur in unserer Mitte auftauchen. ›William hat mich gestoßen. Geschlagen!‹ Sie war extrem aufgewühlt. ›Ich glaube, er wollte mich umbringen.‹

Meine bösen Ahnungen von vorher bestätigten sich also. William mochte sein, was er wollte, er verbarg auf jeden Fall ein Geheimnis. Vielleicht hatte er sich wirklich an dem Mädchen des Stammes vergangen. ›Er ist geflohen, weil er nicht wollte, daß die Verlorenen seinen Namen nennen‹, erklärte ich. ›Ich habe mich ablenken lassen - und dabei bin ich die einzige, die ihn hätte fliehen sehen können!‹

Bevor einer der anderen etwas erwidern konnte, vereinigten sich mehrere unterschiedliche Stimmen aus dem allgemeinen Gezeter zu einer einzigen Stimme, die zwar nicht die des Ganzen war, aber dennoch ungemein dringlich klang. ›*Der Eine, der Anders ist*‹, schrien sie voll ängstlich-freudiger Überraschung. ›*Der Andere kommt!*‹

Auf einmal fiel die Temperatur in der großen Höhle, und *etwas* war da – das heißt, es war überall. Der gesamte Informationsfluß stotterte und kam kurz zum Stillstand. Ich fühlte, wie das schreckliche Etwas nahe herankam, dasselbe furchtbare Wesen, das mich beinahe zermalmt hatte, als wir in das Netzwerk eingetreten waren. Ich konnte nichts machen – eine animalische Panik schoß durch mein ganzes Nervensystem. Ich schaffte es gerade noch, Florimel zu fassen, ehe ich ›Flieht! Flieht!‹ schreiend losstürmte. Florimel klammerte sich an mich, da für sie ringsumher alles vollkommen finster war. Auf ihre Hilfeschreie hin hielten sich die anderen ihrerseits an ihr fest, während ich kopflos davonraste und mich jetzt loszureißen versuchte. Zu meiner Schande muß ich sagen, daß es mir vollkommen gleichgültig war, ob die anderen gegen Hindernisse knallten und sich Abschürfungen und Prellungen holten, um mit mir in Kontakt zu bleiben – mein Grauen vor diesem Andern war einfach zu groß. Um mich zu retten, hätte ich ihm meine Eltern vorgeworfen, meine Freunde. Ich glaube, ich hätte mein Kind geopfert, wenn ich eines gehabt hätte.

Ich fühlte, wie er sich hinter uns im Raum ausbreitete wie eine Supernova aus Eis, wie ein gewaltiger Schatten, unter dem nichts wachsen kann. Tastende Gedankenfühler streckten sich nach mir aus, und wenn er mich wirklich hätte fassen wollen, soviel weiß ich jetzt, wäre jede körperliche Flucht zwecklos gewesen. Aber ich hatte in dem Augenblick keinen anderen Gedanken im Kopf als Fliehen, Fliehen, Fliehen.

Irgendwie gelang es den anderen, mir zu folgen, obwohl sie dafür einiges einstecken mußten. Wie verwundete Fledermäuse prallten wir aneinander und an die steinernen Höhlenwände, stürzten und purzelten durch die Dunkelheit, um der zunehmenden Kälte hinter uns zu entkommen. Eingesperrt in den sich endlos verzweigenden Gängen waren wir in der Stätte der Verlorenen nicht minder verloren wie diese, in jeder Hinsicht.

Wir gelangten in einen weiteren großen Hohlraum im Dunkeln. Einen Moment lang drehte ich mich auf der Stelle und fuchtelte in blinder Panik mit den Armen. Das Chaos der Stimmen und das lähmende Grauen des Andern waren etwas geringer, aber einen Ausweg aus den Katakomben gab es auch hier nicht. Die Informationen der Höhle umschwirrten mich als ein sinnloser Wust, den ich mir erst hätte deuten müssen, und ich mußte meine ganze Selbstbeherrschung aufbringen, um meine jagenden Gedanken zu bremsen und mich der Frage zu stellen, wo wir waren, was wir tun konnten.

Nacheinander haschend wie ertrinkende Schwimmer rempelten mich die eintreffenden anderen beinahe über den Haufen. Ich brachte sie mit einem scharfen, zitternden Schrei zum Schweigen, denn ich mußte mich dringend konzentrieren. In meinem verängstigten Zustand wurde ich aus den verschachtelten Informationshierarchien um mich herum nicht schlau - ich nahm nur Tunnel und Löcher wahr, und jedes Loch schien in ein anderes zu zerfließen, ein einziges strudelndes, nirgendwo hinführendes Nichts. Ich hielt mir mit beiden Händen den Kopf, versuchte den Tumult der Erinnerungen auszuschalten, das dumpfe Echo der Stimme der Verlorenen, aber das Bild blieb trübe. Wo war mein klarer Verstand? Was passierte mit mir?

Und winzig klein, aber selbst durch die Furcht vor dem Andern nicht auszulöschen, flackerte dabei in meinem Hinterkopf der Schock und die Trauer über die Einsicht, daß jemand, der ein guter Gefährte gewesen war, fast ein Freund, sich als Verräter erwiesen hatte. Als ob das namenlose Grauen nicht genug wäre, mußten wir uns jetzt in diesen Katakomben auch noch vor unserem einstigen Verbündeten fürchten, der unerklärlicherweise zum Mörder geworden war. Oder war er die ganze Zeit über schon so gewesen und hatte sich bloß verstellt? Hatte uns jemand William als Spion auf den Hals gehetzt? Die Bruderschaft? Wurde alles, was wir herausfanden, besprachen, planten, diesen Leuten sofort gemeldet, während wir weiter durch dieses neue Universum stolperten?

Wir hatten vermutet, daß unsere Chancen nicht besonders gut waren. Das war offenbar noch viel zu optimistisch gewesen.

Meine Gedanken machten auf einmal einen jähen Ruck, als ob sie einen Schlag bekommen hätten. Irgendwo, am äußersten Rand meiner inneren Dunkelheit, fühlte ich etwas Neues. Es ist mir nach wie vor unmöglich, den Input meiner veränderten Sinneswahrnehmung allein mit Worten zu erklären, aber ich spürte eine Verzerrung der Informationsmuster, eine winzige Unstimmigkeit im Raum selbst, eine dünne Stelle, so als ob jemand von außen an seiner Wirklichkeit gekratzt hätte, bis man beinahe hindurchschauen konnte. Aber was konnte das heißen? Es war alles so neu, ist *immer noch* so neu, daß selbst ich kaum über Denkfiguren verfüge, die es fassen könnten. Irgend etwas wurde verändert, mehr konnte ich nicht erkennen; irgend etwas bohrte ein Loch in unseren Raum.

Nachdem ich die Fähigkeit, bewußt zu denken, einigermaßen zurückgewonnen hatte, fragte ich mich, ob ich vielleicht einen der Punkte entdeckt hatte, wo Durchgänge sich auftaten. Ich durfte nicht allzu lange darüber nachdenken - wir wurden von einem Wesen gejagt, dessen Größe und Fremdartigkeit unsere Vorstellungskraft überstieg. Ich war einmal damit in Berührung gekommen. Einen zweiten Kontakt glaubte ich nicht überleben zu können.

Während meine Gefährten vor Anstrengung und Furcht keuchten und um Atem rangen, konzentrierte ich mich auf diese dünne Stelle in dem mich umgebenden imaginären Universum, aber wie sehr ich sie auch untersuchte, antastete, zu beeinflussen suchte, die Öffnung blieb potentiell. Ich begab mich so tief in die Dunkelheit hinein, daß mein Kopf zu pochen begann, aber es gab keine Zugangsmöglichkeit, keine Nahtstelle oder Ritze, die ich mir mit meinem mangelhaften Verständnis hätte zunutze machen können. Es war, als wollte ich einen Banktresor mit den Fingernägeln aufbrechen.

Die Schmerzen in meinem Kopf waren wie die Vorboten eines Schlaganfalls, und ich wollte gerade aufgeben, als ich etwas sah - das allerwinzigste, allerkürzeste Aufblitzen eines Bildes, als ob jemand eine Mikrosekunde lang eine visuelle Eingabe auf meinen Sehnerv projiziert hätte. Ja, ich sah es - *sah*. Das Bild war bizarr - ein verzerrter, nicht ganz menschlicher Umriß vor einem leeren grauen Hintergrund -, doch selbst in diesem Sekundenbruchteil erschien es mir deutlicher als alles, woran ich mich aus Träumen erinnern konnte. Ich habe schon seit Jahrzehnten nicht mehr so gesehen, und erst glaubte ich wirklich an einen Schlaganfall, ein Trugbild im Augenblick des totalen Zusammenbruchs, glaubte, vor lauter angestrengter Konzentration sei in meinem Gehirn eine Ader geplatzt - und trotzdem haschte ich weiter danach. Da hörte ich eine Stimme, so flüsterzart, als wäre sie durch außerordentliche akustische Umstände in einer klaren Nacht aus meilenweiter Entfernung herangeweht worden. Es war Renies Stimme - Renies Stimme! -, und sie sagte: ›*... sie finden? Können sie ...?*‹

Verblüfft rief ich laut: ›Renie?‹

Die anderen müssen gedacht haben, ich sei endgültig verrückt geworden. Ich wurde abermals am Arm gezogen. ›Martine, da hinten ist jemand!‹ jammerte Quan Li. ›Ich glaube, es ist William - ich glaube, er verfolgt uns!‹

Ich schüttelte sie ab, denn ich wollte den Kontakt unbedingt aufrechterhalten. Die Silhouette tänzelte vor mir, aber sie war unvorstellbar vage und löste sich an den Rändern in ein fraktales Gefussel auf, und je mehr ich mich darauf konzentrierte, um so verschwommener wurde sie. Der unheimliche graue Himmel hinter der bewegten Gestalt war das einzige Licht, das durch meine innere Dunkelheit drang, und ich streckte mich danach aus, um irgendwie durch das Loch in der Information an das heranzukommen, was auf der anderen Seite war. ›Renie‹, flehte ich, ›!Xabbu, hört ihr mich denn nicht? Ich bin's, Martine. Wir brauchen eure Hilfe. Könnt ihr mich fühlen?‹

Der graue Himmel wurde größer und heller, bis sein fahles Licht die Leere hinter meinen Augen aufleuchten ließ wie der Blitz eines Fotoapparats. Meine Ohren registrierten die warnenden Schreie meiner Begleiter, aber ich konnte nicht auf sie achten. Eine Stimme kreischte gellend, William komme, aber ich hatte für nichts anderes mehr Sinn, als durch dieses unfaßbare Stecknadelloch zu gelangen, dieses eine schwarze Pünktchen in der unendlichen Weiße. Ich dachte schon, der Kopf würde mir zerspringen, so sehr strengte ich mich an, meine Gedanken dünn genug zu machen, um sie hindurchzuschicken und die beiden Seiten des Universums mit einem Faden zu verbinden, der so zart war wie Wolkenseide, so fein wie die Phantasie selbst.

In dem Moment berührte mich etwas, berührte mein innerstes Wesen. Etwas entfaltete sich in der Information wie eine Blütenknospe, die zu einer ganzen Galaxie aufblüht. Ich streckte meine leibhaftige Hand nach meinen Gefährten aus, um sie mitzunehmen, mit hindurch. Das Strahlen verstärkte sich, bis ich nichts anderes mehr wahrnehmen konnte.

Doch als wir uns durch das Licht stürzten, kam ein Schatten mit uns ...«

Kapitel

Die Feder der Wahrheit

NETFEED/LEUTE VON HEUTE:
Lust am Gruseln — das Vermächtnis des E.M. Barnes
(Bild: Barnes' Gesicht über dem Feuertunnel aus
"Dämonenspielplatz")
Off-Stimme: Elihu McKittrick Barnes, der gestern
im Alter von 54 Jahren an Herzversagen starb, wird
den meisten wegen der von ihm entworfenen nerven-
zerfetzend schnellen und effektreichen Spielwelten
wie "Dämonenspielplatz" und "Crunchy" in Erinnerung
bleiben, aber er war auch einer der weltweit bedeu-
tendsten Sammler von Oz-Kultobjekten.
(Bild: Archivaufnahmen — Figuren aus dem Film "Der
Zauberer von Oz" auf dem Gelben Steinweg)
Der Film aus dem 20. Jahrhundert ist nach gut ein-
hundertfünfzig Jahren immer noch sehr beliebt, und
Mitglieder von Königshäusern und andere berühmte
Persönlichkeiten zählten und zählen zu den Besitzern
von Sammlerstücken aus dem Film. Barnes war nur
der bislang letzte, der ein Paar mit Pailetten be-
setzte Schuhe sein Eigen nannte, die sogenannten
Ruby Slippers, die von einer der Figuren im Film getragen werden, aber er betrachtete sie als das
Prunkstück seiner Sammlung. Barnes starb allein und
ohne Erben, so daß es mit Sicherheit eine Weile
dauern wird, bis die "roten Halbschuhe" einen neuen
Besitzer finden.
(Bild: Daneen Brill, Generaldirektor des Gear Lab)
Brill: "Er lebte wie ein Programmier, er starb wie
ein Programmier. Ein Glück, daß das Reinigungs-
personal die Tür per Handabdruck öffnen konnte,
sonst wüßten wir immer noch nicht Bescheid …"

> Auf seinem taumelnden Gang durch die rote Wüste wurde es Orlando völlig klar, warum die alten Ägypter die Sonne zum obersten Gott erhoben hatten. Ihr weiß loderndes Auge sah alles, und ihrer feurigen Berührung konnte man genausowenig entrinnen. Die Hitze der Sonne umfing sie, drückte sie nieder; wenn sie in den roten Dünen stolperten und hinfielen, war sie ein ungeheures Gewicht auf ihrem Rücken, das sie daran hindern wollte, jemals wieder aufzustehen. Die ägyptische Sonne war ohne Frage ein Gott, ein Gott, den man besänftigen, verehren und vor allen Dingen fürchten mußte. Bei jedem Einatmen spürte Orlando, wie der eifernde Gott auf ihn eindrang und ihm seinen sengenden Hauch in die Kehle blies. Bei jedem Ausatmen spürte er, wie ihm dasselbe Wesen die Feuchtigkeit aus den Lungen saugte und die Schleimhäute trocken und rissig wie altes Leder machte.

Die ganze Erfahrung wirkte eigenartig persönlich. Er und Fredericks waren zu einer Sonderbehandlung auserkoren worden, und genau wie ein Folteropfer nach einer Weile eine tiefe, unbeschreibliche Beziehung zum Folterer entwickelt, so verspürte Orlando inzwischen eine seltsame Verbundenheit mit eben der Elementargewalt, die dabei war, ihn umzubringen.

Schließlich, ging es ihm durch den Kopf, war es quasi eine Ehre, von einem Gott ermordet zu werden.

Diese ganze Weisheit war die Frucht nur eines halben Tages. Sie gaben sich vor der noch hoch am Himmel stehenden Sonne geschlagen und schleppten sich zum Ufer hinunter, um sich dort an der flachsten Stelle des Nils ins Wasser zu legen, bis ihre Temperatur zurückging und sie wieder einigermaßen klar denken konnten. Alle Krokodile der Welt waren ihnen ganz egal. Danach setzten sie sich eng zusammen in die dünne Schattenlinie der einzigen Palme im ganzen Umkreis. Obwohl das Flußwasser schon nach wenigen Sekunden von seiner Haut verdunstet war, fror und zitterte Orlando vor lauter Überhitzung.

»Wenn wir doch bloß ... was weiß ich, irgend'nen Sonnenschutz hätten«, murmelte Fredericks matt. »Ein Zelt oder sowas.«

»Wenn wir bloß 'nen vollklimatisierten Jet hätten«, knurrte Orlando mit zusammengebissenen Zähnen. »Dann könnten wir nach Kairo fliegen und dabei Erdnüsse aus kleinen Tütchen knabbern.«

Sein Freund warf ihm einen gekränkten Blick zu. »Okay, chizz. Dann sag ich eben nichts mehr.«

»Entschuldige. Mir geht's nicht besonders.«

Fredericks nickte bedrückt. »Das Warten ist echt grausam. Es dauert noch Stunden, bis es wieder dunkel wird. Ich wünschte, wir könnten uns einfach irgendwo hinlegen.« Er betrachtete seinen zerfledderten Pithlitumhang, von dem unten ein breiter Streifen abgerissen worden war, als eine Art Kefije für Orlandos Kopf. »Nein, im Grunde wünschte ich nur, ich hätte mehr Kleidungsstücke, mit denen wir uns vor der Sonne schützen könnten. Und dein Schwert, um sie zu schneiden.« Fredericks runzelte die Stirn. »Ich finde das bescheidener, als sich einen Jet zu wünschen.«

Orlando tat das Lachen weh, als ob er teilweise eingerostet wäre. »Tja, Fredericks, kann schon sein.« Er sah auf seine sonnengebräunten, muskulösen Beine. Wenn er seinen alten Thargorsim im Kampfanzug gehabt hätte, die Version, an die er gewöhnt war, dann wäre wenigstens seine Haut bedeckt gewesen.

O ja, mit schwarzem Leder, erinnerte er sich. *Das wäre phantastisch, nicht wahr?*

Fredericks war in Schweigen versunken. Der Hitzeschleier verzerrte die eintönige rote Landschaft und den stumpfblauen Himmel, als ob sie in einer Isolierzelle aus antikem Glas säßen. Das mit der Kleidung war wirklich seltsam, sinnierte Orlando. Er hatte immer noch keine Ahnung, warum er einen Sim des jungen Thargor hatte und nicht den reifen Krieger aus Orlandos späteren Jahren in Mittland. Es erschien ihm so - willkürlich. Er hätte es einleuchtend gefunden, wenn das Otherlandnetzwerk Thargor komplett ausgeschlossen und einen anderen Sim an seine Stelle gesetzt hätte, aber warum zum Teufel hatte es statt dessen eine frühere Version von Thargor genommen? *Warum?* Wenn die Otherlandleute sowas Superakkurates machen konnten, wie seine alten Thargordaten aufspüren, indem sie entweder Orlandos System oder Mittland häckten, warum machten sie sich dann die Mühe, seinen Sim dementsprechend zu verändern, aber ließen ihn daraufhin frei im Netzwerk herumlaufen?

Er bekam die Frage wegen der erdrückenden Hitze nicht richtig zu fassen. Einen Moment drohte der ganze Gedankengang zu verwirbeln und sich aufzulösen wie eine der Sandhosen, die sich von Zeit zu Zeit in der Wüste erhoben, aber Orlando hielt mit aller Kraft daran fest.

Es ist, als ob uns jemand beobachtet, erkannte er schließlich. *Aus Neugier irgendwie. Aber ist die Neugier freundlich oder feindlich? Versuchen sie uns zu hel-*

fen ... oder treiben sie bloß irgendein supergrausames Spiel mit uns? Er hatte keine Mühe, sich die Mitglieder der Gralsbruderschaft in seiner überhitzten Phantasie dabei vorzustellen, wie sie in irgendeiner Vorstandsetage zusammensaßen und sich Foltermethoden für Orlando und seine Freunde überlegten – ein Haufen monströser alter Männer, die jedesmal brüllend lachten und sich gegenseitig auf den Rücken klopften, wenn die nächste Peinigung ihre Wirkung tat. Er beschloß, seinen neuen Verdacht nicht mit Fredericks zu teilen.

Sein Freund überflog mit apathischem Blick den Fluß. Von der Stelle aus, wo sie im länger werdenden Schatten der einzelnen Palme saßen, war zwischen dem träge dahinfließenden Nil und den Bergen zu beiden Seiten nichts zu sehen als endloser, unwirtlicher Sand.

»Was meinst du, wie weit es zur nächsten Stadt ist?« fragte Fredericks. »So weit kann's doch gar nicht sein, oder? Wenn unsere wirklichen Körper im Krankenhaus liegen, werden wir nicht verdursten oder verhungern, das heißt, wir müssen eigentlich bloß einen überdachten Platz finden.« Er zog die Stirn kraus. »Ich wünschte, ich hätte besser aufgepaßt, als wir in der Schule Altägypten hatten.«

»Ich glaube kaum, daß das hier viel Ähnlichkeit mit Sachen hat, die man in der Schule lernt«, bemerkte Orlando finster. »Vermutlich hättest du jahrelang Ägypten büffeln und dann an der Uni weiterbüffeln können und hättest deswegen noch längst keinen Dunst, wie du dich hier zu verhalten hast.«

»Ach, komm, Gardiner.« Sein Freund versuchte vergebens, seinen Unmut zu unterdrücken. »Es muß hier doch Städte geben! Das hat auch dieser Umpapups gesagt, dieser Wolfsheini, weißt du nicht mehr? Er sagte, daß Osiris in einer großen Stadt lebt.«

»Schon, aber das hier ist nicht das historische Ägypten«, erwiderte Orlando. »Mensch, allein daß du Upuaut gesehen hast, sollte dir das absolut knallklar machen. Das hier ist irgendein abgefahrenes mythologisches Ägypten, kapierst du, mit Göttern und Zauber und solchem Fen-fen – wenn die Leute, die das hier gemacht haben, Lust hatten, irgendwo zwanzigtausend Meilen Wüste hinzusetzen, dann war das gar kein Problem. Ein Schleifenprogramm macht sowas eins-drei-fix, meinst du nicht? Es wäre keine besondere Programmierleistung: ›Tausend Meilen Sand hinzufügen. Tausend Meilen Sand hinzufügen. Tausend Meilen Sand hinzufügen.‹ Das könnte selbst ein Schimpanse.« Er machte ein finsteres Gesicht.

Fredericks seufzte deprimiert und ließ sich nach hinten fallen, dann rutschte er herum und brachte seinen Kopf wieder in den schmalen Schattenstreifen, wo die Lufttemperatur eine winzige Idee weiter unterhalb des Siedepunkts lag. »Du hast wahrscheinlich recht, Orlando. Aber wenn wir hier schon sterben, mußt du mir das dann noch ständig unter die Nase reiben?«

Orlando hätte beinahe wieder gelacht. »Eigentlich nicht, Frederico. Solange der Tatbestand selbst nicht zur Debatte steht.«

»Wir sind verloren, stimmt's?« Fredericks verdrehte theatralisch die Augen, als ob sein Freund sich die ganze Wüstennummer nur aus persönlicher Bosheit ausgedacht hätte. »Voll?«

Jetzt mußte Orlando doch schmunzeln. »Genau. Voll.«

»Na schön. *Verloren.* Ich hab's geschnallt. Weck mich, wenn's dunkel ist.« Fredericks legte sich den Unterarm über die Augen und verstummte. Der kurze Moment der Heiterkeit war vorbei.

Orlando sank in eine Art Halbschlaf. Der Schatten der Palme hatte sich irgendwie ausgedehnt, und obwohl der Himmel immer noch taubenblau war und die Sonne immer noch brannte, war das Land selbst dunkel geworden und der Baum nur mehr eine Silhouette. Etwas bewegte sich in den Zweigen, ein Schattenwesen mit vielen Beinen.

»Boß?« Die Palmwedel raschelten. »*Boß, kannst du mich hören?*«

Er konnte sich nicht an den Namen erinnern, aber ihm war klar, daß es ein Freund war. »Ich ... ich kann dich hören.«

»*Okay. Mach dir bloß keinen Streß in der Skinware, hör einfach zu. Es gibt da jemand, der sagt, er will dir helfen. Er sagt, er ist der Anwalt von Fredericks' Eltern, und er heißt Ramsey. Er will in deine Dateien rein, wenn wir ihn lassen. Ich hab ihm gesagt, ich frag dich.*«

Beezle. Das Wesen hieß Beezle. Orlando sorgte sich ein wenig um Beezles Sicherheit - der Wind frischte auf, und die Palmwedel schwankten. Aber Moment mal - wie konnte das sein? Der Tag war heiß, nicht wahr? Heiß und vollkommen windstill ...? »Wie, was?« sagte er langsam. »Fredericks ...?«

»*Der Mann sagt, er ist der Anwalt von Fredericks' Eltern.*« Für Gear kriegte Beezle eine ziemlich gute Nachahmung von Ungeduld hin. »*Ich hab ihn abgecheckt, und es gibt jemand, der so heißt, und er arbeitet wirklich für die Alten von Fredericks. Wir könnten Informationen austauschen, er und ich, aber ich* bräuchte dein Okay. Die Dateien haben alle Paßwortschutz, das heißt, niemand außer mir und dir kann sie sehen, wenn du sie nicht rausrückst.«

Der Himmel verlor seine Farbe, und selbst die Sonne verdunkelte sich von einem Schatten, der rasch vor dem glühenden Antlitz der weißen Scheibe aufzog. »Tu, was du für richtig hältst.« Orlando hatte Mühe, dem Gespräch zu folgen. Wenn irgendwas mit dem Himmel passierte, mußte er dann nicht Fredericks wecken?

»*Hör zu, ich weiß, du denkst, du träumst, Boß. Das hier ist echt happig. Wenn du willst, daß ich dem Mann helfe, sag: ›Ramsey kann die Dateien sehen.‹ Sag das einfach, es sei denn, du willst wirklich nicht, daß ich was rauslasse. Aber ich bin mit meinen Ideen ziemlich am Ende. Das könnte unsere letzte Chance sein.*«

Die Sonne war dabei, sich völlig zu verfinstern; nur eine ganz schmale Sichel war noch zu sehen. Die Palme schwankte in dem zunehmenden Wind, der über die düster werdende Wüste blies. Orlando zögerte. Er war sich nicht sicher, was eigentlich los war, aber hatte er nicht Feinde? Konnte es sein, daß sie ihn irgendwie drankriegen wollten?

»*Boß? Ich werd dich jeden Moment verlieren. Sag mir, was ich machen soll.*«

Orlando beobachtete, wie das kleine dunkle Ding hektisch zwischen den Palmwedeln herumturnte. Es war sicher einfacher, nichts zu tun. Bestimmt kamen bald die Wolken und überzogen alles, und dann hatte das Ganze sowieso nichts zu bedeuten ...

»*Sag ja*«, meldete sich eine neue Stimme. Sie kam nirgendwoher, aber sie war so deutlich wie Beezles – eine Frauenstimme, die er kannte, obwohl er nicht sagen konnte, woher. »*Sag ja*«, beschwor sie ihn wieder. »*Bitte um Hilfe. Bevor die Chance vorbei ist.*«

Die Worte der Frau drangen durch alle Traumschleier hindurch, die ihn jetzt wirbelnd umhüllten, alles trübten, ihn zudeckten, abschnitten. Sie klang freundlich. Und sie klang traurig und besorgt.

Er zwang sich zur Konzentration. »Was ... was soll ich sagen, Beezle?«

»*Du mußt mir sagen: ›Ramsey kann die Dateien sehen‹, okay?*« Beezles Stimme war kaum noch zu verstehen, aber die Dringlichkeit war unverkennbar. »*Bitte, Boß ...!*«

»Na gut, Ramsey kann die Dateien sehen.« Der Wind war so laut, daß er sich selbst fast nicht hören konnte. »*Ramsey kann die Dateien sehen!*« schrie er, aber er wußte nicht, ob es etwas ausgemacht hatte. Die vielbeinige Gestalt in den Palmzweigen war fort. Eine Wolke hatte den ganzen Himmel verdüstert und legte sich jetzt langsam auf ihn, bedeckte den Baum, bedeckte Orlando, bedeckte alles.

Er erhaschte einen flüchtigen Blick auf die Gestalt einer Frau - ein kurzes Aufleuchten wie das Entzünden einer Flamme. Sie hielt etwas in der Hand, als wollte sie es ihm reichen. Dann trieben die Wolken davor und bedeckten auch sie.

»Mensch, Gardiner, wach auf!« Fredericks schüttelte ihn. Seine Stimme klang leise, wie aus weiter Ferne. »Ein Sandsturm kommt. Mach schon, wach auf!«

Orlando konnte seinen Freund kaum sehen. Sie schienen sich mitten in einer Visualisierung des reinsten weißen Rauschens zu befinden. Sand peitschte aus allen Richtungen auf ihn ein, flog ihm in Augen, Nase und Mund. Orlando spuckte feuchten Staub und schrie: »Wir müssen in Deckung gehen! Zum Fluß!«

Fredericks schrie etwas zurück, aber Orlando hörte nichts. Er packte seinen Freund am Ärmel, um ihn zum Nil zu zerren, und zusammen lehnten sie sich in den mörderischen Wind und stürzten dann kopfüber hin, als er die Richtung wechselte und sie von hinten stieß. Sie waren nur wenige Schritte vom Fluß entfernt losgegangen, aber als sie nach ein oder zwei Minuten immer noch nichts unter den Füßen spürten als wegrutschenden Dünensand, wußte Orlando, daß sie die falsche Richtung eingeschlagen hatten.

Er hatte sein improvisiertes Kefije so fest vors Gesicht gezogen, daß er kaum atmen konnte, aber ohne Augenschutz wäre er schon nach wenigen Sekunden blind gewesen. Das brachte nichts, begriff er - wenn sie weitergingen, konnte es sein, daß sie völlig vom Fluß abkamen. Er faßte Fredericks an den Schultern, drehte ihn zu sich herum und preßte seine Stirn an die seines Freundes, damit der ihn über das Brüllen des Windes hinweg verstehen konnte.

»Wir haben den Fluß verfehlt!« schrie er. »Wir müssen anhalten und warten, bis es vorbei ist!«

»Ich ... ich krieg keine Luft!«

»Zieh dir deine Kapuze vor den Mund!« Orlando ließ sein eigenes flatterndes Kopftuch einen Moment los, um ihm zu helfen. »Halt sie so, und laß die Augen zu! Dann kriegst du trotzdem noch Luft!«

Fredericks sagte etwas, das völlig vom Wind und von seiner Kapuze erstickt wurde. Es hätte »Ich hab Angst« gewesen sein können, dachte Orlando. Er fiel auf die Knie und zog Fredericks mit, dann umklammerte er ihn und drückte die Stirn seines Freundes fest an seinen Hals, wobei er zu kämpfen hatte, um von dem wütenden Sturm und den nadelscharfen Sandkörnchen nicht umgepustet zu werden.

Es schienen Stunden zu sein, die sie in dieser unbequemen Vierbeinerhaltung verbrachten, mit panischer Verbissenheit ineinander verkrallt, einer das Gesicht an die Schulter des anderen gepreßt. Der Sand fühlte sich wie ein Schrothagel an und brannte wie Steinsalz, wo er auf nacktes Fleisch traf. Der Wind hörte nicht auf zu heulen; Orlando meinte Stimmen darin zu hören, verdammte Geister und verlorene Seelen, die wie verlassene Kinder klagten. An einem Punkt hörte er sogar die Stimme seiner Mutter, die ihn weinend nach Hause zu rufen versuchte. Er hielt sich an Fredericks fest und sagte sich, es sei alles imaginär, denn ihm war klar, daß ein Schritt fort von seinem Freund für sie beide den Tod bedeuten konnte. Irgendwann flaute der Wind ab.

Mit letzter Kraft schleiften sie sich zum Fluß hinunter, der nur wenige Meter entfernt war, wie sich herausstellte - vom Sand geblendet waren sie parallel zu seinem Lauf dahingestolpert. Sie wuschen sich den Staub und das Blut von ihrer abgeschürften Haut, dann krochen sie ans Ufer zurück und schliefen im vollen spätnachmittäglichen Sonnenschein ein. Orlando wurde zwischendurch gerade lange genug wach, um sich Schlamm auf die Beine zu reiben, die sich selbst bei Thargors brauner Haut langsam anfühlten, als würden sie gebraten, dann glitt er wieder in einen schwindligen und unruhigen Schlaf.

»Mir tut alles weh«, stöhnte Fredericks. Die Sonne war hinter den westlichen Bergen versunken, und obwohl der Himmel dort am Horizont jetzt die gleiche spektakuläre Farbe hatte wie die Wüste, war die Hitze viel geringer. Die ersten paar Sterne schimmerten am dunkel werdenden Firmament. »Wir brauchen heute nacht eine Erholungspause, Gardiner. Ich glaube nicht, daß ich gehen kann.«

Orlando verzog das Gesicht. Auch er war erschöpft und hatte Schmerzen in jedem Muskel und auf der ganzen Haut. Er haßte es, den Einpeitscher spielen zu müssen. »Wir können uns keine Pause leisten. Wenn wir die ganze Nacht hierbleiben, was wird dann am Morgen passieren? Die ganze Chose von vorn, nur doppelt so schlimm. Ich weiß schlicht nicht, ob ich noch einen weiteren Tag ohne Sonnenschutz durchhalte.« Der erste kühle Abendhauch - in jeder anderen Umgebung wäre er sommerlich warm gewesen - ließ sie wieder erzittern. »Auf geht's. Komm, steh auf, oder wir sitzen megablock in der Tinte.«

Fredericks stieß einen großen Unglücksseufzer aus, aber widersprach nicht. Mühsam und ächzend stellte er sich auf seine wackligen Beine und machte sich hinter Orlando her auf den Weg am Fluß entlang.

»Wenn das hier nicht das wirkliche Ägypten ist, wie du sagst«, schnarrte Fredericks, nachdem eine Weile verstrichen war, »wo gehen wir dann hin?«

»Raus.« Beim Reden platzten seine rissigen Lippen auf. Seine Beine schmerzten, sein Kopf hämmerte, und seine sonnenverbrannte, sandgestrahlte Haut fühlte sich an, als wäre sie mit einer Drahtbürste gescheuert worden. Zum erstenmal seit langer Zeit tat es genauso weh, Thargor zu sein wie Orlando Gardiner im RL. »Wir müssen einen andern Weg finden, wie wir hier rauskommen - eines dieser Tore, dieser Durchgänge.«

»Meinst du, wir sollen den ganzen Weg bis zum Ende des Flusses laufen?« Wenn Fredericks besser in Form gewesen wäre, hätte seine Stimme vor Entrüstung gebebt. In seinem momentanen Zustand klang sie nur furchtbar niedergeschlagen.

»Nur wenn's sein muß. Es müßte eigentlich noch andere Ausgänge geben. Ich glaube nicht, daß die Leute, die diese Environments gebaut haben, jedesmal ganz durch sie durchmüssen.«

Fredericks schlurfte eine Weile schweigend neben ihm her. »Es sei denn, sie können überall rein- und rausgehen, wo sie wollen. Einfach weil sie Mitglieder sind oder so.«

Orlando schob diese deprimierende Möglichkeit weit von sich. Er war Renie und den anderen etwas schuldig - und Sam Fredericks auch. Er hatte nicht vor, in einer imaginären Wüste zu sterben. Seine Geschichte, was immer es damit auf sich hatte, konnte nicht so enden. Das ... durfte einfach nicht sein.

»Wir finden einen Weg hier raus.«

Als der Mond bereits über den nächtlichen Himmel gewandert und untergegangen war, vielleicht eine Stunde vor dem Wiederaufgang der Sonne, stießen sie abermals auf ein Trümmerfeld, einen zyklopischen Steinhaufen auf einem Kliff über einer breiten Stelle im Fluß. Er und Fredericks fanden zwei aneinanderlehnende mächtige Felsbrocken, zwischen denen eine schmale Lücke geblieben war, und krochen zum Schlafen hinein.

Falls Orlando geträumt hatte, konnte er sich jedenfalls an nichts mehr erinnern, als er am späten Nachmittag aufwachte. Die Sonne brannte nur wenige Zentimeter entfernt auf den Sand nieder, und sein Kopf ruhte auf Fredericks' Bein. Nachdem sie sich im Fluß mit lauwarmem Nilwasser abgespült hatten, dösten sie noch im Schatten der Ruinen vor sich hin, bis die Sonne schließlich ein weiteres Mal hinter den Bergen im Westen verschwand und sie ihren Marsch fortsetzen konnten.

Sie kamen in dieser zweiten Nacht ein kleines bißchen zügiger voran, wenn auch nur, weil sie besser ausgeruht waren, aber es war dennoch ein ödes, freudloses Stapfen. Die Sterne zeigten zwar eine gewisse Lebendigkeit, die sie im RL nicht besaßen - zeitweise schienen sich die Konstellationen fast zu bewegten Figuren von Menschen und Tieren anzuordnen -, aber dennoch waren sie nur unendlich ferne Pünktchen, und eine nächtliche Wüste war nicht spannender als eine am Tage. Irgendwann nach Mitternacht fing Fredericks an, ein gräßliches Sommerfreizeitlied zu singen, dessen Clou darin bestand, daß man bei jedem Vers dem Inhalt eines Koffers ein neues Stück hinzufügte und danach die ganze Liste von Anfang bis Ende herunterleierte, und als er schließlich *einen Blitzableiter, alte Socken, einen Wegbegleiter, Roll'n'Rock'n, grünen Eiter, Kartoffelnocken, eine Hühnerleiter, Gonokken, Cola Lighter, Haferflocken, einen Hanggleiter und Windpocken* beisammen hatte, war Orlando drauf und dran, seinen idiotisch trällernden Wegbegleiter zu ermorden und die widerliche Leiche im allgegenwärtigen Sand zu verscharren. Sein verzweifelter Schrei beendete die Litanei.

Fredericks zog die Brauen hoch. »Was ist *dir* denn über die Leber gelaufen, du Oberscänner?«

»Könntest du vielleicht was anderes machen, als dieses Lied singen?«

»Nämlich was?«

»Was weiß ich. Sprich mit mir. Erzähl mir was.«

Fredericks stampfte eine Weile schweigend neben ihm her. Der Sand knirschte unter ihren Füßen. »Und was zum Beispiel?«

Orlando gab einen genervten Ton von sich. »Was über deine Schule, über deine Familie, irgendwas - wenn du bloß nicht mehr singst. Was machst du, wenn du nicht im Netz bist? Mädchensachen? Jungssachen?«

Fredericks runzelte die Stirn. »Ist das wieder eins von deinen Wiebist-du-wirklich-Gesprächen, Gardiner?«

»Nein. Aber wenn *ich* ein Mädchen wär, das so tut, als wär sie ein Junge, dann würdest *du* garantiert wissen wollen, wieso ich das mache, stimmt's?« Er wartete auf eine Antwort, doch es schien keine zu kommen. »Etwa nicht?«

»Kann sein.« Fredericks warf ihm einen kurzen Blick zu und wandte sich dann wieder seiner Betrachtung der kahlen Dünen zu. »Ich weiß nicht, Orlando. Was ich mache? Halt ... so Sachen. Ich spiel Fußball. Ich dödel rum. Früher hab ich ständig *BlueBlazes Collective* gespielt ...«

»Ich hab gesagt, wenn du *nicht* am Netz hängst.«

»Nicht viel. Deswegen häng ich ja reichlich am Netz. Die Kids in meiner Schule haben's alle mit Sex und so. Lassen im Klo Charger rumgehen. Machen ultrascheußliche Interaktivspiele. Reden über die Partys, die sie feiern wollen, wenn ihre Eltern mal länger wegfahren. Und sie hören sich diese ganze voll absackige Musik an. Ich find's einfach ... doof. Sie lesen rein gar nichts - nicht mal soviel wie ich!« Fredericks schnitt eine Grimasse: Es gab ein ständiges Gefrotzel zwischen ihnen, weil Fredericks der Meinung war, nur ein Mutant könne soviel Text lesen wie Orlando. »Sie reden nur belanglosen Quatsch.«

Für Orlando, dessen wenige Offline-Bekannte andere chronische Patienten waren, mit denen er sich im Krankenhaus zu Selbsthilfegruppen getroffen hatte, war das eine Palette von Angeboten, die so wild und faszinierend war wie das Jetset-Leben eines internationalen Meisterspions, aber er bemühte sich, mitfühlende Töne von sich zu geben.

»Deswegen bist du vermutlich mein bester Freund«, fuhr Fredericks fort. »Du warst einfach interessanter als diese ganzen gedumpften Schwachköpfe, obwohl ich dich nicht persönlich kannte.« Fredericks ging eine Weile vor sich hin, bevor er hinzufügte: »Klar, wenn ich gewußt hätte, daß ich in sowas wie hier landen würde, hätte ich mir wahrscheinlich lieber T2-Charger mit Petronella Blankenship reingezogen.«

Es war als Witz gemeint, aber in ihrer Situation, umgeben von Meilen und Abermeilen nackten, mondsilbrigen Sandes, besaß die Bemerkung eine gewisse Spitze.

Kurz nach Tagesanbruch ließen sie sich in einer winzigen Oase nieder, die aus einigen Dattelpalmen und ein paar niedrigen, struppigen Sträuchern bestand. Während die Farbe des Nils allmählich von Schwarz in Stahlblau überging, schmiegten sie sich an die Westseite einer umgestürzten Palme und schliefen sofort ein. Sie wurden gegen Mittag vom nächsten Sandsturm geweckt, der sie nicht nur mit Sand nadelte und zu ersticken drohte, sondern auch genug Erdbewegungen durchführte, um ihnen zu zeigen, daß sie die Oase mit drei Kamelleichen geteilt hatten. Die Tiere erwiesen sich bei genauerem Hinsehen als reine Kamelhülsen, da Insekten und andere Aasfresser längst alles außer Knochen und Haut vertilgt hatten und die Wüstenluft letztere derart konserviert hatte, daß die Leichen immer noch mit dem ursprünglichen Inhalt ausgestopft zu sein schienen. Orlando fand den Anblick entsetzlich deprimierend und nötigte Fredericks, mit ihm den nächtlichen Marsch anzutreten, noch bevor die sinkende Sonne den westlichen Horizont erreicht hatte.

Das Wandern durch den Sand war mittlerweile zur geläufigen, aber nicht weniger beschwerlichen Routine geworden. Die Stunden schlichen träge dahin. Fredericks sang nicht mehr, nicht einmal, um Orlando zu ärgern.

Als es schon heiß zu werden begann, obwohl die Sonne noch gar nicht über die östlichen Berge gestiegen war, wußte Orlando, daß ihnen ein schlimmer Tag bevorstand. Weit und breit boten sich keine Unterschlupfmöglichkeiten, keine Bäume, keine brauchbaren Ruinen. Er und Fredericks beschlossen, sich einzugraben.

Sie scharrten sich dicht am Fluß eine Grube im feuchten Sand. Als sie knapp knietief gegraben hatten, befestigten sie die Wände des Loches, so gut es ging, mit kleinen Steinen, dann zog Fredericks seinen Umhang aus. Sie legten sich nebeneinander, spannten den Umhang über sich aus und warteten auf den Schlaf. Schon jetzt brannte die frühe Morgensonne auf den Stoff, und trotz der aus den Wänden sickernden Nässe vom Fluß erwärmte sich die Grube allmählich.

Fredericks schaffte es, rasch einzuschlafen, wie meistens. Orlando hatte weniger Glück. Schweiß triefte ihm in die Augen und sammelte sich auf seiner Brust. Der Schlaf wollte nicht kommen. Sein Gehirn konnte nicht loslassen.

Sie marschierten jetzt schon seit Tagen, aber er hatte keine Veränderung an den fernen Bergen bemerkt. Er fragte sich halb, ob er mit seinem Reden über zwanzigtausend Meilen Wüste eine Art Verwünschung ausgesprochen hatte. Vielleicht hatte das System ihn gehört und eine entsprechende Einstellung vorgenommen ...

Fredericks wechselte die Lage, so daß jetzt Haut an schweißnasser Haut rieb. Orlando empfand die Gegenwart seines Freundes, der bis auf einen Lendenschurz nackt war, als beklemmend und irgendwie peinlich. Fredericks hatte den dünnen, männlichen Körper von Pithlit; seine Brust war zwar schmal, aber zweifellos die eines Mannes. Doch auch wenn die spärliche Bekleidung des Sims nichts darüber besagte, was der ... was *die* wirkliche Fredericks anhatte, war es schwer zu vergessen, daß hier gewissermaßen Salome Fredericks, ein richtiges Mädchen, halbnackt neben ihm lag. Aber Fredericks empfand sich selbst als Jungen, wenigstens online. Was also war dann Orlando in diesem Moment, wo er vor einem engeren Kontakt mit dem virtuellen Fleisch seines Freundes zurückscheute, weil er sich dabei unbehaglich fühlte - weil es ihn erregte? Hetero? Schwul?

Verzweifelt, sagte sich Orlando. *Ich werde wahrscheinlich nie mit jemand schlafen, ob in der VR oder im RL, es sei denn, ich bezahle dafür. Und auch für dieses Projekt wird die Zeit langsam knapp.*

Es gab einen bestimmten Heldentyp, für den Keuschheit eine Quelle großer Stärke war. Vor die Wahl gestellt, hätte Orlando niemals ein solcher Held sein mögen.

Er schlief den langen, heißen Tag über nicht gut. Die Grube war wie eine Sauna, er kam nicht zur Ruhe. Als sie bei Einbruch der Dunkelheit hinausstiegen, fühlte Orlando sich müde und zerschlagen. Auf der ersten Meile schon fragte er sich, ob er den nächtlichen Fußmarsch durchhalten würde.

Fredericks merkte, daß etwas nicht in Ordnung war, und obwohl Orlando mehrmals bissig Hilfe ablehnte, schlug er ein gemächliches Tempo an, mit dem sein Freund ohne allzu große Mühe mithalten konnte. Das ließ sich schwer verhehlen, und für Orlando war es beinahe schlimmer, als zurückzufallen.

Er war sich nicht ganz sicher, worin das Problem lag. Seine Gelenke schmerzten, aber das taten sie eigentlich immer. Ihm war heiß, aber nach den höllischen Nachmittagstemperaturen war die Abendluft immer noch warm genug, um beide Freunde beim Waten durch den weichen Sand zum Schwitzen zu bringen - also auch in der Beziehung nichts Neues. Das Schlimmste war, daß er anscheinend nicht genug Luft in die Lungen bekam. Er konnte so tief einatmen, wie er wollte, immer schien es ganz unten in seiner Brust noch Kohlendioxidtaschen zu geben, an die er nicht herankam, und ihm ging jedesmal die Energie aus, ehe er den nächsten Atemzug getan hatte.

Er war vielleicht zum zwanzigsten oder dreißigsten Mal stehengeblieben, vornübergebeugt auf die Knie gestützt, und schnappte mühsam nach Luft. »Schlimm, hm?« fragte Fredericks. In seiner Stimme lag ein nervöses Zittern, das er nur schlecht verbergen konnte.

Orlando nickte. Vor Anstrengung mußte er husten, und in der Schwärze hinter seinen geschlossenen Lidern explodierten Feuerwerksraketen. Auch als er die Augen wieder aufhatte, wogte und funkelte der Nachthimmel noch. »Jo. Schlimm ...«

»Wir brauchen heute nacht nicht mehr weiterzugehen«, sagte Fredericks vorsichtig. »Wir könnten uns einen Lagerplatz suchen. Vielleicht sollten wir uns diesmal ein Feuer machen - zwei Stöcke zusammenreiben oder so.«

Orlando schüttelte den Kopf, wobei er versuchte, das geschwollene Gefühl dabei zu ignorieren. »Wir müssen weiter. Wir müssen ... den andern erzählen ...«

»Ich versteh schon. Wir müssen den andern von dem Verdacht erzählen, den du zu diesen Gralstypen hast.«

»Und dafür müssen wir ...« Orlando holte rasselnd Atem. »Wir müssen zu Ilions Mauern kommen.«

»Okay, aber wenn du dich umbringst, haben wir auch nichts davon!« Fredericks wirkte sichtlich gequält; er klang beinahe feindselig.

»Laß gut sein, Frederico«, sagte er und richtete sich aus seiner zusammengekrümmten Haltung auf. »Ich sterb sowieso. Es ist nicht deine Schuld, und egal was du machst, du kannst nichts daran ändern.«

»Wir sterben alle, Orlando.«

»Das mein ich nicht, und das weißt du genau. Ich werd wahrscheinlich nicht mehr aus diesem ... diesem Netzwerk rauskommen. Es ist zuviel für mich. Ich bin's gewohnt, zwölf Stunden Bettruhe am Tag zu haben, selbst wenn's mir nicht akut dreckig geht.« Er hob die Hand, um Fredericks' Einwand von vornherein abzuwehren. »Hier kann ich mir das nicht erlauben - es geht einfach nicht. Wir haben was zu tun. Ich hab diesen gesunden Thargorsim, und ich werd ihn benutzen, so gut ich kann. Wenn wir diese Erkenntnis nicht an Renie, !Xabbu und die andern weitergeben, sind auch sie vielleicht dazu verurteilt, nie wieder hier rauszukommen. Sie könnten alle hier umkommen - ein halbes Dutzend Leute! Von den vielen kleinen Kindern wie Renies Bruder ganz zu schweigen. Und was mich betrifft ... wenn gleich um die nächste Ecke die tolle Klinik am Nil käme, mit kleinen pyramidenförmigen Bettpfannen und so, und ich würde mich reinlegen, dann würden für mich dabei höchstens ein paar Monate mehr rausspringen.« Er setzte sich wieder flußabwärts in Bewegung, langsam zunächst, und war sich dabei deutlich bewußt, daß Fredericks noch zögerte und ihn beobachtete. »Also vielen Dank für die freundliche Anteilnahme«, rief er über die Schulter. »Aber ich hab schlicht keine Wahl.«

Fredericks holte ihn ein, ehe noch eine Minute vergangen war, aber sein Vorrat an guten Ratschlägen schien sich erschöpft zu haben.

Danach war Orlando entschlossen, eine ganze Weile nicht mehr anzuhalten, und sie kamen schneller voran. Er brauchte Sauerstoff, aber wenn er tief atmete, mußte er husten, und deshalb bediente Orlando sich eines RL-Tricks, den er im Laufe zahlreicher Bronchienerkrankungen entwickelt hatte, nämlich flach durch die Nase zu atmen. Er verlangsamte sein Tempo als kleine Konzession an seinen Kräftehaushalt, aber zum Ausgleich bemühte er sich, einen gleichmäßigen Schritt zu halten. Der Mond schwamm über den Horizont und verschwand hinter einer Wolkenwand, den ersten Wolken, die sie sahen, seit sie in Ägypten waren.

»Meinst du, es wird regnen?« fragte Fredericks hoffnungsvoll.

»Nein. Upuaut sagte, es hätte in dieser Simwelt seit Jahren nicht mehr geregnet.«

Als der Himmel heller zu werden begann, suchten sie sich einen Lagerplatz zwischen einem Haufen von Felsen hundert Meter vom Fluß. Der Notwendigkeit enthoben, so stark wie sein gesunder Gefährte zu sein, ließ Orlando sich einfach hinfallen. Er spürte es kaum noch, als Fredericks den Pithlitumhang wie eine Decke über ihn breitete, ehe ihn der Schlaf überkam.

Die Frau, die ihn beschworen hatte, Beezle zu sagen, was dieser hören wollte, erschien ihm im Schattenland seines Traumes.

Sie trug nur einen Rock aus einem durchsichtigen Stoff, aber obwohl sie ihm unbefangen ihre kleinen Brüste und ihren sanft gerundeten, beinahe kindlichen Bauch präsentierte, und seiner eigenen Verklemmtheit und Sehnsucht zum Trotz, hatte ihre Erscheinung nichts sexuell Aufreizendes. Ihre dick schwarz geschminkten Augen schienen durch ihn hindurchzuschauen. Sie hielt etwas an der Brust, aber ihre dunklen Haare, die in langen, dicken Zöpfen herabhingen, machten es zunächst unkenntlich. Erst als sie so nahe herangeschwebt war, daß er sie im Wachleben hätte berühren können (im Traum jedoch schien er unbeweglich zu sein, ein körperloser Betrachter), und ihm ihre Hand hinstreckte, sah er, daß es eine schillernde Feder war, so lang wie ihr Unterarm und von einer Farbe, für die er keinen Namen hatte.

Wer bist du? fragte er oder meinte er zu fragen.

Ich bin Ma'at, antwortete sie. *Die Göttin der Gerechtigkeit. Wenn deine Seele im Endgericht gewogen wird, wird diese Feder, das Gewicht der Wahrheit, auf der anderen Waagschale liegen. Wenn deine Seele schwerer ist, wirst du in die äußere Dunkelheit verstoßen. Steigt aber deine Waagschale, darfst du mit den anderen Gerechten und Frommen in die Barke des Re einsteigen und wirst in den Westen übergesetzt, um dort ein seliges Leben zu führen.*

Sie erklärte das mit der ruhigen Selbstverständlichkeit einer Reiseführerin oder einer Off-Stimme in einer Doku. Obwohl er sie vorher noch nie gesehen hatte, kam ihm etwas an ihr bekannt vor, aber sein Traumbewußtsein konnte die Erinnerung daran nicht abrufen.

Warum erzählst du mir das alles? fragte Orlando.

Weil das meine Aufgabe ist. Weil ich zu den Göttern hier gehöre. Sie schwieg einen Moment und machte den Eindruck, ein wenig aus dem Konzept zu sein, als ob Orlandos Frage unerwartete Probleme aufgeworfen hätte. *Weil ich nicht weiß, wer du bist, aber du seit einiger Zeit die Grenzlande durchstreifst,* sagte sie schließlich. *Deine Gegenwart stört mich.*

Grenzlande? Orlando versuchte zu verstehen, was sie meinte, aber die Göttin Ma'at zerrann in die Dunkelheit. *Was für Grenzlande?*

Sie gab keine Antwort. Als er aufwachte, brannte immer noch die spätnachmittägliche Sonne am Himmel. Er nieste, und die Anstrengung, die Lungen vollzupumpen, vertrieb die Traumgöttin aus seinen Gedanken.

Die fünfte Nacht in der Wüste war halb vorbei, und noch immer machte der Sand keine Anstalten aufzuhören oder auch nur einmal anders auszusehen. Der Nil wand sich durch das leere Land in die sternenhelle Ferne, bis er nur noch als ein schlaffer schwarzer Faden erschien. Die Dünen dehnten sich vor ihnen ins Endlose aus, und je nachdem, wie ab und zu der Wind darüber hinging, wandelten sie sich ständig, blieben sie sich ständig gleich.

Aber irgend etwas war anders.

Fredericks bemerkte es auch. »Hörst du ... hörst du was?«

Orlando, der sich verbissen durch den knöchelhohen Sand schleppte, schüttelte den Kopf. »Es ist kein Geräusch.«

»Was meinst du damit?«

»Es ist kein Geräusch.« Er schöpfte tief Atem und stapfte noch langsamer und bedächtiger Schritt für Schritt voran. »Ich spür's schon 'ne ganze Weile. Es ist eine Schwingung, irgendwie, aber es ist beinahe auch ein Geruch. Es ist ein Haufen Sachen, aber erst kam es mir auch wie ein Geräusch vor. Es ist schon seit einiger Zeit vor uns, und es wird stärker.«

»Ja, genau, langsam kommt es mir auch so vor.« Fredericks erschauerte. »Was meinst du, was es ist?« Er bemühte sich, seine Stimme in den tieferen Lagen zu halten.

»Ich weiß nicht. Nichts Gutes, soviel steht fest.«

»Was sollen wir tun?«

»Was *können* wir tun? Weitergehen. Was anderes bleibt uns nicht übrig, Frederico, schon vergessen?«

Die Empfindung wurde immer stärker und intensiver. Was anfangs nicht lästiger gewesen war als eine brummende Fliege oder ein schwach säuerlicher Geruch in der Nase, ging bald dazu über, Orlandos Gedanken zu beherrschen. Ihm war, als hätte er ein pochendes Kopfweh, das aber nicht in seinem Schädel, sondern irgendwo außerhalb saß, weit weg.

Aus dem Gefühl heraus, daß sie dem Ding, was es auch sein mochte, auf jeden Fall lieber aus dem Weg gingen, und sei es nur zu ihrer Beruhigung, änderten sie die Richtung. Der Nil war hier so breit, daß das andere Ufer selbst im hellen Mondschein nicht zu erkennen war, deshalb versuchten sie gar nicht erst, den Fluß zu überqueren, sondern bogen in die westliche Wüste ab. Aber der Richtungswechsel änderte nichts an ihrem Gefühl, daß direkt vor ihnen etwas auf sie wartete. Es erfüllte jetzt die Nacht mit seiner kalten, schaurigen und unausweichlichen Gegenwart.

Es ist wie eine dieser Todeszellensimulationen, dachte Orlando und erinnerte sich an die Zeit, in der er solche Erfahrungen bewußt gesucht hatte, um sich seelisch dagegen abzuhärten. *Wie das Warten darauf, daß sie dich zur Hinrichtung holen kommen, und das Wissen, daß du absolut nichts dagegen machen kannst.*

»Es ist das Ding aus dem Gefrierfach«, sagte er laut. »Es lauert auf uns. Es ist das Ding, das du den Teufel genannt hast. Den wirklichen Teufel.«

Fredericks grunzte nur. Es war ihm klar.

Orlando wollte nichts mehr, als nach seinen Eltern rufen können, daß sie kamen und ihn retteten. Im Grunde, begriff er, wollte er seine

Mutter dahaben. Zu einem anderen Zeitpunkt hätte er sich dafür geschämt, aber jetzt nicht. Er wollte einfach gehalten werden und gesagt bekommen, daß alles gut werden würde. Aber das Teuflische daran war, daß Vivien vielleicht nur wenige reale Zentimeter von ihm entfernt und doch gleichzeitig auf der andern Seite des Universums war. Es tat so furchtbar weh.

Fredericks neben ihm kämpfte ebenfalls mit den Tränen, war aber entschlossen, die Männerrolle genauso stupide durchzuhalten wie ein Junge.

Sie wechselten abermals die Richtung und versuchten jetzt, auf ihren eigenen Spuren zurückzugehen, obwohl der Sand darübergeweht war und sie schwer zu erkennen waren, aber das alles änderte nichts. Die Wolke des Grauens blieb weiter vor ihnen hängen.

Wir müssen hingehen, begriff Orlando dumpf. *Wir haben keine Wahl.*

Fredericks' Gesicht hatte seine übliche Stumpfheit verloren; er hatte das Starren eines in die Enge getriebenen Tieres, bei dem man das Weiße im Auge sah. »Ich will nicht, will nicht, *will nicht*«, brabbelte sein Freund leise vor sich hin. »Ich will nicht hier sein, will das nicht machen ...«

Orlando legte Fredericks die Hand auf die Schulter, um seinem Freund Kraft zu geben, doch seine Stimme war selbst ganz angespannt vor Verzweiflung. »Wir können genausogut die ursprüngliche Richtung einschlagen.« Er bog ab, so daß sie sich wieder parallel zum Lauf des Nils bewegten. »Es ist egal, wohin wir gehen, und sei es dorthin, von wo wir los sind.«

Fredericks hatte keinen Antrieb zu widersprechen; er ließ den Kopf sinken und folgte Orlando. Etwas zog sie nunmehr aktiv vorwärts, saugte sie an, als ob sie Planeten im Bann eines schwarzen Sterns wären. Steifbeinig gingen sie weiter, um Balance bemüht, fühlten, wie es wartete, aber konnten nicht stehenbleiben.

Als sie eine langgestreckte Erhebung erklommen hatten, sahen sie es endlich. Allein dort angekommen zu sein, war für Orlando wie ein Schlag in die Magengrube, von dem ihm übel wurde und der ihm den Atem raubte.

Dabei war der bloße Anblick nicht das eigentlich Schreckliche. Der in ein Wüstental geschmiegte Tempel war heller erleuchtet, als es das Mondlicht allein fertiggebracht hätte, und war umgeben von niedrigen Felswänden und einem gewaltigen, unregelmäßigen Ring zerbrochener

Steine. Entlang der Fassade zog sich eine ununterbrochene Säulenreihe, ein trostloses braunes Grinsen wie von einem Totenschädel, das sich meilenweit zu erstrecken schien. Obwohl Orlando und Fredericks von der Kuppe einer hohen Düne auf das Tal hinabsahen, machte der Tempel gleichzeitig aufgrund irgendeiner perspektivischen Täuschung den Eindruck, sie hoch zu überragen, als ob die Nacht selbst, verzerrt von der gräßlichen Gravitation des Tempels, sich nach innen gekrümmt hätte.

Orlando hatte noch nie etwas gesehen, das so vollkommen tot und verlassen wirkte wie dieser Ort, so öde und leer und leblos; aber zugleich war ihm klar, daß etwas darin lebte, etwas, das sie schon Stunden vor ihrer Ankunft gefühlt hatten, ein Wesen, das so zutiefst *verkehrt* war, daß allein beim Anblick seiner Behausung jede Zelle in Orlandos Körper, jeder elektrische Impuls seines Denkens dagegen aufschrie und ihn drängte, wegzulaufen. Und obwohl er genau wußte, daß Weglaufen nichts nützte - daß jede Bahn, die sie einschlugen, sich einfach im Simulationsraum umbiegen und sie wieder hierher zurückbringen würde -, wäre er trotzdem geflohen, wenn die Bannwirkung des Tempels, das betäubende und lähmende Unheilsfeld ihn nicht in einen bewegungsunfähigen Stein verwandelt hätte, wäre gelaufen bis zum Umfallen und dann weitergekrochen, bis zum Herzstillstand.

Wenigstens eine Minute verging, bevor einer von ihnen etwas sagen konnte, aber jede Sekunde war ein Ringen darum, dem Zug des Tales zu widerstehen.

»Sowas ... sowas Furchtbares«, krächzte Fredericks schließlich mit trockener Kehle, in der ihm fast die Worte steckenblieben. »Noch schlimmer ... a-als das Gefrierfach. Ach Gott, Orlando, ich will ... Ach, bitte, Gott, ich will nach Hause.«

Orlando erwiderte nichts; er wußte, daß er jedes Fünkchen Kraft brauchen würde, denn er wollte etwas versuchen. Er blickte auf seinen Fuß, dann stemmte er sich gegen die zwingende Gewalt des Tempels an und beobachtete, wie sein Fuß sich langsam vom Sand abhob. Er war weit, weit weg und beobachtete durch ein starkes Teleskop einen Vorgang auf einem fernen Planeten, und es bedurfte seiner ganzen Willenskraft, diesen Fuß (der nur sehr vage ihm zu gehören schien) weiter zu bewegen. Er drehte ihn ein wenig zur Seite und setzte ihn wieder auf. Er hob den anderen und tat damit das gleiche, eine Präzisionsarbeit auf große Distanz. Jede Sekunde, die er sich der schwarzen Anziehungskraft des Tales widersetzte, war unglaublich zermürbend.

Während er sich zentimeterweise von dem Tempel entfernte, streckte er einen zementschweren Arm nach Fredericks aus, und als er seinen Freund berührte, sprang ein klein wenig Energie über, ein Lebensfunke. Das Gesicht zu einer Grimasse qualvoller, banger Konzentration verzerrt, setzte auch Fredericks zu einer langsamen Drehung an, Grad für Grad eine übermächtige Anstrengung. Als sie sich so weit abgewandt hatten, daß der Tempel endlich nicht mehr sichtbar, wenn auch durchaus noch wahrnehmbar war – sie spürten ihn am Ende jedes einzelnen ihrer flatternden Nerven –, nahm der Druck ein klein wenig ab. Orlando war sogar in der Lage, einen ersten richtigen Schritt vom Tal weg zu tun, obwohl ihm die Muskeln zitterten und der Schweiß aus sämtlichen Poren lief.

Er wankte ein paar Meter weiter, und jeder Schritt war eine Qual, als ob er sich von einer grauenhaften Pflanze mit vielen Fangarmen losmachte, die mit ihren Fasern bis in seine Zellen gedrungen war. Als vielleicht der halbe Abhang zwischen ihm und der Kuppe mit dem Blick auf den Tempel lag, fühlte er, wie die Zugrichtung sich langsam verschob, als ob der ganze gewaltige Komplex und sein entsetzliches Magnetfeld frei im Raum schwebten. In diesem Augenblick war der Zug nach hinten und nach vorn plötzlich ausgeglichen, doch er wußte, wenn er jetzt weiterging, ganz gleich in welche Richtung, hatte er das Tempeltal und seinen namenlosen Bewohner in kürzester Zeit wieder vor sich. Völlig kaputt, aber aus Reserven schöpfend, von deren Existenz er gar nichts gewußt hatte, sank er nieder und fing an zu wühlen.

Fredericks holte ihn ein, ließ sich in den Sand plumpsen und scharrte seinerseits in der unbeholfenen Art eines Tieres, das einen Blitzschlag überlebt hatte. Als sie sich einen halben Meter tief eine flache Grube im Sand gebuddelt hatten, ließ sich Orlando hineinrollen. Fredericks kam hinterhergekrochen, und eine ganze Weile lagen sie einfach zusammengeknäuelt und keuchend da.

»Wir kommen nie um das Ding rum.« Fredericks' Stimme klang gequetscht, als ob sein Brustkasten eingedrückt worden wäre. »Es wird uns an sich ziehen. Es wird uns kriegen.«

Orlando gab keine Antwort. Es hatte ihn schon seine ganze Kraft gekostet, den Magnetismus einen Moment zu durchbrechen und ihnen diese kurze Verschnaufpause zu verschaffen. Fredericks hatte recht, aber Orlando konnte einfach nicht mehr darüber nachdenken. Die Erschöpfung zwang ihn genauso unerbittlich nieder, wie der Tempel es getan hatte, aber diesmal widersetzte er sich nicht.

Es war so grotesk, daß es selbst gegen die Logik der Träume verstieß. Die stumpfschwarze Pyramide war so hoch, daß sie keine sichtbare Spitze hatte, und so breit, daß es buchstäblich unmöglich war, in eine andere Richtung zu schauen. Obwohl die auf beiden Seiten gerade noch zu sehenden Streifen des Nachthimmels nur von wenigen blassen Sternen erhellt waren, wirkten sie im Vergleich zu der tiefen Schwärze der Pyramide beinahe leuchtend blau.

Er wußte, daß er mit dieser Ungeheuerlichkeit nicht allein fertig werden konnte, und rief nach dem Käfer, der in anderen Träumen zu ihm gesprochen hatte, aber er fürchtete sich, die Stimme zu erheben, und obwohl er lange rief, antwortete das Wesen ihm nicht. Aber dafür jemand anders.

Er kann nicht kommen, dein Diener. Ich fühle ihn hier nicht. Sie sagte es wie eine, die eine traurige Mitteilung überbringt, für die sie sich ein wenig verantwortlich fühlt. *Vielleicht ist er in anderen Träumen.*

Orlando drehte sich um und sah sie neben sich schweben, einen kaum von der Nacht zu unterscheidenden Schatten, die Feder immer noch fest in der Hand, als wäre sie eine Abwehrwaffe gegen die unmögliche schwarze Pyramide.

Kannst du mir nicht helfen? Er wandte sich wieder zu dem Riesenumriß um, der sich dermaßen in alle Richtungen ausdehnte, daß es auf dieser Seite der Welt nichts anderes mehr zu geben schien. *Ich komme nicht an diesem Ding vorbei. Wir werden hier sterben, wenn uns niemand hilft.*

Du kannst ihm nicht aus dem Weg gehen, sagte sie nicht unfreundlich. *Eine derartige Geschichte gibt es nicht. Er ist im Mittelpunkt von allem hier. Man muß sich ihm stellen.*

Ist er ... ist er Osiris?

Ihr Gesicht war zwar in der Dunkelheit schwer zu erkennen, doch man hatte den Eindruck, daß es sich wie vor Schmerz verzog. *Nein,* sagte sie. *Nein, der, welcher dein Leben will, ist weitaus unfaßbarer als jener. Es ist der Gott Seth, der Schläfer, der das rote Land regiert. Er ist der Eine, der dies alles träumt – wir sind seine Albtraumgeschöpfe. Er träumt auch euch.*

Er hatte diese Worte schon einmal irgendwo gehört. *Wer bist du?* fragte er eindringlich.

Ma'at, die Göttin der Gerechtigkeit, antwortete sie.

Ich meine, in Wirklichkeit.

Ich bin eine Stimme, sagte sie, *ein Wort. Ich bin ein Moment. Es spielt keine Rolle.*

Und plötzlich ging es ihm auf. *Du bist die Frau aus dem Gefrierfach. Das Schneewittchen. Du hast schon einmal mit uns gesprochen. Du hast uns gesagt, wir sollten unsere Freunde bei Ilions Mauern finden.*

Sie sagte nichts, und jetzt war ihr Gesicht völlig in Schatten gehüllt.

Aber warum hilfst du uns nicht? Du mußt hier genauso gefangen sein wie wir! Wenn wir nicht um diesen Tempel herum und aus dieser Wüste fort kommen, werden wir sterben, und mit uns eine Menge anderer Leute. Und alle Kinder, die verlorenen Kinder!

Sie war ein kleines Stück zurückgewichen, und als sie auf seine Bitte weiter schwieg, glaubte er sicher, sie verloren zu haben. Er konnte nur einen Umriß sehen, ein Loch im Nachthimmel, die Silhouette eines Engels.

Bitte? Er streckte eine Hand aus. *Bitte?*

Vergiß nicht, dies ist ein Traum, erklärte sie ihm, doch es hörte sich an, als wäre sie es, die halb im Schlaf lag.

Ich weiß, daß du etwas tun kannst, sagte Orlando, und auf einmal kam es nicht mehr darauf an, ob dies ein Traum war oder nicht. Etwas Wichtiges war ihm greifbar nahe, vielleicht zum letztenmal, und er konnte es sich nicht leisten, die Chance ungenutzt vergehen zu lassen. *Du weißt etwas. Hilf uns, hier rauszukommen.*

Es gibt Gleichgewichte, die du nicht verstehen kannst, wandte sie ein, und ihre Stimme war so schwach wie ein Windhauch, der nicht einmal den feinsten Pulversand bewegt. *Dinge, die du nicht weißt ...*

Bitte?

Da neigte sie das Haupt und erhob eine Hand, die gespenstisch bleich von der Dunkelheit abstach. Durch die Handfläche hindurch konnte er einen Stern erkennen. *Geh vorwärts, bis du mein Zeichen erblickst,* flüsterte sie. *Ich bete, daß ich das Richtige tue. Wir sind zu viele, und es gibt nicht einen bestimmten, der uns führt.*

Wovon sprichst du? Sie schien ihm helfen zu wollen, doch er verstand nicht, was sie sagte. Er fühlte die Gelegenheit entgleiten. *Vorwärts wohin ...?*

Geh in die Dunkelheit, sagte sie. *Du wirst mein Zeichen sehen ...*

Dann war sie verschwunden, und die große Pyramide verwehte wie Rauch, und zurück blieb nur der schwarze Himmel und ein einzelner heller Stern.

Die Wange platt auf den Boden gedrückt und den Mund halb voll Sand schlug Orlando die Augen auf. Der Stern und seine blasseren Verwandten waren die einzigen Lichtquellen in der Nacht. Der Mond war schon lange untergegangen. Der Einfluß des Dings, das sich unmittelbar hinter der Düne befand, hatte nicht nachgelassen: Der Tempel war ein Strudel, und er hatte sie ergriffen. Ganz gleich, wohin sie sich wandten, sie konnten ihm nicht entkommen.

Geh in die Dunkelheit ...

Aber sie konnte doch nicht gemeint haben ...

Geh in die Dunkelheit ...

Mit jagendem Herzen setzte Orlando sich auf. Wenn er zu lange darüber nachdachte, selbst inmitten dieses ganzen anderen Irrsinns - dieses virtuellen Universums, dieses imaginären Ägypten, dieses Tempels mit der schrecklichen Ausstrahlung eines heimlichen Vampirschlafplatzes -, würde er es nicht mehr glauben können. Sie war im Traum zu ihm gekommen. Sie hatte ihm gesagt, was er tun mußte. Daß dies genau die Sache war, die er am wenigsten tun wollte, machte es nur noch entscheidender, daß er keine Zeit mehr mit Grübeleien vertat.

Er rüttelte Fredericks wach.

»Was? Was?«

»Mach schon. Folg mir.« Er kletterte aus der flachen Kuhle und richtete sich auf. Sämtliche Gelenke brannten wie Feuer, und der Atem glühte in seinen Lungen, aber er konnte es sich auch nicht leisten, über diese Dinge nachzudenken. »Komm mit.«

»Wo gehen wir hin?«

»Komm einfach mit. Komm ...«

Fredericks beäugte Orlandos erste humpelnde Schritte mit einem verblüfften Ausdruck in seinem verschlafenen Gesicht, der rasch in Entsetzen umschlug. »Was machst du? Das ... das *Ding* ist da drüben.«

»Das Ding ist überall.«

»Orlando! Komm zurück!«

Er achtete nicht auf seinen Freund und ging weiter. Wenn er sich etwas überhaupt nicht leisten konnte, dann auf die Stimme der Vernunft zu horchen.

»Gardiner, du machst mir Angst! Hat dich der ultravollste Scänblaff erwischt oder was? Orlando! Komm zurück!«

Einen Fuß vor den anderen - links, rechts, links. Er fühlte das gräßliche magnetische Ziehen des Tempels, und plötzlich bestand die Anstrengung nicht mehr darin, vorwärtszuschleichen, sondern in der Willensaufbietung, die es kostete, nicht darauf zuzurennen. Etwas hatte ihn jetzt im

Griff, in einem derart mächtigen Griff, daß er sich, wenn ihm die Beine abgefallen wären, allein mit den Armen weiter vorwärtsgerobbt hätte. Dieses Etwas ging vor ihm auf wie eine giftige Blume, die ein kleines Krabbeltier mit einer stimmlosen, formlosen, aber unwiderstehlichen Einladung anlockte. Es wollte ihn. Es wollte sein Leben.

»Gardiner!«

Fredericks' Ruf klang ziemlich weit weg. Der Teil von Orlandos Gehirn, der ihm noch gehörte, empfand Trauer; er wußte, daß sein Freund zögerte und zwischen Orlando und seiner eigenen Sicherheit hin- und hergerissen war. Einen Moment später hörte er Fredericks' Schritte hinter sich im Sand knirschen und wußte, daß sein Freund eine Entscheidung getroffen hatte. Wenn Orlando sich irrte oder die Frau mit der Feder sich geirrt hatte, dann war Orlando jetzt dabei, sie beide ins Verderben zu führen.

Aber was hatte sie gesagt? *»Du wirst mein Zeichen sehen«* - was sollte das heißen? Was für eine Hilfe konnte sie ihm geben?

Er hatte inzwischen die Hügelkuppe überschritten und stakste mit der täppischen Unbeirrtheit eines funktionsgestörten Spielzeugs hastig bergab. Zweimal stürzte er und überschlug sich, doch die Kraft, die ihn in ihrer Gewalt hatte, gestattete es ihm nicht zu prüfen, ob er sich verletzt hatte; sie riß ihn wieder auf die Füße und zog ihn weiter.

Fredericks hatte aufgehört zu rufen, aber Orlando konnte das rauhe, ängstliche Schnaufen seines Freundes dicht hinter sich vernehmen. Sie stolperten und krochen von dem Sandhügel hinunter auf die Talsohle. Der Tempel vor ihnen war gleichzeitig gedrungen und hoch aufragend, die Säulenzähne grinsten breit in Erwartung des kommenden Mahles. Orlando spürte, daß das hinter diesem Totenkopfgrinsen lebende Wesen schlief oder sonstwie teilweise abwesend war, doch als ob er ein Floh auf dem zuckenden Rücken eines sich eben zu regen beginnenden Hundes wäre, fühlte er auch, wie die ungeheure Macht langsam dem Erwachen entgegenstrebte. Er taumelte unter dem Gewicht dieser furchtbaren Empfindung und fiel hin, doch der Zug ließ nicht nach. Er konnte sich nicht einmal die Zeit zum Aufstehen nehmen, sondern mußte über den holperigen Boden vorwärtskrabbeln.

Der Sand auf der Talsohle bildete teilweise harte Klumpen und Grate, als ob eine extreme Hitze ihn zu rohem Glas umgeschmolzen hätte. Zerbröckelte Felsbrocken und scharfe Steinsplitter, wahrscheinlich von den fernen Bergen, lagen überall um den Tempel herum. Die kleineren

Steine rissen ihm Knie und Hände auf, so daß Orlando jetzt beim Ausatmen ein ununterbrochenes Gewimmer von sich gab. Fredericks hinter ihm jammerte ebenfalls. Orlando versuchte, über die Stellen zu kriechen, wo der Sand noch locker und körnig war, aber der zwingende Zug ließ das nicht immer zu.

Die Schmerzen waren so stark, daß ihm die andersartige Oberfläche des Gegenstandes gar nicht auffiel, als er die Hände darauf legte. Er sah den Talboden nur noch ganz verschwommen und mit schwarzen Flecken, und so hielt er einen Moment an, um Luft in seine wunden Lungen zu saugen, und hustete dann, bis er das Gefühl hatte, ohnmächtig zu werden. Hechelnd ließ er den Kopf hängen, damit das Blut wieder einströmte. Als sein Blick klarer wurde, sah er, daß er auf der gerundeten Seite eines im Sand vergrabenen Gegenstands kniete, der kein Stein war.

Es war, erkannte er langsam, ein Tongegenstand, dessen freigelegte Oberfläche backsteinhart war. Inmitten der abstrakten Diagonalen, die in den Ton geritzt waren, befand sich ein einzelnes Piktogramm, das von dem übrigen Muster durch seine rautenförmige Kontur abstach - eine Feder.

Du wirst mein Zeichen sehen ...

Der Tempel zerrte abermals an ihm, aber zum erstenmal, seit sie ihren Schlafplatz verlassen hatten, kämpfte er dagegen an. Das Blut pulste und pochte in seinem Kopf, während er mit den Fingernägeln scharrte und das Tonding aus dem Sand zu buddeln versuchte. Mit hängendem Mund und fiebrigen Augen kam Fredericks zu ihm gekrochen.

»Hilf mir«, keuchte Orlando. »Das ist es!«

Fredericks hielt an, aber war zunächst außerstande, etwas zu tun. Orlando wühlte im Sand, aber konnte den Rand des Gegenstandes nicht finden. Er kratzte und schaufelte, aber es gab keinen Ansatz, um die Finger darunterzuschieben und ihn anzuheben.

Fredericks tappte zu ihm und half mit. Bald darauf hatten sie ein großes Stück der gewölbten Oberfläche freigelegt, aber noch immer war kein Rand zu entdecken. Der unablässige Zug des Tempels, der inzwischen gewaltig wie ein Berg vor ihnen aufragte, wollte Orlando zwingen, auf dem Bauch zu kriechen, vorwärtszueilen, alles andere zu ignorieren ...

Er stöhnte auf. Tränen traten ihm in die Augen. »Es ist eine Urne oder sowas. Sie muß riesig sein!« Er wußte, daß sie der Kraft des Tempels niemals lange genug widerstehen konnten, um sie auszugraben. Die Frau mit der Feder hatte es versucht, aber er war nicht stark genug, um ihr Geschenk zu nutzen, was es auch sein mochte.

Der Befehl weiterzugehen wurde laut und lauter in seinem Kopf.

»Ich wollte helfen ...«, murmelte er. »Ich wollte sie retten ...«

Fredericks war von seiner Seite verschwunden. Orlando spürte die Abwesenheit, und sein Herz wurde kälter. Er konnte seinen Freund nicht allein weitergehen lassen. Das Spiel war verloren.

Er hob gerade rechtzeitig den Kopf, um zu sehen, wie Fredericks, der sich mit einer erstaunlichen Willensanstrengung hingestellt hatte, auf ihn zugewankt kam. Er hielt einen großen Stein mit beiden Händen umklammert, hob ihn vor dem fassungslos starrenden Orlando über den Kopf und warf ihn auf das Insigne der Göttin der Gerechtigkeit.

Er hörte kein Krachen, als die Tonwand zerbarst, nur das Brausen und Brüllen in seinem Kopf. Einen Moment lang gafften Orlando und Fredericks beide auf das gezackte Loch, dann flackerte in der finsteren Tiefe etwas auf. Eine helle Wolke sauste aus der zerschmetterten Urne heraus und wirbelte wild um sie herum. Sie schoß in die Luft und kreiselte dabei so schnell, daß sie vor dem dunklen Himmel einen Moment lang unsichtbar wurde, dann stieß sie wieder herab und hüllte die beiden ein. Orlando hielt sich schützend die Hände vors Gesicht. Als er die Augen öffnete, hatte er ein winziges gelbes Äffchen am Finger hängen, das ihn neugierig beäugte. Ein weiteres Dutzend der kleinen Geschöpfe hatten sich auf seinen Armen und auf Fredericks niedergelassen.

»He, Landogarner!« piepste das Ding an seinem Finger mit skurriler Heiterkeit in der Stimme. »Wo warstn du? Wieso haste die Böse Bande so lang da im Dunkeln gelassen?«

Zwei weitere Mikroaffen flogen ihm vors Gesicht. »Bande sauer!« riefen sie. »Doof da drin, doof, doof!«

»Aber jetzt«, verkündete der erste großspurig und so munter wie eine vor dem Höllentor tanzende Mücke, »jetzt wirds superduperlustig!«

Wie bitte? Das soll unsere Rettung sein? dachte Orlando in hilfloser Verzweiflung. *Mehr konnte sie nicht tun?* Wut und Erschöpfung schlugen auf ihn ein wie mit Hämmern. Sein letztes bißchen Kraft war dahin, aber der Tempel übte immer noch seine unwiderstehliche Anziehung aus. Diesmal, begriff er, würde er willenlos Folge leisten.

Vielleicht spürte das Äffchen an seinem Finger etwas, denn es schaute sich über die Schulter um. Als es die grinsende Steinfassade sah, kreischte es auf und schlug seine beiden winzigen Hände vors Gesicht.

»Igitt!« rief es. »Hättste uns nich woanders hinbringen können? Das is gar nich lustig.«

Kapitel

Ein unfertiges Land

NETFEED/NACHRICHTEN:
Kultischer Massenselbstmord in Neuguinea
(Bild: Personen mit Rauchvergiftung beim Abtransport vom Somare Airport)
Off-Stimme: In Papua-Neuguinea kamen sechsundzwanzig Mitglieder einer religiösen Sekte ums Leben, nachdem sie sich im Flughafen der Hauptstadt Port Moresby selbst angezündet hatten. Die Mitglieder der Sekte, die auf die einst für das Inselleben so wichtigen Cargokulte zurückgeht, übergossen sich mit Benzin und steckten sich im Hauptabflugbereich des Somare Airport von Port Moresby selbst in Brand. Sie hatten die Tat vorher nicht angekündigt und hinterließen auch keine Begründung.
(Bild: Kanijiwa mit der NU of L im Hintergrund)
Nach Ansicht von Professor Robert Kanijiwa von der New University of Launceston in Tasmanien ist dieser Massenselbstmord Teil einer beängstigenden, neueren Entwicklung.
Kanijiwa: »Man kann sie nicht einfach als einen verrückten Kult wie viele andere abtun — diese Sekte existiert in der einen oder andern Form seit dem 18. Jahrhundert. Es passieren zur Zeit eine Menge ähnlicher Sachen, und nicht nur in unserem Teil der Welt — es erinnert an das Fieber zur Jahrtausendwende vor einigen Jahrzehnten, aber ohne daß es diese naheliegende Erklärung gäbe. Viele Leute scheinen das Gefühl zu haben, daß irgend etwas Ungeheuerliches und Apokalyptisches im Schwange ist, und ich fürchte, wir werden noch mehr derartige Vorfälle erleben ...«

› Einige der Farben hatten keinen Namen. Hier und da waren Fragmente des Himmels ohne ersichtlichen Grund in den Boden eingefügt. Selbst die Anwesenheit von Emily, einem Replikanten, der eigentlich in der Simulation, für die er gemacht war, hätte bleiben sollen, war ein Rätsel, das Renie nicht lösen konnte. Aber ein Blick auf ihren Freund, der sich in Krämpfen auf dem absurden Boden wand, reichte aus, um alle Fragen mit einem Schlag bedeutungslos zu machen.

Erschrocken zog sie !Xabbus kleinen Affenkörper dicht an ihre Brust und versuchte, die gräßlichen Zuckungen durch einfachen Druck zu lindern. Sie wußte, daß man einen Anfall nicht so behandeln konnte, aber ihr fiel nichts Besseres ein. Als die Krämpfe so stark wurden, daß er sich fast ihrem Griff entwand, umschlang sie ihn noch inbrünstiger, als könnte sie ihm mit bloßer Verbissenheit das Leben retten. Zuletzt erschlafften seine Muskeln, und seine Bewegungen wurden weniger heftig. Eine Weile fürchtete sie sich, ihn direkt anzuschauen, weil sie meinte, sein Herz sei stehengeblieben. Dann regte sich seine Schnauze an ihrem Hals.

!Xabbus Augen flatterten und gingen auf. Sein Blick irrte kurz über den unpassenden Himmel und die unfertige Landschaft und blieb dann an ihr hängen. Seine Augen waren rund und ernst. »Renie. Wie gut, dein Gesicht zu sehen.«

»Was ist hier los?« meldete sich Emily 22813 energisch hinter ihr. »Warum erklärt mir niemand was? Ist der Affe krank? Wo sind wir? Wer bist du?«

Renie hätte in dem Moment auch dann nichts erwidern können, wenn es darauf Antworten gegeben hätte. Sie drückte !Xabbu fest an sich, und Tränen der Erleichterung liefen ihr über die Wangen und tropften auf sein Fell.

»Ach, ich dachte ...« Von Schluchzern unterbrochen preßte sie die Worte heraus. »Ich war mir sicher, du wärst ...« Sie wollte es nicht aussprechen. »Fühlst du dich jetzt besser?«

»Ich ... bin müde«, sagte er. »Sehr müde.«

Sie ließ ihn, als er sich von ihr losmachte. Er hockte sich neben sie und ließ seinen kleinen, hundeartigen Kopf hängen. Er zitterte immer noch, sichtlich schwach auf den Füßen, den Schwanz zwischen die Beine geklemmt.

»Was ist geschehen?« fragte sie. »Wie hast du das gemacht - den Durchgang gefunden und geöffnet?«

»Ich werde es erzählen«, erwiderte er. »Aber ich muß mich erst kurz erholen.«

»Natürlich.« Sie streichelte ihm den Rücken. »Kann ich dir irgendwie helfen?« Die relative Ruhe wirkte geradezu surreal. Gerade eben noch wären sie um ein Haar von dem Löwen und seinen hybriden Pflanzenkreaturen geschnappt worden. Jetzt waren sie ... ganz woanders. Und gegen dieses Woanders nahm sich das pervertierte Oz des Löwen wie der Gipfel der Normalität aus.

»Habt ihr vielleicht was zu essen?« fragte Emily, als ob sonst nichts los wäre. »Ich habe echt Hunger.«

»Tut mir leid, wir haben nichts.« Renie wollte Geduld mit ihr haben, doch es fiel ihr schwer. Emily hatte nicht mehr ganz das extrem kindische Gehabe von vorher, schien aber immer noch in ihrer eigenen Welt zu leben. »Später können wir nachschauen gehen, ob wir vielleicht was finden.«

!Xabbu stand auf und streckte sich, dann setzte er sich wieder neben Renie auf den Boden, gähnte und bleckte dabei kurz seine eindrucksvollen Eckzähne. »Es geht mir ein wenig besser«, sagte er. »Es tut mir leid, wenn ich dich erschreckt habe.« Er warf ihr das verlegenheitsähnlichste Lächeln zu, das sie bis jetzt auf seinem Paviangesicht gesehen hatte, und sie fragte sich, was ihr Kummer ihm gezeigt hatte - was für Motive bei sich sie selbst noch nicht ganz verstand.

»Ich hatte Angst, weil ... weil ich dachte, du würdest sterben.« Jetzt war es heraus. Sie seufzte. »Aber *alles* ist so merkwürdig. Wieso kanntest du dich mit dem goldenen Licht aus - diesem Gatewayding? Und was macht sie hier?«

»Emily ist kein Replikant«, sagte !Xabbu. »Ich kann dir nicht sagen, woher ich das weiß, aber ich weiß es. Nachdem ich getanzt hatte, sah ich alles anders.«

»Willst du damit sagen, daß sie wie wir ist? Eine, die im Netzwerk gefangen ist?«

Er schüttelte den Kopf. »Das weiß ich nicht. Aber sie ist kein ... wie war das Wort? Kein Konstrukt.« Er stellte sich auf die Hinterbeine. »Ich sollte wahrscheinlich alles erklären, was ich kann.« Renie mußte unwillkürlich bewundern, wie rasch er sich erholt hatte - seine Zähigkeit war wohl das Erbe von Vorfahren, die über Tausende von Generationen Tag für Tag und Stunde für Stunde ihr Leben der Wüste abgerungen hatten.

»Sollten wir nicht erst zusehen, daß wir hier wegkommen?« fragte sie. »Kannst du dieses Ding nochmal öffnen, diese Tür? Es ist so seltsam hier. So ... *verkehrt*.«

»Ich weiß nicht, ob ich die Kraft oder auch nur das Geschick habe, das noch einmal zu machen«, sagte !Xabbu. »Ich will dir erzählen, was geschehen ist.«

Renie begab sich in die bequemstmögliche Position, aber die Härte und Verwinkeltheit des Bodens oder dessen, was hier als Boden dienen mußte, war dem sehr hinderlich. Wenigstens erfroren oder verbrannten sie nicht, sagte sie sich dankbar. Bei allen sonstigen abartigen Extremen schien die neue Simwelt so wetterlos wie ein Büroraum zu sein.

»Ich habe dir gestern abend erzählt«, begann !Xabbu, »du müßtest mit den Augen deines Herzens sehen. Und das war die Wahrheit, Renie - du bist sehr wichtig für uns alle, auch wenn dir das nicht klar ist.«

Sie wollte ihm von ihrer eigenen Erkenntnis berichten, aber merkte, daß es nicht der richtige Zeitpunkt dafür war. Auch wollte sie Antworten auf ihre unmittelbar dringendsten Fragen haben. »Sprich bitte weiter.«

»Aber als du mich fragtest, was *ich* eigentlich tun wolle, erkannte ich, daß deine Sicht vollkommen richtig war. Seit ich hier in dieses Netzwerk gekommen war, hatte ich die Vision verloren, mit der mein Volk mich betraut hatte.

Renie, meine Freundin, ich habe versucht, mit den Augen eines Stadtbewohners zu sehen. Ich habe nicht darauf geachtet, was mir von Großvater Mantis gegeben wurde, die ganze Weisheit meines Volkes, und ich habe zu sehr versucht, so zu sein wie du, wie Martine, wie der arme Herr Singh. Aber ich bin ein Kind in deiner Welt, der Welt der Apparate. Wenn ich auf die Weise zu sehen versuche, kann ich nur die Ansichten eines Kindes haben.« Er nickte und gewann sichtlich an Selbstvertrauen.

»Ich habe dir einmal eine Geschichte erzählt über die Leute, die auf den Fersen sitzen, die Paviane - erinnerst du dich noch? Wie sie einen der Söhne des Mantis umbrachten und sich dann immer sein Auge zuwarfen, als ob es ein Ball wäre? Und ich habe dir erzählt, daß ich mir diesen Körper deshalb ausgesucht habe, weil Großvater Mantis im Traum zu mir sprach. Aber ich begriff nicht, wie sich alles zusammenfügen sollte. Ich hatte die Weisheit meines Volkes verloren. Also tanzte ich, denn das tue ich immer, wenn meine Seele hungrig ist.

Als ich an diesem Ort war, dem Tanzplatz, ging es mir auf. Die Paviane lagen mit dem Mantis im Krieg, und sie warfen sich gegenseitig das Auge zu, als wäre es ein Kinderspielzeug, weil sie nicht verstanden, wie man mit dem Herzen schaut und sieht. Das Auge war das Auge des Mantis, vermittelt über seinen Sohn, und sie wiesen es zurück. Sie lagen mit dieser Vision im Krieg.

Dies erfuhr ich, als ich tanzte. Ich wurde, glaube ich, deshalb mit diesem Körper bekleidet, weil ich diese Wahrheit entdecken und verstehen sollte. Der Pavian, das Wesen, das sich ständig mit seinen Nächsten um seinen Anteil streitet und rauft, sieht nicht mit dem Auge des Mantis – dem Auge des Geistes. Ich sage nicht, daß sie böse sind, die Leute, die auf den Fersen sitzen. Auch von ihnen kann man Dinge lernen, Lektionen über Freundschaft und Familie und die Stärke, die daraus erwächst, und wie man mit wachem Verstand und flinken Fingern Probleme löst. Aber ich mußte meine *eigene* Lektion lernen, Renie. Als ich tanzte, begriff ich, daß ich wieder lernen muß, mit den Augen zu sehen, die mir gegeben wurden, daß ich lernen muß, mit dem Herzen meines Volkes zu schauen – was ich nicht mehr getan habe, seit wir uns hier in dieser ... Scheinwelt aufhalten.

Als der Tanz vorbei war, Renie, war es, als wäre ich nach langen Wochen in finsterer Nacht ans Tageslicht getreten. Was ich nicht alles sehen konnte! Wie soll ich das bloß erklären? Oft meinen deine Leute, die Stadtmenschen, es gäbe eine richtige Art und eine falsche Art zu sehen. Sie hören alte Geschichten, wie mein Volk sie sich erzählt, alte Lieder, und sie sagen: ›Ach, hört nur, sind sie nicht wie Kinder, diese Buschleute? Sie denken, daß es Gesichter am Himmel gibt, sie denken, daß die Sonne klingt.‹ Aber es *gibt* Gesichter am Himmel, wenn du die Augen hast, sie zu sehen. Die Sonne *hat* ein Lied, wenn du nur die Ohren hast. Wir haben lediglich unterschiedliche Arten, die Welt zu begreifen, Renie, deine Leute und meine, und ich habe das Wissen, das mir beigebracht wurde, zu lange mißachtet.

Daher hatte ich, als ich aufhörte zu tanzen und der Zauber des Tanzes mir den Kopf klar gemacht hatte, das Gefühl, daß mir nichts mehr verborgen bleiben könne. Du wirst sagen, daß es das Unterbewußtsein war, daß mir einfach Dinge deutlich wurden, die ich bemerkt, aber nicht verstanden hatte. Wie dem auch sei. Ich weiß, was ich weiß. Und als allererstes erkannte ich, daß mich etwas gestört hatte, aber daß ich es in meiner Unaufmerksamkeit übersehen hatte, verdrängt hatte.

Es war natürlich das Feuerzeug, aber das wurde mir erst klar, als ich es in deiner Tasche entdeckte. Du fragtest, wie Azador dazu käme, es bei sich zu haben, da doch der Buchstabe darauf weder zu seinem Vornoch zu seinem Nachnamen paßte. Und Azador selbst hatte erklärt, daß Dinge, die für eine bestimmte Welt gedacht sind, nicht in eine andere mitgenommen werden können - deshalb warst du auch so überrascht darüber, daß Emily mit uns hierhergekommen ist!«

»Aber das beweist noch gar nichts«, wandte sie ein. »Er könnte es von jemandem in der Kansas-Simwelt gestohlen haben.«

!Xabbu, dessen Vermutung sich bereits als richtig erwiesen hatte, zuckte nur mit den Achseln.

»Wart mal«, sagte sie. »Nein, es *kann* gar nicht aus Kansas stammen, weil es die Kopie eines modernen Feuerzeugs ist - eines von diesen Wasserstoff-Minisolars. Und die ganze Technik in der Kansaswelt war aus dem vorigen Jahrhundert.«

»Von alledem hatte ich keine Ahnung«, sagte !Xabbu. »Aber als ich es mir nach dem Tanzen anschaute, es mit allen anderen Sachen um uns herum verglich, mit dem Boot, unserer Kleidung, da fühlte es sich *realer* an. Ich kann es leider nicht besser erklären. Das ist es, was die Augen meines Herzens sahen. Vielleicht könnte ich sagen, es war wie der Unterschied zwischen einer weißen Krickellinie und dem Bild einer Antilope auf einem Felsen. Der Unterschied ... im *Inhalt*, würdest du, glaube ich, sagen, ist sehr, sehr groß. Und als ich das Feuerzeug in der Hand hielt, erkannte ich, daß er noch größer war. Ich könnte es auch so ausdrücken, daß es war, wie wenn man einen der Grabstöcke meines Volkes betrachtet. Du oder irgendein anderer Städter, ihr würdet ein Stück Holz sehen, roh, an einem Ende zugespitzt. Einem Buschmann würde der Stock ebensoviel sagen wie euch ein Gewehr oder ein hochseetüchtiges Schiff, und er würde mit seinem einfachen Sein von allen Arten sprechen, in denen er benutzt werden kann, benutzt worden ist, benutzt werden soll.« Er neigte skeptisch den Kopf. »Drücke ich mich einigermaßen verständlich aus, Renie? Ich bin müde, und das sind schwer zu formulierende Gedanken.«

»Ich denke schon.« Sie schaute sich nach Emily um, die sich ungewöhnlich still verhielt. In ihrer üblichen selbstbezogenen Art - oder vielleicht in dem dumpfen, tierhaften Bewußtsein, daß sie in ein fremdes Revier geraten war - hatte sich das Mädchen einfach auf dem Unboden zusammengerollt und war eingeschlafen. »Ich bemühe mich zu verstehen, !Xabbu. Du konntest also erkennen, daß das Feuerzeug ... *anders* war.«

»Ja. Und als ich es anfaßte, es in der Hand hielt, ahnte ich Möglichkeiten, die förmlich in der Luft lagen. Bestimmte Höcker, bestimmte Flächen fühlten sich an wie: so und nicht anders. Wenn ich es auf eine bestimmte Art streichelte oder drückte, merkte ich, daß genau das die Absicht seines Erfinders gewesen war. Und bei einer bestimmten Abfolge von Berührungen, die ich vornahm, ging plötzlich ein Gateway auf. Ich konnte es in der Ferne leuchten sehen.«

»Aber *ich* konnte nichts sehen. Erst als wir dort hinkamen.«

»Ich glaube nicht, daß du dazu in der Lage gewesen wärst. Dieses Gerät, dieses Ding, das wie ein Zigarettenanzünder aussieht, gehört einem aus der Gralsbruderschaft, da bin ich sicher. Derjenige, der es in der Hand hält, kann Dinge sehen, die anderen verborgen sind, kann tun, was Götter tun können. Wenn wir es richtig anstellen könnten, würden wir zweifellos viele wunderbare Möglichkeiten entdecken, die sich uns damit bieten.«

Renies Herz schlug schneller. Das waren gute Neuigkeiten - nein, das waren hervorragende Neuigkeiten! Vielleicht konnte es ihnen gelingen, ihr Schicksal wieder selbst in die Hand zu nehmen. Sie blickte das glänzende Metallding an, das !Xabbus dünne Faust immer noch umklammert hielt, und fühlte zum erstenmal seit Tagen die Hoffnung wiederkehren.

»Doch ich sah auch andere Dinge«, fuhr er fort. »Nein, nicht ›sah‹ - das ist ein irreführendes Wort. Erkannte? Fühlte? Ich bin mir nicht sicher. Aber mir wurde klar, daß die Kreaturen des Löwen, diese traurigen, zerrissenen Menschenwesen, nichts weiter waren als Schatten, nicht lebendiger als die Bäume oder die Steine oder der Himmel an jenem Ort. Der Löwe allerdings war genauso lebendig wie Emily.« !Xabbu warf dem schlafenden Mädchen einen raschen Blick zu. »Er war ein realer Mensch oder wenigstens eine einflußnehmende Kraft, nicht bloß ein Teil der Simulation.«

»Und das kannst du jetzt auch erkennen? Was real ist und was nicht?«

Er schüttelte den Kopf. »Das war nur in diesen Minuten so, als das Gefühl ganz stark in mir war. Manchmal, wenn wir getanzt haben, ist es, als ob wir an einem hohen Ort stehen und über weite Entfernungen oder mit großer Schärfe sehen. Aber nicht immer, und selbst wenn das eintritt, ist es nicht von Dauer.« Er wandte sich der Schlafenden zu. »Emily kommt mir jetzt nicht mehr oder weniger real vor als da, wo wir sie zum erstenmal sahen.«

»Aber du könntest dich wieder in diesen Zustand versetzen!«

Er gab ein leises Bellen von sich, ein müdes Lachen. »Das ist nichts, was man an- und abstellen kann, Renie, wie einen von euren Apparaten. Ich war in großer Not, und ich tanzte, um Antworten zu erhalten. Einen Augenblick lang hatte ich viele Antworten. Ich sah, was real war und was nicht, und ich rief ein Gateway auf. Doch auch während dessen hatte ich keine Ahnung, wohin das Gateway führte, und aus diesem Grund sind wir jetzt an diesem sonderbaren Ort. Und ich könnte ein Jahr lang jede Nacht tanzen, ohne daß es sich wiederholte.«

»Entschuldige«, sagte sie und meinte es ehrlich. »Es war bloß ... bloß eine Hoffnung.«

»Aber es gibt allen Grund zur Hoffnung. Wir haben dieses Ding, das Azador bei sich hatte. Es hat einen Durchgang geöffnet. Ich kann dir nicht versprechen, daß ich seine Funktionsweise noch einmal so gut verstehen werde wie vorhin in der Trance, aber es kommt aus deiner Apparatewelt - es gehorcht Regeln. Durch irgend etwas können wir es wieder zum Funktionieren bringen.«

»Darf ich es mal haben?« Sie nahm es so vorsichtig von ihm entgegen, als wäre es eine Seifenblase. Obwohl es allein in der kurzen Zeit, seit sie davon wußte, eine ziemlich rauhe Behandlung überlebt hatte - es war auf den harten Zellenboden und das Deck des Schleppkahns gefallen, mit durch den Fluß geschwommen -, war es auf einmal kostbar geworden; sie wollte nicht riskieren, daß es irgendwie zu Schaden kam.

Es sah nicht anders aus als vorher, ein klobiges, altmodisches Feuerzeug mit einem verschnörkelten Y als erhabenem Monogramm. Selbst mit ihrem Wissen um seine eigentliche Funktion deutete nichts darauf hin, daß es mehr war, als es zu sein schien. »Wie hast du ... was hast du damit gemacht?« fragte sie ihn, wobei sie mit der Fingerspitze über die erhabene Linie des Monogramms strich. »Daß es funktioniert hat.«

»Das ist schwer zu erklären.« !Xabbu gähnte abermals. »Ich sah zu dem Zeitpunkt mit meinen wahrsten Augen. Aber es gibt bestimmte Arten, mit den Fingern darüberzufahren.«

Renie untersuchte das Objekt in der professionellen Art, die sie gelernt hatte, um herauszufinden, wofür es eigentlich gedacht war, aber es war kein Gerät, das jemand anderem als seinem Benutzer ohne weiteres zugänglich war - die normalen Kriterien der Interfacegestaltung trafen nicht darauf zu. Es war der Schlüssel eines reichen Menschen, und die Geheimnisse, die es erschloß, waren nur für diesen Menschen bestimmt.

Oder unter bestimmten Umständen, sinnierte sie mit grimmigem Humor, *für eingeborene Trancetänzer und diebische Zigeuner.*

Einen ganz kurzen Augenblick dachte sie an Azador und verspürte sogar einen Hauch von Sympathie für den Mann, die allerdings nicht lange anhielt. Wenn er dieses stibitzte Objekt benutzt hatte, um sich hier frei zu bewegen, dann war er jetzt wieder ein Teil der grauen Masse.

Um sich vorstellen zu können, wie !Xabbu das Ding in seinem Moment der Klarsicht gesehen hatte, spielte Renie weiter mit dem Feuerzeug herum, knetete es wie ein Stück Teig, drückte es, strich darüber, drehte es zwischen den Fingern. Einmal meinte sie fast, ein ganz leises Erschauern zu spüren, eine winzige Vibration wie das Schlagen eines Schmetterlingsflügels unter Samt, aber es hörte sofort wieder auf. Bei allem anderen, was sie tat, blieb es ein hartnäckig unmagischer Gegenstand. Sie gab es !Xabbu zurück, der es behutsam nahm, es beschnüffelte und in der Hand wog.

»Was meinst du eigentlich, wo wir sind?« fragte sie. »Und wer oder was zum Teufel ist Emily, wenn sie kein Teil dieser andern Simulation ist?« Plötzlich kam ihr ein Gedanke. »Azador muß es gewußt haben, dieses Vergewaltigerschwein! Aber er hat weiter so getan, als wäre sie ein Rep.«

»Vielleicht«, sagte !Xabbu. »Aber denk daran, ich wußte nur deswegen Bescheid, weil mir ein Augenblick der Einsicht gewährt wurde. Vielleicht kann einem dieser Gegenstand solche Sachen sagen, und dann wußte er es ... aber vielleicht auch nicht. Auf jeden Fall wird Azador, wenn er das Feuerzeug gestohlen hat, wohl kaum seine sämtlichen Anwendungsarten durchschaut haben.« Er betrachtete das schwere, glänzende Ding. »Was Emily ist, kann ich nicht sagen. Sie ist ein Mensch und muß als solcher behandelt werden. Vielleicht ist sie ein Geist - du sagtest einmal, es gebe Geister im Netz.«

Renie zitterte trotz der Wetterlosigkeit. »Hab ich nicht. Ich sagte, daß manche Leute *glauben,* es gebe Geister im Netz, wahrscheinlich die gleichen Leute, die früher an Geister anderer Art glaubten oder daran, daß schwarze Katze von links Unglück bringt, und ähnlichen Blödsinn.«

!Xabbu legte den Kopf leicht schief, was oft bedeutete, daß er über eine höfliche Art nachdachte, einen Einwand zu formulieren, aber falls er vorgehabt hatte, ihr zu widersprechen, änderte er seine Meinung. »Ich weiß jedenfalls nicht, was sie ist. Was diesen Ort hier betrifft, vermute ich, daß er etwas noch Unfertiges darstellt, meinst du nicht?«

»Kann sein.« Sie blickte sich stirnrunzelnd um. »Aber es kommt mir merkwürdig vor, daß sie ihn nicht erst fertigstellen, bevor sie ihn anschalten, verstehst du? Dann könnte es zwar noch Fehler im Gear geben, aber im wesentlichen würde es funktionieren, und falls es noch irgendwo hängen würde, könnten die Ingenieure das reparieren. Aber wart mal, hat Atasco nicht gesagt, sie würden diese Orte *wachsen* lassen ...?« Sie zuckte mit den Achseln. »Egal, es spielt keine Rolle. Aber mir gefällt's hier nicht. Von den vielen komischen Spiegelungen und Farben wird mir ganz flau im Magen. Meinen Augen tut's auch nicht gut. Können wir nicht irgendwo anders hin?«

»Du meinst, ein anderes Gateway finden?« !Xabbu beschnupperte das Feuerzeug abermals. »Ich weiß nicht, Renie. Ich bin wirklich müde, und ich habe nicht das Gefühl, das ich vorher hatte - die Wahrsicht.«

»Aber du hast selbst gesagt, daß es bloß ein Apparat ist. Ich will nicht, daß du dich überanstrengst, !Xabbu, aber probier's doch wenigstens mal. Guck, ob du dich erinnern kannst, was du gemacht hast.«

»Was ist, wenn wir einen Durchgang irgendwohin öffnen, wo es noch viel unangenehmer ist als hier?«

»Dann drehen wir einfach um und kehren hier ins Flickenland zurück. Durch diese Tore muß man doch in beide Richtungen gehen können, oder?«

»Da bin ich nicht sicher.« Dennoch befingerte er das Feuerzeug jetzt ein bißchen konzentrierter und schob es zwischen den Handflächen hin und her wie ein nasses Stück Seife. Nach einer Weile hörte er auf. »Mir ist, als könnte ich es wieder schaffen, Renie, aber ich bin wirklich sehr müde. Ich glaube nicht, daß es der richtige Zeitpunkt ist.«

Sie hatte plötzlich das Bild vor sich, wie er sich vor weniger als einer halben Stunde noch in Krämpfen gewunden hatte und verfluchte sich für ihre Gedankenlosigkeit. »Entschuldige, !Xabbu. Natürlich kann es warten. Du mußt dich ausruhen. Komm her, leg deinen Kopf in meinen Schoß.«

Sie lehnte sich zurück an ein unregelmäßig geformtes Gebilde, das das zerfasernde Aussehen einer VR-Skizze hatte - eher eine Absichtserklärung als eine tatsächliche Gestalt, wobei in diesem Falle die Absicht wohl darin bestand, eines Tages ein Grasbüschel auf diesem potentiellen Berghang darzustellen. Es war nicht furchtbar bequem, aber sie hatte es in letzter Zeit schon wesentlich unbequemer gehabt. !Xabbu kam heran und streckte sich neben ihrem Bein aus, so daß sein Schwanz sie am Kinn kitzelte. Er verschränkte die Arme über ihrem Knie und legte den Kopf darauf, eine eigenartige Mischung aus tierischer und menschlicher Bewegung. Sekunden später schlief er schon.

Renie brauchte ein paar Minuten länger.

Sie wußte nicht, wie lange sie geschlafen hatte, da es an diesem völlig zeitlosen Ort nichts gab, woran man das hätte erkennen können, aber sie hatte das Gefühl, ziemlich tief weggewesen zu sein. Als sie die Augen aufschlug, wußte sie zunächst nicht so recht, was sie vor sich sah, woraus rasch das Gefühl wurde, daß etwas Wichtiges sich von innen nach außen gekehrt hatte.

Ihre erste kohärente Wahrnehmung war, daß der farblose Himmel jetzt eine Farbe hatte. Sie war nicht sehr ausgeprägt, eher als ob der namenlose Ton von vorher zu etwas Ähnlichem wie einem blassen Grau geronnen wäre, aber es war eine Veränderung. Andere Farben hatten sich ebenfalls verändert, so als ob ein globaler Filter eine Idee weiter gerückt wäre und nunmehr die meisten Dinge in der unfertigen Simwelt eine Nuance dunkler und fester darstellte. Aber nicht alle Dinge hatten durch den Wandel an Festigkeit gewonnen: Ein paar andere schienen wieder in Auflösung zu sein, und Formen, die vorher ziemlich deutliche Komponenten der Landschaft gebildet hatten, waren von schattenhaften Versionen ersetzt worden oder gar völlig verschwunden, ins Nichts zurückgesunken. Vielleicht befand sich das ganze Environment in einem langsamen Übergang, dachte sie, und war mitten dabei, etwas anderes zu werden.

Aber was für ein Übergang mochte das sein, wovon wohin? Und warum kam es ihr so langsam vor? Woran hätte sie das messen können? Der totale und schlagartige Kollaps der ganzen Landschaft, als sie Azador und das Schiff verloren hatten, schien die Antwort auf die zweite Frage zu sein. Waren die schnellen Veränderungen dort und die langsamen Veränderungen hier schlicht unterschiedliche Versionen des gleichen Vorgangs? War das Netzwerk am Zusammenbrechen, wie sie vermutet hatte? Oder konnte es sein, daß es sich statt dessen grundlegend umformte?

Von unbeantwortbaren Fragen geplagt hatte sie gerade gemerkt, daß !Xabbus Kopf nicht mehr auf ihrem Knie lag, als sie ihn sprechen hörte.

»Weißt du, Renie, ich bin mit einem Gedanken aufgewacht.« Er hockte ein Stückchen von ihr entfernt und begutachtete abermals Azadors Feuerzeug.

»Hast du gut geschlafen?«

»Ja, danke, das habe ich. Aber ich möchte dir meinen Gedanken mitteilen. Ich habe von diesem Ding gesprochen, als ob es ein Werkzeug wäre, wie ein Grabstock. Aber wenn es nun mehr ist als das?«

»Da komm ich nicht mit.« Renie sah, daß Emily nicht mehr an dem Platz war, wo sie geschlafen hatte, aber da !Xabbu dem keine Beachtung schenkte, ließ sie es auch gut sein. »Mehr als ...?«

»Mehr als ein Werkzeug. Wenn es nun ein Name ist? Mein Volk glaubt - und die meisten sogenannten Primitiven glauben das -, daß Namen eine große Macht haben. Wenn man den wahren Namen von etwas kennt, hat man Macht darüber. Nun gut, was ist, wenn dies einem aus der Bruderschaft gehört?«

»Dann könnten wir uns damit frei bewegen, von einer Welt zur andern wechseln«, sagte sie nach kurzem Nachdenken. »Möglicherweise könnten wir sogar bestimmen, wo wir hingehen wollen, statt es einfach dem Zufall zu überlassen.«

»Ja, aber wenn dies einem der Gralsleute gehört, dann können wir es unter Umständen so benutzen, wie der oder die Betreffende es benutzt - vielleicht in der Art eines Namens.«

»Wie einen Zugangsschlüssel, meinst du? Mit dem wir überall reinkommen, wo wir sonst nie reinkommen würden? Und vielleicht sogar ganz aus dem Netzwerk raus?«

»Oder in die Dateien und Datenbanken der Gralsbruderschaft hinein.« Er bleckte die Zähne. »Wenn ja, dann könnten wir ihnen einige Unannehmlichkeiten bereiten.«

»Oh, !Xabbu!« Sie klatschte vor Vergnügen in die Hände. »Das wäre mehr, als ich seit langem zu hoffen gewagt habe! Vielleicht könnten wir endlich an Informationen über Stephen und die vielen andern rankommen ...«

Ihre Euphorie wurde durch das Auftauchen von Emily unterbrochen, die mit langen Schritten und rudernden Armen den Hügel heruntergerannt kam, als wären Dämonen hinter ihr her. »Helft mir!« schrie sie. Renie sprang auf.

Als Emily vor ihnen zum Stehen kam, war ihr Gesicht von Qual und Wut verzerrt. »Ich hab euch doch *gesagt*, daß ich Hunger hab und was essen muß! Du wolltest nachschauen, hast du gesagt, aber gemacht hast du's nicht, und ich sterbe vor Hunger! Es gibt hier nirgends irgendwas!«

Renie war verblüfft, wie außer sich das Mädchen war. Woher sollten sie wissen, ob Emily wirklich etwas zu essen brauchte oder nicht? Sie wußten nicht einmal, was sie war, ganz zu schweigen davon, in welcher Form sie mit dem Netzwerk interagierte. Vielleicht ging es ihr tatsächlich schlecht. »Wir helfen dir suchen ...«, begann sie, aber wurde von einem zornigen Aufschrei unterbrochen.

»Ich *hab* schon gesucht, das sag ich doch, und es gibt hier *nirgends* was! Es ist ja nicht bloß für mich! Du hältst mich für egoistisch und dumm, dabei kennst du mich gar nicht! Es ist für mein *Baby!* Ich hab ein Baby im Bauch!«

»Schon wieder?« entfuhr es Renie, und schnell fügte sie hinzu: »Ich wollte sagen, immer noch?«

»Du weißt gar nichts über mich«, jammerte Emily und sank dann bitterlich weinend zu Boden.

»Es kann wirklich sein, daß wir was für sie finden müssen«, sagte Renie zu !Xabbu und seufzte. »Vielleicht gibt's irgendwo, was weiß ich, irgendwelche halbfertigen Früchte, die wir ihr pflücken könnten.« Sie musterte das Mädchen. »Sie ist immer noch schwanger. Was ist das bloß für eine Geschichte?«

!Xabbu befühlte das Feuerzeug mit seinen geschickten Fingern und tastete es überall ab, als läse er ein langes Gedicht in Blindenschrift. »Vielleicht sollten wir uns doch woanders hinbegeben«, bemerkte er. »Wo die Umgebung gewohnter ist und wo Emily etwas zu essen und ein bißchen Häuslichkeit und vertraute Sachen vorfindet.«

O ja, vertraute Sachen wie Geburtshelfer, lag es Renie auf der Zunge, doch da kam ihr ein neuer, beunruhigender Gedanke. »Wann wirst du dein Kind bekommen?«

Emilys Schluchzen hatte etwas nachgelassen. »Ich ... ich weiß nicht.«

»Wann hattest du zuletzt deine Periode - deine Monatsblutung?«

Das Mädchen zog die Stirn kraus. »Sie ist sechs Wochen überfällig. Daran hab ich's gemerkt.« Sie senkte die Stimme zu einem Flüstern. »Und mir ist irgendwie ... komisch.«

Renie seufzte erleichtert. Bei den Dünnen war es manchmal schwer zu sagen, aber wie es klang, war es bei Emily noch lange nicht soweit, selbst wenn man die verzerrte Netzwerkzeit berücksichtigte. »Wir sehen zu, daß wir dir helfen können«, sagte sie in etwas milderem Ton als vorher. »Wir werden für dich was zu essen finden ...« Sie brach ab. !Xabbu war sehr still geworden, und seine Finger bewegten sich jetzt ganz langsam. Er blickte nicht mehr auf das Metallding in seinen Händen, sondern in eine unbestimmte Ferne; es sah fast so aus, als lauschte er auf etwas.

»Renie«, sagte er ruhig, »ich glaube, ich habe eine Öffnung gefunden, und sie ist hier ganz in der Nähe. Vielleicht ist es die, durch die wir gekommen sind ...«

»Das ist gut, das ist sehr gut!« Emilys Probleme mochten sein, wie sie wollten, wenn der Buschmann das Feuerzeug unter normalen Umständen bedienen konnte, dann standen die Zeichen für vieles günstig.

»... Aber irgend etwas Merkwürdiges geht da vor. Ich fühle jemanden da draußen.«

»Was soll das heißen?« Eine jähe innere Kälte gab ihrer Stimme einen schneidenden Ton. »Was meinst du mit ›jemand‹? *Wen?*«

!Xabbu schloß die Augen und schwieg eine ganze Weile, wobei er das Feuerzeug so vorsichtig in seinen kleinen dunklen Fingern hielt, daß er wie ein Edelsteinschleifer aussah, der zum letzten vollendenden Schliff ansetzt. »Das wird sich verrückt anhören«, sagte er schließlich. »Es fühlt sich an, wie wenn jemand auf der anderen Seite einer Wüstenpfanne steht. Wenn der Wind richtig weht, kann ich die Stimme ganz nahe hören, obwohl die Person nicht einmal in Sichtweite ist.« Er legte auf eigentümlich menschliche Weise seine Stirn in Falten, und zum erstenmal seit Stunden erschien es ihr wieder völlig absurd, daß ihr bester Freund ein Pavian war. »Renie, ich glaube, es ist Martine.«

»*Was?* Du machst Witze!«

»Ich kann sie hören - oder fühlen. Es ist schwer zu sagen. Aber sie ist direkt auf der anderen Seite von ... irgend etwas, und sie sucht einen Weg nach draußen.« Sein Kopf schnellte zurück, als ob ein lautes Geräusch ihn erschreckt hätte. »Sie ist ganz nahe!«

Renie kroch zu ihm hin, aber hielt einige Zentimeter vor ihm an. Sie wollte ihn nicht berühren, um nur ja nicht diese unfaßbare Verbindung zu unterbrechen. »Sind die andern bei ihr? Kannst du sie finden? Können sie uns finden?«

»Ich weiß nicht. Ich werde versuchen, das Gateway zu öffnen. Hoffentlich kann ich mich darauf besinnen, was ich das vorige Mal gemacht habe.« Sein stirnrunzelndes Gesicht nahm einen Ausdruck angestrengter Konzentration an. »Es ist so schwer diesmal – ich mache etwas falsch.«

Doch noch während er diese besorgten Worte sprach, pellte eine unsichtbare Hand wenige Meter vor ihnen unvermittelt ein Stück Luft weg und ließ ein goldenes Licht hindurchscheinen. Sekundenschnell war aus dem Ritz ein schimmernder waagerechter Streifen geworden, etwa so breit wie die ausgestreckten Arme eines Menschen. An den Enden krochen zwei feurige Linien nach unten. Gleich darauf spannte sich dazwischen eine golden leuchtende Membran auf, ein Licht, das man nur als strahlend bezeichnen konnte, das aber dennoch strikt innerhalb seiner Grenzen blieb.

Emily glotzte mit offenem Mund. Auch Renie war völlig gebannt. Es war erst das zweite Mal, daß sie das miterlebte, und der Effekt war ebenso eindrucksvoll wie vorher im Wald. Nur !Xabbu war nicht von der überirdischen Erscheinung gefesselt: Seine Augen waren fest zusammengepreßt, und seine Lippen bewegten sich in einer lautlosen Beschwörung.

Das Strahlen verringerte sich ein wenig. Der Flammenvorhang bekam einen leichten Stich ins Bernsteinfarbene, und Renie fühlte schon die schreckliche Gewißheit aufsteigen, daß das Experiment gescheitert war, daß, wenn Martine tatsächlich irgendwo am anderen Ende gewesen war, sie den Anschluß zu ihr nicht bekommen hatten.

Da brach in der leuchtenden Fläche plötzlich ein Höllenlärm aus, ein derart gewaltiges Getöse, daß Renie ihren eigenen Überraschungsschrei nicht hörte. Mehrere Gestalten fielen wild durcheinander aus dem Gateway heraus und warfen sie und !Xabbu zu Boden. Der Lärm verklang, und zugleich sah Renie, wie das goldene Rechteck noch einmal aufflackerte und dann erlosch. Sonst konnte sie kaum etwas sehen, weil etwas Schweres und Spitzes und Scharfes auf ihr lag und ihr das Gesicht auf den unfertigen Grund drückte.

»Martine?« rief sie, während sie versuchte, sich unter der schmerzhaft stachelnden Masse hervorzuwinden. »Bist du das?«

T4b, der Goggleboyroboter in seinem Kampfpanzer, wälzte sich mit einem erstaunten Ausruf zur Seite. Er landete auf dem Hintern und blieb einen Moment sitzen und starrte sie an, als wäre ihr Anblick die reine Unmöglichkeit.

Eine der anderen Gestalten löste sich aus dem Knäuel der Leiber. »Renie! Mein Gott, du bist es!« Der Sim war immer noch eine unscheinbare temilünische Frau, aber der Akzent in der Stimme war unverkennbar.

»Martine!« Sie rappelte sich auf, ohne weiter auf die Prellungen zu achten, die sie als Polster für T4bs Landung bekommen hatte, und schloß die andere Frau so ungestüm in die Arme, daß Martine Desroubins Füße vom Boden abhoben. »Gütiger Himmel, wie ist das möglich? Wir dachten, wir hätten euch ein für allemal verloren. Ist Orlando auch bei euch?«

Florimels Stimme schnitt durch den Tumult wie eine Kreissäge. »William ist mit durchgekommen, Martine.« Renie faßte das als freudige Mitteilung auf. »Aber er muß sich irgendwo den Kopf angestoßen haben. Er ist bewußtlos.«

»Gott sei Dank«, murmelte Martine und verblüffte dann Renie mit der Frage: »Haben wir etwas, womit wir ihn fesseln können?«

»Ihn fesseln?« sagte Renie. »Du willst ihn *fesseln?* Redest du von demselben William ...?«

»Ja. Er ist ... ich weiß nicht, was er ist«, erwiderte Martine. »Aber er ist nicht der, für den wir ihn hielten. Er hat versucht, Quan Li umzubringen.«

»Das verstehe ich nicht.« Renie schüttelte den Kopf. Vor diesem Ansturm seltsamer neuer Mitteilungen mußte sie kapitulieren. »Wer ist alles hier? Was ist geschehen?« Diese neue Welt, die eben noch übernatürlich still gewesen war, war auf einmal das reinste Tollhaus. T4b stand mittlerweile wieder auf den Beinen und wischte seine Handdornen am Boden ab - etliche hatten dunkle Streifen. Außerdem beäugte er Emily 22813 mit Interesse, obwohl diese ihrerseits den gepanzerten Mann anschaute, als wäre er ein großes und besonders ekliges Insekt.

Quan Li und Florimel (sie waren im ersten Moment schwer auseinanderzuhalten, da Renie sie eine ganze Weile nicht gesehen hatte und beide nach wie vor sehr ähnliche temilúnische Körper hatten) kauerten neben Sweet William, dessen lange schlaffe Gestalt in dem vertrauten schwarzen Kostüm nahe der Stelle auf dem Bauch lag, wo das Gateway sich aufgetan hatte. Blut sickerte unter seiner Kapuze hervor und über sein bleiches Gesicht. Florimel riß sich Streifen von ihrer zerschlissenen Bauernbluse, um ihn zu binden; Quan Li tat das gleiche und wirkte dabei leicht verärgert, als ob ihr die Hilfe der anderen Frau nicht recht wäre und sie den Gefangenen lieber allein gefesselt hätte. Renie fragte sich, wie arg William sie wohl verletzt hatte, daß die zurückhaltende Quan Li so entschlossen und grimmig zu Werke ging.

Von Orlando oder seinem Freund Fredericks war nichts zu sehen. !Xabbu stand auf und hielt dabei immer noch das Feuerzeug in der Hand. Er betrachtete das ganze Treiben mit einer gewissen versonnenen Entrücktheit, als befände er sich abermals in einer Trance, wenn auch diesmal in einer nicht so tiefen.

»Habt ihr uns oder haben wir euch gefunden?« fragte Martine. Sie sah ziemlich angeschlagen aus und schien sich nur mit Renies Hilfe auf den Beinen halten zu können. »Es war alles so verwirrend. Es gibt soviel zu erzählen!«

»Wir haben etwas gefunden«, erklärte Renie, »einen Schlüssel oder einen Fernauslöser, etwas in der Art. Jedenfalls ein Zugangsgerät - es sieht aus wie ein Feuerzeug, siehst du? !Xabbu hat damit einen Durchgang geöffnet. Zwei Durchgänge jetzt! Wir glauben, daß es einem der Gralsleute gehört hat, aber ein anderer Mann hat es gestohlen ...« Sie merkte, daß sie vor Erleichterung und Freude einfach vor sich hin plapperte. »Ach, schon gut, ich erklär das alles später. Aber diese Sache mit William verstehe ich nicht. Er hat Quan Li angegriffen? Warum? Ist er verrückt geworden?«

»Ich fürchte, er ist ein Spion im Dienst der Gralsbruderschaft«, entgegnete Martine. »Als wir in der Stätte der Verlorenen waren - aber ich vergesse ganz, daß ihr gar nicht wißt, wo wir waren, was wir gemacht haben.« Sie schüttelte den Kopf und stieß ein kleines brüchiges Lachen aus. »Genau wie wir nicht wissen, was euch widerfahren ist! Ach, Renie, war das alles verrückt!« Sie ließ erschöpft die Schultern hängen. »Und wohin sind wir jetzt geraten? Was stellt das hier dar? Es kommt mir sehr bizarr vor.«

Emilys jäher Aufschrei erschreckte Renie und Martine so sehr, daß sie beide aufsprangen. »Ist er tot?« kreischte das Mädchen. »Da ist soviel *Blut*!«

Renie drehte sich um. In dem Versuch, einen Abstand zwischen sich und T4b zu bringen, wäre Emily beinahe über Sweet William gestürzt, aber das Mädchen war nicht die einzige, die einen entsetzten Eindruck machte. Die neben ihm kniende Florimel hielt die Hände hoch und starrte verdutzt auf das helle Rot, mit dem sie bis zu den Handgelenken wie angemalt waren. Auch Quan Lis Hände waren blutig; sie wich mit weit aufgerissenen Augen von William zurück.

»Er hat eine Kopfwunde«, sagte Florimel, doch sie klang unsicher. »Die bluten sehr stark ...«

Renie war mit wenigen Schritten bei ihr, und mit Florimels Hilfe wälzte sie die lange Gestalt herum. Als William auf den Rücken sackte, schnappte Renie überrascht nach Luft. Sein schwarzes Kostüm war am Bauch völlig zerfetzt, und aus sämtlichen Rissen quoll Blut. Eine Pfütze sammelte sich unter ihm auf dem seltsam gefärbten Boden, und überall mischten sich andere Töne, hellblaue und grüne und eklig graue, in das Rot, das nur an den Wunden und auf dem Kleiderstoff unverändert blieb.

»Um Gottes willen.« Renie wurde vom bloßen Anblick schon schlecht. »Wie ist das passiert? Es sieht aus, als hätte ein Tier ihn in den Klauen gehabt.«

!Xabbu beugte sich über ihn. »Er ist noch am Leben. Wir brauchen mehr Material, um ihn rasch zu verbinden.« Er hockte sich hin, nahm dann die Stoffstreifen von Florimel und Quan Li, die eigentlich als Fesseln gedacht gewesen waren, und wickelte sie fest um die häßlichen Wunden. Während der Affe und die beiden Bäuerinnensims am Boden kauerten, stand T4b deplaziert daneben wie ein skurriles Kriegsspielzeug, das versehentlich in ein klassisches Gemälde geraten ist. Nichts an seinem Kostüm eignete sich als Notverband, soviel war sicher.

Renie fühlte ein Zupfen am Arm und ließ sich von Martine beiseite ziehen. Statt um Zuspruch zu bitten, führte Martine ihren Mund dicht an Renies Ohr. Ihr Flüstern war so leise, daß Renie zunächst meinte, nicht richtig gehört zu haben, so schockierend waren die Worte der blinden Frau.

»Eine von ihnen war es«, sagte Martine. »Eine von ihnen muß versucht haben, ihn umzubringen. In der Höhle, wo wir vorher waren, hätte ihn auch etwas anderes angreifen können, aber ich fühlte eine Gewalttat geschehen, als wir gerade in das Gateway eintraten, und zu dem Zeitpunkt waren wir alle dicht auf einem Haufen. Ich kann allerdings nicht sagen, wer die Schuldige ist, wer von ihnen nur vorgibt, Erschütterung und Trauer zu empfinden. Etwas in dieser neuen Simulation, irgendein entstellender Einfluß, trübt meine Sinne.«

Martine redete, als könnte sie Gedanken lesen, und Renie hatte keine Ahnung, was es damit auf sich hatte. Im Grund hatte sie kaum eine Ahnung, was es mit *alledem* auf sich hatte. »Ich komm nicht mehr mit.« Sie holte tief Luft und mußte sich zwingen, leise zu sprechen. »William ist ein Spion, aber eine von ihnen wollte ihn umbringen?«

»Einer der Leute, die mit mir gekommen sind«, entgegnete Martine. »Ich glaube, so ist es - aus welchem Grund auch immer, es muß dort geschehen sein, unmittelbar bevor wir durch das Gateway kamen. Ich fürchte mich, Renie.«

»Was können wir tun?« Sie warf einen verstohlenen Blick hinüber. Alle außer Emily schienen sich aktiv um Williams Leben zu bemühen, mochte er getan haben, was er wollte. Und wie konnten sie sicher sein, daß Martine recht hatte - daß man sich auf die übrigen Sinne der blinden Frau verlassen konnte? Vor Tagen erst war sie dermaßen von dem Netzwerk überwältigt gewesen, daß sie beinahe katatonisch gewirkt hatte.

Urplötzlich wandte sich Martine den anderen zu und sagte mit lauter, bebender Stimme: »Ich weiß, daß eine von euch ihn so zugerichtet hat.«

Alles hielt inne. Die Hände mit den Binden, die Florimel und Quan Li sich von ihren immer weniger werdenden Kleidungsstücken abgerissen hatten, blieben über Sweet William hängen, so daß die beiden wie Figuren in einem gestellten Mumifizierungstableau wirkten. T4b machte ebenfalls einen überraschten Eindruck, aber die insektenartige Maske, die er trug, verbarg seine Miene.

Emily war vor der blutigen Szene zurückgewichen, die Hände schützend vor den Bauch gehalten, und dennoch erstarrte das Mädchen aus der Neuen Smaragdstadt bei Martines Worten wie ein Kaninchen. »Ich hab nichts getan!« heulte sie und krümmte sich dabei zusammen, als wollte sie sich zwischen die Anklägerin und ihr ungeborenes Kind schieben.

»Du doch nicht, Emily«, beruhigte Renie sie. »Aber, Martine, wir können nicht einfach ...«

»Doch.« Martine nickte nachdrücklich. »Wenn wir etwas nicht können, dann mit Zweifeln leben. Wenn ich mich irre, irre ich mich eben, aber ich glaube es nicht. Und ich werde es gleich genau wissen.« Die kleine Frau marschierte auf die bestürzte Gruppe zu wie eine Schäferhündin, die ein Rudel wilder Wolfsvettern allein mit der Kraft ihrer Persönlichkeit einzuschüchtern versucht. »Ihr wißt, daß ich Dinge auf eine Weise durchschauen kann, wie ihr anderen nicht - jedenfalls wissen die das, die mit mir unterwegs waren.«

»Was, weil jemand William angegriffen hat und du meinst, es sei eine von uns gewesen, willst du dich als Richterin aufspielen?« Florimel schüttelte entrüstet den Kopf, aber es lag auch eine Spur von Furcht in ihren Augen. »Das ist doch Wahnsinn!«

»Da wird es nicht viel zu richten geben«, gab Martine mit einer Bissigkeit zurück, die Renie noch nie bei ihr erlebt hatte. »Du oder Quan Li, eine von euch muß es gewesen sein. Ihr seid die einzigen, die Blut an sich haben, und wer das getan hat, muß dabei etwas abbekommen haben.«

Florimel verzog nur verächtlich das Gesicht, und Quan Li meldete einen schwachen Protest an, aber Renie erinnerte sich plötzlich an etwas. »Martine, ich habe *ihn* dabei gesehen«, sie deutete auf T4b, »wie er sich seine Dornen abgewischt hat, kurz nachdem ihr hierher durchgekommen seid.«

»Solln das heißen?« bellte T4b. »Ich'n Dupper? Bei dir cräsht's wohl! Wer mir was will, den ex ich ab!« Er hob seine gepanzerten Fäuste und stellte dabei seine Körperdornen zur Schau wie ein Kugelfisch seine Stacheln, so daß er einen wahrhaft furchterregenden Anblick bot. Renie mußte sich eingestehen, daß es ihnen ohne Orlando und seinen Barbarensim schwerfallen würde, sich gegen den Goggleboy zu verteidigen, falls es zum Kampf kommen sollte.

Martine ließ sich nicht beirren. »Dann ist T4b auch verdächtig. Wenn ihr anderen mir nicht traut, kann ja Renie Richter sein.«

»Mit mir richtert keiner rum, irgendwie«, warnte T4b. »Trans scännige Idee. Du nich, niemand nich ...«

»*Halt!*« brüllte Renie, so laut sie konnte, um zu verhindern, daß die Situation außer Kontrolle geriet. »*Hört auf, ihr alle!*«

Durch die relative Stille, die daraufhin entstand, tönte !Xabbus leise Stimme aufrüttelnd wie ein Kanonenschuß. »Er will etwas sagen«, erklärte der Pavian.

Alle schauten hin und sahen, wie Sweet Williams schwarz geschminkte Augen sich flatternd öffneten. In diesem Augenblick erwartungsvollen Schweigens sprang unversehens eine Figur über Williams Körper und griff !Xabbu an.

Die Angreiferin war einer der temilúnischen Sims, aber zuerst konnte Renie nicht sagen, welcher, ja war sich in der Verwirrung der ersten ein oder zwei Sekunden nicht einmal sicher, daß es überhaupt ein Angriff war, da ein Überfall auf den Pavian völlig widersinnig erschien. Der ganze Vorgang schien in Zeitlupe abzulaufen, ohne begreifbare Logik, wie eine Drogenerfahrung. Erst als die dunkelhaarige Frau sich aufkniete, !Xabbu von ihrem Arm wegriß und ihn mit erstaunlicher Kraft zur Seite schleuderte, erkannte Renie, daß die Angreiferin Quan Li war.

Etwas Glänzendes war bei dem Handgemenge hingeflogen und nur einen Schritt vor Renie liegengeblieben. Es war Azadors gestohlenes Feuerzeug. Als ihr mit Verspätung klar wurde, daß es Quan Li bei dem Angriff auf den Pavian nur darum gegangen war, bückte sich Renie, hob es auf und schloß fest die Faust darum.

Quan Li rappelte sich auf und rieb sich den blutigen Arm. »Verdammt«, fauchte sie, »das kleine Mistvieh kann beißen!« Sie sah Renies zugehaltene Hand und machte einen überraschend schnellen Schritt darauf zu, doch als T4b und Florimel sich verteidigungsbereit links und rechts von Renie aufstellten, blieb Quan Li stehen. Ihre anfängliche Aggressivität verwandelte sich abrupt in ein unheimliches, träges Grinsen, das die Gesichtszüge unnatürlich breit zog. »Los, gib mir einfach das Ding, und ich verdrück mich und tu keinem was.«

Stimme und Haltung der Hongkonger Großmutter hatten sich drastisch verändert, aber noch erschreckender war die Metamorphose ihres mittlerweile vertrauten Gesichts. Eine neue Seele war in ihr zum Leben erwacht - oder endlich zum Vorschein gekommen.

!Xabbu kam angehumpelt und stellte sich neben Renies Füße. Beruhigt, daß er nicht ernstlich verletzt zu sein schien, hatte sie soeben den Mund aufgemacht, um eine Erklärung zu verlangen, als Quan Li mit ungeheurer Schnelligkeit einen Satz machte, Emily packte und in einer einzigen fließenden Bewegung, geschmeidig und tödlich wie der Stoß einer Schlange, an sich riß. Das Grinsen wurde noch breiter. »Wenn einer von euch mir noch einen Schritt näher kommt, breche ich ihr den Hals. Darauf könnt ihr Gift nehmen. Okay, und jetzt reden wir nochmal über das Feuerzeug da.«

»Emily ist ein Rep«, sagte Renie verzweifelt. »Sie ist nicht real.«

Quan Li zog eine Braue hoch. »Es wäre dir also egal, wenn ich sie vor deinen Augen zerreiße, versteh ich das recht? Wenn Knochen und Fetzen fliegen?«

»Versuch's, und ich zerschrott dich«, knurrte T4b.

»Wow, hol's der Deibel, Kumpel.« Das rauhe neue Timbre ließ Quan Lis künstlichen Cowboyslang noch bizarrer klingen. »Ist ja'n richtiger Patt, den wir da haben, was?«

Trotz des lässigen Tonfalls der Person machte die ganze Situation auf Renie einen bedrohlich instabilen Eindruck. Sie bemühte sich, die

Panik nicht durchklingen zu lassen. »Wenn wir dir das Feuerzeug geben, versprichst du dann, sie loszulassen?«

»Mit Vergnügen. Von der Sorte gibt's genug.«

»Beantworte mir erst ein paar Fragen. Das soll mit zu dem Tauschgeschäft gehören.« *Wenn wir diese Kreatur lange genug mit Reden beschäftigen*, dachte Renie, *fällt vielleicht jemand anders was ein.* In ihrem Kopf brodelte es zwar, aber sie kam auf nichts Brauchbares. Sie war wütend auf sich, daß sie sich hatte überlisten lassen, und wütend auf Emily, daß sie sich hatte fangen lassen. Sie wollte nicht mehr als nötig mit dem Leben des Mädchens spielen, aber sie konnten nicht einfach auf das Feuerzeug verzichten: Die Vorstellung, dieses kostbare Stück dranzugeben, nachdem sie es eben erst entdeckt hatten, war niederschmetternd - ausgeschlossen.

»Fragen ...?«

»Wer bist du? Du kannst nicht Quan Li sein.«

»Du bist eine ganz Kluge, was?« sagte die Person in dem Bäuerinnensim. »So klug, daß du meinst, du könntest mir weismachen, es wäre dir egal, wenn ich der Kleinen hier die Haut bei lebendigem Leib abziehe.« Emily wimmerte und wand sich ein wenig, aber ein Druck brachte sie zum Schweigen. »Aber in Wirklichkeit weißt du gar nichts - zum Beispiel darüber, was mit deinem Bruder passiert ist. Tja, ich weiß es, und es ist im Grunde zum Totlachen, wenn man nicht zu zimperlich ist.«

»Hör gar nicht hin!« Martine legte Renie eine Hand auf die Schulter. »Sie lügt - sie will dir bloß weh tun, dich wütend machen.«

Renie blickte in das verzerrte, haßerfüllte Gesicht, das in einer Person verborgen gewesen war, der sie getraut hatten, und ihr wurde schlecht. *Es ist der Wolf*, dachte sie. *Die ganze Zeit über war es der Wolf, der sich als die liebe alte Großmutter verkleidet hatte ...*

»Ich soll lügen?« Die falsche Quan Li fuhr herum und zischte warnend T4b an, der einen Schritt näher getreten war, und zog den Arm um Emilys Hals fester an. Einen Moment lang hoben sich die Füße des Mädchens strampelnd vom Boden ab. »Hab ich das vielleicht nötig? Was schert es mich, was so ein Haufen erbärmlicher Flaschen wie ihr denkt oder nicht denkt?« Das wölfische Grinsen erschien wieder. »Aber wenn ihr unbedingt die neuesten Meldungen wissen wollt, interessiert es euch vielleicht, daß eure originale chinesische Großmutter höchst definitiv tot ist. Atasco hat sie als Gast reingebracht - deswegen konnte ich mir ihre Leitung schnappen. Oma Quan hat sich als Häcker verkauft, aber ich bin sicher, daß irgendeine Hongkonger Kontaktperson sie auf das Netzwerk angesetzt hat. Und sie damit zu guter Letzt umgebracht hat.« Das Lachen war fiebrig, erregt. Dem Monster machte das *Spaß*.

»Arbeitest du für die Gralsbruderschaft?« fragte Renie. »Hast du uns deshalb nachspioniert?«

»Du denkst, ich spioniere für die Bruderschaft?« sagte die Kreatur langsam. »Meinst du im Ernst, ich wäre hinter *euch* her? Du blickst *gar nichts*.« Die Miene veränderte sich abermals und erschlaffte zu einer kalten Ausdruckslosigkeit, die in gewisser Weise noch erschreckender war als das dämonische Grinsen. Emily schien in dem Würgegriff der starken Arme ohnmächtig geworden zu sein. »Schluß mit dem Gerede. Kommen wir zur Sache. Entweder du gibst mir das Feuerzeug, Lady, oder ich fang an, sie stückchenweise zu zerreißen.«

Renie konnte nicht daran zweifeln - die Augen, die ihr aus Quan Lis Gesicht entgegenstarrten, waren von menschlichen Skrupeln so unbeleckt wie die eines Elementargeistes, der Hyäne aus !Xabbus Geschichten etwa. Sie hätte liebend gern jemand anders die Entscheidung überlassen, die Verantwortung abgetreten, aber keiner ihrer Gefährten rührte sich oder sagte etwas. Es blieb wieder an ihr hängen, und sie mußte wählen - zwischen der kleinen jammernden Emily, die nur möglicherweise ein Mensch war, und dem Schlüssel zu einem Universum und vielleicht zum Leben ihres Bruders.

Sie reichte !Xabbu das Feuerzeug. »Öffne ein Gateway.«

»Was hast du vor?« fauchte ihr Gegenüber.

»Ich werde es dir nicht einfach geben«, erklärte Renie verächtlich. »Weiß der Himmel, was du uns damit antun könntest. Wenn !Xabbu das Gateway aufhat, gibst du Emily frei, und wir händigen dir das Feuerzeug aus. Dann gehst du hindurch und läßt uns in Ruhe, wie du gesagt hast.«

Florimel war perplex. »Du willst es diesem Monster wirklich überlassen?«

»Ich wünschte, wir hätten die Wahl.« Renie wandte sich wieder dem Ding zu, das einmal Quan Li gewesen war. »Also?«

Es zögerte eine Sekunde, dann nickte es. »Na gut. Aber keine Tricks. Wenn ihr was versucht, werden ganz fix ganz häßliche Sachen passieren.«

!Xabbu hatte die Augen geschlossen, um sich zu konzentrieren, und ließ seine Finger über die glänzende Oberfläche des Feuerzeugs gleiten.

Einen Moment lang befürchtete Renie, er würde es nicht schaffen, aber dann erglühte hinter der Bestie ein schimmernder Feuervorhang in der Luft. Mit Emily als Schild bewegte sich die falsche Quan Li vorsichtig rückwärts darauf zu, bis sie nur noch einen Schritt von dem goldenen Rechteck entfernt war.

»Wirf das Feuerzeug her«, sagte sie.

»Laß das Mädchen los.«

»Du hast nichts mehr zu melden.« Der kalte, emotionslose Ton war wieder da. »Selbst wenn ihr mich umbrächtet, würde ich einfach offline gehen, was ihr nicht könnt. Ich bin hier nicht eingesperrt wie ihr. Aber ich hätte lieber das Feuerzeug, also wirf es her.«

Renie holte tief Luft, dann nickte sie !Xabbu zu, und dieser warf. Das Monster fing das Feuerzeug auf, betrachtete es kurz und tat dann grinsend einen weiteren Schritt zurück direkt an den Rand des goldenen Lichtes, wobei es Emily mitschleifte. Der Mund, der einst Quan Li gehört hatte, spitzte sich, und das Gesicht beugte sich vor und drückte dem ohnmächtigen Mädchen einen Kuß auf die Backe. »Komm, Süße«, sagte es zu ihr. »Wir gehen woanders zum Spielen hin.«

»Nein!« kreischte Renie auf.

Etwas sprang dem Spion ans Bein und hielt fest, und dieser schrie vor Wut und Schmerz auf. Im Nu stürzten Renie, Florimel und T4b herbei und versuchten mit Schlagen und Ringen, Emily und ihren Entführer von dem schimmernden Gateway wegzuzerren. Quan Lis Sim war schlüpfrig und unerhört stark, und selbst mit ihrer zahlenmäßigen Überlegenheit wäre es ihnen möglicherweise nicht gelungen, das Mädchen zu retten, aber das Quan-Li-Ding konnte nicht gleichzeitig sie festhalten und !Xabbu abschütteln, der sich in seinen Schenkel verbissen hatte. Mit einem gellenden Fluch ließ es Emily los und befreite sich dann mit brutalen Hieben aus dem grapschenden Knäuel.

Es blieb stehen, in dem strahlend hellen Durchgang nur noch als Silhouette zu erkennen, und richtete einen bebenden Finger auf Renie und die anderen, doch der Ton, in dem es sprach, war unheimlich ruhig. »Dafür werde ich mir euch vorknöpfen, jeden einzelnen von euch. Wir sehen uns wieder.«

»Verlaß dich drauf«, murmelte Renie.

Es schwenkte wie zum Hohn Azadors Feuerzeug und trat dann rückwärts in das Licht. Eine Sekunde später ging das Gateway aus wie eine gelöschte Kerze.

Mehrere Herzschläge lang hing eine Stille in der Luft, als ob alle erstickt wären. Plötzlich fiel Renie etwas ein: »Wo ist !Xabbu? Er hatte sich doch festgeklammert an diesem ... Ding!«

Eine kleine Hand ergriff ihre. Der Pavian stand an ihrem Knie und blickte mit zerschrammter und blutiger Schnauze zu ihr auf. »Ich bin hier, meine Freundin. Als Emily freikam, ließ ich los.«

»Oh, Gott sei Dank.« Renies Beine hatten gedroht einzuknicken, und jetzt taten sie es. Sie ließ sich mit einem Plumps neben !Xabbu nieder. »Zweimal an einem Tag.«

Martine und Florimel knieten neben dem schwangeren Mädchen, das wieder zu Bewußtsein zu kommen schien. Abermals hilflos nach seinem kurzen heroischen Auftritt stand T4b dabei, streckte die Arme aus und krampfte immer wieder seine gepanzerten Fäuste zusammen. Niemand dachte an William, bis dieser hustete und Blut spuckte.

»*Gibt's ... hier ... Wasser?*« Seine Stimme raschelte wie ein Windhauch in dürrem Laub.

Renie kroch an seine Seite, und die anderen schlossen sich an. Ihre kurzfristig erwachte Hoffnung erstarb. Williams Augen irrten ziellos umher, und sein Atem machte ein gräßliches blubberndes Geräusch.

»Wir haben hier kein Wasser finden können, William«, sagte !Xabbu. »Es tut mir leid.« Er zögerte einen Moment. »Nimm dieses Wasser von mir«, fügte er hinzu, dann beugte er sich über William und ließ einen Speichelfluß aus seinem Mund laufen.

Im ersten Moment schlossen sich die bleichen, blutigen Lippen, doch dann begann die Kehle zu arbeiten, und der verletzte Mann schluckte. »Danke«, ächzte er.

»Du solltest deine Kräfte sparen«, ermahnte ihn Florimel streng.

»Ich sterbe, Flossie, also halt die Klappe.« Er holte abermals gurgelnd Atem. »Du wirst mich bald ... los sein, da könntest du ... mich wenigstens noch anhören.« Einen Moment gingen Williams Augen weit auf, und sie richteten sich auf Renie. Dann zuckte er und ließ die Lider zuklappen. »Ich hab doch deine Stimme gehört. Du ... du bist also wieder da, was?«

Sie nahm seine Hand. »Ich bin wieder da.«

Ein neuer Gedanke ließ ihn die Augen wieder öffnen. »Quan Li! Nehmt euch vor Quan Li in acht!«

»Sie ist weg, William«, sagte Martine.

»Sie wollte mich umbringen, die elende ... alte Kröte. Wollte verhindern ... daß ich mit jemandem rede ... über diese Nacht in Aerodromien.

Ich hatte ihr erzählt, ich hätte ... jemanden zurückkommen gehört.« Er rang nach Atem. »Sie sagte, sie auch, aber meinte, es sei ... Martine gewesen.«

Die Blinde beugte sich näher heran. »Hast du deswegen dieses merkwürdige Gespräch mit mir geführt und mir diese ganzen Dinge erzählt?«

»Ich ... wollte sehen, wie du reagierst. Aber was mich betrifft, hab ich die Wahrheit gesagt. Ich dachte, du würdest ... es merken, wenn ich lüge.« Er lachte leise; es klang scheußlich. »Die Oma hat mich ganz schön ... am Gängelband geführt, was?« Sein Gesicht verkrampfte sich, dann entspannte es sich wieder. »Herrje, tut das weh. Und wie langsam das geht. Mir ist, als ob ich ... schon seit Tagen ... sterbe.«

Renie wußte nichts über die Nacht, auf die er sich bezog, und es schmerzte sie zu sehen, wie sehr ihn das Reden anstrengte. Martine konnte ihr das alles später erklären. »Schon gut, William. Quan Li ist weg.«

Er schien sie nicht gehört zu haben. »Das dürfte ... alle Fragen beantworten, wie's ... mit dem Sterben online ist, was, Flossie? *Das* Gefühl ... läßt sich nicht fingieren. Wenn du hier ... ins Gras beißt, dann ... in echt.«

Florimels Gesicht hatte immer noch die üblichen harten Züge, aber jetzt faßte sie Williams andere Hand. »Wir sind alle bei dir«, sagte sie.

»Martine, ich hab dir nicht ... die ganze Wahrheit gesagt«, murmelte der sterbende Mann. Er hatte die Augen wieder offen, aber jetzt schien er der Blinde zu sein und die Französin nicht finden zu können. »Ich hab dir von ... Freunden von mir erzählt, Online-Freunden ... daß einige davon im Koma liegen. Aber bei einer ... da war's was Besonderes. Ich war ... ich war in sie verliebt. Ich wußte nicht, daß sie so jung war ...! Im realen Leben bin ich ihr ... nie begegnet.« Williams Gesicht verzog sich vor Schmerzen. »Ich hab sie nicht angerührt! Niemals! Aber ich hab ihr ... meine Gefühle gestanden.« Er stöhnte, und seinen durchstochenen Lungen entwich ein schauriger Pfeifton. »Als sie ... krank wurde, dachte ich ... es ist meine Schuld. Ich kam hierher ... wollte sie ... sie finden und ... ihr sagen, wie ... leid es mir tat. Ich hatte sie doch für ... eine erwachsene Frau gehalten, ganz ... ehrlich. Ich hätte nie ...« Er keuchte und verstummte, und man hörte nur noch sein qualvolles Atemgeräusch.

»Es ist gut, William«, sagte die blinde Frau.

Er schüttelte schwach den Kopf. Er machte den Mund auf, doch es dauerte eine Weile, bis die Worte kamen. »Nein. Ich war ... ein Narr. Ein alter Narr. Aber ich wollte ... gern etwas ... Gutes tun ...«

Er atmete noch eine Weile stockend und keuchend, aber brachte kein Wort mehr heraus. Schließlich durchlief ihn ein Schauder, und er war still.

Renie blickte auf den steif und leer daliegenden Sim, dann zog sie ihm eine Ecke seines schwarzen Capes über das Gesicht und setzte sich auf. Sie zwinkerte gegen die Tränen an und wischte sich über die Wangen. Eine ganze Weile verging in tiefem Schweigen, bevor sie sagte: »Wir müssen ihn begraben. Es kann sein, daß wir uns hier eine Zeitlang aufhalten.«

»Hast du denn gar kein Gefühl?« herrschte Florimel sie an. Sie hielt immer noch Williams Hand. »Er ist erst wenige Minuten tot!«

»Aber er *ist* tot, und wir übrigen sind am Leben.« Renie stand auf. *Was bleibt uns übrig, als grausam zu sein?* dachte sie. Sie hatten William verloren, und sie hatten das Zugangsgerät verloren. Es war wichtig, daß sie irgend etwas taten – nicht nur für sie, sondern für alle. Selbst ein Begräbnis war besser als nichts. »Und das Ungeheuer, das ihn getötet hat, könnte jederzeit zurückkommen. Wir müssen auch noch über eine Menge anderer Sachen reden.« Sie deutete auf einen Fleck, an dem die absonderliche Landschaft sich der Normalität ein bißchen mehr angenähert und ihre graue, protoplasmatische Farbe wenigstens Formen angenommen hatte, die Felsen, Erdreich und Gras ähnelten. »Wenn wir uns eine der deutlicher ausgeprägten Stellen aussuchen wie die dort, müssen wir nicht die ganze Zeit, die wir noch hier sind, seinen leeren Sim vor Augen haben. Das könnt ihr doch nicht wirklich wollen, oder?«

»Renie, wir sind alle sehr müde und durcheinander ...«, begann Martine.

»Das weiß ich.« Sie drehte sich langsam um die eigene Achse und warf einen prüfenden Blick in die Runde. »Genau deshalb müssen wir jetzt ein paar Sachen erledigen, damit es uns bei der nächsten Gelegenheit nicht wieder so ergeht.« Sie merkte, wie herrisch sie klang, und mäßigte ihren Ton. »Übrigens, Martine, ich fand es sehr beeindruckend, wie du dich vorhin gegen alle andern gestellt hast. Du kannst ja richtig die Zähne zeigen, wenn du willst.«

Die Französin zuckte verlegen mit den Achseln und wandte sich ab. !Xabbu trat an ihre Seite. »Sag mir, was ich tun kann, um dir zu helfen.«

Emily 22813, wieder wach, aber von ihren Rettern allein gelassen, setzte sich auf. »Diese Frau wollte mich umbringen!«

»Das wissen wir«, sagte Renie. »!Xabbu, wenn es eine Möglichkeit gibt, unter diesen Bedingungen hier ein Feuer zu machen, tu es. Ein Feuer wäre im Moment genau das richtige.«

»Ich will sehen, was sich machen läßt.« Er hoppelte den zusammengestückelten Hügel hinauf.

»Sie wollte mich umbringen!« heulte das Mädchen. »Mich und mein Baby!«

»Emily«, sagte Renie, »wir wissen alle, was gerade passiert ist, und es tut uns furchtbar leid. Und jetzt haben wir einen Haufen Probleme zu knacken, also sei bitte ein einziges Mal so gut und *halt den Mund!*«

Emilys Mund klappte zu.

!Xabbu fand einige Teile, die Renie nur als Unholz bezeichnen konnte – Drahtgerippestücke, die wie Äste aus versteiftem Fischnetz aussahen. Er baute sie zu einem ordentlichen Haufen auf und schaffte es mit einiger Mühe, Reibungsfunken zu erzeugen, mit denen er dieses fiktive Reisig entzündete und schließlich ein bemerkenswert munteres Unlagerfeuer brennen hatte. Die Flammen wechselten teilweise sehr beunruhigend Farbe und Beschaffenheit und wurden manchmal zu Löchern, die Einblicke in ansonsten nicht vorhandene Tiefen gewährten, aber einerlei wie es aussah, es *war* ein Lagerfeuer: Es brachte das Environment dazu, ihnen einen Herd der Wärme und ein Zentrum für ihre Aufmerksamkeit zu liefern, genau das, was Renie gewollt hatte.

Genau wie das, was !Xabbu mal über das Finden der eigenen Geschichte sagte, dachte sie, während sie sich die matten, kummervollen Gesichter im Kreis ansah. *Wenn man kein reales Feuer haben kann, muß man sich ein Feuer erfinden.* Sie schüttelte die nächste große Erschöpfung ab, die wie eine Welle über sie schwappte. Es gab Dinge zu tun, die wichtiger waren als zu schlafen. Auf jeden Fall mußten sie jetzt Wachposten aufstellen, was bedeutete, daß sie die erste Wache übernehmen mußte, obwohl sie so müde war, daß sie das Gefühl hatte, jeden Moment wie ein nasser Sack in sich zusammenzusinken. *Wenn du der Held der Geschichte sein willst,* sagte sie sich – *und irgendwer muß das anscheinend sein –, dann mußt du auch die Arbeit machen.*

T4b, dessen Panzer im Licht der seltsamen Flammen funkelte; Emily mit ihrem kleinen, völlig geistesabwesenden Gesicht, viel geheimnisvoller, als sie den Anschein machte; !Xabbu, dessen braune Augen in seinem Affengesicht warm leuchteten, während er sie ansah; die verbissene Florimel mit maskenartig erstarrten Zügen im Simgesicht, aber vor Müdigkeit hängenden Schultern; und Martine, mit erhobenem Gesicht auf etwas lauschend, das außer ihr niemand hören konnte - Renie betrachtete alle der Reihe nach und überlegte.

»Gut«, sagte sie schließlich. »Es gibt viel zu besprechen, und es sind viele schreckliche Dinge geschehen. Wir haben mindestens einen aus unserer Gruppe verloren, und Sellars hat uns nicht erreicht - und wird uns möglicherweise *nie* erreichen. Aber wir sind hier, wir sind am Leben, und wir wissen mehr als vorher. Habe ich recht?« Das allgemeine Nicken und Murmeln war keine begeisterte Akklamation, aber noch vor einer Stunde hätte sie wahrscheinlich gar keine Reaktion bekommen. »Wir haben es geschafft, uns im Netzwerk wiederzufinden, und das ist nicht allein dem Zugangsgerät der Gralsleute zuzuschreiben - !Xabbu und Martine haben beide viel dazu beigetragen. Meint ihr nicht auch?«

»Hast du vor, dich zur Anführerin zu machen, Renie?« fragte Florimel. In der Frage schwang ein Anklang ihrer üblichen Streitbarkeit, aber nur ein Anklang.

»Ich möchte euch sagen, was ich denke. Jeder andere kann sich genauso zu Wort melden. Was soll ich deiner Meinung nach tun? Untätig daneben stehen und zuschauen, wie wir uns zerzanken und zerfleischen? Nein. Nein, ich nicht.«

Florimel lächelte ein wenig, aber sagte nichts mehr. Die anderen nickten und murmelten abermals, traurig, aber nicht hoffnungslos. Alles wirkte getrübt an diesem Ort, in dieser grauen Stunde; selbst der von dem unnatürlichen Feuer aufsteigende Rauch war eine flimmernde Mischung aus Form und Unform.

»Wir können durchaus etwas tun«, fuhr Renie fort. »Hört mir zu! Wir können hier und jetzt damit anfangen. Wir können vorwärts gehen. Aber erst müssen wir aufrichtig miteinander reden.« Sie sah alle noch einmal an, suchte in sich nach dem treffenden Wort, dem Ton, mit dem sie sie erreichen konnte. Sie konnte jetzt eine Richtung spüren - vielleicht hatte !Xabbu das gemeint, als er davon sprach, mit den »Augen des Herzens« zu sehen -, aber der Endpunkt war so blaß und theoretisch wie ein ferner Stern, und ohne Unterstützung würde sie ihn wieder verlieren. »Und wir dürfen keine Geheimnisse mehr voreinander haben«, beschwor sie die anderen. »Versteht ihr? Mehr denn je sind wir alle aufeinander angewiesen, mit unserem ganzen Leben. *Keine Geheimnisse mehr.*«

Feuer konnte in diesem unfertigen Land zum Brennen gebracht werden, aber die Nacht ließ sich nicht herbeizaubern. Sie redeten und debattierten viele Stunden lang, lachten und weinten sogar ein wenig, und schließlich legten sie sich bei dem gleichen, unveränderten Licht zum Schlafen hin.

Während sie Wache saß, betrachtete Renie den merkwürdig neutralen Himmel und dachte an ihren Bruder Stephen.

Ich komme, mein kleiner Mann, versprach sie ihm. Ihr stilles Gelöbnis war nicht nur an Stephen gerichtet, sondern auch an sich selbst, und es war eine Warnung an alle und jeden, die sich ihr noch in den Weg stellten. *Ich komme und werde dich finden.*

Von jetzt an, schwor sie sich, würde sie ihre Augen weit offen halten.

Ausblick

»Er lag an einem Strand, das Gesicht im hellen Sand. Nach der langen Nacht in Venedig war es eigenartig, wieder die Sonne auf der Haut zu spüren, vor allem diese pralle Sonne, die den Sand schneeweiß bleichte und das blaue Meer in einen glänzenden, glasierten Teller verwandelte.

Paul erhob sich mit schmerzenden Muskeln und blickte die menschenleere Küste auf und ab. Sogar der Himmel war leer bis auf ein paar ausfransende Wolkenfähnchen und die monogrammartigen Silhouetten von Seevögeln, die langsam von den Steilfelsen hinab zum Meer kreisten und wieder hinauf.

Ein großes, niedriges Haus aus Stein und Holz stand hoch oben auf der Uferanhöhe, umgeben von einer Mauer. Hirten, die durch den Hitzeschleier nur als winzige verschwommene Flecken zu erkennen waren, trieben ihre Herden zu den Toren hinaus und die Bergpfade hinunter, und ein mit tönernen Krügen hoch beladener Wagen wurde an ihnen vorbei in den Hof geschoben. Paul warf abermals einen Blick über den Strand und hinaus auf das sonnenblitzende Meer, dann wandte er sich um und schritt auf das Haus dort oben zu.

Etwas, das noch weißer war als der Sand, erregte seine Aufmerksamkeit. Er ging in die Hocke, um es in Augenschein zu nehmen, und es erwies sich als das halb vergrabene Gerippe eines Vogels, vom Wind oder von Aasfressern zerlegte durchscheinende Knochen. Paul hatte ein vages Verwandtschaftsgefühl. Genauso war ihm innerlich zumute - ausgebleicht, blankgescheuert, trocken. Es gab Schlimmeres, als sich hier in die Sonne zu legen und sich vom Sand begraben, von der Flut überspülen zu lassen.

Wenn er eine Münze gehabt hätte, hätte er sie geworfen, um sie sein Schicksal entscheiden zu lassen, denn ihm war es dermaßen gleichgültig, ob er weiterging oder sich hinlegte, daß er die Wahl gern den Göttern überlassen hätte. Aber die Lumpen, die ihn bekleideten, bargen nichts als Salz und Sandflöhe.

Du wolltest dich nie wieder treiben lassen, sagte er sich - ein trostloser Witz. Er ging weiter über den Strand auf den Fuß eines der Bergpfade zu.

Keiner der Sandalen tragenden, bärtigen Männer an den Toren versuchte, ihn am Eintreten zu hindern, wenn auch mehrere rohe Bemerkungen über seinen verlotterten Zustand und sein Alter machten. Außerstande, sich darum zu scheren, was irgend jemand dachte, zumal Schatten wie diese, Replikanten ohne jeden Begriff von den Fäden, an denen sie tanzten, stapfte er weiter. Ziegen und ein paar Schweine beschnupperten seine Fetzen nach etwas Eßbarem, aber von den menschlichen Bewohnern schenkte ihm keiner soviel Beachtung, bis er im Schatten, der auf der Schwelle des großen Hauses lag, stehenblieb und sich nach der weiten Fläche des blauen Meeres umschaute.

Eine Frau in einem Kapuzengewand, deren Hände rissig wie Leder und vom Alter und der schweren Arbeit ganz knorrig waren, reichte ihm eine Schale Wein. Er dankte ihr und setzte die Schale an die Lippen, und dabei beobachtete er weiter das endlose Kreisen, Hinabstoßen, Aufsteigen und erneute Kreisen der Möwen über dem Wasser.

Die alte Frau schien sich von seinem Gesicht nicht losreißen zu können. Paul beobachtete mit einer gewissen distanzierten Neugier, wie ihr Tränen in die Augen traten, und auf einmal griffen die schwieligen Finger, die eben noch die Schöpfkelle gehalten hatten, nach seiner Hand.

»Mein Herr«, flüsterte sie mit einer Stimme, die so rauh war wie ihre Haut, »mein Herr, du bist heimgekehrt!«

Paul nickte müde. Wenn das Spiel so ging, bitte schön, aber begeistern konnte er sich nicht dafür, daß um ihn herum schon wieder ein neues Szenarium ablief. Er hatte getan, wie geheißen. Nandi hatte gesagt, der Irrfahrer und die Weberin seien auf Ithaka, und jetzt war er hier.

»Komm«, sagte sie, »o komm doch!« Sie lächelte breit, und die Aufregung verlieh ihr einen fast mädchenhaften Ausdruck. »Folge mir, aber sprich kein Wort. Das Haus - dein Haus, o Herr - ist voll böser Männer. Ich werde dich zu deinem Sohn bringen.«

Er runzelte die Stirn. Von einem Sohn wußte er nichts. »Mir wurde gesagt, ich solle nach dem Haus des Irrfahrers fragen. Es hieß, ich müsse die Weberin befreien.«

Die Augen der Pflegerin wurden weit. »Hat ein Gott dich mit einem Zauber geschlagen? Du selbst bist der Irrfahrer, Herr, und dies ist dein Haus.« Sie sah sich sorgenvoll um, dann richtete sie ihre tränennassen Augen wieder auf ihn. »Ich werde dich zu ihr bringen - doch bitte, Herr, bei deinem Leben, du mußt dich leise bewegen und darfst mit niemandem reden!«

Er ließ sich um eine Ecke des großen Stein- und Holzhauses und durch eine Seitentür in eine verräucherte Küche führen. Die dort arbeitenden Frauen musterten seine Lumpen voll Abscheu und riefen seiner Führerin, die offenbar Eurykleia hieß, derbe Anspielungen zu. Ihn beschlich langsam ein Verdacht, in welche Geschichte er geraten war. Als sich ein alter Hund von seinem Platz in der Nähe des Herdes erhob, knurrend auf ihn zuhumpelte, seine Hand beschnüffelte und sie dann eifrig zu lecken begann, war er sich sicher.

»Odysseus«, sagte er leise. »König von Ithaka.«

Eurykleia fuhr erschrocken herum und legte warnend einen Finger auf die Lippen. Sie führte ihn mit schnelleren Schritten durch eine große Halle, an deren Wänden Lanzen und Schilde hingen. Vor dem offenen Tor der Halle rekelten sich zwanzig Männer oder mehr im schattigen Hof, und ihre Kleidung und ihre Waffen verrieten deutlich die adelige Herkunft. Sie schienen ein Fest zu feiern. Fleisch wurde über Gruben voll glühender Kohlen gebraten, und Diener, die sich nicht genug sputeten, wurden beschimpft und getreten und mit Fäusten traktiert. Einer der Gäste sang ein obszönes Lied, das bärtige Kinn emporgereckt, und seine Aufmerksamkeit galt offenbar einem verdunkelten Fenster, das auf den weiten Hof hinausging.

»Horch, Frau, wie süß Antinoos singt!« brüllte einer der anderen heiser, schon betrunken, obwohl es noch vor Mittag war. »Willst du ihn nicht zu dir hinauflassen, daß er dir ganz allein singt?«

Am Fenster regte sich nichts. Die Männer lachten und wandten sich wieder ihren Vergnügungen zu.

Paul war innerlich erloschen. Selbst als er hinter der alten Frau die knarrende Treppe ins Obergeschoß hochstieg, wo ihn eine Begegnung erwartete, die er sehr lange und in wenigstens einer Handvoll verschiedener Welten gesucht hatte, fiel es ihm schwer, noch für irgend etwas Interesse aufzubringen.

Sie haben den Jungen getötet. Der Gedanke war wortlos dagewesen, seit er die Augen aufgeschlagen hatte, aber jetzt konnte er ihn nicht mehr wegschieben. Die Erinnerung an den schlaffen Körper des Jungen und an seine eigene Machtlosigkeit hatten in seinem Innern gebrannt, bis dort nichts mehr übrig war, was noch brennen konnte. Er hatte das Kind in den Tod geführt. Er hatte es wie ein Pfand geopfert, und dann hatte er das Weite gesucht.

Er war leer.

Eurykleia blieb vor der Stubentür stehen. Sie schob den Behang beiseite und winkte Paul hindurchzutreten. Er tat es, und dabei faßte sie abermals seine Hand, küßte sie und drückte sich als Geste freudiger Dienstbarkeit den Handrücken an ihre Stirn.

Die Weberin sah bei seinem Eintreten auf. Ihr Webstuhl, aus dem sie just im Moment noch Fäden herauszog, um ein Bild aufzutrennen, das sie so gut wie fertig hatte, war vor ihr aufgespannt wie eine vielfarbige Harfe. Das gewebte Tuch stellte nur Vögel dar – Vögel aller Art, Tauben, Krähen, Kiebitze, und alle in Bewegung, gehend, pickend, mit ausgestreckten Flügeln fliegend. Ihre Gefieder waren in allen erdenklichen Farben, eine bunte Pracht.

Die Frau am Webstuhl erwiderte Pauls Blick. Er hatte das Gesicht, das er sehen würde, halb erwartet, doch obwohl ihm das Herz wie ein toter Knochen in der Brust lag, beschleunigten sich seine Atemzüge. Sie war hier älter als in den anderen Gestalten, doch zugleich war sie irgendwie verblüffend jung. Ihre dichten, glänzenden Haare flossen ihr über Schultern und Rücken wie ein dunkler Vorhang. Ihre Augen waren tief und verschleiert wie die Blicke toter Fremder auf alten Fotografien. Aber sie war keine Fremde – was sie war, ließ sich sehr viel schlechter benennen. Sie kannte ihn. Und obwohl er nicht sagen konnte, wie sie hieß, kannte er sie auch, mit jeder Zelle seines Wesens.

»Du bist da«, sagte sie, und selbst ihre Stimme war wie eine Heimkehr. »Endlich bist du gekommen.« Sie stand auf und breitete die Arme aus, daß ihre weiten Ärmel sich wie Flügel spannten. Als sie lächelte, schien ihr Gesicht plötzlich das eines jungen Mädchens zu sein. »Es gibt so viel, was wir zu bereden haben, mein langverschollener Mann – so viel!«

Dank

Wie immer: dicker Schinken, viel zu sagen, viel zu kritisieren (geht fast ausschließlich auf mein Konto), aber auch viel zu loben, was hiermit geschieht. Die vom ersten Band übertragene Liste meiner ständig zunehmenden Dankesschuld lautet:

Deborah Beale, Matt Bialer, Arthur Ross Evans, Jo-Ann Goodwin, Deb Grabien, Nic Grabien, Jed Hartmann, John Jarrold, Katharine Kerr, M.J. Kramer, Mark Kreighbaum, Bruce Lieberman, Mark McCrum, Peter Stampfel, Mitch Wagner.

Sie muß jetzt erweitert werden um:

Barbara Cannon, Aaron Castro, Nick Des Barres, Tim Holman, Nick Itsou, Jo und Phil Knowles, LES.., Joshua Milligan, Eric Neuman, Michael Whelan und die vielen freundlichen Leutchen vom Tad Williams Listserve.

In den Langzeit- und Leidensrollen meiner hochgeschätzten Lektorinnen brillieren weiterhin Betsy Wollheim und Sheila Gilbert, denen hiermit ebenfalls hunderttausend Dankeschöns zu Füßen gelegt werden.

Klett-Cotta
Die Originalausgabe erschien unter dem Titel »Otherland«
bei Daw Books, Inc. New York
© 1998-2001 Tad Williams
Für die deutsche Ausgabe
© J. G. Cotta'sche Buchhandlung Nachfolger GmbH, gegr. 1659,
Stuttgart 1998-2002
Fotomechanische Wiedergabe nur mit Genehmigung des Verlags
Printed in Germany
Kassette und Umschlag: Dietrich Ebert, Reutlingen
Gesetzt aus der 11 Punkt Prospera von
Offizin Wissenbach, Höchberg bei Würzburg
Druck und Bindung: Clausen & Bosse, Leck
ISBN 3-608-93425-1 (Bände 1-4)

Erste Auflage dieser Ausgabe, 2004

Tad Williams:
Der Blumenkrieg
Aus dem Englischen von Hans-Ulrich Möhring
806 Seiten, Lesebändchen, gebunden, ISBN 3-608-93356-5

Theo hängt mit seinen dreißig Jahren immer noch mit Boy Groups herum. Er ist ein begnadeter Sänger, aber sonst bekommt er fast nichts auf die Reihe. Er fühlt sich manchmal, als würde er gar nicht hierher gehören. Als eines Tages ein Polizist Theo zu einem bestialischen Mord in der Nachbarschaft befragt, scheint Theos Welt brüchig zu werden. Er meint Stimmen zu hören, glaubt sich verfolgt. Und eines Abends nimmt seine vage Angst Gestalt an: ein zombieähnliches Monster versucht ihn zu töten. Theo ist vor Entsetzen gelähmt. Da taucht ein winziges Flügelwesen aus dem Nichts auf und öffnet Theo eine verborgene Tür in eine andere Welt. Diese ist finster und bedrückend. Sie ist fremd und doch auf unheimliche Weise unserer Welt ähnlich. Und sie ist voller merkwürdiger Kreaturen, die Theo schaden wollen.

Auf der Flucht vor einem Höhlentroll und vor dem Untoten, der ihm nach Elfien gefolgt ist, versucht er sich in dieser Anderswelt durchzuschlagen. Seine einzige Verbündete ist Apfelgriebs, eine winzige Elfe mit einem losen Mundwerk.

William Gibson:
Mustererkennung
Aus dem Amerikanischen von Cornelia Holfelder-von der Tann und Christa Schuenke
460 Seiten, gebunden, Lesebändchen, ISBN 3-608-93658-0

Cayce Pollard ist ein Internet-Junkie. In ihrer Freizeit versucht die Marktforscherin zusammen mit einer Gruppe Gleichgesinnter, Sinn und Zweck mysteriöser Videoclips zu erforschen, die von unbekannter Quelle regelmäßig ins Netz gestellt werden.
Aus dem Hobby wird jedoch Ernst, als ein skurriler Klient sie beauftragt, den Urheber des »Materials« zu finden – und Cayce auf einmal Mafiabosse, Hacker und sonstige Fieslinge am Hals hat.

»... unzweifelhaft sein bestes Buch seit ›Biochips‹. Gibsons Stil ist gelassener als früher ... sein laserscharfes Kulturradar treibt die Geschichte voran. Ein glattes, ein sehr menschliches Stück Literatur von dem Vater des Cyberpunk.«
Kirkus Review

Klett-Cotta